重庆出版集团
重庆出版社

图书在版编目（CIP）数据

佳媳 / 卫幽著. – 重庆：重庆出版社, 2015.9

ISBN 978-7-229-09396-9

Ⅰ. ①佳… Ⅱ. ①卫… Ⅲ. ①言情小说 – 中国 – 当代 Ⅳ. ①I247.5

中国版本图书馆CIP数据核字(2015)第014527号

佳　媳
JIA XI
卫　幽　著

出 版 人：罗小卫
责任编辑：郭莹莹
责任校对：杨　婧
装帧设计：艾瑞斯数字工作室 clark1943@qq.com
封面插图：容　境

重庆出版集团
重 庆 出 版 社　出版

重庆市南岸区南滨路162号1幢　邮政编码：400061　http://www.cqph.com
重庆市国丰印务有限责任公司印刷
重庆出版集团图书发行有限公司发行
E-MAIL:fxchu@cqph.com　邮购电话：023-61520646

重庆出版社天猫旗舰店
cqcbs.tmall.com

全国新华书店经销
开本：700mm×1000mm　1/16　印张：38.5　字数：786千
2015年9月第1版　2015年9月第1版第1次印刷
ISBN 978-7-229-09396-9
定价：58.00元

如有印装质量问题，请向本集团图书发行有限公司调换：023-61520678

目录 CONTENTS

第1章　夜惊·危局·波折

腊月深寒，连绵数日飞絮，地上积雪已厚厚一层。

月华如瀑布般倾泻直下，地上莹莹皑皑，泛着清冷的白光，涤尽这座周朝皇城白日里的喧嚣浮华，万物寂静，夙夜安稳，除了巡夜更夫的鸣锣，整座盛京只剩宁谧平和。

此时已至子时三刻，永宁侯府后院漱玉阁内的灯烛却还亮着。

顾家三房的七小姐明萱披着一件厚厚的貂皮大氅，神情专注地伏在书案前抄着经书，饶是手脚早已冻得僵硬，但下笔却丝毫不见马虎，她认认真真地将最后一笔落下，见确无瑕疵，这才敢将笔放下。

身后侍立着的雪素忙将手炉递过，又把准备好的热茶沏上："这天寒地冻的，小姐又抄了大半夜的经书，纵然是对老夫人的一片孝心，可也要仔细身子，快先喝口热茶暖暖胃。"

顾明萱饮了口热茶，有一股暖意自喉咙起蔓延至全身，手心传来的温度也令她冰冷僵硬的上肢逐渐舒展开来："还剩下两篇，我得抓紧写完，明儿祖母派严嬷嬷去清凉寺上香，正好托她一并带过去。"

她眼神微深："六姐花重金得了金针夫人的稀世绣品凤穿牡丹给祖母贺寿，八妹的寿礼是一柄长生玉如意，玉料是宫里贵妃娘娘给的，请嵌宝阁的匠师精心雕磨，极为珍贵。"

再有几日，便是腊月十八永宁侯府老夫人朱氏的寿辰了。

前两年正值府中多事，既有国孝家孝在身，又逢新帝登基，因着三房出事，众人唯恐侯府爵位不稳，因此大小生辰便都悄然过了。但如今侯府地位稳固，大伯父永宁侯顾长启颇受今上眷宠，上两月三姐明芙因孕新晋了贵妃，这寿辰是不得不要大事操办了。

到时宾客云集，府里几位公子小姐送的贺礼，难免要被拿出来比较。

六姐明荷是二房嫡出，二伯父顾长明虽然只在户部领了个闲差，但二伯母简氏却是富春侯独女，当年嫁入永宁侯府时十里红妆，抬抬都满得要扑出来，盛京之中谁不知道富春侯嫁女时恨不得将整个侯府都陪送过去。

二房有钱，六姐明荷才能挟巨金去寻稀世珍绣。

八妹明蔷虽是大房庶出，可她父亲乃是世代簪缨的顾氏家主，现任的永宁侯爷，今上的股肱之臣，贵妃娘娘的亲父。八妹自幼丧母，大伯母罗氏便将她养在膝下，虽是庶

出，却也是娇养着长大的。

大房有贵妃娘娘相助，自然再稀罕的美玉也能寻到。

顾明萱几不可察地叹了口气，顾家三房已经名存实亡，她既无财帛，又无势可借，便只有以这份傻劲去赌一把了。

连月来几乎每夜都要抄写到子时，桌案上终于堆积起了九十七部《金刚经》，等最后两篇抄完，凑足九十九部，便托由清凉寺住持散给善男信女，再以永宁侯府朱老夫人的名义在清凉山下搭棚施粥，馈慰乡民。

这份寿礼虽然微不足道，但祖母必是喜欢的。

她一片为祖母扬善名的至纯孝心，便是与稀世绣品和罕得美玉相比，也不会有人鄙弃微薄，一丝错处也不令人挑到。祖母的怜惜宠爱，是她在侯府立足的根本，而女宾们对她的风评，则关系着她的将来。

三年孝期已过，为了底下姐妹们的前程，祖母不会留她太久，这回寿宴如此瞩目，她若是为人诟病，那亲事上头恐怕就要更艰难了。

顾明萱重新在书案铺上新纸，转头有些抱歉地冲雪素微微一笑："你若是乏了，和丹红一块替我暖被窝，不必在这枯坐着守我，夜里冰凉，你这几天来月信，不该冻着的。"

她抿嘴："漱玉阁上上下下，全指着你操持，你若是病了，那我该怎么办？"

这语音清淡，带着若有似无的撒娇，雪素听了，不知怎么眼眶便就红了。

她原本是安泰院老夫人屋子里的三等丫头，三年前拨到漱玉阁时，正逢着三房遭遇变故。

朝中的事她一个小丫头自然是不懂的，只知道原本新帝登基，众人皆道三老爷嫡出二小姐要母仪天下了，可封后的金册还未颁下，三老爷便出了事，累得二小姐丢了到手的后位，一道圣旨幽禁冷宫，过不多久就没了。

她不知道三老爷究竟犯了什么事，但亲自督旨缉拿三老爷的左都御史是七小姐的未婚夫婿韩修，这却是她亲眼所见的。

成亲当日，他穿着官服拿着圣旨带着手持弓弩的羽林军出现，当着众宾客的面撕毁婚书，着人押着三老爷趾高气昂地离去，不仅让永宁侯府丢了个大脸，还取走了七小姐所有的尊严。

七小姐气恨不过，触柱自戮，听说当场就没了气息，幸得宾客中有御医在，好一番救治，才缓了过来。

侯爷拿出了先帝赐下的丹书铁券才保住了永宁侯府的风光，可三老爷的命到底还是丢了。

三夫人不堪重击，没几日也咽了气。

天子围猎，四爷顾元景擅闯皇家围场为父鸣冤，冲撞了今上，被发配至西疆军中充作兵卒，彼时柔然作乱，正是前线最吃紧的时刻，四爷一去就杳无音讯，他虽是庶出，可却是三房唯一的男嗣啊！

雪素便是亲眼看着七小姐在这等艰难的处境中慢慢地喘息、隐忍、蛰伏，将从前那些恣意飞扬的模样全部褪去，敛尽风华，退让谦恭，恪尽孝顺，才终于赢得了老夫人的信任和维护，凭借这份爱宠，得以在侯府中立足生存，无人敢欺。

她这样想着，眼神愈发柔软起来，蹲下身子，往书案旁边的紫金鼎炉内又加了几块银霜炭，将炭火拨弄得更旺一些，然后说道："有丹红暖着被窝足够了，我左右也睡不着，还是陪着小姐安心。"

顾明萱知道她心意，也不再劝她，刚想提笔再写，却听到东南角月锦阁传来嘈杂声响，初时只是动静大了些，后来竟有凄厉哭喊。

她皱了皱眉，对着雪素吩咐："叫门上季婆子去打听一下，到底发生了什么事。"

月锦阁中住的，是大伯父庶出的两个女儿，八妹明蔷和九妹明芜。

本来隔了个房头，她并不愿意多事，可这会儿动静闹得那样大，漱玉阁离得这样近，她又恰好未曾入睡，若不使人去问问，难免遭人诟病她性情凉薄。

祖母寿诞在即，她不愿给好事的婆子们乱嚼舌根的机会。

过不多久，雪素匆匆回来，脸上神色有些沉重："月锦阁里闹成了一团，侯夫人屋里和老夫人屋里都惊动了，几个粗壮的仆妇拦着不让旁人进去，季婆子恍恍惚惚听到有人说八小姐悬了白绫要投缳，好在救下了。"

她见顾明萱脸色不对，忙道："季婆子没再往下打听就回来了。"

漱玉阁处境尴尬，这种晦暗事是沾不得的。

顾明萱皱了皱眉，好端端的怎么想到要去投缳？还是在祖母寿筵之前……

她想了想忽然抬头问道："这几日府里可来过什么特别的人不曾？"

雪素还未开口，暖床的丹红便抢着回答，"我知道八小姐是为了什么事想不开。"

虽屋中并无别人，但她仍旧压低了声音说，"昨日我去宜安堂寻斗珠姐姐要个绣样，恰好听到墨根和迭罗在说闲话。墨根说，咱们家大姑奶奶身子不好了，恐怕熬不过明年春天，侯夫人心疼长女膝下的两个外孙，便想在家里挑位小姐嫁去建安伯府做填房，八小姐自小养在侯夫人身边，最得信任，迭罗姐姐猜定是要选她呢。"

建安伯夫人顾明茹是永宁侯府的嫡长小姐，当年被奉为盛京名媛，王孙公子竞相登门求娶，永宁侯夫人罗氏千挑万选，选定了少年承爵的建安伯梁琨。

梁琨乃是宁静大长公主的独子，先帝在时，对这外甥十分宠爱，万事由他，他虽生得玉郎相貌，内里却是豺狼心性，不只贪财好色，还素爱辱打女人，建安侯府上每年都有抬着出来的姨娘丫头。

盖只因他是皇亲国戚，那些又都是后院私事，便是偶有御史参劾，先帝疼他，今上

与他自小相谊不忍动他，也都留中不发。

这些事，永宁侯和夫人又岂能不知？

当年上赶着要结这门亲，不过是看中了梁琨的出身门第和先帝对他的疼宠。而如今大姐尚未咽气，便又要筹谋着再嫁一个顾氏女过去，所为却是梁琨和今上之间的自小情谊。

可怜顾明茹侯门千金女，只因父母贪念，遇人不淑，嫁过去不过七年，便要香消玉殒了。

顾明萱微叹一声，“原来如此。”

八妹心气高傲，本就不屑为人继室，将来有原配嫡子压着，自己生的儿子一辈子都出不了头。建安伯声名在外，长姐先例在前，她若是嫁过去，不过重蹈覆辙而已。倘若大伯母真有此意，也难怪八妹要作出投缳动静了。

可这招数终究还是落了下乘……

原本是想借着祖母寿辰在即，此事定要压下，所以才孤注一掷，闹了一场，令大伯母不敢再强她，祖母既知晓她心意，也定不会再坐视不管。

可若是八妹铁了心不愿，大伯母难道还能以刀械相逼？便是去安泰院私底下求了祖母，也总好过投缳相逼，既触了祖母的霉头，又生生把和大伯母的母女情分撕破。

娘家的支持，对于世家女子而言，何其重要？

八妹此举，等同自断双臂。

顾明萱摇了摇头，“得不偿失。”

雪素脸上的神情却愈发凝重，她有些迟疑地问道，“可若是八小姐不肯嫁，那侯夫人会不会将主意打到小姐您的头上来？”

永宁侯府在室的小姐中，六小姐和清平郡王世子已经定了亲，是因世子母孝在身才延了婚期；九小姐生母是花楼魁首，一直养在外头，前年才接回府的，出身太低，难以得进高门；十小姐明芍也是二房嫡出，二夫人精悍，必不会令女儿低嫁；其余几位都还年幼。

倘若八小姐不肯，那么七小姐……

三房名存实亡，七小姐无人可依，她今年已经十七了，年岁大了本就不容易说亲，又曾在成亲当日被当庭毁婚传为盛京笑谈，老夫人纵然疼她，可终究还是要顾全大局，说不定侯夫人多劝几句，这门亲事便就能做下了的。

顾明萱神情一滞，脸上似蒙上了一层冰霜，过了许久，才呼出长长一口冷气，她敛了敛神色，未发一言，只依旧伏案抄经。

漱玉阁的灯火，在凄恻寒风中，燃了一夜。

黄花梨木的妆台前，丹红一双巧手在顾明萱乌亮墨发间穿梭飞旋，不一会儿便盘了个漂亮的凌虚髻。

她从匣子里取出个珍珠玲珑八宝簪，比了比，又摇了摇头放下："小姐熬了一夜，脸色有些不大好，我看要用浓妆遮遮才行，可妆面若是浓了，簪子也不能太过素净。我记得去岁大姑太太回来省亲时，给了个麻姑献寿的鎏金簪，既喜庆又华贵，老夫人见了定然高兴。"

顾明萱点了点头："既这样，那你去库房里寻了来。"

华贵漂亮是其次，祖母喜欢才是重点。

大姑母岚娘是祖母朱氏唯一的嫡出女儿，嫁的是陇西李氏的家主平昌伯李濂，李家是周朝大族，这些年虽渐渐从朝事上退下来了，但族中事务繁多，大姑母脱不开身，好几年才能回盛京一趟，祖母嘴上虽不大提起，心里却是挂念得紧的。

她不想嫁给暴虐成性的鳏夫，唯一的指望便是祖母的怜惜，祖母爱屋及乌，看到大姑母赐的簪子，想必会多一些考量吧。

雪素掀了帘子进到内屋，笑着回话："经书尽数交给了严嬷嬷，按小姐吩咐又称了五十两银子请嬷嬷添作香油钱，装了金锞子的荷包嬷嬷也收下了。"

顾明萱心上略松，严嬷嬷最得祖母看重，为人又素来精明，昨夜月锦阁的事一出，她还肯收下那荷包，这便意味着事情尚没有雪素猜测的那样糟糕。

兴许只是一场虚惊。

丹红手中捧着个紫檀木盒子进了内屋，"孝期既已过了，小姐便该换些艳色的首饰来戴，我在库房里挑了一些，您看看如何？"

她打开盒子，满匣玲珑，一室珠光。

顾明萱笑了笑："衣饰装扮，我一向都仰仗着你，你说是好的，自然便是好的。"

放手和信任，能收获到绝对的忠诚，这是父亲生前曾教过她的御人之道。

等打扮停当，顾明萱脸上的苍白黯颓已经悄无踪迹。

褪净素色后的脸庞娇嫩鲜艳，明眸闪亮，容色华美，与先前的清淡截然不同，她在铜镜前略照了照身姿，觉得万事妥帖了才开口说道："去安泰院。"

安泰院位于侯府的西侧，南临荷塘，北依竹苑，东面是牡丹园，是个清净安谧的所在。自打永宁侯承袭了爵位，老夫人便坚持要从主屋搬过去，侯爷至孝，生怕老夫人住得不舒畅，将安泰院扩建了两进，四周又新造了许多亭台楼阁，将府里的小姐们一个个地挪了过去，这才罢休。

漱玉阁便是离得最近的一座小院，走过去不过三分之一炷香时间便能到。

老夫人信佛，每日晨起都要做早课，她素爱清净，早两年将掌家的玉印交给侯夫人后，就免了府里众人的晨昏定省，只在每月十五设一回家宴，阖府的儿孙都聚在西苑花厅，也就算是享了天伦之乐。

但明萱却是每日都算准了时辰去请安的。

祖母卯初起身，卯时一刻做早课，卯时三刻用早膳，她卯末时前去请安再合适不过。祖母有时让她读些佛经禅语，有时与她闲话家常，有时也会让她帮着捏捏肩膀，若是遇到兴致好时，也会留了她用中膳。

祖孙感情，便是在一点一滴中慢慢加深的。

青石子铺成的路面经过一夜霜冻有些打滑，尽管有雪素扶着，明萱还是走得有些吃力，扫雪的婆子见状便讨好地上来也要扶："七小姐是要去安泰院给老夫人请安吧？奴婢搭把手和雪素姑娘一块扶您到前头好走点的道上。"

她卖力地扶着，口上不停："昨夜霜冻得特别厉害，晨起的时候，月锦阁的墨葵姑娘就在这滑了一跤，将八小姐进献给老夫人的一柄长生玉如意摔碎了，真真是作孽，听说那柄如意价值千金呢。若不是老夫人寿诞在即，府里不宜见血光，墨葵姑娘的小命算是丢了。"

这婆子压低声音，继续说道："侯夫人慈悲，将她送到了南郊庄子上，等老夫人寿辰过了再作处置，奴婢家那口子在二门上当差，刚才送了她出去呢。"

顾明萱神色微顿，等到了安泰院门口，才问道："不知道嬷嬷怎么称呼？"

那婆子一喜，忙回答："可当不起七小姐称一声嬷嬷，奴婢夫家姓葛，大家都叫我葛家的。"

顾明萱笑了笑："原来是葛嬷嬷。"

雪素会意，摸出几个大钱递了过去："方才多亏了葛嬷嬷。"

葛家的千恩万谢地去了，明萱和雪素的神情却都有些郑重。

墨葵是八小姐顾明蔷的贴身丫头，月锦阁昨夜闹出那样大的动静，墨葵不可能不知情。侯府在室的小姐投缳，这件事何其严重，让有心人散播出去，不仅侯夫人落到刻薄庶女的名声，有不慈之罪，也会牵累阖府顾氏女的风评。侯夫人就算不为了自己，也要杀鸡儆猴让那些知情的人都闭上嘴的。

墨葵这条命恐怕真的是保不住了。

安泰院守门的婆子听到动静，直接引了明萱和雪素主仆进内院。

朱老夫人近身的一等大丫鬟绯桃迎了出来："老夫人昨夜睡得不安稳，晨起没有精神头，连早课都没有做，早膳要了杏仁糙米粥，也只进了一口，奴婢着急，正等着七小姐过来劝劝呢。"

顾明萱解下大氅，露出月白色用银色丝线钩绣着牡丹花图案的小袄和嫣红色的罗裙，她沉吟着："早膳拿去热一热，等下再拿进来我试试看。"

绯桃的脸上露出喜意，忙唤了个小丫头吩咐下去，然后挑开暖帘，请了明萱进去。

朱老夫人闭着眼歪在炕头，看起来精神不大好，想来也是一夜未睡的缘故。

明萱只装作什么都不知晓的模样，还与往常一般行了礼："祖母。"

朱老夫人睁开眼，见到膝下最疼爱的孙女换了装扮，脸上不由自主便浮现出笑容来，她拉过明萱的手，笑着说："萱姐儿穿这样衣裳真漂亮，发髻也梳得好，这簪子是去岁岚娘赐下的吧？这样一套搭着，真真好看。"

她转头对着绯桃说道："上两月东平太妃送过来的云锦料子，挑几匹颜色艳嫩的包了，送到金针坊去，让绣娘们拿七小姐的身量再做几套衣裳。顺便再取些南珠来交给雪素，我前儿看到芳姐儿和荷姐儿的鞋尖上都缀了那么一颗，想来如今盛京正行这个。"

东平太妃与朱老夫人是嫡亲的堂姐妹，自小一起长大，感情甚密，东平王府得了什么好东西，老太妃总想着要给朱老夫人匀一份。

云锦衣料产自蜀南，因工艺考究，一年只得千匹，皆上供给周朝皇室，很是难得；南珠产自极南之海，因路途遥远，售价甚巨，品相好圆润又大颗的南珠是千金也买不到的。

明萱想要推辞："祖母疼惜，是孙女儿的福气，可南珠珍贵，您留着串成佛珠不是更好？或者用云锦做一幅抹额，用金线绣个福寿如山，再镶上南珠，别提有多好看了。祖母若是不嫌弃孙女儿的绣技，不如就由孙女儿做吧。"

平素里，祖母对她多几分关照，多赐几件珍钗首饰，已经惹了其他姐妹许多不满，若这回再拿了云锦和南珠，怕是要惊动几位伯母了。

她如今只盼自保，实在是不想再生事端。

朱老夫人见明萱苦着一张脸，哪里还不懂她心里所想？便只好依了她："那萱姐儿可要着紧了做。等十八那天，祖母就戴了萱姐儿亲手做的抹额，也好给各家的夫人太太们瞧瞧，咱们家萱姐儿不只品性好，手也巧。"

明萱心中一动，望向朱老夫人的眸光里便闪动着期盼希冀。

朱老夫人朝她轻轻颔首："云锦和南珠都是东平太妃所赐，老太妃素来喜欢你，这三年你有孝在身不能出门，但每回老太妃见着我，总是要惦记起你来。萱姐儿，若是赶得及，你再给老太妃也做一个，也算是咱们借花献佛了。"

明萱忙不迭点头："来得及，来得及的。"

祖母的意思，不仅仅是要戴着她做的抹额过生辰，还会想办法令东平老太妃也如此，这是多么大的信任和宠爱啊！各家夫人纵然还忌讳着三房的往事，但看在东平王府和辅国公府的面上，总有人会对她动脑筋的。

建安伯夫人一天不曾咽气，侯夫人就一天不会明着提起继嫁的事，只要在这之前找到户清白的人家嫁出去，她就不必再担心嫁给施虐狂了。

她不必嫁给公卿侯府的，对方是不是继承人都无关紧要，没有本事也无所谓的。这年代婚嫁不由自己，她明白的，也早就做好了盲婚哑嫁的准备，丈夫的宠爱是奢望，她从不祈求，她只要下半生安稳地过日子罢了。

如今，眼前有这样一个机会，她怎会容许错失？

朱老夫人望向明萱带着欣喜的眸子，不知怎的便就心酸起来。

萱姐儿从前那样活泼恣意的性子，生生被逼得沉静寡言，小心翼翼地待人接物，对长辈恭谨敬重到极处，便是蔷姐儿芜姐儿这几个庶出的妹妹，她也要处处谦忍退让。这三年她捡起了从前不屑一顾的针凿女红，弃了曾得过书法圣手梅翰林赞叹的那手洒脱放旷的飞白，改写起正隶。

这般如履薄冰战战兢兢地活着，所求的不过平安顺遂。她知道萱姐儿的情况再难寻到匹配的世家公子，但往门第稍差一些的去找，还是能择一个身家清白才貌相当的年轻人，她多给萱姐儿些私房体己，将来日子总不会过得太差的。

可没想到打算得满满的事，临到头来竟又横生波折。

朱老夫人脑海中闪过昨夜大儿媳跪在她跟前的哭诉，一颗心彻底沉了下来。她嫁到永宁侯府有四十五年了，经历过侯府几次生死存亡，见识自然远非寻常内宅妇人可比，有些话，大儿媳不需要说得太多，她便能看透其中的关节。

大儿媳说，贵妃娘娘在宫里日子难过。

自古后宫争宠关系着朝堂的权势角逐，贵妃娘娘怀了龙嗣，虽为永宁侯府顾家添了荣宠，可这背后却又潜伏着无限危机。

当今皇后出自镇国公府裴家，镇国公裴固三朝元老，官至丞宰，对今上有拥立之功，裴家子侄遍布朝野，把持着朝中各处枢密关节，可谓权倾天下。裴相行事狠辣，野心甚笃，所图绝非一朝荣华。可如今裴皇后无子，顾贵妃却先怀了龙嗣，裴家如何能容得下？

眼前这境况看似花团锦簇，泼天的富贵荣华近在眼前唾手可得，但只要行差踏错一步，就是万丈深渊，万劫不复。顾贵妃在宫中夙夜睡不安稳，永宁侯便要替女儿和肚子里的龙嗣未雨绸缪。

建安伯梁琨在女色上头确实名声不好，可他却是今上最信任的臣子。

今上生母不过是个出身卑贱的宫婢，偶得先帝宠幸结下龙胎，排行第九，但先帝子嗣繁多，并不大重视。若不是建安伯幼时无意中与九皇子成了挚交，又时常在先帝面前替他说好话，九皇子纵有裴相一力扶持，没有先帝最后关头的认可，他不可能位登九五的。

若建安伯的子嗣都是顾氏女所出，建安伯的心便就能向着永宁侯府，可若他将来继娶了别人家的女儿，那就不好说了。这便是永宁侯仍要攀着建安伯结亲的缘由。

朱老夫人几不可察地叹了口气，大儿媳将话说得那样明白，是在告诉自己和建安伯的这门亲是不可能断的，这不仅关系到宫里贵妃娘娘和龙嗣的安危，更关系着永宁侯府将来的前程，不是蔷姐儿，就是萱姐儿芜姐儿，总要有一个顾家女嫁过去的。

萱姐儿是孙女，宫里贵妃娘娘也是孙女，她不好再明着护住萱姐儿了，唯一能做的便是为萱姐儿指条明路，至于怎么做，成不成，能不能得到东平太妃的庇护，皆要看萱姐儿自个儿的造化了。

明萱劝着朱老夫人用了些米粥，见祖母神色间颇显乏倦，便服侍着她歇下。

然后跟着绯桃进了库房，挑了几匹花色稳重的云锦裁了一些，又取了些颗粒小却又莹白润泽的南珠，配了合心意的丝线。

绯桃送她和雪素出去，在四下无人处悄声说："侯夫人昨夜在老夫人屋里待到丑正才走，侯夫人走了，老夫人辗转反侧睡不着觉，后来我迷迷糊糊睡着的时候，听到老夫人说……"

她的声音压得更低："手心手背都是肉。"

明萱心头一动，笑着捏了捏绯桃的手："多谢你了。"

绯桃瞧了雪素一眼，撇了撇嘴："不值当什么。"

她和雪素是嫡亲的两姨姐妹，雪素的娘去得早，她这个当姐姐的自然要多照应着点。老夫人既然已经将雪素给了七小姐，那七小姐的荣辱则便关系着雪素的将来，只有七小姐好，雪素才会过得好，她递两句消息倘若能帮到七小姐，那也便是帮到了雪素。

回到漱玉阁，明萱联系祖母前后态度的变化，又仔细琢磨着那句"手心手背都是肉"，心里约莫猜到了些缘由，是啊，宫里贵妃娘娘有孕了，若是能得男胎，可是皇长子……

祖母安于后宅，管不到朝堂的事，可后宅女人的命运，却与朝堂分不开。祖母能做到这一步，已经很不容易了。她想着绝不能嫁给暴力狂，也不可以辜负祖母这份保护，便对手中这两块抹额越发费心思起来。

自从三年前那桩祸事后，明萱便晓得不能再像从前那样恣意地生活。她改了张扬活泼的性子，送走了最心爱的小马，开始静下心来学女红。她素来聪慧，一点就通，几乎全部心思都用在这上头，又有幸得了金针夫人的指教，苦练三年，绣技终是有些小成。

但要技惊四座，总还是要想个法子推陈出新才好。

明萱抬头瞥见墙壁上悬挂的簪花仕女图，那是前朝画圣唐伯安的真迹，唐伯安擅长点睛，所作的人物有个妙处，无论站在哪个角度看画，总能与画中人双目相对，眼神交融。

她脑中忽得起了一个念头，倘若将这点睛的妙法用在绣品上，只要有三五成水准，便也称得上是绣品界的一个创举了，深宅妇人于针黹上头最是讲究，假若她真的能绣出这效果来，必能给来赴祖母寿宴的夫人们一个好印象。

这点睛技法甚难，但顾明萱却是会的。

她父亲顾长平虽然仕途不顺，但于书画上却有极高的造诣，她从小耳濡目染，不仅字写得好，人物花鸟山水也都有涉猎，点睛技法也曾狠狠地学过几日。只是后来性子野了，在书房里坐不住，总爱偷懒，时日久了，都荒废了。

顾明萱想了想，便埋下头开始尝试起来。

过了两日，便是腊月十五，朱老夫人称精神不济，不曾召集家宴。

明萱也不想这时候和侯夫人过多接触，免得被惦念上。

她连日已经将点睛的技法练得娴熟，两幅抹额一个绣了彩蝠鸣春，一个绣了锦鸟贺寿，分别在彩蝠和锦鸟的眼珠上重重点睛，然后将南珠仔仔细细地缝在边线上。绣成之后，满室华彩，富贵逼人，又因技法新颖，看起来格外别致。

朱老夫人见了很是喜欢，立刻遣严嬷嬷送去了东平王府。

腊月十七日，陇西平昌伯府李家的马车先到，来的是平昌伯之子少祈和次女琳玥，这对兄妹都是平昌侯夫人嫡出，来过盛京好几回，去年大姑奶奶省亲，也曾跟着到永宁侯府住过些日子。

马车卯末进的盛京外城，永宁侯府立刻便得了信，明萱辰初便守在朱老夫人身边陪着她一块等，一直快到巳时门上才进来禀告说李少祈兄妹进了府门。老夫人料到外孙会被前头几个舅父留住，便忙打发严嬷嬷去接外孙女琳玥。

不一会儿李琳玥进了正堂，朱老夫人高兴地将她搂在胸口前直呼“心肝”。又哭又笑了一阵，才让琳玥跟屋子里的舅母姐妹互相见礼。

朱老夫人抚着琳玥肉嘟嘟的小手，眼眶有些微红：“你母亲信上说，初十之前想必就能到的，这一连晚了七日，外祖母心里别提有多急了，又害怕大雪封山阻了你们兄妹的路途，又担心是不是走岔了路遇着了歹人，七上八下的，没一刻不记挂着你们两个。”

她顿了顿，又含着眼泪继续说道：“总算这会子见着了人，这颗心呐，才算是安定了下来。”

琳玥笑着吐了吐舌头：“外祖母猜得不错，入封州时雪崩封了山，哥哥怕赶不及外祖母寿辰，便没有等官人将雪道清理干净，选了小路走，谁料到那小路虽也能到盛京，可却远了十万八千里，这才耽误了好几日。”

她摇了摇朱老夫人的手臂，语声娇憨：“都是三哥不慎，害得外祖母忧心了，待会儿等他从舅父们那边过来，外祖母一定要可劲儿地罚他！”

侯夫人挑开暖帘进了来，受了李琳玥的礼，便笑着对老夫人说：“母亲，侯爷留了祈哥儿在前头说话，一时高兴，非要考校祈哥儿才学，家里几个哥儿闻讯都聚过去要和祈哥儿切磋，连二弟和四弟都过去了，一时半会儿，祈哥儿怕是不能过来跟您请安。去年祈哥儿住在元昱的劲松院，刚才媳妇问过他意思，说还要和元昱一块住，媳妇便给他安置过去了。”

她转头对着李琳玥问道：“那玥姐儿想住哪里？告诉大舅母，好替你收拾。”

琳玥方才的调皮劲，面对侯夫人时倒都收敛了起来，她规规矩矩地福了一身，恭恭敬敬地回答：“让大舅母费心了，琳玥还跟去年一样，跟萱姐姐住在一起就好，漱玉阁离安泰院最近，琳玥也好每日过来陪着外祖母。”

侯夫人向朱老夫人道了辞，便下去安排。

她前脚一走，琳玥的性子便就放了开。

又说笑了一会儿，朱老夫人见她脸色有些乏了，便赶着她走："赶了那些天路，舟车劳顿，你定是乏累得紧，外祖母便不留你了，你跟着萱姐儿过去先洗洗，然后歇一会儿，中饭外祖母吩咐下去给你们姐妹两个加菜，等到晚上再给你们兄妹两个接风洗尘。"

老夫人发了话，一屋子人便就散去了。

领了琳玥回漱玉阁洗漱完换过衣裳，姐妹两个歪在火炕上说起悄悄话。

明萱好奇问道："我见你方才见了大伯母就像是换了一个人，这其中可有什么缘故？"

第2章　是非·杀伐·心安

李琳玥最是爽直活泼的人，听了这问话却忽地忸怩起来。

她咬着嘴唇说道："上两月我三叔娶亲，禄国公夫人也来了，和我母亲单独在一块说了好些话。后来三叔的亲事过了，母亲问我，愿不愿意嫁到大舅母家来。"

她脸色绯红，声音低得不能再低："说的是五表哥。"

五表哥，是指大房嫡出的五爷元显，禄国公夫人则是顾元显的嫡亲外祖母。

琳玥对着永宁侯夫人忽然拘谨规矩起来，是想要在未来婆婆面前留个好印象吧？

看起来琳玥对这门亲事是满意和期待的，不然她眼神里的害羞带喜是什么？

也难怪，顾元显生得英俊挺拔，是永宁侯嫡出的次子，今年刚满十八，领了御前行走的差事，品秩虽然不高，将来的前途却不可限量。中表之亲，年貌相当，性情脾气又都彼此知根知底的，寻常人看来的确是天作之合的佳配。

明萱心里很为琳玥高兴。

这三年来，她每日只在安泰院和漱玉阁间走动，与府里其他的姐妹碰面的机会很少，六姐不爱搭理人，八妹心高气傲，九妹心思深沉，十妹又太跋扈了些。她们似乎不愿与她交好，她也不想去亲近她们。

倒是琳玥，去年在漱玉阁住了两月，朝夕相处的，彼此性情相投，惺惺相惜便成了朋友。

五哥元显性子和顺体贴，关键时刻却又能拿得出主意来，是个极好的成婚对象，琳玥若是能嫁给他，倒当真是门好亲。

明萱想了想，问道："这门亲可议定了吗？"

琳玥摇了摇头："母亲有些心动，本来这回她也要进京的，可是临要走时祖母忽然得了急病。我们家人多，大嫂新近才掌事，祖母这么一病，母亲怕大嫂顾不过来，只好等过一阵子再说。"

她微微垂眸："外祖母也希望这亲事能做成。"

明萱琢磨着想要用什么理由来提醒琳玥，可绞尽脑汁都找不到个实例。

这年代盛行亲上加亲，姨表兄妹通婚屡见不鲜，未出五服的就更多了，倒还真没听说过哪家生出过怪胎来，祖父和祖母就是姨表兄妹，嫡出的三子一女个个都很健康聪明。她若是开口就说夫妻血脉相近易产畸婴，琳玥不只不信，只怕还会觉得她存心诅咒吧？

倘若这亲事势在必行，她又何必平白让人觉得晦气。

况且，也不一定会那样巧的。

明萱想说的话，憋了许久，又全部咽了回去。

到了晚间，侯夫人早早命人在西花厅摆上了接风洗尘的宴席，共摆了三桌。

永宁侯顾长启和世子顾元昊招呼着李少祈坐了东桌，五爷元显六爷元易挨着，二老爷顾长明挨着两个儿子二爷元晟三爷元晋，庶出的四老爷顾长安带着七爷元昼也陪着一起坐。

朱老夫人坐了西桌上首，把琳玥和明萱叫到左右挨着坐下，明荷明蔷明芜明芍陪坐，世子夫人蔡氏在一旁服侍。

侯夫人则和二夫人简氏，四夫人薛氏，二奶奶张氏，三奶奶方氏并家里年纪略小的几个少爷小姐坐了一桌。

都是骨肉至亲，李少祈也是惯常来的，因此男女宾客之间并没有用帘子隔开。

明蔷的脸色有些憔悴，自从前几日她闹过那一场后，老夫人和侯夫人便就对她冷了下来，同住一座院子的明芜更是连照面都不曾与她打过。她终于明白这次精心准备的谋划虽免除了她嫁给建安伯的危机，但付出的代价却远比想象中的大。

投缳之前，家里的嫂嫂姐妹都让着她，仆妇奴婢个个都捧着她，便是出门去别人家里做客时，也从未有人低看过她。

可这才几日光景，一切却都变了模样。嫂嫂姐妹们都远着她，仆妇奴婢们也都张狂起来，要来的热水不热，该送银霜炭来的送了灰炭，便是去厨房要个分例之外的鸡蛋羹，也要出钱买了，那些素日里来往亲密的手帕交，前几日还说要请她去家里玩的，这几日送出去的信却都如同石沉大海。

明蔷终于明白，没了侯夫人的宠爱，她就好像是被剥光了身上披着的裘皮，富贵没了，前程没了，连旁人的敬重也没了。她只是个婢子生的庶女啊，哪里有恃宠而骄的权利？可这道理，现在明白也已经晚了。

白天她有心想去宜安堂请罪，却无意中听到侯夫人身边得用的瑞嬷嬷说话，临南王近日不知怎的想娶继妻，朝中不少官宦大员都在暗地里琢磨呢，侯爷也动心了。那瑞嬷嬷临了还讥讽地说道，八小姐看不上建安伯，如今便现送个王妃给她当。

明蔷素常跟着侯夫人出门的，知道临南王是镇守南疆的藩王，管一方财政，掌一方兵事，手中既有钱又有权，是众家都想巴结拉拢的人物。

可他却是个过了五十的糟老头子！

南疆那地方又蛮荒偏僻，听说还多蛇虫鼠蚁，她过惯了盛京中豪奢富贵的生活，不可能愿意去嫁给万里之外蛮荒之地的一名糟老头子，纵然他是王爷又如何？他都比自己的父亲还要老！

明蔷忽然很是后悔。

建安伯虽然素有好色的名声，那些虐杀婢妾的传言也很吓唬人，可相貌却是出了名的俊美。从前家宴时，她曾见过几次的，他还冲她温柔地笑过，现在冷静下来想一想，说话行止那样温柔的人不该是个暴虐的狂徒。

不该的。兴许，只是个误会。但现在什么都晚了。

明蔷从来没有这样懊恼过。她不要嫁给半截身子入了土的临南王，所以必须要想个法子做些什么才好！

她偷偷将眼瞥向东桌，表情忽晴忽阴，晦暗不明。

明萱恰好与明蔷对着坐，她见明蔷神情怪异地偷看东桌，便顺着她视线望了过去。

那边高谈阔论伴随着觥筹交错，气氛很是热闹，大伯父似乎兴致很高，不断地使人给倒酒布菜，两位叔叔也都喝了不少，哥哥们的脸上个个都布满红酡。其中以李三爷少祈景况最差，他原本长得白皙，此时酒气染出的红晕却从额头一直蔓延到了脖子根，看他眼神迷离，想来有七八分醉了。

明萱有些奇怪地看了明蔷几眼，直到琳玥叫她才回过神来。

因明日就是腊月十八正日子，用完晚膳，朱老夫人便发话让众人散了。

陇西来的信上已经把两家要结亲的想法提过，她当然乐得外孙女长久留在自己跟前，晌午时已经叫了侯夫人过去，打算等寿宴过了，就去合庚帖下文定将亲事定下来。以后有的是时间相聚，也不差眼前这点，因此老夫人爽快地让琳玥跟着明萱回去，没有留她继续说话。

琳玥舟车劳顿，有些倦乏，又听说明日女客繁多，恐怕到时还需要她帮着应付，便早早地洗漱完歇下了。

但明萱却有些辗转反侧，翻来覆去睡不着。

晚膳时，明蔷脸上的表情太让人不解，分明是下定了什么决心，可到底是什么呢？她不是已经用投缳逼得侯夫人不敢再提建安伯的那门亲事了吗？那么，她到底还想要做什么？家中的几个姐妹都到了待嫁的年龄，有前几夜明蔷的算计在前，她怎么都觉得有

些不安。

不要再出什么差错才好！

明萱偷偷掀开窗格，一股冷风灌了进来，她不禁打了个喷嚏，惊动了外厢守夜的雪素。

雪素披了件袄子蹑手蹑脚进来，见屋子里凉凉的，有些发急，“小姐怎么开着窗？”

明萱望着东南角月锦阁的灯火灭了，这才将窗合上：“不知道怎么，我觉得心里慌慌的。”

她勉强笑笑：“也许是我多想了。最近这几日，我好像有些太过小心。”

雪素服侍着明萱躺下，替她掖好被：“小姐早些睡吧，明日是您这三年来第一次待客，您不打足了精神可怎么行？我听厨房上的婆子们说，寿宴上光女客就有二十来桌呢！”

提起这个明萱心里就有些发慌。

祖母疼惜她，严令府中绝口不提三年前那桩往事，三房家破人亡是个禁忌，她被当众悔婚更是忌讳，或许私底下的议论是有的，但从来都没有人敢在她面前表露出一丝一毫。倘若不是因为这份体贴的关怀，她应该无法承受巨浪一般的流言蜚语，早就溺死其中了吧？

可是，明日前来的女客人数众多，有对她心存善意的，自然也有居心不良的。

她从前性子跳脱，也算得恣意骄纵，说话直来直去，定是有得罪过的人，若是那些人还记恨着她，趁着明日言语上诸多刻薄嘲讽，她该怎么办？今时不同往日，她就如同泥菩萨过江，自身难保，岌岌可危，再也无法承受多一点的诋毁和讥笑。

明萱正自发愁，忽然听到雪素“扑哧”一笑：“您瞧表小姐，睡得那样香，嘴唇还弯着呢，定是梦到了什么好事。哟，眉毛还在动呢，明晨起身，您可一定得问问她，到底做了什么样的美梦那么高兴。”

她侧头望了过去，莹莹烛火下，李琳玥笑得真甜。

明萱的嘴角不由也弯了起来。

腊月十七的夜，月色如水，万物寂静无声，漱玉阁安谧恬和。但永宁侯府的茂春园中，却正上演着丑恶的美人心计。

茂春园位于内院东首，隔开一堵墙便是西花厅，匾额上虽题了个“园”字，但其实并无什么林石造景，只是一所带三间屋的小院子。府中每常筵请开席，这里便作夫人小姐们换衫补妆之用，平日里并无什么人，只派了个老婆子每日洒扫看守。

随着一声尖叫，往常平静的小院就如煮开了的热水，立时沸腾起来。

永宁侯夫人的眼底沉着深不见底的恶霾。

因为元显和琳玥的亲事得到了少祈带来的答复，侯爷心中高兴，便起头带着家里这些爷们多喝了几杯，人逢喜事，一醉方休，侯爷最近为了贵妃娘娘犯愁，已经许久都不曾这样肆意过了，哪怕明朝就是老夫人寿筵的正日子，她也不忍劝住他们，果然不只这些孩子尽都倒了，连侯爷这海量也有了醉意。

她刚伺候着侯爷睡下，新近拨去看管明蔷的丫头豆绿便来回禀说，八小姐有些不对劲，甩脱了仆妇独自跑了出去。等她来到茂春园，推开这紧闭着的门时，谁曾料到入目会是眼前这等不堪场面。

大袄和披风随处扔着，男女的衣裳配饰散落了一地。

侯夫人怒不可遏，眼前到底是何等境况她只消一眼心内就一清二楚。她自小在国公府长大，嫁的又是侯爵，掌领家事也足有十年，自以为府中万事皆在掌握之中，可谁承想竟会出这等纰漏？

顾明蔷的手段并不高明，可终究是让她得逞了，这令侯夫人越加愤怒。

她是亲自派了人送李少祈和顾元显回劲松院的，那些人不可能中途撇下李少祈，将他弄到茂春园来，少祈醉得那么深，也不可能自个儿从劲松院走到这处来，即便他真的是自己过来的，那顾明蔷呢？月锦阁隔得远着呢，一个深闺小姐无端端地出现在这里，总不可能说是被少祈绑来的吧！

怒气攻心下，侯夫人恨不得就要踹门进去，将这败坏门风的贱人拿住，然后远远地发送到南边的庄子上，这辈子再也不要看见的好。

瑞嬷嬷拦住了侯夫人："这事若是闹开，不正称了八小姐的意吗？可八小姐得意了，伤到的却是侯府的脸面，贵妃娘娘有这样一个不守规矩没廉耻的妹子，恐怕又要白白添些气受。再说，大姑奶奶那里也不好交代啊！"

顾岚娘愿意将女儿嫁给不能承爵的元显，那是因为元显品貌才干都是上品，在御前当差将来出头的机会多，也许还能另谋一份富贵给琳玥。可她决不会同意自己的嫡子娶一个德行不好的庶女为妻。

但永宁侯的女儿，哪怕是庶出的，又怎能为人妾？

这件事若是处理不好，骨肉至亲，恐怕要成冤家了，到时候侯爷责怪，老夫人难过，元显的亲事也要受波折，论起来却都是她的错处。

侯夫人目光微沉，点了点头："对，是不能闹开。"

她对着身后几个粗壮的婆子说："进去把他们分开，不管表少爷神志是否清楚，都替他穿好衣服悄悄地送回劲松院。不要闹出动静来，若是八小姐要哭要闹，塞住她的嘴，将她绑住。"

这几个婆子都是侯夫人的心腹，做事麻利，果真一点动静都没有发出。

等处置妥当了，侯夫人这才整了整神色，推门而入。

顾明蔷害怕极了。

这屋里生冷，她身上只穿了里衣，本来还能窝在棉被中取暖，现下被婆子绑在床头，没有锦被遮盖，腊月寒天，正是一年最寒冷的时刻，她浑身被冻得打颤。冻一冻，不过得一场风寒罢了，养几日就又好了，这倒还不算什么。

可怕的是侯夫人看她的眼神，不是愤怒的，没有火焰，却像是深潭，完全看不出有任何波动。

顾明蔷真的害怕了，她养在侯夫人跟前，嫡母的性子多少还是有些了解的。

若嫡母气怒发作，那就说明她这计又成功了。不管如何，李少祈品貌出众，赖上了他也不算吃亏，他纵一时不能接受，可都同床共枕过了的，大家又都是亲戚，他必不会推脱，只要日后她小意温存更加体贴，他总是能接受自己的。至于姑母，向来都很喜欢自己，姐妹几个中，唯独给自己的礼是最重的，少祈又不是世子，必须要配出身高贵的嫡女，想来这门亲姑妈是不会反对的。

可侯夫人此刻那样平静……

她忽然想到从前侯夫人杖毙与小厮苟且犯了淫罪的白姨娘时，也是那样平静的。

侯夫人静静望着瑟瑟发抖的顾明蔷，淡淡地问道："蔷姐儿，你说说看，这到底是怎么回事？"

既没有指责，也不曾发难，问天气饭食那样平常的语气。

顾明蔷却觉得那声音森寒极了，像最尖利的冰凌刺穿她骨肉，破碎她身上每一寸肌肤，她猛地扑到侯夫人跟前，眼泪如同泉水涌出无法止住。

婆子将她口中的布缎拿出，她立刻哀求着说道："母亲，不是您想的那样的，母亲，是表哥他……母亲，求您为女儿做主，替女儿瞒下这件事，母亲，女儿以后什么都听您的！"

顾明蔷害怕着急，想到什么说什么，有些语无伦次了。

侯夫人忽然笑了笑："好，蔷姐儿什么都听母亲的话，那就最好了。"

她吩咐身边的婆子："去套一辆马车，蔷姐儿得了会过人的怪病，连夜送去西郊我陪嫁的庄子上。为免旁人被过了病气，着人将芜姐儿的人都请出月锦阁，今夜晚了，来不及收拾新院子，便让她去我那西厢房将就一夜，等明日一早，再搬去拢翠阁，东西不急着搬，人先过去，月锦阁便先封住，等老夫人寿筵过了，把它拆了洗地。至于素日服侍蔷姐儿的人……"

倘若不是那些奴婢帮衬着，顾明蔷一个深宅闺秀怎么能做成这肮脏事？少祈是怎么来的茂春园，角门上当差的奴才有没有拦住他，守门的婆子去哪里了，等过了老夫人寿筵，她都是要深究的，这些人这样胆大，不抓出来严惩，以后这侯府之中必然还会有人兴风作浪。

侯夫人发出冷哼："照顾不好主子的奴才，要来何用？都遣出去，发卖得越远越好，立时去办，若有哭闹惊动了旁人，唯你们是问。”

这可完全是杀人灭口的手段啊！

顾明蔷完全愣住，待反应过来时，嘴上又让婆子给堵了个结实。

她心里不断安慰自己，侯夫人不敢的，不敢的，可越想却越是绝望。等到几个婆子硬将她塞进马车，离永宁侯府越来越远时，她难以遏制心中的害怕绝望，身子一软，昏了过去。

明萱向来睡觉不实，半夜被外头轻微的动静惊醒。

雪素进来回话：“季婆子去打听了，说是八小姐得了痢疾，怕会过人，移到侯夫人陪嫁的庄子上去了，月锦阁不好住，九小姐的人也搬出来了。”

她轻声安慰：“动静很小，想来无碍的，小姐不用挂心，接着睡。”

明萱点头，明日硬仗，必须要养足精神才能应对，明蔷就算有什么事，既然是管不了的，她又何必为此烦恼？

第二日晨起，明萱去安泰院请安，恰好侯夫人在说昨夜的事：“蔷姐儿的乳娘从外头带了些不干净的吃食进来，许是吃了这个，蔷姐儿前几日便有些闹肚子，不舒服了好几天，原以为养几天便能好的，谁知道昨儿夜里忽然烧起来，豆绿来禀，媳妇儿正好还未歇下，便请了医正来看。谁知道竟说是痢疾，会过人的。”

侯夫人叹了口气：“媳妇想着，今日是母亲的大日子，过来给您贺寿的宾客少说也有四十来桌，倘若让人知道咱们府里有过人的怪病，冲撞了客人，总不太好。因此便自作主张，使人将蔷姐儿送到了媳妇陪嫁的庄子上去。蔷姐儿不在，今日芜姐儿是要待客的，媳妇怕她也不妥了，便让芜姐儿先歇在我那儿的西厢，今儿早上让人收拾出了拢翠阁让她住。”

朱老夫人听了，跟着叹了一声：“怎么这个节骨眼上出了这等事。蔷姐儿的奶娘该死，咱们府里最忌讳夹带，蔷姐儿想吃什么府里不能给做？偏要从外头买。老大媳妇，这事你处置着就好，不必再禀我了。”

她说完，向明萱招了招手，笑着说道：“瞧，咱们萱姐儿最是守时，每日准这个时候到，来，用过早膳了吗？玥姐儿呢，是不是还没起身？”

明蔷跟老夫人和侯夫人请了安，恭恭敬敬地回答：“昨夜歇下时，表妹说了要我今晨叫她一块过来给祖母请安，但我见她睡得沉，想到这几日她长途跋涉，行路艰辛，就不忍心唤醒她。”

她嘴角微微弯起：“早膳还未用过，孙女儿等给祖母请了安，再回漱玉阁与表妹一块用。”

朱老夫人满意地颔首：“咱们萱姐儿就是想得周全，好了，这早安也请过了，祖母不留你，快点回去唤了玥姐儿起来，洗漱用膳，再好好打扮打扮，就过来祖母屋子里陪

着。与咱们家有亲的那几个府定要比旁人来得早些，你们姐妹两个得陪祖母待客。”

明萱举止娴雅地应声去了。

侯夫人望着她离去的背影，半晌不语，眼中却跃动着点点光亮。

明萱出了安泰院，东方的天际已经漏出了几片金光。

她将雪素递来的手炉拢在大氅下，贴近胸口，一边往漱玉阁走一边说道：“昨夜那样冷，原还担心今日会再下一场雪的，好在天公作美，看起来今儿该是个艳阳高照的大晴天。”

自从入了十一月，连绵下了好几场大雪，整座盛京白雪皑皑，像是座巨大的冰窖，已经许久都不曾见过阳光了。

雪素接口说：“我说呢，早起时就觉得没昨日那样凉。听府里的老人们说，咱们盛京入冬时虽然极冷，可只要过了腊月，这天气就该渐渐还暖起来了。”

她忽然笑了起来：“表小姐怕冷，昨夜您就让烧了双份的银霜炭，这天若再不暖和一些，咱们这个月的例炭可没两天就得烧完。”

虽是开玩笑的口吻，但又带了几分认真，语气中藏着担心和忧虑。

明萱的脚步顿住，她转身问道：“是不是上回换得的钱都没了？”

雪素勉强笑了笑：“请严嬷嬷添的香油钱五十两，替老夫人搭棚施粥馈慰乡民的钱一百两，打那些赏人用的金锞子共花了二十两，再加上七零八碎的用途，上回绞了那半壁金冠兑的二百两银，花用得差不多了。”

她当着漱玉阁的家，便得操起钱银上的心。

七小姐的月例是十两银子，若换了寻常的小户人家省吃俭用也可过上大半年，但在侯府却是不够用的。与其他院子的婆子丫头结交要使钱，请人打听消息要使钱，家中的长辈同辈过生辰要想法子折腾寿礼，各个院子有体面的嬷嬷姐姐们过寿也要凑份子给礼钱。

十两银，根本就不够的。

前两年，三房私账上尚还余留了些银子，可坐吃山空，到了上半年便有些入不敷出，一直都在勉力撑着。三夫人的妆奁倒是丰厚，可大多都是些庄子田地，三夫人去得突然，这些地契房契便都由老夫人暂保管着。

总不能跟老夫人要了契约去卖房卖地筹钱……

余下的那些古董字画宝石太过惹眼，是动不得的。

老夫人这些年时常也赏赐东西下来，但那些稀罕物事都是府里造了册的，能摆着玩，能转赠给其他姐妹，也能不小心摔了砸了，却不能流落到外头当铺里去的。让有心人瞧见了，还以为侯府里要破败了呢！

算来算去，便只剩下库房西头封了庚字号红漆的那些箱笼，可那是当年左都御史韩修给七小姐下的聘，因他毁了婚约，这六十八抬聘礼便都没有要回。这原是一注大财，但对被悔婚的女子而言，却该是奇耻大辱，整个漱玉阁无人敢在七小姐面前提起这茬。

雪素想，倘若不是上两月实在撑不过去了，她是决不会多嘴说那句的。

可七小姐却像是拣到了宝……

明萱抿了抿嘴唇："上回找到的那金冠，还剩了一半吧？今日府里人多，趁这机会再托丹红的哥哥拿去钱庄兑些银子回来吧。表小姐愿意在漱玉阁住，咱们便要让她住得舒舒坦坦的，银霜炭再珍贵，多烧几块又能用得了几个钱？"

她脸上忽然露出兴味的笑容来："那两匣子的金头面虽不值什么大钱，但让咱们衣食无忧地生活个几年，却还是不成问题的。"

古董字画若拿去典当，难免会被人查到出处，但金镯子金钗环金头面却不一样，绞碎了看不出来原本的花样来，便就能拿去钱庄兑银子。

雪素很是犹豫："可是，那些都是……"

明萱打断了她的话："那些都是我的东西，是不是？若那是我的东西，自然我想怎么处置都行，对不对？既如此，还有什么可是？"

她将雪素的身子扳过一些，撩开额头紧紧盖着的头发，指着鬓角处深深浅浅的印痕，正色说道："我撞伤过头，过去的很多事情都不大记得了，不瞒你说，我甚至都记不得那位左都御史大人的长相。每常府里有客人见着我，总要用那样怜悯的眼神看我，好像我就是天底下最最可怜的人了。"

明萱摇了摇头："其实我自己并不觉得如此。都已经不记得的事，还有什么好难过的？你我主仆三年，你可曾见过我为了那件事伤怀过？我顾明萱从不为了过去纠结，也从不会为不值得的人伤心。那人毁了婚约，于情于理这些东西便都是我的，我也受得心安理得，从前是因为用不着，如今正是需要的时候，为何不能拿来花用？"

雪素一时怔住："小姐……"

明萱轻轻拍了拍她肩膀："我这会儿处境不好，你是知晓的。遇人不淑这种事，一辈子遇到一次已经够了，我绝不能再重蹈覆辙的。"

她幽幽叹了口气："咱们回去吧，这个时辰表小姐想必已经起了。"

雪素半晌回转过来，是啊，小姐都不在意了，她还在意什么？她抬头望见明萱单薄的背影离得有些远了，便加快了几步赶了上去。

月牙门处花枝隐约颤动，均匀抖落几颗雪珠，一声轻叹若有似无。

李琳玥见明萱进屋，把住她手臂就摇晃起来："说好了早起要叫我的！"

明萱笑着说："倒还真叫了，你答应了一声却卷着被子又翻过去睡了，我实在叫不起你，那可怪不到我头上。"

她其实是很羡慕琳玥的。

心无杂念的人，自然睡得香甜。藏了太多心事有着太多担忧的人才睡不实，一点风吹草动就醒了。像她，已经三年没有睡过一个整觉了。

琳玥有些不好意思起来，她拉着明萱坐下：“我没去请安，外祖母没怪罪吧？”

明萱摇摇头：“祖母心疼着你呢，怎么会怪罪？”

她把朱老夫人的话转述了一遍：“等用过早点，咱们换了衣裳就得过去。辅国公府和禄国公府的人想必最先到，说实话，我三年都不曾待客了，那些姐姐妹妹们我都有些分不清，你去年来盛京时可都是见过她们的，记得等会儿要提点我下，免得闹出笑话来。”

琳玥笑着点头：“嗯。”

丹红将早膳摆好，明萱便开始动筷：“多吃一些垫垫肚子，免得待会儿饿了却脱不出身来找东西吃。”

宴席开在寅时，大部分宾客巳时却都到了，待客的各处花厅堂屋都备有糕点茶水，但待客的主家却通常都忙得无暇垫腹，明萱虽然是第一次经历这样的事，但先前从雪素那探听了不少消息，大抵的情形还是知晓的。

琳玥一边吃着，一边问道：“昨夜好像东南角有些吵闹，我记得那边是月锦阁，是出了什么事了吗？”

她虽睡得实，但中途明萱起身雪素进来回话她迷迷糊糊仍是有知觉的。

明萱没有瞒她，将侯夫人在安泰院说的那番话道出：“无碍的，大伯母只是以防万一。倒是可惜了八妹妹，盼了这次筵席许久了，竟就这样错过了。”

她心里虽觉得有些蹊跷，但又想不出侯夫人非要遣走明蔷不可的理由，加之她和明蔷素来并无交往，因此也不愿意深想。侯夫人说什么，那便是什么吧！

李琳玥听了，拍手笑了起来：“顾明蔷倒也有今日！”

颇有些幸灾乐祸的意思。

明萱奇道：“你和八妹妹闹过什么别扭？”

琳玥哧笑一声：“那倒没有，我就是看不惯她那做作的姿态。在你们府中，我瞧她长得不如二舅母家的芍姐儿娇艳，身段不及新来的那位芜姐儿窈窕，气质没有六姐姐娴雅，若论贞静端方，更远不如萱姐姐你的。论出身，只不过是婢出的庶女，怎得就要比郡主娘娘还傲气呢？”

她的二嫂就是成怀王的郡主，性子最是温和亲切了。

明萱浅浅笑了笑：“各人有各人的脾性罢了。别光说话，多吃一些。”

她直觉地不想多谈明蔷的事，便将话题岔开。

李琳玥便不知怎的颇有些感慨地望着她：“萱姐姐，你真是好性子。真可惜我三哥已经和梅翰林家的孙女儿在议亲了，不然你给我做嫂子该多好！”

她话刚说完，便已发觉不妥，忙捂住自己嘴：“哎呀瞧我，真是什么话也敢乱说。

萱姐姐，我可不是故意冒犯你的，千万别跟我一般见识。”

这话倘若让人听了去，确实是有碍名声的。

但这会儿却是在漱玉阁，明萱并不在意，她笑着说：“你也知道自己说错了话，在这里便罢了，外头可不许再莽撞了。不闲聊了，快吃快吃！”

琳玥吐了吐舌头，见明萱果真没有生气，这才放心大快朵颐起来。

明萱心里却在想，大姑母果真是个厉害人物，在三个儿子的姻缘上简直算得上是殚精竭虑了。

平昌侯世子李少桢娶了定襄侯的嫡女沈氏，沈家掌握兵事世代封侯拜将，沈侯爷素来以兵道治家，沈氏也果然不负所望，不仅能料理家事，身子也好，过门不过五年，已经产下三个男嗣了；次子少珩，娶的是身份尊贵的成怀王郡主，虽是皇亲，难得好性；李家已经不缺富贵权势了，所以李少祈的妻子便选了梅翰林的孙女，梅翰林曾任国子监祭酒，品阶虽然不高，但桃李满天下，最是清贵了。

她正想着，安泰院的二等丫头紫玉匆匆来请：“辅国公夫人并几位奶奶小姐都到了，老夫人请七小姐和表小姐过去！”

明萱不敢怠慢，与琳玥各自换过待客的衣裳，打扮周正了便就往安泰院去。

严嬷嬷亲自迎了出来，边引着她两个进去，一边小声提点着说：“辅国公府的马车还在前院，这会儿该在二门处换软轿，两位小姐快进去先候着，老夫人必然会欢喜的。”

她顿了顿，又压低声音说：“其余几位小姐还不曾到。”

明萱笑着道了声谢，便跟着严嬷嬷进了内屋。

朱老夫人见她和琳玥早早来了，果然脸上现出欢喜宽慰的神色来。

她一手拉住一个，左瞧瞧右看看，见自己心里最疼宠的这两个女孩皆好相貌，由衷高兴，对着严嬷嬷笑着说：“想咱们也有过这样如花豆蔻的好年月，总觉得像刚过去没多久，可这一晃啊，孙女儿都出落得这样齐整了。”

严嬷嬷也陪着她笑：“老夫人儿孙满堂，个个都能干本事，膝下的几个小姐不只相貌好，还孝顺。这是旁人盼也盼不来的好福气呢！”

这话音才刚落下，便听到屋外传来老妇人的笑声，“老姐姐的好福气，弟媳妇可一直都羡慕得紧呢！”

珠帘攒动，一阵细碎脚步，是辅国公夫人到了。

朱老夫人出自辅国公府，现任的辅国公朱瑞乃是她一母同胞的弟弟，辅国公府于子嗣上头本来就不丰茂，这几年同辈分的骨肉至亲又没了好些，如今也就只剩下他们姐弟和东平太妃三个了。老夫人重视娘家兄弟，对辅国公府来人自然格外亲厚一些。

见侯夫人亲自引着辅国公夫人并一众奶奶小姐们进得屋中，朱老夫人脸上的笑容更深了，等彼此都请过安行了礼，她便急急地拉了辅国公夫人上了热炕："听钱嬷嬷说，你这几日心口疼的毛病又犯了，今儿可怎样？还疼吗？这天寒地冻的，我又不是整生日，捎话给你让你安心在家养着，你怎的就是不听？"

这番诚挚关怀，辅国公夫人听了鼻子便是一酸，她捏住朱老夫人的手说："瞧姐姐说的，我这又不是疼得走不动了，不然您的好日子，我怎么能不到？放心吧，我那毛病您又不是不知道，熬过那疼就好了，今晨起来觉得舒坦我才来的。"

她转头看到伺候在一旁的明萱和琳玥，便笑着说："萱姐儿和玥姐儿，还不快过来舅奶奶这边？"

明萱和玥姐儿恭顺地过去："请舅奶奶安。"

辅国公夫人笑着打量着明萱，心中暗自点头。

明萱今日穿了件嫣红色暗刻万字福软罗做的袄子，只在边上素绲了一圈镶金色的边，上头用柳黄葱绿竹青橘黄杏红各色混着，绣出萱草的形态，下身系了藕荷色的棉裙，莲步轻移时，能露出里头檀色的里子，这外浅内深的用色是盛京新近才行起来的。头上并无太多珠钗，只戴了一支嵌了上品红宝石的八宝如意虫草簪，既喜气又清丽。

确实生了副好相貌，从前恣意的性子经过这几年磨砺，倒显得既贞静又端庄。

她想了想，便冲几个孙女招了招手："媛姐儿，姝姐儿，如姐儿也过来，你们姐妹许久不曾见着了，还不快让萱姐儿领着去隔壁厢房说悄悄话去？"

朱老夫人微愣，见辅国公夫人冲她眨了眨眼，便知道她支开几个孩子是有话要说，便笑着对侯夫人说道："我和你舅母要说些私房话，你便领了弟妹们去东厢歇歇，使人让老二家老四家的都过来陪客，还有荷姐儿芍姐儿和芜姐儿，也着人去叫了来。"

侯夫人应声去了。

明萱也笑着对屋里的女孩子说："妹妹们都跟我去西厢，祖母在那新砌了个热炕，可暖着呢。"

她脸上虽是笑着的，但心里却有些惴惴不安。她知道两家关系亲近，从前走动得频繁，但一时却有些拿捏不准该怎么与这几位朱小姐相处。若是过分亲近了，便有些唐突，可若是太过客气，又显得生分了。

明萱一边想着应对之法，一边与琳玥在前头带路，引着朱家的三姐妹进了西厢房。

刚一进屋，媛姐儿便红着眼扑了过来："你个没良心的，亏咱们从前那么好的交情，我不过是去了宁州府两年，没在你最艰难的时候陪着你，再回来你便将我们素日的情分都忘了去了。”

她对着琳玥说道：“知道她在孝中不能出门，我特地上门来见她，结果她倒好，不是去了白云庵，便是重病怕过了病气不能见人。我给她写信，哪怕回一封我也能安下心，可她倒好，愣是就当没看到。”

明萱嘴唇动了动：“我……”

下一刻，琳玥却已搂住朱玉媛的肩膀：“有件事本来不欲让人知晓的，既然媛姐姐今儿问起，这屋子里又都是至亲姐妹，那我便也不替萱姐姐瞒着了。”

琳玥有些心疼地望了眼明萱，压低声音说道：“萱姐姐额上受过重伤，过去的事情许多都不记得了，她定不会故意压着你的信不回。至于避而不见，那就更是媛姐姐多想了，外祖母什么样的人，若是萱姐姐装病还能瞒得过她？倘若不是十分不好，怕过了病气给人，外祖母怎么会不让人去叫了萱姐姐出来见客？”

朱家姐妹都惊呼了一声，望向明萱的眼神中各自添了几分怜悯。

媛姐儿更是含着眼泪问道：“琳玥说的可都是真的？”

见明萱缓缓点头，她又恨恨地跺了跺脚：“你我是什么样的交情，你出了这等事竟也不愿意告诉我，倘若你肯老老实实说你不记得我了，我定是要把我们的事从头到尾说一遍的。可恨你明明是有苦衷的，却偏让我伤心了这许久！”

明萱感激地望了琳玥一眼，随即苦笑着对媛姐儿说：“实在这件事并不光彩，说出去还要牵累得府里没有脸面，因此才瞒着不说，也请姐妹们今日听了只藏在心里，我便千恩万谢了。但让媛姐儿你心里不痛快，却是我的不是，这会儿话既说开了，以后还请你多担待着。”

额头上的伤早就已经不疼了，但那道伤疤却仍然在，用再好的药膏也永远都不会抹平消失，正如她千疮百孔的心一般。当初九死一生，好不容易保住了一条性命，可醒来后却发现，有些记忆不知不觉缺失了，她甚至想不起来韩修这个人到底是谁。

太医说，是因为撞击引起颅内出血，血肿未消导致的暂时性的失忆症，过一阵子就会好的。但这三年来，她逐渐记起了许多事，快乐的、喜悦的、难过的、伤心的，却唯独想不起来与韩修有关的事，他们如何结识，怎样相恋，又因何放弃。

她完全不记得了……

明萱并没有将话说得很清楚，但朱玉媛是国公府的小姐，又曾跟着父亲外放了两年，见识原要比别人多些，这话中的意思一听便就能明白的，当年明萱的处境何其不堪，又要顾及着侯府的名声，又如何能传出她撞墙自戮不成却伤了脑袋的事？

倒是自己未曾设身处地替萱姐儿想过，算是无理取闹了。

媛姐儿这样想着，眼中便又多了几分愧疚：“那你以后可不许再避着我了！”

琳玥闻言，便笑着将玉媛的手与明萱的手叠在一块："好了，既都说开了，便和好吧，这地上怪冷的，还是去炕上暖和。等待会儿来的人多了，可就轮不到咱们坐了。"

她先自跳了上去："快上来！"

西厢房内笑声攒动，正屋里，朱老夫人脸上也抑制不住地高兴："你说上回东平王府群英会上，咱们瞧中的那孩子果真品行端方？是真的？你让子存派人去打听过了？"

朱子存，辅国公世子的嫡长子，在年轻一辈中颇有些声威。

这两年，每回遇着宴席聚会，朱老夫人总是在暗暗替萱姐儿留心着有没有相貌品行看着不错的青年。她心里打算着，萱姐儿出过被拒婚的事，老三那事直到如今皇上也没发个明旨有个说法，恐怕门第相配的人家不愿意接纳萱姐儿。可永宁侯府的嫡出小姐，倘若肯低嫁，却还是有人愿意来求的。

上两月东平老太妃为了替孙女儿择婿，便让东平王开了个群英会，朱老夫人便趁着这机会哀求堂姐将宴请的名单开得宽泛一些，但凡是盛京城中正五品以上适婚的官家嫡子，都请东平王写了帖子邀请入席。

她则和辅国公夫人偷偷陪着东平老太妃一块相看，倒还真看上了一个。

辅国公夫人笑着回答："那孩子姓颜，今年十八岁，秋闱时中了头名解元，明年春闱若不出差错，想必是个有前程的。子存说他品行端正，为人又有几分忠厚，倒是个不错的孩子。又打听到他父亲在工部供职，虽然只是营缮清吏司的正五品郎中，但官声却很不错。只是出身清寒了一些，祖父曾卖过草鞋。"

朱老夫人忙说："出身清寒怕什么，只要孩子有出息，将来有咱们几个府里帮衬，总不会过得太差。只是……"

想到宫里贵妃娘娘的处境，她有些犹豫起来："我们家的事你想必也听我兄弟说起过，这会子我若是做主给萱姐儿定了亲，我那大媳妇怕还不怨死我。你也知道，老大是还想要跟建安伯继续当翁婿的。家里适婚的女孩儿不多，蔷姐儿又不懂事，大媳妇可一直都在盯着萱姐儿呢！"

辅国公夫人便皱了皱眉："姐姐您现在到底是个什么意思，若是当真愿意让萱姐儿结这门亲，我便让子存去跟那孩子探探口风。若是要顾忌着老大一家，哪怕他们推萱姐儿入火坑也不去管了，那我就索性不让子存开这个口了。"

朱老夫人想了想，咬了咬牙说道："管，怎么不管！这事儿我出不了面，但若是颜家自个儿求了来，又找了有分量的人保媒，老大总不会一点都不问过我的意思，自个儿替萱姐儿决断了吧！"

巳时刚过，禄国公夫人带着儿媳和孙女先到安泰院，富春侯世子夫人紧跟着也到了。四夫人薛氏的娘家远在西南任上，便请了族中做大理寺少卿的堂兄前来贺寿，这位少卿夫人是位伶俐人，也早早地带着儿女过来给薛氏撑场面。

又过了大半个时辰，宾客们便陆陆续续都到了。

男宾们由世子元昊引着进了外院的鸣鹤楼中坐。女客皆随着世子夫人进了安泰院正屋，小姐们则由明荷明萱几个姐妹陪着安顿在西厢房暖阁。

永宁侯府是簪缨百年的世家，自太祖起便在朝中占有一席之地，虽然中间也有数次起伏，但如今不仅屹立不倒，顾贵妃更是率先怀上了龙嗣，倘若生下了皇长子，那顾家的富贵还有得绵长不绝。这些夫人小姐来时早就被叮嘱过了的，因此一到便个个都变着法儿讨朱老夫人欢心，一时间正屋内笑声不绝。

西厢暖阁之内，却又是另一番景象。

原本明萱和琳玥一块招待着朱家罗家简家和薛家的几位姐儿，虽然彼此之间并不十分熟悉，但琳玥和媛姐儿都是活泼热情的性子，琳玥家住陇西，媛姐儿去过两年宁州府，便都拿些地方上的趣事来说，果真吸引了众人的目光。

论起来都是亲戚，大家的性子也还算好相处的，因此聊着聊着便都熟了起来。

后来明荷明芍带着明芜过来了，见众人处处都捧着明萱，视她为主家，心中便都有些不虞。明荷倒还好些，她将来是要做郡王妃的，端庄大度是必备素质，若是连这等小事都容不下，恐被人说失了身份。但明芍素来被捧惯了的，这会儿感觉被冷落，便立时沉下脸来："简瑟瑟，你过来，我有话要对你说！"

这声音颇有些尖厉，带着股不容抗拒的强硬，一时打断了暖阁中的笑语。众人皆有些惊讶地向明芍望了过去。

明萱也觉得有些不可思议。

简瑟瑟是富春侯世子的嫡长女，今年十四，足比明芍大了一岁。明芍方才当着众人的面直呼表姐其名，口气又很是不善，这便是公然不敬长姐了。倘若有人将这事告诉了言官，是能参明芍的父亲顾长明一本治家不严的。

治家不严，说大不大，说小却也并非小事一桩。

明萱皱了皱眉，随即便向琳玥使了个眼色，两个人重又将方才讲的故事接下去，见其他姐妹也很快就投入进来，并无人特意去留心明芍的举动，心下才略安定一些。她心想，好在此时屋中皆是自家姐妹，否则真是要闹出笑话来了。

明荷见明芍确实有些过分，便清了清嗓子，冲着简瑟瑟招了招手："瑟瑟，你过来，方才我和芍姐儿在外头碰见舅母了，她有几句话要让我转达呢！"

简瑟瑟的眼中飞快地闪过一丝不悦，但却还是笑着从暖炕上下来，走到明荷姐妹身边去。

媛姐儿冷哼了一声："芍姐儿也太没规矩了，今儿是姑祖母的寿辰，多少双眼睛看着呢，她也敢这样！瑟瑟虽然不是她亲表姐，但名分上却是铁板钉钉的事了，她怎么敢对着富春侯世子的嫡长女这样呼来喝去的！"

富春侯只有二夫人简氏这个独养女儿，因怕百年之后无人继承香烟，这侯爵之位落入旁人之手，便从老家宗族里挑了位有才干的侄子过继来请立了世子，便是简瑟瑟的父亲简承辒。但简氏仗着她是富春侯亲生，又嫌弃兄嫂来自老家没有见过世面，言谈举止间很有些看不起他们，明芍有样学样，素来对简瑟瑟就很不客气。

简承辒爵位到手之前，自然不会轻易得罪了简氏，简瑟瑟对明芍便也只有忍让的份。

这些闲话，在盛京城中，早就是尽人皆知的话题了。但听人说起是一回事，亲眼所见又是另外一回事，朱玉媛见明芍竟这等跋扈，难免要替简瑟瑟抱打不平。

明萱轻轻拍了拍她肩膀，笑着说："高兴的日子，说这些闲话做什么？咱们姐妹难得聚的，说些有趣的事不好吗？"

不一会儿，各府的小姐陆陆续续到了，见明萱那边热闹围过去的人便就更多。

明芍有些气恨不过，她想不通那些素日交往过的姐儿为何要弃未来的清平郡王妃不顾，反倒跑去巴结七姐这个被当众拒婚的，就是上月参加恭顺侯家三小姐办的诗社时，还有人拿这件事取笑呢。怎么才隔了几日，这些人都忘了？

她不甘心受此冷落，更不甘心一向看不上的明萱被追捧，便有些跃跃欲试想要再生事，到底还是被明荷拦住了。

明荷沉下脸："你心里若有什么不快，也要等祖母寿筵过了再说。我听说东平王妃正在为世子挑选亲事，安国公府的三爷也到了娶妻的年纪，这两家都是好亲，母亲正想法子替你筹谋着。"

她见明芍脸上现出惊喜神色，便叹了一声："你方才对瑟瑟那样无礼，倘若王妃和安国公夫人知晓了，恐怕对你的印象要差上不少。你还不知收敛，难道要在祖母寿筵上闹出了大笑话才好吗？"

她话音刚落，便听到朱玉媛笑着说道："呀，哥哥们都给姑祖母拜寿来了，萱姐儿，穿蓝色直裰的便是我大哥了，跟在后头的是我二哥和三哥，着天青色锦袍的是东平王世子哥哥，旁边那位就是禄国公家的七公子。咦，那不是……清平郡王世子也来了呢！"

明荷听到"清平郡王世子"这六个字，身子便有些微微一颤。

她转过头去，见那边厢的众位姐儿将暖阁的帘子掀开了一些，正都挤在一块去瞧外头给朱老夫人请安的世家子弟，她便也有些心动想要看一眼未婚夫，可到底还是抹不开这个脸面，僵僵地坐在了美人榻上不动。

明萱失忆醒来了三年，还是第一次见到自己兄弟以外的男人，好奇心是有几分的。粗略瞥过一眼，这几位公子相貌都还算不错，身形也都挺拔，称得上"贵介玉质"这四个字。但她心内知道，自己将来的姻缘是不可能落到这几位头上去的，因此便就不像其他姐妹那样看得认真。

她悄悄地将位置让了出来，恰好看到明荷正对着几上的茶水发呆。

明萱心想，家中姐妹几个，明蔷自私，明芜阴沉，明芍跋扈，只有这位六姐姐虽然常端着架子，看起来有些冷淡，但却是个明白事理的，从未因三房出事便就踩低过她。外头那位清平郡王世子，看起来很是温和，想来也是个好性子的人，六姐也算是得了份好姻缘。

但自己就……

大伯父是必要和建安伯再作亲的，祖母也摆明了只能暗中替自己想法子，可明蔷连夜被送去了庄子上，一定不只是痫疾那样简单，大伯母像是真心恼了明蔷，但也不可能抬举明芜嫁过去。便是大伯母想，堂堂建安伯也未必会要一个青楼花魁所出的继妻，那会被人笑话的。

这样看来，倘若自己近期无人问津，那不管她多努力讨好东平太妃，又有什么用呢？身在这个女子必须依附家族才能存活下去的时代，她根本没有办法抗拒大伯父命令的，除非她死。可她劫后余生，好不容易重新呼吸到了新鲜空气，哪怕失去了记忆，她都不舍得再死去一次了。

明萱忽然觉得很是沮丧。

媛姐儿伸手扯她的衣裳，压低声音叫道："萱姐儿，快来看！"

明萱探出脑袋，看到正屋中立着一个穿着紫棠色锦袍的青年，他身形俊逸，脸廓的线条很是利落阳刚，浑身上下透着股冷静沉着，看起来不过二十几岁的光景，但隔得那么远，却还能感觉到他身上那种咄咄逼人的气势，这个男人不仅城府极深，看起来还是个决绝狠辣的人物。

忽然，那人似是察觉到了什么，一双星目犀利地瞥了过来，明萱不小心与他目光对接，只觉得那人的目光像是无情的冰锋，冻得人胆战心惊的。

她心中一抖，凑在媛姐儿耳边小声问道："这人是谁？"

媛姐儿似是料到了她会这样问的，忙对她耳语："你果真什么都忘记了，那个便是当众与你悔婚的韩修。三年前，他才不过二十，就已经是正二品的左都御史了，听我父亲说，去年他调入中书省，不过短短半年，便就升了从一品的平章政事。如今朝中若论权势，除了裴相，便就是他了！"

她忽而露出惊讶神色："韩修明知道你们府中不大欢迎他的，姑祖母寿辰这样的好日子，他因何还要不凑趣地过来呢，难道偏要给大家添堵不成？"

明萱也有些茫然地摇了摇头："这人看起来就不是善茬，他心里想些什么怕是没人能看得透吧。不去管他了，媛姐儿你过来，接着刚才的话继续说下去，我还想听呢。"

其实她对这位韩修大人真的一点印象也没有了，可刚才那犀利冷酷的一眼却还是让她浑身都感觉不舒服。

过不多会儿，二门上当差的婆子急急过来回禀，说东平王府的太妃领着王妃郡主一

并到了，方才换过软轿，这会儿侯夫人陪着，约莫已经到了东南面的拾锦轩处。

拾锦轩与安泰院只隔了一片荷塘，寒天路滑，轿夫的脚程有限，朱老夫人心里默默计算着时刻，一边使人唤了西厢暖阁里的小姐们出来候着，正屋里坐着的几位太夫人闻讯纷纷整理容仪，原本在东厢房聚着说闲话的夫人们也恭恭敬敬地出来迎接。

原来周朝皇室向来子嗣不丰，好不容易先帝时连得九子，却因御座之争五龙夺嫡手足相残，到如今太祖爷的嫡脉子孙除了今上外，便只剩了四家。临南王镇守南疆，成怀王据势西塞，清平郡王盘置东北，唯独东平王府因血脉最亲，得以留在盛京。

已故的东平老王爷，与先帝是一母同胞的亲兄弟。

先帝的皇后早逝，今上的生母也并不长寿，以致今上践祚九五时后宫之中并无太后掌执。新帝登基，朝堂权势重新洗牌，连内宫也是如此，新旧更迭，宫人们各事其主，难免还有些夺嫡后的余波。裴皇后到底年轻了些，今上便请东平太妃入宫协理了两月，雷霆手腕之下，整个后宫才算真正归拢至裴皇后之手。

因此裴皇后对东平太妃十分信任倚仗，今上也对太妃敬重有加。

圣意隆盛，周朝无人不知，安泰院中聚着的命妇淑媛，又岂敢轻慢这位老太妃？

朱老夫人一双利眼瞥见门上小丫头的示意，便知道东平王府的人已经到了，她整了整衣冠，向明萱招手：“萱姐儿，你过来，陪祖母至门口迎老太妃。”

明萱不敢迟疑，忙将手扶住朱老夫人的手臂，莲步轻移，徐徐袅袅到了门前。

这时，屋外传来了说话的声响，严嬷嬷毕恭毕敬地挑起暖帘，侯夫人则小心翼翼地扶着老太妃进屋：“太妃慢请。”

明萱偷偷抬头去看，东平太妃穿着身华贵的一品仙鹤补亲王太妃常服，腰间系了代表宗亲身份的玉佩绶带，头上倒并未戴着厚重的太妃金冠，而是在鬓角簪了支七翅鎏金凤钗。

垂珠摇曳处，她费尽心思绣出来的万蝠鸣春图十分显眼，寿蝠的眼睛正慈悲地回应着她的注视。

明萱只觉得喉咙一紧，心头便转过万千复杂心绪。

没想到东平太妃真的戴了她做的抹额！

朱老夫人不敢怠慢，忙亲自迎了上去，与老太妃和王妃郡主相互见了礼，然后笑容满面地替了侯夫人将老太妃扶过来：“这么大冷的天，老太妃本该在暖阁里饮茶听戏的，今儿为了我，倒让您在寒天里来回颠簸遭了罪，妹子心里可真过意不去。”

她将老太妃安置到暖炕上，又要请东平王妃也上座。

东平王妃忙笑颜推辞：“姨妈您是长辈，原不该将这位置让了我，何况今儿您又是寿星，这阖府的宾客俱是来为您贺寿的，我却占了这主位倒算是什么？您快坐下，不用跟我客气。”

老太妃笑着将朱老夫人拉着坐下："好了，和自家孩子客气这个做什么？你快坐下，让你外甥媳妇坐我身边就成。"

朱老夫人便不再推辞，依言坐下。

众人纷纷来与老太妃见礼，便有那眼明口快的命妇发出一声惊叹："老太妃今日戴着的抹额好生别致，这绣法竟是从未见过的一样，瞧这对蝠眼，好似在随着我转动呢，真真稀奇！"

安国公夫人也道："老寿星额上的那幅想必也是出自同一人之手，我方才就想说怎么那锦雀的眼珠子像是会动一般，不管我立在哪儿，瞧着都好像是在与我对眼。瞧这行针布法，倒有几分金针夫人当年的风格，可这绣法却是从来都不曾见过的。"

她眼中带着几分羡慕，笑着问道："敢问老太妃，这两幅抹额是出自哪位师父的手笔？若那位师父尚在盛京，我倒是想慕名而去，请她为我也绣一幅。"

女子爱美天性，不管贫富贵贱都是一样的，盛京中的勋贵夫人也不能免俗。衣料虽然品类繁多，但名贵的无外乎便是那几种，绫罗锦缎的色彩花纹虽也算丰富，但端庄持重雍容富贵的也不过那些式样。因此，公卿侯府的夫人小姐便都爱在针绣上下工夫。

朱老夫人听了，笑着抢先一步回答："安国公夫人谬赞了，我家萱姐儿虽得过金针夫人的指教，但绣技却不及金针夫人三成，哪里当得你这样夸她。"

话音刚落，正屋内便有些悄声议论。

安国公夫人也有些惊讶，明萱虽然三年不曾见客，但从前却是花会宴席上的常客，她为人活泼热情，虽也讨人喜欢，但终究被顾三老爷宠爱得有些过了，没有女孩子的贞静娴雅，跳脱得倒像个小子。

没想到这绮丽针法竟出自顾明萱之手！

安国公夫人便笑着说道："原来是萱姐儿的手艺，真真绣得别致！"

老太妃听了，便含笑向明萱招了招手："萱姐儿过来。"

她拉住明萱的手，慈眉善目地问道："姨祖母正想问你，那对寿蝠的眼睛处，你可是用了唐伯安的点睛技法？"

明萱乖顺地点了点头："回老太妃的话，的确是点睛。"

老太妃的脸上便有些动容："听说这点睛技法甚难，唐伯安故去后，也常有画林高手模仿，但总难有人得他精髓。我见你既将这技法融入绣品尚能如此传神，倘若叫你画出来，岂不是更得心应手？"

她赞许地望了明萱一眼，随即又开口问道："可是你父亲教会你的？"

听提及顾长平，明萱有些吃惊，不是说当年顾长平因与二皇子有牵扯才被韩修行押入狱的吗？虽然她一直都觉得疑惑，顾长平不支持女婿九皇子争嫡，倒与二皇子牵扯上实在不符合常理，但三年前韩修带上的那份圣旨上却是确实写着"有谋逆之嫌"的。

谋逆是顶天的罪名，哪怕已经时过三年，也仍然是个需要忌讳的话题。但常人避之还不及的事情，老太妃却为何那样坦荡自然地就问了出来？

明萱低垂的眸子微微转动，小心斟酌着答案："回老太妃的话，是。"

老太妃的笑容越发慈和，轻轻揉了揉明萱额发："我年轻时曾得过一幅唐伯安的妙莲观音图，后来因些缘故弄没了，这会儿看到你会点睛，我便又想起那幅画来。萱姐儿，若是得空，给姨祖母画一幅可好？"

明萱哪敢说不？

她恭顺地点头："姨祖母喜欢，明萱明儿便开始画。"

老太妃见明萱果真像朱老夫人说的那般换了个人，也觉得有些心酸，怜惜过后，却又为她感到欣慰高兴。名门贵女未出阁时恣意洒脱虽不是什么坏事，但将来有了婆家，总还是现在这样沉静端方比较稳妥。

她这样想着，便有心想要再助明萱一把。

老太妃忍不住笑着点了点明萱的眉心："真是个实诚孩子，姨祖母说要这画，可不是立时非得不可的，你这大过年的就一心一意为我作画，也不怕你祖母恼你不懂事？"

明萱一时怔住，不知道该如何回答，不由拿眼去瞅祖母。

朱老夫人趁机便说："这也是萱姐儿的踏实。您看，她明明会画圣的点睛技法，倘若她替我作一幅观音大士画像，我看了定然欢喜，就算费力气，也不过几日光景。可这孩子偏不，非要费了好几个月的工夫抄齐九十九部《金刚经》献到佛前，说是替我祈福贺寿。"

在座的都是清凉寺的常客，永宁侯府老夫人献经书施义粥的事约莫都有所耳闻，原只知道是侯府某位后辈做的，没想到竟是这位刚得了老太妃盛赞的七小姐，于是望向明萱的目光便又与方才不同，心思活泛些的，立时便想到顾明萱已出孝期，身上并未有婚约，她虽年纪略大了些，身份也不再配得嫡长，但若是家中还有未曾婚配的次子老幺，这门亲却也是做得的。

朱老夫人目光掠了一圈，见果然有人盯住了明萱一举一动，心中一块大石便悄然落下。

她心内暗想，群英会上自己觉得不错的那位颜公子处，自然还需要子存去试探一番的，但若是今日这些夫人中有人相上了萱姐儿，那便再好也不过了。萱姐儿若能说上门第相当的亲事，老大在朝中若能因此添一份助力，想必不再会将建安伯的脑筋动在了萱姐儿身上。

自己能帮的，便也只有这些了。

寅时一到，男宾们自在外院开席，女客则仍旧聚在安泰院，侯夫人将席面摆在了与安泰院相连的牡丹园暖房，众人头一次在花房用宴，皆觉得新奇有趣，气氛便更比旁日热烈起来。

明芍忿忿地望着被朱老夫人拉在身边伺候的明萱，心中既妒又愤，今日祖母也不知是怎么了，一直偏心着顾明萱，一句好话都不曾替自己说过。这也便罢了，东平太妃和安国公夫人也都对顾明萱另眼相待了。

她想到姐姐方才说的那两门好亲，脸色越发沉了下来。

第 4 章　丑闻·妥协·帮助

朱老夫人寿诞过后，转眼便是年关。

贵妃娘娘使夏太监出来赐下年礼，又使他传了私话，说皇上已着令太医院的大人们辨过胎脉，倘若不出差错，她腹中怀着的应是龙子，如今刚满五月，胎象已稳，裴皇后照料得甚是妥当，请父母家人不必挂念。

侯夫人得了这消息，先是高兴。

今上十七岁成亲至今，足有九年，后宫有位分的妃嫔不下二十人，却唯独贵妃娘娘能怀上龙嗣，如今太医又诊出男脉，只要能平安生下来，腹中龙子便就是皇长子。天家的骨肉亲情虽比旁人要淡薄些，但对于今上而言，皇长子的意义非凡，他的出生能替今上将朝局收得更稳，令御座更牢。

母凭子贵，贵妃娘娘的恩宠也会因此更隆盛的。

但皇长子能否平安诞下，却还是个未知之数。

侯夫人细细咀嚼着贵妃娘娘那句“裴皇后照料得甚是妥当”，眉心便纠结起来，并且越拧越紧。她想了想，放下手中正在置办的年事，令人捧了方才贵妃娘娘赐下的年礼，亲自去往安泰院。

朱老夫人此刻并不在正堂。

腊月深冷，西厢暖阁新砌的热炕坐起来要比正堂的舒服些，再在炕前烧两个炭炉，便将屋内湿寒一并扫尽。明萱因要与东平太妃作那幅妙莲观音，又嫌弃漱玉阁不够暖和，便将笔墨纸砚一并移至了安泰院暖阁，每日卯末过来请安后，便就赖着不走，琳玥也有兴致想要学这技法，便也跟着窝在暖阁。

朱老夫人虽喜欢清静，但明萱与琳玥却是她心尖上的人，她不只不拦，每日出了佛堂便也挪去暖阁与她们待在一处。

侯夫人进来时，便看到琳玥坐在炕上垂头绣着荷包，明萱则将桌案移到暖炕边上，

正神情专注地在纸上勾勒着线条笔画，老夫人半倚在炕头饶有兴致地看着两个女孩儿的成果，时不时出声指点一两句。

她眉头微动，在门口立了一会儿，等到绯桃进去通禀后，这才笑着给朱老夫人请了安："母亲，贵妃娘娘派了夏太监过府赐了年礼，咱们家姐儿的我已命人送去各处院阁，这里是贵妃娘娘特意孝敬给您的，还请您过目。"

朱老夫人轻轻颔首，严嬷嬷便接过来替她打开。

狭长的紫檀木金漆描凤匣内，静静躺着一柄羊脂玉雀头手杖，通体莹白，玉质晶莹剔透，一看便是难得的好物。

果然，朱老夫人脸上现出欢喜神色，她探出手去将手杖拿出细细摩挲："这手杖品相极好，通体晶莹没有裂，该是用整块极品美玉雕成的，外头得不到这样好的。"

她抬头笑着说道："贵妃娘娘厚赏了！"

明萱忍不住抬头去看，见看起来果真要比之前明蔷准备的寿礼更精致几分，心中暗暗想到，之前侯夫人为了发落墨葵诬她摔碎了那柄长生玉如意，这会儿贵妃娘娘便用更好的来补，可见长房虽然早就是这侯府事实上的主人了，对老夫人却仍旧十分敬重。

她长长的睫毛微微垂落，侯夫人擅长笼络人心，这点确实要比二伯母高明多了。

侯夫人听老夫人赞叹，便知道这年礼送得合意了，她态度仍自谦恭，语气中却多了几分得意："虽是贵妃娘娘有心，但媳妇说句不该说的话，孝敬祖母，原也是娘娘她应该做的。只是……"

明萱便明白侯夫人有话要与朱老夫人说。

她与琳玥互相对视了一眼，便笑着开口说道，"祖母，我这边要用的色块不曾带齐，我回去漱玉阁取来，琳玥陪我一块去。"

朱老夫人摆了摆手："正好你大伯母身边的嬷嬷送了贵妃娘娘的年礼过去，萱姐儿和玥姐儿多玩一会儿再过来不迟，反正你这画搁在这里总也无人敢动的。快点去吧！"

李少祈兄妹从陇西至盛京祝寿，便已经打算好了这年景要在永宁侯府里过。朱老夫人腊月十八的寿辰，自盛京回陇西路程遥远，便是一路顺泰也要十来日的光景，这天寒地冻的，若是突降了一场冬雪，那便又要多耽搁许多日，这年总不能在半途上过的。

贵妃娘娘自然知晓这些，因此来赐的年礼中也补上了李家兄妹的，少祈与元显一般，琳玥的礼却是比照的明萱。

明萱拉着琳玥的手去了，西厢房的暖阁内，便只剩下了老夫人和侯夫人。

侯夫人先是将贵妃娘娘捎来的话一字不落地告知老夫人："如今贵妃娘娘的身子都是裴皇后在照料，虽说裴皇后不敢明着对咱们家贵妃如何，可终究是暗箭难防。贵妃肚子里的是皇长子，占了个长字，便是将来裴皇后诞下嫡子，也未必能够越得过皇长子去。裴相那样狠戾的人，裴家又权倾朝野，怎肯就这样轻易任皇长子生下来？"

自古皇位继立，或是立长，或是立嫡，贵妃产下长子，便就有了与裴皇后一争的底气，裴家不可能坐视不管的。

朱老夫人面沉如水，想了半晌才开口：“有话便直说吧。”

侯夫人忙答，“裴皇后亲自照料贵妃，倘若皇子没了，皇上自然会向她问责，但皇上亦会想，若是裴皇后真心容不得这个孩儿，又何必要沾这团烫手山芋？对贵妃万事不插上一手，只远远地瞧着，皇子出事才与她牵连不上干系去。”

她面色凝重：“宫闱丑闻不足为外人道，皇上不可能真的将裴皇后如何。朝中又有裴相专权，皇上顾忌，恐怕到头来，只有贵妃一人打断了牙齿和着血泪往肚子里吞。”

这便是裴皇后的高明。

她早料到这结果，因此才敢将照料贵妃和龙嗣的事揽到身上。

顾贵妃的饮食用度皆被裴皇后掌握，这便等于完全把性命交托到了裴皇后的手上，她何时想要拿走小皇子的命，又用何种方式取，全凭她心意，半点再由不得顾贵妃了。

朱老夫人只要略一沉吟，便就明白了其中关节。

她眉头紧皱，沉声问道：“那你说，该如何应对？”

侯夫人咬了咬牙，低声回答：“建安伯若是肯出手相助，贵妃娘娘和大皇子的命便都有救了。”

建安伯掌管禁宫守卫，倘若他肯出手，贵妃宫中的安全自是要可靠几分。贵妃向来小心谨慎，身边的嬷嬷也尽都是些厉害的，只要门户紧了，又有能够传递消息的渠道，她再注意吃食琐事，想来这胎也没那么容易掉的。

裴皇后总不可能明着做什么。

朱老夫人的眉头皱得更深：“建安伯不正是你的女婿吗？”

已经是永宁侯府的大姑爷了，难道在明茹还未咽气前再塞一名顾家女过去，便能让建安伯更亲近不成？莫说这继室的想法，建安伯到底是如何想的还不一定，便是他果真愿意，那又能改变什么？

如今不肯的，以后自然也不会肯。

侯夫人听了眼眶便犯了红：“本不该让母亲跟着担心的，但茹姐儿的身子一日比一日差，前几日又咳了一帕子血，请了太医院专治咳症的那位方太医，说茹姐儿熬不过明年开春，侯爷和建安伯已经谈妥了，为了茹姐儿留下的两个哥儿，建安伯也愿意再从顾氏女中挑一位继室夫人。”

她小心翼翼地抬头望了眼朱老夫人：“建安伯说已经有了合心意的人选，是……咱们家萱姐儿。好像是您寿宴那日，见过一面，建安伯便就上了心。母亲您看呢？”

朱老夫人心里一震，面上却一丝也不表露出来，她摇了摇头说道：“当初茹姐儿也是他亲自上门求娶的，可如今却闹成这样光景……老大媳妇，难道宫里的贵妃娘娘不是

他建安伯的嫡亲妻妹？自家妻妹若得了好前程，于他不也是一份荣光？他现在不肯帮着照看贵妃娘娘，以后又焉知就会？若论容色才华，萱姐儿可还不如当年的茹姐儿！”

她阖上眼深深叹了口气：“茹姐儿若是知晓她还未曾闭眼，自己的父母丈夫就已经在谋划着继娶的事，不知道该有多心寒。”

侯夫人见朱老夫人如此，便明白婆母是不愿意了。

她想到这几日出门陆续有人打听明萱，甚至还有几家伯府悄悄使了中人过来留了求亲的帖子，她怀着私心都截拦下来。但只要等过了年，各家府邸相继请宴，婆母一旦出了门，这些事都是瞒不住的。

可建安伯却已经发过话，他只要明萱……

侯夫人无法，只得“扑咚”一声跪了下来：“母亲，有件事媳妇一直都没敢开口跟您回禀，如今却是不得不说了。好教您知晓，现下可只有萱姐儿能救咱们贵妃娘娘了！”

她眼眶又比方才更红：“腊月十七与少祈和琳玥接风洗尘设了家宴，没料想蔷姐儿闹过之前那出还不够，又起了坏心思。那夜，她趁着府里的爷们哥儿都醉倒了，买通了看守角门的门子并内院的几个仆妇，支开了茂春园的婆子，竟然……竟然设法爬了少祈的床……”

“你说什么？”朱老夫人只觉得眼前发黑，胸口一震，便有些喘不过气来。

侯夫人忙起身上前搀住朱老夫人的身子，焦急唤道：“母亲！”

朱老夫人大力地喘了口粗气，等胸口处顺了过来，才沉着脸问道：“到底是怎么回事，你都道给我听，一个字都不许漏掉！”

侯夫人不敢迟疑，便将腊月十七夜茂春园内的见闻一五一十说出：“祈哥儿醉得人事不省，虽则衣衫凌乱，但床上榻上都干干净净的，可见并未成事。可恶蔷姐儿却故意发出那等声响，原是为了要引人前去，将事情闹大的。”

她抹了抹眼角，继续说道，“媳妇儿连夜将蔷姐儿送去庄子上，一来不能让此事闹开，搅了您好端端的寿筵，徒惹人笑话。二来荷姐儿明年三月出阁，过府便是当家的世子妃，蔷姐儿的事若是传了出去，荷姐儿有这样一位妹子，可让她如何当得起偌大的清平郡王府？萱姐儿芜姐儿和芍姐儿的名声，也不能被带累啊！”

设计去爬男人的床以攀得富贵，这是花楼的粉头才做的事。高门大户之中，若是哪个丫头因为爬了爷们的床被提了姨娘，便是成了半个主子，也是要被人暗地鄙夷一辈子的。

可蔷姐儿一个大家闺秀，却做出这样的不堪丑事来……

侯夫人心里既懊悔又酸涩，“平昌伯府不可能要个庶女当正经媳妇，咱们侯府也丢不起让女孩儿当妾的脸面。一个不好，便要伤到骨肉亲缘的，媳妇无法，只好当作什么也不曾发生那样，先将蔷姐儿关起来。”

她顿了顿，又红着眼补了一句：“也是媳妇儿的一点私心。元显和琳玥的亲事合得差不多了，只等明年开春过定，就算是成了，媳妇不想因为这件事拆散了这大好的姻缘。便想着能拖一日便是一日，等过了年，祈哥儿回了陇西，再跟您慢慢说这件事。”

朱老夫人面色越发森寒，她轻轻颌首：“岚娘的性子我知晓的，蔷姐儿入不了她的眼，况且祈哥儿正与梅翰林家的孙女议着亲，多半就这样定下来了的。大媳妇，你这事做得没错，保全了侯府的脸面和家里几个姐儿的名声，我该谢你。”

她须臾复又问道：“这事，祈哥儿后来怎么说？”

侯夫人轻轻摇了摇头：“祈哥儿并不知道发生了什么，倒是他的随身小厮有所察觉，我已经令人与他叮嘱过了，母亲您放心，祈哥儿什么都不会知晓的。”

她抬头试探地说道：“蔷姐儿是再不能回府了。”

顾家的骨血，不可能打杀发卖的，但蔷姐儿的情形，也不再适合嫁人，若不是在庄子里拘她一辈子，便是寻个可靠的庵堂青灯古佛了此残生。

朱老夫人身子微震，有些无力地闭上了双眼：“你处置便罢，此事以后不必再回禀我了。”

若在规矩严苛的人家，蔷姐儿做了这样败坏门风的事，想必过不多久便要传出“病逝”的消息，但不管她再蠢再笨做了再坏的事，却总是自家的孙女……

朱老夫人心里难受，可也并不想再去多管什么。

她也不能管。

她凝神去想该如何应对侯夫人接下来的话，已经说到这个程度，该很快便就要入正题了吧？

果然，侯夫人抹了抹眼泪说道：“母亲，芜姐儿的生母是风尘女子，咱们虽然对外瞒着，但建安伯是何等样的人？只消一查，就能知晓的，芜姐儿的出身配不起建安伯的门第。芍姐儿那头，听说弟妹已经相看上了安国公家的公子。”

简氏若是闹起来，那可真是要家无宁日的。

侯夫人小心翼翼看着朱老夫人脸色：“再说，建安伯指明了就要萱姐儿……”

朱老夫人冷哼一声：“不敢伸手到芍姐儿头上，却敢明着来问我要萱姐儿。大儿媳妇，我只问你，芍姐儿和萱姐儿有何不同？都是永宁侯府顾家的嫡女，你却这样厚此薄彼，无非便是欺负三房没人，萱姐儿无依无靠，我这老婆子又年纪大了不当事罢了。”

她与侯夫人当了二十几年婆媳，还是头一次将话说得那样重。

侯夫人忙着解释：“母亲，您莫要误会了儿媳，实在是……”

朱老夫人打断了她的话：“萱姐儿三年不曾出门，每日里规规矩矩地在家，腊月十八那日，她清早来与我请安，后来你舅母来了，我又使人将她唤过来待客，一直到筵

席散了宾客走了，她都不曾离开过。我倒是问你，建安伯不曾来过内院，何曾看到我家萱姐儿？”

她用力摆手：“莫说什么三年前见过，唬不了我。建安伯每年来咱们侯府的次数，顶天也就一两回，大房与三房并不在一处，府里有客来时，用膳也会将男女隔开，便是外头请宴，有家室的男宾在外院，未出阁的姐儿置在内院，根本就碰不到一处去。”

朱老夫人的语气越发凌厉：“便是碰见过几回，那也没做姐夫的心心念念将小姨子记挂在心里的道理。倘若建安伯果真如此，老大媳妇，你还要继续随着老大去攀这门亲事吗？就不怕带坏了府里的名声？”

她重重说道：“你是没有了嫡出的儿女要婚配，但且莫忘了，你还有孙儿孙女呢！”

这些话说得严苛，又多有冤着侯夫人处。

侯夫人听了便很是不舒服，她眼眶一红，带着几分哭腔说道：“母亲真是冤枉了儿媳，若不是建安伯真这样说话，儿媳又怎会明知道您护着萱姐儿的，还故意来惹您不快？这大过年的，若是惹得您心情不好，便是我这做媳妇的不孝。”

周朝恪重孝道，凭你再怎样能干，一座“不孝”的大山压下来，是能压死人的。

她拿着帕子点了点眼角，将泪擦干：“儿媳实在是为了贵妃娘娘和大皇子的安危，也放心不下茹姐儿亲生的那两个哥儿！母亲，您前些天还说永嘉郡主遗下的那位公子可怜，哪怕贵为皇亲国戚，没了亲娘，也是一样凄凉。”

永嘉郡主，是先帝堂兄弟襄楚王的独女，嫁的是裴相的长子裴孝安。

襄楚王擅用兵道，先帝时委以重任，手中掌握着周朝大半的兵权，后来北胡冠寇三十万侵我北疆，襄楚王亲自出战，不幸被流箭所伤，不仅丢了性命，还因此白白送了北疆五个城池。

先帝虽仍以亲王礼将襄楚王殓葬，但丢了城池心中总也不喜，便处处敲打着镇国公府裴家，颇有些迁怒的意思。过不多久，忧思过度的永嘉郡主早产下一名男婴之后，便郁郁而终了。裴家未过百日，就将继室娶进了门，还接二连三地生了男嗣，永嘉郡主的遗子裴静宸的日子，自然是不好过的。

听说几度生死，虽然福大拣回了小命，却常年缠绵病榻，也不知道还能活多久。

侯夫人是真的担心，因此这番话说得情真意切，令人听了动容。

朱老夫人一会儿想到宫墙内踩着刀尖为家族拼着富贵荣华和锦绣前程的二孙女，想到她腹中已经辨出男女的婴孩，一会儿又想到病榻之上苟延残喘只吊着一口气的大孙女，想到那两个玉雪可爱的重外孙，心里那坚定的秤砣，不知道何时开始有了些松动。

她忽然觉得有些无力：“萱姐儿虽然没了父母，但武定侯府却还有她两位亲舅父在，她的亲事，你总要与武定侯府陆家的人商量的。否则，陆家的人虽然远在北岭，也定会来盛京找老大理论。”

这便是说，朱老夫人不会再为了萱姐儿出头。

侯夫人心里略松了口气：“这定是当然的。母亲放心，永宁侯府嫁女孩，一步都不会出差错的。”

她暗暗想，当年陆氏没了，武定侯府也不过派了两名后辈前来吊唁，虽说是因为战事吃紧，但后来又过三年，既不见武定侯府陆家派了人过来请安问候，也不见从北岭捎来片纸只言，可见陆家是决意不管三房这摊事了。

既如此，那所谓知会和商议，便就是过过场面的事，想来容易得紧。

侯夫人的脸上现出感激神色：“母亲，您的恩典，贵妃娘娘会牢记的。”

朱老夫人眼中越见复杂，她眼神黯然地摆了摆手：“我乏了，你去吧。”

侯夫人便福了一身，悄然退了下去。

严嬷嬷进屋伺候，见朱老夫人神色有些不对，忙问道：“老夫人，您哪里觉着不舒服吗？”

朱老夫人长长地叹了一声：“心里不舒服，可偏偏又什么都不能做……”

既然侯夫人已经这样说，她便再不能做任何私下的动作，将武定侯府陆家扯出来，也不过就是为了能拖延上一些时日，以换取那微小得渺茫的可能。

就算到了这等时候，她也仍然在心底期盼着，颜家那小子能够被子存说动了上门来求亲，她的心意东平老太妃和辅国公夫人尽都懂的，她如今的处境想必也瞒不过这两位人精，她只盼她们能念在萱姐儿的好，到时候尽力想法子助一助那姓颜的孩子。

可这希望到底还是太过渺茫……

难道只能如此了吗？

朱老夫人扶着明萱留下来的那幅还未完成的画出了神，她低声轻叹：“萱姐儿，莫怪祖母……”

漱玉阁的前院栽了一株红梅，傲雪凛然，独自盛开。

明萱想着朱老夫人喜欢梅香，便令婆子剪下几株，遣了丫头往各个房头都送了一些，又将长得最好的那两枝插进羊脂玉抱瓶，亲自捧着送到了安泰院。

朱老夫人恹恹地靠在临窗的大炕上，精神很是不济。

她低声对着严嬷嬷说道：“大年初一进宫朝贺，我见着了贵妃娘娘，她虽然身子沉重，但脸色却很是红润，看起来过得很好。回来的马车上，大儿媳妇说，老大应下了建安伯的亲事后，建安伯果真立时将贵妃宫里的守卫都换上了他的人，如今贵妃宫里守护严密，连只苍蝇都飞不进去。”

这话音低落，并不见一丝欢喜。

严嬷嬷斟酌着回答：“贵妃娘娘能平安康泰，是咱们侯府的福气。”

朱老夫人长长地叹了一声：“是啊，你说得不错，贵妃娘娘平安康泰，是咱们侯府

的福气。”

可那却是用萱姐儿的终身换来的……

严嬷嬷不知该接什么话，正巧绯桃进来回禀：“老夫人，七小姐来给您送红梅。”

朱老夫人神情微顿：“让萱姐儿进来。”

明萱掀开暖帘进屋，身上披着的雀金裘很是耀眼，她一边将抱瓶递给绯桃，一边向朱老夫人请了安，见朱老夫人神色有些晦暗，担忧地说道：“祖母脸色不好，要不要差人去请御医来瞧瞧？”

自从那日侯夫人来过之后，朱老夫人的精神便一直都不大好。大年初一，命妇按制要进宫朝贺的，她身子还未全好，又劳累了一日，初二初三一直到初七，又要应付前来拜年的命妇小姐，一刻都不得闲的，一直拖到今日初八，朱老夫人的脸色是一日比一日差了。

朱老夫人勉强笑了笑：“只是没睡好，不碍事的。”

她瞥见明萱身上的雀金裘：“这衣裳是你大伯母给的？”

明萱点了点头：“说是贵妃娘娘赏的，不敢不穿。”

她脸上闪过几丝犹豫挣扎，终于还是忍不住问道：“祖母，有件事孙女儿不大明白，贵妃娘娘为何无缘无故赏了我这么珍贵的衣裳，旁的姐妹都没有的。”

金线易见，雀羽也不算难寻，但要将雀羽用金线织入锦缎，却不是轻易能够做到的事，像这样成色用料的雀金裘，就算是大内库房，也不会超过五件，实是千金难得的宝贝。

朱老夫人的脸色倏地凝重起来，原打算先瞒着的，至少等过了年再说。茹姐儿的身子再不济，太医说还能熬到三月，在茹姐儿没阖眼之前，这件事不会提起。只要亲事一天没有白纸黑字地定下，那么总还算是有一线希望，哪怕微渺，也总好过现在就让萱姐儿犯愁。

她分明嘱咐过的，却没想到贵妃娘娘会这样迫不及待。

朱老夫人挥退左右，将明萱拉到身边坐下，满怀愧疚地说道：“萱姐儿，祖母对不住你。”

她知道萱姐儿聪慧，既然她已经开始怀疑，就没有必要再去瞒着了。

明萱闻言身子一窒，她张了张嘴，想要再问些什么，可那些话临到了嘴边，却又一句都问不出来。祖母既然这样说了，这件事情便差不多已经定了，质问根本就无济于事，还不如想想该如何应对。

她没有回话，垂着头一言不发。

朱老夫人见状，心里越发觉得歉疚，但事已至此，其实已经无力转圜。

她想了想，便伸手将明萱搂入怀中，低声说着侯夫人当日来时的情形，语气哽咽着说道：“祖母有心要护着你，可活在这世上，并不是事事都能称心如意的。原本蔷姐儿出了事，就算芜姐儿顶不上去，祖母也能想法子把你保住的，建安伯名声上头差了点，但总是有爵位的贵戚，族里旁支家的女孩子想必是要争破头去抢这门亲事的。可你大伯母却说，建安伯指名要你……”

明萱惊讶地张开嘴来：“建安伯指名要我？”

她猛然摇了摇头：“这不可能的！”

三年前的顾明萱纵然活泼明媚，但却是有婚约在身的，据媛姐儿说，她的前未婚夫韩修当时就已经是正二品的左都御史了。因此种种，建安伯梁琨不可能对她起意的。这三年中，她大门不出二门不迈，至今都不曾见到过永宁侯府以外的世界，就更不可能和建安伯有所交集。

无缘无故的，怎么会指名道姓地要她？

朱老夫人沉沉地点了点头：“我原也是不信的。后来请你子存表哥亲自去找建安伯试探，谁料到竟是真的……”

她眼眶泛红，眼角隐有泪滴滑落，“贵妃娘娘的前程不单干系着我们一家一族的兴衰，还牵动了整个朝局，事关重大，一句大局为重压下来，祖母一句反对的话都说不出来啊！萱姐儿，是祖母无用，没能给你寻一门好亲事，都是祖母的错！”

明萱掏出帕子给朱老夫人擦了擦眼泪，勉强地说道：“不怪祖母。”

她抬起头来：“祖母跟孙女说说，建安伯到底是个什么样的人？”

竟像是接受了这事实。

朱老夫人见状，也不知道该高兴还是难过，她想了想说道：“外头那些风评，你想必也是知晓的。建安伯虽是今上的股肱之臣，在朝中很有权势，又掌管着内宫禁卫，但在女色上头却很不节制，且……听说他残忍暴力，对女子很不客气……”

她轻轻捏住明萱的手：“但是萱姐儿，传闻并不一定就等于事实。”

明萱点了点头：“坊间以讹传讹，难免夸大事实，这道理孙女儿懂的。”

朱老夫人眼中露出欣慰神色：“我见过建安伯几次，他看起来甚是有礼温和，并不像那等残暴之人，茹姐儿身子不好，我却以为是因为她底子薄。你大姐姐幼时生过一场大病，一直就不得全好，后来嫁过建安伯府去就当起了家，连生两胎都没有好好坐月子，难免伤及根本，这才……”

她顿了顿：“祖母先前不喜欢这门亲事，倒不是因为建安伯的风评不好，只是不想你做填房，这是祖母的一点私心。”

明萱知道朱老夫人说的都是实话，这种时候了，祖母不会因为要安抚她而说些好听的假话来骗她的。可什么有礼温和她是不信的，建安伯也许没有传闻中的这么可怕，但她却绝不认为这会是个好人。

妻子还未咽气呢，哪里有先指名道姓为自己选好了继室人选的丈夫？

光凭这一点，建安伯就在明萱心里被认定为渣男了。

她想了想，开口问道："祖母，如今只是大伯父和建安伯口头的约定，庚帖未合，文定未过，这亲事是不是还有可能成不了的？"

朱老夫人眉头轻皱："你大伯母给北岭武定侯府你两位舅父去了信商讨这件婚事，但北岭路途遥远，如今又是冬季，大雪封山，这回信恐怕一时三刻回不来。但你父母出事时，陆家没有管，这回你的亲事，他们必也是不会插手的。"

她长长地叹息："倘若你四哥在家，那便好了。"

三房没有顶门立户的男人，才会被牵着鼻子走，倘若元景在，强烈地反对这门亲事，老大又能如何？

顾明萱眼中倏地闪过光亮，她重复着说道："倘若四哥在家，那便好了！"

她真心不想嫁给建安伯，他是姐夫，又是鳏夫，性子必然是凉薄透顶的，即便他果真不是传闻中那样喜好虐杀女人的男子，光凭前面那两点，就已经触碰到她的雷点。她是做好了盲婚哑嫁的准备不假，但这并不意味着遇到完全不合意的婚配对象时，她必须得逆来顺受。

努力过了却仍旧不能改变，到那时，她会学着接受的。

朱老夫人抚了抚她额发，面色沉得像海："你四哥被充作兵卒发配至西疆战场，初时咱们派去的人还时常有信回来，后来战事越发吃紧，派去打听的人也没能回来，就断了消息，只是朝廷的殓报上一直没有他名字，咱们便只当他还活着。但是萱姐儿，你莫要怀抱太多希望。"

提起顾元景，她心里便揪成一团。

元景虽是庶出，但却是三房唯一的男嗣，他生母难产而死，一直养在陆氏跟前，自小就是个极孝顺的孩子，不然也不会闯围场替父鸣冤了。可惜这番孝行，却只是害了他自己，三年未有音讯，如今怕是多半不在这世上了……

明萱点了点头："孙女儿晓得。"

她又在安泰院陪了朱老夫人说了好一会儿话，这才辞了祖母回到漱玉阁。

琳玥正从李少祈处回来。她说好了要在盛京多待一阵的，但少祈却有庶务在身，定了明日启程出发回陇西，这几日她无事便去劲松院帮忙收拾行李。

明萱见了忙拉住她手问道："表哥的行李都收拾好了？"

琳玥笑着点头："嗯，其实我也是瞎操心，有小厮们忙着，你们府里也使了人帮忙，哪里还需要我亲自动手的。"

明萱捏着琳玥的手忽然紧了一些，她咬了咬唇问道："琳玥，你能不能帮我一个忙？"

第 5 章　韩府・相看・暗算

明萱神情郑重地望着李琳玥，语气里带着深浓的恳求：“能不能帮我找到四哥？”

顾元景是她这世上唯一的家人了。这三年里许多个不眠之夜，每当她觉得孤苦伶仃不能支撑下去的时候，她总是会想起那张哀伤憔悴的脸，他红着眼睛一遍又一遍地说着：“妹妹，你怎么这样傻，要是你有个三长两短，我该怎么跟父亲母亲交代？”

重叠反复的话，说了千遍，有时她想，也许她是因为觉得烦才会醒过来的。

明萱抬起轻颤的睫毛，睁大眼睛望着琳玥：“前日去辅国公府做客，我依稀听到你们说，皇上任命定襄侯府的沈二爷为护西将军，年前启程去了西疆协助镇西大将军用兵破柔然。琳玥，能不能帮我求求大表嫂，请她设法帮忙打听一下我四哥的下落？祖母说，殓报中并没有见过四哥的名字，我想他一定还活着的！”

永宁侯府的四爷，又是皇上亲自发贬至西疆军中的，走到哪里都该惹人注意，他若是真的战死疆场，镇西将军不会将他的名字从殓报中疏漏的。平昌伯世子夫人沈氏，是护西将军的嫡妹，倘若她肯帮忙，护西将军出马相查，应该会容易一些吧！

琳玥一时有些错愕，她想了一会儿才明白明萱说的是谁：“萱姐姐，都是一家姐妹，能帮得你的我一定义不容辞，你放心，大嫂最疼我了，我现在马上就写一封信，明日请三哥捎回去便是。大嫂会放在心上的！”

她想了想，又有些迟疑地说道：“但这几年柔然屡次进犯，西疆那边的战事一直都僵持不下，镇西军伤亡不轻，如今的四十万大军，是几番补替后得的，前前后后加起来怕要有五六十万人，要从中寻到四表哥，也当真不算件容易的事。萱姐姐，恐怕需要多花一些时间。”

明萱忙道：“大表嫂若肯帮忙，我便已经千恩万谢了，寻人本就不易的，只要能有四哥的消息，时间再长也好等得。”

她目前的处境虽然急迫，但这番话却也是出自真心。

永宁侯府花了三年都寻不到下落的人，护西将军也不可能朝夕之间就将人找着，她作这番请求时，心底自然是希望顾元景能越快出现越好的，但更多的却是真心想要找回这个人。

她占用了顾明萱的身体，本该将她的爱恨情仇一并继承的。

但她不懂朝斗争锋，也没有什么政治才能，没有与今上将当年的是非曲直分辨清楚的能力。这君权至上的时代，君要臣死臣不得不死，皇上哪怕是真的冤枉了顾长平，她除了设法陈情，将那重如山的谋逆罪名搬开，还能如何？父仇母恨家姐的委屈，难道她

还能从皇上那里讨回来不成？

至于那位韩修，朝廷爪牙奉命行事罢了，虽则新婚当日悔婚的举动太不仁义，简直当得起负心薄幸四个字，但换个角度而言，为求自保才会急于撇清自己，纵然她心内鄙夷，可若要论仇恨报复，她如今连自保的能力都无，又怎么能去对那位少年得意的青年权臣做些什么？

所以，便只剩下顾元景了。

倘若能将顾元景平安地找回来，帮他撑起三房的门户，保住顾长平和陆氏辛苦积攒下来的家业，逝去的明萱，定是会高兴的吧？古人最重死后哀荣，三房能有男嗣承继，将来能享子孙香火，也算是她报了得此身体的恩惠。

接下来的路，不管是好是坏，则都要由自己来承担了。

第二日清晨，天色还未晃开，仍旧黑沉沉一片，李少祈便要启程回陇西。

琳玥裹着厚厚一件貂皮大氅出门去送，明萱本不必也跟着去的，但想到在李少祈手中的那封信，她总觉得也该出去送一送，然后认认真真地跟三表哥道个谢，这才是求人的态度。

李少祈前一夜已经请辞过外祖母和舅父舅母了，也与几位兄长道了别，因而这会儿劲松院中，便只有元显元易和元昼这几个小的在。

元昼年纪最小，前几日才刚过了十一，是四房顾长安与薛氏膝下唯一的孩子。薛氏因与武定侯府陆家有些故旧，这几年与漱玉阁的走动便要多些，因此顾元昼与明萱很熟，见了她跟来，便蹦蹦跳跳跑到她跟前问道：“七姐姐，你也来送三表哥吗？”

明萱便有些窘然，她含含糊糊地回答：“嗯，是啊。”

李少祈明白明萱是因为那封信而来，便笑着替她解围：“难怪母亲听说妹妹是跟表妹住一块的，就放心让她再住些时日，原是表妹真心疼惜妹妹呢。这么个大清早，又天寒地冻的，表妹不放心妹妹一个人才送她过来的，我很感谢呢。”

他伸出手去轻轻摸了摸琳玥的头顶：“母亲说了，让你多跟着萱表妹学学她的大方懂事和温柔体贴，像你这调皮的小猴子模样，以后嫁出去了可怎么办！”

琳玥刚想反驳，眼尾却扫到了一脸温柔的顾元显，她轻轻瞥过去看，却正好发现元显也在瞧她，四目相对之中，彼此都从对方眼中发现了爱慕和情意，两个人的脸一下子便都红了起来。

她有些不好意思地扭过头去，轻轻跺了跺脚：“哥哥，说什么哪！”

李少祈不由哈哈大笑：“好了，不逗你，时辰不早，我该出发了。你就在外祖母家好好住着，等下月大表哥再送你回陇西。”

明萱听了便想，下月世子送琳玥回去，该是为了定亲事宜，看来三表哥已经和大伯父万事谈妥当了。她不由转头过去望向李琳玥和顾元显，好一对璧玉佳人！

但心里却仍有着隐隐担忧，倘若这份血缘并不是那样亲近，那该有多好。

众人顶着寒天一路送李少祈出了府门，明萱找到机会亲自向李少祈道谢。

李少祈客气了一番，却忽然意味深长地说道："一样米养百样人，可见各人缘法皆从心定，琳玥能有识人之慧与你结交，我这做哥哥的为她高兴。表妹，我家琳玥这几日便要麻烦你了，还请多多担待着她。"

这话中含义透着古怪，明萱一时有些不明白三表哥是因何感叹。

李少祈的马车很快驶离，众人都准备回自个儿屋子里去，门上的长随一边一个推着永宁侯府这两扇巍峨大门正要关上，明萱骤然觉得脑袋上一空，伸手去摸，头上的簪子不见了，她急忙喊道，"慢着！我的簪子不见了，许是掉在了外头。"

跟着伺候的小丫头忙跳出去寻。

微蒙的天色里，东方已经露出了青白光亮，透过这晦暗不清的光线，明萱睁大了眼睛望着门口这方小小的街景。

这是条宽阔的青石板路，约有十米宽，府门口蹲着两座气势雄伟的石狮子，像极了幼时在画中见过的那种，对面似乎也是户人家，看宅子的规模不小，想来不是公卿便是权贵，朱红色的墙黑青色的瓦，宽阔匾额之上两个飞扬大字，她心内默念"韩府"。

明萱心中微震，心里细细数着朝中姓韩的大官，暗自揣测是否这家主人与那韩修有何亲缘干系。

这时，对面的府门"吱嘎"一声开了，一顶官轿摇摇晃晃从里头出来，抬着要往皇宫的方向而去，此时离卯时还有半个时辰，朝中有实权的官员的确是该陆续上朝了。

明萱对街景好奇，又是头一次真切地见着大老爷的官威，不免抬头多看了几眼。忽然，她只觉得有一道凌厉视线透过那顶官轿向她劈来，那眼神犀利凌锐，像是出鞘的刀剑，既准又快，直把她击得无还手之力。可偏偏这锐利刀锋中，又分明夹杂着一些别的什么情绪，有炙热，有复杂，更有纠结……

她心里隐隐已经猜到了对面的韩府中住了什么人，不敢再由着性子胡闹，忙对着外头寻簪的小丫头说道："许是我记错了，方才起得匆忙不曾戴簪子出来，你们几个快进来，莫要被人看到了。"

永宁侯府的大门砰然合上，轿中人发出一声低叹，在清冷天色中，显得那般惆怅。

回到漱玉阁后，琳玥又爬上床榻去睡回笼觉，明萱却是无论如何再也睡不着了。

书案上，给东平老太妃画的妙莲观音图早就作好装裱完成，只等着从库房里取了合用的锦盒便就送过去东平王府。

明萱细细摩挲着这呕心沥血花了数十日工夫才精心雕琢出来的作品，脸上很有些黯然。她原本指望着东平太妃能够助她一把的，因此才会连压箱底的所有本事都拿了出来，可现下看来，却似乎是白忙了一回。

她忽然又轻轻摇了摇头，其实也不算白忙的，倘若老太妃喜欢她，她便是嫁去了建安伯府，梁琨若是敢动手打她，她总也算有个陈情说理的地方，总不似什么倚仗都没有，任人欺凌宰割的好。

漱玉阁的院门忽然被一阵紧密的捶声叩响，雪素神色惊讶地进屋子来回禀："小姐，是侯夫人身边斗珠姐姐，说是来传侯夫人的命，让小姐您即刻准备出门子的衣裳，似是……似是要去建安伯府！"

今日正月初九，仍在年节，亲戚间相互走动宴请，原是常有的，但公卿权贵之家，却最讲究一个"礼"字，像这样临时出门子，除非是有什么刻不容缓的急事，否则就太过唐突了。

倘若建安伯府相邀，必得提前几日备下请柬，侯府应了邀约，建安伯府才去准备宴请的一应事宜，侯府也有时间准备节礼手信；又或是侯府上门拜访，也须早先就递去名帖，彼此方便。

但不论如何，若是有宴请，侯夫人是早该知会的，怎么会这样匆忙使人来请，还说要即刻出门？

明萱眉心一跳，心中有些不好的预感，不会是建安伯夫人她……

她脸色微沉，对雪素说道："你让斗珠进来回话，再打听一下除了我，侯夫人可还有叫其他的小姐。"

雪素点头去了。

明萱想了想，将丹红叫了过来："你从后院绕出去，替我走一趟安泰院找严嬷嬷，就说我将那件灰狐狸毛大氅落在了暖阁，这会儿侯夫人带我出门要用，便差你去取回来。"

她不知道建安伯府到底发生了什么事，但多个心眼讨祖母示下却总是没错的。

丹红前脚刚走，雪素便领着宜安堂的二等丫鬟斗珠进了屋。

斗珠脸上的表情很见急切，她匆忙请安回禀："大姑奶奶昨儿又咯血了，太医说病情越发凶险，恐怕……侯夫人使了奴婢来请七小姐陪着一块过去，侯夫人说，指不定就是最后一面了，姐妹一场，权当是去送送你大姐姐。"

她语气微顿，又忙加了一句："今儿富春侯家请宴，六小姐和十小姐一早出了门，侯夫人便只好请了您和九小姐同去。"

明萱轻轻颔首："我知道了，你去回大伯母的话，我立刻就来。"

大姐姐这是想看看接替她做建安伯夫人的人选吧？她命不久长，若是撒手人寰，留下两个六七岁的哥儿的确是可怜，想要看看将来是什么样的人照看她的孩子，倒也还算情有可原。

人之将死，大姐姐也是个可怜的受害者，明萱并不想责怪她。

可大伯母却真的过分了。

这门亲事，他们从头到尾都不曾问过她的意思，不管她愿意不愿意，只要打着大局为重的幌子，便能欺负她这个无所依靠的孤女，替她决定终身。

这便也罢了，世家大族，最重家族利益，女儿本就是为了巩固权势联姻的工具，若论骨肉亲情，许也是有的，但与家族前程相比，又是何其之轻？这些规则，她是知道的。从小看得太多，她早已经谨记在心，不敢有所奢望。

可现在大伯母令她陪同前去建安伯府探视长姐，又偏选了富春侯府宴请六姐十妹不得空的时候去，虽也叫了九妹妹作陪，可明眼人一看便就知道是怎么回事了的。到时，旁人不会说是大姐姐想要见她，却会以为是建安伯想要相看她，倘若在建安伯府里再闹出点什么事来，这亲便就死死地做下来了。

明萱想到六弟元易的生母徐氏，徐氏本是钟鼎伯的侄女，伯府千金，什么样的贵介嫁不得，却给大伯父做了小，虽顶着贵妾的名头，分例也都比着侯夫人的来，但终究是妾，生的孩子也总是冠了庶出的名。

听说，便是因为在宴席上弄洒了酒脏了衣裳去换的时候，走错了地方……

后宅妇人的阴暗伎俩，虽不像刀箭立时能够要人性命，却能将按部就班的美好人生打碎，抽割得面目全非。

明萱的眼中含着微薄怒意，不，她不想这样，也绝不能被算计到！

须臾，丹红回了屋，她将灰色大氅替明萱系上，一边低声说道："老夫人听说大小姐快要不好了，心里难过，头又发疼，只好在炕上躺着。严嬷嬷将大氅给了我，跟出来的时候说，叫小姐不要担心，她一会儿也要跟着去的。"

明萱心里微定，有严嬷嬷在，大伯母一定不敢胡来。

她点了点头："你留在这里看家，雪素跟着我就成。"

吩咐好了，明萱便上了侯夫人派来的软轿，一路颠簸到了二门。门上停着两辆黄花梨木的马车，后头跟着辆普通的圆木马车，严嬷嬷立在车前，见她来了轻轻冲她颔首。

她目光里露出感激神色，正要径直过去，与严嬷嬷再说几句话。

这时，第二辆马车帘子微掀，明芜从里头探出脑袋："七姐姐，快上来。"

明萱只好顿住脚步，让婆子帮着上了马车。

马蹄声沉瓮，踢踏踢踏的声调印在耳廓，厚重的府门合上时发出"吱嘎吱嘎"的声响，明萱便知道，车子已经驶出了永宁侯府。

外面是她心心念念盼望看到的街景，永宁侯府这一方天地之外的世界，只要掀开车帘，她便能见识这座繁华的盛京城景，看看这个她生长了十多年现在却全无记忆的世界，但这会儿，她却全无心情。

心里很乱，总觉得会发生什么。

顾明芜安静地坐在一旁，一双大眼莹莹地望着坐在对面的明萱。

这目光太过殷切，明萱被她看得有些发毛，便只好笑着问道："九妹一直看我，可是我脸上有什么东西？"

明芜忙摇头解释："我看到姐姐，便想到祖母寿辰时戴的那幅抹额，针绣上头用点睛的法子反复勾勒，也亏得是姐姐才想得到，我一时有些感慨，就看姐姐出了神，姐姐莫怪。"

她想了想，又补充了着说道："其实我娘……我姨娘从前也曾教过我点睛技法，可惜我天资愚钝，不曾学得好。不瞒姐姐，我这几日在屋里一直都尝试绣个祖母头上戴的那种，可怎么也绣不好。"

明萱有些惊讶。

她自小习字练画功底本就扎实的，更何况点睛技法是唐伯安开创，而她的父亲顾长平却曾经受过唐伯安亲手指点，她掌握了窍门，要画出栩栩如生的灵动效果，其实并不太难的。但坊间的模仿者虽众，深得其法门的却甚是罕见。

明芜的生母听说唤作夕娘，既是花楼魁首的出身，美色才艺自然都是极好的，可竟还会这门技艺，却着实令人吃惊。

但明萱忽又想到大伯母这样好的手段，能将徐姨娘钳制得没有一丝脾气，可唯独却不能奈何夕娘，心里便又有些觉得理所应当。夕娘的事，她只知道一些传闻，听得并不真切，但明芜养在外头，却生下来就序了排行，这总是真的。

倘若夕娘没有一些本事，留不住大伯父的，也不可能令向来最重利益的大伯父为此破了那么多例。

想到这里，明萱轻轻抿了抿嘴唇："改日你若得空，可以将绣的图样拿过来，我替你看看。"

明芜很是惊喜："那就太好了。"

明萱与她闲聊了几句，便觉得这姑娘其实并不像素常表现的那样阴沉。

一路颠簸，建安伯府很快就到了。

马车停在二门，立刻便有小轿过来接人，雪素扶了明萱上了轿，严嬷嬷略跟近了几步，在软轿旁边扶着一路向内院去。因心里有了警戒，明萱正襟危坐，哪怕是在轿中，也不敢出什么差错。

刚踏入建安伯夫人的蕴春堂，便有个衣着体面的嬷嬷迎了出来："侯夫人总算是来了，夫人醒着时就让老奴回府请您来看看她。"

侯夫人忙问道："茹姐儿现下如何了？"

那嬷嬷的脸上立刻发愁起来："昨夜又咳了一宿，吐了一痰盂，都是红色的，不敢令她看见恐吓坏她，只跟她说呕的痰，病情也还瞒着一些。但夫人从小就是那样聪慧的人，我猜她应是知晓了，所以才这样盼着夫人您过来。”

她眼眶泛红，一滴眼泪从眼角徐徐滚落：“太医说，也就这几日的事了。”

侯夫人脸色微凛，便踏步进了屋，她只令明萱和明芜在外厢的桌几坐了等，便掀开珠帘进了内室。

明萱便听到里头传来呜咽哭声，随即便是好一阵咳喘，然后便是盆盆罐罐发出声响，不一会儿，便有小丫头神色凝重地端着痰盂出去。

她隐约瞥见那触目惊心的红色，心中又绝望了几分。

看这阵势，大姐姐根本就熬不到三月，恐怕这几日就要不好了。建安伯府不能缺了当家理事的夫人，所以百日之内，必要将新主母迎进府的。

这意味着，她连心存渺茫期待奇迹的机会都没有了。

珠帘晃动，侯夫人身边伺候着的迭罗出来请明萱和明芜进去。

建安伯夫人满面病容地躺在榻上，看起来十分虚弱，许是因为门窗被封住，屋子里又燃烧了重炭的关系，她脸色并不显得很苍白，反倒有一丝奇异的红润。她飞快地瞥了一眼明芜，随即便将目光投注在明萱身上。

她的目光专注而仔细，虽病成这副模样，却仍还有十分犀利，像是要将明萱整个人都看得清清楚楚明明白白一样。

明萱觉得不太自在，忙福了一福：“大姐姐。”

话音刚落，外头便有小丫头急匆匆进了来回禀：“伯爷来了！”

外厢的门帘晃动，伴着不轻不重的脚步声，一股寒气从缝隙中卷入，冷风不失时机地灌了进来，令这屋中一阵深寒。

建安伯梁琨掀开了内室的珠帘进了来，他头上戴着紫金发冠，身上却还穿着朝服，想来是刚下早朝便直奔过来的。

见侯夫人在，他似乎并不惊讶。先是与侯夫人行了礼，又冲着侯夫人身后的两位小姨子轻轻颔首，这才矮下身子对着榻上的顾明茹说话：“夫人，你好些了吗？”

语气和顺，行止温柔，并不似传闻中那样不堪。

明萱心里颇觉诧异，传闻虽则常为有心人利用，但倘若建安伯不是那样暴虐之人，为何这些年来不曾澄清，还令这谣言越传越烈？难道这其中真还有什么隐情不成？她心中这样想，但面上却丝毫不显，仍旧小心翼翼地藏在侯夫人身后，低眸垂首，只敢露出小半边身子。

她并不曾注意到身边明芜眼中飞快闪过的那丝光亮。

明茹语若蚊声，想来已经是累极倦极：“谢爷关怀，妾身已经好多了。”

建安伯便点了点头：“我先下去换衣裳，稍后再过来看你。”

他转过身，又冲着侯夫人深深作了一揖：“稍会儿婶娘和舅母都要过来，明茹起不了身，府里正好没个掌事的人，岳母既在这，便要烦请您招呼一下了。”

侯夫人忙连声说好，送了他出去。

明茹冲着明萱招了招手，令她在身边坐下。她一边仔细打量着明萱，一边气若游丝地说道：“你虽是三叔家的孩子，但从小却和我最亲，总喜欢跟在我身后玩，那时你二姐还常到我跟前把你抢回去。说也奇怪，那时我底下还有菡姐儿和蔷姐儿这两个亲妹子，却只喜欢你。”

她长长叹了一声：“现在想来，这些缘分都是注定好了的。”

明萱不知道该怎样答话，那些小时候的事她都不知道的，没法接下话头，她也不想顺着明茹的话与她说什么缘分，便只好正襟危坐，一语不发地沉默着。

明茹定定地望着明萱，见她沉静不语，似乎全然不知道将要发生什么，眼神便有些复杂。她将身边的丫头唤了过来：“去折桂院，令琪哥儿和瑾哥儿一道过来见外祖母和两位姨母。”

不一会儿，嬷嬷们便领着两个锦衣华服的男孩儿进了屋。

梁令琪八岁，梁令瑾才不过五岁，但古人早慧，这两个孩子显然已经知道他们的母亲命不久矣，眼角都有些红痕，像是大哭过一阵的样子。

明茹见到孩子，勉强撑起身子将他们搂进怀中，过了许久才舍得松开手。

她指着明萱和明芜说：“这是七姨母，这是九姨母，以后若是母亲不在了，姨母便是你们最亲的人，记得要听姨母的管教，知道了吗？”

梁令瑾点了点头：“知道了，只要是母亲教的，孩儿都记住。”

梁令琪到底大一些，他红着眼摇头：“孩儿只要母亲管教，母亲不要离开孩儿就成了。”

他话音刚落，外头便有嬷嬷进来回禀：“东平太妃和二老太太到了，侯爷使奴婢来请侯夫人帮着待客。”

侯夫人便替明茹掖了掖被子：“那我去了。”

她俯下身子，在明茹耳边低声说道：“你放心，一切我都会给你办妥当，不让你徒留一丝遗憾的。”

侯夫人对着明萱说道：“你和芜姐儿在这陪你们大姐姐，我去迎了太妃和梁二老太太，便就过来的。”

她又交代了两句，便拉着两个哥儿离开。

明茹身边伺候的婆子丫头少说也有十来个，明萱自觉站在榻前碍事，便稍微往后挪了挪，恰巧明茹又是一阵咳血，身前围满了人，她便离得更远了些，屋子里的小丫头进进出出频繁，好容易有一丝新鲜空气透进来，却不知怎么的，令这屋子里浓重的血腥气闻起来更大。

明萱心事重重地立在珠帘前。

尽管方才瞥见了建安伯的长相，确实是个英伟的男子，见他谈吐大方举止有礼，也觉得他不该是个暴虐的男人。他走路的步伐不快不慢，不轻不重，十分规范，像是曾在军队里训练过一样，这说明他该是懂得隐忍克己的人，不该有那些传闻的。

也许这个男人并不像想象中那样糟糕。

可她仍旧不想嫁给他，哪怕建安伯好得花团锦簇，那也终究是她的姐夫。自幼根深蒂固的道德伦理，不可能一夕之间就被冲散溃破，她心里那关过不了的，就好像她打定主意不肯嫁“表哥”一样，她也有她的坚持。

明芜小声地说道：“七姐姐，你刚才看到大姐夫了没？”

明萱一怔，她转过头去，看到明芜娇媚的小脸上泛出奇异的颜色，她心中一动，便也低声回答，“不曾看得仔细。九妹看到了？”

明芜脸色微红，她点了点头说道：“大姐夫长得真好看，比五哥还要好看。”

语气里带着些不谙世事的天真，又似乎有着少女情窦初开的羞涩。

明萱不由抬眼静静望着眼前的少女：“大姐夫年长，五哥却正值青春呢。”

那状似天真实则僭越了的话，倘若是从明蔷口中说出，倒还不算什么。可说这话的人是明芜，她便不得不好好揣摩下其中含义。明萱印象中的明芜，低沉有心计，知道什么该说什么不该说，为人谨慎，也很懂得进退，不是这种不经头脑便乱说话的人。

明芜低低地笑：“五哥虽然俊俏，但不如大姐夫沉稳刚毅。”

明萱一怔，随即也轻轻笑起来：“我倒是觉得五哥好看些。”

明芜便俯身下来，不再虚言巧语，容色认真地在她耳边说道：“我知道大姐姐快要不行了，母亲想要七姐姐嫁过来做填房。我也知道七姐姐不稀罕这门亲事，一直都想要设法摆脱。我还知道母亲今日带着七姐姐过来是有个什么打算。”

她微微一顿：“七姐姐，我能帮你，你肯信我吗？”

明萱深深地望了明芜一眼。

明芜的意思已经表露得很明确了，她想要嫁给梁琨，但她生母曾是花楼魁首，风尘中打过转的女子地位最低贱，建安伯府这样的门第是不可能要她做正室的，填房也不可能。而她求之不得的，却是明萱竭力推拒的。

于是，这便是一个机会。明芜想要利用侯夫人的设计，将侯夫人一军，到时候她得偿所愿，明萱也欠了她一个人情。

明萱还未来得及表态，明茹便又咳喘起来，穿着黄袄子的小丫头端着痰盂从里头钻出来，急匆匆往外赶出去想要倒掉，却不想脚步太过匆忙被底下的椅子绊了一跤。

她疾声惊呼：“不要！”痰盂却还是应声而落砸在了明萱的衣裙上。

刺目的红，血腥的气味。

严嬷嬷连忙过来问道：“七小姐无事吧？”

明萱摇了摇头：“只是弄脏了裙子。”

明茹跟前伺候的大丫头忙过来请罪：“见过七小姐，奴婢是夫人身边的彩莲，这丫头是新近调进来的，不懂规矩，冲撞了您，我没有管教好她，向您赔不是。还请七小姐看在情况紧急的分上，暂且饶过她一命，等夫人醒了奴婢一定回禀让夫人罚她。”

她掀开帘子：“七小姐衣裳脏了，先去耳房换下来吧。”

明萱心中有些警惕起来，生怕换衣裳换出什么是非来，可裙子上好大一片血迹，味道也很不好闻，不可能不去换下来的，她便转头望向严嬷嬷，刚想开口请她陪自个儿一道去换衣裳。

这时，外头有小丫头过来传话：“哪位是永宁侯府的严嬷嬷？”

严嬷嬷忙站到前面去：“我是。”

那传话的丫头便说：“东平老太妃听说永宁侯府朱老夫人身子有些不好，便着奴婢来请严嬷嬷过去问话，还请严嬷嬷就跟着过来。”

严嬷嬷不敢怠慢，看了眼明萱，便就先出去了。

这桩桩件件来得这样凑巧，明萱心中警铃大作，但彩莲已经将帘子掀了许久，她也不可能再在此处踌躇，便假作不小心歪了下身子，将身上的血渍蹭了一些到明芜身上。

她好不容易站稳，忙歉疚地对着明芜说道：“九妹，我不是故意弄脏你的衣裳。”

明芜的声音里虽有些惊慌，但眼神中却露出隐约笑意，她故意绷着脸冲着那彩莲说道：“麻烦姐姐与我多准备一套衣裳，我和七姐姐一块去耳房换下来。”

彩莲的脸上闪过一丝为难，但很快便就消散无踪，她取了衣裳带着明萱和明芜进了耳房，又引了她们姐妹两个进至一座屏风后头，恭声说道：“两位小姐将脏衣裳放到屏风上头便行，我就在这里伺候，若有什么事，唤我就是了。”

那些血渍黏稠，并未渗透，只需要换过外头罩着的棉袄便行，换起来并不困难，明萱因怕出事，手脚麻利，飞快地便将彩莲拿来的衣裳换上，又仔仔细细地检查身上的环佩首饰可有遗漏，等确信无疑没有差错了，这才出了屏风。

明芜笑意盈盈地立在那里：“姐姐可是觉得衣裳不合身才耽搁了那么久的？您放心吧，我瞧着十分妥当呢。”

明萱眉头微皱，瞧明芜这说话语态，莫非方才真的发生了什么？她百思不得其解，便只好敛下情绪，跟在彩莲身后回去内屋。

侯夫人身边的大丫头墨根候在外厢，见明萱和明芜出来耳房，便立刻迎了上去："老太妃请两位小姐过去正堂说话，侯夫人使了奴婢来请，七小姐，九小姐，快跟奴婢去吧，莫让老太妃久等了。"

她掀开厚厚的暖帘，作了个请的姿势，明芜与随侍的丫头先出了蕴春堂。

明萱脚下微顿，回过头去隔着影影绰绰的珠帘，看到建安伯夫人顾明茹已经躺了下来，身上盖着的被褥皆换过了新的，方才小丫头不小心泼洒在地上的血渍擦得干干净净，连紫金鼎炉内的薰香也换了一味更浓厚的，将屋子里的血腥气盖住。

她轻轻皱了皱眉，这屋子里密不透风的，还熏了这样浓的香，便是她这样身子康健的人待着尚且觉得胸口发闷不甚舒服，更何况是一个病人……

雪素见她迟疑，忙上前扶住她手臂："小姐，老太妃在等着呢。"

明萱轻轻点了点头，加紧了脚步，跟着明芜一道上了软轿。

冬冷地滑，路并不好走，便是坐在轿中，也难免一颠一簸，明芜满面笑意，看起来心情不错，她掀开轿帘看到墨根和彩莲都在前头引路，雪素和她的贴身丫头碧花一左一右地跟在两侧。

她便凑近明萱，压低声音说道："等下到了正堂，不论发生什么事，姐姐权当什么都不知晓，一个字都不要说，可好？"

明萱眼中疑惑更盛，她低声问道："方才在耳房，可是发生了什么？"

明芜的脸上便现出几分讥诮来："满嘴仁义道德，岂料行事那样阴毒狠辣，端着出身公府的高贵，做的事还不如小门小户来得磊落。七姐姐，侯夫人想要算计你！"

她将明萱腰间的荷包解下，从里面摸出一方丝帕来："姐姐你看，这可是你的东西？"

上等的白绸，黑墨勾勒而就的四个大字"死生契阔"，刚毅俊挺，每个笔锋都见棱角，这绝不是女子的笔迹。

明萱大惊失色："我荷包里何曾有过这样的东西！"

死生契阔，与子成说，执子之手，与子偕老。若是这夫妻之间的誓言，倒算得上是一段佳话，但若是在未出阁的女子身上寻出来这件物事，那便是私相授受私定终身的铁证。

她倏然冷笑，侯夫人原来打的是这样的主意！

大伯父不肯放弃与建安伯的这门亲事，是不想失掉梁琨这个被今上信任倚仗的女

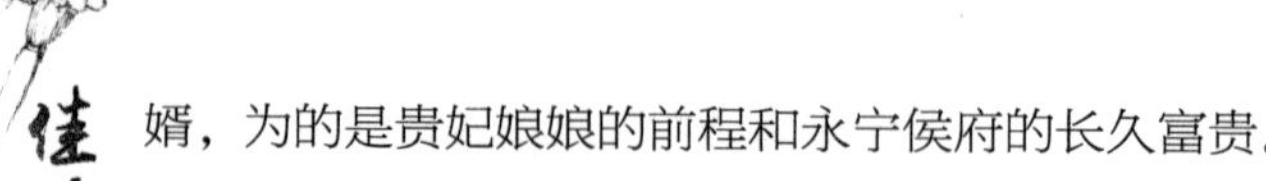

婿，为的是贵妃娘娘的前程和永宁侯府的长久富贵。

明蔷本是继嫁给梁琨最好的人选，她是大房的女儿，虽是庶出，却一直当嫡女般养在侯夫人跟前，其实也跟嫡女没有什么两样。侯夫人以为明蔷定会同意这门亲事，如此不仅能替父母分忧，笼络了建安伯，还能将明茹留下的两个孩子照顾得妥帖。谁料到明蔷被宠惯坏了，上演了一出投缳闹剧，逼得侯夫人不得不断了这个念头。

明萱心中暗暗想道，腊月十七那夜，明蔷一定还做出了其他举止，否则不可能被连夜送去侯夫人陪嫁的庄子上，连过年都不曾露面的，明蔷这个绝佳的人选不得用，明芜到底出身上欠缺了一些，因此侯夫人才将主意打到自己头上的。

她不由很是忿忿，大伯母利用她，却还防备她算计她！

这白绸上的字，想来是建安伯的笔迹吧。倘若在正堂上，侯夫人寻个借口要翻看她荷包，却又从里头找到这方丝帕，梁家二老太太和东平太妃定会以为自己与建安伯早有款曲，须知，可是建安伯亲口指名要她的，这便坐实了她与建安伯私相授受的罪名。

虽则这门亲事是铁板钉钉会做成的，不至于闹到外头去，可当家的主母立身不正，将来在府中还如何立足？

老建安伯与宁静大长公主都去得早，梁琨是被二叔与二婶养大的，如今虽分了府另过，但梁家二老太太的权威仍在，侯夫人的设计必会令梁家二老太太对明萱不喜，失去了长辈的爱护，便是建安伯全心护着，今后行事也必会艰难许多的。

侯夫人想要利用她来维系与建安伯的姻亲，却又要防备她将来受宠，会影响到琪哥儿和瑾哥儿的前程，所以才故意要在建安伯的婶娘和舅母面前败坏她的名声，以令她受制吧？

明萱攥住丝帕的手紧紧握起，她皱着眉头说道：“若不是九妹妹提醒，这回我怕是要吃了暗亏，这帕子留不得了，得想个法子毁去才是。”

明芜却吃吃笑了起来，她将自己腰间的荷包解了下来，递过去：“来的时候就想请姐姐给看看的，我这个荷包就是见了姐姐的点睛技法觉得好看，才私底下琢磨出来的，虽绣得不大好看，但我却还是戴在身上了。”

茜色绫罗如意形的荷包上，用点睛技法绣着喜鹊登枝，喜鹊的眼珠子虽略显怪异，但却已粗通了精髓，神形皆有相类。

明萱脸上神色变幻不定，抬头望向明芜：“九妹妹想做什么？”

她今日身上戴的荷包恰好也是喜鹊登枝的图样，只除了她在底下绣了朵萱草外，竟与明芜递过来的这个足有七八成相似。

明芜将那写了字的丝帕夺过，细细叠好放回自己的荷包中去，又将那荷包系到了明萱的腰间，整理妥帖后，她才笑着说道：“我帮了姐姐，姐姐可也要帮我一回。”

她睁着一双莹莹美目，神色认真地望着明萱，幽幽说道：“彼之砒霜，我之蜜糖。

姐姐不想嫁给建安伯，但我想嫁呢！明芜是庶出女，生母又是那样的出身，侯夫人明面上扮得贤惠公正，但其实内里却恨我们母女恨得要死，盛京城中略有些体面的人家不会要我当正妻，侯夫人也不会真心要替我结一门好亲的。”

明萱一时静默，明芜说的的确是事实。

哪怕夕娘再有手段，进不了侯府的门，便什么都是徒劳的，明芜十二岁上才进的府，人人都知道她是养在外头长大的。外室所出的女儿地位最轻，盛京城中有名有姓的人家不会求娶她当嫡子正妻，而高门大户的庶子，则也要挑剔她生母风尘女子的出身。想来，她将来的出路若不是远嫁出京与小吏当妻，便只有给位高权重者做贵妾一途了。

明芜轻轻叹了一声：“我不想远嫁别地，更不想与人当妾，令我的孩子将来与我一样受人欺辱抬不起头来。所以，七姐姐，这次机会我一定要抓住，令侯夫人不得不将我换下你，嫁过来给建安伯当继室。”

她目光莹莹，闪烁着殷殷光华：“七姐姐，你会帮我的，对吗？”

哪怕受人诟病为人钳制，只要她成了建安伯夫人，旁人就不敢明着对她奚落不敬，她将来所生的孩子便是嫡子，纵然不能承袭爵位，也必然能靠着父荫，得一份好的前程，这便够了，她所求不过如此。

明萱微怔，须臾点了点头：“你打算怎么做？”

帮明芜，便等于帮自己，她不可能会拒绝的。

明芜嘴角微翘，俯身过去，在明萱耳边轻声轻语。

正堂内，侯夫人正与东平老太妃说着明茹的病情，她眼眶微红，似是强忍着眼泪：“太医说就是这几日了，我这当娘的心里头难受，偏偏什么也帮不了她，茹姐儿倒还比我坚强些，拖着那样沉重的病体，强自撑着说要安排下后事。”

她抹了抹眼角，继续说道：“她就是放心不下两个孩子。”

坐在右首的梁二老太太便点了点头：“伯爷跟我提过了，想再从你们府上继娶位姐儿做填房，为的也是琪哥儿和瑾哥儿，有自家姨母照看着，总比外人强些，我也是这个意思。不知道亲家太太打算嫁哪位姑娘过来？听说今儿带了两位姐儿过来，可是在其中？”

她顿了顿：“亲家太太可莫要怪我唐突，实在是琨哥儿这偌大一个府邸不能少了当家理事的人，他父母早逝，也没个兄弟姐妹帮衬着，我这个婶娘，不得不要托大一回替他看顾着点。”

侯夫人正等着这话，忙点头说道：“在，在，已经使人去唤了那孩子来说话。”

她转身冲着东平老太妃笑笑：“太妃也很喜欢那孩子呢！”

东平老太妃平静如水，脸上什么都未表露出来，她捧着茶水轻抿，并不接下侯夫人的话，心里却暗暗觉得有些可惜。她那个堂妹子在萱姐儿的亲事上操了多少心，临到头

了却被大房算计了去，前几日在辅国公府会面时已经偷偷跟自己哭过了一回，可她纵有心相帮，却也是爱莫能助。

她心里知道，琨哥儿其实并不似传言中那样可怖的，有自己护着，萱姐儿定也不会吃多少亏去。但堂堂侯府嫡女与人做填房，却并不是件值得欢喜的事，旁的不说，上头有两个原配嫡出的儿子在，萱姐儿将来生了儿子，桩桩件件都要落在他们后面的。何况琨哥儿年纪又要比萱姐儿大上十来岁，这门亲终究还是不甚相配的。

这时，外头门帘微动，墨根进去回禀："七小姐和九小姐到了！"

明萱和明芜一道下了软轿，接引的婆子忙上前扶住，踏过几级青石阶梯，便至正堂。

守门的小丫头屈身行了礼，挑开厚重的门帘，一股夹带着檀香味道的暖风扑面而来，迭罗上前引了她两个去到正厅，想是侯夫人有过吩咐，迭罗小声提醒着："两位小姐，坐右上首的那位梁家二老太太，是大姑爷的婶娘。"

东平老太妃是朱老夫人的堂姐，两家常有往来，彼此都是熟识的。

但梁家二老太太却不常在盛京的名门宴请中出现。

老建安伯是没落勋贵子弟，身上只有个从三品轻车都尉的虚衔，后来尚了公主，先帝敬爱长姐，这才又复了梁家先头的爵位。但这等隆恩却都是大房的荣宠，与二房并无甚干系。梁家二老太爷科举致仕，宦途并不顺遂，只做到太常寺正六品的寺丞，便再无进益，梁家二老太太虽然抚育建安伯有功，但她一个六品安人，并无资格进入贵妇云集的高门盛宴。

明萱却不由眯了眯眼，侯夫人出身禄国公府，身上又有二品侯夫人的诰命在，原本不必对女婿的二婶假以颜色。但她说话行事却依旧小心谨慎，恐怕是因为这位梁家二老太太在建安伯心中地位很高，不仅能左右两家的联姻，还能影响伯府未来主母的权威吧？

她想了想，便将脚下速度放慢了一些，悄然退至明芜身后半个身子处。

等给老太妃和梁家二老太太行过礼，相互寒暄了一会儿，侯夫人便就笑笑指着明萱说："这就是我们家萱姐儿，亲家前些日子问起太妃娘娘的抹额，便是她绣的。"

梁家二老太太心生惊喜，忙将明萱拉至身前，边仔细打量着，边禁不住点头："好孩子，不仅生了双巧手，长得也好，怪不得太妃娘娘喜欢你，成日将你挂在嘴上，我见了也很欢喜呢。"

她笑着问道："与婶娘说说，萱姐儿到底是如何想到要将画技融入绣品的？"

明萱眉头微皱，原本像梁家二老太太这样的姻亲，为了显示亲近，随着长姐称呼倒也论不到什么错处，但此时此地此等境况，要她这顾家三房的女儿唤这声"婶娘"，却是有些过显亲昵了。

想来，是大伯母早先暗示过了吧……

她心念一动，轻声回答："回亲家二老太太的话，明萱屋子里有一幅画圣唐伯安的簪花仕女图，因那日想着要做个抹额孝敬祖母和姨祖母，见了那画就突发奇想，谁料到还真折腾成了。明萱胡闹，偶然成事，倒叫亲家二老太太见笑了。”

这番话说得规规矩矩，挑不出一丝错处，东平老太妃心中却暗自叫好。

她是朱老夫人堂姐，明萱理应唤她一声姨祖母，但她又偏是建安伯的亲舅母，虽说皇家做亲，并不甚讲究这些辈分排行，先朝也常有姑侄共侍帝君的逸事，但明萱方才仍以姨祖母唤她，却客气称梁家二老太太为亲家二老太太，其实便是在表明，她并不知晓这件亲事。

热孝里头继娶，不似平常婚嫁。

建安伯这里，是明茹过世之后，就要准备新娶事宜的，纳采、问名、纳吉、纳徵、请期、亲迎皆要在百日之内完成，时间上紧迫得很。因此，若是永宁侯府真有意要成这婚，是不该瞒着明萱的，倘若她被迫上了花轿，到时喜堂里闹出了什么动静，那才叫真正的晦气。

果然，梁家二老太太听了，便将目光移向了明芜，她心中暗想，莫非侯夫人要说与琨哥儿的是这位九小姐？论起来，行九的芜姐儿乃是永宁侯亲生，虽不是出自侯夫人的胎里，但与茹姐儿却是姐妹，原要比隔了房的来得亲些。

只是，听说这位芜姐儿是外室所生，这出身上头……

梁家二老太太尚在沉吟，侯夫人察觉不对，立时便笑着说：“萱姐儿，我看你这荷包上绣的喜鹊可也用点睛的技法绣过？来，递过来让老太妃和梁家二老太太瞧瞧。”

话已经这样说，明萱不好拒绝的，只好将腰间的荷包解下，亲自递了过去。

梁家二老太太像是个喜好绣品的，闻言便将目光从明芜身上收回，果真与侯夫人托着那荷包一道看了起来，她轻抚着茜色绫罗上的图样，颇有几分感叹地说道：“多少年没有看到过这样好的绣技了，萱姐儿果真是个玲珑剔透的。”

她将荷包的带子松开，里里外外地翻看，简直有些爱不释手。

老太妃歪着身子瞥了一眼，却轻咦了一声：“虽有个七八成像了，但到底还不够精致，萱姐儿，这荷包莫非是你试手之作？”

话音刚落，松开系带的荷包中悠然飘落下一方丝帕，直直地坠在了梁家二老太太的怀中，她正想要拿起翻开来看，忽听得堂下明芜紧张羞怯的声音：“呀，方才在大姐姐的耳房里换衣裳的时候，我拿错了七姐姐的荷包。”

她小脸涨得通红，将腰间的荷包解开，站出来递给了东平老太妃：“回老太妃的话，您手上那个是我学着七姐姐绣的，绣得不好，您别笑话，这个才是七姐姐绣的呢。”

乍眼一看，确实容易错拿，但仔细比较，却是高下立现。梁二老太太和老太妃拿了明萱的荷包，不由又赞叹了一回，但对于羞得脸红到脖子根的明芜，却仍旧赞许安慰：“萱姐儿绣得好，芜姐儿绣得也不错，都好，都好！”

厅堂内一时欢声笑语，但侯夫人的脸色却已经铁青，那方丝帕分明是放到萱姐儿的荷包中的，怎会又会从芜姐儿的荷包里滑出来？不只梁家二老太太看得清楚，老太妃也在一旁看到了的，这下可该如何再将这丝帕里的情诗栽到萱姐儿头上去？

她双目微敛，强自镇定，等整了神色，才笑着将明芜的荷包从梁家二老太太手中接过，又想趁着机会，把那方丝帕从二老太太的身上拾起放入荷包内，却不料梁家二老太太先她一步，已经将丝帕攥在了手中。

侯夫人的眼中闪过森寒冷意，但事已如此，她已经不能再做什么突兀举动了，否则不仅令梁家二老太太不快，得罪了东平老太妃也与她并无益处。她这样想着，便当作浑然不知此事般地静默而立，脸上的神色也渐渐趋于平和。

究竟是彩莲错放了丝帕，还是明萱或者明芜在作鬼，此时都不及确保两家联姻来得重要，其他的，以后再作追究不迟……

梁家二老太太笑着说："我将芜姐儿的帕子弄散了，该替你折好放回去。"

她方摊开丝帕，脸色立时变了，她凝着脸注视了明芜半晌，并未说话，只将那方帕子递给了东平老太妃，"太妃您也瞧瞧。"

老太妃自然认得建安伯的笔迹，这匀染白绸又是皇室内供，因质地轻薄柔软，原是用来做贴身里衣穿的，除了宫里，盛京城中能得这等白绸的便只有几家，在白绸上落笔，倒也像是琨哥儿的手笔。

她将目光静静落在了明芜身上，端详了许久，才沉声问道："芜姐儿，告诉姨祖母，这丝帕可是你的？"

这问话不如方才轻快，听起来倒好像有些严重，明芜微红的小脸顿时一白，她有些迟疑地回答："回姨祖母的话，明芜的荷包里确实带了丝帕。"

只说带了丝帕，并不曾承认是眼前这方。

老太妃双眼微眯，竟不再追问下去，只神色微妙地说道："宁静大长公主最爱梅花，这建安伯府里便有一座梅院。你们姐妹难得来一回，如今又正值梅花吐蕊最好看的时节，纵然冷一些，也切莫错过了。"

她冲外头招了招手，便有婆子进来听差遣，"带永宁侯府的两位小姐去梅院看看，也不必停留，只让她们坐在软轿里赏玩便成。"

婆子领了命，便请了明萱与明芜出了正堂。

老太妃又派人请了建安伯过来。

她开门见山问道："听说琨哥儿指名道姓要继娶永宁侯府的一位姐儿，可是真事？"

建安伯梁琨眉头微皱，但却仍然恭敬地回答："回舅母的话，是真事。"

朱老夫人寿诞那日，他与永宁侯有事相商，便提早去了侯府。霜冷路滑，引路的小厮摔了一跤，他令人扶了那小厮去，又与长随自个儿前去书房。谁料到在后府月牙门处，竟能听到那番有意趣的对答。他心生好奇，又觉得有趣，便在永宁侯谈及续娶时开口要了顾明萱。

这确实是真事。

梁二老太太便凝着脸色将那方丝帕递了过去，屋子里并没有旁人，皆是嫡亲的长辈，她便不曾十分客气，倒有些语重心长地说道："琨哥儿，倘若你真心欢喜那位小姐，便不该这般孟浪行事。"

爱之深，责之切。

梁琨敬重婶娘，自不会因这番话而恼了。但看到丝帕上那酷似自己的字迹时，他微沉的双眼却露出凌厉波锋，他没有写过这些字，自然不会做这等鲁莽事，但他心里却十分清楚有谁会这样做，能这样做，且必须这样做。

毕竟是结发之妻，又是将死之人。这等时候，便是为了两个儿子，他也不能打了顾明茹的脸。他只好垂头低语："婶娘教训的是，是侄儿孟浪了。"

梁家二老太太见建安伯这番模样，倒不好再说他什么，左右这事也不过正堂里这三人知晓，传不到外头去。就算有人传扬出去，琨哥儿名声已经坏了，也不差再多上一条，至于那位九小姐……

只要成就好事，凭着琨哥儿在皇上面前的荣宠，谁还敢多说一个字不成？

琨哥儿为了今上的朝局安宁，不得不担下那些不堪声名，已经够委屈的了。偏娶的妻子宁肯相信谣言，认定琨哥儿暴虐可怖，也不愿意相信亲眼所见，夫妻十年，可真叫相敬如"冰"，何尝有过一日温情？如今，琨哥儿好容易有了心上想要的人，便是出身上差些，又值当什么？

梁家二老太太这样想着，脸色便缓和下来，冲着梁琨轻轻叹了口气："兄嫂去得早，你的事向来都是我这个婶娘帮你看顾的。既你属意顾家九小姐，那婶娘便帮你先将事体操持起来。"

她转过脸去对着东平太妃说道："老太妃您意下如何？"

东平太妃轻轻颔首，客气地说道："二老太太办事妥帖，我一向是信得过的。"

她端着平静面容，心内却乐开了花。

梁家二老太太不明就里，但这内中事理她却是知道得一清二楚的，侯夫人想要讨好琨哥儿，逼着萱姐儿嫁过来做填房，却偏偏又信不过萱姐儿的为人，想方设法要算计她，谁料到马失前蹄，竟让芜姐儿一个小丫头反过来设计了去。

东平太妃虽然也心疼建安伯，但却更怜惜明萱这三年来所受的苦。何况男子三妻四妾，倘若对正妻不甚满意，还能有侍妾寄情，可女子若是嫁得不好，便是一辈子的不如意。萱姐儿侯府嫡女，容貌性情才德样样都好，倘若不是三房出过那档子事，不明就里的人仍自忌讳，原是王侯公卿也配得的。

琨哥儿虽好，只年龄不合适，又是做继室，着实委屈了些。倒还不如真的像朱老夫人想的那样，取了颜家那孩子做成一对。等将来皇上收归政权，难免要有冤的申冤，有功的行赏，到时候何愁亲事不显？

老太妃这样想着，便决意不再插手此事。梁家二老太太既误会了，那未尝也不是件好事，侯夫人种下的因，自然该有她来受这果。端看琨哥儿对萱姐儿的情意到底有多厚了，是为了大家的体面忍下来认了，还是与侯夫人和明茹撕破脸面，非要萱姐儿不可。

果然，建安伯听到“九小姐”这三个字时，脸色倏然青了，他一双凌厉凤眼如冰锋般瞥向侯夫人，盯视半晌才讥诮问道：“岳母以为如何？”

他属意明萱，倒并非是因为有了私情，一面之缘，哪里能论到情意上去？不过见她处置前未婚夫所遗下的聘礼时，果敢大胆，并不似寻常女子，心中生出几分好奇意动罢了。谁料想他那“素有贤名”的好妻子，临死之前还想要摆他一道？她为了儿子的心思也算可以理解，只是她这般曲解怀疑他的人品，当真令人齿冷寒心。

梁琨心里知道，侯夫人如今心思皆在宫中的顾贵妃娘娘身上，是不敢公然做这李代桃僵的事体，否则也不会想着暗箭伤人的伎俩。何况他身为顾家女婿也有十年，对永宁侯那门外室的传言也尽都知晓，侯夫人心里不喜这位九小姐，是断然不肯将外孙交至她手上的。

这样看来，今日这事，不是底下人陷害的手法不干净，便是侯夫人被反将了一军？

他抬头望着脸色尴尬不知如何作答才好的侯夫人，脸上神情越发阴冷，出声追问道：“岳母，您以为此事如何？”

侯夫人也算经过事的，到底还是有几分急智，建安伯这连番追问下，她并未乱了阵脚。不过微整神色，脸上便有笑意盈然：“贤婿觉得好，那我便觉得好，俗话说再娶由己，原该是由贤婿自己选的才好。”

但她心里到底还是不甘，想了想便又说道：“只有一桩，芜姐儿怕是配不上贤婿你，她的生母原是……”

“岳母多虑了。”建安伯打断了侯夫人的话。

他一扫方才脸上的戾色，又恢复了往日的温和：“芜姐儿的父亲是世袭一等永宁侯，芜姐儿的母亲是禄国公嫡女二品侯夫人，贵妃娘娘是她亲姐，这等出身，芜姐儿怎会配不上我？”

这是在逼侯夫人将明芜的名牒改至她名下，记为嫡出。

一旦侯夫人将顾明芜记在了自己名下，成为永宁侯嫡女，明芜出自谁的肚皮便不再重要。等明芜成了建安伯夫人，怎还会有人非议她生母的出身？

侯夫人脸上神色变幻莫测，终是咬了咬牙认了下来，她点头说道：“贤婿说得是。”

莫提心中有多懊恼悔恨，但此刻却不得不应下来的。

这事算是敲定下来，众人各怀心思，只有梁家二老太太满心欢喜。

这时，暖帘微动，小丫头上前回禀："七小姐和九小姐回来了。"

建安伯将头抬起，看到珠帘摇动，穿着灰狐狸毛大氅的明萱沉静如水地进了内厅，她面容秀美，虽不是那等艳丽绝色，却也有见之莫忘的神采，心下便觉有些可惜。

随即见她行礼叙话从容静默，表情仍自恬淡，眼神中也不见半分跃动欢喜，便也明白她心里想必是不愿意与自己结亲的。那日月牙门前她掷地有声的话语言犹在耳，她说"遇人不淑这种事，一辈子遇到一次已经够了，我绝不能再重蹈覆辙"，建安伯不禁苦笑，自己声名狼藉，年岁又大，还是以鳏夫身份娶她，自然算不得什么良配，也怪不得她不愿意。

他素来不愿勉强人，也就彻底断了心中最后一丝涟漪。反倒瞥向在明萱身旁俏然立着的明芜，身形纤细窈窕，长相娇美动人，见他看她，目光对接处，先是一阵羞怯，随即又微微抬头，眼波流转，发出盈盈亮光。

建安伯眸色微深，嘴角漾起嘲讽微笑，事已如此，他倒是有些迫不及待想看看顾明茹得知此事的表情。

等回程时候，明萱便知道，明芜的谋划应已是成了。否则侯夫人脸色不会那样勉强，太妃也不会对着自己那般安抚示意，她心情紧张极了，带着几分雀跃，又庆幸自己赌对了一次，虽帮了明芜，恐惹得侯夫人不快，但将自己带离出困境，能有时间再作筹谋，便比什么都强。

这年月，女子独自生活万般艰辛不易，年少时靠父母庇荫，出嫁后便仰赖夫家。

她不是那等极富野心的女子，也未有隐世高人传她逆天本事，能够翻手为云扭转朝局，覆手为雨震荡社稷；她没有绝世容貌才情，并不能引得天下间出类拔萃的男子都倾倒在她石榴裙下；纵然博览群书略有智计，但终究一闺阁女子，纵懂些皮毛，顶天也就能将铺子管理得好些罢了，实在做不到白手成家掌一方经济，能令自己孑然独立于朝堂政治间。

反常即妖，明萱不想挂墙头被烈火烹烧。

她所求不过一生顺遂，岁月静好，倘若管好自己的那颗心，其实不管将来嫁到何等门第，未来夫君是何等样人，家中是否清静，人口是否复杂，都是很容易做到的。

明萱不由自主地弯起嘴唇想，她的择偶标准真心不高，只要对方不是五服内的表哥，不是道德伦理上她无法接受的姐夫或杀父仇人，不是残暴成性的虐待狂，那便好了。

倘若能有幸遇得良配，那自然最好，她也有信心会将夫君炼成绕指柔，倘若没有这份运道，那也无所谓的。她需要的并不一定是一个丈夫，而是孩子的父亲，她想要的也并不一定是一个家，而是能够遮风避雨的屋檐。

等回了永宁侯府，明萱并未径直回去漱玉阁，而是先去了安泰院。

朱老夫人听她将建安伯府的遭遇事无巨细地说了一遍，心中也替她欢喜，祖孙两个搂着又哭又笑了好一阵子，朱老夫人才整了神色说道："我原就怕你大伯母会使这样伎俩，才叫严嬷嬷也陪了过去，若不是芜姐儿黄雀在后，恐怕这回你就吃了大亏。"

她冷哼一声："这样也好，让她和芜姐儿互相算计去。"

明萱抬头有些后怕地说道："孙女儿真没想到建安伯会就这样认下来的，大伯母既说他想要的是我，怎么会将错就错咽下来呢？"

朱老夫人便笑着说道："建安伯心里明镜似的呢，他总不好在婶娘和舅母面前拆穿你大伯母和你大姐姐的把戏吧？纵是为了两个哥儿的脸面，也要忍下的。再说男人嘛，又不是情深到非君不娶的地步，原也不是非你不可的。"

她顿了顿："芜姐儿生得美貌，又逼了你大伯母将她记入嫡出，他也没有什么损失，何况还能恶心你大伯母一回。想来，建安伯心里怕是早有积怨了的，这回趁机撒了出来罢了。"

明萱也深以为是。

朱老夫人却忽又开口说道："萱姐儿，芜姐儿好算计，这回迫不得已你配合她做了一回戏，以后可切莫再与她搅到一处去，你现下虽不必再嫁建安伯，可以后能配什么人，却仍旧要你大伯父点头的。"

明萱心下一凛，忙点了点头，恭敬回答："是。"

第 7 章　后招·夜话·遇险

宜安堂内，侯夫人气得不轻。

原本的设计天衣无缝，故意使人弄脏了明萱的衣裳，趁她换衫之际神不知鬼不觉将丝帕塞入她荷包，到时她会想法令梁家二老太太和东平太妃看见这帕子。她料定这两位不会声张，也想好了如何将丝帕借机收回，不让明萱知晓就里。

若是掌握得好，这件事连建安伯都不会惊动的。

可千算万算，竟然漏算了明芜！

侯夫人满眼阴霾，心中既愤又怒，伴随着千万种不甘，她望着屋子里跪了一地的贴身近侍，声音冷沉如冰："九小姐怎会知晓我们的计划？"

她想在明萱的荷包上做手脚，这件事只有这几个心腹知道。但看明芜戴了与明萱几乎一样的荷包，又在那么短的时间内想好了对招，这便意味着明芜一早就已经将他们的设计了然于心。

斗珠的身子微微动了一下，脸色忽然一下子煞白起来，她半抬着头，小心翼翼地回道："回夫人的话，昨天夜里，九小姐身边的金栗来过一回，寻奴婢要讨个绣样，奴婢见她原是从这屋子里出去的，便放了她进来。"

她顿了顿，语气有些颤抖："怕是被她听去了什么。"

侯夫人眉头紧皱："金栗……可是二门上当差的夏十四家的闺女？"

斗珠忙点头回答："正是。金栗原是在宜安堂当差的三等丫头，两年前九小姐新来，您拨过去月锦阁升了她二等，去年九小姐身边服侍的一等丫头姚黄没了，才补了金栗上去。她父亲夏十四正是二门上的管事。"

正因为金栗是家生子，又是宜安堂的人，所以侯夫人才放心将她拨过去给明芜的。

侯夫人面色森寒，半晌冷笑起来："果然贱人出贱种，我说呢，那个妓子狡诈多端，手段使都使不尽，怎么生个女儿竟像是老实的，这两年不显山不显水，老实规矩，闷声不响的，原来都在这儿等着我呢！"

她眼眸低垂，沉沉说道："蔷姐儿自小在我跟前长大，虽气性大一些，但心思并没有那样多，若不是有人挑唆，做不出那些没脸没皮的事。她闹过一出投缳，我便将她身边那些人都敲打了一遍，能换的皆换过，她孤身一人，要跑去茂春园丢人现眼也不容易。若是夏十四做的好事，那便说得通了。"

侯夫人心中气恼，呼吸声都大了许多："小贱人为了今日，可是暗地里筹谋许久了。竟还真让她收服了夏十四一家，果真好手段！"

瑞嬷嬷忙上前替她捶了阵后背顺气："夫人别忙着恼，若是气坏了身子，可不正称了别人的愿吗？事已如此，不如想想对策。"

侯夫人点了点头，端起茶水轻轻抿了一口："瑞嬷嬷，你说说看，如今咱们该怎么办？"

将明芜嫁去建安伯府的事情已经铁板钉钉了，把她记在自己名下成为嫡出也必然是要办的，可就这样顺顺当当送她出门，侯夫人实在心有不甘。

瑞嬷嬷却笑着说道："夫人定是气极了，其实将九小姐嫁过去做填房，要远比嫁七小姐过去好呢。"

侯夫人信任瑞嬷嬷，听闻此言，敛眉深凝，思忖片刻后忽地笑了起来："是啊，我果真是气糊涂了。我虽然不喜那丫头，但她却是我大房的女儿，不论如何都要称我一声母亲，她所生的孩子也要唤我外祖母。她生母卑贱，不管明里暗中，她都只能敬禄国公府为母舅家。就算成了三品的伯夫人，凡事也都要仰仗娘家的，她便逃脱不了我手掌心。"

可若是明萱，那便不一样了。

到底隔了一个房头，论起来自己不过是她伯母，这世上有管得了女儿的母亲，哪里

有管得了侄女的伯母？何况武定侯府陆家虽然略显凉薄，但到底是盘踞一方的武将世家，真要闹将起来，自己是拿捏不动她的。

侯夫人这样想着，心情便好了一些。

瑞嬷嬷见状，笑着又说道：“好处可还不止如此呢。”

她脸上浮现兴味神色，低低说道：“七小姐十七了，过府便要生养的。九小姐可才十四，身子又长得单薄，这两三年间怕是得不了胎。”

便是侥幸有了身孕，也未必能怀得稳妥，头胎若是掉了，后面要再怀也不容易的。

侯夫人眼中精光一现，她嘴角微扬，轻轻颔首：“过几年，琪哥儿和瑾哥儿都大了，便什么都不怕了。”

她心情一好，眼角眉梢都有了笑意：“九小姐的陪送事宜，那就请瑞嬷嬷你多费心吧，从陪嫁的丫头到发送多少嫁妆，从庄子上的管事到陪房，瑞嬷嬷，你可得为咱们九小姐仔细地揣摩好啊。”

瑞嬷嬷恭敬地福了一身：“是。”

起了身，她又忽然问道：“那七小姐那边？”

侯夫人脸色微凝，“老夫人将萱姐儿看得跟眼珠子似的，若不是这回建安伯指名要她，我也不会出此下策。萱姐儿是个聪明人，知道三房没人，老夫人不管事，她是不会闹的，但我素日赏罚分明，这回确实是亏待了她……”

她略沉吟一会儿：“前些日子贵妃娘娘处新得的绸缎寻两匹出来，还有今年新制的簪花拣那上等成色的挑几支装成一匣，再从我账上支一百两银子拿过去漱玉阁，也不必说什么，萱姐儿自然懂了。”

瑞嬷嬷忙道：“做母亲的，碰上儿女面上的事，哪个能不尽心尽力地去图谋？七小姐定是能理解您的。”

她想了想，又说道：“六小姐是三月出门子，九小姐恐怕也是三四月上，那七小姐和八小姐的婚事，岂不是要紧些了？”

名门贵族，倘若不是因为众人信服的理由，儿女婚嫁，通常都是要按照序辈来排的，否则说出去总是不太好听。

侯夫人略一沉吟：“明日便将前些日子扣下的那些名帖送过去与老夫人瞧，左右老夫人心里为了萱姐儿筹划多时，恐怕早也有了心仪的人选了，咱们这回便不再插手。至于蔷姐儿……”

她长长叹了一声：“原本我是气恨她，但这会儿知晓她是被明芜设计了的，我心里又有些可怜她……先还是称病在我那庄子上养着，等过一阵子若是她明白了过来，再把她接回来吧。好在那件事也不曾闹起来，尚还有余地的。”

斗珠墨根几个便直呼：“夫人慈悲心善。”

侯夫人苦笑着摇头，谁也不是天生的阴狠，倘若不是被逼得急了，她又何尝愿意自己的手上沾染鲜血？

漱玉阁内，丹红望着一桌子的赏赐傻了眼，她讷讷问道："侯夫人怎么知晓咱们没钱花用了，特地赐了这些钱银？"

她昨日留下看家，并没有跟着去建安伯府，明萱和雪素回来之后也并未提及那些肮脏事体，因此她猜不到这些财物原是侯夫人特意送过来的赔礼。

雪素嘴角却有些讥诮，但长者赐不可辞，她仍将这些布匹首饰银钱点算清楚了收入库中，回屋时却还是忍不住向明萱问道："小姐，您说侯夫人这到底是什么意思？"

明萱轻轻一笑："咱们只管过好咱们的日子，侯夫人的心思你猜她做甚？"

话虽然这样说，她心底却又有些异样感觉，被算计的感觉很差，今日之前她也的确有些将大伯母恨之入骨，但收到这些赔礼时，她忽然觉得大伯母在事关利益时虽显得狠辣无情，但只要不与她有利益冲突时，却仍旧是个可敬的长辈。

她垂首想着，门外传来琳玥银铃般的笑声。

李琳玥穿着茶色麂皮斗篷从外头进来，手中捧着一只软绵绵的白毛小狗，人未至，声先到："萱姐姐，快来看这小狗，我还是头一次见到毛发这样长的小狗，软软的，白白的，像棉花一样，真好玩！"

明萱抬眼望去，也觉得欣喜，她将那小狗从琳玥怀中接过，笑着问道："哪里得的这小狗？"

怀中这只显然是京巴，但她失忆醒后其实只出过一次门，因此并不知晓外头盛不盛行养这种宠物犬，可在永宁侯府里，却的的确确是头一次见到。

琳玥笑着回答："也不知道从哪里来的，听说今儿早起就在咱们府门口巴巴地站着了，怎么赶也赶不走，后来五表哥下朝回来见了，就说既然这狗认准了咱们府，咱们便先将它养着，等以后它主人来问时再还给人家。"

她伸手轻抚小狗柔软的毛发："五表哥说，这种狮子犬盛京城中很少见，定是哪家公侯丢了，过不几日肯定要来寻回去的。我觉着新鲜，所以趁它还在，赶紧抱过来给萱姐姐你看看。"

明萱挑了挑眉，颇有些兴味地说道："先前还说你们府，这会儿就口口声声称咱们府了，这变得可还真快呢。"

琳玥脸色一下子便红了，她不依地将小拳头捶了过来："你取笑我！"

两个人正自打闹，忽然外头来了劲松院的一个婆子求见，后头还跟着个眼生的丫鬟。那婆子行了礼，恭敬说道："这小狮子狗，原来竟是对面韩府丢失的。"

那韩府的丫头忙屈身行礼，语气里颇见急切："回两位小姐的话，奴婢是平章政事韩大人府上的，在韩夫人身边当差。您手上这只狮子狗名叫玉团儿，是我们夫人的心头

宝贝，一向都是奴婢负责照顾的。可今儿早起不知道怎么不见了……”

她眼神直往狮子狗身上瞅，片刻也舍不得挪开：“门上的小厮想起来，大人上朝的时候，似乎看到了玉团儿跟着官轿也一并出了门的，幸得贵府门上的大哥说玉团儿被府上收留，奴婢这才斗胆求见，想将玉团儿请回家去。”

弄丢了主人的宝贝，一顿重罚是跑不掉的，若在那等规矩严苛的人家，发卖打杀都不好说，怪不得她那样着急。

明萱忙将玉团儿还过去：“原就是怕狗儿在街上乱跑，或者被别人带走了去，我五哥才将玉团儿带回来的，既是你们夫人的宠物，赶紧拿回去复命吧！”

那丫头欢天喜地接过，又千恩万谢地跟在婆子后头出了去。

琳玥便惴惴看着明萱脸色，雪素也一副小心翼翼的模样。

明萱不由好笑：“你们这是做什么？”

倘若是从前的明萱，遭遇过被未婚夫成亲当日悔婚的惨痛，纵然时过境迁，已过三年，但乍听到有关韩修夫人的事时，总也难免会有几分悲恸不甘的吧？可她不是原主了，这话虽然不好明说，可她借由失忆也几次表明过自己心意的，对韩修尚且能做到无喜无悲，更何提是他的妻子？

更何况，他总是要娶妻的，不是吗？

琳玥见明萱笑容不似作伪，知晓她果真是没有了心结，便将方才的担忧丢到一边，拉着她进了内屋：“过几日是朱家大表哥生辰，恰好是与嫒姐儿同一天过寿的，因不是什么大生日，辅国公府便不大办了，听五表哥说，只请了亲戚里头的兄弟姐妹，并一些世交好友去了国公府热闹一回便成，帖子已经下了，约莫这两日便能收到。”

她满面笑容说道：“听说受邀的几家公子里也有给萱姐姐递上求亲名帖的。”

明萱微愣，随即便觉心上涌过一阵暖意。

昨日她侥幸躲过一劫，祖母欢喜不胜，告诉她原就替她看好了一门亲事。那男子姓颜，名唤清烨，是工部营缮清吏司正五品郎中颜增的次子，去岁秋闱时中了头名解元，乃是今科大热的状元人选，今年方才十八，少年得意，容貌也甚是俊伟。

她心里知晓的，先前祖母请朱家大表哥探过颜清烨的口风，想是颜家意动了，因此祖母和舅祖母才会借着大表哥和嫒姐儿生辰这机会，特意让她能够看上一眼那位颜公子，倘若她也满意，那这门亲事便可继续做下去。

明萱不由心想，祖母实是多虑了，光凭这颜公子非五服内亲眷，身家清白，年貌相当，她便不会有异议的。她年岁大了，能挑选的余地本就不多，更何况还有后头妹妹们的婚事压着，原本就没有多少时间了。

到了晚间，朱老夫人使人叫了琳玥过去问话。

过不多久，又使了婆子来漱玉阁回话：“老夫人说天色晚了，外头寒冻，便留了表小姐在安泰院歇下，请七小姐不必给表小姐留门，也早些歇了。”

丹红送了那婆子出去，便让季婆子关紧门户，进了内屋。

她笑着说道：“怪哉，表小姐在时，总觉得耳边叽叽喳喳个不停，略嫌吵闹，可她这一不在，却又觉得屋子里冷清。”

明萱一边进了净房洗漱更衣，一边说道：“既如此，今晚上咱们三个人一块睡可好？这些日子事忙，都好久都不曾与你们闲话家常了。”

内屋里暖炭充盈，床上的锦被俱是上等的新棉，这大冷天，丹红和雪素自然乐得一块挤在大床暖和，便都笑着道好，等洗漱过后，便与明萱一道躺在榻上说话。

明萱视这两丫头为姐妹，有些话便不打着弯绕着圈地问，只直截了当地开口：“九小姐定了建安伯，这事你们两个都知晓了的。八妹仍在庄子上养病，这便可不算，但我的亲事恐怕这些日子就要定下来，你们皆是我贴心的人，我便先问你们一句，是跟着我一块走，还是留在侯府？”

她语气微顿，补充着说道：“我的事，你们两个尽都清楚的，想来将来的夫家未必是咱们家一样的高门大户，你们都是侯府的家生子，去到寻常官宦人家做婢，想是有些委屈的。倘若你们要留，我便与祖母说，还将你们调回安泰院去。”

雪素急着说道：“还是头一回听说有要将贴身用惯了的人都打发走的主子，小姐您若是离了我们，在姑爷家人生地不熟的，连个得用的人都没有，该怎么过日子？”

丹红也有些着急：“小姐在哪，咱们就跟着去哪，难不成您还不要我和雪素姐姐了不成？”

明萱听得出她们的真心，便笑着说道：“我自然舍不得你们，说句实话，要真离了你们，日子该怎么过，我心里还真没有个数，可这些该说的话，我却是要说在前头的，不论如何，跟了我陪嫁出去，日子总不会比侯府过得更体面。”

她探出手去，一手拉着雪素，一手拉着丹红：“但既然你们都说愿意继续跟着我，我便也不再矫情说些有的没的，只一句，不管身在哪里，我顾明萱都不会让你们两个因为我而受委屈。”

这倾心而护的意思，雪素和丹红都听懂了，但那话中的惆怅，却也不曾有所遗漏。

雪素便安慰明萱：“小姐多虑了。”

她眨了眨眼，半是俏皮半是认真地说道：“咱们府里的小姐，嫁得最好的是贵妃娘娘，按说当初跟着贵妃娘娘入宫的闵黄和宋白际遇该是最好吧？可闵黄甫进宫就没了，宋白去岁末的时候也得了急病暴毙了。”

宫中看似花团锦簇，实则步步惊心，门户低些的宫妃都朝不保夕，何况那些跟着进宫的丫头？微小如蝼蚁，生息全仰赖他人。

雪素顿了顿，接着说道：“素来大伙都说，四姑奶奶嫁得最差，四姑爷虽入了翰林，

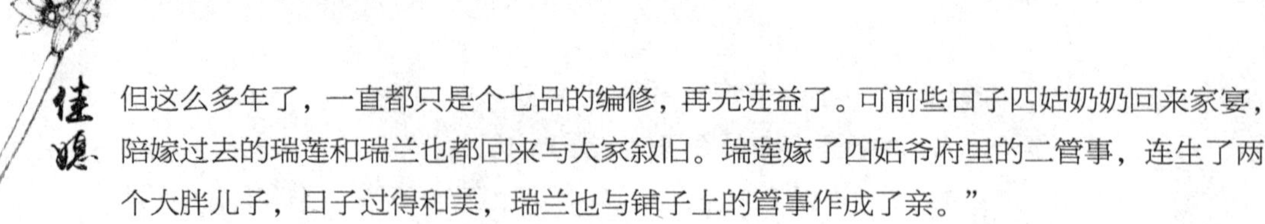

但这么多年了，一直都只是个七品的编修，再无进益了。可前些日子四姑奶奶回来家宴，陪嫁过去的瑞莲和瑞兰也都回来与大家叙旧。瑞莲嫁了四姑爷府里的二管事，连生了两个大胖儿子，日子过得和美，瑞兰也与铺子上的管事作成了亲。”

她婉转声音中透出浓浓向往：“高门大户纵然尊贵，可咱们当奴婢的，又能够尊贵到哪里去？小门小户日子平淡，可却也有平淡的好处。”

明萱转头望着雪素，这丫头不仅能干，心思也通透。

明萱听出她的意思，便笑着说道：“你放心，只要你愿意，瑞莲和瑞兰的日子，你也能过上的。”

丹红心思单纯，听了这话便挠了挠头：“我可没有雪素姐姐想得那么多，我老子娘和哥哥们都在江南的庄子上，府里也没其他的家人，原本就无所谓去哪的。回安泰院当差自然好，可哪里及得上跟着小姐舒坦？我不如雪素姐姐能干，除了会给小姐梳头，再做些杂事，别的都不会的。”

她轻轻笑了起来：“难得小姐不嫌弃我笨手笨脚，我当然要赖着您啦！”

从与建安伯的结亲中侥幸逃脱，明萱心情很好，纵然她不曾明说过，但这份明朗的心情，却也真切地传送给了雪素和丹红。夙夜寒冷，可屋子里温暖如春。

一切，好像都在往着美好的方向行走。

可刚闭上眼，不知怎么的，明萱却又想起了那双冰冷锋利的眼眸，那分明不带一丝温度，可却又偏偏能体会出眼神中的百样情绪的，那位春风得意的韩大人的眼……

她不由低声问道：“可曾听说过韩修的夫人，是哪家的小姐？”

雪素一愣，随即想了想回答：“好像是承恩侯的独女。”

丹红与阖府的丫鬟婆子都走得熟稔，对外府的消息也知晓得要多一些，便接着雪素的话说道：“是承恩侯卢家的独女。”

她想了想又说：“小姐这三年来都不理外头的事，也从未问起过，怕是不知道这些。今上的生母原是宫女出身，老家只有一位嫡亲兄弟，后来今上登基，便封了这位卢国舅为承恩侯。承恩侯只有一位嫡出女儿，疼宠非常，今上对母家隆恩盛宠，便破例封了她作惠安郡主。”

今上出身单薄，当初原本就无实力问鼎九五，乃是裴相一手将他推到至尊宝座的。如今朝政被裴相把持，一时虽然相安无事，但长久总要心生不满，因此他扶持做大母家，倒也是情理之中。承恩侯的隆宠正盛，韩修能娶到惠安郡主，想必助益良多，否则他也不会在短短两年之内，便升做平章政事。

顾明萱眼中带着几分嘲讽：“原来如此。”

弃了自己，是要明哲保身。娶了惠安郡主，算是另择高枝。这位韩大人精于算计，也无怪乎那般年少，便能成为权臣。

她心念一动，便小心翼翼地试探道："说起来，我都不记得当初是怎么与这位韩大人定的亲……"

雪素想了想回答："我记得当时韩大人得胜还京，长街十里俱是想一睹他风采的人，不知道有多少老爷夫人都想将他招为乘龙快婿呢！可过不多久，便又听说韩大人定下了小姐您，府里的丫头婆子别提有多得意，出门也比别人多了几分光彩。"

明萱眉头紧皱："得胜还京？"

雪素惊讶道："这些小姐都不记得了？"

她眼中顿时起了怜惜，指了指丹红说道："那些外头的事，我知晓得并不很清楚，倒是丹红，她常和外院的婆子闲聊，知道得多些，小姐您叫她说。"

丹红的脸上便现出些畏惧神色来："韩大人是先前卫国将军韩秉城的义子，听说他自小长在西北军营，七八岁就上阵杀敌，十二岁斩杀西夏敌将，十五岁时生擒领兵来衅的西夏国王子，在西北军营中有着玉面杀神的名声。"

她接着说下去："五年前，西夏新国主登基，便又领兵挥师周朝，卫国将军不幸中了埋伏为国捐躯，是韩大人带着部下冲出重围，反打了西夏军一个措手不及，不仅将西夏军拒于边境，还令西夏国主呈上百年不犯的降书，永赋岁贡。"

明萱轻轻颔首，早就觉得韩修身上透出的森寒冷意有些骇人，原来他竟是军旅出身。可他既是军人，为何却又入了内阁，摇身一变成为擅弄权术的政客？

最重要的是，她之前潜心牢记与永宁侯府素有来往的人家，并未听说过与卫国将军府相熟，这八竿子打不到一块的亲事，到底是如何得来的？

她神色迷茫："咱们家和韩家从前就有来往吗？"

这等困惑语气，丹红听了很是不忍。

她三年前曾亲眼目睹过明萱额上的伤口，那时太医说九死一生，能够捡回一条性命已然是造化，七小姐昏迷了好些日子才醒的，初时连话都说不清，原以为真的是撞坏了脑子，如今看来不过是缺失了一些记忆，已经算得大幸了。可终究还是觉得有些心疼。

对过去一无所知的感受，一定很不好过吧？

丹红这样想着，便越发尽心地回答，恨不能将自己知晓的全都告诉明萱："原本咱们府与韩家的确并无往来的，但韩大人那回大胜西夏，先帝便有隆我国威的意愿，不仅着令西夏使节进贡呈降，还使西北军的将领一并回盛京听封纳恩，劳军犒赏。"

她顿了顿："御前听封，韩大人拒了先帝爷宁国将军的擢拔，反讨了恩旨要解甲归田，留在盛京听差，先帝准了，当即赐下官职和府邸，便是咱们对方那座。既成了紧邻，来往便自然多起来了。"

明萱算了算，五年前，韩修该只有十八，正是少年得意威风凛凛的时候，按常理说他立下那等军功，又是卫国将军的义子，正可名正言顺接下西北军权。将在外，君命有

所不受，手中掌握一方兵事，便是得了最大的实权。但他竟然拒了……

以从一品的宁国将军换正二品左都御史的差事，先帝既收归了兵权，又得了善待臣子的名声，自然是肯的。

她轻哼了一声："这样的少年权臣，盛京之中多的是名门嫡女相配，咱们侯府虽然世代簪缨，但如今的永宁侯是大伯父，我父亲虽中过状元，却不过是品秩不高的闲散文官，纵有姐姐是九皇子正妃，可那时九皇子还不曾显达……"

其实追究当初是如何做成亲的，已然全无意义，也是她多心了，总觉得韩修的眼神晦暗难明，充满了许多复杂情绪，今日那韩夫人的玉团儿又走失得离奇，一时勾起她心事，便想着还是得设法将过去那些事都搞明白。

纵然已经决意只看未来，但多知晓一些过去总是好的。

巡夜的更声鸣响，雪素便劝道："夜已经深了，咱们歇了吧。"

见明萱点头，她便撑起身子替明萱掖好被角，探出去吹熄了灯烛，寂夜漆黑，一时无语，三人很快便进入梦乡。

到了第二日，明萱晨起过去安泰院请安。

绯桃迎了她进去，"昨儿老夫人收到了陇西来的家书，想是表少爷安全回了平昌伯府，老夫人跟着表小姐说说笑笑聊了好一会儿，这不，今儿晨起两个人精神都有些不济，老夫人倒还好些，表小姐竟似有些感染了风寒。"

明萱不禁有些哑然，"我去看看她。"

她掀开帘子径直进了内屋，只见朱老夫人歪在炕上闭目养神，琳玥却在炕尾上缩成一团，她行了礼问了安，便坐在琳玥身侧，拿手探上额头："呀，这可不是感染风寒了？"

朱老夫人怜惜地说："都怪我不好，许是夜里风凉冻着她了，已经去请医正，过会儿子便就来了，那医正高明，两三帖药下去能好的，外祖母跟你保证，定能赶得上媛姐儿过寿。"

她轻拍了拍琳玥的身子："这几日再不敢冻着你，就安心在我这里住着，等大好了，再让你搬去跟萱姐儿同住。"

琳玥病得没脾气，说话也不似平素声响，只恹恹地点头。

这时，严嬷嬷满面笑容地进了内屋，先冲着明萱行了礼，又对着朱老夫人说道："方才清凉寺的了因方丈使了小沙弥来，说上回七小姐诚心抄写的那九十九部《金刚经》具都散给了信众，那些善男信女知道是咱们府上老夫人的恩德，便凑了银子塑了个观音像，说要送给您呢！"

虽是泥身，但贵在永宁侯府老夫人慈善的好名声。

朱老夫人乐得合不拢嘴，连声说好，琳玥和明萱听了也都很高兴。

严嬷嬷笑着说："了因方丈得了这观音塑像，亲自替泥胎上了金身，还在佛前开了光，只等着咱们什么时候得空过去。”

佛像不似寻常礼物，须是要诚心去请回来的，因此那小沙弥才只捎了来口信。

朱老夫人这却犯了难，按道理说，是明萱的诚心换得了这尊观音像，便该再由明萱去请才够诚意。但外头天寒地冻的，清凉山远在城郊，出一趟子门着实有些嫌麻烦，更何况萱姐儿闺中弱质，只身前去，总有些不妥。

可这年节未过，侯夫人忙得不得停歇，老二媳妇为了芍姐儿亲事也日日都不沾家，老四媳妇又总是隔了一层，她轻易是不愿意去使唤的。

可她又有些迫不及待想看看那座观音塑像……

明萱惯会察言观色，笑着开口：“不若还是让孙女儿走这趟吧！”

她明白祖母顾忌，便亲昵地抱住严嬷嬷手臂：“若是祖母不放心，便让严嬷嬷陪孙女儿一块去，严嬷嬷是府里老人，您当她姐妹一样的，便是孙女儿的长辈，有她陪着，不怕别人说闲话。”

朱老夫人算了算日子，今日并无佛事。便想到清凉寺素日来的规矩，前头的大殿供普罗大众广瞻信仰，后院的禅房却是专为贵人设下，有武僧守着，闲杂人等不好入内，既无佛事，清凉山上想必安谧得很。

她想着萱姐儿有丫头婆子陪着，到时请了菩萨就回，倒也算不得违了规矩，这便点了点头，好生嘱咐了严嬷嬷一番，又抚着明萱的手温言说道：“那便要辛苦咱们萱姐儿了，回去换得厚些，带上手炉，莫要也着了凉。”

明萱笑着称是，行了礼便转身回去漱玉阁。

外头寒冷，这件差事原本并不轻松，但她心里却很是兴奋激动，连脚步也轻快了许多。

失忆醒来已有三年，头一次见到永宁侯府以外的景象是那日送李少祈回陇西，可那匆忙一瞥，只见一方天地，还被韩修的那双冷眼破坏了兴致。头一回坐轿出门，是去建安伯府，她心中惴惴不安，满脑子想着该如何脱困，并无心情欣赏外面街景。

可这趟去清凉山，既无那些烦心事困扰，她便能好好地散散心，呼吸一通永宁侯府外的新鲜空气，怀念一下她曾有过的快乐。

明萱换了身略厚些的袄子，仍旧披了那件灰狐狸毛领子的斗篷，不施粉黛，只一身素淡装扮上了马车，雪素与丹红捧着手炉坐在一侧，严嬷嬷领了几个粗壮的婆子另坐一车，后头还跟着一小队家丁护着，一路便往西郊而去。

盛京的冬日虽然严寒，但街上却并不冷清，商铺鳞次栉比，并未因为年节而歇业，反倒有不少商贩早早地摆上了摊吆喝起来，又有茶楼酒肆，还刚过辰时，便已经人声鼎沸，客满盈来。

明萱只敢掀开一小块车帘，透过缝隙贪婪地张望着外面的街景，她心里暗暗感叹着，

盛京城不愧是周朝国都，一路所经过之处皆熙攘热闹，她将来若是能嫁到颜家去，规矩定不似侯府那样严，那便可以时常出来走走逛逛。

这样想着，她的心情又好了几分，对过几日辅国公府上的邀宴也更期待了几分。

马车一路向西行，绕出了内城，入了城郊，沿着盘旋略陡的清凉山后壁蜿蜒直上，初时山道还不似那样崎岖，马车行进便也平坦，但越往上走，车身便越颠簸摇晃，明萱还不曾有过这种经验，一时难受，竟有些头晕目眩。

她沉声对着帘外车夫问道："还要多久才到清凉寺？"

车夫还未来得及作答，却只听得马车轮毂发出一声巨响，车子上下失衡，径自倒了下来……

第8章　是她·挑拨·墨香

惊马嘶鸣，车夫急急驭住车辕，疾声冲着身旁喊道："快来人将车身扶住，马车右后方的车毂似是被刚才突起的山石磕断了，小心顶住，切莫要令七小姐伤着！"

他叫喊得声嘶力竭，伴随着马鸣阵阵，在这空旷半山漾起阵阵回音，动静这般大，早就将后头车上的严嬷嬷吓出身冷汗。严嬷嬷焦急害怕地跳下马车，见此情状，急忙厉声指挥着随行的家丁将车子稳住，折腾了好一会儿，等前头的马匹也终于安静下来，这才算躲过一劫。

她顾不得素日严厉肃然的形象，提着裙子就往车前赶，口中一边问着："七小姐，可有伤着？雪素，丹红，七小姐可还好？"

严嬷嬷眉眼间写满担忧急切，她心里想着七小姐可千万不要受伤才好，最好连磕碰都不要有。老夫人令她陪着七小姐一块过来请佛像，原本是看重她，可若是七小姐受了伤，老夫人怪罪下来，哪怕是她，也吃罪不起的！

雪素脸色苍白地将车帘掀开，猫着身子跳下车来："严嬷嬷放心，七小姐无事。"

她转身向着车夫问道："小姐问，这会儿离清凉寺还有多远，车毂因何断了？既是断了又是否能修，若是要修，该需多少人手，又该等多少时间？"

车夫连忙躬下身子回答："回七小姐的话，这会儿已到了半山顶，离寺里原本不过半刻钟的路程。只这一路山石陡峭，原本路就难行，又不知是哪个黑心眼的小人，刻意在半途撒下许多碎石，小人虽竭力避过，却仍难免轧到山石。想是哪里磕得厉害了，这才令车毂断裂惊了马，也吓着了小姐。"

他蹲下身子又仔细看过一遍，忽而惊喜抬头："回小姐的话，原来并不是断裂了，只是散开了！这便太好了，能修，能修的，车底下有工具，只待小人将车毂重接回去，便又能用了。也不必等得太久，小半刻钟便成！"

明萱在车内听得分明，便整了整衣裳把斗篷系好，将披风上的帽子戴在头上遮住大半张脸，这才扶着雪素和丹红的手下了车，她压低声音对着车夫说道："那便修吧，时辰还早，切莫贪快草率了，可要修得牢固一些才是。"

车夫有些惶恐，不住点头，连连称是。

严嬷嬷上前将明萱扶住："半山寒冻，小姐还是去后头马车上歇歇。"

她话音刚落，一阵山风便吹袭而来，将山道上细碎的小石子和枯枝落叶皆卷入一旁的悬崖深渊，发出嗡嗡声响，令人不禁有些心颤。

明萱将斗篷裹得更紧了一些，将待举步，又忽地想起令车毂松散的罪魁祸首，她便低声对着严嬷嬷说道："咱们在这待着也是等，不若令家丁去方才那地方将碎石搬开，也免得再伤到其他人。"

她方才虽然在车内惊怕，但外头的事却听得分明。倘若不是车夫临危面前尚存了几分冷静，随行的家丁又及时将车子稳住，恐怕今日自己难逃一劫，纵是摔得巧些，不曾被马车巨力甩落山下，也难免要伤筋动骨的。

但后来者却未必能有这份运道，既知危石害人，不过举手之劳，她自不会袖手不管。

严嬷嬷便忙吩咐下去，她素来吃斋念佛，此行又是替老夫人请那尊观音菩萨的塑像回府，自然该行善事，七小姐如此心善，她心里的那份敬重便又多了几分。

半晌，遣下去的那队家丁小跑步回过来，为首的那个冲着车内的明萱回禀："好些碎石，又皆是些尖锐的，竟像是有人故意使坏铺在两侧的道上似的。若是小车，过去倒是不碍的，可像咱们府这样的大车过去，必定是要受害的。"

明萱听了，眉头紧紧皱了起来，抿了抿唇，沉声问道："这会儿可都收拾好了？"

为首的那人不敢怠慢，连忙躬身回答："禀七小姐，兄弟们把大石搬开，将碎石铲到了路旁，都整理妥当了。"

明萱点了点头，隔着车帘低声说道："辛苦你了。"

过不多久，车夫将车毂固定住，请了明萱回了马车。明萱便让雪素赏了车夫一小块银锭谢他，又命雪素送下去一包子赏钱，只说冬日严寒，七小姐体恤他们差事辛苦，赏下来的酒钱，家丁们接了，都十分欢喜，倒将方才九死一生的险境抛到了脑后，连脚步都轻松了许多。

马蹄阵阵，踏着青石山道发出清脆回鸣，悠扬响彻山间。

永宁侯府的车队才刚离去，便又有一辆华丽精致的马车停在了原本险石林立之处，穿着天青色粗布棉衣的少年身手敏捷地跳下马车，见着道旁整理得干净的碎石发出一阵

轻“咦”，似是遇到了难以理解的事情一般，语气里带着深深的困惑。

车帘微动，一声清冷的嗓音从里头传出：“长庚，何事？”

那叫长庚的少年连忙回答：“爷，风陵的情报并没有错，夫人的确动了手脚，若是所料不错，应该便是此处了，可不知为何，竟好似有人替咱们扫清了障碍……我再去前面看看。”

他话刚说完，便又极灵巧地向前方蹦跳着过去，过不多久又折返回车前，“爷，前面不远处有些碎木，草木也有被马车压过的痕迹，想来是晨起有别人家的车子吃了亏，那家人心善，怕有后来者受害，还着人清了山道。”

车内一时寂静，隔开半晌才又有声音传出：“我知晓了。赶车吧，莫要误了时辰。”

那厢，永宁侯府的马车徐徐上得山顶上的清凉寺门。

严嬷嬷先行下车，持了永宁侯府朱老夫人的名帖拜见了因方丈。小沙弥许是得了吩咐，躬身行了礼，便引了马车直接入了后院，知客僧人忙迎了上来，请了明萱和严嬷嬷等入了禅院。

这禅院静谧宽阔，园景精致，回廊曲折，严嬷嬷素常过来添香油钱送布施的，对此处甚是熟悉，她便笑着对明萱说道：“这个禅院只招待盛京城几家公侯府的女眷，不会有外人闯进来的。今日并无佛事，天气又冷，看来只有咱们一家在。小沙弥已去请了因方丈了，等请过了佛像，咱们便回府去。”

清凉寺到底是男庙，又因进香的人杂，七小姐千金之躯，不适宜久留，老夫人一早就吩咐过了，速去速回。

明萱便笑着点了点头：“我都听嬷嬷的。”

须臾，有小沙弥进来通禀：“让贵客好等，住持方丈这便到了。”

只见一位白眉白须的老僧持着佛珠走了进来，他先是笑着对严嬷嬷寒暄了几句，然后转向明萱问道，“这位便是府上的七小姐吧？”

严嬷嬷笑着答是。

了因便不动声色地打量了明萱一番，半晌连连点头说道，“七小姐替贵府老夫人手抄九十九部《金刚经》，不只一手正隶写得刚正，更难得每字每笔都抱着诚心，此等至诚至孝，当真令人动容。”

他又接着说道，“原是不敢劳请府上小姐特意过来的，但这佛像不似寻常物件，不好随意处置，只能劳烦七小姐亲自走这一遭了。”

了因从身后小沙弥手中接过一个长条形的锦盒，将之放在桌案上打开，露出一座金光灿灿的观音佛像来，佛像小巧，造型精致，观音手中持着净瓶杨柳，这形状是朱老夫人素日最爱的。更难得的是，若是仔细看那佛像的眉目眼神，竟还与朱老夫人有几分相像。

严嬷嬷见了便满心欢喜地捧着谢过，又令婆子拿出一封银子，双手敬上：“老夫人行善积德，并不为了那些虚名，蒙厚爱得了这尊佛像，她老人家既欢喜又惶恐，乡民好意，她便受了，可又怎好令寺里破费？这五百两银子是添的香油钱，请方丈笑纳。”

这等诚意，了因方丈推拒不得，便口中呼号着“阿弥陀佛”，令身后小沙弥接过银两。

明萱虽有些暗觉清凉寺好会敛财，就这么一尊泥胎塑的佛像镀了个金身，便又得了祖母五百两银子的香油钱，当真了得。但这些事与她无关，她自是懒得去想，只将锦盒重又封好，亲自捧在怀中，向了因行了礼，便与严嬷嬷请辞。

明萱刚上马车，便听到外头响起了马蹄声。

她掀开车帘透过缝隙望过去，看见一辆黄花梨木的两辕马车停在院中，了因方丈亲自出来迎接，又态度谦谨地迎了那人进去，因视线被马车挡住，她并未看清来人样貌，只看到衣角紫色的锦袍衣角在料峭的寒风中飘，看那马车的华贵与了因的态度，想来应是个地位尊贵的男子。

明萱不由有些庆幸离开得及时，否则恰巧便要与那人迎面相对。

原本这样的偶遇也并不算得什么，只是她是被拒婚过的身份，近日又正在与颜家议亲之中，她看好这门亲事，便不想节外生枝。她名声本就不算顶好，倘若再有什么风言风语传了出去，她害怕颜家会因此却步，不敢再来求娶她。

禅院的幽径之上，长庚低声回禀：“看车上的徽标，应是永宁侯府的，我方才便问了小沙弥，原来马车里的是他们府上的七小姐。”

紫衣男子的脚步微顿，原来是她……

这一趟赶路匆忙，不过巳时三刻，明萱便已经捧着观音金像回至安泰院。

朱老夫人见了佛像已然万分高兴，待细细观菩萨形容，竟与自己有七八成相似，便乐得合不拢嘴。她一边细细摩挲着手中观音像，一边爱怜地抚着明萱的额发：“真是个好孩子。”

彼时医正已经来替琳玥诊过脉，确实是感染了风寒，已经着人将她挪去了暖阁。

朱老夫人便又温言说道：“琳玥病着，恐过了病气，祖母便不留你在这了，这会儿正是用膳的时辰，我让小厨房多做几道你素日爱吃的菜色送过去漱玉阁，你舟车劳顿，辛苦替祖母跑了这趟，这会儿定是乏了，歇个晌觉，明晨也不必大清早过来请安。”

明萱便隔着暖阁的门与琳玥道了辞，这才退了出去。

严嬷嬷抢着送她，等出了正屋，便关切问道：“方才在山道上，七小姐果真没有伤着？倘若碰着擦撞到了，可一定要告诉嬷嬷。”

她心中仍自想着，那时车毂散开时，她分明听到了沉重的响声，电光石火之间，车子就后侧倒了，猝不及防之下，难免要受到撞击的。明萱忍住不说，说不得是怕她受老夫人怪罪，可她的体面哪里及得上七小姐的身子重要？

明萱转身捏住她的手，柔声安慰道：“嬷嬷切莫忧心，我真的无事。”

她见严嬷嬷仍有些神色不安，便又接着说道："咱们临时起意要上清凉山，想来那堆山石不该是特意等着咱们的才是。既是意外，我又不曾受伤，嬷嬷便无须跟祖母提起，免得她老人家心里牵挂。"

那神情真挚，态度亲昵，并不似有尊卑之分的主仆，倒更像是关系亲近的祖孙。

严嬷嬷心中漾起一股暖意，她得朱老夫人信任，阖府的家仆俱敬畏她，便是连永宁侯和侯夫人也对她礼让三分，地位脸面倒都有了，可却唯独缺了几分骨肉亲情之乐，这会儿见明萱诚意为她着想，又那等亲密，便对这位七小姐又真心了几分。

她亲自将明萱主仆送出了安泰院，这才匆忙回了朱老夫人身边，思虑再三，仍旧毫无保留地将上山时发生的险情与老夫人说了一遍。

朱老夫人的脸色一下子便沉重了起来，她凝眸想了想，低声吩咐道："派人悄悄地去打听一下，今晨清凉山进出过什么人。萱姐儿说得不错，倘若不是山石自然塌泄，便是咱们无辜做了旁人的箭靶子。"

她轻哼了一声："但不论如何，也总该知晓到底是怎么回事。"

到了傍晚，派出去打听的人便传回了消息。

严嬷嬷赶紧向朱老夫人禀告："没听说晨起有什么形迹可疑的在那里出没过。倒是打听到了镇国公府的大爷今晨上过清凉山，今日是已故的永嘉郡主生祭，裴家大爷每年这日都要去清凉寺寻了因方丈请经为亡者祈福的。"

朱老夫人沉吟着点头："你这么一说，倒还真是……"

当年襄楚王权势熏天时，对膝下这个独女极尽疼爱，每常到了她生辰时，是必要将盛京城官宦权贵家的小姐请至王府同贺的，岚娘曾与永嘉郡主交好过，素来便是王府座上宾。那时盛景虽已过去二十多年，但如今念起，仍旧记忆犹新。

可惜襄楚王败了那一仗，过不多久郡主便也没了，以至那些繁华故影皆被沉埋。

她忽然想到了什么，脸色倏地变了，紧皱着眉头对着严嬷嬷吩咐道："使人去镇国公府附近打听看看，是不是裴家大爷今晨受了伤。要做得隐秘些，莫要让人发现了。"

高门大户的后宅秘辛，严嬷嬷知道得也并不少。她见朱老夫人如此吩咐，便也猜到许是镇国公府现任的世子夫人要对付裴家大爷，但竟让七小姐受了这无妄之灾，若不是家中车夫随行皆是经验老到的，那今日这亏吃得可也太过冤枉了。

她这样想着，心中难免忿忿不平，忙屈身出去将差事安排下去。

明萱是并不知晓这些的，她此时一门心思都倾在媛姐儿的寿辰上。一面想着朱家大表哥该送什么礼媛姐儿又该送什么礼，一面又烦心起那日该穿什么衣裳，既能大方得体应了贺寿的喜，又能不显得太过富贵刺了颜清烨的目。

她实在太满意这门亲事，因此才那样紧张重视即将到来的这次会面。

琳玥的风寒幸治得及时，到了媛姐儿过寿那日便已经好得利索了。约莫是朱老夫人已暗中嘱咐过，天还未大亮，她便至漱玉阁将明萱从榻上拉起，口中还不断说着：“今日意义重大，看来我非得亲自出马将你好好打扮才是，萱姐姐，快起来去洗漱，切莫拖拖拉拉耽误了时辰。”

那般认真模样，令明萱有些哭笑不得，但她不忍拂了琳玥一片好意，倒也顺着琳玥心意起来。等洗漱过后，又依着她穿了丁香色镶了一圈狐狸毛边的小袄，棉裙则是略深一些的酱紫，用的上等的锦绸，裙摆上绣满了萱草，看起来既清雅又端丽。

琳玥望着换过衣裳的明萱，不住点头：“听说那位颜公子是读书人，想来品味应与我二哥差不离。今日咱们便梳个朝云近香髻，不必戴什么华贵的钗子，玲珑珍珠八宝簪便可。”

她一边指挥着丹红动手，一边拍手笑道：“这样一身配着真好看，既不会喧宾夺主抢了媛姐儿的风头，又清雅宜人令人见了过目不忘。”

那等尽心尽力，倒真有几分长嫂风范。

明萱知晓平昌侯次子李少珩也曾中过举，算是书生中的翘楚，便揣度着颜清烨的喜好应不会偏离太多，便任由琳玥折腾，想着总比自己茫然没有目的地乱打扮要好，她很明白第一印象的重要性，实是渴望颜清烨也能对自己满意，尽快地过来提亲。

等打扮停当，朱老夫人派来的软轿已然停在了漱玉阁门前。

严嬷嬷竟亲自过来接她，行礼问安之后，她笑着说：“老夫人派奴婢跟着一块过去辅国公府呢，七小姐，表小姐快上轿吧，十小姐已经在二门上等着了。”

虽然是为了明萱和颜清烨牵线搭桥，但这事总不会做得太过明显，因此媛姐儿不仅送了请柬给明萱和琳玥，府里明荷明芍与明芜也都有份的。只是明荷与明芜都要准备待嫁事宜，便只有明芍跟着一块去。

明萱的眉头便几不可察地皱了下，自从祖母生辰那日她在人前出过一回风头后，明芍对自己总有些敌视的感觉，不只过年家宴上冷言冷语，连上次去辅国公府做客时，也在言谈上很有些不敬。

明芍刻意针对自己，她原本并不在乎的，也根本不放在心上，但今日却又有不同，倘若姐妹相争，被颜公子看见了，不管谁是谁非，总归印象不好的。

她想了想，便低声对着严嬷嬷说道：“十妹孩童心性，还请嬷嬷多看顾着一些。”

朱老夫人令严嬷嬷跟着一道去，不只是想要她帮着看看颜家那小子的品性，更重要的也有帮着明萱应付的意思在。严嬷嬷听了这话，便郑重地说道：“七小姐放心，嬷嬷省得的。”

明萱得了这话，心里便略松了一些。

待上了马车，果然明芍的脸色并不太好看，她颇有些抱怨地嚷道：“七姐让人好等，媛姐姐分明在帖子里说了要让咱们早些过去，这会儿才去，定比旁的姐妹迟了呢！”

明萱便淡淡一笑："十妹说得是，是我迟了些。"

她并无反驳，坦认得爽快，明芍一时倒也不好再说什么，便只得轻轻哼了一声，别过身子，不再说话。

一路无语，很快便到了辅国公府，换过软轿徐徐抬进了媛姐儿住的宁馨园。

媛姐儿确实等了明萱一会儿，这会儿见她到了，忙急急迎了出去，她略带几分娇嗔地捶了明萱一拳，噘着嘴问道："怎的才来？"

明萱刚待回答，明芍便抢着出声："七姐行事素来拖拉得很，也就是去祖母那儿请安起得早些。"

这便是在说，明萱无利不起早，因为巴结朱老夫人能得宠爱就早起请安，而来与媛姐儿贺寿却并没有什么好处，所以没有当一回事，这才来迟了。

明萱好生无奈，但又不想在媛姐儿好日子上生事，只好点头说道："是，是我拖拉了。"

倘若过寿的是别人，明芍这样说纵然不肯相信，却难免心底要恼上一些的，但如今立在明芍面前的却是媛姐儿。

媛姐儿与明萱自小实打实的交情，纵然中间断了两年，但那日暖阁内已经将内情说开，媛姐儿此时对明萱正是最信任心疼保护着的时候，明芍的刻薄言语，反倒令她有些生怒。

她是直接爽快的性子，闻言不由横眉冷哼起来："表妹，这会儿没有旁人，你胡乱说话也就罢了，萱姐儿是个宽厚的，不愿与你计较，我也依着她。但我屋中还有旁的姐妹在，倘若你再口不择言，丢了自家侯府千金的脸面，可莫怪我没有提醒。"

明芍哪曾受过这样重话，脸色瞬时变了，她刚想反驳些什么。

却见媛姐儿凑近她身侧，低声在她耳边说道："安国公夫人最不喜的便是不懂规矩不识大体不敬长姐的女子了，你可要千万记好，方家三小姐这会儿正在我屋子里头呢！"

方家三小姐，说的是安国公方岳的嫡三女方锦妍。

永宁侯府二夫人简氏打从去岁腊月起便就开始为了十小姐明芍的亲事到处走动。原是想亲上作亲，将女儿说给东平王世子的，但一连跑了几次王府，老太妃不肯帮腔，王妃也顾左右而言他，简氏极尽精明的一个人，知晓高攀不上世子，便也不再将时间浪费在东平王府，反倒将目光转向了安国公府。

安国公府的三爷是嫡出，今年十五岁，也已到了说亲的年纪。

简氏便求了富春侯亲自去安国公府上说项。方三爷并非嫡长，将来承不了爵，明芍配给他，从身份上来说也已足够堪配了，更何况顾家二房有钱，明芍的妆奁丰厚，又有个当郡王世子妃的嫡姐，安国公听了便很有些意动。

只是简氏太过精明算计，为人又有些刻薄，在盛京贵夫人中不大得人心，因此这门亲事安国公夫人虽也心动，但却仍有些犹豫，暂未明确地答覆下来。

可这些都是私下行事，嫒姐儿又怎会知晓？

明芍的脸色瞬时便不太好看，若是依着她往日性情，定是要好好发作一通的，但想到方锦妍就在里头，倘若闹开了去，必然是会惊动到安国公夫人的，她便只好歇了脾气，沉着脸，一声不吭地跟在嫒姐儿和明萱身后进屋去。

她不能恣意发作的。临来时，明荷语重心长地对她说过，盛京城中待娶的男子虽多，可再也找不出比安国公府更好的门第了，方三爷虽不是嫡长，但素有才名，将来是能够靠自己建功立业的，这门亲事不能搞砸，否则就真的连明芜都能将她踩到脚下去了。

明芍并不知道，嫒姐儿的母亲与安国公夫人皆出自临川俞氏，本就是关系亲近的堂姐妹，又都远嫁盛京，这二十年来彼此相依扶持，感情亲密远胜亲生。安国公夫人遇着抉择不下的难题，便来辅国公府寻妹子相商，因嫒姐儿处事稳重，所以并没有刻意避着她。

倘若不是怕明芍无理取闹弄砸了明萱的好事，嫒姐儿是不会拿这等事去警告她的。

明萱跟着嫒姐儿进了屋，方锦妍立起身笑颜相对，姝姐儿和如姐儿却是赶紧地迎了出来，齐声唤着："萱姐姐。"这三个皆是在腊月十八日朱老夫人寿诞时见过的，虽相处甚短，但因性情相投，嫒姐儿又在中间极尽撮合，这会儿再见倒也并不觉得陌生。

另有三个看起来脸生的女孩，年岁参差不齐，但却长得都与辅国公夫人有些相像。

明萱便暗自揣度，嫒姐儿的父亲虽有两个妾，但听说并无子息，上头的兄姐下头的弟弟都是俞氏嫡出，这样看来便该是朱家三房和四房的女儿了。在朱家而言，虽有嫡庶之分，但对她却都是表妹，她因不知道该怎么称呼，便只好报以善意的微笑。

嫒姐儿见状，就知道明萱定是又不记得了，忙笑呵呵地指着那几个女孩子介绍起来："三叔家的玉婧，四叔家的玉嫣和玉婷。"

明萱与她们互相见了礼，便听嫒姐儿说："原还请了忠顺侯府的三小姐和五小姐，但今日恰巧她府上有宴，便就不能来，只好咱们几个人自个儿找乐子了。我这儿旁的不多，就是宁州府带回来的小玩意最多，有那提线会动的木偶，竹片儿做成的空竹，还有九连环，姐妹们想玩什么便自个儿拿。"

这些玩意在江南民间并不稀奇，但在盛京贵族间却甚是少见，众人皆觉得新奇，解连环的解连环，玩木偶的玩木偶，甚至连一向高傲的明芍也拿了个挂虎在玩，屋内气氛一时极佳，彼此之间便开始说笑起来，玩了一阵，方锦妍不知怎地听说明芍擅长作诗，竟忽然起了诗兴，临时起意想要起个诗社，一块对诗玩。

彼时盛京城中贵族女子的生辰宴请，不过便是请些素日交好的姐妹来家，或投壶掷骰，或传令击鼓，或执棋对弈，或对诗赏画。座中姐妹除了明萱之外，恐怕都有吟诗作对的本事，听此建议，便都觉好，姝姐儿更是已经着人去取笔墨纸砚，摩拳擦掌，早就在心中酝酿开了。

嫒姐儿见状便拿眼去瞅贴身丫头红绸，过不多久，红绸回来向她点头示意。

她便笑着说："既要赛诗，便该有个章程，以何为题，胜出者有何奖励，做得最差的那位却该要得什么惩罚。这样，既今日是我生辰，那我便托大一回做主了。我大哥院子后头便是一座梅林，这会儿梅花开得正盛，咱们便以梅花为题。"

方锦妍忙拍手称道："梅是花中君子，以它为题做诗的虽多，却难有新意。嫒姐儿这题出得好，便就它了！"

嫒姐儿嘴角微翘："为求公道，等姐妹做完诗且不必题名，待我使人将咱们的诗送过去让我大哥品评，由他判出最优和最末。最优者，彩头丰厚，我这儿的玩意任你看上几个，都尽可带回家去。最末者，却少不得要受点罚了，这样罢，便罚她给屋子里每个姐妹送亲手做的荷包，限一个月内完成，如何？"

亲手绣个荷包倒并不算什么，难的是屋子里人多，要在一个月内完成的话，却得要用些心思花些时间的。这惩罚不轻不重，众人都颔首同意，便连明芍也没有异议。

嫒姐儿笑着拉着明萱的手说道："你常说漱玉阁前院那棵梅树已是极品，这会儿我便让你看看什么叫真正的好梅，咱们去挑下几枝最好看的剪下来，送过来给姐妹们当参考，如何？"

明萱心中微微一跳，心里明白怕是颜清烨到了，嫒姐儿才寻了这由头将自己带出去。

她是知晓内中缘由的，也满心期盼着想要见一见颜公子，哪里会错失这个机会？

她有些紧张地点头："好。"

嫒姐儿拉着明萱走到门口，又忽然回过头笑着说道："还有谁想一块去的也过来，若是不去，那便安心坐这儿酝酿酝酿诗情，待会儿我派人去禀过祖母，恐怕还有旁的彩头呢。"

朱家那几个姐儿成日见着的，便不觉得稀奇，方锦妍素常来辅国公府玩的，也没将那片梅林放在心上。芍姐儿倒是有心想跟着去，偏进门时已与这明萱和嫒姐儿闹过，一时有些拉不下脸面，便就没有吱声，又见她们几个都在凝神思考，都像是要争夺魁首的意思，好胜心起，便有心想要在方锦妍面前展现才情，这才也拿了纸笔先写起来。

明萱跟着嫒姐儿出了宁馨园，便有些迟疑地说道："这样妥当吗？"

嫒姐儿扑哧一笑："有什么不妥当的？现在时年不同了，你当还是早二十年前男女婚配皆是盲婚哑嫁不成？议亲之前先相看人品相貌，虽然不曾做到明处，却早是约定俗成的规则了，咱们虽是女儿身，但幸得上天庇佑投生在公门侯府，也都是金尊玉贵长大的，这结亲可是一辈子的大事，便算是门第合了，也总要让咱们看得顺眼才行，你说对不？"

她压低声音说道："不瞒你说，我当时相看那人时，那阵仗场面可要复杂多了。"

嫒姐儿去年定的亲，许的是忠顺侯府的二公子孟光庭。

明萱闻言便松了口气，只要不被非议就好，虽也想见一下颜清烨容貌气质，但近乡情怯，真的要去看时，却又觉得不妥，生怕自己孟浪行事会令颜公子觉得唐突，因此而对自己不喜。她细细想来，自己对颜家这门亲事十分满意，想要结亲的意愿也不会因为颜清烨长得好或不好而有所改变，原无必要非要看他相貌的。

好在，女子的地位虽则要附属家族和父兄丈夫，但贵族女子却又比男子多了一些选择的权利。

辅国公世子的嫡长子朱子存住在清朗院，与宁馨园隔开并不太远，明萱跟着媛姐儿弯弯绕绕抄了近路过去，不过一会儿工夫便就到了那座梅花林。因成片栽种，远远望去便如同粉色花海，傲梅凌寒而开，深色枝丫挺拔昂扬，既有风骨，又在冷艳中透出一股娇媚，煞是好看。

媛姐儿指挥着丫头折下梅枝："挑好的剪了，给老夫人，世子夫人，和几位婶婶嫂嫂屋子里也各送些过去。"

她一边说着，一边轻快地钻进了梅林，不过一瞬间便就进到了深处。

明萱听到林子里传来银铃一般笑声，既紧张又有些无奈地唤道："媛姐儿，快等等我！"

紧张是因为不知道颜清烨何时会出现，会以何种方式出现，她没有跟媛姐儿问清楚，不知道稍会儿该如何应对，是也跟着媛姐儿钻进梅林去，还是乖乖立在这里等。无奈是因为媛姐儿素来是稳重可靠的人，竟什么都没有与自己说清，便扔下自己跑了……

明萱正不知道该怎么办才好，只好盯着眼前的梅树，顺着那清冷芬芳的花枝往上看过去，恰巧发现一枝风姿俊逸，花开盛美的梅枝，心中欢喜，忍不住便踮起脚尖想要折下来，但那枝太靠上，她的个子又不是顶高，伸了两回手都碰不着。

她轻声叹了口气，便有些遗憾地缩回手来。

这时，身后忽然有人靠近，那人身上带着清浅的墨香，他抬手将那梅枝折下递了过来，声音清冽怡人，像是一汪甘泉，"是要这枝吗？"

第9章　玉郎·弃子·寻人

明萱回过头去，看到身后立着位长相清俊的青年。他眉目秀朗，略有几分消瘦，穿了一身青碧直裰，浑身上下并无珍贵饰品相称，却自有一股玉君风骨，温润得恰似陈年的美玉。红梅树下，他只这般盈然挺立，便似入了水墨画境，美好得令人不敢直视。

她心中一跳，略有几分慌乱地点头："是这枝。"

那男子的嘴角便翘了起来，一双清朗秀目在身前这些梅树上逗留，忽而笑着上前又折下了一枝，他轻轻开口说道："子存兄说要以梅为题赛诗，我执壶输了便被罚来折梅。"

他举了举手中的梅枝："这枝是我的。"

一朵红云悄然地爬上男子如玉一般的脸颊，泛出晶莹的红润，他的轻言低语像是在解释，又像是在遮掩紧张。分明是寒冷的天气，四周围却萦绕着暧昧暖意，连冰风都被吹化了，丝毫都不觉得冷。

明萱心想，这男子便该是颜清烨了。

她心里存了分侥幸，这男子看起来比想象中的还要好些，有那样纯净眼神的男人，不该是那等奸险狡诈之徒的，小门小户的出身，人品相貌才学都不算差的，这门亲事果真是太令她满意和庆幸了。她心里是这样想的，但这等暧昧尴尬气氛之下，她一时有些不知道该说什么好，便只能垂下眼眸低低地道了声："多谢。"

果然，话音刚落，不远处的竹亭内便传来男子深沉中带着些许戏谑的唤声："清烨，梅株可挑好了？子季他们都已准备好，就等着你了！"

颜清烨冲着那头回了句："就来。"

他向明萱微微欠身，便要离去，但刚迈出几个步子，却又回转过来，似有些不好意思地道："外面天冷，倘若……倘若你的事办完了，也早早回屋子去吧。"

这语气，分明是什么都知晓的模样。

明萱点了点头："嗯。"

她望着那青碧色的背影渐渐远了，心中提起的那块大石终于彻底放下。她暗暗地想，颜清烨那样表示，该是也对自己有意的吧？看他方才虽然显得羞涩，言谈举止中却并不像是初次见面的，难道他曾见过从前的明萱？

正自想着，媛姐儿不知从哪里跳了出来，笑着勾住她手臂，冲她挤了挤眉："刚才见过了？怎样？还满意吗？大哥可是很看好这位颜公子的呢！"

明萱转过脸看她，嘴角悄然地弯了起来，倒也大大方方承认："很不错。"

她不是情窦初开的天真少女，一见钟情这样的事自不会发生在她身上，匆匆一面也根本无法完全判定一个人的品行，但不可否认的是，颜清烨给她的第一印象很好。能躲过做人填房已经是幸事，能得颜公子这样的夫婿更是大幸，倘若成亲后相处得宜，她是愿意捧出真心与他恩爱生活的。

媛姐儿笑着拍手，手中红梅随着摆动迎风摇曳："果然还是我的萱姐儿，喜欢便是喜欢，不似寻常女子那般忸怩作态！"

等回了媛姐儿的宁馨园，众姐妹便开始赏梅作诗。

明萱脑中倒是存了不少咏梅的名句，但她性格使然，没法将剽窃抄袭名人诗句的事做得那样坦然，一时半刻，凭她又做不出什么像样的来，便索性心甘情愿地认了最末。

有了这想法，她反倒不再着急，悠闲自在地看着琳玥几个凝眉沉思，自己却信手拈来在纸上画了幅墨梅图。

寥寥数笔，却占尽风华。

媛姐儿见了颇觉无奈，但将姐妹们的诗收起送去给清朗院时，却仍将明萱的墨梅图一并捎了过去。

须臾，朱子存派了丫头来回话：“大爷说，梅雪争春那首最好。”

明芍的脸上便现出些得色，她于诗文上确要比旁人更多几分灵气，这回是尽心尽力作的，原便该取这魁首。她偷偷拿眼去瞅方锦妍，见她脸上并无不悦，倒是写满了羡慕崇拜的表情，心中便是一甜，想着只要方锦妍愿意与她说几句好话，安国公夫人想必能更快松口了。

她最是争强好胜的人，实不愿意在亲事上头输给素来不大瞧得上眼的明芜，虽然建安伯恶名在外，可终究是位一等伯，明芜将来虽是继室，可只要请过封，那便就是三品伯夫人。

众人先恭喜了明芍，又问那丫头评的哪位是最末。

小丫头便面带可惜地回答：“大爷说，那幅墨梅图上并未题诗，却是违了规，便只能评个最末。但画得却极好，他甚喜欢，若是这位小姐不弃，便就将画送了大爷可好？”

话虽然说得真挚，但听起来却好像是对落第者的安慰，明芍便有些幸灾乐祸地望向明萱，好端端地做诗便做诗，便是随便乱写一通，也未必会输给朱家的那几个庶出的，又何必乱涂画什么！

明萱却丝毫不以为意，笑着对那丫头说：“游戏之作，当不起表哥赞誉，他要便拿去好了，用来糊墙垫桌脚随意。”

她又坦然向屋内的姐妹们认了输：“一月为限，我亲手做的荷包，定然会如期送至各位府上，但望众位妹妹不要嫌弃我手艺不精，回头又来笑话我便是。”

说笑了一阵，便有辅国公夫人身边的嬷嬷过来请：“老夫人差奴婢过来问各位小姐，她老人家也想凑个热闹，能不能就将午宴设在她院子里，也好让她跟着众位小姐沾一回五小姐的光？”

媛姐儿在辅国公府的女孩子中行五，底下仆妇们都唤她五小姐的。

这嬷嬷有些意思，说话语气竟真的像是在恳求，屋子里的俱是小辈，辅国公夫人既如此说，自然都是千肯万肯的，便都连声说好。

媛姐儿好生无奈，原本午宴已经定好了就在宁馨园摆的，定是祖母心急想要知晓结果，这才找个由头寻了她们过去，她撇了撇嘴说道：“嬷嬷回去禀祖母，就说我们这便过来。”

那嬷嬷笑容满面地应了退下。

明萱跟着大伙一块挪去了辅国公夫人的屋子，趁着无人注意，辅国公夫人偷偷拉了她手问话，她想着这事俱是舅祖母一手操办的，也无须隐瞒什么，便将心中所想低声倾诉，她轻轻咬着嘴唇说道：“颜公子自然是好的，只是大姐姐时日无多，九妹妹是当百日内嫁过去的，我的事便急了些，恐颜家觉得不体面……”

不论如何，匆忙婚嫁，说起来总有些不好。

像时下有身份地位的人家，从相看问帖下定到迎娶，大多都要历时一年，既显得两家人对这份姻缘的重视，也有足够时间将聘礼嫁妆装备充足，倘若不是要冲喜续娶或是遇到了什么变故，是不会在三个月内就将事办了的。

颜家虽然不过五品，却也是官身，高娶本就容易惹人闲话了，又订得那样匆忙……

辅国公夫人慈爱地轻抚着明萱肩膀：“只要你看得上那颜家小子，其余的自不必你来操心。你呀，便就安安稳稳在家里准备嫁妆吧。”

她捏着明萱的手感慨万千地叹道：“你的姐妹皆入了公卿王府，可你却只能配书生，颜家门第低，这门亲实是委屈你的，可是萱姐儿，别怨你祖母，她已经尽了心了。也别怨你大伯父，他当初宁肯舍了保命的丹书铁券，也要救下你父亲的，可惜……贵妃娘娘虽因此才得了富贵，可天家圣意，原本就不是能随意揣测的。”

明萱心里一动，舅祖母的话是在说，贵妃娘娘是因为当年父亲的事才得的富贵？这些话她还是头一次听说，心中自然存了满满的疑问，可这会儿却并不是问这些的时候，她只好强压下不解，低声回答：“颜家很好，我不怨的，真的不怨。”

她重活一世，追求的是平静生活，家中姐妹嫁得虽好，可花团锦簇的公侯门第之下，多的是隐晦的倾轧，远不如小门小户自在安宁。更何况，若是出嫁，她母亲陆氏留下的嫁妆祖母必是要都给她的，她手中有钱，背后又靠着永宁侯府的大山，日子怎会不好过？

辅国公夫人见她眼神真诚，并无一丝敷衍，倒像是真心满意颜家的，不知怎么的，心下竟然微微酸涩起来，她抚着明萱手背，连声说道：“好孩子！”

倘若不是家中并无适龄的嫡孙，这样好的孩子，她早就要了下来，也就不必现下这样心疼。她想着，连她都如此了，等真的出嫁时，朱老夫人的心里还指不定要多难受呢！

之后一整日都顺利度过，明萱心情愉快，在辅国公府直待到申时才与姐妹们请辞。

等回了永宁侯府，她与琳玥径直去了安泰院与朱老夫人说话，老夫人遣散旁人，屋内只剩下祖孙三人并严嬷嬷在，等问过明萱心意，她便又是高兴又是哀伤地说道：“你满意便好，祖母这便安排下去。”

说了一会儿闲话，老夫人忽然想到了什么，脸色凝重了起来，她语气低沉地对着明萱说道：“萱姐儿，有件事当让你知晓，今儿平章政事韩大人差人送来了两方谢礼，指名道姓说是要给你的。”

朱老夫人皱着眉头说道：“原本当他是佳婿，可三年前他在婚仪上将你父亲强行带走，又众目睽睽之下撕毁婚书，行事不存半分仁义。明哲保身是一回事，但落井下石却实在太过不堪。若不是他位高权重，深受皇宠，又住在对宅，总不好撕破脸皮与他交恶，我过寿那日真该使人将他痛打出去！”

既是未来岳父犯了事，倘若提前知晓了，总该暗地里提点一番，能补救则当补救才是。若是事情着实棘手，又生怕遭了连累，有心要悔婚，那也不该任由着女家被蒙在鼓中将亲事操持，哪怕只要提先一夜退了亲事，也总比当日那般境况要好。

萱姐儿，也不至于那样被人取笑鄙夷……

她想着便不由生气起来，脸上显出几分厉色：“可是那日让他见着了你？不然这无端端地送什么谢礼过来，是怕咱们萱姐儿的闲话还不够多，非要给人嚼舌根的底料不成？”

明萱忙上前轻拍朱老夫人的背：“祖母切莫为了那等人生气，不值得的。”

她凝眉想了想：“您生辰那日他来贺寿，孙女儿和姐妹们都在暖阁，并未与他照面。他既说是谢礼，想必便是那狮子狗的事了……”

暖阁里她不过匆忙一瞥，那道尖利锋芒定是她多心了的，那么多双眼睛偷偷瞧着他呢，他难道还有透视眼能将自己分辨出来？府门口轿帘微动，她虽觉得有些打颤，也未尝就不会是冻着的缘故，纵然他真的瞧见了她，隔着那般距离，又能瞧见什么？思来想去，唯一能与韩府搭上关联的，便只有那只狮子狗了。

琳玥听了便忙将那日的事说了一遍：“说是韩夫人的狗，那丫头抱了回去后也没下文了，怎得隔了这许多日忽然又来这一出？”

她撇了撇嘴说道：“真真好笑，那狗原是五表哥善心收留了的，要谢也该谢五表哥才是，便是非要谢我姐妹，也该韩夫人出面的，这韩大人也太过不讲规矩了！”

朱老夫人沉吟着说道：“竟还有这回事。”

她想了想对着明萱说道：“谢礼我不好退回去的，已经交给你大伯母处置了，这件事萱姐儿也不必再放心上，只有一件，以后千万不可再与韩家扯上什么联系了！终究是定过亲事的，祖母怕颜家知晓了，心中不快。”

明萱心里忽地一跳，想到这几日府中已在筹备明芜的嫁妆，虽然行事隐秘，可韩府近在咫尺，是定瞒不过他家的，既如此，韩修何等样精明人，定然猜到自己的婚事也很快就会定下的。可这时候他却这等孟浪行事，实在令人忍不住想要猜疑他的用心。

风闻他在朝中行事严谨，从不做多余之事，那么他这样指名道姓地要送她谢礼，这般明目张胆，不做避讳，究竟是想要做什么？难道果真是铁了心要害她嫁不出去？可她嫁不出去，于他又有什么好处？

她将目中忧愁皆藏住，好不让朱老夫人额外操心，强颜露出欢笑：“孙女儿知晓了，祖母也不必太过烦忧，只要与颜家的事定了下来，咱们就什么都不怕了！”

朱老夫人见明萱是真心满意颜家的，心情便略好一些。

她想了想说道：“后日是你母亲生祭，恰巧我有事要请教了因方丈，咱们便一块去一趟清凉寺，替点给你母亲的长明灯多添一些香油，求她在天有灵，保佑咱们萱姐儿顺顺当当嫁到好人家。”

明萱心中一动，忽然想到晌午时辅国公夫人的说话，有心想要问一问祖母到底贵妃娘娘是怎么因为父亲的事得了富贵的，可这会儿琳玥也在，又见祖母神色疲倦，到底还是觉得不够妥当，想了想，低声说道：“祖母看起来乏了，孙女儿便先告退吧。”

她转头望向琳玥：“你是跟我去漱玉阁，还是留下来陪祖母睡？”

琳玥笑着说：“留下来陪外祖母吧，我母亲来了信催我回去，打算后日就启程了，下回再来，也不知道是什么时候，我多陪陪外祖母，等临走前那夜再过去烦你！”

才定下亲事，等真的要嫁过来，少说也要个大半年。

明萱便轻轻拍了拍她肩膀：“那你陪着祖母多说说话，我便先回去了。”

是夜，明萱翻来覆去都睡不着，一会儿想着终于能如愿以偿嫁到小户人家，那颜清烨看起来很不错的样子，想来以后的生活不会真的那般苦闷无趣，一会儿脑海中却又闪过韩修刀锋一般犀利冷冽的眼神，那眼神令她很是不安，总觉得他会做些什么不令人安生的事来。

当年的事，她虽然知道的不多，但却甚是可疑的。

永宁侯府世代簪缨，便是三房出了事，凭着手上的丹书铁券，还有辅国公府东平王府建安伯府这些同气连枝的姻亲，也不会真的就这样倒了的。那么精明如韩修，便完全没有必要做出当众撕毁婚约的事来，这不仅能使两府的恩义断绝，也会使他刻薄寡恩的名声传出去，还令明萱成为盛京笑柄，抬不起头来。

仔细想来，倒像是故意这样做的，可究竟他的目的何在？

明萱思来想去，想不出个所以然，便只好又将思绪投回到白日里辅国公夫人的话中，听那话里话外的含义，似乎当年父亲顾长平的那点事，竟都是今上所为。

她暗暗想道，如众人所说的那样，顾长平是个状元出身的闲散文官，自富贵乡中长大，又非嫡长子，从小便就是个富贵闲人，不通政事，也并无强悍的能力，平日里除了喜欢吟诗作画弹琴对弈这些风雅爱好，并无旁的嗜好。这样一个人，怎会与“谋逆”两字有所关联？

当真令人匪夷所思。

更何况，以当时五龙夺嫡的境况，他便是非要选个皇子支持，怎么会弃九皇子而保他人？须知，九皇子正妃可是他的嫡亲女儿，若是九皇子登基，他便是堂堂正正的国丈！周朝素来规矩，国丈倘若无爵，是可以恩封一个承恩侯的，原本他不过是永宁侯的兄弟，可若是成了国丈，他便是二品的承恩侯，尚能荫及子孙的。

顾长平完全没有理由勾结二皇子谋逆的，今上定也是明白这一点，所以这个罪名到最后也没有个定论，时间久了，竟不了了之。

明萱忽然“腾”地一声坐了起来。

现今的皇后是裴相的嫡长孙女……

倘若顾长平不犯事，今上又如何能有理由在册封皇后的前夕将顾明蓉拉下来，好立裴氏女为后？君要臣死，臣不得不死，顾长平便是干净得如同天上皎月，也自然有人会将他涂黑抹脏，而“谋逆之嫌”却是最不需要确凿证据，只需要空口无凭便能将人下狱的良方！

所以才只说有嫌疑，在顾长平死后也没有真正有个定论。

明萱的嘴角噙着一抹冷笑，没错，是镇国公裴固一手将今上扶持到帝座的，可他原本就贵为世袭的国公，先帝时便是一人之下万人之下的丞相，若论富贵，朝中已无人能及，倘若不是还有些别的所图，不论扶持哪位皇子，对他而言都没有分别的。

可他选了籍籍无名的九皇子，不仅是看上了九皇子没有母族扶持，将来登基之后势必仍旧要倚重依靠他才能坐稳皇位，恐怕更是因为当时九皇子娶妻不久，府中并无子嗣的关系，没有子嗣，九皇子妃的废立便就没那般复杂了。

这本就是个交易，今上和裴相一早就订立的盟约，而顾家三房只是被抛弃的棋子罢了，顾长平如此，顾明蓉也是如此……

明萱脸色越来越沉，这样说来，这件事大伯父定也是知晓的了，丹书铁券不过是个幌子，顾明芙的进宫则是个补偿。

真可笑！

她的父亲成为各方权力角逐的弃子，在人生最得意的时候枉死。大伯父却坐稳了永宁侯的爵位，甚至还从二等侯晋升至一等；她的母亲殉情而亡，大伯母却夫荣妻贵，风光无限；她的兄长为父鸣冤贬配战场，如今生死不知，大房的儿子们却个个都娶妻生子加官晋爵；她的姐姐无辜被贬弃冷宫郁郁而终，顾明芙却欢欢喜喜进宫，怀皇长子，晋贵妃位。

牺牲的是整个三房，可得利的却是大伯父一家！

便就这样，还要她不怨？她是失忆了的，自然也可以做到不怒不争，可从前的自己若是知道了真相，岂非要被如今的自己气死？她既然知道了这一切，便算是没有能力报这些仇恨，也当要竭力令父母姐姐安息的。

不能再像从前那般退避忍让，任人宰割了！

内屋的动静终是惊动了外厢睡着的雪素，她披了衣服点灯进来，关切地问道，“小姐怎么了，可是做了噩梦魇着了吗？”

明萱低垂着的睫毛轻轻颤动，烛火的余晖将她根根分明的眼睫毛倒映在帐上，像一

把展开的折扇，有着梦一般的迷蒙，她低声说道，“我想哥哥了……”

宁谧的暮冬之夜，少女的低语像是美妙的符咒，一个字一个字敲打在寂冷夜色之上，她心中默默念道，不论如何，她一定会竭尽所能将顾元景找回来的！

次日醒来，丹红进来服侍，明萱便对她说：“你稍会儿去前面院子一趟，瞧瞧你表哥在不在，若是他在，便请他再替我跑一次腿，去外头钱庄兑些银子过来，我有急用。”

丹红的表哥名叫何贵，在买办处当差，进出侯府不需要上头对牌，先前央他办过几回事，都做得妥帖，是个得用的人才。明萱手头上没有信得过的人用，暂时便只能仰赖何贵替她做这些跑腿的事。

丹红有些惊讶：“先前兑那半个金冠得的钱还在，侯夫人后来又使人送了一百两银子，咱们手头尚有些银钱的。”

雪素也接口说：“小姐的银钱都在我这里掌管，约莫还剩了二百七十两，够咱们花用一阵子的了。怎得又要出去兑钱？”

漱玉阁的日常用度皆是由公中所出，倘若没有什么宴庆大事，节省着些度日，靠着这些银子是能支撑上好一段时日的。库房里封了庚字号条的箱子，虽是小姐的私物，那些金饰拿去兑了银钱原也没什么可惜，可若是动静大了，令府上有人察觉，那头一个心生不快的便是侯夫人了。

堂堂侯府嫡出的小姐，竟要靠兑当方能度日，这不是在打侯夫人的脸吗？

这些道理雪素明白，明萱自然也懂的，她低声叹了口气说道：“我昨夜想到四哥，翻来覆去一整夜睡不着，不管是死是活，总想要快些有他的消息才好。定襄侯府的沈二爷封了护西将军，年前已去了西疆，陇西的大表嫂出自沈家，我已让三表哥带了信过去求沈二爷帮忙找找看。”

她顿了顿，眉间郁色更浓：“可就这样打听，也不知要何时何日才能有确凿的消息，我思来想去，还不若咱们亲自派人过去细细地查，双管齐下，这才妥当。”

要去西疆寻人，一路花费甚巨，所需的银钱绝不在少数的。

雪素凝了神色，迟疑问道：“四爷不只是三房的四爷，此事若不禀告过了老夫人侯夫人，小姐私自行事，可是妥当的？若是侯夫人知晓了，恐怕……”

倘若是昨日之前，明萱或还是避忌侯夫人的感受的，但经过彻夜长思，她心里的想法已然有所变化，她嘴角噙着一丝苦笑，低声说着：“傻丫头，侯府不缺四爷，可是三房却非有他不可。你看看盛京城中，哪家公侯不是袭爵便分家的？若不是祖母一力拦着，顾家各房也早就各过各的了。到时，若是四爷还未有消息，顾家三房便就没了。”

她眼眸低垂：“雪素，我不久就要出阁了呢！”

大伯父袭爵六年了，前三年不分家是因为要一个至孝的名声，这三年仍旧并未提及此事，恐怕是祖母一力维护的结果吧？祖母早早地将府中的管事权力放得一干二净，不论何事都不与侯夫人争执，这般深居简出，皆是为了换取“暂不分家”的诺言，好令自己能够顶着侯府嫡女的身份出嫁。

可一旦自己出了阁，侯夫人再提分家，祖母便没有理由继续死扛着了。

二伯父在户部捞了不少，二伯母手中又有钱，这些年来二房交入公中的银钱实则要比大房还多的，若不是为了嫡子嫡女的婚事能更漂亮一些，以简氏的精明刻薄，早就要吵嚷着分家的，明荷三月出嫁，明芍的亲事定下后，顶多一年便也能出阁，到时候二伯母没有了顾忌，恐怕吵得会比侯夫人还凶。

这家，是分定了的。

雪素心下一惊，四爷三年杳无音讯，又是在战场失的踪，虽不曾列入阵亡的名单，可战争中辨认不出尸体的情况实在太多了，想必侯府是认定了四爷已死，所以这些年才没有继续派人去找了的。按照周朝律例，这样的情况是可以去官府备注下落不明的，倘若分家时四爷并未出现，那三房那份家财便就算是丢了。

怪不得小姐要私下去找，而不是惊动老夫人或者侯夫人了……

大房这几年虽然当着家，但二夫人精明，公中的好处侯夫人想必不曾捞到太多。可贵妃娘娘入宫至今，侯夫人没少上下打点送银钱进宫去的，既二夫人没有闹出来，想必那些都是大房的私产，宫里头是个无底洞，这时若能平白多一注三房的财分，侯夫人定是愿意的。

老夫人不管事了，就算心里千万个不肯，又能如何?

雪素想了想，低声说道：“那箱子里头有一件珍珠衣，珠子颗颗都晶莹饱满，都是一品成色上等质材，能有上千颗。盛京城里最近流行在鞋尖上袖口上镶嵌珍珠，我昨儿听方三小姐的丫头说，嵌宝阁的珍珠都卖断货了呢！”

明萱听了，便知道雪素已经想明白，她欣慰地点头：“我正有此意，但不知道何贵能不能办好这差事。”

她垂眸微凝，忽又抬头对着丹红说道：“不如去请你表哥进来一趟，我亲自问问他吧！”

内院的主子丫头若是短缺了物事，也常有叫了采买上的人进来令他们出去置办的，何贵又有个表妹在漱玉阁当差，这样叫他进来回话，倒也并不算惹人瞩目的。

丹红替明萱将发绾好，便急忙出去寻何贵。

雪素便又问道：“银子咱们有了，但派何人去西疆，小姐可曾想好？那边战事正酣，附近几座城池的商民都往内地来搬呢，恐怕重赏也未必有人敢去的，何况咱们是私下行事……”

明萱沉吟片刻，低声说道：“我心里倒是有个人选，四哥的生母姜氏，听说有个姨兄弟叫钱三，我之前听严嬷嬷提起过一次，说是如今在外头的铺子里做工，过得并不如

意。”

雪素想了想，便点头回答：“倒真有这么个人。安泰院有个叫小素，她父兄恰好是与钱三在一个铺子上当差，我去问绯桃姐姐时，曾听她提起过这个人。听说当初姜姨娘生了四爷后，夫人做主抬举了钱三，替他改了奴籍，说是总不能令四爷有个当奴才的舅舅，当时这事还传为一时佳话，人人都夸三夫人好度量。”

她语气微顿：“前些年三房得意时，那钱三好像还曾当过铺子里的管事，后来四爷出了事，他没了倚仗，便就失了势。听说是出言不逊，得罪了人，又在他手中流失了几单生意，侯爷就只好撤了他管事的位子，但总是四爷的舅父，不好随意打发，便就还在铺子上混日子。”

雪素想了想，仍旧有些犹豫：“听起来这个钱三有些不大靠得住，小姐真想叫他出去寻四爷吗？”

明萱点了点头：“钱三脱了籍，已经不是府里的奴才了，他若是想离开铺子很容易，不仅没人拦，恐怕大伙还会欢欢喜喜送他，众人只当他想开了回老家，没人会怀疑他去向的，这是其一。”

她抿了抿唇，接着说道：“他是四哥的表舅，除了我，无人再比他更希望四哥能够平安回来，须知他的富贵与四哥的富贵是一体相连的。四哥若能回来，将来分家，便是他一人独占三房，家财虽不至于多么丰盈，但总要比小户人家强上许多，钱三哪怕是替四哥掌看门户，也总要比现在在铺子上受气强。”

当初皇帝的旨意晦暗不明，只说将顾元景送至西疆军中为国效力，并没有明言是戴罪囚禁，还是发贬刺配，这便意味着今上并未将事做绝，顾元景的事尚还有余地的。只要能找到他，只要他还活着，不论用什么方法，她都一定会将他弄回盛京来的。

雪素忙点头：“小姐说的是，果然钱三是个合适的人选。”

明萱低吟着说道：“明日我要去清凉寺，这便是个机会，要想法子见一见这个钱三。”

须臾，听丹红回禀说何贵已经到了，明萱便去了正屋。

何贵十七八岁年纪，个子高挺，面容虽不是十分俊朗，却也称得上是五官端正，他垂首立在屋中，眼观鼻鼻观心，并不曾贼眉鼠眼到处打量，看起来十分沉稳有礼。

明萱是头一回见他，觉得观感不错，语气里便多了几分好感，她见雪素早就将小丫头打发到了院中，屋内并无旁人，便也不再客气，开门见山说道，“你是丹红的表哥，我便不与你说那些客套话了。何贵，我急着用钱，想请你帮我再去兑一些银两，数目可能不小，且除了你之外，不能再有其他人知晓。我且问你，你可能做到？”

她顿了顿，“若是不好办，也不要勉强，我只求你看在丹红的面上，替我保守秘密。”

何贵眉头微皱，想了想问道，“小姐约莫需要兑多少？又是以何物相兑？”

没有满口答应，却先了解清楚情况。

明萱心中便更觉得这何贵可靠，她令雪素将拆好了的珍珠先拣一袋子拿了过来，“像这样的，我还有五六袋，还有一些零散的宝石，绞碎的金块，都是看不出来来历的。想请你帮忙卖了换成银子存到举国通用的钱庄，将来不管在什么地方，都能够方便承兑着用。”

她略将声音提高几分：“何贵，你可能办到？”

第10章　定亲·暗害·威胁

何贵脸色微变，他虽在买办处当差，但经手的皆是脂粉花油等小物。

上两回替这位七小姐跑了两次腿，加起来承兑了四五百两银子，已经算得数额巨大了，可光是眼前这袋子上品成色的珍珠，价值便要上千，再加上那些宝石，林林总总算下来，总金额应当要有上万两之巨。

何贵心下一顿，不由偷偷瞥了一眼端坐着的沉静少女，心中暗想着，七小姐难道不怕自己携了巨款跑了？

他老子娘早没了，虽有姑母一家在侯府江南的庄子上当差，可到底不是亲的。倘若他拿了这些财物后不再出现，七小姐又能如何？这事本来就是七小姐私自为之，想必还瞒着上头的，便知晓上了自己的当，恐怕她也不敢明着揭发，总是牵连不到南边去，顶多也就是表妹受些苦楚。

万两家私，在盛京城里许算不得什么，可若是在小地方，却足够堪称富足了。

明萱见他迟迟不答，便皱了眉头问道：“可是有什么为难？”

她想了想，又补充了一句：“我知道这事不好办，想是要费些周折的，你放心，我不会亏待了你，白白让你辛苦。这些东西脱手之后，你可以自己留下一成，就当是你冒险办事的报酬。”

何贵心下惊讶，便算是一成也有千两之多，并不是个小数目，随随便便就说给他了，且还让他自己取出，一丝犹豫也无，足可见七小姐的心胸气度，但同时却也恰好说明，她现下一定十分急需要这笔钱。

七小姐需要银钱做什么，他不能也不必揣度，但这个条件却十分诱人，一千两银子也不少了，加上他陈年的积蓄，足够他去城郊买个小院子，娶一房心满意足的媳妇好好过日子了。与其夹带私逃一辈子惴惴不安，倒不如少拿一些图个安居乐业。

最重要的是，七小姐的这份信任令他心里一暖，隐隐觉得不能令她失望才好。

何贵想了想说道："这些珍珠成色好，珠宝楼肯定愿意收，可这些数量不少，一次出手恐怕要惹有心人猜疑，再有便是，这几日不知因了何事，门上进出管得严了些，夹带这些东西出去，也没从前那样容易了……"

他略顿一顿："倘若能够给小的多一些时间转圜，应是能办得的。"

明萱沉吟着说道："明日一早，我要去一趟清凉山，到时那些东西我会设法带出府，后面的事怎么做都由你。你是丹红的表哥，替我做过几回事都细致妥帖，为人谨慎可靠，是个能堪大用的人，我相信你能将这件事办好。"

她忽然浅浅笑了起来，倘似无意地说道："咱们侯府原来的黄总管，听说他儿子去年秋闱中了举，这几日磨着大伯父等他儿子春闱题榜后提携进个官身呢！"

何贵闻言心中一凛，黄总管他是知道的，阖府上下的奴仆谁不以黄总管为榜样？

从前也是如同自己一般的低等奴役，因护主忠心办事牢靠慢慢提拔上来的，先是当了几年管事，后来成了总管，前些年放了出去替侯爷打理外头的生意，是侯府那许多商铺的总管事，手中经过的钱银无数。他大儿子协理着打理生意上的事，小儿子读书有进益，去岁秋闱竟也中了举，春闱不管能得什么样的次第，只要侯爷肯提携，以后怕也是要去当官的。

周朝律例，只要身份户牒上曾有过奴籍的记录，哪怕主子恩典脱了籍，不再是低人一等的奴才，也不能参加科举不得为官。他们生为家奴，这辈子都不会改变，但倘若蒙主子厚爱，他将来的子嗣却可不必再入奴籍。

何贵暗暗揣测，七小姐不会无缘无故说这些话的，这是在敲打自己不要因小失大，抑或也是在对自己许以利惑。他虽也知晓，黄总管是因为对侯爷有救命之恩，才能得这样的结局，放眼盛京城各大名门府邸，也独有黄总管有这样的恩荣。可七小姐素来为人沉稳，不会信口雌黄，随口许诺的，她既这样说……

他垂首回答："倘若能有黄总管那样的福气，小的死也无憾了。"

明萱轻轻颔首，似是对这回答十分满意，她嘴角翘起，笑着说道："你的好处我记下了，我这里也搁下一句话，倘若你有黄总管那样的忠心和本事，他那样的福气我保证你也能有。"

何贵一时怔住，这番话听起来明明遥不可及，是个连影子都没有的事儿，可不知道为什么，他却不由自主地信了去。他抬头瞥见明萱虽然端着一张沉静无波的面容，但眼眸中的犀利坚定却令人难以忽视，他不由暗自庆幸方才没有断然拒绝这差事，也不曾真的想要做了那携款私逃的恶事，否则……

他越发恭谨，道了声"是"，便就退了出去。

丹红小声问道："小姐，我表哥为人还算得可靠，他从前也是从三房分出去的，论起来，您是他的主子，这些事能想着用他尚且是他的荣光，又何必要许他一成的利？有些……太多了。”

明萱却摇了摇头：“何贵既已从三房分出去了，我便不再是他主子，他愿意帮我是情分，不愿意帮，我却也埋怨不得。他因着你的关系，几次三番替我们做事，且件件都妥帖，已经足可见他品行能力皆不差的，我将这些事交给他自也放心。”

她话锋一转：“但这回的差事毕竟难办，不只要脱手的物事多，我要钱也急。是以，我以一成之利相激，相信他不仅能将事情办成，还会办好。”

在巨大的利益面前，再大的忠诚都会受到考验，更何况何贵本无须向自己效忠的，倘若他夹带私逃了，丢了这些物事银钱倒还是小事，自己一时半会儿再找不到旁的人手替自己跑腿办事才算糟糕。钱三在盛京城中也曾是有过脸面的，那些银号钱庄的人多半能认出他，这事钱三办不得的。

许以重利，给予信任，侧面敲打，同时再画出对方心内最渴望的那张大饼，这是明萱从父亲收藏的秘卷中学到的御下之术。至于那个许诺……这个何贵是可造之材，她是打算要长久用下去的，若是他当真得用，将来便是替他的子嗣去了奴籍，又如何？

到了晚间，琳玥过来漱玉阁，她一进内屋，并不说话，只是拉着明萱的手将她上上下下地打量，等到众人都急了，才咯咯地笑出声来：“我要恭喜萱姐姐了，今儿英郡王和永城侯世子来见大舅父，说是要为萱姐姐保个媒，英郡王妃和永城侯世子夫人也一并到安泰院给外祖母请安了，请了大舅母来作陪，她们说话我在暖阁里可都听到了呢！”

她调笑着说道：“听说是工部营缮清吏司郎中颜大人央了永城侯和英郡王，想替次子求娶永宁侯府的七小姐呢。”

丹红听了，急忙问道：“如何？侯夫人怎么说？”

雪素也甚是紧张，她神情激动地追着相问：“表小姐，快些跟我们说说，英郡王妃和永城侯世子夫人都说了什么，侯夫人可有答应，这门亲事可是做成了？”

明萱却笑着说道：“傻丫头，表小姐刚才说了要恭喜我。”

她脸色虽然平静，但心底却止不住地雀跃，与颜清烨的婚事若是成了，她后半辈子的安宁算是争取到了一大半，颜清烨如玉般的人品，她有信心能与他一起将日子过好的，倘若他春闱高中自然是好，便是名落孙山也不碍的。

英郡王是东平王的胞弟，曾在工部任过尚书，后来调任兵部，永城侯世子便接任了这正二品的工部尚书位，颜郎中请了先后两任上官替颜清烨保媒，郡王妃与世子夫人也去到内院相说，大伯父既解决了她的亲事解了燃眉之急，也不至于因为颜家门第低而失了脸面。

英郡王府与东平王府一脉同枝，有了这些助力帮衬，颜家必不会低落太久，颜增想必是要升上去的。况且今上刻意擢拔寒门子弟，今科又是登基之后的首科，这些天子门生将来势必是要得重用的，若是颜清烨能拔得头筹，位列三甲，那前程不可限量，这对

永宁侯府也是个助力。

这门亲，是必会成的。

果然，琳玥笑着说："没错，成了！"

她搂着明萱："真好，我明日要回陇西，你的亲事今日便定下了，也免得我在路上还要惦念牵挂。听说未来的颜姐夫人品相貌都好，我们身为女子，第一等重要的是要嫁个好郎君，身份地位门第，这些若有当然好，便是稍差一些又有什么关系？"

明萱便也搂住她："可惜我成亲时你不在……"

随即她又笑了起来："不过你成亲时，我是必要在的。"

琳玥笑着捶她："你放心，我便是不在，给你的添妆却不会少一分。"

两个人玩笑了一通，倒将那分别的离愁削减了些，想到明年等琳玥过了门，她两个都成了妇人，其实倒要比未出阁时更方便走动些的，同在盛京，也不怕以后见不着，心情便都好了起来。

冬日的末端，仍是寒冷，但漱玉阁内却暖成一片。

翌日清晨，琳玥起身便去了安泰院与朱老夫人辞行。

饶是知晓不过大半年后，这素来疼在心尖上的外孙女便能长久地在府中陪着她了，但临到分别，朱老夫人却仍是眷恋不舍，她捏住琳玥的小手，千叮咛万嘱咐着："我知道西边要比盛京略暖些，但在路上可切不能随意减了衣裳。听说西疆五城都有流民逃窜，倘使遇上了，你若好心施善也罢，只是一定要分外警醒。"

她顿时忧心忡忡起来："二十年前，北方起战祸，那时也有许多流民，我还记得朝中有位沈大人的家眷上京，途经那些所在，只因好心施舍了几两银子和一些糕点，却让那些流民起了贪念，阖家都给抢杀了……"

饥饿面前，良知是会泯灭的，陇西虽不曾受战祸波及，但从西疆五城撤离的人却大部分都逃至那带，此行甚令人担忧。

明萱忙扶住朱老夫人的手臂开解她："祖母多虑了，琳玥可不是独身一人回去的呢，有大哥哥护着，咱们府里还派出了卫队，这么多人跟着，您怕什么？再说，那些流民大多聚在陇西以西，琳玥回途时便是遇上了，也不过是些零散小股，不会有事的。"

她的声音低柔，像是有安抚人心的魔力，朱老夫人听了心里略安定了一些，又看到琳玥也不断点头，便才舒了口气："元昊做事牢靠，他送你回去，我放心。"

行李车仪俱是早就准备好了的，琳玥郑重给朱老夫人磕了个头，与明萱互相道过珍重，便就跟着顾元昊上了软轿坐车回去陇西。

朱老夫人有些依依不舍，但却仍打起精神令严嬷嬷套车。

永宁侯府老夫人亲自出门，这阵仗自然与上回明萱去清凉寺时不同，光是马车便套了三四辆，丫头仆妇跟了一大堆，随行的侍卫也增至二十四人。老夫人与严嬷嬷和绯桃坐了前头的两辕四匹马车，明萱带着雪素丹红坐了中间那辆，其余的婆子丫头则都坐后头车上。

马车上，明萱向雪素问道：“东西都拿好了？”

雪素从食盒的下层取出个包得严严实实的小包袱：“珍珠和宝石俱在这里了。”

她又从披风里掏出一个布绢来：“我想着那些绞碎了的金块到哪里都能兑得到的，不若小姐稍候直接将这些交给钱三，这几日也好让他准备起来，等何贵办好了钱庄的手续，他便好直接上路了。”

明萱点了点头，又问丹红：“可与你表哥约定好了？”

丹红掀开帘子，看了下如今正所处的方位：“嗯，出了内城后不久便有一座石碑，那里荒僻，人迹罕至，旁边就是树林，却是去清凉寺必经之地。表哥这会儿应已经在那候着了，咱们留心看到他人，便与车夫说我要小解，让后头的车先行。”

她顿了顿：“到时候，只要将车夫引到另一面，我便能将东西带下去。”

这计划昨夜她与雪素推演了，是不会有失的。

明萱轻轻颔首：“便都看你们的了。”

等出了内城，丹红果真喊停了车夫，雪素又借口有事要问，将那车夫引至旁边，不多久丹红回来。

明萱见她神色轻松，便就知道事情已经办成，她心中略松了口气，那么今日必要做的两件事只剩下一桩了，只要见了钱三，她相信他定会被自己说服的，那么顾元景的消息便能有着落了。接下来，便只盼着老天爷有眼，不要将顾家三房最后的指望断绝，能令他平安活着。

只要他平安！

巳正到的清凉寺，因早下了帖子说永宁侯府老夫人要来，了因方丈竟亲自候着，迎了朱老夫人一行至禅房，他呼了声“阿弥陀佛”，便又说道：“贵府三夫人的法事设在了净莲堂，是由老僧座下的大弟子圆通亲自主持的，莲花座上的香油却是要等着七小姐亲自来添的。”

朱老夫人忙道：“方丈费心了。”

她抬头对着明萱说道：“萱姐儿，快给你母亲磕头添香去，我怕见了心里难过，便不去了，你替我跟你母亲说，我总算没负她当日所托，为你择了户好人家，让她在天之灵就安心吧。”

明萱福了一身，便有小沙弥引着她至净莲堂。

了因方丈见朱老夫人凝眉，便屏退了伺候的小沙弥问道：“老夫人可是有话要对贫僧说？”

朱老夫人点了点头：“这桩事原与我侯府无关，但若是不问个清楚，心里却总是如

鲠在喉，不大舒坦。住持方丈，老身且问你，前些日子我家萱姐儿来替我取那金佛，那日裴家大爷可也到过清凉寺？”

她着人去镇国公府打听消息，回来的人说裴大爷上清凉山时惊马摔坏了腿，裴家虽不曾明说是在何处摔着的，但她却因着萱姐儿差点出了事，能猜到一些。

她心中觉得犹疑，严嬷嬷分明与她说过的，萱姐儿的马车脱了毂后，那孩子善心令人将石子皆清理过了的。裴家大爷的车倘若在前头出事的，那山道上的石子便不可能仍旧那样整齐，他若是在萱姐儿后头上的山，那怎还会有惊马摔腿的事？

裴家大爷的事，朱老夫人用脚趾头都能猜到定是他继母失德惹的祸端，但即便如此，又与她何干？但裴顾两家，自从今上登基改立裴氏为皇后起，便就存了心结，老三的事朝中明眼人都知晓是怎么回事，虽是今上的不义，但倘若没有裴家的野心相逼，也不至于此的。如今，顾贵妃怀了皇长子，这关系便更是剑拔弩张。

镇国公世子夫人的恶行并无什么证据，但萱姐儿却是实实在在出现在那山道上的，须知，萱姐儿的父母兄姐出事，裴家是逃脱不了罪责的，世人看来萱姐儿也确实有要报仇雪恨的动机。倘若裴家有人恶意要将裴大爷的腿伤栽赃到萱姐儿身上，可怎生是好？闹大此事，以此为借口打击顾氏，裴相那样的人，是做得出来的。

萱姐儿命运多舛，好不容易要安定下来了，可不能再受无辜伤害了。

从前顾岚娘与永嘉郡主交好，朱老夫人也因此知晓襄楚王与清凉寺是素有渊源的。

了因方丈的师弟了参精通医术，裴家大爷这些年没少打着治病的名义出入清凉寺，求医想必是真，另求庇护也是有的。清凉寺到底是名川大刹，来往的达官贵人无数，倘若现今的镇国公世子夫人当真做得太过，害死了裴家大爷，清凉寺只要透出去一点半点，世子夫人逼死原配嫡子的名声算是坐定了的。

暗害和明杀，是不一样的。哪怕盛京城中人人都知晓裴家大爷不受继母待见，暗自猜疑他这些年来病痛缠身内有蹊跷，但只要没有明证实传，那也就是私底下心照不宣而已，可那等刻薄狠毒的名声要是传开去，裴氏的家声也要跟着坏了的。

朱老夫人因着这点笃定了因方丈与裴家大爷有旧，便就开门见山，直接问道：“听说他受了腿伤，是在山道上出的事吗？到底摔得有多么严重？”

了因方丈倒没有顾左右而言他，他面上古井无波，只是点了点头：“那日是永嘉郡主的生祭，裴家大爷确然来了。实不相瞒，他如今仍在寺中将养着，倘若老夫人心里有什么疑惑，不妨亲自问他。”

他是出家人，只顾救人，尘世间的纷争他是不想管也管不到的。

朱老夫人沉吟半晌，才说道：“既如此，那老身便见一见这位后生孙辈吧。”

寂静的禅室，点着令人凝神静气的檀香。

朱老夫人静静端详着眼前一袭紫衣的金贵青年，他生得极好，眉目之间有七八成像已经往生了的永嘉郡主，但郡主极美极柔的五官在他脸上却丝毫看不出柔弱女气，许是因为常年卧在病榻之上，脸色看起来有些苍白，但他偶尔流转的目光中，却有清明坚毅流泻。

他是被小厮背着进来的，腿上还绑着重重的木板，倒像是真的摔坏了腿。

朱老夫人心中还在犹疑，但脸上却端出慈祥笑意："是叫静宸吧？你小时候来过我们家，你可还记得我是谁？"

裴静宸冲她虚弱地一笑："是顾家祖母，静宸怎会忘记？"

他有些不好意思地瞥了眼腿上的木板，歉意说道："这会儿没法给您老人家磕头行礼，还请顾家祖母恕了侄孙不敬之罪。"

朱老夫人便有些心疼地说道："这好端端的，怎么就伤了腿，是在哪里摔着的，严重吗？我方才与住持方丈说话，听得他说你在这里，便想着要见你一面，谁承想你这孩子竟还受了伤……"

她低声轻叹道："当初郡主还在时，与我家岚娘最是要好，跟我家故去了的老三媳妇也是闺中挚友，郡主那时可常来我们府里住着，好得就像是一家。郡主如今虽不在了，但我老婆子却时常能记起她的好来，好孩子，便是为了让你母亲心安，以后也要多保重自个儿的身体啊！"

这话听起来激动得有些毫无章法，但仔细咀嚼却大有深意在。

裴静宸睫毛微动，低声说道："倒让顾家祖母替侄孙担心了，我的腿是我母亲生祭那日在清凉山道上惊马摔着的。听说那日顾家有位妹妹恰好走这山路时也受了惊吓，倒是静宸的不是，小厮们急着送我上来请了参师父给我治腿，竟来不及收拾那些碎石。"

他面有愧色："幸得听说顾家妹妹无碍，否则静宸便担了大过了……"

裴静宸不过三言两语，便将明萱彻底从他惊马摔伤的事件中剥离，倒像是猜中了朱老夫人的心思，因而故意说给她听的一般。

朱老夫人心头微讶，这裴大爷好生细腻的心思，只听她几句未入正题的弦外之音，就知晓了她此番来意，先她之问而将她想要得到的答案说了出来。是裴家大爷先在山道上惊马，那些陡峭的山石又令萱姐儿受了无妄之灾，若非忠仆护主，萱姐儿怕会有生命危险，这样一来，裴家大爷的腿伤赖不到萱姐儿头上去，若真闹了出去，反倒是裴家亏欠了萱姐儿的。

她这样想着，脸色便越发慈和，忙柔声安抚着裴静宸："我家那孩子无事，你也莫记在心上，了参大师医术了得，你安心在这儿将养着，定能早日痊愈的。"

裴静宸闻言好似松了口气："顾家妹妹无事便好。"

他又屈身行了个礼，低声对着朱老夫人说道："静宸该去了参师父那换药了，便就

不打扰顾家祖母了，改日等我好了，再去您府上问安。”

朱老夫人忙道：“那你快去吧，莫要耽误了上药。”

她转头对着严嬷嬷说道：“你去送一送裴大爷。”

严嬷嬷道了声“是”，便一直帮着那叫长庚的小厮扶着裴静宸上了院中的软轿，直到目送着离开，才又匆忙回了禅室。她一进屋子，便带着怜悯口吻说道：“原该是个金尊玉贵的公府少爷，没了亲娘，却落魄成如今形状。老夫人，那裴家大爷真真可怜，您瞧他那腿伤得那样厉害，以后也不知道能不能完全好。”

朱老夫人的目光却是一深，她并未去接严嬷嬷的话，沉默半晌之后低声说道：“永嘉郡主性子良善心思单纯，所想所思皆写在脸上的，最是容易拿捏糊弄，想不到却生了个如此聪慧通透的儿子，足可见何等样遭遇养出何等样人。”

她眉头凝结，忽地幽幽叹了口气：“我们萱姐儿又何尝不是如此？”

倘若能够恣意飞扬，谁又愿意伏低做小？

严嬷嬷细细咀嚼着老夫人的话，心下一惊：“您是说裴大爷的腿……”

朱老夫人眼神微动，那是裴家的事，倘不是因为牵涉了萱姐儿进去，她是连问都不肯问的。

她不曾回答，半晌低声说道：“萱姐儿怕是还有些时候才好，你叫绯桃去请大师父们准备午膳的素餐，等回来你便陪着我在这里歇一会儿，禅室安静，这檀香又宁神静气，你我好久都不曾有这样的宁和了，今日索性便在此处多歇一会儿。”

严嬷嬷便忙出去吩咐下去。

净莲堂中，明萱在陆氏的长明灯前结结实实地磕了三个响头，未语泪已先流。

她嗫嚅地说道，“女儿不孝，三年来都不敢踏出府门来此为母亲上一炷清香，但心里却无时无刻不记着母亲的音容笑貌。从前处境不堪，苟延残喘尚还困难，如今好不容易守得云开见月明了，那些心里想了千万次的事，总会有机会做到的。母亲，您再等等，我定会将四哥找回来！”

这是个皇权至上的年代，明萱一个弱女子，根本无法挑衅君权的，她也没有逆天本事可以将今上从御座上赶下来，便是她，也不能那样做的。

周朝虽然富有四海，辽幅宽阔，民生安乐，但东方羌国日益强盛，南疆蛮族偶有挑衅，柔然屡犯边境，西夏虽递了永赋岁贡的降书，可北胡却一直都虎视眈眈。这样境况之下，周朝倘使内乱，那边疆小国蜂拥而上，百姓必将受战祸所苦，妻离子散，流离失所，血流成河。

皇帝，便是明知道他是罪魁祸首，却也莫能奈何。

至于裴家，明萱倒是不怕的。

盛极而衰，月满则亏。顾长平喜欢读史书还常考核她，明萱小时候没少读史明事，以史明鉴，盛衰的道理都是相通的。裴相权倾朝野，功高盖主，又事事钳制着今上作为，早就成了今上的眼中钉肉中刺，便是一时拔不得，总也蹦跶不了一世。

所以今上才会扶持母家，尊崇宗室，提拔韩修，怀柔顾氏，拉拢士族，擢拔寒门子弟，培蓄自己的实力。如今虽还不成气候，只得一个韩修能堪大用，但再过几年，朝中格局必定变化，到时裴家便要由盛而衰，裴家的坍塌，不过是时间问题。

明萱起身亲手替长明灯中添上鲛油，跳跃火光中她不由自主地幽幽一叹，她低声说道："母亲，我所能做的不多，您莫怪我……但我答应你，以后不论遇到何种境地，都会爱惜这身子，好好生活，求您保佑我与颜家的亲事能够顺顺当当，再也不要出什么差错了。"

她话音刚落，耳边却忽然响起冷冽低沉的嗓音："就这样想要嫁给颜家的小子？"

这声音透着深寒，透着丝丝杀气，在空阔的净莲堂内响起回音，分明如同刀锋般冷沉，却蓦地又令人觉得含着些缠绵悱恻的清冷哀怨。

明萱蓦然一惊，她回过头去，看到一个身材高大的男人立在她身后。那人身穿深蓝色锦袍，浑身上下散发着肃杀冷意，他眉目坚毅深沉，眼中隐隐含着怒气，直直地盯视着她，半分都不肯将视线挪开。

这样危险的气息，只要遭遇过一次，就不会再忘记。

她顿时如临大敌，眉眼凝结，转眼向四下望去，惊骇地发现此刻净莲堂内竟是空无一人，念经的小沙弥不知何时悄然退了出去，连不离她左右的雪素和丹红竟也消失无踪。旁人倒也罢了，可那两个贴身的丫头却是断然不会不知会一声便离开她的。

难不成……

明萱深深呼了口气，她仰着头冷淡问道："我的丫头在哪里？"

韩修不答，径直走到陆氏的长明灯前，他屈身跪下，动作自然，不带一丝犹豫，结结实实地磕了三个响头之后，又神色认真地取过鲛油添进了一些灯芯，动作熟稔，像是做惯的一般。

罢了，他才转过身来，沉沉地望着明萱："听说那颜清烨是你自个儿看上的？倒是本事了。"

这话语中含着深浓的嘲讽，却又像是在质问。

明萱仍旧沉浸在无限的震惊之中，韩修，她的前未婚夫韩修，竟然对着她母亲的长明灯磕头添香油，那是子女或媳婿才当作的事。她虽曾与他差点成了夫妻，但到底还差了一步，更何况当初喜宴之上，是他那般决绝悔婚的，如今他以有妇之夫的身份，到这里来做这些，不只可笑，更令人生出几分毛骨悚然来。

她心中不由警铃大作，戒备地说道："男大当婚，女大当嫁，我与颜公子是父母之命，媒妁之言，干卿何事？"

韩修眯了眯眼，冷笑起来：“干卿何事？”

他欺身上前，将明萱一步步逼到佛台：“顾明萱，你是我的女人，怎么能嫁别人？”

明萱大骇：“休要胡言！你我虽曾定过亲，但当年盟书已被你亲手撕毁，你我便自然不再相干，此事整个周朝子民都知晓的。你我既不相干，你又能空口白舌说这些话来坏我名声？韩修，你已娶了妻室，我自然也能嫁得佳婿，桥归桥，路归路，我们井水不犯河水。”

她说着，脸色不由起了怒意：“你今日在此胡言乱语，我可以当作没有听到。倘若外头有一丝半点于我名节不利的传言，我便是拼个鱼死网破，也绝不容你往我名声上泼污水。”

手臂上的守宫砂依旧鲜红如血，她仍是处子之身。雪素和丹红也都曾说过，她从前虽是跳脱的性子，但却谨守礼仪，虽与韩修定了亲，但实则也不曾见过几面的，既然如此，谈何“女人”，又说什么“妻子”，简直欺人太甚！

韩修静静望着她，忽地笑了起来，他凑近她耳侧，低声说道：“你不会嫁给姓颜的小子，倘若不信，你大可一试。”

他的靠近太过霸道放肆，周身散发的气息又太具侵略性，令明萱不由自主地浑身打起冷颤，她忍不住将身子往后倾去想要避开，可冰凉的佛台牢牢抵在她腰间阻断了她的退路。

她哑然顿悟，终于明白眼前这个男人是她不能回避开的。倘使她退缩一步，他必定要紧迫上前，她步步后退，他则步步紧逼，直至她退无可退时，他势必将她控于掌下，为他所制。她有心想要激烈地反驳，激励地痛斥，或者逞强说些狠话，可死人堆里浴血逢生的男人无所惧怕，他既开口威胁，自然便有说到做到的把握和能力。

满朝权贵，韩修立足于云端，以裴相之尊，尚须给予他三分颜面。可颜清烨，却不过是清寒小吏家中的次子，虽才华出众中了去岁秋闱的解元，但到底还不是天子门生，前程未定，未来的荣辱未知。韩修若是有意要伤害他，那简直比捏死蚂蚁还要容易。

即便有英郡王和永城侯世子的保媒，那又如何？盛京城中公侯遍地，五品小吏不过是末流，即便颜郎中官声甚渥，可为官身正的人又不知几何，谁都不会为了个无足轻重的小卒而去得罪大权在握的天子近臣。

明萱的眼神蓦地颓黯下来，她沮丧地发现，这威胁如此强势，她有些无能为力。

韩修饶有兴致地观察着她表情的所有变化，见到她完全沉默不语，这才满意地笑了起来，他俯身将她身子扳过，动作轻柔地撩起她低垂的额发，摩挲着她额前的伤疤，语气里满是怜惜："这里，还疼吗？"

他低声呢喃："那时一定很疼。"

他说得那样深情款款，心疼得好似剐了他的血肉，可明萱却只觉得好笑。

她竭力以手肘撑开与韩修越发紧贴的身体，哪怕这力道微不足道，可强烈的抗拒和绝对的排斥令她强自撑住，用尽所有力气隔开安全距离，至于言语，她觉得韩修一定是疯了，跟一个疯子，她没有必要再多说一个字。

韩修见她静默不语，也不再逼她。他矮着身子凑近她额头，对着那些斑驳的伤疤吻了下去，也不管明萱的激烈反应，将她紧紧箍在怀中，若有似无地叹了一声："我撕毁婚书之前，分明对你说过让你等我，你没有将我的话放在心上。"

他眼神忽地起了些迷离："你向来都有些不大听话的……但这回你最好谨记，颜清烨与你八字不合，倘若强行配在一起，恐怕会有血光之灾，回去就跟祖母这样说，否则若是由颜家那头先行退亲，你又要怪我坏你名声。"

明萱气得嘴唇发抖："韩修，你究竟想要做什么？倘若我前生欠过你，那三年前已经赔送了你一条性命，这样难道还不够吗？"

眼角迎风酸涩，她强忍住泪水嘲讽说道："你现在想要做什么？让我出尔反尔解除与颜家的婚约？然后呢？我顾明萱是永宁侯府的嫡女，不可能为人做妾的，所以你是想要我一直守在顾家，等着你夫人去世，好给你做填房？这便是你想要的吗？"

韩修竟没有反驳，他沉默半晌说道："不会等太久的。"

这便是承认了，他果真是存了那样的打算。

明萱怒极反笑："韩大人好打算！继室虽也是妻，可在原配的灵前却仍要执妾礼，我顾明萱好端端的女儿家，难道当不得原配嫡妻，非要上赶着给大人您做填房？且不说你我之间的旧怨，单论权势富有，你能盖得过皇帝？论才华相貌，你也及不上颜公子，论品行性情，你又差得远了。"

她冷冷说道："既无品貌，又无德行，尚是二手货色，韩大人，请问您凭什么？"

韩修挑了挑眉，眼中有火苗升腾而起，眸中的热度并未因明萱声嘶力竭的指控而熄灭，反倒燃得更炙烈了些，他低声说道："凭什么？你若还是不肯乖乖听话，我便让你知晓我凭的是什么。"

他将明萱松开，对着半空拊掌，立时便有墨衣打扮的侍卫不知道从哪里窜了出来，他对着其中一人说道："将那两个丫头放了。"

韩修转头深深望了明萱一眼，沉沉说道："不要令我失望。"

他将话说完，便甩袖而去。

暮冬渐暖，寒意微退，可山顶风势显大，时而有风从半合的木门缝隙中灌入，吹得明萱凄怆的心中越见悲凉。

寻一户家世清白的小门小户，得一个举案齐眉的温良夫婿，过一些简单安谧的生活，她的愿望如此简单，可看起来竟然那样艰难。可难道就这样被韩修的三言两语唬住了不成？这些时日的担惊受怕，自己所作的努力，难道都要化诸流水变成虚幻泡影了吗？不，她不甘心的！

一定有办法可以躲过韩修这个劫难。

她正自想着，外头传来雪素和丹红的焦急呼唤："小姐，小姐！"

明萱整了整神色，徐徐推开门走到院中，迎着两个丫头走上前去，略有些嗔怪地问道："这好半刻的时辰，你们两个到底去了哪里？"

雪素匆匆上前将她扶住，一边急切而担忧地问道，"小姐无事吧？"

她得到明萱肯定回答之后，便忍不住拍了拍胸口，又余惊未平地回答："方才您在执香时，有个小沙弥过来跟我说严嬷嬷在外头找我，我想着定是严嬷嬷有话要吩咐我，反正丹红还在，便就出去了，可谁料到方出院门便有人将我绑了塞住口舌，关在了一处厢房。"

她话音刚落，丹红也急忙点头，她脸上惊惧仍在，眼角尚挂着泪痕："我也是有小沙弥来说，外头有人来找。我以为是钱三等不及约定的时间，先行找了进来呢，那小沙弥说得紧急，我见您专注给夫人磕头，便想着先出去请他在约好的所在等着，谁料到……我跟雪素姐姐被关在一处，偏偏不能说话，两个人急得都快要哭了呢！"

丹红轻摇明萱的手臂，一双大眼又惧怕又担心："小姐，是不是有人故意将我们诱出来，好对您不利？到底是谁？您有没有受伤？"

明萱眼神微黯，那姓韩的神不知鬼不觉便能将她身边的人轻易调开，果真是好本事……对方那样强大，可她却连自保的能力都无，这以后该怎样才好……

但想到身边两个丫头已经为她遭了一波罪受，恐怕此时此刻心中尚还无法平静的吧？她便不忍心再让她们两个跟着担心，何况这里又是人家的地盘，谁知道是不是隔墙有耳，方才韩修的警告与无礼妄为，都不是能在此等场合随意说的。

她想了想，便勉强笑着摇了摇头："我没事，等回去再和你们细说。"

雪素跟在明萱身边久了，闻弦音而知雅意，便知晓许是小姐方才真的遇上了什么不方便说的，她虽然心下仍然惊骇，可却仍旧点了点头说道："小姐放心，方才的事，我和丹红不会出去乱说。"

她两个身为小姐的贴身丫头，自然深得小姐的宠爱和信任，身为心腹，许多事都不需回避的，便如同七小姐做事，从来都是与她两个有商有量，不论何时都留着她两个在一旁听着的。

如同方才那样将她们两个诱开，并绑住她们手脚塞住她们口舌，那便意味着有人想要单独与小姐会面，说些不足以为外人道的话，甚至连那人的身份都是不能光明正大见光的，她两个与七小姐盛衰一体，自不会将这些话随意乱说。

丹红想得不如雪素通透，但她行事素来都随着雪素，便也忙道："我也如此。"

明萱鼻子微酸，略有些哽咽地点了点头："嗯。"

她话音刚落，抬头看到绯桃矮着身子进了院子，忙将欲要喷涌而出的眼泪重新缩了回去，整了整神色说道："是祖母有什么话要吩咐吗？"

绯桃笑着行了礼："老夫人怕七小姐伤怀过度，派了奴婢来劝着一些，等礼毕之后，便让引着您回禅室，她老人家已经吩咐下去，请寺里传一桌素宴过来，等用过了午膳，再歇一歇，等申初咱们再往回赶。"

从清凉寺到永宁侯府不过三刻钟的路程，申初出发，酉时之前是必能回府的，如今渐渐日长，酉时天色还有些光亮的，并不妨碍赶路。

明萱浅笑着说道："我已经给母亲添过香，这会儿便去见祖母吧。"

这会儿方才巳时三刻，她与钱三约的是午正，等用过膳，趁着祖母午歇的时候她出来，与钱三在后山的那棵巨松之下会面，钱三是个聪明人，有些话她不必说太多，事关前程荣辱，他定必想得比自己还要用心的。不是不信护西将军沈二爷，只是多一个知根
知底尽心尽责的人去寻顾元景，总是要多几成把握的。

碧青石板道上，明萱暗自沉吟着稍候见了钱三，该如何开口，又该将自己的担忧道出几分，蓦地听到前头引路的绯桃笑着对着雪素说道："这清凉寺内竟还有蓄发的和尚，你说奇怪不奇怪？"

明萱回至禅房用过素膳，又伺候着朱老夫人小憩歇下，便悄声对着严嬷嬷说："我胸口有些发闷，想去后山走走，倘若祖母先自醒了，还请嬷嬷先服侍着，我不会耽搁太久的。"

她并未告知将去哪处，却明明白白说了是去后山。

与钱三的会面本该做得隐秘，便是连祖母都要瞒着的，可方才净莲堂内韩修的诡异现身与雷霆手段尚令她余惊未歇，行事便不敢再不留一分余地。倘若她在后山遇见了什么境况，令严嬷嬷知晓她的大致行踪，总也好有个搜救的方向，便算她杯弓蛇影了，但留一条退路总是没错的。

严嬷嬷想了想说道："后山不接待外客，倒是清静得很，小姐若是觉得闷，让雪素和丹红两个陪着您出去走走也成，只是莫要再往深处行去，那儿年久失修，常有山石坠落，恐怕会有危险。"

她时常受遣来此处，对清凉寺后院的情形十分了解。

明萱点了点头："我听嬷嬷的。"

其实昨夜之前她便已经将清凉山的地形打探了个十之八九，后山上有一处药庐，听说是擅医的了参师父制药的所在，但制药讲究时节气候，如今尚在暮冬，采不得新鲜草药，那药庐便鲜少有人经过。她与钱三约定相见的那棵巨松，便就离药庐不远，并不是什么危险的所在。

可严嬷嬷满怀好意，她心中也甚是感激，她明媚一笑，拢紧了灰色狐狸毛斗篷，便带着雪素和丹红出了院子。

后山面阴，越走得远便越显得冷冽寒凉，明萱远远望见巨松之下立着个青灰布衣的中年人，他身上穿得单薄，两条手臂抱胸而交，在凄恻的风中来回不停踱步，像是在取暖，又像是怀着巨大心事时的忐忑不安。

她心想，这人便就是钱三了。

果然，钱三瞥见明萱之后，便急忙迎了上来，躬身行了一礼："小姐，您唤小的来，是有什么吩咐吗？"

纵然他是顾元景的表舅，且已经脱去奴籍，却仍旧卑微守礼，哪怕他前一刻还在浑身发抖打颤哆嗦，可这会儿屈身时却不曾有一丝动摇，语气中的炙烈欢喜，意味着他许是已经猜到了明萱唤他过来的目的。

明萱忙道："钱三爷多礼了，您是长辈以后可不必如此。"

正经人家，侍妾的亲眷，与主子并不相干，哪怕是嫡亲的兄妹，侍妾所出的子女也不能唤一声舅父的，顾元景从前也不过称钱三一声钱叔，明萱此时却高看他一眼叫他钱三爷，又将长辈两个字抬出，着实已经是十分礼遇了。

钱三面上闪过惊喜神色，心里想道，七小姐如此抬举，那定是因为四爷的事了。

顾元景的生母姜氏，原不过是顾长平书房里收拾屋子的丫头，因识得几个字，又是自小在顾长平身边长大的，便每常有些红袖添香的举止，只是顾三老爷笃爱陆氏，深信一生一世一双人，虽也对姜氏和蔼有加，却从不曾逾礼。后来陆氏生明萱时伤了身子，太医曾恐不好再生育了，为了子嗣香火，陆氏便做主替顾长平收了姜氏，待姜氏产下男孩，便提了她为姨娘，还恩及了钱三。

姜氏短命，诞下子嗣不过两年，便就没了。陆氏自己无子，便将顾元景养在身边，当作亲生的那般教养，母子感情甚是亲密，她素来贤惠大度，也不防着姜氏身边的旧人离间，还抬举钱三做了外头铺面上的管事。这般坦然，倒将那等陆氏去母留子的谣言不攻自破，元景一心孝顺母亲，友爱姐妹，长成个心善又磊落的男子。

陆氏数度想要将元景记在名下，可顾长平执念，总盼望着要有个与陆氏嫡出的男嗣承继房头，后来求医问药得了明萱，他便更不愿意轻易放弃这念想。直到明萱渐渐大了，可陆氏的肚皮却一直都没有消息，他这才松了口，想要待爱女出嫁之后，再将元景记作嫡出，谁料到后来竟变成那样……

明萱见他神色，便就知道他心中门清，也不与他多说那些有的没的，直接开门见山：“钱三爷，侯府的事您虽然身在外头，想必也是能知晓几分的，如今我已经在议亲，想必过不多久便要出阁的。我孤苦伶仃，唯有一个哥哥能够念想，可惜他这会儿也不知道在何处何地……”

她语气微顿，叹了口气接着说道：“府里这两年都不曾派人去西疆寻过，最近正值多事之秋，侯夫人忙得脚不沾地，我想着便不必开口相求徒惹长辈烦心。若是您最近得空，能不能请您替我去一趟西疆？”

钱三心中激动，这两年来他无时无刻不想要去将顾元景找回，那是他此生富贵荣华的倚仗，倘若元景安然在府中，他这两年也就不会过得那样落魄。可奈何寻人是需要巨资的，他手上的银两不多，连去西疆的盘缠也不够，谈何找人？可七小姐既然开口相求，那便不会令他空手而行的。

他急忙说道：“得空的，得空的。不瞒小姐，我如今在铺子上也没什么差事好做，不过混吃等死，倘若我开口辞工，恐怕掌柜的会笑出声来，若您想念四爷了，那我少不得便替您去西疆走那一趟，若[illegible]将四爷带回来更好，若是不能，也总算能知晓了他平安无事，咱们再以图未来[illegible]

明萱轻轻颔首，看[illegible]元景确实是真心的。

她说道：“既如此，旁[illegible]你且先将铺子上的差事辞了，随便胡诌个借口说你要回老家，做势要像一[illegible]人看出破绽，这几日便在家里收拾收拾，等我派人过去与你接头。”

钱三忙不迭点头：“好好。”

明萱从雪素手中拿过那包袱，递了过去：“钱三爷，这些金块容易承兑，你先拿着傍身。等我的人办完事，会将我存在钱庄的银票和取银钱的印鉴交给你，这一路上的盘缠和寻人的费用，你皆不必担忧。”

她顿了顿：“只是在盛京最好不要动用这些银子，等出了京城，你再寻辆结实的马车，雇几个得用的人，多买一些出门的干粮和衣裳。我盼着你能够早日寻着我四哥，倘若有他的消息，还请及时传信与我！”

钱三也不客气，将那沉甸甸的布包拿过来搭在肩上，他语气郑重地说道：“小姐请放心，钱三定不辱使命。”

他想了想，接着补充说道：“这两年来，我思来想去，便是西疆战事再吃紧，但以四爷的身份，镇西将军是不可能真将他充作先锋兵，令他身先士卒的。莫说永宁侯府还不曾倒，便是倒了，今上圣旨只令人将四爷递解去西疆，却并未有其他旨意，天威难测，镇西将军不会行冒险之举的。”

所以，顾元景七八成的可能仍旧安好无恙，只是不知是什么原因与侯府断了联系，侯府又一心当他没了，后来又存了其他念想，便就没再派人去寻。

明萱又何尝不是如此以为的？

她点了点头：“那我便将四哥交托给钱三爷了。”

钱三又一屈身，辞过便匆忙下了山。

明萱怀着满心期盼，却终究只能对着空山幽幽长叹，她低声呢喃：“但愿能够一切顺利。”

她转身回去，途经药庐时却猛然撞见了个中年僧人，那人身长六尺，生得十分魁梧勇猛，脸上皮肤许是经历过风霜，看起来又黑又粗糙。她忙退避一旁，施然含身行与他佛礼，那僧人虽也停下施礼，可脸上神色却略显狰狞，他似是有些担忧地回身看了一眼，见明萱好奇，便忙低垂下头，快步地往前行去。

明萱眼利，瞥见杏黄僧帽中竟藏着黑色发丝，她想起绯桃所语，眉头不由一皱。佛门规矩森严，倘若不曾剃除这三千烦恼丝，是穿不得那样杏黄僧袍的，便是有心要皈依佛门的居士，衣裳自也有不同，这样说来，方才那中年僧人，便是个西贝货了。只是不知道，那人与绯桃口中的是否是同一个……

她抬头向药庐望去，因为那假冒的僧人分明是自那而出的，只见那药庐的木门并未关实，只是虚虚地掩住，她一时分辨不清里头到底还有没有人，倘若无人便还罢了，倘若有人，那里头的人会不会又是假僧？青天白日之下的伪装，定是因为要行见不得人之事，难道她方才遇见的是个歹人不成？

这样想着，明萱心里便生出些害怕来，她不敢想象倘若那药庐里头还藏着人，会发生什么样的事，她与雪素和丹红不过羸弱女子，是绝不能在这后山之上出事的。她便赶紧将头垂下，脚下步伐匆忙，想要尽快地躲开这是非地。

正在这时，药庐的木门吱呀一声开了。

明萱心下一惊，却不由自主地转过头去，看见一个身穿雪青色粗布麻衣小厮打扮的青年正小心翼翼地扶着个青莲色锦袍的男子从庐内矮身出屋，那身着锦袍的男子长身玉立，生得极其俊朗，可惜腿上竟绑着厚厚一层木板，看起来竟像是受了极严重的腿伤，他一手扶住小厮，一手撑着个木拐，正自艰难地挪步。

蓦地，他似是察觉到了明萱的目光，徐徐抬起头来，那目光黝黑幽深，像是深不可测的潭水，又似波诡云谲的海面，看不透他心中所想，却能将人完全吸了进去。

那灼灼的目光将明萱一个激灵刺醒，她回醒过神来，暗骂自己明知道这药庐之内有着晦暗隐秘，却还偏偏直视着那人许久，这等诡异情形本该避之不及的不是吗？可她这会儿却已经看清了对方的面容，若那两人真的在行什么不轨之事，又恰巧被她撞见，岂非要对自己痛下杀招好杀人灭口吗？

她痛悔惊惧，再不敢多停留一秒，步履匆忙地逃离而去。

长庚轻咦："这药庐要等开春才再启用，后山年久失修又多险峻危石，寺里的人都不爱过来的，平素里人迹罕至，今日倒是奇了，方才我就见着个四十出头的壮汉在前头巨松下徘徊打转，这会儿却又经过一位小姐。"

他想了想，忽然拍手说道："今日来寺里参佛的只有永宁侯府一家，听说他们家老夫人是带着七小姐上来拜祭亡母的。七小姐……莫不就是上回在清凉山道上替我们挡过一劫的那位善心人？"

那玉容姣丽的女子是顾七，裴静宸每常在筵席喜贺上遇见的，他自然一眼就知晓了她的身份。

那时顾家三房正值鼎盛，顾七小姐明萱不仅生得美貌，又是活泼洒脱的性子，不管走到哪里都是人群之中的焦点，贵族男女皆对她诸多爱慕追捧，但他却是有些不大看得上的，他继母杨氏就是那等恣意跋扈的女子，端着名门淑媛的身份，却有着蛇蝎心肠。

裴静宸念及往事，双眼不由微微眯起。

他病秧子的名声自小时起便就满城皆知，盛京城中人人都知晓他处境堪忧不受裴家人的待见，但身份血统摆在那里，倘有花会宴席，他必然是在受邀名单之列的。那些无趣的筵席，他多半是以身体不适为由拒了，但若是知晓宾客名单中有值得注意的人物，他也会偶尔出席几回。

他裴静宸不仅是镇国公裴固的嫡长孙，还是二十年前纵马风流骁勇善战被封为战神的襄楚王唯一的外孙。纵然当年与北胡那战败了，先帝也流露出种种不悦情绪，但襄楚王并未被夺爵，仍是以亲王礼厚葬的，襄楚王府也至今未曾被皇室收回。

如今周朝皇室宗亲子嗣凋零，他身上流着襄楚王的血脉，哪怕是病体孱弱，哪怕继母不喜，外人却仍旧是要高看他几分的，那些知晓前情的老人对他更是客气周到。

可同龄人却难免对他有些疏远避离，顾七小姐的未婚夫婿韩修是威武勇猛的武将，她自然看不上他这个"气若游丝"的"将死病夫"，每每碰见，言语之间难免有些嘲讽讥诮。他厌恶她的性子，又不喜她言语刻薄，心底实是不耐她的。

没想到不过三年未见，她竟倒是换了个模样……

长庚眼中闪过几丝犹疑，他自言自语着："顾家七小姐怎会在这等荒芜地出现？便是要来吹风看风景，也不该走得这样深，难道……难道那中年汉子等的人就是她？"

随即他又赶忙摇了摇头："不对呀，她一个养在深闺的小姐，怎么会这般偷偷摸摸地约见外男？"

裴静宸静默不语，望着那抹仓皇而逃的背影消失处若有所思，半晌他才沉声说道："与贪狼联络，让他这几日不必再上山来见我，若是有何要事，与你接洽便可，不论如何，小心为上。"

今日是顾家三房那位陆氏的生祭，寺里从前日起便就开始准备净莲堂的这场法事，顾七小姐已经出了孝期，这等日子，她是必会来此为生母执香添油的。只是，后山的小路恰好要经过那棵巨松，倘若顾七果真是从那边来，却正好与贪狼打了个照面。顾七私见外男，想来是须瞒着人的，他笃定她不会将此事说破，但为了谨慎起见，贪狼却是不好再在寺中出现了。

裴静宸语气微顿，眸光闪现几分探究，他低声吩咐道："另外，去查查那人的来路。"

倘若不是事出紧急，一个深闺淑媛是不可能借着母亲生祭的机会在后山私见他人的，若是她果真遇到了什么难事，兴许他可以帮她。哪怕是他曾经不喜的女子，可那日陡峭山道上她代他受了一次无妄之灾，又是她的善心令他平安躲过了继母的阴损算计，于情于理，他都该报答的。

明萱回至禅院，见到刻着永宁侯府徽标的马车已经套好停在前院，不时有小丫头忙着将东西搬上车子，她眉头微皱，忙唤过一个婆子问道："祖母说咱们申初回府，这会儿还早着呢，是出了何故？"

那婆子是个机灵的，急忙回答："方才侯夫人派了位嬷嬷过来报信，说是咱们家文昌巷的二老太太没了，老夫人听了便说要赶紧过去送送。"

城南文昌巷有几座连成一片的大宅，皆是永宁侯府顾家的旁枝。这位没了的二老太太是老侯爷二叔父的嫡妻，当年老侯爷保这侯爵位艰辛，老夫人母子没少遭遇明枪暗箭，族人都避之如虎，唯独二叔父这房时常挺身而出说几句公道话。因这缘故，侯府与这房最是亲近，朱老夫人也最敬着这位婶娘。

明萱忙进了内室，见朱老夫人神情低落，眼角隐隐藏着泪痕，知道祖母心下伤怀，便将严嬷嬷手上的差事揽了过来，亲手替祖母系好大毛领子的斗篷，一边劝慰着说道："生老病死，原是自然道理，祖母莫要太过伤心，何况咱们家二老太太是喜丧，原该欢喜地送她才是。"

二老太太这辈子虽不曾大富大贵，身上也无个诰命身份，可依靠着侯府大树，终究也是富足安逸地过了一生。她活到八十来岁，在这年月算是稀罕长寿的了，五世同堂，子孙绕膝，门里虽无出过高官显达，可日子却都过得不差，老太太又是寿终正寝的，福寿两齐，确然该是喜丧。

朱老夫人听了心里好过了点，便又将那伤怀的心绪收了一些，她捏着明萱的手说道："还是萱姐儿最会安慰人，不错，你二老太太五福全人，这世间有这样福气的人能得几个？如今她驾鹤西游，是去飞升了，咱们该替她欢喜才是。"

她替明萱整了整衣裳："你的东西严嬷嬷替你收拾好了，咱们这就下山。"

话虽这样说，但素日常来常往的长辈没了，任谁总要有几分伤感的。

文昌巷二老太太的丧事一直吹吹打打热闹了好几日，朱老夫人每日都要带着明萱等人过去一趟，好不容易将二老太太体体面面地送出了殡，这厢朱老夫人却是病倒了。文昌巷那边惶恐，几房人分了好几拨纷纷来跪请问安，又惊动得东平王府和辅国公府的人过来探病，朱老夫人最疼爱明萱，自然每每便有她在一旁待客。

如此，等朱老夫人身子好了起来，竟不知不觉过了大半个月。

此时二月将末，下月十六便是明荷出阁的好日子。

清平郡王盘置东北，虽离得盛京城并不甚远，大婚也是在内城的郡王府中举办，但明荷与清平郡王世子周慕青成亲之后，却是要立时搬回属地容州的。

二夫人简氏自觉容州不及盛京繁华，生怕捧在心尖上养大的爱女过去受苦，这几日来忙进忙出，恨不得要将城中商铺里的好东西都皆搬回府来，一百二十八抬嫁妆，抬抬都是实打实的，满得连手都插不进去，却还总嫌着不够。

雪素见着，便有些忧心，她愁着眉头对明萱说道："六小姐的嫁妆如此丰厚，一百二十八个实抬已经令人咋舌了，听说礼单上还有不少铺面房产并江南的庄子水田。同样是侯府嫡出的小姐，又是先后脚出阁的，难免要被人拿来比较，相形之下，小姐您的那份就……"

颜家的门第虽与清平郡王府不好比，可六小姐和七小姐论身份却是一般的。

这几日府里也在准备着七小姐的妆奁，可公中出的那份到底还是少了些，五千两的银子置办起来的物事能有几件好东西？便是将陆氏的嫁妆，以及老夫人偷偷给的私产都算上，也不过凑了实打实的六十八抬，虽也能匀成一百二十八抬的，但到底还是有些不大好看。

明萱闻言一笑："二房有钱，六姐嫁的又是郡王世子，与我自然不一样的。再说，颜家只是小户，倘若我的嫁妆单子太过隆厚，反倒不好，你要知晓，颜公子上头可还有一个大哥呢，我若是也带过去一百二十八个实抬，并那些商铺水田的，你可让颜家的大嫂如何自处？"

她这些日子心怀忐忑，总害怕韩修会对颜家施压，令得颜家主动将这婚给退了。但祖母那边递过来的却都是好消息，先是合婚时得了个天作之合的喜兆，再是纳吉纳征也都顺利地过了，只等着明荷的亲事过了请期。

这般顺利，虽令她觉得有些不太真实，可距嫁入颜家却总算只剩下最后两步了。

正说着，外头便有小丫头进来回禀："小姐，二夫人来了。"

潄玉阁的正厅，二夫人简氏将手中端着的茶水轻轻放下，眼中带着几分笑意说道：“听母亲说，萱姐儿的亲事已经过了大定，这是天大的好事。你母亲没了，我这个做伯母的说来惭愧，也没好好地照顾过你，这回你成亲，总也要给些添箱，才是当长辈的道理。”

她接过身边人递上的匣子，放在桌案上推至明萱面前，颇有些自得地打开，只见里头藏了厚厚一沓银票：“平日往宫里头送东西送银钱绝无二话，可轮到家中侄女时，却又那样抠抠搜搜，咱们萱姐儿堂堂侯府嫡出的小姐，公中却只置办了五千两银子的嫁妆，还不如上回献给宫去的那方羊脂玉枕值钱。二伯母看不过了，这里的两千两是给你自个儿置办东西的。”

听着是在抱怨侯夫人处事不公，实则是在直抒对大房往宫里送东西的不满。

明萱望着那满匣的银票微微错愕，两千两银子不算小数目，公中给祖母的月例也不过六十两，她知道二房有钱，二伯母手上有几个赚钱的铺子，可没想到她竟然能那样眼睛都不眨地拿出这么多银子来。

可二伯母与她平素并不热络的……

她一时猜不透二夫人用意，只能作出惶恐神色，委婉拒道：“二伯母厚爱，侄女儿感激万分，可这些银票，明萱不好拿的。侄女儿的妆奁有公中备着，我母亲当年的嫁妆祖母也都交与我了，二伯母疼我，添箱时压个金镯子便是厚爱，怎还当得起那样多银钱？侄女惶恐，实在不敢收的。”

若二夫人当真送了价值两千两的首饰珍钗给明萱添箱，她是定会收下的，长辈的一片爱惜，便是说出去旁人也只会赞一声好。可直接拿银票过来，这算是什么事儿？她若收下，岂不是在说侯夫人于嫁妆上苛责她了？

二夫人倘若有心，是必不肯叫她为难的。

可见，这无端端地示好献殷勤，定是有所要求。明萱将匣子往回推了一些，一双大眼颇有些为难地望着二夫人，似是实在不知该怎么办才好，心里却在默默等着二夫人接下来要说的话。

果然，二夫人见状忙笑着说道：“萱姐儿，你先别忙着拒，二伯母还有话没有说完呢。”

她顿了顿说道：“你六姐姐下个月十六就要成亲了，等月末咱们家里添置的妆奁便要先行着人送到容州郡王府去，这礼单里其他的物事倒是皆备齐全了，只有一面牡丹吐蕊的双面绣屏风，被不知轻重的丫头弄上了油渍。”

油渍最难清洗，便是弄干净了，也总是不大好看，新娘子的嫁妆里不好有旧物的。

明萱心中暗想，不过是一面双面绣的屏风罢了，有这两千两银子出手，现绣都来得及的，却哪里有买不到的缘故？二伯母这会儿不派人去内城最好的几家绣坊下单，却跑来这里做甚？

她心下不以为然，脸上却不敢表露分毫："我听祖母说，如今盛京城里绣活最出众的绣坊是城西的彩蝶轩，双面绣虽然难，但听说彩蝶轩里有位娘子却甚精通呢！二伯母不妨派人去那问问看，牡丹吐蕊是常见的图样，说不定正有呢。"

二夫人努了努嘴："弄脏的那面是金针夫人的手笔，彩蝶轩那些绣娘的手艺怎及得上半分？我已经派人去问过了，那儿最贵的一面屏风才不过三百两的售价，这是以后要摆在郡王府世子妃议事厅的东西，倘若不是名品，那些婆子们见了岂不是要暗嘲说嘴？"

原来不是彩蝶轩绣娘的手艺不好，是嫌弃并非名家手笔。

只是，这些为难该寻了祖母说去，尚还有几分能再求一幅金针夫人珍品的希望，二伯母来这里哭诉又能有什么用？她虽蒙得金针夫人指点过几日绣技，却还没有那么大脸面能得金针夫人的大幅珍绣。

忽得，她猛然一惊，二伯母难道想……

果然，二夫人不知何时捉住了明萱的小手，她低声叹了口气，带着几分哀求似的说道："好孩子，二伯母知晓你师出金针夫人，绣技了得，上回子还自个儿琢磨出了点睛，如今你擅绣的名声可已传遍盛京了呢。你六姐姐是要嫁去郡王府的，我思来想去也舍不得委屈她，可金针夫人回了老家，离送嫁妆那日不过十来天了，便是现下赶过去求她也来不得及。"

她抬起头："如今，能帮二伯母和你六姐姐的，可只有萱姐儿你了！"

明萱心内冷笑，果然无事献殷勤非奸即盗，她正奇怪着呢，二伯母那样精明厉害的人，怎会无缘无故来给她送银子添箱？原来是要让她给明荷绣屏风，那两千两银子，其实是用来买屏风的银钱吧。

二伯母当真好笑，不舍得自己亲生的女儿受委屈，难道她顾明萱就是合该要受委屈的？她与明荷一般都是永宁侯府的嫡出小姐，既非二房的下人，又非坊间的绣娘，便是绣技高超，那又干二房何事？二伯母能提出这个请求就已经十分过分了，更别提她如今也是待嫁之身，也在筹备嫁妆。

她虽然穷，但两千两银子却还不放在眼里的。

二夫人见明萱静默不语，便又说道："倘若你觉着两千两银子还不够，那三千两也是使得的。"

雪素脸上的怒意再也藏不住，她声音瓮沉地说道："二夫人说笑了吧，我们小姐也将出阁，这会儿正在绣着大婚时用的枕头床罩，哪有工夫做这些个？这些东西成亲那日都是要摆出来给人瞧的，盛京城里人人都知晓我们小姐绣技了得，倘若因为耽搁了时日绣得不好，那不只我们小姐要受人暗地嘲笑，恐怕连十二小姐也要被牵累呢。”

二夫人待要发作，可终究还是想要说动明萱的，因而只好强忍下来，她皮笑肉不笑地说道：“萱姐儿上回给东平老太妃绣了那样大一幅观音图，还用了最难的点睛，也不过花费了十日光景，这会儿不过就是一面双面绣的屏风，哪里需要花费太久？”

她接着说道：“我听说建安伯近日又替茹姐儿寻到了个民间神医，用了那些太医都不敢用的猛药，倒又将茹姐儿的性命延了些时日，熬过三月是不成问题了。”

只要建安伯夫人能多拖一日，明芜便不用急着嫁过去填房，那么明萱的亲事也就没那么着急了，这便是在说，即便明萱替明荷绣了这屏风，也不会耽误自个儿的事情，还能白白捞进口袋三千两银子，这个差事其实并不亏的。

雪素见话都说到那等地步，二夫人却像是什么都听不懂一般，仍然坚持己见，这份跋扈令她怒意横生又觉得悲哀不值。倘若三房仍旧鼎盛，哪怕七小姐的绣技赛过金针夫人，倒是看看二夫人敢不敢来提这话？

她咬了咬唇刚待要替七小姐拒绝得直接一些，却见明萱冲她轻轻一笑，示意她少安毋躁，她心下一松，不知怎地就是笃信小姐一定是想到了解决的法子，便不再说话，只静立一旁。

明萱望着二夫人，嘴角漾起诡异微笑：“二伯母，不知道如今市面上金针夫人的一面屏风，该值当多少银两？”

二夫人心下一喜，以为明萱是要答应下来了，不过是嫌价格不够高罢了，这倒是无碍的，她有的是钱，也不信明萱能开出天价来，便笑着回答：“先前那幅牡丹吐蕊双面绣屏风，是以三千八百两银子从忠勇伯家购得的。”

她略一沉吟，倒也不话虚言：“如今金针夫人的绣品越发珍贵，若是这会儿去买，怕是五千两要得的。”

明萱抿了抿唇，似是真心求教一番，神态认真地问道，“那若是金针夫人绣的屏风呢？价值几何？”

二夫人吸了口气，金针夫人遗世的绣品甚是稀罕，朱老夫人过寿时明荷献上的那幅凤穿牡丹不过只是方绣帕，却是花了六千两银子买来的，倘若是屏风那样大小的真迹，那价值不好计量，便是开个五万两，恐怕也有不少人争抢着要的。

她想了想：“四五万两总是要的。”

明萱眸光微动，轻描淡写地说道：“那二伯母给我四万两银子，我就将金针夫人所绣的喜鹊登枝双面绣屏风给您，这样可好？”

二夫人的脸上露出惊愕神色，随即却是一阵遮掩不住的狂喜。

金针夫人亲绣的巨幅屏风稀世罕有，是有钱都买不到的物事，倘若她真能以区区四万两银子就从明萱手中换得，那便算是得了天大的便宜。先不论明荷的十里红妆中添入这一样宝贝该如何羡煞旁人，也不说这样珍贵的屏风摆在清平郡王府的议事厅内是何等的威风，便是她转手将之卖出，也能轻易赚个两万三万的。

只是，金针夫人的遗世绣作所存不多，大多都被王侯公府收藏在家中，倘使不是家中败落了，是鲜少会有人将绣品让出的。盛京城中的贵妇们个个都耳聪目明，若有人要将绣作转手，必会遭至哄抢，上回那块凤穿牡丹的绣帕，若不是她及时得到消息，还不一定能够抢得过永城侯夫人。

可明萱却又是从何处得到那面喜鹊登枝的屏风？

二夫人心中忽然生出几分狐疑，她试探地问道："萱姐儿还有这样的好东西？倒是不曾听说过你母亲的陪嫁里有它。"

是在怀疑屏风的真假，亦是在追问它的来历。

明萱的眸中闪过潋滟波光，她假作并未听懂二夫人话中的含义，转头对着雪素说道："去叫两个婆子跟着你一块去库房，将上回子咱们看过的那座屏风抬出来给二夫人瞧瞧，手脚要轻些，切莫打坏了东西，你也听见了，那玩意可值四万两银子呢。"

雪素匆忙去了，过不多久便领着婆子抬了屏风进来，小心翼翼地放到厅前。

那屏风架子是上好的紫檀木所制，刻着八仙过海的图案，雕工精细，人物栩栩如生，一见便知绝非凡品。正中便是喜鹊登枝图样的绣幅，用的是上品的丝线，褐色的枝，艳红的梅，不过寥寥数笔，便将傲梅风骨勾勒得淋漓尽致，又以鹅黄棕绿琥珀姜黄鸦青色丝线绣成喜鹊，登在枝头迎风俏笑，仿佛成真，简直出神入化！

二夫人见多识广，一看便就知道这果真是金针夫人的遗作。

她瞬时笑得眉飞色舞，连声赞叹一通，便对着明萱说道："萱姐儿，二伯母不是那等惯爱占小辈便宜的人，这座屏风你只要我四万两，显是有些少了。金针夫人的绣品是无价之宝，这且不提，光是这紫檀木的架子便也值个好几千，不若这样，我给你五万两银子，你将这座屏风转让与我，可好？"

明萱心下微讶，二伯母平素与大伯母锱铢必较，没想到这会儿却那样豪爽。她双眼微眯："不瞒二伯母说，这屏风其实是当年韩家悔婚时候留下的物事，那行聘的单子上只写了喜鹊登枝屏风一座，可前些日子侄女儿闲来无事整理库房时才发现，这竟还是金针夫人的真品。"

她低声叹了口气："您是知晓的，韩家留下的东西虽多，却都是烫手的，侄女儿总不好将这些带到颜家去，又不好明着拿出去发卖，因此颇有些为难呢。这会儿既六姐姐尚还需要座屏风，我这恰巧又有，所以便想着……能换多少银钱倒还在其次，只有一件，旁人若是问起这屏风是从何处得的，二伯母定不要将侄女儿供出来才好。"

这些都是实话。

明萱不想将韩修遗下的那六十八抬聘礼留在侯府，平白地便宜了别人。原是想设法将那些有记录的东西偷偷倒腾出盛京卖了的，可那日清凉寺内韩修的强势，令她至今都余惊未歇，在亲事未礼成之前，她不敢闹出大动静来，免得将他激怒，便真的连一丝可能都不给她留下。可那些东西是前未婚夫的聘礼，这注财虽大，但于颜家却总是个忌讳，她若是不将它们换了银子，根本就不好带去颜家的。

可若是二伯母肯接收，那便不一样了。

明萱见二夫人眉间多了几分犹疑，知晓她忌惮韩修的权势，怕因此会惹来不必要的麻烦，便笑着说道："正如二伯母说的，这东西若是拿到外头去卖，便是要价六万两银子也总有人会买的。可咱们侯府如今正值鼎盛富贵，侄女儿有祖母和伯母们帮衬着呢，哪至于要卖东西过日子，若是让人知晓了，岂不是要笑话我不知好歹吗？"

她低声叹了口气："但这会儿侄女儿又当真缺钱使……倘若二伯母不要，那少不得便要去烦扰老太妃和舅祖母了。"

二夫人脑子转得飞快，金针夫人的屏风稀罕，明荷的嫁妆里又恰好缺了座屏风，四万两的价格又实在太过诱人，倘若她不趁势要了，难道还要便宜了东平老太妃和辅国公夫人不成？韩家悔婚，留下聘礼原是应当的，既是萱姐儿的物事，合该任她处置，论谁都挑不出错来的，自己这又是在怕什么？

她想了想，便忙说道："怎么不要，你六姐姐那恰就缺它呢。"

明萱的嘴角露出欢快笑意："那屏风二伯母便拿去，银票以后再使人送过来也好。"

她语气微顿，笑得越发明媚了："听说芍姐儿和安国公家的三爷定下了？"

二夫人脸上便漾起了几分得意，颇有几分自傲地说道："前几日请钦天监的大人合过八字，说是锦绣佳缘，天作之合，这辈子合该当夫妻的命。"

明萱忙向她道喜，心中却想着，二伯母虽然为人有些势利，刻薄的名声在外，可对于自己的儿女却是极好的。

二哥元晟娶了礼部尚书的嫡女张氏，三哥元晋的妻子方氏却是英郡王妃的嫡亲侄女，六姐明荷以后是要当郡王妃的，如今又为芍姐儿说了门好亲事。二房除了一个幼年夭折的五小姐明芳外，并无其他庶出的孩子，等芍姐儿出阁，于儿女亲事上，二伯母便算是圆满了，不似大房还有好些糟心事要烦，这些也的确值得她自豪骄傲。

她眼中闪过欣羡，心内暗叹，若是陆氏还在，是不是她的亲事上头也就不会这样艰难？

明萱想了想，便又借机说道："侄女儿这边尚还有些孤本绘册名家书画，听说安国公最好风雅，尤其嗜好摆弄这些，若是二伯母替芍姐儿备妆奁时需要这些，来侄女儿这拿便是。"

库房里最难出手的屏风已经给了二伯母，金石珠宝可以分拆开来发卖，绫罗绸缎倒是容易处置，但庚字号的箱笼里却还有些字画，礼单上皆有注明的，留着却是个麻烦。颜家虽然也是书香门第，可颜清烨纵再喜好这些物事，总不会满心欢喜地去接受韩家的东西。

二夫人果然便有些意动。

等她前脚离开，明萱便忍不住笑出声来："早知道二伯母这样有钱，我早该请她将那些烫手的东西都收了去才是，雪素，咱们现在有钱了，四万两银子若是好好经营，将来的生计就不必发愁了。"

雪素笑着瞅她："瞧小姐说的，您的妆奁陪嫁的铺子田地虽比不得六小姐的，可也绝不算少了，颜家人口简单，来往人情也不是顶厚，光凭着您那些陪嫁，难道还能饿着您不成？哪里需要您操心将来的生计了。"

她顿了顿，又说道："早知会有今日这注财，倒就不必麻烦何贵冒险跑这趟腿了。"

何贵差事办得漂亮，将那些珍珠宝石并金块皆兑出了银子，陆陆续续交回了万两银子的钱庄存根，都是举国通用的大银号。但他虽得了一千两银子的利，可到底还是因为此事耽误了买办处总管的差事，受了结结实实的二十大板，这几日正卧在屋子里头休息呢。

明萱却摇了摇头："若不是让何贵跑了这一趟差事，我又怎能知晓他是个这样有本事的人？如今我们有了本钱，却恰好该寻个能替咱们办事的能干人。"

她沉吟片刻，对着雪素和丹红问道："我将何贵要过来，可好？"

丹红自然是乐意的："我表哥原就在三房当差的，能回来替小姐做事自然更好，他全家都没了，我老子娘时常从南边托人给我带口信，要我想法子多照应他呢。"

她忽地有些犹豫："可他是外院当差的男子，恐怕没有法子调过来吧？"

七小姐出阁，倒是可以挑选几门陪房过去的，可何贵却是独身一人……

明萱笑着说道："稍会你去库房里挑几瓶管用的膏药拿去看望你表哥，替我问他一句，可想继续跟着我？若是他想，再问他是否愿意在漱玉阁中挑一个丫头当媳妇？若是他愿意，又恰有合心意的人，便来告诉我，若是没有，我便做主给他仔细挑一个好的。"

倘若何贵娶了漱玉阁的丫头，她便好名正言顺将他当作陪房带到夫家去。

丹红听了便瞅着雪素直笑："这话不必问了，我知道表哥心里早有人了。"

雪素见丹红冲她笑得暧昧，颊上浮现两朵红云，她别过脸去，颇有些不好意思地啐了一口："说话便说话，你瞧我做什么？"

丹红拊掌笑道："我不过只是瞧着你，何尝多说过一个字？可见雪素姐姐是自个儿心急了。"

明萱见雪素脸上红晕更盛，如同绚丽花朵娇艳绽放，心中便是一动，她嘴角漾出明媚笑意，语音柔和地对雪素说道："我记得你是十月初四的生辰，只比我大了一月，如

今也有十七了，是该到了婚配的时候。这会儿，并无什么外人在，你只管与我说实话，你心里觉得何贵如何？”

她顿了顿，又补了一句：“有句话我先说在前头，我虽觉着何贵能干，想要将他笼络在身边替我做事，可这世上有本事的人多着呢，正如你所说，咱们嫁过去颜家便是只靠吃那些嫁妆也足够花用了的，铺子田产上的事原不是那样着急，能有本事替咱们管事的人大可慢慢地去寻。”

雪素的双眼晶莹闪亮，她红着脸唤了声：“小姐……”

明萱轻轻抚了抚她的肩膀，笑着说道：“我的意思你可明白了？我想笼络何贵将他为我所用，这是一回事。他看上了你，这是另外一回事。倘若你也中意他，那自然皆大欢喜，可若是你对他无意，便不必为了我勉强答应这亲事。世上能干的人多着呢，可雪素却只有一个。”

她转脸对着丹红说道：“你也一样。我自个儿的亲事由不得自个儿做主，不论喜欢或是不喜欢都要接受，可你们两个不一样，倘若不是你们真心愿意，我是不肯将你们随意配人的。”

她失忆乍醒，便一直由这两个丫头陪着，虽是主仆，却有姐妹的情意。

雪素心中感动，眼中隐隐含着有泪光，她想了想，细若蚊声地说道：“小姐的衣食起居，平素俱是由我来管着的，您自个儿也说过，这漱玉阁离不得我。何况，小姐的陪嫁丫头，除了我与丹红两个一等的外，还定了素鸾雀好两个二等的，若是我走了，还得从下面提一个上来……”

配了人的丫头不能再在内院伺候着未出阁的小姐，这是规矩，若是充作陪房跟着小姐去到颜家，那也得等到小姐大婚之后才行。可小姐的婚期尚未定下，看如今景况，两个月怕是要等得的，离了小姐太久，她恐是牵肠挂肚也放不下的。

明萱听了这话，便知道雪素是愿意跟何贵的。

她笑着说道：“傻丫头，你成亲之后虽不好在漱玉阁住了，但也无人拦着你每日里过来请安，处事仍旧与原来一般的。况且，在外头也有在外头的好处。”

雪素听了，便不再坚持，红着脸道了声：“那凭小姐做主便是。”

第二日，明萱请了何贵进来亲自问过他意思，见他果然对雪素有些意思，便将那话头一说，何贵果然是个伶俐人，当即便跪下要求了雪素去，他两个郎有情妾有意，明萱自然愿意成全。

只是雪素从前是安泰院朱老夫人的人，出于尊重礼节，这桩婚事总也要问过朱老夫人的意思才好，再者何贵如今是在外院当差，若是由朱老夫人向侯夫人开这个口，便没有不成的。

明萱便去安泰院讨朱老夫人的示下。

朱老夫人并不认得何贵，但既然明萱说好，她也爽快地答应了下来，因着绯桃与雪素是两姨姐妹，她便让绯桃亲自去侯夫人那边跑了一趟讨个示下。过不多久，绯桃便满脸笑意地回来："侯夫人说，何贵的卖身契过一会子便着人送到七小姐那去。"

明萱心中欢喜，脸上的笑颜也多了几分。

朱老夫人却忽而有些担忧地对她说道："萱姐儿，祖母有件事要与你说。"

明萱抬起头，长而卷翘的睫毛扑闪。

朱老夫人眉头紧皱："我也是昨日你朱家大表舅母来才知晓的。原来前些日子颜家拿你与颜小郎的八字去合，结果并不太好的，不是血光之灾，便是不宜婚配，颜家差点因此不肯结这门亲。幸得颜郎中对易经八卦有些研究，看出了其中有些不对劲，又是颜小郎坚持，这才将亲做了下去。"

她深深吐了口气，眼中隐约含着忿忿怒意："是对门那位平章政事大人做的好事。"

明萱心头狂跳，净莲堂内的警告言犹在耳，至今仍令她余惊未平，她一直心怀忐忑，害怕与颜清烨的婚事平生变故，此时听到韩修果真暗地里动了手脚，又气又怒，又十分害怕他一计未成会再生风波，做出什么对颜家不利的事情来。

她想了想，便扑通一声跪倒在地："祖母救我！"

朱老夫人便忙将屋内的仆众挥退："萱姐儿，你与那韩修间，到底发生了何事？"

明萱迷茫又后怕地摇了摇头，徐徐将那日清凉寺内韩修的恶言警告道出，她的脸上现出惊惧迷惑相互交杂的神色，似是想了许久，才抬头带着犹疑问道："祖母，孙女儿先前伤过脑袋，三年前到底发生了何事都不大记得了，这两年也无人肯在我耳边提起这些。"

她顿了顿，语气忽然坚定起来："到底那日发生过什么？我父亲又是怎样死的？为什么韩修说他曾在撕毁婚约之前对我说过叫我等他？"

朱老夫人脸色微变："他说要你等他？"

明萱点了点头："嗯，他还说什么我是他的女人，自然不能再嫁别人。"

朱老夫人勃然大怒，愤愤地将手在案上重重一拍："这姓韩的竟敢说这样的话，真是欺人太甚！他与你退亲不过两月便与承恩侯的女儿定了亲，成亲两载，人人都赞他对妻子体贴温柔，是个打着灯笼也难求的好郎君，可我看来，他不过是个忘恩负义见利忘义的小人！你瞧瞧他都说的什么肮脏话，做的又是什么荒唐事？"

她捏住明萱的手，沉声说道："萱姐儿，从前怕你听了伤心，那些事咱们府里一个都不许在你跟前提及，既这会儿你问起，祖母便就原原本本都告诉你。只是，那些事都已经过去了，到那等境地也不过都是各人的无奈，你要答应祖母，不要怨谁，也不要记恨谁，什么都不要去管，以后只好好过日子便是。"

明萱眉心一跳，但仍旧点了点头说道："嗯，我都听祖母的。"

朱老夫人便长长地叹了口气：“那年韩修解甲归田，推了先帝爷宁国将军的擢拔，却要了个左都御史的差事，你父亲便赞他睿智有度，将来必成大器，因韩府便在对门，时而来往，不知道怎的，你父亲与韩修还真成了莫逆之交。”

她顿了顿，接着说道：“后来韩修果真在任上接连立下好几个功劳，先帝赏识，恩宠隆盛，朝中想要招他为快婿者不知凡几，连裴相都想要将孙女儿嫁给他，后来皇帝金銮殿上想要替他赐婚，那么多名门闺秀，他却独独点名要了你。”

明萱小口微张，很是惊讶：“怎么会……”

朱老夫人苦笑着摇了摇头：“他是少年英雄，在朝中又深受皇宠，虽然出身上有些来历不明，连祖籍在哪都说不清楚，但总是卫国将军自小养在膝下要继承香火的义子，论起来也是门当户对。在当时这可是门羡煞旁人的亲事呢，盛京城中哪个不羡慕咱们家得了那么好的女婿？”

她长长叹了口气：“谁料想到后来竟成了那样……”

明萱静默不语，心里却想着倘若韩修一心要攀附权贵，原本是不必与自己结亲的。当时大伯父已经承了永宁侯的爵位，父亲却只是低品阶的闲散文官，分家之后，门第上便高下立见，自己其实并不能带给他什么利益。远不如求娶宗室女或者镇国公府上的嫡小姐来得划算。

她眉心微动，觉得这里头兴许还另有隐情。

朱老夫人接着说道：“你与韩修的婚期定在三年前的六月十八，当时离今上登基不过半月，皇后娘娘的册封大典尚未举行，可婚期是一早就定下的，便就没有更改。因皇后将出自咱们家，姓韩的对今上又有从龙之功，因此那日宾客云集，整个侯府满满当当全是客人。”

她语气越发低沉：“众人都等着看新郎官是何等英姿，好不容易等到门上的小厮说新姑爷到了，谁承想他身上着的并非喜袍却是赫赫官威的朝服。那几百个上了弓箭的羽林军可当真是令人寒心，便就那样一点颜面也不给地要将你父亲带走。你大伯父拦他，问他既将成一家人了，为何事先连个知会也无？他是带着羽林军来的，不可能事先一点风声都不知晓，两府近在咫尺，通个气再容易不过的。他不仅连个解释也无，为了撇清关系，还当着满堂宾客的面，亲手将婚书撕毁，侯府颜面尽失便也罢了，还累得你差点丢了性命。”

明萱点了点头，这些她都已经知道了。

朱老夫人满面伤怀，饶是已经时隔三年，如今叙说起来，仍旧令人气愤忧伤，她轻轻抚了抚明萱的额发，声音颤抖地说道：“至于你父亲，他被以涉嫌谋逆的罪名打入天牢，而证据不过就是曾在二皇子办的诗会上写过几首咏叹东风的诗，那些人非要牵强附会到与二皇子谋逆上头。你父亲秀才遇到兵，百口莫辩，又不知是受了何人的意会，尚未三堂会审，今上也不曾下过定论，他怕连累家人，写了一篇血书后，竟自投缳了……”

明萱心内震惊，原来父亲竟是悬梁自尽的。

只是，顾长平是先帝弘启年间的状元，才华抱负皆是有的，只是侯府世代簪缨，又与盛京城中最繁盛的几个家族都是姻亲，为了避忌先帝猜疑，他便只能故意藏拙，这么多年空有满腹才学却一直屈居下位。他既能看出韩修推拒宁国将军是在明哲保身，求取左都御史之位则是在以退为进，便该是个胸怀宏堑的丈夫，这样的明眼人，不会看不出这场栽赃陷害的本质，他又怎会因此寻死？

莫须有的罪名虽能轻易将人打倒，却也最好洗脱，可若是人都死了，那便什么都说不清了。

她眼中微露锋芒，沉声问道：“父亲他……确实是自杀？”

朱老夫人眼角淌过泪滴：“他撕了身上的衣袍结成绳带悬梁，那血书写在贴身的小衣上，是他的笔迹，你大伯父偷偷派了信得过的仵作去验过，确实是自戮。今上赐还了尸身，并没有将他定罪，可却也没有发过明旨替他洗脱罪名，到底还是让他受着冤屈入了葬。”

她顿了顿：“你姐姐明蓉也因此受了牵累，虽是今上的原配发妻，却只能将皇后位拱手让人。今上册了镇国公世子裴孝安的嫡长女为后，却只封了蓉姐儿为嫔，赐居的永和宫偏居一隅，离永巷不过一墙之隔，还发了一道禁足的明旨，虽未被贬弃冷宫，实则却与冷宫无异了。你姐姐看着温和柔弱，内里却是刚硬傲气的性子，她又自小聪慧，哪里看不出家中变故的缘由？痛恨哀怒之下，便生死志。她……她去了永和宫后滴水不进，绝粒不食，活活将自己折腾没了。”

这些往事实在太过触目惊心，便是时隔三年再说起时，朱老夫人仍旧无法止住心中的痛苦颤栗。

明萱眼眸低垂，心中却似涌起惊涛骇浪。

她嘴唇微颤，声音都有些发抖：“祖母，后来呢？”

朱老夫人抱着明萱哭了一气，这才抹了抹泪说道：“皇帝加封蓉姐儿为元妃，以贵妃礼落葬，听说还在她灵前痛哭了一回，可人都死了，做这些又有什么用？倘若真心存了几分少年夫妻的情意，便不该这样糟蹋她。”

她长长叹了口气，望着明萱的眼神越发哀怜：“上回你问我贵妃娘娘的事，这会儿我便与你说个清楚，免得你从别处听见只言半语便疑心了你大伯父。三年前你成亲时，行四的菡姐儿已经出了阁，行五的芳姐儿早夭自不必说，荷姐儿则是因为清平郡王妃过世才耽搁了婚期，可芙姐儿在家里的女孩儿中却是行三的，她之所以留在家中不嫁，是因为一早就定下要送她入宫的。”

顾明芙生得美，原本就是永宁侯留着要送进宫的，只是当时乾坤未定，这才以清修养病的名义将她留在府中。顾家是累世的公侯，新帝登基总是要按例送女儿奉君的，当时五龙夺嫡战况正酣，最有希望登极御座的是闵贵妃所出的二皇子和先皇后所出的五皇子，九皇子妃虽然是顾氏女，可九皇子却是最没有希望践祚九五的。

朱老夫人接着说道："九皇子称帝，你大伯父便就要给芙姐儿定亲，咱们顾家已经出了皇后，自然不再需要别的女孩儿进宫固宠。你大伯父看中的是定国公俞家的五爷，可才刚与人去说和，家里就出了那等变故，这事自然是耽搁了下来。后来今上一道圣旨封了芙姐儿为妃，与定国公家的亲事便作罢了，定国公俞克勤出了名的小气，以为咱们家一女二许，便将侯府记恨上了，直到如今都不肯往来。"

她正色说道："手心是肉，手背也是肉。萱姐儿，祖母所出的三子中，最疼爱的是你父亲，最怜惜的却是你大伯父，他身为家主，所付出的远比你想象的还多，他虽不曾为你父亲竭力争取正名，可他既肯将世代相传的丹书铁券奉出，便足以表明他对你父亲的手足情意。贵妃娘娘甫入宫便得高位，虽不免是因为今上对蓉姐儿的补偿，可若不是她自小学习后妃心计，又怎能在宫墙内安然无恙地存活下来？她有今日亦可说是她的本事。萱姐儿，那日你问我这问题，可见心中是存了疑惑的，如今祖母将这些都告知于你，以后便不可再疑心了。你父母都没了，元景下落不明，陆家那头又不知道因了什么缘故对你冷淡，以后你所能倚仗的便只有你大伯父了。与颜家的亲事算是低嫁，可若是没有家族撑腰，颜家的人又怎会高看你？"

明萱望着朱老夫人殷切眼神，不由自主地便点了点头："孙女儿晓得了。"

那番掏心彻肺的言语，明着虽是令她不得对大房相疑，可内里却还是害怕她将来没有倚仗和依靠。她知晓祖母向来公正，是不会拿话相欺的，更何况这些事情也算不得隐秘，她将来出阁与外头接触的多了，总会有机会知晓真相。倘若这便是事实，这段日子她的心怀怨怼，倒是冤枉了大伯父。

朱老夫人说了这样一气，早就有些伤神，她轻抚眉头，低声说道："颜家的事暂时不必担心，祖母已经央了东平老太妃求她进宫向今上讨个赐婚的旨意，因着前情旧愧，想必今上会答应的。韩修的夫人是承恩侯的爱女，皇上素来疼爱这位表妹，我便不信那姓韩的能以什么名目阻拦皇上与你赐婚。"

上回相聚时，东平老太妃曾对她说，元妃生祭那日，皇上宿在了永和宫。夙夜清冷，永和宫偏僻荒芜，倘若不是皇上心中仍对元妃有所愧疚，是不可能如此的，可见皇上良心未泯。若是老太妃去相求，那赐婚的旨意想来并不会太难。

她将话说完，便无力地挥了挥手："萱姐儿，时辰不早了，祖母有些乏了，你也回去歇吧。"

明萱便点了点头，乖顺地退了下去。

第二日，二夫人简氏果然便命贴身的嬷嬷将四万两银票送了过来。

明萱心里高兴，便借着雪素的亲事这由头将漱玉阁上上下下皆赏了一遍，众人不知就里，皆赞七小姐心善慈悲，御下宽厚恩待，底下二等三等的丫头们见雪素走后留下空缺，便个个都铆足了劲头努力表现，都想要补上雪素的位置。

按照规矩，雪素与何贵的婚期不能与明荷的相冲，而最近宜嫁娶的吉日便只有五日后的初八，好在明萱一早准备嫁妆时候便也有替两个丫头准备，如今手头又有钱，除了些衣裳首饰外，她又额外给了雪素五百两银子压箱底的钱。

雪素拒不肯要：“小姐是生在富贵中，不知晓外头的事。公侯府邸自然是白玉为堂金作马的，但小户人家若是有五十两银子，便能足够滋润地过上一整年呢，您给了我那么多银子，倒不怕我自恃手里有钱，就不再尽心尽力伺候您了？”

她当着漱玉阁的家，自然知晓银钱的来之不易，倘若这回不是二夫人那里得了四万两银子，七小姐手中便只剩下不到两百两的银子了。如今虽是有钱，但韩修清凉寺的举止仍令人想来觉得惧怕，小姐就那样将他给的聘礼兑了卖了，她心里却总觉得有些不踏实。

明萱却将银票往雪素怀中一塞：“女人的妆奁是在婆家的底气，你虽没有公婆，但若是有了压箱底的银钱，在何贵面前腰杆便也能挺得直些。我知道你觉得拿这银子不安心，我却仍旧是先前那句话，既是我的东西，凭我怎样处置都是应当。”

她顿了顿，嘴角露出苦涩笑意：“他若是想要安生太平，便不会管我卖了那些聘礼，他若是想要我不得安宁，我便是不拿那些东西换钱也是一样的。如今我既手头上宽裕，你便不要与我推辞，那样反倒令我不安心了。”

雪素无法，便只得收下。

到了三月初八，何贵早早地进了漱玉阁，给明萱结结实实地磕了几个响头，便领着雪素出去。因何贵和雪素的卖身契皆在明萱手里，如今却是三房的奴仆，便将婚房设在原来三房二门外的那一排矮房子里，行礼洞房皆在那处。两人各自请了些相熟的丫头小厮去那热闹了一回，便算成了夫妻。

明萱是主子，不好去那，只好令丹红领着漱玉阁里的丫头婆子去恭贺一回，身边只留了三等洒扫的小丫头在门外候着。

屋子素来热闹的，哪时曾这样清净过？她一时无聊，便就将笔墨纸砚皆拿出，想着要画一幅富贵花开，等装裱过后送去给雪素装添屋子。她在脑中细细勾勒一番，正待要落笔，忽听得漱玉阁的前门吱呀一声被推开。

院子里传来些细碎的脚步声。

须臾，留下来守门的小丫头匆忙进来回禀：“秋华园的玉楼姐姐来了，说是奉了四夫人的命来请小姐您过去呢。”

秋华园是四夫人薛氏的居所，因着薛氏与明萱素来亲近，秋华园与漱玉阁走动得便要比别的院子更勤一些。薛氏宅心仁厚，每常得了什么好物事，都要匀了一份差使玉楼送过来与明萱，时日久了，玉楼便和这院里的丫头婆子皆熟了，门上的婆子得了上头关照，也从不拦她。

明萱听了便将手中笔墨顿下，抬头说道：“让她进来吧。”

玉楼挑开珠帘，猫着身子进到内屋，与明萱行了个万福，便笑着说道：“四夫人娘家的堂嫂子并几位官家夫人过来了，因女客里还有一位未出阁的小姐在，四夫人怕怠慢了她照顾不周，便差奴婢过来问七小姐能不能帮着待一待客？”

四房膝下除了七爷元昼外，还有一位十一小姐明茱，今年才方五岁，四老爷不曾纳妾，这双儿女皆是薛氏嫡出。可明茱到底年幼，哪里能够陪客的？薛氏无法，便只能使人请了明萱过去应一应急。

明萱笑着点了点头：“你去和四婶回话说，我换身衣裳就过去。”

四叔是庶出，又不曾入仕，论起来虽是永宁侯府的四老爷，但其实不过名声好听一些罢了，手中既无权势又无银钱，凡事皆仰赖着公中，因此他素来行事低调，从不惹事，也甚少与外府的人相交。可这几日却时常听说他在外头饮酒应酬，与达官贵人的交往倏然增多起来，今日薛少卿夫人更是将旁的官家夫人领到了府里……

想来四房也想明白了，侯府这一两年内是必然要分家的，因此未雨绸缪，要为四叔在朝中谋一份长久的差事，将来分家之后也不至于束手束脚，困顿了生计。

明萱这样想着，心中难免又觉得可悲。

四叔不能出仕的缘由与父亲屈居低位的苦衷皆同，为了家族，总要有人作出牺牲的，可令人嗟叹的是，他们为了家族的昌盛平安放弃了自己的前途，可家族却并没有给他们应得的庇荫。否则，如今贵妃娘娘怀着的龙嗣安稳，永宁侯府正值春秋鼎盛，以大伯父如今在朝中炙手可热的程度，不过是举手之劳，便能替四叔安排个去处的，又何须他亲自筹谋？

打着家族的名义令人牺牲成全，好处却全都是自个儿占了去，大房到底还是自私了些。她却做不到那样的凉薄，这会儿四婶既求到了她头上，这忙定是要帮的。

丹红并着屋内用惯了的丫头皆去了外所雪素那里，明萱便只好向方才留门的小丫头招了招手：“你叫什么名字，原来是在哪处当差，会不会伺候人穿衣梳头？”

倒不是她矫情，这大家闺秀的衣裳繁复，层层节节，穿脱很是费力的，若不是平时有雪素和丹红帮着，凭她一个人想必不知道要磨蹭许久。至于发髻，那更是极其讲究的一个工种，她又哪里能会？但既是要去秋华园待客的，便不能再作家常装扮，这些都是要讲究起来的。

那丫头倒是机灵，知晓这是有差事要交与她做，脸上便立时又惊又喜起来，她急忙回道：“奴婢叫作小素，是院子里负责洒扫的三等丫头。奴婢的娘原就是负责给三夫人梳头的，奴婢自小看着，便也学会了些，若说那些难的，奴婢不敢保证说全会，但寻常的发髻，却都是会梳的。”

自从三房败落之后，原先伺候着陆氏的那些丫头婆子都散了。从陆家带过来的陪房自然是送去了陪嫁的小庄，而顾家的家生子们则被侯夫人调配至旁的房头和差事。小素的娘亲曾经是陆氏的梳头娘子，这还是明萱头一次遇到与陆氏联系这样紧密的人。

她便有些惊讶，同时又带了几分欢喜，她脸上盈然笑着，一边却点了点头说道：“既是有故旧的，那我便信你一回。小素，快过来帮我换身衣裳，稍会儿再陪着我一块去趟秋华园吧。”

小素眼中隐隐流转着光华，她急忙道了声好，便上前扶着明萱进了内室。

漱玉阁内屋尚还空缺着一个位置，倘若这回的差事能够做好，便是个机会。她不指望能够一步登天顶替雪素的位子，那也不太可能，但若是二等里头有人升了上去，她便好想一下二等丫头的位分了。这两年她家中境况不甚好，能升个等涨些工钱，便就能多贴补家中一些。

她这样想着，便越发尽心尽力伺候明萱，想要好好表现。

明萱换过衣裳，重新又梳过发髻，藕荷色的对襟夹棉小袄衬着茜色罗裙，外头再套一件妃色罩衫，既俏皮又不失庄重，她对着铜镜中的身影左顾右盼，心里颇觉得满意。

她脸上不由露出笑意来：“咱们走吧。”

小素见状，心中一松，隐隐便又多了几分期待。

秋华园地处永宁侯府的最北侧，离正屋其实已经隔开许多路程，倒是与后街相邻。府里为了进出方便，在西北角上开了个角门，秋华园正好距此不远，素日里常有奴仆来往进出，因此倒也不显得冷清。

明萱坐的软轿方落下，先回来禀事的玉楼便就迎了出来，将她请了进去。

阳春三月，天气乍寒转暖，薛氏屋子里头的炭炉已经歇了，但却还烧着热炕，厚重的棉花暖帘也不曾撤下，因此并不觉着冷。明萱进去的时候，便见着薛少卿的夫人陪着两位眼生的官家太太坐在炕上闲话，一个十四五岁的橙衫女孩有些拘谨地靠在炕尾头上

坐着，薛氏则立在炕下正招呼着。

玉楼进去回禀的当口，明萱便已经隔着珠帘细细地将女客打量了一番，不须去瞧那几人的衣裳首饰，只消瞧薛少卿夫人的态度，便就知晓这两位夫人的丈夫官居四品之上，说不得正是四叔打算去谋求那位子的上峰夫人。

她一眼瞥见薛氏举止紧张，但神色中却难掩兴奋，心内揣测，须是四叔的事成了。

果然，薛氏见明萱进来，便忙将她唤至跟前："这位是承宣布政使司的布政使常大人的夫人，这位是参政李大人的夫人，快来见过两位。"

从二品的布政使和从三品的参政，原来四叔竟是攀上了布政司的门路。

明萱一边想着，一边笑意盈盈地行了个礼："见过常夫人，见过李夫人。"

常夫人便忙笑着对着薛氏说道："这位便是贵府上的七小姐了吧？果真是侯府的嫡小姐，这通身的气派便与寻常小户家的女孩儿不一般，听说还绣得一手点睛的绝技，才这样小的年纪，便有这等本事，当真是了不起呢。"

周朝恪重爵赏，这是祖辈的恩荫荣耀，常家虽是显宦，但却没有爵位，哪怕官职不低，但在公侯伯府前，却总是要矮上一两分的，因此常夫人的语气便格外客气。

明萱嘴上谦虚了两句，却察觉到有四道目光直愣愣地盯视着她看，她悄然瞥了过去，见李夫人满面沉重地望着她，似是若有所思，而坐在炕尾的女孩儿则是神情微妙，那眉间郁结，眼中偶尔露出几丝愤意。

恰好常夫人笑着指着那女孩儿介绍："这是工部营缮清吏司郎中颜大人家的小女儿青璃，她母亲与李夫人是姐妹，今日我约着李夫人过来贵府上叨扰，她恰好也在李夫人家，便跟着一块过来了。"

这是工部营缮清吏司颜大人家的小女儿……这么说来，眼前这个含羞带怯又似乎藏着恼意的女孩子，便是颜清烨的亲妹了？

明萱心中一震，生出些不太好的预感来，颜青璃这等神色表情，该不会是颜家出了什么变故吧？韩修那等狠戾决绝之人，既放出那样狠话来，想必不会真的放任自己与颜清烨将亲事做下去的，从他买通了人故意去合出一个不好的八字来，便就知晓，他不会善罢甘休。

倘若他真的又做了什么，那该怎么办？

她实是不想放弃这门称心如意的亲事，可却又不忍心令颜家无辜受到韩修的打击和报复，颜家何其无辜，只因为被她看上了便要遭受莫名的境况？那不公平的。可若是屈从了韩修，无奈与颜家的亲事作罢了，那她接下来又该如何是好？她不可能果真等着韩修的夫人过世后再巴巴地去做他的继室夫人的。

不想，不能，根本就不愿。

颜青璃跟着李夫人来侯府做客，实则并不十分体面，何况明萱还与她哥哥定了亲的，这样借机相见，更是不合规矩的。她出身书香之家，不可能没有学过礼仪，可她仍旧这样做了，想必是有非见不可的理由，会有非说不可的事。

这样想着，明萱心里便越发焦急不安，但她见常夫人似是完全不知情的模样，薛氏也并没有将工部营缮清吏司颜大人家与和她定亲的颜家联系到一处去，便只好将那等急切心情皆收住，耐着性子与他们寒暄了起来。

终于，薛氏笑着开口说道："四婶要与几位夫人说会儿话，萱姐儿，今儿恰巧天色暖和，你替四婶陪着颜小姐去前头园子里走走可好？"

阳春三月，屋子里仍存湿气，但外头艳阳高照处却春光正暖，永宁侯府的后花园出了名的景致怡人，原本这样的天色带着女客去游园是最好不过的了。

只是明萱此刻心中藏了心事，见颜青璃也有几分惴惴不安的焦灼，哪里还有兴致去做那等闲情雅致之趣？因想着园子里洒扫伺候着的仆妇众多，她又不好将那些人支使开去与颜青璃单独说话的，隔墙有耳，太不方便了。她想了想便笑着对薛氏说道："我请颜小姐到漱玉阁坐坐去。"

薛氏有私话要对两位布政司高官的夫人说，事关顾长安的前程，她心里早就紧张得紧，可偏又碍于李夫人的侄女在此，有些话便不大好开口说，这会儿见明萱愿意陪着出去，已经千好万好，哪里还会管着她们是去游园还是去漱玉阁闲坐？

她忙点头回以笑颜："去吧。"

明萱请了颜青璃同乘一座软轿，小素和颜家的丫头则跟在后头。

轿子刚起，颜青璃一双晶莹美目泫然欲泣，她揣着满脸委屈低声说道："七小姐，其实我是……"

明萱打断了她的话："我知道。"

她静静看了颜青璃一眼，嘴角勉强堆出几分苦涩笑意："今日是原来服侍我的丫头的好日子，我那院子里的丫头婆子多去她那儿帮着庆贺道喜了，所以这会儿我屋里很是清静，有什么话等过去了再说。恰好……我也有事想要问你。"

颜青璃脸色微愣，她犹豫再三，终是点了点头。

等到了漱玉阁，明萱先吩咐了院子里留置的婆子烧茶煮水，又让小素去准备茶点，这才请了颜青璃入至内屋，等到茶水点心都摆上桌案，她想了想又解释着说道："院子里得用的人都不在，若是招待不周，还请颜小姐海涵。"

颜青璃忙摇了摇头："七小姐过谦了，承蒙接待已是青璃的荣幸，哪里还敢说那些的。"她抬眼瞥向侍立在明萱身后的小素几眼，轻咬着下唇，一副欲言又止的模样，眉目间的哀愁与担忧写得满满的，怕是心底藏着的话都已经推至喉咙口，不吐不快了。

明萱见状便忙对着小素说道："我与颜小姐说会儿话，你带着这位姑娘出去外厢用

些茶水，若是我有事唤你，你再进来。”

小素很是识趣，她点头称是，便手脚麻利地领着那丫头出去。

内室的门才刚合上，颜青璃却忽然扑通一声跪倒在地，她语声含泣地说道：“求七小姐救救我哥哥，救救我们颜家吧！”

明萱心头一震，急忙将颜青璃扶着起来。

她嘴唇有些微微发颤，但声音却强自保持着镇定：“你也是官宦人家的小姐，怎么能随意向人下跪？快坐下，有什么话咱们好好说。颜家到底发生了何事，你哥哥又怎么了，你总要与我说清楚来龙去脉，我才好晓得该如何处事的。”

脑海中隐约闪过无数种令人悲观绝望的念头，其实心底甚是害怕的，但她习惯了见招拆招，不论遇到什么事，总想着只要冷静将千头万绪厘清，说不定还有绝处逢生的机会。

颜青璃的眼泪便哗然而下：“下月中旬便是今科春闱，我二哥读书刻苦，天分又高，太学院的师生皆看好他这科能金榜题名的。开科在即，这几个月原是发奋的时日，可自从上月之后，二哥便时常晚归，脸色也一日差过一日。他素日人就消瘦，我们家人都以为他刻苦用功，因此开始还并不曾在意。若不是前些日子他忽然昏倒，我们还不知道他竟受了那样的苦。”

她抬头泪眼婆娑，眼中隐约带着几分愤恨与不满：“身上都是鞭痕，有深有浅，有新有旧，我大哥有位友人曾在都察院当过差的，认出这是从前都察院下头隐卫逼迫人的手段。可怜我二哥的身子本就羸弱，遇着了这样的事受了那样严重的伤，却还不敢跟家里人说……”

明萱惊愕万分，但一想到韩修那日警告，心中却什么都明白了。

都察院原只主掌监察朝局弹劾朝臣以及建议政令，督察御史乃是文职，专以纠劾百司，辨明冤枉，是皇帝的耳目风纪。但五年前韩修任了左都御史之后，便渐渐有所转变，隐卫是他在先帝授意下一手建立起来的，初时专使刺探打听消息之用，后来韩修愈发得到先帝宠信，手中被赋予的权限便也越多，隐卫配备了武器，还渐渐有了刑供的权力。今上登基，韩修虽入主中书省，隐卫明面上易主，实则却仍旧只听他一人。

明萱与韩修的那段往事整个周朝无人不知，如今颜清烨受伤，又被认出与隐卫有关，颜家人自然会头一个疑心到她身上，也就无怪乎颜青璃方才要以那样眼神看她。这等无妄之灾，换了是她，也会心存怨忿的。

她一时不知道该说什么好，过了良久，才问道：“你二哥可曾说过是谁做的？”

颜青璃万分伤怀地摇了摇头：“他不肯说。”

随即，她又急着说道：“可事实昭昭，还需他开口才能知晓是何人所为吗？我们颜家向来与人无争的，父亲官声又好，一直都平稳安泰地过日子的，自从辅国公府的人来与二哥说项亲事起，家里便没有安生过。前些日子合八字，尽是些血光之灾，水火不容的谶语，若不是二哥坚持，这门亲早就做不下去了的，父亲原说不碍的，没想到这才不过几日，便就……”

有人想要阻挠这门亲事，而他颜家势单力薄，根本就无法强抗的。

颜青璃小心翼翼地看了看明萱的脸色，见她虽然心事重重，却并没有恼怒，心中便疑她早就知晓会为颜家带来不利，胸口怒意便又多了一些。

她想到来前母亲的嘱咐，不由便硬下心肠说起狠话来：“实不相瞒，若不是辅国公府和英郡王府轮番说项，连父亲的上峰永城侯世子也拍着胸脯保媒，我父亲不好拒绝，这门亲事原本就不该做的。七小姐您是出身尊贵的侯府嫡女，我们颜家本就配不上您，实不相瞒，我祖父还曾卖过草鞋，咱们门不当户不对，我母亲甚是为难，怕咱们家庙小委屈了您这座大佛。”

明萱眉头微皱，抬眼细细地打量这个看起来纤瘦柔弱的女子，在秋华园时她分明那般拘谨怯弱的，甚至直到方才还在嘤嘤哭泣，谁料到这会儿说起话来竟那样狠辣决绝，字字句句都在逼着自己主动将这门令颜家为难的亲事退掉。

她心中微微有些难过，想了想，只好说道：“婚娶一事，不过是父母之命媒妁之言，我父母没了，兄长也不在家，这些事自然都要听长辈的，颜小姐，你我都尚未曾出阁，谈论这些终究还是不太好……”

这话不过是在委婉地表明立场，在亲事上明萱是没有自主权的，结亲也好，退亲也罢，她都作不得主。

谁料到颜青璃听了却满面委屈地说道：“倘若不是逼不得已，我又何必非要来与七小姐您说这些话？我颜家虽然只是寒门，但却也是以诗礼传家的，又不是那等没脸没皮的人，若不是实在没有法子了，又怎会出此下策？”

她鼻子一酸，眼泪又流了下来：“我大哥好不容易升了通政使司正七品的经历，前日好端端的就被革了职，我父为官清廉，昨日却无端被人参了一本说他家声不正，这桩桩件件莫不是在逼着我们家退了亲事，颜家无权无势，怎么斗得过权柄遮天的人物？我们家不求富贵，只求平安，实在是高攀不起侯门贵女的，可偏我二哥重情义，只为了年幼时你对他的一饭之恩，便死都不肯，他这会儿身上还带着伤，再这样下去，莫说春闱，便是那条小命还能留多久都未可知。”

她擦干眼泪，不顾明萱阻拦，再度跪了下去：“我这回来，便是求七小姐成全，求您帮着想个法子令我二哥断了这心思，我母亲交代过了，若是有人问起，都是咱们家的不是，与七小姐您一点干系都不碍的。”

话已至此，明萱再多说什么都是无益的，她长叹一声，半晌才幽幽说道：“好，我答应你。”

明萱心里自然是觉得可惜的。

颜家从门第至家风，几乎满足了明萱对未来婆家的所有美好幻想，颜清烨温润高洁的品性，也令她对成亲后的生活充满了希望。琴瑟和鸣，夫唱妇随，举案齐眉，那些诗文曲唱里的撩动过她心弦的词汇，原以为努力后她也能得到的，可到头来终究还是一场空。

强扭的瓜不甜，颜家如今视她为凶神恶煞，急于想要送走她这尊大佛以还清静，而她也的确为这个朴实低调的家庭带来了前所未有的困境，即便那些阻挠和威胁皆非她所愿，但我不杀伯仁，伯仁却因我而死，她不是那等自私自利唯我独尊的人，并不想令无辜的人因她受伤。

既如此，那便没有再坚持下去的必要了。

颜青璃似是有些不敢相信明萱会这样容易就被她说动，她的脸上闪过惊喜神色，眉间却仍还留着几分犹疑，她试探着追问一句：“七小姐当真答应了？”

答应退亲。

答应劝说颜清烨退亲。

明萱望着神色仍带三分焦急的女子眼眸微动，长而卷翘的睫毛扑闪，阳光投射之下，在脸上自然形成阴影，并不说话，便已藏了无限心事，白玉般的脖颈微垂，下颌已然轻轻叩落：“嗯。”

她忽而抬头问道：“你刚才说一饭之恩，那是什么？”

颜青璃讶然：“七小姐不记得了？”

她见明萱一脸茫然神色，不由苦笑着一声：“七小姐积善行德，自然不会将幼年时举手之劳的小事放在心上，可怜我二哥还以为贵府上选择将您低嫁给他，是因为那桩陈年旧缘，果是他多想了。

“约莫十年之前，有一回我二哥因为顽劣被父亲罚得狠了，那时他还年少，一时想不开，便学人家离家出走。他性子里有些倔强，便是身上无钱，也不肯回家认错，一路往西竟行至西郊，直饿了两天两夜，若不是恰好遇上贵府三房的马车经过，又蒙七小姐好心赐了吃食，恐怕也就没有今日了。

“我二哥心里记挂着这份恩情，素日里每常听到七小姐的消息都格外用心，也是从那时候起，他才开始发奋用功的。那时辅国公府上的公子亲来说项，我父亲母亲皆自为难，颜家不过寒门小吏，若是当真迎娶了侯门贵女，这将来婆媳妯娌之间该如何相处得宜？唯独二哥却十分坚持，这才顺着他意将亲事做下的。”

明萱微愣，怪不得那日在辅国公府相看时，颜清烨是那等行止表情，原来他果真是认得她的，这些陈年旧事实在太过微不足道，便是自己未曾失忆，怕也是记不得她曾对他有过“一饭之恩”的。

可颜清烨却一直记挂到现在……

她便敛了敛眉，低声说道："三日后，我要去东街那家叫作霓裳坊的成衣铺子置办些物事，到时还请贵府上派去一辆马车，我时间不多，须当速去速回的。"

颜青璃急忙道了声"好"，又在漱玉阁相顾无言地坐了一会儿，等秋华园那边有婆子来请她过去，这才颇不好意思地告了辞。

明萱对着空落落的屋子沉沉叹了口气，大姐姐是随时都要倒下来的身子，芜姐儿也是必然要在百日之内嫁过去建安伯府主持中馈的，那三月之内，她仍然必是要嫁出去的。可颜家这门称心如意的亲事没了，再从头去找家合心意的，哪里有那么容易？

她重重合上眼皮，只觉得前途虚渺，不知道该如何是好。

到了晚间，丹红回来兴高采烈地说着雪素成婚时候的趣事，原在外间伺候着的二等丫头素弯和雀好也帮着补充，明萱心中的愁绪总算被冲淡了一些。

因想着这世间没有冲不过的关卡，也没有通不过的桥，便是颜家没了，也还该当有赵家钱家孙家李家。她已不是从前任性自负的自己，事实上自她失忆醒来后一直都是饱受磨难，连如今这样境况都是在刀刃尖峰上小心翼翼地走出来的，可她也绝不肯相信老天特意给她一条活路，却只是为了折磨她。

那不科学！

这样想着，明萱便将那些烦心事丢开去了一些，只想着到时见了颜清烨该如何劝他。

明萱三日之后要出门去东街的霓裳坊定制衣物，这是一早就定好了的事。

因着先前她在孝期不便准备出阁后要穿的衣裳，前阵子与颜家的亲事有了眉目之后，老夫人便令府里金针坊的绣娘们替明萱赶制了春夏秋冬四季艳色衣裳各两套，但再多却就不能够了。芜姐儿也赶着要嫁衣新裳，她虽是庶女，却名正言顺地是永宁侯的女儿，要嫁的夫家门第又显赫，侯夫人怕她将来错待两位外孙也不敢在妆奁上有所怠慢，因此金针坊的绣娘凡事都要先紧着芜姐儿的来，便再也抽不出其他功夫给明萱做多余的衣衫了。

朱老夫人早就不管事了，也不能为了这些小事就与侯夫人吵闹，便只好偷偷塞了些私房与明萱，令她去东街颇负盛名的霓裳坊去买几身成衣压箱。

其实盛京城的贵族女子为了彰显身份，甚少穿那些千篇一律的成衣，多半都是府中自个儿有着绣坊按着身量喜好制些与他人不同的衣裳穿，便是非要穿外头人做的，也都是请上门来量体裁衣再送进府的多。但那些压箱底的衣裳平素是不大能穿到的，不过是要令抬过去婆家时衣箱子满满当当的，面子上好看些，事从权宜，时间又紧，便只能亲去趟霓裳坊了。

到了那日，明萱婉言谢绝了严嬷嬷的陪同，带了丹红素弯雀好三人以及一众奴仆出去。

她在霓裳坊里随意地点了二三十件衣裳，要了自个儿的尺寸，便命人送到楼上的包间，等衣裳到了，她睁着一双盈盈秀目对素弯说道："你身量与我差不多，便留在这儿替我试穿，不必太快，慢慢试着，一两个时辰不嫌多，我这会儿与你丹红姐姐有重要的事要办，须得神不知鬼不觉地出去一趟，在我回来之前，这里便交由你来应付，可能做到？"

素弯原在外厢当差，还是头一次被委以重任，虽不知道七小姐是要出去做什么，但她只需服从主子的差遣便是，并不需要知晓其他，她连忙点头，神情郑重地说道："奴婢能够做到。"

明萱又冲着雀好吩咐着："稍会儿素弯在里头换衣裳，你便留下接应，行事须当小心，我会速去速回的。"

她安排妥当之后，便戴了帷帽遮去面容，小心翼翼地从客道绕出，想要趁着人来人往无人注意之时从楼梯上溜下来绕到后门处离开。但她才方踏出包间一步，空落落的走廊之上，不知何时竟立了个雄壮威武的身影，那身影似是含着冰峰，阳春三月，平地生出几分冷沉，令人不寒自栗。

又是韩修！

那气势如虹的男子一双漆黑又幽深的眼眸沉沉望着明萱，里面藏着无法压抑的怒意，像极了正将妻子捉奸在床的丈夫，醋意深浓："你这是想要去哪里？"

丹红如临大敌，忙将明萱护在身后："小姐，咱们先回屋。"

战场上死人骨中堆砌出来的炼狱修罗，光是立在那里就有着森冷骇人的气息，更何况他是含着怒气诘问，她纵然心里害怕，连双腿都忍不住发颤，可即使面对这样可怕的人，她也要护住小姐。

明萱却并不甚惊慌，她虽在永宁侯府蛰伏隐忍三年，但却并不是真的能够忍气吞声的性子。从前忍耐退让是因为有所希冀，想着在侯府左右不过几年的光景，若是能凭这些谦恭隐忍换得一份好亲事，得到下半辈子的安宁平静，那也算是值得的。可如今那些期待愿望皆已被打碎，她这会儿原本就是要去劝说颜清烨退亲的，既然如此，她还有什么可害怕的？

有了这样的心思，她倒是镇定许多，冲着丹红摇了摇头说道："无碍的。"

这霓裳坊方才还热闹得紧，现下却安静得一丝声响也无，显然是被韩修的人打发走了，看来他早就掌握了她的行踪，知道她要来霓裳坊，也许连她什么时候到都一清二楚的，这男人果然可怕到了极点。

明萱将脸瞥向韩修，嘴角慢慢露出冷淡笑容，她讥诮地回答："你问我要去哪里，你不是早就知晓了吗？是，我现在正打算要去颜家。"

她眸中飞快闪过一丝寒芒，睫毛微动，然后抬起头来："我现在正打算要去颜家，劝服颜清烨主动提出与我退亲。颜家清寒门户，根本不是韩大人的对手，还望韩大人以后能够自重，不要再行那等欺凌弱小之事，有些胜之不武呢。”

韩修有些惊讶，眼神却倏地柔和了起来，身上的杀气也收敛了一些，他沉声说道：“我早知道你会想明白的。阿萱，那姓颜的小子配不上你。”

语气里竟然透着几分抑制不住的笑意。

明萱觉得好笑，脸上嘲讽神色更加深浓，只是她这时早已明白，韩修是个极其霸道的男人，她若是与他明面上就对着来，言语上的挑衅和反抗，除了惹怒他令他做出更可怕的事情之外，决不会有其他任何的好处。脱困逃生这种事，须当徐徐图之，是急不来的。

她想着便就说道：“那便请韩大人让一让。”

第 14 章　惊心・衅变・打脸

韩修没有让开，他犹如泰山之姿昂然屹立，岿然不动。

明丽的阳光从半开的榆木菱格窗中见缝插针地钻入，泻在这狭窄的走廊，形成斑驳凌乱的倒影，他晦暗莫测的脸上七分光影三分暗沉，令眉眼的线条愈显刚硬。似是对明萱的抗拒有些不甘，他眉头有些微皱：“我送你过去。”

他想了想，又解释了一句：“杨右丞府上进了盗贼，这几日五城兵马司的人在到处盘查，颜家居在城西，从此处过去尚要经过中城，你坐我的马车，不会有人胆敢问询。”

前些日子京城好几家高门大户连番失窃，前日贼子摸进了杨右丞的书房，胆敢去偷放着草拟着新政令的折子，出门时被看家护院的侍卫撞见，那贼人胆大包天，竟还闹出了人命，杨右丞贵极人臣，论权势只在裴相之下，府中却被个贼子如入无人之境，自然咽不下这口气，因此着令五城兵马司严密盘查内城来往，誓要将贼子缉拿归案，五城兵马司十分重视，无人敢懈怠，这几日盘查巡视极严。

明萱闻言冷笑着说道：“谢过韩大人好意，不过你我曾有过婚约，瓜田李下之嫌，想来是该要避忌的，不然若是韩夫人误会了，那该如何是好？我不过是个羸弱女子，五城兵马不会将我错当成盗贼，不过是盘问几句罢了，我受着便是，无碍的。”

她将坐的是颜家的马车，便算被五城兵马盘查，也自然有颜家的人替她圆话，颜增虽不过才正五品，但也是官身，这点面子五城兵马司的人总该给的。

可她若是上了韩修的马车，那便就说不清楚了，韩家的人定要误解她的，倘若让旁人看到她与韩修共乘，定会以为她与他藕断丝连牵扯不清暗度陈仓，那她的名声才叫彻

底毁了。

流言蜚语最是可怕，若是闹得满城风波，到时候侯府怎还容得下她？韩修是有夫人的，顾家不可能让她去做妾丢人现眼，那么摆在她眼前的便只有两条路，要么削了头发去做姑子去，一辈子青灯古佛孤独终老，要么便是素绫一匹毒酒一杯最后“急病身亡”，高门大户里处置障碍时向来都是那等肮脏手段，她便是不曾亲眼见过，却也听说过不少。

可这两条路，明萱哪一条都不想要的。

她眼眸低垂，语气里藏着深不见底的忧惧：“闺中女子的名声不容有失，还请韩大人不要为难我一介弱女，请您让开。”

韩修终于有所动容，他侧过身子给明萱让出一条道，默默地望着那窈窕纤弱的倩影离开，她的步履太过匆忙，甚至有些慌不择路的踉跄，就好像身后有猛虎对着她张开了血盆大口，若她不逃，便是死路一条。

他沉沉叹了口气，对着空落落的回廊神色极尽恍惚，他眼神空洞虚无，仿佛坠入了回忆的无尽深渊，他低声呢喃，空气里回荡着说不清道不明的无奈与惆怅：“阿萱……”

这番深情的低语，明萱并没有听到，她此时正在丹红的掩护下悄然从霓裳坊的后门出去。

一辆乌青色的马车已然候在巷口多时，听到动响，车帘轻启，露出颜青璃秀美的脸庞来。她忙四处张望了下，见巷中此时安静，并无什么人经过，便用力向着明萱挥手说道：“这里，快上来。”

明萱和丹红一块上了马车，看到颜青璃仍旧穿着一身素色衣衫，脸上戚容并未退去，眼角也隐有泪痕，不由担忧地问道：“令兄的情况不太好吗？”

若不是她，颜清烨如今该正在备战春闱，待一朝金榜题名，得中三甲，自然有的是如花美眷金玉良缘，少年得意，说不定将来还能得今上看重，他原本该有份锦绣前程，以他心性，日子定也能过得和美。哪里会似今日这般满身是伤？

她对颜小郎的观感甚好，哪怕做不成夫妻，她仍旧希望他能过得好的。

颜青璃眼角泪滴滚落，她忙拿帕子掖了掖，有些犹豫地说道：“身上的伤已经好了，医正说还有些心病。”

在面对强大得像山一样的韩修时，没有人能够不胆战心惊，颜清烨纵然再有风骨韧劲，可心里却如同明镜一般清楚，他是斗不过韩修的，这门亲事迟早要结束，不是颜家开口，便是顾家开口，他注定不能与她做夫妻。只是，越是明白，他便越是感到心痛，身上的伤口早已经结痂，可心里的苦痛却永远无法愈合。

他是在自暴自弃。

明萱便有些静默，心病还需心药医，可她稍会儿即将带给颜家小郎的，不一定是正对病症的良药，也许将是一剂催命符……

颜府坐落在内城以西，并不是繁华的街巷，远远行来，竟还有些冷清。马车一路进了府门，停在二门处，颜青璃和贴身的丫头先跳下车，然后将明萱扶了下来，她低声解释道："父亲有公事在身，并不在家，我母亲这会儿应还守在二哥屋子里，大哥陪着大嫂去了岳家，家中无人来迎，还望七小姐莫要见怪。"

明萱心中苦笑，这又不是上门做客，事从权宜，她哪还会在意颜家待客礼仪上的缺失？再说，她也没有心情计较这些。她敛了敛眉，沉声说道："我不能出来太久的，你便直接领我去见你二哥吧。"

颜青璃点了点头，领着她主仆一路穿堂过巷进了间屋子的外厢，冲着那翘首以盼的中年妇女说道："母亲，顾家七小姐来了。"

明萱看见个慈眉善目的妇人，长得与那日在秋华园见着的布政司李参政的夫人有七八分相像，心里知晓这便就是颜清烨的母亲了。她心中暗觉可惜，一路进来，颜家虽不是很大，但庭院房舍却错落有致，干净明快，院中摆设也不是什么名贵稀罕物事，看起来却别有几分风情，以一斑得窥全豹，颜家实是氛围极好的一户人家。眼前这妇人看起来又十分慈悲面善，并不似那等尖酸刻薄的面相，倘若真有幸能嫁进来，有这样的婆母日子定不会太难过的。

可此时说什么都已经无用，她想着心里隐隐有些憋闷，但举止礼仪却一分都不敢怠慢，她端庄大方地对着颜夫人施礼，柔声说道："明萱见过伯母万安。"

颜夫人神情有些复杂。

自己疼爱的儿子落到这步田地，她这个做娘亲的又怎会不心疼？在未见到明萱前，她心底难免是有些怨忿的，又怀疑明萱与那位韩大人之间仍有苟且，否则对方都已经娶了妻，为何还要因为这门亲事而故意为难威胁自己家人？可这会儿见到明萱落落大方地站在她面前，行止端庄有度，言语得体有礼，心里便又觉得事实真相许不是如此的。

可即便明萱也是无辜受害者，又能如何？这门亲事总是已经到头了，她也是真心不想高攀高门贵女的，便只能敛下情绪，语气真诚地恳求道："我们颜家虽不是什么达官显贵，却也是重信诺的人家，这会儿若不是逼不得已，实不会这样行事的。不论如何，都是我们颜家愧对了七小姐，却还要烦请您替我们劝着烨哥儿，实在是……对不住您。"

明萱面上平静无波，从她神色看不出她心底波澜。在永宁侯府隐忍三年，她早就学会如何将情绪隐藏，此时境况，她纵是冲着颜夫人大发脾气也是无济于事的，又何苦非要让旁人看见她心中真实情境？但她认了是一回事，有些却仍旧须当说清楚的。

她轻轻扯了扯嘴角，低声说道："自古男婚女嫁，成与不成，都是父母之命媒妁之言，我今日来此，并非因做了不合规矩礼仪之事心中愧疚，而是因为体谅夫人的爱子之情。贵府上近期遭遇，原不是我心中所愿，但若当真与我有关，却都是我的过错了，明萱在

此先与您致个歉。若两家婚约解除之后，贵府上能够一切顺利，我便也就心安了。”

颜夫人微愣，随即急忙说道：“皆是颜家的过错，是颜家对不住七小姐。”

明萱抿了抿嘴，她指了指内室问道：“贵府二公子在里头？”

颜青璃点头：“是，求您说几句狠话，让我二哥歇了那心思吧。”

明萱眼波微动，对着颜青璃说道：“孤男寡女，共处一室，不合规矩的，颜小姐先命人将令兄的帐子放下，再陪我一道进屋，我隔着纱帘与他说几句便成。话先说在前头，不论我待会儿要说什么，后果都与我无关，我今日不曾来过此处，将来也不想听到任何一句闲言碎语。”

颜青璃都应下了，今日之事若是传出去，于颜家也并非好事。她令丫头按着明萱的吩咐将帐子放了下来，又亲自将颜清烨唤醒在他耳边低声说了几句，这才请了明萱进屋。

雨过天青色的纱帐之后，影影绰绰地映着颜清烨的影子，他此时已经坐起，一手撑住床橼，一手紧紧抓住纱幔，他的声音虚弱又无力，似乎料想到了会听见什么，却又隐隐含着一丝期待：“是……你吗？”

这声音低沉哀缓，交织着最深痛的绝望与最卑微的希冀，令明萱心里不自主地“咯噔”一下，仿佛有什么东西在重重捶打着她的心弦，她面容染上戚色，眼神晦暗不明：

“是我。”

梅花林中的初见犹在眼前，他青衫飘袂，温润如玉，盛世锦年的翩翩佳郎迎着傲雪的红梅对她浅笑盈然，那幅画面美极了。她对颜清烨，虽谈不上什么一见钟情，可她却是真心实意想要与他好好经营未来共赴白首的，他的才华容貌皆属上品，这倒还在其次，光是那份坚韧不拔的毅力以及纯粹高洁的品性，就足以令她心中悦服。

可惜……

她做了两月的美梦，是时候该要醒了，唯愿她的退出，能令颜家这潭被她无意中搅乱的清波，恢复原本的平静宁和。

透过层叠的纱幔，颜清烨看不清那张每日缠绵于梦境的脸，他攥着纱帘的手几次想要掀开，可终究还是忍住了，他不再可能与她成为夫妻，那又何苦再做多余的举动令她难堪？母亲和妹子此番行事已然对她不公，他不想再成为她的困扰。

他也不敢再多看她一眼，怕见了，就再也忘不掉了。

她不是他能肖想的人，就当这两月来的欢喜甜蜜，只是一场梦吧，梦既已碎，他也该要醒过来了。

明萱低声叹了口气：“有句话，原不该我来说的，可你如今这样，我便逾矩一回。俗话说，天涯何处无芳草，可父母亲缘却只独有一份的，你若是继续这样消沉下去，我纵心里难过，也不过叹息一声，真正伤心难过身受其害的，却唯独你的父母兄妹。颜公子，莫要做些令亲者痛仇者快的傻事，那伤不到人分毫，你自己却输得一败涂地。”

她语气微顿：“看开些吧，是你我无缘，以后……你以后会遇见真正值得你相守相知的女人的。”

这句话不只是说给颜清烨听的，也说给自己听。

纱帐内寂静无声，过了许久，才听到里头传出低沉虚弱的声音来：“好。”

明萱鼻子微酸，只觉得这屋子实在太过沉闷，心里犹如巨石压顶堵得难受，她嘴唇轻颤地说道：“你明白就好。”

她想了想，又低声说道：“天子脚下，王公侯伯如云，遍地皆是高官，颜家不过五品，论起来只是寒吏末流，假若上峰有意为难，便只能如同蝼蚁流萤般任人欺凌罢了。倘使你想要颜家在盛京不为人所欺，便早些将病养好，用心准备下月的春闱吧，今科乃是皇上登基后的首科，三甲内的天子门生，他定是要大力擢拔的。若你不喜欢在盛京与人争权夺利，那便求个外放的恩典，选一处安定平逸的所在，也一样可以报效朝廷，为门楣添光的。”

身在浮波，想要安稳平静，并不容易的。

眼看如今皇帝与裴相气氛诡秘，渐渐有些剑拔弩张的态势。今上虽则实力轻微，可于江山社稷上，却占了名正言顺的上风，这三年来，他信任韩修，拉拢顾家，擢拔寒门仕子，桩桩件件都是为了以后不受制于裴相壮大实力，裴相三朝权臣，最是老奸巨猾，又岂会不知？可他依旧容下了，除了不想给世人留下“挟天子以令诸侯”的骂名，便该是根本就不曾将今上的小打小闹放在眼里。

可皇后一日无子，今上便就有缓和喘息的机会，待他羽翼丰满，朝中必将又一场酣战，到时，盛京城中的大小官员没有人能够躲开这场风波的。像颜家这样的寒门清流，倘若仍旧以为能够继续像从前那样不问世事度日，那只会被人啃得尸骨不留。

要么就抓住机会努力向上攀升，要么就远远地离开盛京，只有这两条路。

明萱并不精通政事，但以史为鉴，世间事大抵如此，她此番言语不仅是为了令颜家小郎能够尽快地恢复精神，重新准备春闱，亦是因为对颜家终究有所愧疚，她素来不愿意谈及朝事的，破此一例也是仗着颜家不敢将这些话传出去，至于会怎样选择，那便是颜家的事了。

她言尽于此，便算是将与颜家这段缘份结彻底地斩断了。

颜清烨怔怔望着那个愈离愈远的身影，终于忍不住将纱幔扯开，转角处那抹绯红的身影转瞬即逝，幻化成鲜红的血，滴滴落在他心头，他强撑着的身子像是被抽干了最后一丝力气，大厦将倾，终于轰然坍塌。他年少时种下的酸涩情感，青年时以为能美梦成真的喜悦，这一刻全部掩埋。

良久，良久，他重新坐了起来，背脊挺直如一棵青松：“母亲，我要喝药。”

明萱重新回到霓裳坊时，素弯已经将挑选好的衣裳都整齐地摆在了包房的桌案上，各色衣裳每季都各挑了五套，选的都是霓裳坊料子最好，样式却最简单的，方便取回去之后让漱玉阁的丫头们一起进行裁改刺绣，这样成亲那日被女眷们翻到也不至于太过难堪。

丹红心里知晓，颜家怕是这几日就要过来向朱老夫人请罪退亲了，小姐瞧见了这些压箱底的衣衫，心里定难免伤怀，便就动作麻利地令人包了衣物结了银钱，迅速地扶着明萱上了回府的马车。

明萱却反倒宽慰她："塞翁失马，焉知非福？我便不信老天留着我这条命是要令我受尽非难的，丢了颜家这门好亲，许还有更好的男子在等着我呢。打起精神来，回府之后，也莫要让旁人看出我们今日去过颜府，就装作什么都不知晓，原来怎样过的，还怎么过便是。"

只要永宁侯府一日不曾分家，她便还是侯门嫡女，侯夫人总不可能将她随意找户人家打发了的。祖母向来不愿意委屈她做人填房，连建安伯这样嫁过去就是伯夫人的人家，她都是被迫无奈才只能应下的，那想来，她以后与人做继室的几率并不甚高，她的未来夫君，多半是公侯的庶子，或者门第低些的官宦子弟了。

不论如何，路是人走出来的，不论如何，她都相信船到桥头自然直，凡事总有应对的法子。

马车一路行进，到了武胜街忽然停住，外头车夫回禀："前头似是五城兵马在抓人，路口都已经堵住了，后面也来了不少马车，这会儿进不得，也不好退，怕是要让小姐在这里等一会儿了。"

明萱微微掀开车帘，果然看到身着戎装的五城兵马骑着高头大马押解着一个衣衫褴褛的中年人，四处皆是围观的人群，她前后两侧尽也是过不去被堵在此地的马车。

不多时，她便隐约听到隔壁的马车里有人说话："听说便是这人趁夜摸进了杨右丞的府邸，好像偷走了什么了不得的东西，还刺伤了好几个侍卫呢。"

车内有人附和："看那人穿得像个叫花子一般，倒是胆大包天得很，竟敢在太岁头上动土，杨右丞可是裴相的亲家公，两个人官霸中书省，称得上是权倾天下。啧啧，我听说这回杨右丞那般着急，是因为那贼子误入了书房，错拿了了不得的东西，杨右丞发了狠话，五城兵马司和京畿卫都受了重压发下军令状了，这不，才几天，就捉住了这东西。"

先前那人便很是敬仰地说道："符爷到底是裴二老爷身边的红人，知道的就是比咱们多。"

他夸赞几句接着问道："前头身着铠甲的那位将军是谁，瞧五城兵马司的指挥史大人对他那样恭敬，想来该是位大人物了，可怎地从未见过？"

那姓符的便笑着回答："那位啊，是镇北将军徐麒麾下的副将庞坚，上几月镇北军将北胡当年夺去的最后一座城池收回，还逼退了敌军五百里，反占了对方两座城池。皇上大喜，已经请钦天监算过良辰吉日要开宴劳军，这位庞将军便是代替镇北将军前来受封纳恩的，如今可是天子眼中的大红人，莫说小小的五城兵马司指挥史，便是裴相也要对他另眼相看呢。”

他顿了顿说道：“也是那小贼找死，竟敢偷到了驿馆庞将军的屋里，这才落的网。”

明萱听了，心中微动，便将前头帘子又掀开一些，只见前头不远处，确然站立了个穿盔戴甲的中年将军，她仔细一认，脸色却倏的变了……即便隔得不算近，可那粗犷刚毅的轮廓，和黝黑粗糙的脸庞，却令她一眼就看出，这位庞坚庞将军，无疑便是当日清凉寺后山被她无意中撞见的假僧！

这时，左侧的马车里忽然传来一阵猛烈的巨咳，随即便是一个颇有些嚣张的声音怒斥道：“别咳了！就你这病恹恹的模样留在清凉寺养着不挺好，非要回府给祖父拜寿，母亲也真是的，你回就回了，还偏要让我来接！这咳了一路了，也不能消停一些？真是烦死人了。”

那人扯开车帘跳下马车，原来竟是个满身华服的青年人。

他在护卫的帮助下将看热闹的人群分开，径直跑到拥堵的中心，从腰间取了块金色腰牌在五城兵马司的指挥史面前晃了晃，居高临下地说道：“缉拿案犯也不该扰乱民生，瞧见没有，你们堵在这里，后头的马车都过不去，还不快给爷挪开？今日是我祖父寿辰，倘若耽搁了时辰，惟你们是问！”

指挥史认出这是镇国公世子的次子裴静宵，亦是杨右丞的嫡亲外孙，忙点头哈腰地说道：“二爷教训得是，这便让人替您挪条道。”

这时，被牢牢捆住了的贼人忽然大声哭将闹了起来：“二爷，救我！”

那贼子声嘶力竭地喊道：“二爷，奴才是裴庆，是裴庆啊，五城兵马司的军爷抓错了人，您快跟他们说说，奴才是在镇国公府上当差的裴庆，不是盗贼，让他们快点放了奴才吧！”

这突如其来的变故，令指挥史一时愣住，他有些狐疑地望着缚手缚脚狼狈不堪的贼人，暗自揣度那话中的真伪，思忖着倘若真是误会一场，那这人是该放还是不放。放，五城兵马司颜面扫地；不放，那兴许会得罪了权势熏天的裴相。

他正自思量，忽然瞥见立在一侧的庞将军那双散发着森寒冷意的眼眸，他一个激灵，猛然想起，不论这贼子是否是夜盗杨右丞家的那位，这人摸进了庞将军的屋子里总是真的，还是他亲自带队捉拿住那人的。捉贼拿赃，如今人赃并获，又是在众目睽睽之下，那裴庆的盗罪算是坐定了的。

倘若要将差事办得漂亮，既全了五城兵马司的脸面，又不令裴相怪责，为今之计，便只有尽快将人押走，以免当着这许多围观者的面让他与裴家二爷牵扯上，等将人押了

回去，调查清真实身份，如他果是镇国公府的人，再将人偷偷地送回去。

这样想着，指挥史便厉声喝道："胡说些什么，二爷岂是你能随意叫唤的？来人，将那贼子速速押走。"

这等息事宁人，实是大事化小小事化了的做法。

可惜裴静宵并不买账，他喝退了上前押住裴庆的五城兵马，略有些嫌弃地看了几眼，终于认出那满身褴褛的人果真是家中下人，他惊讶说道："裴庆？你果真是裴庆。三叔不是让你去准备新鲜玩意，敬献给祖父做寿礼了吗？你怎会在这里？"

他转头对着指挥史吩咐道："这人不是盗贼，确实是我府上的裴庆，这厮不缺钱花，做不出那等偷鸡摸狗的事来，一定是你们搞错了，指挥史大人快些将人放了吧。"

此话一出，满街喧然，这里头好些人都亲眼见到五城兵马将裴庆从驿馆内人赃并获地丢出来的，证据确凿，岂容抵赖的？天子犯法，尚与庶民同罪呢，那裴庆才不过是镇国公府的一个奴才，可众目睽睽之下，裴二爷无官无职的一介纨绔，竟然张口就要命令指挥史将人给放了。

裴家气焰嚣张，果然已经到了无法无天的地步。

指挥史脸色铁青，他深吸一口冷气说道："裴二爷说笑了吧？这贼子是在下亲自从庞将军的屋子里逮住的，当时他手上可正拿着庞将军的东西呢，人赃并获，实在确凿无疑的。贵府当差的小哥，怎会做这样的事？所以，一定是裴二爷搞错了。"

庞坚屋子里的任何东西，都有可能是军机要件，不论是谁，偷摸进庞将军屋子里，都可能是窃密军机，那可是死罪。一个奴才，死不足惜，可若是有人怀疑这举止是裴相指使，那后果便不堪设想了，他们五城兵马司向来效忠裴相，裴相若是有事，他们也得不了好果子吃。

他厉声对着下属喝道："都愣着做什么，还不快将人押走？"

庞坚却冷然喝止："慢着！"

他上前两步冲着裴静宵轻轻颔首，算打过了招呼，然后立到那贼人面前沉声问道："你说你不是贼子，为何要进到我屋中？你说你不曾行窃，那你那包裹里头的却又是什么物事？倘若你能将这些说个清楚明白，便是放了你，又有何难？"

裴庆在裴三老爷身边当差多年，多少也有些见识的，心里知晓倘若这回再不如实说话，这等事宜被人借题发挥，莫说他的小命是丢定了的，便是裴相也讨不得好去，裴相若是不好，他全家大小的性命哪里还能留得住？他思来想去，心底不断平衡着得失，终于似是下定了决心说道："回庞将军的话，纯属误会啊！"

他顿了顿，犹豫片刻后说道："我家三老爷听说盐课提举大人回盛京述职，带了来不少清俊的小厮，便差小的来商量着买几个回去，是要……是要送与相爷玩乐的。小的刚刚挑好了人，议好了价，突然听见说驿馆走水了，手忙脚乱之下，也不知道怎么地就误闯了将军的屋子。至于那包东西……那包东西却是……”

话音还未落下，早已有人将那包裹打开，竟然是一堆花花绿绿的薄纱内衫，看那身量式样，应就是那群娈童的贴身衣物。

裴庆红着脸说道：“我瞧着新奇，就拿了几身。”

围观者发出哄堂爆笑，裴静宵的脸却涨得通红，他啐了裴庆一口：“混账东西，胡说八道什么！”

周朝男风并不算盛行，但上流社会中却也有不少贵人老爷素爱圈养娈童的，因此那回京述职的盐课提举大人才会特地从江南选了不少样貌清俊的娈童回来送人发卖，众人心知肚明，甚至还有人当成一件风雅乐趣，可若是明着说出来，那便大大地不妙了。

这会儿，裴庆却将这等隐秘私事闹得满城皆知，不只盐课提举要受牵连，更要紧的是，恐怕不及几日，整个周朝上下都要知晓裴相虽已过六十高龄，却仍好亵玩娈童，裴家三老爷拍马溜须，竟给自己的亲老子送小厮泄火，裴相位高权重，自然不敢有人当面笑话，可私下里的闲话却定然是少不得的。

裴相定是料想不到，他生辰这日会遇着这等颜面扫地之事。

裴静宵虽然纨绔了些，却也并非人事不知，他这会儿终于意识到了事情的严重，心中又悔又怕。悔恨自己方才没有顺着指挥史的台阶下，竟将三叔这破事揽在了身上，又害怕回府后受到祖父责罚，他知道祖父杀伐决断，镇国公府皆是祖父一人说了算的，倘若他受到鄙弃，那便是病秧子大哥没了，这份家业也未必落得到他身上去。

他羞怒之下，便狠狠地踢了裴庆几脚，悻悻然地转身要回马车。

庞坚脸上却现出诡异神色，他笑着对指挥史说道：“既然是一场误会，指挥史大人，这事便就算了吧。”

指挥史此时进退两难，话已至此，再拘了人走岂非自欺欺人？可若是就这样放了走，恐怕谣言越演越烈，到时裴相又将这些都怪罪于他身上，那等雷霆震怒，他承受不起的。他思来想去，仍旧说道：“不论如何，这贼人窃物总是真，我们五城兵马司须当要将此人带回去审理清楚，倘若他果真无辜，再将他放了不迟。”

为免再生变故，他冲着庞坚抱了一拳：“将军留步，在下便先行告退了。”

这些人说话都素爱用嘶吼的，即便明萱的马车离得不近，也字字句句听得分明，她冷眼旁观着这闹剧，心底却有奇异感受，总觉得那裴庆是被人刻意设计了一回，倒像是有人张开了一张大网，特意等着今日设下局来送这份大礼给裴相当寿礼的。

她忍不住掀开车帘又要往外瞧，却蓦然惊觉左侧马车的车帘不知何时也已经卷起，那辆黄花梨木的马车上，坐着身着紫棠色锦袍的男子，他眉目如画，英俊美好得如同画中之仙，正专注地望着前方闹剧。

明萱不由自主地发出一声轻咦，随即手忙脚乱地放下帘子，心中却再难平静。

那张脸，只要见过一次，就很难忘记的。母亲生祭那日，清凉寺后山，她是前脚遇见了那伪装成僧人的镇北军副将，再撞见他从药庐中被小厮扶出来的，彼时他应是伤着了腿，还架着沉厚的木拐，行路艰难，却依旧目光如炬。此刻将这些前情后景联系到一块细想，便越发觉得那男子的为人实与他目光相类，一样的深不可测。

可她如今自身难保，哪里还有闲情雅致去思量别人家的事？更何况，今日吃瘪的是裴相，她是乐见其成的。不管三年前父亲悬梁自戮那件事里头，裴相到底有没有伸手，都改变不了如今两家关系剑拔弩张的事实。顾贵妃的皇长子再有两月可就要落地了，她不信到时裴相仍能依旧这般淡定。

这时，车夫回禀："七小姐，前头路已经清了。"

明萱点了点头："咱们回府吧。"

她等马车行得远了些，便将身子倾出隔着车帘问那车夫："可知方才在我们左侧停着的，是哪家的马车？"

那车夫急忙回答："回七小姐的话，那是镇国公府裴家的马车，车里坐的是裴家的大爷和二爷，今日裴相过寿，因不是整寿，故不曾大事筵席，只是阖家用一顿家宴罢了，世子夫人便遣了二爷去清凉寺将大爷接回府去。听说前些日子，裴家大爷去清凉寺时在山道上惊了马将腿给伤着了，这些天一直都在寺里养伤，好些日子了，这才刚好，又不知怎的犯了咳症，一路上咳得厉害。"

他略顿一顿，忙又解释道："这些俱是方才瞧热闹的时候，裴家的车夫说与小人听的。"

明萱眸中闪过锋芒，她双眼微眯，低声念道："裴家大爷……吗……"

第 15 章　豺狼·造化·狐疑

过了两日，颜家便央了忠顺侯孟家的二夫人和布政司李参政的夫人前来说退亲事宜，颜家阖府被韩修逼迫的事只字不提，只说是颜家二公子突染恶疾，忽然就卧病不起了，许是会不好，为免耽误明萱终身，这亲先暂时不议了。

这话说得婉转，可朱老夫人一听便就明白了对方来意，她经历过的阵仗不知凡几，心中晓得恐又是对门那位韩大人搞的鬼，颜家小门小户，承受不得那般肆意威胁，这才寻了的借口，她心里虽觉得可惜，又觉得韩修可恨，但到底却也不好强人所难，便只好认下。

好在这亲事尚未请过期，不过府里和几家亲眷知晓，盛京贵女议亲时也多有因八字不合或亲家有口舌之争而将亲事作罢的，只要未曾定下婚期，其实也不值当什么。

孟二夫人和李夫人前脚刚走，朱老夫人便着绯桃去潄玉阁请了明萱。

明萱早就料到颜家必是这两日就要来退亲的，这会儿见绯桃满脸怜惜地望着她，心中便如同明镜一般，她脸上不敢露出早已知晓的神情，怕祖母知晓了她亲自过去劝服颜家小郎那事后替她难过，便装作不知，仍旧如同先前那样笑意盈盈地进了安泰院。

此时天气已经转暖，朱老夫人平素坐起从砌了大炕的正屋挪出，移至了东厢。

东厢也与内室相连，厚重的暖帘皆已都卸下，里头设了一张五尺宽的贵妃软榻，榻旁摆了一座明萱亲绣的彩蝶戏蕊半壁屏风，另一侧则立了盆一尺多高的朱红珊瑚，因是侧厢房，又在东首另开了一扇窗，恰进正午，外头阳光正好，洋洋洒进屋内，甚是明亮。

明萱与朱老夫人行了礼，便乖觉地坐在榻前的圆杌上。

朱老夫人的眼中带着怜悯和疼惜，她轻轻抚了抚明萱额发，柔声说道：“萱姐儿，颜家小郎病了，许是要不好了，方才他们家央了两位夫人来说……不敢耽误了你，所以这亲事，暂且歇下了。”

她说得小心翼翼，就怕明萱听了会受不住痛哭，这样好的孩子，可在亲事上头却总是这样艰难。

明萱素来是拿得起放得下的性子，既已知与颜清烨绝然再不可能成为夫妻，她便歇下那心思，因而此时听了这确准消息，心中虽觉得苦涩，倒也不是十分难过。她脸上微露出些愁容，低声问道：“祖母，那孙女儿该怎么办？”

朱老夫人长长叹了口气：“上回订了颜家，我便让你大伯母将那些先前有意与咱们家结亲的那几个孩子的庚帖悄悄地还了，这两日倒又有几张名帖递进来，可我瞧了瞧，有在通政使司供职的，有在京畿卫的，还有一位在兵部，官途倒都还不错，可都是出身寒门的武夫。”

她顿了顿，怜惜地说道：“咱们萱姐儿是娇生惯养着长大的侯门千金，祖母是怕武夫不懂得怜香惜玉。”

明萱从朱老夫人手上接过名帖，虽颜色形状皆不相同，可她却一眼就辨认出那三张庚帖上的字迹是出自同一人之手，饶是那写帖之人已然刻意使用不相同的字体，可那笔画勾勒之间却总难逃相通之处。

她眉头一皱，低声问道：“祖母，这些帖子是怎么来的？”

朱老夫人想了想：“你大伯父这几日下朝时有同僚举荐的，因你与颜家小郎的亲事还不曾公开，你大伯父倒不好推拒的，因此令你大伯母送了过来，本还想着等过几日再私下还过去，这会儿我先使人去打听打听，若家世清白人品可靠，也可先瞧着再说。”

她低叹一声：“原我是想让你称病，等躲过去芜姐儿出阁咱们再慢慢挑着，可蔷姐儿已经在外头养病，这一家怎好连着病了两个？若是有人胡乱传言，还以为咱们家长幼

不分没有规矩，也要疑心芜姐儿的品行。”

明萱忽地扑通一声跪下：“祖母，您许了孙女儿削了头发去做姑子吧！”

朱老夫人脸色大变，厉声喝止道：“萱姐儿，你胡说什么？”

明萱抱住朱老夫人大腿，眼泪如同泉涌：“祖母，身体发肤受之父母，若非穷途末路，孙女儿又怎会说这等不孝言语惹您生气伤心？可这实在是没法子了呀！”

她双手微颤地将三张名帖摊开：“您瞧这些帖子上，这个戌字，这个祖字，这个年字，虽然用了不同的字体，可起笔落画俱是一样的，孙女儿敢肯定这是出自同一人手笔。这几张帖子来得可疑，孙女儿心里揣测，这……这恐又是对门那位的把戏，不信，您使人去打听打听，看看这几个人是否与那人走得亲近。”

朱老夫人大骇，随即招了严嬷嬷来：“你去一趟侯爷的书房，替我问一声，这两日要与萱姐儿结亲的帖子，分别是哪几位大人举荐的，速去速回。”

过不多久，严嬷嬷回来禀告：“中书省参知政事大人举荐的通政使司的闵大人，都察院现任的右都御史大人举荐的京畿卫罗大人，奉国将军举荐了兵部的黄大人。”

朱老夫人脸色一凛，她虽是后宅妇人，但却并不驽钝无知。

中书省那位参知政事是韩修的下属，姓韩的又在都察院任过职，奉国将军与已故的卫国将军是好友，向来与韩府来往密切的，果然如萱姐儿所料，这几个结亲的人选中，存了猫腻。

她心底一股怒意涌上，厉声喝问：“他到底想做什么？”

明萱苦笑，还能做什么？

她已经十七岁了，侯府不可能一直留着她，韩修心里很清楚，她的亲事不会拖太久的。

倘若将来她要说与的还是颜家那样门第，他自然有千万种方法可以拆散亲事，可对方若是他一时无法轻易撼动的人物，譬如建安伯之流，他便只能另谋计策。现在想来，以韩修对自己的执念，倘若当时芜姐儿不出手，那她也一样是嫁不得梁琨的。那日净莲堂中他的威胁，句句都言犹在耳，他说过，他的妻子不能嫁给别人。

是以这些庚帖，不过是继续要迫着她罢了。

那些人皆是韩修忠部，若果真娶了她，难道谁还胆敢动她？不过是当成一具菩萨，远远地供着罢了。他端得好打算，知晓永宁侯府留不得她了，便替她换了个地方继续让她等着。这般全然不顾她心中愿想，纯粹将她当成玩物一般摆弄，便是他所谓的深情吗？

不，许还不只如此。

倘若他只是这般打算，那又何必请些一眼就能让人猜到端倪的人物去递这请婚的帖子？又非要请同一个人操刀捉笔写那些庚帖，他故意留下破绽疏漏，实则仍旧是在昭示他对她的志在必得，期望她主动配合避开亲事。

明萱眼眸微微垂落，秀美如玉的脸庞洒上光影斑驳，睫毛颤抖，言语中带着难以言喻的震惊和痛恨，她低声呢喃，如泣如诉：“祖母，那人定是疯了……”

朱老夫人也已经想通了内中关节，她狠狠一掌重重拍在了床榻的扶手上，木屑穿刺进她手掌，可她却丝毫都不觉得疼，满腔的愤怒令她对韩修恨之入骨，逼得她将身上早已经敛起的气势皆发散出来，她也曾是正二品的侯夫人，主持着顾氏簪缨世家的一族大事，也曾有过断尾求生的杀伐决断。

她沉了眼眸对着明萱说道：“萱姐儿，你莫怕，只要祖母还在一天，便不会让你任那姓韩的欺凌，他算是什么东西，竟敢对我顾家的女儿存这种肮脏心思，使这样龌龊手段？”

明萱满是颓色的眸中忽然亮起几分光亮，她希冀问道：“祖母，可还有法子？”

朱老夫人欲言又止，过了良久才低声说道：“一边是豺狼，一边是虎豹，都不是什么好去处，让我再想想，让祖母再想想……”

十六日是明荷大婚，朱老夫人因怕韩修借机再来纠缠寻衅，便思量了个梦魇深重的借口，遣了明萱去清凉山半山腰上的白云庵替她诵经祈福。

白云庵与清凉寺相距并不甚远，因中间横着一道陡峭的山壁，便将清凉寺的熙攘热闹隔开，虽同踞一山，却是两重境地。庵主玉真出自周朝皇室旁枝，论起辈分，今上还要称她一声祖姑奶奶，她受宗室供奉，故平素并不受香火，只得一座小庵，几间房舍，七八个小尼，乃十分清净的所在。

庵堂并不接待外客的，朱老夫人亦是因了东平老太妃的关系能够有缘入了玉真师太法眼，三两年总有机会拜谒一回，倘若这次不是被韩修逼得急了，她是不肯轻易打扰玉真师太清净的。

明萱想着，六姐大婚在即，她这回是定要错过的了，便往紫檀木锦盒内装了两支她前年设计了着嵌宝阁打制的钗子，并一幅绣卷，亲自跑了趟玉荷轩。

明荷身边的大丫头魏紫迎了她进去：“七小姐来了。”

明萱知晓玉荷轩这两日为着大婚忙得团团转，明荷恐怕并无闲情逸趣与她寒暄，便不与她客套，开门见山地说道：“原想着等大婚当日再给六姐姐添妆的，这会儿我恐怕没这个福分了，这两支钗子是年前我自己画了着人去打的，虽不很贵重，却是一片心意，望六姐姐莫要嫌弃。”

她打开锦盒，指着匣中金钗说道：“一支是金荷，一支是玉兔。”

赤金打造的睡荷怒放盛开，精致得连花瓣上的纹路都分明，荷尖镶嵌五色宝石，既华贵又端方，更有黄金丝绦从荷蕊中摇曳垂落，想象莲步轻移时，那丝绦袅袅，该是何等的风情。另一支却是羊脂美玉雕刻的广寒信使，玉质虽算不得顶好，难得的却是做工精细无瑕，更兼兔儿造型新颖别致，既有着温润光华，又不失俏皮。

明荷十分惊喜，她一手抚着金荷，一面又拿着玉兔爱不释手，端是向来老成持重的脸上也露出明媚笑容："好漂亮，这些都是萱姐儿你画的图样？"

明萱笑着点了点头："无聊时画的，我那里还有些信手乱涂的画样，六姐姐若是喜欢，我让丫头送些过来？"

明荷见那两支钗子精巧别致，实是从未见过的巧思，心中早就欢喜，此时听说漱玉阁那尚有图样，明萱又主动示好，便笑着点头："那自然好。"

她与清平郡王世子是早年就定下来的亲事，从懂事起一言一行皆是以未来郡王妃的要求培养，因此她虽然年少，却养成了端庄持重的性子，再加上身上一点天生的傲气，便显得十分高不可攀，家里的姐妹皆敬着她远着她，除了胞妹明芍，还从未与谁那样亲近过。

明萱嘴角扬起善意微笑："那我吩咐丹红过会儿送来，六姐姐若是不嫌弃，便拣着那些还能入眼的尽管挑了去，旁的不敢说，但依着我的图样打制了钗环针簪戴出去，保管翻遍整个周朝都无人会与姐姐的首饰重样。"

她又将那幅绣轴双手递过："那两支钗子是添妆，这却是贺礼了，姐姐打开来瞧瞧可还喜欢？"

明荷便令魏紫执着卷轴，她亲自将绣幅徐徐展开，脸上的惊喜越发深浓，她张着玉檀小口轻声问道："这……这绣的是我？"

青碧莲叶层层叠叠，荷花虽然寂寥，可莲蓬却是正盛的时节，妃色裙衫的妙龄少女坐在湖心亭的石台上，背倚着朱红色的亭柱，肤白胜雪，笑颜如花，正自香梦沉酣。这是去年中秋家宴，那日恰逢二老爷高升一级，朱老夫人心情愉悦，逼着家中姐妹多喝了几杯，明荷不胜酒力，便偷偷溜出去想在荷塘旁散散酒气，谁料到竟这样睡着了。

明萱出来吹风，恰见着这等怡人景色，心中技痒，回漱玉阁后便就落笔成画，前些日子二夫人想要让她绣屏风，她虽然借机将前头韩修那些烫手的聘礼出掉了金针夫人的绣作，可到底觉得有些敷衍，便着丹红将那画寻了出来，照着当日情景又亲手绣成幅。

这会儿见明荷神情，知道她定是欢喜的。

明萱点头说道："姐姐不日要去容州，虽与京城隔得不远，但到底不是能常来常往走动得到的所在，再说，我以后的归处也不知道是在哪，咱们姐妹一场，说不定以后就要天各一方，这绣幅便算是我给姐姐留的一点念想。"

她忽地抿嘴笑道："酒香熏人醉，那日姐姐满面酡红，脸上就像染上了天上的云彩，真真好看得紧呢！"

明荷眼眸微亮，扶着明萱的手一时静默，隔了许久才低声说道："你是晌午走？我送一送你。"

语气里含了几分怜惜。

昨儿祖母特地请了母亲和她过去安泰院问话，后来又说自个儿梦魇不断，要遣萱姐儿去白云庵清修一些时日好替她日夜持经祈求安康，她原本就有些觉得奇怪的，祖母膝下孙女众多，虽不是最疼爱她，平素却也待她不薄的，她大婚在即，祖母又怎会要遣走萱姐儿？府中两位姐妹不在，面子上并不好看的。

可素爱锱铢必较的母亲这回却没有吭声，仿佛也是乐见其成的模样，她心里便更觉得诧异了。直至昨夜，她才听说原来萱姐儿和颜家的亲事没有成，还是颜家央了人来退的亲，她才恍然大悟，萱姐儿亲事上不顺，心情难免不好，祖母许是怕萱姐儿触景伤情，母亲却是为免婚礼上旁生枝节。

明萱脸上露出笑意，她嘴角微弯：“过了未时就走。”

明荷点了点头：“那我用了午膳就过来。”

这样匆忙离开，漱玉阁内想必还有许多事情不曾吩咐的，她便也不留明萱，亲自送了她出去。

明萱回了漱玉阁，严嬷嬷已经等候多时，她行了礼说道：“老太妃刚派人送了信来，说这回怕是要委屈七小姐了。”

她转身对着正在收拾行李的丹红说道：“玉真师太素好清净，白云庵中原不留外人的，这回愿意接受七小姐过去，已经是破了例，丹红丫头你却不好跟着一块去。师太身为宗室女，凡事皆亲力亲为，小姐便是带了你过去，又怎好意思让你们服侍？”

丹红有些不服地说道：“庵堂清苦，听说还要砍柴做饭的，小姐金尊玉贵，哪里做得那些？”

明萱却说：“玉真师太愿意庇护我，已经是天大恩德，俗话说入乡随俗，既然白云庵是那样的规矩，我便遵从罢了，不过砍柴做饭，那些小尼都做得的，难道我便做不得？”

她凑近丹红耳侧，语带俏皮地说道：“你留在这里替我守着漱玉阁，咱们还有那么多银子呢，你可得替我看牢了，否则若是被旁人谋了去，等我从白云庵里出来，咱们银子没了，可怎生是好？”

丹红一想到那些银子得来不易，便又犯了难，左思右想之后，才点头说道：“那我跟着嬷嬷一块送小姐到那了再走可成？”

她顿了顿：“总要让我认一认门，这回也不知道您要去多久，若是府里出了什么事，我也总好知晓要去哪里寻您。”

明萱便望向严嬷嬷。

严嬷嬷笑着点了点头：“原本就没拦着你去送七小姐的，庵堂不进男客，小姐的行李可还指着你拿进去呢。”

等到了午时，明萱拜过了朱老夫人，又与侯夫人辞了行，果然见明荷候在了漱玉阁，两个人又说了一会儿闲话，皆感觉一下子又比从前亲近了许多，可惜未时转瞬即到，她

有些不舍地上了马车。

安泰院内，朱老夫人持着佛珠望着空荡荡的院落，低声叹道：“萱姐儿，能不能得师太的青眼，便要看你的造化了。该怎么办才好呢？便是……你以后的路，也并不容易啊。可祖母，实在是没有别的法子了……”

马车行至清凉山下，便经过后山的小路蜿蜒直上，走的并不是去清凉寺的那条道。

明萱将车帘微微卷起一角，隐约望见茂密山林之中有一队穿着戎服的侍卫巡守，她心下微讶，转头对着严嬷嬷问道：“听说玉真师太曾是周朝皇室旁枝的一位宗女，如今她斩断尘缘落发清修，怎还有官兵看守？”

严嬷嬷一愣，随即低声说道：“小姐不记得了吗？玉真师太原是庆阳帝的幺女承福公主，庆阳帝年过六十得女，疼宠非常，捧在手心上当成眼珠子一般养到八岁，那时他身染重疾，想到公主素日受宠过盛，早就惹得旁人嫉恨，因怕他故去后无人肯善待公主或令她身遭不测，所以才弃了当时呼声最高的那位皇子，改立了公主的胞兄，是为惠成帝。”

惠成帝登基不足两年便就驾崩，将皇位传与了延熙帝，待先帝登了御座之后，对这位姑祖母极尽尊崇，光是大长公主之前的封号就加了三次，只是不知道何缘故，公主一生未嫁，常年居在山间，后来更是落发为尼，皈依佛门了。

严嬷嬷接着说道：“周朝皇室自上两代起便子嗣凋零，现还在的那几家亲王郡王皆是惠成帝一脉，实则都是玉真师太的晚辈，即便师太已经是方外之人，宗室也都敬崇着她，为怕扰了白云庵的清静，便只在此处设了禁卫防护。”

她顿了顿，笑着说：“师太静修于此，知晓她真正身份的人并不太多，至于那旁枝宗女的传闻，多半是以讹传讹，不过无人愿理睬罢了。”

明萱有些错愕，自从额头受过伤，好多小事都记不起来了，没想到玉真师太的来头这样大。

但同时却又有一股淙淙暖流从心底淌过，渐渐蔓延至全身，她眼角一酸，差点就要落下泪来。祖母为了自己殚精竭虑，不知道费了多少心思才能求得玉真师太的庇护，当真是一片拳拳慈爱之心，她非木石，怎能不受感动？

她心下略定，打定主意不再在韩修的问题上退缩，若是他一点生路都不肯放给自己，那她便在这山林野涧中过一辈子又有何妨？

一路颠簸行至庵前，明萱跳下马车，只见山林掩翠之间，坐落着一片朴实无华的平房，庵门虚掩，里头传来阵阵禅音，似梵佛低语，清心悠鸣。

严嬷嬷便上前轻轻叩门，不知是敲门的动静太小，还是念佛的声响太高，直过了许久，也无人上前来搭理。她脸色微变，心中暗自思忖着难道玉真师太临时反悔，不再愿意收容七小姐入庵？可她又不敢真的强闯，里头那位可是今上的祖姑奶奶，那是何等尊贵身份，倘若令人受惊，那可是死罪。

她有些不知所措地转头问道：“小姐，您看这该……”

论理说有客远来，哪怕是九天神佛清净地，也总该要留个小尼迎接的，如今并不曾有，可这山野之地，门扉并未落锁，倒只是虚虚地掩着，又不像是拒人门外的道理。明萱四下打量着，果然在门口的柴堆上看到一套叠得整整齐齐的杏色尼袍。

她眸光微动，嘴角不由自主地微微翘了起来，徐徐将那袍服取过来瞧，那衣裳料子甚好，看得出乃是新制，她便柔声安慰严嬷嬷：“嬷嬷莫要忧心，门扉开着，这里又给我留了衣物，想必师太的意思，是令我在外头换过衣裳再自个儿进去。”

严嬷嬷不敢怠慢，便忙迎了明萱重新上了马车。

明萱换过了衣裳，又请丹红替她散了发髻重新梳作一股盘了个小髻，然后将头发皆藏在了杏黄色的帽里，等到收拾完毕，俨然便成了个样貌秀丽清雅的小尼。

她安慰丹红两句，只接了装了贴身小衣的包袱，便笑着冲严嬷嬷摆了摆手：“师太喜好清静，不一定愿意见太多外人，嬷嬷也不要再与她请安了，直接带着丹红回去吧。”

严嬷嬷一时犹豫：“老夫人吩咐了，要将小姐亲手交至师太手中。再说，这荒山野岭，眼看着天色将晚，若是师太不肯收留小姐，那该怎生是好？”

明萱“扑哧”一笑，俏丽得如同夏花在枝头乱颤：“嬷嬷若是不放心，可在此处等上一刻钟，倘若我不曾被师太赶了出来，你们再回府向祖母复命可好？”

她将话说完，便挥了挥手，脚步轻快地抱着包袱径直推门入内。

严嬷嬷果然等足一刻钟，见里头梵音静了，庵堂的门扉也不知何时落了锁，这才心中略定地呼了口气，她笑着拍了拍泪眼婆娑的丹红的肩膀：“小姐无碍了，咱们回去吧。”

明萱小心翼翼地往院内走去，前堂正屋的木门敞开着，从里头传出阵阵木鱼禅语，她抬头望了望天色，因是阴天，显得有些黑沉。其实这会儿才不过申正，但她从杂记里曾读到过有些修禅的人已经超脱到了不计较时辰，天色亮起做早课，天色暗落便做晚课。

她立在门前往里头望了过去，只见屋内的佛台上供的是白玉雕镂的莲座观音佛像，菩萨手中持着羊脂美玉做的净瓶，翡翠雕琢而成的翠枝杨柳拂过，正要将甘露洒向人间。

佛台的首座是个身形瘦削的比丘尼，看起来五十出头的年纪，她盘膝而跪，手中执着木鱼有节奏地敲击，嘴唇微微嚅动，念的却该是清心普善咒，她宝相庄严，只这般坐着，便自有一股高贵气度，令人油然而生出敬意，这便该是玉真师太了。

下首则是两位老成些的比丘尼引着五六个沙弥尼在诵经。

明萱不敢怠慢，便悄然进了屋内，寻了个空的位置盘膝坐下，学着沙弥尼的样子双手合十低声念了起来，她这三年来没少抄写经书，常见的佛经都记得烂熟了，因此背出正在念的这篇来倒也并不费力。她一身杏黄尼衫，又将青丝皆藏起，乍眼瞧过去，倒与

这场景和谐得很，半分都不觉得突兀。

过了约莫有半个时辰，玉真师太徐徐睁开双眸，将目光投视到明萱身上，她面上平静无波，眼中却分明含了几分满意神色：“你来了。”

这语气并无半分生疏，倒像是早料到会如此一般的。

明萱便上前一步冲着师太跪地行了个佛礼，她声音清脆，有若黄鹂初啼，十分悦耳动听，却偏偏又与这庄严宝地相合得紧，一丝突兀尖锐也不觉得，“信女明萱，拜见师太。”

玉真眼波微动，轻轻颔首请了她起来：“来时，你祖母可曾与你说过白云庵的规矩？我这里不养闲人，平素万事皆要自己动手，砍柴打水做饭皆是轮流，除了做早课晚课之外，还要清扫庵堂，耕田种菜，有时还要上山摘采果子药草。”

她顿了顿，语气略有些严肃起来：“你出身侯门，算得千金贵体，从小锦衣玉食，这些粗活想必从未做过的，若是觉得吃不得苦，那还是不要勉强，早些出去吧。”

明萱忙摇了摇头，恭敬地说道：“倘若做不得这些，信女便不会来到此处了。”

她将头抬起，一双莹莹秀目中写满了坚定与坚持：“求师太收留。”

玉真挑了挑眉，低声吩咐右首立着的比丘尼：“圆慧，她便交给你了。”她将话说完，便轻拂衣袖，径自带着沙弥尼们从后堂绕了出去，回了静室。

圆慧三十七八的模样，有些微胖，看上去很是慈悲和善，她笑着对明萱说：“庵里好久不曾来过年轻的女孩子了，你这般聪慧，懂得师太用意，师太心里很是欢喜的。你莫要觉得她冷落了你，师太性子便是如此的。”

她眸中闪耀着灼灼光华，语气有些激动，看起来对明萱十分好奇，又有些满意欢喜：“听说你叫萱姐儿？是萱草的萱字？听太妃提起过你好几次，的确是个好孩子。来，跟着我去后头禅房，等收拾好了，我再带你去膳房。”

明萱心中淌过异样感受，总觉得初次见面，圆慧似是对她过于热情了。可她并非不知道好歹的人，圆慧的热情里充满了善意，她是能够感觉到的，一时便只好压下心中狐疑，笑着冲她福了一礼：“那就有劳了。”

圆慧引着明萱入了后院，停在了西首一间小屋门前，她将门推开，眼中略带着怀恋迷茫着说道：“这里曾住过师太疼爱的后辈，自她过世之后，这里再无人住过。师太却允我收拾这间屋，可见她心里很是喜欢你呢。”

她顿了顿，脸上重又现出笑颜：“你进去收拾收拾吧，我的屋子就在隔壁，若你好了，便来寻我。”

明萱双手合十，冲她点了点头目送她离开，心中的讶异狐疑却更盛了。

这屋子很小，摆设得很是简单朴素。临窗放了一张四尺宽的床榻，床头是一座几案，看起来像是简易的妆台，倚着后面的墙板立着个小柜，仅只如此，便已经将这间狭小的屋子填满。

这里曾住过师太疼爱的后辈？

明萱四下张望，忽地瞥见墙角挂着一幅画卷。她走近一看，画轴略有些发黄，想来是有些年头，画纸却被保存得很好，浓浅色调依然，线条行云流水，赫然是一幅仕女簪花图，那画上的女子浅笑盈盈，眉眼间看起来就有七八分眼熟。

她赫然一惊，心头不自觉便浮现出一副令人过目不敢相忘的面容来。

第16章　湿身·头巾·求亲

庵堂的日子过得简单清净，每日晨起暮时去禅堂做早晚功课是必修，厨房自有掌勺的比丘尼，其实并不用得着明萱亲自动手下厨的，其余拾柴担水洒扫院落，皆是两位一组轮流换着做的，几日一轮。

与她搭班的沙弥尼唤作静心，年龄还要比她小上两岁，却十分善良体贴，因体谅她不常做活气力小，总将重活累活揽在身上。明萱自觉既然来到这里，就该遵守庵堂的规矩，凡事亲力亲为，不该这样依赖个比她年幼的小丫头，每常做活也不甘落于人后。

这具千金小姐的身子果然娇贵，砍柴时握着斧头久些手掌心中便要起血泡，每次挑水过后，肩膀上总要磨破些皮。三月里又恰是播种时节，庵堂向来自给自足，甚少去外头采购食材的，于是她还要跟着沙弥尼们去翻土种菜。身体既疼又累，但是心中却是惬意满足的。

明萱来这三年多来，每一日都过得格外小心，她常暗嘲自己就像那杂耍团中踩着钢丝跳火圈的卖艺人，倘若不深呼吸，将心中的那根弦绷紧，是不可能安然无恙的。也有些不同，表演若是失败，不过得些观众的“嘘声”，可她若是不慎跌落，或许便要尸骨无存。

自来至白云庵后，许是佛法无边，那些她曾经害怕的担忧的困扰着她的事，渐渐被置于脑后，她整日里过得充实，也没有那多余的时间去思量那些，心境一旦开阔，整个人都变得轻松了起来。

时光荏苒，不知不觉明萱已经来了小半月，虽然玉真师太对她依旧冷淡，可她却和庵堂里上上下下的比丘尼沙弥尼皆熟稔了。

这日，静心告诉她庵堂后面山谷里的潭水不知何缘故常年都是温热的，她心中一动，便借着出去摘采野果的机会特地跑到那谷中去看，果然不出她所料，此处灵山宝地，竟有几口泉眼源源不断冒着腾腾的热气，赫然是座天然的温泉。

只是庵堂之中无人识得温泉的好处，又都是些女尼，便是知晓了，谁又敢下去泡着？

明萱正觉得这几日做活腰酸背痛，这会儿眼前便有这样一座温泉，如何能够忍得？只是这会儿尚还有旁的沙弥尼在附近，她不敢随意动作，心中暗自思忖等到夜深人静，一定要过来好好地泡个澡解解乏累。

恰好这夜轮到她打扫院落看守门禁，她只将正门落锁，侧门却只是虚虚掩着，待到满院的烛火皆熄了，她才蹑手蹑脚地抱着干净衣物从侧门处矮身出去。幸得今夜月色高悬，柔和的银光洒满大地，将眼前山路照亮，她便按着记忆一路径直去到温泉。

这山谷四周都是峭壁，要进入唯有经过白云庵，但庵堂的入口有重兵把守，倘若不是得了玉真师太的请帖，那些侍卫怎肯轻易将人放行？因着这独特的地理位置，明萱便深信此处除了飞鸟良禽，不会再有其他物事出现，至于猛虎走兽，她是不担心的，便是原来曾有，在玉真师太入住之前，便也早被人清理走了。

因此，她怡然自得地将身上衣物皆除去，又以个漂亮的鱼跃入水，在温泉潭中恣意畅快地游了几圈，这才选了处水势较浅的所在靠着歇息。

身子得到放松，头脑的思绪却飞得好远。

四月将至，建安伯夫人却仍自坚强地屏住了最后一口气不肯离去，明萱倒不是冷血无情盼着顾明茹咽气，只是明茹一日不曾闭眼，这许多事情便就一日悬而未决。庵堂清净，她其实很喜欢待在这里，但若是祖母一直不来音讯，她与外头断绝了联系，却也并非她所愿。

顾元景的下落，仍旧是她心头第一等大事，她不能不上心的。

明萱正自想着，忽然听闻头顶发出一些细微响动，她不禁抬头细看，月色映照下，上面是约莫百丈高的悬崖峭壁，辨认方位，那里依稀便是清凉寺的后山，她以为不过只是风吹扫落细碎的沙石，便不曾十分在意。

哪料到不过须臾，便有一声深重响动发出，似是有巨石掉落在这寒潭的另一头，所幸她位置巧合，才不曾被巨物砸到，可那涌起的潭水浪花，却仍旧满头满脸地将她打湿，那股冲力甚至还将她的头巾打落掉入潭水之中。

明萱皱着小脸嘀咕了一句，便又跃入水中去找头巾。

她原本是将头发盘在头巾内的，这样也好尽量不令头发弄湿，更深露重，又是夜半时分，倘若头发湿了，不容易弄干，明日尚要做早课的，倘若让师太发现她有不妥，那便不好了。佛祖面前，不得诳语，她是定无法搪塞过去的，可若是说真话，那她半夜在荒郊野外赤身裸体，亦是大大的不妥。

可方才那水波却不仅将她的头巾打飞，还令她满头青丝一泻而下，几乎湿了个透。

明萱略寻了寻，便找着了头巾紧紧攥在手中，心中想着时辰也差不多了，是该出来擦干身子换上衣裳然后回去舒舒服服地睡一觉了。

她从水中慢慢游到浅滩，找了个能立住的地方站起身，抬手将脸上的水滴抹干，又甩了甩头发想要将水挤掉。

蓦地，明萱忽然听到背后响起细微的呼吸，那声音极尽压抑，却仍然有着起伏的喘动，她本能地转过身去，惊惧之下，竟然忘记了护住胸口。

因为背着月光，她只看到一具高大修长的背影，看起来应该是个男人，他头上的发髻有些凌乱，好在并未完全散开，正有水滴从他的发梢滴落，没入潭中。他是背对着她的，身上着的浅色内衫皆已经被潭水打湿，紧紧地贴合着他精壮的身材，只从背影来看，这应该是个年轻的男人。

明萱嘴唇微颤，脑中一片空白，好半天才颤抖地喝出一句："什么人？"

那男人沉沉地吐了口气，徐徐转过身来："并非是有意要冒犯姑娘的。"

他话刚说完，脸上神色一滞，身体微僵，连呼吸都要停住。

月色如洗，少女墨黑如丝的长发如同蔓草，垂落在她肩上脑后，衬得她绸缎一样白皙的肌肤越发光洁似玉，腰线玲珑，恰似上天精心雕琢的完美雕塑，纤秾窈窕，少半分则显细弱，多半分却又略嫌丰腴。

借着清朗的月光，他终于看清她的玉容，秀丽娇俏的脸，细长如月的眉，晶莹剔透闪着雾气的双眼，微翘红润的唇，这是他熟悉的面容。他顿时有些愣住，但胸口却不知怎地开始发紧，像是有人在猛烈地对着他心脏重击，又像是两军对阵时的击鼓助威，乒乒乓乓跳动个不停。

怎么会是她……

那男子重重喘了几口粗气，略有些艰难地别过头，恰好瞥见一旁的滩石上凌乱铺着的几件衣裳，他拿起一件外衫模样的，闭着眼睛上前几步，替她披在身上。

他背过脸去说道："你放心，我不是坏人。夙夜阴凉，山风很大，先穿好衣裳，免得着凉，若你……我会负责的。"

这话犹如电闪雷鸣，明萱一个激灵醒神过来，脸上早已烧成了一片。

此时她根本来不及思量这件事情的后果，也没有办法细想方才情境究竟有多丢人，更没有闲情雅致去揣度对方的相貌身份，只是哆哆嗦嗦地靠在边上胡乱将衣裳穿好，不论干净的还是换下来的，里三层外三层皆穿到了身上，然后默不作响地爬上岸去，穿了鞋子便想要离开。

明萱深深吸了口气，一边小碎步离开，一边却在不断进行着心理建设，她想着倘若是其他的闺秀遇见了这种事，怕不是自尽便只得嫁给那个男人了，可她出自侯门，哪里是谁都能嫁得的？所以，要真闹开去，定只有死路一条。

当务之急，却是千万不能与这男人再有任何一点交集。反正这会儿月色昏暗，方才

只不过一个照面，她都不曾看清楚他的样貌，她头发又湿又乱，遮得住大半边脸呢，对方想必也没看清楚她的容貌，只要躲过了这刻，便是明儿有人问起，她打死都不承认，谁又能奈她何？

这样想着，明萱脚下步伐更快，她对这山道熟稔，不过一会儿，便就没入林中消失不见。

裴静宸望着那落荒而逃的背影，眼眸微深，嘴角却在不知不觉间微微翘了起来，他瞥见明萱匆忙之中仍旧落下了的头巾，有些讶异地望向白云庵的方向，他眉头微皱，似是想起了什么传言，等再抬头时，眸中却又清明一片。

他低低叹了口气，将手中的头巾拧干揣入怀中，便径直游向潭水深处。

潭水的深处是一帘湍急的瀑布，从百丈高的悬崖飞流直下，看起来甚有些险峻，裴静宸却似是毫不在意，他动作娴熟地穿过，一路行至山腹之内，那里是一处隐秘的洞穴，此时深夜，里面却隐隐透着烛火的莹光，看起来甚是诡秘。

长庚听见动静，忙出来迎接："爷！"

他递过干净的布巾和衣裳，伺候着裴静宸换下，等收拾妥当了，这才开口说道："贪狼到了，正在里头等着爷。"

裴静宸轻轻颔首："遇着点事，稍许耽搁了会儿。"

他忽地转身对着长庚，眼中闪着星星点点的亮光："上次在清凉寺后山药庐大松之下打转的那个男人，你查得怎么样了？"

石壁上轮盘转动，平地忽然开出一扇石门，长庚一边引着裴静宸进去，一边回答："那人叫作钱三，原是永宁侯府顾家三房的奴仆，后来他表妹诞下了顾家的四爷元景，便被销了奴籍，派到外头铺子里当了个管事。三年前，顾家四爷擅闯围场冒犯了天威，被遣送到了西疆战场，外头大多传言这位顾四爷不知好歹，已经死在了外头，故而这几年钱三的日子并不好过，管事的差事也被夺了，听说前些日子他不知怎地萌生去意，竟辞了工想要回老家度日。"

长庚顿了顿："我又使人跟了他一阵，发现他出了盛京之后，并未去往老家湘南，而是一路西行，在并州府的时候，他盘桓了好些日子，置办了马车米粮，还请了几个保镖随行，跟着他的人回禀说，他是去德隆钱庄兑换的银子，看那行色，像是西行去寻人的。"

裴静宸眼皮微动，沉着声音说道："留个人继续跟着，随时回报消息，倘若钱三有难，出手帮他一把，只是莫要被人察觉。"

他话音刚落，便又进一间在怪石嶙峋间辟出的石室，桌几之旁，两个身形魁梧的男子听见响动立刻站起身来，齐声唤了句："少主。"

庞坚上前一步，半跪在地，粗犷威武的脸上显出几分不舍和眷恋，他沉声说道："皇上劳军犒赏已毕，赐下军饷犒封，着令属下明日便启程回西疆分与众将士，今日前来，属下是与少主子辞别的，天长路远，还望少主子多加保重身子。还有，来时将军曾经吩咐过，有几句话一定要属下替他转达。”

他顿了顿：“将军说，镇北军是王爷一手建立，每位兵将都出自王爷悉心栽培，他徐麒原只是王爷鞍前的牵马小卒，如今却能独当一面成为御封的二品镇北将军，其中倾注了王爷多少心血精魂，王爷的大恩，他没齿难忘，镇北军也誓死效忠，哪怕已经过了十九年，镇北军仍旧是王爷的镇北军！将军还说，王爷被小人算计万箭穿心而亡，郡主又不明不白地就那样没了，这血海深仇早该要报的。从前隐忍不发是为了少主子的安危，如今万事皆备，只欠东风，还请少主子早下决断。”

裴静宸面沉如水，平静得古井无波。

他静默良久，这才沉声说道：“贪狼，我这里有一封书信，你要亲手交到徐将军手上，替我对他说，我的心意，皆写在那纸上，我既已经下了决心，便不会再作悔改。那件事，就让他放手去做吧。”

庞坚接过书信，结结实实地对着裴静宸行了个大礼，这便退了出去。

空旷的山腹内，偶有穿堂的凉风，幽暗的烛火跳跃，在裴静宸的脸上投下忽明忽暗的阴影，他对着空气一声低叹，抖落满室寂寥。须臾，他脸上的表情倏地沉静下来，又恢复了一贯的冷清无波，只是眸中却不知道何时多了几分坚定刚毅。

开弓没有回头箭，有些事，一旦下了决心，就绝不能再回头。

午夜时分的空阔山林，明萱按着来时的路穿梭不停，她的步履飞快，一步都不敢停歇，好不容易回到悄然掩上的侧门，她便闪进庵堂，飞快地将门扉锁上，她掩着胸口靠在门板之后良久，侧耳倾听外头的动静，好半天，并无什么异样，她这才敢将提起的这颗心安然放下。

管他是什么人，只要没有追来，她便安全了。

明萱小心翼翼地进了屋，将身上的衣物整理干净，这才发觉头巾不知道遗失在了哪里，她眉头微微皱起，心里便生出些不安来。那方头巾原是尼袍上的前襟，她因为要裹头发才拆下来的，这会儿却将它丢了，若是圆慧发觉了问起，她该怎生回答？最紧要的是，她一时想不起来那头巾到底丢在了哪里，倘若是在山道上，她尚还有搪塞过去的余地，可若是……

若是那方头巾被那莫名其妙出现的男人捡了去，那她该如何推脱？总不能将庵堂里所有尼袍上的前襟都拆下来。

明萱这样想着，忽然又有千万种疑惑涌上心头。

深更半夜，这男人似是从山顶的悬崖上跳落下来的，那他是怎么掉落的呢？倘若他是失足或者为人所害，那掉入这样的百丈深渊，哪怕最终平安无事，也总该害怕惊叫两

回的，可他却丝毫没有。这般天气，他本该穿着厚重外袍的，他却只穿着内衫，看他将发髻绑得那样紧，看起来竟是有所准备一般，倒像是故意从悬崖上跳下的。

可他为什么要跳崖？

这白云庵三面都环着陡峭山壁，只有一条路通向外面，却是被重兵把守住的，这几天来她也仔细观察过了，这片谷林里除了庵堂之外，再没有别的人家。那男子方才并没有跟着过来，可那样陡峭的山壁，他也不可能爬上去的，那么他去了哪里？

这样困惑忐忑，忽然远处传来清凉寺的更鼓。

明萱心中一惊，她胡思乱想着，竟已到了寅时。

这会儿已至四月，卯正天亮，庵堂的规矩是天色晃开便要晨起做早课的，细细算来离这会儿也不过一个半时辰而已，可她头上发丝却仍旧湿答答地垂落下来，黏在她白玉一般的脖颈之上。头巾不见了，一时半会儿尚还不算什么，可头发若是不及时弄干，到时候便定会惹人怀疑。

她想了想，便蹑手蹑脚进了厨房，想着生火烧水能借着火光的热气将头发熏干，便果真开始忙活起来，先是烧水，后来见时辰不早，便索性揉起了面粉，包起了素馅饺子，蒸起了早饭来。

负责厨务的比丘尼圆妙进来时，明萱头发已然干透，她满面笑容，却又似是有些不大好意思地说道："醒得早了一些，闲来无事，便过来烧了热水，又做了早饭，圆妙师父，你尝尝能不能吃？"

圆妙虽然有些惊讶，但却仍旧接过尝了尝，素蒸饺的做法有些新奇，味道却并不差，她脸上神色便又多了几分惊喜。现今这年月，家中略有些资财的门户，厨上都有专事的厨娘，哪里还用得上当小姐的亲自动手洗手做羹汤？明萱侯门嫡女，身份不可谓不尊贵，可她竟然还做得出这样好吃的早膳，当真是难得。

她忙点头说道："我去端给师太尝尝看。"

明萱嘴角漾起明媚笑容："多拿一些过去，我蒸了好多，足够吃的。"

一整个早上，众人瞩目的焦点皆放在这顿素蒸饺上，再无人去留意她身上不妥，自然也无人知晓她半夜溜号去泡温泉的事。

今日恰好轮到明萱与静心这组去打水，她一夜未睡，其实又困又乏，可却不敢让师太看出端倪，便只好勉强担着水桶和静心出了门。接水的小溪在半山，一路上颇多细碎山石，她腿脚虚软，一个不慎，便就狠狠摔了一跤。

静心急忙放下水桶过来瞧她，只见白嫩嫩的一双小手摔倒时撑了一下，竟被细石划破了掌心，一时鲜血直流。静心又惊又怕，忙拿出帕子将她手掌包住，便要扶着她先回庵堂去："师太擅长制药，她那儿有上好的药膏，咱们快回去上药，否则你这伤口这样深，便是好了，怕也是要留疤的。"

明萱倒并不在意手掌上会不会留疤，只是看静心那般着急，她也不好违了对方的意，便点了点头说好。

静心一路扶着明萱回到庵堂，见四下无人，她这才想到今晨做过早课比丘尼带着沙弥尼们皆上山种菜施肥去了，她想了想便将明萱送至药室。可她并未跟着师太学过药术，不知道哪瓶是止血的药膏，又不敢胡乱用药。

她一时犯了难，有些不好意思地对着明萱说道："萱姐儿，你按住伤口不要动，先在这里待着，我去将师太找来。"

她话刚说完，便步履匆忙地去了。

明萱用力压住手上的伤口，她忍住痛打量着这间药室，只见三面墙上都是小块的方格，上头摆满了琳琅满目的各色药瓶。她心中暗觉惊讶，没想到玉真师太不仅精通佛法，竟还有着制药的本事，以这屋中这成百上千罐的数量来计，显然师太算得上是个高手。

她啧啧称叹，忽然目光瞥过一旁桌案，那里安然躺着一块杏黄色的布团，她脸色倏然一紧，疾步过去将那布团拿起展开，赫然便是她昨夜丢失的那块头巾。

掌心上的血浸入杏黄色的布巾，染成一团触目惊心的黑，周围则是一片皱巴巴的水渍，明萱直愣愣地盯着边梢上月牙形的缺口，那是她昨夜撕扯时不小心弄坏的，这块头巾确实是她昨夜丢失的无疑。

她暗自思忖，假若是昨夜那不知名的男子拾得的，那这方巾怎么可能会出现在此处？定是她遗失在了侧门附近，恰巧有沙弥尼经过看见便顺手捡了进来，又不知道是因了什么到了药室的几案上。

只要没有把柄落在外头，那便好了。

明萱心里顿时一松，便将那布团卷好藏进袖中。倘若无人察觉，那自然最好，若是有人问起，她手掌受伤，总也有个包扎伤口的借口，拿走也并不显得突兀奇怪。

不多时，静心急匆匆地跑来："玉真师太那有客人在，我请了圆慧师父过来。"

圆慧紧跟其后进来，见了明萱手上的血渍不由脸色一变，忙从药柜上取出些瓶瓶罐罐，神色谨慎地替她处理起伤口来："都见血肉了，一定要将伤口洗干净，否则留疤还在其次，伤口愈合得不好才坏事。"

信佛的人都信命，圆慧看出萱姐儿左手的伤口将她原本的掌纹横生截断，生怕若是伤口好得不彻底，当真将她的掌纹改掉，举止动作便越发小心。

她替明萱上了药膏，又拿干净的纱布重新包扎了一遍，一边将方才用过的药瓶全数放进一个布兜，一边却又叮嘱着说道："萱姐儿，这些药你带回去，每日都要换洗一次，重新找干净的纱布巾包扎，师太精于药理，做的药最是有效，不出五日，你这伤口定然能愈合结痂的，若是悉心照看，应也不至于留疤。"

明萱微愣，有些讪然地说道："我自个儿不方便上药，恐怕还是每日过来药室劳烦

师父您给上药的好。”

圆慧有些讶异，她指了指门外说道：“方才我在庵堂门口见着了贵府的马车，有位姓严的嬷嬷请我帮忙向师太递帖子，她说贵府上的大姑奶奶昨儿夜里没了，老夫人想接萱姐儿你回去几日，师太已经准了。”

她顿了顿：“我以为你知晓了呢。”

明萱的双眸一下子睁得老大，心里骤然生出一种憋闷的感觉，堵得慌。

有人死了，总不算是件好事。

更何况，顾明茹死后接踵而来的，便该是她的归属问题，到底何去何从，是仓促地寻户不受韩修威胁的人家嫁了，还是在此青灯古佛地过一段时间，总该有个定断的。

她心中忐忑起来，这些日子除了早晚课时，她根本就不曾与玉真师太有什么更深刻的交集，她不好确定师太对她到底印象如何，倘若她这回出去再要回来，师太若是不肯再庇护她了，那她要如何是好？

这样想着，她便说道：“圆慧师父，我想去跟师太道个别。”

圆慧脸上显出为难的表情来，她低声说道：“师太正在禅室接待贵客，这会儿怕是不能见你，萱姐儿你放心，师太已经知晓你要回去，她不会怪你失礼的。”

明萱心里顿时有些失望，可她不好将这情绪做在脸上，只好勉强说道：“那我便只在师太禅室门口给她行个礼吧，我会动作小心些，绝不惊扰了客人的。”

她来的时候便就只带了包贴身的衣物，这会儿她故意将那包袱留下，也好作为以后再来时候的借口，只空着手孤身一人去了师太的禅室前规规矩矩地行了一礼，然后转身离去。

禅室里，玉真师太透过隙开的木窗望着明萱带着几分落寞忐忑的背影，佛珠轻捻，她低声诵念，良久，才转过身对着屋内之人说道：“你母亲在时，因她性子柔和，与盛京城中的贵女皆交好，可她却只带顾家的三夫人来过我这里，可见她虽然行事柔弱，心里却一直都很清醒。”

她语气微顿：“果然，你外祖父疆场战死之后，先帝一时有些迁怒，那些常来常往的贵女夫人便无不对你母亲退避三舍，唯有顾三夫人还愿意亲近她。后来，你母亲过世，顾三夫人听说了些传言，还曾特地来这求我庇护你。”

这世间锦上添花不难，可贵的是雪中送炭。

禅前半跪着的男子抬起头来，露出一双星熠般的眼眸：“孩儿原还奇怪，这些年您为了避开事端，连宗室都不大见了，这回竟同意顾七来庵堂里小住，原来是因为顾三夫人的关系。”

玉真师太却摇了摇头，她脸色柔和慈悲，眼中却忽地绽放出几团锋芒：“宸哥儿，我同意顾家七小姐来这小住，自然有我的用心。”

她轻轻叹了口气："前两年因为你的'病'，接连推拒了好几门亲事，这会儿你都快要二十了，却仍旧孑然一身，若是你母亲地下有知，恐怕要怪我不曾好好照顾你。宸哥儿，你不能总是'病'着，也是时候该娶个能够与你匹配的妻子了。"

语气里深深的疼惜，令裴静宸鼻头一酸，他眼眸低垂，沉声说道："杨氏与我说的亲事，都不是什么好的，倘若我不借病推拒，将来难免要受她挟制。我如今孑然一身，并无妻子儿女在那府中受到钳制，也免了以后行事缩手缩脚，这才是好事。"

他趁势将头埋在玉真师太的腿上："祖姑婆婆，若不是您，孩儿早就与我母亲黄泉相见几回了，您的大恩大德，我母亲若是泉下有知，感激都来不及，她又怎会怪您？"

玉真师太怜惜地叹了口气："话虽如此，可你若要做番大事，这身子总该渐渐好转起来才是，你是裴家的长子嫡孙，从前病重是一回事，如今病好了，杨氏必是要给你再说一门亲事的，名义上她总是你继母，你若推拒便是不知好歹了。"

她顿了顿："与其如此，倒还不如自个儿先选好位心智坚定品行又好的女子，将来便算不是股助力，也不至于到时候拖你后腿。宸哥儿，祖姑婆婆替你看中了一位小姐。"

裴静宸脸上微有些讶然，他抬头望着玉真："还请祖姑婆婆示下。"

玉真师太柔声说道："我感怀顾三夫人的品德，才有意想要见一见她的女儿，这回一见，果然是个难得的好姑娘。"

她将这些日子明萱的表现都说了一遍，颇为满意地点头说道："她初来时能够勘破我心意，可见十分聪慧灵透。她跟着沙弥尼们一块打水砍柴做粗重活，从未叫苦，也不曾偷懒，可见不骄不躁，踏实肯吃苦。我故意对她冷淡，她也不曾寻衅闹事，可见她不仅识时务，也能隐忍。宸哥儿，顾家七小姐，是个能够与你比肩的女子。"

裴静宸的脑中蓦然闪过一个纤丽的身影，他心中微动，忽地想起什么来，不由苦笑着说道："祖姑婆婆说顾七小姐是好的，她自然是好的，孩儿也愿意有这样的妻子相伴。可顾家与裴家有隙，论起来当年她们三房出事，也总是与裴家有干系的，孩儿怕这门亲事，顾家不会同意，顾七小姐也不愿意的。"

玉真师太却摇了摇头："你祖父不是什么好人，但在家族利益上，他却总是算计得清楚，当年他肯支持九皇子登位，自然是冲着裴家要出一位皇后去的，这点九皇子清楚，几家宗亲清楚，顾家的人也自然是清楚的。"

五龙夺嫡，除了九皇子外，其余四位都有正妻嫡子，便算是顾家的三姑娘以后入宫，也未必能居高位。可若是与裴相联手将九皇子拱到高位，就算丢了皇后的位子，也总能保住贵妃位，何况九皇子妃总是原配发妻，今上多少有几分情意和愧疚在的，将来先得皇嗣的机会极大，顾家不谋一时之争，要的是长远全局。

顾长平的死却是个意外，不论今上还是裴相，都不曾想到的。

她顿了顿："纵然顾家心底对裴家不满埋怨，但明面上却决不会将当年三房的事强

安在裴家身上，倘若你恭恭敬敬地去求亲，他们又怎会以此为由拒绝你？反而，为了彰显裴顾两家的和睦，永宁侯是一定会答应这门亲事的。”

永宁侯是不折不扣的政客，倘若有利，自然无所不用其极。

如今裴相权柄盛极，看情势这五六年间怕是拗倒不下的。顾家与裴家联姻，其实并非坏事，不只能打消裴相对顾家的戒心，缓和宫内皇后与贵妃的关系，便是今上也是乐观其成的，而顾明萱只是隔房的侄女，将来若是裴家倒了，她跟着倒霉，却也伤不到永宁侯府根本的。

玉真师太眼波微动：“宸哥儿，祖姑婆婆想到个法子，能令杨氏主动替你将顾七小姐求了来，你若愿意，我这便使人去办。”

裴静宸轻轻颔首：“全凭祖姑婆婆的。”

第 17 章　抉择·访客·杨氏

严嬷嬷撩起车帘，满脸焦切地盯着紧闭的庵门，过了许久，紧紧合上的门扉忽然“吱呀”一声开了，从里头走出个相貌秀丽的沙弥尼，她定睛一看，见是明萱，便急忙迎了上去，唤了一声：“七小姐。”

这语气中有着欢喜与怜惜，可不过转瞬，她的脸色却骤然变化：“您的手是怎么回事，袍子上的血迹又是如何来的？七小姐，到底发生了什么事，怎么会这样？”

明萱勉强笑了笑：“担水的路上崴了脚，磕破了点皮，庵里的师父小心，所以才包得这样厚，已经上过药了，嬷嬷放心，养几天便能好，无碍的。”

她被严嬷嬷扶着上了马车，颇有几分惊讶地问道：“丹红怎么不见？”

马车微动，在这陡峭山势中略显颠簸，严嬷嬷脸上神色变幻，她低声说道：“前几日八小姐从南郊的庄子上回来了，因着月锦阁上回被封，直到这会儿还不曾收拾好，九小姐的拢翠阁里又堆满了东西住不得人，侯夫人便发了话，让八小姐在漱玉阁先借住几日，等月锦阁拾掇好了再搬回去。八小姐在，丹红不好走开，所以便不曾来。”

她小心翼翼看着明萱的脸色，见她一言不发，便忙补充着说道：“大姑奶奶这小半月来病危了几次，老夫人去建安伯府瞧了两回，想着到底是自小在她跟前长大的，这会儿却要白发人送黑发人，心里难免悲恸。老夫人精神不好，这两日又犯了头疼的毛病，气力不济，便不曾拦着侯夫人。”

不是不想拦，是拦不住。

明萱眼底闪过转瞬即逝的阴霾，她目光微深，低声问道："蔷姐儿是自个儿从侯夫人南郊的庄子上跑回来的吧？"

建安伯夫人随时都可能咽气，为了不妨碍着芜姐儿百日内嫁过去，不曾说定亲事的蔷姐儿自然是称病待在庄子上最好，大伯母怎会在这紧要时候将她接回府来？

大房如今可只有这么一位适龄的在室女，虽是庶出，嫁不得公侯府邸的长子嫡孙，可用来笼络有前途的良臣，却是极好的。等顾贵妃诞下皇长子，永宁侯府水涨船高，芜姐儿有的是人来求，用养病的借口，恰好不必赶在百日之内匆忙定了人家出嫁，大伯父心中一杆秤衡量着得失，大伯母也是精明人物，是不会出这等疏漏的。

再说，漱玉阁是分在三房名下的院落，一直以来便是明萱在住着。侯夫人最重规矩，也最在乎名声，若是以后分家，这永宁侯府的一砖一瓦自然都是她的，她想如何处置都任她，可在还未分家之前，她是绝不可能将手伸进漱玉阁来的。

可蔷姐儿却在这时候回来了，还住进了漱玉阁……

严嬷嬷微愣，似是觉得有些不可思议，随即却又有些欣喜地点了点头："七小姐果真聪慧，八小姐确实是自个儿从南郊庄子上跑回来的。"

她略顿一顿，将声音压低："听说闹了好一阵了，直嚷着要回来，侯夫人身边的瑞嬷嬷也去过两回，可八小姐却怎么说也不听，这不，前几日趁着庄子里往府里送新鲜蔬菜的机会，不知道怎么地令她躲在了车里头，满身狼狈地跟着回来的。侯夫人气得不行，要命人连夜将她押了回去，可后来八小姐不知道说了什么，侯夫人竟没了脾气，连八小姐非要住到漱玉阁，也都随着她了。"

明萱眸色忽明忽暗，过了良久才低叹一声："总不会是什么好事，祖母不管是对的。"

严嬷嬷点了点头，从包袱里取出素净的衣裳，服侍着明萱换上，又从匣子里取出几枚清雅的银簪替她戴上："老夫人吩咐，接了您就直接过去建安伯府，总是一家姐妹，好歹哭两声送送她。"

她瞥了眼明萱手掌上包得厚厚的纱布，眉心隐隐有些发紧，她低声叹了口气，语气里满是怜惜："老夫人见了这伤，定又要心疼得睡不着觉了。"

若是寻常小伤，自然不必包得那样厚的，可见七小姐掌心的伤，绝不是磕破点皮那样简单。伤成这样，藏都藏不住的，建安伯府上来来往往那么多人，难免又要生出一番闲话来，七小姐屡经退婚，名声上头实则千疮百孔，已经再承受不起一星半点的打击了。

有心想要建议七小姐躲着不过去，可那终究也不是办法。

明萱明白严嬷嬷顾虑，苦笑着说："祖母身子不舒坦，我定不离她左右，到时候藏着些也便罢了，不会有事的，嬷嬷莫要担忧。"

马车一路行至建安伯府，明萱下了车，望见街头巷口已然停了好几辆马车，看那些徽标，素来相熟的那几家亲戚应是都到了，门匾上扎起了白花，门前两座石狮子身上也

铺了白绸，丧灯和白幡皆已经高高挂起，隐隐有哭声从里头传来。

她整了整神色，将双手掩在袖口中，任由严嬷嬷扶着，徐徐进了门。

朱老夫人双眼红肿，已经哭过一阵，这会儿正在西厢紧抓着东平太妃和梁家二老太太的手哽咽：“茹姐儿是我跟前头一个孙女儿，自小养在我身边，我只盼着她一辈子平安喜乐，可谁料到却是白发人送了黑发人，我这心里难受啊。”

不过几年间，她已经接连送走了三房的儿子媳妇和二孙女，这会儿大孙女又赶在她之前没了，这等凄凉心境，确实令闻者伤心见者流泪的。

梁家二老太太也陪着她哭了几声：“茹姐儿也是狠心，这样两个聪明懂事的哥儿，她也忍心就这样扔下了。”

建安伯夫人去了，偌大府邸没个主事的人，这场丧事还是永宁侯夫人亲自主持的，梁家二房的两个媳妇也一块帮着安排底下奴仆做事，好在丧礼上一应要用的东西，先前都已经准备好了，此时分配起来倒也井井有条，总算不至于办得不够体面。

东平太妃心里也不好受，忙搂住她肩膀说道：“妹子，逝者已矣，你节哀顺变，咱们年纪都大了，便算心里头难过，也要当心着身子。”

她转脸抹了把眼泪，恰瞥见门帘轻动，闪出一个清雅娇丽的身影，便忙说道：“萱姐儿到了，你可擦把眼泪吧，不然她若是见你哭成这样，定也要跟着难过的。这便罢了，倘若你因此有个头疼脑热，或者哪里不好，她是独独只有你这个倚靠了的，你倒让她如何是好？”

朱老夫人闻言，忙抬起头来，低低地唤了声：“萱姐儿，过来。”

明萱上前行了礼，徐徐走到朱老夫人跟前，见祖母神情间很是疲倦，便细声说道：“祖母若是乏了，便请梁家二老太太安排处客房歇一歇吧。”

朱老夫人摇了摇头：“禄国公夫人与我一样心里难过，还帮着你大伯母忙前忙后，我却去躲懒歇着，不像话的事。外头两个孩子哭得可怜，我受不住，便跟着你姨祖母和梁家二老太太过这儿来坐着，也是一样的。”

她顿了顿，又问道：“萱姐儿，你可曾去哭一场送一送你大姐姐？”

明萱点了点头：“是大伯母让孙女儿进来伺候祖母的。”

许是因为蔷姐儿无端占住她的漱玉阁，大伯母见了她觉得有些愧疚，方才在灵堂，她不过才刚开始哭了两声，瑞嬷嬷便扶了她起来，送她过来厢房见祖母。外头本就跪了一地的丫头仆妇，前来吊唁的人又多，哭声震震，莫说是上了年纪的，便是她听着也觉得头脑昏沉，她便也不客气，径直过来寻祖母了。

这时，门帘打起，有小丫头匆忙进来通传：“辅国公夫人到了。”

朱老夫人便难免又与辅国公夫人抱着痛哭了一回，又将建安伯夫人小时候的事说了一回，这才抹了抹眼泪道：“你素有心口疼的毛病，也伤不得神的，快到这里歇着吧。”

她瞥见媛姐儿在辅国公夫人身后眼巴巴地立着，一双眼睛写满怜惜地望着萱姐儿，知晓她姐妹两个有话要说，便开口说道："萱姐儿，祖母和舅祖母姨祖母说话，你跟媛姐儿到一旁寻个小凳坐会儿。"

媛姐儿忙福了福身，拉着明萱便往窗口走去。

朱老夫人眼利，瞥见明萱手上厚重的白纱，不由皱着眉头问严嬷嬷："萱姐儿的手怎么了？"

严嬷嬷忙道："七小姐说是去担水的路上不小心摔了一跤，割破了点皮，庵堂里已经有比丘尼给她上过药了，几日便能好的，不碍事。"

朱老夫人的脸上满是心疼："我苦命的萱姐儿……"

东平太妃抿了口茶水，趁着梁家二老太太被人叫走的时候，低声问道："你可当真已经想好了要走这一步？你家老大倒也罢了，可若是萱姐儿自个儿不肯，那当如何？"

朱老夫人苦笑着摇摇头，目光里满是疼惜："前有狼，后有虎，我的萱姐儿是个聪明的好孩子，她知道该怎样抉择。"

后花园一处僻静的角落，媛姐儿捧着明萱的手眼泪不停，她哽咽着说道："我听大哥说颜家退了亲，便立刻去了趟侯府想问问是怎么回事，可姑祖母却说你去了庵堂，好不容易见着了，你却又伤成这副模样。"

她殷殷抬头，有些嗔怨地问道："萱姐儿，到底发生了什么事？有什么话你是连我都要瞒着的吗？"

明萱故作轻松地说道："颜家是因为颜小郎得了急病怕耽搁了我才退的亲，说起来也是一片好心，我不怪他们的。正恰巧六姐姐出嫁，祖母怕我心里难过才寻的借口送我去的庵堂静修，佛前数日清净，许多事情我倒是都想明白了，这会儿也不觉得什么。"

媛姐儿略有些释然，可这眼睛依旧盯着明萱不肯挪开："这手……"

明萱嘴微微嘟起，将担水摔倒的说辞又讲了一遍："真的是我不小心，倒害得人人都以为庵堂和师太怎么欺负我呢。"

媛姐儿嘴唇微张，眼泪却扑闪一下滚落下来，她很有些心酸地说道："萱姐儿，你也是娇养着长大的，什么时候还需要自己动手去担水砍柴，说起来好端端的，怎么会脚下无力打滑，定是吃得不好睡得不好精神不济的缘故。"

她皱着眉头想了小半晌，忽然开口说道："萱姐儿，我六哥今年十六岁，虽然是庶出，可他姨娘早就没了，一直养在我母亲跟前的，人品德行都不错。从前我父亲在宁州府任上的时候，有一回我三哥掉入冰窟，若不是子瑞他舍身去救，怕是危险得紧，就冲着他这份品行，便也该算得上是顶天立地的男儿。"

明萱轻轻点了点头："听说过这位表弟。"

祖母常说，这位六表弟是个有出息的孩子。倘若那年他不舍命将三表哥从冰窟里拉

出来，三表哥因此遇了难，他一个十来岁的孩子，也无人会责难他的，当时二表舅膝下除了俞夫人嫡出的三表哥，便只有他这个男嗣，将来说不得朱家二房这份家产都会落到他手里，可他不曾，实心实意地将碍着他前程的嫡兄救出，自己反而落下了惧寒的毛病。

但也是因着他这份心性，俞夫人将他视若己出，在他的前程上比亲生的儿子还要经心，媛姐儿也十分敬重这位庶兄。

媛姐儿见明萱神色，便忙说道：“我六哥人品学问都好的，又有志气，过几天也要春闱，虽然冬日每常畏寒，可咱们又不是用不起炭火的人家，也不值当什么。原本因他是庶出，我怕你介意，所以不曾提过，可这会儿茹大姐姐没了，听说芜姐儿百日内要过门的，我怕你家大伯母随意打发了你，与其如此，还不若我六哥知根知底的靠谱。”

她小心地握住明萱的手：“萱姐儿，你考虑一下吧，只要你肯，我便让母亲求了祖母去，不论如何，你嫁到我们家来，总无人舍得亏待你的！”

俞夫人十分和蔼良善，朱家二房亲情和睦，不似旁人家那样钩心斗角，朱子瑞人品才华皆好，便算是庶出，只要将来出息，也一样无人敢欺。

明萱苦涩地低叹，原本这倒也是个不错的选择，可韩修的警告威胁言犹在耳，她心里隐隐觉得若是真的去筹谋这一段婚事，怕最后也不过就是与颜清烨的下场，朱子瑞那样辛苦努力才得来的一切，若是因为她插了一脚，将他的人生打散，她是不忍心的。

更何况，颜小郎对她尚有些幼年时候的情谊在，朱子瑞可没有，人家也未必真心实意地瞧得上她，便是真成了，被逼着做的夫妻，也没甚意思的。

想着，她便摇了摇头说道，“我知道你疼我，但你不必替我操心这些，不论如何，我还有祖母疼着呢，她总不至于让我吃了亏，你可千万不要跟舅母和舅祖母开这个口，一则不合规矩，二则姻缘大事，哪是你我可以说了算的？咱们两家是顶顶要好的亲戚，若是说了不成，来往可就尴尬了呢。”

其实祖母和舅祖母若是有这个意思，又何须媛姐儿来开这个口？

媛姐儿轻轻抬头将明萱散落出来的发丝替她拢了进去，一边又对着空阔的花园惆怅起来，她长叹了口气，幽幽问道：“那你可想过接下来该怎么办？”

明萱清亮的眼眸中露出无奈与酸涩：“走一步，看一步吧。”

她瞥见媛姐儿神色低落，便整了整神色，故意绽放出明媚笑容来安慰她：“媛姐儿你说，我顾明萱论出身也算出自簪缨世家，论容貌也算不得丑陋，论才情虽然琴棋书画都只会得皮毛，可也不至于一事无成，女红上总还拿得出手的，我便不信，周朝满天下无人能识金镶玉。你不用替我担心的！”

这些话不过是拿来安慰人的，媛姐儿清楚得很，可那样艰难的处境，萱姐儿却不仅未曾向她诉苦，还要反过来安慰她让她不要担心，这令她愈加觉得萱姐儿的可贵。

她低声说道：“那话我不跟祖母说了，可你若是有什么难处，一定要立时跟我说，便算我帮不得你，也总可以跟着你一起想想法子。祖母常说，没有过不去的坎，萱姐儿，你会好起来的！”

明萱心中一暖，举着包着厚厚一层纱布的手与媛姐儿的相握：“嗯。”

暖阳轻泻，春景如醉，前院哀哭震天，后花园里这宁谧一角，却涌动着温情。

按制，建安伯夫人应在府邸停灵二十一日才落葬，但因着芜姐儿随即便要过门，二七之后，顾明茹的灵柩便移至了梁家祖坟，这一场浩浩荡荡的丧事，才总算落了幕。建安伯府紧接着开始忙着准备继娶的事，钦天监算出了宜婚嫁的黄道吉日，建安伯梁琨与永宁侯府再结连理的好日子定在了六月二十六。

葬礼过后，朱老夫人到底还是大病了一场，这回的情形比以往任何一次都要严重，看起来竟隐隐有些小中风的迹象，好在用药及时，素常用惯的太医又是好的，因此病情很快控制下来，只是要好好疗养一段日子才能恢复起来。

明萱不能放着重病的祖母不管，便不再提去白云庵的话。

她心里想着，依着韩修的脾性，恐怕是不肯轻易放脱自己的，便是大伯母替她作了亲，恐怕也要被他搅黄，所以随着时间的流逝，她反而越来越不害怕了。箭已在弦，是发还是不发，听天由命吧！

四月将末，朱老夫人身子略好些。这日，严嬷嬷奉了老夫人的命过来漱玉阁请明萱：“东平老太妃与镇国公世子夫人，还有几位素日常来往的夫人都在安泰院，老夫人请七小姐过去帮着待客呢。”

明萱脸色微愣，追问一句：“镇国公世子夫人？”

从前镇国公府与永宁侯府的关系怎样，她无从知晓，可是自从顾贵妃怀了皇子之后，两家却甚是剑拔弩张。

大伯父这样卖力地要联络好与建安伯的关系，又时常奔走在朝中显臣与世家之间，不过是为了筹谋未来皇长子的前程，这干系着顾家未来能再有几世荣华，可却与裴家的利益背道而驰，两家如今虽还维持着表面的体面，但其实却是相互对峙的关系。

顾贵妃临盆在即，裴家应该不平静吧？

镇国公世子夫人杨氏，可是裴皇后的亲生母亲。这时候她无端端地来永宁侯府，又是因为什么？

自开春过后，雪化不积，天气又渐渐暖和起来，漱玉阁与安泰院近在咫尺，不过小半炷香的路程，明萱便不再乘软轿，她换过见客的衣裳，便笑着跟在严嬷嬷的身后问道：“不知祖母可唤了八妹和十妹，若是，我便等她两个一道进去。”

严嬷嬷的脚步微停，她顿了顿，压低声音说道：“是镇国公世子夫人说许久不曾见过七小姐，想要见一见。”

她脸上露出善意微笑，轻声安抚着明萱："来时老夫人曾吩咐过，说让七小姐平素人前是如何的，这会儿还便如何，不必刻意讨好，却也不必刻意疏远着，请过安，说两句闲话便成，不让您久待的。"

明萱微愣，心中淌过些异样的感觉，一时想到些什么，却又觉得不太可能。

她只好压下心中疑惑，点了点头说道："嗯，我知晓了。"

东厢房里，一片热闹景象。

朱老夫人与东平老太妃携着手一道坐在软榻上，镇国公世子夫人和几位常来常往的世家夫人依着次序坐在下首的圆凳上，各自身后立着贴身伺候的丫头，一时间屋子里珠围翠绕，艳色生香。

明萱掀开珠帘进屋，一眼便看到右下首的凳上坐着位服色鲜亮的妇人，她三十七八年纪，杏脸圆睛，有些微胖，头上戴着支五翅金凤簪子，脖颈上一条红宝石镶成的珠链垂至腹间，看起来十分富贵张扬。

她心中暗想，这位便该是盛名鼎鼎的镇国公世子夫人杨氏了。

朱老夫人见明萱见来，忙笑着说道："萱姐儿过来，这位是镇国公世子夫人，这位是安显侯世子夫人，这位是兵部武库清吏司郎中杨大人的夫人，都是难得见着的，快过来行个礼。"

明萱不卑不亢地一一见过礼，想到来时严嬷嬷的提点，便不再说话，她安安静静地立在朱老夫人身后，任谁看她时都只是一味微笑。

杨氏见状，笑着冲她招了招手："这便是萱姐儿吧，好些年不见了，竟长成这样标致的大姑娘，可真讨人喜欢。"

她褪下手上一个羊脂玉的镯子，毫不生疏地拉过明萱，便将那镯子套到了萱姐儿的手上："来得匆忙，不曾带什么好东西，这个镯子，便算是见面礼吧。"

镯子戴完，杨氏的手却迟迟不肯松开，她不着痕迹地将明萱的手掌握住，垂头望去，看到萱姐儿掌心一条红色疤痕尚未退去，生生将那掌纹截断，脸上露出诡异的表情，似是心中所想的事得到了证实，她脸上的笑容比方才又要得意几分。

明萱诧异极了，恰好这时安显侯夫人和杨郎中夫人也说要给见面礼，她便借着机会小心翼翼地将手挣脱，她转头去瞧朱老夫人颜色，见祖母微微颔首默许，这才令丹红收下，又盈盈拜倒道过谢意。

东平老太妃见状，便将明萱唤至身前，笑着问道，"听说你前些日子身上不大舒坦，这几日可好些了？你年纪还小，时常这样三天两头地不舒服，总不大好，下回太医来给你祖母请脉，也让他留两帖方子调理调理吧。"

明萱脸色微红地点头："嗯，我听姨祖母的。"

她虽这样答话，可却忍不住又犯起了嘀咕，她心中暗想，每月癸水如期而至，总有些疼涨难受，这本属正常，可被姨祖母一说，倒好像是她犯了什么难以得好的宿疾一般，听起来总有些怪怪的。

朱老夫人见她不甚自在，怜惜得很，她柔声说道："萱姐儿，你既不舒服，便先回去歇歇，几位夫人也怜惜你，不会怪你失礼怠慢的。"

杨氏和另两位夫人闻言便忙附和着说道："那萱姐儿快回去歇着吧。"

明萱谦恭有礼地道了辞，便还由严嬷嬷送了她出去。

她心中满是狐疑，总觉得镇国公世子夫人望着她的表情有些不大正常，她方才有留意到世子夫人的目光停在她掌心的伤痕上许久，原以为会被问上几句的，可杨氏却一句都不曾提起，倒像是原本就知晓的一般。

待要跟严嬷嬷问上几句，可又觉得有些不妥，终究这满腹的疑问还是藏在了心中。

明萱回到漱玉阁时，明蔷也在。

月锦阁一直不曾收拾好，顾明蔷便一直都客居在漱玉阁的东厢，她见了明萱进来，有些自来熟地上前圈住了明萱的手臂，笑嘻嘻地问道："听说祖母唤七姐姐过去见客，都来了些什么人？"

明萱嘴角微微扯动，低声说道："是东平老太妃带了几家夫人过来坐坐的。"

她心里暗觉奇怪，她与蔷姐儿的关系算不得好，从前清高自傲的蔷姐儿甚至有些暗暗瞧不起她的，这会儿不过是去了趟南郊，蔷姐儿回来后的态度迥异得令人觉得可怕，先是死活非要赖在漱玉阁不走，后来又对她故作亲近，这几日更是蹬鼻子上脸，学会了动手动脚。

连侯夫人的做法也让人琢磨不透起来。

月锦阁多大点地方，先头借着痢疾恐要传染的名头将那些家具毁了罢了，再重新布置一番，顶天也就两三日光景，可这都过去了十七八天，月锦阁还是不曾收拾好，侯夫人非但没个交代，还任着蔷姐儿在漱玉阁胡闹。

明蔷听了只是眉头微挑，脸上笑容却仍旧十分灿烂："原是这样啊。"

她将话题岔过，忽然问道："前日我在七姐姐书房里翻到了一本手札，上头记的皆是些对诗词歌赋的感悟，这几日恰好我想学着做诗，七姐姐能不能将那本手札借我看几日？"

明萱微愣，她不会做诗，也不曾记过什么手札，书房里倒是有好些顾长平留下来的读书笔记，也有顾明蓉的一些手记，她当初也曾翻过，只是嫌弃无趣，便不曾看下去，没想到蔷姐儿竟爱看那些。

她虽觉得有些奇怪，可蔷姐儿既然开口说要借，她总不好拒绝的，便点了点头说道："你若是用书房，便去瞧好了。"

这话说得十分巧妙，若是按照蔷姐儿以往脾性，怕是要当即发怒骂明萱几声小家子气的，可这会儿她竟没有，神色间还十分欢喜兴奋：“七姐姐放心，我不会弄坏那些手札的，我用笔墨将那些抄下来。”

明蔷转身钻进了书房。

可丹红附在明萱耳边低声说道：“小姐，我总觉得八小姐有些不太对劲。”

明萱眉心一跳：“她怎么了？”

丹红歪着脑袋想了许久，才咬了咬唇说道：“八小姐从庄上回来那日，便径直住到了东厢，因为您屋子里还藏着那些银子，我心里担心，怕出了什么疏漏，便成日里注意着她的动静。没想到，这越是盯着八小姐，便越觉得她古怪。”

她四下略略张望，然后低声说道：“八小姐一回来就翻过您的书房，我看她伏案奋笔疾书，便让在书房洒扫的丫头藕丝帮我留意她都看的什么书，藕丝告诉我，八小姐将先头二小姐作的诗词皆抄了去，来回翻的也都是二小姐做了笔记的那些书。小姐，您说奇怪不奇怪？”

明萱眉头微皱，蔷姐儿虽也有几分诗才，却不似芍姐儿那样钻研，何况如今眼前是个什么样的境况，蔷姐儿经过了那一遭，想必比谁都清楚的，现下不是能够吟诗弄词的时节，蔷姐儿精利，不会无端做些无用之功。

可她思来想去，却也想不透蔷姐儿的用意，只好沉着声吩咐丹红：“让藕丝继续留心着蔷姐儿的一举一动，若是有什么不妥，立刻来报与我知晓。”

丹红点了点头，又说道：“从前院子里的事大多都是雪素姐姐管着，这会儿她嫁了人出去了，便只留我一个，我有时忙不过来，小姐您看，要不要再从下头提拔个一等上来，也好多帮衬着我些？”

这话倒是真的，她又要处置院子里的繁杂事项，又要管着上上下下的婆子丫头，还得尽心尽力地伺候小姐，看护好屋子里的银票，觉得有些力不从心。

明萱想了想便说：“素弯做事稳重，将她提上来至一等，再将小素补进去二等的例吧，素日都是雪素管着这屋里头的事，如今她去外头替我做事，我也没提个丫头上来帮你，这些日子辛苦了吧？”

她忽然笑着刮了刮丹红的脸颊：“以后你只要替我看着银子便成，其他的事，都吩咐小丫头们做好了。”

丹红娇嗔地嘀咕两句，主仆两人笑作一团。

这时，绯桃来了：“老夫人那里的贵客们散了，她老人家有话要对七小姐说，请您过去呢。”

明萱想到先前镇国公世子夫人打量着她的眼神，心中便有些忐忑。

镇国公世子夫人杨氏看起来是特意来见她的，杨氏的举止表情和所说的话，每一处都像是相看的意思。陪着一道过来的兵部武库清吏司杨郎中夫人，是杨氏娘家的弟媳，安显侯世子夫人则是裴相的幺女，看这阵仗，杨氏今日来，很像是替裴家的某个子弟前来求亲的。

可裴家和顾家，是那样的关系啊……

明萱敛下神色，转身对丹红交代了几句，又笑着拍了拍她肩膀："你今儿累了一天，先歇着，这趟我让素弯陪我去。"

既然决定了要升素弯到一等，总该给她近身当差的机会。

丹红明白，忙说道："那我去叫她。"

安泰院里，朱老夫人歪在软榻上闭目养神，她身体尚未大好，今日打起精神来应付杨氏那三人，耗费了不少气力，这会儿很有些乏累。严嬷嬷见她如此，便至紫金香炉前换上了一炷宁神香燃着，不一会儿，东厢房里弥散着一室清香。

绯桃撩开珠帘，躬身说了句："七小姐到了。"

明萱踏进了屋，径直走到软榻旁行了礼，然后动作自然地拱到朱老夫人身侧，语气关切地问道："祖母脸色看起来有些乏倦，是不是应待客人太久累着了？"

朱老夫人睁开眼，在严嬷嬷的搀扶下坐起了身，她斜斜地靠在床头上眼中满含慈爱地望了明萱许久，良久才开口说道："是有些累着了，等跟你说完话，我便要歇下了。"

她朝严嬷嬷使了个颜色，严嬷嬷会意，便将屋内的小丫头们都赶了出去，一时空阔的东厢房便只剩下这祖孙两人。

朱老夫人握住明萱的手，小心翼翼地轻抚着她手掌心上的疤痕，那处伤口早已经愈合，也长出了新肉，只是因为割得太深，还不曾恢复得好，看起来便有些狰狞。她脸上便显出心疼和怜惜，幽声说道："前日太医说，师太调的药甚好，你再抹个十来天，这伤痕该是会退去的。"

明萱见状，便笑着安慰朱老夫人："承蒙玉真师太挂念知晓孙女儿带回来的药膏用没了，昨儿又派人送来了两罐，这下可好，一日用上三次也尽够了的。"

她顿了顿，接着说道："来送药的是师太跟前的圆慧师父，她看过我的手，说是无碍，师太的药很是见效，这种程度绝对不会留下疤痕，祖母您就放心吧。"

朱老夫人略略叹了口气，她抬起头望着明萱那张清丽的脸颊，低声说道："萱姐儿，

你向来是个聪明孩子，行事举止也更稳重懂事，祖母便与你开门见山了。今日镇国公府裴家的世子夫人来，其实是想要替她府上的大公子求娶你为妻的。”

她语气微顿：“裴家大爷唤作静宸，他生母是先前襄楚王的独女永嘉郡主。因他是早产生的，身子骨向来不好，常年缠绵病榻，十天中倒有九天是病着的，所以先前镇国公世子夫人要给他说几门亲事，皆没有成，裴家便也不再管这长幼有序的说法，后头的二爷三爷都先结了亲。”

明萱一双清亮的眼眸直愣愣地望着朱老夫人，她没想到自己真的猜对了，镇国公世子夫人确实是来替裴家的公子求娶她的，更没想到的是，那个人竟是裴静宸……

倘若她没有猜错的话，母亲生祭那日在清凉寺后山的药庐，她见之心慌的那个人，便就是他；在裴相生辰时，驿站街口那场闹剧的主使者，身侧那架黄花梨木制的精致马车上身着紫棠色锦袍的那眉目如画的男子，也是他。

裴静宸，是那样一个深不可测的人……

朱老夫人见明萱神色微滞，以为她在介意裴顾两家的新仇旧怨，忙拍着她手说道：“祖母知道你听了那孩子姓裴，心里会有些不舒坦，可身在浮波，许多事不只要看得深远，还必须当懂得放下。你父亲的事，蓉姐儿的事，祖母心里也怨的，当年没少在佛前咒骂裴相。”

她眉间顿结，语气愈加低落：“可现下仔细想想，依着裴相斩草除根的性子，若是有心要害你父亲，那顾家怎么会一点事也无？谋逆这罪名，往大了说，是足够抄家灭族的！可裴相容下了永宁侯府，自然也容得下你父亲一个文弱书生。再今上虽为了权势背弃了蓉姐儿，可结发夫妻，又是一同患过难的，怎么会真的那样冷情？”

若是明旨将顾明蓉打发至永巷，那便是真心要废弃不顾。可今上封了她做嫔，赐居了永和宫，永和宫虽然偏僻，与今上自幼长大的长掖宫却是紧邻，今上不可能忘记长掖宫，自然也不会忘记结发之妻。

不论是与簪缨世家顾氏决裂为敌，还是在今上的心中埋下不快和刺痛，都不是三朝权臣裴相会做的事。他没有理由，也没有必要非要置顾长平于死地的。

明萱虽然不曾亲身经历过三年前那件事，可按着她的认知，也是觉得如此。

裴相三朝权臣，所思所想该远比旁人深刻长远，否则宦海沉浮，不知道哪一天就会从云端高位跌落，到时牵动的可不只是他一人，倾覆的许是整个家族。月满则亏，盛极而衰，这道理她都懂的，裴相不可能不知晓，伴君如伴虎，帝王心术，最是难测的，倘若没有几分谋算，裴相也不可能历经三朝而不衰。

所以明萱虽觉得顾长平的死因依旧成谜，却从未将裴家当成真正的仇敌。

她想了想，轻轻点了点头：“嗯。”

朱老夫人便接着说道：“你大伯父常说，裴家这三五年内便要倒的，可祖母却觉得这话还不好说，朝堂上的事波谲云诡，今日你长我三分势，明日我高过你一丈浪，凡事都不可铁齿断言。”

她顿了顿：“有件事祖母该要与你说的，其实裴家大爷这门亲事，虽则是他继母杨氏前来求的，可却是我与老太妃一力促成。”

当日，颜家受到韩修胁迫，逼于无奈之下与明萱退了亲，朱老夫人便有这样的想法了。

韩修有妻室的，侯门的嫡女死也不能做妾，便算是韩夫人没了，韩修正儿八经三媒六聘要来娶萱姐儿当继妻，侯府也是万万不肯的。当年那样冷血无情的人，作践够了萱姐儿，回头又来行这样无赖流氓之事，若是就这样从了，那萱姐儿算什么？永宁侯府算什么？说出去要成笑柄的。

可有韩修这样迫着，若再与门第次些的人家结亲，也不过就是颜家的下场，清官小吏人家，能熬得过几日？可那些能与韩修分庭抗礼，权势上不畏惧他的人家，却又不是那样容易攀上的。萱姐儿处境本就尴尬，年岁也大，这会儿挨上芜姐儿百日内要出门，做亲匆忙仓促，原本就没有什么高门大户的人家愿意凑上来的。

朱老夫人搜肠刮肚，终于想到了裴静宸。

裴静宸是镇国公府世子裴孝安的长子，纵然向来不受裴相宠爱，继母杨氏为了长子嫡孙的名头一直都想要铲除他的，可他却是永嘉郡主所出，襄楚王遗留下的唯一血脉。哪怕他不受待见，哪怕他病弱将死，只要这层身份在，韩修便不能轻易对他下手，只要婚事做成，那便好绝了韩修的念想，也免得以后闹出什么不好听的传闻来。

至于裴家大爷的病……

朱老夫人目光微深，从前她不知晓也罢了，可东平太妃既然告诉了她，裴家大爷与玉真师太的关系，以玉真师太的手段，裴家大爷便绝不可能是个无所依靠任人宰割的病夫，她又回想起前些日子在清凉寺禅院中所见，心中那种念头便越发坚定起来。

她捏着明萱的手略重了一些，语气也更显得严肃：“萱姐儿，祖母问你，裴家这门亲事，你可还愿意？”

安神香安谧芬芳，弥散在这空阔宁静的东厢房。明萱缓缓抬起头来，露出白玉一般的脖颈，她轻轻扑闪着长而卷翘的睫毛，语气里透着股难以言喻的无奈与坚定：“嫁，祖母，孙女儿嫁他。”

君子不立于危墙之下。

裴家如今虽看着显赫盛极，可天威难测，倘若裴相此时尚还不愿意将手中权力慢慢放开，那说不定哪一天便会如被蛀空了的参天巨树般，毫无预兆地轰然而塌。原本，只冲着“裴”这个姓氏，她便该有多远躲多远的。

裴家大爷又是那样一个深不可测的男人，他比自己更懂得隐忍，更善于伪装，这般蛰伏，想来也有着更大更多的野心。以常理而言，这样的男人是决计沾染不得的，那也与她素来的愿想背道而驰，她只是想过一些简单平静的生活啊，可若是嫁了裴静宸，哪里还会有安宁的日子好过？

可现下，这些却都不重要了。

嫁去镇国公府，断绝韩修的纠缠，这是明萱争取喘息的机会。

至于以后的事……倘若裴家大爷堪当良配，那她便竭尽所能与他共同逃出生天，日后也能择一处良居，过些梦寐以求的日子；若他不是，那她也有至少五年的时间可以筹谋，五年后，她不过二十二，韶华犹在，青春正好，一切都还来得及的。

这答案正合心意，可不知道为什么，朱老夫人却觉得满腹辛酸，她紧紧搂住明萱，眼角洒落滚烫泪滴："好孩子，委屈你了。"

明萱嘴角挤出几缕笑意，她状似不在意地摇了摇头："祖母为了孙女儿殚精竭虑，孙女儿感激都来不及，哪里会觉得委屈？您曾经说过，路是由人走出来的，焉知孙女儿这回不会走出一条旁人意想不到的路来？"

她从怀中掏出帕子来，小心翼翼地替朱老夫人擦干眼泪，忽而带着些撒娇说道："六月二十六是芜姐儿大婚，这样算来，与裴家的亲事，这两月间定要仓促地结的。不论如何，裴家也是累世的公侯，与先前的颜家自然不同，祖母得替孙女儿跟大伯母说说，妆奁若是太过寒酸，丢的可不仅仅是孙女儿的脸。"

朱老夫人听了"扑哧"一声笑了出来，脸上的颓丧也消失无踪，她拿手去捏明萱的脸颊，笑着说道："祖母还怕你心里难受，谁知道你这小东西却算计起嫁妆来了，你放心，你大伯母这回定不会亏待你的。"

这是要嫁去裴皇后的娘家，便是为了宫里贵妃的面子，侯夫人也不敢只拿五千两银子的妆奁来打发了萱姐儿，到时她便是多给些私物，说起来也都是为了全侯府的面子，侯夫人也不好再拿这事来作伐。

明萱矮身伏在朱老夫人膝上，一双清亮眼眸望着熏炉中香烟袅袅，心中百味杂陈，但愿，这回能顺利地嫁出去……

裴家很快请了媒人过府纳采问名，庚帖是钦天监的监正大人亲自合的，是大吉之象，纳吉之后便是纳征，因为要赶着六月二十六明芜出阁的日子，裴家请钦天监算过最近的吉期，终于将日子定在了六月初十。

漱玉阁的书房里，明萱正与丹红点算着要带过去裴家的陪房名册，她在桌案上铺就白纸墨砚，提笔轻落下陪嫁丫头的名字。

她凝着眉说道："我昨日问过了素弯，她说愿意跟着我去裴家，这样你和素弯两个一等便有了。至于二等的里头，雀好的老子娘早没了，是个无牵无挂的，可新近提上来的小素，家里人却都在这边……”

丹红想了想说道：“不然小姐将小素留下，换上藕丝，藕丝虽是自小就在这府里的，却不是家生子。”

她话音刚落，门帘外忽然响起茶盅跌碎的声音，小素神色慌乱地跑进来跪倒在地，脸上满是急切和焦急地冲着明萱磕了几个响头：“奴婢虽然笨手笨脚，但什么脏活累活都能做的，求小姐看在奴婢好歹也在漱玉阁做过几年差事的分上，千万不要赶奴婢走，奴婢愿意一辈子做牛做马伺候小姐！”

她眼眶之中不断有眼泪流出，语气中满是恳求：“奴婢的娘从前专事给三夫人梳头，后来三房出了事后，便再没有得过差事，家里还有个常年要吃药的兄弟，一家人全凭着奴婢这份月例过活。若是小姐留下奴婢不要，等您出阁之后，侯夫人定要将奴婢调离漱玉阁，拿不到二等丫头的定例还不算什么，就怕夺了差事，没有银钱，家里再过不下去！”

丹红有些为难，要换下小素，不是因为她做活不勤快，也不是对她家中遭遇不同情。

只是七小姐是在选陪嫁到镇国公府的丫头，这一去虽说不必完全与侯府断绝干系，可至少却不能在侯府留下太大念想，像小素这样家里有老娘弱弟，便是去了裴家也定是时时刻刻想要回来的，一来容易被裴家的人落下口实，二来也难免更顾忌侯夫人想法，将来若是利益相冲，恐怕会做出吃里扒外的事情来的。

她想了想，有些艰难地说道：“小素，你莫要这样，七小姐定会想办法将你安排到老夫人的院子里去，二等定例虽是难了，可总不至于让你丢了差事，家里没有法子糊口。”

小素却不听，她抱紧了明萱的大腿不肯撒手，苦苦哀求着说道：“奴婢的娘原先是三房的人，弟弟一直生病没有分配过差事，可他自娘胎里出来便在三房，也该算得三房的人，小姐若是怕奴婢的家人在侯府有所钳制，奴婢便求您将奴婢的娘和弟弟一并带过去裴家。”

她抬起泪眼婆娑的一张脸来，嘴唇有些微微颤抖：“安泰院的缺早就人满为患，便是奴婢过去了，也没有差事做的。奴婢一家皆从三房出来的，身上早已经打上了三房的标签，旁的地方是不肯收的。除了小姐您，奴婢再也没有去处了！”

明萱闻言眉头微皱，她讶异地问道：“为什么这样说？”

小素抬起头，声泪俱下说道：“回小姐的话，听奴婢的娘说，侯夫人与三夫人不知道因了什么，素来有些不睦的，奴婢的娘曾给三夫人梳过头，侯夫人自然不会再用她。至于三房出去的人不受待见，这不是奴婢一家之言，您若是得空，问问咱们院子里的季婆子吴婆子她们，尽都知晓的。”

她抽了抽鼻子，接着说道：“从前三夫人从陆家带过来的人皆被打发去了陪嫁的庄子上，可顾家出生的家生子却只能留在侯府，原本刚分出来时，有几个还能得个像样的差事，但不过三两年间，却都陆陆续续被打发到了别处。这里头的缘由奴婢不清楚，可

除了雪素姐姐家的何姐夫，府内便只剩下奴婢一家是从前三房留下来的人，这却是千真万确的事。”

明萱微滞，她初醒来时恍恍惚惚，因此不曾留意，可后来逐渐熟悉起来后，才发现漱玉阁内上上下下的奴婢仆妇皆已经被换过，竟是半个旧人都不曾见到。

这会儿小素提起，她被勾动了心事，脸上神色一时变幻莫名，眼中流转着深邃光芒。

良久，她终于开口：“你兄弟今年几岁了，他得的是什么病？”

小素忙答：“回小姐的话，奴婢的兄弟上月刚满了十岁，唤做寿安，是三老爷在时赐的名。他那是自胎里带来的毛病，夏季还好，只一到了冬日便咳喘得厉害，奴婢家里度日艰难，也请不起好的医正给他瞧，便只好说些病状，请街头那家小药房的大夫随意抓些药，倒也勉强能压下去。”

她一时想起什么，又赶忙补充说道：“只要出了冬季，奴婢的兄弟也能做活的，决计不会白吃白用着小姐的！”

明萱沉着眼眸望向小素：“你娘也是这个意思吗？”

小素一愣：“我娘她……”

明萱打断了小素的话：“你回去跟你娘说，倘若她肯将她知晓的事尽数告诉我，我不仅要将你们母女三人带离侯府，还会尽力寻个好大夫治好你兄弟的病。”

丹红亲自送了小素出去，折返回来时遇到明蔷，她躬身行礼：“八小姐。”

明蔷云鬓微散，妩媚精致的脸上泛着酡红，眼波里流淌着丝丝媚意。她见了丹红，微昂着下巴，朱唇轻启，似有甘醇的酒香从她口中飘散：“是丹红呀，七姐可在她屋子里头？我在外头听到些传言，迫不及待想要来告诉她呢。”

她脚步轻晃，有些踉跄，若不是身旁丫头扶得稳，早已经站不大住。

明萱听到动静从书房里出来，见状眉头微皱，她低声问道：“蔷姐儿，你吃了酒？”

盛京城中的闺阁贵女时常会举办些诗社花会，有时高兴也会拿了甜酒来饮，但女儿家酒力不胜，为了凑兴喝个小盅便罢，是决然不会吃醉以免失态贻笑大方的。但看蔷姐儿这脚步虚浮满面红霞的模样，想来是喝了不少，有些醉得不轻。

明蔷的心情似是很好，一直笑个不停：“今儿承恩侯卢家的大孙女及笄，也请了我去，七姐姐知道的，我前些日子被囚在南郊母亲陪嫁的庄子上，快要憋闷出病来，这回还是大半年来头一回和从前的姐妹们团聚，一时高兴，多喝了两盅，无碍的。”

她扶着丫头的肩膀上前两步，忽地撅起嘴来说道：“那些人真是讨厌，端着贵女的架子，却最喜欢在背地里说人闲话。七姐，你知道吗？那些人说裴姐夫命不久矣，是个将死之身，裴家这会儿娶你没安好心，是要拿你去冲喜的。”

明萱眉心一跳，忙将伺候在屋子里的丫头遣走：“去准备些热水和醒酒汤来。”

明蔷见屋子里的人退下去些，说话便愈加肆无忌惮起来，她眼神略有些迷离地说道：

“这也罢了，裴姐夫自小就是副病入膏肓的模样，有人这样传言也不足为奇，只是她们越说越离谱，竟还有人说七姐姐你掌纹已断，是克夫之相，裴家指望你过去冲喜可笑，恐怕到时你一过门就要将裴姐夫克死呢！”

她咧开嘴冲着明萱笑了起来：“七姐姐，你放心，那些看不起人，胡乱说话的，等将来我一定替你处置她们！男的，拉出去刺配边疆，女的，让她们嫁给守城门的老兵，哼，看她们自恃身份高贵，以后还怎样猖狂去！”

明萱听她的醉话越说越不像话，只好转头对着伺候明蔷的丫头说道：“你家小姐醉了，快扶她进东厢房，等热水和醒酒汤好了，我让人送过去，你们伺候着她早早歇下，莫要再让她胡说八道了。”

那丫头忙躬身道是，将蔷姐儿扶过去东厢。

明萱长长地叹了口气，看样子蔷姐儿是在承恩侯府受了气。

她眼眸低垂，想了想对着丹红吩咐道：“去打听打听蔷姐儿这几日都去过哪里，见了些什么人，侯夫人对蔷姐儿的亲事到底有个什么说法，这时间一日紧似一日，若是这会儿还不定下来，到时候芜姐儿出阁时，大房脸面上不好看的。”

丹红屈身行了个礼，便转身出去了。

夜色微暮，明萱望着手掌心上那道伤痕蹙起了眉，玉真师太的药用得甚好，割伤的那道口子已经全然愈合，生出了新肌，疤痕也逐渐变淡，倘若不仔细瞧，几乎已经看不出来掌心处曾经受过伤。

她知晓这年代的人极其看重掌纹，认为这深深浅浅的印烙承载着人一生的起伏高低和得失福祸，可她没想到外头竟然因此传出她克夫的谣言来。她猛然想到那日镇国公世子夫人过来时曾盯着她手掌许久，现下她似乎有些明白杨氏眼中那诡异目光意味着什么。

杨氏替裴静宸求娶侯门嫡女来“冲喜”，是为了博取贤惠慈悲的名声，裴家大爷娶了自己这个身上担着“克夫”之名的女子，将来若是有个三长两短，不论他是真的病入膏肓无药可救而死，还是为人所害，杨氏都可以将罪责推到她顾明萱的身上来。

不论如何，都是杨氏占尽便宜。

明萱嘴角噙着抹冷笑，她很笃定裴家大爷娶妻之后，身子会一日好似一日，她手掌心上被改变了的纹路，便可以解读为“旺夫”，这一回，杨氏怕是要当定“温和宽厚”的好继母了。

第二日晨起，明蔷酒醒，听丫头说她昨夜拉住七小姐的衣衫胡说个不停，她脸色骤然剧变，忙抓住小丫头的手臂焦切问道：“我还说了什么？”

那小丫头吃痛，却又不敢挣扎，只得任她用力地捏着：“只说了承恩侯府里那些小姐们说的闲话，说七小姐克夫，说裴家娶七小姐是用来冲喜，旁的不曾了。”

明蔷这才松了口气，但心里到底还是有几分不安。

她洗漱过后，便去到漱玉阁的正厅，见明萱正在桌案上与丹红素弯清点着侯夫人令人新添的锦缎布匹，便干笑几声说道：“这些绸缎好漂亮，是母亲给七姐姐添的妆奁？”

明萱的脸上不见喜怒，眼底却藏着几分对明蔷的疑惑，她平静地点了点头：“是大伯母方才令人送过来的，听说是江南产的玉蚕丝织就的，价格要比寻常的绫罗贵上一些。”

她眼波微动，故意说道：“大伯母应是也给八妹妹留了。”

明蔷面上露出几分尴尬的神色，只不过转瞬之后，这神情便又消失不见，她嘴角挤出几分笑容来，带着几分试探地说道：“听说我昨夜吃多了酒，冲着姐姐发酒疯了，都是我的不是，还望七姐姐看在我年少无知的分上，饶了我吧，也不要将这事告诉了母亲……”

她眼中带着几分祈求：“母亲若是知晓了，定是要罚我的。”

明萱望了她一眼，笑着说道：“八妹说笑了，你昨夜不曾胡说什么，倒叫我去跟大伯母告什么状好？姐妹的及笄礼上，一时高兴，多饮了些酒，总算没闹出什么笑话来，也算不得什么的。若是真论起来，你昨夜可是说要替我狠狠罚那些说我闲话的人，被你这样地护着，七姐心里觉得很感激呢。”

她顿了顿，忽然掩面而笑：“那七姐便等着，等着咱们家蔷姐儿富贵荣华那一日，好替我出这口恶气。”

明蔷脸色微变，强掩下心中慌乱，脸上勉强挤出一个微笑来：“瞧姐姐说的……”

她急忙将话题岔开：“我过去宜安堂与母亲请安。”

明萱望着她仓促的背影脸色沉了沉，她抿了抿嘴唇，将书房里当值的藕丝唤过：“这几日我不在时，八小姐还去书房里头抄书吗？”

藕丝恭敬地点头：“回小姐的话，八小姐抄的都是从前二小姐的手记，她有时也临摹二小姐的画。还不只如此，奴婢听门上季婆子说，前日八小姐还问起二小姐从前在家时，最喜欢穿什么颜色的衣裳，戴什么式样的簪子。”

季婆子从前在明蓉的梨香院当差，虽然不是近身伺候的，但常来常往，总要比旁人对明蓉的穿衣打扮熟悉一些。

明萱心中便有了数，她轻轻颔首，半晌又抬头问道：“听说你是自小被卖进侯府的？对小时候的事可还记得？”

藕丝双眼中显出些迷茫，她摇了摇头说道：“小时候的事，旁的不记得了，只记得是发了大水，和家人冲散了，后来被拐子拐了，几经辗转便到了侯府，才有这个福分伺候了七小姐。”

明萱眼中带着些诧异：“那你竟还认得字？”

藕丝做事谨慎，书房的活计虽然轻松，洒扫也自是简单的，可难的却是要将那些书籍归类整理，要做得这项活计，首先的前提便是要识字。

藕丝有些不好意思地挠挠头："奴婢也不知是怎么回事，看到那些字好像是认得的一般，那些书名，虽没有认了全，但大抵却是差不离。雪素姐姐说，许奴婢的父亲也曾是个读书人，小时候耳濡目染也认得几个字。"

她目光微敛，似有几分惆怅："奴婢倒也愿意这样，总好有个念想。"

明萱深深望了藕丝一眼："我知晓了。"

她张了张口，正要再说些什么，忽听得门外传来匆促脚步声，丹红脸色焦躁地跑了进来："小姐，不好了！"

第19章　变数·生死·跳崖

丹红的性子没有雪素那样沉稳，可却也不是一惊一乍的人。

明萱见了心里便有些不好的预感，她沉声问道："出了什么事？"

丹红脸上写满了焦切，又有些愤怒，她急急喘了几口粗气说道："我奉了小姐的命，向安泰院老夫人处送新作的糕点，恰巧遇着严嬷嬷从清凉寺回来，我瞧她脸色不好看，便就问了一句，谁知道……谁知道……"

她小心翼翼瞧着明萱的脸色，有些难以启齿地说道："昨儿夜里清凉寺遭了贼，寺里好几处禅院都有失窃，损失惨重，这倒便罢了。最可气的是，净莲堂咱们供奉了三夫人的长明灯和长生牌位，因那牌位上镶嵌了块羊脂美玉，那些贼子竟连这个也不放过。三夫人的长生牌位……也丢了！"

明萱一滞，她眯了眯眼，追问道："你说什么？"

丹红气急败坏地跺了跺脚："咱们在净莲堂供奉的三夫人的长生牌位丢了！严嬷嬷说，长生牌位丢不得的，这下得叫人赶着重塑一个，到时候还要小姐您亲去一趟清凉寺将牌位给安回去。"

清凉寺香火隆盛，贼子对香油钱起了歹心，倒也还说得过去，可为了块羊脂玉去偷别人的牌位，便有些匪夷所思了。

明萱不知道为何，脑海之中立时便闪现出一个杀气腾腾的人影来，她嘴唇微颤，心中几乎确认无疑，这些又该是平章政事韩大人捣鬼。她早有预料，韩修不会就这样眼睁睁地看着她嫁过去裴家而坐视不理，因此她闭门不出，不给他任何威胁和逼迫自己的机会。

可她没想到，为了要逼她出门，他竟然会做这样的缺德事。

这时，绯桃匆忙来请明萱去安泰院，明萱不敢怠慢，急急地便跟着过去。

朱老夫人似乎并未疑心到韩修身上去，近日里盛京城中已有多家府邸发生过行窃事宜，她只是没料到竟然有人胆敢将脏手伸到佛祖头上去，因此神情中难免有些恼怒和愤恨，她见了明萱先是安慰了几句，随即便让严嬷嬷从后头的库房内取出件红布包得严严实实的物事来。

她轻轻解开布结，是一方已经雕刻好的紫檀木牌位，底座上镶嵌着翡翠白玉，看上去十分富贵，她低声对着明萱说道："这是原本祖母给自个儿备下的，这会儿先给你母亲用。"

明萱心下惊讶，知晓盛京城中上了年纪的贵人大多都早早替自己备下的丧事上要用的棺材牌位，皆是倾尽心力寻了来的好物料，她便急忙推拒着说道，"祖母自己存着的宝贝，还是留着。孙女儿这便打发人去外头寻上好的木料给我母亲再做一个！"

她知道时人最重视这些死后哀荣，祖母存着的这牌位定是她心头所好，那是祖母死后要供在祠堂里用的，这般拿走有些不忍，何况清凉寺净莲堂内供着的只是她母亲的长生牌位，用一般的楠木便足够了，这紫檀木贵重，若是让大伯母知晓了，难免又要生出是非。

朱老夫人却摇了摇头："你母亲的事耽搁不得，祖母如今还好端端的，这物料以后

却可以慢慢地寻。萱姐儿，这东西是我私物，与公中不相干的，你拿去不必有何负担，也不用怕你大伯母有想法。"

她指了指牌位中间那行空白，微微笑着说道："祖母这里有现成的金漆，你字好，便在这儿替你母亲写上名联，赶早不赶晚，等写完了你亲自送过去清凉寺安好，再祭香告慰你母亲在天之灵，让她莫要受惊。"

严嬷嬷取了金漆和笔墨，明萱便在紫檀木的牌位上写道"先母顾门陆氏之灵位"等字样，等金漆干了，重又拿红包裹住系好，这便捧在怀中带着严嬷嬷和丹红两个上了马车，径直往清凉寺奔去。

山道崎岖，马车一路颠簸，她的心情便也如此起伏不定，犹如坐着过山车一般，紧张忐忑得不行。

韩修就像是团黏手的面粉，怎么也洗不掉，甩不脱，如同噩梦一般紧紧地萦绕在她身边。

可她不是从前的明萱，她神迹一般得到明萱的身体，却不曾怀有她的记忆。韩修于她而言，只是个陌生人，他的所作所为令她厌恶的陌生人，她甚至都无法对他产生好感，更别提会有什么感情，因此他的每一次紧逼，对她而言都是一种恐惧的折磨。

她实在太厌恶这种被窥视的感觉了！

马蹄的节奏变得缓慢，明萱微微掀开车帘，看见清凉寺后院的门口停着好几辆马车，

她眉头一紧，低声问道：“除了我母亲，还有旁的人家受害吗？”

严嬷嬷点了点头说道：“净莲堂里供的皆是几家公侯伯府中夫人小姐的长生牌位，听说除了咱们家三夫人，还有忠顺侯府的老夫人和安显侯家的三小姐，寺院门前停着的马车，想来便是这两家的。”

她敛眉说道：“马车俱堵在门口，看来今日七小姐也需下车走进去了，好在净莲堂便在入门处不远，那两家府里虽不是平素常来常往的，也算不得生人。”

明萱点了点头：“嗯。”

媛姐儿也是六月出阁，嫁的便是忠顺侯府的二公子孟光庭。至于安显侯……安显侯世子夫人是裴相的幺女，那回镇国公世子夫人来相看她时，也曾经见过一回的。真论起来，的确算不上是生人。

明萱小心翼翼地捧着手中的牌位下了车，严嬷嬷和丹红一左一右地伺候在她身侧，后头还跟着几个婆子丫头，就这样一路目不斜视地往净莲堂里头行去，偶尔碰见个认出她来的，也都在严嬷嬷提点下行了礼问了安。

等到她将长生位重新在净莲堂安置好，又燃香祭祀过后，她心里不愿意在清凉寺里久留，便对着严嬷嬷说：“礼既已成，咱们便就回府让祖母安心。”

严嬷嬷点了点头：“老夫人也是吩咐要早去早回的。”

一行人刚移步至后院中，忽然听到有个陌生的声音唤道：“是永宁侯府上的七小姐吗？”

明萱转身，见是位眼生的嬷嬷，心下便警惕起来，一双眼有些恳求似的投向严嬷嬷身上。

严嬷嬷不明就里，但她素来在老夫人身边服侍日久，多少有些揣摩人心意的本事，她觉察到明萱对眼前这位嬷嬷的抗拒，语气便略有些硬地回答：“不知这位嬷嬷又是哪家府上的？”

那嬷嬷笑了起来：“奴婢姓刘，是安显侯世子夫人身边伺候的，世子夫人听说七小姐也来清凉寺了，便想请七小姐过去叙话呢。”

她语气微顿，脸上露出兴味笑容：“马上就要成一家人了，世子夫人有话要对七小姐说，她就在前头凉亭处等着，还望七小姐赏光。”

明萱一时有些为难，她不大清楚眼前这位笑得颇有深意的嬷嬷是否真是安显侯世子夫人的近身嬷嬷，若是，她是万不能就这样贸然推拒的。

不论裴家是个怎样的狼群虎窝，也不论裴静宸是怎样一个心机深沉的男人，与韩修一比，便都不值当什么了。她这会儿下定决心不肯再错失了这回的亲事，自然不能在未过门之前，就得罪了裴家的姑太太。

她想了想，便轻轻颔首，嘴角露出浅浅笑意来：“那就烦请刘嬷嬷带路了。”

明萱和严嬷嬷还有丹红一道，跟在刘嬷嬷的身后朝方才她手指的凉亭走去，可越走却越觉得有些不大对劲，那座凉亭看着离得极近的，但不知道为什么走了许久都不曾到。

她四下张望，忽然望见前面不远处便是头一回遇见裴静宸的那座药庐，不由心下大骇，她立时便将脚步停下，满面怒容地厉声喝道："刘嬷嬷，这里分明是清凉寺的后山，你说安显侯世子夫人有话要对我说，请问她在哪里？你这是要带我们去什么地方？"

那刘嬷嬷见被明萱说破，回头冲她诡异一笑，她也不说话，只是忽然间将脚下步伐加紧，快速地往旁边山林子里一闪，顿时消失无踪。

严嬷嬷为这突如其来的变故惊吓到，急忙问道："七小姐，这是怎么回事？难道有人是故意要引我们来此的吗？"

丹红却似乎明白了什么，上一回她和雪素被缚住手脚绑了丢在厢房那件事，还令她心有余悸，这会儿突然遭遇这样变故，她心里便隐隐觉得恐怕又要发生什么事了。

果然，她还未来得及对严嬷嬷解释些什么，身后忽然传来细碎脚步，不过一个转瞬，她身子绵软地应声落地，便没有了知觉。

明萱看着丹红和严嬷嬷被身穿青衣的人扛走，脸色骤然发青，因为愤怒，也因为对未知命运的害怕，她身子剧烈地摇晃，连嘴唇都在颤抖："韩修，你到底想要做什么？"

陡峭山石间传来一声低沉的轻叹，山道上的阴影微动，穿着深蓝色锦袍的男人徐徐亮出身姿，他顿步向前，眼中蓄着凌厉锋芒："想要做什么？这话该我问你才对。"

他欺身上前，不过转瞬，那具巍峨魁梧的身躯便已紧紧贴近明萱，他浑身上下散发着冰封寒意，脸上的表情复杂极了，有遭受背叛的委屈，又有强忍住愤怒的无奈，他沉沉开口问道："阿萱，你果真要背弃你我誓约，嫁给裴家那位大公子吗？"

时至五月，后山的风虽然很大却带着暖意，可不知道为什么，明萱却觉得浑身发冷，她缓缓地抬起头来，直视那双霸道的眼眸，嘴角忍不住扬起讥诮冷笑："誓约？韩修，你有资格对我提起这两个字吗？"

她不着痕迹地退后两步，迎着风将额发撩开，露出斑驳的疤痕，她清亮眼眸露出嘲讽目光，冷冷地说道："看到这处伤痕了吗？因为太深，用再好的药膏都恢复不了原状，可我并不介意。你知道为什么吗？"

韩修脸色微动，抬起手来，想要触碰那些已经变成白色的伤口，却被明萱躲开，他只好尴尬地将手臂垂下，苦笑着问道："为什么？"

明萱望着他，脸上忽然绽放起一抹奇异微笑："因为我不记得了。"

她语气微顿，望着韩修的目光里带着冷漠与疏离："从前的事，我都不记得了，这不是托辞，也不是借口，你那样神通广大，一定能打听出来我说的话都是真的。祖母说过，当日我其实已经断气，后来承蒙太医妙手挽救，才又活过来的，我恰又因此失去了从前记忆，可见这是老天都要我忘记从前，重新开始呢。所以，我不记得从前与你到底是怎样的关系，也不记得你我曾有过什么誓约，假若真有……你便都忘掉吧。从前的顾明萱已经死了，不论你逼迫威胁，都不可能回来，你如今有家有室，身旁已经伴着如花美眷，便该好好过日子，珍惜眼前人。”

韩修一时沉默，过了许久才抬头：“你说……让我忘掉？”

明萱嘴角微微扯动，她淡淡地说道：“你我曾有过婚誓盟约，可当日是你亲手将婚书撕毁的，亦便是你亲自将誓约葬送，盟誓早毁，谈何背弃？若真要计较起来，韩修，你扪心自问，到底是谁背弃了谁？你欺我不懂朝政，但其实我心里很明白当日你原不必做得那样决绝的。你押走我父亲是因为皇命不可违，可你当众悔婚又是为的什么？”

她眼眸微垂，幽幽叹道：“韩修，做人不能太贪心的。”

悔婚之后不过短短数月，韩修便另娶了承恩侯的女儿惠安郡主，因着这层皇亲国戚的关系，新帝登基之后，他不仅没有被削弱手中实力，还在短短两年之内升至平章政事，如此年轻，便已登上了权力顶峰，成为裴相之下最权柄赫赫的少年权臣。

彼时为了权势，可以轻易放弃的婚约，如今权势在手，却又要拣起，岂不是如同个笑话？莫说他妻子尚在，他不只给不了她原配嫡妻的位置，甚至连尊重都不肯给予，便是他孑然一身，将正室的位置双手奉上，她也必定不屑一顾。

舍得，舍得，舍去是为了得，舍去之物不再得。

倘若韩修干脆了断，她顾明萱便是万般不屑，他也还当得起一句杀伐决断，可他既然已经为权势而舍下自己，如今再纠缠不清，那便是贪心不足，令人鄙夷了。

韩修闻言微滞，脸上闪现难以言喻的痛苦表情，他沉声说道：“我有苦衷的，但现在不能告诉你。阿萱，相信我，总有一天你会知道，我所做的一切并不是为了伤害你，而是为了你我的将来。”

他微微一顿，语气忽而变得柔和，像是在哄孩子一般低声说道：“阿萱，听话，只要再等我两年，两年之后，我必以正妻位迎娶你过门，以后我们要生三个孩子，两个是男孩，最小的是女孩，我们一家人过着幸福快乐的生活。你说，可好？”

这男人分明是炼狱修罗，可脸上却露出这样温柔表情，与他带着凛冽杀意的冰冷气息格格不入。

明萱心中涌起怪异感觉，只觉得韩修身上充满了令人无法理解的矛盾。是他置她于死地的，又是他威胁逼迫她的，他三番两次阻止她嫁人，甚至还那样信誓旦旦地要求她再等他两年，可却又口口声声说要与她建立家庭，过幸福快乐的生活……

这个男人一定是魔怔了！

可她不会随着他一起变成疯子。

明萱沉沉闭上眼，又缓缓地张开双眸，她眼神坚定，似是下定了什么决心，毫无迟疑地摇了摇头，斩钉截铁说道：“不好。”

她轻轻抬手从发鬟间拔出簪子，冰冷锋利的簪头顶住如玉般洁白又脆弱的脖颈，那簪子离得那样近，仿佛再只要用力一分便能轻易割破她喉咙，她望着韩修凄然一笑：“我知道再说什么都是徒劳，你也根本就不在乎我的想法，为免你以后对我纠缠不休，你我的恩怨便就在此地了结吧。”

韩修没想到明萱会作出这般决绝的举动，他愤怒她竟敢用自己的性命来威胁自己，又害怕她一个不慎真的受了伤，三年前他已经承受过一次差点失去她的巨恸，那种痛深入骨髓，远比在千军万马中踏着尸体奋力厮杀搏命更令人窒息。

他沉声喝止她：“顾明萱，你在做什么傻事？你若是死了，信不信我会令整个顾家为你陪葬？”

明萱哧哧笑了起来，她轻轻摇头，满不在乎又带着些怜悯地说道：“你除了威胁，想必也没有别的手段了。令整个顾家陪葬？韩修，你以为你真的有这样的能耐吗？便是有……”

她不屑地挑了挑眉：“便是有，你觉得我会在乎吗？从前我忍你躲你，是因为还眷恋尘世，想要好好珍惜这条得来不易的性命，将来能过些安静的日子。可现在我想明白了，你这样不死不休地纠缠着我，除非我肯顺着你意思生活，否则，我便永无宁日。”

韩修脸色瞬时铁青，像是狂怒的暴风，随时都可能肆虐发作。

明萱却好似全然不在意，她将抵住脖颈的簪子更刺进一些，几乎已经贴在了动脉之上，只需要稍一用力，便会有殷红的鲜血如泉般涌出，她决绝说道：“你所在意的，是我不屑一顾的，你以为我在意的，是我弃之如敝屣的，你勾勒出的将来和以后，那只不过是你一厢情愿的想法。”

她眸光流转，衬得那张脸蛋熠熠生辉，她分明那样美好，说出来的话却又那般绝情：“韩修，不论从前种种，你负我害我总是真的，倘若你心中尚还存有一分亏欠不安，那就请你放了我，从此你走你的阳关道，我过我的独木桥，我们互不相干。若你要执意相逼，阻挠我婚嫁，那今日我必定血溅当场，我死了，你也什么都得不到！”

山风吹乱她的额发，似雪般的脸颊显得越发苍白，纤弱的身躯迎着风微有些战栗，衣袖飘飘像是要乘风而去。

韩修的心一下慌了，他望见她眼神中的坚定，知晓以她烈性，倘若他口中说出一个“不”字，她手中的利簪会随时割下去。有那么一刻，他脑海中闪过这样的念头：“那就刺下去吧，我得不到的，别人也休想得到。”

可他这样想着的时候，心脏却像是被生生撕开一个缺口，疼得都快要忘记呼吸。

明萱望着韩修脸上变幻莫测的表情，看出他的不忍和痛心，可他仍然还在犹豫着。

心中油然而生出一种苦涩和绝望，她不知道若是从前的明萱面对着这个已经着魔了的男人时，会有怎样的回应，是更决然地拒绝，还是无可奈何地顺应？可此时此刻，她却惟有一个念头：若是无法逃开，那便死吧！

她咬了咬唇，轻轻地将簪子往下刺去，便有一丝鲜血从手背上缓缓滑落，苍白的手，殷红的血，交织成诡异妖艳的图像，触目惊心。

韩修再无法克制住自己的情绪，他上前两步，一手箍住明萱仍在流血的脖颈，一手却奋力将明萱手中的簪子夺开，他如同发怒中的雄狮，那种冰冷的杀气惊散林中飞禽，几乎是吼出来的："顾明萱，你真有本事！"

明萱惨然一笑："韩大人，若不是被你所逼，我又怎会这样作践自己？"

到了这般田地，她不似从前那样瞻前顾后，反倒大胆了起来，她挑了挑眉挑衅地说道："你有妻室，岳家正值皇恩隆盛，所以你只敢使出这些阴损招数来迫我，韩修，如今我已经没有什么好怕的，你却尚有许多顾忌呢！所以，要么你我从此别过，永不相干，便是无意中遇见了，也只当作不认得。要么我死，但你也别想再有好日子过！"

她眸光潋滟，笑得妩媚非常："你要选哪个？"

韩修正待回答，忽听得前方药庐的门"吱呀"一声开了，锦衣紫袍的男子徐徐从屋内走出，面如冠玉，身姿俊秀挺拔，如同谪仙子降落凡间。

裴静宸幽深的眼眸望向抵死挣扎的战斗场，他的目光隔着几丈徐徐落到明萱苍白的脸上，又缓缓移至她的衣襟，看到月白色的锦缎上沾染上斑驳凌乱的朱色血痕，有淡淡的血腥气味在空气中飘散开。

她受伤了，看起来很疼。

他面上仍是那样沉静表情，心下却闪过莫名烦躁，好似秋风吹皱平静无波的湖水，搅乱一池静寂。谷底的山洞有直达药庐的甬道，他方上来便听到门外有男女激烈的争辩声响，透过隙开的木窗，他认出了明萱和韩修的身份。

倒不是刻意要偷听的，一月之后要与他成亲的妻子与她前未婚夫之间的摊牌现场，他不好贸然出现。他本打算安静地在药庐中等他们将话说完散去，可她却说要"血溅当场"。那是被陌生男人看见了身子尚敢果断逃走的女子，他相信她做得出来。

果然，她还是刺伤了自己。

韩修好似并不认得裴静宸，他并未松开钳制着明萱的手，沉声问道："你是谁？"

这问话不含一丝温度，冰冷僵硬得好像面对的是个将死之人。正如明萱所说的那样，他如今尚有许多顾忌，怎可能让第三人撞破他与前未婚妻的纠缠？当他看到那紫衣锦袍的男子从药庐中信步而出，他眼中便只有决绝杀机。

明萱惊诧地张开小口，苍白而精致的脸上写满不可置信，她忽然觉得有些嘲讽，心底慢慢涌上一股绝望。她以死相逼迫得韩修答应不再来纠缠，是想要顺利地嫁给裴静宸，说到底，她内心仍旧对未来的夫君存有期待，想要靠着努力经营，能将她的人生带入所

希冀的那样。

可眼前这不堪景象，裴静宸已经视见无遗，他是个有抱负有野心的男人，恐怕并不想在前进的路途上遇到韩修这样可怕的对手。他会怎样应对？会否因此而放弃与自己的婚约？她不敢想。

裴静宸嘴角闪过嘲讽的笑意，他正待开口，忽然从山石后面隐约传来一阵细碎的脚步，听起来人数不少，还有人开口说道：“分明是从后山顶上传来的声响，说不得是偷走咱们老夫人长生牌位的那些贼子！”

是忠顺侯府的人。

他脸色微变，心中想着不能继续在这里僵持，否则被旁人见着，顾家七小姐清凉寺后山私会前后两任未婚夫婿，这倒算是什么？谣言猛于虎，是能将一个韶华美好的女子生生逼死的利器。他的药庐倒是可以躲避，可那里却是他的隐秘，不论如何，都不能让旁人发现的。

明萱亦正是一般想法，她趁着韩修手臂略有松动时，敏捷地挣脱他束缚，几乎是本能的，她向着裴静宸的方向跑了过去。

韩修怒不可遏，可山下的脚步声越发沉重，想来已经离得很近，他只好压低声音说道：“阿萱，快过来，我带你先躲一躲。”

明萱摇了摇头，她知道现下的处境危急，她是绝不能让忠顺侯府的人看到的，她也知晓如韩修般神通广大，定有本事穿过这些层层叠叠的树木，像方才诱她过来的那位刘嬷嬷一般消失不见。

可她便是死，都不愿意再与这个男人有任何纠葛了！

韩修步步紧逼，明萱步步后退，直到退至悬崖边上，细碎的山石“沙沙”跌落，许久都听不见回响。电光石火之间，她忽然想到那日山谷温泉的奇遇，那个诡秘的男子，似乎正是从这个角落上跳下去的。

百丈高的悬崖，看似危机遍伏，可下面却是深潭，对于会水的人而言，不过只是一场高台跳水的表演罢了，可能也会受伤，但她敢笃定，跳下去的结局一定要比留在这里或者跟韩修离开都要好。

她想要试一试。

明萱嘴角漾起一抹诡异微笑，她冲着韩修摇摇头，又向后退了一步，半只脚已然凌空：“韩修，你还没有回答我方才的话。你是要答应与我两清，还是看我死在你面前？”

她语气坚定决绝，心中却在想着，假若韩修当真还对从前的明萱有半分真情，这等生死存亡的关卡，必然能够逼出他的承诺，假若他对自己的执着并非因为真心，只是男人可笑的霸占欲望，那她也定要让他看看她的决心。

不论如何，她是一定要跳下去的。

韩修脸上露出凄然悲怆的神色，他从未料到他如此深爱着的女人，此时竟然要以自己的生命给他出这样一个难题。他不可能放弃她的，要与她缔结良缘白首到老，建立一个家庭，生几个可爱的孩子，共度一生，这是支撑着他一直走到如今的全部动力。

他以瘦弱的身躯在战场上杀死第一个敌人的时候，他踏着同伴的血肉白骨砍杀敌将的时候，他决心放弃手中军权换取盛京一路荣华的时候，他忍着锥心之痛亲手将与她的婚盟撕毁的时候。

那些深入骨髓的痛楚，唯独想到她时，才能稍以缓解。

他如今所做的每一件事，都不过是为了不重蹈他父亲的覆辙，他贪恋这些权柄，也不过是为了将来能与她更好地生活。他再也不想让父母的悲剧，再一次发生在他的身上了。

可她就是不明白他……

明萱望见韩修脸上情绪有些悲恸激动，似是沉浸入痛苦回忆之中，她冷笑着摇了摇头，看来他是不肯放弃了。她回头望了下深不可见底的悬崖，悄无声息地又将另外的脚步提起，她已经准备好要跳下去了。

裴静宸如画般美好的面容浮起一层寒雾，他猜到她要做什么了。

他胸口隐约有些说不清道不明的怒意，他时常从这里跳下去，多年练习已令他闭着眼睛都能熟悉风向和水流，他可以躲开悬崖峭壁上的树枝，避开深潭底下的暗礁，安然无恙地跳进水潭。可她不同！她什么都不知道地跳下去，便是不死，也定然要受重伤！

他的轻叹消散在风里，他心里想着，倘若她想要以这样的方式避开韩修，不若他陪她一起，有他带领，至少可以保她性命无忧。

明萱的身子微微向后仰去，忽然她瞥见裴静宸不知何时向她靠近，她眉心微皱，可不过转瞬，便将手拉住他衣襟。她压低声音对他说道：“你留在这里，他是不会放过你的，不如你跟我一起跳吧。你放心，我曾经见人跳过，不会有事的。”

她又向后退了半步。

韩修的心脏似是被生生撕裂，他要失去她了，这沉痛比任何时候都要来得强烈，不，倘若她死了，他所做的一切便都没有意义了，现下她说什么便都答应她罢，等将来……等将来一切都有了定论，她自当明白他的苦心，到时她定会回到他身边的。

至于裴静宸，她想嫁就嫁吧，听说裴家大爷是个病夫，说不定明天醒来就一命呜呼的，他怕什么？反正，最后陪在她身边终老的人，一定是他，这就够了。

转瞬之间，韩修已经做了决定，他上前两步想要将明萱拉回，可却又害怕她抗拒之下，反而不小心滑落下去。她的目光锐利如刀锋，逼着他浑身颤抖地将那些不情愿的话一字一句说出：“我答应你。”

他的嗓音嘶哑，带着深重的痛苦与绝望：“阿萱，我不要你死，我不再逼你了。你

想要嫁给谁……那就嫁给谁吧……”

明萱没有料到韩修会这样爽快地将这些话说出口，她原该欣喜若狂，可不知道为什么，听到这话时，她胸口却觉得沉闷得慌，甚至还有些隐隐作痛的感觉。这不是她的心意，或许是从前那些记忆的本能，她微滞，这种不受自己本意控制心绪的感觉，竟好似她真和韩修这头凶猛的猎豹曾有过痛彻心扉刻骨铭心的感情。

不，她不能心软！

明萱用力摇了摇头，强迫着驱散这种让她浑身不舒服的感受，她轻声开口：“你说的话，要算话。”

她话音刚落，便用力相抵，纤瘦的身躯便如同无骨柳絮，软软地飞落而下，她紧紧地攥住身旁紫袍男子的衣衫，两道身影慢慢坠落进这无底深渊。

韩修大骇，仿佛全身的气力都随着她的跳落而抽离，他忽然觉得头顶被黑云笼罩，他的人生再无半分光亮艳彩，没有了她，浚哥儿怎么办，湛哥儿怎么办，湘姐儿怎么办？他这些年所受的苦，所做的牺牲，似乎完全都没有了意义。

他痛苦地闭上眼，有一个念头越发强烈，跳下去，与她一同覆灭也好。

这时身旁有一人强力将他拦下，身着青布衣衫的魁梧男子满脸惊惶地抓住他，那人肃然喝止：“主上，不可！老夫人的大仇未报，您的冤屈未伸，好不容易走到了这一步，费尽多少力气和心血，难道您都要抛却不顾了吗？”

第 20 章　遮掩·添堵·相求

明萱睁开眼，看到洗得发旧的天青色帐幔垂落眼帘，她恍若身在梦中，不自禁地转过脸去，惊愕地发现这里该是白云庵后院的小屋，熟悉的布局，简单的摆设，连墙壁上悬挂的画幅都一模一样，赫然便是上两月时她曾住过的那间。

耳畔有一个温柔的声音响起：“萱姐儿，你醒了？”

圆慧端着药碗进屋，见明萱撑着要坐起来，忙放下手中的托盘，过去替她将靠垫放在身后，她柔声安慰着说道：“只是受了点凉，喝一碗热姜茶驱驱寒便成，好在你脖颈上的伤口也不深，用些药膏过些天就好了。”

她将药碗递过，帮着明萱将药喝下，脸上表情带着几分宠溺的怪责：“宸哥儿瞎胡闹，那潭子虽深，可底下却颇多暗礁，他小时候没少因此吃亏的，这会儿却没轻没重跟你开这等玩笑。萱姐儿，你莫生气，他素来乖觉听话，鲜少这样顽皮的，我已经说过他一通，以后他定不会再犯。”

明萱眸中闪过几丝不解：“宸哥儿？顽皮？”

是在说裴静宸吗？她脸色微变，猛然想起之前的那些情景，没有错的，她是生怕韩修会对裴静宸不利，所以拉着他一块跳下来的，她只记得看见了韩修那张痛不欲生的脸庞，后面的事却都没有印象了。

自己是不会无端端出现在庵堂的静室，那定是裴静宸将她送过来的。

可这里是玉真师太的禁地，不令外客进的，怎么圆慧提起那个人时却是这样的神情，亲昵地唤他宸哥儿……

明萱微微抬起头来，眼中含着困惑问道：“圆慧师父，您是裴家大爷的？”

圆慧笑着说道：“我是宸哥儿母亲从前的贴身近侍，蒙宸哥儿不弃，他唤我一声姨母。”

她忽而轻叹一声，走到墙角那幅画像跟前，探出手去，有些眷恋地轻抚画上女子的玉容：“郡主走时，我答应过她会好好照顾宸哥儿的，可惜身在红尘之外，万事有心无力。杨氏心怀鬼胎，宸哥儿危机四伏，在那府里的日子过得艰难得很，好在以后有你在他身侧相伴，我也能安心地放下一切尘缘，跟着师太一起青灯古佛。”

明萱怔怔地望着那幅仕女簪花图，头一回看到这画时就觉得画上的女子眼熟，原来竟是裴静宸的母亲永嘉郡主的肖像，玉真师太珍重疼爱的晚辈是她，这屋子也曾是她的房间，这便能解释裴静宸是如何将她送至庵堂的。

脑海中仿佛闪过什么片段，她脸色骤然而变，张开嘴有些颤抖地问道：“圆慧师父，裴家大爷小时候从清凉寺后山的药庐那边跳下来过吗？”

圆慧笑着点了点头，神色间涌动温柔慈和：“头一回是无意中跌落，身上刮伤了好几处，后来却是师太发现那潭水终年涌动热潮，似是对身体极好，因此才让时常跳水浸泡以作强身健体之用。若是常人不熟悉水下暗流和礁石莽撞跌落，那便是不死，也定难逃过一身伤的。”

她有些抱歉地说道：“宸哥儿说他一时不慎吓着了你，才令你受惊坠落的，他也后悔得紧，萱姐儿，我不知道当时情境如何，可宸哥儿素来并不是个莽撞的孩子，定是哪里出了误会，你两个婚期将至，下月便将永携世好，可千万莫要因此生了他的气，闹起了别扭该怎么办。”

明萱勉强扯了扯嘴角：“圆慧师父，我不怪他的。”

她还要感激他，若不是他替她编了这样一个谎言，她该怎样解释自己的处境？被韩修逼迫的事，除了祖母再无人知晓的，事关名节，也不能让旁人知道。圆慧师父虽然从一开始就对自己表示了友好，可这件事到底不光彩的，作为裴静宸的亲人，圆慧定也不愿意有其他的男人和她纠缠不休。

圆慧冲她温和一笑，从架子上取下已经弄干了的衣物："贵府上的严嬷嬷已经候在外头了，萱姐儿，你若是觉着精神还行，便换下衣裳出来吧。若是觉得依旧不舒服，那我替你传话，让她们先行回府也成。"

她轻轻抿嘴："便说是师太留了你在这住下，贵府上老夫人不会责怪的。"

明萱忙摇了摇头："不必麻烦了，圆慧师父，我已经好多了。"

她手脚麻利地将衣衫穿上起身，嘴角勉强露出些笑意："叨扰了庵堂清静，原该去给师太请罪的，但佛堂不见血光，我衣裳上不慎沾染了血迹，便只有下回再给师太磕头了。"

庵堂的门扉吱呀一声开了，严嬷嬷和丹红满面焦急地迎了上来："小姐！"

丹红急得都快要哭了，悠悠转醒之时恰逢忠勇侯府和安显侯府的人决意搜山，她丢了小姐却又不能大张旗鼓地去寻，若不是这时候裴家大爷身边的小厮长庚前来报信，她与严嬷嬷真是六神无主不知道该如何是好了的。

她扶着明萱上了马车，眼泪终于止不住掉落："小姐，那韩……您没事吧？"

明萱冲她安抚地笑笑，她摇了摇头说道："我无碍的，你们呢？你们没有受伤吧？"

严嬷嬷忙道："那些人把我们放在一间无人的禅房，后来听见忠勇侯府的人张罗着要搜山，动静很大，这才醒过来的，我和丹红都没有事。我们两个跟着去了遇袭的后山，七小姐您已经不在那处了，人多口杂，这事必不能张扬出去的，我和丹红便借口您被师太请去说话，将跟着咱们的婆子都遣了回去。"

她顿了顿，"车夫唤作简老六，便是那日在山道上急智机勇的那个，他为人持重，是个信得过的，我已交代过他，不许将今日所见说出去一个字。他知晓事情轻重，小姐若是出事，他也定难逃一死的，所以小姐不必担心。"

是害怕无端失踪的事闹了出去，惹起人不好的联想。

明萱点了点头："严嬷嬷，我既无事，那今儿这场劫难，你回去也莫要告诉祖母，她年纪大了，身子也不甚好，我怕她听了难受担忧，又将病情加重了。"

严嬷嬷有些不大赞同："可这事非同小可，若是不跟老夫人说，请她想法子解决，这日子可怎生得了？七小姐，再有一月余，您可就要出嫁了呀，若是到了裴家，这位韩大人仍要如此胆大妄为，裴家可不是善茬，那位世子夫人杨氏怕是心心念念盯着，就盼着您出错呢！"

她想了想说道："实在迫不得已，不若还是请老夫人会会韩夫人吧？"

明萱无力地摇了摇头："不必了，那人已经答应以后不再来纠缠，想来他曾在军中待过，懂得一言既出驷马难追这句话，先看看吧，倘若他继续下去，那时咱们再做旁的打算不迟。"

她顿了顿，忽然问道："严嬷嬷，您在老家还有什么亲人吗？"

严嬷嬷一愣，有些不解地摇头："我是辅国公府的家生子，老子娘都在庄子上做活，家中并无兄弟姐妹，前些年我爹娘相继没了，如今便只有我孑然一身。"

明萱微微沉吟，半晌才低声说道："祖母那日问我，可曾想好要带去裴家的嬷嬷，我思来想去，漱玉阁里两位守屋子的婆婆虽然对我忠心，可见识到底还是浅了一些。裴家，是那样一个龙潭虎穴之地，倘若身边没有几个得用的人，我有些害怕……"

她徐徐抬头，眼中带着深厚希冀："嬷嬷，阖府上下，除了祖母，我最尊敬信赖的人，怕只有您了，我知道您在祖母身边劳碌了一辈子，这会儿本该是颐养天年的时候，我若再开口提这不近人情的要求，实有些过分。可您……能不能考虑一下，跟着我一块去裴家？"

严嬷嬷一时愣住。正如明萱所说的，她年将五十，在朱老夫人身边辛劳了一辈子，好不容易熬到了安泰院的掌事嬷嬷这个位置，不仅老夫人信任她，阖府上下谁不敬着她？便是侯爷侯夫人见了，也要多给她三分脸面。

可老夫人的身子一日不似一日，看起来不过三两年光景，老夫人若是走了，侯夫人身边自是用不上她的，她在永宁侯府的处境便就尴尬了。她的地位全由老夫人所赐，老夫人去后，她便一文不名，哪个还会将她当个事？更何况她娘家人已经死绝，亦无老家好回，后半生怕是只能安静地烂死在侯府后院某个僻静角落。

这时，明萱的请求，却像是最深的诱惑，正中了严嬷嬷心扉。

她贪恋的倒不是敬重和权力，只是有些不甘寂寞罢了，希望能有人想着她，念着她，依赖她，用得上她。裴家水深火热，七小姐嫁过去之后处境仍旧堪忧，她若是以陪嫁嬷嬷的身份过去，日子决然不会比在侯府更好过的，可七小姐需要她，她便不是没有用处的，这令她动心了。

明萱一双莹莹美目波光粼粼地望着严嬷嬷："上回与颜家说亲的时候，祖母曾提起过一回，想让您过去颜家帮衬我的，我怕您不肯，便推拒了。可这会儿……"

她咬了咬唇，"虽然去裴家前途未卜，可我保证不会令您受到一点伤害，也不让您吃一丝丝的苦，您若是怕老了无人孝顺，雪素没有家人，我让她拜您做义母，将来您便有女儿女婿了！可您若不愿，我也不会强求的，只是希望嬷嬷能好好考虑一下。"

严嬷嬷抬起头来，她轻轻捏住明萱的手掌，沉沉地点了点头，"我愿。"

明萱心怀忐忑地回了侯府，一连几日都胆战心惊，生怕忠顺侯府那边闹出什么于她不利的传言，又害怕韩修得知她安然无事之后又来纠缠，但日子平静无波地过去，一切如旧，并未有半分异样，她似乎是多虑了。

月夜无星，银辉洒落满地，漱玉阁中东厢的灯火通明，内室的烛光也在风影中微微摇曳着，光点跳跃，在木窗上投射出或高或矮的影子。

丹红端着新沏的花茶进了内屋，见明萱伏在八仙桌上奋笔疾书，便小心翼翼地将茶水放在桌案一角，她低声问道：“小姐，要不要先歇会儿，喝口茶润润口？”

她瞥了眼墨痕犹在的新纸，脸上露出诧异神色：“小姐要提了藕丝做二等丫头陪嫁过去镇国公府？那小素怎么办？她一家境遇不好，倘若留在府里丢了差事，真的不晓得要怎样过活的。可是小素的娘又……”

数日过去，小素一日比一日着急，可光着急是没有用的，她娘似乎怀有什么隐情，无论她怎样劝说，都不肯进漱玉阁来见明萱。

明萱将笔顿下，接过茶水轻轻地抿了一口，目光里闪烁着或明或暗的光亮，她低声说道：“这事逼不得的，所以小素的娘不想说，我并没有一定要这几日内就将她心里藏着的事逼出来。我想着小素有兄弟老娘要牵挂，实是不适合与我一起蹚进裴家这潭浑水，藕丝识文断字，又聪明机灵，孑然一身，并无牵挂，还是提她做二等带过去裴家吧。”

她顿了顿：“小素一家既然从前都是三房的人，我也没打算就这样放手不管，我想将他们送到从前我母亲陪嫁的庄子上去，只要出了这府门，想必就无人再敢欺负他们了。”

丹红一拍脑袋，恍然大悟地说道：“怪不得前几日雪素姐姐进来，您吩咐她去查查您在气候宜人的南方有没有什么像样的庄子，原来是作此打算。小素的兄弟既是只有冬季才易发病的，盛京极寒，南方的冬日却没有这样难过，许是去了那儿，她兄弟的病会好起来呢！”

她眼中带着敬慕：“小素急得都快哭了，可小姐其实早就已经替她想得周全。”

明萱低声轻叹：“我瞒着不告诉小素，其实是想试探一下小素娘。倘若她宁肯以后遭罪，也不愿意轻易将那些事说出来，那便表明她知道的事不仅事关重大，而且还牵连甚广，这里头的隐情显然也就更多。”

她目光微敛，想到小素说她娘曾提起过大伯母与母亲之间有嫌隙，可她旁敲侧击地问过漱玉阁几位年长的嬷嬷，都说侯夫人与三夫人感情虽说不上亲热，素日也是和睦友善的，就连严嬷嬷也是这样说的。

严嬷嬷已经定在了她陪嫁的名单中，自然是不会骗她的。

自从那日清凉寺后山遇险，回来之后明萱便向朱老夫人请求要带严嬷嬷去裴家。

朱老夫人原本就有这个意思，她虽然素来用惯了严嬷嬷，乍然要送她走也有些眷恋不舍，可安泰院里服侍她的尚还有管嬷嬷宋嬷嬷，皆是她从辅国公府带过来的，还有绯桃西紫这几个年纪轻些的一等丫头陪着她，严嬷嬷若是走了，她其实也并不寂寞的。

可萱姐儿却又不同。

镇国公府裴家是潭深不见底的墨水，裴相生有五子，除了世子裴孝安是个软懦的，其余四子皆居于高位，在朝堂之上凌威他人，许是才能赫赫，在家中便也谁都不肯服气谁。老爷们如此，后宅的夫人们便也有样学样，听说裴家几位夫人之间彼此都不大和睦，连累着底下的少爷小姐也并无几分亲情。

这些虽是道听途说，可空穴来风未必无因，萱姐儿这回虽离了韩修这头猛虎，可却踏入了裴家这个狼窝，她虽然素日谨慎沉稳，雪素丹红这两个也都是安泰院里出去的好孩子，可到底还是缺个有见识又有手段的嬷嬷在一旁照应。

朱老夫人思来想去，觉得只有严嬷嬷最为妥帖，可又觉得严嬷嬷伺候了她一辈子，临老到了安享晚年的时候，却又接了这样危机重重又繁重辛劳的任务，难免有些委屈，便有些不大好意思开口。谁料到这回萱姐儿来求，严嬷嬷又应下了，这事便算是皆大欢喜地成了。

明萱尚自发呆，却忽得听见丹红说道："哎呀，差点忘了，您晌午去安泰院老夫人处说话时，九小姐来过一回的，她手中捧了个描金的匣子，看起来似是要为您添妆，后来听说您不在，便又捧着东西回去了，只说明日再过来瞧您。"

她顿了顿："我瞧九小姐吞吞吐吐的，好像有什么话要说。"

明萱颇觉诧异，自从在建安伯府，她顺着芜姐儿的意思将计就计了一回，芜姐儿如愿得到了梁琨这个未来夫婿之后，便一直躲在拢翠阁中，除了家宴，几乎从不露面，这会儿离她出阁还有几日的，论理还不曾到添妆的时候，芜姐儿来寻她却是有什么事呢？

她目光微凝，想了想又问道："八小姐呢？听说她今儿进了一趟宫？"

丹红点了点头："贵妃娘娘这几日便要生产了，侯夫人今日入宫陪娘娘说话，也带上了八小姐。我一直侍候着小姐并不曾亲眼见到，是门上季婆子说的，八小姐打扮得清雅素淡，举手投足既温文，又有礼，看起来竟像是换了一个人。"

明蔷从前喜好艳色衣裳，仿佛只有华贵鲜艳的服色才能彰显她的得宠，她生得美艳，盛装之后尤显富贵尊荣，底下的婆子在暗地里谈论起侯府上的几位小姐中，八小姐身上的王妃风范，倒比六小姐还要足些。

明萱眸光一深，冷笑着说道："先头让你去找的云芬有消息了吗？"

听季婆子说，云芬是从前二姐明蓉梨香院的二等丫头，原是要陪嫁去九皇子府上的，但二姐大婚前几日她染了一场重病，过几日虽好了，却将这差事生生丢了，后来母亲便做主将她嫁给了铺子上一个掌柜的儿子，三房败落之后，便就失了联络，也不知道后头侯夫人将她调去了哪里。

丹红连忙回答："有消息了，云芬先头嫁的那男人得病死了，她后来又给南郊庄子上一个庄头做了填房，因她换过几个地方，所以很有些难找，若不是院子里洒扫的那位葛婆子，她男人在二门上当差，曾经去过两回南郊庄子，恰巧遇见过一次，还真就找不着了。"

她想了想，有些为难地说道："听说云芬怀了孩子，南庄离这也不近，恐怕小姐便是有什么话要问，也不方便见她的。"

明萱笑了起来："谁说我要见她了？"

佳瞑

她眼睛微眯，低声说道：“明日你若是有机会，去一趟东厢，闲话时无意中提起一句我姐姐尚有个贴身用过的丫头在南郊庄子上便成。至于以后的事，便与咱们再没有干系了。”

蔷姐儿想进宫，并且不知道她用什么方法说服了侯夫人，她恐怕是在何处知晓了些当年事情的真相，从中揣度出今上对结发之妻尚有愧疚眷恋，所以才会毅然决然地要走这条模仿之路。

她迫不及待地想要了解明蓉的一切，明蓉的穿衣打扮，明蓉的举止谈吐，明蓉的填词作句，甚至还有明蓉的所思所想，她做得那样坚决，定然是有必胜的把握能够笃定今上会喜欢接受。

如果明蔷那么想，明萱并不介意帮她一把。

丹红忽然顿悟，她张开嘴有些惊讶地问道：“小姐是想……”

明萱冲着她微笑，那笑容明媚，似乎将前些日子的阴霾一扫而空，她毫不掩饰地点了点头：“大房的日子过得那样好，我有些不甘呢，助蔷姐儿一把，让她给大伯母添添堵，我心里也是高兴的。”

以蔷姐儿的心性，便是入了宫，也必不能收心安分下来，倘若今上真的对发妻尚有余情，那么将明蓉模仿得入木三分的蔷姐儿显然便要比顾贵妃更多了几分帝王宠爱，蔷姐儿心气高傲，又有些贪心不足，一旦沾到了权势的滋味，她会想要得到更多，到时候难免会发生姐妹争斗，于顾家或许是无甚大碍的，可是侯夫人想必要操碎了心。

历经了清凉寺后山那一次解难，明萱觉得自己有些想通了，隐忍退让有时并不能让人过得舒坦，因为步步紧逼着你的人，未必都会见好就收。你越忍让，对方便以为你越容易欺负，你越谦恭，对方便越要凌驾于你之上。

倘若有舍开一切的毅力和决心，也许很多事都会不一样的。

丹红似懂非懂地点了点头：“嗯，明日我便将云芬的事透露给东厢房那位听。”

明萱满意地点了点头，合上账册与名单，便在丹红的服侍下上了床榻，她盯着艾绿色的床幔发了会儿呆，便轻轻阖眼，很快安然入梦。

第二日晨起，丹红伺候着明萱在妆台前梳髻，她手上动作不停，一边却低声说道：“待会儿小姐过去安泰院请安，便让素弯陪着您，我去东厢与左紫说会闲话，也不多说，只透露出一星半点的口风，等八小姐拿东西来贿赂我，我才肯说出云芬姐姐的事。”

她嘀咕着说道：“倘若不让八小姐出点血，就这样白送云芬姐姐的消息给八小姐知晓，我也觉得有些不甘呢。”

明萱“扑哧”一笑，她眼梢微翘，忍不住扬起眉来：“说得正是呢，蔷姐儿心急，若是知晓你这儿有从前贴身服侍过姐姐的人的消息，定是千金也要买到的。”

她顿了顿，倒当真给丹红出起了主意来：“你莫要狮子大张口，蔷姐儿气量狭小，难保将来她得势了要挟私报复，但也不必手软，我记得她去岁及笄，族中有位婶娘为了巴结大伯母，随了对赤金打的镯子，成色足分量重做工也精致，内圈还雕着蔷姐儿的生肖，我估摸着怎么也能值个两三百两银子。”

被明萱这么一说，丹红也想起了那回事，她忍不住抿嘴笑了起来：“我记得，那对镯子是族里住东檀街的三太太特意打的，想要借着及笄这机会讨好了八小姐，在侯夫人那也有面子，谁料到八小姐能这样当众就给她下不去脸来。”

她想了想说道：“我便只与左紫说，前儿看到瑞嬷嬷手上戴了对镶玉兔的金镯子既沉实又漂亮，也羡慕得很，不知道什么时候能有福分得主子的恩典，也能赐我一对。”

明萱笑着点头：“蔷姐儿与你同岁，又是现成就有的，她要笼络你，便不会心疼那镯子，这下好了，蔷姐儿得了对她有用的消息，咱们家丹红得了对镯子也不亏，将来出嫁有这么份压箱底的东西垫着，也好替我省点银钱。”

她一边说着，一边作沉思状：“说起来也是时候将你的亲事排上议程了。”

丹红难得羞红了脸，不依地唤了声：“小姐又来打趣人！”

不多时，严嬷嬷进来了：“前几日忙着和管嬷嬷还有宋嬷嬷交接手头上的事，还没来得及向小姐您请安，这会儿好容易都忙完了，才想着如今我已经不是安泰院的人，是时候该跟着小姐来漱玉阁住才对。” 189

她语气里分明带着几分眷恋不舍，可听起来却又显得十分轻松：“小姐，还请您赐间空屋，也好让奴婢有个栖身之所呢。”

明萱很是惊喜，她忙拉住严嬷嬷的手臂说道：“屋子早让丹红收拾好了，就等着嬷嬷大驾光临呢。”

她的陪嫁嬷嬷已经定下严嬷嬷，那以后她手下的这些丫头婆子房头里的大小差事尽都要由她来管着，这会儿在安泰院的差事既已经交割完了，自然便要请严嬷嬷过去漱玉阁先替她照管着，也好先熟悉熟悉底下的人，将来好分派事务。

严嬷嬷笑着点了点头：“我去收拾收拾便过来。”

正说着话，便瞧见左紫慌慌张张地从正屋里出去，连个招呼也没打，有些落荒而逃的狼狈，她便微微挑了挑眉，心想应是丹红的盘算成了。

果然，丹红见了她，便忙将她拉至内屋，确认四下无人，这才欢喜地从怀中取出一个用红布绸包着的物事来，她将绸布打开，赫然便是那对赤金镯子。

丹红脸上的笑意止也止不住：“我只不过提了云芬姐姐的名字，八小姐知晓了便让左紫拿了这东西来哄我。”

明萱嘴角轻轻扯动：“贵妃这几日便要生了，蔷姐儿比谁都急。”

等贵妃产下皇子，宣蔷姐儿入宫的旨意便该下了。蔷姐儿虽在漱玉阁明蓉的旧手札

里学了一些皮毛，可唯独真正伺候过明蓉的旧人处才有她最急需的消息，明蓉私底下的性情脾气喜好，那些才是能诱惑人心的关键。

丹红附和着点头：“八小姐看起来的确很着急，刚知晓了云芬姐姐的消息呢，就套车出去了。”

这两日侯夫人心上头等大事便是贵妃和皇子，她每日进宫，连府里的家事都暂时交到了世子夫人蔡氏手上，并没有多余的精力，况且，自从明蔷不知道用什么理由说服了侯夫人之后，侯夫人便再没有管过她，因此这些日子明蔷出入侯府十分自由。

明萱嘴角露出淡淡笑容：“人各有志，随她去吧。”

都道为妃为嫔是莫大荣耀，可在她看来内宫却是有进无出的美人冢，那是与无数女人争夺同一个男人的战斗场，赢了或许有泼天荣华，输了却要搭上身家性命的，进宫之后生存都已是个难题，更别提快乐了。

但或许，那些削尖了头想要拱进宫的女人，也根本就不在意什么是快乐。

她正自想着，外头忽有小丫头进来回禀：“九小姐来了。”

明芜穿着身藕色裙衫袅袅婷婷进来，她大方得体地见过礼，便将手中抱着的描过金漆的匣子放在桌案之上，她笑着说道：“这是前儿从母亲那里得的一对钗子，我瞧着样式好看，很适合姐姐，所以便借花献佛拿过来给姐姐，权当是我与七姐姐的添妆。”

木匣打开，里头静静躺着一对金丝牡丹吐蕊的钗子，样子古朴大方，看上去是嵌宝阁的东西，十分富丽华贵。

明萱脸上平静无波，只是嘴角漾着淡淡笑意，她伸出手去将那匣子推过去一些，轻轻摇头说道：“这对钗子精致华贵，九妹妹留着自己戴便好，这么贵重的东西，又是大伯母给妹妹准备的，我若是拿了，倒成了什么？”

她顿了顿：“你我一家姐妹，婚期又只在前后，彼此添妆，只要份心意到了便就足够，不必太破费的。”

明芜似不曾想到会遭到这样直截了当的拒绝，她一时面色便有些尴尬。

她端着无辜表情，可怜兮兮地咬了咬唇：“我只是瞧见这钗子与姐姐相配……”

明萱“扑哧”一声笑了起来：“傻丫头，你很快便是伯夫人了呢，这金丝牡丹富贵端方，正合你身份，和你才是真正相配呢。大伯母特意给你这个，想来也是这样意思，你若是将这钗子转手就送给了我，岂不是辜负了大伯母一番好意？”

她将匣子盖好，亲手放到明芜掌心：“这个你拿回去。”

这番话说得在理，明芜便不好再多说什么，只好将匣子收回，她脸上表情显得有些尴尬，她身子微微扭动，看起来是要起身离开，可却又没有立起，双唇张合，一副欲言又止的样子，似是还有话要说。

所谓无事不登三宝殿。明萱知晓明芜是有话要对她说才过来的，可那副将言不言的表情，却又分明是在等她先开口发问，她心里便生出些鄙夷，觉得明芜虽然心计深重，也有野心，可到底还是小家子气太重了些，这样忸怩作态，远不如明芍直来直往来得可爱。

她眸中闪过一丝讥诮，心中想着，你若是不说，那我不问便罢了，反正最后着急难受的总不是我。

果然，明芜见明萱迟迟没有开口发问，便有些急了，她思来想去，终于还是忍不住开口，“七姐姐，有件事我想要求你！”

第 21 章　脱手·撒气·谣传

明芜咬了咬唇：“我自小养在府外，父亲虽也替我请了个教习规矩的嬷嬷，可娘亲心软，不肯教我受苦，所以并不曾好好习过规矩，等进了府，见大家行事做派都与在外头不一样的，我便有些露怯，有些不敢与众姐妹相交。”

她妩媚双眼微微闪动：“其实我心里一直想要与七姐姐好好说说话，你我虽然境遇不同，可在这府中的处境却有些相似，人家唾手可得的东西，于我们却总是这样艰难……”

夕娘再得永宁侯的宠爱，也改变不了她青楼魁首的出身，她非良家，一辈子便只能是个见不得光的外室，明芜有这样一个娘亲，便是堂堂正正地占了永宁侯府九小姐的身份，也无法摆脱旁人的异样眼光和暗地嘲讽。

明萱几不可察地轻叹，出身血统原是各人缘法，她并未身在其中，不知道该怎样评述明芜的境遇，只是这会儿芜姐儿忽然说这些，总让她心里有些不安。

她不好再装作没有听见，可一时又不知道该怎样接话才好，便只好硬着头皮地“嗯”了一声，等着芜姐儿接下来将要说的话。

明芜幽幽叹了口气：“我知道，七姐姐心里定觉得我是个心计深沉，惯使手段的，可我自问算计建安伯那桩亲事，并未害过谁。八姐宁肯投缳也不愿意嫁过去梁家，后来又是自个儿要爬三表哥的床。我只不过是帮了她一把，算不得是害她。”

她抬头凝视着明萱眼眸，表情认真接着说道：“也是知道姐姐不肯做建安伯的填房，我又恰好知晓了侯夫人的算计，这才做了准备，反将侯夫人一军，将那桩婚事做下的。若真论起来，我虽然如愿以偿成了未来的建安伯夫人，可七姐也因此如了愿，八姐姐虽吃了几日苦，却也因祸得福，谋到了更大的富贵。”

明萱有些惊讶，她并不知道蔷姐儿曾试图爬三表哥的床，可随即却又有些了悟。若

不是蔷姐儿做了不体面的事，大伯母怎么会在祖母寿诞前日将她连夜送去庄子上？

她眉心微动，终于明白了李少祈走时那些话里的含义。

蔷姐儿为了拒掉建安伯这门亲，先是在祖母寿诞前演了一出投缳的闹剧，让阖府上下跟着堵心。以此来威胁对她素来疼爱有养育之恩的嫡母，后来又糊里糊涂地想出爬上三表哥的床这个蠢笨主意，这样的性情智商，若是进了宫还得了宠，内宫恐怕要有好一番鸡飞狗跳了。

至于自己……

倘若那回不是芜姐儿反将了侯夫人一军，她定是已经被算计了去的，虽然此时看来，建安伯府要远比镇国公府清静。可她内心却实是无法接受成为姐夫的填房这件事的。

芜姐儿说得对，自己是托了她的福才躲开了侯夫人的算计。

明芜见明萱表情有些松动，心中便是一喜，她忙接着说道："那日净房里的事，建安伯似是起了疑心，前几日梁家派了位嬷嬷来府请安传话，我听到她旁敲侧击地问我身边的丫头当日的事。"

她语气一顿，目光里满是恳求："上月建安伯府上又有个管事横遭不测，听说是因为那人贪墨了府中的银钱，欺瞒算计了主子，才令建安伯不快的……七姐姐，我有些害怕，想求您帮我一块将那日的事给遮盖过去，任有谁人问起，只要你我咬紧了说什么都不知道的，那便就好了。"

明萱眉头轻挑，原来是因为这个。

建安伯不是傻子，怎会不知道受了人算计？可他既已经同意和芜姐儿的亲事，这便表明他接受了被算计这个事实，既已如此，那件事是谁做的便不重要了，建安伯即使是再残暴的一个人，也不会糊涂到对自己的妻子秋后算账的地步，芜姐儿多虑了。

她想了想，浅浅笑起："妹妹说笑了，我原本就什么都不知晓。"

明芜闻言心中一块大石落下，眼神中闪动着莫名光亮，她忙笑着附和："是呢，是我糊涂了，姐姐原本就什么都不知道的。"

她又略坐了一会儿，见时辰不早，便起身告辞。

明萱望着芜姐儿匆促不安的背影长长地叹了口气，她心下想着，芜姐儿虽然如愿谋得了建安伯这门亲事，但以后的路恐怕也并不好走。

先头大姐留下了两个嫡子，侯夫人定不会让芜姐儿轻易地做得了伯府的主，大姐明茹缠绵病榻日久，侯夫人没少帮着料理建安伯府的事务，恐怕后院到处都是侯夫人安插的人手，芜姐儿要一个个地换过来，怕是要费不少力气，可等芜姐儿羽翼丰满了，那两个孩子可就长大了呢。

芜姐儿的算计，终究还是一场空。

丹红从外头悄然进来，凑在明萱耳边笑着说："小姐，您瞧谁来了？"

明萱转过身去，看到雪素一身妇人装扮俏生生立在她眼前，不由露出灿烂笑容：“雪素，你来了。”

自从将雪素嫁给了何贵后，她便借着整理陪嫁庄铺的事叫他们搬到了铺子上去。

三夫人陆氏从前的陪嫁契约都捏在朱老夫人手里，虽不曾少了一分半点，可这三年来却也不曾见外头管事送了收益进来，明萱心中知晓，定是那些庄子铺面上的管事以为三房不行了，便想昧下这些银钱。她有心要锻炼下何贵，便叫他负责清理账册查缺失漏，定要叫那些人将吞了她的银子都给吐出来。

何贵忙得很，雪素却也没闲着，她依着明萱的意思在外头买了几个身家清白的小丫头亲自调教，将来带进裴家去，总比侯夫人赐的要可靠。

她搬出去后虽然方便在外头行事，打听事情也要比原先来得容易，可只有一点，她如今是在铺子上的管事娘子，却不好时常进来给明萱请安，若不是重要的事，便都由门上递书信，这回若不是有事，她恐怕要等明萱嫁去裴家才好见面了。

明萱细细打量着雪素，她长胖了些，皮肤又比从前光滑红润，眼角眉梢有着掩盖不住的喜悦和幸福，看起来何贵对她不错，日子也该过得很是和顺，她心里欢喜，便捏了捏她脸说道：“雪素，你胖了！”

她语气中带着些欣慰：“原先我还忐忑，怕何贵对你不好，这会儿见你白嫩了也圆润了，我便放心了。”

雪素脸上浮起红晕：“是食量大了才胖的，原先好些衣裳都不能穿了。”

她顿了顿，有些心疼地说道：“可小姐却又瘦了呢，您身上这件衣裳是去年开春我给您裁的，当时可是正好合身的，这会儿您穿着却宽了。丹红跟我说，您这些日子吃得不香，照我说，是思虑过度伤了胃口的缘故，等会儿我去交代一下小厨房，给您多做些清淡有滋味的菜。”

明萱点了点头，令丹红打发走小丫头，便开口问道：“是我四哥有消息了吗？”

雪素摇头：“上回接着钱三爷的信上说，西疆那边战火烽烟，比平时更不好打探消息，但他找到个原来与四爷在一块的战友，想来顺着这个线索查下去，四爷总该有下落的。”

她顿了顿：“是铺面田庄上的事，何贵说那些管事交上来的账册虽然做得漂亮，却还是被他发现了不妥，前几年北方大旱，南方却丰收，分明该有很大一笔进项的，可这些庄子上却都报了亏损，不只没有将盈利交上来，还将从前的存余都填了进去。何贵顺藤摸瓜，发现自三夫人嫁过来后，这些铺子田地就一直都报亏损，一次都没有交过盈利上来。铺子上还有几笔款项的去路不明，他费心查了查，发现最后都流进了同一家钱庄，那钱庄是临南王的产业，好似武定侯夫人的娘家也参了一股的。”

武定侯是三夫人陆氏同父异母的兄长，武定侯夫人窦氏则是诸安太守窦文寻的女

儿，诸安是临南的属地，若是临南王要开钱庄，窦家是必要参一股的。

明萱眉头轻皱，她母亲留下的嫁妆里头，铺面房产倒还在其次，多的是田产庄子，这几年因为北方大旱，南方的良田水涨价高，但凡是周朝有头有脸有些资本的人家，都想要去江南置田产，因此她母亲那些田庄，光是底价便就已经高得惊人，更别提这些年来的收益了。

这虽算得上一注不小的财了，可堂堂武定侯夫人，应也不至于会贪墨这些，可那些管事多是从陆家带出来的，若非得了人授意，又怎敢做这些欺上瞒下之事？

明萱沉吟了会儿，抬头问道：“何贵可说有什么法子？”

雪素忙道：“何贵说这些管事都是几十年的老人了，铺子里田庄上多皆是他心腹，倘若换掉他们，恐怕会带来意想不到的损失，他觉得小姐不若还是慢慢想法子将咱们自己的人安插过去，等过几年再换下他们。”

明萱摇了摇头，她沉吟着说道：“不论从前那些银子去了哪里，那些管事又是照谁的吩咐做事，我都装作不知情罢了，你跟何贵说，让他悄悄地将那些良田庄子都脱手，若是有人问起，私下诉苦说是因为庄子没有收益，我又缺钱花，迫不得已才这样卖掉的。”

转眼五月将末，明萱和明芜的婚事迫在眼前，侯夫人忙着料理成亲事宜，又担心着宫内顾贵妃娘娘腹中的皇子迟迟不肯降世，成日里劳碌忧思，一会儿疑心这个，一会儿又害怕那个，忽一日晨起昏眩，眼前一黑，到底还是病倒了。

好在世子夫人蔡氏素常跟着侯夫人一道料理家事的，倒也将这些繁冗事宜处置得井井有条，阖府上下日子照常过了，府里的几个主子心里却都惴惴不安。

顾贵妃该是四月下旬的产期，期间腹痛过几回府里都以为是要生产了，结果总是虚惊一场，太医诊断足月之后，还开过催产的药方，照道理说，这孩子早该落地才对。比预期晚几日出生，其实原也不是稀罕事，可宫内有裴皇后虎视眈眈着，贵妃腹中的皇长子又碍了许多人的前程，这些反常难免令人起疑的。

安泰院里，朱老夫人满脸忧心地握着明萱的手说道：“贵妃娘娘若是平安产子，那裴家与咱们家的关系至少还可维持表面上的平和，若是这回娘娘出了事，裴顾两家便要彻底撕破脸了……”

她眼中含着疼惜：“萱姐儿，到时你该怎么办才好？”

明萱猛然想到些什么，心中一动，便试探地问朱老夫人：“祖母，太医诊脉真的能判别男女？会不会也有诊错的时候？”

朱老夫人闻言一愣：“有经验的太医自然是能的，萱姐儿，你怎得这样问？莫非……”

她脸色蓦地沉重起来，可又摇了摇头：“替贵妃娘娘诊脉的那位苏太医，与咱们家素来交好，又是个医术高明的，该不会出错才对。萱姐儿，当年你做傻事伤得那样重，气息都涣散了，便是这位苏太医妙手还春，将你救回来的。”

明萱心里苦笑，那位苏太医的妙手并不曾将原来的明萱救回来呢，恐怕这医术高明的名头里含了不少水分，倘若真是如此，苏太医误断了贵妃肚子里的公主乃是皇子，而裴相又不知道怎么得知晓了这件事，一个公主而已，裴相不放在心上，自然便能表现得那样从容。

可这终究不过是个没有影踪的猜测，便是这会儿说出来，其实也于事无补。

她想了想，便忙说道：“是孙女儿胡乱想的，当不得真。”

但朱老夫人却还是将这事放在了心上，她将管嬷嬷叫了来吩咐：“我这会儿胸口有些闷，拿了我的帖子去一趟苏太医府上，请他过来替我瞧瞧。”

管嬷嬷微愣，老夫人的身子向来都是瞧的常太医，轻易换了苏太医，并不好的，可既是老夫人吩咐的，她这个做下人的自然不会反驳，她福身退了出去。

因苏太医府上只和侯府隔了两条街，过不多久，便有人进来回禀：“苏太医并不在府上。苏太医府上的门子说，苏太医前两月迷上了香月楼的头牌，与夫人闹了一通，反要非将那妓子迎了进来做姨娘，夫人震怒，当夜便套了车带着两个女儿回了老家，两个儿子不放心，连夜追了出去，到这会儿还没回来。”

那人顿了顿，接着说道：“只知道苏太医给那妓子新置了个院子，这几日一直都在那处，原该多打听打听的，因怕老夫人着急，奴才先回来禀报一声。”

老夫人脸色顿变，她无力地抬了抬手：“不必了，现下觉得好些了，也不必请常太医过来，你们先下去。”

等屋内的仆众退下，她抓住明萱的手说道：“萱姐儿，看来你是猜对了，贵妃娘娘这胎原本便不是皇子，多半是苏太医诊错了，后来贵妃娘娘月份大了，他发觉失误，这才演了这出纳妓的丑闻，将家小送走了的。”

这若是一早就设好的圈套，那苏家的人不该是两月前才离开盛京的。至于旁的太医，见贵妃娘娘将怀有龙嗣的事闹了出去，就算诊出脉象有异，也断然是不肯再与贵妃说的了，反正若是真得龙子，那便皆大欢喜，若是将来生出来个公主，诊脉辨男女的人是苏太医，牵连不上旁人的，自然便无人肯说。

可难免也会有见风使舵的小人，私底下告诉了裴皇后也未可知。

朱老夫人苦笑着说道：“你大伯父这些日子的作为，在裴相眼中怕是像个跳梁小丑一样可笑吧？不过这样也好，隆宠过盛并非好事，贵妃娘娘得了长公主，也不用像得了皇长子一样过提心吊胆的生活。”

她望着明萱：“这样你嫁过去的日子也好过些。”

果然，到了晌午，宫里头就传出了消息，说贵妃娘娘产下一位公主，母女平安。

这心心念念了大半年的皇长子临到头来竟成了位公主，永宁侯气得不轻，可这些又

偏偏怪不到裴相身上去。

他一口气憋在胸口难受，纵饮过后，便径直往侯夫人的宜安堂撒气："瞧你养的好女儿，连肚子里怀的是男是女都没有辨认清楚，就到处嚷嚷了开去，这会儿可好，明儿上朝，多少人等着看我的笑话！"

他浑身怒气，丝毫没有因为侯夫人还病着就减轻，说的话越发难听："原以为你至少能将儿女教养好，结果一个两个都是蠢货。明茹耳根子软，没个自己主意，听风就是雨，原本好好的姻缘自己折腾得无福消受，贵妃从前还是个沉得住气的，这回竟然闹出了这样的笑话，明蔷倒是好出息，在南郊庄子上还能让皇上看中，让她进宫的旨意已经拟下了，偏在这个当口上，让别人怎么想我？这几个都是你手心里捧着大的，你就是这样教养女儿的！"

今儿下朝后，皇上将永宁侯单独留了下来，说要明蔷进宫，还封了淑妃的高位。

永宁侯有两个在妃位的女儿，原本是件隆恩盛重的事，可明蔷进宫的时机不对，贵妃才刚产了公主，他顾长启便又送了女儿入宫，说起来，这算是什么？

他回来审问过瑞嬷嬷，才知晓了明蔷这两月来的事，令他愤恨的是，这一切竟都是侯夫人纵容着的，他素来忙于朝事，对家里的事不大上心，便是知道一些琐碎，但许多事睁一只眼闭一只眼也就过去了，可这回脸面俱失，还不知道明日上朝要被多少人嘲讽，

那些陈年旧事，便一股脑儿都涌上了心头。

侯夫人原本就病得不轻，加上突如其来传来这消息，已经受了一次打击，这会儿永宁侯闯进来就是一通责骂，她气恨不过，勉强撑着起来："贵妃生的不是皇子，你以为我不难过？以为娘娘不难过？这会儿不想着怎么替娘娘在皇上面前解释，却跑进来跟我一个后宅妇人大吼大叫？"

她随手拿起床头的花瓶猛然砸了过去，"这些年你做什么我都忍你让你，你还当真以为我好欺负不成？是，我除了国公府嫡出小姐的身份，既无容色，也无德才，可当年却是你们顾家再三上门求娶来的。"

永宁侯冷哼一声，"倘若不是看在几个孩子的分上，你以为我会容你至今？"

他在这闹过一阵，见侯夫人的脸色十分不好，心底不知道怎么的，竟然涌过一丝畅快，但酒气微散，脑子却又恢复了几许清明，他朝着侯夫人冷笑一声，"罗氏，你好自为之。"便挥袖而去。

瑞嬷嬷见侯夫人脸色灰败，忙过去让她扶好，"侯爷喝了酒，撒的酒疯，说的这些话明日就会忘记的，您别往心里去，您这病是忧思过度，要心怀开阔些才会好得快。"

侯夫人抓住瑞嬷嬷的手臂，神色却有些惊慌，她几乎是带着哭声说道，"侯爷定是知道了那事……"

瑞嬷嬷大惊失色，她倏然吸了一口冷气，强自镇定下来说道，“当年三夫人的事，怪不到您头上去的，侯爷便是知道您去过她屋子里，也疑心不到什么，出了那等子事，您又是这永宁侯府的女主人，若是不过去安慰宽怀下受了打击的弟妹，才是做得不好呢。”

她一手轻轻拍着侯夫人的肩膀，脸上挤出几丝笑容：“再说，三夫人打小就是个病西施，生二小姐那会儿坏了身子，又勉强生下了七小姐，身子一直不大好，那会儿为了准备婚事累着了，谁料到会出那样的病故？她过世，原与您不相干的，您可莫要非将这罪责揽在自个儿身上去。”

侯夫人眉心紧紧皱着，苦着脸摇了摇头：“原是我误听了传言，以为三弟没了，又偏在弟妹面前说漏了嘴，她本就病得只剩一口气，听了这消息才没了的。”

当日她从定国公夫人那处听到传言说顾长平已被处死，便信以为真，在陆氏病榻之前终究没有忍住说了出来，当时心中已然惶恐，第二日听说陆氏没了，她实是慌了神的，待到知晓顾长平尚还活着，她更是悔恨莫及，又惊又怕，幸得当时顾家乱成一团，也无人去追究什么。

为了怕以防万一有人听见了她说的话，当时三夫人院子里的丫头全部都被远远地打发了出去，这几年来调换了几处所在，一时半会儿，恐怕也无人能找得到了，可即便如此，这些年来她心中仍常存忐忑的。对着明萱时，她就既觉得愧疚，又害怕这种愧疚，甚至都曾想过，索性三房全都死绝了才好。

可这些深埋着的往事，她一辈子不敢说出的秘密，真的让侯爷知道了吗？

侯夫人脸上现出几分惶恐神色：“侯爷是怎样的人，你我心里都清楚的，当年白姨娘多受宠爱，他都能下得了狠心叫人杖毙了她，他一向对我不喜，这两年外头那贱人死了，贵妃娘娘又颇得圣宠，他才对我略有几分好颜色的。若是叫他知晓了那事……”

她眉间隐隐透着几分绝望：“瑞嬷嬷，我该怎么办？”

瑞嬷嬷扶着侯夫人的肩膀低声安慰：“您现在是在病中，所以忧思过虑。当初您是听了定国公夫人的话，误信了谣言，这才犯了过失。追究起来，是定国公夫人心怀叵测才对，跟您有什么关系？”

她顿了顿：“再说，您为侯爷诞育了四个孩子，便是为了侯府和孩子们的脸面，侯爷也不敢对您做什么的，您身后可还有禄国公府撑腰呢，世子爷的地位也是稳稳妥妥的，您怕什么？”

侯夫人的脸色总算缓了过来，她徐徐点了点头：“没错，年少时盼望能得侯爷爱重，求而不得，那样也过来了，如今一把年纪了，早就已经不在乎这个了，只要元昊和元显过得好，贵妃娘娘安康，我便也足够了，其他的，还怕什么？”

她眼眸微微垂落，再抬起头来时已经恢复了清明，沉声吩咐道：“你去请了世子夫人过来，我有话要吩咐她。”

瑞嬷嬷脸色一动，忙问道："您该不会是……"

侯夫人点了点头："我身子不好，留在这府里也是受气，到时恐更要严重，不若搬去庄子上休养一阵，反正这侯府迟早都要交到世子夫人手上的，趁着还没起大窟窿，早些脱手给她，也好让她心里有个底。你准备一下，将这些年府中账册，我的对牌，和库房的钥匙都取出来，蔡氏是个聪慧的，交给她我放心。"

她语气微顿："萱姐儿的婚事自有老夫人操心。那贱人养的，我也没心思要打理。至于蔷姐儿，到底是隔了层肚皮的，枉我真心实意地疼爱她一场，到头来却是这样下场，以后她的事我也不想再管了，能进宫将那妃位坐稳便算她的本事，被人害得尸骨无存，也与我无关。"

瑞嬷嬷刚待要走，侯夫人忽然喊住她："你过会儿亲自去一趟安泰院，跟老夫人回禀一声，再从私库里取五千两银子，让老夫人交给七小姐。"

从前竭力忽视的这些事一旦揭开，便将所有企图伪装和掩饰的布帘撕破，她并不是真的良心泯灭，到底还是歉疚的。

瑞嬷嬷脸色虽然微微一变，可那些反驳的话到底还是没有说出口，她长长叹了一声，便悄然退了出去。

漱玉阁，明萱看着匣子里的一叠银票有些诧异："是大伯母给的？"

绯桃点了点头，见屋子里并无旁人，便低声说道："侯夫人本就病得不轻，贵妃娘娘又生了公主，这便罢了，听说侯爷下朝回来时还闯进宜安堂痛骂了侯夫人一通，许是侯夫人身子未好又添了心病，便说要去庄子上休养，将管家的事都交给了世子夫人呢。"

她指了指桌上的银匣："侯夫人说，七小姐大婚那日她原该亲自主持的，可这会儿实是不能了，裴家内院水深，要过好并不容易，银钱是必不可少的，这些权当是她的一点心意。"

明萱心里困惑得紧，大伯母要利用她时绝不手软，这些年来也没少算计过她的，可这会儿却又私拿了五千两银子给她压箱，这倒算是什么意思。

她便有些踌躇，不知道该不该拿。

绯桃见状，便笑着说道："老夫人吩咐了，甭管侯夫人到底是什么意思，她给银子七小姐便拿着吧，反正是她自个儿愿意给的，又不是咱求来的，去了裴家要立足下来，手头大方些凡事总要容易一点的。"

她将匣子推过去一些，又问道："老夫人说明日若是天好，她想去一趟辅国公府，问小姐您要不要一块去？"

明萱连忙点头："六月初八是媛姐儿大婚，只比我早了两天，我约莫是去不得了，先前她一早就把给我的添妆送了过来，可我要给她的却还在铺子里头，前日才取回来了的，正想这几日寻个时候过去一趟送给她呢。"

绯桃便笑着点头："那我去回了老夫人，也好叫人送帖子过去准备起来。"

明萱送了绯桃出门口，便忙叫了丹红过来："昨儿嵌宝阁取回来的那些首饰呢？"

丹红便从里间捧了个匣子出来，将里头的东西一件件小心翼翼拿出来："都在这里呢，听说昨儿我表哥去取这些东西时，被掌柜的缠得紧，非要求着将您送过去的图纸买下来，表哥说他好不容易才脱身。"

她笑嘻嘻地说："原来连这都能卖钱呢。"

明萱不在意地笑了笑："跟你表哥说，我那些图纸不卖的，倘若不是要得些不与旁人重样的东西来，我又何必亲手画它？"

她将手轻轻滑过满盘亮晶晶的首饰，笑着说道："媛姐儿喜欢梅花，我便亲手画了两套梅花的头面，虽然不是顶贵重，但这片心意，媛姐儿一定喜欢得紧，另外两套是给琳玥的，听说她和五哥的婚期定了，是在九月初六，过几日问问看大哥若是要送信去陇西，便让人带过去给她。"

丹红羡慕得紧，撑着脸满眼放光地说道："我要是嫁人，小姐会不会也亲手给我做一套头面？"

明萱笑着从匣子里取出个碧玉双面簪："这是给你的。"

她正要给丹红戴上，便听到外头有小丫头回禀："雪素姐姐来了！"

第22章 探花·朱六·许诺

雪素满脸欢喜地进来："小姐，好消息，四爷有下落了！"

明萱拿着簪子的手便是一顿，她急忙迎上去，紧紧握住雪素的手："是四哥有消息了？他还活着吗？他如今在哪？钱三有没有说什么时候带他回来？"

雪素笑着点了点头，她将明萱扶着坐下来，也含着几分哽咽说道："四爷活着，好端端的，如今还在西疆。他从前做过敌前打探消息的军士，为了不暴露身份，游击将军替他取了化名，所以咱们才找不到他下落。听说他威武勇猛，屡立战功，擢拔显耀，很快就升至游击将军。"

她顿了顿，接着说道："后来，原先替四爷取化名的那位将军战死了，军中便也就无人再提起四爷的本名，钱三说费了好些工夫才打听到的，西疆战事吃紧，钱三这回可真是不易，好不容易进了西疆军营，见着了四爷。小姐，四爷如今已是镇西将军麾下的参将了呢！"

明萱听了眼中不由湿润起来，参将是正四品的武官，短短三四年间从兵卒升至这位置，这期中该受了怎样的磨难和艰辛，她眼泪蒙蒙地问道：“四哥何时能回来？”

雪素露出为难的神色：“听说柔然正作奋力一搏，倘使大周胜了，四爷自然很快就能得胜还朝，可若是……柔然惯会纠缠不清的，这战事便也就没边了。钱三说，他便还留在西疆，方便随时给四爷替咱们传递消息，若是那边有了结果，咱们便能很快知晓的。”

她见明萱的神色一下子黯淡下来，忙从怀中取出个信封来，递了过去：“这是四爷给您捎的信。”

明萱急忙打开，半新不旧的信纸上，笔迹潦草地写着“平安，勿念，速归”六个字，看得出来是匆忙之间写就的，可这简短几字却给她带来无限的力量，她心中满是欢喜，觉得压得她喘不过气来的昏暗迷途，忽然之间便充满了光亮。

顾元景还活着，三房便有了希望，她不再是一个人了，四哥能够成为她的依靠。

明萱小心翼翼地将信纸折好重新塞回信封，然后冲着雪素笑着吩咐道，“替我给钱三去信，就说让他照顾好四爷，若是短了银钱缺什么物件，尽管来信说。”

她送了雪素出去，思来想去，还是决定要去一趟安泰院。

朱老夫人得知顾元景尚平安活着的消息，高兴得半天合不拢嘴，她紧紧握住明萱的手，含着眼泪说道：“天可怜见，元景平安无事，你父亲母亲在天之灵，也能够安息了，可惜他尚在疆场，兵事又紧，不能亲自送你出嫁。”

明萱心里也有些觉得遗憾，但想到与裴家的亲事其实并不如人意，四哥送嫁的心情想来也不会很好，便也就释了怀。

她睫毛微闪，一双明眸晶亮地望着朱老夫人：“祖母，有件事，孙女儿想要求您。”

朱老夫人忙道：“你有话就直说，和祖母之间，还说什么求不求的。”

明萱脸上露出期盼的笑容：“母亲在时一直想要将四哥记入她名下，父亲也原有打算在我大婚之后将四哥的名字记入族谱认作嫡出，可是……如今父亲母亲虽然都不在了，可这是他们从前的心愿，孙女儿想要求祖母成全。”

她顿了顿，又说道：“三房虽只有四哥一个男嗣，原本整个房头便该由他继承，可嫡庶之间，尚有许多说法差别，便是说出去的名声，也不一样的。”

朱老夫人便点了点头：“元景自小由你母亲养大，虽不是她肚皮出来的，却也是真当亲生子一样疼爱着长大的，将元景的名字记入家族宗谱，一直都是你母亲的心愿，如今既得知元景尚平安活着，这件事自然是该要行的。”

她想了想：“萱姐儿，这件事你便交给祖母吧，定尽快替咱们景哥儿办妥。”

明萱心中一件大事落地，顿觉浑身上下轻松了不少，她满脸笑容地和朱老夫人叙了会儿话，又商量了下明日去辅国公府的事宜，见天色不早，才起身离去。

这一夜百感交集，辗转反侧终至天明。

第二日晨起，明萱洗漱过了，便过去安泰院与朱老夫人一道用早膳，辰正敲过，管嬷嬷便进来回禀马车已经套好就在院门口候着了，她便扶着祖母的手臂出了门。

辅国公府与永宁侯府隔得并不算远，一路上朱老夫人与明萱说说笑笑，很快便就至朱府门前，因先早便去过帖子，早有辅国公夫人身边的嬷嬷等候在二门上，迎着朱老夫人下了马车，又特地为她备下软轿，穿堂过了二门，经由青石板铺成的大路蜿蜒前行，过了不多久，便停至辅国公夫人的屋子门前。

媛姐儿听到动静忙迎了出来，先是给朱老夫人行过礼，然后便拉住明萱的手再不放开：“祖母说你今日会来，我大清早就在这儿候着呢，萱姐儿，我有好多好多话要对你说，等你待会见过祖母，咱们俩便到我那说话去？”

她这话说得大声，屋子里顿时便响起一阵笑声。

尚还隔着层珠帘，辅国公夫人洪亮的嗓音清晰地透了出去：“瞧瞧她们姐妹好得，不过几日未见罢了，便又有好多好多话要说了，啧啧，若是不知晓的，还以为她们两个才是亲姐妹呢。”

妃色的玛瑙珠帘掀起，辅国公夫人领着朱家几位夫人迎了上来，她上前扶住朱老夫人，一边又笑着对明萱说道：“好了，萱姐儿与舅祖母已经见过了礼，我老婆子便不耽误你们姐妹两个说那好多好多的话去了，快去宁馨园玩耍去，等到了用午膳时，我再着人去唤你们。”

明萱便转头去看朱老夫人。

朱老夫人笑着冲她点了点头：“既然舅祖母发了话，那你快去吧。”

媛姐儿便笑嘻嘻地冲着屋子里的长辈福了一身，然后拉着明萱的手便往外走去，辅国公府的亭台楼榭甚是幽美，如今天气暖和，园中景致又与冬日不同，两个人一边赏景，一边说着别后闲话。

媛姐儿说：“听说芍姐儿与我家三表哥的日子定下了，是在明年三月，昨日我祖母还说，等你们姐妹一个个地嫁了，姑祖母便要孤寂起来了。”

明芍之后，顾家这一辈便没有女孩儿了，世子膝下倒是已经有一位嫡女，可到底隔了两辈，年纪又小，平时并不养在身边，与朱老夫人并不亲，到时候无人陪着她老人家，说孤寂自然是极孤寂的。

倏地，媛姐儿像是想到了什么，忽然压低声音笑着说道：“你不知道，这门亲事议得……我姨母可焦躁了，上两月时几乎三天隔两日地上我们家来寻我母亲诉苦呢。”

她继续说：“论起来，她是怕你家二伯母太过精明利害，又觉得芍姐儿不够稳重，可我姨父却偏偏看好这门亲事，听说是你二伯母出手大方，送过去好些绝版古籍将他收买了。你说好笑不好笑？”

明萱嘴角微翘，当时她卖那座金针夫人亲绣的屏风时，曾透露过安国公喜好字画古

籍，果然过不多久，二伯母为怕明芍婚事生变，便将她屋子里的那些珍籍先先后后换去了不少，没想到安国公还真的被这些东西笼络住了，坚持要结这门亲事。

她想着，便笑了笑说道：“芍姐儿不过是年轻气盛，行事略有些莽撞罢了，二伯母那样精利的人，既然与安国公府定了婚期下来，自会给芍姐儿请教习嬷嬷来的。”

话音刚落，前方不远处的梅林便传来一阵叫好声：“探花郎这诗做得好，这等文才，不愧能在金銮殿上获得皇上青睐啊！”

有人忙道：“哪里哪里，朱兄过奖了。”

这声音清朗，本该是春风得意的，可却不知为何带了几分苦涩。

明萱的脚步微顿：“探花郎……”

媛姐儿看起来也有些惊讶，忽然，她似是想到了什么，忙紧紧捏住明萱的手说道：“萱姐儿，对不起，我并不知晓大哥也请了他……”

她眉头微皱，眼神中便带着几丝怜惜：“今科春闱的结果揭晓了，我六哥和那位颜家公子都高中，前日殿试，皇上钦点了前三甲。原本颜公子的文章最佳，该是状元之才，皇上却说他容色清俊，探花郎才更称他，所以让我六哥得了这状元的名声，定襄侯府上的七爷则是榜眼。”

三鼎之内，论的倒不是文才，居于最次的探花，反而是最得皇上青眼的。

媛姐儿脸上带着歉意：“我听六哥说，那些今科高中的学子今日会集聚一堂，不曾想到他们来的竟是咱们家，萱姐儿，原是我不曾打听清楚，若是唐突了你，可千万见谅，莫要放在心上。”

明萱抬头望了眼那片梅林，她还清楚地记得梅雪争春时节的那次初遇，彼时她心怀炙烈的期盼，也诚挚地祈望过将来会与他共赴白首，坚定不移，可那时盛开在心上的那株娇艳的梅花，如今却已只剩下褐色空枝，有些事，一旦错过就真的不在了。

捧在手中的赤诚真心，尚还来不及交托，便就夭折，想要将两个人绑紧的红绳，尚未连结，便就折断，无缘，那便随风散。

她抬眸向着不远处亭台中的那抹青绿身影，嘴角露出浅淡笑容，她转过身去，对着媛姐儿说道：“快走吧，不是有好多好多话要对我说吗？我也正好有好东西要给你呢。”

媛姐儿见明萱神色间并无悲切，这才松了口气，她点了点头道：“嗯。”

空野旷阔的梅林小径，洒落一地寂寥，风吹动梅枝发出瑟瑟声响，仿佛隽久清幽的叹息，不灭，不失，在无声寂色里回荡萦绕。

清朗园前的陶然亭，颜清烨略有些失神地望着远处宁馨园的门扉轻合，他眼眸黯然地垂落，抬头一杯接着一杯将玉盏中的酒水吞入，原本是指望着火辣的烈酒能让痛苦麻痹，可酒入愁肠愁更愁，他喉咙入口处辣得生疼，心中却蔓延着无边苦涩。

真的……就只能这样无力地眼看着她嫁给别人了吗？

他眉间郁结，杯中又斟满酒水，正想要一口咽下，执杯的手却被人用力钳住。

朱子瑞皱着眉头说道：“阿烨，你喝太多了。”

颜清烨如玉般的脸颊已经飞起漫天红云，莹莹如秋水般的美目中蓄满了晶润的泪水，像是随时都会决堤，他苦笑着抢过朱子瑞手中的酒杯，摇头说道：“子瑞，莫要拦我，我今日想要好好醉上一场。”

若是醉过醒来，她仍娇声俏语立在那里便好了，他会娶她为妻，执子之手，与子偕老，一生一世一双人。

朱子瑞沉声叹了口气：“阿烨，那日你病重卧床，我去看你，你对我说的那些话，可还记得？如今你如愿以偿名列三甲，皇上又那样欣赏你的才能，飞黄腾达原是指日可待的。”

他顿了顿，凑近颜清烨耳边压低着声音说道：“我听说顾家七表姐是初十日的婚期，距此不过数日，她将要嫁的是权倾朝野的镇国公裴家，阿烨，你连韩修都斗不过，又怎能与裴相争？莫再想着她了，再好，也不过是个女人……”

颜清烨的心似是被无数根细针扎破，那锥心刺骨的滋味令他痛不欲生，他忍不住哈哈大笑起来，想要装作毫不在意，可眼泪却如泉涌般源源不断地滚落，犹如露珠，那般晶莹剔透，却又那般沉痛无奈。

他发出苦涩的笑声：“是啊，莫要再想了……”

可此时，也唯独只有杯中之物才能令他暂时忘却，他想着，便伸出手去想要将朱子瑞手中的酒杯抢下：“酒，我要喝酒！”

朱子瑞眉头紧皱地推开颜清烨的手，一把将杯中酒倒入口中，然后重重掷下，他将他扶了起来，朗声笑着对着朱子存和众人说道：“探花郎醉得不轻，我带他去我屋子里歇歇，你们继续，等他酒醒了一些，我再带他过来。”

他不由分说，将颜清烨架在肩上，与贴身的小厮一道扶着他出去。

宁馨园媛姐儿的屋内，她惊喜交加地望着满匣的珠光，高兴得几乎要跳将出来：“萱姐儿，这……这些真是送给我的吗？”

她见明萱满含笑意地点头，一手小心翼翼地抚摸着手中环钗，一手却搂住了明萱的脖颈，她很是欢喜，语气中甚至带了些许哽咽：“我原说过，你日子过得不宽裕，给我的添妆随意便好，咱们之间的感情是不能由这些物件来衡量的，可你……可你非要亲手给我画图纸，用了这么多宝石，还请了嵌宝阁来打，花了不少银子吧？可是我好喜欢！”

明萱笑着抚了抚媛姐儿的额发：“傻瓜，你忘了，我祖母将我母亲的妆奁都给了我？我现在手上宽裕，不似从前那样拮据，多的没有，给你打两套妆面的银子尚还是有的，你既不嫌弃，那便收起来吧。”

她拉着媛姐儿的手一道歪在美人榻上："你说有话要对我说，是什么？"

媛姐儿令人将匣子收下，又让贴身的侍女将丹红和素弯带到外头厢房去吃茶，宁静的内室，便只剩下她姐妹二人。

她低声说道："前几天我问过了大哥，那位裴家大爷到底是个怎样的人，大哥交游广阔，看人又最是精利了，却回答我说，他也看不清。"

明萱心中微叹，朱大表哥擅长与人交往，笼络人心很有一套，不只盛京城中的世家子弟皆愿意跟随他左右，如今便连那些寒门出身的士子也都爱与他结交，但连这样的人都说看不清楚裴静宸的深浅，可见他心机之深。

要嫁给这样的男人，其实是一场赌博，她心底难免有些不安。

她注视着媛姐儿，感激地冲她笑笑："谢谢你，媛姐儿，不论我遭遇怎样的境地，你都这样关怀我担忧我心疼我，能有你这样的姐妹，我真的很满足。但你也不必替我操心，不论裴家大爷是个怎样的人，这姻缘已经定下了，我也没有办法改变什么，只有努力去适应。"

她释放善意，倘若他肯接受，那她便再给予更大的善意，那次清凉寺后山的坠崖中他的举止表现，令她心中隐隐觉得，也许这个男人并不如想象之中那样只有心计而已；若他不懂不愿不肯接受她，那么她自便可作其他打算。

漫漫人生路，她顾明萱已尝尽苦楚，是绝不甘心于真的与那些小媳妇一般，默默忍受着不顺遂的人生，她虽无逆天本事，但一旦关乎未来，也绝对有信心能够殚精竭虑地筹谋一番。

媛姐儿只知道镇国公府水深火热，亦只听说过传闻中的裴静宸是个羸弱病夫，又处境艰难，便满心觉得明萱将来的日子定不好过的，若是换作她，这时怕该哭成个泪人儿了吧，可明萱却不只没有泪流满面，还反过来安慰她。

她心里感慨万千，眼角不由便有泪滴滑落："萱姐儿，若是以后你遇到了难处，再不许像从前那样瞒着我，我虽势单力薄，可总也能为你出谋划策，听见了没？"

明萱徐徐点了点头："嗯，我听见了。"

这时，屋子门口的珠帘微动，有小丫头进来回禀："六爷来了。"

媛姐儿闻言心中郁闷稍解了一些，她抹了抹眼泪，拉着明萱的手："咱们去正厅见见六哥。"

她见明萱脸上略有些迟疑，便笑着说道："原是表亲，又非外男，我又在一块，不碍事的。放心，之前与你说过的那话，我并不曾与祖母提起过，如今你已经定下了裴姐夫，就更没有关系了。萱姐儿，我六哥是今科的魁首，不论如何，你以后总算也有个当状元郎的表弟呢！"

这是有心要拉近距离的意思。

明萱心里明白媛姐儿的好意，脚下步伐便松了些：“嗯。”

朱子瑞满腹心事地临窗而立，听到动静他转过身，珠帘撩动，一抹妃色身影映入眼帘。

朱子瑞望见珠帘叮当声下，媛姐儿拉着个妃色衣裳的女子出了内室，见她容颜秀丽，身姿妍婉，举手投足间自有一股从容气度，虽与他记忆中那位恣意洒脱的表姐截然不同，可看起来却要比从前更婉约端和，观之可亲。

他心下暗暗想道，果真该是这样的女子，才堪当得阿烨那番用心，但也正因为如此，才令他备感不安，怕阿烨在她身上用情过深，终却成空。

彼此见过了礼，媛姐儿便笑着问道：“六哥怎么来了？”

朱子瑞笑容温和，眼神里带着几分宠爱：“你前几日说想念宁州府街上的冬瓜糖嘛？昨儿出门，恰瞧见有一家蜜饯铺子里有卖的，便称了一些回来，昨儿回来得晚，今晨去祖母那儿请安时候又忘记了，方才想起，怕再忘了，所以赶紧给你拿过来的。”

他从怀中取出个小匣子，递了过去问道：“尝尝看，若是好吃，下回再给你捎。”

媛姐儿连忙打开，从匣子里取了颗冬瓜糖塞到嘴里，又忙分了一颗送入明萱口中，她眼睛晶晶亮亮的，神情很是兴奋：“萱姐儿，我素日跟你念叨的冬瓜糖，就是这味道，想不到盛京如今也有呢，等你我都出了阁，规矩也没那么严了，咱们一定要结伴出游去将盛京城里的好东西都翻个遍！”

明萱一时有些语塞，好半天才艰难地挤出个“嗯”字，媛姐儿在宁馨园中百无禁忌，屋子里的又是她素来亲近的兄长姐妹，自然能将“出阁”“结伴出游”这些词语说得毫无负担，可她与朱子瑞到底只有几面之缘，难免有些尴尬的。

果然，她抬起头来时，便见到了朱子瑞的目光带着几分探究地望向她。

媛姐儿也注意到了这一点，她眉心微皱，有些迟疑地问道：“六哥过来，是不是还有什么话要说？是不是……”

她似是猜到了什么，脸色微变，急忙摇头说道：“不行的，萱姐儿再过几日就要出阁了，若是闹出什么难听的风言风语，到时她去了裴家不好做人。六哥，我素来敬你，可萱姐儿是我最好的姐妹，若是你这回是来为颜探花做说客，要引着萱姐儿去见那人，我是决然不肯的。”

明萱心中一颤，见媛姐儿将她护在身后，眸光里顿现暖意。

朱子瑞似是十分惊诧，随即他扑哧笑出声来，修长的手指探上前去轻抚一回媛姐儿的额发：“媛姐儿，你六哥我是这样不知分寸的人吗？若是你果真这样想我，怎么办，我有些伤心呢。”

他顿了顿，转身对着明萱又行了礼，正了正颜色说道：“七表姐，子瑞确实有几句话想要说，但不是阿烨让我来的，他喝醉了，正在我屋子里歇息，人事不知。”

明萱笑容越发清浅："表弟有话便直说吧。"

她对颜清烨尚未生出情意，那段锦绣良缘不成，她虽也觉得可惜，倒并无太多眷恋的，可颜清烨心中却牢记得那一饭之恩，失而复得，得而复失，恐怕要彻底忘怀，并非那样容易的事，所以才借酒消愁吗？

朱子瑞望了她良久，沉声开口说道："下月十八是祖母大寿，若是七表姐肯赏光，务请到时与表姐夫一块莅临。"

他顿了顿，压低声音说道："若是表姐夫妇琴瑟合弦，阿烨便该能放下心中执念了。子瑞知道这请求太过唐突，若是表姐肯成全，便算是子瑞欠下您一个人情，将来若是有帮得上忙之处，定万死不辞。"

明萱眸光微动，半晌低声答道："好。"

朱子瑞几不可察地松了口气，他重重地对着明萱作了一揖，说道："表姐的大恩，子瑞记下了！"

他与阿烨十年好友，同在一个书院读书，又拜在同一位师父名下，论情谊，堪当兄弟，原先听说彼此要成为亲戚时，他满心欢喜，后来见婚事起了变故，他心里也跟着难受，这会儿，既七表姐已经定下终身，那阿烨这段感情也当到此终结。

哪怕阿烨将来怪他多事，他也要这样去做的。

等朱子瑞的背影离去，媛姐儿有些担心地望着明萱："还好吧？"

明萱笑着摇了摇头："我无事。"

媛姐儿怕明萱心里不舒服，便忙将话头扯开，两个人窝在宁馨园中说了许久的悄悄话，直至辅国公夫人屋里派了小丫头过来传饭，这才又携手过去。

等用完膳餐，朱老夫人带着明萱略坐了会儿，便才打道回府。

六月初八日媛姐儿大婚，因与明萱的婚期相隔太紧，她并未出席，只能在事后听朱老夫人谈及当时盛况，听说忠顺侯府的二公子孟广庭性子温和，人品才学又都出类拔萃，与媛姐儿当真是天造地设的一对，她心中便暗暗地祝福媛姐儿能得良婿，一生顺遂。

媛姐儿那样美好，也值得最好的。

安泰院里，朱老夫人拉着明萱的手说道："明日便是你出阁的好日子，这些年来你一直都在祖母左右陪着，这会儿想到你很快就要进了别人家的门，以后要回来看祖母也不是那样容易的了，我心里就有些像剜心一样的疼。"

她眼中含着泪说道："萱姐儿，今夜睡在祖母这，咱们祖孙两个好好说会儿悄悄话。"

按照盛京风俗，女子出嫁的前夕，当由母亲陪着睡，顺便指导些房中闺事，可明萱生母已逝，严嬷嬷又是个没有经验的，教习不了什么，朱老夫人怜惜，便打算亲自跟明萱说些夫妻相处之道。

明萱知道祖母心意，忙点头说："好，孙女儿陪祖母一块睡。"

夜色渐深，朱老夫人屏去左右，宽阔的内屋便只剩下祖孙两个。

她让明萱扶着来到屏风后面，穿过一扇小门，便至一间不大的小屋，三面皆是沉香木做的柜子，一直高到屋顶处，旁边还有个木梯形状的物事，靠在柜门之上。

明萱脸上很是惊讶："这是？"

朱老夫人笑着说道："萱姐儿，你还是头一次见到祖母的私库吧？这里的东西皆是我历年存下来的体己，有些是出阁时我母亲偷偷塞给我的，有些是你祖父给我的，大多都是没有写在单子上的东西。"

她顿了顿，轻抚着明萱的手掌说道："祖母知晓你前些年日子过得不富裕，原是想先前就给你的，但我寻思着你房头里还留下了点银子，也能撑过一阵子的，倘若我提前给了，让人知晓了，这家里便又要闹翻天了。"

明萱忙道："孙女儿的日常供给皆是公中出的，在家里有您护着，饿不着也冻不着的，不过是手头不够宽裕，买不得那些华贵的玩物罢了，也不值当什么。"

真论起来，她还真是没有操过几天当家过日子的心，素来都是雪素烦心着这事的，后来手头上没钱了，她去翻了一趟库房便就有了，因此倒还真没有因此怨过什么。

朱老夫人欣慰地点了点头，笑着说道："那些布缎绫罗，还有些钗子首饰，你拣喜欢的挑了，我令绯桃稍会儿给你送去漱玉阁，这些倒不算什么，祖母要给你的是这个。"

她从一个小抽屉中取出一个朱红色的匣子，递给了明萱："古董字画也好，绫罗首饰也罢，不过都是些身外之物，在紧要时刻，都是带不走的东西，倒还不如银票来得实用些，只要周朝不倒，这些银票便也不会失效，萱姐儿，祖母用不着这些，你拿了去置田地也好，买庄子也罢，都随你。"

明萱轻轻打开，只见匣子里静静躺着好厚一沓银票，她小心翼翼地翻了翻，票面各不相一，票号皆属周朝内的大银号，林林总总，竟要有二十几万两之多，她又是惊讶，又是感激："祖母……"

朱老夫人冲她"嘘"了一声："你可要藏好，以后去了裴家若是日子难过，你身边有银钱傍身，总也能好上一些的。祖母无能，不能给你择个上好的人家，以后的日子如何过，便全靠你自己了！"

第23章 大婚·四哥·冷遇

安泰院的天井处有一座石钟，每到卯时，小厨房里晨起的婆子便会拿那绑了红布的

石槌子敲响石鼓，朱老夫人在屋子里听见动静，便要起身诵经，这规矩自从老侯爷过世之后便立了起来，一日都不曾出过差错。

明萱并不是头一次歇在祖母处，她听见那沉瓮的石钟响起，便知晓这会儿该到了起身的时刻，她身子微动，看见床榻外侧的朱老夫人也撑起身子坐了起来，她忙笑着问安："祖母昨夜睡得可好？"

朱老夫人慈和地点了点头，她轻轻抚了抚明萱的额发，笑着问："咱们萱姐儿睡得可好？若是昨夜未曾休息好，那再歇会儿到辰初起来也不迟的，今儿是你大婚，既费精神，又耗体力，若是倦怠疲乏示人，要遭人笑话呢！"

钦天监算下的吉时是在申时三刻，来迎喜轿的新郎官未时过后便要到的，只要在未时之前拜过祖宗牌位，与家中长辈行过礼，并装扮好便就成了。

今日萱姐儿的大婚，因三房没了，原也只是请了家中的亲戚，并没有许多外客，自然也便不会有人诸多挑剔。

明萱忙摇头："祖母怜惜，孙女儿都记着呢，昨夜歇息得很好，这会儿也不觉得疲累，正该要起来，早些去慈安堂给祖宗父母磕头请安，也好不耽误了伯父伯母们正事。"

按照周朝风俗，世家大族中记入族谱的嫡女在大婚之日，当要先去安放祖宗牌位的宗祠或者堂院给祖宗们磕头，一来是告知要出阁的喜讯，二来是祈求列祖列宗的祝福，讨个好兆头。

等做完这一步，便要去给家中的长辈请安，聆听长辈的教诲和嘱咐，这便才算是全了娘家的礼仪。

前夜世子夫人已经着人来知会过，等过了卯正，便由她亲自前来接明萱过去慈安堂，再由世子元昊引了她进去正堂跪拜，等跪礼完毕，再由世子夫妇将明萱带去侯府议事迎客的正厅贤聚堂，给家中的长辈问安拜辞。

明萱笑着替祖母披好外衫，一边转头冲屋子外头唤道："老夫人起了，都进来吧！"

管嬷嬷和绯桃蹑手蹑脚进了来服侍，丹红也取了要穿的新裳过来伺候着明萱穿上，等祖孙两个穿着妥当了，早有小丫头们有条不紊地端着漱口的玉盏和净面的手盆随侍在两侧，净帕梳容，老夫人自有管嬷嬷伺候着装扮。

明萱却只令丹红梳了个小髻，简单地簪了朵宫花。

等去过安放祖宗牌位的慈安堂给祖宗父母磕过头，再去前院的正厅贤聚堂给伯父伯母叔父叔母问过安，得了长辈的祝福与红包，她仍是要回到安泰院来装扮上新娘子的妆容，穿喜服，戴金冠的，这会儿儿若是装扮了全套，稍会的工序便要多繁起来了。

等用过早膳，世子夫人蔡氏便亲自前来请明萱去慈安堂。

青石板铺成的小径上，蔡氏有些抱歉地说道："母亲身子不适，不能从南郊庄子上赶回来，今儿萱姐儿的大婚，说起来还是我头一次操持这样大的事，若是有哪里做得不好，萱姐儿，你可千万要见谅嫂子些。”

明萱感激地冲她笑笑：“大嫂过谦了，您行事素来妥帖周到，阖府上下都尽知晓的，连祖母也常说您的好，又哪里会做得不好？倒是我，这回要全仰赖大嫂了呢！”

蔡氏听了这几句夸赞，心中很是舒畅，她笑着拉住明萱的手，说了几句恭喜祝福的话，等到了慈安堂，世子元昊已经候在门口，她便忙安慰地说道：“我不好再送你进去了，萱姐儿，跟着你大哥去吧，嫂子在这处等你。”

供奉着祖宗牌位的慈安堂，外姓的媳妇除了成亲拜祖宗时能进，之后便不能再到里头去了，便是顾家记在宗谱上的嫡出女儿，也只有在出嫁那日能够一窥内景。祠堂，在男尊女卑的周朝，永远是一处神秘又庄严的所在。

明萱跟在顾元昊身后进了正堂，虽然心底已经预先设想过了，但真的看到那一大片如云般黑压压的牌位时，还是惊了一跳。这明媚的六月天，原本亮堂的屋子，凭空因为这些黑沉沉的牌位，而令人倍感战栗。

顾元昊引着明萱来到左侧停下：“萱姐儿，这里便是祖父以及三叔三婶的灵位了。”

明萱忙在蒲团上拜倒，结结实实地磕了三个头。

她行完大礼，便起身上了香。然后跟着顾元昊出了慈安堂，随着世子夫人两人去到贤聚堂，给大伯父顾长启，二伯父顾长明，二伯母简氏，四叔顾长安以及四婶薛氏磕了头，亦收下了他们的红包和祝词。

等这厢礼仪完毕，蔡氏便去操持婚仪，二夫人简氏和四夫人薛氏则与明萱一道去了安泰院老夫人的屋中。彼时，丹红和素弯早将准备好的凤冠霞帔与妆匣尽数搬进了东厢，钗环针簪，各色胭脂水粉，皆备在妆台之上。

明萱刚坐下，外头便有小丫头进来回禀：“辅国公夫人和东平老太妃到了。”

朱老夫人一边迎了出去，一边却笑呵呵地说道：“我请了你舅祖母过来替你装扮，老太妃知晓了，也非要一道过来帮衬，萱姐儿，等会儿见了她两位，你可要重重地磕头行个大礼。”

明萱连忙点头：“孙女儿晓得了。”

辅国公夫人丈夫健在，夫妻两个恩爱和顺了一辈子，膝下的儿女皆是嫡出，活到快要六十岁上，如今已是儿孙满堂，又个个都是有出息的，她乐天知命，过着四世同堂的天伦之乐，论福气，满周朝都再找不出一个比她更好的，实可称得上是位五福全人。

二夫人听了，便撇了撇嘴，心中想着荷姐儿出阁时，她曾想要请辅国公夫人替荷姐儿装扮的，但那时正值辅国公夫人心绞痛发作，不能出席，她才只好请了别人的，没想到这回却让萱姐儿捡了这样大好处。

玛瑙珠串成的帘子掀开，辅国公夫人与东平老太妃笑容满面地进了来，跟着来的还有朱家的几位夫人，一屋子的人互相寒暄着，一时便热闹起来。

辅国公夫人替明萱绾了发髻，又亲自替她上了厚重浓艳的妆容，她赞叹地说道："咱们家萱姐儿上了这样浓丽的妆，倒半分不显得笨重，反而越加娇艳起来，真正是个美人儿！"

东平老太妃也点了点头："年轻的女孩子，本就不该那样素净的，萱姐儿，以后去了裴家，当了新媳妇，装扮上头可莫要如同从前一般清淡了，你这张脸，衬得起浓艳的妆。"

这样夸赞，明萱不好意思直接称是，可若是不接这话，却又显得不够知礼，她一时便有些窘迫起来，只好含含糊糊地应下。

辅国公夫人笑了起来："老太妃，您就别拿孩子寻开心了，瞧咱们萱姐儿羞得脸上像是涂了红漆，早要知晓您这样，我就不给孩子上胭脂了。"

她一边说着，一边指挥着丹红将喜服替明萱换上，又亲手将托盘里的金冠替她戴上，这沉甸甸的凤冠落下，才算是装扮好了。

朱老夫人神情很是满意，又颇有几分自得，她上上下下仔细地端详着明萱，脸上露出欣慰赞叹的笑容，因还有两个媳妇在这，她不便多说些夸赞的话，便将那些话都埋藏在心里。

她笑容满面地说道："宾客们都到了，老二媳妇，老四媳妇，你们都陪我去前头帮着元昊媳妇待客吧。"

前头是指贤聚堂后头一进的东西两座花厅，男客安排在东花厅饮宴，女客则在西花厅，中间隔着一个花园并两堵高墙，不论景致和安全都是绝佳的。西花厅里世子夫人所居的锦秀堂不远，女客便都安置在那处歇脚，除了交好的几家外，便不引着进来内院了。

朱老夫人一行浩浩荡荡地离去，安泰院的东厢便只剩下明萱和身边的陪嫁。

不一会儿，外头传来丝竹声响，明萱知晓前头该是开席了，她忽觉腹中有些饥饿，便忙转身对着严嬷嬷说道："嬷嬷，我饿了，是不是现在不好吃东西？"

严嬷嬷笑着说道："哪有的规矩？老夫人已经吩咐备下了点心吃食，我让人拿过来，小姐填饱了肚子，可莫要饿着了，等到了裴家，那才真的不能吃东西。"

明萱一边用着点心，一边问道："那等会儿是大哥背我上轿吗？"

严嬷嬷点头："原该是亲兄弟背着新娘子上轿的，但四爷不在，世子爷是长兄，便由他代劳。小姐放心，世子爷为人沉稳敦厚，他来背您也是一样妥帖的。"

明萱并不是怀疑世子会不妥帖，她只是有些遗憾罢了："若是我出嫁四哥能在，那便好了。"

未时刚过，前院隐约传来铜鼓笙歌，伴随着炮仗的巨响，明萱知晓，裴家来迎亲的人想是到了，她蛾眉微蹙，心想着今日过来迎亲的也不知道是谁。

按着周朝的规矩，到成婚日，大多都是由新郎亲自到女家迎接新娘的，一来要与女家的长辈行礼跪磕，二来也是对女家的尊重及给新娘子的体面。但若是男家低娶或者新郎身有隐疾的，便只由男家派遣迎亲队伍迎娶，新郎则在家中等候，如此对女家长辈的磕头行礼自然免去了，说起来便没有那样郑重。

裴静宸身子不好，盛京城中人人皆知，若是裴家遣了旁人来代迎新娘，也是情理之中，顾家挑不出什么错处的，但虽如此，明萱过门之后，在裴家的地位却有所损及，看起来倒显得裴家不甚在意这儿媳似的，说起来不大好听。

裴家与顾家如今剑拔弩张，若是能在这门婚事上打了顾家的脸，想来也没什么做不出来的。

她正暗自揣测着，外头传来细碎的脚步声，管嬷嬷扶着朱老夫人眉开眼笑地进来了。

朱老夫人拉住明萱的手，笑着说道："萱姐儿，祖母果真没看错人，是裴家小子亲自来迎你去镇国公府的，这会儿人已经在外头，你快让丹红替你补补脸颊和唇上的胭脂，等会儿喜娘就过来了。"

她一边说着，一边吩咐着屋内随侍的丫头们做事，气势如虹。

明萱心里松了一口气，丈夫给妻子的体面，是在情势复杂的世家大族生存下来的根本，虽然裴静宸示弱惯了，在裴家兴许也无几个人真正敬他，但若是连他都轻慢自己，那么到了裴家之后的日子，便该要更艰难了。

还好，这个男人没有一开始便让自己失望。

须臾，两位喜娘进到安泰院给朱老夫人和明萱请安，说了些吉祥话和奉承的话。

朱老夫人命管嬷嬷封了两个好大的红包递过去，请这两位喜娘多尽点心。

喜娘见了赏钱丰厚，心里便都明白这位七小姐颇得永宁侯老夫人的疼爱，脸上的神情便更殷勤了些，她两个冲着老夫人福了福身，便将丹红手中捧着托盘里的喜帕盖上，随侍在一旁候着。

过不多久，东平老太妃和辅国公夫人并几位姻亲家的夫人便都蜂拥进来，明萱隔着喜帕只看到人影绰绰，耳边听到的都是笑声和交谈声，两只手掌不知不觉便紧握在了一起，她有点紧张。

这是她第一次出嫁，应该也是最后一次了。

在吵吵嚷嚷中，管嬷嬷笑着进来回禀："世子爷过来了。"

永宁侯世子顾元昊穿着绛紫色的锦袍进来，笑容满面地给屋子内的长辈们行了礼，又上前一步到明萱面前，矮下身子问道："七妹夫说，待会儿花轿还要绕着盛京城转一圈的，怕时辰不够，要我来问七妹妹，这会儿能不能上轿了？"

镇国公府与永宁侯府隔开五条街，原本裴家来议的时候，只说要在这城区绕一圈，因此顾家是打算要申正才要起身行仪的，这会儿才刚过申时，时间尽宽裕着。可裴静宸却说，花轿要绕着盛京城转一圈，这是极尽奢侈张扬的做法。

盖着红色喜帕的新娘子一时愣住，她习惯性地将头转向祖母的方向求助。

朱老夫人心下五味杂陈，既觉得欣喜，又有些担忧，但不论裴家如何，裴静宸却显然对萱姐儿很是上心的，她心中略觉宽慰，便暂且将忧虑压下，点了点头说道："你七妹夫既有这心意，那就允了吧。"

她上前拉过明萱的手，怜爱又慈和地说道："好孩子，裴家姑爷爱重你，以后你们的日子会和满的，祖母还盼着你给我添重外孙子呢！"

顾元昊蹲下身子，笑着说道："七妹妹，你放心，大哥会安安稳稳将你送到七妹夫手上的。"

喜娘搀扶着明萱过去，陪嫁的丹红、素弯、雀好、藕丝跟在身后。

明萱正想要伏上顾元昊的后背，忽然听到外面院子里传来巨大的响动，侧耳倾听似乎是兵戎相见的利刃敲击，还伴随着男子的斥喝声。

她心中大惊，害怕又是韩修要破坏她的婚礼。

正自惊疑不定，见屋内的长辈都出去看动静了，她便也将喜帕撩开跟着出去。

安泰院空阔的院落内，七零八落地躺着不少家丁，月牙门外，前院的男宾正带着侍卫赶来。

一个身着银色战盔的男子正扔掉手中的兵器向正厅过来，他踩着铜制的战靴，所走的每一步路都格外沉重，与青石板路相擦，发出沉瓮又尖厉的响声，这响动里，那男子将头上银盔摘去，露出一张刚毅俊朗却又写满了疲惫倦怠的脸来。

人群中那抹鲜亮的火红，怎样都无法被漠视，他轻声笑了起来："妹妹！"

这张脸，明萱再熟悉不过，在她初来乍到的每一个夜晚，都会出现在她梦境中，她永生都不会忘记，他说："妹妹，你怎么这样傻，要是你有个三长两短，我该怎么跟父亲母亲交代？"

思绪涌起，眼泪夺眶而出，她有些不敢置信，可这张脸，这身尚残存着血迹的战袍，这声"妹妹"，却都那样真实，无数次想象过再次与他重遇的景象，却从来没有想到过是这样的。

明萱心中澎湃激动，她提起喜服的裙摆奔向顾元景，眼角的泪滴飘落，渐渐被风沁润无踪，她颤抖着声音唤道："哥哥！"

顾元景张开双臂想要抱她，可猛然想到这里不是百无禁忌的战场，而是规矩森严的盛京高门，他与明萱虽然是感情素好的兄妹，可众目睽睽之下拥抱却也是于理不合的，更何况，今日还是她的大婚。

若是她的夫君不喜欢怎么办？

若是旁人拿这件事来嚼舌根怎么办？

若是弄脏了她华贵漂亮的喜服怎么办？

这样想着，他便缩了缩胳膊，冲着明萱轻轻笑着说了句：“妹妹等等。”然后上前两步在朱老夫人面前跪下，重重磕了三个响头：“不孝孙元景拜见祖母和众位长辈。”

这句话震惊了闻讯赶过来的男客，也令在场的女宾惊愕不已，不只二夫人眼神变了，世子和世子夫人的表情也有微妙的转变。

顾元景回来了。

在数日之前，族中刚开了族谱将顾元景记录在了三房陆氏名下，如今他已经是板上钉钉的顾家三房嫡子，若要分家，他一人便能占上一房财力。

朱老夫人又惊又喜，忙拉他起来：“景哥儿，你既回来了，赶紧去换一身干净的衣裳，然后背你妹子上花轿去，莫要让她耽误了吉时！”

顾元景趁势起来，冲着世子元昊抱了一拳，便有机灵的小厮领着他去了偏厢。

严嬷嬷从这场混乱中刚醒过神，猛然看到明萱的喜帕已经掀开，而安泰院中此时已经聚集了不少前院男客，新娘子的妍丽容姿如同火红的明珠，映照着这简朴笨拙的院落光亮四射，亦有年轻的外男眼神中已然出现了沉醉迷离。

她心下惊骇，忙将喜帕放下，将明萱遮了个严严实实，然后扶着她重又回去内屋。

又过了小片刻，顾元景已经换过干净的衣裳，发髻也重新整过一遍，要将方才中断了的仪式重新续上。锣鼓声声，丝竹绕耳，他在安泰院正厅单膝跪下，拍了拍自己宽厚的肩膀，对着明萱温和地笑：“妹妹，上来！”

明萱由喜娘扶着伏在哥哥的背上，头一次，在这个堪称危机四伏的家中，她体会到了什么叫作安全感，在这座称得上冰冷淡漠的府邸，她感受到了温暖。她心中不由想道，这温暖宽阔令人心安的背部，承载着她经过几道中门，一直落到大门口的喜轿上，是否也会在以后的人生中，成为她的退路和依靠？

永宁侯府的正门口，身着大红喜袍的男子静静立着，如同净水中的白莲一般清俊入画，亦如风中劲松般身姿坚挺，他望着一身火红的新娘被背着经过几道门槛渐渐离他近了，心中漾起奇异的甜。

大红色绣着喜字的轿帘垂落，他由长庚扶着翻身上马，然后领着这浩浩荡荡的迎亲队伍向前出发。

从此刻起，一切都该不同了！

明萱在喜娘的搀扶下进了花轿，轿帘合上的瞬间，有微风将她的喜帕吹起，她看到了眼中含泪的哥哥，看到了跟着追出来要送她的祖母，看到了热闹熙攘的人群和满街的喜灯红幅，也看到了高头大马上那具出奇俊挺的背影。

围着盛京城绕一圈呢！

她徐徐垂下眼眸，嘴角却不由弯起一丝明媚笑意，忽然觉得以后的日子，其实并没有那么可怕的，也许……还有些令人期待呢。

盛京的内城并没有想象中的那样大，花轿在申时三刻时稳稳当当地落在了镇国公府的门口，鞭炮鸣起，喜乐欢奏，只是迎在门口的宾客与方才永宁侯府送嫁的场面相比，却显得很是冷清，除了些仆从婆子并几个庶出的兄弟，便没有旁人了。

裴静宸驭住胯下枣红色的骏马，冷眼犀利地扫过，嘴角不由现出几分讥诮，他早料到杨氏不会尽心操办这场婚礼，却没想到她如今竟连做样子都不肯了。

裴顾联姻，满城瞩目，看热闹的人不知凡几，顾家也尚还跟了送嫁的人过来，可镇国公府门前却那样冷清，任谁都瞧得出来，这是在打新媳妇的脸面，不出明日，这件事就会传遍整个盛京城。

他双眼微垂，飞快地闪过冷厉锋芒，藏在袖中的拳头不由自主地攥紧。

长庚悄声提醒："爷，该踢轿门了！"

裴静宸敛了神色，由着长庚扶着他下马，便有喜娘递过来绾有双同心结的彩绸牵巾，他抬在胸口轻轻望了一眼，便来到花轿前，象征性地踢开轿门，将牵巾递了进去。

他低声地说，眼眸中有着他自己都尚未察觉的温柔和怜惜："不要害怕，跟着我就好。"

明萱心中一暖，她轻启朱唇，轻声回答："嗯。"

在落轿的瞬间，她其实就已经感觉到了不对劲，裴府门前的冷落和寂寥，连喧天的鼓乐都遮盖不住，心底也隐隐猜到了原因。如此显而易见的下马威，清清楚楚地表明着裴家在这门婚事上的立场，也意味着她以后的日子将会遇到许多艰难。

许是裴家不曾将这桩婚事放在心上的关系，婚仪并不十分热闹，倒也少了许多起哄的人，明萱顺利地在裴静宸的牵引下踩过火盆，又在正堂拜过天地，司仪宣布礼成，她便就被喜娘和丫头婆子们簇拥着送入了新房。

天色将暮，红烛燃起，在影影绰绰的灯火中，明萱听到新房内有许多悄声议论，能到内室来的，该是裴家这几房的夫人小姐，可她此时已经无暇倾听那些人在议论什么，头上顶着二十来斤的金冠，她觉得脖子都快要断了。

一个略显尖锐的声音笑着说道："宸哥儿，咱们可都听说了你媳妇儿是盛京城中出了名的美人，这会儿还愣着做什么，快将喜帕挑开，让婶娘们开开眼界。"

这话说得有些轻佻，裴静宸心下略有些不快，但按着周朝大婚的礼仪，这会儿确也是该要揭喜帕的时辰，他便敛了神色，拿起桌案上的秤杆，轻轻地挑起新娘子头上的喜帕。

华光璀璨的金冠之下，现出一张艳若桃李的脸来，明萱嘴角漾起明媚笑容，像是清凉的春风，驱散屋子内的沉闷和浮躁，她看起来分明是端庄雅致到了极点，可那眼眸顾盼生姿，闪耀着晶亮华彩。

不是扯线僵硬的人偶，的确是风姿绰约的美人。

人群中有短暂的沉默，方才发话的那位夫人连忙说道："我早说了，咱们妯娌间，还是大嫂最有福，宵哥儿媳妇已经是难得一见的美人了，谁料到宸哥儿媳妇要更胜一筹呢。"

忽地，她似是自觉失言，忙掩了嘴，对身旁一名年轻的女子说道："哎呀，宵哥儿媳妇，是婶娘一时口快，你可千万莫要放在心上。"

那女子倒似是并不在意，扑哧一声笑道："大嫂的确生得比我美呢，您可没说错话。"

明萱眉心微皱，抬眼望了过去，只见那中年妇人穿着一身枣红色的绸衫，打扮华贵入时，长得虽算不得好看，却也甚显精利，只是说话句句夹枪带棒，连夸赞都不落下挑拨离间的，气质上却就落了下乘。

这位一定便是裴家的三老爷户部尚书裴孝奇的夫人卞氏了。

她将目光移至那少妇身上，见她姿容秀丽，虽在乌漆麻黑的裴家生存，但眼神中却尚还存了几分纯净，便猜到那定是裴家大房杨氏嫡出的二爷裴静宵的妻子，国子监祭酒闵大人的千金了。

喜娘打破了屋内这诡异的气氛，笑着说："请新郎新娘喝过合卺酒！"

明萱心里暗暗计算着婚仪的步骤，知晓等喝过合卺酒后，外头便要开席，到时候裴静宸也好，屋子里围着的这些各怀心思的婶娘妯娌也好，都要出去坐席，她便能换下头顶上这沉重的金冠，改绾妇人的高髻了。因此她半点都不羞涩含糊，动作麻利地接过喜娘递过来的酒杯，大大方方地与裴静宸交颈喝过，完成了这道仪式。

在吵嚷里，明萱隐约听到身前的男人发出沉闷的笑声，虽只是一句轻哼，快得令人想要怀疑是否听错了，可放下杯盏时，裴静宸眼中未及退散的笑意却仍旧被她抓住，她脸上猛然飞起一坨红晕，心中想着，这男人不是误会了什么吧？

她来不及用眼神解释，裴静宸便被人簇拥着出了新房。

外头有小丫头来禀："开席了，请各位夫人，奶奶，都到前厅去坐席！"

不多时，方才还挤得满满当当的屋子，便一下子空了，只余下两位喜娘并明萱从顾家带过来的陪嫁丫头，几个人帮着她将沉重的金冠卸下，又重新梳了新妇的发髻，并不簪钗环，只用红绸绑住。

明萱松了一口气，扶着脖子好生地按摩了一遍，这才露出了明媚的笑意。

丹红的脸上却并没有几分喜色，她抬了抬头欲言又止。

明萱眼神一深，恰这时外头有婆子来请喜娘出去坐席，她便笑着允了，等屋内只剩下陪嫁过来的四个丫头，她才皱了皱眉头问道："严嬷嬷怎么不见？"

丹红嘟起嘴来，言辞里满是担忧："严嬷嬷原是要留下来陪小姐的，但进新房前，却被世子夫人身边的人截住了，说是在后院也摆了席面，要请她过去坐席，严嬷嬷婉言

谢绝了，那两个婆子却不由分说将她架走了，我和素弯都见着了，可又走不脱身，也不知道嬷嬷现在如何。”

她有些咬牙切齿地说道：“严嬷嬷早说过，恐怕世子夫人不甘愿让姑爷的院子由小姐带来的人掌管，定是要想法子做出点猫腻的，她该不会这会儿就对严嬷嬷动什么手脚吧？”

明萱眼眸微垂，脸色倏地沉了下来，她思虑再三后说道：“严嬷嬷到底曾在祖母身边伺候的，也算得上是有体面的嬷嬷，杨氏纵然再糊涂，也断然不敢在今夜就做出不堪的事，她膝下尚还有未娶的儿子和未嫁的女儿，若是她的名声太差，将来也不容易说到好亲的。”

她嘴角浮现出一抹冷笑，语气冰冷地说道：“你放心，她支走严嬷嬷，不过是想着你们几个年轻没有经历过世面，又初来乍到羞怯，好让那些婶娘妯娌们言语上多欺负我一些罢了，无碍的。”

丹红跺了跺脚：“小姐心善原是好的，可太过心善，却要被人欺负了。您瞧瞧看，这满屋子除了咱们几个可还有别人？我听说，礼仪周到的人家，这种时候都会留下两个小姑子来陪新嫂子说话解闷，也是互相亲近的道理。”

她恨恨说道：“裴家，真是太欺负人了！”

明萱轻轻拍了拍她的背，脸上神色温柔，她扫了眼屋内的四个陪嫁丫头，语气却忽然严厉起来，“选你们陪嫁过来时，我早就说过，裴家并不是个好相与的所在，这会儿从我进门到现在，咱们的景况境遇如何，你们也都瞧在眼里了。”

她目光微沉，低声说道：“我要你们答应我一件事。”

第 24 章　美婢·新婚·元帕

丹红忙将头垂下：“小姐有话吩咐就是，不过谦忍退让四个字，在侯府时咱们几个都能做到，这里又有何不可？”

没有长辈的庇佑，婆母居心叵测，夫君病弱不受待见，满屋子各怀心思的婶母妯娌小姑，小姐的日子尚未展开，便是可预见的艰难，在站稳脚跟之前，除了忍让之外，似乎也没有旁的法子了。

不过是忍，连小姐千金之躯都能忍得，她们不过侍婢而已，又有何不能忍的？

明萱听了却摇了摇头，她长而卷翘的睫毛在烛火中映衬出修长而完美的剪影，像是狐的巨尾，又似孔雀开屏，影影绰绰地跳动着，分外含蓄幽远。

她低声说道：“我是镇国公世子夫人亲自求娶而来的儿媳，不论她当日是抱着怎样的居心，这事实无法改变，是以今日裴家冷待我，看起来似乎是我被扫了颜面，可其实，真正不体面的却是裴家，惹人话柄非议的也是杨氏。”

杨氏许还在为打压了明萱而感到沾沾自喜，却不曾想到她是皇后亲母，膝下尚还有未曾婚娶的儿女，名声对于她而言，该是何其重要，便是装也要装作欢欢喜喜娶新儿媳的，可她这样冷待刻薄新妇，岂不是坐实了容不下原配所出的嫡子？

丹红脑子转得快，想了想说道：“是了，今日过后，旁人说起小姐，不过是叹息一声，道一句孤女不易受人欺凌了，可若是提起世子夫人时，言辞却决不会那样好听，看起来是小姐吃了亏，可实际上丢脸的却是世子夫人和裴家。”

她顿了顿：“那小姐的意思是？”

明萱眼神微亮，嘴角溢起浅淡微笑：“因为我姓顾，是宫里顾贵妃的堂妹，而我嫁的又是裴家最不受待见的大爷，所以不论我们怎样委屈自己去讨好裴家的人，也不论面对他们的无礼时我们要怎样隐忍退让，世子夫人也好，裴家的其他人也罢，都不会改变对我们的态度。”

她语气微顿，接着说道：“既然如此，我们又何须要看人眼色过日子？”

丹红神色微讶，她张了张嘴，有些不敢置信地问道：“小姐是说，咱们不必忍？” 217

明萱点了点头，笑着说道：“忍也是这样的结果，不忍也是这样的结果，那又何必委屈自己呢？”

丹红见明萱神色认真，心中知晓小姐从来不打没有准备的仗，便拉住她手臂，急忙问道：“这里到底是裴家的地盘，若没个章程就贸然行事，吃亏的总是我们，小姐到底是怎样的打算，都说出来告诉我们，以后若是遇着事情，我们几个也好知道该怎样应付。”

明萱轻轻拍了拍丹红的肩膀，笑着安慰她：“裴家八抬大轿将我迎进门的，我若是在这里出了事，以后谁还敢将女儿嫁进裴家来？你放心，杨氏和那些婶娘妯娌，也不过就是耍些挑拨离间的低贱手段，指望我自个儿跳出来与她们斗法呢，我不上那个当。”

她望着四个丫头认真地说道：“只是，我怕有人将歪脑筋动到你们身上来，所以我希望你们谨言慎行，管好自己，也管好咱们从顾家带来的人。不过，若是有人敢欺辱打骂你们，那也是不行的！你们忍让不会息事宁人，只会给我丢脸，所以，给我双倍地回敬过去，后果自然有我来担当。”

明萱眸光微转，望了眼四个丫头，笑着问道：“明白我的意思了吗？”

藕丝轻轻点了点头，一双大眼晶晶亮亮地望着明萱，她开口问道：“人不犯我，我不犯人，人若犯我，我必犯之，小姐，是这个意思吗？”

明萱赞许地说道：“没错，我不会受委屈，我也不要你们受委屈。”

她语气微顿，目光狡黠地说道：“不过，也多亏了世子夫人今日在人前给我的冷待，我才好让裴家大奶奶不受待见新嫁便遭婆母欺凌刻薄的传言，满城皆知。”

须臾，明萱听到外头院子里传来响动，便整了整衣襟端坐在新床之上，不再多言。

丹红朝她点了点头，便去到门扉处隔着缝隙向外望了一眼，才回头说道：“是方才见过的那位宵二奶奶，后头跟着好几个丫头过来了。”

宵二奶奶闵氏，是杨氏嫡出的二爷裴静宵的妻子。

她进了新房后，笑着冲明萱福了一福：“大嫂辛苦了一天，这会儿还饿着肚子，我让厨房热了些饭菜过来，大嫂将就着先用一些吧。”

身后的几个小丫头将食盒中的饭菜手脚麻利地摆放在床前的八仙桌上，不一会儿，便是满满当当的一桌，闵氏笑着说道：“外面宾客还在，大哥一时半刻怕是不能过来的，大嫂和几位姐姐便先垫垫肚子，若是还有什么需要，便跟我说。”

她说话客气有礼，又带了几分天然的熟稔，令人听了心生好感。

明萱便也对她抱以善意微笑：“弟妹想得周到，我先谢过了。”

在安泰院时，祖母料到今夜许吃不到饭食，早就准备下了点心，她和几个丫头也都是吃得饱饱的才出来的，但在凄冷寂静的凉夜，在裴家这个被她心里判定没有好人的地方，能有个人想到要送来一桌热菜，她心中亦是感激的。

她便让丹红挑了一些合口味的饭食吃了几口，其余的便让丹红几个分着用了。

闵氏指挥着小丫头们收拾了桌案，一边说道：“因为大哥时常病着，这座静宜院的西侧屋便设了个煎药烧水的小厨房，大嫂若是需要用热水，便使了外头院子里的小丫头去烧。”

她语气微顿，忽然皱起了眉头，有些为难地指着身后两个服色鲜亮的丫头说道：“这两个丫头是母亲赏给大嫂的，她说……她说大嫂新来，恐怕不太知晓大哥平素的规矩，这两个丫头原是在静宜院当过差的……”

便有两道柔软的嗓音响起：“奴婢花影，奴婢月蝶，给大奶奶请安。”

明萱抬眼望了过去，闵氏身后一高一矮地立着两个容貌姣丽的女子，穿着深紫色衣衫的那个姿容妩媚，身材要略高挑一些，身段窈窕，腰肢纤细如柳枝，像是能够折断一般；另一个则穿着一身粉桃色裙衫，肤白胜雪，看上去娇弱得很，自有一股楚楚可怜的气韵。

一个妩丽，一个柔媚，各有风情，杨氏的用意再明显不过。

明萱带着似有若无的笑容，低声说道：“母亲好意，明日一定要去重重谢过的。”

闵氏脸上尴尬极了，她交代了两句，便忙说道：“前院贵客许是要散了，我过去送一送，大嫂在这稍再等一会儿，若是有旁的事，使人来唤我便是。”

她将话说完，便逃也似的离去了。

明萱望着闵氏背影轻轻一笑，对那两个美婢也并没有放在心上，依旧静静坐在新床之上，直到亥时的更声敲响，外头传来小丫头的回禀，“回大奶奶话，大爷回屋了！”

新房的门扉隙开，夹杂着浓烈的酒香，从外厢传来沉厚的脚步声。

珠帘攒动，裴静宸进到内室，见到一身大红喜服的明萱端坐在新床上，她头上沉重的金冠已经卸下，只简单地梳了个高髻，并未戴上任何珠钗，可荧荧烛火之下，那个皎洁的身姿却显得那样华贵端和，美好得不似人间女子。

他心中微动，暗叹世间万事的奇妙，他与眼前这个清妍秀丽的女子，原本并无半分交集的，可是命运却匪夷所思地将他们牵到了一起，不论将来会怎样，从此刻起，他们这一生便已经绑在了一起，荣辱与兴衰，彼此与共。

明萱也抬头看他，这个仅有过数面之缘的男人，已经是她的夫君了呢！

他谪仙一般的姿容之下，似乎藏着无尽的心事，犹如他深邃无波的眼眸，看起来风平浪静，内里却蓄着滔天巨浪吧？这是个不平凡的男子，也许他身上还担着不平凡的抱负，可目前的景况，看起来却有些糟糕。

他是想要一个人继续蛰伏隐忍，等待着那个一击即中的机会，还是从此刻起，慢慢地发生改变，让他的故事里，也有她的存在？

明萱忽然很想问问他的打算，这样她也好打算她自己的人生，是当一个冷漠的看客，在最恰当的时机清醒地抽身，还是与他一起并肩应敌，成为他不可或缺的左膀右臂，等到尘埃落定之后，共同经营一份细水长流的感情，得到她梦寐以求的安谧宁静。

她忍不住低声开口问道：“接下来要怎么办？”

裴静宸微微一愣，随即发现满室的丫鬟不知道何时都已经退下，他误解了明萱的意思，嘴角不由自主地翘了起来：“净房里备了热水，梳洗过后，便歇下吧。”

他脑海中猛然闪过那夜山潭中她极尽诱惑的曲线，和她仓皇逃走的背影，不觉喉咙有些干涩，他沙哑着嗓音问道：“需要叫人进来伺候你吗？”

明萱脸色涨得通红，若非此时脸上尚还有一层厚重的妆容压着，她恐怕都要找个地方将自己埋起来了，这副窘样，她可不想让旁人看到，于是连忙摇了摇头：“不必了，我自己可以。”

虽然博览诗书，亦知男女之事，可成亲却还是头一次，与裴静宸的婚姻，又是没有恋爱基础的盲婚哑嫁，算起来她和他还是陌生人呢，尴尬是难免的。

她将脸上的妆容洗去，露出一张清秀娇嫩的脸来，坐在妆台前将头上的发髻散开，如同黑色丝缎一般的发丝倾泻而下，看起来像是墨色的瀑布，在大红色的喜服上缠绕开来，显得分外妖娆美丽。

裴静宸坐在喜床上，饶有兴致地望着明萱，心底生出种奇异的满足。

等梳洗过后，裴静宸吹熄了屋内的明烛，只留下桌案上一对龙凤喜烛发出幽暗而跳

跃的微光，他早已经除去了满身酒气的喜服，换了身月白色的薄绸内衫，靠着喜床的床沿坐下，转脸对着里床说道：“累了一天，早些休息吧。”

明萱缩在被中轻轻点头，含含糊糊地说了句：“嗯。”

忽明忽暗的烛光里，她看到一双灿若星澜的眼眸，心中突突地打着鼓，却仍旧强作镇定地问道：“以后，我是要唤您作什么？爷？静宸？还是……夫君？”

裴静宸静静地望着她，他没有回答她，却笑着反问道：“以后我叫你阿萱，好不好？”

明萱微愣，缓缓地点了点头：“嗯。”

她心里暗暗揣测着他的意思，难道是要她叫他阿宸？

裴静宸修长的睫毛微微闪动着，他将明萱的身子翻转过去，一手枕在她脖颈下面，另外一只手自然地垂落在她腰间，他闭上眼低声说道：“很累了吧？我很累了呢，睡吧。”

他徐徐将下巴搁在她脖颈，呼吸渐渐变得均匀，真的很快便进入了梦乡。

明萱不知道是该别扭于与男人如此亲密的接触，还是该庆幸裴静宸没有强行要与她圆房，她心中五味杂陈，洋溢着各种奇奇怪怪的感受，听着耳后的男人传来均匀的呼吸声，她的心怦怦直跳，又不敢乱动，怕会惊动到他，只好身体僵硬着躺在那里。

睡不着，想要趁着这机会厘清一些事，可他温热的呼吸洒在她颈部和发间，那种奇异的感觉令她脑中一片空白，根本没有办法好好想事情。

就这样昏昏沉沉，一直到天色起了微光，明萱都不曾合上眼。

卯时刚过，裴静宸习惯性地睁开眼，只觉得手臂一阵酸麻，他将眼眸瞥过，发现怀中的人儿正睁大着眼睛望着大红色百子添福的帐顶发呆，他眉头一皱，沉声问道：“阿萱，你未睡？”

明萱恍恍惚惚地转过脸去，猛然间与他的脸相对而触，她一个激灵醒过神来，红着脸，小声地说道：“我好像有些认床……”

其实不是认床，而是头一次和男人这样亲密地挨着，又是以这样的姿势抱着，她不习惯，再加上半夜偶尔身体的相互摩擦，又有裴静宸这样一个姿容出众的美男在侧，说一点都不心慌失措，那一定是骗人的。

裴静宸低低地笑出声来：“姨母说你不管在哪里都睡得很踏实。”

在两家过定之后，圆慧没少跟他说过明萱的事，比如她胃口不错，一顿能吃三个白面馒头，再比如她睡觉踏实，若是心里没事，通常是一觉睡到天亮的，有一晚电闪雷鸣还下着暴雨，将柴房的屋顶都给掀开了一个口子，庵堂里的比丘尼和沙弥尼都起来了，唯独她第二天起来什么都不知道。

可她昨夜却失眠了，还独独寻了个认床的借口……

明萱一愣，随即脸上染起了一片红云，她一时不知道该怎样接话，倒是有心想要抢白一句“爱信不信”，但到底还是没有说出口来，她与裴静宸纵然已经是夫妻，可彼此之间却还未曾做到坦诚，他既不曾将真实的想法道出，她自也没有必要先与他显得那样亲近。

她是那种一旦认准了就不会再退缩的人，所以在没有十分了解百分之百信任这个男人之前，她选择先观望，先是搭伙的关系，若是以后彼此了解得深了，再作另外的打算好了，她一直以来的期望值，其实都并没有那样高的。

略顿了顿，明萱开口问道："今日要给长辈们请安敬茶，世子夫人那边是有人来请的吗？"

祖母说过，这周朝婚娶的规矩虽然大致上相似，但具体到时间内容却每家都不同，裴家这里因为杨氏是继母的关系，定然是不会替他们操心的了，那该要如何行事，则当要自己心里有底才行，否则一旦行差踏错，就都是她的错。

裴静宸眉头略皱，他摇了摇头说道："不必去给那些人敬茶。"

他见明萱满脸不解，便解释着说道："裴家人口太多，那些人又没个省油的灯，平素若非得已，我并不想与他们打交道的，昨日他们那样冷待你，今日便是过去敬茶，恐怕也难免再受为难。既如此，咱们就不过去了，起身之后我派个丫头过去说我又犯病了，他们自然也就没有话说。"

明萱想了想，点了点头，裴静宸这"病"既是旁人苛责他束缚他的把柄，实则却也是最好的护身符，虽说新妇过门之后给公婆和夫家的人敬茶请安才算是真正融入了夫家，可那是在别人家，裴家这样的境况，她不论怎样做恐怕都不会受人待见的，裴静宸这样的安排倒是好，反正她也并不想成为"裴家的人"。

她顿了顿，半晌又忽然红着脸问道："那元帕呢？"

圆房之后，才算得上是真正成了夫妻，而初夜落红，则是检验新妇闺中清白的唯一凭据，不论是世家大族抑或平民小户，都将这一方元帕看得很重。

按照习俗，新婚第二日晨起，新娘子带过来的掌事嬷嬷便要将元帕收好放入紫檀木匣中，然后等着婆母那儿来的嬷嬷一起敬呈给婆母见过，以示新娘子婚前的贞洁，然后再行见礼敬茶之仪。倘若初夜元帕未见落红，夫家是可以当庭以新妇不贞的名义，解除这桩婚事的。

裴静宸如水波一样平静的眼眸中，忽而起了微澜，是他疏忽了，只想到托病以免过敬茶问安时那些人的苛责为难，却没想到元帕的问题。

若是他"病"了，昨夜就不能行房，自然也不必呈上什么元帕，可那样一来世人眼中，他与明萱的夫妻关系便还算不得坐稳。

府中的那些人都是怎样的嘴脸，他最清楚不过，风言风语自然是少不了的。他是有心要护着她的，可现在却还不是与那些人撕破脸闹翻的时候，一时半刻也找不到理由名正言顺地搬离这里，她纵然坚强聪明，可到底是娇宠着长大的侯门千金，那些闲言碎语，

他怕她承受不了。

可若是将元帕交上去了，恐怕杨氏就会指着他的“病”大做文章，将责任都推到明萱“不知节制”上，那私底下的闲话，想必要更难听了。

两害相权取其轻，可裴静宸还是想要先问问明萱的意思，他眉头微皱地问道：“你的意思呢？”

明萱垂着眉沉吟着说道：“这得要看您对裴家是个什么意思。”

她顿了顿，抬起头来满脸认真地说道：“咱们如今既是夫妻，有些话便就不要藏着掖着了，你若是想要夺回这份家业，那咱们便按照规矩来，总也不能让旁人挑出我们的把柄来，你的身子当须慢慢好转起来，到时候等站稳了脚跟，依着嫡长的身份，谁也不能越过你去。”

明萱眼神露出微芒，她接着说道：“但若是你并不稀罕裴家这份家业，只当是寄居此处一段时日，那自也有过得舒坦又不惹人闲话的方法。”

她眯了眯眼，笑着问道：“你想不想听一听？”

为了接下来她的行事能够更自由无阻一些，她觉得有必要提前与裴静宸达成共识。

裴静宸眼中闪过一瞬即逝的亮光：“你说。”

明萱冲他浅浅一笑：“经过昨日，盛京城里怕是无人不知晓世子夫人对咱们两个的心思了，不论我们怎样应对，舆论总是会向着咱们的，你要知道权柄堵不住悠悠众口，威势收买不了天下人的心，有些事只要咱们做得巧妙，便会事半而功倍。”

她轻抿嘴唇，接着说道：“不瞒你说，我其实也不大耐烦去请安敬茶，可若是果真不去，那便是咱们的过错了。”

孝道，是一座大山，一旦与不孝两字沾上，那便是天下之大不韪，不论将来是想要这座历经百年的公府，还是独善其身，于德行上绝不能有半分污点。

但与子女的孝相对的，还有父母的慈，父母若是不慈，亦是要受言论鄙弃的。

裴静宸有些诧异，随即又生出几分惊喜来，他心底暗自赞叹祖姑婆婆有识人之明，替他寻了这样一个心思通透又大方直接的女子，她没有被娇惯坏了的千金小姐的娇气忸怩，亦不曾因为是不得不要嫁给他而离心离德，这让他对这段婚姻生出几许期盼来。

这的确是个能与他比肩的女子，在一切尘埃落定之后，她定也能与他白首一生，不离不弃吧？

明萱想了想，眉心轻皱地说道：“至于元帕……未免以后横生枝节……”

她抬起头，目光莹莹地望着他，含着几分忐忑与不安，声音忽然变得小声起来，倘若不是十分注意听她说话，定不能听清楚她话中含义，她小心翼翼地打着商量：“咱们先做个假象，将眼前的难关过了？”

裴静宸的嘴角忍不住微微扬起，清朗的嗓音中分明带着了几分轻快笑意：“就按你说的办吧。”

从正厅传来铜钟的鸣响，恰是卯正时分，他翻身下床，从斗柜的抽屉中取出一个白玉药瓶，拔开塞木，倒出一颗红色药丸，和了水后便变得像血水一样浓稠，他让白绸之上随意泼洒了几处，红梅点点，斑驳凌乱，看起来十分诡丽。

明萱惊讶地张开了嘴，她原本想为了做得逼真，定是要取些真的血才行，她甚至已经做好了自残手臂的心理准备，没想到裴静宸竟然那样简单就伪造出了元帕上的落红，而且白绸上的红影看起来竟显得十分逼真，真像是那么一回事般。

她披着外衫也下了床，举起杯中残存的液体嗅了嗅，忙捏着鼻子移开：“这里面有血腥气……”

裴静宸笑笑：“祖姑婆婆制的血丸，我常随身带着，万一需要咳血的时候就用一颗。”

既然以后是要生活在一起的，那么这些事便没有必要隐瞒。

明萱觉得新奇，心里却轻松了不少：“竟还有这样的妙物！”

不过片刻，裴静宸已经将桌案上的东西都处理干净，他从衣柜中挑了件紫棠色的夏衫直裰，动作熟练地穿上，一边回答：“我不习惯让陌生人近身，穿衣洗漱皆是自己动手，发髻也是自己随意梳了，反正我不常出门，邋遢一些倒也无碍。”

他顿了顿：“我这里没有贴身用的丫头，平素都是长庚替我管着的，如今你来了，以后这院子里的事，便都由你做主吧，该撵的撵，该打发的打发，不必顾忌。”

明萱浅浅笑了起来，从妆台上取过梳子，低声说道：“既然你已经有了妻子，那以后不出门，也不能再邋遢了，你坐下，我替你梳发。”

裴静宸果真乖乖坐到妆台前，他抬头望着铜镜里身后那个影影绰绰的窈窕身姿，感受着她柔软的指尖穿过他墨黑的发丝，碰触他的头皮，心中有什么东西似乎化开了，溢出千万种奇异感受，他不只觉得新奇，亦有淡淡的满足。

有个妻子的感觉，原来是这样的啊。

明萱的动作并不灵巧，好在男人的发髻梳起来并不烦琐，她神情专注认真地将发髻绑好，替裴静宸戴上象征着贵族子弟身份的紫金发冠，又随手替他整了整衣襟，等到整理妥帖，这才抱着胸左顾右盼起来。

她满意地点头，心中暗叹，这还真是个美男子呢。

这时，外厢的门被敲动，严嬷嬷的声音响起：“大奶奶，世子夫人身边的桂嬷嬷来了。”

明萱与裴静宸目光交接，都猜到桂嬷嬷这是来要元帕的，她眉头一挑，低声说道：“进来吧。”

内屋的门一动，明萱陪嫁过来的丫鬟便鱼贯而入，雀好捧着净盆面巾立在一侧，素弯进到床榻前收整被铺，藕丝伺候着明萱洗漱，丹红则动作熟练地替她装扮绾发：“大奶奶，今日咱们梳个牡丹髻可好？”

明萱轻轻颔首，一边望着铜镜中桂嬷嬷的倒影，那是个四十出头的中年妇人，长相普通，身上穿的衣服料子却十分光鲜，看起来似是杨氏身边得用的心腹，她眉梢微挑，笑着问道：“是桂嬷嬷吧？我和大爷正要去给母亲请安。”

她玉手微抬，藕丝已经将昨夜备下的见面礼取出一份厚的递了过去。

桂嬷嬷掂了掂荷包的分量，满脸堆笑地说道：“夫人怕大爷和大奶奶着急，先派奴婢来知会一声，昨夜皇上传诏，似是西疆军情有变，相爷和几位老爷一大清早都上朝去了，也不知道什么时候才能回来。这成妇礼便改到平莎堂，夫人让大爷和大奶奶莫着急，赶在辰正前过去便行，至于相爷和几位老爷，等晚上家宴时再敬茶行礼也是一样的。”

平莎堂是世子夫人杨氏的居所。

明萱闻言心中一突，她的注意力被“西疆军情有变”抓住，猛然想到昨日在她婚仪上出现的四哥元景，当时她的情绪被感动包围，后来又一直处于紧张之中，未曾去细想追究，此时桂嬷嬷提起，她才想到了问题的严重性。

前几日雪素曾带来过顾元景的书信，看那潦草笔迹，当时应正在战中，西疆战事已经连绵数年，听说如今正是紧要的关头，可这种时候，顾元景却孤身一人回到了盛京城，看他蓬头垢面，身上的铠甲尚还沾染着斑驳血渍，想来是快马奔波，只为亲自送自己出嫁。

可阵前脱逃，置军情于不顾，那可是犯了军规的头一重死罪啊！

哥哥到底是怎样想的？府里现在的情形又如何？

明萱心中又慌又急，可脸上却还不得不装出淡定神色，她强自按住紧张不安，竭力挤出几分笑颜：“有劳桂嬷嬷了。”

桂嬷嬷忙福了一身：“那奴婢就先告辞了。”

她虽说了告辞，可双脚却纹丝不动，双眼一直盯着床头一个紫檀木匣子，时不时地拿眼去瞅严嬷嬷，这暗示的意思那样明显，就是想要问元帕的事。

严嬷嬷明白，便揣了匣子送桂嬷嬷出去。

人刚一走，明萱的脸色立刻便垮下来，她一把握住丹红的手，语气凝重地说道：“你快去找何贵，让他想法子回侯府打听打听四爷到底是怎么回事，西疆战事吃紧，他怎么就回来了，要快！”

丹红见她向来平静的面容，头一次起了那样大的波澜，心中也是咯噔一下，忙慌慌张张地放下手中的梳子说道：“大奶奶的陪房安排在哪处，我不知晓，要先问问大爷院子里的管事。”

静宜院的事，原本一直都是长庚管着的。

明萱便将目光移到裴静宸身上，带着几分恳求说道：“昨儿是我四哥送我出的门子，他在府里还闹了一场，这事你知晓了吧？我怕他出事，想找个人回侯府打听打听消息，能不能请长庚带我这小丫头去找找我的陪房？”

她顿了顿，强调着说道：“我四哥绝不能出事的。”

顾元景是要顶门立户的人，她还等着他成为她最有力的倚仗。

裴静宸见她眉间郁色浓重，便忍不住握住她的手，安慰着说道：“西疆的战事半月前就有了眉目，应是喜讯，舅兄这三年都忍过来了，不可能在最后关头前功尽弃，想来应是无碍的，你莫要过于忧心。”

他语声沉缓，带着自己也未曾察觉的温柔：“你新嫁过来，就派陪房回娘家打听消息，让那些人知道了，又要嚼舌根，不如这样，我让长庚想法子去办这事，你且安心地等消息便是。”

明萱心中略定，点了点头：“嗯。”

她话音刚落，便听到身侧丹红隐隐的笑声，她睁着眼睛望了过去，只见屋子里伺候着的几个丫头脸上都带着意味不明的笑意，顺着她们的目光，她垂下眼眸，看到了那对不知道何时紧握交缠的双手。

明萱微愣，方才她太过紧张，并没有注意到这点。

可奇怪的是，这会儿明明白白地看见了，她却并没有想要立刻抽离出来的反应。

裴静宸的手很温暖，也很舒服，掌心像是有无穷尽的能量，源源不断地传输过来，给予她心安的力量，她想，若是这双手能够一直这样握着她，与她一起牵过春夏秋冬无数个岁月，似乎也并不赖呢。

看得出来，对于这份婚姻，眼前这个男人与自己一样都在努力着。

他从呱呱坠地起便没有了母亲，父亲懦弱无法保护他周全，祖父铁腕冷血罔顾他性命，继母心思歹毒置他于死地，叔婶冷眼旁观趁火打劫，阖府的兄弟姐妹皆轻视他，这是个缺爱的男人，再强大，在内心深处也一定会渴望着温情吧？

不知道为什么，明萱的嘴角浅浅咧开，漾起绚烂微笑，他是在意她的，她能感受到，所以她也要对他释放善意。

满室静寂无声，空气中却萦绕着深浓的温情。

裴静宸牵着明萱的手出现在平莎堂时，恰好是辰正，裴家的五位夫人皆已端坐在正厅，身后立着各自房里的媳妇，没有差事的儿子也坐在身侧，打眼望去，黑压压一片，

人口众繁。

明萱心中默默记着座位的次序，与先前做的功课中记住的人物一一对上来，脸上却端着温和无害的笑容，睁着一双晶莹的美目，含羞带怯地冲着堂前行了个礼，却暗自叹道，裴相可真是能生啊！

镇国公裴固生有五子，个个不凡，皆在朝中供着重要的职位。

长子镇国公世子裴孝安，次子提刑按察使裴孝庆，三子兵部尚书裴孝奇，皆是先头原配的镇国公夫人黄氏所出，四子都转运盐使司裴孝中，幼子京卫指挥使司同知裴孝举，则是继室夫人梁氏所出。

镇国公夫人梁氏前些年也过世了，裴府便由世子夫人杨氏掌家理事。

杨氏坐在上首，笑容满面地对旁边的妇人说道："都说咱们府里的媳妇儿漂亮，如今宸哥儿媳妇一来，不是我自夸，都被比下去了！"

明萱眼波微动，心中有些鄙夷杨氏又拿容貌来作伐，她刚待要说句漂亮话，将杨氏的挑拨离间堵回去，却感到手上的重量略大了些，她悄然转头，只见裴静宸对她报以微笑，示意她不必开口。

她便岿然不动，只一味傻笑着，既没有反驳，也没有客气。

裴静宸略躬了躬身，拉着明萱从左首开始介绍起来："这位是三婶，四弟静堂和四弟妹，这是七妹书宜。"

三房人口简单，裴孝奇出身军旅，于女色上很有节制，房里除了三夫人卞氏，便只有两名摆着好看的通房，四爷静堂尚在国子监进学，并未出仕，四弟妹孟氏是忠顺侯孟侯爷的侄女，算起来还是媛姐儿的堂姑子，看起来文静温和，并不似卞氏那样张扬嘴碎。

双方互相过，也交换了见面礼。

然后便是二房，裴孝庆的妻妾虽然不少，但是子女也多是夫人庞氏嫡出，三爷裴静镕在吏部供职，这会儿也去了衙门点卯，并不在场，三奶奶燕氏是东城太守的女儿，看上去有些精明，五爷静勘六爷静衍都尚未娶妻，六小姐书钰垂着脸在那静默立着，并没有十分热情。

杨氏虽对裴静宸这样的介绍方式有些不虞，但众人在前，她若是将不快显露在脸上，也并不好看，便耐着气性等着，见二房和三房都介绍完了，从顺时针来说，也该轮到这里了。

谁料到裴静宸竟又拉着明萱走到右边，温言笑着说道："这是五婶，这是九弟静垣，十妹书歆。"

裴孝举尚还年轻，这对儿女并未成年，睁着一双墨亮的眼靠在五夫人唐氏身后，细细地打量着新郎和新娘子的一举一动，眼中带着好奇，亦带着几分防备。

四房裴孝中只有两子一女，五小姐书葶已经出阁，七爷静芷和八爷静昂是一对双生子，今年才刚过十一岁，四夫人也姓俞，是定国公俞克勤的堂妹，她笑容浅淡，不达眼底，看起来便是个心思极重的人，并不好相处。

明萱轻轻转头望着杨氏身后那黑压压的一群，心内不由生出几分好奇，看裴家的人口构成，看起来这家应是十分注重嫡庶的，二房三房四房五房绝大部分都是嫡出的孩子，反倒是大房……

永嘉郡主只生了裴静宸一子，杨氏亦只生了裴皇后和二爷裴静宵，那么她身后尚还立着的两位爷两位小姐，便该都是妾生的庶子女了。

她正自猜疑，忽听得座上杨氏怒声说道："宸哥儿，宸哥儿媳妇，茶水都凉了，这茶到底还敬不敬？"

明萱抬头，看见杨氏目光中蓄着的怒气，有些不曾料到杨氏忝为公府主母，竟是这样地沉不住气。

她心下诧异，都说裴相老奸巨猾，可杨氏蠢钝，裴相怎敢将偌大一个镇国公府都交给她打理？不是说，裴家五房之间，互相角力，谁也不服气谁的吗？旁的不说，以杨氏这样的性子，那几位夫君高居官位的婶娘，又怎会心甘情愿将管家理事的权力拱手相让，连争都不争？

杨氏浮躁张扬，手段落于下乘，真的要使计夺了她手中权力，再容易不过了。

裴静宸宽大的掌心完全将明萱的玉手包裹住，示意她安心，他嘴角露出一抹温和笑意，脸上带着几分虚弱的白，"夫人能不能容孩儿将我母亲的灵牌请来，孩儿领着新妇给她磕头行礼，也好告慰她在天之灵。孝道难违，还请夫人成全！"

他没有唤杨氏母亲，一直口称夫人。

明萱一愣，随即便也跟着裴静宸躬身："请夫人成全！"

新妇的敬茶礼上，新婚的夫妇要向故去的先母跪拜，这要求再合情合理不过，纵然这些年来，裴家一直都对永嘉郡主讳莫如深，可郡主的灵牌却仍旧安放在祠堂里，郡主早殒，如今唯一的血脉得娶佳媳，先于杨氏受新妇的跪拜，自然是使得的。

但众目睽睽之下，裴静宸的这请求，却俨然是在杨氏脸上狠狠地扇了一巴掌，令她脸上五味杂陈，阴晴变幻不定，既是愤怒，却又有些不知道该如何反驳。

原配嫡妻的地位如山，继室纵然再风光，在原配的灵位前，却也要执妾礼的！

杨氏自然不愿的，自她嫁进来后，凡是有关永嘉郡主的祭仪，都是仆妇打点，她从未亲自出席过，若不是尚需要顾忌悠悠众口，不让皇后娘娘的名声蒙羞，她恐怕都能将郡主的灵位直接请出祠堂。

连她的成妇礼上，裴家都不曾要求她去郡主灵前磕头，这会儿自然更不能了！

杨氏这样想着，便朝跟前的桂嬷嬷使了个眼色，自己则不断拿手去敲脑袋，脸上作

出一副十分痛苦的表情，看起来像是犯了头痛的病症一样。

桂嬷嬷连忙上前扶住她，用屋内众人皆能听见的音量说道：“哎呀，夫人，您为了操持大爷的婚事劳心劳力了半月之久，这几日来就没有一天合过眼的，这一定是头疼的旧疾又犯了啊！”

她轻轻拿手按摩着杨氏的太阳穴：“皇后娘娘上回打发来的太医说过，您呐，绝对不能忧心过甚的，这头疾一旦犯了，可是要马上就躺着休息才是！”

既然连皇后娘娘都拿出来压人了，自然有惯会见风使舵的出来打圆场。

离杨氏坐得最近的是二夫人庞氏，她看出来杨氏是因为不想给故去的郡主行礼，这才装的病，而裴静宸步步紧逼，显然也是因为不愿意给杨氏敬茶，既然家里的老爷们都不在，这两人又彼此不对付，她便乐意作个和事佬，给他们一个台阶下。

她状似关切地对杨氏说道：“头疾可大可小，可不能轻慢，桂嬷嬷，您扶着大嫂进内屋歇下吧。”

杨氏佯作不愿意，挣扎着说道：“我还要带着宸哥儿和新媳妇给郡主姐姐请安呢，好叫她在天有灵知晓，宸哥儿日子过得很好，好让她安心呢。”

庞氏心底有些无奈，但二房素来和大房亲厚，这件事她既然已经揽在身上了，若是不将这些话圆过去，恐怕也是不能了，便只好叹了口气，对着裴静宸说道：“宸哥儿，大嫂身子不适，等下便由二婶带你们小两口，去给你母亲磕头，你说呢？”

她一边说着，身子已然立了起来，上前几步走到明萱跟前：“好孩子，跟二婶来吧。”

裴静宸眼底一片鄙夷，睫毛微闪间却又消逝不见，也不再说什么，便跟着庞夫人的身影一步一步地向着祠堂所在的位置而去，明萱紧跟其后。

平莎堂里众人各自散了，远远地传来年轻男女的议论和不屑笑声，谁都没有注意到，远去的这对小夫妻的手一直都交握着，片刻不曾分开。

等给郡主灵牌磕完头，裴静宸便与明萱步行回去静宜院，仆众则远远在后头跟着。

此时已至六月中，天气和暖，南方该是入了夏，但盛京城却刚好是气候最宜人的时节，暖风微熏，裴府后园花团锦簇，看起来景致甚好。

明萱从前没有来过裴家，昨儿又是拜过了堂就直接被送进新房的，还没有逛过裴家的后园，思虑到这里即将是以后要生活的地方，至少短期之内不大可能会有机会离开，所以她便将脚步放慢，想要认清楚大概的方位，心中有底，将来也好不出差错。

她见裴府颇多亭台楼阁，又偏好在后园种植大片的林木，可偌大的地方，放眼望去，竟然连一个水塘都没有，便有些好奇地问道：“我去过不少公侯的府邸，不论哪家都喜欢在后园挖个池塘，或者种荷花，或者在岸边栽上垂柳，这里倒是一个都没……”

裴静宸淡淡地笑了起来，脸上略带了几分嘲讽：“听府里的老人说，原先也是有的，刚才我们经过那片桃林，原先便是个池塘，后来……”

他脸上的哧笑更浓："听说在我母亲未过门之前，我父亲便让一房老家带过来的小妾有了身子，原本我外祖父探得这个消息时，是要退了亲事的，可没两天那个小妾就失足跌入了池塘。到底是怎样一回事，我不甚清楚，可自我懂事起，这里就是一片桃林，从来没有过池塘。"

高门大院内的龌龊事，家主的雷霆手段凌厉，不过才多久，池塘便被填满，桃树已栽上，那些罪恶和丑闻，也都随着这些一并埋葬了吧？

明萱一惊，忙回头往身后望去，只见仆众皆跟在距离远远的地方，想来也听不到他们说话，这才将心收住了一些。

她低声说道："隔墙有耳，这些隐秘事，咱们私底下的时候再说，莫要让人听了去，对我们的处境无益的。"

裴静宸的眼角眉梢都带了笑意，他点了点头："好，咱们私底下的时候说。"

这句平常的话，不知道怎么地，他听起来却格外觉得有意思，好像在不知不觉间，他们两个陌生的距离，一下子就拉近了，成为可以共享秘密的那种关系，这种亲密，令他觉得新奇，又很满足。

待明萱和裴静宸一路走着回到静宜院时，留在院里收拾东西的丹红听见动静忙迎了出来："爷，您跟前的长庚回来了，这会儿在书房等您！"

裴府人口众多，并不像顾家那样每位主子都单独设有院子。

因此这座静宜院，便是容纳裴静宸这一脉的全部了，将来不论是收了姨娘，还是生了儿女，都要在这座院子里面住着的。好在占地不小，四间正房，东厢西厢各有屋头，后院还盖了一排给仆妇们住的矮房，若是省着点，裴静宸不纳三妻四妾的话，尽够用了。

书房设在东厢，靠近院门，方便长随和小厮禀事。

明萱听到长庚回来了，心中便又紧张起来，知道是顾元景有了消息，这一大上午，虽然被杨氏和磕头的事缠着，可她心里始终没有放下过这件事。

她睁着一双晶亮的眼，带着几分小心翼翼的期待："长庚应该是打探到了我四哥的消息，我……我能不能一块去书房，听听他是怎么说的？"

裴静宸没有犹豫："好。"

明萱心里一暖，甚至是有几分感激的。

她知道这年月书房对男人而言是最重要的所在，这里头藏着他的所思所想，甚至还有许多不为人知的秘密，虽然裴静宸并不时常待在这个院子，以他的缜密，也必然不会在书房里留下什么让人抓住把柄的痕迹，可是能被允许进入那里，已经是一个男人给予陌生的妻子的最大信任了。

长庚看到裴静宸身后的明萱，有一闪而逝的诧异，但随即他便弯下腰来行了礼："是爷和奶奶虚惊一场，舅爷并不是临阵脱逃，而是带着西疆得胜的捷报回来给皇上报喜的。"

他笑着继续说道：“柔然投降了，下达了百年不战的降书，还将边境上的五个城池割让给周朝，皇上大喜，不仅金口玉言免了当年舅爷擅闯皇家围场的罪，还说要按战功大事封赏呢！”

西北夏国几年前就被韩修打败，西夏曾立过“永赋税贡”的盟誓，镇北军又将当年被北胡抢走的疆域重新夺回，还反占了对方两座城池，如今西疆与柔然持续的战况又平息，周朝的疆土又要比从前更加辽阔。

整个周朝大西北，已然是彻底平静了，没有个二十年，那些边牧小国，是不可能休养生息，卷土重来的。

登上皇位不过四载，今上就已经连续扩张国家版图，成为周朝前无古人疆域最广阔的君王，此等荣耀，皇上自然是会大喜过望的。

明萱不由松了口气：“太好了，哥哥无事！”

“可是……”长庚脸上却忽然起了郁色，他迟疑了许久，才低声说道，“皇上在金銮殿上当庭赐婚，听说舅爷……听说舅爷抗旨了！”

御前抗旨，忤逆君上，是要杀头的重罪！

明萱眼皮一跳，焦切问道：“可知要赐的是哪家的小姐？舅爷又是因何缘故拒婚的？当庭违逆皇命，今上有没有怪罪下来？”

长庚忙答：“皇上要赐的是临南王的郡主，舅爷以出身微末配不上金枝玉叶为名，跪求皇上收回成命，皇上有些尴尬，只说了句再议便退了朝，倒也没有发落舅爷的意思。”

他顿了顿，又解释了一句：“三老爷身边的随侍小厮有福与我交好，这些俱是从有福那探听到的消息，散朝之后，相爷被皇上请去了御书房，其他几位老爷都各自去了衙门里当差，只有三老爷先回来了。”

明萱眸光微动，长庚的消息应该是很准确的，但他打探消息的渠道和来源，也绝不是从有福那探听到的，金銮殿上前两个时辰才发生的事，绝不是有福一个小厮所能知晓的。

但她向来是个懂得分寸的人，从不肯故意要去偷窥别人的秘密，若是长庚不想据实以告，那她便当作什么都不知道好了，那些“秘密”，于她，也并不是非要知道不可的。

裴静宸笑容温和，轻轻将手扶在她肩上，柔声说道：“西疆大捷，皇上既说要劳军犒赏，舅兄便一定无事的，你且安心，若还有什么疑问，等回门时，你亲自向舅兄问询，岂不是更好？”

他拉她的手越发熟练了，牵着便要出去。

长庚犹犹豫豫地叫住了他：“爷，我还有事要跟您禀告……”

他习惯了与裴静宸两个人相处的日子，如今猛然间多出来一个女主人，一时间尚还有些不大习惯，况且他暂时还不清楚，爷对这位大奶奶，到底是个什么意思，言谈举止间便充满了迟疑揣测和试探。

明萱便笑着说道：“我进去点算一下库房，安排一下丫头婆子们的差事。”

她轻轻福了一福，便径自走了出去。

裴静宸望着那抹纤丽背影嘴角翘起，转身对着长庚说道：“大奶奶聪明得紧，以后那些骗不了人的谎话就不要拿出来说了，免得贻笑大方。咱们的事，暂时不方便对她说，倘若再遇到这样的事，你只说打听到的结果，不必特意说明你是从哪里得来的消息。”

他顿了顿：“好端端的，皇上怎么想到要替临南王的郡主赐婚？”

临南王远在南疆，只有重大的要事节庆才好奉诏入京，今日之前，顾元景不过是一文不名的小人物，甚至一度都被人怀疑死在了西疆，因此这赐婚定然不是临南王的意思了。

长庚忙道，“宫里头传出来的消息，说是俞惠妃娘娘牵的线。”

俞惠妃，是定国公俞克勤的庶女，她母亲是国公府里的下等奴婢，一次偶然，被定国公得了身子，一举得孕，生下了她，因为生母卑贱，定国公又不大重视这个女儿，所以在九皇子微末之时，俞国公抱着广泛撒网的心态，将她送去了九皇子府上做了个没有名分的夫人。

后来九皇子登基为帝，俞惠妃占了陪伴日久的便宜，被册封为惠妃。

当时裴皇后新嫁，皇上沉浸在元妃之死的沉痛中，眷恋旧人，时常往惠妃的宫殿里去，俞惠妃的宠爱一时无双，定国公府俞家对她的重视也就水涨船高，前年定国公夫人过世之后，便由她生母廖氏当着家，因廖氏无子，只得两个女儿，俞世子也并没有反对。

裴静宸眉心微皱：“俞惠妃？”

长庚忙道：“临南王次子娶了定国公的庶女，就是俞惠妃的胞妹，俞家和临南王府是姻亲，去岁皇后娘娘生辰，临南王嫡出的紫藤郡主来京，也是住在定国公府上的，那位紫藤郡主，便是皇上本来要赐婚给舅爷的。”

他顿了顿：“听说，俞惠妃有了三个月的身孕，皇上子嗣稀少，十分看重呢。”

皇后无子，怀了龙嗣的女人都想要争一争，永宁侯曾经动过的心思，定国公也想要赌一把，但在顾家的女儿没有再怀上龙嗣之前，俞家最大的敌人便还是裴家，这也是俞惠妃想要将顾元景拉上战车的缘由吧。

裴静宸露出嘲讽笑意：“祖父又要忙上一阵子了吧？”

他立起身来，低沉的嗓音透着股说不出来的畅快：“上回让你们查的那件事，天葵来的时候说已经有了眉目，最近还有没有新的消息了？”

这几年裴府不断有仆众离奇死亡，线索直指二十几年前一件旧案，裴静宸疑心是与母亲的死有关，哪怕不是，也必定关系到裴府的一个重大秘密，所以一直都派人追查，

这段时间隐隐有了些发现，他心里记挂得很，一直想要知道答案。

长庚摇了摇头："线索到西北就断了，似是有人刻意阻挠，除了我们，尚还有其他两股势力也在追查，为了怕打草惊蛇，天葵先只远远跟着，来信正要讨爷的示下呢。"

他有些迟疑地说道："另外，其中有一队人马，似乎……似乎是世子爷派出去的。"

裴静宸眉头微皱："让天葵见机行事，先想办法弄清楚世子爷的目的。"

在他印象里，裴孝安虽然是父亲，却懦弱无能，眼看着他被杨氏毒害，从来都无动于衷，可若是说裴孝安是因为宠爱杨氏，才会纵容她对子行凶，那也不像，若是宠爱，大房又怎会有那么多姨娘和庶子女？

这样庸碌无为浑浑噩噩过着日子的人，竟然会对那些命案感兴趣……

裴静宸猛然间想到了什么，他沉声说道："府里这些年来死的人，虽然身份年龄掌事的职位不一，但一定都有什么相通之处，你想办法将那些卷宗再调过来一次，仔细地盘查那些人的共同点，一有发现，立刻回禀。"

他顿了顿，又补充了一句："将重点放在二十年前。"

长庚忙躬身答道："是。"

随即，他又问道，"您吩咐要给大奶奶送去的这院里历年来的账册，我已经准备好了，只有一句，这里的丫头婆子里，好些个都是各房塞过来的探子，咱们刻意留着的，如今大奶奶来了，是该继续留，还是？"

裴静宸嘴角轻扯，语气中带着不自觉的轻快："你只将账册交给大奶奶，其他的自有大奶奶决断。"

留有留的好处，将那些人撵走却又有撵走的好处。

可既然自己娶了明萱，又决定要好好与她相处，那么这些决断便自该由她来下，这不是考验，而是信任，他相信祖姑奶奶的眼光，更相信他自己所见所闻所感，阿萱，会给他从未有过的惊喜的，他相信。

裴静宸回到内室，看到院落屋内的丫鬟皆已经换下，明萱正趴在窗台边上裁着鞋样，午间明媚和煦的阳光均匀地洒落，在她身后形成光与影，她娇美的容颜带着几分认真与投入，亦有着别样迷人的姿态。

他心中一动，便将身子凑了过去："在做什么？"

明萱轻轻晃了晃手中的鞋样，笑着说道："刚才整理了下，看到你鞋子很少，便想要给你做几双备着。"

她也凑近他，颇有些卖弄地说道："你大概没有听说过，我的绣技曾得过金针夫人的点拨，整个盛京城中，不好夸口自己是最好的，也总没有几个能在我之上，所以呀，等我将鞋子做好了，你出门时就等着别人的赞叹吧！"

裴静宸哑然失笑，男子的鞋面通常都是深色的锻布，也不好像女人那样绣花增色，了不得便是在面料上翻些花样，再说男人之间相处不像女人，甚少有人留意对方的打扮衣裳鞋袜，他怕是很难等到别人的赞叹了。

可心里却像是涂了层蜜一样的甜。

自他出生起，便少有人关心他，师太和圆慧姨母虽然都疼爱他，可是方外之人，到底不能在生活起居上事事替他尽心，因此他身上穿着的，除了府中的定例外，多半是在成衣铺子买来的。

还是头一次有人亲手替他做鞋。

他心中泛起阵阵涟漪，身子不由自主地便更靠近了过去，有些撒娇似的说道：“等做完了鞋，还给我做衣裳吗？我也想要穿着阿萱做的衣裳出门去，让别人羡慕我有个绣技了得的妻子呢。”

第 26 章　血玉 · 交锋 · 交融

明萱望着裴静宸，嘴角不由自主地弯了起来。

他那双灿若星澜的眼眸，从前沉静得如同深不可见底的海水，深邃得令人觉得却步，可当他褪下那层伪装，眼底流露出来的温情中，却带着孩子一样的渴望和单纯，像是玩笑的口吻，可语气中的紧张能被轻易地感受到。

是不是从来都没有人亲手给他做过衣裳？

她心中一软，脸上的笑意便越发浓了：“嗯，会做的，以后你的四季衣裳，鞋袜腰封，都由我亲自给你做。”

便是他不求，她也会的，这是做妻子的本分。

裴静宸的眼中晶亮一片，像是个要到了糖果的孩子，有几分窃喜，又带着几分满足，他紧紧地靠在明萱身侧：“不用理我，我在旁边看着你。”

宁静的午时，阳光明媚，外头院子里偶尔传来仆妇搬动箱奁的声音，内室中却静谧一片，流淌着淡淡的温馨与甜蜜。

到了申时敲过三刻，杨氏遣了小丫头过来请：“世子夫人将家宴安排在了荣恩堂，还请大爷和大奶奶酉时前能赶过去，相爷最是守时，若是晚了，恐惹他不快。”

送了那小丫头离开后，严嬷嬷上前说道：“在侯府的时候，就听人说起过，裴相为人暴戾，规矩又重，他年轻时脾气暴烈，一言不合，就要拔刀相见，后来收敛了一些，但若是底下的人做错了事，犯到他手里，那一顿皮开肉绽是免不了的。”

她有些愤愤地说道："只剩一刻钟的时辰了，先前咱们派人过去问了几次，都说相爷还未回来，许这家宴是要推迟了的，可临到此时，这杨氏才派了人来请，这是诚心想要大奶奶刚入门就惹得裴相不快。"

丹红也附和着说道："上午我和素弯两个在园子后随意走了几趟，使了些银子打听到一些消息，旁的不说，只提起裴相，那些婆子丫头无一个不是战战兢兢的，都说这府里虽然是世子夫人管着家，相爷对那些账目来往也不在乎的，只是管教起仆众人，他都是亲自动手！"

她顿了顿，见裴静宸仍在净房并未出来，便悄声说道："上回二门上的婆子吃了酒聚众打牌，他亲自将那为首的婆子的手给剁了呢！"

明萱眉心微皱，却又有几分了然，杨氏是扶不起的阿斗，若不是碍于名分，根本就不适合管家理事的，听说世子又庸碌无能，成日里眠花宿柳，倘若不是裴相的雷霆手段，这府中怕也不能这样安静。

可裴相不能替杨氏振威一辈子的……

后宅的安宁，主母的能力，关系着家族的兴盛和长远，这镇国公府却是迟早有一天要完完全全地交到杨氏手上的。若是按照常理，杨氏管不起这个家，那便该寻个能干的长孙媳妇先将府里的掌事权力慢慢交托，但裴家对自己那样无视，看来是并不想将公府交给裴静宸的。

明萱眉头微挑，心中揣测着裴相的用意。

丹红却有些着急了，她忙打开衣柜挑了身正红色的缎面衣裳说道："等下家宴之前，您还要先给裴相和府里几位老爷敬茶行礼，不能穿得太素净了，来，大奶奶先把衣裳换下吧。"

她举着衣裳看了看明萱头上的发髻："髻子恐怕来不及拆了重梳，但钗环可以换两个艳色的戴戴，不论如何，您是新妇，鲜亮一些总没有错的。"

裴静宸从净房出来，开口说道："不必换衣裳了，祖父不喜欢服色张扬的女子，就这样很好。"

在去荣恩堂的路上，明萱心内默默记着每一个院子的距离和步数，对裴府的后园越熟悉，将来面对突然发生的景况便越有应对的能力，这府里倒是没有水塘了，但是一丛一丛的果林却是繁茂。

后宅女人争斗的手段狠辣，造成的杀伤力强大，但说白了，却远没有朝堂上斗智斗勇来得繁杂，不过栽赃陷害引诱设计而已，只要谨慎小心，防患于未然，仍是可以避免的，但前提却是需要有足够的观察力和一颗敏锐细腻的心。

既然裴静宸诚心诚意地投入这份婚姻，明萱自然也不愿意让他失望，不论如何，机会总是留给有准备的人，而做到了万无一失的防范，自然也能趋利避害。

从她踏进镇国公府的那一刻起，便该想到的，想要在满目淤泥中不与他人同流合污，过着事不关己高高挂起的日子，看着是那样简单，其实不知道要经过多么残酷的战斗，表面上的花团锦簇之下，暗地里的藏污纳垢，常常令人触目惊心。

这便是这个时代钩心斗角的高门大户之中，所有女人的生存法则。

明萱被裴静宸牵着踏进荣恩堂正厅时，身后院子里的石钟恰被敲响，不早不晚，刚好酉时。

裴家的荣恩堂，与侯府摆家宴的花厅有些相似，只是因为人口众多，荣恩堂要更大一些，男女分桌而坐，裴相和五个儿子坐在主桌，几位夫人坐了一桌，少奶奶们和年长些的小姐坐了一桌，年龄更幼些的少爷小姐亦坐了一桌，最边上则是家中生了孩子有体面的几位姨娘坐。

自进了这屋子，明萱便刻意将身体往裴静宸的背后挪了一些，保持着合适的距离，不论是礼仪举止，甚至连脸上的笑容和表情，都竭力做到最佳的状态，看起来端庄有仪，静雅大方，又有一股难以言喻的淡定从容。

她不需要去讨好这家人，可也不想被人诟病，带来不必要的麻烦。

杨氏笑着对裴相说道："父亲，今晨您和几位叔叔都不在，这会儿让宸哥儿和新媳妇给您和世子爷行礼敬茶。"

她招了招手，便有丫头端上茶盏，高高举着，立在裴静宸和明萱的身前。

裴静宸冲着明萱微微一笑，眼底有些无奈复杂，但仍旧接过茶盏跪在裴相跟前："请祖父喝茶。"

裴相默不作声，不发一言地接过喝了，身后立着的姨娘模样的女人，立刻恭恭敬敬地递过一个红包，他仍旧不语，将红包放在了托盘之上。

明萱也跟着照做："请祖父喝茶。"

杨氏眼中带着几分看好戏的神色，笑着望了过去，她心里想着，按着裴家和顾家这说不清道不明的紧张关系，哪怕只是为了坊间那些关于顾长平死因的流言蜚语，裴相多少也要对明萱说些重话，给她一个下马威的。

但她似乎要失望了。

裴相脸色微凝地沉声说道："你就是顾长平的女儿？"

不知道怎地，在裴府，在这样的场合，由眼前这个人口中提到顾长平这个名字，还是令明萱心底有些刺痛，她深深吸了口气，缓缓地抬起头来，脸上看不出一丝表情："是，顾长平正是先父的名讳。"

尽管裴相的名声如雷贯耳，但她还是头一次看到真人，与朱家舅公一样，裴相亦是六十出头的老人，听说是行伍出身，身材自然是魁梧的，脸上的线条刚毅，眼睛炯炯有神，看起来便十分精明，下颌一圈花白的胡子，有些像画卷中豪迈仙人，又或者虬髯客

的形象。

可无论天上仙人还是青史英豪，都不会给她这么大压迫感。

裴相定定地望了明萱一眼，便不再说话，却爽快地从她手中接过茶盏一饮而尽，除了身后妇人递过来的红包之外，他忽地又从怀中取出个沉香木的锦匣递了过去："这是宸哥儿的祖母生前最喜欢的玉镯子，你拿去。"

锦匣应声而开，一枚血玉雕琢而成的镯子静静躺在里面，烛火映衬下，发出动人心魄的美妙光泽。

离得近些的那两桌人个个都屏住呼吸，不只女人，连在座的几位老爷面上都露出莫名的复杂神色，杨氏更是将不快都摆在脸上，长长的指甲攥入手心，她胸口藏着的那股怒气都快要堵到嗓子眼来，这样的东西不给儿媳妇，却给了孙媳妇，这到底是什么意思！

这可是稀世罕见的血玉！

便是皇上的内库中，也未必能找得到这样成色的东西，价值连城自然不去说，更令人揣摩不透的，却是裴相此举的深意。

明萱心里也是一突，她不曾料到会这样的。这块血玉会给自己带来多大的体面，亦就会带来多大的麻烦，她向来通透，怎么会不了解这些呢。

可是，长者赐，不可辞。众目睽睽之下，明萱想要不接都不行了，她只好硬着头皮恭敬地接过："谢祖父赏赐。"

嫁入裴家之后的第一顿家宴，因为裴相这枚出其不意的血玉镯，在荣恩堂内众人的心上掀起了惊涛骇浪，不解揣度，愤恨不平，嫉妒不甘，这些复杂的情绪交织着，拧成一根刺，却意外地让这顿晚宴变得顺利安宁起来。

明萱心中很是惴惴不安，但面上却仍旧维持着平静神色，她跟着裴静宸向世子裴孝安敬过茶后，又和其他四位叔父见了礼。她心细，留意到叔父们的表情或多或少带了几分复杂，唯独世子脸上却是一片漠然。

那是一种无关己事的淡漠，出现在一个父亲的脸上，有些令人生疑。

礼毕之后，佳肴齐上，裴家的人皆按着次序入了座，杨氏强压下怒火，脸上挤出几丝笑意来："宸哥儿快去坐下，宸哥儿媳妇到我这里来。"

这是要明萱到她那里立着伺候她用膳的意思。

盛京城中的高门大户，新妇进门时，多少也有些规矩，比如晨昏定省，伺候婆母用膳替她布菜端食，但大多数人家都是行个意思便成，新妇给婆母夹个一两筷子菜肴，婆母便让丫鬟来替了。

可若是遇着了不通情理的婆母，从头伺候到尾的情形，也是有的。

明萱心中早有了被为难的准备，若是尚在她忍受范围之内的，为了维持表面上的和谐，她自是无话，可若是杨氏刻意刁难，这众目睽睽，裴相又在，她自然有法子令杨氏下不来台。

她这样想着，便徐徐走到杨氏身后，欠身行了礼。

杨氏对着身后的丫鬟点了点头，那丫鬟便将她身侧的位置让了出来。不需多言，众人都明白，这是要让明萱过去伺候的意思。

裴静宸眼中微露锋芒。他不愿意让明萱给杨氏磕头敬茶，自然也不愿意让妻子去立什么规矩，杨氏算什么东西，有什么资格让自己的妻子对她俯首？

他上前两步与明萱并排，先是微微躬了躬身，算是行了礼，然后徐徐转过身轻轻拉住明萱的手臂。语气温柔地对她说道，"二弟妹在那桌给你留了位子，快去坐吧，都是白日里见过的弟妹和妹子，以后若是闲暇无聊。你可以去找她们玩。"

明萱便抬头瞅他，眼眸中的意思再分明不过，这点小事，她可以忍的。

但裴静宸却十分坚持，"不用害怕，夫人慈悲，对儿媳妇最是温和不过了，当初二弟妹过门之后，她就免去了二弟妹的晨昏定省，用膳时也不必在一旁伺候，人人都说夫人恐怕是盛京城中最宽待儿媳的好婆婆呢。"

他眼波微转，微笑着直视闵氏，"弟妹，你说是不是？"

闵氏一时愣住，裴静宸这问话是个套，目的是想要让明萱直接入座用膳，若是她答是，那称了他的愿，杨氏这头自然心生忿忿，可她也没有办法说不，否则岂不是在众目睽睽之下说杨氏不是个好婆婆？ 237

万般无奈，她只有闷声点了点头："是。"

卞氏不耐烦杨氏久矣，便有心要搅这摊浑水，她尖声说道："宸哥儿媳妇，你放心过去坐吧，现在可不比从前，少有拿媳妇来做规矩的婆婆了，我家静堂媳妇，我可从来都没让她伺候我用膳。"

她似是想到了什么，忽然掩着嘴哧哧笑了起来："时年不同了，从前婆婆不论怎么冷待媳妇，碍着一个孝字如山，谁还敢说一个不字？但到如今，谁家若是待媳妇不好，那恶婆婆的名声一旦传了出去，可是要受万民唾弃的呢，自己倒也是罢了，若是因此连累了子女，啧啧……"

明萱闻言心中一动，想着许是昨日杨氏冷待自己的话，都给传了出去，否则卞夫人这话里话外，怎么到处都透着窃笑嘲讽？

她忙对着卞氏说道："夫人和三婶都是极好的婆婆。"

杨氏恨得都快要吐血了，刚想说些什么，却不料裴相一个阴冷的眼神瞥了过来，她害怕，又无法，只好强忍着怒气说道："宸哥儿媳妇，你去坐吧，免得人说我苛待了新媳妇。"

这饭桌前的战斗，不过只是几句言辞之争，却火药味十足，但这荣恩堂内的其他人却莫不埋头饮水，只当作什么都不知晓，既不大惊小怪，亦无人站出来说些什么。

裴静宸脸上笑意更浓，亲自将明萱送到了座上，这顿晚膳，便在这种极其微妙的气氛中结束。

回到静宜院，明萱便让丫头们都下去歇了。

得知裴静宸起居皆是自己动手后，她便也嘱咐丹红，内室的事宜，能做的她都要亲自动手，若是不能，她再唤她们帮忙，严嬷嬷虽然不曾嫁人，但却也说这是应当，趁着夫妇间浓情蜜意时，建立起彼此依赖的信任，这才是夫妻相处之道。

她也深以为然。

进了内室，裴静宸的脸上便染上了一层厚厚的冰霜，看起来很是不快。

明萱便取出那个锦匣，低声问道："这个……到底是什么意思？"

她心思细密，凡事都不愿意只看表面现象，所以绝不认为裴相将这价值连城的血玉镯越过了儿媳，直接给到她手上，会是看重她的意思，反而这份隆遇，让她有一种烈火烹油的炙烈焦躁。

高高地捧着，好让她成为众矢之的吗？

裴静宸目光一深，沉声说道："阿萱，以后咱们行事要越发小心了。"

他的声音低落，带着几分凝重："裴家出了皇后，本来今上该给父亲另赐一个爵位的，若是父亲另得了爵，那镇国公的位置便该由二伯父来坐了，但二伯父身子不好，不是长命之相，三伯父又官居兵部尚书的高位，他对这爵位恐怕也上心得很。"

明萱奇道："可皇上并没有赐爵……"

没有赐爵，镇国公世子便铁板钉钉是大房的，二房也好，三房也罢，根本就没得想的。

裴静宸摇了摇头："皇上没有赐，是因为父亲没有去请立。但只要裴皇后还在一天，父亲还想要，那么这爵位是一定能够得到的，这是有例可循的，皇上赖不掉。"

他顿了顿："父亲在等，祖父似乎也在等。"

对裴孝安而言，此时请立显然并不划算的，他原本可以继承的是一品国公的爵位，可若是接受了赐封，那便成了二品的侯爵，而在他之下的裴孝庆或者裴孝奇，反倒可以继承镇国公的爵位。

可若是他能等，裴皇后的地位也一直都坚固如山，那么这两个爵位便都能落到他的嫡子身上。

同样的，二房的裴孝庆也在等，若是在他过世之前，镇国公世子的封号能落到身上来，那么将来哪怕他死在裴相之前，镇国公世子位也总还在他儿子身上，落不到三房去，所以二房的庞夫人会那样帮衬着杨氏。

明萱恍然大悟："这么说来，二叔和三叔若是想要继承镇国公爵位的机会，前提便是父亲能够向皇上请立赐爵。裴家明明暗地里那样波涛汹涌，可在明面上却不得不要维持平静，几位婶母分明都不愿意看到世子夫人管家，可却都要强忍着，都是因为这个吧？”

她面色微沉：“这血玉镯果然是让咱们成为众矢之的。”

这是裴相原配夫人的镯子，代表着的是镇国公夫人的威严，可现在这镯子在她手上，怎能不惹起这些觊觎着国公爵位之人的揣测和瞩目？

头一个便是杨氏，有裴静宸压着，她嫡出的裴静宵便永无出头之日，长幼有序，哪怕她的嫡女是皇后之尊，也都无法改变这事实，一句话，有裴静宸在，除非大房承继两爵，否则裴静宵只能分到几分薄财，其他的什么都得不到。

然后便是二房和三房。

只要裴静宸死了，大房只有一个嫡子，那么裴孝安就自然不会再霸着镇国公世子的位子不放手了，他也不可能索性就不请立了，一门两爵，代表的是家族的荣誉，家族越是隆盛，他将来的路才能走得越是轻松。

否则，没有家族的支撑，没有实力，空有爵位，那不过是虚的。

裴孝安不过是个五品的虚职，可他的二弟和三弟却都是手握实权的一司权阀呢！

裴静宸微微沉默，过了良久才低声说道：“阿萱，我其实并不愿意与他们争这些的，权力和地位名誉，都是转头便空的镜花水月，为了这些虚妄，与别人钩心斗角尔虞我诈争抢破头，并非我所愿。可是……”

烛火下，他目光莹莹：“可是我母亲死得不明不白，身为人子，替她报仇雪恨，是我自小就立下的誓愿。还有我外祖父，与北胡的战场上，他被假情报所害，遭了人埋伏，几乎全军覆没，你知道他是怎么死的吗？万箭穿心……万箭穿心而死！”

他抬起头来，脸上带着痛楚：“阿萱，这么多年我忍过来，只是为了要查清真相，报仇雪恨，所以，请你再忍一忍，不会太久的，这座裴家大宅，我们不会待太久的，信我，好吗？”

这声音低沉，透着深浓的凄凉。

他毫无掩饰和隐瞒地将心底的打算和盘托出，明萱心中顿时涌起万般感慨，这样的他，令她欢喜，又觉得有些痛，她左手握住他右手，右手将他身子圈入怀中，轻轻拍着他的背：“嗯，我信你。”

她的嘴角微微翘了起来，语气里带着几分娇嗔：“可是，我不想忍他们呢！”

裴静宸靠在明萱肩上，闻到她颈间的幽香，心神俱驰。

她的怀抱仿佛有着魔力，瞬时就抚平了他心头的仇恨和怨怒，他嗅着她发丝的清香渐渐平静下来，在她紧握交缠的指缝间找到了信心与力量，这种感觉太好了，令他眷恋不舍，迟迟都不肯从她肩膀上离开。

明萱见裴静宸像只小狗一样耍赖，心中既觉得哀怜，又有些无奈，她忍不住轻抚他

的发丝，低声说道：“既然你对我坦诚，我便也不对你隐瞒。朝争政斗，与我这个小女子有什么干系？我在乎的是我父亲的清白，我母亲和姐姐的冤屈，如你所说，身为人子，这是必须要做到的誓约。”

她顿了顿：“假若裴相真与这件事有关，我定必要他付出代价的。那时你……还愿意与我一起过安谧宁静的生活吗？”

这句话，其实是一个邀约。

这段联姻，世人大多都在冷眼等着看笑话，裴顾两家可是仇敌呢，不论是当年裴家夺走了顾家的皇后位，还是如今皇后与贵妃的剑拔弩张，都是坊间闲聊的谈资，亦有不少鄙弃明萱不肯宁死，反而嫁进了敌对者府里。

其实谁都不知道，对明萱而言，嫁给裴静宸，已经是唯一的选择了。

在当时境况之下，连朱老夫人都愿意主动筹谋，那她更没有理由宁愿赴死，也非要拒绝这门婚事。更何况，她深信以裴静宸的处境，三年前便算真的是裴相的主意，裴家暗下的栽赃，他也不可能参与其中的，而这个男人与家族之间，又有着那样的仇恨纠葛。

既如此，她又有什么不好嫁的？

事实证明，她赌对了。

眼前这个男人在新婚的头两日，所展现出来的坦白诚恳，对未来的期待和努力，对她的信任和重视，无一不都在表明着他的态度，这个男人与她有着共同的理想，他们向往的都是简单宁静的生活，那么只要将这些尘世纷杂彻底清理完就好了，不是吗？

裴静宸抬起头来，轻轻抚摸明萱肃然的小脸，墨色的眼眸清澈晶亮，在影影绰绰的烛火中散发着温和的光彩，她的坦陈令他本来就悸动莫名的心，狂乱地跳动起来，她的回应不只令他惊喜，更令他满足。

他凝视着她许久，忽而浅浅笑开：“你不介意我姓裴，我难道还会介意你姓顾？”

明萱脸上露出明媚笑意：“所以，从明日起，你去做你应该做的事，不用担心我，也不必担心我们这座院子，我会做得很好。”

她抬头望了眼桌案上的沙漏：“时辰不早了，该歇息了。”

洗漱过后，该以何等方式就寝又成了难题。

裴静宸动作自然地在明萱身边躺下，他的手臂将她整个人揽入怀中，胸口却如同小鹿乱撞。

明萱也并没有比他好多少，脸上不自觉地起了红晕，觉得别扭得很，很想推开他，可是却又什么都做不得，总不好对他说：“喂，你抱着我睡不着，不如咱们两个分被子各睡一头？”不行的，好不容易两个人之间建立起这样和谐的气氛，她不想轻易破坏掉。

可若再这样下去，恐怕今夜又要无眠了。

一阵静默之后，明萱悄声问：“你睡着了吗？”

裴静宸依旧闭住双眼，没有回答。

明萱便撑起脑袋，伸出手去触碰他的脸。他的相貌，恰好是她喜欢的类型。

她的手指不由自主地便抚了上去。

裴静宸徐徐睁开眼，一把抓住了她的手："阿萱，别闹。"

他突如其来的一抓，令明萱身体有些失衡，一下便整个地伏在他身上了，她抬起头来，眨了眨双眼，"我没有闹，就是觉得你长得好看，所以才……"

裴静宸的眼底漾出化不开的柔情蜜意，他眸色微深，忽然颤声问道，"阿萱，我想……"

明萱微微一愣，随即醒悟过来，顿时羞红了脸颊，她垂头不语，半晌声若蚊蚁般吐出一个"嗯"字。一夜春宵，两人开始做了真正的夫妻，其两心相知，又进了一层。

三朝回门，原本定的是永宁侯世子顾元昊到镇国公府来接新人回去的，但顾元景的回归，不只打断了婚礼上的进程，也将这件差事揽到了自己的身上，明萱是他这世上唯一的亲人了呢，不论她嫁去的是什么所在，他都不愿意她受一丝为难和委屈。

顾元景如今是朝中炙手可热的少年将军，连当庭拒婚这样严重的忤逆君上的行为都可以被忽略不计，可见皇上对他的重用，裴家的人尽管对顾家颇有防备和敌意，但却没有人敢在这风口浪尖上对他有所为难，一路之上，谨守礼仪，对他颇多尊重。

顾元景很顺利地就将明萱接了出来，他扶着明萱上了顾家带来的马车，那小心翼翼的神情像极了是在捧着一件易碎的珍贵瓷器，害怕一个不小心，就弄伤了她。

一直等到车帘放下，他这才转身对着裴静宸问道："听说妹夫身子不好，不知道能不能骑马，我带来的这匹小马，名唤追风，性子有些烈呢。"

这带着审视的语气，强自压抑着怀疑和不满，亦有着考校和衡量。

裴静宸嘴角微翘，望了过去，从顾家带来的那匹枣红色的骏马，马蹄上带着铁钩，看起来便是战场上出来的猛兽，只看它桀骜不羁的眼神，便就知道，这是匹不易驯服的烈马。

他心想，要顾元景接受自己这个声名在外的病夫当妹婿，一定很为难吧？

顾元景眼神微深，沉声又问了一句："妹夫，如何？"

裴静宸冲他笑了笑："承蒙舅兄关怀，静宸的身子比以往要好些了，只是骑马……"

他走到顾元景身侧，低声说道："盛京城内街市狭窄，到处都是行人，若是舅兄有兴致的话，不若改日咱们兄弟一道去一趟马场，舅兄在战场上的雄姿英发，静宸也很想要见识一番呢。"

顾元景眼中现出微光，他轻轻颔首："那便改日了。"

裴静宸冲他欠了欠身，便掀开车帘，闪身进去，坐到明萱身侧。

顾元景身子利落地翻身上马，顾家来接新人回永宁侯府的队伍徐徐前行。

明萱低声问道："你和哥哥说什么了？"

虽然婚嫁已成事实，但她仍旧是希望自己的哥哥与夫君可以相处和谐，她知道裴静宸的身份太敏感了，不论他是个怎样的人，只要他一日姓裴，就有可能一日不受到哥哥的认同，更何况，当时她又是在这样的景况下不得不嫁给了他的，他又是个传闻中将死的病夫……

从今早见到顾元景的第一眼，她就在担心这个问题。

裴静宸笑着去抚她的脸颊："我约了舅兄改日一道去马场，你什么都不用想，男人之间的事，有男人自己的解决方法，我会让舅兄对我改观的。"

马车沿着街一路飞驰，很快就到了永宁侯府门前。

裴静宸先下车，然后将明萱扶着下来，语气温柔地说："小心些。"

他自然地牵住了她的手，她冲他展开明媚笑颜："嗯。"

顾元景望着眼前这格外协调的一幕，微微闪了闪神，随即却又有几分释然，他将枣红色战马交给了随侍的小厮，上前几步，对着明萱说道，"快跟着我进去吧，祖母一大清早就在安泰院念叨了，这会儿一定等得着了急。"

他疾步如风，衣衫轻摆，进了府门，裴静宸与明萱相顾一眼，亦跟着进去。

对门韩府的二层小楼上，穿着玄色锦袍的男人脸色铁青，双眼赤红地望着那对紧握交缠的双手，直到永宁侯府朱红色的大门紧紧合上，那带着巨大痛楚的目光亦不曾收回。

第 27 章　回门·体面·体面

手边的瓷杯跌落在地，只听见零星声响，青布衣衫的男子皱了皱眉："主上！"

韩修步履伤沉地转过身，魁伟的身躯散发着令人心疼的冷冽萧瑟，这一刻，他到底是愤怒大过痛苦，还是悔恨胜于不甘，复杂的感情交织相缠，早已经说不清楚，可他脸上的颓丧和黯然却无法遮掩。

他沉着声音问道："延一，安在裴家那儿的桩子递消息过来了吗？"

苏延一略有些迟疑，终于还是开口说道："七小姐进了裴府之后备受冷遇，但却也没有吃着亏，裴家这位大爷应是个人物，从前没有显山露水，但娶了妻子后，竟像是变了一个人，倒褪去了身上的软弱。"

他顿了顿："看来从前咱们的推测是对的，裴静宸该是装病。"

韩修的双眼徐徐闭上，似是不忍心，却又不得不要去确认，因为害怕，每个字都显得有些颤抖："前夜，七小姐有没有与那姓裴的……圆房？"

苏延一犹豫良久，沉沉点了点头："有。"

韩修睁开眼，满目血色，六月的暑天，整个屋子像是被寒意冻结，他软软地靠着椅凳坐下去，只是这一瞬间，便像是老了十岁，他无力地挥了挥手："你先出去，让我想一想，让我好好想一想。"

木制的门合上，发出"吱呀"的轻响，那些藏在心中不得倾诉的苦痛，终于决堤，他所有的委屈和无奈，如同泄了洪，倾泻而下。

是他大意了。

裴静宸在坊间声名不显，除了多病之外，这位裴家大爷的长相都没有人说得清楚的，人人都说裴家大爷并非长命之相，说不定什么时候就要别离人世的。他这一路披荆斩棘而来，所发生的每一件事都尽在掌握，因为太过自信，是以并没有将裴家大爷放在心上，以为所有的事仍旧还会按照他所预想的路线按部就班。

亦正是因为这个，那日清凉寺后山顶上，他才会对着明萱的以死相逼说出那句"答应"，他实是心存着侥幸的，那样一个将死的病夫，便是娶了明萱，也不过就是个摆设，说不得几日过后便要归西的，那样也正好给他解决了眼前的难题。

可万事皆在掌握之中，却唯独这里出了差错。

不，韩修的心猛地一沉。

他与顾明萱的缘分始于九岁那年的西北军营，那正是与西夏国之间交战最为炙烈的一次。

那时，她的外祖父陆允还活着，恰好率领武定侯府的军队前来支援西北这一战，她约莫是前去外家做客的，谁料到忽起兵祸，所以凑热闹般跟了过来。但战争总是格外残酷的，也没有任何一个经验丰富的主将胆敢保证自己一定会胜，这一仗，就打得格外艰辛。

彼时，他已经是卫国将军的义子，然而整日混迹于军营，除了满身脏污之外，性子也野得跟郊外的皮猴一般，看起来并不起眼。而她，却是世家大族的名门闺秀，虽对战事有着好奇，也有些胆大妄为，然而骨子里却流淌着高傲的贵族之血，哪怕逃跑，也要高昂着头颅。

因为年龄比她略大两岁，卫国将军便让他保护顾七小姐的安危，他便得以时刻与她相伴。

强烈的对比和冲突，没有产生排斥，反而像是颗种子默默地在肥沃的土壤里生根发芽，开出浅色喜人的小花。她叫他小牛哥哥，他唤她阿萱妹妹，就是战火纷飞的岁月里，这一点温情也足够点亮现世的残酷。

现在想想，他对她的喜欢，大约是那时候就开始的，在漫长的军旅岁月中，一颗小苗慢慢地长成了藤蔓，繁衍生息，最终开满遍野。

后来，战情实在太过紧急，陆老将军派人将明萱送回盛京，但韩修却拒绝了义父要将他送回盛京的安排，而是选择了与义父并肩作战，他年少有才，对兵法有自己的见解，再加上敏锐如猎豹般的直觉，精准地打击了敌军的几处埋伏，这反败为胜的一仗，令西北军战绩彪炳，也令他名扬四海。

英姿焕发的少年将军，锦绣无双的前程，他以为只有这样才可以与她比肩。

她只需要再等一等，再多等一等，等到他替母亲报了仇，他就可以恣意地过自己的人生，与她重叙少年时那份懵懂爱恋，再续三年前重遇之后的那段勾动天雷地火的炙热感情。她为什么就不能再等一等呢？就只差那么一点……

门外走廊上传来细碎脚步，苏延一宏朗的声音透过门缝传了进来：“夫人。”

韩修眉心一动，他垂下眼眸半晌，再抬起头来时，那些愤怒不甘的神色早已经掩去，只剩一片清明平和，他立起身，走到门前打开，满面笑意地对着廊上的女子温言说道：“夫人怎么过来了？”

韩夫人看起来脸色不好，在走廊略显阴暗的光线下，更是如此，尽管她穿了颜色鲜丽的水红色锦裙，脸上亦涂抹了胭脂，可却仍旧遮掩不住身上的病弱气息。

她捂着嘴唇轻微地咳嗽两声，然后虚弱笑道：“听说这几天你一直都在这里不出来，我有些担忧，所以来看看你，夫君，是不是公务太忙了？我知道你是皇上的股肱之臣，可再怎样勤勉，身子总也是要顾的。”

韩修温柔地握住她的手：“为皇上鞠躬尽瘁，这是为人臣子的本分。”

他顿了顿，示意苏延一将门合上，自己却扶着韩夫人往楼梯走去：“你身子不好，不能经风，若是寻我，派个丫头来叫我便是，怎么还自己过来了？若是加重了病情该怎么办？来，我送你回屋去。”

情深款款的模样，完全看不出来方才还在为了明萱嫁人而苦痛不甘。

苏延一望着那远去的背影，不由自主地轻叹一声：“问世间情为何物，直教人生死相许，主上，幸得你还未曾忘记老夫人的冤屈，否则……”

这一厢上演着虚情假意，那一厢永宁侯府中，却是其乐融融。

明萱回门，大房的人显得并不热情，永宁侯去早朝还未归来，侯夫人仍旧养在庄子上，世子不过出来见过礼认了亲戚，便就起身去了衙门，世子夫人到底与明萱不甚熟悉，在安泰院里枯坐了一会儿，便借口要替明芜准备出嫁的物事告了辞。

明芜四日后成亲，压根连身影都不曾见到。

二夫人见世子夫人散了，便也带着明芍告辞，倒是四夫人薛氏有心想要多坐一会儿，可四老爷不过只是庶出，大房和二房嫡出的都散了，她这个庶出的儿媳不好意思再杵在朱老夫人跟前，便略坐一会儿，也告辞了。

经历过先头的热闹，此时人都散去，安泰院中倒一下子便安静下来。

顾元景见朱老夫人一直拉着明萱的手不放开，便知道她是有话要问，便笑着对裴静宸说道："妹夫不若跟着我去我那院子坐坐，正好今日几位伯父都有事，咱们午膳便设在我那儿，再将府中无事的兄弟请过来一会儿叙叙闲话，可好？"

他顿了顿："恰好，我也有事要向妹夫讨教呢。"

裴静宸嘴角微翘，露出几分笑意："舅兄有话便直说，与静宸何须说讨教两字？"

他转身冲着朱老夫人行了一礼，又对着明萱说道："我与舅兄去了，若是有事寻我，唤个丫头去舅兄院子里便成。"

等明萱答应了，他这才跟着顾元景出了屋。

朱老夫人见他二人举止对谈中皆透着情意，心中一块大石便就落下，她笑着问道："萱姐儿，裴家小子对你可好？"

明萱点了点头："祖母切莫为我忧心，虽只是短暂相处，但孙女儿相信他是个可靠之人，将来也必不会让我受到委屈。"

她顿了顿，又满脸关切地问道："祖母这两日身子可好？"

朱老夫人笑着握住明萱的手掌："原本听说你在裴府门口受了冷遇，祖母很是担心你，后来陆陆续续有其他消息传回来，一会儿说杨氏给宸哥儿房里塞了美婢，一会儿又说裴相都不曾受你的敬茶，我这心里真是担惊受怕。"

她叹了口气："后来坊间将那几件事传扬开来了，我倒反而没那么担心，萱姐儿，告诉祖母，那是不是你做的？"

明萱在朱老夫人的手臂上蹭了蹭："祖母英明，孙女儿做什么事都瞒不过您，没有错，这些话的确是我让人传扬出去的，裴家是非之地，倘若没有点小心眼防个身，日子恐怕不好过，我让人传这些话去，不过是让杨氏心里警醒一些。"

她微微笑起："哪怕是为了皇后娘娘的名声，她也不好再对我做得太过了。"

再说，她其实已经很厚道，并不曾添油加醋，只不过是将杨氏的所作所为按照事实传扬出去罢了。

朱老夫人忍不住捏了捏明萱脸颊，笑着说道："我就知道我的萱姐儿吃不了那个亏，这样也好，婆媳之间向来难处，不是西风压倒了东风，便是东风压倒了西风，更何况杨氏是继母，又数次三番想要暗害宸哥儿的，你们这关系，天生就注定了处不好的，也就没必要虚与委蛇了。"

她轻拍明萱的背，低声说道："再忍忍，当年我和你祖父，亦是同样艰难的境地走过来的，不也一样忍到了这爵位落身上吗？"

明萱眸色微转，嘴角却漾出明媚笑容，她扶着朱老夫人说道："是，祖母教诲，孙女儿记下了，定当遵从。"

她顿了顿："祖母，哥哥他回家这几日来，可曾对您说过什么？"

朱老夫人眉心微郁，摇了摇头说道："你哥哥只说让祖母安心在后院颐养天年，外头的事只当不知，什么都不要管，我瞧他这次回来，比从前有了主意，做事也更有把握了，所以他不说，我便也没有再问。"

她唇边微叹："倒是你大伯父，进来让我劝着你哥哥几回，紫藤郡主是临南王的掌珠，若是顾家能与临南王攀上亲事，那将来……"

说到底，永宁侯顾长启那份想要更上一层楼的心思，始终都没有熄灭。

明萱想了想，安慰着说道："哥哥做事向来有分寸的，既然他让祖母安心，您就放下心来，大伯父是个孝顺的，若您将那些事撇得干干净净的，他自然也不会紧赶着来逼您。"

她眉头有些微皱，攀着朱老夫人的手臂撒娇说道："若是孙女儿还未出嫁便好了，咱们祖孙两个关起门来饮茶赏花闲坐叙话也好。"

朱老夫人点了点明萱额头："你呀，祖母也舍不得你。"

她低声地叹息："祖母膝下那么多孙女儿，你大姐姐是自小养在我跟前的，身子一直不好，出阁之后过得也不如意，虽说这里头未免也有她自己的缘故在，可我心里仍旧是心疼她的，如今她既已走了，那便不说她了。"

白发人送黑发人，不论如何，都令人心伤。

朱老夫人顿了顿，说道："贵妃娘娘地位尊贵，可说句忤逆的话，她心里不定比谁都要苦，在宫里头要站稳脚跟，何其不易，处处都是不见血的刀光剑影，前阵子以为怀了龙子，好生得意风光了一阵，结果闹了大笑话，听说皇上对她也不似从前那样热络。"

她轻轻摇头，"可笑蔷姐儿还以为那里头是什么好去处，前日你刚出阁，昨日一顶宫轿便乘了她进了宫，虽说封了正二品的淑妃，可到底连个仪式都没有。比起那些自小受着宫训长大的妃嫔，她什么都不懂，那点小聪明连人家的手指头都够不到，如今皇上还念着蓉姐儿的旧情，她尚能一时得宠，可她到底只是个西贝货，这恩宠能有多长，还未可知，前途……渺茫啊。"

明蔷的算计，自以为瞒过了府里所有的人，如今看来，这些小伎俩不过只是个笑话，不论是朱老夫人也好，侯夫人也好，都将她看得一清二楚，她的意图这样明显，宫里头的那些娘娘们难道就看不明白？

皇后也好，俞惠妃也罢，甚至连顾贵妃的心里，恐怕也不好受的，元妃虽然已经逝去，但这些女人无一不是因为她的死而得利，纵然四年将过，元妃始终都是几位娘娘心头的一根刺。拔不得，又忽视不得。

更兼皇上时不时地怀旧一番演绎深情，如今明蔷靠着模仿元妃入宫得宠，怎能不触动这几位娘娘的心？一番明争暗斗，怕是少不得的了。

明萱睫毛微动，低声问道："昨日蔷姐儿就进了宫？"

朱老夫人点了点头："这孩子虽然生在姨娘肚子里，但却自小养在你大伯母膝下的，过得比寻常人家的嫡小姐还要好，可惜你大伯母真心待她，却落到这个下场，只盼她入宫后能安分过日子，莫要再与家族添祸便好。"

她又是一声叹息："芜姐儿，亦是个叫人不省心的……"

朱老夫人抬起头来，神色忽然肃穆起来："萱姐儿，有些话本不该我这个做祖母的说，但你母亲没了，我若是不多言上两句，恐怕你将来要吃亏。"

她语气微顿："你大伯父总以为裴家必是要倒的，但祖母却并不以为如此，几百年的簪缨世家，跟着太祖手里头打下江山的氏族，哪里那么容易就倾覆了去？裴相的子孙在朝中把持着重要的位置，个个都是能干的良才，若是皇上要灭绝裴家，牵连甚众，那周朝势必也要跟着受到震荡，杀敌一千，自伤八百，不是兴国的道理，我一个后宅老妇都看得明白，皇上身边众多谋臣想必看得也要比你大伯父远一些。

裴家手中的实权或许会被逐渐收回，但是式微败落与倾覆灭亡，是两码事。"

朱老夫人接着说道："但不论裴家倒还是不倒，于宸哥儿却是无碍的。萱姐儿，你一定也听人提起过，当年的襄楚王府并未被收回内库，仍旧有宗人府代打理着呢，并襄楚王的爵位也不曾销去。"

她微顿："老太妃曾对我说过，先帝曾有意要让宸哥儿承继襄楚王的血脉，后来不知道因了何故，并未事成，可宗亲们感念于襄楚王的战功彪炳，又怜惜宸哥儿自小境遇，一直都想要促成其事，今上有所意动，不过碍于宸哥儿姓裴，尚未下定决心罢了。"

明萱十分惊讶："祖母，这是真的？"

若果真如此，那么杨氏便不该屡次对裴静宸动下杀机，因为利益的冲突不存在了，彼此之间客客气气地，将来互相帮扶，岂不是更好？

朱老夫人压低声音说道："老太妃亲口对我说的，自然不会有假，但这消息旁人却应是不知晓的，否则裴相和杨右丞，又岂会放任杨氏害人？"

她抿了口茶水："萱姐儿，祖母要说的便是这个，宸哥儿将来身上的爵位是跑不掉，三妻四妾自然也很寻常，后院的女人一多，是非自然也多，但你莫要争嫉善妒，你是正妻，谁也越不过你去。"

朱老夫人静静望着明萱："庶子女在家族中地位不高，若是入仕，通常也难以爬到高位，婚娶更是如此，便是分家，能分到的家产也很有限，你是嫡母，他们只能唤你一声母亲，便是挣得了诰命，也是要给你的。至于那些姨娘，妾也，不过玩物，既是能随意发卖的玩意儿，那又何须你放在心上？男人好色，贪恋的不过是一时颜色新鲜，等过了那新鲜劲头，侍妾便不过是个摆设，根本就不值得当什么。只是，人哪，在相处之中

是很容易产生感情的，这点却是要竭力避免。”

明萱脸上现出惊讶的神色：“祖母……”

她心里有些打鼓，祖母这是打算要教自己宅斗技术了吗？

在高门大户生存并不容易，祖母虽然对自己慈悲和善，可单瞧当初她是如何在艰难困苦中帮着祖父安顿好内宅，得到这永宁侯的爵位，便就知道祖母的手上不可能没有沾染鲜血的。祖父侍妾不少，阖府上下，却只有四叔一个庶子呢！

可这些事，心里虽然隐隐有所感觉，鲜血淋漓地说出来，却又是另外一回事。

她一时间，便有些纠结，不知道是不是该要阻止祖母说下去。

朱老夫人却笑着说道：“傻丫头，不是你想的那样。”

她轻轻抚了抚明萱的头发，柔声说道：“你祖父在时，身边姨娘有六七位之多，却只有你四叔的生母能够承孕，你可知道为何？”

明萱摇了摇头：“孙女儿请祖母示下。”

朱老夫人说道：“男人若是宠爱侍妾宠上了天，做正妻的，又能如何？将那侍妾打发出去卖了，还会有别的侍妾进门，不仅没有用处，反而还要伤了夫妻之间的体面和感情，可若是嬉皮笑脸地敬着重着，又试问有哪个女人可以做到？”

她微顿：“所以根源出在男人身上，这解题自然也要从男人身上着手。与那些侍妾相斗，赢不得男人的尊重，除了自贬身价外，没有半分好处。所以，宸哥儿若是贪花好色，那你就投其所好，等他万花丛中过了，自然片叶不沾身；若是宸哥儿重情，那你便给他情，你情深义重，他自然也会将心放在你身上。”

嫡出的子嗣越多，庶子女的存在便根本不具半分威胁。

朱老夫人接着说道：“你祖父前半生好色，后半生重情，他想要什么，我便给他什么，到底他还是给了我尊重和体面，至于你四叔，却是个意外，也是我求的情让你祖父留下了他。”

她低声叹道：“你瞧瞧咱们家里，你二叔惧内，除了两个摆着好看的通房，一个妾也没有，你四叔疼爱你四婶，也不曾纳妾，二房和四房都只有嫡出的子女，全家一条心，日子过得自然宁和。可你大伯父那却是一笔糊涂账！”

永宁侯在女色上算得上是荒唐的，先是招惹了官家千金弄大了人家肚子，不得不迎进门来成了贵妾，再是暗娶了青楼魁首做外室，连着生了孩子的姨娘，没有子嗣的通房，屋子里的侍妾怕要有一二十人，庶出的子女比嫡出的还要多上许多。

侯夫人罗氏拴不住丈夫的心，又端着千金大小姐的脾气，既不肯服软，亦不懂得变通，以至于二十多年的夫妻，终成陌路，如今更是被逼着去了庄子上，倘若不是为了贵妃娘娘和几个孩子的脸面，怕是要闹得更僵。

明萱睁着一对莹莹双目，低声问道：“所以，祖母的意思是要孙女儿不论用什么法子都要抓牢夫君的心，若他敬我重我爱我，自然会给我体面？”

朱老夫人笑了起来：“傻孩子，体面从来都是自己挣的，别人给不了。”

她慈爱地抚着明萱额发，柔声说道：“妻妾同是女人，却有云泥之别，不仅只在于地位不同，做个男人宠在手掌心上的侍妾，不过美色而已，伺候好夫主便是她最大的职责，但能掌家理事的主母，需要的却是不亚于男儿的冷静果敢。”

她语气微顿：“朝堂波伏，牵动着后宅，子女亲眷和仆众的行差踏错，牵一发而动全身，是要影响到家族根基的，若是你大伯母御下治严，又怎会落到如今下场？”

娶妻娶贤，妻子不需要娇艳美丽的容色，而是要有能够安宅立业的本事，罗氏看似精明干练，实则外强中干，既不够宽和，又没有雷霆手段，此次被迫离京养病，虽是永宁侯薄情寡恩，她自己却也难辞其咎。

明萱垂着头轻轻地说：“嗯。”

祖母一番拳拳心意，所说的每一句话都是经验之谈，可这些箴言却都带着以夫为尊的思想，她虽改了性子，可自幼向往两情相悦，心底到底不能完全认同。

她和裴静宸的将来如何，时日方浅，谁也不能断言，可有一点她是肯定的，他若是动了三妻四妾的心思，那便离与她离心不远了。在感情上，她容不得一丝瑕疵，两个人的世界里容不下第三者，若他心里多了别人，她自当洗尽铅华悄然退出，从此只当个尽责尽职的妻子，不再动半分真情。

朱老夫人不知道明萱心底的想法，只慈和地搂住她半边身子笑道：“祖母知晓你有事要问你哥哥，这会儿趁着时辰还早，你快过去一趟，若是你大嫂子准备好了午膳，我再叫人过去唤你。”

明萱想了想，顾元景离家快有四载，确实有满腔的话想要跟他说，她如今已经出嫁，也不大有时常回娘家的机会，若是错过了这次，下次要想再好好地谈话，也不知道要到何年何月了。

她便冲着朱老夫人感激地笑道：“既如此，祖母就先歇一会儿，孙女儿待会儿再来叨扰您吧。”

顾元景从前住的院子叫作端华阁，因为他久未在家，生死不知，去年二房的三爷元晋成婚时，侯夫人叫人重新修整了一遍，便就拨给了二房用。事实上，随着府里人口的增多，这不到四年的时间里，从前三房名下的好几所院子都已经另拨他用。

似乎没有人觉得，顾元景还会回来的。

亦没有人真心期盼着他能回来。

明萱立在昌华院门口时，眉头轻轻皱了起来，她停住脚步问道：“是世子夫人安排四爷住的这里？”

昌华院在永宁侯府的东北侧，离后街很近，又靠近佣人的居所，是个嘈杂但又不清雅的地方，这院子从前无人居住，只在去岁老夫人生辰前令人修缮了一番，外头看起来不甚破败，里头却并没有大修。

听府里的老人说，这里曾经吊死过大伯父的一位姨娘。

安泰院跟过来引路的小丫头忙答："世子夫人请四爷跟五爷一块挤两日，等她将从前姑太太住的海棠院收拾好了，再请四爷搬过去，四爷却说不必，他过几日得了圣上旨意恐还要回西疆的，不必特意为他安排居所。"

她接着说道："听说跟着四爷回京的，还有几位镇西军中的军爷，就落脚在和咱们府里隔了一条街外的君再来客栈，因这昌华院靠着后街，前头又有一扇角门，穿过去没几步路便就到了，四爷喜欢这里方便，就选了这里，只让世子夫人略收拾了下，就住进来了。"

明萱心中有些了然，西疆大捷，这样重大的捷报，镇西将军不可能只派哥哥一个人上京，只是哥哥不知道从何处得知了她大婚的音讯，为了要赶得及送自己出嫁，这才快马加鞭，没日没夜赶路先行进京的。

她眼神瞬时变得更加温柔，迈开的步子便也急切了一些。

小厮将明萱迎进屋去的时候，顾元景正与裴静宸摆子论棋，木色棋盘，每一个方块都是玄机，黑白分明的棋子错落有致，以刀光剑影的方式摆布，看似温和的场景，却暗含着厮杀与战鸣。

他凝眉落下棋子："妹夫，该你了。"

裴静宸展露笑颜，修长而光洁的手指拈着最后一颗棋子摆定："舅兄，承让。"

顾元景猛然一惊，他以为已经将对方逼至险境，没想到裴静宸一步妙招，不仅悠然抽身脱险，还反将一军，将他带入死局，一步之差，从云端跌落尘埃。

他忽然纵声笑起，看待裴静宸的目光中也多了几分赞赏："妹夫，好棋，此等妙思，我甘拜下风！"

棋道，恰同兵道。

擅棋者，亦擅用兵。

眼前这个男人，绝对不似传言中那样不堪。病夫？顾元景笑，他行伍之中浸淫四年，经历过无数险境，自认看人的眼光毒辣敏锐，若是裴静宸是个病夫，那他西疆骑兵之中怕就没有几个勇猛善战的人了。

倏而，他的眉心又微微拧起，倘若裴静宸并非病弱，那些传言便是刻意为之的了，这虽然证明了裴家小子并未在自己面前作假隐瞒，实乃以真心待他，可却同时也说明了那些坊间传言是真的，他唯一的珍之而重之的妹子进了那样的狼窝虎穴，该怎样才能安然抽身，不受一点伤害？

他正自思量，耳边传来清脆嗓音如同黄鹂初啼：“哥哥！”

屋子里并没有旁人在，明萱便也不再讲究那些规矩礼仪，几乎是飞奔着扑向顾元景的怀中，她眼眶含泪，缩着鼻子哽咽着唤道：“哥哥！”好似怎样也唤不够一般。

顾元景眉目间的锋利立时便都退散，他轻抚明萱的头发，想到四年前离别时，她仍旧是那样神志不清的模样，若不是太医说她断然无有大碍，他恐怕也不会做出那样破釜沉舟的举动来。

在西疆战场上的日夜，在最艰难困苦生命岌岌可危的时刻，每当他想要放弃，脑海中闪现出来的，除了父亲和母亲冰冷冷的尸体外，便是她那张毫无生气的面容，逝者已矣，可是盛京城中尚有娇宠着长大的妹子，便只是为了她，他也要活着，活下去！

这幅画面太过温馨，温馨得有些碍眼。

裴静宸心里淌过酸涩的滋味，忍不住便轻声咳了一声。

顾元景回过神来，当作珍宝般疼爱的妹妹如今已经嫁作人妇了呢，这些亲密的举止虽然纯然，但在妹夫面前确实并不合适，他缓缓放下手臂，拉着明萱入了座。

他静静望着她，依旧是从前那样姣丽的容色，但眉眼间却又比从前多了几分沉静端和，她更瘦了，精神看起来却很不错，脸上一层微红，像是天边的云彩，便就这样坐着不动，就能光彩夺目。

他心下略宽，不由低声问道：“妹妹，这几年你过得好吗？”

明萱点点头，又摇了摇头：“若是和从前比，自然是过得不好，可有祖母护着，我也并没有受过太多苦，倒是这几年时常梦见哥哥，醒来时想要给你写信，却又不知道该往何处寄出。”

她抿了抿嘴唇：“我以为府里一直都在派人设法与哥哥联络上的，直到去岁才知道，原来……”

只在顾元景去西疆的第一年有过通讯，后来派过去的人没有了音讯，大伯父也并没有再另派其他人过去。

顾元景眸中有一闪而过的厉色，良久，他才低声问道：“这几年战事吃紧，我身上任务繁重，的确是在刀尖上舔血地过每一日的，但稍有空闲，我也曾给你写过信的，那些信，你竟一封都没有收到吗？”

明萱茫然地摇了摇头：“没有啊，若是有哥哥的信，我又何必要费那样大的力气请了钱三叔去西疆找你？”

她蓦地脸一变，语气顿时变得凝重起来：“哥哥有给我写过信？”

倘若如此，那些信一定是被人藏了起来。

顾元景眼中露出锋芒，他轻哼一声，转而安慰明萱：“暂且不去管那些信了，如今我不是好端端地站在你面前了吗？这次劳军犒赏过后，我会请旨留在盛京，以后有哥哥

在呢，谁都不能再欺负你了。”

他顿了顿，目光里带着复杂神色：“祖母说，是你请求她让族里开祠堂，将我记入母亲名下的？傻丫头，不管我是谁生的，母亲永远是我的母亲，你也永远是我的妹子，是嫡出还是庶出，我一点都不在意的。”

明萱摇了摇头：“可是我在意。”

她目光微敛，并未有介意裴静宸在场：“等五哥大婚，芍姐儿一嫁，府里势必是要分家的，只要哥哥在，便不会少了三房的那一份，哥哥可以不在意那些，可父亲的那份，就这样平白让大伯父他们分了，我有些不甘心呢。”

顾元景目光微动：“钱财身外物，我并不在意，可是当年的事，大房得了三房的益，却还要利用我妹子的终身，这一点我也很不甘心！”

第 28 章　撞车·挑衅·情敌

明萱低低地说道：“原来哥哥都知道了……”

她忽地抬起头绽放笑颜，语气轻快地说：“人不为己，天诛地灭，其实这也不算什么，我的愿望很简单，只要哥哥平平安安地活着，替父亲撑起三房这片天，这便就足够了。”

也好……也好能让她对得住逝世的亡灵，不辱被她所占的这副躯壳。

她微顿，又担忧问道：“听说哥哥在御前拒了皇上的赐婚？”

顾元景轻轻一笑：“倒也没有那样严重，皇上只是问我有无婚配，临南王的郡主配我可还使得，我只答微末军子配不上金枝玉叶的郡主，皇上便不曾再提，谈不上御前拒婚那样严重。”

他抬眼瞥向静默地不发出一丝声响的裴静宸，低声说道：“临南王的掌珠紫藤郡主，听说不只美貌过人，还才华出众，那是盛京多少贵介公子求而不得的人物，我不过是个婢子生的卑贱庶子，能得这份亲事，应该是做梦都会笑醒的吧？连大伯父都劝我要应下这门亲事，好与雄踞一方的临南王爷搭上关系，可叹大伯父在朝中浸淫多年，竟然一点都看不透，倘若我当真顺势应下，成了临南王的女婿，那才真的是打了他的脸面。妹夫，你说是也不是？”

那亲事，可是俞惠妃荐的呢。

俞家和临南王府的关系盘根错节，即使顾元景当真娶了紫藤郡主，将来俞顾两家有利益冲突之时，临南王府也定会站在俞家那头，永宁侯得不到一点好处，甚至还有可能失去顾元景这名前程大好的侄儿。

须知，当年顾家三房的惨案中，若是深刨下去，难免会看到顾家大房的影子，顾元景若与郡主繁衍了子嗣，那站立场时，谁亲谁疏，自然一目了然，便是他仍旧秉承着忠于顾氏家族的思想，可光他这身份，便已经足够让永宁侯不安。

裴静宸眼帘微动，便将这些关节都想得明白，他唇角微翘："是舅兄仁厚。"

他顿了顿，"不过舅兄此举却是对的，皇上正值春秋鼎盛，莫说后宫之中尚未诞有皇子，便是有，此时争这些未免也有些太早。再说临南王，如今虽是手握重兵，盘踞一方的藩王，可如今四海升平，皇上手中权势一稳，撤藩是势在必行的，到时说不得还要怎生闹一场，舅兄这四年浴血拼搏，好不容易守得云开见月明，实是没有必要再搅和进去的。"

明萱微微有些诧异，她知道她的夫君绝非腹中空空的寻常纨绔，亦知晓他暗地里蓄养了不少势力，可不曾料到的是，他竟然敢在顾元景面前，毫不遮掩地将自己对于朝局的见解说出来。

成婚不过三日，他便这样信任她和她的兄长了吗？

他就不怕这些言论被泄露出去，令他多年的隐忍和藏拙功亏一篑？

顾元景却拊掌高声笑道："好！"

他眼中的激赏再明显不过："妹夫的想法，恰与我不谋而合，皇上乃是九五之尊，天下之主，他要收回手中权力，不过是早晚而已，等那时，莫说手握重兵的藩王，便是那些盘踞边疆的大将，亦是要将兵权尽数交回去的。"

所以，当年韩修才会舍弃宁国将军的封号，而请求入仕。

他这回劳军犒赏过后，亦要求个相同的出路。

因这番诚恳对谈，顾元景心中对裴静宸的审度去了大半，倒觉得这个妹夫虽生在裴家，可为人却不似裴相那样奸猾佞妄，以裴静宸在坊间声名，在他面前仍肯吐露真心，这是以诚相待，并没有将自己和妹妹当作外人。

明萱见这世上与她最紧密相连的两个男人相谈甚欢，有些惊讶，更多的是欢喜，她只坐在边上，听着他二人你一言我一语分析朝中局势，畅谈应付对策，心中生出满足。

真好，哥哥并不介意她的夫君姓裴呢！

但她随即又想，顾元景虽然在疆场历练过增添了几丝刚毅强悍，可内底却仍然是个淳朴憨厚的老实人，即便那件事上，皇上难辞其咎，可他心中仍然抱着坚定的忠君思想，一分一毫都没有动摇他对皇上的忠诚。

他为人宽厚，就算裴相是罪魁祸首，也不愿意将胸中怒火对准了其他无辜的裴姓子孙，所以才在最初的芥蒂之后，完全地接受裴静宸成为他的妹夫吧？

申时刚过，二门上传话来说，马车已经套好。

明萱便与朱老夫人依依惜别，她轻柔地替祖母拭去眼角泪滴，笑着说道：“不过只是隔了几条街的距离，若是祖母想孙女儿了，使个人来唤我便是，如今孙女儿出了阁，出门走动反倒要比从前更方便了，您怕什么？”

她扶住朱老夫人臂膀，接着说道：“再说过几日，不是芜姐儿的好日子吗？孙女儿是定要回来送送她的，到时候咱们祖孙两个不又能见面了吗？”

话虽如此，可四年来朝夕相伴的孙女儿到底不在跟前了，朱老夫人觉得心里空荡荡的，总像是缺了点什么。

她侧了侧脸，偷偷抹了抹眼泪说道：“出了阁的姑娘还时常往娘家跑，是要被婆家人耻笑的，祖母也不盼着你常来看我，只要你日子过得好，宸哥儿待你好，我便放心了。”

不论心里愿意不愿意承认，男人的尊重和宠爱，关乎着女人的一生。

朱老夫人是守旧的女子，哪怕皓腕铿锵，也曾杀伐决断，但终究还是本着以夫为天的教条生活的，她不怕裴家不待见明萱，亦不怕明萱会在杨氏手上吃亏，心中最在乎的，还是她夫妻和顺。

明萱瞥了眼不远处正与顾元景惺惺相惜告别的裴静宸，眼波微动，浅笑着对朱老夫人说道：“祖母放心，孙女儿会将日子过好的。”

不论生活和感情，都是需要经营的，只要她努力，对方也不抗拒，便没有过不好日子的道理，她善于经营，裴静宸也很努力，将来……一定会过得很好的吧？

朱老夫人拉着明萱的手恋恋不舍，一直送到大门，才肯放开，望着马车远去的影子，她对着管嬷嬷感慨万千地说道：“当年我送岚娘出阁时，亦是这样的心情，盼望着她嫁一个好人家，却又舍不得她走。”

她摇了摇头：“萱姐儿嫁得近，大小年节总也有见着的时候，可我的岚娘却是要见一面都难。”

管嬷嬷忙劝慰着说道：“九月五爷大婚，姑太太来信说要亲自送过来的，您怎么给忘了？再不过三月，老夫人便能和姑太太团聚了呢。”

朱老夫人眉梢弯了起来：“对呀，我怎么就忘记了这茬，等琳玥嫁过来，我这老婆子便又有心尖上的人陪着了，倒也免得我老来寂寞。”

她说完便要转身回去，却蓦然看到对门韩府内冲出一匹通体赤黑的骏马来，高头大马之上，一身玄色锦袍的男子威风凛凛，迎风驰骋，像是闪电一般掠过而去。

管嬷嬷小声嘀咕：“看起来像是那位平章政事韩大人，可这么急，莫不是朝中遇到了什么棘手的急事？”

朱老夫人留心了韩修离开的方向，眉头紧紧皱起，心中有些不大好的预感，那不是去往宫里的路线，却是方才明萱和裴静宸马车离开的方向。

她面上惊疑不定，却又无能为力，只好紧紧攥住手心，沉声吩咐道：“扶我回安泰院，再派个小丫头替我将四爷叫过来，我有事要对他说。”

轻摇的马车里，明萱好奇地掀开车帘望着熙攘街景，盛京繁华，每一条主干大道上都有着鳞次栉比的商铺，各色各类，应有尽有，她一时看花了眼，目光久久停留不舍得收回。

裴静宸见她那样入神，便也将身子歪了过去：“在看什么？”

他话音刚落，便只听到“腾”地一声，有惊马的鸣啼，随即便感到马车倾斜，四周街巷上响起此起彼伏的叫声，明萱明白恐是又遭遇了一次车祸，心中有些慌乱，这时，缠在她腰间的手臂越发紧了，几乎是将她整个身子拢在了怀中。

随着耳畔那句“别怕”，马车就此定住。

车外，满身玄衣的男子驻足而立：“车内可有人受伤？”

那声音森寒，带着冰封的冷意，从车帘中透了进来。

明萱面容静默，但胸口的起伏透露着她的情绪，她此刻身子冰凉，胸中却有一股怒意蔓延上扬，那日清凉寺后山她的毅然决绝，对那人而言，真的就毫无触动吗？他像是甩不脱的面团，下定决心要对她纠缠痴扰，不死不休了吗？

在这熙攘街巷，韩修演这出惊马撞车的戏码，是想要逼她夫妇现身，好确定一下她与裴静宸是否琴瑟和鸣？除此之外，她想不到还有什么别的理由。视为囊中之物的女子，忽然成为了别人的妻子，想要确认一下这事实，或许也能说得通的，可即便如此，他难道就不能选别的正大光明的方式？

他或许从未曾想过，马车翻倒亦是会伤到她的吧？

明萱怒极反笑，好一个韩修，从他四年前大婚之日当众悔婚到如今，桩桩件件，她是半分也看不出来他真心实意地爱过那个叫顾明萱的女子，亏他声声句句“我的女人”，还凄婉哀求她“等他”，他也配吗？

清澈明眸中的神色由浅转浓，她朝着身侧裴静宸微笑：“阿宸，外面那人是平章政事韩修，亦是四年前撕毁婚盟亲手抓走我父亲的负心薄幸男，那日清凉寺后山我以死相逼，迫得他应下我不再纠缠，但我早料到不会如此轻易的。我听说那人手段凌厉毒辣，行事不择手段，他一向视我为己物，以为扔捡都尽由他，如今我与你成婚，他自然是不甘心的，将来，必会想方设法为难咱们。”

明萱微顿，脸上神色凝重起来，她直视着他双眸：“阿宸，我对那位韩大人无半分情意，亦不想为了安宁与他逶迤，今日撞车，必不是无心意外，他若非要借机生事，便是想确认你我之间是否同心。你要答应我……”

她一字一句说道：“不论他怎样挑拨，都不要嗔怒，亦不许疑我。”

裴静宸轻轻笑了起来，他探出手去，温暖的手指滑过她脸庞，又扬起替她整理了鬓

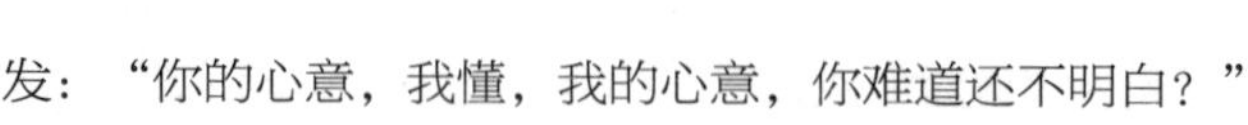

发：“你的心意，我懂，我的心意，你难道还不明白？”

他语声清冽，像是在低喃的情话，亦像是一种表白：“锦绣官途与快意恩仇之间，我选后者，快意恩仇与你之间，我选你，既定盟约，永生不移，这是我的做人准则。我信你，便决不会再疑你。”

明萱有一刹那的怔忪，心中有什么东西，仿佛在这一瞬之间便就绽开了，车外百姓的议论声，长庚焦急的询问，丹红的低唤，车夫指挥着卫队将马车重新垫起的声响，这一切她似乎都听不到了。

既定盟约，永生不移。

她低声轻喃，再抬起头来时，眼里焕发着夺目光华，她攀上裴静宸的手臂，笑容明快地说道：“韩大人想必等得急了，夫君，咱们两个一道出去会会他吧。”

韩修注视了马车良久，心底深处暗暗有无边的苦涩蔓延，将卢氏送回房后，他重回了那座可以俯瞰到整个永宁侯府的二层小楼。

盛京城地处北方，不似江南水乡多有二层楼宇，韩府这座原是一座观星台，自他搬入这座府邸后，便着工匠改制成书房，每当夜阑初上，他放下繁冗公事回到府里，头一件事便是上这书楼推开窗，不论寒天暑日，从不曾间隔。

因着地势关系，从小楼之上，遥遥远眺过去，能够很清晰地看到漱玉阁，他手上又有当年战西夏时缴获的战利品，隔着汪洋大海之外的西洋人所制的远望镜，虽然看得并不是顶清楚，却偶尔也能在院落一角，捕捉到那抹令人牵挂的身影。

而此刻，眼前，他魂牵梦萦的那个女子，便在马车之中。

车帘被飞奔过去的侍女掀开，韩修第一眼望见的，不是明萱姣丽的容颜，而是那双紧握交缠的双手，正如今晨在永宁侯府门前那幕般，那如胶似漆的身影，像是重锤击打他的心，这背叛之痛，深入骨髓，令他觉得像是被这世间遗弃，既孤单，又彷徨。

她是他的，在战火纷飞的西北军营，紧紧抓着她的手从敌人的刀剑下逃生时，他曾这样暗下许诺，此生定要娶她为妻，给她锦绣荣华，令她富贵一生。

如今，他已是天子宠臣，掌握周朝机枢，位高权重，不过二十五岁，便已经位极人臣，普天之下，只有寥寥几人才能令他折腰。他志得意满，满腔热血，发誓要为亡母报仇，将宿命的敌人从高处拽下，肆意地快意恩仇。可这代价，难道是要失去她吗？

韩修目光深浓，手指的关节不由自主地轻颤着，不，绝不能！

那是他命中注定的女人，午夜梦回时的心之向往，不管今世是因何错失，不管她如今花落谁家他也要将她夺回，这已经不再仅仅只是男女情爱的牵连了，事关他年少时许下的承诺，还有……男人的尊严！

裴静宸小心翼翼地扶着明萱下了马车，举止优雅地转向长庚问道：“发生了何事？”

长庚躬身回答：“回爷的话，这位是平章政事韩大人，他策马过来时，不知因何故惊了马匹，撞上了马车的后辕，幸得韩大人驭马技高，及时将马匹驭住，才不致酿成惨祸。”

这样点到即止，倘若不是故意为之，还真难以令人相信。

裴静宸笑容浅淡地转身冲着韩修欠了欠身：“裴静宸见过韩大人。”

韩修目光深沉，似笑非笑地望了那依旧牵着的双手，他抬起头来，沙哑着嗓音说道：“我的马儿受了惊，撞到了裴公子的马车，这后辕歪了，恐怕不好再上路，不若这样，我做东请贤伉俪去盛记歇一歇，等镇国公府上另派了马车来接，可好？”

他顿了顿：“这都是我的不是，裴公子若不受我这赔罪，我心中难安。”

裴静宸垂头柔声问明萱：“马车不好走了，让人再派车过来恐怕也要等上一刻钟，咱们总不好躲在车里不动，不若便去盛记歇下，可好？”

忽地像是想到了什么，他低声笑了起来，凑在明萱耳侧轻语：“有道是择期不如撞期，今儿还真是凑巧，方才我还答应你，等有空闲时过来尝尝这盛记酒楼的美食，这不，既然有人相请，咱们便多尝几道？”

明萱睫毛微动，捂着嘴笑道：“嗯。”

她心里是有些害怕亲密的举止会将韩修激怒，可后来一想，不论她怎样小心谨慎，恐怕都逃不开姓韩的这一劫，与其如此，还不如想说什么便说什么，想怎么做便怎么做，这会儿见裴静宸目光里透着狡黠，便也忍不住点头附和起来。

盛记的小菜以价高闻名，几两银子一道菜，既然是送上门来的钱袋子，她也没有理由不用对吗？

裴静宸便又欠了欠身：“那就有劳韩大人了。”

盛记二楼的大厅早已经被清理一空，临窗的大桌上，裴静宸与明萱相携而坐，长庚和丹红严嬷嬷等不离左右紧紧立在他们身后伺候着，韩修挥一挥衣袖，便也坐下，楼梯口处，则在不知何时围上了一群护卫。

韩修叫过跑堂，指了指相隔甚远的一处：“拣上好的点心茶水在那边也置办上一桌，请这几位过去坐。”

这是想要支开旁人，单独说话的意思。

丹红和严嬷嬷都有些迟疑，长庚却打眼去望裴静宸。

裴静宸语气甚是轻松，他徐徐开口：“长庚，那你便陪着嬷嬷和几位姐姐过去坐吧，若是想吃什么，只管问小二要。”

他目光沉静，却偏偏又有些俏皮地冲着韩修眨了眨眼：“恰好我和内子都觉得有些饿，那我夫妇便承了韩大人这情，不再客套了。”

明萱下定了决心要让韩修狠狠出一次血，也不客气，指着菜单上最好最贵的菜色胡乱地点了一气后，便昂着头略带着几分挑衅目光问道：“有道是无事不登三宝殿，韩大佳人费了那么大工夫请我夫妇到此，定是有话要说。”

她眉头轻挑，笑着说道：“那便请直言吧！”

韩修望着眼前眼波明媚若春日暖阳的女子静默不语，他看得懂她眉梢眼角笑意中的冷淡疏离，亦明白她微翘唇角溢出的那抹嘲讽讥诮，眼睁睁看着她依偎在另一个男子的身旁，他的心脏绞成一团。

他目光微移，将视线投向了临窗而坐的裴静宸。

那张精致俊美的面孔，他是头一次离得这样近见到，否则他定不会在没有做好完全准备之前，便那样掉以轻心地任由明萱嫁过去，以至于如今将自己逼至这番得不到又不舍弃之的两难局面。

画中谪仙般的身姿，美好到极致的美容，光是这份清雅绝丽，便已让长空失色。

良久，韩修终于沉沉开口：“确实是有话要说。”

他从怀中摸出一个细致精巧的锦匣，轻轻放在桌上，推至裴静宸面前说道：“我与尊夫人相识一场，总算也是缘分，贤伉俪大婚志喜，这是一点微薄贺礼，还望裴公子收下。”

锦匣打开，白色的锦帕之上，静静躺着一把镶嵌着各色宝石的匕首，光线折射下，

满目流光溢彩，十分富贵堂皇。

韩修指着匣中匕首解释：“这是当年我在西夏王子身上缴获的战利品，据说是上古时期的生铁所冶，又饰以最名贵的宝石，不过价值虽高，却非见血封喉的利刃，留在我这里并无甚用处，赠给尊夫人把玩防身，却还是使得的。”

他凝了凝神：“我一番好意，想来裴公子，不会推拒吧？”

裴静宸笑意盈然地取出匕首，细细地观摩了一阵，赞叹说道：“果然精巧绝伦，韩大人一番美意，我感谢还来不及，怎会推拒？”

他将身子侧到明萱处，柔声问道：“阿萱，你喜欢吗？”

明萱轻轻颔首：“我不懂兵刃，夫君都赞不绝口的，定然是好的，我也一定会喜欢。”

她眼利，瞥见锦匣中垫着匕首的帕子隐约有着墨迹，心中一动，探出手去取来展开，月白色的锦缎上，黑色墨汁深深渗入细密交织的纹理，这是一笔极其洒脱飘逸的飞白，狂放不羁，有着男儿的干脆利落，却又透着女儿的妩媚玲珑。

“牡丹含露真珠颗，美人折向庭前过。含笑问檀郎，花强妾貌强。檀郎故相恼，须道花枝好。一面发娇嗔，碎挼花打人。”

明萱于诗词上并不甚通，却也明白这帕上的应是首情诗，而这手旷放飘逸的飞白，她再熟悉不过，在书房里的每一本旧札记中都能看见踪影，那是从前的明萱最得意的笔法，那帕子……是她从前的旧物。

她心下苦笑，韩修可是威风凛凛的大将军啊，他曾经纵马疆场，万人不敌，那该是何等的宽阔豪情，可现如今，却使这些后宅妇人的宵小手段，为了要离间自己和裴静宸的感情，他当真是不择手段了呢。

可惜，他不了解自己，亦料错了裴静宸。

果然，裴静宸脸上不见半分恼意，却是由衷地赞叹起来："词好字更好，韩大人可真是……这难得佳作，怎能用来当裹匕首的垫巾？"

他一边啧啧叹着，一边小心翼翼摩挲。

明萱却笑着说道："夫君，这是我从前的手迹，早知你喜欢飞白，我书房里倒还留了不少旧时玩笑之作，等咱们回去了，我让人都给找出来。"

她微顿，忽而低声叹了起来："不过以后再要写，却是万万没有的了，当年我曾在佛前发誓，以后不论抄经还是书信，都只敢用正隶，字正心正，低敛方才免灾。"

句句诚实坦白，却又句句撇清关系。

韩修心痛难当，却又发作不得，紧紧攥着的双手用力，令手臂不由自主地颤抖起来，他正想要再开口说些什么，只见对面的女子拍掌笑了起来："啊，上菜了！"

上菜的小二鱼贯而入，不一会儿，便在桌台上布好了满满一桌子："客官，您几位请慢用！"

明萱根本无意顾忌对面韩修的黑脸，悠然自在地伸出筷子去品尝这几两银子一道的美食，果然价高非虚，虽然贵了些，却也是贵得有道理的，她一边美美吃着，时不时还夹一筷子送入裴静宸口中，满脸娇憨地问他："好吃吗？"

裴静宸温柔相对："嗯，真好吃。"

他细心替她将虾子剥开，毫不避讳尚有外人在场，将虾仁送入她口中："这个最嫩，来，尝一口，若是好吃，下回咱们再来。"

彼时民风甚是保守，盛京城中略还好些，偶尔也曾见年轻恩爱的夫妻牵手搂腰而行，但在外人面前这样彼此亲密地互喂，却实在过于胆大妄为，在韩修看来，这是赤裸裸的挑衅和宣战。

事实上，也的确是。

他在心底不断警戒自己，不能被怒火冲昏头脑，明萱和裴静宸定是故意如此在他面前做作的。

可虽然这样安慰着自己，却实在无法从眼前这对亲密恩爱的夫妇身上，看出有半分作假痕迹，那些举止太过自然，没有一丝刻意，那空气中流淌的甜蜜暧昧，那些眼神里的温柔缠绵，骗不了人的。

半晌，他终于了悟，明萱和裴静宸是真的将他视作无物了……

韩修猛然立起身来，终于打断了那对将他遗忘了的夫妇。

裴静宸面上带着几分惊讶："韩大人？"

韩修勉强笑笑："韩某尚有公务在身，不能久留，贵府的马车应该很快就会来了，还请裴公子和尊夫人稍等片刻，这顿已经记在我账上，两位随意慢用。"

他目光艰难地转向仍在专注于食物的明萱，低声说了句："保重。"便头也不回地离开，那背影萧瑟，步履坚沉，一瞬间，像是苍老了十岁。

裴静宸目视着他离开，心中一时有些五味杂陈。

那是阿萱从前的未婚夫呢！若非此人醉沉权势，当初撕毁婚盟，那他此生哪里还有机会与她结成秦晋之好？亦哪里能够探寻到她的美好，得到如此佳媳良伴？

看到那方爱意绵长的情书，虽然心中难免是吃味的，他有些嫉妒，为何一开始遇到她的人不是他？可是酸涩过后，却又漫溢着甜蜜和庆幸，从前如何譬如浮云，他现今拥有，便当珍重永生，这便就够了。

他这一生得到的感情稀少，便觉格外珍贵，一旦抓牢，便不会放开。

明萱抬起头来，看到裴静宸静默怔忪，以为他心里不舒服，便轻轻蹭了蹭他身子，望着仍自摊开的锦帕，低声说道："那诗词，的确是我从前写的，若是你不喜欢，便就扔了。"

她睁大眼睛望着他，语气似水一般柔和："我四年前伤过脑袋，那个人，那些事，都尽数忘掉了呢。"

裴静宸亦望着她，半晌低低地笑了起来，他面容本就俊美之至，此时笑得开怀，便如同炙烈阳光驱散了阴霾乌云，本就锦绣华贵的翩翩公子，容光焕发之下，越显华贵飘逸，照亮整间屋宇。

他轻柔捧住她的脸，并不开口说话，眼角的笑意却越发浓烈，这模样绝对不似是在生气。

明萱心中松了口气，无意中瞥见不远处丹红和长庚不断往他们这方向望来，她一时脸上羞红，低哑着嗓音说道："阿宸，别闹，这儿还有旁人，等回家再……"

裴静宸兴味笑问："等回家再什么？"

明萱又羞又恼："满桌珍馐，若是凉了，等回家再想吃可就晚了，还不放手？"

裴静宸不知何缘故，放声大笑起来："好，满桌珍馐，虽然不是咱们自个儿掏的银子，却也万万不能浪费，阿萱，来，再让为夫给你剥一个虾子！"

那欢声笑语飘散开来，长庚脸上现出惊愕表情，他低声呢喃："爷可是从来都不曾这样开怀笑过的……"

丹红亦感慨万千："自我被拨去服侍我家小姐，将要四年，她每日里心惊胆战地过着，不论对谁都是谨言慎行，小心翼翼，或者隐忍谦让，哪里曾有过这样轻松自在的日子。"

她顿了顿："山穷水尽疑无路，柳暗花明又一村，小姐曾经说过船到桥头自然直，没想到竟然应在了这里。”

嫁过来之前，人人都说裴府并非善地，裴家姑爷是个病秧子，不知道何时便一命归西的，连八小姐都说，裴家要娶小姐是因为要冲喜，可谁又能料到，姑爷的身子并没有传闻中那样不堪一击，他不仅相貌长得好，与小姐也甚是心心相印呢！

盛记酒楼门前，一身青布衣衫的苏延一迎了上来：“爷！”

心情沉重的韩修轻轻颔首，正待翻身上马，却听得楼上的欢声笑语，胸口一股憋闷令他堵得慌，他眼眸微沉，低声吩咐：“将这位裴家大爷的底细给我调查清楚，不许有任何一丝遗漏。”

他抬头回望那隙开的窗口，隐约能望见一对相依偎着的影子，眼神瞬时冰封，转身上马，驰骋雷行，不留下一丝踪影：“我得不到的幸福，别人亦不能得到！”

第29章 根除·闺趣·灭口

三朝回门之后，明萱与裴静宸的感情突飞猛进，每日里如胶似漆黏在一处，不是在书房作画对弈，便是在裴府后园相携游览，片刻都不舍分离，暑气渐盛，亦拦不住这对新婚夫妇的恩爱缠绵。

见过的人都说，大爷自从娶了大奶奶过门，不只精神好了，身子似也日益康健。

初时，杨氏看不过眼，还特地派了个嬷嬷过来静宜院送了本《女诫》给明萱，暗指她不该以色惑住自个儿的夫君，要洁身自好，谨守规矩礼仪。

明萱笑容满面地接了，恭恭敬敬地摆在了正堂，却依旧我行我素，温言笑语，素手相携，在人前虽然矜持端庄，却从不避讳着院子里的仆众。

新婚蜜月，恩爱缠绵，又不曾在外人面前不知礼仪，杨氏没有理由发作，且到底不是正经婆婆，先头原配嫡子屋子里的事，她不好管得太细，便只能咬着牙齿旁敲侧击地刺了明萱几句作罢。

其实，杨氏心中满腹的委屈和怒意，在娘家时自不必说，那是含在口中怕化了一样长大的女孩儿，嫁到裴家来后，阖府上下，除了公公是要敬着的，她又何曾将其他人放入眼里？妯娌间对她颇有微辞，她是知晓的，但她有皇后娘娘和娘家依仗着，谁也不能明着让她下不来台。

但自明萱嫁来，她却已经几度受气，偏偏还发作不得。

头一件事，便是晨昏定省。

哪怕她是继母，但却也是裴孝安明媒正娶，拜过祖宗的，论理，新儿媳进门，便该将她当作婆母般伺候，晨昏定省自然不必说，这是当媳妇的本分，用膳时布菜服侍，也是该当要做的。不说远的，只说这周朝立国数百年来，哪家哪户的媳妇不是这样过来的？这便是一个孝字。

但那日家宴之时，她被赶着鸭子上架承认了自己的“慈和”，便等于默许了明萱和闵氏一样，若非有事，不必每日到自己跟前立规矩，她虽然并未亲自说出口去的，但阖家皆在，人人都传言如此，她根本就没有反悔的机会。

杨氏原本以为，她便是真的这样说了，碍于孝道，明萱也该主动每日里给她请安才对，她可是听说了不少明萱在永宁侯府时如何孝顺祖母的事迹的，可谁料到静宜院这两口子却真拿着鸡毛当作令箭，除了裴相规定摆下的家宴，再不到她跟前露上一面。

便是想要为难一下这位新媳妇，还得她亲自派人去传。

这也便罢了，最令杨氏气愤难当的是，她苛责新妇的名声不知何时竟然传遍了整个盛京，前些日子出席建安伯梁琨的续娶婚宴，那些贵妇人们对着她背后指指点点，若非她地位显赫，怕是要指着她鼻子说三道四了。

昨日宫里头皇后娘娘特地宣她进宫，原来娘娘亦听闻了此事。

皇后娘娘母仪天下，乃天下妇人之表率，自己的母亲有不适宜的传言，令她甚是难做的，因此皇后对着杨氏百般叮咛，希望杨氏不要故意为难新妇，否则传言越演越烈，对谁都没有好处。

杨氏万般委屈，她承认迎娶那日镇国公府门庭冷落，是她故意令人为之，遣了花影月蝶两个美婢过去静宜院，也是诚心想要给新娘子一个下马威，可也仅止于此了，除了这两件事外，她可是一点好处都没有得到，还尽受了窝囊气。

但皇后既然已经这样明言，她自不好再多说什么，只好由着那对眼中钉肉中刺，只盼望着裴静宸早些死了才好，即便眼看着他人逢喜事精神爽，最近几日容光焕发，也暗自诅咒着明萱不好生养才是。

七月酷暑，连北方的盛京都已经炙热难当，杨氏最是畏惧暑气，即便平莎堂中已经放置了价高难得的冰块，却还是燥热烦闷不堪。

美人团扇飞舞，她坐在梨花木制的太师椅上，居高临下望着跪在地上的仆妇，脸色已然黑成一团：“你说什么？大奶奶要将你发卖出去？”

那婆子姓黄，在静宜院小厨上做活，主要负责煎药，有时也准备些茶点，是杨氏安插在裴静宸身边的线人，迄今已有将近二十年，她拿着双份月例，按着杨氏吩咐每常在药中动些手脚，因为大爷向来病弱，倒也无人察觉。

可这回，只不过因为她煮凉茶时少放了一味麦冬，便被大奶奶借此作伐，又搜出她屋子里克扣下来的好些名贵药材，坐实了她偷盗的罪名，若非她恰好不在，这时候早便被牙婆领了出去发卖了，也根本就没有机会跑到世子夫人这里来求情。

杨氏气得咬牙切齿，她从桌案上取过一个瓷杯，猛地向那黄婆子扔了过去：“你个混账东西，我让你在大爷身边，是让你偷鸡摸狗占这点小便宜的吗？定是大奶奶早就对你起了疑心，这次不过是借个机会撵走你罢了。”

她越说越气：“你个不长心眼的，这种时候你特地跑来我这里，岂不是在向大奶奶告发，说你这贪小偷盗的毛病，是我纵容你的？”

黄婆子心中一慌，原本是想要求得世子夫人庇护的，可这句话一出，她便觉得自己处境不妙，世子夫人看着雍容华贵，可内里是个怎样蛇蝎心肠的女人，没有人能比她更清楚了，她暗道不妙，可这时却已经无路可逃。

她忙匍匐在地上求饶：“是奴婢错了，奴婢来时不曾有人看见的，求世子夫人准许奴婢从后门出去，奴婢走得远远的，以后再也不会踏入盛京半步，求您看在这些年奴婢的忠心上，饶了奴婢这一次！”

杨氏嫌弃地望了黄婆子一眼：“除了你，大奶奶可还曾发落了别人？”

黄婆子见她语气有所松动，忙道：“那倒不曾。只是我瞧这些天，大奶奶和门房上的杜娘子走得近，召她进内屋说了好几回话，听说还赏了她一对新式的耳环，杜娘子虽然来的日短，可却也知晓不少事的，难说是她透露了什么口风。”

她竭力想要将祸水引到杜娘子身上，语气激烈起来：“世子夫人您想，若非大奶奶心里有数，奴婢不过是粗心少放了一味麦冬，她怎么就想得到要去抄奴婢的屋子？定是杜娘子惹的祸端！”

杨氏听了眉头深皱：“当真？”

黄婆子拼命点头：“不信您去问问其他人，都看见的。”

杨氏眼中闪过狠戾神色，摆了摆手说道：“杜娘子不过就是在门房上守门的，平素也不过就是替我记着这府里有什么人去了静宜院，这是我这个做母亲的对大爷的关怀，大奶奶纵然知道了，又值当什么？倒是你……”

她转过脸去，似笑非笑地说道：“这些年我吩咐你做的事若是让人知道了，那才叫人担心呢！”

黄婆子磕头如捣蒜，额头上都破了一层皮：“奴婢得世子夫人恩惠，绝不是那等背主之人，奴婢到了外头，定然绝口不提一个字，还请您放心。”

杨氏咯咯笑了起来：“我嫁过来时，你便跟了我，都有二十年了，我对你自然是放心的，快起来吧，趁现在还没有闹起来，你先从后门处出去，在拐角那个小胡同里等着，我让桂嬷嬷去准备些银子，你到了外头也能生活得好些。”

她手轻扬，便有婆子送了黄婆子出去。

桂嬷嬷上前一步：“您的意思是？”

杨氏冷笑一声："不会开口的人，才是最令人放心的。"

静宜院里，明萱听着丹红回禀，眉头一挑说道："黄婆子在静宜院当了将近二十年的差，知晓杨氏的秘密最多，杨氏是不会放过她的，你去前头请长庚带几个粗壮的小厮，在府邸四处的角门外埋伏下人，看看黄婆子是从哪处离开的。"

她顿了顿："若是有人要对她不利，救下她，将她送到何贵那去。"

丹红领了差事去了。

裴静宸在一侧笑着问道："这些年来，黄婆子在我的药里动了不少手脚，除此之外，倒也没有旁的什么了，你既然已经知晓，又为何还要做这出欲擒故纵之戏？何不如等到时机成熟，一举将她的罪行揭露？"

明萱摇了摇头："留着黄婆子也并非没有半点好处的，但我不喜欢自己的地盘上，有旁人的爪牙探子在。所以，接下来这几日，不只是黄婆子，所有杨氏，还有其他人在这座院子里安插的眼线，我都要一一根除。"

她抬起头来冲着裴静宸微笑："你说过，我们一时半会儿不能离开这里的，不论三五年也好，哪怕只有一年半载，我也要让我们住的院子有如铜墙铁壁，纹丝不露。你说可好？"

裴静宸近至她身侧，右手已然将她揽入怀中："你觉得好，我便也觉得好。"

他将头埋在她肩部，嗅着她发间的香气，又说道："从前还未娶妻，我以病弱为借口，一年中倒有大半年都待在清凉寺，好方便行事。可如今，我有了你，亦不想再充作病夫，但每日待在家中，与外头的联系却不方便，所以我想，不若我去向祖父求个差事，你说如何？"

明萱笑了起来，"你觉得好，我便也觉得好。"

暖阳和煦，一室温馨。

长庚一直到酉时才进来回禀："桂嬷嬷在后巷口给还了黄婆子的包裹，黄婆子便往西走，一直出了城，至城郊那片树林子外头，忽然冒出了几个蒙面的强盗，不只抢了她的财帛，还差点要了她的命。"

他顿了顿："那伙人倒当真是群背了人命官司的盗匪，其中有一个叫作张瘸子的，还是六扇门里早就贴了追捕公文的，我已经叫人将他们尽数绑了捉去衙门。"

明萱眉头轻皱："那些盗匪，是世子夫人的手笔？"

早知道杨氏胆大妄为，却不曾想到她竟然如此无法无天，竟还与衙门里通缉的盗匪有所关联，若是此事张扬了出去，后果不堪设想的。

长庚摇了摇头："看着也不像，我亲自审问了那为首的，他只说是在城里就盯上了黄婆子，见她包裹沉重，以为是大户人家盗了主人财物私逃出来的逃奴，便尾随了上去，原本只是想要抢了包袱了事的，那婆子抗拒得厉害，这才下了杀机。”

他继续说道：“黄婆子如今已经安然送到了何贵手上，还请大奶奶放心。”

明萱沉吟着说道：“盗匪纵然再有本事，也不会刚巧就能撞上携了重金的黄婆子，这里面多半还是世子夫人动的手脚，那为首的口风紧不说也罢，这事若是闹了出去，也不是什么好事。”

以杨氏的身份，即便这事闹了开去，也不过是到底下人为止，动不得她的根本，再说，黄婆子本就是裴府奴婢，倘若杨氏以逃奴之罪打杀了她，旁观者也最多说一句心狠手辣，于法理上审判不得她的。

至于勾结盗匪的罪名，又无确凿证据，扣不到她头上。

但那黄婆子是因为克扣了食材，才被明萱发落出去的，若是此事闹将开去，她的名字定要与那黄婆子连在一块说叨好些日子，前些时候才苦心塑造的受欺形象，恐怕就要不保，既然黄婆子未死，那闹大了，有些得不偿失。

她冲着长庚微笑着说道：“你做得很好，多谢你了，长庚。”

长庚一愣，随即忙摇头说道：“大奶奶的吩咐，是应该做的事，当不得您的谢。”

相处这些日子以来，眼见裴静宸与明萱你侬我侬，亦是亲眼见证了他们彼此之间越来越深的信任，他对这位大奶奶的态度由从前的保留到认可，已经有了很大的转变，此时听她对他言谢，心中一时有些百感交集。

这个“谢”字里，带着尊重，她原来并未将他看成奴仆。

等长庚退下去了，裴静宸笑着问明萱：“那接下来呢，你打算如何处置？”

明萱目光微闪：“黄婆子便先养着，等到该用的时候再拿出来用，这会儿杨氏恐怕也知道了西郊的事，心里正自不安，那便让她再多忐忑几日。至于其他的人，自然一个都不能留下。”

她浅浅笑起，目光里带着俏皮：“不过花影和月蝶那两个婢子该如何处置，却都要看夫君您的意思了。”

自成婚之后，杨氏送来的两个美婢整日里便想要往裴静宸身前凑，但在屋子里当差的，皆是明萱带过来的陪嫁丫头，别人倒也罢了，丹红却是个泼辣厉害的，自然不能让那两个丫头得手。

虽然心中知晓花影和月蝶成不了事，可明萱却也下定了决心要将她两个打发出去。

倒不是因为生了醋意，而是裴府月例拨发与顾家不大一样，顾家是一人一例皆由公中支出，而裴府却是一院一例，那两个婢子不会干活，却要占着静宜院里的银钱分例，她可不愿意出钱养这些闲人。

裴静宸眼中有着不可抑制的笑意：“她两个的卖身契，杨氏可曾给你？”

明萱摇了摇头：“正觉得杨氏小气呢，既然将人塞了来，却又不给卖身契，想来就是明着想要给我们添堵的，卖身契不在我手上，却不好发卖出去，可若是不弄走，我心里也不乐意。”

她双眼微眨，长而卷翘的睫毛颤动，像是迎风招展的柳叶，她小心翼翼地试探问道：“以其人之道还治其人之身，倘若……倘若我想法子将这两个婢子令你父亲接收下来，你会觉得我手段不够磊落，行事惊世骇俗吗？”

裴孝安那么多姨娘通房，想必也不在乎再多两个，而花影和月蝶心心念念就想要爬上主子的床，那她就成全她们好了，也恰好让杨氏尝尝看这种被逼接受夫君多了两个女人的滋味，一举数得，她其实并不觉得有何大不韪。

可在这年头，这样的举止还是太过放肆大胆了一些吧？裴静宸毕竟仍旧是个男人，即便他十分信任她，对她的所作所为也都尽可能地支持，可男人有男人的原则和矜持，她必须要知道他的底线在哪里。

果然，裴静宸眸中闪过惊讶，但好在这惊讶的表情很快便就换成了苦笑，他低声叹气，一手却将她拥入怀中：“你总是在意想不到的时候给我惊喜。”

那月夜与她湿身相见，他对她敢不哭不闹，只是安安静静逃跑的行为，觉得好奇有趣，那样胆大妄为的她，毫无疑问在他的心上留下重重一圈涟漪。

可自从和她结成鸳盟之后，她才真正地在他面前展露她所有的风情。人前她的端庄仪态无可挑剔，私底下又时常流露出小儿女般娇媚举止，他见过她的狡黠聪慧，亦感受到她杀伐决断的刚果毅然。

这是个极有想法的女子，能有这样惊世骇俗的想法，裴静宸并不感到奇怪。

他想了想说道：“我知道你怕我觉得这做法不妥，所以才提先问过我的意思，其实大可不必。我不是迂腐不化之人，亦非什么善良柔弱之辈，只要你所作不负你本心，那便放手去做，什么礼法，什么规矩，这些都是旁人设下的枷锁，我自己尚且不愿去遵从，又怎会对你有所要求？”

明萱心下欢喜，脸上神色便显露无遗，她心情愉悦地搂住裴静宸的脖颈，踮起脚尖对着他嘴唇轻啄下去，“得君为婿，我之幸也。”

黄婆子城西郊外被劫，偏又有人将她救下，并送了那些盗贼法办，饶是杨氏那般愚钝，也猜到了其中另有机窍，她心下忐忑不定，便借口杨右丞夫人身体不适，回了一趟娘家。

兵部武库清吏司郎中杨铎，是她一母所出的胞弟，她能与那伙匪盗联络上，皆是杨铎的关系，此时杨府的书房，她满脸不安地说道：“那黄婆子逃了便逃了，左右我让她做的那些事儿，府里的人都有所耳闻的，公公若是真要怪责，也不会等到今日，可那些匪盗却有些麻烦……”

杨氏心里恨得差点要将一口金牙咬碎，那伙盗匪向来好用，只要给足钱帛，万事便都办得妥当，她向来都只派心腹之人伪装了前去联络，这些年来，多亏得这些人才能将手头上一件件烦恼事处理干净。

原本她想得简单，一个逃奴老妇而已，那些人要弄死黄婆子，简直比捏死蚂蚁还容易，那些银子便充作酬资，她既解决了一个麻烦，又不脏着手。

可谁能料到，这伙人年前竟然闹出了一桩大案子。其中还有人出过人命官司，刑部已经将海捕公文发出，那伙人也竟没有将那拖后腿的张瘸子处理掉，如今闹了这一出，不只将黄婆子跟丢了，办砸了她的差事，还有可能将她拉下水去。

打劫黄婆子的事不要紧，可若是将她二十年前做的那些事抖了出去，那……

杨氏神色惶恐："弟弟，你说现在可要怎么办才好？"

杨铎皱了皱眉："那伙盗匪知晓你的身份吗？"

杨氏忙摇了摇头："自然不知，素常与他们会面的，都是桂嬷嬷的娘家侄子桂圆，改了装的，那些人不知晓他身份。可若是将这些年来，他们接到的任务串起来，恐怕……恐怕难免也要让人怀疑到我身上来。"

她顿了顿："顾贵妃生了长公主，俞惠妃有了身孕，顾家新近入宫的那位淑妃，我听说皇上夜夜都歇在她那儿，皇后娘娘在宫里头日子难过。这种时候，我怎么还能闹出事来给她添堵呢？"

杨铎有些为难："原跟姐姐说过的，做事不要留下尾巴，这回可好？如今事情可难办了，听说那群盗匪已经进了刑部衙门，新任的刑部尚书油盐不进，恐怕不好说动。"

他略有些埋怨："黄婆子不过一个奴婢，你们家大奶奶想要借着她出气，姐姐当时便该直接将那些事都推到她身上，直接在院子里头打死了事，偏要闹出这么些事来，你说是何苦呢？"

犯人进了刑部衙门，定是要过审的，那些人拿钱办事的，定无忠诚，自然什么都说，寻着那些线索查到桂圆身上去，不过迟早的事，到时候就算没有真凭实据，难免也要传出许多不好听的话来。

死人才不会乱说。

可进了刑部衙门，要让那伙人闭嘴，可就太难了。

杨氏双眼一抬："那我可不管，反正二十年前的事，你也有份的，若是任由那伙人乱说话，这火迟早要烧到你身上去，我不过一个后宅的妇人，凡事皆可用无知来推脱，抑或装疯卖傻也能保全性命，反正我女儿是当今皇后，谁还能真的对我如何？"

她瞥眼望向杨铎："弟弟可不一样，爹爹的爵位是大哥的，你没有份，好不容易靠着自己的本事爬到了这个位子，若是受那事的牵连丢了官，可太不值当了。再说，刑部尚书不是咱们自己人，有什么关系？那事又不必惊动他的。"

官场的事，历来瞒上不瞒下，只要买通了狱卒，有什么事是做不成的？不过是一群江洋大盗，又无苦主，谁还能替他们翻案不成？只要心狠得下来，什么事情做不得？

杨铎眼神微深，半晌问道：“和桂圆碰头的是哪个？”

那伙盗贼人数不少，他总不能一夜之间把他们全部都做掉，那样目标也太大了一些，历来盯着杨家的人，怕是都要坐不住，为今之计，他只能先将见过桂圆的人做掉，其余的派人盯着，若是不出差错，那伙人的罪行确凿，多半是判个秋后问斩，到时候人一死，那便什么都了了。

杨氏松了口气，咯咯笑了起来：“我问过桂圆了，他只与那个为首的大个子接过头。”

杨铎沉沉点了点头：“事成之后，当年那件事，咱们便算两清了，以后少拿那话来要挟我，你我纵然是一母同胞的姐弟，再深的感情，也经不住姐姐你这样折腾。”

他顿了顿：“对了，我今晨在衙门里听到了些消息，说是裴相有意要为你家那病秧子在户部谋个闲差，户部油水充足，可见老爷子还是将病秧子放心上的，静宵可得小心了。”

杨氏眼神中闪现几分狠戾：“公公真是老糊涂了，那小兔崽子可是将他当作仇人呢，不行，我要去见父亲去！”

那边厢，静宜院里，明萱将长庚递过来的名单仔细看了一遍，有些难以置信地说道：

“啧啧，这院子里大小的婆子丫头共有近二十人，除了杨氏的眼线外，竟然每个都或多或少与其他房头有干系？”

她无奈地叹了一声：“不过一个长子嫡孙的名号，杨氏盯着倒也还说得过去，其他四房的人……连裴相的姨娘都有将手伸过来，这简直也太离谱了些。”

小册子上，清楚地记录着哪些人的什么亲戚是哪房的什么人，哪些人时常与哪房走动，这将近二十来个人，竟然没有一个人的身份是简简单单清清白白的，那么多人，便是那么多双眼睛，在这样的境况之下生活，可以想见，裴静宸的日子过得有多么憋屈。

长庚苦笑着说：“爷的日子不好过，但也多亏了那些人，才坐实了爷病弱的传闻。大奶奶想要将那些人都打发了，倒是件好事，可我认为，还是应该慢慢来，循序渐进着比较好些，否则若是一棍子全发卖了，屋子里没人做事倒是小事，将阖府上下都得罪了遍，才不好……”

他微顿：“爷以后事务逐渐繁忙，恐怕没有太多时间顾着院子里的事，奶奶一个人到底力弱了些，若是那些人存心要为难您，怕您要吃亏。”

明萱却摇了摇头：“你家爷的处境微妙，便是我诚心要与他们交好，他们亦是会为难我的，何况我要打发走他们的眼线？慢慢地将那些婆子丫头发卖了，倒还不如一棍子将人全撵走，声势做得大一些，也好叫他们知晓，我不是那样容易欺负的人，总有些胆子小的会被吓退吧？”

她想了想，沉吟再三说道：“还是就这样，全撵了。”

后宅的阴私伎俩，明萱有所耳闻，倘若明知道对方不可靠还留在自己身边，那么极其有可能会为自己带来麻烦，栽赃陷害这种把戏，防不胜防的，不怕一万，就怕万一，她不希望自己会陷入任何一种旁人的设计中去。

长庚心中佩服她的胆量和魄力，可脸上却难免还是有些为难的，他问道：“那以何理由呢？总不能无缘无故地将人撵走……”

杨氏恶责新妇的举止可以传出去，明萱发卖下人的动作，亦会为人所知，盛京城的高门贵府中藏不住事。

明萱轻轻笑了起来：“那再好办不过了，只说我屋子里丢了东西，稍后让严嬷嬷带着人去她们的屋子里搜罗看看，一抄一个准，定都有不是她们能用得起的首饰钱物，你只管派人去问她们这些财物从何而来的，若是谁敢说，你便使人将那人送到她主子屋子里去。”

她眼波微澜：“若是她死咬着不松口，那咱们也二话不用说，直接叫了牙婆将人领走便是。”

那些人明萱是一个也不会留的，这个静宜院里，不过她和裴静宸两个主子，哪里用得着那么多奴婢？外头的事有长庚管着，那些小厮俱是信得过的，屋子里自然也有她带来的陪嫁丫头操持，这么多人就服侍两人，管理着一个院子，尽够了的。

长庚躬了躬身，又问道：“那花影和月蝶？”

明萱轻轻一笑：“她两个先留着，你不用管。”

等长庚退下去，严嬷嬷从外头进了来，笑着对明萱说道：“大奶奶，老夫人派了管嬷嬷来给您送东西呢！”

管嬷嬷从她身后出来，也笑呵呵地行了礼，将手中的匣子恭恭敬敬地递了过去，“宫里头刚传了好消息到侯府，说咱们家淑妃娘娘有孕了，虽然时日尚浅，太医院却已经确定了摸到了喜脉，皇上大喜，便由着娘娘给侯府报了讯。

传讯的公公过来时，还带了皇上和娘娘的赏，老夫人和侯夫人都有，这一份是淑妃娘娘指明了要给姑奶奶的，老夫人便立刻让奴婢给您送过来。”

明萱微愣，此时刚至七月中旬，淑妃是六月十一才抬进宫去的，满打满算不过一月出头，这会儿传出喜讯，也太快了一些吧？除非，是先前就……

她眉头轻皱，低声问道：“祖母还有什么旁的吩咐吗？”

管嬷嬷见四下里并无旁人，忙敛了神色回答：“老夫人说，淑妃娘娘进宫前在漱玉阁住过一阵子，如今怀了龙嗣，说不得要宣姑奶奶进宫叙旧，她老人家遣奴婢过来，是想要给姑奶奶提个醒。”

明萱眉头轻皱，祖母这是在说，淑妃这几日内许是要宣她进宫，可她与淑妃不过只是面子上的交情，便是有事，淑妃也该去寻芜姐儿商量，她们才是同父的姐妹，却找自己做什么？

淑妃怀了身子，又深得皇上宠爱，如此在宫中便与皇后贵妃惠妃成四足鼎立之势，并且极有后来居上的态势，皇后暂且不提，贵妃是同父的姐妹，这样一来，同样身怀龙嗣的惠妃便成了淑妃最大的障碍。

反之，对于惠妃而言，亦是如此的。

裴皇后无子，谁先诞下皇长子便有了将来角逐帝位的机会，惠妃虽然先得喜讯，明蔷与皇上也早就暗度陈仓，以种种蛛丝马迹来推测，想来惠妃和淑妃受孕的时间差不多少，将来谁先瓜熟蒂落，还真不太好说。

但不论将来如何，也要先将皇子生出来再说。

难的，便也是在此。

明枪易躲，暗箭难防，后宫阴私，其残酷与惨烈的程度，不知道要比后宅凶猛多少倍，后宅风波，爵位毕竟只有一个，大多还是为了利益钱帛，但天家骨肉之间，上下的分别，却是整个周朝天下。

明萱心中一动，想要开口多问几句，可料到祖母不会对管嬷嬷说太多，便也就作罢，她点了点头，只当作寻常家事放过不提，又与管嬷嬷多闲话了几句家常，这才让严嬷嬷准备了手信亲自送了管嬷嬷出去。

到了晚间，裴静宸还未回来，明萱一个人待着无聊，便让丹红取出了笔墨纸砚，在榻前的桌案上支了两盏烛灯，又像从前那样抄起了经书。

倒不是她跟着朱老夫人开始笃信佛教，而是觉得经文能让她的心安定下来，令她的思维比寻常更加敏捷，好让她分辨出来祖母话中的含义，以及倘若淑妃真的宣她进宫，她又该如何应对。

这时，门帘轻动，一个紫檀色的身影闪了进来，裴静宸笑着说道：“阿萱，我回来了，呀，你在写什么，让我看看？”

他凑到她身边，低头念了几句，脸上的笑容越发深浓：“在抄经？”

明萱轻轻“嗯”了一声：“今日祖父说要带你去见户部尚书，我瞧你这么晚了还未回来，心里猜测许是要在外头应酬了，闲着无聊，便抄抄经书，等积得厚了，再派人送去侯府给祖母。”

她顿了顿，笑着问道：“可曾用过晚膳？”

裴静宸点了点头：“在盛记吃了，祖父走的户部尚书的路子，把我弄进了军储仓，虽是个未入流的副使，但户部的那些上官都碍着祖父的面子，对我很是客套，晚上尚书大人亲自作的东，请了几位上官和同僚一起用的晚膳。”

他微顿：“你二伯父也去了。”

说的是顾长明，他亦在户部当差，上两月升了从五品的员外郎。

明萱点头，起身上前替他解下外衫：“应酬上哪能吃得饱？我让人在小厨房煨了羹汤，等你先将身上冲洗过后，我陪着你再用一些？我在净房放了水，快过去吧，这天越发闷热了，瞧你一身汗。”

七月中旬的天气，炎热自然不必说，难过的是闷湿，在屋子里还好，好歹这偌大一个国公府，总还供得起日间用的冰块，总能消去些暑气，但若是在外头行走，不消多时，便是一身的汗味，身上总是一层黏糊糊的，甚是难过。

裴静宸笑意盈盈说好，明萱遂叫丫鬟安排。

昏暗烛火之下，光裸着上半身的男人挺拔修长，头上的发簪已经取下，绾起的发髻略有几丝垂落，因为沾上了水花而结成团，这背影却分明与那日一样。

明萱猛然想到，裴静宸一年之中倒有大半住在清凉寺的，后山那座药庐更是她两次见过他的所在，凭着他与玉真师太的关系，他能出现在那个温泉实在最好解释不过了，瞧他这身龙精虎猛的肌肉，若非时常锻炼，还真不一定能练出来。

所以，那悬崖莫非便是他的练习场？

而那次，不是他惊扰了她泡温泉，其实是她惊扰了他的跳水训练？

是了，他当时分明说过他会负责的，所以，裴家的人果然就上门来提了亲？她一直以为之所以能成这门婚事，多半是由东平太妃的牵线，玉真师太也定然有所促成，而他则多半也与她一样，对这门婚事其实是身不由己的，故而这些日子他们两个感情进展神速，她时常恍若梦中，觉得有些不太真实。

可若是那个人便是他……

明萱的脸上闪过一丝红晕，心里更有些五味杂陈，她轻轻在他背上吐了口气，幽幽问道：“你若是看光了女子的身子，不论她是谁，是个怎样的人，都会负责吗？”

裴静宸身子微滞，他转过身来捧住她的脸：“我倒是想负责，可是未必人人都愿意给我这个负责呢，阿萱，我一直想知道，寻常女子若是遇见了这样的事，多半都会同意要我负责，可你为什么却那样大胆，第一反应却是逃走？”

明萱静静望着他：“那是因为我不愿意将自己的人生交付给一个陌生人，我不知道他是谁，也不知道他是怎么样的人，所以当时唯一的选择就是离开，当作什么事都没有发生过一样。”

她语气微顿：“后来嫁给你，虽然也是因为除此之外，我再别无选择的关系，可因为见过你几面，心里猜到你与传闻中并不一样，说真的，正因为如此，我在心底或多或少仍旧是存了几分期待和希望的。”

裴静宸将她拥入怀中：“我真庆幸是你。”

明萱却昂起头来，挑了挑眉头问道：“回答我刚才的问话，若是什么花影，什么月蝶，或者其他任何一个女人，不管是在怎样的景况之下，就是被你看光了身子，你也要一个一个娶回家来吗？”

这声音分明带着娇嗔，听起来却又十分坚决，像是在问一个至关重要的问题，若是不能得到合理满意的解释，便不会罢休那样。

裴静宸一时静默，墨色眼眸清澈无波，半晌却忽然笑出声来，他探出手去将她紧紧搂在前胸：“不论我是否愿意，我都出身于盛京的名门贵族，婚嫁从来都不是一己之力能够决定的事，倘若不是家世相匹配的贵女，无法做得我的妻。”

他目光更柔：“实不相瞒，清凉寺后山的百丈悬崖，那里是我自小锻炼身体毅力的所在，不论春夏秋冬，只要我在清凉寺中，夜深人静时是必要跳上一回的，这是功课。那夜出了意外，竟遇见了你，其实我也很是惶恐呢。”

佛寺清修地，心如止水的男子，乍然惊见少女的酮体，那女子又偏偏生了一副姣丽容色婀娜身姿，又是在月色撩人的荒郊野外，说心中半点没有生起波澜，那是骗人的。

裴静宸继续说着：“阿萱，第一眼我就认出那是你，我们曾经见过的，虽然从前的经历并不愉快，但自你在山道上险些代我受难，又心善地替我扫除障碍之后，我注意到了你，并且知晓了你的处境和一些传闻，心中早已对你存了好奇。也正因为这样，我才会，也才敢这样斩钉截铁地说我会对你负责，否则换了旁人，我便是想娶那女子，裴家又怎会答应？”

他嘴角轻轻翘起，语气中带着些暧昧蛊惑：“娶你，不只是逼不得已，亦非无可奈何，而是因为我对你也有所期待呢。”

权阀之间的联姻，从来就不是因为真心，利益，才是所有存在的前提，若是夫妻相敬如“冰”，那是常态，若得互相恩爱，则须当庆幸。

这些道理，明萱都懂的。

她和裴静宸的这门亲事中，彼此都有考量，权衡和得失难以避免，但好在，不只是她，他也对她心存好感，有所期待。

她目光晶莹地望着他，像是解释，又像是不好意思："从前的人和事，我都不太记得了……"

裴静宸笑意深浓："我知道。"

他微顿："我只是想告诉你，我不是什么善男信女，不会因为看光了什么人的身体，就轻言负责，那些满脑子想要爬床的丫头自不必去说，便是什么出身高贵的小姐使这样招数，我亦不会动容。知交的朋友不嫌多，可相守一生的女子却只要一个就好，这是我的答案。"

明萱心中那堵无形的墙，不知不觉间轰然坍塌，仿佛有什么东西在心底化开，慢慢涌至胸口喉间，倘若这是承诺，那是她所听见过的世间最用力的保证，倘若这是誓言，那也定是最朴实无华却又最令人信服的。

她是知道的，对男人来说，深情与多情，从来不是矛盾的。书中那么多缠绵悱恻的句子，深情如许却非仅赠一人。那么多传奇故事，双双对对花好月圆的结局背后一样有三妻四妾。能一直对一个女子好，已经是难得。要只对一个女子好，似乎闻所未闻。

男人的三妻四妾，在周朝乃至四疆外的小国中都是常态，不只是权贵阶层，哪怕在民间，稍微有一些钱财底气的男子，都喜爱纳妾的。

明萱所知道和见过的男子中，便是清廉如颜郎中，儒雅如四姐明菡的丈夫，皆是有侍妾通房的，哪怕是她传言中如此深爱妻子的父亲，不也还生了庶子吗？

这是个不容置疑的男权社会，有身份的妻子是门面，侍妾和通房则是装饰品。

明萱原本以为，裴静宸不论如何都跳脱不开的。

倘若她嫁过来之后，并不是这般琴瑟和谐，那她定然不会对将来生出希望和憧憬。

她或许会想方设法离开，或许便学着完全融入这生活中，当一个将丈夫看成是老板或者上官的妻子，搭伙过日子而已，不会投入感情，自然也就不会因为丈夫的姨娘们而受到伤害，她唯一所要做的事，只是竭尽所能保护自己所出子女的绝对利益，仅此而已。

可这婚后的一切，美好得仿若梦间，她的夫君是那样一个出色又令人疼惜的男子，感情便是在这不知不觉中慢慢付出，因为她投入了，所以心底便有了期待，并生出更多的要求。

爱情是自私的，容不下第三者，这是明萱首先想要确定的事。

她强忍着心中的激动，迎着裴静宸温柔的目光，继续追问："这是不会纳妾的意思吗？"

裴静宸郑重地点头，表情认真而凝重："我父亲娶过两房妻子，后院为他诞育过子嗣的姨娘有六人之多，那些没有名分的通房侍妾更是不胜枚举，可我却从来都没有见他开怀地笑过，他未必真心喜欢过那些女子，那些女子对他恐怕也无几分真情。丈夫就这样一个，可是妻妾却那样多，人人都想要争夺他的宠爱，可笑的却是，争夺他的宠爱为

的，却并不是他的真心，而是利益；父亲就这样一个，可是子女却那样多，人人都想要争夺他的目光，可笑的却是，孩子们想要得到的不是慈父的温暖，而是利益。”

他目光微凝，睫毛的翕动在水间形成扇一般的倒影：“阿萱，我想要的日子不是这样的。有一个我心中诚悦的妻子，她知我懂我，我爱她重她，生几个可爱的孩子，不论男孩或者女孩，我都一样会是疼爱他们的父亲，晨起看花，云过听风，过着闲云野鹤般的日子，做一个寄情妻子儿女的富贵闲人。”

明萱的心猛烈地抽动了一下，她不曾想到裴静宸竟与她有着同样的理想，她眼眶中隐隐含着些泪光，正想要说些什么，却被他温柔的手臂紧紧地箍入怀中，听他在耳边柔声说：“所以，我不会纳妾，不论将来会怎样，我只要你就够了。自小了因方丈便教我做人的道理，他说顶天立地的男儿重信守诺，说出去的话，下定的决心，便一定要做到。我……不会失言！”

明萱心中一暖，便主动贴上他的身子，如玉般光滑的手臂滑过他宽厚的胸膛，攀住他的脖颈，笑颜如花：“嗯，我记住了。”

她踮起脚尖，在他唇上轻轻一啄，分外认真地望着他双眸：“你若不离不弃，我必生死相依，这便是我的承诺，我虽然只是个小女子，可也知道一言既出驷马难追的道理，阿宸，你也要记好了。”

第二日一大早，裴静宸出门之后，明萱便按着昨日商定好的计划，将原先院子里伺候的人一个个地聚拢在一处，从她们屋子里搜出来的赃物堆积如山，皆摆在院子里的春凳上。

以失窃为名，查找到这许多的不明财产，虽是意料之中，但这数额之巨却仍旧还是令她有些震惊的，想当初她在永宁侯府日子过得拮据，若不是还有韩修留下的那些聘礼变卖，她这个侯府小姐守着月例过日子，该是何等的艰难。

可看了这些婆子丫头的私产之后，明萱才发现，原来她一个堂堂的侯府千金，手头却还不如裴家的奴仆宽裕，杜娘子并几个年长的婆子手头有钱倒也罢了，可连院子里一个三等的洒扫丫头都能用得起芙蓉斋的胭脂，霓裳坊的衣裳，嵌宝阁的首饰，这当真令人扼腕惊叹，也有些哭笑不得。

知道裴静宸是个香饽饽，但没想到那些盯着他的人愿意为此付出这样大的代价。

这些明晃晃的证据在手，明萱要合情合理地将这些人连根拔起全部打发走，真是太容易也不过了。

她冷眼瞥过跪了一地的婆子丫头，挑了挑眉说道：“这些不是我的东西，可依着你们的身份，却也绝不是你们能用的，若我是那等狠戾的，索性连问都不会多问一句，直接将你们绑了去衙门里，那里自然能有人让你们开口。但……”

明萱顿了顿：“你们都在静宜院服侍了许多年，主仆一场，没有情分亦是缘分，现下我便给你们一个机会，若是谁能解释得清这些东西都是从哪里来的，我便不将她送去衙门，她的东西也俱不没罚，仍旧还了她，不过我这儿是没法待了，我仍要请她另谋出路的。”

她强调着说道：“你们可要想好了，过堂二十大板，不论如何，去了衙门里总是你们吃亏。”

将近二十个婆子丫头跪着，有些年轻没有见过世面的自然早就苦苦哀哀地磕头，可也有那些仗着年纪大在府里伺候的时日多，以为身后的靠山能护得住自个儿的，或者私下笃定这位大奶奶不过只是雷声大雨点小的婆子们，仍旧不将明萱的话当一回事。

杜娘子首当其冲，她嬉皮笑脸地说道：“大奶奶说笑了，这些俱是奴婢们的历年积蓄，怎能说是赃物？奴婢们在这府里多年，除却例钱，总也有主子们的赏赐，夫人奶奶们大方，奴婢总不能推辞不是？”

她昂了昂头：“况且，奴婢是世子夫人院里拨过来的，俗话说不看僧面看佛面，打狗也要看主人呢，大奶奶若是想对奴婢喊打喊杀的，是不是得先问过世子夫人的意思？”

明萱不怒反笑，似是丝毫没有被这忤逆挑衅之言气到，她毫不在意地冲着严嬷嬷挥了挥手：“嬷嬷，烦请将她带到世子夫人那儿去，替我问过夫人，这杜娘子身上的巨资到底是不是她老人家赏的，若果真是，那倒是我一时失察，对世子夫人的人不敬了，倘若不是……”

她嘴角浮现几丝冷笑：“倘若不是，也烦请替我向世子夫人讨个示下，这等不忠不义忤逆犯上攀污主子的奴才，应该如何处置才好。”

杜娘子见抬出世子夫人的名头，明萱便不敢再发落她，便以为这新来的大奶奶看着狠戾，实则仍旧是软柿子，她想着自己跟了世子夫人十来年，没有功劳也有苦劳的，世子夫人若是见死不救，将她推了出去，那往后这阖府上下的奴才，谁还敢替世子夫人效劳？

再说，她男人在二门上当差，这几年来也没有少听世子夫人的差遣，只要夫人一日用得着她夫妇，就不会坐视大奶奶对她要打要撵不管，真到了衙门里去，难保她一时说了漏嘴，将世子夫人的那些肮脏事都牵扯进去的。

杜娘子这样想着，觉着这静宜院以后她是定不会再待了，虽少了一注财，却也并不觉得十分可惜，在大爷这院子里给世子夫人当眼线，虽然发了不少横财，可到底还是没有权势，能在世子夫人身边当差，这才算是底气，连走路都能生风呢。

既然没有主仆的缘分了，那她索性也就不跪了，还不待明萱发话，便自个儿起了身掸了掸膝上的灰尘，很是傲气地将春凳上从她屋子里抄出来的东西一裹，夹在腋下，冲着严嬷嬷笑嘻嘻地说了声：“嬷嬷，我给您带路？”

明萱见杜娘子满脸得意，有些哭笑不得，她心想倘若杜娘子知晓了黄婆子的遭遇，还会不会以为去平莎堂寻求世子夫人的庇护是个明智之举，杨氏行事狠戾，连谋杀先头原配嫡子的事都做得出来，杖毙几个婆子丫头算什么？

裴静宸可还算是皇亲国戚呢！

她冷笑一声，不再去理会，却将目光投射到其余众人身上，她目光微垂，忽地叹了口气，语气也放柔下来："你们若是自问有杜娘子的能耐，能令这府里的主子们不顾脸面也要保下你们，那我便也使人将你们恭恭敬敬地送去能护住你们的人那儿去。"

跪了一地的婆子丫头中，也有几人有所意动，刚待要学着杜娘子那样起身回话。却听明萱接着说道："罢了，不论如何，裴府你们是留不得了，只是我也不愿意难为你们，若有人肯对我实话实说，那就进屋子来找我，到时便是让你们离开，自然那些财资也让你们带走。"

她不再多言，转身进了屋内等着，她相信用不了多久，便会有人进来。

平莎堂里，杨氏的脸色寒成一片，黄婆子失手在前，好不容易让娘家兄弟将刑部衙门里的匪首给解决了，这才安生了几日，这顾氏便又折腾这一出，果然不是冤家不成对，这裴静宸是个祸根，娶的妻子也不是个安分的。

她暗恨自己当时不知是听了什么人的言语，竟还主动地去永宁侯府替自己招了这个

魔星来。

可事已至此，杨氏已经没有别的退路了，她是决然不能承认杜娘子手中的巨资是她所赐，否则这岂非是在公然承认杜娘子是她监视着静宜院的耳目？她若强辩是对裴静宸的关怀，这话说到哪里都没有人信的，若只是关怀，何须要撇下重金？

这点事，阖府上下恐怕无人不是心知肚明，可有些事，却是只可意会而不能言传的，如今正值皇后娘娘的多事之秋，她万不能再落下什么口实令人诟病，惹得宫里头孤立无援的娘娘再被分了心。

杨氏眼中露出锋芒，怒声喝止了杜娘子的求诉："闭嘴，简直是胡说八道，若我记得不差，你杜娘子是府里的老人，在我还未过门前便就已经在静宜院内当差，你何时曾在我手底下做过事的？"

她言辞激烈，并未停顿，接着喝道："你不过静宜院内一个守门的仆妇，倒是有何德何能令我给你颁下这许多赏赐？这些既不是我赏的，亦不是大奶奶的物件，那定然是你偷来的。"

杜娘子一时惊呆，强要辩解说道："世子夫人，这些分明是你赏给奴婢的！"

她再要说下去，嘴里却已经被桂嬷嬷塞入了布团。

杨氏冷笑着说道："你这贼婢，偷了主家的东西不肯认，竟然还敢栽赃到我头上来，你们大奶奶倒说得没错，这等不忠不义忤逆主子给主家泼脏水的奴婢，我们裴家留不得。"

她双掌在桌几上一拍："桂嬷嬷，将她拖到戒堂重打二十大板，若是她还有命活着，那便给我远远地发卖出去，也好给府里其余的仆妇们，作个惩戒。"

桂嬷嬷示意粗壮的婆子将杜娘子押了下去，又对着严嬷嬷笑着说道："严嬷嬷，回去跟大奶奶说，世子夫人亦气得不轻，已经替她将贱奴发落了。静宜院里那伙子丫头婆子，瞅着大爷人善，早就闹得不成话了，世子夫人有意想要替大爷管教一番，可到底不是亲母，怕随意发落了，令大爷心里不快。"

她叹了声："谁承想竟然出了这样的事？"

杨氏也装模作样说道："静宜院里下人，确实早该整顿了，你们大奶奶这事做得好。"

严嬷嬷瞧着杨氏打断了牙齿和血吞，却还不得不做出一副赞同的模样，心里可是乐开了花，但她为人老成，又在朱老夫人面前历练得多了，早就已经学会了喜怒不形于色，她恭谨地欠身又行了一礼，这才告退。

等严嬷嬷走了，杨氏这才恨得将桌案上的茶碗摔了个碎："顾家真是不简单啊，连送两个女儿进宫跟皇后娘娘争夺帝宠，还一个两个地怀了身孕，这也便罢了，连这个被人当众撕毁婚约当初要死要活的顾七也这样能耐！"

她神色狠戾地转身对着桂嬷嬷说道："这几日派人在城中各个酒楼茶肆盯着点，我兄弟说前几次对我不利的谣言都是从这些地方传出来的，多半也是那小贱人的手段，我怕她这次又要故技重施，让我在盛京城里再丢一次脸。"

桂嬷嬷俯首称是，一边又问道："杜娘子的男人杜大富，就在二门上当差，也是咱们的人，从前也没少差遣他做事，这回他婆娘出了事，我怕他……"

杜娘子进了戒堂，那二十大板子下来根本就不可能活着出来，杜大富到底与她结发夫妻，还生育了一个女儿，若是狗急了跳墙，将不该说的话都扯出来，那牵连可就大了。

杨氏却满不在意地一笑："前日你不是说画眉已经有二十三了，是时候该要放出去了吗？杜娘子死了，杜大富到底在府里服侍了一场，总算是个好的，孩子又年幼，便将画眉赏了他做老婆，再私下里给他一百两银子贺礼这便成了。"

她脸上露出嘲讽神色："世上的男人都一个样，得了画眉这样样貌出挑的新媳妇，杜大富还想得起杜娘子长什么样？"

画眉是平莎堂针线上的三等丫鬟，性子憨憨的，脑子不太机灵，却难得生了一副好样貌，又有上等的身段，府里的爷们垂涎她的不在少数，可碍于她是世子夫人的人，没有杨氏发配，无人敢求，竟一直蹉跎到二十三岁上，这会儿杨氏终于想起来要放她出去配人，竟便宜了杜大富这样的人。

桂嬷嬷私下觉得有些可惜，但杨氏的话她素来不敢违抗的，忙点头道好，便匆忙退下安排去了。

静宜院里跪着的人，此时只剩下寥落六七个人，其余的都熬不住进了内屋，将这些

财物的来历和盘托出后，取了自个儿的包裹后，或被送到了郊外明萱陪嫁的庄子上去，或自赎出府。

严嬷嬷带来了杜娘子没有熬过那二十大板死了的消息，最后还在犹豫的那几个婆子丫头立时便就熬不住了，争先恐后地进了屋子，问什么就招什么，脸上再没有刚才不服气的神色，甚至因为害怕而将没有问的也都招了。

静宜院的下人在两个时辰之内便被换过一遍，这等雷厉风行，不只令杨氏恨得牙痒痒，也令其他几房心有余悸，倒是再没有人敢三不五时来招惹明萱了。

晌午，明萱望着厚厚一沓资料很有些无语，她是有意要抓其他几房的把柄的，所以那些仆妇进来交代时，她令藕丝在一旁记上，初时只问出些银钱来历，后来被杜娘子的死骇到的那些婆子，竟语无伦次将府里那些陈年旧闻皆吐了出来。

这倒是个意外的收获了。

这时，严嬷嬷脸色沉重地挑了珠帘进来，“大奶奶，皇后娘娘派了位公公来，说是从来还不曾拜见过长嫂，要宣您进宫去呢！”

第 31 章　皇后 · 怨恨 · 借马

明萱很是惊讶，前些日子祖母派管嬷嬷来送过淑妃的礼，她便知道近日极有可能会被宣入宫中，但没想到却是裴皇后先派了宫人过来。

她沉吟着问道：“是口谕还是懿旨？是只传了我一人，还是也有别人？”

严嬷嬷忙道：“是懿旨，传旨的公公还在外院候着，府里的管事已经备下了出门用的马车，就停在二门上，只传了您一人。”

她愁眉苦脸地说道：“您新嫁，从未觐见过皇后娘娘的，按理说，这头一次不该只宣您一人进宫才对，淑妃娘娘新近有了身孕，不论怎么说，她总是您的姐妹，皇后娘娘会不会因此迁怒到您身上去？”

这忧心倒也不是没有可能，否则的话，便不该是只宣明萱一人进宫，最不济，二奶奶闵氏总该陪着，她两个可是大房的嫡媳，皇后娘娘的嫡嫂。

定是有什么缘由的。

明萱如今身上并没有诰命，进宫里自也不必穿朝服，只拣着见客的衣裳里端庄雍容的穿了，面上略施粉黛，却是略显老气的妆容，头上只簪一对疏帘缺月鎏金簪，打扮中规中矩，不失世家媳的雍容，亦无僭越之处。

她在铜镜中顾盼左右，见确无错漏了，这才低声嘱咐说道：“嬷嬷，实不相瞒，这回皇后娘娘宣我入宫，也不知道到底是为着什么事，我心里没有半点主意，好在她是下了懿旨请我入宫，想来不会对我有所不利。”

这番话，令严嬷嬷脸上的表情愈发凝重，她迟疑着说道：“不若我想办法去知会大爷一声，若是皇后娘娘留您太久，也好……”

明萱打断了严嬷嬷的话，她摇了摇头说道：“惠妃和淑妃同时有孕，皇后娘娘顾着她两个尚还来不及，不会在这种时候对付我一个无名小卒，更何况，皇上劳军西军，我哥哥可还未离京呢，便是为了他，皇后也不敢在此时动我。大爷是外男，入不得内宫，你跑去寻他，也不过是让他白白为了我担心。”

她话锋一转：“我让丹红跟我进宫，嬷嬷便在这里替我守着院子，若是我酉时未归，那你便去寻大爷，再想法子将我的消息递到永宁侯府上，大伯父不管我的死活，祖母有心无力，可是哥哥总不会扔下我不管的。”

不论是不是杞人忧天，在赴这种来意不明的鸿门宴前，必要的安排还是应该要做下的。

严嬷嬷一边答应着，一边拉过丹红低声嘱咐起来：“我从前陪着老夫人进过两趟宫，宫里头规矩严苛不比在外头，这回皇后娘娘宣大奶奶进宫，依我看多半是个敲打的意思，你跟着进去，千万要谨言慎行，不论遇到何事都要看大奶奶眼色行事，万不可再自作主张。”

她微顿：“别不将嬷嬷的话放心上，先帝时有位吴贵妃，中宫无主，她掌理后宫，有一回在长春殿会见命妇，不知哪位命妇带着的丫头嘴碎，插嘴说了句不中听的话，吴贵妃一时震怒，当庭杖毙了那个丫头。”

丹红一时被唬住，忙点头说道：“嬷嬷的话，我记着呢，绝不敢胡乱说话，一切行事定当规规矩矩的，全凭大奶奶的眼色。”

明萱眼中却含着异色，倘若她没有猜错的话，吴贵妃当时杖毙的便是先头裴相的继室夫人梁氏的贴身丫头，先前有口不择言的婆子提起过这件事的，虽然说得不甚分明，可若非如此，出离尘世的玉真师太又怎会对吴贵妃另眼相看？

她的婆母永嘉郡主，是玉真师太极喜爱的晚辈。

永嘉郡主无端早产，又遭遇难产血崩身亡，这样惨事中，随处可见梁氏身影。

马车很快行至皇城，明萱没有像以往一样掀开车帘，谨慎自然是原因之一，但最主要的是她对这座埋葬了她家姐鲜活生命的宫殿毫无好感，倘若不是逼不得已的原因，她甚至都不愿意踏入这里半步。

每次想到这个本该如同皎月般雍容高贵的女子，她若活着也才不过二十多岁，正是花开最好的时节，可如今却只剩下森森白骨，在寂寞的皇陵偏殿中腐朽，明萱的心就总

是如同针刺一般的疼。

到底意难平。

进了安和门后，裴家的马车便不再准予通行，早有宫轿等在一旁，传旨的公公甚是客气，躬着身子请了明萱换了软轿，她轻移莲步，矮身入轿，绸帘垂落，透过那一瞬间的张合，她看到了森冷宫墙，冰冷，古旧，苍凉。

这个她避之不及的地方，是周朝名门贵女们趋之若鹜的所向。

这方寸宫院，亦是天下权力的中心。

进至坤宁宫，那传旨的公公请了明萱下来，便有女官替了他，那女官二十七八岁的年纪，长相甚是端华，浑身上下的气质不凡，若是打眼望去，不明就里的人尚还以为是哪家大臣的家眷。

她略福了一福，声音平淡无波地说道："给裴大奶奶请安，奴婢是皇后娘娘跟前的盈秀，娘娘已在正殿中候着多时了。"

明萱忙道了声惶恐，便跟在盈秀姑娘身后进到正殿。

此时正值盛夏，便是不动亦也要热出一身汗来的，而见客的华服皆厚重，这一路上马车宫轿皆密不透风，她身上的内衫早已经湿透，可一踏入坤宁宫，一股凉意便从殿内涌了出来，替她微微冒汗的额头降了温度。

明萱不敢东张西望，眼帘所及之处，看到正殿的四角各有一个硕大的紫金鼎炉，正有袅袅白烟升起，想来该是放置了冰块，令得殿中暑气消退，宛若置身广寒。

她心下暗暗想道，如今冰块价值贵重，便是永宁侯府那般富贵的所在，祖母也只敢每日取一两小块去去热气，瞧这皇后殿中的凉意，恐怕光是这项花销便要许多金吧，这宫里头果然是销金窟。

里头主位上传来温柔的轻唤："是大嫂子来了吗？"

明萱知道，这位便该是裴皇后了，可她不敢随意答话，也不敢抬头东张西望，只跟着女官的指引行了觐见的大礼。

皇后温柔绵软的声音再次响起："起身吧，来人，给大奶奶赐座。"

明萱忙谢过，这才徐徐落座，只在落座的瞬间以余光飞速地瞥视了座上的皇后一眼，她并没有看得很清楚皇后的容貌，可单看轮廓，却还是像杨氏多一些，只是这声音柔软，与杨氏的尖刻大相径庭，这倒令人有些吃惊。

她仍旧不敢抬头，只规矩地坐着，垂眸望着自己的手。

皇后笑着说道："原是想着大嫂进门后，尚还未得见的，这才宣了大嫂子进来叙话，可是嫂子一直这样低着头，我只看见一个乌黑的脑勺，这可算是什么事啊。"

这话若是换了旁人，自然是一句玩笑，可从母仪天下的皇后娘娘口中说出，却非同小可，若是有心之人抓住把柄，非要称言这是大不敬，那是可以治罪的。

明萱心中一顿，忙站了起来，矮身行着礼，一边低声说道："臣妇初次入宫觐见，不懂规矩礼仪，还望娘娘恕罪。"

她有些忐忑，皇后不会无缘无故宣她进宫，多半是为了给她个下马威的，倘若她一时不慎，行差踏错，那吃亏的绝然只会是自己。

皇后忙道："盈秀，快扶大奶奶起来，嫡嫡亲的一家人，动不动就跪来跪去的，那可还怎么说体己话？这也是大嫂子新嫁过来的关系，等以后多进宫里走动走动，便就不会这样生分了。"

明萱微微抬起头来："是。"

这一回她终于看清了皇后的模样，果然与杨氏一般算得上艳丽的美人。

只是裴皇后的眉眼之间比之杨氏却又多了几分亲和悲悯，这种端和将她过于鲜丽的颜色变得柔和，通身的气质便平添了几分宽容大度，这是久居上位者独有的姿态，像是要将众生皆俯瞰。

裴皇后亦在打量着明萱，这是一张精致美丽的脸，妆容虽然显得有些老气，但却掩盖不住天生的丽色，瞧她脖颈露出的肌肤白皙，纤纤皓腕盈润泛着光华，怪不得嫁过来才一月余，便将裴静宸彻底迷住了。

她笑容满面，看起来似乎十分高兴："早听母亲说，大嫂是个美人，将二嫂子都比下去了，今日一见，果然如此呢！"

明萱忙道了声："娘娘谬赞了！"

心里却不住冷笑，她方才抬头之时，分明看见了裴皇后眼底的震惊，可不过转瞬，皇后脸上便只剩下了热情和欢喜，果然是裴相精心培养的孙女，绝非杨氏那样什么都表现在脸上的莽妇。

明萱不由有些唏嘘，即便尊贵如裴皇后，亦不过只是个戴着面具在宫廷生活的女人罢了，连真实情感都无法表达的地方，身份地位再尊贵又能如何？

她望着上座上云鬟华服的女子微微露出笑颜来，右手有意无意地拂过面庞，她知道皇后在震惊什么，不过是因为她长了一张与故去的元妃七八成相似的脸。她若有所思，是震惊，而不是厌恶，那么……

皇后脸上端着和煦笑容，心里却是难以言喻的震惊。

她是见过明萱的，裴顾两家虽然素来有些不大和睦，但到底同属盛京城中最顶级的门阀，又年岁相当，差不多的花会诗会中难免也碰到过几次，从前明萱年纪尚小，性格恣意张扬，又喜好艳丽华服，她倒并未将之与素淡清雅的九皇子妃联系到一块。

可一别四年，眼前这女子收敛了从前的锋芒，变得沉静端和，又许是长开了的关系，竟与元妃有七八成相似，倘若皇上见了，恐怕……

皇后的眼神略有几分晦暗，对于元妃，她是怨的。

皇上先时宠爱俞惠妃，后来移情至顾贵妃身上，及至淑妃入宫之后，夜夜恩宠，万千宠爱集于一身，皇上眼中再没有其他的女子，而在她这里，除了初一十五这些例定的日子，他绝不踏足坤宁宫一步，恩宠更是少得可怜。

这屈指可数的几次，想要得孕，实在是太难了！

皇后姿容艳绝，可却不受帝王宠爱，空有着周朝最尊贵的地位，丈夫却与她是陌路人，内心的寥落清冷无人可诉，看着荣华富贵，实则苦涩一片。以她家世美貌，倘若并没有入宫，也定能觅得才貌匹配的良婿，便是不能恩爱缠绵，也定能相敬如宾的。

总好过她桃李年华却在这幽幽禁宫慢慢枯萎，没有子嗣，亦没有希望。

若是元妃不死，皇后本不该遭受这样冷遇的，她出身尊贵，又年轻貌美，不可能会输给俞惠妃这等浅薄的婢生女，元妃不死，顾贵妃不会入宫，淑妃又怎么可能占据皇上的心？

总是会怨的，怎么能不怨？

皇上不是什么忠贞不贰的烈夫，当初亦是他主动找上裴家寻求支持，可到底是结发夫妻，相伴数载，总有感情在的，倘若元妃安好，顾家加封晋爵，皆大欢喜，那说不定这份感情便会慢慢消磨在时光里，消磨在新进的美人笑颜中。

可元妃却以此等惨烈的方式死去，顾家三房又相当于遭遇了倾覆灭门之灾，皇上难免自责，可却无处可诉，便将对元妃这份无法补偿的愧疚，转移到了服侍元妃多年的俞惠妃身上，转移到了元妃的堂妹顾贵妃身上，如今更是因为淑妃容貌举止谈吐与当年的元妃相类，则满身心都沉溺在了淑妃身上。

她不甘！

当初五龙夺嫡，九皇子根本毫无胜算，若非裴相鼎力支持，九皇子莫说登基称帝，连活着的命都未必能有，当初志得意满的四位皇子，如今不都只是黄土一抔？周朝皇室先帝的嫡宗，除了皇上之外，还留下了哪支？

成则为皇，败了，便满门皆输。

以裴氏女为后，来换取镇国公府的支持，这是九皇子先给出的提议，顾家是知情的，九皇子妃不可能一无所知，这是彼此都心照不宣暗地里达成一致的协议，为此，镇国公府裴家付出了巨大的心力，而顾家不过损失了一个皇后的名分。

倘若不是裴家，顾家也不可能出皇后的。

这是皆大欢喜的三赢局面，九皇子顺利为帝，裴氏女封后，顾氏女为贵妃，再补偿其父顾长平一个二等沐恩侯的爵位，没有人是输家。

甚至连那“谋逆之嫌”的莫须有罪名，亦是先前就商量好的，投入大理寺牢房，等封后大典过后，再以遭人构陷之名将顾长平恭恭敬敬地请了出来，彼时皇后名分已定，只要许以顾家高官厚禄爵赏，再将皇后之下的贵妃位给了顾氏女，那便仍旧是一段佳话。

谁料到，竟会出那样的变故？

皇后目光微敛，收回遐思，笑着对明萱说道："今日宣大嫂进来，没有旁的事，不过只是叙叙家常，听母亲说，大哥自从成亲之后，近日身子日渐康好，这几日还去了户部供职？真是可喜，这些都是大嫂的功劳，我身在宫中，心里亦是感激的。"

她忽而面上闪过为难神色，望着明萱低声轻叹，有些抱歉地说道："母亲这些日子做的荒唐事，我都听说了，她是外祖父唯一的嫡女，在娘家时便被娇养惯了，嫁到咱们家后，祖父也由着她性子来，是以行事有些随意，倒不是她诚心要为难大嫂的，还望大嫂看在我面上多多海涵。"

语气诚恳，倒不像是假的。

只是将杨氏所为归结于行事随意，却也有些太轻了，看她要置黄婆子于死地的态势，使人用板子打死杜娘子的那种狠戾，便是一匹凶性十足的母狼，大有顺我者昌逆我者亡的狠绝。

杨氏的恶毒，不是皇后三言两语便能推卸得去的。

但明萱却只是笑笑："娘娘说得重了，母亲免了臣妇的晨昏定省，用膳时亦免了臣妇替她布餐，静宜院里有奴大欺主的奴婢，臣妇到底是新嫁，不敢处置，也是母亲雷厉风行，替臣妇处置了的。"

她微顿，笑容愈见明媚："母亲这样仁爱慈和，哪里为难了臣妇？这些疼爱，臣妇又非木石，心里可都记着呢。"

在裴府可以跟着裴静宸只称杨氏为夫人，但在宫中皇后娘娘跟前，却不能，否则岂不是自打耳光？明萱知道，虽然她不管怎么说，也不可能与皇后有所交好，可若是一个不慎，与皇后明面交恶了，那绝非好事。

称谓不过是个代号，称杨氏为母亲，亦是常理，她并没有特别在乎的。

皇后似是舒了口气："这样便好，这样便好。"

她不再纠结，将话题转移，开始闲话些家长里短。

明萱一一答了，心里却有些觉得奇怪，皇后似乎真的只是宣她进宫闲话家常的，既没有训斥她，连一点为难她的意思都没有看到，可她与皇后素无交情的，前段时日又与杨氏闹得剑拔弩张，皇后便是真的闲极无聊想要找人聊天，也绝对不会寻她的。

正当这时，殿外响起一阵细碎脚步，盈秀姑娘从外头进来回禀："淑妃娘娘来了！"

淑妃穿着一身月白色的薄纱宫衫，脸上妆容素淡，与雍容华贵的裴皇后相比，她便显得十分清雅动人，犹如一朵洁白无瑕的玉莲花，在闷热夏日，带来一阵清新的凉意。

她身上也的确带着淡淡香味，莲步轻移，举手投足间，隐隐散发。

明萱闻出来这是长姐明蓉最喜欢的零陵香，她脸色一变，若她记得没有错的话，零

陵香有避孕和堕胎的效用。

淑妃已怀有身孕，身上戴着这香，是十分容易小产的，她虽然不甚喜欢淑妃，可到底姐妹一场，腹中婴孩又是无辜的，心中便默默想着若等无人时，该要提醒一句，免得生出什么悲剧来。

皇后亲自将想要行礼的淑妃扶了起来，仍旧端着慈和笑脸说道：“妹妹刚诊出有孕，正是最娇贵的时候，不好好在殿内躺着，这大暑天怎么跑我这里来了？快莫行礼，这些虚礼，自家姐妹，何必呢？快到榻上歪着，莫要累到。”

淑妃也笑着说道：“虽然皇后娘娘体恤，但规矩礼仪不可废的。”

她转过身子，满脸惊喜地望向明萱：“我听说七姐姐来觐见皇后娘娘，想到我们姐妹好些日子没见，很是想念，所以特来叨扰皇后娘娘，也好跟姐姐说些贴心的体己话，你我姐妹，不必行礼，那样就生分了。”

明萱却不敢不将大礼行完，淑妃虽是她本家堂妹，可如今身份有别，她是二品妃，深得圣宠，又身怀龙嗣，连皇后都对她礼遇有加，明萱不过是不入品秩小官员的妻子，身上没有诰命的，又怎敢真的将自己当一回事？

这是在坤宁宫内，她绝不能让人捉住一丝错处的。

等正正式式地行完了礼，明萱这才敢抬头望向淑妃，她脸上笑容沉静，既不十分热烈，亦不显得冷清，有着恰到好处的谦卑：“淑妃娘娘多虑了，您和臣妇乃是一家姐妹，自小一块长大，多年感情，哪会生分？”

皇后扑哧一声笑了出来：“好了，我看是我在这里的缘故，害得你们姐妹二人不自在了，也罢，盈秀，扶本宫去水阁，这里让给淑妃和大奶奶叙话，她姐妹两个这许多日不见，定有许多话要说。”

她扶着盈秀的手臂，徐徐走到明萱跟前，亲热地说道：“今日与大嫂相见，颇是投缘，以后若是无事，便就进宫里来陪我说说话，淑妃的和鸾宫离这里不远，正好你也能与姐妹叙话闲谈，岂不是两全？”

明萱忙称是。

皇后笑着摆了摆手：“我去水阁歇会儿，稍会儿若是你姐妹叙完了话，自有宫人将大嫂送出去的，镇国公府的马车便在安和门处候着，大嫂不必忧心。”

她将话说完，便袅袅婷婷地去了，偌大坤宁宫的正殿，只剩下淑妃与明萱二人。

明萱无法掩饰住心内的震惊，这坤宁宫，可是象征着皇后极权的所在啊，正殿……皇后竟然能将正殿让出来给淑妃与她叙话。

这到底是什么情况？

淑妃开门见山：“七姐姐你要帮我！”

明萱愈加惊愕，这样坦白直接，倒让她心里隐隐明白，这次皇后突兀地宣她进宫，也许便是为了淑妃，可淑妃怀着龙嗣，便是有什么难处也有皇上做主，实在不济，她总是永宁侯的女儿，腹中这胎若是皇子，亦是永宁侯府的荣耀。

而她不过只是镇国公府不受待见的一名儿媳，能帮得了淑妃什么？

淑妃拉着明萱入了座，满面愤色地抱怨道：“我是姨娘肚子里出来的，虽然养在母亲跟前，可我一早就知道她不会真心待我，旁人瞧着她对我如亲生一般宠爱，其实我心里如同明镜一般，母亲对我好，一来是为了做给外人看她的贤惠，二来则是要压着九妹和父亲那外室。”

她冷哼一声：“我是她养大的，这些年来成全了她多少好名声，若是不与她的利益有所冲突，她自然是对我百依百顺，但一旦要是碍着她的路了，我便就成了绊脚石！”

原来是要抱怨大伯母的。

可这话明萱不好接，她只得尴尬地笑笑，劝慰着淑妃：“娘娘新孕，最好心平气和，不要过于激动，免得惊吓到腹中的宝宝，那便不好了。”

淑妃拍了拍胸口，又抚了抚腹部，表情显得更委屈了：“七姐姐不知道，我的心里有多苦。我怀了龙嗣。这本是件天大的好事，不论腹中这个是男是女，都是天家骨血，将来我也算是有了依靠，谁知道就惹三姐不高兴了，自家姐妹，身上同流着父亲的血。我得宠了她日子也比从前好过不是吗？谁料到她……”

她又气又怒，“谁料到三姐竟然纵容着她宫里头的婢女到处乱传我的闲话，说我和皇上老早就勾搭上了，说我水性杨花，这些也就罢了，竟然还说我入宫才方一月便有了身孕，说不得这孩子还是不是皇上的。”

明萱微怔，她依稀记得周朝皇帝每次临幸嫔妃都是要记录在档的，以此为依据，才能辨清皇嗣正统。

先帝时曾有位低阶宫嫔用偏门旁法引得先帝与她行了房。岂料那日恰是初一，原该是皇后的日子。先帝宠爱皇后，又害怕皇后因此不悦，并没有令内监记录进册，谁料到那宫嫔竟一举有了身孕。但口说无凭，先帝又不敢认下，后来那宫嫔便被灌了汤药，发贬了出去，下落无踪。

淑妃进宫才一月便诊断出了喜脉。确实令人生疑，可她若果真做贼心虚，便不会将这件事大刺刺地说与自己听。

明萱暗自心想。这些不雅的传闻不该是贵妃授意，正如同淑妃所言，贵妃淑妃同是永宁侯顾长启的女儿，一荣俱荣，一损俱损，打断了骨头连着筋的，抹黑淑妃，对贵妃一点好处都没有的。

更别提污了淑妃，将那淫荡不贞的名声扣在她身上，那么受害的将是整个顾家，就算贵妃可以不去管尚未出嫁的明芍和那些庶妹，但她却不能不理会世子顾元昊所出的女

儿，那可是她嫡亲的侄女。

这种杀敌一百，自损一千的傻事，不可能是贵妃做的。

明萱张了张口想要将自己的推断徐徐说出，可话到嘴边却又有些犹豫起来。

原本以为淑妃能有模仿明蓉来获取帝王宠爱的心计，想来应该也有辨别是非的能力，可现在见淑妃那样恼怒愤恨不似作伪，看起来竟然是真的对贵妃恨入了骨髓，若是这样，此时说出自己的看法，只会起到相反效果。

还是再看一看吧。

她想了想，小心翼翼地说道："一家姐妹，不至于此的，娘娘是不是弄错了？"

淑妃却恨恨说道："菊绯都亲口承认了，那可是三姐从侯府带过来的贴身婢女，她都承认了，三姐还能抵赖得掉？她是嫡女，母亲源源不断地递银子进来给她，就算她只生了个公主，给父亲闹了好大一个笑话，不也还安稳地过着么？我呢？除了皇上的宠爱什么都没有，天大的幸运有了腹中的孩子傍身，她就这么见不得我好吗？偏偏皇上问起时，我还只能替她说好话……"

她其实觉得有些憋屈的，虽然如今她是后宫第一人，被皇上捧在手心都怕化了的，可她如今模仿的是最是好性子的元妃，绝不能做出恃宠而骄的事来，憋得她想要张扬一把都没有法子，便是受了委屈，也只能含着眼泪故作大度地说没事，还要想方设法替别人说话。

性子相左的两个人，扮一时不难，扮一世可太难了！

明萱不知道该是同情淑妃，还是该笑话她，披着别人的外衣生活，这原本就是她自己选择的路，她享受了扮演元妃带来的荣华富贵，那些憋屈烦闷自然便该埋在心里，一并接受。

至于什么菊绯亲口承认的事，这年头连亲生的姐妹都靠不住了，被个陪嫁丫头背叛也算不得什么，这事显然是有人想要陷害贵妃，可这手段这样明显，连她都看得清楚了，偏偏淑妃却被蒙在鼓里，让人牵着鼻子走。

这样的性子，这样的手段，这样的智商，要在内宫争斗中活下来，可真的不太容易呢，淑妃，想来是走不长远的……

明萱不是什么善男信女，她其实并不关心淑妃的前程，只是她的哥哥元景尚还未娶妻，如今永宁侯府也还未曾分家，若是淑妃出事，难免不会波及到她哥哥的身上，所以她觉得还是有必要提醒一下淑妃。

她想了想，低声说道："娘娘身上熏的香味煞是好闻，倒有几分像零陵的味道，我记得我姐姐在家时也最喜欢这味，不过她出嫁后，却就改了，零陵香虽然好闻，亦有活血安眠的功效，可女子常闻却容易妨碍有孕，孕妇闻了更容易小产。不过定是我多想了，娘娘这样着紧腹中的孩儿，是不会用这香味的。"

淑妃脸色大变，忙将怀中的荷包远远地扔了，她神情紧张地立了起来，紧紧捏住明萱的手臂不放：“七姐姐，这荷包里放的正是零陵香片，你说这香味能令得人小产，这是真的吗？”

她急忙将手护在腹部：“七姐姐，我肚子里的孩子是不是已经被害死了？”

还未待明萱回答，她又重新恢复了狠戾颜色：“这也是三姐姐做的好事！前些日子我诊断出了身孕，她派了菊绯来给我送东西，菊绯便跟我说，能一举得龙胎虽也是好事，可女子十月怀胎，到底难免会失了皇上的心，若是能将皇上常留我宫中便好了。亦是她跟我说，皇上最喜欢的便是这味零陵香，因为从前的元妃娘娘宫里成日熏这个的，我还特地派人去问过元妃从前的旧人，都是这样说的，我才安心用的。谁知道，三姐姐竟然是这样的居心！”

明萱眉头轻皱：“娘娘不必忧心，这香不过用了几日，还未对孩儿造成伤害的，只是您以后便该在衣食饮水上多用几分心，免得被人钻了空子。”

她微顿：“说句僭越的话，娘娘怀了身嗣，又深得帝宠，这宫里头不知道多少双眼睛盯着呢，您凡事可得有个分辨，不能偏听偏信，任谁跟您说什么，你就都信了，得揣摩揣摩别人的用心，凡事多想几个为什么。”

明萱觉得淑妃的性子无常，不敢将话说得太重，这里是坤宁宫，有些话她也不好在这里说，只能含含糊糊地谏言几句，希望淑妃能够听进去，撇开那些旁人的误导，自己好好想明白菊绯的事情。

一个人钻牛角尖的时候，有些事，旁人的劝说是听不进去的，唯独有自己想明白了才行，她不想管宫里头的淑妃的事，可是又害怕顾元景被连累，也有些怕祖母一大把年纪了，还要操这些心，所以才会这样想方设法地提点淑妃一些。

可到底结果如何，她其实并没有抱希望的。

只盼着回去给祖母和哥哥递个话，接下来的事便不由她管了。

谁料到，淑妃听了这些却忽然流起了眼泪：“七姐姐别见怪，我这是激动的，不瞒你说，从小到大，不论我说什么做什么，母亲都只说好，旁人见了也都奉承着，这还是头一次有人能推心置腹地跟我说说道理。”

她抹了抹眼角的泪水：“七姐姐说得对，我就是吃了冲动的亏，这些年来，没少被人拿着当枪使，上次被明芜坑了好大一回，这便不说了，这次的事，若不是我耳根子软，听人说什么就信什么，也不至于差点就害了我的孩子。”

明萱见她有所松动，便又说道：“我常替祖母抄写佛经，也陪着祖母一起听过高僧讲解经书，见山是山，见水是水，见山不是山，见水不是水，见山又是山，见水又是水，这句话送给娘娘，您若是得空时，可以想想这里头的禅机，保管受益匪浅。”

她微叹：“娘娘有孕，不好在寒气太重的地方久留呢。”

淑妃若有所思地望着她，似是仍旧沉浸在那句禅语之中，过了好半晌，她方点头说道："七姐姐的意思，我好像明白了，又好像没有……你若是得空，可要常来。"

第 32 章　体己·汤药·觊觎

明萱重又回到安和门时，早已过了酉时，炎夏的傍晚夕阳斜落，退去了酷热，却依旧不见一丝凉意，黑沉的宫墙如碑般矗立，压抑得都快令人窒息。

她回头最后瞥了眼身后黑压压的宫殿，心中百感交集。

这座世人仰望艳羡的壁垒啊，充斥着丑陋和算计，朝堂纷争不休，尔虞我诈，你死我活，皆为名利，后宫不见兵刃血光，却处处都是刀光剑影，钩心斗角，暗箭伤人。父子，兄弟，夫妻，儿女，这是人间最平常的情感，但对于被这座宫城围起来的天子血脉而言，却是他们一辈子求而不得的东西。

再美好的人，在这里都会变得面目全非。

尽管如此，明萱心里那股挥之不去的惆怅和惋惜，不知不觉又添上了浓墨重彩，那种不甘和忿忿萦绕心头，总也驱之不散。她想，若是她的姐姐还活着，哪怕变得肤浅势利虚荣，也总是活生生的，总好过现在连追忆都成了奢望。

她怀着重重心事换过马车，在轻微的颠簸中一路行至西华门。

马车停住，一双温润如玉的手掀开车帘："怎么这样晚？"

明萱抬头，看见英俊得如同谪仙般的男子矮身坐到她身侧，他墨亮的眼眸闪着水波，正关切地望着她，她的嘴角不由自主地弯了起来："皇后娘娘宣我去坤宁宫闲话家常，后来淑妃来了，多说了几句话便就晚了，你怎么来了？"

裴静宸一手将她搂入怀中，另一手则拿起车里的团扇在她鬓边轻摇："今日衙门里公事少，我便先回去了，听严嬷嬷说你进了宫，虽然我约莫料到多半是淑妃有事，但到底还是不太放心。"

他微顿，语气里带着几分紧张："怎么，淑妃为难你了？"

明萱摇头，将在坤宁宫发生的大小事包括细节一一跟裴静宸说了："这离间的手法并不高明，可叹淑妃还是上了当，皇后故意留了我姐妹说话，似是特意给我点拨淑妃的机会，看起来这件事不会是她所为，而且，她与淑妃显然已经结盟。"

她的脸颊轻轻在他手臂上蹭，脸上的神情却十分认真："皇后不会无缘无故地做这些，她甚至还将坤宁宫的正殿让了出来，所以，这其中一定有所含义的，只是我一时想不明白。”

裴静宸替她拨开额前的散发，眼中闪过犀利锋芒：“不是皇后做的。”

他睫毛微动，低声说道：“皇后构陷淑妃怀着的子嗣，对她来说并没有半点好处，与其让俞惠妃独自生下孩子，还不如让淑妃去牵制惠妃，皇后是个精明厉害的女子，比之其母不知道要高明多少，她不会做损人不利己的事。”

明萱昂起头，目光闪闪发亮：“所以，是惠妃！”

惠妃腹中的孩子约莫已有四个多月，高明的御医早就可以诊断出性别，有顾贵妃的笑话在前，惠妃一定慎之又慎，倘若是个女孩，她想来便不会动这番手脚了，这样看来，她怀的是位皇子了。

若是淑妃生了公主，那她的儿子便是皇长子，只要皇后一直没有身孕，将来皇长子承袭帝王之位的可能性极大。

可若是淑妃也生了男孩，那有些事情就不好说了，她年纪本就比皇上还要大上两岁，论容色娇艳年轻窈窕，哪里及得过淑妃？从前得宠不过是因为曾与元妃相处的时日久些，自从淑妃入宫后，这点恩宠怕也难以长久了。

子凭母贵，皇上偏宠淑妃，定会对她的孩子另眼相看，到时候哪里还有她的大皇子一席之地？

再说，惠妃与淑妃怀孕时间相隔那么近，淑妃又是早就与皇上暗度陈仓的，谁知道这两个孩子谁先落地？若是在时间上也被淑妃抢了先机，那她便是生了皇子，也无甚用处。

皇上在淑妃那儿十分用心，保护她的人不在少数，她又得了皇后的庇护，所以惠妃轻易不能害到她。

所以，才会使人构陷淑妃的品性，妄议她腹中孩儿的来历吧？

又借此机会离间了淑妃和贵妃姐妹，实乃是一举二得。

裴静宸将下巴埋在明萱肩膀上，低声说道：“此事你派人送个信去永宁侯府便可，不必将自己置身入内，惠妃身后是定国公府俞家，俞家又与临南王府深扯不清，咱们虽然不怕他们，但却也没有必要得罪他们。”

他忽地轻声叹了口气：“宫里头的水深着呢，你那个淑妃妹妹不甚聪明，除非皇上一直像现在这样宠着她，否则要想安然无恙地活下去，并不容易呢。我看皇后没准就是看上了这一点，才会保她腹中的孩子。”

明萱微诧，随即却又苦笑着点了点头：“皇后今日宣我进宫，想必就是借着这个机会提醒永宁侯府提防俞家，宫外顾家和俞家相互钳制，宫里头她又拿淑妃来制衡着惠妃，以淑妃的得宠，便是生了公主，将来也还会再有孕的。只要淑妃生了皇子，皇后撤去那些保护，不必她亲自出手，淑妃也不会长命……”

她轻轻吐了口气："皇后娘娘果然好打算。"

若是淑妃死了，那她留下的孩子，自然会记到无子的皇后名下，那么这孩子以后的外家便是镇国公府，他富贵也好，落拓也好，都不再与顾家相干。

裴静宸轻抚明萱的手掌："有权势利益所在的地方，便有争斗，自古如此，其实那些东西都不过只是身外之物，便是富有四海权倾天下，又哪及得上与妻子儿女其乐融融地平淡生活来得实在？"

他目光灼灼："阿萱，再等我两年，我们就离开裴家！"

明萱轻轻点了点头："嗯。"

她靠在裴静宸的肩膀，目光透过马车的顶篷望向不知名的虚无，口中轻语，像是在呢喃："很久以前我曾经想过，如果现世安稳，生活富足，那我会怎么做，壮大自己的权势，成为权柄通天的人物，或者赚许多银子，过挥金如土的生活？后来我想了很久，觉得假若真有这么一天，我会选择一个山清水秀的地方，盖一栋房子，养几只兔子，生几个孩子，和心爱的人一起，每日坐看朝阳升起夕阳低落，那才是生活啊！"

可惜，生在世家贵族，想要过采菊东篱下悠然见南山的生活，只能是一个奢愿。

明萱心中一动，不由抬手抚了抚身后男人如明月般皎洁的俊秀脸庞，暗暗想道，这样说来，老天对她何其厚道，令她遇到了一个甘愿放弃尘世繁华，远离声名威势，肯与她纵览山水游戏人间的男人，那些埋藏在心底的梦，说不定真的可以实现了！

她如今身家不菲，私房颇厚，便是在物价相对高一些的盛京城中都能几辈子衣食无忧，将来若是裴静宸的事了，他们完全可以选个适宜居住山水如画的所在建一座满意的房子；至于心爱的人……她好像一步到位，连丈夫都已经有了，还是这样优质出色的人物，只要恩爱些，再恩爱些，嗯，孩子也一定会有的！

这样想着，她不由自主地便低声笑了起来。

裴静宸静静望着完全陷入遐思的明萱，她的表情丰富，变幻得很快，他不知道她在想什么，有心想要开口问的，可她脸上露出难得的活泼娇俏，这表情可爱极了，令他不忍打破。

他便也不急着想要知道她所思所想，一手将她拥入怀中，另一手则更卖力地扇起了团扇，想要在这闷热的马车里，为她多制造一点凉风。

回了静宸院，明萱派了严嬷嬷亲自去了趟永宁侯府。

事涉皇嗣和朝堂内宫，虽然丹红是陪着她一同经历了今日之事的，可到底还是年少了些，这样事关重大的消息，恐怕也只有严嬷嬷这等见过大世面的才说得清楚。

严嬷嬷赶在入夜之前回了来，带回了顾家那边的消息："世子夫人前日诊断出了喜脉，侯夫人仍旧在庄子上养病，她一时赶不回来，所以这两日老夫人便帮着世子夫人一道管家。我将您交代的事告诉了老夫人，恰好当时四爷也在，四爷说，这件事他知晓了，让大奶奶您不必操心，若是淑妃再宣您进宫，只管嬉笑打诨，不必再多说什么了。”

明萱想了想，便点头说道：“我知道了。”

她抬头问道：“四爷还说什么了？”

严嬷嬷笑着回答：“四爷只说过几日杨右丞府上要办个花会，他已经收到了请柬，想来大奶奶您也是要去的，有什么话到时候见了面再说也不迟。”

她微顿：“对了，四爷还让捎了些东西给您，是先头皇上赏的，整整两大箱子，就在外头放着，要叫人给您抬进来瞧瞧吗？”

明萱问道：“可有单子？”

严嬷嬷忙呈上，并递过一个书册大小的盒子：“是内务府造办的单子，这两箱都是古董首饰，四爷一分未动，就让抬过来了，这个却是四爷让亲自交给您的，说是您出嫁时他不在家，都不曾来得及给您多置办些嫁妆，没有尽到兄长的职责，这些是他给您补上的体己。”

明萱打开，只见里头是厚厚一沓银票，更细心地换成了二十两面额的小票，她心中一暖，眼角便觉湿润，又有些怨嗔地说道：“哥哥他真是太胡闹了，这么多银两，他自个儿还未成亲呢，等将来分了家，重新置办产业，又有的是花钱的地方，怎么就……”

严嬷嬷却说：“俗话说百足之虫死而不僵，永宁侯府这些年家底虽然空了，不如老侯爷在时花团锦簇，但却还是盛京城中的簪缨望族，四爷将来能分得的那一份，总也不在少数，这两箱金珠首饰四爷给得起，您自然也受得起。”

她笑着继续说道：“四爷是个好兄长，没辜负了大奶奶对他这份心，这是您的福气，若是三老爷和三夫人地下有知，想来也能感到欣慰了。”

明萱想了想，便也释然：“也罢，哥哥鸿鹄之志，又怎么在乎这些身外之物，我若是不受，倒反而惹他不快，严嬷嬷，劳烦你替我收起来吧，将来若是他有急用，再送过去使也是一样的。”

她微顿，又问道：“杨右丞家的花会又是怎么回事？”

严嬷嬷有些不好意思地拍了拍脑袋：“前几日就收到了请柬，我竟给忘记了，幸亏四爷提醒，否则倒要让大奶奶闹笑话了。”

她从正厅插屏底座的抽屉里取出张朱红色的请柬，递给了明萱：“这么热的天气，原本是不大会举办什么花会的，只是杨右丞府种了几亩荷塘，听说荷花开得特别好，东平王府的娉郡主和杨家的三小姐交好，便想借杨府办个诗会。杨三小姐下月便要及笄，杨右丞素来疼爱这位长房的嫡孙女，于是就索性将这花会往大了去办，不只请了女客，还将盛京城中未婚的公子哥都邀请了去，这是想要替杨三小姐招亲呢。”

贵族婚娶，通常便是借由这些花会诗会或者筵席宴请相看，并且往往会一传十十传

百，变得特别隆重和盛大。

杨家三小姐……

明萱低声问道：“便是世子夫人原本打算要许配给夫君的那位吗？”

严嬷嬷忙摇了摇头：“那是二房的四小姐。杨三小姐，名唤乐虹，是大房的嫡女，听说颇有才名，在盛京城中有女诸葛的雅号呢。而那位四小姐乐霓，据说是个哑巴，虽然这些只是传言，但这些年城中宴会不少，却果真从来都没有人见过她。”

明萱轻哦一声，果然杨氏对裴静宸，从来都没有那么好心。

她目光微动，沉吟着说道：“这是我出阁之后第一次外出做客，亦是四年来头一回去陌生人家里，再加上近日的传闻，不知道有多少人会盯着我看，嬷嬷，烦请您帮着打听一些花会的消息，到时我也好见机行事。”

裴静宸的许诺犹在耳边，他要她再等两年，那么在这两年中，她必要将替他守住这座小院，在外头也不令人挑到错处，不让他因为自己为人诟病碎言。

花会那日转瞬即到，世子夫人大清早便派了桂嬷嬷来传话，说是马车辰时等在二门，让大奶奶莫要误了时辰。

明萱笑着称是，心里却又松了口气。

她和杨氏在府中可以用水火不容来形容，杨氏几次主动挑衅没有讨到好之后，倒也学了个乖，这些日子来都不曾再使什么招数为难她，是以府中人人都知道世子夫人和大奶奶不和，却也无人能其言凿凿地说出个所以然来。

今日，还是这许多天来，杨氏头一次遣人来静宜院，桂嬷嬷虽然转达的是一句平常的叮嘱，但明萱知道，这是暂时求和的意思，不论如何，让人瞧出来她两个形同陌路，井水不犯河水，岂不是坐实了坊间的传闻，对杨氏和皇后都没有好处的。

既然杨氏还顾及着脸面，想来稍后不会做出什么不恰当的举止，那是杨氏的娘家，若她真的想要害自己，简直再容易不过了，众目睽睽之下吃了亏，总不是什么好事，如今这样，对她而言，也是省了事，没什么不好的。

明萱送走了桂嬷嬷，回到内室去瞧裴静宸。

前些日子正值季审，户部衙门要处理许多陈年堆积的账册，他每夜都忙到很晚才归，再加上他外头有好多事要处理，睡得很少，好不容易今日沐休，她便想要让他睡个好觉，不舍得吵醒他。

她进去的时候，却看到他正要起身，她忙将他按下去：“今日你便莫要去了吧，难得休息，在家好好睡一觉，我一个人可以应付的，不必非要陪着我，再说男客和女宾是分开而席，你便是去了，也不与我在一处的。”

裴静宸笑着在明萱脸上轻啄：“听说杨家看上的佳婿人选，不只有舅兄，还有那位新科探花郎，我慕名颜探花已久，今日这机会难得，不去有些可惜了。”

他笑意盈盈，语气里隐隐藏着几分醋意：“我今日穿什么？”

说来也怪，韩修是他妻子的前未婚夫婿，至今仍旧纠缠不清，那是战场上历经磨砺出来的金砂，不论气度相貌都非凡品，虽然所作所为有些不择手段，对顾家和明萱的落井下石令人不齿，但却也是周朝响当当的人物，可他却从来都没有为韩修而感到困扰过。

但颜清烨却有所不同。

虽然他与明萱甚至连婚盟都还未来得及订下，可他却是她自己相中的男子。

裴静宸没有见过颜清烨的，可是听人提起这位探花郎时，听到的无一不是溢美之词，清雅，俊逸，有风骨，才华横溢，他想要亲眼看一看颜探花到底是怎样的人物。

明萱静静望着他，忽然扑哧一声笑了出来：“你在吃醋？”

裴静宸不肯承认，从衣柜中取出一套雪青色的锦袍问道：“这件可好？”

明萱摇了摇头：“穿新近做好的那身紫棠色的轻丝直裰吧，你既已经决定不再以病夫的面貌示人，那索性穿得鲜亮一点，正好借着杨家的花会精神抖擞地露个面。”

等他穿好衣裳，她替他梳头绾发，两月多的耳鬓厮磨，令她已经能很轻松地掌握住他每一分情绪，而此刻，她感受到他心中那一丝淡淡的忐忑和隐约不安，嘴角不由露出无奈的苦笑来。

颜清烨，曾是她脱离侯府的一个梦，可也仅只是个梦而已。

他的品行风骨，皆令她诚服，若是真能嫁给他，亦是她的幸事，可说到感觉，好似她当初太过在意他的家世人品和做亲的可能，反倒忽略了最深层的问题，说实在的，她一开始是冲着无爱也能过下去的想法去的。

因着当时当地的特殊景况，她实在还来不及对颜清烨产生感情，最多也不过就是些好感，裴静宸实在是多虑了。

明萱低声说道：“我和颜探花确实曾经论及婚嫁，若非韩修恶意为难颜家，此刻我已经是他的妻子，这无须避讳，因为是事实。我欣赏颜探花的为人和气节，亦心悦颜家人口简单，虽是寒门微户，却没有大家族的钩心斗角，于我而言，是最合适的归宿。但……”

拿着紫金发冠的手忽地顿住：“如今我是你的妻子啊，既已许你今生，那便生死相随，我说到做到的，难道你不信我？”

裴静宸反手将她手臂抓住，一把便拽进自己怀中，他紧紧搂住跌坐在他膝上的女子，眼眸中有流光划过：“阿萱，你于我而言是个美好又奇妙的存在，你给了我渴望而急缺的所有感情，一旦尝过，便让我欲罢不能，再也不舍得放开，这样的美好来得太快，有时我总觉得不够真实，所以心里也会害怕的。”

他的目光越来越浓：“怕这只是一场梦，醒来你就不见了。”

明萱感到自己逐渐融化在他炙热的目光里，她的语气不由自主放柔：“是真的，不

是梦，你也不必害怕我会离开，我不会的。我说过，若你不离，我便不弃，除非你不再需要我，否则我永远都会陪着你。”

吃醋，是因为在意吧？

她的脸上忽然闪过淡淡的绯红，低声轻喃：“除了你，我还没有喜欢过别的男人呢，尽瞎操心……”

这话说得极低，裴静宸却是清清楚楚地听见了，他心内一阵狂喜：“是我错了，不该乱想，也不该害怕。”

初尝爱欲温情的男子总是容易患得患失，都有些不像他了，可妻子的柔声安慰，却令他重新找回了自己，他眼神柔得都快要滴出水来，他冲着她朗声说道：“阿萱，我也只喜欢你！”

明萱红着脸点头，一边娇嗔着拿手捶他：“快放我下来，髻子都给你弄散了！”

又瞅了瞅外间，不好意思地说道：“嬷嬷和丹红她们都在外头呢，你说话小声一点，也不怕让人听见笑话你吗？”

裴静宸却浑然不在意，他笑呵呵地说道：“看到我们夫妻恩爱，嬷嬷和那些丫头高兴还来不及呢，谁会笑话我？你不知道吧，嬷嬷每日都给我炖羹汤，里头放了大枣花生桂圆和莲子，她盼着咱们早生贵子呢！”

下一秒，他的神情却忽然肃然起来，他捧着明萱的脸说道：“我知道现下在裴府，咱们腹背受敌，你怕这当口有孕会是负累，所以在偷偷喝避子汤，其实不必的，我裴静宸做好打算要娶妻，便有本事能保证我孩儿的安全。若你想要过几年再要孩子，也没有关系的，可以后却再不要喝那东西了，祖姑奶奶说过，是药三分毒，那些汤药喝多了，对身子不好。”

明萱大惊失色：“我并不曾！”

虽她确然想过以现下的处境是不适宜有孕的，但避子汤中多含虎狼之药，用了于身体并没有好处，思虑再三之后，她便决定子嗣之事，听天由命，倘若当真有了，则是上天恩赐，她定然会拼尽全力保全它的。

是以她并没有如同裴静宸所说那样喝过什么避子汤。

裴静宸闻言脸色蓦地沉重下来：“我幼时时常被杨氏所害，身子一度很是虚亏，灌了不少汤药进肚，久病成医，对中药十分敏感，后来又跟着祖姑奶奶学了些皮毛，寻常药味逃不过我的鼻子，这些日子你身上带着淡淡的红花味，又夹杂着几分大黄的气味。”

他想了想沉声问道：“你这几日的羹汤都是谁熬的？”

明萱忙回答：“自从将静宜院整顿过后，厨房上的事都交给了雀好，她性子踏实，做事又细致，对过口的东西向来十分仔细，从前我在顾家时小厨上的事也都是她一手掌管的，应不至于出错。”

她眉头不展，神情中不禁有了几分颓丧：“我自以为已经将静宜院管得如铜墙铁壁，连只苍蝇都飞不进来的，没想到却还是出了这等疏漏！”

裴静宸眼波微淼：“那雀好……”

明萱忙道：“决不会是她，用人不疑，疑人不用，我带过来的人都是仔细考量过的，雀好是我的陪嫁丫头，害我对她没有任何好处，绝不是她。”

裴静宸沉吟片刻说道：“让严嬷嬷将素日你用的碗筷都包起来，交给长庚让他快马加鞭送去白云庵给祖姑奶奶瞧瞧，若是人没有问题，那多半便是这些器皿上出了错。前些日子你不是说过，公中新送了两套瓷器，样子新奇别致，你便用了吗？我看杨氏便是利用了这一点。”

他搂住明萱腰身，柔声安慰道：“那药剂量用得微小，对身子暂无妨害的，杨氏素来惯搞这些阴谋诡计，咱们以后多防着点便是，不必太放在心上。”

明萱点头，咬了咬唇说道：“是我大意了，吃一堑长一智，以后必不会再这样疏忽，时辰不早了，我让丫头在偏厅摆下了早点，你先用，我吩咐严嬷嬷办事，等用完咱们便去二门上，免得杨氏久等了又有闲话。”

杨右丞府坐落于城西，与镇国公府相隔甚远，马车一路颠簸，约莫过了大半个时辰才终于停下，男客在前院便下了车，女客却由正门进入，转到东面一条宽阔的青石路上，一路行至后院的观荷楼才方停下。

明萱下了马车，看到杨氏带着二奶奶闵氏和庶出的八小姐书敏已经立在楼前，二房的庞夫人与三奶奶燕氏带着六小姐书钰紧随其后，三房的卞夫人带着四奶奶孟氏也盈盈下了车，四房和五房没有来人，她想了想，便轻移脚步，不着痕迹地跟在了八小姐的身侧。

早有几位华服锦衫的妇人迎了上来寒暄一阵，明萱认得其中一个是先前到过永宁侯府的兵部武库清吏司杨郎中的夫人，按着那几人的年纪站位来推测，那穿着一身鲜亮的宝蓝色外衫的便应是杨家大夫人了，后面围着的则是杨家的夫人奶奶。

果然，杨郎中夫人上前一步，将明萱的手虚虚握住：“没几时不见，宸哥儿媳妇比那会儿看着气色好多了，我听说宸哥儿自成婚后，身子也大好了，这果真便是天注定的姻缘了，来来，我带你见过几位舅母和嫂嫂。”

她转身笑着指着身后的杨大夫人说道：“这便是你大舅母，她呀，念叨了你好几回，说小时候倒常见的，这几年却没有过了，常听你母亲夸赞你好，她便一直想要再见见你。”

一口一个宸哥儿，一口一个你母亲，一副十分熟稔的样子。

杨大夫人满面笑容：“我家虹姐儿喜好书画，尤其酷爱宸哥儿媳妇一手恣意洒脱的飞白，也不知道她从何处得了你从前一些诗稿，成日里捧着赞叹呢，我家虹姐儿向来不愿服输的性子，我原想能令她都折服的女子该是怎样的玲珑剔透，今日一见，果然名不

虚传。”

她笑着：“你等着，我使人去唤虹姐儿过来，她这几日可是一直都盼着你来，这会儿见着了，还不知道要有多高兴呢！”

杨郎中夫人忙道：“烦请大嫂也使人将霓姐儿叫过来，趁着宸哥儿媳妇在这，一家姐妹，总是要见的，没得避着人的道理。”

这姐妹两字，咬得有些重。

明萱心头一跳，闪过些不太好的预感，面上却仍旧是沉静的表情，她并没有搭腔，只是浅浅地笑着，眼神里一片温驯无害。

她跟着杨大夫人上了观荷楼的二层，此时刚过辰时三刻，已经有不少夫人小姐到了，只是杨家素来亲近的多是官宦之家，与永宁侯府的交际圈子不太相同，熙熙攘攘人群之中，只除了少数几位之外，她都并不认得。

等彼此见过了礼，杨氏便笑着对闵氏说道：“我瞧你大嫂在这里枯坐着无聊，你便陪着她到观景台上走走罢，那里正对着荷塘，又有巨柳遮荫，实是处风景怡人的所在，等会儿若是虹姐儿她们来了，我让她过去找你们。”

明萱和闵氏便行了礼告退。

一众夫人彼此交口称赞杨氏：“裴世子夫人这样体恤小辈，您这两位儿媳能碰见这样慈悲宽容的婆母，当真是三生有幸呢。”

杨氏笑得开怀，浑然不觉得这些赞美与她不符，扬扬得意地受了：“哪里哪里，都是从儿媳妇过来的人，我心疼这两个孩子还来不及呢，自然是能容着她们便容着她们了。”

明萱眼中闪过一丝冷笑，瞥眼时却看到闵氏嘴角亦有嘲讽讥诮。

闵氏见明萱注意到了她的表情，有些尴尬，见四下无人，便就说道：“母亲最是好大喜功，只要旁人夸赞她，不管是否名副其实，她都能坦然地受下的，大嫂莫要见怪。”

明萱浅浅笑道：“我不见怪。”

话音刚落，便见三五成群的华服少女从廊内走来，为首那个穿着一身浅粉色的云纱衣裳，面容清雅妍丽，气质端方，举手投足间一派大家闺秀的气度，容貌与方才的杨大夫人又有几分相似，想来便该是杨乐虹了。

闵氏低声提醒：“穿粉色衣裳的，是杨家三小姐，藕色裙衫的，便是四小姐乐霓，中间那位大嫂该是常见的，东平王府的娉郡主，后面几位则都是官家小姐。”

她语气微顿：“可惜了霓姐儿不能说话，否则以她的容貌身姿，便是王妃也做得的。大嫂，母亲曾经想将霓姐儿说给大哥为妻，若不是后来不知道什么缘故改了主意，这会儿……我听说霓姐儿是个心智坚定的女子，她似是认定了要嫁大哥，恐怕……”

明萱面容仍旧如古井无波，她浅笑着说道：“弟妹这些话，咱们私底下妯娌之间闲话，自然是无碍的，可若是叫旁人听了去，可不是要害了这位杨四小姐的名声吗？

以后可莫要再说了。莫说她与我夫君并未订了亲的，便是订过，后来又取消了，这也都是过去的事了，夫君他如今已有妻子，这话重提便有些没意思了。更何况，杨四小姐乃是堂堂杨右丞府的千金，难道杨二夫人还舍得让女儿给人做妾？”

闵氏脸色涨得通红，只觉得一番好意提醒却是热脸贴了人冷屁股，表情便有些委屈恼怒，她语气生硬地说道：“是我的疏漏，这话以后不再提了便是。”

明萱心中默默叹了口气，其实她对闵氏并无恶感的，新婚之夜那两个美婢虽是闵氏奉命送了来的，但闵氏脸上不好意思的表情她并没有错过，方才她那番话多半也是出于好心，但这恩惠她却是受不得的，以她的立场，不能不该也不好与闵氏交往太近，所以她才会说那番话。

闵氏可是裴静宵的妻子啊，而裴静宵则是杨氏亲生子，这血缘便是原罪，裴静宸和她都不会放过杨氏的，那么哪怕他兄弟之间本来无事，将来也必无法再和平共处。看得出来闵氏也对杨氏颇多不满，可此时她和闵氏尚能同仇敌忾，到了利益相关的时候，她们两个却注定是要成敌人的。

不与注定为敌的人交好，这是明萱的行为准则。

两人原本和睦的气氛瞬时变得有些尴尬，这时杨乐虹几人的出现打破了这诡异的气氛，娉郡主上前拉住明萱的手臂：“表姐，虹姐儿仰慕你许久，这回终于让她见着你了，来，过来，咱们一块儿去水榭玩去！”

第 33 章　落水·相思·借口

穿过观荷楼一条长长的回廊，便是荷塘，明萱与闵氏跟着杨家几位小姐和娉郡主一齐从荷花深处径直而前，踏过木制的水桥，一路走向湖心水榭，那水榭四面被接天莲叶无穷碧的荷花所围绕，犹如人间仙境。

桌案上笔墨早已经备下，尚未完工的词阕半铺开，亦是狂舞的飞白，只不过放旷的字体里多了几分拘谨，看起来不是真的洒脱，更像是对自由的一种求而未得，若是所料不差，这应是杨三小姐的手笔了。

娉郡主笑嘻嘻地拉住明萱的手臂：“表姐，你看虹姐儿的字写得好不好？”

她祖母东平太妃与朱老夫人是嫡亲的堂姐妹，关系亲密，走动频繁，两家亦是常来常往的，她和明萱算得上是常见，虽然年岁上差了一些，倒也不妨碍她对明萱的亲昵。

明萱心里虽觉得这篇词赋字字都十分精巧到位，但内里却并未得飞白的精髓，这位

佳媳

杨三小姐分明是端庄严谨的性子，并不适合练飞白的，倘若能写正隶正楷，依着这词骨笔锋，想来该更合适一些。

可这种场面，她自然是不好说真心话的，否则不仅会令杨三小姐失了主家的体面，亦会让人觉得她刻薄自傲，上不得台面，便就只微微笑着避重就轻：“杨三小姐写得一手好字，看这笔画功底，想来是自小就习字的吧？”

杨乐虹柔声回答：“祖父请了西席，乐虹三岁就习字了，不过素常练的却是正隶，这飞白只是我自己喜欢，照着书帖自己琢磨的，可是练了两年，这形似了，却总不得其神髓，还求大表嫂指点。”

她顿了顿：“若是大表嫂能够不吝赐教，在这写上一篇字，那我就再感激不过了！”

这话说得诚恳，看起来很是真心，可明萱却注意到，右侧的杨四小姐眼底莫名地闪过一丝阴霾，那眼神交织着怨恨和妒意，与那张素淡如菊的脸庞格格不入，令人看了背生凉意。

她心中一个激灵，面上却仍自维持着浅淡笑容：“飞白放旷，在乎心境，心中无所羁绊，下笔才能洒脱有神，实不相瞒，从四年前开始我便弃了飞白，只写正隶，不是不想写，而是再也写不出那种感觉了。”

从前她被宠得活泼无忌，又事事顺心如意，心无羁绊，一手飞白自然傲视京中闺秀。如今日日如履薄冰，无时不在筹谋算计，笔下哪里还有当初的飘逸洒脱。为祖母抄经改写正隶，不过是给诸人一个好听的借口罢了。

杨乐虹似有所悟，沉吟了半晌，忽地将桌上那幅尚未完成的飞白拢在一起揉成一团，令侍女拿去扔掉，脸上却无丝毫恼意，反见轻松了起来，她笑着说道：“我先前一直都想不通，大表嫂今日一言，却让我茅塞顿开了，喜欢飞白，我欣赏便就好了，没有这样心境，实在是没必要非要自己写出来不可。”

她对着娉郡主说道：“你方才不是说要去采莲？我已经命人备下了船舫，便停在前头的荷花坞，既不写字了，在这枯坐无聊，不若我们一块玩船去？”

天公作美，今日不曾是烈日当头，酷夏的暑意便少了几分，这处荷塘略要占地数十亩，水波流动，岸边柳絮纷飞，倒是难得的清凉。

娉郡主忙高兴地道好，又拉住明萱的手臂说道：“表姐，我们一块过去！”

明萱便有些为难，她知道今日杨右丞办这个花会，其主要目的是要替杨三小姐择亲，这处水榭离女宾所在的观荷楼近在咫尺，这里不会有外男闯入的，可若是去游船，那就难免会遇到生人，娉郡主和杨家三小姐这些俱是待字闺中的少女，自然是无碍的，她却到底是已婚的妇女，若是让旁的男子窥见真颜，总是不好的。

她想了想，便笑着说道：“你们年轻女孩子一道玩得痛快，我便不去了。”

杨乐虹却不肯依：“大表嫂您也去吧，我正想与你多亲近亲近呢，摇船自有船娘，我们几个闲话聊天，岂不乐哉？”

她去拉住闵氏的胳膊，轻摇着说道：“二表嫂也去！”

其余的几位小姐见娉郡主和杨三小姐都竭力邀请，自然也不甘落后，明萱和闵氏被缠得无法，便只好应了下来，遣了个小丫头回去观荷楼与杨氏报了个信，等小丫头返回禀告了杨氏的话，这才跟着上了船舫。

船娘动作娴熟地在荷叶间穿梭，小船上不时传来高声笑语。

明萱本就家学渊源，虽在诗文上并不见长，可见识却颇是广泛的，唐宋诗词多有涉猎，便是不会作诗，品鉴上却并不妨碍，闵氏亦是书香门第出身，她父亲曾是国子监祭酒，耳濡目染，才学也堪称一流，因此便很快都与这些素好舞文弄墨的小丫头说到了一处去。

这些清脆悦耳的笑声很快便吸引住了前头不远处另一座船舫。

负责待客的杨家大爷杨文茂是杨三小姐的胞兄，他见船上好多年轻男子对那笑语传声处生出向往和期盼，心中一动，便笑着说道：“前头应是我家的几个妹子，倒让各位见笑了。”

便有贵介公子起哄着：“是什么那般有趣令妹妹们笑得这般开怀，杨大哥，我们也去看看吧！”

盛京城中的贵族少年时常在盛会上相见的，倒也没有那样严苛的规矩，彼此之间多少都沾亲带故，因此唤这声妹妹们也并不僭越，杨文茂有心想要妹子在众位年轻的公子哥面前露个脸，这提议正中下怀，略推诿了一番，便就让船夫将船摇了过去。

年轻人血气方刚，都十分兴奋，唯有坐在船尾的颜清烨不甚在意，实际上他现下情绪有些低落，因为方才在前院时，他见着了裴静宸。

他是被迫无奈才答应与明萱退婚的，后来他抱病参加科考，拼尽了所有气力去博取功名，又并未听从她的建议去求外任，而是接受了翰林院中的供职，所为的便是有朝一日能够强大起来，翰林院虽然品阶低，却十分清贵，内阁机要多从中出，他尚年轻，当今皇上又刻意擢拔寒门清贵，他将来有的是机会。

哪怕得知明萱与裴相的长孙结成鸳好，他亦未曾改变这心意。

颜清烨心里明白，韩修那样偏执可怕的人，是不会轻易放弃明萱的，裴静宸又是那样一个常年缠绵病榻的人，他害怕韩修会继续对她纠缠不清，所以他必须要强大起来，若是到有能力抗衡韩修的时候，他便不必再担心她受韩修的伤害。

是的，他就是这样想的，做不成她的丈夫，他也要做那个守护着她的男人。

可见到裴静宸的那一刻，他忽然便不自信了起来。

那是个如同谪仙般清朗俊美的男子，他的举手投足便像是铺开的水墨画一般美好，传说他身子虚亏命不久矣，可今日一见，哪里能看出来半分病态？

颜清烨说不上来心底的感觉，他为明萱感到庆幸的同时，心里多少是有几分莫名失落的，以至于直到现在他都感到心乱如麻，连对岸少女银铃般的笑声都觉着刺耳。

感觉到有人轻拍他的肩膀，他抬头，看见了朱子瑞。

朱子瑞有些无奈地说道："我听说，裴大爷自娶表姐之后，身子已经大好，方才你也见过了，那样一个神仙似的人物，又是襄楚王的外孙，不论品貌家世，都不算辱没了她，表姐既已经觅得良婿，你还有什么放不下的呢？"

他缓缓叹了口气："早知如此，便不让你来这里了。"

颜清烨苦笑起来："你说得对，也许今日我不该来。"

只因为知道明萱会来，抱着万分之一能够巧遇的机会，他才会答应和朱子瑞一起过来参加这花会，可她早已经是有夫之妇了啊，光是他动这念想，便已经千刀万剐，万劫不复了。

是，他不该的。

两船渐渐近了，杨文茂笑着问道："对面可是三妹妹的船？"

不多一会儿，侍女站在船头回禀："回大爷的话，是娉郡主和三小姐四小姐并裴家大奶奶和二奶奶还有几位小姐在船上，三小姐说，姐妹们在此处小憩，请大爷不必过来。"

杨文茂听说船上还有裴家两位奶奶，便知道不好继续靠近过去了，他也不勉强，命令船夫将船摇开，一边又笑着说道："前头有一座听风阁，我在上头准备了些节目，若是各位不弃，咱们便就过去了。"

没有见着杨三小姐的芳容，难免觉得可惜，但听说又有别的节目，满船的公子哥皆连声道好。

颜清烨的目光却似黏在了那逐渐远去的船舫之上，虽然隔得略有些距离，看不清面容，但他只是一眼便从人群中认出了明萱的影子，他如痴如醉地望着那抹魂牵梦绕的身影，眼中的灼热再也无法消退。

朱子瑞长长地叹了口气，轻轻用手扯动他臂膀："阿烨，回神！"

这时，对面船上忽然传出"扑通"一声巨响，似是有什么东西掉入了荷塘，随即传来少女尖锐的惊叫，"有人落水了！"

颜清烨忙抬眼望去，不远处的小船在水波上滉漾，那些小姐们都在船头围聚着，或惊声呼救，或泪眼低泣，却独不见方才那个令他痴醉迷离的身影。

他大惊失色，心脏像是被冰冷的刀锋深深地剜了一刀，疼到不能自已，大脑中空白了一瞬，等到他反应过来时，他已身在水中。

幸得他外祖家在多水的江南，幼时他曾随着舅家的表哥一起凫水，纵水性普通，但在这荷塘之中却是足够的了，他抛开一切尘念，不去想后果，也不想听船上朱子瑞焦急的喊话，不管不顾，只是奋力地向着那在水中扑腾着的人儿游去。

终于，他将落水的女子拥在了怀中，他用尽所有力气地抱着她，倾尽他这段时间以来所有的相思念想和祈盼，他这样深情地抱着，仿佛怀中的是价值连城的瑰宝，性命相关的灵药，这样用力，连时间都为之瞬间冻结。

“虹姐儿，快抓住这根竹竿！”船上有女子舒缓清婉的声音传出。

颜清烨却犹如被雷电击打，脸色一下子煞白，他徐徐抬起头，润而好看的嘴唇不知道为什么发出轻微的颤抖，那夹杂着震惊祈盼懊悔和痛苦的眼神，终于落在了船头那神色焦切的女子身上。

盛夏的塘水，带着一丝温热，但此刻他的心，却如同置身冰窖，寒彻骨髓。

怀抱着落水女子的手臂无力垂落，若不是那女子此刻已经抓住明萱递过来的竹竿，怕是会跌落塘中再呛几口水喝的。只是这些他早已经没有力气去想了，也根本不愿意去想。

双船会面，朱子瑞只离颜清烨一丈距离，他看到挚友脸上那副失魂落魄的表情心中一酸。无奈地叹了口气后，蹲下身子，伸出手来：“阿烨，杨三小姐已经无碍了，你把手给我，水里湿气太重，我拉你上来。”

颜清烨讷讷地上船，神情恍惚，众贵介公子的戏谑他充耳不闻。连杨文茂向他道谢他亦是一脸的茫然，似是被什么魇住了一般，像个失去了生魂的扯线木偶，任由着众人簇拥着他上了岸，进了客房，换了干净的衣衫。

朱子瑞见他这样子实在有些不像话，便抱歉地对陪着一起来的杨文茂说：“文茂兄，阿烨许是身子有些不舒服，我在此处陪他略坐一会儿，不若兄先领着其他人先去听风阁，等阿烨略好些，我再与他过来会合不迟。”

杨文茂倒并没有对颜清烨的状态感到反常，他心底反认定了这位颇受圣上看重的新科探花郎，是因为看上了自己妹子的花容月貌，这才有些神色恍惚，自从杨乐虹眉眼长开之后，折服在她才气美貌上的男子不胜枚举，颜清烨这样的反应没有什么令人觉得诧异的。

他脸上露出亲热的笑容，比之方才更添了几分亲昵：“这样也好，若是需要什么，尽管差遣外头的婢女便是。”

今日本就是要为三妹选婿才设的这花会，而颜探花则是祖父和父亲都认可的少年，细看来颜探花的容貌气度才华都属上品，不过门第差了些，也无甚打紧，他们杨家本就不是什么家学渊源的累世名门，只要手中有权力，将来何愁不能封爵？

方才三妹落水，瞧那颜探花奋不顾身地相救，想来亦也是有意的，众目睽睽之下，搂也搂过了，抱也抱过了，算是有了肌肤之亲，这门亲想来是很快就要定下来的，英雄救美，喜结良缘，将来定是一段佳话。

这可是未来妹夫呢，态度自然不与方才同。

等杨文茂去了，朱子瑞沉声叹了口气：“你这是何苦……”

半晌，颜清烨抬起头来，哑着声音说道：“她没有落水，我本该高兴的，可为什么心里好疼？我一直以为自己是个正人君子，可直到今日我才明白，我，并不是。”

他神色痛苦，带着几分绝望：“听到她嫁给了一个将死的病夫，不瞒你说，我心里虽苦，可却也暗存了一分侥幸，我以为我还有机会的，等将来……我可以向皇上求一道旨意，纵然绕了好大一个圈，可她终究还是能成为我的妻。”

朱子瑞眉头深皱：“阿烨，你……”

只要夫家和娘家皆不反对，本朝律例是准许妇女改嫁的，不论民间还是贵族，没有子嗣的寡妇另嫁，通常都不会遇到阻碍，只不过高门大户或者有品阶的官员，鲜少会迎寡妇为正妻，这是要受人暗地耻笑的。

知道阿烨情根深种，只是没想到他情深如斯……

颜清烨的眼角不知不觉中滑过两行清泪，他苦笑着摇了摇头：“可是见到了裴家大爷那刻我就知道，我私心里那点卑微的念想恐怕是要一场空了。我，有些不甘心呢，又怎么能甘心情愿地忘了她？自九岁那年之后，那个名字已经深深刻在我心上了，不论怎样都不会抹去的。”

他越说语气越显凄楚，哪怕是夏日没有搁冰的房间，亦令人觉得有些森凉。

如同美玉一般温润的男子，脸上神色不复平和，微红的双眼，痛苦的执拗，令他消瘦的身躯看起来羸弱不堪，颜清烨哑着声音接着说道：“我本来不该跳下去的，便是果真是她落水，我也不该的。那荷塘不深，只要她能抓住东西稳住，便不会有事，更何况，船尾尚有船娘，船娘会水，若我不跳，船娘自会救她。”

他微顿，眼泪潸潸而下：“所以，我到底是在期待什么？”

朱子瑞叹息着说道：“阿烨，你方才与杨三小姐有了肌肤之亲，那么多人看见的，恐怕不能再置身事外了。皇上十分看重你，对你的父兄亦有所擢拔，杨右丞老奸巨猾，对朝堂事看得最是分明，他知道你的价值，必不会轻易放过你这个孙女婿人选的。”

他问道：“那你打算如何应对？”

颜清烨苦笑一声：“我还能有别的选择吗？”

那么多人看到他抱住杨三小姐了，还抱得那样紧，像是失而复得的心上至宝，这样亲密的接触过后，如果他挥一挥衣袖，半点不沾身地离开，那船上那么多的公子哥儿呢，总有几个不大靠谱的吧，只要将此事传了出去，那么杨三小姐的名声，恐怕会因他而毁了。

倘若真是如此，他成为一个不负责任的男人，明萱亦是会鄙夷他的吧？

既然裴静宸身子健康，明萱的归宿已定，他若是再不收心，难保将来不会再做出这样的冲动事，毁了自己倒不算什么，若是连累了她日子难过，他将情何以堪？这段感情，是时候该……试着放下了。

不是命中注定的女子，却是人生中匆匆的过客，短暂相遇，终会错身，强求不得的。注定不会有结果的感情，哪怕相思入骨，也不过镜花水月梦一场。

如烟花般璀璨，转瞬光华湮灭之后，却只剩下一片寂寥。

彩霁轩中，丫头们簇拥着杨乐虹进里屋更衣。

外厅内的官家小姐聚坐在一起，小声地议论着方才颜探花的英雄救美："我听说这位探花郎本有状元之才，不过是因为科考前遭遇了重病，拖着病躯去应考，这才屈居第三，传闻周朝历代的探花郎皆是美男子，原来我还不信，却原来真是如此呢。"

穿着鹅黄夏衫的少女将头凑了过去："是呢，没想到他长得那样瘦削，却是这样一个侠胆之人，那船上有勇威将军的儿子，护国大将军的长孙，这些可都是世代的武将之家出身的，却无人有颜探花这样的果勇。"

明萱眼眸微垂，心中却百感交集，颜清烨的心思她最清楚不过，可令她不曾料到的是，时隔这许久，他竟然还未将这段夭折的姻缘放下，他定是以为落水之人是她，这才会做出这般令人瞩目的事来吧？可他却为何……

她隐隐一声低叹，杨乐虹才华气质无双，性子又率直可爱，颜清烨若能得妻如此，也算是件幸事，只盼他两个能相互看对了眼，只羡鸳鸯不羡仙。

门帘轻挑，有小丫头进来回禀："裴家大少奶奶在吗？裴大爷有事找您。"

明萱随着那侍女来至与前院相连的一处花园，炎夏酷热，此处却难得有参天巨树遮荫，看起来甚是清凉，她抬眼望去，不远处青石桌案上，两个身姿俊挺的男子相对而坐，似是在谈论着什么，是裴静宸和顾元景。

她眉头轻皱地望着围着的一众侍女，看服色皆是杨家的人，想来是哥哥寻了个借口，向杨家的公子要了这处所在躲清静的，是以言谈皆不避人，可她分明记得那日严嬷嬷带回来的话中，哥哥是有话要对自己说的……

倘若不是私密的话，那使严嬷嬷传也是一样，不必非要等到杨右丞办花会面见到时才说。

裴静宸的目光，早在明萱进入视线范围时便就粘在她身上不动了，他见她近在眼前时却忽然发起愣来，不由轻笑起来，语气里带着些宠溺的无奈："阿萱，舅兄在这里呢，你愣着做甚，还不快点过来？"

他徐徐立起，笑意盈盈地望向她，眼中带着缕缕柔情。

明萱忙上前向顾元景行了礼："哥哥。"

顾元景从随从手中接过一个木匣，轻轻推开，露出一把木制的小弓，甚是精巧，他笑着说道："前几日得了这件东西，你看看像不像小时候父亲给你做的那把？原是想让

严嬷嬷带过去给你的，但想着今日总是要见一面的，不若亲自给你。”

他递了过去，柔声问道：“看看喜不喜欢？”

明萱小心接过，这弓箭看起来十分细巧，不足寻常的五分之一，刻纹精致，还附带着一个箭筒，里面约莫插了十支翎箭。

她来到这里已过四年，见过的好东西无数，眼力自然也不差的，摩挲良久，便认出这弓身是犀木所制，箭弦则用玄铁细丝，看着虽像个玩物，实则却是一件兵器，她心中一动，取出一支翎箭来看，箭矢是用生铁制作，箭锋锐利，虽然细小，但若是力道足够，恐怕也能够见血封喉。

顾元景见明萱沉默不语，以为她想起从前事，不由眸色微浓，低声说道：“小时候父亲给你做的那把弓，是你最心爱之物，一直都贴身带着的，那年我离家时将它拿走带在身上，是想要时刻激励我自己，不要忘记父亲的怨屈，也不要忘记还有小妹在家中等着我依靠。”

他微顿：“那把小弓陪伴我浴血疆场，是那几年我最大的念想。只可惜，后来遗失在战场上了，前月我在西街无意中寻到一个匠人，见他手艺不错，便取了这些材料过去，让他依着我记忆中的样子重打了一把，你看看可还与从前的一样？”

明萱只觉得眼睛一酸，不由自主地点了点头：“一样，一样的。”

她其实并不曾见过从前那把弓箭，可顾元景这份用心令她十分感动，她忽然有些庆幸，当初是自己代明萱活了下来，否则家破人亡，连最后的念想都没有的话，顾元景怕是没有办法撑过来吧？

裴静宸看到妻子眼角挂着泪痕，轻轻抬头替她拭去，又将弓箭收好递给丹红：“替大奶奶收着。”

明萱略平复一下情绪，低声说道：“这小弓我很喜欢，是真的。”

顾元景嘴角微翘，颇有些感慨地说道：“我不日即将远行，这东西正好留给你防身。”

明萱微愣，惊讶问道：“哥哥不是说已经向皇上请命要长留盛京吗？我听祖母说皇上也已经准了的，怎么又要远行？”

顾元景的目光有意无意地从随侍的丫鬟身上瞥过，他笑着说道，“是皇上交代的差事，让我去南边一趟。”

明萱疑惑问道：“南边？”

是南疆吗？

裴静宸却笑着将话头拦住：“阿萱，我已经跟舅兄说好了，后日沐休，咱们在茗香楼做东，好好为舅兄设宴饯行，你说可好？”

明萱并非驽钝之人，不过一个转念便就明白，恐怕顾元景这番话是故意要在此地说的，而目的不过是通过这些杨家的侍女将他要去南边的消息传到杨右丞的耳中。

杨右丞惟裴相马首是瞻，他知道了，便等于裴相也知道了。

她不懂朝事，也不甚明白顾元景此举为何，此时又在杨家的花园，周围遍布的是杨家的耳目，她不好再继续追问下去，便只好笑着点了点头："嗯。"

回裴府的马车上，裴静宸低声问道："方才你回去找世子夫人时，她可曾说什么？"

用午宴时，是他亲自送了明萱回听风楼的，许是久病不曾露面，可这许多日来头一次在宴请上亮相便就如此惊艳，他的出现令贵妇们甚是唏嘘，又多有好事者称赞他夫妻和顺，杨氏听了这些，脸色自然不好，他怕他离开之后，杨氏对明萱为难，是以才有此一问。

明萱却语气轻快地说道："世子夫人很不高兴，但众人面前她却只能对我温言笑语，所以她不仅没有说我什么，反而还要出声回护我呢！"

她想着，便忍不住扑哧一笑："你不知道，方才哥哥叫我过去说话，似是被几位官家夫人瞧见了，直有人私底下说杨氏刻薄，猜测定是她不准哥哥到裴府见我，所以我们才会趁着杨家宴请的机会兄妹相见呢。"

施害者的形象一旦确定，就很难洗脱，尤其是杨氏素来跋扈，那些官太太虽然敬着她的身份不敢当面说什么，可内里却早就对她诸多不满，如今好不容易了这个嚼舌根的机会，哪里肯轻易放过？

裴静宸也笑着说道："她不曾为难你便好。"

他顿了顿："午宴时我怎地听说，杨家三小姐要与颜探花定亲？"

明萱眼眸微动，将杨三小姐不慎落水，颜探花相救的事徐徐说了一遍，并不曾隐去什么，她皱眉说道："方才人多我不曾细想，可这会儿再提起来，我却总觉得有些心惊，我记得当时我的裙摆也被什么人踩住了，若不是二弟妹拉了我一把，那掉入水中的人该当是我。"

她忽地脸色微变，抓住裴静宸的手说道："不对，杨三小姐站在船头，正是二弟妹往后退了两步，倒在杨四小姐身上，被冲力弹到了杨小三小姐身上，这才令她落了水的，可二弟妹却是为了要拉住我！"

若是闵氏没有拉住明萱，自然不会因气力不够而往后退倒，那杨三小姐也不会受了这股冲力而往荷塘里掉，可见杨三小姐不过是受了明萱的连累，因为本来应该掉入那荷塘中的人，只是她顾明萱而已。

裴静宸眉头深皱："你还记得当时立在你身后的都有谁？"

原本小船之上人多熙攘，互相踩到了裙摆也不算什么，可鉴于这样的后果，他不得不要多思量一些，须知，倘若今日不是闵氏功劳，明萱落了水中，又恰被那位颜探花相救的话，光是这闲言闲语怕就能将她淹死了。

他自是信她，但难以堵住悠悠众口，谣言亦是能杀人的。

明萱敛眉想了半晌，忽然抬起头张口说道：“是杨四小姐。”

踩了她裙摆的人是杨四小姐，将闵氏推到杨三小姐身上的人，亦是杨四小姐。

她思及闵氏那番提醒，忙对着裴静宸问道：“听说世子夫人曾想要将杨四小姐许配给你？到底当时议过亲不曾？可曾交换过庚帖？我听着杨二夫人话里话外的意思，二弟妹又提起过，似乎那位杨四小姐对你还不死心呢！”

裴静宸闻言却是冷笑一声：“这些年来，世子夫人没有少替我的婚配操心，她确实曾向祖父提过要替我娶杨四小姐为妻，祖父不曾应允这才作罢的，别说交换庚帖，便连议亲都没有过的，那位杨四小姐，我更是从未见过。”

他哧了一声：“连面都不曾见过的，何谈死心不死心？这不过是世子夫人的一个借口罢了。”

明萱心中一动：“借口？世子夫人又想做什么？”

裴静宸望着她叹了口气，一把将她搂入自己怀中：“我如今身子大好，静宜院又让你管得紧，世子夫人的手插不进来，她自然要着急的，恐怕她近日里一直想着要送个人进来恶心咱们两个呢！”

马车里，明萱与裴静宸低声商量着对策。

而另一厢，杨氏则对着桂嬷嬷横眉冷对：“杨二夫人真是这样对你说的？”

桂嬷嬷忙不迭点头：“二夫人说，四小姐心大，到裴府帮衬您她愿意，可给大爷做妾她是万不肯的，她虽说是庶出，可记在了二夫人名下，便算是嫡女，杨家的嫡女给人作妾，这说出去不成话，叫下头的妹妹们还怎么嫁人？”

她微顿：“二夫人的意思也是，至少要抬个平妻，否则……”

杨氏冷哼一声：“果真是心大得很，这人啊，心一大，就不容易管束，哪怕是自己的侄女，但若是不一条心，那弄了进来也白搭，还不如不要了。”

她想了想：“桂嬷嬷，等回了府你帮我去问林姨娘打听打听，老爷当初是从哪里买着她的？”

林姨娘是镇国公世子裴孝安的一房小妾，据传是外头商人蓄意培养的扬州瘦马，歌舞才色兼具，专门养了卖给朝中有权有势的人家做小的。

桂嬷嬷忙摇头制止：“夫人不可，皇后娘娘前些日子才叮嘱过的，让您切不可再轻慢了大奶奶，您在外头买了妖冶的女子送给大爷，这事若是传了出去，全是您的错处，这节骨眼上，可千万要细致些。”

她压低声音：“再说，那些没有根基的女子大爷便是沾了身，大奶奶也有的是法子将她们打发走，毕竟只是玩物，旁人知晓了，也最多说她一句妒妇，可送这样玩物给大爷的夫人您，却要受千夫所指的。”

成婚才不及三月，就送妾给原配嫡出的儿子，居心叵测，路人一看便知。

杨氏皱了皱眉：“这难道还非霓姐儿不可？”

她对镇国公府这点家业志在必得，自然容不得裴静宸横插一脚，她几次三番要置他于死地的，如今又怎能容忍现下的局面？

可自大婚过后，裴静宸身子一日好过一日，不仅能出席这些贵族宴请，还入主了户部，虽只是个不入品的末流小吏，可却是老头子亲自带着去的户部衙门，凭借着他的出身，又有老头子护航，将来……

纤弱的小苗易折，参天大树难断。

倘若不趁着裴静宸根基未稳将他的羽翼折断，将来的事还真的不太好说，老爷子的意思不明，裴孝安又是那样一个不阴不阳的死德性，若等着裴静宸坐大，那么她唯一的亲子静宵，将来要得到这府邸这爵位，该是何等艰难？

可静宜院如今被明萱管得水泄不通，里头管事的当差的皆是明萱从顾家带过来的陪房，杨氏连根手指都插不进去的，前些日子好不容易想法子送进去了一批淬了药物的锅碗，也不知道得手不曾，便是得了手，这天长日久的，也不知道何时才能见效。

她不得不另外想法子。

若要攻其城，必先攻其心，杨氏想到她诸多不顺，皆是在明萱过门之后才发生的，她心中早就对当日选择明萱当裴家长媳懊恼不已，可这对小夫妻狡诈多端，她准备好的那些对付新媳妇的手段一个也使不出来，反倒吃了不少暗亏。

可见，若是想要恢复从前的顺利，则必当先破坏明萱和裴静宸之间的关系，只有夫妻二人离心之时，她才有可乘之机。

而送女人过去，则是最快最狠效用最明显的方式。

依着明萱进门之后的雷霆手段，寻常侍妾怕不能动摇到她分毫，可若是同样出身高门，又有着可怜身世的杨四，那便就不同了。

那样倾城国色，又是有口难言，还甘愿为了曾经的一个许诺而倾心等待，杨氏以为，这世间恐怕没有几个男人可以逃过这样的温柔密网，她只要以这样的借口将杨四领进了门，初时裴静宸许是会有所顾忌防备，时间长了便就不好说了。

明萱马上就要十八岁了，而杨四却是豆蔻年华。

杨氏原本便是这样打算的，可今日杨四的所作所为，却令她心生犹豫。

桂嬷嬷想了想说道："四小姐为人到底如何，奴婢不甚清楚的，可不论如何，总是一笔写不出一个杨字，她是个哑子，高门大户看不上她，若她甘心嫁去小户人家，那也还好，可我瞧着四小姐心气高傲，连三小姐都不大服气的呢，怎看得上那些寒门小吏人家？"

她撇了撇嘴："您这里，怕是她最后的出路了。"

杨氏冷哼一声："我听说大嫂说了，今日霓姐儿本想推顾氏下水的，她是想着要令顾氏在人前出了丑，还加重她来裴家的砝码，可却阴差阳错害了虹姐儿，这样大的心气儿，来了我手里，能甘心听话吗？"

她是怕到时利用杨四害裴静宸不成，杨四倒会反过来对付她，毕竟若是能当了裴家大爷的平妻，将来便是镇国公的平夫人，怎么也要比弄死了裴静宸守寡来得好。

不是知心的，不得不防。

桂嬷嬷却说："可夫人您这会儿已经无人可用了。也只有四小姐这样的身份，大爷若是不小心沾了她的身子，这才能正正经经地娶进府里来，不论是贵妾还是平妻，大爷总是要给一个交代的，大奶奶不只莫能奈何，将来也不能随意打发，真正才叫撵不走，甩不脱，一辈子都要耗上的呢。"

杨氏想了想："你明日抽空再回一趟杨府，和二夫人商议一下，就说我自己的侄女，自然是要抬举的，只要她能想法子成事，平夫人便平夫人，这名分我一定想法子给了霓姐儿，不让二嫂难做。"

她脸上露出诡异表情，眼波里带着几分鄙夷："这回我倒要看看那顾氏还能使出什么花样来。"

马车徐徐进了裴府，杨氏被桂嬷嬷搀扶着下了车，忽见到她平莎堂的二等洒扫丫头冬雨慌慌张张地夺门而出，脚步踉跄，似是见着了什么可怕的物事。

桂嬷嬷厉声喝住："这是学的什么规矩，见着了世子夫人还不过来迎着？这样慌慌张张的，成个什么样子？"

冬雨急忙跪下，指着正屋的方向结结巴巴地说道："世子爷在里头……在里头……"

她脸色绯红，不敢再说下去。

桂嬷嬷眉头一皱："世子爷在里头做什么？"

那冬雨为难地望着杨氏，脸上的表情满是害怕和迟疑："在里头……"

杨氏是个急性子，哪里受得了这样的欲语还休，毫不迟疑，上前狠狠地扇了冬雨一个巴掌："连话都说不利索，怎么在我这里当差？我限你一句话将事情说清楚，否则就让人押了你去戒堂将嘴封上，以后再不要说话罢！"

冬雨吓得都快要哭了，忙匍匐在地上一字一句说道："世子爷在里头正宠幸花影和月蝶！"

杨氏眉头挑起："什么？"一面却不再等待冬雨回答，气势汹汹地便往平莎堂正堂里冲了过去。

不过片刻，里头便传来噼里啪啦碗碟摔碎的声音，有低婉缠绵的女子娇颤和求饶声，亦能听见杨氏河东狮吼般的破口大骂，最后则是沉厚的中年男人的喝止和骂声："这两个丫头如今已经是我的人了，你若当真是个贤惠的，便立刻给她们准备屋子，提了她们两个做姨娘，否则，你的那点小心思，我就明白告诉你说，不可能！"

珠帘抖落，碎铺一地。

一个气势汹汹的男人只着了中衣便从里头出来，挥挥衣袖，便径直去向东厢房的书房，木扉砰的一声合上，关得紧紧的，再没有动静。

桂嬷嬷这才敢进到内屋，只见满屋尽是瓷杯的碎片，白玉做的珠子散落一地，看起来一片狼藉，而在杨氏的大床旁边，花影和月蝶两个衣衫不整地跪着。

这对姐妹一边哭着求饶，一边点头如同捣蒜："世子夫人饶命，世子夫人饶命！"

杨氏各抬起一脚，正中她们心窝，恨恨地说道："你们两个倒是好本事，勾引世子爷也就罢了，竟然到我平莎堂来做这些龌龊事，还要在我的床榻上！是谁给你们吃了熊心豹子胆，让你们有这个胆量来蔑视我？"

她踢完还不解气，又想要举起案上的抱瓶好砸过去，桂嬷嬷却将她拦住："夫人，息怒，不过是两个贱婢而已，值当您生这么大的气？若是气坏了身子，岂不是反倒如了他们的意？"

桂嬷嬷箍住杨氏身子："您还是好好想想，花影和月蝶是静宜院的人，怎么会出现在您的平莎堂？世子爷比咱们早回来没有多久，怎么就那么巧与她两人勾搭上了？这些咱们都得好好问清楚才是。"

她瞥了眼跪倒在地的两个美婢："再说，世子爷刚才发了话，她们名分算是已经定了，这口气您不咽也得咽，否则……"

杨氏心里知道，裴孝安平素虽然不声不响的，但倔起来却是一根筋，若是惹到他痛处，那眼神可怖，像是要将人生吞活剥了一般。

有一句话，他没有说错，她和静宵将来的前程都在他一念之间，所以这些年来她才纵容他眠花宿柳，纵容他花天酒地，纵容他对自己不管不理，如今他既搁下那样狠话，恐怕今日这亏她是打碎了牙齿也要和着血吞下去了的。

否则，这些年来的筹谋便就要成一场笑话，她不甘心的。

杨氏脸上的表情变幻莫测，良久，眼中闪过狠戾神色，她咬牙切齿地对着桂嬷嬷说道："传我的话下去，将那两个贱婢安置到西厢房去，等开了脸，以后她们两个便是世子爷的人了，一应供给比着林姨娘的来。"

她语气微顿，眸中凶光毕现：“方才的事，一五一十都给我查清楚了，若果真是顾氏干的好事，我绝饶不了她！”

平莎堂闹出的动静不小，戌时不到便已经传进了静宜院，明萱听了严嬷嬷回禀毫不在意地笑笑：“嬷嬷办的差事，我放心，不过杨氏定然不甘吃这个亏，这几日院子里还要守得严实些才好。”

她轻轻挥了挥手：“天色不早，嬷嬷也该下去歇息了，养足了精神才好应对。”

严嬷嬷笑着俯身称是，刚要转身，脚步却又忽地止住，她面色不知道何时变得沉重起来，低声回禀道：“白云庵那边，玉贞师太送了口信过来，说是送过去的那批餐具都是用浸了红花汁的红泥做的，大奶奶用的羹汤里没有被下药，却是那些碗碟的问题。”

她脸色沉重，压低声音说道：“晨起时候大爷吩咐过莫要打草惊蛇，我便偷偷使人将那淬了红花汁的餐具都收了起来，只从咱们的陪嫁里取了些外观相似的充数，大奶奶放心，以后咱们做事会更加细致，决不会再让人钻了空子去。”

静宜院的人虽然换过了，但是院子所用的东西却还是公中的，世子夫人当真是好狠毒的心思，不能明面上绝了大爷的子嗣，竟使这样的阴招，实在令人瞠目结舌。

明萱若有似无地叹了口气，脸上却挤出一个明媚笑容，她温和地说道：“害人之心不可有，防人之心不可无，在这样一个地方讨生活，凡事都当多留几个心眼，嬷嬷跟底下人知会一声吧。”

她转身对着丹红说道：“时辰不早了，你们也下去吧。”

空阔的主屋内，一时只剩她一个，伴着昏暗摇曳的烛火，明萱坐在妆台之前，望着模糊不清的铜镜里影影绰绰的身影，低声地叹了口气，比之在永宁侯府中小心翼翼的生活，镇国公府中讨生活似乎更难一些呢。

杨氏对裴静宸长子嫡孙的地位虎视眈眈，随时都可能突然对静宜院发难的，她若是个心慈手软的，就这不到两月时间，恐怕早就被吃得连渣渣都不剩下了，而花影和月蝶只不过是她对于杨氏的一个小小回应罢了。

你不是喜欢到处与人送妾吗？那我便也让你尝尝这滋味。

可人在屋檐下，总不能事事都称心如意的，不论如何，杨氏总是裴静宸的继母，论理，明萱也该要称呼她一声母亲，在这个尊崇礼仪孝道的周朝，忤逆长辈是大不敬之罪，若是杨氏懂得利用这点来回击报复，明萱纵然有些小手段，恐怕也是要束手束脚，不得施展的。

她微微凝着眉头，忍不住对着铜镜轻轻吹了口气，拿手指在镜面上反反复复地写着“两年”，是的，这是裴静宸对她所承诺的年限，听起来不过一瞬，可在这乌漆麻黑深不见底的裴家后院，两年的时间足以发生许多事，这漫长也许艰苦的战斗，现在才刚刚开始。

裴静宸从净房里出来，看到的便是这样场景，他柔声问道：“在想什么？”

明萱立了起来，径直走到他身前，墨黑双眸与他对视：“世子夫人的手段虽然低劣，可她却是个心狠手辣的女人，并且，她有不达目的不罢休的性子，我猜这几日间，必是要对咱们再施计策的。”

她微微顿住，晶亮的眼眸一闪一闪望着他：“倘若，我是说倘若，他们设计那位杨四小姐与你有了肌肤之亲，你还能如当日答应我的一般行事吗？”

她没有未卜先知之能，可有些已经想到的事，却还是未雨绸缪的好。

裴静宸笑着说道：“那是自然，我答应过你的，决不会食言。”

他玉一般的纤长手指在明萱脸上滑过，带着几分宠溺和爱意：“我有了你，便容不下其他任何一个女人，你放心，不管是杨四还是柳四，我都绝不可能与她们发生什么肌肤之亲，倘若有人故意使诈设计我，那我难道还傻乎乎地任由他们摆布？所以你担心的事，不会发生的。”

明萱很清楚，裴静宸是泡在药罐中长大的人，对于药物有天生的敏感，杨氏也好，杨乐霓也罢，在他清醒的时候近不了他的身，对他下药却也是枉然，这点她从来不会有所怀疑，可她担心的，并不是他真的会与杨四发生什么。

她轻轻咬了咬嘴唇：“若是杨四一口咬定与你发生了什么，若你不对她负责，她便要轻生自戮，你难道也能坚持现在的立场？”

裴静宸静静望着她，良久，忽然笑了起来，他将明萱搂入怀中，语气低沉，却带着一种满足：“倘若一个人，连自己都不为自己负责，她又有什么立场和资格要求别人为她负责？阿萱，你多虑了呢，你的夫君，没有那样蠢呢！”

他微微眯了眯眼，沉声说道：“不会有那样的事，你放心。”

若是什么人都能算计了他去，他又有什么资格轻言替母亲和外祖父报仇？

他裴静宸，并不是什么善人呢！

纱幔放下，床榻上明萱枕着裴静宸的肩膀躺下，一双软弱无骨的小手有一搭没一搭地游走在他胸膛，她望着如同红霞般绚丽美好的帐顶发了会儿呆，隔了许久忽然问道：“哥哥今日故意在杨府说，皇上派了他差事要去一趟南边，这南边说的是临南吧？”

裴静宸闻着她发间清香，轻轻颔首：“嗯。”

他用下巴蹭着她额头，发出轻快的笑声：“我的阿萱果然聪慧，能看出来舅兄是故意要让杨右丞知晓他要去一趟临南，这里头牵涉众多，你无须多记挂，只要记得舅兄此行安全得很，便就罢了。”

朝堂争斗，天子心思，许多事看着毫无关联，却能被能者布成一盘棋。

明萱不通政事，亦不想知晓过多，只是对临南王，她却是十分有兴趣的。

她想了想，说道：“我母亲给我留了许多江南的庄子田地，按说这几年江南风调雨顺，

田地里的产出十分喜人，该是有好多进项的，但那些田庄的管事却皆报了亏损上来，这几年，我不只没有得到庄上一分钱的利，反倒还赔进去不少本钱。”

没头没脑地说这些，裴静宸颇感奇怪，只是他对明萱了解有些深了，知道她不是无的放矢之人，既然她这样说，自然会有她的道理，因此并没有插话，只是将她搂得更紧了，仔细地倾听。

明萱接着说道：“丹红有个表哥名叫何贵，娶了我未出阁时最信任的婢女雪素，他两口子是我在外头最信任的人。前几月我派何贵去了一趟江南，他费心查了查，发现我母亲留给我的产业中，每年都有大笔资金以不同的名义流向一家叫作隆昌行的银庄。”

她转脸过去，对着裴静宸说道：“那家隆昌行，据说是临南王的私产，诸安太守窦文寻家，也参了一股。”

裴静宸眉头轻皱：“诸安太守……若我没记错的话，武定侯夫人，便是出自诸安窦家？”

他在娶明萱之后，便将与她有关联的那些亲戚脉络都梳理了一遍，因此她一说，他便能听出来这其中的关节，庄子田产的事，莫不多说，定然与武定侯府脱不开关系的。

明萱点了点头：“具体是怎么回事，我没有法子深查下去，从前不知道这些，我或可还装聋作哑当作不知道，但现在既已经知晓，我便万不能再由着人当我是傻子，所以，我便令何贵想法子将在江南那些庄子田产都脱了手。”

她嘴角露出苦笑：“我听说隆昌行在江南以南，都算得上数一数二的大银号，每日里经手的银子无数，可周朝法度，藩王不得经商谋利的。临南王这样做是否不妥我一个小女子无力去管的，可武定侯府却是我舅家，贪墨我母亲的嫁妆，私挪了那么多银两，这件事总是如鲠在喉，令我心里很是不舒服呢。所以我想，若是哥哥这回果真是去临南，我是否该请他帮我留心一下，武定侯府到底与临南王府的牵绊有多深……”

裴静宸却摇了摇头：“舅兄此行是奉了君命，一言一行皆受到众人瞩目的，调查这些事宜恐怕有些不妥，若是你心中存疑，不若我派个得力的人，去跑一趟临南吧！”

转眼已至八月下旬，暑气渐消，迎面扑鼻的风虽仍旧略嫌温热，但总算已无酷暑时的烈日，静宜院正屋的窗前，种了株梨花，树高叶深，倒将那残存的热浪皆遮住，偶有小风吹过，分外清凉。

明萱趴在窗台前用炭笔描画着新的鞋样，自从她嫁过来后接手了裴静宸的衣帽鞋袜，他便再不肯穿针线上绣娘的手艺，罩衫外袍便就算了，连鞋垫都必要她亲手缝制的才肯穿。

她画得认真，乍然听到院子里有些抱怨争吵，不由皱了皱眉头问道：“丹红，外头出了什么事？”

丹红忙出去打听，须臾又进来回复："是雀好在跟送菜的贺家的在吵嘴，这几日来，贺家的送到院子里的那些米粮蔬菜，就没有一件是新鲜的，先前大奶奶您交代过，要让咱们谨言慎行，雀好忍住不发，可那伙人越发过分了，今日送过来的菜都是烂了根的！"

她神色间很是愤恨："那贺家的仗着自己是世子夫人的人，都敢公然这样欺负咱们了，大奶奶，这事若是咱们再忍下来，说不得哪天，公中那些该给的分例可都要昧着不给咱们了。"

镇国公府裴家因为房头众多，所以成了婚的子孙皆在院中设了小厨房，除了每月初一十五算是家宴，要聚在一道吃一顿团圆饭外，那些未曾成婚的都由大厨上配菜，其余的却都是各自解决膳食的问题，每日晨起由大厨上的买办派人统一送了新鲜的食材过来，该怎样做却都尽随主便。

因此自入了八月，静宜院的小厨房便就搭建好了开张，这些日子来明萱过得惬意，若是外头没有宴请，她便只窝在自个儿的小院子中习字作画，刺绣裁衣，有时兴致高了，也会亲自下厨做两个小菜。

可自从世子收用了花影月蝶这两个婢子后，世子夫人杨氏认定是明萱在给她下绊子，因此这几日来，静宜院的一应供给便总有些接连不上，不是短了柴火，就是缺了米粮，现下竟连烂了根的蔬菜也拿了过来，大有撕破脸面的嫌疑。

明萱眉头轻皱："贺家的还在外头？"

丹红忙答："雀好让婆子们拉着她不让走呢，还请大奶奶发个话，让我去敲打敲打那老婆子也好，免得咱们不发一声，她还以为咱们怕了她呢！"

高门大户的仆妇，多的是逢高踩低的，如今又是世子夫人当着家，若是大奶奶继续忍气吞声，那以后恐怕不论什么人都能踩着静宜院的人，她晓得大奶奶手头有钱，其实也并不在乎这点东西，大不了想吃什么出去买了就是。

可人在屋檐下，总免不了和府里其他人打交道，若是走出去还未开口，气势上就比旁人短了一截，那还让人怎么做事？

这道理浅显，明萱又怎会不懂？她是主子，能够不理会外头发生的事，坦然自若地在屋子里当个自在闲人，可柴米油盐酱醋茶，下头的人却得操心着这些，有钱自然什么都能买到，但旁的不说，若是二门上的人故意为难，那出去采办这件事，便就会变得无比艰难。

她想了想说道："也罢，你带我去小厨房上瞧瞧去。"

从西厢边上的角门绕出去，便是一排低矮平房，小厨房便设在其中，明萱还未进屋子，便听到有中年妇女尖刻的声音从里头传出，都是些粗俗不堪的骂娘脏话，听在耳里让人很有些不舒服。

她皱了皱眉，对着丹红说道："去，到里头摔几个盘子，让他们安静下来。"

丹红应声去了，不一会儿，小厨房里发出一阵噼里啪啦的响动，那些粗鄙的脏话终于歇了下来。

明萱从围在门口堵住不让贺家的离开的那众仆妇间穿梭进去，看着满地碎裂的瓷器，并翻倒在地的一箩筐蔬菜一言不发，看小厨房这个狼狈模样，想来在丹红摔碗碟之前，这帮人便已经动上了手。

她目光犀利，抬头望向左侧被严嬷嬷等制住的一个中年妇人细细打量了一番，沉声问道："这里是你弄成这样的？"

贺家的一阵猛烈挣扎，她粗着脖子说道："大奶奶倒是好一副颠倒黑白的本事，我好意进来送菜，是您院子里的这些老虔婆们将我抓住了的，就差拿绳子绑着了，这明眼人一看就能明白过来的事，到了大奶奶嘴里却成了我是罪魁祸首了？"

她双眼发红，表情都有些狰狞了："倒是敢问大奶奶，我这被束手束脚的，怎么才能砸了您的厨房？"

倒是个能言善辩的婆子，只是口气上实在有些太过狂妄不尊了，倘若不是得了杨氏的授意，凭她一个区区二等的送菜婆子，又怎敢对府上的大奶奶口出狂言？杨氏这是想做什么？故意激怒自己吗？

明萱挑了挑眉，弯下身子从地上捡起一棵白菜，细细掰开看了看，随手扔在一边，

又再捡起一个认真瞧，良久，她忽而扑哧一声笑了出来："这些菜果真都是公中派给静宜院的？可都烂了呢，这该如何是好？"

她目光微敛，不疾不徐地瞥了眼贺家的，笑着说道："这些当真是给人吃的？嬷嬷这样糊弄人，也怪不得我的婢女看不过眼去，不肯放了嬷嬷走。"

贺家的脸色一阵青红，狡辩说道："大奶奶是侯门千金，哪里懂厨房上的事儿？如今是夏季，这白菜啊都是去岁储存在冷窖里的，难免有些发黄干枯，可只要褪去了外头那层叶子，里头的可尽都是好的，您可真是冤枉人，若是烂菜，给我们下头人一百个胆子也不敢送上来给主子吃啊！"

她扭了扭身子，竭力想要挣脱开来，一边却又说道："不瞒您说，这些可都已经是挑出来的白菜中最好的了，我往平莎堂送的还没有这个好。"

明萱忍不住笑出声来："嬷嬷您真是……"

这简直是在将人当白痴一样耍，便算她从未入过厨房，难道给她管着厨上的丫头也是不识货的吗？

她双眼微眯，冷笑着说道："倒真难为了嬷嬷替静宜院着想，只是我们做后辈的，没得世子夫人还未尝上的好东西，倒先入了我的口，这可是不孝的大罪，来人，将这些好白菜都给收拾好了，寻两个粗壮的婆子替我送去平莎堂！"

贺家的脸色平静，像是并不太在意一般，带着几分桀骜说道："大奶奶，世子夫人

这几日身子不太好，这点小事我看您就不要去扰了她清静吧？不过是几棵白菜罢了，您若是不喜欢吃，明儿个开始我便不再送过来了。”

她从鼻腔里哼哼了两声：“您老让人扣着我在这，也不是个事儿不是？我可还要给国公爷的魏姨娘处送食材呢，魏姨娘脾气不好，若是晚了，这个罪过可谁来担当呢！”

魏姨娘是裴相的一房妾室，是先头原配夫人在时提的，虽然并未诞育子嗣，但因跟着裴相的时间久，又是府里唯一一个有名分的老姨娘，裴相爷脾气暴烈，唯独有这位魏姨娘在他跟前还说得上几句话的，因此府里几房夫人们见了她，多少也都要给几分情面。

这是在拿魏姨娘来挤对明萱。

明萱倒是丝毫不以为恼，反倒笑着说道：“既然嬷嬷都这样说了，自然不好耽误了你的差事，严嬷嬷，松了手吧，放贺嬷嬷走。”

严嬷嬷微微一愣：“大奶奶！”

贺家的却自以为得计，脸上显出得意的笑容来，她一边挣脱开婆子们的钳制，一边昂首挺胸地甩了甩袖子：“还是大奶奶懂道理，您就放了心吧，以后要是有什么稀罕的食材，我头一个便想着给您送来。”

她大摇大摆地撞了几个婆子，正要出门，忽听得身后明萱语气轻快地说道：“你们几个，将这些上好的白菜包了，送去给各个房头，不只是世子夫人的平莎堂，二夫人三夫人四夫人五夫人那里，还有魏姨娘处，都各包一些送去。就说，贺嬷嬷特地给静宜院准备了的上品白菜，这样好的东西我哪敢独吞？得叫各位长辈都尝尝鲜才好！”

贺家的脚步一滞，忙回转身去，看到丹红几个正听着明萱的吩咐将烂了根的白菜一个个地包好，她腿脚不由自主地有些软了下来，忙结结巴巴说道：“大奶奶，这……这些既是给静宜院的分例，那怎么能拿出去呢？各家房头，皆是有的！”

虽说她是得了世子夫人的授意行事，真闹去了平莎堂，世子夫人总也是会站在她一边的，可其他几位夫人却就不好说了，尤其是三夫人，那是个尽等着看笑话的，到时候世子夫人拍拍衣裳，罪过全在她身上，弄不好，是要丢了现在这个差事的！

而且魏姨娘……

那可也不是什么良善的主啊！

她想着，忙赔笑起来：“其实，这些白菜虽然稀罕，也没什么了不起的，您若是不爱吃，以后我换其他的菜过来给您，今日的事，便算是我的不是，这些白菜，您若是不满意，我让人给您换了，您看，这事咱们就息事宁人，就这样算了吧！闹大了，谁脸上都不好看不是吗？”

明萱眉头一挑：“算了？嬷嬷现在才说这话，有些迟了吧？”

佳媳

下

卫幽 作品

重庆出版集团
重庆出版社

目录 CONTENTS

第 35 章　扬威·音讯·老鹰

原本若是贺家的懂得借坡下驴，明萱其实也并不愿意将事情闹大，可现如今这贺家的明显是将她当成傻子一样戏耍了，若是她仍旧息事宁人，那不只是要让人看轻了去，以后恐怕也免不得再受这样的欺负。

她是主子，再受轻慢也有限的，可连累底下人吃苦，却也绝非她所愿。

既然如此，那就好好闹一场吧！

明萱冷笑着说道："贺嬷嬷既然敢揽下这差事，就说明也是能够承担得起的人，我是这府里明媒正娶的大奶奶，你都敢以次充好这样糊弄我，可见平时你是个怎样的为人行事，若是这回我还由着你揉捏，怕以后这府里的人，不管是什么阿猫阿狗都敢在静宜院撒野了。"

她语气微顿，冲着丹红说道："就按照我方才吩咐的去做，把这些上品的白菜用好料子包好了，给各房各院都送过去，让他们沾沾贺嬷嬷的光，也尝尝这鲜！"

贺嬷嬷终于意识到了不对，腿脚一软，扑通一声跪了下来，抱住明萱的腿："大奶奶心善，饶了奴婢这一回吧，这些白菜……都是奴婢一时被猪油蒙了心，求大奶奶瞧在奴婢知道了过错的分上，饶了奴婢这一回吧！"

她点头如同捣蒜，磕得额前都隐隐出了血痕："大奶奶恕罪！"

明萱在永宁侯府待了快有四年，对下人的心思多少也有些了解的，像贺嬷嬷这样的人，既然能够昧了良心帮着杨氏做这等狗仗人势的坏事，就自然也做得出来恩将仇报的戏码。

今儿饶过了贺嬷嬷不难，但这种人不会真心臣服，你让她伤了脸面丢了差事，她虽然碍于身份地位对你莫能奈何，但一旦有了机会，踩你最深的便是这起子小人。

她既然已经决定了要借机发挥，好让那些帮着杨氏来糟蹋静宜院的婆子们有个警醒，静宜院不是她们能够随意撒野的地方，她顾明萱也不是那等忍气吞声任人宰割的人，就不会中途撤退，只闹了半场就鸣金收兵。

贺嬷嬷见明萱神色平静，半点都不曾将她的恳求放在眼里，心里越加焦急，竟有些口不择言起来，她结结巴巴地说道："大奶奶，这真的不是奴婢的本意，奴婢不过一个二等送菜的粗使嬷嬷，哪能……"

她话音未落，明萱却打断了她："呵，嬷嬷这会儿倒是知道自称一声奴婢了，你一个二等送菜的粗使嬷嬷，都能口口声声地和主子我我我的，还有什么是你做不出来的？"

这时，门外进来一个粗壮的婆子，手中提着篮筐，面色气愤地指着贺嬷嬷说道："大

奶奶，这是从采办院的小厨上搜出来的食材蔬果，您瞧瞧看，不论色泽品相都要比送来咱们院子里的好上许多，这是哪家府邸里的规矩，下人吃的都要比主子好？真真是欺人太甚了！”

屋子里聚拢的小丫头们一时群情激奋了，丹红性子最是率直，实在看不过眼，便从地上捡了个蔫掉的萝卜帮子，毫不客气地朝贺嬷嬷脸上砸了过去：“你个贼婆子，要咬人也不看看是谁，大奶奶身份尊贵，岂是你这样的人可以欺辱的？”

她带了头，其余的小丫头又见明萱没有制止，便大着胆子有样学样，更有甚者，还将坏了的鸡蛋往贺嬷嬷头上一股脑儿砸过去。

如此闹了半晌，明萱见差不多了，便朝着严嬷嬷点了点头：“烦请嬷嬷将这位贺嬷嬷送到平莎堂去求世子夫人的示下，问问她这等欺主的奴婢该如何处置。”

她又朝丹红轻轻颔首：“去，带几个能干机灵的小丫头一起，替我砸了买办处的小厨房，什么时候府里的下人也能专设私厨了，倒是好大的威风！”

那贺家的听了彻底瘫软下来，买办处仗着手头资源丰富的便利，私设了小厨房，成日里大鱼大肉吃着，比主子们的没差多少，这府里尽人皆知，算是一个公开的秘密，府中的下人多有艳羡嫉妒者，只是府里一应供给皆出自采买处，倒也无人真的将此事捅出去。

这些年一直都是世子夫人管家，她要用着这些采买上的人，自然要施以好处，吃点喝点贪墨一些，各家各府都是有的，只要不太过分，没闹到裴相那去，她也乐得睁一只眼闭一只眼，这些俱是心照不宣的事。

可大奶奶这回要将事闹大，那采买处的人被撤了小厨房事小，丢了差事吃排头事大，贺家的再有世子夫人撑腰，也不过就是个二等粗使婆子，若是连累了上头采买处的管事们，便是世子夫人不罚她，这好日子怕也要到头了。

她是家生子，男人孩子皆在镇国公府做活，采买处的管事们哪一个不是有来头的，在府里与各房管事之间打断了骨头连着筋，多少都有联系的，她惹出来的事端，这后果却是要她全家人承担的，被罚几板子倒还不算什么，要是一家子都被撵了出去，这将来的日子可还怎么过啊！

可此事再后悔，早已经晚了。

明萱望着鬼哭狼号一般哀求着的贺嬷嬷，轻轻摇了摇头，不是她没有恻隐之心，只是若是姑息了这次，以后还会有无数次类似的争斗，她对这裴府并没有什么归属感，裴静宸也不像是对爵位家产感兴趣的人，不过是这两年不得不栖息在此处而已，她并不想整日与人宅斗不休。

殚精竭虑争斗，多少是为了要得到些什么。

她对这座府邸无欲无求，只想要尽可能安静地度过这两年而已，倘若发作一次，便能免去许多麻烦，她其实并不介意担上悍妇之名。

明萱望着满地狼藉的小厨房轻轻叹气，她走到雀好跟前拍了拍她肩膀："着人收拾下这里，再将这筐新鲜的蔬果洗了择了，晌午多做几个好菜，给院子里的婆子丫头都加两个菜。"

她吩咐完，便重又回了正屋，脱了鞋子趴到窗前，继续描着鞋样，脸色平静无波，好似方才根本就不曾发生过那样大的争吵一样。

须臾，丹红满脸兴奋地回来禀告："回大奶奶的话，我按着您的吩咐，将采办处那个小厨房掀了个底朝天，那些人真是太过无法无天了，不只蔬果都是上品新鲜的，竟然还在那里找到了许多难得的野味，我带人过去的时候，那里的婆子正在灶上煲着老鸭汤。"

她指手画脚，神情既激动又带着些愤愤："那汤竟然是用上好的野山参炖的，那么粗一根，别说咱们自打来了这从来没得过这样的好东西，怕是裴相吃的也不如那些人好。"

明萱嘴角微撇："那些给各个房头送白菜的人都回来了？"

丹红忙道："是，送菜的二等婆子胆敢以次充好欺压到大奶奶头上，这件事怕是阖府上下都已经知晓了的，三夫人早对世子夫人看不顺眼，别人倒是罢了，她这回是一定要站出来为您说上两句的，世子夫人这回偷鸡不成反倒蚀了把米，近日里恐怕是没这个精力再暗箭伤人了。"

她想着却又忽然忍不住发愁起来："可是，咱们这样做就是得罪了采买上的管事，这些人都穿一条裤子行事的，到时候暗地里再给咱们使坏可如何是好？"

静宜院虽然与裴府别的院落不相邻，平素也没有来往，可到底不是独立的，仍旧身处裴府之中，若是将底下人都得罪了遍，出门行事都不方便的，便是从此自力更生，吃用尽都自己解决，到底也是麻烦得很。

明萱却毫不在意地笑笑："你也知道历来买办都是了不得的肥缺，多少人盯着这差事呢，要知道雪中送炭的少，落井下石的多，那些负责府里供给的管事们平素虽然财大气粗，却也没少得罪过人，我敢笃定，这回那些人是尽都要换下来的。"

她微顿："便是真有人不服气，记恨的也不会是我们，这点你且放下心。反而，如今阖府上下怕是没人不知道大奶奶不好惹，静宜院动不得，不知道天高地厚再想要来招惹咱们的人，便也少了。"

今日这事明摆着杨氏挑唆，三夫人是必要挑刺的，杨氏灭火还来不及，短期内怕是没功夫再为难明萱了。

果然，还未及晌午，裴府各房便都遣了丫头婆子送了新鲜的蔬菜来，旁人倒是什么都没有多提，都用客套的场面话解释过去了，唯独三夫人遣来的使女攀着静宜院的丫头不停说话，想要打听出什么来一样。

明萱早令严嬷嬷将底下丫头的说辞统一口径了，只说是奴大欺主，并没有主动扯上

世子夫人一句话，却又字字句句直指幕后黑手是世子夫人杨氏，三夫人的使女十分满意这答案，心满意足地离开了去。

平莎堂那头一直没有给出具体的明示，但是静宜院上下心情却都十分愉悦，目的已经达到，结果早已经注定，什么时候实施都不太重要了。

只是时间过得飞快，一下子便到了夜间，亥时已过，裴静宸却仍旧没有回来。

自从成婚之后，明萱每夜都是与裴静宸一同入睡的，虽后来他去了户部当差，偶有应酬晚归，定必遣了长庚回来传话，最晚不过戌正，总是能回到静宜院，成亲两月有余，还从未有过了亥时未归的先例。

她心中隐隐有些不安，便唤了丹红过来："长庚可曾回来递过话？"

丹红摇了摇头："不曾呢，大奶奶，不若我去前头书房那问问长青，今儿大爷去衙门时，可曾留下过什么话？"

长青是负责外书房的小厮，也是裴静宸除了长庚之外，最得力的长随。

明萱点了点头："去吧。"

她眸光微动，又忙叫住正要离开的丹红："去匣子里拿两锭银两，若是长青也不知晓大爷的去向，便让他拿着银钱出门打听打听，户部衙门有人值夜的，大爷若是有应酬，那些门子该当知晓。"

丹红忙应了声是，取了银钱便出了门。

正屋里这番动静将早已经歇下了的严嬷嬷吵了起来，她穿着简便的衣裳进了来，关切地问道："大爷还不曾回？"

她见明萱神色有些凝重，不由安慰她道："大爷定是临时被拉了去应酬，一时闹得欢，没有法子脱身，身上担了差事的官爷们都是如此的，大奶奶不必过于忧心，大爷不是个没分寸的人，再等会子他定就回来了。"

明萱眉头微拧，轻轻摇了摇头："他素来行事谨慎妥帖，若是临时有事，也必会遣了人回来报信，像这样毫无音信，不是他的风格，我是怕他遭了人算计……"

先不论杨四小姐那头一心一意打算着要挤进静宜院来，若只是遇到了桃花劫那还算是好的，怕只怕那些暗地里图谋着他性命的人，要知道，裴静宸他，可是碍着好多人的眼，挡住了好些人的前程呢。

她这样想着，便开始坐立不安起来，夜深静寂，心如鼓石。

约莫快要有一个时辰过去，长青终于进来回禀："回大奶奶的话，小的去了户部衙门问过了值夜的两位差大哥，他们都说大爷早就离开了，今夜户部也并没有听说有什么宴请。"

他似是一路狂奔的，说两句话间还有些微喘："小的记得，与大爷一起共事的有一位叫作焦阮的大人，就住在城西的柳子巷，所以便转道去了城西，焦府的下人说焦大人也不曾回府，听说是被平章政事大人请去了万花楼喝酒。”

明萱大惊，失声问道：“什么？平章政事？”

长青忙接着说道：“是焦府的一个长随，原是奉了焦夫人的命令前去户部衙门给焦大人捎信的，但半途上见了焦大人与平章政事大人在一处，亲眼见着他们进了万花楼，他怕扫了平章政事大人的雅兴，夫人要传的又不是什么紧要话，便原路折回了。”

万花楼是盛京城中有名的销金窟，虽是座花楼，却又与寻常的勾栏院不大一样，那里以酒水美食闻名，主营的是达官贵人文人骚客间的聚会酒席，而花娘们则是酒席间锦上添花红袖添香的装饰，增添一份情趣而已，大多是卖艺不卖身。

当然，若是席间有大人看上了哪个花娘，只要出的银两够，亦是能到后院的客居一亲芳泽巫山云雨一番的。

焦阮一个不入品的末流小吏，能与从一品的平章政事相交，那是天大的荣耀，说不得便是一步登天的事，那长随素来是个机灵的，知道这等机会对于自家主子来说何等难得，便没有打搅。

明萱忙问道：“那长随可曾见到大爷是和焦大人在一起的？”

她乍听到平章政事这四个字时，心中便生出一阵恶寒。

她不知道从前的明萱与韩修相处得怎样，可自她来后，每一次与韩修打交道，都是一次令她惊惧害怕的经验，不论是清凉寺中的两次相逢，还是在街头惊马后的狭路对遇，都令她深刻地警觉到，韩修，那是一个固执的疯子，他一意孤行，凭着自己的心意行事，从来不会理会旁人的感想，为了达到目的不择手段。

明萱不由想到，从前她与颜清烨好端端地议着亲，便是韩修使出都察院里那些私底下见不得光的阴损手段，逼迫着颜家畏惧退缩，他对自己似乎有一种非同小可的执念，她不该轻忽地以为，这个人已经对自己死了心。

她脸色骤然巨变，裴静宸的晚归，原本已经令她担心，如今又听到了平章政事这几个字，不论到底是不是与韩修有关，都足够令她忧惧。

长青见主母脸色越发深凝，眉头也不由自主紧紧皱起，他抬头望了眼明萱，有些迟疑地说道：“那长随说当时有好几位大人在场，他并没有看清楚咱们家大爷在不在，因此不敢确定。”

他接着说道：“万花楼恰在城西，小的便顺路去了那打听，可万花楼的老板却说，平章政事原在那订了席面的，可不知是什么缘故，却并没有到。”

明萱的脚步便有些踉跄，虽然现在还不确定裴静宸是否与焦阮一道被平章政事请走，可这种可能性极大，焦家的长随分明见着了韩修和焦阮进了万花楼，可万花楼的老板却说没有……

她目光微动，扶着丹红的手臂令自己的身子站稳，对着长青问道：“静宜院里，能让你们爷信得过的小厮统共有几个？”

长青犹豫了一下，低声说道：“除了我和长庚，还有长海和长空，他两个身上有功夫，是爷留在院中保护大奶奶周全的。”

明萱轻轻颔首：“大爷平素行事是个谨慎的，倘若遇着了急事，定会遣人回来递话，必不会这样没有消息就彻夜不归，既然焦大人也恰好没有回家，那我揣测他们两个人应是在一起的居多。”

她眼神一深：“若不是焦家的长随看错了人，那便是万花楼的老板撒了谎，长青，你方才已经露了面，这趟差事便不好再去了，你去请长海或者长空稍作打扮，再从我这里取了银子，当作是顾客，混进万花楼去，你们爷极有可能在里头。”

纵然她养在深闺，但是万花楼是个什么样的地方，光听名字她都能猜到一二的，那是有银子便能撬开的所在，只要令可靠的人混了进去，多少也能打听到一些蛛丝马迹。

焦家的长随，目前看来并没有撒谎的必要，但万花楼的老板就不好说了。

明萱微顿，皱着眉头说道：“便是不在，他的下落，十有八九也与万花楼有关。”

她想了想：“你亲自去跑一趟平章政事府，只说你是焦府的下人，你家老爷深夜未归，有人看到他与平章政事大人在一块的，所以想问问看平章政事大人可有归府，银两多使一些，务必要打听翔实，若是那位在府中，是何时归来的，可有什么话留下，早去早回。”

长青领了银子去了。

随着时辰越来越晚，午夜的更声敲过许久，明萱心里便越发慌乱，她此时深刻地意识到了，身为一个闺阁女子，她是多么微弱的一种存在，除了能管好静宜院这一亩三分地，她对外头的事基本是一无所知的，倘若手中没有得用又能干的下人，她连基本的知情权都没有办法掌握。

一旦有什么紧急的事情发生，她完全没有招架之力，这让她感到惊惶。

严嬷嬷见明萱坐立不安，便劝慰她道：“大爷晚归，若您怕他遇到了什么危险，不若去请相爷的示下，先不论裴相爷是个什么样的人，他的权势滔天，满朝文武都要给他卖一个面子的，由他出面寻人，总比您这样干着急要好。”

她挪了挪身子，只待明萱点头便要出去。

明萱却摇了摇头：“嬷嬷，不可！”

她神色凝重地说道：“嬷嬷忘记了咱们在侯府时祖母说过的话了？杨氏数次迫害大爷，若非裴相默许，她怎会如此胆大妄为？这府中，除了我们自己，哪怕是世子和相爷，都不能相信。”

空穴来风，未必无因。

她不能冒任何风险。

枯坐一夜，到了寅时，裴静宸仍旧没有回来。

去万花楼打探的长海亦没有消息传过来，倒是长青从韩府门子的口中套得了一些消息："韩府的下人说，平章政事大人也不曾回府，但却使了人给夫人传了消息，说是与几位相交的友人约好了去南郊的庄子上赏月饮酒，今夜恐是不能归了。"

这说法与焦家的长随有些不谋而合，只是唯一令人不敢确认的是，裴静宸到底是否也在韩修口中的友人之列。

但对于明萱来说，韩府南郊的庄子，却是此刻她唯一的线索了。

她唤了严嬷嬷来问道："嬷嬷可曾听说过韩府在南郊有庄子？"

严嬷嬷忙答："盛京过半的公侯大臣都在南郊置了庄子，一来是南郊风景好，二来是因为离内城近，说起来韩府的庄子离咱们侯府的不甚远，您陪嫁里头有一处便在那附近。"

明萱点了点头，目光里带着坚定决绝："嬷嬷，寻个借口吩咐二门上套车，我要亲自去一趟南郊！"

天色尚未大亮，略显昏暗的南郊田间奔马飞驰。

明萱扶着颠簸摇晃的车厢眉头紧锁，一颗心七上八下，忐忑不安之极。

若真论起来，裴静宸不过是一夜未归，彼时男子应酬来往，多有醉枕花楼夙夜不归的，盛京治安良好，家眷大多不会因此着慌大举寻人，否则若是虚惊一场，岂不是要成为一时笑柄？

虽然他素来谨慎，若有应酬，必遣人来报，可再心细的人也难免有大意的时候，许是他一时忘了，后来醉倒长庚忙着服侍，不曾抽出空闲差人回家送信，这样境况亦是有的。

明萱这会儿不管不顾地寻去了南郊庄园，若是叫人知道了，定是要给她冠上一个妒妇的名声，这也便罢了，最令人不安的是，此行她势必是要与韩修正面相对短兵相接的，这将意味着什么，她心知肚明。

可不知道为什么，再大的风险都不能阻挡她前去南郊的步伐，仿佛冥冥之中有什么东西在指引着她，六识也从来都没有过此刻这样的清明，心底有一个声音焦切呼唤着告诉她，裴静宸就在南郊！

严嬷嬷见明萱神色紧张，不由安慰道："您莫急，大爷是个行事有分寸的，长庚亦有些身手，轻易不会被人算计了去，再者说，若果真是平章政事大人请了他来此处饮酒，世上无不透风的墙，总有人瞧见的，那位焦大人兴许也在呢，平章政事胆子再大，也不敢对裴相的嫡长孙痛下杀手。"

这倒是真话，以韩修的能耐，对付颜清烨如同捻蝼蚁，但要对裴静宸不利却尚需要顾及千丝万缕的关系，那可是裴相的嫡长孙，永嘉郡主的亲子，周朝的皇亲国戚，纵然韩修有再大的权势，也不能随心所欲。

道理明萱怎会不懂？可关心则乱，在她印象里的韩修无所不为，行事狠绝不择手段，他未必会亲自对裴静宸痛下杀手，可裴静宸遇着他，也绝非什么好事。说不担心，是骗人的。

一路忐忑，总算马车停了下来。

严嬷嬷撩开车帘看了看："这里便是您的陪嫁庄子了，离此不远便是韩府的别庄，大奶奶，这车夫是裴府的人，我看咱们还是在此处下，再想个法子从后门绕出去的好，否则让世子夫人抓到了把柄，又是一桩麻烦事。"

大清早的出门，去的还是前未婚夫的别庄，这便是有理也说不清的。

明萱沉吟半晌，点了点头："也好。"

她下了马车，早有听到动静的门子罗叔前来相迎："小姐怎么来了？"

罗叔是从前永宁侯府三房的老人，明萱出嫁之前将他调到了南郊这所庄子上当差，日子比从前过得悠闲，例银还多，忠心耿耿了一辈子的老家人到了晚年总算苦尽甘来，他心里感激，因此对明萱便格外热情。

明萱冲他轻轻一笑："我听说小素娘身子不好，特意过来瞧瞧，你们下去吧，我坐会便就走的，不要惊动其他人了。"

她想了想，又顿了顿说道："对了罗叔，替我套一辆小车，驾到侧门，我等会许是还要去田庄那处看看，动静不要闹大，我看看就回来的。嗯，不要让前门赶车的发现，那是……那是裴家的人……"

罗叔年过半百，早是个人精，明萱说得这样支支吾吾，他哪里还能看不出来她这趟是偷偷跑出来的？他对裴家的人没有好感，听她这样说又以为她是在裴家受了什么委屈，心中难免有些愤愤的，一边应着说好，一边却思忖着得找个法子让那裴家的车夫吃上一点亏才好。

明萱出嫁前整理嫁妆时来过两次，送小素一家来此静养那回还亲自指了院子的，因此她带着严嬷嬷径直往那处走，跨进一个小院时，恰看到小素正在院子里忙活。

小素看到明萱，又惊又喜地起身："小姐！"

明萱没有心思与她多作寒暄，只是随口问了下她母亲的病情，听说比前些日子好些，她心中略松了松，但随即却又开口问道："我来这里其实是有事要办，但我只身过去不甚方便，想问问看你愿意不愿意陪我走这一趟？"

她细细想过，不论裴静宸到底在不在韩修的别庄，她这样贸贸然过去，不会有任何好处，她心中牵挂着裴静宸，但哪怕是在这样着急焦虑的时刻，行事亦不能不管不顾方寸大乱。

而小素作为这里的庄户，却能随意寻到个借口与韩家别庄的门子搭上话，最不济也能瞧出来到底昨夜有无人入庄，若是有，此刻是否还在庄内。

小素听完，扔了手中的活计说道：“小姐的吩咐，莫敢不从的，说来也巧，这差事正好能让我弟弟做，他年少顽皮时常在这附近玩耍，不知道怎的，竟然与韩家别庄管事的小儿子成了至交，我这就叫他来，让他跟我们一块过去。”

小素的兄弟叫作寿安，据说这名字还是已经故去的顾长平取的，寿安身有喘症，冬天最是难熬，可自从搬入南郊庄子上将养，每日里以好药养着，他的身子竟然一下子就好了起来，如今又是夏日，这喘症已然几月未曾发作了。

小素为此对明萱心存感激，心心念念想要报答这份恩德，只盼着能早日回到明萱身边伺候她，只是她母亲的身子一日坏过一日，身为女儿，孝道在身，她总不能此时脱开手去，因此只能竭力帮着管事将这个庄子管理好，也算是尽了心意。

寿安和韩庄管事的小儿子相熟，打听起事来却要比她无头苍蝇一样乱撞来得合适，明萱自然求之不得，此时罗叔也已经将庄上的小车驾到了侧门，她对着寿安问道：“你可会驾车？”

寿安连忙点头：“会！”

明萱轻轻颌首，转身对着严嬷嬷说道：“我和小素寿安一块过去，嬷嬷留在这里，若是可以，您帮着去小素娘屋子里看看，若是她有什么需要，您帮着一些，或者陪着她说说话也好。”

她交代完了，便提了裙子跳上小车，小素和寿安一并坐在车头将车赶了出去。

韩府的别庄果然离得不远，若是徒步也不过小半炷香的时间，可这是南郊，晨起正是干农活的好时机，田庄里头不少人已经起来做活，明萱一身贵夫人打扮，煞是惹眼，赶小车走小路才是最合适的方式。

寿安将车停在别庄拐角一隐蔽的所在，从这里却恰好能看清楚韩府的门扉，明萱撩开车帘，看到门口杂七杂八停着几辆马车便是一震，焦切的目光似乎是粘在了那铜质的门锁之上。

她心情紧张地望着寿安敲开了门，过不多久便有一个差不多年岁的少年出来，两个人高高兴兴地聊了会天，复这门扉又重新合上，寿安步履匆忙地回了车上来。

寿安对着明萱说道：“小路说，昨夜韩大人请了好些官大人到别庄，让他父亲置了一桌子上好的野味，这些客人个个喝得酩酊大醉，韩大人这会儿也还未曾走呢，他要帮着他父亲一起做活，所以今儿不能跟我一块玩了。”

他顿了顿：“我问小路昨夜都来了什么客人，他也说不清，不过他上菜的时候，确实听到有人对着一个长相俊俏的郎君唤了声裴大人。”

小路，便是韩府别庄那位管事的小儿子。

小素忙问道：“可还问到了些别的吗？那位裴大人这会儿可还在别庄里头？昨夜是否发生了什么奇怪的事情？”

她轻轻捶了捶寿安的脑袋，有些责怪地说道：“方才不是交代过你吗，问得越详细越好，小姐来寻我们两个办差事是信得过咱们，你分明可以做得更好，为什么不好好地再问清楚呢？”

寿安揉了揉脑袋：“姐，你停手！谁说我没有问清楚了？”

他转过脸去对着明萱说道：“小姐，小路虽然没有分清楚那些客人谁是谁，但昨夜却有事情发生。好似韩大人叫了一些美姬来唱曲助兴，其中一个不知道犯了什么事，大半夜的不知道叫哪位爷从屋子里扔了出去，小路的父亲正要将她赶出庄子去呢，谁料到又有人将那女人保了下来。”

才刚十一岁的少年，毕竟脸皮还薄，说起这段话时，脸上带着几分绯红。

寿安顿了顿：“小路一直都跟着他父亲一块，是亲眼看到的事，不过他父亲后来又再三嘱咐他，不许他将这些说出来。但小路跟我，是从来都没有秘密的，所以他刚才不等我问，就自个儿都说了出来。”

明萱心中一动，沉吟着说道：“寿安，你再帮我过去瞧瞧，停在庄子口的那些马车一共有几辆，马车尾部若是有图形标记的，你也记下来是什么样的形状，等都看清楚了，再过来告诉我，可好？”

她现在已经基本认定了裴静宸便在里头，但既听寿安说昨夜此处客人甚多，那韩修便没有法子真对裴静宸动什么手脚，想来安全应是无虞的，只是知己知彼方能百战百胜，她需要知晓里头大约都是些什么人，才好决定下一步该如何做。

过不多久，寿安回来：“小姐，前面一共停了七辆马车，一辆是韩大人的，我从前见过，一辆没有爵徽，就是寻常的两辕小车，另外两辆是镇国公府裴家的马车，我认得，还有三辆车尾画着老鹰，这却是没有见过的。”

明萱神色一凛，老鹰……那是杨家……

第 36 章　脱困·回击·撇清

韩府别庄的后院客房，身着紫衣的男子瘫软无力地躺在榻上。

他双眼紧紧闭着，脸色惨白，嘴唇干枯发灰，看起来状态很差，伴随着低沉的急喘，他语气微弱地对着身旁的青衣小厮说道：“不要费力了。”

长庚双目赤红，跪倒在榻前：“爷，我舍了这条命不要，也要把这门撞开，只要我能出去，就把那支烟信点燃，长海和长空看见了，必会集结人来救咱们的！”

他紧紧攥住拳头，眼中带着决然：“爷，您的身子拖不得了，这回便是您不同意，我也必要试试看的。”

裴静宸几乎用尽全部的力气将长庚拉住，他紧闭的双眼睁开，露出一双疲惫倦极的眼眸，嘶哑的嗓音粗阔，每一个字都咬得特别费力：“不要，长庚，不要去，我还能撑住，等天大亮了，姓韩的一定会请我离开，我能撑到那时。”

他冷笑着说道：“我只是没想到，为了杨氏的那点私心，杨家竟然连脸面都不要了，明知道我这里是火坑，还要拼命将杨四推进来，骨肉亲情在他们眼里到底算什么？”

长庚终于缓缓坐下，他摇了摇头，低声说道：“我也不明白，若只是为了送个女人来离间爷和大奶奶的感情，那也不该是这样的……不论如何，杨四小姐总是杨二老爷的亲生女儿，装扮成舞娘送进来这里，实在是太过不堪了。”

他神情间忽然又满见愤怒：“还下那种害人的药！”

合欢散，是青楼花娘最常用的催情药，寻常人闻了不过是情欲炙烈，面对温香软玉的美娇娘不能控制住，可对裴静宸来说，那却是致命的毒药。

裴静宸年幼时饱受世子夫人杨氏的毒害，体内聚积了不少暗毒，倘若不是玉真师太擅长药道，这些年来竭力医治，哪里有命能够活到今日。

白云庵后山的那座温泉，不仅是他强身健体的锻炼场，更是舒筋活血的解毒池，从前他体内毒素未祛，玉真师太便将他置于其中，等他全身的筋骨都舒展开了，才将他放置药庐中的大鼎用药将毒素逼出来。

好不容易，裴静宸多年所受的余毒清得差不多了，但经过昨夜，一切却都又前功尽弃。

合欢散中有一味药，是他闻不得的，一旦沾染，轻则将余毒引出，浑身不适，重则便如同现今这样，浑身无力，连呼吸都觉得困难。

长庚心中沉痛，门窗尽都被从外面锁住，他不能清楚地知道现下的时间，只能依稀从室内的光线辨认出，此时应离天亮不太远了。

他心中紧紧提着，心想，等天大亮，那些将这里的门窗皆锁住了的人，一定都会趁着韩府别庄的下人醒来之前将这些东西除掉的，到时方才好坐实爷和那位杨家四小姐之间的……“奸情”。

长庚这样想着，目光便不由自主地投射向在门口处躺着一动也不动的女子，眉头紧锁，脸上露出鄙夷的表情，那是个身段窈窕的绝色佳人，她生得那么美，心却是那样丑陋，明明是金尊玉贵的小姐身份，非要配合着家人行这等龌龊事，自甘下贱！

他越想越是气愤，昨夜的酒一定是有问题的，而那些舞娘的身上定都沾了些特殊的料，否则他怎会滴酒未沾也浑身无力？那时酒宴终了，他勉强扶着爷回了客院，出去要热水回来，竟发现房门已锁，若不是他机灵，当即用轻功翻过去从后窗而入，将那女子

打昏，恐怕……

原本是想借着后窗将爷弄出去的，谁料到后窗也被人封死了！

裴静宸此时已经没有力气再继续睁着眼，他缓缓闭上双目，心中苦笑着想，现在看来，这一定是早就设计好的圈套了，他深陷这样的境地，却是因为太大意了，一时意气用事，没有想到差点会因此命丧黄泉。

昨日他与焦阮一起从户部衙门出来的，先是碰上了裴静宵和杨家五爷文秉和一群公侯子弟，后又与平章政事韩修狭路相逢，韩修如今是朝中炙手可热的青年权臣，人人都盼着与他结交的，那些公侯子弟又怎肯错过这个机会？

杨文秉尤显热情，邀请这些人一块去万花楼聚聚。

万花楼是什么样的地方，裴静宸心知肚明的，虽然平素难免也有去万花楼应酬的时候，但若非公事，他轻易是不肯去那样的所在的，一来是怕明萱心里不快，二来也是他自己不喜欢那样声色犬马的场合。

他本欲拒绝，但焦阮却兴致勃勃地答应了。

焦阮与裴静宸同在户部当差，是朝夕相处的同僚，他既然拉着裴静宸拍胸脯说一定要去的，裴静宸再严词拒绝他，似乎显得很不厚道。

和这些权贵的子孙不同，焦阮出身寒门，能得户部这份差事，全凭自己努力，他为人尚算不错的，只是想要攀附权贵的心重了一些，今日这机会，对他而言，少了这次，便再没有了的，所以他显得分外积极，毕竟以他出身职位，想要再与平章政事韩大人搭上线，那简直太难了。

裴静宸望着焦阮那期盼的目光，终于没有忍心将拒绝说出口来。

当然，也还有些其他缘故的。

他虽说为人谨慎老成，但到底还有些少年意气，韩修言语相激，他心中难免生起一些斗志来，那可是他妻子的前任未婚夫，哪怕是现在，也对他深爱的女人虎视眈眈的男人，换了任何一个人，恐怕都受不了这种挤对，他一时冲动，便应下了邀约。

原本晚上如有应酬，他势必要差遣长庚先回府报讯的，是为了不要明萱担心，可这回长庚还未离开，却被裴静宵拦了下来。

当时裴静宵仍旧是用那副万年不耐烦的语气说的："我的小童本来就要回府禀告的，这同一件事还要差两个人回去，这算什么事？让人看了还以为我们兄弟失和呢！"

他转身对着小厮说道："回去跟二奶奶说一声，爷我今儿和朋友在外头聚聚，再让你二奶奶遣个丫头去告诉大奶奶一声，就说大爷与我在一块呢。"

那小厮领了命去了，裴静宸和长庚又被人簇拥着进了不远处的万花楼。

现在想来，这整件事若是预谋好的，裴静宵的小厮又怎会真的传话给明萱？

裴静宸只觉得心中苦涩得很，倒不是害怕自己性命堪忧，经过昨夜的疼痛，他现下除了浑身没有力气之外，倒已经好多了，离天亮越来越近，他知道离自由也越来越近了，杨家的人一定会想法子在韩府的下人发现这些门锁前将人为的痕迹去除，到时候定有一场声势浩荡的捉奸在床。

可他现在这个模样，明眼人一看就能明白是遭了算计的，杨家的算盘恐怕是要落空了，别的不说，杨家的小姐穿着舞娘的衣裳出现在他房间里，这件事说出去，便足够丢人了，倘若他不肯应下，杨家又能奈他如何。

这时，后窗传来窸窣的响动，有个清脆的童声低声响起："里面有人吗？这里有一把琵琶，是不是里面的人的？"

长庚一愣，忽然他似乎是想到了什么，猛地从地上跳了出来，他靠在后窗前压低声音问道："是我的琵琶，我是太白，你是谁？"

那是前些日子，他在报账目给明萱听的时候，明萱忽然笑着对他说的话："长庚，你的名字是谁取的？道教之中，长庚便是太白金星，论地位只在三清之下，不过，最初时，他可是位穿着黄色裙子，戴着鸡冠，弹奏着琵琶的女神！"

虽然是调侃的话，但他却记忆犹新，而这猛然间有人拿琵琶来说事，他自然立时便能联想到明萱身上去。

那头忙回答："长庚哥哥，是我，我是寿安，小姐让我来看看情况，姑爷在里头吗？你们怎么样？"

长庚松了口气，忙道："爷的状况不太好，我和他被困在这里了。现在是什么时辰了？韩府的下人可曾起身？"

寿安忙道："早起了，现在有农事的，庄子里的人大多都去忙农活了。我听小路说，昨夜的酒似乎比较厉害，这些贵公子们都醉倒了，小路的爹命人将他们都扶进了客院，连韩大人都还醉得人事不省着呢。"

他顿了顿："小路说，他爹吩咐了不要吵醒这些爷们，怕惹了韩大人发怒，便只好派了人在院子门口听动静，没有一个人敢进院子呢。小姐怕你们受了算计，所以命我先进来问问，可遇到了什么麻烦？需要我做些什么？"

长庚又望了眼那一动不动的女子，皱了皱眉头说道："我和爷的确被人算计了，我们被人反锁在屋子里，不只如此，他们还送了个女人进来，幸亏那女人自己娇弱，我不过是轻轻一拳，她便昏睡了过去，现在还没有醒。"

他皱着眉头想了想："那女人莫名其妙的，若是被人发现在我们屋里，恐怕要缠上爷了，到时候惹大奶奶不快，徒让她伤心便不好了。小寿安，帮长庚哥哥一个忙好不好？"

屋子那头寿安点头说道："长庚哥哥你快说，只要能给小姐分忧，我什么都能做得的！"

长庚附在窗栏之上，低声说道："先想法子将后窗的木栏取下，帮我将这个女人弄

出去，然后……”

韩修睁开眼，只觉得头痛欲裂，宿醉之后胃中空虚难受，一股酸腐气息从腹中奔涌直上，令他忍不住打了个嗝，他想，从前年少时节也曾醉卧疆场，与军中兄弟同袍彻夜饮酒都是拿坛子直灌的，可从来都不曾醉得这样难受过，难道真的是年纪大了会力不从心？

猛然，他似乎想起了什么，脸色骤然大变，撑着手肘以极其敏捷的方式翻身而起，对着门扉厉声喝叫道：“延一，滚进来！”

苏延一依旧穿着青色的粗布麻衣，他黑着脸进到屋中，垂着头嗫嚅着唤了声“主上”，便不敢再说话。

他一向自恃谨慎自持，身为主上的守卫，可谓是殚精竭虑，无时无刻不保持着格外的警醒，可昨夜不知道是怎么回事，不过是在后厨偷喝了两口酒，便整个昏沉沉的，以至于出了疏漏，半夜时分令个小小的舞娘爬上了主上的床榻，却没有发觉。

若不是主上还存了一丝神志，恐怕……

主上平章政事之尊，玩个把女人并不是什么大事，夫人又向来贤惠，因她身体不好，于子嗣上有妨碍，曾数度提出过要给主上纳妾的，倘若是寻常景况，一个舞娘罢了，实在不算是什么事。

可昨夜蹊跷，众人皆醉得不轻，自己本该保持警惕的。否则，若这舞娘心怀不轨，主上的性命堪忧，那他便要成千古罪人了！

韩修面容冷峻，眼神像是凌厉的飞刀，似是能将人的骨肉刺穿，过了许久他才低声问道：“现在是什么时辰了？”

苏延一上前一步，低声说道：“辰时刚过了三刻，众位公子昨夜都醉得不轻，管事的安排他们到了客院留宿，方才我去看过了，皆还未醒呢。”

他瞧了瞧韩修脸色，小心翼翼地问道：“主上若是觉得头疼，不若再歇一会儿？若是那客院中有了动静，我再上来回禀。”

宿醉难醒，不是日上三竿，恐怕昨夜聚饮的那些公子们都起不来。

韩修眉头深皱，声音越发低沉起来：“昨夜那个舞娘……”

他脑海中残存着昨夜的记忆，那个衣着暴露的舞娘不停围绕着他打转，不论他怎样想要将她推开，都不能做到，后来他迈着踉跄昏沉的脚步令侍儿扶着他回了屋子，不知道怎的，那舞娘竟也跟了上来。言行极尽暧昧大胆。

韩修的眼神一沉，脸上浮现出巨大恼意，若非他自小在西北疆场长大，心中始终还保留着战士的防线，这时候出现在面前的该是怎样一幅不堪入目的场景？他不是坐怀不乱的柳下惠，亦非半分女色不沾的清徒子，可他有自己的原则，像那样来路不明的女人，他是决不肯沾染半分的。

他嫌脏。

苏延一低声说道："昨夜您令人要将那舞娘打杀，是裴家二爷将人保了下来，那舞娘后来便跟着裴二爷进了他屋。"

他顿了顿："我方才去酒窖检查过，咱们的酒水没有问题，菜是管事的亲自操办，也不会被人动了手脚，唯一的可能，便是杨五爷带来的那两罐酒出了问题，还有，我现下细细想来，那些舞娘进场的时候，身上带着香风，未必不是那些香味的问题……"

韩修脸色一沉："杨文秉带来的酒喝干净了，酒罐总还在吧？去验验，里面到底下了什么东西。"

苏延一却是满脸的羞愧和为难，他低声回答："爷，我晨起找了一大圈，没有……没有找到那两个酒罐，我问过管事，他说昨夜喝得尽兴时，那两个空罐被杨五爷给砸烂了！"

他忙接着说道："此地无银三百两，若非那酒里有问题，杨五爷怎会无缘无故砸东西？爷，您细想，从昨夜咱们遇着杨五爷开始，这里头是不是有些古怪？好像每一步都有人刻意引着成的。是杨家五爷搞的鬼没错了，可是，爷您说，他这到底是冲着谁来的？"

若费了那么多心力，不过只是为了送个舞娘上主上的床，那便有些令人觉得匪夷所思了，再说，主上如今在朝中权势彪炳，只在裴相之下，杨家不该这样冒失的。

韩修眼眸低垂，随即却是眉头一挑，他挥了挥衣袍的袖摆，迅捷地下了床榻："走，咱们去客院看看去，杨文秉不是裴静宵这样的无脑纨绔，他来这么一手，必然不会无的放矢，但未必是冲着咱们来的，也许……"

他心中浮现出一个俊美如玉的身影来，眼神变得越加深邃。

客院门口，苏延一正待推门，忽听得里头传来凄厉的女子惊呼，他脸色一凛，当即推门而入，只见衣衫不整的女子正指着一间门扉微闭的屋子尖声惊叫，她脸上满是不敢置信的表情，像是活活地见了鬼一般。

他认出那女子正是昨夜差点爬上主上床榻的那位，脸色便甚是不耐，厉声疾喝道："你在此处做甚？"

那女子闻言，忙拦在那屋子的门口，有些结结巴巴地说道："奴婢……奴婢……"

韩修也认了出来，他难掩心中厌恶，皱了皱眉对着身旁的侍卫说道："堵了她的嘴，将她押去柴房，先关起来，等稍后再做处置，快去！"

他当真是半刻都不想再看到这舞娘。

苏延一立在门口，脸上浮现出与方才那女子一样的惊愕表情，他嘴角不由得有些抽搐，面带尴尬地对着韩修说道："爷，您来看看……这……"

因是客房，便只是直通通的一间屋，并未设置什么玄关外室，只在门口便能将屋子

的情形一目了然地看清，而此刻，雕花木刻红漆的大床上，正人事不知地躺着一对交颈而卧的男女，那男子长相清俊，赫然便是杨右丞膝下颇为看重的嫡孙，杨家二房的嫡次子五爷文秉。

可令人震惊的，却是躺在他身旁的那个衣衫暴露的女子。

他认得那张脸。

前不久杨右丞府上举办的花会，他陪着主上也一并去了的，虽然并未久待，只是略坐了下算应了杨右丞的面子情便就走了，可却不曾错过荷塘池水那处发生的那幕好戏。

杨三小姐落水，被新科探花颜相公所救，后来两家便乘势商讨结亲，被传为一时佳话，可事实的真相如何，恐怕除了那时恰好在岸边的他和主上两人之外，连船上的人都不清楚吧？

那日主上听说裴家大奶奶跟着众位小姐去游湖戏水，便追随着她身影在岸上踱步，人人都只当主上是在看那满塘的荷花，只有他知道，主上的眼中没有荷花，只有裴大奶奶。

他纵然备感无力，可主上的意思却是他无可违逆的，再说，身为一个男人，心里也总是有几分对主上的同情与可怜，裴大奶奶已经嫁人，这事实无可改变，主上便是心中再痛，也不过只能像这样远远地，隔着几重荷叶瞥一眼她的身影，因此他再无奈，也只好跟在主上身后。

可正因如此，却让他目睹了整件事情的经过，他看得分明，船头那个美若天仙的女子本是想要将裴大奶奶推下水的，却不知道怎的令得杨家三小姐入了水，他当时心下感叹最毒妇人心，却又暗暗松了口气。

若是当真入水的是裴大奶奶，主上怕是要……

这事虽然以佳话揭过去了，可他却记住了那张美丽而丑恶的脸。

因此，苏延一才会感到惊愕，因为这会儿躺在杨家五爷身侧的女子，正是他同父异母的亲妹妹杨四小姐乐霓，这可是要遭天打五雷轰的禁忌啊！

韩修双眼微眯，从鼻腔中发出一声冷哼：“杨文秉这回算是偷鸡不成蚀了把米，他算计人不成，这回连里子面子都要丢了干净了。”

他眼中有一闪而逝的杀机，冷笑着说道：“延一，闹出点动静来，让这些盛京城的名门公子哥们都瞧瞧，杨家的人都是什么样的货色！”

整件事再简单不过了，杨文秉在带来的酒水中下了药，那些舞娘亦是他不知道从何处弄了来的，他究竟想要做什么还未可知，但做戏要做全套，若是整屋子的人皆醉了，他却还清醒着，难免要惹人怀疑，他便当真也弄醉了自己。

到时，便是有人起了疑心，他大可一脸委屈地辩解：“我也人事不省呢！”

可现下却是搬起石头砸了自己的脚，这位杨四小姐因为口不能言是个哑子，甚少出现在盛京的交际场合，可前些日子杨府那场花会上她却是时刻陪在杨三小姐身边出现过的，以她的容貌，见过她的人自然不会忘记，客院中的那些贵公子们，十有八九都该认得她的。

众口铄金，便算他兄妹并无发生什么的，也要被坐实恶名了，杨五的前程便算是毁了，杨四小姐……若非出家清修，便也只有死路一条。

韩修不由得有些暗叹做这手脚的人行事狠绝，倒是颇得他心意，对付杨家这样的小人，便该以这样的法子重重回击，杨五也好，杨四小姐也罢，都不值得同情。

这时，被外头声响吵到了的客人们纷纷有了动静，隔壁的门扉开了，裴静宵满眼惺忪地问道："发生了何事？"

裴静宵揉了揉惺忪的睡眼，茫然地向四下张望，似是在寻找着与他昨夜春宵一度的那个舞娘，遍寻不着之后，才慢慢踱步走到韩修身侧，嘴里嘟囔着问道："方才听到好大的动静，到底发生了何事令韩大人这般惊讶？"

他一边问着，一边瞥眼向屋内望去，那暖昧景象令他不由自主地浮起调笑神色，语气颇带了几分意味不明的调侃："啧啧，韩大人，想不到您……"

昨夜那群舞娘姿色撩人，因此那些游戏花丛的贵公子们哪怕醉得已有八九分，也不忘回屋时带走一个的，这并不是什么稀罕事。

但身为堂堂平章政事，韩修这会儿开着杨文秉的房门，大剌剌地看着屋子里的景象，这绝非君子所为，与韩修平素的冷傲形象颇为不符，裴静宵酒醉刚过，头脑甚是不清楚，竟自以为看透了韩修本质，难免有些自得。

可当他终于看清楚在杨文秉身侧躺着的那女子容貌时，却犹如被一阵阴风席卷，整个人脸色都蓦然剧变起来，他双唇微颤地说道："四表妹……怎么会？"

身后传来几个懵懂不明的声音："裴兄，什么四表妹？"

在韩修授意之下，宿醉在客院的公子哥们纷纷起身，见众人围聚便都凑了过来，连裴静宸也在长庚的相扶下脸色虚弱地上前，他剧烈地咳了几声，然后轻轻将手搭在了裴静宵肩上："二弟，你刚才说什么？四表妹怎么了？"

裴静宵醒过神来，望见四周不知道何时围了那么多人，脸色更加不好了，他一时不知应该如何回答，思忖片刻之后，竟不再理会屋内的那两人，反倒一脸关切地对着裴静宸说道："大哥，你脸色不好，是不是又犯了旧疾？"

他转身冲着韩修抱了一拳："韩大人，我兄长身子不适，我看我还是先送他回府请个太医瞧瞧，这里的事便都麻烦您了。"

将话说完，裴静宵竟头一次兄友弟恭地扶着看起来十分虚弱的裴静宸离开。

韩修望着那对身形颇有几分相似的背影眼神微微闪动，人人都说镇国公府上的二爷不过是个鲁莽的绣花枕头，但今日看来，却并非如此，眼见杨文秉这回决计落不到好，他为了不把自己牵连进去，连这屋子的门都没有跨进去半步，反倒借着素来不和的兄长

逃遁避开，可见其人绝非徒有虚名的草包。

他想了想，便对着苏延一吩咐道："昨夜喝得太凶，一夜未归，倒惹了你们夫人担忧，方才老柴来禀，说夫人身子不适，我要先回府一趟。"

他微一顿："这里的事，你看着处理了吧，贵客们若是愿意多留一会儿，你便请总管好好招呼，万不许怠慢他们！"

苏延一微微一愣，从头到尾他都与主上在一起，老柴何时曾来回禀过什么？可他在主上身边待得久了，多少也能领悟上意，不过一瞬，便就明白主上此言不过只是为了撇清干系，便忙躬身说道："夫人身体不适，还请主上赶紧回府，这里的事，有属下呢！"

他说得郑重，倒惹了不少瞩目，心里却悄悄嘀咕着，原来有个常年卧病在床的夫人竟也有这样的用处。

等下杨五爷和杨四小姐醒了，这件事说不得要闹得多难看呢，主上若是还在这里，那多少都要担上干系的，可若是主上及时离开，那杨家的这盆污水便泼不到这里来，一饮就醉的酒是杨五爷带来的，那些衣着暴露的舞娘亦是杨五爷自己请的，至于他们的杨四小姐怎么会在此处，也自然要问杨五爷才是。

苏延一目送韩修离开，直到背影消失不见，这才转身对着围聚一圈的公子哥们说道："属下让别庄里的管事煮了醒酒汤，几位爷既然醒了，属下便派人给众位送过去。"

他轻轻清了清嗓子，语音暧昧不明："杨五爷似是醉得很深，还是莫要打扰了他休息吧。"

倒像是息事宁人的意思。

可方才裴静宵一句"四表妹"早就勾动了围观者的心思，这时，勇威将军的小儿子李晗颇有些迷糊地说了一句："咦，我瞧着杨五哥身边躺着那位，倒真的有几分像他们杨家的四小姐呢。"

他用手肘捶了捶身旁护国大将军长孙罗壁的胸膛："罗大哥，那日杨府花会游船，你不是还说杨四小姐姿容绝色，更胜乃姐，可惜了是个哑子吗，你过来瞧瞧，到底是不是？"

苏延一目光微垂，眼底露出笑意，心中想道，这些盛京城中的贵介公子们一旦将话传扬出去，不管之后杨家拿出来什么说辞，都已经不再重要了。

若那女子真是杨四，那兄妹相奸，整个杨家的名声都算是毁了，以后还有谁敢娶杨家的女儿？敢嫁杨家的儿郎？便算那女子不是杨四，那也坐实了杨五恋妹的不轨心思，不论如何，杨五前程尽毁已经是定数了。

苏延一嘴角微微翘起嘲讽笑容，谁让杨五胆敢在太岁头上动土，他既然敢在韩家别庄动这些手脚，那么就该要做好失败之后承受无边痛苦的准备。

他这样想着，便假作为难地往后退了几步，不再说话，将主场让给好奇心盛的李晗和罗璧等人。

床榻之上，杨文秉其实早就醒了，在裴静宵嚷嚷的时候他头脑便已经清醒，从外头的窃窃私语中他约莫揣测到了如今面对的景况，他心中又惊又怕，却始终以良好的自制力控制着自己不要睁开眼，只要外头有人肯将那门合上，给他一点点喘息的时间，他便能做到从这恶劣景况下抽身而退。

但他失望了，他的好表哥裴静宵并没有帮他一把，而是选择了避开这场闹剧。

他万般无奈，便只有继续装醉下去，可李晗开口之后，他便顿感大事不妙，那两位可是盛京城中出了名的纨绔子弟，倘若真的任由他们追根究底，证实了身侧那女子是四妹妹的话，那简直就是对他直接宣判了死刑。

绝不能够的，必须要想个法子将自己摘出去才行。

杨文秉悠悠醒转，从床榻上起身坐起，揉了揉眼睛，一脸莫名地望着逼上前来的李晗和罗璧，皱了皱眉说道："好吵，发生了什么事吗，李兄弟，罗兄弟？"

李晗嘻嘻一笑，指着他旁侧的女子说道："这舞娘身段真好，长得跟贵府上的四小姐一模一样呢，杨五哥，想不到你……"

他挤眉弄眼，脸上暧昧不已，声声句句都在暗示着那女子便是杨四小姐。

若是寻常人听到这样的话，必该雷霆震怒，但杨文秉却笑了起来："李兄弟，还没醉醒吧？说的什么胡话呢，咱们是好兄弟，这些大不韪的话我便只当没有听见，切勿再提。再说，我昨夜可是一个人回屋的，身侧哪里有什么女子？"

他这话说完，看到罗璧脸色怪异地指着他身后，便转过身去，似是被惊吓到了一般，整个人都跳了起来，毫不客气地一脚将那女子踢下床去，脸色显得十分恼怒："这定是二表哥的恶作剧，他分明知道我有些洁癖，向来不沾那些风尘女子，竟还将那样的贱人扔在此处。二表哥？二表哥呢？"

杨文秉脸色很差，将外衫罩住后，便急匆匆出得屋子，语气烦躁地对着苏延一说道："这位大哥，我这个人天生洁癖，刚才鞋子沾到了不干净的人，这会儿觉得浑身都痒痒，便不在这里久留了，若是看到韩大人，还请给我道个罪，就说文秉改日再携重礼过来请罪。"

他话音刚落，便落荒而逃，竟真的将屋子里的杨四小姐给丢在这里忘得干干净净了。

李晗和罗璧原已经有七八分确认这女子乃是杨四小姐了，但杨文秉的态度却又让他们不敢确信了起来，等到杨文秉恼怒离去，众人见无戏可看也都散场，李晗双手捧着地上女子的脸不解问道："罗大哥，我的眼睛没看错呀，这女子果真该是，怎么会……"

罗璧意味深长地说道："杨文秉除了撇清还能如何？若是他认下了，那岂不是这辈子都抬不起头了？好了，贤弟，若是不想和杨家结梁子，这会儿儿便该走了。"

他嘿嘿一笑："反正这种事，是纸里包不住火的，还怕到时候没有热闹好瞧吗？"

一出了客院，裴静宵便甩开裴静宸的手臂，面色有些不太自然地说道："病秧子就是病秧子，才好没几日就又是这副鬼模样了，我还有事，可没空理你，外头有车，你自个儿回去吧。"

他话说完，也不待得到回答，便匆忙离去。

裴静宸嘴角微撇，心下有些嘲讽，和裴静宵之间，他倒是从来都不曾期待过会有什么兄弟之情，只是对方刚才还亲亲热热地利用他，转眼便又翻脸无情，这性情脾气与杨氏如出一辙，令人不屑。

但这种事自小到大遇得多了，他也并不计较，不过一笑而过罢了。

他在长庚搀扶之下，脚步略显沉重地缓慢前行，一边走一边低声问道："大奶奶就在外头吗？"

英俊好看的脸此时发白，看起来十分惨淡虚弱，语声低缓，听着很有些有气无力的感觉，只是那话语中的欣慰惊喜却是掩盖不住的。

长庚轻轻点头："是，大奶奶就在外头候着您，若不是她及时来了，恐怕这回咱们就要栽了……"

他顿了顿，又道："来时的马车还在外头，但赶车的却不是咱们的人，所以我让小寿安想法子在马车上动了点手脚，那车赶不了路，咱们借机坐小寿安的马车去，大奶奶正在那车上等着您。"

裴静宸的身子状况极差，需要立即去一趟白云庵，他体内的余毒爆发，此刻唯有玉真师太能够救治，越快越好，一刻都耽搁不起的，若是经由裴家的马车从清凉寺过去，又要费一番周折，他恐怕折腾不起。

所以，裴家的人是有必要避开的。

韩府别庄门前，惊马乱作一团，裴府的马车像是散架了一般倒在路边，车夫着急得不行，见了裴静宸过来，忙惶恐地说道："大爷，这车不知道怎么坏了，要修好恐怕还要有段时辰，不知道能不能请韩府的管事先借一辆马车，让小人把您先送回府去？"

长庚故意沉着个脸说道："平章政事大人日理万机，哪里是什么样的小事都能叨扰的？我记得大奶奶有个庄子就在附近，你便在此处修理马车，我先扶着爷去那略坐坐去。"

他搀扶着裴静宸往外走去，一面低声说道："爷，再忍忍，就在前头，走几步就到的。"

这时，忽然从身后传来一声洪亮的喝止："裴公子，请留步！"

是韩修。他坐在高大的双辕马车之上，面容冷峻地说道："裴公子的马车坏了啊，我看你脸色不好，急需寻个大夫来瞧瞧，恰好我也是要回内城，不若这样，两位上我的车，与我一道回城，到时我先把你们送回镇国公府就是。”

这般邀请，倒不好拒绝。

裴静宸几不可察地皱了皱眉，他强自撑起，脸上现出淡然自若神情，笑着说道：“不过是宿醉之后有些头疼，不碍的。内子在前头也有别庄，我过去歇一下再回府，便不劳烦韩大人了，您是股肱之臣，国之栋梁，每日里朝务繁忙，我便不打搅您了。”

他的身子已然有些撑不住了，倘若真的坐了韩修的马车，那到时候定是吊着一条命回的裴府，杨氏若是有意拖着，他性命危哉。

韩修挑了挑眉：“我是主，你是客，客人身子不舒服，我这做主人的难辞其咎，裴公子，我瞧你脸色真的很不好，还是莫要与我推辞了，若是耽搁得久了，有些什么不好，我韩某担待不起。”

他纵身一跃，跳下马车，便要上前扶过裴静宸，好将他强行带上马车。

这时，一辆半新不旧的小车驶了过来，十一二岁模样的少年满面欢喜地叫嚷道：“是姑爷吗？真是姑爷！我就说老远的在那头田地里看着像您，果然是您！”

那少年从马车上下来，蹦蹦跳跳地走到裴静宸面前：“姑爷，您还记得小的吗？小的是寿安呐，今儿可真是巧了，七小姐恰好过来巡庄，这会儿正在庄上跟我娘说话呢，我这刚出来田地里晃悠，便又瞧见了您！”

裴静宸虚弱地一笑，轻轻抚了抚寿安的脑袋，笑着说：“是吗？我的马车坏了，正好要去庄上歇下，你家小姐也在的话，等会我们两个正好一块回府去。”

他转头对着韩修唇角微扯，略一欠身，竭力维持着声量说道：“韩大人，内子恰好在此处，我便不叨扰您了，您贵人事忙，莫要耽搁了您的大事，请吧。”

话已至此，韩修自然没有什么好说的，他眉头微动，做了个请的姿势。

裴静宸便在长庚和寿安的搀扶下勉强地上了那辆灰不拉几的小车，对着韩修轻轻点了点头，蓝色小碎花的布帘放下，马车急转，调了个头，匆忙地往前方不远处一座庄子奔去。

马车在泥道上留下深重的印痕，韩修盯着发了会呆，随即深深地吐了口气，他眼神一深，对着身后的护卫说道：“去盯着刚才那辆马车，看看到底是去向何处，小心一些，莫要叫人发现了。”

他行军打仗日久，看车痕便能约莫估算出寿安驾的小车上显然还另有他人，听方才对话言语，想来在车上的便是他朝思暮想的那个女子了，而她此时会在此处的缘由，并不难猜测，联想到杨家的举动，心思灵动的他差不多便想通透了整件事情的全部。

那护卫恭声道喏，刚待要走，韩修却又忽然喝道：“回来。”

刚毅的脸庞略带了几分肃萧，他沉默良久忽然又摇了摇头：“不必去了。”

那护卫显然是被这反复的命令给弄得有些发愣，小心翼翼地问道：“主上，真的不用了？”

韩修垂下眼眸，心中颇觉酸涩，他想到从前在战场他负责照顾她，每回他出外打探敌情，她必要在营帐前相候，那份温情是他心底眷恋的梦，如今她的温柔依旧在，可得到的那个人却不再是他了。长大之后，他的手段凌厉狠绝，比之幼时不知道要凶狠几分，他以为变的只是自己，谁料到……

她也变了。

苦涩蔓延到喉间唇角，扩散开来，成为无边苦痛。

而痛定思痛之后，才恍然大悟，原来这就是背叛的代价啊！

他撕毁婚约，得到了无法想象的权势，位极人臣，风光无限，一步步精心织就的锦绣华图坦荡顺利，汲汲营营这些年所作的一切努力和铺垫，只要再给他一点时间，他就能将母亲的冤屈和仇恨全部清算。

上天果真公平得很，你想要得到那些本来不该得到的，便必须要付出你原本拥有的。

而明萱，便是韩修所要付出的代价。

不是不后悔的，但命运的车轮碾过，将他原本苦心算计好的一切尽数毁去，在他惊愕一手导演的曲目不知道在何时已经不按着剧本所演时，已经覆水难收，亦不能回转。

在当时那个节骨眼上，他很清楚地知道若是能与卢家的独女联姻，那必会是青云直上的最好方式，以他赫赫军功与不凡见识，想要滔天权势，绝不难的。他背负仇恨，满心满眼皆是对权势的追逐与执迷不悟，借助女人的势力又如何？他早已经不择手段。

所以，他选择了放弃明萱。

不，只是暂时放弃……

当年满堂宾客之前，他韩修毅然决然地撕毁婚书，不过是个精心设计的谋算，是，他是自私，因为不愿意她被别的男人觊觎，所以才刻意选择这种方式破坏她的名声，以争取那令他得以喘息的时间。

他当时想得何其简单，因为知道卢氏女是早夭之命，所以便天真地以为，只要明萱心上有他，必会为他守身如玉，在卢氏女过世之后，在他大仇得报以后，他再迎娶她为妻，她定然也是欢喜愿意的。

韩修向来坚毅的眼眸中忽然闪过一丝痛楚，他强自迫令自己不再去想，过了许久，刚毅冷峻的脸上现出几分凄寒神色，迎着扑面而来的暖风，他苦笑连连：“不必去打探了，不过你还是留下来，告诉延一，想法子扣住那些舞娘。”

他顿了顿，身上忽地散发出一阵森冷肃杀的寒意：“不论杨家是冲着谁来的，杨五敢在我的地盘上连我也一并算计了进去，就绝对不能饶恕，你告诉延一，就说是我的话，先前押去柴房的那女子，一定知道些什么。”

玄色的宽袍袖舞翩飞，浑身森冷的男子跃上马车，疾驰而去。

白云庵。

明萱神色焦虑地望着正在替裴静宸诊脉的玉真师太，见她终于将手放下，才敢出声问道："祖姑婆婆，他体内的毒到底是个什么情形？"

南郊韩府别庄前，她忍着心底的忐忑惊惧，令寿安在韩修面前接走了裴静宸，原以为一夜惊心到底是将人平安地带出来了，谁料到他的状况竟然那样差，还不待她问清事情的来龙去脉，他便昏厥过去，那惨白的脸色触目惊心，令她心底一片冰凉。

好在长庚尚存了理智，勒马狂奔，径直驾着小车来到这清凉山腹中的白云庵中，这些年来，裴静宸的身子一直都是玉真师太替他调理，这周朝皇城中再没有任何人能比师太更懂得他身上的毒，可这一诊小半个时辰，师太脸色越发沉重，她的心也犹如置身冰窖。

扇睫微垂，遮不去眼底一片忧心，明萱双唇微颤，含着泪问道："他……会不会有性命之忧？"

玉真师太愁眉紧锁，脸上神情甚是凝重，她沉吟半晌对着明萱说道："萱姐儿，你姨祖母常说，你是个坚强的孩子，我便也不与你说那些虚话，宸哥儿这回确实有些麻烦，算是一脚踏入了生死关。"

她微顿，叹息一声说道："宸哥儿是个可怜孩子，他出生就没了母亲，又运不好，投生在那样的家族，有个那样的父亲……深墙高瓦之中，无人庇护，不知道受了多少暗算。杨氏心狠手辣，绝容不得宸哥儿的，她要置宸哥儿于死地，一出手便是千金难得的异域奇毒梦寐，那东西无色无味，少量使用并不显的，但若是天长日久地下在了人的饭食里，积聚起来到一定的程度，便能绝人性命，连仵作亦验不出来。"

若不是玉真师太对药道有些研究，恐怕也看不出个所以然来，时日久了，以裴静宸那病弱的身子，忽然有一天暴毙，旁人也只当是命数如此，他母家无人，玉真师太纵然疼他，到底是方外之人，不好插手尘世之事，那时又有谁会为了他去追根究底呢？

玉真叹了口气，接着说道："这梦寐之毒，我只是听人说起过，却从未见过，只好凭借着恩师的一点手札心得自己琢磨解药，这些年来，想方设法，算是将他体内大部分的毒素逼了出去，可到底涉猎有限，有几味毒并非周朝所有，我不曾见过，因此无法全解。"

她脸上现出焦虑神色："原本那点余毒被压制着，倒也是相安无事的，可是他昨夜着了人的道。合欢散中有一味药，与他身上的残毒相克，闻得多了，会将余毒诱发，一旦这余毒发作，会很快蔓延至五脏六腑，轻则昏迷不醒，重则丢了性命。我刚才虽给他服下了解药，但也不过是暂时压着，倘若这回不能将残毒彻底清除，便是这条命勉强救了回来，恐怕也真的要在病榻上度过余生。"

这些事，明萱虽然有所猜到，但裴静宸却从来都没有对她说起过，此时听得，心中满腔怜惜，又满腹怨愤，她蹲在床榻之前，玉手轻拂过他苍白如雪的脸庞，心疼得不能自已。

她眉头微皱，忽地转身向着玉真师太跪倒，重重磕了个头，语气坚定地恳求道："夫君身世坎坷，好不容易前程有了盼头，绝不能此时被邪毒击溃，祖姑婆婆慈悲，还请指点明萱解毒之法，不论多难，只要有一线希望，我都会竭尽所能做到的！"

玉真脸上颇见欣慰，但眼中却仍带着犹疑："这梦寐之毒出自西夏，乃是皇室秘药，相传是用十八种毒草淬炼而成，如今尚留在宸哥儿体内的，有两味叫作瑶枝和碧桑，我只得其名，实在不曾见过到底是什么样的东西，因此这数年间令人去西夏境内偷偷搜寻，却都无功而返。

"倘若能够取到这两株毒草，令我细观其习性，想必是能够对症下药的，只是听说瑶枝碧桑生长在极西之巅，种类罕绝，不易取得，更何况，西夏虽然臣服周朝，两国却并不互通有无，偷入西夏国境，也非易事，恐怕……"

她纵然隐世方外，但总算也是皇室中身份尊贵的长辈，手中多少还有一些能够差遣的力量在，饶是如此，这些年来都不能取到这两样物什，明萱深宅女子，想要寻到毒草何其之难？

明萱微怔，脸色隐隐透着苍白。

诚如玉真师太言下之意，这件事对她来说太难了。

在镇国公府裴家，她是孤立无援的，除了裴相和裴世子的态度模棱两可外，恐怕所有的裴家人都巴不得裴静宸死了才好，她又怎么可能去向裴家的人求援？便是连裴静宸这回受到的重创，她也要想方设法瞒着的。

而顾家，她父母早亡，唯独一个兄长去了临南，整个永宁侯府，怕也只有朱老夫人是真心疼她的，但祖母到底年迈多病，早就不管事了，便是求着她也没有用的。

想要去西夏寻药，必要取得官府来往通牒，明萱思来想去，唯一能帮得上自己的，恐怕也就只有大伯父永宁侯顾长启了，可大伯父一心向着富贵，对自己这个侄女并不怎么上心，她便是开口相求，他也多半不会愿意，反而会将事情闹了开，到时候，裴静宸怕是凶多吉少了。

可找不到这两株毒草，裴静宸也是凶多吉少。

明萱双腿一软，身子便倚靠在裴静宸榻前不动，她觉得万分悲哀，好不容易在忐忑不安中接受了自己失忆的事实，接受了自己的命运，又躲过那么多算计，终于嫁得良人，可不承想会遭遇这样的境地。

难道真的没有法子了吗？

她猛然摇了摇头，对着玉真师太说道："祖姑婆婆能不能将瑶枝和碧桑的情况都给明萱说一说，不论有多难，只要有一线希望，我都要试一试！”

轻易放弃，绝不是她的风格。

再难，也总要试过以后才知道。

玉真轻轻颔首：“稍候我便将我知晓的都写下来。”

她顿了顿，语气忽然严厉起来：“萱姐儿，我知道你救夫心切，但万不能因此做出傻事来，你是公府媳妇，不是江湖上的女侠，若是你心里想的是要亲自前去西夏，我劝你还是息了这个心思。莫说路途遥远，江湖险恶，便是你动了不该动的心思，杨氏都能找到理由把你往死里整，她依着礼仪规矩，哪怕东平王妃出面都保不住你的。”

明萱摇了摇头：“祖姑婆婆放心，这些事明萱都省得的。”

她想了想，说道：“夫君在您这里治毒，此事不宜声张，我会回府向相爷他们解释，便说夫君在清凉寺清修，还请您隔两日下一份帖子，要我到庵中陪您讲经，到时我会亲自照顾夫君。至于寻药……”

她微顿：“我心中已经约莫有了主意，只是尚未想好，但我保证，决不会以身犯险，也不会做任何让杨氏有机可乘之事。”

玉真这才放了心，她轻轻拍了拍明萱肩膀，柔声说道：“宸哥儿在我这里，就算不能大好，但我总会设法保住他性命，至于解毒的事，尽可多想想办法，若实在……我便是舍弃了这些年来的坚持，也要亲自进宫向皇上求一求的。”

明萱鼻间一酸，忙握住师太的手说：“祖姑婆婆……”

她心里很清楚，玉真师太虽然在皇室中辈分极高，又享受尊荣，可血脉上到底与今上隔得远了，这梦寐之毒乃是西夏皇室秘药，虽说如今西夏国成为周朝属国，但这两味毒草总还是人家不宣之秘，便是今上愿意相帮，亦有些为难的。

更何况，这许多年来，玉真师太不插手政治，才能坐享经年清静，若非迫不得已，她实在也不愿意破坏。

明萱回头望着床榻上陷入沉睡中的丈夫，他颜色如画，美好得不似人间，可尽管玉真师太拍着胸脯保证过，她心里却也知道这回凶险，实在轻忽不得，不论如何，越早得到瑶枝碧桑，便越早能令他醒来。

她轻轻咬了咬唇，目光从未有过这样的坚定：“祖姑婆婆，我出来时间久了，这会儿必要回府，否则恐怕要惹人怀疑，夫君便有劳您照拂了，若他今日能醒，还烦请您跟他说，安心静养，外头的事全不必担心，我虽不才，也定会安排得周到妥帖，再过两日，寻着机会，我便过来亲自照顾他。”

她盈盈拜倒，郑重地再给玉真磕了个头，然后便盈然离去。

玉真望着明萱匆忙的背影，对着身旁的圆慧点了点头，脸上的表情略带了几分安慰：“从前东平王妃说这孩子好，我心里到底还存了几分保留，现下看来，给宸哥儿做这门

亲，确实是没有差的。”

她对着榻上一无所知的裴静宸一声轻叹：“宸哥儿，我早说过佛祖最是慈悲，他决不会让你一生悲苦，萱姐儿，可不就是他的恩赐吗？但愿，她果真能够给你寻来瑶枝碧桑，令你从此再不必受余毒发作之苦。”

庵堂清净，只有大殿处传来隐隐约约的木鱼声，梵音动人，屋中安宁一片。

为了不令人生疑，明萱绕行南郊接上了严嬷嬷后转而回府。

她心中揣测着昨日给了贺家的一个下马威，杨氏那等不依不饶的性子，定是要借着她出门的事生出闲话的，谁料到裴府中竟格外安静，她顺利回了静宜院，并不曾遇到一点阻拦。

丹红焦躁不安地在静宜院门口徘徊，见了明萱忙迎了上去，她左右顾盼，见无人在旁，这才压低声音对着严嬷嬷问道：“嬷嬷，可有了大爷的消息？”

严嬷嬷轻轻颔首，低声说道：“嗯，隔墙有耳，进去再说。”

她脸色凝重，眉间隐隐带着担忧，回府的路上听大奶奶将事情经过约莫提了，她心里很清楚，大爷虽然在白云庵里诊治，可仍有性命之忧，困境现在才刚刚拉开序幕，接下来还有一场硬仗要打。

只是……

严嬷嬷皱了皱眉：“今儿府里怎么那么安静？”

丹红忙道：“晨起时大奶奶刚出门，平莎堂便遣了个婆子来请，我拿咱们商量好的说辞搪塞了过去，这一上午其他几房的奶奶小姐们几乎都来了个遍，可是热闹得紧，后来听说世子夫人的娘家出了什么事，世子夫人便去了杨府，府里这些主子们才没盯着咱们这的。”

她顿了顿，低声说道：“我让长青偷偷去门上打听了，说先是二爷从外头回来，不知道去平莎堂与世子夫人说了什么，后来二爷又出了一趟门，没过多久杨家便来了人，好像是他们府上的哪位小姐没了。”

杨右丞府上殁了一位小姐。

明萱听了脚步一顿，转身问道：“可打听清楚了是哪位小姐？”

在去清凉山的路上，长庚将事情的来龙去脉都与她说过了，杨家五爷使出那样阴损的手段，令杨四小姐扮作舞娘也一定要缠上裴静宸，若不是自己及时派了寿安过去化解了这局，这时候可就扯不清楚了。

当然，长庚也将他的计谋和盘托出，杨四和杨五同床而卧，这件事至少韩修主仆是看得一清二楚的，那些盛京贵介虽然纨绔，但认人的眼力尚还有的，若是不出意外，今日之内，杨府家风淫乱，兄妹相奸的事，定当会传扬出去。

她原本觉得杨四自甘下贱，为了自己的私欲配合别人的野心，以这样低劣手段去陷害栽赃裴静宸，此举虽可恶可恨，但利用女子的名节将人以流言蜚语打杀总谈不上磊落，但得知那些合欢散催动了裴静宸体内的余毒，令他性命堪忧后，便再没有那样的想法。

此时此刻，她正发愁着该怎样寻到西夏奇毒而百思不得其法，听到杨家这两个字，便又勾起了新仇旧恨，恨不得将杨四杨五挫骨扬灰，听闻杨家死了个小姐，她心思便自然而然转到了杨四的身上。

丹红想了想："这倒没有听门上的人说，但我想着世子夫人没有带着二奶奶一道过去，想必是杨府上年纪稍小的小姐，大奶奶，不若我再让长青去打听？"

她心中为着大爷和大奶奶的安危着急，旁的事都并没有仔细放在心上，让长青去门上打听，其实也只是为了要尽快知晓些主子的消息。

明萱眉头一动，冷笑一声："不必了，我已经猜到那死了的定然是杨家四小姐。"

她目光微沉，对着丹红说道："你去让长青再跑一趟南郊庄上，让小寿安想法子打听打听，韩府别庄内，自大爷走后，又发生了什么事，尤其是，后来可有衣着大胆孟浪的舞娘出来，若是可能，事无巨细，皆给我打听了来。"

她想了想又道："顺便再把雪素请来，若是何贵也在，让他两口子都进来一趟，我有重要的事想请他们相助。"

丹红见明萱神色非一般的凝重，也甚是小心，忙躬身退下。

严嬷嬷见了，忙道："瞧您的脸色不好，快先到榻上歪一会儿，老话说，船到桥头自然直,就算再难的事,也要慢慢来不是吗？若是您先把身子愁垮了,大爷可该怎么办？"

她将明萱扶着躺到美人榻上，"这一日都不曾吃过东西，我去厨房亲手做点吃食给您，您先闭上眼睛，哪怕养会神也好。"

明萱疲倦地点了点头："我晓得的。"

她望着严嬷嬷匆忙离去的背影，眼睛沉沉地合上，想要歇一会儿，可脑子里的画面不断，却总是没有办法安静下来，在西夏都罕见稀有的瑶枝碧桑，连玉真师太都无功而返求而不得的东西，如今却是唯一能够解除她丈夫危机的什物，她该怎样才能得到？

"西夏国瑶枝碧桑……"脑子里这七个字不断回旋，但一时之间，明萱所能想到与西夏有关联的，也仅仅只有她避之不及的平章政事韩修而已，据说那个男人自小在西疆战场长大，七八岁就上战场杀敌，而他面对的敌人，便是西夏。

韩修斩杀过西夏元帅，又生擒过西夏皇子，那张永赋岁贡的降书亦是他亲手取回，哪怕已过去数年，但他曾经与西疆军队密不可分，是否还留有一些旁人不知晓的门道，能不能有法子帮自己取来瑶枝碧桑，或者提供些更确切详尽的消息？

这想法不过只存在转瞬，明萱飞快地摇了摇头，脸上露出绝望的神色来，她低声轻喃："不，不可能的。"

以韩修一贯行事，倘若他知晓裴静宸危在旦夕，必定是会拍手称快，莫说这两样草药并不易得，韩修也未必有这通天之能，便是他真能得到，他也不可能会帮自己。

可除了韩修，她一时之间，实在又没有别的思路。

明萱沉沉叹了口气，心里想道，暂时该按下这个心思才对。

何贵见多识广，还是先等他夫妇二人进来之后，商量着看看能不能有别的法子，幸好前些日子叫何贵脱手的南边的那些庄子大大地进账了一笔，暂时还没有买进新的产业，手头的活银数目甚是可观，实在不行，她便令何贵设法找些江湖中人去一趟西夏，重赏之下必有勇夫，她手上有钱，也未必就一点希望都没有。

倘若一点办法都无，那时候便是再不情愿，为了裴静宸的性命，她也愿意去求一求那位平章政事韩大人。

过不多久，严嬷嬷端了食盒进来，明萱用了几口，便见丹红从外头进来。

丹红回禀："长青去了南郊庄上打听消息，最快也要过两个时辰才能回来，我叫了靠得住的小厮去了一趟我表哥家，那小厮赶回来禀告说我表哥表嫂这就过来给您请安。"

她顿了顿，又补充了一句："对了，听说二爷方才回了府，将二奶奶接去了杨家，因杨四小姐并未出阁，不宜大葬，明日便要送殡的。

"不过府里这会儿都在传言，说是杨家四小姐前日不知怎么回事得了能过人的急病，没有熬过去这一劫，昨儿夜里没了，因是那要传人的毛病，所以昨夜里杨右丞便命人放进了棺木里到西山上的庵堂里一把火烧了，葬仪上只用空棺，发葬也只立衣冠冢，除了自家亲戚，也不再请人了。"

明萱目光微动，露出森冷寒意："我知道了。"

若是寻常人家遇到孩子得了传染人的毛病没了，遮掩都还来不及的，哪里会像杨家那样四处传扬？杨府此举，简直就是此地无银三百两，恐怕是在韩府别庄的事被人捅破了之后的先发制人吧。

杨家四小姐昨夜殁的，那么今晨出现在杨五爷榻上的女子自然不会是她，因为那时候她已经是一个死人，那些贵介公子虽然纨绔，却也都不是蠢材，不会非要拿一个死人说事，更何况杨右丞与裴相同气连枝，是朝堂上一手遮天的人物，便是那些人心里如同明镜一样，那话却是再也不敢随意乱说的。

当真是打的好主意！

明萱冷笑着说道："这事你先派人打听着，有什么新的传言，必定要立时告诉我。"

丹红忙道了声是。

这时，外头小丫头进来回禀："大奶奶庄子上的管事进来回话。"

是何贵和雪素夫妇两个到了。

事从紧急，明萱免了他们行礼，屏退左右之后，便低声将困境说出，她面上虽竭力维持着平静，但语音微颤，显然已经陷入了仓皇茫然的境地。

她捏着雪素的手，似乎想要在这一直以来最为信任的姐妹身上找寻到安慰和倚靠，双眼却望向何贵："你常出外行走，见识要远比我多些，替我想想看，事到如今，到底还有什么法子能够在最短的时间内取到这两样世所罕见的毒草？"

何贵一身深蓝色粗布麻衣，看起来比从前更沉稳了许多，他听闻此言愁眉深皱，心中一时有些摸不着方向，早先府里的小厮奉命传他，他知道明萱若是无事不会轻易唤他夫妇进去的，因此格外谨而慎重，甚至还在路上揣测过主子的心意，但没有想到这回面临的竟然是那般棘手的困境。

他和雪素都是七小姐的陪房，承蒙七小姐青眼相看，如今能独具一院，掌握一方，手中还有着大笔的银钱可以调度，在外头行走时，还被尊称一声"何大爷"，但归根结底，他仍旧是七小姐的奴才。

他夫妇二人与七小姐福祸相依，七小姐过得好，他两个才好。

而七小姐的命运，又与裴家姑爷息息相关，周朝虽不禁止寡妇再嫁，可裴家是公卿士族，倘若姑爷真有个三长两短，七小姐此生怕多半只能在这乌漆抹黑的裴家后宅终老。

便只是为了七小姐这份知遇之恩，他何贵也定要竭尽所能想法子得到那两株毒草的。

何贵沉吟半晌终于开口说道："小姐，您且莫慌，再为难的事也总有解决之道，属下思来想去，鸡蛋不可放在同一个篮子里，咱们也切莫将希望寄托在一条途径，该当兵分多路，多面出击。"

他微顿："首先，要从这梦寐之毒查起。照您所说，这味毒药乃是西夏皇室秘药，又罕见珍贵，那么裴府之中给姑爷下毒之人又是从何种渠道得到此药的呢？姑爷身上的毒既是累积数年而成，那定然是有人天长日久地在他饮食中做手脚，咱们上回捉住的那黄婆子是否知晓些什么？若是能循着这些蛛丝马迹寻到梦寐之毒，那这趟西夏便也未必非去不可。"

杨氏记挂着要杀之灭口的黄婆子，如今可还在何贵手上，那老婆子在静宜院二十来年，没有少在裴静宸的饮食药物中动手脚，倘若梦寐之毒是经了她手的，那说不定她还知晓些别的，不论如何，也算是一条线索。

明萱黯淡如灰的眼神蓦然燃起一丝亮光，她点了点头说道："你说得不错，我竟没

有想到这点，既然这毒那般难得，杨氏取之想必也不容易，只要查清楚二十年前与西夏之间的关联，想必能有所收获。”

她想了想，忙又道：“继续说。”

何贵抿了口茶，接着说道：“上回属下去南边办差，一路之上遇见了不少从西疆迁徙而来的百姓，我听说西夏国虽然立下了永赋岁贡的降书，可经过这几年来的休养生息，他们兵马渐肥，又有些不安分起来，在边境时有挑衅，西疆百姓苦不堪言，多有迁移去了内城的。”

他语气微转：“但正因为西疆纷乱，所以才比前些年管理疏散，若是派几个信得过的人改换装扮混入西夏国境，也并非毫无可能，只是周人不懂西夏语言，又对那里的地形不甚熟悉，这确是难处。”

西夏国能说周语的都是贵族，寻常百姓生活交流却都用本国语言，两国虽然纠葛了数百年，但却互相之间并不甚了解，一时之间要寻到会西夏话的人，恐怕也不容易。

明萱轻轻颔首，低声说道：“我也正是如此想法，何贵，你见多识广，知道的三教九流也多，我问你，盛京城中可寻得到会说西夏话的人物？”

何贵摇了摇头，又忽然点了点头，脸上的表情有些复杂：“兴许倒真有，只是……”

他迟疑地说道：“平章政事韩修从镇西军带出来不少好手，那些人都是常年在西疆作战的，大多都会说西夏话，除了韩大人身边的这些人，其他从西疆战场上退下来的将士多半都是在西边招募的，盛京城中倒未必有。”

这话说得吞吞吐吐，听起来甚是为难，韩修与明萱之间的恩怨情仇，盛京城中尽人皆知的，何贵身为明萱信任的手下，知道的自然又要多些，他又焉能不知若是七小姐再与韩修牵扯上，又是一桩极大的麻烦。

他想了想，忙又急着说道：“不过，我听说礼部向来都有事夷司，西夏既是我们的属国，想必也有专门管理处置西夏的官员，那些人中必有懂得西夏话的，若是咱们打听清楚了这头，也未必非要寻韩大人不可。”

话虽如此，但有一句何贵却没敢说。

礼部虽然的确设有事夷司，但因西夏官员都懂得周朝上邦的语言，所以两国交流上不存在障碍的，事夷司的官员到底有没有人懂得西夏民间的土话，倒还真不好说。

明萱又何尝不懂？只是此时此刻，她除了这些建议外已经无计可施，不论如何，总是要试试看的。

她想了想说道：“你说的这几条门路都有道理，不论到底可不可行，都想法子齐头并进地去行事吧，上回让你脱手南边的庄子，手头上还余下的银两，尽管拿出来花销，重赏之下，必能砸出些线索，若是不够，再来跟我说，我会再想办法的。”

何贵郑重点了点头：“属下定然会竭尽所能办好此事。”

他顿了顿，心内想道，其实镇国公府裴家祖籍西宁，而西宁便紧邻西疆，若是裴家尚还有可靠之人，也许……不过想到裴静宸身上的毒便是裴家的人所下，他便轻轻摇头，不再提起这茬。

反倒又搜肠刮肚地建议道："听说建安伯新近调去了礼部上任，说起来他亦是侯府的女婿，如今的建安伯夫人是小姐您的堂妹，若是有建安伯的襄助，这事打听起来恐怕要容易一些。"

建安伯梁琨……

明萱想起那抹身影，又想到了顾明芜，轻轻咬了咬嘴唇："我晓得了。"

当初若非顾明芜一心想要谋划个好前程嫁作建安伯夫人，在大伯母面前使得那一手偷梁换柱的计策，恐怕她是难逃与梁琨做填房的命运的，大伯母信誓旦旦，是梁琨亲口点的她做妻，可后来联姻的对象换了人，梁琨也不曾强势闹翻，反倒忍下了这口气，这便说明，建安伯至少不是传言之中那样暴戾的人。

建安伯为人到底可靠不可靠，她是不知晓的，与韩修相比，与这个人打交道至少要容易一些，只是，她一个后宅妇人，又该如何跟他相求？若是寻常小事，就凭着明芜急着遮掩的那点把柄，她也能借着明芜去说一说，可是如今事关她夫君的性命，又需要秘密行事的，便有些为难了。

屋内檀香飘袅，明萱脸色微凝，过了良久，终是叹了口气说道："先将能做的安排起来，建安伯那里，我来想法子。"

她神情郑重地对着何贵福了一身："何贵，你向来谨慎能干，我便将这任务托付给你了，若是你还有什么旁的法子，也不必进来回我，且先去做，只要能将那两味毒草寻到，不论要付出怎样的代价，我都心甘情愿。"

雪素忙将明萱扶起来坐下："小姐，我和何贵都是您的人，姑爷亦是我们的主子，如今姑爷有难，我们合该万死不辞的，您又何苦这样？"

明萱冲着她一声苦笑，捏着雪素的手更紧了一些："我知道，我知道你们对我的心，只是这一回情况危急，我原不想说这些重话让何贵肩上多那些压力的，可是又不得不说，这两年我是怎样熬过来的，你都看在眼里，好不容易嫁了个可心意的夫君，却又这样，我实在是不甘！"

她目光微沉，眼神坚毅无比："不论再难，我也要找到那两味毒草，所以，何贵，组织人手调查当年旧事，寻信得过的人安排去西夏国事宜的准备，这些事情便都交给你了！"

何贵神情肃穆："万死不辞！"

送走了何贵和雪素不多久，长青从南郊别庄上回来，进了正厅回话："寿安和韩府管事的小儿子交好，花了不少功夫套了些话，听说昨夜那些舞娘皆是杨家五爷带来的，

其余的都已经遣了回去，倒有两个被扣在了别庄的柴房。”

明萱想了想问道：“有没有打听到那两个舞娘是犯了什么事？”

长青摇了摇头：“到底还是小孩子，有些话说不清楚，好像是得罪了伺候的爷们，惹得韩大人十分生气，苏护卫留下来对其中一个审问了很久，另一个状况似乎不是很好，见着人就哭号，却怎么都不肯说话。”

只会哭号，不肯说话……

明萱眯了眯眼：“派人盯着韩府的别庄，若是有马车出入，都记下来。”

她话刚说完，忽听得外头有些声响，一抹青色身影进到里头来，是长庚。

长庚恭恭敬敬地躬身说道：“您离开不久，爷醒了一回，他听说了要寻毒草之事，知晓此事不易，又怕您手头无人可用，所以要我回府听您的吩咐做事。”

明萱脸上露出惊喜神色：“夫君醒了？他现下身子如何？好一些了吗？”

长庚眉头不由便皱了起来，他沉着声音摇了摇头：“爷醒了一会儿便又昏睡过去，玉真师太说，在余毒没有完全清除之前，这样的状态恐怕还要持续一段时日。”

他微顿，似是想起了什么，忙从怀中取出一枚通体晶莹的玉符递过去：“这枚玉符是爷贴身的信物，这些年来他在盛京城中埋下的桩子，只要见了它，都会听大奶奶的差遣行事，爷吩咐了，只要大奶奶下的令，属下们都必要听从。”

明萱神情复杂地接过玉符，心中虽然觉得酸楚，但嘴角却总算现出一丝微笑，她目光微凝地对着长庚说道：“这等时候，你家爷没有哭哭啼啼地说什么听天由命莫为他犯险之类的废话，果然我没有嫁错人，便冲着这点，我决不会辜负他的这份心意。”

她将玉符拿在手中细细摩挲，语气坚定地说道：“这玉符我暂时替他保管，等他好了再亲手交还给他，长庚，如今你既听我差遣，那么先替我办两件事吧。”

长庚俯身，须臾郑重地点头说道：“属下定不辱使命。”

明萱对着长庚的背影低声叹了口气，心想，该安排的都已经安排过了，接下来便只有一个等字，等待是最磨砺人心智的一件事，不知道要等多久，但此刻，她只期盼能越快越好，因为她等不起太长。

杨家四小姐发葬后的第三天，盛京城的下九流的四街小巷最先传出流言，有人信誓旦旦地说杨四小姐的死非因暴病，而是杨五爷不顾人伦竟然痴恋异母亲妹，杨四小姐年纪虽小，却十分坚贞，屡次不从宁死不屈这才自戮而亡的。

时下周朝国泰民安，百姓安居乐业，盛京又是周朝国都，自然格外风调雨顺，百姓闲着无事，便聚在一块说些趣闻逸事，而高门大户后宅阴私，却也是经久不衰的话题，初时这说法只是三三两两暗地相传，待又过了几日后，竟然闹得满城风雨。

谣言是最可怕的利刃，在街头巷尾的交口相传间，这传言几经添油加醋，又衍生出了许多版本和新的流言，经过有心人的刻意散播，这风波愈演愈烈，竟有说书人将这孽情偷龙转凤编成了故事，在城中各大茶楼酒肆传播，甚至连宫里的贵人们都有所耳闻。

杨右丞得知此事再想打压时，早就已经包不住了，他哭哭啼啼跑到金銮殿上跪求皇上替他讨个公道，五城兵马司抓了几次人之后，这件事情总算平息了下来，但杨家的门风却是彻彻底底地毁了个遍，只要是杨家的人出门子，总有人拿异样的眼神来偷偷打量着。

镇国公裴固的书房内，杨右丞满面寒霜地坐在黄花梨木的太师椅上："相爷，这事您果真就不管了？杨家这次受了奸人诡计，担了那么大的虚名，丢的可不只是我的老脸，要知道皇后娘娘的母亲可也是我们杨氏女，皇后娘娘名声蒙羞，裴家的日子也不好过啊！"

他重重地敲打着茶几，冷哼着说道："这个亏我决不会白白咽下去的，我已经派人查证过了，这次的谣言有好几拨人散布，虽然不知道到底还有谁参与了此事，但韩修和顾长启都逃脱不了干系，相爷，他们这可不是单单欺负我，是在打您的脸面，您当真不想管了吗？"

杨右丞是气翻了，当日二房为了要算计裴静宸出了这么个馊主意，他初时并没有在意的，杨四不过是个冠着嫡女名号的庶孙女，又是个口不能言的哑子，不能带给杨家最好的利益，所以拿来去帮助女儿对付裴静宸，他完全不在乎的，谁知道这么简单一件事情没有办好，竟然给他带来无穷后患。

杨四的名声如何，他无所谓，可杨文秉却是他的嫡孙，第三代中除了杨文茂外，他最看重的孩子，为这些难听至极的不伦谣言所困，栽了好大一个跟头，不仅丢了和平乡伯嫡女差一点就要成了的婚事，还在前途上受到了阻碍，这名声的巨大打击，便是过了十年二十年，也始终是一个劣迹，洗都洗不脱的。

而这些，虽是多方搅和的结果，但罪魁祸首却直指平章政事韩修！

这个才二十多岁却压在他头顶上作威作福的少年权臣，是他曾数次建议裴相趁早铲除，裴相却一直谋而不动的政敌，而此时，真正的杨四还被韩修扣着，杨右丞又如何能够淡定下来。

主位上，裴相如老僧入定般纹丝不动，他双眼紧闭，似是对杨右丞的抱怨愤愤丝毫未听进耳去，过了许久，他终于睁开眼，却对着杨右丞微微一笑："国清，你又沉不住气了。"

国清是杨右丞的字。

杨右丞别过身子去冷哼一声："这把火没有直接烧到裴家来，相爷自然可以轻松说话，但我折损了两个孙辈不说，府里头未娶待嫁的小辈也都遭了殃，这口气如何能忍？姓韩的小子是卢家的女婿，皇上这两年一日比一日倚重他，说不定什么时候就要爬到相

爷头上去了，相爷果真是肚中能撑船！”

裴相淡然一笑，似乎并不愿意与杨右丞计较，他端起手中茶盏，轻抿一口香茶笑着说道：“水能载舟，亦能覆舟，谣言能害人，便自然也能救人，言尽于此，倘若国清你当真连这点小事都无忍耐之量，那便请便吧。”

他见杨右丞蓦然沉静下来，嘴角浮现一丝冷笑：“别白丢了两个孙辈，来人，送客！”

这一回，杨右丞倒是不吵不闹，恭恭敬敬地退了下去。

书房里，黄鹂鸣翠柳的古画背后忽然裂开一条隙缝，那缝越来越大，竟出现了一扇石门，从里头走出一个面容普通的中年男人，躬身对着裴相抱了一拳：“相爷！”

裴相轻轻颔首：“石增，你怎么看？”

那叫石增的男人想了想说道：“杨家五爷虽有些胆略，却还不够老辣，他要设计大爷，哪里都成，放到韩府别庄，却是小看了平章政事韩大人，也是他合该如此，杨右丞心狠手辣，方才既已不再吵架，想必此事定然不会再闹腾许久。”

裴相眯了眯眼说道：“国清虽算是个人物，却连家里这些孩子都管不好，一个个地瞎折腾，没一个省心的，我知道他们心里还对当年襄楚王留下的宝贝不死心，所以才会想尽法子要在那小子身边安插人，这样也好，受到点教训安生一些，以后杨家的人也能让我省点心。”

他顿了顿，抬头问道：“最近世子在忙什么？”

石增答道：“表面上仍是流连那些秦楼楚馆，和青楼花娘醉生梦死，实际上这些天世子又重新派了一批人马往西去了，算上这一回，统共已经派出去了六拨人，看来这么多年了，世子始终都没有死心。”

他偷偷抬眼看了看裴相的脸色，低声说道：“世子的人无功而返，可咱们的人马也并没有查出来什么。”

裴相冷哼一声：“我生有五子，其余四子个个都堪称果勇，偏偏就他要与我背道而驰，不过一个女人而已，值得他这二十多年与我剑拔弩张？若非看在他母亲是我结发之妻，临终前又最放不下他，我早就废了他这世子名号！”

他眸色微沉，冷声说道：“石增，继续派人去西宁彻查，韩氏不过一个孤身女子，倘若真还活着，除了西宁老家，她无处容身的，不过这都过了二十多年，她恐怕早已经改嫁，要查出来，需要你们费一些功夫。”

石增点头称是，忽又抬头问道：“相爷，有句话属下斗胆，不知道该问不该问。”

裴相挑了挑眉：“你说。”

石增迟疑了一会儿，还是开口，“这回属下听蒙您的命令去查平章政事韩大人的底细，发现他义父，已故的卫国将军韩秉城祖籍亦是西宁，卫国将军这脉与那韩氏系出同族，属下想，韩氏当年若是未死，有没有可能会投奔去了西疆？”

他犹豫着说道："属下瞧着那韩修韩大人的眉眼，竟有几分像韩氏呢……"

清晨，白云庵。

裴静宸睁开眼，就看到一抹水红蓝色的身影，苍白的面容骤现光华，一双困倦的眼眸温柔漫溢。

这数十日里，他的大多数时间都在沉睡，极其偶尔才会醒来，浑身上下没有力气，但是思绪却从来不曾停断过，生死面前，他猛然发现，仇恨在爱的面前显得那般渺小，他最放心不下的始终都是这段即将开始，也许将要不幸夭折的姻缘。

破釜沉舟，他将所有的底牌交付，是因为他信任她，更因为他心里存着生的意愿，那意愿如此强烈，支撑着他不被剧毒吞噬，先前醒过几回，没有见着她的身影，他心里知道，许是这一回真的很难，外面世事纷扰，她仍在为了他奔波。

所以此时，当看到床前人影，裴静宸逐渐失落绝望的心，似是被注入了一道灵药，骤然生机勃勃。

千言万语一时哽咽在喉间，不知道该说什么，终于化作一缕虚弱微笑："你来了。"

不过三个字，就令这些日子来佯装坚强的明萱心防溃散，豆大泪滴从眼角滑落，她急忙别过脸去擦拭干净，这才转身笑着握住他的手："嗯，我来了。"

她贪婪地望着他重现神采的眼眸，除了这句"我来了"，竟不知道要再说些什么，盈盈秋水间，脉脉不得语，深浓爱意尽在眼波的交融里。

将靠枕垫在他身下，动作轻柔地扶他起来，明萱低声问道："可觉得还有哪里不舒服？"

玉真师太说，裴静宸体内的余毒她暂时已经控制下来，但未解的那两味药性奇强，恐怕不能压制太久，假以时日，会慢慢向下而走，渗透进他双腿的经脉，若是不能及时解毒，恐怕以后他两条腿会废掉。

就算保全一命，也终是份莫大遗憾。

明萱知晓不良于行对骄傲的人来说是怎样的煎熬和苦难，裴静宸才不过二十出头，她很怕他不能接受这结果，可是，这一晃数十日已过，何贵那边只除了上月一纸语焉未详的消息外，再无音讯。

而她除了等待，已经再无他法……

裴静宸敏感地捕捉到明萱脸上的不忍，他眉头一皱，却并没有开口发问，虚弱的脸庞绽开笑颜，待捕捉到门口长庚的影子，他眼眸微沉，低声说道："阿萱，我有些饿了，想吃你亲手煮的米羹。"

这语气轻缓，带着孩子般的娇嗔。

明萱怕他很快又睡过去，心里还有好多话想要跟他说，可望着他黑墨晶亮的眼眸终是不忍心拒绝他，她轻轻抚了抚他脸庞，点了点头："我去做，你可不许睡着，若是我等会进来你又睡了，以后休想再吃到我亲手煮的东西。"

虽然玉真师太说了，他这昏睡的症状接下来会得到很好的缓解和改善，可她来白云庵这许多天来，他还是头一次醒，心里自然仍旧十分担忧，她怕他在她转身之后沉睡，亦害怕不知道何时他能再醒来。

裴静宸笑了起来："好。"

渐入十月，深山庵堂原是要比外头更寒凉一些的，明萱俯下身去在他唇上轻轻一啄，替他掖了掖被子，这才起身向外出去，对着门帘处立着的长庚说道："你进去陪大爷说说话，莫让他睡着了，我煮碗甜羹便来。"

长庚垂手侍立，道了声："好。"

裴静宸挣扎着起身："长庚，把这些日子的事，都给我说说。"

关于病情和后果，祖姑婆婆没有对他多言，但他生就一颗七窍玲珑心，最擅长的便是察言观色，只需要看到祖姑婆婆眉间隐隐的皱痕，他便什么都知晓了。先前醒得少，他有心无力，这会儿感觉精神好了许多，他也是该要做点什么了，他是顶天立地的男儿，总不能将所有的压力都堆积到妻子的身上。

长庚一边拿垫子枕在他身后靠着，一边张开说话，语气中带了颇多感慨："那日爷要我将玉符交给大奶奶时，我心里还有些没有底气，可后来见奶奶行事雷厉风行，大有当年玉真师太的气势。"

他顿了顿，简明扼要地将那些事诉说一遍："奶奶手下有个得信任的陪房叫何贵，爷该是听说过的，大奶奶从咱们养在西营的那些猛士中挑了两队，令何贵带着他们前去西夏寻药。这何贵果真也有几分本事，在等西夏地图和通关文书的两三日里，便与那群兄弟打成了一片。这其中固然是玉符的命令，可若不是何贵有些真能耐，万不会如此的。"

裴静宸皱眉问道："西夏地图和通关文书？"

两国之间并不通商，只有政事上的来往，寻常人要去西夏一趟难于上青天，这才是此次寻药最大的难处，他内心里私下揣测着明萱应是令人私混入西夏国境的，可这会儿长庚却说通关文书，这令人有些不解。

长庚忙道："建安伯新近调任了礼部，事夷司的郎中恰是他曾经的旧部，大奶奶打听到事夷司的人每年九月都要去一次西夏，一来是对西夏王室的警醒，二来亦是收赋岁贡，便托人想法子走通了建安伯这条路，让那两队人马混入了其中。

"一入西夏国境便各自分道扬镳，此行又只是取药，并不妨碍公务的，建安伯虽很有些犹豫，但不知道大奶奶派去的人后来又说了什么，到底还是说动了他，如今何贵带着两队人马随着事夷司的兵马出行已经快有一个月了，若是毒草取得及时，不过再有几日便能回到盛京。"

他忍不住说道："我听何贵说，那毒草长在西夏深山，那里地势险峻，是一道天然屏障，也正因为如此，市场上无人买卖，亦没有官兵把守，取药说难也不难，说容易却也并不容易。"

裴静宸面容无波，点头问道："玉真师太有没有说过，若是取不来这两味毒草，她无法对症下药，我又会如何？"

他微顿，语气略重了些："说实话，不必瞒我。"

长庚明白裴静宸的性子，再说他已经问过师太，知晓爷的状态在好转，便也不瞒他："爷放宽心，师太医术高明，当年那么重的毒都给您救回来了，这回不过是余毒发作，何贵定能从西夏带来毒草，到时候师太对症下药，您必会无碍的。"

他眉头微皱，接着说道："师太说了，她已经将您身上的毒往下压制，若是没有合适的药解，也最多……最坏也就是两条腿行动不便罢了，伤不了性命……"

话虽然说得婉转，可到底还是底气不足的。

裴静宸眼波微动，倒不似十分在意，他清朗的面庞爬上几分清浅笑意："无碍性命已是天幸造化，这有什么说不得的，以后不论有什么话，都直说便是，没有什么是须要瞒着我的，亦没有什么是我无法接受的。"

他睫毛轻动，忽然又抬头问道："那杨家呢？杨文秉和那位杨四小姐设计这一出好戏，为的是什么我心知肚明，他们这一回偷鸡不成蚀把米，倒也误打误撞，将我害了，杨氏她一定很高兴吧？"

长庚忙摇了摇头："世子夫人高兴不高兴，我不清楚，但杨家这回却是伤了元气。"

他哧笑一声，接着说道："原来那日韩府别庄，咱们坐了大奶奶的车走后，杨文秉便也醒了来，他为了保住自己，竟然弃杨四小姐不顾，只诬那杨四小姐是爬上他床的不要脸舞娘，留她在别庄自己却跑了。勇威将军的小儿子李晗和护国大将军的长孙罗壁，那是什么人，爷您是清楚的，他们两位自小就贪花好色，见杨五爷弃妹不顾，哪里还会手下留情放过杨四小姐？那两位小爷沾了杨四小姐的身子，便也没有再管她。可笑那杨家，为了保住杨五，竟然胡诌了个杨四小姐暴病身亡的谎话，这会儿儿真正的杨四小姐还在韩修手上，可盛京城中的人却都只当她已经死了！

"原先杨四一直都在韩府别庄，后来杨家派人几次上门，欲要将杨四捉回去，韩修倒也毫不手软，直接将人给藏了起来，大奶奶派过去跟的人都跟丢了，杨家的人也无功而返，当今世上，恐怕只有韩修才知道真正的杨四小姐在哪里，韩修为人心狠手辣，又是个谋定而后动者，留着杨四恐怕另有深意。"

长庚接着说："前一阵子盛京城中流言满天，都说杨四小姐之死是因为不堪受其兄杨文秉的骚扰，先时是大奶奶授意传出的话，但后来越传越烈，永宁侯府和韩修都出手了，闹得尽人皆知。后来，杨右丞在金銮殿上哭诉一回后，五城兵马司抓了几拨人，这

才平静下来。

“谁料到没几日杨家开了宗祠，还请了朝中的大臣，盛京城中有名望的居士，杨文秉在祖宗牌位面前宣誓自己的清白，还切下一指以明志，杨家二夫人又指着杨四小姐的身世做文章，说她并非杨家骨肉，乃是下人的骨肉，因为她膝下无女，这才养在身边的，谁料到竟会出这样的事。

“那些朝臣与乡绅见如此，便也都为杨五爷正了名，所以城中舆论风向便又变了，都说杨五爷其实是真君子，倒都将脏水泼在了杨四小姐的身上，不过这样一来，倒将杨家府上的其他人都摘了出去。”

杨文秉自断一指，便成残疾，周朝律法，残障之人做不得官的，这便算是自断前程，以后终身只能当一个纨绔富家子，他舍弃前程自伤，终于才挽回了一点声誉，这点上怕是博得了不少人的同情。

裴静宸刚想开口再问，门帘动了，明萱端着餐盘进来：“甜羹做好了！”

第 39 章　变故·不解·条件

明萱坐在床头，将裴静宸的身子扶着靠在自己身上，这才接过汤羹拿着小勺一口口地喂给他：“师太说，你刚醒身子虚乏，这几日只能喝清淡的羹汤，等你好了，想吃什么跟我说，我都做给你吃。”

她虽然是侯门千金，但自从父母过世之后，日子过得也并不如意。大伯母掌管着整个家，哪里顾得到所有的人，有时也难免会有所疏漏，冬日时，饭菜偶尔也会是冷的，缺羹少汤的时候也不在少数。她很清楚自己的处境，从来不会因此发出质疑和抗议。

祖母虽然疼她，但这些小事她也不会轻易地去告发，饭菜冷了热一热就能吃的，汤也不是非喝不可，实在忍不得的时候，自己下厨折腾一两下也就是了，何必要闹得大家都不开心。

或许也是因祸得福，她竟自此跟着小厨房的厨娘们学会了一手还算不错的厨艺，复杂的大菜或许做不得，但寻常的羹汤小点却不在话下。

裴静宸靠在明萱怀中，贪恋地呼吸着她身上的香气，听她语声温柔，带着浓浓的情意，不由自主地嘴角微翘起来：“好。等我好了，我想吃什么，你都做给我吃。”

虽然表现得淡然，但心里其实是在乎的，谁都不想无法站立行走。

这时，门帘轻晃，刚退出去不久的长庚复又进来，对着明萱说道：“大奶奶，严嬷嬷过来了，圆慧师父请了她在外面大殿里头候着。”

明萱点了点头：“我马上过来。”

她将裴静宸放到靠枕上，笑着说：“我留嬷嬷在府里看家，每过几日她便过来与我送些东西，顺便将府里的事回禀一遍，你先歇着，我去去就来。”

庵堂清静，玉真师太又有自己的规矩，所以明萱是只身前来的，严嬷嬷和丹红都留在静宜院，一来是要将院子看好，以免她不在时被人钻了空子，二来也是要留下来打探府里的动向。

严嬷嬷在大殿里踱来踱去，神情很是焦急，见明萱过来，忙迎上前去说道：“大奶奶，不好了！”

她满脸焦切，看起来急坏了，也便顾不得什么礼仪规矩，径直上前扶住明萱手臂：“今儿接到了建安伯夫人的书信，二门上的人倒也没敢动什么手脚，我收到时还没拆火印，您吩咐过的，您不在时，这些寻常来往都由我一并处置，所以我还当只是寻常的问候，就拆了，谁料到……”

明萱眉头深皱：“芜姐儿巴不得永远别见我才好，是不会给我写信的，那定然是建安伯借着她名头送来的信。莫非……”

她脸色大变：“莫非何贵一行在西夏国出了事？”

严嬷嬷有些不忍，但仍旧缓缓点了点头：“说是西北又起了战火，西夏国将事夷司的大小官员直接扣押下了大狱，这是准备正面交锋时候当人质的呢！信笺里倒没有确定何贵那些人是否也被一并下狱，可便是没有，此时他们在西夏国境内，亦是凶险非常的，这药恐怕是取不回来了！”

她一顿，忽是想到了什么，忙从怀中取出信笺来递过去：“信在这里，您看看！”

明萱急忙打开，只见印了建安伯夫人名号的信封内，是手抄的一份邸报，字迹浑厚刚硬，看起来倒像是梁琨的手书，上头写着西夏兵变，西北五城告急，周朝钦使被扣边境，请求朝廷派兵增援。

联想到先前听到的那些传闻，西夏兵变恐是真的了。

她双手无力垂下，良久才对着严嬷嬷说道：“我要亲自去见一趟建安伯，将这件事情问个清楚明白，否则……没有法子向雪素交代。”

何贵和雪素成亲之后，因为要替明萱处理许多事宜，这对新婚夫妇一直都是聚少离多的，好不容易一切都逐步稳定下来，雪素上回来时还说两人准备要个小宝宝了，可何贵这一去，倘若真出了事，那雪素该如何是好？

严嬷嬷有些犹豫，却仍旧点了点头：“那我在这里等着您！”

明萱却摇了摇头，抚着严嬷嬷肩膀说道：“裴家的人盯着嬷嬷呢，嬷嬷不能在外头久待，还是先回府去吧，这个时候什么都不必做，就只安静地替我和爷守好静宜院就成。

去见建安伯，我会带上长庚的，你莫忧心。”

她冲严嬷嬷摆了摆手：“嬷嬷回去吧！”

重又回到屋子里时，裴静宸正靠在床头闭目养神，明萱笑着说道：“师太说你刚醒精神不足，还是要多休息为好，快躺下来吧。”

她动作轻柔小心，将他扶着进了被窝，然后俯身将脑袋枕在他胸膛，磨蹭了许久，这才站起身来：“我有事要跟长庚出去一趟，圆慧师父已经在给你熬药，等会你可要乖乖喝药，若是有什么吩咐，便唤一声，我请了师父们留心你这边动静。”

裴静宸轻轻拉住她的手，并不问她去哪里，却郑而重之地说道：“早点回来。”

有些事，其实根本就不需要多问，他只要相信她就好了。

明萱将建安伯的信给长庚看过，作了男儿装扮出了门。

马车飞驰，长庚坐在外头赶车，面上神情显得有几分犹豫，几欲张口，终于还是忍不住迎着风说道：“稍候到了礼部衙门，大奶奶不如还是在车里等着，建安伯梁大人也算是爷的表兄，我也跟他打过几次交道，此人虽有恶名在外，实则却是顶天立地的大丈夫，并不难相处的。”

他目光真诚，细细分析：“我只求他告知西夏扣押人质的真相，此事简单，其实并不需要大奶奶亲去。不论如何，您始终是个女子，又曾和建安伯有过那样的传言，倘若被人瞧见了去，恐被人诟病。”

世上没有不透风的墙，建安伯梁琨原本是想要和永宁侯府七小姐定亲的，后来才选的九小姐，这件事虽然没有被大肆宣扬，但盛京城中，知晓的人却也并非没有。明萱乃是后宅女子，夫君在清凉寺中养病，她却私会姐夫，这若是传扬出去，必会招来难听至极的言语。

君子不立危墙之下，她既知晓此行可能承担的风险，就该避免才对。

明萱却摇了摇头：“只是去探听消息，自然有你便够，可我们此行却不只是如此。按照当时何贵的计划，他们入了西夏国境便就分头行事的，我是想要求着建安伯设法替咱们打听一下，何贵一行到底有没有在被捕的名单之内。”

她长长叹了口气：“建安伯虽然与你们爷是表亲，但这层关系却并不算亲戚，两下多年没有往来的，若是举手之劳，他随手一帮，倒也没什么，可这一回恰巧西夏出事，恐怕咱们安插进去人手的事瞒不住了。

“建安伯虽是皇上的股肱之臣，可如今朝政却仍旧把持在裴相和杨右丞手中，到时候若是有人借此作伐，建安伯恐是要替咱们担上事的。我亲自前去，一来是想要问个清楚，再与建安伯商量一下接下来该如何行事，不论如何，外头有人问起来，这话总是要圆起来的，二来却是想要表示咱们的诚意。”

她改装换容，亦是顾及舆论和名声，但事出紧急，她已经再无他法。

长庚闻言轻哦了一声："倒也是这个理。"

礼部衙门，建安伯梁琨正与平章政事韩修说话，忽而小童递上来一纸信笺，上面工整有力的一笔正隶吸引了他的视线，他心中一动，打开看到，信笺上是以裴静宸的名义所下的邀约，东街君悦楼。

那笔迹锋利中带着柔软，柔软中却又显得有几分急躁，看起来是匆促之间写就的，他垂目一想，便猜到了这封信笺的主人是谁，也约莫对她来意有几分了解。他下意识地抬头瞥了眼韩修，眼前这个冷漠沉稳的男人正奉了皇上的密旨与他商讨接下来如何处置西夏事宜，到底是战，还是和，皇上需要有个人能给他拿主意。

梁琨想到这信笺主人所求，或许韩修能帮得上忙的，可回想这两人的关系，再加上最近一些暗地里的传闻，他便没有多言。

他抬头见韩修目光远放望在别处，似乎并没有看到信笺上的字迹，便压下心事，只笑着说道："韩兄弟，有些不巧，我这里临时有些急事要出去一趟，今日所谈，便至这里，若是皇上还有其他的吩咐，咱们再作详商，你说可好？"

韩修双眸微动，脸上却平静无波，他也笑着点头说了声："那韩某便不叨扰梁兄了，西夏战事，明日再谈，亦是无妨的。"

他爽快地起身，便告辞离去。

梁琨望着他背影皱了皱眉，又低头看了信笺上的字迹一眼，这才整肃形容，带着贴身的小厮出了门去，一路不停，径直到了东街的君悦楼，早有跑堂的认出他来，引着他上了三楼的静室："伯爷，您的朋友已经候着了！"

门扉轻轻被推开，梁琨看到身着紫衫的少年临窗而立，远眺繁忙的盛京街景，他的侧脸俊秀，如玉般的脸颊却似蒙上了一层阴影，眼神深沉而忧郁，凝神静思，不知道在想着什么。

他认出这少年便是曾经有过数面之缘，又差一点成为他继妻的永宁侯府七小姐顾明萱，饶是早就已经有所料，但真切在眼前见到时，他却不由自主地眉心一挑，他知道她所为何来，亦没有人比他更清楚那件事情的难度。

西北边境不平，朝中其实早有所知。

但皇上三年经营，好不容易掌握了现在的局面，实不想突生变故的，而若是要战，整个朝中无人再比韩修更了解熟悉西北的状况，事关兵权所属，皇上决然不会轻易放手，也只能派韩修前往。

可如今韩修乃是皇上心腹，是朝中唯一可以与裴相抗衡的权臣，与西夏一战不知道要持续多久，若是朝中长久离了他，那么好不容易扭转的朝局，恐怕又要有所变动了。

皇上如今正处于战与和的两难之中。

和，那有辱周朝上国的国威，如今边疆平静，四海臣服，若周朝稍一示弱，恐怕不安分的就不只是西夏了。

战，韩修为将，则朝中有失，可除了韩修之外，善战的将军不是在四疆各司其职，便就是廉颇老矣，剩下的便都是皇上无法信任之人，武定侯陆家与临南王过从甚密，定襄侯府沈家与裴家是姻亲，永宁侯府的四爷倒是个可堪为将之才，可又奉了皇上密令去了临南，一时半会儿尚回不来。

这种情形之下，不论是战是和，想必都不能尽快决定。

而拖得越久，被西夏国扣押的事夷司官员的性命便越危险，何贵等人更是水生火热，若亦被关押，那自然身处险境，若是提前分道扬镳，此刻在西夏国境之内，若是不被人识破身份还好，一旦身份败露，那便连一丝活命的机会都无的。

长庚见梁琨到了，忙行了礼，又轻轻对着明萱提醒道：“大奶奶，建安伯梁大人到了。”

十月末的盛京秋意浓盛，隙开的窗缝中卷入一阵凉风，明萱微微地哆嗦了一下，这才醒过神来，忙转过身来，她见跑堂小二早已经退下，屋内无旁人在，便也不再隐瞒，坦承自己的身份和来意。

她幽幽道完，沉声问道：“与西夏之战或和乃是国家大事，我一个小女子不懂也不想揣测，但何贵却是我重要的手下，这回又是为了我夫君的事，去西夏赴汤蹈火，倘若他有事，我这一辈子都不会心安。姐夫，我想要将何贵一行人尽可能安全无虞地救回来，还请您指点一二，事已至此，究竟还有什么挽救的法子否？”

建安伯的原配是永宁侯府的大小姐，哪怕他后来继娶了明萱的九妹，明萱也必须仍要称他一声姐夫的。

梁琨心中有些震惊，明萱女扮男装前来见他已经是胆大妄为之举，寻常妇人忧心夫婿尚可理解，但何贵一行不过只是奴才，若是在西夏遇害也算是为主尽忠死得其所了，可她却说一辈子不会心安……

这便也罢了，可她竟一语道破了“战和”这个困扰着他和皇上的症结所在。

虽说朝堂争斗连接着后宅，但女子之中对朝政能有这样见识的却是极少数，梁琨望着这个行事大胆果敢又认真坚定的女子，心中忽然淌过淡淡的苦涩。

他忽然有些羡慕裴静宸。又不由自主地想道，倘若当初自己亦能坚持一回，如今这令人羡慕的人便是他了。

可这念头不过刚起，梁琨便毅然将之掐灭，他收起眼中不经意流露出的向往钦羡，敛了敛神色说道：“被西夏扣押的事夷司官员如今个个都身处险境，何贵一行无论是否在此名单之内，也难逃被缉危机，救不救得，该如何去救，我也无能为力。”

他语气微顿，接着说道：“但要查出他们的下落，我却可以尽力一试。”

事夷司共有五十六人前去西夏，何贵一行共有十人，前方进一步的邸报约莫这几日便会送到，人数上是可以核查出来的，再者说，西夏如今虽然摆出了要大战的姿态，但总也有人主和不主战，韩修在西疆经营多年，西夏朝中不乏他收买的探子，若是此事请他帮忙，想来并非难事。

但这话，梁琨却是不能直言的。

他想了想，又说道：“七妹，有一句话我不知当讲不当讲……”

明萱忙道：“姐夫但请直说。”

梁琨神情微凝，肃然说道：“事夷司出使西夏，随行队伍之中多了十人，这件事迟早要被闹出来，也迟早会牵连到你，宸弟的病恐怕也捂不住了。你倒不必为我担忧，此事我早先已经跟皇上禀明过了，皇上念在我多年追随，又体恤你这些年所受的苦，并不想去追究，可朝中自来就少不了兴风作浪的小人。我自来就受谣言所苦，亦不再惧怕多一些恶名，但你不同……”

他低声说：“有些事，还望七妹早作准备。”

周朝最重视女子的名声，倘若明萱被扯出曾求梁琨办事，在有心人推动之下，后果不堪设想，但若是能先人一步，却还尚有转机。

明萱也曾数次利用过舆论，自然知道传言可怖，她沉沉点了点头说道：“多谢姐夫提醒，我知晓了。”

裴静宸的病是捂不住了，与其别人捅出来，不若她自行说出，在有心人污垢她品行之前，先占得一丝先机，她不愿意成为所谓为夫隐忍奉献努力的“贤妻”，但也绝不能让人在背后说三道四，侮辱她和裴静宸的名声。

言尽于此，梁琨觉得已经将该说的都说了，到底是密会，不便久留，他轻轻点了点头便道：“我衙门里头尚有事处理，七妹也早些回去作准备吧。”

他想了想，又补充了一句说道：“裴相三朝元老，人脉广阔，宸弟的病便是不容易治好，遍请名医，也未必没有一丝转机，镇国公府虽然是个泥潭，但有句话说，最危险的地方才是最安全的地方，七妹还请三思。”

静寂的屋内，明萱托腮沉思着梁琨临走前的话。

他似是在隐晦地提醒着什么，是说裴相对裴静宸这个长孙并无恶意吗？可她嫁入裴家也有四月余，除了偶尔家宴上见着裴相几面，对这位传说中翻云覆雨的权臣没有更多的印象，在有限的几次见面中，裴相从来没有表现出对裴静宸有所特别，甚至比对其他孙儿女还要冷淡。

裴静宸也对这位祖父心存猜疑和敌意的。

蓦地，她猛然想起初入门时，裴相给了她一枚血玉镯的见面礼，他说那是裴静宸祖

母所遗，当时杨氏和众位叔婶的表情她如今都记忆犹新，可见这枚血玉镯定是有些非同一般的含义的。

倘若裴相真的对裴静宸毫无所感，他完全没有必要给自己这样隆重的见面礼，因为便算不给，也不能减轻杨氏及其他人对自己一分一毫的敌意，她只要嫁给了裴静宸，便注定已经蹚了这摊浑水。

明萱细细想来，成婚之后，除了杨氏之外，其他几房虽也有些闲言碎语暗中下绊子，但明面上却都客客气气的，并没有她想象中的水深火热。

莫非……

她脸色倏然一变，良久对着长庚问道：“我问你，这些年来，裴相爷对你们爷如何？世子又如何？其他几房的老爷夫人又是如何？”

长庚见明萱忽然这样问，虽然觉得有些奇怪，但却还是老老实实地回答：“相爷对爷向来很是冷淡，不过却要比世子经心一些，偶尔家宴尚也会问及一下爷的饮食起居，不像世子从来不闻不问，就好像没有过爷这个长子一样。至于其他几房的老爷夫人，对爷多是漠视和不在乎，却从来没有加害过爷。”

他顿了顿，又补充说道：“不过世子对二爷和其他的儿女亦是一样冷淡。”

镇国公世子裴孝安为人庸碌无为，喜好眠花宿柳纵情声色，对家人儿女都不甚上心，只留恋花丛美色，几乎便要以花楼为家，这是整个盛京城都知晓之事。

明萱沉吟片刻，忽然又问道：“我曾经听你们爷提起过，当初在母亲进门之前，世子曾经有位怀了身子的侍妾跳了池塘，这件事，你可曾听说过？”

长庚点了点头说道：“当年与此事有关的老家人这些年来陆陆续续离奇死亡，爷曾经派我去调查过此事，但是线索很少，又频繁受到阻挠，到此时都不知道当年的事到底真相如何。”

他想了想，又说道：“不过，凭着零星半点的线索，爷还是查到了一点蛛丝马迹。听说那位有了身子的侍妾姓韩，是世子从西宁老家带过来的，世子对她十分宠爱，只是裴相为了与襄楚王搭上关系，要求娶永嘉郡主，所以……”

懂规矩的人家，为了表示对新妇的尊重，在大婚之前，是不会纳妾的，便是有，亦要遣送出去，更别提有了身子的侍妾，那只有死路一条，因为大家族迎娶有身份的媳妇，是绝对不会让庶子女生在嫡子女之前，那是大忌讳。

明萱却更感不解了：“既然如此，裴相便没有理由要害襄楚王，亦没有理由要害母亲……”

当年的悬案，早就已经时过境迁，并非三言两语能够说得清的，况且如今明萱满心满眼都在忧惧着裴静宸的病情以及何贵的安危，便将这疑惑暂时丢开。

她想了想，对长庚说道：“我细细思量，建安伯所言甚有几分道理，何贵的事牵涉重大，咱们便是急也急不来的，你们爷的腿……或许相爷能够有些法子，我想回去后和师太商量一下，你也帮着劝一下你们爷。”

裴静宸对裴相一向都心怀猜忌和怨愤，他不信任祖父，所以自小到大无论遇到什么样的困境麻烦，从不肯开口向裴相求救，这次想必也是一样固执的，但西夏国的那两枝毒草一时半会恐怕没有下落，玉真师太这里没有进展，并不代表周朝再无能人异士可解此毒。

裴相三朝元老，门生故旧遍布朝野，或有旁的法子也未可知。

明萱不能眼看着裴静宸的腿废掉，只要有一线机会她都想要试试看。

长庚点了点头，又忽地抬头说道：“爷这边，多劝几句他会听的，我只是担心……”

他脸上显出担忧神色来：“杨家出了那样大的事，一股怨气正愁无处可施，倘若咱们安插人进了事夷司一事被抖落出来，恐怕杨右丞要拿此作伐，借机打击大爷和您，皇上虽然说了不愿意追究，但若是闹得太大，我怕他会……”

皇上是个有野心有抱负的皇帝，这意味着他所做的一切都以自己的利益为上，事情若没有闹大，他可以像对建安伯承诺的那样不作追究，可若一旦有损他的利益，想来他是不会履行承诺的。

明萱嘲讽一笑：“我知道。所以，就按照你想的那样去办吧。”

这个世界上从来就没有什么绝对的依靠，一味想着别人的承诺是怎样而活，结果往往令人失望，只有自己变得强大，防患于未然，才能永远屹立于不败之地。

这就是残酷的现实。

结账过后，早有机灵的跑堂将长庚的马车驾到门口。

长庚请了明萱上车，便纵身一跃跳到车前，高“吁”一声，马匹疾驰，便向着清凉山的方向奔去，先是过了热闹的街市，然后便是平坦的大道，后来越发颠簸，应是到了山道。

明萱心中想着事，一路沉默不语，过了许久，马车终于停了下来。

外头有低沉的男音响起：“到了。”

马车的微微顿挫，将明萱从沉吟中唤醒，她轻轻站起身来，猫着身子往外，蓦地，却又猛然僵住，扶着车门的手微微颤抖着，脸上的神情带着惊惧困惑，但她仍旧有些不死心地试探问道：“长庚，到了吗？”

她在害怕。

那害怕如此明显，令车外的男子眉头深皱，他略有些沉默，半晌，忽地转身一把将车帘掀开，一双黝黑深邃的大眼直直地望着她，像是要洞穿她的心扉，徐徐地，他伸出了右手，面无表情地说了句：“下车。”

明萱不由自主地往后退了两步：“你是什么时候出现的？长庚呢？他在哪里？”

因为心怀有事，一路之上她都不曾和赶车的长庚有所交流，依稀记得马车只在内城和出城时的哨岗处停了两次，其余并没有什么异常，她不曾听到反抗和打斗，而长庚的身手很好，她也是因为对他足够信任，才疏忽大意地没有发现异象的。

这样看来，韩修定是在那两处岗哨时用了什么法子将长庚换下的。

她愁眉不展，语气中带着排斥和忧惧："你把长庚怎么样了？"

韩修眼神几不可察地一黯，他摇了摇头，沉声说道："只是点了他的几处穴位，过了一个时辰自会解开，我派人将他送去了清凉山附近，他不会有事，所以你无须为他担忧。"

他晃了晃伸出的右手："下来。"

透过马车敞开的帘门，明萱看到这里应该是盛京郊外的一座民居，看街道和宅子的样式，倒有几分像是传言中的东郊贫民居，她心下惊疑不定，以韩修的身份带她来此，不知道又是安了什么心。

但眼前的男人如此盛气凌人，她若是一味躲藏，最终仍旧难免要受他摆布，与其如此，倒不如先下车看看他打的什么主意，暂时按兵不动，以不变应万变方是上策。

明萱终于下定决心，鼓起勇气猫着身子，躲开了韩修的右手，自己抓着马车的车壁跳了下来，她四下张望，见果真所料不差，这里街道狭窄，民舍破旧，分外脏乱，应该就是东郊贫民聚集的居所无疑。

可到这里来做什么？

她垂眸掩饰眼中的震惊和猜疑，强自作出漫不经心的表情来："不知道韩大人请我到此有何贵干？"

韩修望着明萱不说话，眼中隐隐带了几分失望，仔细看去，却又有几分追忆往昔美好时光的向往，他静默不语地叩着一座矮小院落的门扉，有个年老的嬷嬷应声出来开了门。

那老嬷嬷似是有些惊喜地说道："是大人来了，快进来！"

韩修对她很是客气，笑着嘘寒问暖，等寒暄了一阵，这才转身对着明萱说道："跟上来。"

明萱心下更见犹疑，她转身望了眼门外，只见街角四处都藏了不少精壮的大汉，她想到从前在清凉寺中韩修的手段，揣测这些人定是他隐匿的部下，因此倒也不敢就这样趁着他不注意的时候逃开，硬着头皮，只好慢悠悠地跟了上去。

这是一座简单的小院，隐藏于这一带的民居之中，从外表来看堪称破落，但走进来之后却发现，这里虽然很小，但布局精巧，所用之物都并不平凡。

后院的庭中栽着一树梨花，此时并非花期，但枝叶繁茂，看起来有苍翠绿意。梨树之旁，打着一口深井，四周用木栏围住，井边悬着一挂爬山虎，深秋十月，格外郁郁葱葱。在院子的另一头却是一丛花草，花草之上搭着一架秋千，偶有小风吹过，秋千随风摇摆，好一幅惬意的小户景象。

仿佛有什么东西在心上吹起了一波涟漪。

明萱觉得有些头疼，她悄悄抬起手用力在太阳穴上按了两下，脑海中这股奔腾的痛意总算渐渐消退，她想，她许是猜到了这反常，这个地方应该与她失去的那一部分记忆有关，所以一到了这里，她便感觉有些不能控制自己的情绪。

她不想让不属于自己的感情占据这具身体，所以只能凝住神思，不让原主的情绪影响到自己，她抬起头来，语气生硬地对韩修说道："韩大人若是有事，还请直言，否则就恕我不能在此地久留了。"

不管这里到底是什么地方，离开无疑是最好的选择。

那嬷嬷听闻这话，有些狐疑地看了明萱一眼，接收到韩修的眼神示意，她便也没有多说什么，步履匆忙地退了出去。

院落中只剩下这各怀心思的两个人。

韩修沉沉开口："听说裴公子中了西夏皇室的秘毒梦寐？"

他直直地望着她，从她脸色的变幻得到他想得到的答案："看来这消息是真的了。梦寐之毒虽然难解，可却也并非无药可治的，我听说其中最关键的两味毒草叫作瑶枝和碧桑，只生长在西夏国的深山老林之中，很是难寻，不过若是能寻得来，那这毒便算是能解得大半了，大自然造物神奇，瑶枝和碧桑的叶子是毒，可它们的根茎却是解药呢！"

明萱大惊，她上前两步追问道："叶子是毒，根茎是解药，你说的可当真？"

这消息实在太过令人震惊，她已经忘记了眼前这个男人有多么的危险，一心一意只想知道更多的消息。

韩修眼波微动："自然是真的。"

他苦笑起来："我不仅知道瑶枝碧桑的根茎可以解梦寐之毒，而且，我还有法子能够替你找到这两株毒草。"

明萱又惊又喜，可冷静之后，却又觉得内心隐隐有些发寒。

其实她又怎么会不知道，来向韩修求助恐怕是得到这两株草药最快最直接的方法了，可是她不能，且不提她自己与韩修之间牵绊太深，也不管那些所谓的名声，在裴静宸的安危面前，这些都可以不是重点。

可她在乎裴静宸的感受。

虽然明萱和裴静宸成婚不过数月，但推心置腹，无话不谈，彼此之间的了解恐怕要比经年的夫妻更深一些，她知道他不愿意她为了他的腿去向韩修求助，这事关一个男人的尊严，在事情不是无可转圜之前，她也不愿意随意去触动这底线。

但如今，情况却又有所不同了。

西夏国兵事一起，这意味着何贵那边的行动失败，如今她只求何贵一行人能够平安归来，早已经不将此行看作是得到毒草的机会，那希望已经湮灭。

明萱长长的睫毛微颤："我想要得到这瑶枝和碧桑。"

她抬头望着他，第一次敢这样直接与他目光相接："我想要那两株毒草！告诉我，你的条件。"

韩修将她带来这里，又一举窥破她心事，将她此刻内心最大的渴求以这样充满诱惑的方式道出，她不信他没有一点要求，就会毫无保留地将毒草双手奉上，那么她现在很想知道他的条件是什么。

第 40 章　心经·放下·阴谋

"条件？"韩修嘲讽地笑了起来，笑声里带着几分郁结难解的惆怅和黯然，毫无疑问，明萱毫不掩饰的防备和鄙夷，刺痛了他。

短暂沉默之后，他抬起如同风霜一般刚毅的脸庞，眼神幽深像是不可见底的潭水，自嘲地说道："这世间我唯一遗憾痛悔的事便是你，实不相瞒，听到裴大公子中毒的消息，我心中别提有多畅快呢。这样的我，又怎会什么好处都不沾，白白地将毒草赠予你呢？"

这段话分明强硬得很，明萱心中却涌起怪异感受，她暗自揣测或许韩修本来倒是一番好意，自己的态度伤到他了，虽然觉得有些不舒服，但此时此地，她却除了继续下去外，别无他法。

若不得不求他，那么她也想做得更干脆一点，彼此清算，也总好过拖泥带水。

明萱心中下了决定，昂起头直视韩修："那么，你的条件是什么？"

韩修眼神微沉，语气里带了几丝决绝："听说裴大奶奶写得一手端谨的正隶，我不日恐将远行，前路不知凶吉，倘若裴大奶奶能够慈悲心怀，留在这小院里替我抄写百部心经，祷我吉运，我必令人将瑶枝碧桑双手奉上。百部心经，不过几日光景，便能得到救治尊夫的解药，裴大奶奶以为如何？"

他顿了顿，又补充了一句："裴大奶奶切莫多心，我朝务繁忙，是不会久留于此的，方才那位老嬷嬷名唤丹婆婆，是此处管事，你若是有什么需要，尽可跟她提，她虽是年迈孤老，但外面街头巷口的那些人可不都是摆着好看的。"

他唤她裴大奶奶。

他让她在这里抄写心经百部……

明萱又惊又疑，可她随即想到以韩修之能，若真想对自己做些什么，自己哪里还能安然无恙地站在这里。他是威武强壮的将军，而自己不过一介弱质女流，倘若他要用强，又岂是自己可以反抗的！

可他没有。

她这样一想，反倒冷静下来，当务之急，能得到瑶枝碧桑为上，其余的都可暂靠一边，不过是心经百部而已，她又不是没有抄过的，竭尽心力，不眠不休，最多两日光景，总能写完的，只不过是要让裴静宸和长庚他们担心了。

但在眼下，只要能换来一线机会，明萱不惧的，她对她的丈夫很有信心，也坚信自己可以解释清楚。

她思虑再三，终是沉沉点头："韩大人可要说话算话！"

韩修并不说话，引着明萱进了西厢的书房。

屋子并不宽阔，窄小的一间，布置得却十分别致。

紫檀香木的书架上规规整整摆着书册，用雕成山字形的羊脂玉压着，纸张半新不旧，看起来倒并不像只是摆设，临床摆着一张黄花梨木的雕花大案，笔墨纸砚皆是现成的，紧挨着书案的则是一个高可及腰的大抱瓶，青花瓷烧就的山水朦胧，瓶中稀稀疏疏插着几幅卷轴。

明萱脸上越见惊讶，这屋中摆设竟依稀有几分漱玉阁书房的影子，连墙上挂着的水墨都是同一款的……

她强自按下心中犹疑，在书案前正襟危坐，前三四年间，她几乎每日都要抄写佛经，心经早就记得滚瓜烂熟，略一思量，铺纸研墨，下笔挥毫，竟当真旁若无人地抄写起来。

韩修也不扰她，倚在墙边默默看她，瞧她眉目间越发沉静，渐渐变得古井无波，心中蔓延着无边苦涩，这种如有大石压胸的憋闷感已经堵在他心上多时，每回见她则更加剧一分，而此刻，他只觉得自己已经千疮百孔，再也不能承受毫羽之重。

她沉静的样子很美，却离他越来越远了。

哪怕想好了最后放肆一次就放手，但到底还是不甘心的。

韩修嗫嚅嘴唇，忍不住沉声发问："你失踪一事，裴静宸定然会派人来寻，以他能耐，终是会查到你今日此时是与我在一起的，此处是我名下产业，你若当真在这里留宿两日，你就不怕他会因此对你生疑？"

他停了一瞬，又补充了一句："女子名节，事关重大，若是他因疑生嫌，你又该如何？"

孤男寡女，共处一室，是有瓜田李下之嫌。

韩修和明萱又曾经是这样爱恨交杂的关系，很多事情真的说不清楚。哪怕此刻她是为了要救治丈夫的腿才行此下策，可世人不会因此说她忠义，只会鄙弃她不谨守自己的

名节，寻常男子，纵然认下了这份夫妻情义，到底也在心里种下了一根刺。

明萱没有回答。

她端坐着身子伏在案边，一笔一画地抄着经书，仿佛什么都没有听到。

静谧的深秋午后，风吹叶浪，一室寒凉。

韩修带着几分受伤地望着视他若无睹的纤瘦女子，她静好得如同画卷上的仙女，离他不过是触手可及的距离，可就像是隔了九重宫阙，无论他再如何伸长手臂，都够不到她。

似乎是真的注定了与她无缘……

他沉沉叹了口气，终于还是踏着沉重的脚步掀开门帘离去。

那叹息仿佛还在耳边，明萱握着笔的手一顿，胸口仿佛有什么东西破碎，令她忍不住一阵疼。

她双眼迷茫地再次打量了这个书屋，细细比对之后，终于确定，这是她漱玉阁书房的翻版，不只家具摆设一模一样，连摆放的方位皆如出一辙，再联想到方才在院中那阵莫名的心悸，她不由猜测，这个地方，许是从前的明萱与韩修曾在这里有过什么回忆吧。

可一位是少年权臣，一位是侯门千金，便是要相约，也不该选这里……

东郊贫民居，这里龙蛇混杂，环境嘈乱，所居的大多都是不甚富裕的普通百姓，小本经营的买卖人，或者刚来盛京讨生活的外地客，内城的权贵是从不肯踏足这里一步的。

明萱猛地摇了摇头，低声轻喃："这些不是现在该考虑的问题，我得抓紧时间，写快一些。"

她低头伏案，一心一意地抄起了经书来。

不过寅时，韩修踏着星月来到东郊小巷，他推门而入，丹婆婆被惊醒，上前迎他："大人怎么这个时辰就过来了？"

韩修一眼望见书房的窗户上还倒映着明灯，烛影摇晃，映着女子玲珑婉约的身姿，那身形微垂，仍旧是下笔的姿势，他皱了皱眉头问道："她还在写？"

丹婆婆满面愁容地点了点头，指了指窗户说道："那位姑娘可真不听话，老婆子我几回劝她休息，她当面笑着应对我，可从来都不听，大人您瞧，这不眠不休这么久了，便是铁打的汉子也该累了，更何况她那个娇弱的身子。"

她叹了声，似乎有些犹豫，但迟疑许久，终于还是忍不住小心翼翼地说道："大人，您对老婆子一向都好，老婆子便也倚老卖老，今天在您面前说句僭越的话，里头那位虽然瞧着和和气气的，气性却大得很，俗话说，强扭的瓜不甜，这男人和女人啊，得都看对了眼，这才完满。"

丹婆婆原是韩修从西宁带来的老仆，是他母亲小时候院子里的奴婢，韩家后来落魄，只有这位婆婆不离不弃守在西宁老家，所以韩修后来寻着她后，对她格外礼遇尊重，因她不习惯在家大业大的平章政事府当个无所事事的上宾，所以韩修便请了她来此处看院子。

这里清静，又是韩修的禁地，有丹婆婆来看管，他也信任。

前日明萱一进这院子，丹婆婆就猜到了她的身份，心里虽然可怜韩修没有娶到心尖上的人儿，可到底还是觉得他这事做得不对，不论如何，人家既然已经成了亲，有了夫婿，那么像这样的荒唐事，是决然不该做的，他如今可是官身，这风纪不正，若是让有心人参上一本，可也不是闹着玩的事。

韩修苦笑了一声，安慰丹婆婆："我晓得的。"

这两夜，他虽然并不在这座小院，但心却时刻记挂着这里，恨不得策马狂奔而来，哪怕只是在窗前看她一眼也好，但朝中不宁，皇上召集他与建安伯等心腹臣子彻夜商谈，终是决定了仍旧要对西夏用兵，他忙得焦头烂额，也已经两夜未睡，这会儿赶在早朝之前匆忙过来瞧她一眼，其实已经动了要放她走的心思。

留不住的，强留也还是不得。

他纵然心苦，却也已经想明白了。

韩修低声轻叹，对着丹婆婆说道："她也许不愿意再看到我，我便不进去了，烦劳婆婆准备一些食物，劝她用一些，若她拖垮了身子，那原不是我的本意……"

他话音刚落，忽然外头响起了敲门声，"叩！叩！叩"门扉的铁环在门板上发出有节奏的响声。

丹婆婆走到门前，摸索着门闩："谁呀？"

天际微蒙的晨光下，立着一个长相俊秀的青衣少年，他瞥了眼四下街巷中发出警醒目光的暗伏，恭谨地应道："是丹婆婆吗？小人名叫长庚，是镇国公府上大公子的小厮，我们爷正在车里候着，特地来此接我家大奶奶回府的，烦请您通传一声可否？"

半晌，门扉"吱呀"一声开了。

丹婆婆伸出身子来，有意望了前方的黄花梨木雕花马车，车帘半开半闭，影影绰绰现出半张美好若玉的面容来，她轻叹一声，敛下目光，对着长庚说道："我家大人请贵主进来。"

裴静宸腿脚不便，便有随行的小厮取了太师椅扶着他坐下，又用扛轿的木椽撑过抬起，这才缓缓地进了小院。

他脸色有些发白，看起来状态并不甚好的，但一双眼睛却如同点了星辰一般明亮，在抬椅上欠了欠身，语气略有些虚弱地对韩修说道："见过韩大人。"

韩修尚还来不及回答，只听里面传来一个清脆婉丽的声音："是阿宸吗？韩大人答应，只要我肯在这里抄写心经百部，就把瑶枝碧桑寻给咱们，你莫急，在外头等我一会儿可好？我只剩最后一篇了呢。"

那声音微顿："外头天冷，可曾带了毛毯热水？若是不曾，你请此间主人借些吧。"

三言两语，便将前因经过说清，绝不容许半点误会产生。

裴静宸满是无奈地摇了摇头，心中想道，便是不解释，他难道还会误解了她不成？但心头却仍旧淌过淡淡的甜意，成婚以来，她对他们感情的经营和努力，每一分付出他都看在眼里，她不想令他误会，亦是在乎他的关系。

想着，眸中便更添了几分柔情，他温顺地点头："我很好，你不必担心，赶紧抄完咱们回家。"

丹婆婆轻轻拉了拉韩修的衣袖，低声问道："大人，您看？"

韩修拍了拍她的手，语气温和地说道："还未到上朝的时候，我在这里再坐上一刻。"

他转过脸去，目光停在了裴静宸被毛裘覆盖着的膝上，他在西北多年，在西夏皇宫之中也深入经营，当然知晓这梦寐之毒的药性，心中想到，若是没有那两株毒草，裴静宸这双腿怕是一辈子都只能如此了吧！

一个残腿的废人，这辈子还能有什么了不起的出息？

当年的事，虽然永嘉郡主和裴静宸都是受害者，可"我不杀伯仁，伯仁却因我而死"，要说半点怨气都无，那也是假的，更何况他心爱的女子，如今成了裴静宸的夫人，新仇旧恨加起来，足够令他对眼前的男子心生杀机。

但他韩修虽然出了名地不择手段，却也有自己的原则和底线，他既答应过的事，不会反悔，亦不愿意反悔，他能够接受明萱恨他，却无法忍受她鄙夷他，而显然，若他为诺不遵，她恐怕再不愿意抬眼看他。

恨的执念，是因为曾经在乎过。

她不再恨他了，那是因为完全不在意了。

清冷的东郊小院中，偶有小风吹过，在每个人心上荡漾出一抹诡异的清波，这清波旋转，绕成大大小小的圈，形成不同的回声，令脑中思绪变得清明。但此时此刻，却唯有韩修的心境，在发生着悄然不知觉的转变。

也不知过了多久，明萱捧着一个檀木匣子从里间出来，她第一眼便望见了笑意盈盈面对着她的裴静宸，见他被照顾得很好，她轻轻松了口气，报以安抚的微笑之后，便转身向韩修走去。

她用双手将匣子举起，脸上的表情认真而恳切："韩大人，这里面是我手抄的百部心经，一笔一画都不敢有半分懈怠，还请您检查一遍，我答应您的事做到了，您允诺我的，还望您千万莫要忘记。"

语声轻顿，声音却越发坚定起来："瑶枝和碧桑，请您尽快履行承诺！"

韩修静默，半晌不语，隔了许久忽然笑出声来："很好，你很好。"

他面容肃冷，低声说道：“我已令人快马加鞭赶去西夏，算上回程，若是途中无所意外，不过二十日内总能送到的，还请裴大奶奶在府中静候便是了。”

拂袖而去，转身只剩一个寂寥背影。

明萱眼神微闪，垂头叹了口气，伏下身子握了握裴静宸的手：“手有些凉，长庚，快把你们爷抬着回马车，外面冷，千万莫要冻着他了。”

又转身对着丹婆婆报以歉意笑容：“叨扰两日，劳烦婆婆了，这便告辞，天寒，婆婆也赶紧回屋子歇着吧。”

她略一欠身，算是道辞，跟在裴静宸身后，袅袅婷婷地出了门。

丹婆婆神色复杂地将门缓缓合上，终是忍不住又将门开开，此时天色已然晃开，东方显出一片鱼肚白，借着清冷的光线，她看到马车门帘掀开又合上，精致细巧的车厢摇晃，不一会儿便消失在拐角处。

而地上除了两条规则的车辙，还能看到一阵凌乱的马蹄印迹，印痕很深，蹄上应是包了铁皮，她认出这是韩修的坐骑，痕迹的轻重散乱刻画着他的内心，那样冷静自持的人，方才想必一定很是凄苦难受吧！

马车里，明萱眉头微皱：“方才有外人在，我不好说，但你身子还未好，就这样跑了出来，着实有些不太像话，瞧瞧，手都冰成什么样子了？”

她忽地似是想起了什么，忙又问道：“师太若是知晓，肯定不准你胡乱作践自己的身子，你定是瞒着师太，自个儿跑出来的，哎呀，这怎么成，师太不得急坏了？”

裴静宸一把将她拢入怀中：“你放心，我出来寻你，师太是知晓的。原本不觉得，这会儿你一说，倒觉得手的确有些凉，不如阿萱你替我暖一暖吧！”

此刻明萱身上仍旧是男儿装扮，而这暧昧的姿势更令她脸色泛起了酡红，若是往日，她定然是不依的，若是不小心风吹起了帘子，被人瞧了去，那她以后还要不要做人了？但这会儿念着裴静宸的心情，不由便心软了下来。

她用手覆住他的手，低声叹了口气：“那日我和长庚辞别了建安伯回清凉山，谁料到途中车夫竟换了一人，韩修将我带至那个别院，我当真是心怀忐忑，不知道他要做什么，亦担心你的感受。但后来，他开门见山谈及你身上所中之毒，更直言他有办法能够取到解毒之草，而要求不过是让我抄写百部心经，我虽然不知道他此举用意，但能得一丝希望，又不需要我出卖尊严性命，我是无论如何，也不会有丝毫犹豫的。

“阿宸，希望你能明白我的心。”

下一秒，明萱呼吸一窒，她的唇被裴静宸温柔而又肆虐地堵住，霸道缠绵。

隔了许久，他才松开她：“你想方设法要为我解毒，希望我能够重新站起来，你的心我懂，你的这份情意我也深深明白。但是，你也要明白我的心，与你相比，我这两条腿能不能站起来是一件微不足道的小事，若你因此受了什么伤，出了什么事，那才是我

最遗憾最不能忍受的事情。你可明白？”

回至白云庵后，稍作歇息，明萱便与裴静宸去辞了玉真师太。

不论如何，现在裴静宸身上的毒势已经都被逼至双腿，短期之内，他纵然行动不便，但于性命却是无碍的，至于韩修到底是否能够如约替她取来瑶枝和碧桑，那便要听天由命了。继续待在白云庵虽然安全，可外头的事却难免有所疏忽，倒不若真听建安伯的提议，回镇国公府为上。

玉真师太虽然远离万丈红尘，曾经却身处在权力的涡心，这些道理不必细说她便闻弦知意，只嘱咐了明萱一些日常须当留意的事宜，也没有多说什么，便令比丘尼开了庵门，亲自送了他们夫妇出去。

山腹之内，阴凉风急，杏黄色素衣迎风飘鼓，发出声响，圆慧眼角隐隐含着泪光，不舍地目送着马车离去，她转过头轻拭眼角，哽咽着扶着玉真说道：“宸哥儿命运多蹇，生下来就没了母亲，又是那样多病多灾的身子，好不容易这几年好了起来，又得了那样聪慧体贴的妻子，我以为已经是苦尽甘来了，谁料到……”

她语声越发低落，却偏偏能听出悲愤不甘：“师太，您常教我出家人当佛心平静，不可动怒，但在我心中，宸哥儿的安危却比佛祖还要重要一些，那些陈年旧事，埋在我心中已经多年，若不是怕……我早就要跟宸哥儿说的！”

玉真手中的佛珠不停转动，她低声叹了口气说道：“圆慧，从前我拦着你，是因为那些事到底不过只是你我揣测，没有真凭实据，也无从追究，倘若真相如此，宸哥儿不免伤心落泪，若是咱们冤枉了人，却是伤人亲缘的大罪过了。”

她心中一动，忽然又说道：“但如今宸哥儿已经娶妻，是个大人了，他亦有自己的想法与判断，圆慧，若下回他再来问你当年的事，你不妨把你看到的都告诉他吧，不论如何，裴家总是要给永嘉一个交代的。”

往事早已成烟，可冤屈和仇恨，不会化为灰烬，而会被铭记。

平莎堂里，杨氏对于裴静宸拖着一双废腿回府，显得有些诧异，她先前派人去清凉寺打听过了，只听说裴家大爷身子不好，整日在药庐，原以为还是从前伤了根本作祟，谁料到竟是伤了腿，但对此，她是乐见其成的，甚至有些暗暗松了口气。

她眉开眼笑地对着桂嬷嬷说道：“本朝律例，残疾之人不得入朝为官，裴静宸这回坏了两条腿，户部的差事再好也要丢了，看老爷子还怎么偏帮这小兔崽子。”

桂嬷嬷忙上前附和：“夫人说得没错，我看哪，大爷的腿一废，以后便也不值得夫人忧惧防备着他了，您想，残疾之人不得为官，所以杨家五爷才会断一指以保全身家性命的，这断了一指尚且如此，大爷可是两条腿哪！恐怕这爵位也落不到他身上，可不就是去了夫人的心头大患嘛……”

杨氏微愣，随即大声笑了出来：“不错，不错，还是你提醒了我。”

她的脸上现出十二分的得意来，随即却又忽然沉下眼眸：“宵儿的爵位想来是稳当了，但我这心里却更记挂着襄楚王留下的珍宝了，这几年在外头，咱们没少费心思，也没有少花销，我的私房已然所剩不多了……桂嬷嬷你说，若你是襄楚王，会将那批财宝放在哪儿才安心？”

桂嬷嬷想了想：“襄楚王没有儿子，只有永嘉郡主这一个女儿，他出征疆场，知道生死不定，自然会将财富的下落告知永嘉郡主，至于郡主那，恐怕只有得她信任的人最清楚了。”

杨氏眉头一皱，陷入了沉思。

襄楚王数次征战，降服众部落时，可没有少发财，据说那金银财宝是一车一车往王府里头拉，当年永嘉郡主陪嫁之丰厚，比先帝所出公主还要多，世人传言，这王府的家当，将来可都是要传给永嘉郡主的孩子的。

可那年世子夫人杨氏新嫁，以迅雷不及掩耳之势控制了永嘉郡主的私房和嫁妆，那些好东西可都让她昧了下来，江南的田庄水田改成了旱田，古董字画也尽都换过了，除了那些写得清楚明白不好贪墨的东西，早就已经只剩下一个空壳子了。但那份传说中富可敌国的财富，她却怎么也找不到。

她原本怀疑这份财富辗转到了裴静宸的手上，可又觉得不像。

裴静宸自小的花费都从公中所出，一针一线都要经过她，她好几回刻意克扣他的用度试探，倘若他身边的人掌握着小金库，自然是不忍心他受苦挨饿的，必会拿出私房来，可几次试探之后，她都一无所获，那笔财富的下落至今仍旧成谜。

桂嬷嬷低声在杨氏耳边说道：“其实奴婢一直都对清凉寺有所怀疑，清凉寺的住持了因方丈，从前可是襄楚王的至交好友，除了永嘉郡主之外，倒是也有可能襄楚王将这财富的下落告知了了因方丈。”

她眼神一瞥:“不然您说,大爷他一年之中倒有大半年都待在清凉寺,这又是为何？”

杨氏沉吟了片刻，颇觉有理，想了想说道：“这事，我一个人办不了，你等一会儿回一趟杨府，请二舅老爷替我办这件事，就跟他说，倘若所料不差，那些财富果真被清凉寺老秃驴藏起来了，那么事成之后，我分他四成。”

她想了想，又忽然咬了咬牙说道：“不，我与他五五而分，这笔财富对半共享。”

静宜院中，明萱拿着手中几封信件翻来覆去地看，脸上不时展露笑意。

裴静宸奇道：“是舅兄来的信吗？怎么那么高兴？莫不成发生了什么好事？”

明萱忙点了点头说道：“哥哥在临南一切顺利，让我们不要替他担心，他说临南富庶，不像我们想象中那样蛮荒，商贸通达，胜似盛京，可就是那儿的女子性子太过泼辣，他去了临南之后，竟然数度在一个女子手上吃了亏。”

她又从信中截取两段内容念了一遍，罢了，她的语气忽然有些低落起来："哥哥是在战场上一路过来的人，我倒不怕他会吃什么女子的亏，我担心的是不知道皇上让他去临南做什么，那件事危险不危险。"

裴静宸眼波一动，嘴角便漾出一朵笑花，他岔开话题："还有那两封信是谁的？也说给我听听？"

明萱便道："这封是我大姑母家的表妹寄来的信，她和我五哥有婚约，原本九月就该嫁过来了，不过她祖母忽然过世，便就耽误了，婚期推迟到了明年春天。这张却是请柬，我舅祖父辅国公朱家的表妹媛姐儿派人送过来的，她嫁给了忠顺侯府的二公子孟光庭。"

她微顿："忠顺侯府上过几日要办个秋蟹节，她邀我过去呢。"

第 41 章　心思・凉夜・留步

金秋十月，菊黄蟹肥。

江南水庄运蟹的船队月初启航，一直要到月末才能抵达盛京南郊的水港，算上一路之上的损耗，每只螃蟹的价值惊人，偏偏这些南方水田间到处可见的小东西对温度水质的要求都特别高，从南方运到北方，存活率甚低，当真也算得上是千金难求。

这样的稀罕物，便是世家门阀也不过能得几篓尝个鲜，再多几只都难得的，更何况是要办蟹宴了。

明萱来到周朝四年，永宁侯府中倒也曾得过几次螃蟹，但也不过只是家宴之上分食罢了，以顾家的鼎盛尚且如此，但忠顺侯府竟然有那样雄厚的财力能够摆出一场阵势豪华的秋蟹宴来，这手笔着实令她有些咋舌。

裴静宸见她表情，笑着解释起来："忠顺侯府孟家原是江南人氏，上一代忠顺侯时才举家迁入了盛京，虽也有了几十年光景，但孟家的根基却仍旧还在江南，听说他们家老太太在时，吃用不惯盛京的菜式，不只带了江南的厨子来，每个月都要派船运南方的蔬果食材回来。"

他将头埋在明萱颈间，贪恋地闻着她身上香气，口中接着说道："孟家祖上曾是巨贾，后来立了大功才得以封爵，算来也已有三代，但朝上有几项紧要的供奉却还掌握在他家手上，算起来，满盛京的公侯都比不得他有钱。所以，这些螃蟹对旁人而言确实金贵，但对孟家却不值什么。"

一场秋蟹宴，花费甚巨，足以彰显忠顺侯府的财势。

孟家的事，明萱只是略有耳闻，她知道忠顺侯府有钱，却不知道有钱到了这个地步，但是钱多易惹人眼馋，站在风口浪尖并不是一件好事，她想了想低声问道：“与西夏国的战事一触即发，这等时候，孟家还大肆摆什么秋蟹宴，不会被谏官参上一本吗？”

裴静宸轻轻将明萱拥入怀中：“西夏一战，祖父和杨右丞主战，东平王等几家宗室主和，皇上举棋不定，但是战是和，这几日间却必须要下定论，这种风口浪尖，孟家本不该这样惹人注目。但……”

他话锋一转：“不论皇上的决定是什么，朝中必是要有一段日子不能平静，此时孟家出这个头，却能将西夏战事的锋芒拨开，将舆论的注意转移到孟家身上，忠顺侯为人精明，绝不会做亏本的买卖，这回想必是奉旨办宴。”

忠顺侯孟宗海为人谨慎低调，性情和顺，为人又大方，朝野上下结交了不少至交好友，凭借着雄厚的财力，这些年来，孟家从默默无闻的新贵，渐渐成长为独当一面的门阀，人红是非多，总难免要惹人红眼，尤其是那些逐渐式微的百年世家虽然表面上一派花团锦簇，但内里却少不得要欣羡一番的。

皇朝更迭，带来的是权力洗盘。

有些家族炙手可热，有些家族渐受冷遇；有些家族辉煌崛起，有些家族日薄西山。但有一点却是无法改变的，贵族的骄傲和尊严。风头正盛的世家想要得到一个彰显荣耀的机会，逐渐衰弱的家族亦不肯承认自家的颓势，哪怕样样都不如人家，也要坚持自己的高贵血脉。

所以，忠顺侯府的秋蟹宴，便成了光怪陆离的大观园。

明萱若有所思地点了点头，忽而哧哧笑了起来：“你说得不错，恐怕明日盛京城中的珠宝楼成衣坊的生意就要热闹起来了。”

静宜院中甜蜜温馨，但镇国公裴府的其他几个院落此刻却是波涛汹涌。

雪松院中，二夫人庞氏对着二老爷裴孝庆委屈地说道：“不是我这个做婶娘的心狠，见着大侄儿坏了腿还幸灾乐祸，但事已至此，宸哥儿的腿已然这样了，我难道不该为了咱们二房的利益多想深一些吗？”

她拿着帕子拭了拭眼角，好似在擦拭泪滴，然后吸了吸鼻继续说道：“大哥就这么两个嫡子，宸哥儿腿坏了不能入仕，若皇上再恩封一个爵位下来，你是嫡次子，难道就没有资格去争一争？你便算不为自己着想，也该为镕哥儿多想想！”

裴孝庆沉着一张脸，呵斥道：“妇人短见！这话你在屋里头说说便止，若让我在外头听到半句闲言碎语，我定不与你善罢甘休！”

成婚几十年，养育了三儿一女，这还是他头一次对庞氏发这样的脾气。

庞氏一时有些愣住，醒过神来后方嘤嘤哭了起来，她别过脸扭着身子不去看裴孝庆，

一边啜泣，一边鼓囊着说道："你说我见识短浅，那你得告诉我短浅在哪处，你什么话都不肯告诉我说，只叫我别急，我哪里能真的不急？镕哥儿还省心，小五小六可都没着落呢，这两个虽然懂事，可将来的前程未定，我这个当娘的心里能不操心吗？"

她越哭越伤心："书钰也到了该说亲的年纪，若她父亲身上有爵位，也能锦上添花，说门更好的亲事，咱们俩就这么一个女儿，素日你不是最疼她的吗？若是将来镕哥儿有爵，书钰在婆家也能挺直腰板，不受人欺负不是吗？"

到底是结发夫妻，庞氏这么一哭，裴孝庆便有些心里发乱，他沉沉叹了口气，终于还是坐到庞氏身侧，将她身子扳了过来，用手指擦干她眼角泪滴，柔声说道："好了好了，不要哭了，孩子们的前程我无时无刻不念在心里，至于爵位……将来也是有机会的。"

他顿了顿："我从前让你不要跟着大嫂胡闹，对宸哥儿好一些，自然是可怜这孩子出生就没了母亲，其实也有我的私心。实话告诉你吧，咱们能不能承袭爵位，跟宸哥儿半点干系都没有，你道为何这襄楚王过世了快二十年，当年的襄楚王府却不曾没入宫中？因为那王位，是给宸哥儿留着的！"

庞氏一惊，连哭都顾不得了，脸上尚还带着泪花，就直问道："老爷是说，宸哥儿将来是要承袭襄楚王的王位，所以从来都不会与宵哥儿抢镇国公的爵位？这……这是从哪里来的消息，为何我从来都不曾听闻过一丝半点？"

她狐疑地摇了摇头："不对，若早有这个旨意，宸哥儿早就接了，怎么会还待在这里受大嫂的气？"

裴孝庆叹了口气说："别问我从哪里得来的消息，我只知道这消息确凿无疑，父亲他也是知晓的。襄楚王战功赫赫，最后为人所害，战死疆场，他死讯传来，先皇对父亲诸多挑剔责怪，人人都以为皇上是因为王爷战败丢了城池而迁怒到了父亲身上，其实却并非如此……"

他微顿："那些朝上的事，你一个妇人跟你说了也不懂，你只需要知道，宸哥儿将来是要承袭王位的，咱们不仅不能得罪他，若是大嫂下回再使坏时，还要想方设法帮着他，这便行了。"

朝堂的事，庞氏虽然看不透彻，但裴孝庆的话她却是听明白了，她蓦地拍着胸口松了口气说道："这些年来，我虽然凡事都是依着大嫂的，但所幸在宸哥儿的事情上，没有跟着大嫂胡闹，否则真是……"

她说着，又忽然露出笑脸来："是了，怪道老爷让我凡事莫要多言，承爵的事不着急，这样说来，倒确是如此呢。一门两爵，这是多大的荣耀，父亲和大哥决不会放着爵位就不要了，长房只有宵哥儿，按着长幼次序，也该紧着二房才对。"

裴孝庆看着庞氏表情骤变，无奈地摇了摇头，他眼神一眯，又想起了什么，顿了顿接着说道："从明日起，你便称病闭门谢客吧，若是大嫂再有什么事要寻你，你只说你身子不好，精力不济，推辞了她。”

庞氏眉头一皱：“可大后日便是忠顺侯府的秋蟹宴了，我已经答应了书钰，要带她一块去见见世面，顺便也好给她物色物色合适的女婿人选……”

她话未说完，被裴孝庆一口打断：“你听我的，秋蟹宴，不要去了！”

月色如水，镇国公府经过半夜喧嚣，总算安静了下来。

正西侧的荣安堂内灯烛不灭，在雕刻了山水凰兽的黄花梨木格窗间，影影绰绰地摇晃了整夜，当天际浮现出第一缕青光时，从檐墙上闪出一个土黄色的身影，他四下相顾，见无人看到，一个闪身便进了东厢房。

石增进了书房的内室，对着太师椅上面容疲惫的镇国公裴固行了大礼：“相爷让属下查的事情，皆已经有了消息，大爷病发前日，是被二爷在衙门口截住了，然后才去的南郊韩府别庄，杨五爷在带去的酒水中下了合欢散，听清凉寺的老和尚说，正是这药将大爷体内年幼时所中的毒引了出来。”

他偷偷拿眼去瞅面沉如水，表情镇定的裴相，迟疑地说道：“听说大爷的腿连白云庵的玉真师太都瞧过了，师太说，若不能将陈年余毒都解了，这两条腿再无能行走之日。”

书桌的案头点着油灯，在摇摆不定的橘黄色投影里，裴相的脸色忽明忽暗，亦阴晴不定，半晌，他闭上双目叹了口气：“拿我的帖子问过太医院的李院判了吗？他怎么说？到底还有没有得救？”

石增摇了摇头：“李院判不擅长毒物，他说若连玉真师太都说没治了，他更加束手无策，不过若是能请到西夏国的宫廷御医，说不定这事还有所转机，只是这时机上有些不妙，恐怕……”

他忽然想到了什么，急忙说道：“属下在坊间听到了一个传言，倒与这解药有些关系，只是牵涉到府里的世子夫人和大少奶奶清誉，却不知该说不该说？”

裴相眼皮微动，状似无力地抬了抬手：“你说。”

石增才敢说道：“两郊下三滥的酒肆茶楼这几天都在传说，世子夫人心狠手辣，容不得先前郡主生下的嫡长子碍着二爷的路，所以这些年来，下毒追杀无所不用其极，就是想要除掉大爷，这接连都不得逞，如今大爷娶了妻子，若是再一举得男，世子夫人的打算岂不是要竹篮子打水一场空？所以才有了这回大爷双腿被废之事。”

他接着说道：“又说咱们府里的大奶奶，从前就素爱替那些不识字的穷苦人家抄写佛经，布施米粥，在清凉寺那边得到不少贤名，这回大爷腿脚不便，她在佛前发愿，她拿出自己的体己重塑药王菩萨的金身，在清凉寺山脚下施粥三年，只求菩萨显灵，能够医好她夫君的腿疾。”

广施米粥，是结善缘的好事。

但施粥三年却是一笔不小的开销，再加上重塑菩萨金身，这林林总总的花费算下来，恐怕要赔尽明萱明面上的嫁妆，这年月，女子的嫁妆一定程度上决定了她在夫家的地位，这样散尽身家发愿求菩萨开恩，是一桩至诚至信的事。

裴相却哧了一声："那些泥塑的菩萨，镀了几层金身也不管事的，求它又有什么用？若是漫天神佛当真有灵，怎么还有善良的人早死，作恶的人长命？你看那些求了它们一辈子的穷苦百姓，当真有几个能够得到富贵的？可见都不过是骗人钱财的玩意，偏那孩子信这些！"

他摇了摇头，却又忽生感慨："不过也算她有心了……"

石增接着又道："尚还有下文。"

他顿了顿："听说有好几个家中曾受过大奶奶恩惠的小伙子，听说西夏国深山之巅有奇草可以治好大爷的腿疾，便自告奋勇去了礼部事夷司申领去西夏国的通关文书和手续，事夷司的郎中为他们所感，在通关文书上盖了章，还特例应允他们与官差使节一同前往。坊间都在嗟叹，原本是一桩忠孝节义的大好事，西夏这一开战，恐怕这些年轻人都要回不来了。"

裴相听得此言，蓦然睁开双目，他深邃的眼眸在石增脸上转了两圈，忽地朗声大笑起来，颇有些老怀甚慰之感："玉真师太果然有识人之明，那小子得妻如此，我将来便是一脚蹬西，也总算能够放下大半的心了。"

他语气渐低，微微带了几分惆怅："就算他一直误解我，那也算不得什么了，也总比……虎毒不食子，老大能够狠心绝情做那些事，我终究却无这份狠绝，私心里也总是希望将来他父子能够重归于好，若果真能够如此，我便当这千古罪人，又有何关系？"

石增脸上现出同情与纠结："可是相爷，大爷不知道那些事，他已经和王爷当年的北疆旧部联络上了，若是枪头调转，帮着皇上来对付您，这可是骨肉相残啊！"

裴相摇了摇头："石增，你不懂。皇上若当真想要办我，不必旁人相助，随便安上什么罪名，便能将我一举除去，我若是死了，裴系群龙无首，要拆分岂不是再容易不过的事？皇上是天下之主，若是登高而上，振臂一呼，不论是宗室还是公侯，哪怕只是为了瓜分我裴系的利益，也会出手。"

他嘴角浮现出诡异笑意："可他没有这样做。帝王之道，在乎平衡，若是我倒了，那么他依仗的那些人，便是下一个所谓裴党，对他又有何益处呢？自从裴氏出了皇后，朝中的事，我便不再处处插手，人人都当我深不可测，背后尚有阴招，其实，这不过是我对皇上的表态罢了。"

三朝权臣，倘若没有这点觉悟，裴家也不会富贵那么长时间。

石增面上惊愕，好半天才回过神来："帝王心术，果然不是我等升斗小民可以揣度的。"

裴相见石增脸上表情变幻，猜到他心中所想，不由叹息一声："兵者诡道，实则虚之，虚则实之，有时候哪，你看着那东西像是圆的，其实它是方的，连眼睛看到的都不是真的了，又怎能人云亦云？凡事，都要用心去思考。"

他看了眼天色："让小厮进来，我要更衣净面，该到上朝的时辰了！"

石增依言离去。

门扉合上，裴相脚下步伐忽然一个踉跄，他忙扶住案头将身子稳了下来，脸色煞白地撑住身体，十月末的凉天，额角竟冒出丝丝汗意。

他痛苦地闭上眼，继而又缓缓睁开，伤心欲绝地低声说道："大郎，你究竟是有多恨我……"

各怀心思的等待中，秋蟹宴那日很快到了。

明萱早早起身，着了件海棠色的银丝绞纹罩衫，内里衬着湘妃色的衬裙，只在裙摆处用黛螺色绣着五福的绸面压着，衣裳是去岁出嫁前做的，虽是新的，但在箱子里压了一段时日，看起来便没有那样鲜艳，显得沉稳且端庄。

头上梳了时下妇人间最常见的堕马髻，选的是质朴内敛的芙蓉春满玉簪环，略施粉黛，素淡浅华，既不失新嫁娘的喜庆，又没有过分跳脱显眼，在珠围翠绕的宴席上，想必不会惹起不必要的瞩目。

她打扮完毕，在穿衣铜镜中隐约四顾，见没有什么不妥当之处了，这才一边整了整衣襟，一边对着窗前躺椅上好整以暇望着她的裴静宸说道："媛姐儿信上再三相请，我不好不去，便只能留你一人在家中了。"

她上前贴到他面颊，笑着说道："我用了午宴，便寻个机会告辞，你且在家中看看书，习习字，打发下时间，不用多久，我又能回来陪你了。"

裴静宸的双腿虽然还处于麻痹状态，但精神却是一日好过一日，已不再是前段时日在白云庵时那副令人忧惧担心的模样了，闻言反握住明萱的手指，笑着点了点头："你早些回来也好，忠顺侯府隔两年总要举办一次秋蟹宴，每回都不甚消停，总要发生点什么事的，是非之地不宜久留，免得惹火烧身。"

他将她的手指放到唇上轻轻一啄："你不在，我先把母亲的画像画完，然后等你回来点睛。"

再过几天，十一月十二日是裴静宸的生辰，他的生辰则是永嘉郡主的死忌。

自打他记事起，就从未庆贺过生辰，镇国公府中亦没有开祠堂祭祀过永嘉郡主的死忌，每到郡主生死两忌前后，他便要前往清凉寺中，一来是寻个清净地缅怀自己的母亲，二来则是要避开裴家的人与外祖父先前的故旧联络上。

但今年他腿疾严重，又已成婚，怕是不能再躲去清凉寺了。

所以明萱便提议，到了十一月十二日那天，静宜院中焚香斋戒，他夫妻二人要合力替永嘉郡主重绘一幅画像，也好给自己和未来的孩子留一份念想。连续几日来，依着白云庵中永嘉郡主故旧内悬挂的小像，裴静宸和明萱已经将郡主的轮廓勾勒个八九不离十，只等着墨上色点睛，便算是完成了。

明萱闻言忙点了点头："嗯，我速去速回的。"

忠顺侯府离得不算远，不过三五条街的距离，马车行了不多久便就停了下来，明萱略掀开一些窗帘，看到一座朱门鼎盛的府邸，又见这街巷有几分眼熟，直看到朱雀巷三个字，这才想起大伯母罗氏的娘家禄国公府也坐落于此地。

她透过缝隙隐约看到街边停的各府的马车早就排成了一条长龙，心中想着，今日这宴席上想必将大半个盛京城中的达官贵人都聚拢在了一起，若此时皇上颁发诏书，令韩修奉旨出京，等到明日众位大人酒醒上朝，这诏令却是八百里加急都收不回来了的。

她一边想着一边掀开帘子下马车，刚要进府门，忽听得身后一句幽怨女声："七姐，留步！"

这声音尖脆，闹得动静不小，倒是惊动了不少前来赴宴的贵人，一时之间，竟有数十道意味不明的目光投射在了明萱身上。

明萱的眉头几不可察地一皱，回转过身，见后面的马车上盈盈下来个年轻的女子，容色娇妍，眉间却隐隐藏着几分郁结，分明就是新近与安国公嫡三子定下了亲事的永宁侯府十小姐明芍。只是明芍与她算不得亲厚，又向来最爱摆贵族淑女的谱，怎会大庭广众之下唤住她这样失礼？

她略移步，走到明芍跟前，一把握住她手笑着说道："十妹。"

明芍似是意识到了自己的失态，脸上一红，垂着头小声说道："七姐，我有话要与你说……"

明萱端着笑容说道："你我姐妹多日未见，姐姐也有许多话要对你说，不过这里可不是诉衷情的好地方，来，咱们进去拜见过侯爷夫人以及众位长辈，便让媛姐儿给咱们收拾一处安静的所在，再好好叙叙话，可成？"

她向后望去，见刻着永宁侯府爵徽的马车上迟迟不见再有人下来，眉头一紧，又忙问道："怎么不见二伯母和几位嫂嫂？"

明芍欲言又止，吞吞吐吐了好一会儿，才终于回答："祖母上了岁数，太医说螃蟹性寒凉，不适宜进用，她最近觉得身子乏累，便没有来。大伯母的身子似乎不大好，长房的嫂嫂们都去了庄子上伺疾。我母亲她……"

她眼睛便是一红，微微别过脸去："我母亲今儿恰好有些事脱不开身，两位嫂嫂也忙着，便只让我跟着四婶娘来，四婶娘的车就在后头，她遇上她娘亲的亲戚，似是打招呼去了。"

偌大一个永宁侯府，却只来了寥寥两名女眷。

明萱见状，便知道顾家许是出了什么事，神情便有些凝重起来。

明芍及时将眼角泪痕抹去，跟在明萱身后步步轻移，倒也不曾再惹人瞩目，这对久别重逢的姐妹顺着人潮穿过前院，经过孟家精巧绝伦的花园，来至请宴女客的花厅。

媛姐儿忙得脚不着地，抽了个空与明萱略说了几句闲话，就被底下丫鬟催着去外头安排事宜，她只好带着无奈和愧疚地说道："这会儿还不到午宴的时候，我让冬雪带着你们姐妹去后花园的春澜亭坐会，那里景致最美，又清静，等我将这些琐事交代下去了，便立刻过去与你们会合。"

她的目光忽然微沉了下来，带着疼惜："我还有好些话要问你呢。"

明萱如今在裴府当着静宜院的家，知道管事何其不易，今日又是这样隆重而盛大的宴席，虽然媛姐儿是次子媳妇只是给长嫂打个下手，但琐碎事想来也不会少的，便忙请了她出去："你且自忙去，左右我总要用过午宴才家去的，不着急。"

新媳妇过门未及半年，便有机会在宴席上担当要务，这说明媛姐儿在忠顺侯府过得很好，至少深得婆母和长嫂的喜爱和信任，否则婆母不会委以重任，长嫂也未必喜欢让弟媳插手家务。

周朝的女子一旦出嫁，公婆的看重是决定她在夫家地位的关键，丈夫的宠爱是基本，姑嫂妯娌的信任则是锦上添花，媛姐儿嫁的孟家是典型的封建家族，与裴家自然不同，她新嫁便能如此，明萱心中很是为她高兴的。

冬雪带着明萱和明芍避开众人，从后厅绕了出去，一路介绍着后花园的景致，一边引着她两个进了春澜亭，早有侍女将坐垫铺上，石桌之上亦有热茶糕点送上，像是早有准备一般。

冬雪行了礼，笑着说道："裴大奶奶，顾十小姐，奴婢先到外间回我们二奶奶的话去，您两位若是有什么吩咐，尽管唤这几个丫头，不必客气，我们奶奶稍后便来。"

明萱顺着她手势望去，只见亭前端端正正地立着四个小丫头，隔着不远也不近的距离，甚是规矩，不由心下诚服，忙笑着说道："你去忙吧。"

明芍见冬雪去了，低声说道："七姐，府里头出事了……"

她睫毛微颤，眼中又蓄满了泪花，像是随时都要掉落下来："八姐进了宫得了势，听说这一胎怀的是货真价实的男嗣，便借着思念家人，数次将身子不好的大伯母请入宫中，也不知道怎么了，大伯母的身子就很不好，听说如今就只能用百年以上的人参吊着一口气了。"

明萱眼波微动，其实心内并不惊讶。

顾淑妃六月上抬入宫的，第二月便得喜脉，如今算来也有五个月的身孕了，早就能够听脉诊断男女，有了上回贵妃的乌龙在前，淑妃和皇上想必都慎之又慎，既然说是男嗣，那定然错不了的。

听说，俞惠妃怀的却是女儿。

淑妃本就受宠，两相比较之下，皇上的心早就偏得不像话了。

如今内宫之中，虽然有皇后，有贵妃，但人人都知晓，怀了皇长子的淑妃才是皇上的心尖肉，才是整个宫内最娇贵的女人，她心血来潮想要吃陇西山间的莓果，便有长骑八百里加急替她取来，她想要时常会见家人，自然也能破例三不五时地宣永宁侯夫人进宫。

其实，永宁侯夫人对淑妃算得上是掏心掏肺了，到底是抱养在自己跟前长大的，她也曾真心诚意为这个女儿打算过，便是后来，淑妃与皇上私相授受，永宁侯夫人罗氏也

是睁一只眼闭一只眼，换了明芜来做这等事，哪里有这个机会不说，恐怕连性命都早已经保不住。

若非淑妃自己被人挑拨几句便做下了糊涂事，原本这对母女，可以不必如此的。

但这世上有些人的心，是怎么也焐不热的。

淑妃一心攀龙附凤，想要进宫，一来的确是为了自己的荣华富贵和前程，恐怕这里头也免不得一番要与贵妃争长短的心思，这亦是与罗夫人斗气的意思，如今她在宫里头风头无二，皇上夜夜宿在她寝殿不说，还一举得男，自然是要好好炫耀一番的。

罗氏虽然早先便搬到庄子上去住了，说是养病，实则她的身体也未必真那样糟糕，但被淑妃这么三番两次地气着了，这假病也得熬成真病吧？

明芍见明萱不说话，咬了咬牙，有些迟疑地说道："然后便是我们这一房……"

虽然那些话有些难以启齿，但她这回是来寻求帮助的，紧咬牙关于事无补，只能下定决心开口道出："其实是我母亲那出了一点麻烦，她原先为了家中生计，跟着我表姨一起放了点……印子钱，好些年了，一直都安然无事的。

"不知道怎的，上月忽然官府盘查放印子钱的事，就这样被人连本带利地将钱都清缴到了户部，那里头可都是我母亲养老的银子，她怎么舍得就这样放手，可多方奔走，却是一点都不能通融。"

明萱奇道："二伯父不是在户部当差的吗？怎么事先就没有听到一点风声？"

放印子钱不是什么好事，朝廷也时不时有所勘查，但赃银是户部接缴的，二伯父在户部当差，竟然全然不知，事后求了过去，也没有任何商量的余地，此事便有些奇怪了。

明芍听罢眼泪滚落下来："父亲他被母亲的事连累，早先就被户部尚书放了大假，话虽然说得婉转，说是请父亲在家好好休整一段时日，其实，明眼人谁都知道，出了这样的事，父亲被革职是迟早的事！"

她越说越委屈："人都说树倒猢狲散，我外祖父只是有些小中风，还没有将爵位传给别人呢，这些刀子便已经忍不住宰了上来，这若是他老人家有个三长两短……"

言下之意，赫然是在控诉是富春侯世子搞的鬼。

富春侯世子简承韫并非二夫人简氏的亲兄。

是富春侯为了爵位延续，而从老家宗族里挑出来的嗣子。若论手段和才干，世子自然是有的，可真论起血脉亲缘，其实并不算亲近，世子的生父和富春侯也不过是堂兄弟。

简承韫十多年前从老家淮恩进到盛京，当时已经娶妻，既不是富春侯一手养大的孩子，连他的婚姻大事都不曾经过富春侯之手，这父子感情自然十分浅薄，唯恭敬顺从罢了，在二夫人的刁难刻薄面前，他也只是隐忍退让，任其欺辱。

可他既然能从淮恩老家众多兄弟之间脱颖而出，得到这泼天富贵，自然不会是什么省油的灯。

明萱想到朱老夫人大寿时，当着满屋子宾客的面，明芍都敢直呼舅家表姐的闺名，对简瑟瑟呼来喝去，可见平素在富春侯府，二伯母对待嗣兄的态度有多么恶劣，有因在先，如今富春侯刚即中风二房便蒙遇灾难，二伯母便将这两件事联想起来，虽是出自她心虚，倒也未必一点道理都没有。

她想了想问道："不知道二伯母有没有给郡王世子妃去信？"

顾明荷是清平郡王世子的正妃，听说她嫁过去后颇得王爷和世子的信赖，如今掌理家事，管着整个清平郡王府，简氏出了事，不可能不求自己的女儿设法帮忙，却令明芍来寻自己说这些。

明萱到底不是二房出去的小姐，嫁的虽然是风光无限的裴家，可她自己的境况却并不好，这整个盛京城皆知的事情，简氏不可能不知。

明芍的眼神一下黯然起来，随即又燃起几丝愤恨，她语气生硬地说："姐姐她只顾着自己的贤名，不帮着母亲想办法将那些钱拿回来便也罢了，竟然……竟然还说什么放印子钱是折损福气的阴损事，那些肮脏钱没了就没了，就当是借钱消灾，买一个教训，还让母亲不要再到处求人胡闹了。"

她不平地说道："道理虽然是没错的，可那到底是自己的母亲！如今她倒是高贵贤良的郡王府世子妃，可她从前吃的用的穿的戴的，哪样不是从那些肮脏钱里出来的？母亲原本就打算到明年春天将那些钱都收回来了就不做了的，如今可倒好，竹篮子打水一

场空，什么都没有了。”

明芍和安国公府三爷定下的婚期是在明年五月，大约简氏原本的意图是想要风风光光地将女儿嫁出去后，就洗手不干了，那些被收没的银两数目巨大，也足够二房过上充裕富足的日子了。

明萱眼眸微垂，低声说了句：“倒是可惜了。”

她心里对放印子钱的吸血蛭有些厌恶，但二伯母总算在她最困难的时候拉了一把，因此倒不好说什么别的，一句可惜了已经是她所能给予安慰的全部。

明芍还没有细心到能够察觉明萱细微的情绪流露，她只是紧锁着眉头低声泣诉：“这事儿不敢让祖母知道，去求大伯父他也不愿意多管，后来我母亲想求到淑妃娘娘跟前去，若是有她发句话，皇上交代下去，那事儿不就结了么？”

她顿了顿，满脸为难地望向明萱：“可是我跟淑妃的关系原就不大亲密，我在她跟前哪里说得上话？我母亲不是命妇，又没有递牌子进宫觐见娘娘的机会，所以今日我来之前，我母亲嘱咐我，若是能遇上七姐姐您，能不能请您帮个忙去淑妃娘娘跟前美言几句？”

明萱微愣，她料到明芍会有所求，却不承想明芍竟然那样坦然直白地要请她帮忙去淑妃面前求情。莫说这情是求不得的，便算是一些无关紧要的事，她又岂敢在这种时候凑到宫里头去说？

淑妃宠冠后宫，又身怀龙子，多少双眼睛盯着她，又有多少心怀嫉恨的人盼望着她出事，风口浪尖上，明萱避之不及，哪里还会撞上门去。

她想了想沉吟着说道：“十妹，不是我不肯帮二伯母，实在是爱莫能助。我和淑妃与你一样都是姐妹，没有诏请，都不得入宫的，再者说，如今娘娘身子又重，若是拿这些烦心事去叨扰她，恐怕皇上要怪罪下来，于二伯母也未必是件好事。”

明芍眼神里难免泄露几分失望，却也并没有强人所难，只是垂着头呆呆地望着院子中景色，整个人都没有什么精神。

明萱到底还是不忍，想了想低声说道：“十妹，听我一言，钱财乃是身外之物，丢了虽然可惜，但到底不伤根本，倘若继续闹下去，将人都搭了进去，就不值了。这些话，我这个做侄女的不好跟二伯母直言，你是她心疼的小女儿，委婉地劝解，她能听得进去的。”

她顿了顿：“其实郡王妃说得并没有错，放印子钱有违法制，只是将银两没入户部，没有将人牵扯进去，已经是给了天大的面子了，你回去多劝着二伯母宽心，就权当是破财消灾了。”

明芍静默不语，过了良久才说道：“其实道理我也明白的，只是……听母亲说过不多久府里就要分家，可这些年府里公中的东西被大伯母折腾得差不多了，偌大的一个永宁侯府，看着光鲜，却只剩下一个空壳子，她也只是想多留点钱将来让大家过得好一些罢了。”

每个人所站立的角度不同，看法自然千差万别。

明萱表示理解，轻轻抚了抚明芍的手背：“留得青山在，不怕没柴烧。”

她话锋一转，轻声问道：“永宁侯府过不多久就要分家了吗？”

明芍吞吞吐吐地回答：“听说是祖母发的话，大伯父也已经同意了，只等着到了明年祖父祭日时开了宗祠请了族里的长老出来，将公中的账册对过了，便要分家的。”

她连忙补充了一句：“其实盛京城中的公侯府邸，像咱们家这样的反倒少见，多的是继承了爵位就分家的，一起过有一起过的好处，分开过却也有分开过的便宜。”

话音刚落，前头便来了个嬷嬷打扮的妇人，见着明芍忙飞奔过来，行了礼说道：“原来十小姐和七姑奶奶在一处，倒叫奴婢好找。十小姐，四夫人派奴婢来寻您呢，那头安国公夫人和小姐都到了，吵嚷着要见见十小姐呢。”

原来是四夫人薛氏跟前的嬷嬷。

明芍便有些为难地立起身来，对着明萱说道：“临来时，母亲交代要我跟着四婶婶，这会儿安国公夫人和她家小姐来了，我得去拜见，等会儿若有空闲，我再回过来寻七姐姐您。”

她将来是要嫁过去安国公府方家的，未来的婆婆和小姑要见她，她不能不见。

明萱忙笑着冲着她摆了摆手：“快去吧，莫让安国公夫人等急了。”

二伯母的糟心事，她帮不了。明芍在这里长吁短叹，她听着也不甚舒坦。

所以四夫人身边的嬷嬷领着明芍主仆去了前头，明萱竟有些松了口气的感觉，她立起身来，在春澜亭中眺望四处的风景，只见眼前是一片深深浅浅的池塘，荷叶已经有些败落，显得略带萧条，可远处游来了一群斑斓的野鸭子，却给这死气腾腾的水面带来勃勃生机。

水边微凉，丹红替明萱披上斗篷，低声说道：“大奶奶，我听长庚说，这几日城中好似被抄了好几个放印子钱的庄头，听说牵连的人家不少，我原只当是件逸事来听的，谁料到侯府二夫人也牵连其中，倒是不曾及时跟您说，是丹红疏忽了。”

她微顿：“听说被罚没的银两不计其数，二夫人那点估计还算是少的。”

正当繁盛的永宁侯府尚且只是个内里虚空的空壳子，那些逐渐走向没落的老牌贵族景遇如何其实是可想而知的，当家的夫人们为了要填平府里的窟窿，去将钱拿去给中人放印子钱的事，虽然都不曾明着说破过，但其实也并不稀奇，只是有些本钱高些，有些本钱少些罢了。

这利上滚利，连着本金，数额肯定不会少。

明萱意味深长地瞥了她一眼：“你听长庚说？”

没有等丹红回答，她眼神一深，又沉了口气说道："这几年四疆一直都有战事，新帝登基之前又历经五龙夺嫡，内忧外患之下，国库想来并不充盈。如今西夏战事又起，这打仗可是需要银子的。国库空虚，这仗又是非打不可的，等着岁贡田赋缴收一时之间恐怕来不及，所以非常时间，难免要用些非常手段，放印子钱可是违反法例之事，收没了这些赃银，便是有人闹起来，也占不到理，这策原是好策。只是……"

只是韩修出走西疆，朝中没有能与裴相和杨右丞抗衡的人物，在这敏感的时刻，皇上这一棋又将那些卷入印银风波的没落贵族给得罪了去，朝中想必又要折腾上好些日子吧。

这时，前面忽然传来一阵嘈杂的响动声，像是出了什么事。

她忙令媛姐儿留下的丫头去打探，过不久，那丫头回来禀告："听说是杨右丞和定国公不知道因为何事争吵了起来，还动起了手来，定国公的亲随去拉架，被杨右丞一把推开，正撞到石柱上，他……他死了！"

杨右丞推推搡搡间误杀了一个随从，这件事若是换了别人，原本可以大事化小，小事化了的，毕竟众目睽睽之下，杨右丞多半是无心之过，一时失手，又摔得巧了一些，绝非蓄意害人性命，只要苦主不追究，也算不得什么大事。

周朝阶级森严，仆从的人命如同草芥，主家是可以随意打杀发卖的。

但定国公俞克勤出了名的小气，今日原又是和杨右丞发生了口角才会演上这么一出，如今护着他的亲随死了，他又怎么会善罢甘休！

杨右丞是朝中股肱之臣，可惜身上没有公侯之爵，定国公虽然不问朝事，但却是陪着太祖爷平定江山的元勋传人，是一品的国公。杨右丞的外孙女是无子不受宠的皇后，定国公的女儿却是身怀有孕又向来受到皇上眷顾的惠妃。

综此种种，定国公这回怕是不肯轻易算了的。

明萱回过神来，猛然看到旁边的树丛后面飘出一片淡青色的衣角，她蓦地一惊，眉头紧皱，眼角流泻出凌厉的波光，倒是将脚下步伐停住："前头想必乱得很，一时半会恐怕开不了席，出了这样的事，今儿媛姐儿怕也顾不上我了。"

大好的筵席之上，闹出了人命，哪怕只是个长随，也难以消停，媛姐儿作为主家，想必是既觉得晦气，又十分头疼烦恼，忙着安排善后事宜尚还来不及，哪里还有空闲顾及旁的！女客那边虽然离得远，但必也要受到波及，今日这秋蟹宴倒还真成了一场闹剧。

她微顿，细细瞧了两眼方才回事的丫头，然后说道："我认得你，你是从前在宁馨院门上当差的小翠。"

小翠似乎有些受宠若惊，连连点头："裴大奶奶竟还记得奴婢……"

明萱轻轻一笑："你嘴角上有颗痣，笑起来特别好看。"

她眼波微动，脸上的神色却越发温和："我可能是吹着了风，忽然觉得有些头疼，身边又没有带旁的什么人，能不能请你帮我去那边的花厅跟镇国公夫人和你们奶奶道个辞？就说我头疼得厉害，没有法子过去给她们请安，还望恕罪。”

小翠愣了一下，想了想点头说道：“我们奶奶吩咐了，要好好招待裴大奶奶，您的吩咐便像是奶奶的吩咐，这话小翠一定替您传到。”

她望了眼不远处的一道月牙门，指了指说：“那边恰是忠顺侯府上的西腰门，门外不远处便停着各家的马车，按理说您是贵客，出入都由正门，但这会儿前头乱糟糟的，您又身子不舒服，便只好委屈您走侧门。这几个小丫头都是后来的，我亲自送您出去，然后再去前头禀话，您看可好？”

明萱定定地望着小翠，过了许久，目光才柔和了起来，她扶着额点了点头：“也好，那就有劳你了。”

春澜亭倒的确与西侧门离得不远，一路之上所遇到的丫头婆子见了小翠皆是恭恭敬敬的，无人为难，很顺利便就出了忠顺侯府，幸运的是，明萱来时所乘的马车恰好停在附近，没有花费多少力气便就上了车。

丹红面上很是犹疑，等到马车行出去老远，她才低声问道：“大奶奶，咱们就这样走了，是不是有些不妥？若是世子夫人借机编派说您的不是该怎么办？”

明萱轻轻摇了摇头：“杨右丞失手打杀了定国公俞家的亲随，这件事没有那么简单，前面定早就乱成一团，世子夫人自顾不暇，哪里还会对我说三道四？”

那些出席宴会的贵妇人可不都是杨氏这样的蠢货，这时机安排得这样巧，总有人看出点端倪，杨右丞就算再跋扈，也是个六十多岁行将就木的老头，国公的亲随却不可能没有一点身手，就这么推推搡搡间也能要了人命的事，不是没有，但发生在此时此地，却总是太过巧合了一点。

前头乱了，并不太要紧。

怕只怕，趁乱还会再发生些什么。

她想到春澜亭旁那抹淡青色的衣角，脸色显得越发沉重了，她将自己的忧虑对丹红说了，又道：“害人之心不可有，防人之心却不可无，今日的秋蟹宴显见是个是非之地，那偷听我们谈话之人的身份一时间也弄不明白，咱们便没有必要再继续留在孟家，倒不如家去来得清静。”

坊间那些传闻仍旧没有被全然压下去，目前不论是她还是裴静宸，所要做的都只有低调两个字，她不想被卷入是非旋涡，及时抽身便是最好的法子，一旦上了自家的马车，那便算安全了大半。

明萱悄悄掀开车帘，看到车夫灰色挺直的背影，略松了口气。

赶车的车夫叫作长戎，是裴静宸得用的手下。

自从上回明萱被韩修劫走后，裴静宸便在她出门的护卫上用了心，不仅车夫是身手

顶尖的高手，另还派了两个护卫暗中随行，但这些保护着她安全的人却是不被允许进入忠顺侯府的，所以她在春澜亭时的忐忑惊惶是因为怕再一次遭人暗害，可一旦上了这马车，她心中反而却平静了下来。

明萱回到静宜院时尚不过午时，裴静宸仍在作画。

他眸中难掩惊诧，又带着隐隐的担忧："怎么这么早就回来了？可曾用过午宴？"

明萱在他身侧坐下，低叹了一声："杨右丞在秋蟹宴上失手杀了定国公的亲随，我怕还会出别的事，便推托身体不适先回来了。"

她将今日所见所闻事无巨细告知，并未隐瞒一丝一毫，说到那淡青色衣料的主人，她脸上带着些愤怒："我当时身边除了丹红，其他几个丫头都不甚了解，所以并不敢贸然上前揭破那人的身份，我不知道那人到底躲了多久，都听到了什么，但这么大一个活人就在身侧，那些侍立的小丫头却一个都没有看见，我也有些不信。"

所以，她才会用话去试探小翠。

裴静宸眼神一深，随即将明萱搂入怀中轻声安慰，过了良久，他才低声说道："许只是个巧合，那人或许未必有什么恶意呢，你和十妹所谈的那些事，算不得机密，这盛京城中，有些脸面的人家怕都知晓，那人偷听这些，没有什么必要。"

他顿了顿，却将怀中的人儿搂得更紧了："你莫要多想，若当真介怀，以后做事更多几分小心便是了。来，瞧瞧你夫君画得如何？"

明萱乖顺地点了点头，侧身去看纸上的人物。

裴静宸画得并不快，一点一墨皆分外珍惜，但秀美的轮廓却已经在纸上成形，刻出一张与他有七八成相像的脸，她嘴唇微抿，尚未点睛，便能看出傲然绝立的姿态，与白云庵中那张画像上的女子分毫不差，更添了几分气质神采。

她心内颇有些感慨，永嘉郡主金枝玉叶，天家骄女，集万千宠爱于一身的郡主之尊，曾经该是何等意气风发，可惜错嫁良人，便只落得这样一个下场，真正是亲者痛仇者快，叫那些爱着她的人惋惜，对不爱她的人来说，却像是一缕轻云，来过，又走了，没有半分眷念。

裴静宸见明萱神色惘然，像是明白她心中所想，伸出手去紧紧握住她的，在她神色回转过来之前，他竟幽幽开口说道："阿萱，等我们生了女儿，一定要好好呵护着长大，将来择婿时，半分都不能轻忽。相貌生得不好的，不要。才学见识浅薄的，不要。性子脾气差的，不要。性好渔色的，不要。喜欢逛花街柳巷和房里头的小丫头不清不楚的，不要。心有所属，牵记他人的，不要。不将咱们女儿当作眼珠子看待视她为唯一者，不要。"

他越说声音越沉："倘若寻不到万分满意的，咱们便养她一辈子好了。"

好像真的已经有了掌心里的女儿一般，说到最后竟有几分赌气的情绪。

明萱抿嘴一笑：“裴大爷想得可真远，也不知道什么时候才会有女儿，就想这些了。”

两个人成亲也有一段时日了，但因着目前情势复杂，尚还不是怀孕的好时机，所以她夫妇二人暗地里也有些共识，虽不曾用汤药避子，却也是算着日子行房的多。她本来就认为十八岁生孩子太早，对身体没有好处，这些事没有说破，却彼此心照不宣。

裴静宸的目光却是一热，他墨黑的眼眸里写着别样的情绪，火热而炙烈。

他目光灼灼，声音里带着诱惑：“阿萱，相信我，即便双腿不能行走，我也不会成为一个废人，我有足够的能力可以保护你和我的孩子们，让你们一生安乐，衣食无忧。”

这声音颇为动情，令明萱身子有些微微一震。

她有些惊讶，世间的男子不论在周朝还是在哪里，都很难有这样敢于坦然面对身体的残疾，又勇敢迎接未来所可能面对的生活，尚且还能这样自信执着的，而她的丈夫做到了，哪怕只是一句还未兑现的誓言，这些平实的话，也足够令她感动落泪。

明萱低声说道：“我信你。”

第 43 章　圣心·说媒·私祭

屋子里一片温馨安宁，但并不代表裴静宸和明萱就真的远离尘世，不理会这些纷扰俗事，到夕阳的余晖挥别青白色的天际之前，静宜院中前来回禀的人已经来往了几拨。

没有办法，身在水波间，没有人可以抵御风浪侵袭，凡事总当看得全面，才能运筹帷幄，便是不愿脏了衣袖置身事外，总也要懂得该如何避开尘埃才是。

先是长庚进来告禀，忠顺侯府中那件命案果然如料想的那样得到了进一步的升级。

杨右丞不肯向定国公服软讨饶，定国公亦不是那等愿意息事宁人者，一个是觉得命案蹊跷，一个是得理不饶人，这桩官司便打到了皇上跟前。金銮殿上，定国公痛哭流涕，怒指杨右丞为官不正，以势欺人，手中捏着一条无辜性命却还那样嚣张，而杨右丞则哭号着鸣冤求皇上替他住持公道。

不论到底是巧合还是陷阱，杨右丞失手推倒了那亲随确实是众人所见，那亲随也确然如假包换地死了，皇上身为一国之君，自然不能徇私包庇，但杨右丞又是手握权柄的重臣，也不能随意处置，便好生安抚了定国公一番，又请了一队御林军“护送”杨右丞回府，责令他在家休养几日，一切都要等刑部和大理寺有了论断才好再行审理。

皇上的断决看似公正，其实里头暗藏玄机。

对杨右丞来说，皇上虽然没有当场将他发落，但由御林军“护送”着回府，在水落

石出之前又不得上朝，这等于是软禁他的意思，对于这样的权臣而言，被软禁代表着许多变数，一个不察，朝中势力洗盘，他便可能失去最高地位，他这辈子也算是春风得意，官途一向顺风顺水，何尝受过这样的委屈？

可偏偏，皇上又给了他挽救的机会。

须知，今日死的不过只是定国公的一个奴仆，只要定国公不去追究，那就可以大事化小，小事化了，杨右丞若愿意低头，好生恳求，这件事并不是那样毫无松动的。

长庚退下之后，裴静宸便跟明萱解释："西山营房的军士乃是皇上的直系亲卫，从昨夜开始，便成群结队悄然西行，消息灵通一些的人今晚之前恐会有所察觉，但皇上的旨意想必要在明日早朝时才宣。平章政事韩修，便是这次西征西夏国的主帅。"

他眼中暗芒微闪，接着说道："今日秋蟹宴上种种，不过都是为了掩护这场颇有争议的战事罢了，原本忠顺侯可以做得很好，但定国公却更豁得出去罢了。"

明萱的眉头却是紧皱不舒，隔了半晌，她忽然问道："俞家虽然野心勃勃，但是平素还算得低调，可今日定国公非要强出这个头，还折损了一员亲随，所图必定非小。"

她低声沉吟："这样看来，宫里头俞惠妃这胎也许并不一定是公主呢！"

定国公府身为老式阀门，近些年来已经渐渐走向没落，若非皇上登基之后念恋旧人对俞惠妃十分宠幸，让俞家借此得以喘息，哪里会有今日的局面！从前的广平侯府，钟鼎侯府，太平伯府，虽然尚还存着侯伯的爵位，可权势已去，从云端跌落凡间，日子都过得甚是辛苦。

但俞家子弟并不甚争气，几代都未出有大才的能者，靠子孙光耀门楣，想来并不靠谱，为今之计，要想再重塑国公府的荣华威严，恐怕也只有帝王母家这一条路了。

可若是俞惠妃这胎当真只是个公主，定国公又何须如此卖力。

内宫争斗，素来都是最险恶的战场。从前顾贵妃会被太医误导将腹中公主当作龙儿惹下天大笑话，俞惠妃自然也能为了保障龙嗣的安全，令人故意误会腹中的龙子为公主。将公主误诊成为皇子，太医院的人要受责罚，可是惠妃产下龙子时的惊喜，却足以替那些问诊的太医挡去灾祸。

这件事，是很有可能的。

裴静宸目光一深，似是联想到了什么，他沉声念了句："临南王……"

只是脸上的沉重神色不过转瞬之间，便就退散，他苦笑着摇了摇头，将明萱圈在怀中："宫内阴私或者朝堂风涌，皆与你我无关，不过多存个心眼罢了，莫要为此担忧。"

他的志向并不在权力，只要大仇得报，他宁愿与所爱之人纵情山水。

明萱点了点头，笑着说道："我晓得的。"

这世间她真正在乎的人并不多，除了身边这些忠于她的属下，就是她的丈夫，兄长，祖母和两个闺密，顾家将来会否凭借着淑妃的孩子大富大贵，裴家会否一门两爵，这些之于她，都不是什么重要的事。

只是，她心中也是有所疑惑的。

成亲之初，裴静宸便要明萱给他两年时间筹谋，他的夙愿是替襄楚王和永嘉郡主报仇雪恨，可哪怕他们如此亲密，他从来都没有告诉过她，他的仇人到底是谁。他将他手下所拥有的势力对她公开，甚至将代表着他身份的玉符相赠，令她能代替他号召众人，可却从来都没有跟她说，他的报仇大计进行到了哪一步。

许是能够猜到一些的，但又不敢去深究。

明萱望着那张略显苍白瘦削，却又美得不似凡人的脸庞，眼中露出疼惜目光。

到了晚间，严嬷嬷进来悄悄地说："大奶奶，柳家的刚才与我碰了头，她说，今儿在忠顺侯府上，前头那样热闹，后院也不平静呢。"

柳家的是平莎堂世子夫人杨氏身边的二等嬷嬷，作为大周朝身份最贵重的命妇之一，皇后亲母镇国公世子夫人杨氏出门时一向都带着数目可观的奴婢，以彰显她的高贵，柳家的因在她身边有些年份了，人又长得体面，便也在这出行的嬷嬷队伍之列。

说来也巧，这柳家的并非镇国公府上的家生子，年幼时和妹子一道被人牙子从家乡拐走，几经周折才卖到了裴家，虽然这几十年转瞬即过，但她被拐时有了些年岁，对妹子十分挂念，此生最大的愿望便是能够姐妹团聚。

上两月间，一个偶然的机会，严嬷嬷碰见了她，觉得很是眼熟，倒想起来从前朱老夫人身边有个叫翠芬的丫头与这柳家的长得一模一样，严嬷嬷留了心，试探了几句，又回顾家找出了翠芬的下落，这才确认了她二人乃是嫡亲的姐妹，这样从中牵线，令柳家的了却夙愿，也心甘情愿地答应在杨氏身边替大奶奶留心着。

明萱问道："后来又发生了何事？"

严嬷嬷忙回答："听说定国公府那位掌事了的廖氏姨娘也前去赴宴了，她虽然乃是惠妃的生母，可到底是不上台面的出身，却一直都往世子夫人身边挤，虽没有平起平坐的意思，这态度却称不上恭顺。世子夫人那人，大奶奶是知晓的，她平素最是傲气，怎么能容忍一个不入流的妾凑到自己跟前来？"

她摇了摇头，眼中颇带了些鄙夷："柳家的说，世子夫人言辞上对惠妃的亲娘很是不客气，字字夹枪带棒，将人家当众说哭了呢。"

定国公夫人早逝，俞家的富贵又全靠着惠妃，所以惠妃的生母廖氏便得了势，俞国公抬举她掌理府中事宜，倒让正经的世子夫人靠了边，这件事在盛京城的名门贵族间，是一桩不新鲜的笑闻。

惠妃虽然位列妃位，但她的生母出身卑贱，不可能赐予诰封，她无兄弟，俞家为了巴结惠妃，才会纵容着廖氏当家，以此算作是一种补偿。其实以妾当妻，却是犯了忌讳的，是以平素那些公侯门邸宴请花会，廖氏倒是不曾跟着世子夫人同来过。

但这回的秋蟹宴，俞家也不知道是怎么了，从前的那些忌讳都不顾及了，世子夫人称病推辞，这位廖氏却是不请自来了，但人既然已经来了，她毕竟是惠妃生母，忠顺侯府上倒也无人敢怠慢她，还是当作上宾恭恭敬敬地请了进去。

可花厅里那些夫人们却不这样看待。

都是名门公府出身的夫人小姐，谁乐意与一个下等侍女出身的妾在一处闲话玩乐？哪怕廖氏在定国公府中呼风唤雨，哪怕她是惠妃娘娘的生母，也改变不了她卑贱的血统，众人因着惠妃的面子对廖氏虽然疏远，但还算客气，可她偏偏要凑到气性最大的杨氏面前去，岂不是自取其辱！

但不论廖氏是否识相，可杨氏将人家说哭了总是事实，又加之前头杨右丞杀了定国公府的人之事传进了后院花厅，这廖氏哭得花容失色之余，还不忘了愤愤然地说一句“仗势欺人”，这才委委屈屈地退了席，这便难免让本来鄙夷不屑廖氏的贵夫人们看待杨氏的眼光带上了几分意味不明。

明萱听罢，目光望向了平莎堂所在的方向，心中想的是，经过今日，杨氏的跋扈必将传遍盛京，不仅会令宫中皇后和惠妃之间的关系更加剑拔弩张，对杨右丞府的打击想必更大，看来这一回，定国公是不弄死杨家不罢休了。

她神思一凛，摇了摇头，不，是皇上容不下杨家了！

朝堂的风波不在明萱关心之列，杨家的盛衰她也只是冷眼旁观，秋蟹宴之后，整个盛京城热闹非凡，但她和裴静宸过得却格外安谧舒适，不仅夫妻合力将永嘉郡主的画像完成送去了尚文局装裱，还抽出时间替玉真师太也画了一幅小像。

不过是费一些笔墨，并不算什么珍贵的物件，可这礼物却很得玉真师太的心，许是为了安抚这对时蒙不济的小夫妻，她令座下的比丘尼亲自跑了一趟镇国公府，不避讳身份送了一道平安符和几本佛经给裴静宸和明萱，以彰显她对这两位小辈的眷顾之情。

师太虽然身份尊贵已极，但却远离俗世已久，从不介入错综复杂的人际关系之中，此番恩顾，不仅荡开了裴家众人心头的涟漪，在盛京城的高门贵族间亦有着不同寻常的意义。

旁人心内如何想不得而知，艳羡妒忌定是有的，然而真正将这桩事情放在心上的，却只有二夫人庞氏。自从那日二老爷对她一番耳提面命之后，她果真再没有追在世子夫人杨氏身后，秋蟹宴上她托病未到，躲过了一次被人嚼舌根的噩运，倒是印证了二老爷所言不虚，更坚定了她对明萱的示好。

庞氏是做长辈的，不好总往着侄儿媳妇那跑，只但凡二老爷在衙门里得了什么好物什，她一反从前的冷淡，总是想着往静宜院送上一些，这一连十来日，竟送了倒有七八回。三夫人卞氏知晓了，难免话里话外奚落她，但庞氏竟然丝毫不恼，只以裴静宸身体不好，她这做婶娘的不过是疼惜晚辈的道理将卞氏驳了回去，字字句句还指向卞氏不慈不善。

卞氏气得要死，却又无可奈何，回头还得从私库中掏了好货去补送上。

庞氏突如其来的好意，令明萱有些蒙，她并不缺钱，静宜院经了上回一闹过后也不再有人胆敢在公中给予的物事上做文章，因此还算富足，本来裴家几房彼此保持着冷静客气的距离，她觉得挺好，可庞氏这样一闹，却反而让她为难起来。

丹红为人直爽，面对这些来得有些莫名的示好和礼物时，铁口直言说道："无事献殷勤，非奸即盗，二夫人精明着呢，想来是看世子夫人近来风评不好，杨右丞家怕是要出大变故了，所以才转而投向大奶奶的，若是世子夫人没有了当家的资格，您可才是名正言顺的嫡长孙媳妇呢！"

与主持中馈的当家侄媳搞好关系，这其中的好处颇多，都是精明的人，从前二夫人为什么要跟在世子夫人身后唯她马首是瞻，现在二夫人便又是为了什么要对大奶奶释放善意，行此等示好之举。

丹红不知道内里那些阴私，她这样想倒也没有错。

但明萱却并不这样以为，世子夫人杨氏已经出嫁，杨右丞只要没有犯上谋逆的罪行，祸不及子女，更不会殃及已经出嫁了的女儿身上。

更别提当今的裴皇后还是杨氏所出，便是不看僧面看佛面，为了周朝泱泱大国的国体，为了皇后娘娘的尊严，皇上也定不能叫杨氏出什么事，她既不会有事，只要一日还是这府里的世子夫人，裴相便一日不会夺了她手中掌家的权力。

裴静宸却只是淡淡一笑："恐是二叔听到了什么传言，二婶才会这般按捺不住。"

他忽然有些痛苦地揉了揉太阳穴，叫苦不堪地说道："二婶是个非常执着的人，瞧着吧，这些天她定然会想方设法地来和你亲近，她一来，三弟妹和六妹妹定也是要来的，三婶素爱与二婶打擂台，难免也要过来，到时候静宜院好不容易有的清净日子，怕是要到头了。"

虽然并没有什么感情，但到底仍旧是名义上的长辈，他不好闭门谢客的，再说他若果真不近人情地将人赶了出去，不与裴家任何一房有所往来，坏的只会是明萱的名声，他虽然不在乎这些东西，但却也不愿意自己在乎的人因此受伤。

明萱心念一动，想到曾经听到过的传言，庞氏也是听说了裴静宸可能会继承外祖父的衣钵为王吗？裴家身为后族，可以再请封一个伯爵，一门两爵，裴静宸若是不参与竞争，那么裴静宵之外，尚还有一个名额，二房亦是原配嫡出，三爷静镕仅与二爷静宵相差几个月，不论在情在理，二房都能分得一杯羹。

既然与裴静宸毫无利益冲突，将来他还可能称王，二房近水楼台，又岂会放过这现成的依仗？倒是符合庞氏之前给她的印象的。

待丹红出了门，明萱低声问道："那件事是真的？"

心照不宣，裴静宸现在与她默契十足，早就听明白了她的话，笑着摇了摇头："先帝倒的确有过允诺，在时也曾召我入宫谈及此事，然当时我尚还年幼，又一心想着只有身在裴家才能调查清楚当年我母亲的死因，所以没有立即答应。"

他轻抚了明萱的脸颊一把，调笑着说道："现在想来，我倒是有些后悔，当初应该直接应允了先帝，也好给我的阿萱弄个王妃当当。"

这话的意思说得分明，曾经有过这样的事情，但先帝已逝，在位的是新帝，且这位新帝并非正常的皇位传承而来，而是通过五龙夺嫡在裴相的支持下才杀出重围得登大宝的，对于皇上而言，先帝的明旨他无可推托，哪怕为了孝道亦会遵从，但那些口头上的允诺，却就未必了，只当随风散了吧。

明萱笑着摇了摇头："当你的王妃也好，做国公夫人也罢，哪怕将来你身上无官无爵，你我浪迹山水之间，我只愿你我平安，白首相依，永不离弃。"

这话说得诚挚，没有半分犹豫，确然是她的真心。

她熟读史书，虽然深谙权势在当朝的重要，心内向往的却是另一种生活，若她的夫君得以封王，虽然听着威风凛凛，但任何事都有两面性，有富贵荣华，那么必然会有随之而来的责任和义务，今上为了权势连结发之妻都能牺牲，又怎会将王爵赐下却无所要求？

争斗，是件累心之事，若能抽身事外远离纷争，又何必非要站在风口浪尖之上。

裴静宸眸中的深情浓到化不开，紧握相交的双手代表着他此时此刻的心意。

他柔声开口，低声呢喃："我们会白头到老的，我保证。"

庞氏果然如预料中地来了静宜院，但明萱没有想到她一开口就要给顾元景说媒。

在一通客套的寒暄之后，庞氏指着身旁静静坐着不发一言的裴书钰笑着说道："你六妹妹是三月初八的生日，等明年开了春，她便及笄成大姑娘了。宸哥儿媳妇，你是书钰的大嫂，我也不瞒着你，这些日子来，想要求了她去的人家还真不少，但我和你二叔就那么一个女儿，捧在心尖上的孩子，寻常人家还舍不得让她去，我时常想着，若是能找个知根知底的人家亲上做亲，那是最好也不过的了。"

她满脸堆着笑，话锋却是骤然一转："宸哥儿媳妇，贵府上的四爷不知道可有定下亲事？"

明萱掩下心头惊诧，笑着说道："我四哥倒是不曾定过亲，不过婚姻大事，父母之命，媒妁之言，我父亲母亲虽然没了，祖母和大伯却会为了四哥的婚事考量，他年岁也有一些了，想来祖母和大伯父应该也已经为他筹谋了吧。"

她说话的时候，目光微微瞥向端坐着的六小姐裴书钰，只见她面色虽然有些发红，但眼神却甚是清明，眉头轻皱，似乎对母亲的唐突有些反感，即便如此，脸上却还竭力保持着镇定，看起来倒不像那等寻常闺中女儿般忸怩。

只是，裴书钰再好，哪怕跟个天仙儿似的，与她哥哥顾元景却绝对不相配的。

当年父母的冤屈，虽然不再被提起，也许出现这局面是谁都不想看到的，但裴家终究还是难辞其咎的，明萱嫁给裴静宸，看得出来，顾元景起先是不愿的，但他当时身在外面，不能决断，后来又见裴静宸是个好的，才终于释怀，但这恐怕已经是他的极限了，他又怎会再娶一个姓裴的妻子！

绝无可能的。

庞氏听出了明萱言语中的疏离，却仍旧笑着说道："我听你二叔说，顾家四爷有勇有谋，又生得一表人才，将来必是朝廷的中流砥柱，这样的人中俊杰，当堪配世家淑女，也不知道什么样的女子能有这个缘分得配这样的夫婿呢。"

她看了一眼旁边的女儿，叹了一声："我家书钰若是能有这个福分便好了。"

顾元景虽说前途看好，独撑一房，但到底只是个妾生子，论出身血脉，不算高贵，若是平常，庞氏恐怕是看不上他的，世家嫡女婚配的名单上也不会出现他的名字，但自从上一回临南王想要替郡主求了这个女婿之后，他却成了盛京城中声名最显赫的佳郎，庞氏想要替女儿求一求，倒也不算什么稀罕事。

只是这说媒的事，本当应去永宁侯府的，她却说到了静宜院……

明萱看向依旧端坐的裴书钰，见她脸上越发红了，眼神却直直地盯着别处，恍若对庞氏那样露骨的话置若罔闻，不由探究地多瞧了她一眼，裴书钰似有所感，转头也望向她，目光中清冷，却是一片凄凉。

明萱见到裴书钰眼中的神情，便有七八分肯定这位冷艳的六妹妹对顾元景毫无意思，那道凄冷的目光充满了心事，想来裴书钰心中恐怕早就藏了一道影子。庞氏试探这亲事，多半是一厢情愿的想法，瞧书钰脸上的恼意和委屈，想必庞氏事先都没有对她知会一声的，否则今日这情景，书钰又怎么会愿意在场！

这世间，没有做母亲的当着女儿的面给她说亲的道理，若是这件事传了出去，丢的是庞氏的脸面，坏的却是裴书钰的名声。

明萱冲着裴书钰善意地一笑，眼中却难免流露出几分怜悯。

在镇国公府裴家的这几个未出阁的小姐中，裴书钰的境遇是最好的，毫无疑问，庞氏对这唯一的女儿十分看重疼惜，但是这份爱女之情，在此时此刻，却又忽然显得那样浅薄。

庞氏看得到顾元景将来的前程远大，却看不到裴书钰心中早就另有所想；庞氏看得到顾家三房未来可预见的风光，却看不到裴顾两家暗潮汹涌的敌意；庞氏看得到顾元景成了二房女婿之后的助益，却看不明白这门婚事背后的凶险。

说到底，还是将利益摆在幸福之前。

可这偏偏又是周朝现世最主流的价值观，个人的儿女私情是小事，家族的命运和前程才是不得不服从的必需，对子女真心相待的父母是有的，可更多的却是将女儿当作能够替家族的繁盛发挥最大功用的联姻工具，裴书钰如此，俞惠妃如此，顾贵妃裴皇后亦是如此。

明萱她自己，又何尝能够免俗？

她心下叹了口气，对着庞氏依旧端出明媚笑容："二婶多虑了，六妹妹是温婉贤淑的世家嫡女，将来的六妹夫定然也是门当户对的少年俊彦，祖父定也会帮着留意人才出色又匹配的年轻人，您实在不必太过忧心。"

庞氏见明萱语气中越见客气，却绝口不提顾元景，只道这侄儿媳妇恐怕在兄长的婚事上做不得主，也倒没有继续追着纠缠不休，她略坐了会，便借口院子里尚还有事务要处置告了辞。

明萱亲自送了她母女出去，回到内屋才舒了口气，她对着书案前捧着本游记细读的裴静宸说道："二伯父的消息好生灵通，他定是知晓了我哥哥在临南立下了大功，回京之后便会有封赏，所以才让二伯母到我这里来试探的。"

顾元景的来信中并没有说得详细，寥寥几行字，只有两层意思，皇上下的指令他做到了，近日即将返京。倘若他果真立下功勋，那么在韩修出征之后，皇上为了平衡朝势，极有可能提拔他成为另一个韩修。

裴静宸嘴角微翘："听说二伯父和英郡王私交不错。"

英郡王和东平王是一母同胞的亲兄弟，都是东平太妃朱氏所出的周室嫡子，因为皇家血脉稀薄，所以先帝在时才特意给兄长的幼子赐下了郡王位，身为宗亲，英郡王和东平王紧密拥护着皇上，很能上揣圣意，得到第一手消息的机会也多些。

二老爷裴孝庆定是听说了皇上会重用顾元景，这才想到了这层联姻。

而庞氏选择从明萱这里下手，其实也并非毫无道理。永宁侯府那些陈年旧怨，庞氏是知晓的，真正能够影响到顾元景决定的人，她认为非明萱莫属，倘若明萱这边松了口，帮着劝一劝顾元景，那么这婚事能成的概率要远远大过亲上永宁侯府顾家去求。

只是，她到底错算了裴顾两家之间的心结。

明萱撇了撇嘴，没有继续这个话题，倒是笑呵呵地说道："我看今日天色不错，外头暖阳和煦，没有风，现在又正是晌午温度最高的时候，你整日待在屋子里也并不好，不若我推你出去走走？"

她拍了拍手说道："正好，我前几日让人找坊间巧匠做的轮椅已经送到了，咱们试试看好用不好用。"

裴静宸的腿因为毒素聚积，现下仍旧处于麻痹状态，根本不能走动，先前明萱每日也让长庚抬着他出去呼吸一下新鲜空气，但不过也仅限于静宜院范围内活动，因想着老用轿杆穿过太师椅抬起来，不仅费力，还至少需要四个人，出去一趟实在劳师动众，所以她便绞尽脑汁，又询问了许多能工巧匠，方才设计了个轮椅。

明萱画的图纸太过简陋，好在民间自有能人，西城区有个叫老张头的木匠曾经也替富贵人家做过类似的东西，只是明萱画得更精细一些，他摸索了几日，倒当真给她做了一辆轮椅出来，虽然只是初具雏形，看上去很是粗陋，但好歹在家里推着裴静宸四处走是没有问题的了。

成亲至今，裴静宸多是依着明萱的，闻言便笑着说好："咱们去试试看那什么轮椅到底好不好用。"

此时，在盛京已经是彻底进入了寒天，虽然外头不曾下雪，又是晌午太阳最炙烈的时候，但明萱仍旧不敢怠慢，将裴静宸包得严严实实，自己也披了件厚厚的狐狸毛大斗篷，令丹红素弯捧了手炉远远跟在后头，便出了静宜院的门。

穿过两条窄巷，便是后园。

冬日万物萧索，沿途之上除了一些常绿植物，只有梅花仍在枝头怒放，明萱望着鲜色欲滴的梅花瓣，仿佛看到辅国公府竹亭之外的那座梅园下，她曾遇见的那个墨香盈袖的少年，此时想起，竟然恍若梦中，模糊得连他的模样都不记得了。

那时她心中急切地渴望能够逃开棋子的命运，哪怕相遇那样美好，心中也难免存了几分掂量和算计，又何尝像此刻哪怕丈夫腿疾未愈，哪怕四周暗箭难防，哪怕身处刀锋险地，心境却仍旧这般平静安和？

此一时，彼一时，这便是造化弄人。

明萱亲自推着裴静宸脚步徐缓地沿着青石板路往前走着，经过桃林的时候，她忽然看到林子深处冒出几缕袅袅青烟，她眉头一皱，忙吩咐身边丹红："我瞧着前面好似有烟，也不知是不是着火了，你带两个粗壮的婆子去看看。"

冬日树木干燥，若是当真走了水，就怕难以止住火势，裴家后园多是树林，一片连着一片，又没有水塘的。

没过多久，丹红急匆匆地跑了出来回禀："大奶奶，林子里并没有起火，是有那等不懂规矩的婆子，在里头烧纸钱呢，我怕您担心，先出来回个话，几位嬷嬷这就绑了她过来。"

明萱脸色微变，大户之家，很避讳这些鬼神之说的，祭祀都有专门的场所，严禁底下的奴仆私下祭奠，烧纸钱这种事被视为触主家的霉头，若是被发现了，不打个半死绝不可能，里头的那个婆子不仅私祭犯了规矩，竟还躲在桃林之中，这一个不察起了火，那灾祸可就大了。

可她却并不是那样在乎这种忌讳的人，也信奉得饶人处且饶人，因为对方私祭了一回，就置人于死地，这样的事，她做不出来。

明萱低声叹了声，想了想说道：“你看看四周可还有其他人瞧见，若是没有，也不必带到我跟前来，就放了她走吧，只是务必要让她谨记，以后再不能做这样的事，倘若林子走了水，那可不是她一个婆子可以担得了的事。”

丹红刚待要走，裴静宸却忽然叫住她：“丹红，将人带过来，我有话要问。”

他转头轻轻捏了捏明萱的手，低声说道：“我曾经跟你说过，这座桃林原来是个池塘，曾经有人在这里溺了水，算起来，大概也是这个时候的事。恰好，我追查我母亲的死因时，曾与这件事有过交集，只是当时的知情人不是死了，就是没了下落，一时没有头绪。”

他目光清冷，带着几分探究：“我猜想这私祭的婆子，该是当年那事的知情人，说不定能问出点什么来。”

明萱微愣，随即想到大婚第二日敬茶之后，她与裴静宸经过这里，曾听说过当年这件事，永嘉郡主进门之前，世子裴孝安有过一个侍妾，竟还在主母进门之前先怀了身子，不论是为了裴家的门风，还是永嘉郡主的体面，按照裴相的铁血作风，这孩子是铁定不能出世的，所以后来这侍妾便溺了水，再后来这水塘填平上头种了桃林。

这样的阴私阀门贵族谁家没有几桩？只是一时没有想到那侍妾的死竟然还和永嘉郡主的早产血崩有所关联。

但……其实确实是可能的。那侍妾在主母进门之前怀孕自然是有违礼制，可到底是两条鲜活的生命，虽然这件事多半是裴相的授意，可怜惜她的人难免要将这罪责归到永嘉郡主身上去，毕竟裴家是为了迎娶郡主，才会对怀了孕的侍妾下这样的死手，倘若有人替侍妾不平，那么在郡主生产之时动一把手脚，亦是可能的。

她脸色微凛，点了点头说道：“好。”

第 44 章　皇子·中毒·有孕

不多一会儿，静宜院的婆子们押着个三十出头的妇人从桃林里出来，那妇人一身浅米色的粗布麻衣，头上绾了个小髻，只插一根竹骨素簪，神情凄哀，眼中又带着几分惶恐不安，她脚步微滞，几乎是被拖着到了明萱跟前。

明萱瞥眼过去，看到她手上提着装了黄纸的竹篮，紧紧抓着不肯撒开，倒是深深地望了她两眼，然后柔声问道：“你叫什么？在哪里当差？”

这声音温和，却自有一股不怒自威的凌厉。

那妇人身子一颤，不敢抬头，但透过眼角的余光，却仍旧能够辨别出眼前贵人的身份，她目光微闪，面上神情已然变了三变，支支吾吾了半天，终于还是开口回答：“奴婢是府里负责静秋院洒扫的二等婆子，旁人都唤我刘家的。”

静秋院亦是分在长房名下的院落，如今院子里住的是世子裴孝安纳下的几房姨娘，裴孝安纵情女色，平素多是在花街柳巷中醉生梦死，回府之后平莎堂只是面儿情上的事，他多数时间都宿在静秋院那些姨娘们处。

有婆子在一旁附和：“回大奶奶的话，这婆子确实是刘家的，奴婢见过她，她男人是二门上的管事刘福，她还有个儿子叫大海，常跟在世子爷身边跑腿。”

明萱眉头轻挑，没有想到眼前这形迹古怪的妇人竟还是个有家有业的，她知道像镇国公府这样的地方，能够做到管事的，必是家生子，这妇人的儿子都已经在世子身边做事，那这妇人也定是府里的老人了，不该连这点规矩都不懂的。

倘若不是非要祭奠不可的人，那妇人该不会冒这样的险才对。

明萱眼眸微垂，出口仍旧是和风细雨的声音：“刘家的，你可知在桃林中私下祭祀，还烧这些纸钱，是犯了忌讳之事？”

刘家的将头埋得更低：“还请大奶奶饶了奴婢这次，求您留一条生路！”

并没有矢口否认，也没有慌乱地胡说一气，只是求饶，看起来倒是个有见识的。

丹红见明萱脸上露出探究的神情，又一时沉默不语，以为大奶奶没有遇见过这样圆滑的下人，不知道该怎样对付，便上前两步，将明萱拦在身后。

她接过话头说道：“刘家的，你是府里的老人，一家大小都在府里做事，自然知道高门大户里的忌讳，可你知而再犯，想来定是有什么原因的。大奶奶心地慈悲，没有立时令婆子押了你去世子夫人那处置，但你若是没有能令人信服的理由，我却不能由着大奶奶发这善心。”

她低声叹了口气：“私祭已经是大错，在桃林中生火更是错上加错，若是世子夫人知晓了此事，震怒起来，后果不堪设想。刘家的，你不爱惜自己的身子不打紧，但因为这事连累当家的丢了差事和体面，也不打紧吗？再说，您还有个儿子呢！”

旁边立刻有机灵的婆子附和道：“对，对，大奶奶向来慈悲，倘若你果真情有可原，替你遮掩这事就只当是做了件善事，咱们这些人向来口风都紧，也不会给你到处乱说，刘家的，若是有什么事，还是赶紧说出来为好。”

刘家的看起来柔弱，但却有几分见识和骨气，并没有被丹红三言两语吓得慌了神，只除了在提到她丈夫和儿子时肩膀有些轻微的抖动，依旧低头不语，似是打定了主意不会开口。

其实她若是随口胡诌一个名字倒还好些，就算要查实此事也需要一些时间，明萱总

不能光天化日地就揪着静秋院的婆子不放，这件事若是让旁人看见了，对明萱也不好，等到风头过了，哪怕最后查无此人，可证据没了，明萱也没有法子发落到公爹姨娘院子里的人身上去。

可偏偏这刘家的紧咬牙关一言不发，好似要去做烈士一般决绝，这才显得更加诡异了，她越是如此，倒越见身上藏着秘密，再看她方才凌乱中夹杂着恨意的眼神，明萱便越觉得裴静宸的推测该是对的。

这婆子是当年溺水侍妾的故人，说不定还真与永嘉郡主的死有关。

丹红虽然言辞犀利，对付那等子泼辣妇人绰绰有余，可当真面对紧咬牙关不说话的，她那点气势就完全用不上了，接连问了几次对方都充耳不闻后，她便有些愣住了。

总不能问话不成，便对人家动手不是？

裴静宸见状，深深地望着地下深跪不起又将头垂地几乎贴到地面上的妇人，他嘴角浮起一个冰寒冷笑，沉着声音说道：“从前清莲院中的主人若是知晓了裴家尚还有你这么一个忠心的婢子记得她，也算是不枉此生了。”

清莲院是裴府中早就已经废弃的一座小院子，与静秋院仅一墙之隔。

他彻查当年的事，线索便是断在这里，在管家名录上找到的清莲院中做过事的下人，不是无故暴病，便是不知所终，倒也有两个被借故发落到外头田庄上去的，但被问起前事，不是绝口不提，便是茫然不知。

其实裴静宸并不肯定刘家的到底是否青莲院故人，只是从种种迹象推测而来，故意漏出那个来诈她一诈罢了，他太需要一些蛛丝马迹，顺藤摸瓜查到当年的真相，而每次总是有一双看不见的手，在他快要找到答案时，毫不留情地将线索掐灭。

这刘家的，显然是一个不经意中露出来的希望，他非要抓住不可。

那婆子闻言身子一震，忍不住抬起头来，眼中露出不敢置信的眼神来：“你怎么知道……”

裴静宸眼神一松，倒是没有方才那样紧张了，他语气冷淡地说道：“若要人不知，除非己莫为，你虽然改了身份，但天下没有不透风的墙，更何况你行事莽撞，一点都不知道避讳，想要知道这些又有何难？”

他嘴唇微抿，目光却是毫不掩饰地在那刘家的脸上打转，他在赌。

在看到刘家的惊惶失措的眼神时，裴静宸便知道自己赌对了。自他懂事起到如今，他花费了十数年的时间去查青莲院的丫头，倘若这刘家的没有改换过身份，他是绝不可能错过这条漏网之鱼的，而区区一个下人，倘若没有主子的帮助，想要躲过总管的火眼金睛瞒天过海，亦是绝无可能。

若是刘家的果真换了名籍，那便证明这些年阻挠他接近事实真相的人，在这府中是位高权重到足以令总管折服的，这样的人，这府中只有三个，他的祖父裴相，他的父亲裴孝安，以及世子夫人杨氏。

清莲院关闭之时，杨氏尚未过门。

从前裴静宸一直怀疑是祖父为了摆脱战败的襄楚王带给裴家的负面影响，才会出手在母亲生产时动了手脚，种种证据也的确都毫无疑问地指向裴相，当然他也曾经怀疑过他的父亲裴孝安，只是镇国公世子庸碌无能的名声在外，明面上又没有任何破绽，所以他放弃了这条线索。

但此时此刻，有一种令人心底生凉的想法却忽然占据了上风。

刘家的虽然强力克制自己的震惊与惶恐，她没有说话，但她的表情和眼神彻底出卖了她,她的确是清莲院的下人,的确改名换姓地生活了,的确被静宜院这对夫妻抓个正着。

电光石火间，明萱心中已然转念无数，她知道这刘家的死鸭子嘴硬，这番问话都没有套出什么来，想必是决然不会再开口多说一个字的，与其在这里为难她，倒还不如放了她走，然后再密切观察她，总比真的让世子夫人的人领了去刑堂出不来断了条线索要强。

其实，确认了刘家的信息，已经足够可以展开下一轮的调查了。

她低声叹了口气，俯下身子对着裴静宸说道："倘若她知晓得足够多，定早已经成为一个死人，放她走吧，放长线，钓大鱼。"

裴静宸缓缓地点头："好。"

他并不怕刘家的，会将今日之事说给替她改名籍之人听，她没有这个胆子的，行事不周密被人撞破，是要连累家人的，这还与将她交到世子夫人的刑堂不同，私祭虽然犯了忌讳，但罪不及家人，她的丈夫和儿子也算府里叫得出名字的，不会因为这点事而真的受到牵累。

可清莲院的事，不论谁说出来，都不是好事。

那刘家的是个聪明人，这点轻重能够分得清。

饶是觉得不可置信，但刘家的听到要放她走的消息时，还是松了口气，她脸上并没有感激的神色，倒是少了些许慌张，低低行了礼，便抓紧手上的提篮又飞快地从怀中掏出一条帕子盖住，然后飞也似的去了。

天色仍旧阳光明媚，可蒙上一层暗影的心却再也没有了游玩的兴致，明萱见裴静宸一路沉默，也没有刻意与他搭话逗他开心，她心思一向细密，关于当年那件事虽然了解并不甚透，可多少也有所耳闻，经过今日种种，难免也有自己的推测，只是这些若裴静宸不先对她开口谈及，她是绝无可能说出来的。

一回到静宜院，裴静宸便和长庚进了书房密谈。

没过一会儿，严嬷嬷从外头进来，脸色有些难看，她挥退众人悄声在明萱耳边说道："大奶奶，世子夫人刚才匆匆忙忙地出了门，咱们的人递出来消息说是宫里头俞惠妃生

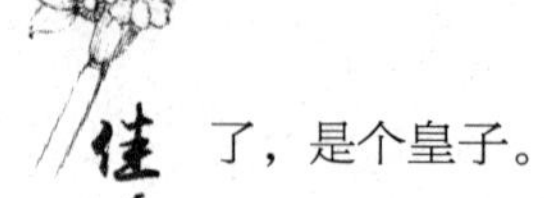

了，是个皇子。”

在秋蟹宴上定国公府演的那一出热闹非凡的戏后，明萱便早料到了俞惠妃肚子里这胎该是男婴，现下听到严嬷嬷回禀，倒也不怎么吃惊。

自古宫廷争斗，一为了帝王宠爱，二为了子嗣传承，俞惠妃懂得在顾淑妃的锋芒下韬光养晦，是个有野心又有手段的女人。惠妃不过是地位最卑微的婢生庶女，在定国公府上那么多姐妹间脱颖而出嫁给皇子做侧妃，定不是个简单的，不论是裴皇后还是贵妃淑妃都是家中娇养着长大的女儿，哪怕自小学习侍君之术，论心机也不是惠妃的对手。

严嬷嬷压低声音说道：“世子夫人去的是杨右丞府，想来是去商议对策的。”

杨右丞误杀了定国公的随从，这案子一拖再拖，已经足有十来日了，一直都没有个定论，定国公决然不肯松口，杨右丞先前的傲然气势，在漫长的等待中渐渐耗尽，此时传来惠妃生了皇长子的消息，对杨家而言，无疑是个晴天霹雳。

明萱眼眸微动，轻轻说道：“看来杨家的气数差不多尽了，要想躲过这劫，便要看相爷愿不愿意伸出援手了。”

她轻轻呼了口气，摇了摇头说道：“平莎堂那边仍旧替我盯着，不论是进去了什么人，又出来了什么人，都要留意着。至于宫里头的事，那原本就与我们无关的，惠妃生的是皇子还是公主，咱们知道了便行，不必慌张。”

此时此刻，先将刘家的背后那人引出来才是关键，其余的事皆要靠边。

严嬷嬷却道：“大奶奶说的是，可我想的却是淑妃娘娘。自从她入宫之后，不知道怎么的，倒和您亲近了起来，先前您在白云庵时，她就屡次派了人来传您入宫觐见。这一回惠妃产子，最受打击的人不是皇后，却是淑妃，她本就是个没主意的，如今和娘家人都撕破了脸，连个拿主意的人都没有……”

她关切地道：“我是怕淑妃娘娘会来问大奶奶讨主意。”

明萱微愣，随即便觉背后冒起一股寒气，她深深吸了口气说道：“不错。”

淑妃腹中稳妥妥的大皇子，这会儿变成了老二，哪怕深得圣心，也是个不小的打击，在皇后无子的情况下，只有皇长子才有可能问鼎将来的御座，以淑妃的性子，定是要折腾一番的。

皇帝的宠爱永远只是一时，更何况淑妃得宠原本就只是移情，镜花水月虽然美好，却虚妄不真切，只需要一颗小小的石子，就能打破幻象，让这份宠爱遍体鳞伤的，惠妃原本就是皇上对元妃移情的受益者，她又怎么会不明白淑妃在依仗什么？

不只惠妃，这宫中所有的女人，恐怕都一清二楚吧。

皇后听之任之，是因为她不得宠爱，没有子嗣。

贵妃岿然不动，是因为她无论如何总是淑妃同父异母的姐姐。

惠妃从前示弱，是因为她需要韬光养晦，可如今她已经是皇长子的母亲，只要她想，随时都可以揭破淑妃弱小的伪装，哪怕只说几句戳心窝子的话，就能够离间皇上和淑妃之间的感情。

淑妃危矣！

明萱目光一深："严嬷嬷，你现在赶紧收拾一下东西，我和大爷马上要出门。我想你猜得很有道理，永宁侯府无人给淑妃出谋划策的，她定会派了宫人来镇国公府寻我。我若在家，倒不能避之不见，只有去南郊庄子上住几天躲一躲才行。"

她想了想，接着说道："去南郊庄上要出两重城门，淑妃的宫人便算知道我们在南郊，没有出城令牌，也追不出来。而皇后娘娘，恐怕这时候自顾不暇，不会有时间再去管淑妃的事了，咱们去南郊庄上，定能躲开这一劫。"

风口浪尖，为了避开风浪，唯有独善其身。

明萱和淑妃其实从来就没有什么感情，甚至还因其差点要嫁给建安伯，后来因为明芜搅局才成功脱身的。若说对淑妃有什么怨恨，那倒也算不上，淑妃后来动了模仿元妃的心思时，她也是睁一只眼闭一只眼甚至还暗地里促成了一把的。

可人贵有自知。

倘若明知道自己是个赝品，还不知道收敛，非要折腾得粉身碎骨了才甘心，那么旁人是拦都拦不住的，也不能拦，沾上了手就是罪，甩不脱，会引来更大的麻烦。

明哲保身，防患于未然罢了。

那边厢，裴静宸听到动静回了内屋，知晓了前因后果之后，点头说道："我早嫌这些日被烦得慌，又出了这事，去南郊住两天也是好的。"

明萱见他神色疲倦，不由上前轻轻按着他太阳穴，一边又问道："那清莲院的事……"

裴静宸闭上双眼，反手握住明萱的手腕，低声说道："已经布下了网，能不能引蛇出洞，要看运道，但将这件事查得水落石出，却不过只是时间问题，我有时间能够等的。"

他已经等待了快二十年，再多一段日子又能如何？

明萱的眼中却有哀愁一晃而过，世间最难熬的事不是贫穷，不是苦难，而是等待，她也在等，等着韩修如约送来能够治好裴静宸腿疾的瑶枝碧桑，可时间一刻一刻地过，他许诺的二十日之期，已经过了……

她早就已经将与韩修的过往忘掉了，没有那样浓烈的爱，便也没有那样令人窒息的恨，她虽然天然地排斥这个为了达到目的抛弃礼义廉耻不择手段的人，可不知道为什么，内心深处却总会有一个莫名的声音对她说，相信他，他不会伤害你。

所以，哪怕所有的人都认为这个许诺不能轻信，裴静宸也从未将那句话放在心上，可她却真真切切地将之当成了希望。

然后这希望，开始渐渐变得稀薄和渺茫，她有些不敢再等下去了。

明萱垂下眼帘，脸上的表情不知道何时忽然有些低落，她轻呼了一口气，竭力调整自己的语气和表情，不想让裴静宸看穿她此刻内心的悲伤："嗯，严嬷嬷已经收拾妥当，咱们的马车亦在二门上停好了，你看看还有什么想要带上的东西，也一并带着，也指不定要在庄上住个三五日还是七八日。"

她顿了顿，接着说道："严嬷嬷在静宜院坐镇管家，丹红陪我们一块过去，看院子的暗卫多留两个，我怕咱们不在，杨氏的人会打院里的主意，至于随行的丫鬟小厮，我看都留在院子里不带，南郊庄子上有我的陪房，你我两人小住，有丹红和长庚便够了，你说呢？"

裴静宸笑着说道："这些事你看着办好了，我都听你的。"

平莎堂世子夫人杨氏不在，明萱便只令严嬷嬷派人过去知会了一声，虽然和杨氏不对盘，但只要她一日是这镇国公府的当家夫人，明萱夫妇一日要住在裴家这三尺屋檐之下，出门便应当要报备一声，这样至少面儿情上能够过得去。

顺当地穿过了两重仪门，明萱和长庚一起扶着裴静宸上了马车，刚掀下轿帘准备离开，便听到外面亦传出车马的声音，一道苍老的声音响起："宸哥儿夫妇这是要上哪里去？"

恰是裴相下了朝从衙门里回府。

明萱忙将帘子掀开，露出裴静宸大半个身子来行了礼，她自己则由丹红扶着下了马车，走到裴相的马车之前盈盈对着裴相一拜："回祖父的话，夫君腿疾未愈，行走不便，闷在院子里日久，一直没有什么精神。孙媳妇便想着带他去南郊的庄子上住两日去，散散心。"

裴相点了点头："去外头住些日子也好。"

他顿了顿，又道："郊外虽然风景美妙，但早晚要比城里更凉，既是别庄，想来总没有家里东西齐备，莫要冻着了。罢了，你们先过去，稍后我派人去庄子上送些银炭过去。正巧今日与定国公这老东西去了西郊围场猎了一些野味，也一并让人给你们送些过去吧。"

明萱难掩心中惊讶，面上却只装作一无所知的表情，福了一福谢道："祖父厚爱，孙媳妇感激涕零，这外头天冷，您年纪大了，也莫在风里久留，快请回屋去歇着吧！"她目送着裴相换过软轿，摇摇晃晃地消失在仪门之后，这才重新上了马车。

她刚待要说什么，却忽地听到耳边裴静宸略带几分犹疑的声音说道："阿萱，祖父的脸色僵硬，印堂隐隐有些发青，怎么看起来倒有几分中毒之兆……"

明萱方才没有敢抬头直视裴相，倒不曾看出有什么不妥，只是裴静宸既然这样说了，想来裴相的身体是真的出了问题。这倒不是她盲目信任自己的丈夫，实是她知晓裴静宸久病成医，又跟着玉真师太久了，对中毒的症状远要比普通的医正来得熟悉些。

她眉头微蹙，望着空空如也的仪门，低声问道：“那要不要派个人去提醒相爷一句？虽然……但他总是你的祖父。”

裴静宸怔了一会儿，缓缓地摇头：“不必了，祖父身边的能人异士颇多，上回来替我看腿的那位孙太医就是他的人，孙太医虽然不精专毒术，但却也是医界泰斗，祖父这中毒之相既已经浮在面上，孙太医若是见着了，不会一句都不提醒的。”

他眼神晦涩，墨黑的眸被睫毛的阴影挡住，一时看不清心事：“再说，刚才我隔得远，看得也不甚分明，若是弄错了，岂不是又是一出是非？罢了，时辰不早，咱们还是先去南郊。”

明萱见他虽这样说，但语气终究还是有些落寞，便觉分外怜惜。

裴静宸大约从出世起，便没有享受过什么骨肉亲情，只除了在玉真师太和圆慧师父这里能够得到一些温情之外，他的世界里只剩孤冷寂寞，其实，他的内心深处一定十分渴望那些别人唾手可得，而他却求而不得的亲情吧？

所以，哪怕裴相待他那般冷漠，哪怕裴相极有可能是杀害他母亲的真凶，当发现假想了十数年的敌手可能中毒命不久长时，他非但没有欢喜雀跃，反倒觉得格外沉重低落。

她眼眸微垂，将帘子放下，对着长戎说道：“走吧。”

马车到了南郊田庄上时，罗叔吃了一惊，忙上前将车马接下，迎了明萱夫妻下来：“小姐要过来，怎么没有事先派个人知会一声？咱们也好多作些准备，让小姐和姑爷住得舒坦一些。”

虽说院子每日打扫，主屋也收拾得很干净，但到底明萱从来没有来此住过，屋子里也没有特意摆设过，厨上的食材也都只是田间常见的一些农家菜色，没有特地准备些上规格的材料，用来招待主子，实在是有些寒酸。

他想了想，拍了拍脑袋说道：“这会儿天色已经暗了，再去集市恐怕也买不到什么，不若我让庄子里的小子去东头的河里试试看能不能捕捞到新鲜的鱼子，小姐和姑爷这头一回上这来住，总不能什么都没有得吃。”

罗叔一边说着，一边叫过旁边的小子，招呼着便要去网鱼。

明萱忙叫住他：“罗叔，不必那样麻烦的，我和姑爷不是那等讲究的人，鲍参翅肚吃得，清粥野菜也吃得，你哪，也不要这样劳师动众的，平时你们吃什么，我们便也吃什么，这样就好。”

她抬头望了眼沉下来的天色：“再说这么晚了，天又冷，莫说这河里恐怕网不到鱼，便是有，这黑灯瞎火的，我也不愿意你们去受这罪。都过来吧，我有话要说。”

罗叔听了，虽然觉得有些怠慢了主子，但终究还是跟着明萱进了正屋。

明萱见裴静宸舟车劳顿，神色有些疲乏，便先让丹红带着几个丫头将带来的床褥被子先去主屋的内室铺好，又令人将屋子再打扫摆设了一遍，这才和长庚一起扶着裴静宸

先进去歇歇，她自己料理完了这头，才去了正厅。

小素还有庄子上的陪房闻讯都陆陆续续到了，见了明萱纷纷行了礼，小素从前就在漱玉阁当差的，与明萱在一起的时间长，胆子便也大一些，笑着上前问道：“小姐这回来，不知是歇个两日便走，还是打算小住一阵子的？”

她先头进来的时候打量过马车，看到这回是带了行李过来的，才有此问。

明萱笑着点了点头：“想必大家也有所耳闻，你们姑爷的腿受了伤，我怕他老在家里待着闷坏身子，所以才和他一起到这儿来小住一阵，至于住多久，倒还没有想好，三五日总是要的，只盼你们莫要因为我们来了，便觉得不自在了，平日该做些什么，便还做些什么，不用特地迁就我们。”

她顿了顿：“只是从今日起，这庄上的守卫却得严密起来了。”

这南郊多数是达官贵人置办的田庄，都是朝中显贵，寻常贼子无人敢在太岁头上动土，因此平素的治安良好，原本不必这样尽心防范的，但是明萱对裴家那位世子夫人的狠毒手段，心中有些打鼓，本着有备无患的心态，她觉得有必要对安全守卫这件事重视起来。

一个精壮的汉子上前一步：“小的叫作王二宝，是负责庄上的安全的，待会我便让庄子上的男人们集结起来，分成两队，每日每夜间都巡逻起来，还请小姐放心。”

这个王二宝，是明萱从永宁侯府带出来的陪房王善家的儿子，都是从前三房的旧人，很是忠心。原来他们一家在侯府很受打压，自跟了小姐来了庄子上，不仅生活富足闲适，月钱也比从前高了许多，小姐还给他寻了一房妻子，如今日子过得很好。他是个知恩图报的人，一直都想着要为小姐尽忠。

所以，听到明萱说要派人巡查，他所有的积极性都给调动起来了。

这时，小素的兄弟寿安兴冲冲从外头进来回禀：“小姐，镇国公府上来了辆马车，说是相爷命人来送银炭和野味的，那几位大哥没有进来，就将东西卸在了前院，小姐，您要不要过去看看？”

明萱脸上微微有些惊讶，没有想到裴相真的送东西过来了，速度还竟那样快……她顿了顿，笑着说道：“寿安，的确是相爷派人送来的东西，你带几个人出去将炭火搬到库房，把野味送过去厨房。”

等将该交代的事都安排了一遍，她便让大伙都散了，独独留下了小素：“你雪素姐姐现在怎么样？这几天身子可还好了一些？”

自从何贵出了事，明萱便派人将雪素接去了南郊庄子上住。一来是怕她在家里触景生情，心中担忧害怕又无人可诉，二来也是为了多些人开导她劝解她，也有人照顾她的意思。南郊庄子上的多是从前三房的旧人，小素又是漱玉阁时一起共事过的，有熟悉的人在，她心里该能多几分安全感的。

小素叹了口气："初来的时候，雪素姐姐的精神不大好，整日里为了何姐夫的事情担惊受怕，饭也不吃，觉也不睡，老说些不吉利的话，我们几个整日都围着她，生怕她想不开。上月间，雪素姐姐忽然昏倒了，后来请了大夫来说，原来她已经怀了两个月身子而不自知。我原想着要递消息给小姐您的，雪素姐姐却说怕您知道了更担心她，非不让，所以才……"

她顿了顿，目光里忽然多了几分敬佩："雪素姐姐知道有了身孕，便像是换了个人，虽然胎有些不稳，但她却很配合大夫。她说，就算何姐夫死了，她也要一个人把他的孩子拉扯大，若是她有个三长两短，剩下孩子一个人可怎么办，所以她再也不能作践自己了。刚才我经过她屋子，见她还躺着，所以便没有叫她起来。"

为母则强，再柔弱的女子为了自己的孩子，都会变得坚强。

明萱目光微动，心里十分愧疚，倘若不是要替她办事，何贵不会去西夏国冒这么大的风险，也就不会像现在这样不知道他生死，不知道他下落，只能干等着，靠着心中一点祈盼和信念，祈祷他尚还活着，等战祸过去，他会平安归来。

她低低叹了口气，语气中满是怜惜："你带我去看看她吧。"

夜上微澜，西厢的小院子里燃着灯烛，明萱推开门，看到雪素靠在床头，在跳跃的烛火下正画着图样子，侧影消瘦，看起来十分柔弱，她心中不由一痛，低声问道："在干什么？"

雪素回头，见是明萱，有些惊讶："小姐怎么来了？"

她一边说着，一边挣扎要起身下来。

明萱将她按住，望着她微隆的小腹，忙说道："你跟我客气那些做什么？莫说现在你是双身子，就是从前在漱玉阁的时候，无人在的时候，咱们之间也都不讲究这些虚礼的。好了，快靠着坐下，不要动了。"

她坐在雪素的床沿上，四下张望了一下这屋子，虽然有些简单，但很干净朴素，桌案上没有什么华丽的摆设，倒是放了一盆新鲜的梅花，给这简单的屋子增添了几分亮色。墙角处静静躺着一个炭盆，热气源源不断地送了过来，在这寒天也不觉得十分寒冷，她不由轻轻点了点头，心里觉得小素果然没有负了她所托，将雪素照顾得还不错。

明萱侧头去看雪素画了什么，见是老虎鞋的鞋样，油灯旁边又摆了一个针线篓子，她便忙说道："我听说孕妇不好动针线的，你画画鞋样我不说你，但孩子的鞋子衣服可不许自己做，怕伤了眼睛不好。"

她握住雪素的手，认真地说道："从前咱们在漱玉阁时，没事便做针线，丹红做得不错，素弯的针线也好，回头我和她们两个多做一些小衣服小鞋子，你不必担心孩子出生没有合身的衣裳穿，这会儿你还是听我的话，多休息，好吗？"

雪素闻言没有说话，眼泪却是止不住地流了下来。

第45章　毒物·领人·人情

南郊安逸，除去尘世喧嚣纷扰，宁静的时光总是过得特别快。一晃，明萱和裴静宸已在别庄上住了月余，其间长海不断来往于镇国公府和别庄，传递着皇城与内宫的消息。

先是俞惠妃产子定国公府封赏不绝，惠妃生母廖氏，亦沾了大皇子的光，被破例降旨封了一个三品淑人的诰命，有诰封在身，即便出身鄙陋，却再也没有人可以当面对她不敬。

然后是杨右丞被以误杀罪名夺了官爵，春风得意的定国公俞克勤咬定青山不放松的一句“王子犯法与庶民同罪”，便让刑部和大理寺的官员给他定了罪。但到底是经年的老臣，于社稷江山曾有过功勋，功过相折，皇上度情便免了他刑罚，只圈他在家中静思己过。

虽说旨意中留了余地，但朝堂风云变幻，紧握手中的权力一旦被瓜分拿走，要再收回来却不是易事。起复之路，谈何容易？杨氏一门接连受到政治打压，裴相却并未伸出援手，孤木难支，杨家颓败之势尽显，家族之中又没有资质出色的后辈，杨家是败落定了的。

再便是淑妃意外早产，经历千重万难诞下了皇子，谁料到生下来就没了气，太医查验到这孩子是在胎中时中了毒，皇上龙颜震怒，将淑妃宫中伺候的宫人发落了个遍，裴皇后因与淑妃走得亲近，也受了迁怒，一道“皇后身子不适，须在中宫静养，内宫事务由贵妃和惠妃代理”的旨意，如此轻易地夺了她凤印。

不过一月之间，内廷的格局便都变了。

裴皇后闭门思过，不再掌理后宫。

贵妃先前的沉默与低调，换来了皇上的一丝信任和托付。

惠妃产下皇长子，奠定了在宫中的地位，皇上隆宠又盛，乃是当之无愧的后宫第一人。

而淑妃，虽曾宠盛一时，但却如昨日烟花一般，在短暂的绚烂过后，便就消逝。她拼了性命生下的孩子在胎中就遭人陷害，而她亦在诞下孩子后不久因血崩不止而过世，皇上哀痛心伤，但帝王宠爱不过一时，很快就如同云烟，在风中消散。

听到淑妃过世的消息时，明萱正在和丹红一道给雪素腹中的孩子绣虎头鞋上的眼睛，她身子微颤，针不偏不倚插入食指，瞬间便有血珠涌出，她慌忙将破了的手指含在口中，只觉得满嘴都是腥咸的涩味，一如她此刻的心情。

天长日久，心意相通，丹红看出了明萱的心事，低声叹了口气，便忙安慰她道：“人各有命，这便是淑妃的命，大奶奶何苦要怪责自己？”

明萱摇了摇头：“我没有怪自己，淑妃有今日，皆是前因种下的后果，不论我有没有纵容她学我姐姐说话打扮，不论我有没有提醒她该有何为不该何为，她都会走上今日这一步的。”

她眼神微涩，白玉一般的脖颈轻垂：“我只是忽然觉得有些难过罢了。”

没有金刚钻，不揽瓷器活。

深宫险恶，旁人只看到富贵荣宠花团锦簇，却看不见荣华富贵之下的阴谋丑恶，入了宫的女人，便像是进了角斗场，要想活下去活得好，只有不停争斗。胜了能站在青云之间俯瞰众生，惠及家族，延绵子孙。败了，便只能做那一缕孤寂凄凉的幽魂。

淑妃的性子张扬骄傲，既不沉稳，也不聪慧，这样的人，进了那吃人不吐骨头的地方，原本就没有任何胜算，她唯一所能依靠的便只有皇上的宠爱，可皇上的爱宠，从来就是最靠不住的东西。

所以，悲戚情伤的皇上原本要为淑妃厚葬的愿望，才会因为皇长子彻夜啼哭，俞贵妃一句“避讳”，便就改为薄葬，甚至都没有让永宁侯府顾家的人去送一送，便一口棺木抬进了皇家陵园的偏殿，没有葬仪，无须守制，就好像一切从来都没有发生过一样。

明萱正自有些伤感，门外小素笑容满面地进来回禀：“小姐，家里来了客人，姑爷请您去正厅呢！”

丹红忙问：“来的是什么客？”

小素掩着嘴笑道：“姑爷不让说，您出来见了便知。”

明萱脸上带着些疑惑，却还是乖乖放下手中针线，整理了一下仪容，这便去了正厅，还未进门，便听到里头传来一阵爽朗的笑声，她心中一动，兴奋地撩开厚厚的门幕喊道：“哥哥！”

厅上，一身玄金色锦袍的男子背脊挺直，如同一棵苍劲的松柏傲然屹立在风中，他闻声转过脸来，刚毅的面容一下子染上了柔和神采，他起身立起，上前两步，颇为高兴地说道：“萱姐儿，是我！”

顾元景完成了皇上交代的任务，万里狂奔回到盛京，入宫回禀之后，听说明萱和裴静宸在南郊别庄小住，第一件事便是来到这。

这半年发生了许多事，裴静宸坏了腿这样的传闻他在临南就有所耳闻，自然是心急如焚的，但皇上交代的密令要紧，他不敢耽搁，只派了几个心腹回了一趟盛京城打探消息，后来知晓虽然妹夫的腿残了，但却无关性命，明萱这唯一的妹子又看起来十分冷静积极，他便稍稍安了心。

但一靠近盛京，又听说了皇宫内发生的这些变故，倒让他才安的心又重新生出担忧来，是以复命之后，他甚至连永宁侯府都没有回，便径直来了这里，一来是想看看裴静

宸的腿到底是个什么情况，二来也是有事要先拜托她。

明萱请顾元景入了座，令小素上了新鲜的茶水，便认认真真地打量起他来：“这半年没有见，哥哥黑了，也瘦了一些。”

顾元景笑着说：“临南地处偏隅，物产没有江南富饶，烈日当头，又整日吹着海风，那里的人皮肤多偏黑，我在那待了半年，黑瘦一些不足为奇。”

他顿了顿，对着裴静宸说道：“妹夫的腿既是因为余毒作祟，倒可不必太忧心，我这位小兄弟是临南苗族的人，对毒甚有些研究，我请他替你看一看，或许也不是非那什么西夏毒草不可的呢。黄衣，你说是吗？”

明萱顺着顾元景的视线望了过去，注意到他身后立了个瘦小的少年，看她皮肤虽然有些微黑，却十分细腻滑润，关节细小，没有喉结，看起来应该是个女子。

她心里微动，却将这疑问压制下去，十分诚恳地对着那人道：“烦请您替我夫君瞧一瞧，他这毒可还有别的法子可以解？”

那叫黄衣的女子看起来十分天真烂漫，她从怀中掏出一根红绳搭在裴静宸的脉上，过了一会儿说道：“这毒有些奇怪，若是能有西夏国的毒草来解自然最好，若是不得，那便用我的法子，不过我怕你们接受不了呢！”

她若无其事地从怀中掏出一个瓦罐，打开之后，从里面倒出来一堆蛇蝎虫蚁，笑嘻嘻地说道：“我们苗家治毒向来都是这样，若找不到对症下药的毒草，就用以毒攻毒的法子，人家的毒难解，我们的毒可有的是法子控制。”

明萱脸色一变，心中约莫猜到这个叫作黄衣的少女应该便是传言中的苗女了。

临南在极南之疆，有着广袤的丛林，因为天气炎热，所以毒湿易发，毒虫毒蛇特别的多，寻常人都不敢靠近那些林子，但独独有苗家无畏这些毒物，反倒可以制约毒虫猛兽，他们使毒解毒的本领天下难寻，但因远离中土，鲜少与人相处，所以性格都比较孤僻，风俗习惯也与中土不同，自有他们自己的一套标准。

传言之中，苗女大多生得美艳异常，性子天真活泼，直率爽朗，但却疾恶如仇，眼里容不下一点沙子，脾气又多火暴，倘若有人惹怒了她，不会与你讲什么道理，必是要痛下杀手的，周朝民俗间的这一套礼仪规矩，在她们身上毫无用武之地。

明萱想着，便有些忌惮起来。

只是，再大的忌惮，与裴静宸的双腿相比较起来，都要靠边站了，她急忙问道：“不知道您说的方法是什么？”

黄衣依旧笑嘻嘻地说：“很简单哪，我叫这些小乖乖们进去你相公的双腿里，把积聚的毒血吸出来，虽然在他血脉间难免留下小乖乖们的剧毒，但这些毒我可以用药控制住的，只要每次发作的时候用上一颗，就能够永保平安。”

她瞥了裴静宸的双腿一眼，有些嫌弃地说：“总比这样是个废人要好。”

顾元景忙喝了她一句：“黄衣，怎么说话的？他是我的妹夫，不许你说话这样没规没矩的。”

黄衣欲言又止，想要反驳，但接到顾元景冰一样的眼神之后，便只好咬了咬唇，委委屈屈地忍了下来，脸上表情之丰富，令人叹为观止。

明萱没有闲情探究这苗女和自家哥哥的关系，心里却在衡量黄衣说的治疗法子的有效性，她想到倘若真的用这以毒攻毒之法，将来岂不是就要受到苗女的制约，倘若毒发之时，身边没有解药，那又该如何是好？原本只需要等西夏国的毒草便可以一次清掉的毒，没有道理变成一生的负累。

可她随即又想到，此时离韩修允诺的日期，早就已经过了一两月了，那边迟迟没有消息，难道自己真的还要继续等下去吗？

明萱尚在犹疑，裴静宸已先自开口说道：“多谢舅兄关怀，我这双腿虽则行动不便，但却还不至于碍于性命，黄衣姑娘所言虽可解一时之毒，但饮鸩止渴，却也未必是个良方，倘若能得西夏国毒草，那是大幸，倘若不能得，便是我命。”

他微微笑起，一副云淡风轻的模样：“腿残不要紧，只要心不残便好。舅兄以为如何？”

顾元景微微一愣，随即放声大笑起来：“不错，妹夫竟然有这等胸襟，倒枉我为你们担忧一场，也罢，与其饮鸩止渴，将来受制于他人，倒不如过得坦荡一些。”

他顿了顿，望向黄衣，声音变得低弱起来，颇有些无奈地说道：“既然被你们看穿了，我也不必再作隐瞒，这位黄衣姑娘，是南疆苗族酋长的幺女，这次我去临南执行任务，途中颇有波折，幸得她援手才能安然无恙，只是她性子跳脱，又有些任性，我回京时她竟偷偷地跟在我后头，等我发觉时，已然入了京……”

明萱见顾元景虽是有些无奈，眼中却偶尔流转着柔情，心中虽觉得诧异，但倒也没有就黄衣的身份多说什么，只是转身对着黄衣轻轻福了一福：“多谢黄衣姑娘对我兄长施出援手。”

黄衣轻轻哼了一声：“我救他是我的事，要你谢来做什么？”

顾元景有些尴尬，忙喝止道：“黄衣！”

他甚为难地对明萱说道：“他们苗家不讲究规矩，她又久居高位，性子很有些不懂事，她也不是有心的，妹妹还请不要放在心上。不过也正因为如此，我还有件事情要求妹妹，你看，她性子如此，若是跟了我去侯府，必是要惹祸的。我收容苗女本不算什么大事，但她却是酋长幺女，这回又是偷跑出来的，要是闹大了我恐怕侯府不好对皇上交代，所以想求妹子暂时收容她几日，等我将临南的事都交代完了，一定立刻将她送回去。”

世家大族的规矩，不是黄衣这样的苗女可以承受的，虽然对黄衣颇有些爱怜，但清

醒冷静如他，亦知晓南疆蛮女和中原贵族之间联姻的可能性为零，不论是祖母还是族人，甚至连皇上，都不会同意他和苗女的婚姻，所以黄衣必不可能成为他明媒正娶的妻子。

他不想负她。

亦不想给她虚幻的希望。

可她跟了来，甩不脱，他一时之间也无法说服她离开，便只能先与她分开几天，等手上的事情了结，再亲自送她回去。

裴静宸眉头微挑，听出舅兄语气中的无奈惆怅，真诚地说道：“既然是舅兄的嘱托，那我们必当遵从，只不过寒舍简陋，若是承蒙不弃，那就只好先委屈黄衣姑娘几日了。”

顾元景刚想道谢，却被黄衣截住话头，她跺了跺脚，有些生气地说道：“景哥哥，我不远万里跟着你来盛京，是想要天天都看到你，日日都和你在一起，时时刻刻都不再和你分离，我想要跟着你一起住，可不要住别人的家里，见都见不着你！”

她脸上一副委屈的表情，看起来既伤心又忐忑：“我都答应过你了，扮成男人的样子，不开口说话，不惹是生非，你去哪我就去哪，绝不乱跑，也不会把小乖乖们放出来吓到你们中原娇气的女人，可你还是想着要甩开我，把我送走，你难道就真的那样不喜欢我吗？”

这话顾元景一时不知道该怎样回答，若是不喜欢，那是骗人的，他不是冷心冷面的人，在临南这半年她是怎样对他的，他心里都如同明镜一般，不仅感激，也有怜惜，甚至还有一些爱意。

但他清醒地知道这份感情注定如同流水消逝，不可能会有什么结果，因此理智让他一而再再而三将她拒之门外，他不能对异族女子动心，否则族中不容，皇上猜忌，他这些年来生死之间博取的功名，都将化诸流水。

拼了命得来的这一切，不能放手，因为他肩头还尚背负着沉甸甸的责任，父母的冤恨，长姐的委屈，幼妹的依靠。

半晌，他冷下了声调对着黄衣说道：“倘若你不想住在这里，也可以，盛京城亦有官家驿站，你贵为苗族酋长之女，我只要知会礼部一声，自然会有官员来安排你住处。”

黄衣听了，咬着嘴唇的牙齿越发用力，看起来十分受伤，只是倒也因为这些冷情绝情的话慢慢安静下来，良久，她委委屈屈地说道：“你不要生气，既然你要我住这里，那我就住这里好了，只是，只是你要时常来看我才好！”

爱情里，谁先沉溺谁投入更多，谁就需要妥协，因为爱得太深，才越害怕，害怕自己在他眼中不够美好，害怕没有向他喜欢的样子转变，害怕步步紧逼会将他推得更远，黄衣害怕，所以即便心中再不满，她也必须要妥协。

顾元景松了口气，又对着她交代了几句，这才起身对着明萱夫妇告辞。

明萱忙令人带了黄衣去客院，心中却还余惊未平，她对着裴静宸说道：“我哥哥他似乎是喜欢上了这个苗女……”

在大周，门第和出身是一道无法跨越的鸿堑，顾家三房的顶梁柱跟来历不明的苗女，根本就不可能做成一对。何况，黄衣姑娘性子又那样自我任性，与凡事讲究规矩礼仪的世家门阀根本就格格不入，也不知道这段究竟是良缘还是孽缘。

裴静宸叹了一声：“你不必为了舅兄担忧，他是沙场上出生入死过的人，比之旁人多了几分洞察和清醒，行事也自然会有他的分寸，对心怀抱负的男子而言，这世间有比男女情爱更加重要的事，他所要的妻子是能够与他比肩而立，替他安顿后宅，平衡世家之间联系的女子，在大局之前，情爱反而只是一件小事。”

他目光微凝，望着明萱的眼神充满了柔情：“阿萱，不是每个男人都有我这般幸运的。”

他的妻子是他的所爱，既是他心中所系，又能与他共同进退。

明萱的心情因为裴静宸这一句平实的告白而略好受了一些，她转头过去扶住他肩膀，低声说道：“罢了，哥哥是个顶天立地的男人，他有自己的判断，亦有自己的选择，不论他最后作了怎样的抉择，我这个做妹妹的，只需要坚定地支持他便好了，至于黄衣，只要她住在庄上一日，我便以最上等的贵宾礼仪待之，也不枉她对我哥哥的一片深情。”

到了晚间，明萱正与雪素一道在正厅闲话，突然一阵猛烈的拍门声，过不多久，罗叔满面不解地进来回禀：“小姐，姑爷，外头来了一队过路的军士，说是奉命来给小姐送东西的，我请他们将东西放下，那个为首的军士非不肯，他说东西贵重，不可再得，他们主子交代要亲手交到您手上的。”

他为难地问道：“老奴回来请小姐的话，要不要请他们进来？”

明萱一愣，忽然想到了什么，忙说道：“快请！”

不及须臾，果然便有一个军士进了正厅，他抱拳说道：“属下是卫国将军麾下的千户长，奉了将军命令来给裴家大少奶奶送礼物，将军说，男人无信不立，他做出的承诺从来都不会反悔，此处有两株奇草，还请裴家大奶奶过目。”

他往后一喝，便有属下抬进来一个黑色檀木制的大箱子，打开之后，便是栽种了花草的两盆盆景，看起来虽然不太常见，却平常无奇。

明萱心中微颤，不知道怎么竟然有一种想要落泪的感觉，她强忍住鼻中酸涩，克制着自己不要失态，但眼角却仍旧不知不觉留下湿痕，她不顾端庄形象，俯身过去细细观摩那两株草药，一时竟然不知道说什么才好。

丹红忙去包了几个厚厚的荷包递了上去：“几位不远千里来给我们姑爷送药，辛苦了，这是一点小小的意思，不成敬意，给几位军爷拿去路上买酒喝。”

那些军士倒也没有客气，纷纷接过谢过。

明萱站了起来，走到那军士面前深深鞠躬，然后沉声说道：“韩将军雪中送炭，这

份恩情我夫妇记下了，等他凯旋，外子定然要去请他好好喝一杯，以谢他成全之德。”

听说前方战况正酣，她想了想觉得不论从前怎样，韩修能够记得送药已经令人刮目相看了，她不管是否出于礼貌都该稍许关怀一下他的状况，只是又怕她的关心会令韩修会错了意，让好不容易恢复平静的感情，又重新起了纠葛。

正当她犹豫之时，忽然听到那将士说道：“将军送给裴家大奶奶的礼物，不仅只是这两株奇草，他还在盛昌药记寄存了几个人，请大奶奶若是得空，前去将人领了回来吧。”

明萱心中一动，脸上现出惊喜神色来，忙问道：“莫不是何贵他们？”

何贵因战事被扣西夏，如今也只有韩修有这个本事能将他们救出来，除了何贵之外，她也想不到还会有什么人会与韩修有关，她心中急切，很盼望自己的猜测是真的，倘若何贵真的回来了，那雪素便能重展笑容，那未出世的婴孩从此便有了父亲的疼惜，而自己的愧疚之心也能够有所纾解。

那为首的将士含笑说道：“大奶奶慧眼，正是何贵一行，说起来这次若不是他们，将军要得这两株奇草恐怕要更费周折，前线战火正急，虽然万幸没有伤了性命，但那几位身上都挂了些彩，到了盛京我怕他们支撑不住，便先将人送去了盛记。盛记的老板是将军的故人，最擅跌打损伤，有他妙手，何贵他们定然是无碍的，这会儿大奶奶派人去接，正是合适。”

他抱了一拳：“属下急着回西疆向将军复命，这便跟裴家大奶奶告辞了。”

说罢，那军士便转身。

明萱心上圈出几层异样的涟漪，竟鬼使神差地问了一句：“他有没有受伤？”

这话说完，她立时便后悔不迭。

韩修的性子如何，哪怕她从前不知道，在那么多次交锋之后，总也有些了解的。他确实以匪夷所思的方式伤害了明萱，又因为权势娶了别的女人，她也有些搞不清楚，这个男人对她到底是纯粹的占有欲还是真心所爱，但不可否认的是，她在他心中有着特别的位置。

以他从前那样志在必得的决心，能够有今日这番局面已经很不容易了，那个男人做出放手的决定定是十分艰难，倘若自己再流露出一丝关怀，她很害怕他又会卷土重来。

谁料到那军士闻言竟然如释重负地笑了，他转过身来，从怀中掏出一封信件递了过去：“疆场之上，刀剑无眼，将军不是铜墙铁壁之躯，自然难免要受些小伤，不过裴家大奶奶还请放心，将军无碍。临行前，他曾交代过，倘若大奶奶问及他，便让我将这封信交给您，倘若您一句不提，便只当没有这回事。”

他轻轻吐了口气：“您不知道，这一路之上，觊觎这封信的人不在少数，我们可是费了不少功夫才带过来的，若是当真送不出去，这回去的路上怕又要费一番周折了。”

那军士说完，朗声招呼着随行的其他兵士：“兄弟们，咱们走！”

明萱目送他们离开，这才低头望向手中紧攥着的书信，杏黄色的纸，封着鲜红的火漆，她的眸光定在那一抹鲜艳的红上久久不能移开，过了良久，她才叹了口气将信封往怀中一放，对着丹红说道："你去请长庚替我到盛记走一趟，将何贵他们接回来。"

丹红笑容满面地拍了拍雪素的肩膀，喜不自禁地去了。

雪素似乎被这个突如其来的消息冲蒙了，她愣愣坐在那里发呆，脸上一副惊喜却又有些不敢相信的表情，所谓近乡情怯，大抵便是如此了，一直到丹红走了，她才讷讷地抬起头来，一双水汪汪的眼睛巴巴地望着明萱："小姐，这……这是真的吗？何贵，何贵他没有死，他好端端的，就要回来见我了，小姐，这是真的吗？"

她一只手不断抚着渐渐有些隆起的腹部，另一手却撑着台几。

明萱轻轻扶着她坐下，笑着说道："是真的，我让长庚去接了，顶多再过两个时辰，你们夫妻就能团聚了，雪素，是真的，小宝宝的爸爸就要回来了。"

她的心情大约从来都没有此刻这般欢畅过，困扰多日的所有问题似乎一下子就全都解决了，瑶枝和碧桑这两株西夏奇草真真切切地在她眼前，玉真师太很快就能够替裴静宸将腿上积余的毒给清掉，休养些日子，他就能站起来，可以自由行走。

而一直觉得无比愧对的雪素，也终于等来了与何贵相聚的日子。

但巨大的欢欣过后，明萱又有些发起愁来。

她虽然不知道西疆战况到底如何，但打仗嘛，总是刀锋尽显的，能将这两株奇草寻来，还替她将何贵一行送回，这份恩情实在太大，将来她该如何回报才好？说什么百篇心经换来的允诺，这些不过只是明面上的说辞，她心里知道，这次是真的欠了韩修好大一个人情。

怀中那封书信仍在，明萱觉得方才还明朗的心情，一下子沉重了下来。

她吩咐小素好生陪着雪素，自己却出了正厅，徐徐走向后头院子里的主屋内室。

裴静宸仍在午休，此处隔着前院有些距离，外面的熙攘和喧闹一点都不能影响进来，他自从受了毒，精神便要比从前差上一些，每日中晌必要歇一个午觉，已经连续数月。

明萱令看守的小丫头们散了去，蹑手蹑脚地进到床榻之前坐下，低头望着那副安静美好的睡颜，他的眉毛浓密，像一座山，他的睫毛微卷根根分明，他的鼻子挺直，他的嘴唇微薄嘴角总是带着好看的弧度，他的下巴刚毅有着分明的棱角。

这个像是入了画的男人，是她的夫君呢，明萱心里一阵甜。

裴静宸似是察觉到了灼灼的目光，他睁开双眼望见浅笑的女子，喉间发出一阵好听的闷笑："怎么样，对你夫君的容貌还算满意吗？我真的这样好看，能让你看得如此入神？"

他顺势起身，靠在床头，抱着胸好整以暇地望着她。

明萱嘴角弯起一个好大的幅度来，笑着说道："食色性也，每个人都喜欢美好的

事物，我是俗人，怎么能免俗？既然上天厚待，赐我一个这么英俊的夫君，若是不多瞧几眼，岂不是浪费？谁让我的夫君是一等一的美男子呢。”

她目光盈盈，对着裴静宸说道：“你快起身吧，我已经让人套好了马车，等下我们就出发去白云庵。”

裴静宸的目光中有些不解，随即似有了悟，他错愕问道：“难道是？”

明萱点了点头：“韩修令人送来了瑶枝碧桑，他曾经说过，这两株奇草的叶子是毒，根茎却是解药，知道了这点，再有师太的巧手，你的毒可以尽数解掉了，从此以后，不仅能够自由行走，这毒素也再不会成为困扰你的原因。”

她虽然是笑着的，但是眼眶湿润，显然激动得有想哭的冲动。

她顿了顿，又说道：“这回咱们可是欠了韩修一个好大人情，他不只送来了瑶枝碧桑，还把何贵等人都给平安带了回来，现在人在盛昌药记，我已经让长庚去接了，估摸着过不多时，便能够回来了。所谓奇草有价，人命无价，将来等韩修回来了，咱们思量着也回一份大礼给他，否则……我不想欠他的。”

裴静宸目光微垂，长长的睫毛颤动，掩藏住了心底事，“我也不想。”

片刻之后，他抬起头来，脸上露出笑容：“不过终究这是一件好事，我的腿能够治好，雪素何贵一家团聚，你也不用整日愁眉苦脸了。既然有了解药，我的腿便不急于一时，咱们还是等见过何贵，再去白云庵吧。”

明萱一边帮着他起来更衣，一边将怀中的信递了过去：“他令人捎来了这封信，我不知道里面写了什么，你帮我拆开来看。”

裴静宸却笑着推了回去：“这是给你的信，你自己看就好了。”

他俯下身去，凑在明萱脸颊，温暖的唇在她耳边轻轻划过，一双墨玉一般的眼眸像是闪闪发亮的星熠，跳跃着火苗，令人沉溺，又觉得无比坚定安心：“我一直都信你的。”

正如她信他一般，他也对她深信不疑。

明萱便也不再客气，将火漆挑开，抽出里面的信纸，她才刚看了几行，脸色已然剧变，握着信纸的手忍不住颤抖了起来。

裴静宸见她面色骤变，脸上一副泫然欲泣的表情，便觉得不对，连忙上前将她拥入怀中，一边问道：“怎么了，到底发生了何事，这信上怎么说？”

明萱回过头来，几乎是哽咽着对他说道：“韩修信上说，四年前他当着众人的面悔婚，一来是因为要震慑当场宾客，为皇上贬我姐姐的皇后之位造势，二来却是他的私心，他当时想若是我声名败尽，他与我许还会有再来一次的机会。他说，他只是忠君之事，并没有存害我父亲的心思，皇上的打算也只是等裴皇后册封之后，就会将我父亲放了的。”

她语气越发颤抖：“但是有人……有人浑水摸鱼，害死了我父亲。我父亲他不是悬梁自戮，而是被人所害的！”

第 46 章　计划·康复·线索

何贵是被抬着回来的，担架之上人还昏迷未醒，雪素担忧惊惧地扑了上去，差点要急疯了，一路紧紧抓着何贵的手，跟着担架抬进了她屋子。

年关将近，天气已经十分寒冷，好在雪素的屋中，明萱派人给她烧了最好的银炭，何贵躺在温暖的被窝之中，脸色逐渐由苍白转为浅淡的红。

长庚见雪素哭得伤心，急忙安慰着她说道："何大哥肩膀上中了一箭，先前在路上时没有好好处理，伤口有些化脓，盛昌药记的医正给重新处理了下伤口，因为刮去腐肉会很疼，所以给他用了一些麻沸散，这伤势无碍，只要好好养着就能好的。麻沸散用了两个时辰了，我估摸着何贵大哥过会就能醒的，何大嫂莫再哭了。"

他这些日子和雪素相处，觉得她宽厚善良，又坚强，对她很有好感，所以语气也比平时要柔和一些："流泪伤身，何大嫂，你就是不为了自己，也要为了腹中的孩子着想。再说，何贵大哥待会醒了来，看着你这副样子会难过的，小姐和姑爷看了心里也不好受。"

雪素听了，勉强止住哭声。

丹红便令小丫头去打了盆热水，替雪素擦干眼泪："长庚说的很是，小姐和姑爷听到表哥回来了，一定会马上过来的，你哭成这样，小姐又该愧疚自责了。"

话音刚落，厚厚的门帘便被撩开，明萱推着裴静宸进了屋。

长庚怕他们担心，便抢着将何贵的情况说了一遍。

然后又道："爷派出去跟着何贵大哥一起去西夏国的那十几位兄弟也都回来了，我点过了，一个都没有少。虽然有两个伤得不轻，但万幸没有性命之忧，我瞧他们都伤的伤，病的病，所以就先做主安排他们去客房歇下了。"

随行十来位壮汉，个个身上都挂了彩，好在除了为首的方四为了救手下的兄弟，断了一条胳膊，其他人都不过只是些皮外伤，他去到盛昌药记接人时，弟兄们的伤口都已经被处理过了，看起来没有那样瘆人，但看他们精神都不是很好，想来余惊未平，所以他便自作主张让那些人先下去休息，既然瑶枝碧桑都已经寻到，那么有些话等过几日再说也并不迟。

裴静宸御下虽严，但却很通情理，他听说方四的事后，忙吩咐道："方四为人忠义又很有骨气，平时以手上功夫见长，这回他断了手臂，以后很多事便做不了，想必他心里不好受，听说他家乡尚有六十老母等着他供养，这回他定要烦忧将来生计，等他醒了，你去看他时跟他说，他以后的生活都有我，让他安心养病。"

他目光微沉："他这条手臂，是为了我而断的。"

长庚忙点头说好："爷请放心，这些事我都会处理好的。"

他看了看外头天色："何贵大哥已经回来了，兄弟们都安然无恙，爷和大奶奶也该放心了，听说这两株奇草娇贵，每日都要好生养护，与其如此，不如早点将它们用了安心，我回来时外头马车都已经套好了。"

明萱的神情一直都有些惘然，她仍有七八分沉浸在方才韩修那封信中，直到此时才猛然醒转过来，她看了一眼睡容安详的何贵，轻轻在雪素肩膀上拍了拍："何贵既然没事，我也就能安心地跟你们姑爷一起去白云庵求师太治毒了，丹红我就留在这里，你若是有什么需要，尽管跟她说。"

雪素点了点头："小姐不必牵挂我们，只盼姑爷的毒能够尽数都解开了才好。"

马车颠簸，裴静宸和明萱心情沉重地听着长庚的回禀。

长庚说："我去到盛昌药记的时候何贵大哥就已经喝过麻沸散，方四的精神也不好，便找了个状态还好的小兄弟问了问。听说他们是一入西夏国就随同使节团被扣了下来，这许多日子一直都被关押在边疆的地牢之内，受了好一通鞭刑。后来有一日，有一伙黑衣蒙面之人劫了牢，将他们全部救了出来，等回了营地这才知道原来是韩修施以援手，何贵大哥不想这样无功而返，还要找机会混入西夏国内寻瑶枝和碧桑，谁知道西夏国发现人质被劫，便发动了正面的进攻，边疆火线封禁，何贵大哥一直都找不到机会。"

他顿了顿："有一日，西夏军忽来偷袭，韩修原本可以将那些人全部歼灭，却不知什么缘故，竟然将人放走了，背上还中了一道暗箭，但第二日，他便让近身的一队人马带着瑶枝碧桑护送着何贵大哥一行伤兵残将往盛京而来。"

明萱静默不语，但眸光却隐隐有着流光闪动。

韩修当日说取这两株药草十分信誓旦旦，她便猜测过，他这个人那样精明，在西疆经营多年，说不定早就将手伸进了西夏朝中，这时听到他将偷袭的人马放走第二日便就有了这两株草药，那便不难推测其中发生了什么交易。

他竟然为此受了暗箭之伤，这令她觉得这份人情越发沉甸甸。

长庚接着说道："西疆距离盛京约莫万里，这一路之上也颇不平静，听说自过了西宁，便不断有刺客追杀，也不知道是为了夺那两株药草，还是为了韩修部下身上所怀的信物，方四的手臂，便是在其中一次偷袭时，为了其他的兄弟而断了的。"

他轻轻呼了口气，语气里带着困惑："也不知道那些人是冲着韩修来的，还是冲着爷来的。"

明萱目光微沉，心中想这些刺客来势勇猛，不知道到底是冲着什么来的，倘若不将之搞个清楚，心里始终不能安定。

韩修此刻正在与西夏作战，倘若要与他为难，那该直接去西疆战场，又何必揪着他一队近卫牵缠不清。

如果那些偷袭的人针对的是那两株稀世罕见的毒草，那便证明，那幕后的人就算不是对裴静宸下毒手的，也定然与此有关。假若他们的目的是要害了裴静宸，那仅仅毁去毒草又有什么用处？即便没有瑶枝碧桑，裴静宸也顶多废了一双腿，对性命却是无碍的。

唯一有可能对裴静宸这样做的人，就是世子夫人杨氏，可是杨家现在境况凄惨，杨氏自顾不暇，哪里还有这个闲情逸致去做这些？明萱也不相信她的消息会那样灵通，能够提前知道韩修会将瑶枝碧桑找到送来。

那可是几千里之外的西宁呢！

西宁……

明萱猛地抬起头来，对着裴静宸问道："我曾经听说裴家虽然是累积世代的公侯，可是先祖却是从西宁开始发家的，不知道是不是真的？"

裴静宸眼中闪过一丝痛楚，他点了点头说道："是，裴家祖籍虽是怀平，但怀平裴氏却是西宁裴家的一个分支，只不过先祖跟随太祖打江山，得了这世袭罔替的镇国公爵位名扬天下之后，才令怀平裴氏发扬光大。"

他微微一顿："西宁多出名士，国士大儒不胜枚举，镇国公府因此在西宁亦设有宅院屋宇。我曾祖父起，年轻时多在西宁老家住过，师从过当时名声显赫的大儒，我父亲……我父亲亦是如此。"

明萱心中一突，随即摇了摇头："许是冲着这信也说不定呢。"

她眼神微黯，想到韩修信上所说，心情不禁有些低落。

韩修四年前在他两个成婚之日当众撕毁婚约，羞辱她至此，是为了要败坏她的名声，令她一时半会无人问津，将来他好与她再续前缘，暂且不提这举止的狂妄自私和可笑，倒也是可以说得过去的。

倘若顾长平没有死，在裴皇后登位之后，按着皇上设定的剧情一路下来，那么顾三老爷必然是要封爵的，可哪怕顾家地位再高，明萱这个被当众悔婚的女子，于婚姻上也必然会很艰难。

韩修凛居高位，少年权臣，权柄滔天，有他在上头压着，真正门当户对的侯门嫡子，定然不会愿意向她下聘，这是一件很丢脸面的事情。但寒门子弟，在身份上却又与她相差太远了，不仅顾长平不会同意，宫里头的元妃娘娘亦不愿意自己唯一的妹妹低嫁。

高不成低不就，明萱的婚事必定会被耽搁。

她听说韩修的夫人自打胎里得的毛病，一直以来身体都不甚好，若不是身份金贵，成了皇上的表妹，用那些千年的人参吊着命，恐怕她早就已经不好，便是如今这样珍贵的药材填进去，像那样娇弱的身子，也命不久长。

一旦韩夫人死了，谁也阻挡不了韩修回过头来再娶她做继室。

明萱目光微敛，沉沉叹了口气，心中想道，原来这就是韩修打的好主意，他一直以

来那样笃定地将她当成囊中物，原来是因为他从来都没有将她假手于人的打算。可惜千算万算，他始终还是错算了一步。

从前的明萱因他的自私而死，如今的她，与他没有半点情分。

正在这时，裴静宸忽然幽幽开口：“阿萱，我想我身上的毒，也许并不是杨氏的手笔。”

腊月将末，山间冰寒更甚，天幕也黑得特别早。

此时虽然不过酉时，但陡峭的山路之上早已漆墨一片，伴着清冷的点点星光，车厢内，裴静宸的脸色惨白如雪，他表情颓败，一副不敢置信却又不得不信的悲戚容颜，在跳跃的光线里格外凄凉。

他沉沉开口，声音低冽而带着浓厚的悲怆：“从前我一直以为杨氏是最想要铲除我而后快的人，父亲置之不理不过是因为他对我没有那份慈父之心。他的孩子够多了，多我一个少我一个，对他来说没有差别。而祖父沉默，我以为他是乐观其成的。可直至今日，我才发现，我当真错得离谱。”

那些幼年时害他出疹子腹泻呕吐的小打小闹不算，唯独有梦寐之毒是阴狠毒辣，险恶到可以直接要了他命的东西，而且有迹可查。若是他没有玉真师太的庇护死了，杨氏哪怕被杨右丞护着，也无法推卸她身为继母的责任，襄楚王虽然没了，可是王府还在，总有几个忠心护主的老人，会替他求个公道。

杨氏，只会令他病死，而绝对不会让他中毒而死。

再说梦寐之毒原是西夏国皇室秘药，二十年前杨右丞未曾显达至此，杨氏一个闺中弱女，就算再凶悍又要从哪里去得这异国的毒物。

可镇国公世子裴孝安却不同了。

他年少时便在西宁跟随大儒修习，以他镇国公府继承人的身份，身边自然有可靠的追随者，哪怕他今日出入花街柳巷，是个尽人皆知的好色草包，可在年轻时却也曾经风光大显，凭借才学赢得过先帝的赞誉。

这样的人，倘若掌握着暗部，其实并不难相信，否则，以他这样的落拓废人，即便有裴相爷的支持，又怎么能安然无恙地凌驾在众位才能杰出的兄弟之上，霸占着人人都眼红耳热的镇国公世子位近三十年？

西宁，离西夏国只隔了两座城池。

裴静宸想到他调查当年的案子，每当要靠近真相一步，便总有人及时掐断他的线索，他听说那个一尸两命的侍妾是父亲从西宁带过来的，也曾派人去过西宁，可是什么都没有发现，所有的线索清理得干干净净，就好像从来都没有过那样一个人。

没有人可以在名士众多的西宁只手遮天。

或许裴相可以，但他没有必要这样做。一个侍妾罢了，对于杀伐决断的家族掌舵者来说，为了家族的体面处置几个侍妾，是根本就微不足道的事情。

但对于深爱着的男人而言，这仇恨可贯穿一生。

裴静宸目光微沉，透着深浓的迷茫和哀伤，他张了张口想要对明萱说些什么，可是话到嘴边却又都吞了回去。

他苦笑起来，那笑容酸涩，比哭还要难看。是啊，让他说什么？对他的妻子说，他恍然发现这些年来在暗处盯着他，无时无刻不在想要残害他的那个人，也许是他的亲生父亲吗？不，他说不出口的。

明萱心中惊诧，伴随着影影绰绰的预感，她似乎猜到了裴静宸想要说什么，纤细的手紧紧上前握住他的，发现他连指尖都一片冰凉，她将他的头轻轻扳过，令他靠在自己胸前，柔声说道："那些事，咱们先别想，白云庵近在眼前，师太很快就能够为你清除体内余毒，再过几日，你就能起来走动了。"

她目光越发温柔，像是能够滴出水来："再过些日子，我就有十八了，咱们两个也是时候怀个孩子，嗯，我知道论时机，现在或许不是顶好，但我相信你，也相信自己，如果我们有了孩子，一定能够好好保护他。"

裴静宸墨黑的眼眸终于燃起了一丝亮色，他昂起头望着明萱，目光深邃，仿佛要将她整个人都吸进眼中，过了良久，良久，他才点了点头："等我们有了孩子，我一定会做一个爱他，疼他，照顾他的好父亲。我一定会是个好父亲的！"

白云庵终于到了，玉真师太听到动静亲自迎了他们进药庐。

有了瑶枝和碧桑，明萱又将韩修说这两株奇草的根茎可解毒之事告诉玉真师太，玉真师太便很容易找到了解毒的方法，经过一整夜不眠不休的治疗，到了第二日天亮的时候，玉真师太擦了擦额头的汗珠，笑着说道："宸哥儿腿上的毒都已经解了，只是刚逼出了毒素，这几日还不能行走，慢慢调养些日子，应该便能够痊愈了。"

她低声念诵着佛经，罢了才庆幸地说道："幸好还不算太晚，否则就算解了毒，宸哥儿的双腿太久不活动，要重新站起来想必要费好多功夫呢。"

明萱整夜未眠，但心情激动，丝毫不觉得劳累，她紧紧握住师太的手，眼中晶莹一片："师太大恩，阿萱感激不尽。"

玉真师太回握她："说什么傻话，我看着宸哥儿长大，他就好像我自己的孩子一般，能让他顺遂一些，便是我最大的期望，你谢我，倒让我觉得自己是个外人一样。好了，你也一夜没有歇息，去屋子里歇会，等到了喂药的时辰，我再令人叫你起来。"

明萱望着床榻上仍还未醒的裴静宸，点了点头又摇了摇头说道："我现在不累，就靠在床头歇一会儿等他醒，师太您累了一夜，快回屋歇下吧。"

玉真拿她无法，只好便去了。

裴静宸张开眼时，已经到了午时。

许是身内无毒一身轻的缘故，他只觉得神清气爽，昨夜的颓色半点也无，他勉强撑

着身体想要起来。

明萱拦住他："凡事都当循序渐进，你现在腿脚还软，咱们一步一步来，等过两日再慢慢试着起来走动，可好？"

温言软语，裴静宸自然是听的。

药性还未全过，一时半刻走不了的，等喂过了药，两个人便并排靠在床头，凑着脑袋低声说着闲话。

明萱说道："再有两日便要过年了，先前世子夫人派了人来催咱们回去，好不容易寻着各种借口，又有祖父挡驾，这才能安然在庄子里拖到现在，可这年节上总不好再拖，也说不过去的。我想着到时候你仍然坐着轮椅回去，咱们也不告诉谁你的腿已经好了。"

她微微顿住，眼中隐隐有锋芒流转："杨家倒了，世子夫人对镇国公府的继承权必将更加重视，倘若裴静宵能够成为未来的镇国公世子，她的地位才会更加稳固，所谓狗急跳墙，她本来就不是什么稳得住的人，我怕若是知道了你的腿好了，她会做出些难以预料的事情来。"

没有说出来的后半句是，裴静宸心里怀疑的那个人，这些年来处心积虑要除掉他，虽然尚还不知道原因，可从韩修手下的护卫队从西夏国一路前来，自西宁开始便遭遇各种刺杀伏击，想来那个人心内的执念已经入魔，是决不肯轻易罢休的，那么，示弱，会是一个很好的静观其变的方法。

裴静宸哪里又会不懂。

他沉吟着点了点头："也好。"

别人看得如此重要的爵位，对他而言不过只是一个可笑的虚名，倘若一个人真有实力，哪里还会在乎那些东西？他自始至终都没有放在眼里过的。假使一个爵位，便能让镇国公府的那些人勾起深藏的欲望，他不介意冷眼旁观众生相。

明萱靠在裴静宸的肩膀上，这一刻，她感受到从未有过的踏实。

到了晚间，玉真师太过来替裴静宸诊了脉，微笑着说道："宸哥儿大好了，我让圆慧包的那些药，每日早晚各一回，等药吃完，我保管你可以健步如飞。"

白云庵到底是个清修的所在，若不是玉真师太与裴静宸的关系，根本就不能够留男客在庵堂里的，既然身上的毒解了，明萱便不敢再多留打扰师太和比丘尼沙弥尼们清修，夫妇两个谢过了师太，便就辞去了。

两人刚到南郊庄上，丹红便迎出来说："世子夫人身边的桂嬷嬷晌午来过，说是年节要到了，请您和大爷赶紧收拾东西回府里过年去，我寻了个借口应付了她，只说咱们尽快回去。"

明萱点了点头，这是早就预料到的事情，也已经有所准备，她想了想问道："何贵醒了吗？他有没有说些什么？"

天色已经有些晚了，她怕何贵两口子已经歇下了，便不打算去打扰。

丹红忙道："昨儿您和大爷刚走，表哥就醒了，他知道自己快要当爹了可高兴了，这一激动还将伤口给崩裂开了，折腾了好一阵子才好，原本我想多问一些事的，见他精神还不是顶好，便也没有问。"

明萱点了点头："人既安全地回来了，那些话以后再说也不迟。"

她望了望天色："我和姑爷都还未曾用过饭，你让厨上不用准备太多，做两碗清粥配一些小菜便成，今儿都早些歇着，明天起得早一些，要赶在晌午之前回府，已经迟了一日，总不能再惹世子夫人的话头。"

丹红点头说好，便伺候着明萱夫妇用过了晚膳，这才回去休息。

她睡到一半，忽然听到门扉震动，有女子的哭喊声："丹红姐姐，丹红姐姐，快起来帮帮我，我娘她不好了！"

是睡在隔壁的小素。

小素娘是从前永宁侯府三房陆氏的梳头娘子，自从陆氏死了，三房倾覆，她的日子便一直都不太好过，她老早就没了男人，儿子生下来就有喘症，唯独一个女儿还算能干，一直都在明萱院子里做事。

六月时明萱出嫁，便将她母子三人充作陪房安置到了南郊这所别庄上，主子宽厚，格外恩待，不仅替寿安治病，还每个月拨上好的山参给小素娘养病，可惜从前熬坏了的身子，早已经油尽灯枯，便是此时将养得再好也晚了。

医正在两三个月前就留下了话，尽人事，听天命。

虽然是早有心理准备的，可真的临到了这么一天，小素心里仍旧难免恐惧害怕，这可是至亲的血亲，若当真撒手而去，她和弟弟可就再也没有了母亲。

但深更半夜，是一日之间最寒冷的时候，她不敢去惊动主屋的小姐和姑爷，只能向隔壁屋子里睡的丹红求助。

丹红披着衣服起身开门，看到小素已然哭成了个泪人，她在明萱身边历练惯了，处事颇有些当家大娘子的沉稳气势，一边拉着小素往隔壁屋子走，一边沉声问道："先别哭，不要耽误了说正经事。你说你娘不好了，是怎么不好？这会儿儿可还有气在？"

小素忙擦了擦眼泪回答："方才她忽然高声喊我名字，我打开油灯一照，她脸色已经铁青，嘴角有白沫吐了出来，后来就昏厥过去，我探了探，尚还有一丝鼻息，这会儿天色那么晚了，庄子附近又没有大夫，我不知道该怎么办。"

她哽咽着："我先叫了寿安起来让他掐着我娘的人中，然后跑过来找姐姐，这么晚了，姑爷又刚受了大罪，我不敢打扰他们。"

丹红沉着眉头推开门，闻道屋子里一团隐隐的腥臭味，心里便就知道不好，她坐在小素娘床头探了探她鼻息，果然尚有极其微弱的一脉，她想了想说道："这会儿去镇上

请郎中怕是来不及了，可咱们也不能看着你娘亲这样不管。”

她顿了顿，忽然拍了拍脑袋：“你还记得前天来咱们这的那位黄衣姑娘吗？你去想法子把她请来，她许是有法子让你娘亲再醒过来一会儿，哪怕只是交代几句遗言，也总好过她就这样走了，将来你们姐弟徒留遗憾。”

丹红说这话，倒也不仅仅是为了小素和寿安，她也有自己的私心。

那黄衣姑娘来了才不过两日，虽然深居简出，但丹红是知道的，那是身上带着剧毒的苗女，须臾间便能要人性命，可毒能害人，亦能救人，小素娘大限已到，也不求能够起死回生，可那些小姐想要问，却始终问不到的话，总不能跟着小素娘一起埋到地下去。

寿安听了，忙擦了擦眼泪说道：“那黄衣姑娘我认得，姐姐，我和你一道去求她。”

小素迟疑地望了眼躺在床上人事不知的娘亲，咬了咬牙说道：“丹红姐姐，那我和寿安一起去求黄衣姑娘，我娘这里，便要麻烦你帮着照看一下了。”

丹红望着小素和寿安匆忙离开，低声叹道：“所谓人之将死，其言也善。小姐一直都想知道当年三夫人死前到底发生了什么事，她几次问你，你都不肯开口，可事到如今，你再也熬不过去了，难道仍然不打算将这些都说出来吗？”

她望着静静躺着好像要逐渐腐朽掉的小素娘，摇了摇头说道：“从前三夫人跟前的人，要么死了，要么被发卖得远远的，连人影都再找不到了，除了你，你是三夫人的梳头娘子，虽然不是贴身伺候的，可也总算是她的心腹，难道……难道你真的忍心看着小姐连自己的母亲到底是怎么死的都不知道吗？”

屋子里静静的，没有回音，连一丝响动都没有。

丹红看到小素娘的脸色越发铁青，知道她怕是要不行了，心里也不知道是惋惜还是愤恨，忽然她看到小素娘的眼皮有些微微地跳动，想了想，咬牙将脸凑到小素娘的耳边，一字一句说道：“从前你害怕会祸及自己，所以将真相咬得死死的，一句话都不肯说，可你现在快要死了，还有什么好怕的？”

她语气越发重了：“若你害怕的是小素和寿安，如今他们两个是在小姐的陪嫁庄子上安身立命，你若是希望他们好，怕的不该是永宁侯府里的人，而是咱们小姐才对。”

话音刚落，床上的小素娘猛然睁开眼睛，她张了张口，没有办法发出声音来，勉强抬起的手却直直地指着妆台处一个漆黑的木匣子。

丹红顺着她的目光看到了那个盒子，忙从妆台上取过打开，只看见几根普通廉价的银簪子静静躺在那里，她拿了出来问道：“这几根簪子是有什么不同吗？”

小素娘气息微弱地摇头，目光渴求和迫切地注视着那个木匣不肯放开。

丹红心中犹疑，却不敢怠慢，小心仔细地查找，终于发现这下面尚还有一个夹层，她强自按捺心中的激动将手伸了进去，终于摸摸索索出来一个小东西，她抬起手来一看，竟是一个蓝宝石耳坠，那宝石看上去晶莹夺目，切割得十分美丽，以上等的羊脂美玉做底镶嵌而成，绝非凡品。

她忙拿着耳环放在小素娘面前，试探地问道："这耳环是从前三夫人赏你的？"

小素娘摇头，口中咿咿呀呀想要说些什么，可临到头却一个字都发不出声音来。

丹红见她眼神中带着愤怒，电光石火间，心念一转，颤声问道："莫非是这耳环的主人害死了三夫人？"

小素娘轻轻点头，然后松了口气，整个人便像是松弛了一般，头一歪，彻底睡了过去。

丹红脸色骤变，忙上前试探她鼻息，触手间一片冰凉。

小素娘，死了。

门外响起了沉重的脚步声，她想了想，仍旧将木头匣子整理好放在原处，那蓝宝石耳坠却藏得妥当，她探出身子迎了出去，看到寿安和小素在前头引路，身后跟了个相貌妖冶美丽的女子，便忙说道："黄衣姑娘，快请过来看看，小素娘好像没有了鼻息。"

小素和寿安听了，跌跌撞撞地进来扑倒在娘亲身上，立刻号哭了起来。

黄衣见了，眉头便紧紧皱了起来："你们大半夜的将人叫了来，便是想要让我看你们大哭大叫的吗？让开，我看看。"

她让人退开一些，将手搭在了小素娘的脉搏之上，脸色也不太好看，过了一会儿，她撇开嘴说道："这人心肝脾肺肾都衰竭得差不多了，能够活到今日，已经是个奇迹，你们姐弟两个也算很对得起她了。不要哭了，她这样的身子，与其每日里痛得死去活来，倒还真不如就这样去了舒坦。"

黄衣将话说完，打了个哈欠："没事了，我就回去再睡一会儿。"

小素和寿安此时都专注在丧母这件事上，哪里还有人管黄衣怎样？可是丹红却从她话里听出了几分不一样的味道来。

她上前两步，跟在黄衣身后，低声问道："黄衣姑娘您说，小素娘她心肝脾肺肾都衰竭得差不多，请问这是什么意思？"

寒风骤起的冰冷夜里，黄衣却只着一身简单的轻衣，连个斗篷都不曾穿，可她似乎一点都不怕冷，神清气爽地说道："就是她五脏都坏了的意思，具体什么原因我不太清楚，但若不是遇到了什么极其伤心之事，就是中了别人的毒手，大抵逃不脱这两种，否则以小素娘亲的年纪，原不该如此的。"

她把话说完，也不再与丹红多啰唆，便转身进了客院。

丹红却将手抚在蓝色宝石耳坠处，久久不语。

小素住的地方离主屋并不算远，这哭喊声震天，明萱也发觉了不对劲，她悄然地起

身，外头立刻便有小丫头过来回禀："是小素娘没了。"

明萱一怔，回头将裴静宸的被子掖好，低声交代了几句，便披了个大毛斗篷出了屋子。虽然按规矩说，奴婢死了，当主人的原不必出现，可是小素娘有些不同，从前三夫人身边的梳头娘子，也算是信得过的人，三房的那些旧人死的死，卖的卖，也没有剩下几个了，她亲自过去送小素娘，代表的不仅是对小素的看重，亦是对亡故的陆氏的尊重。

罗叔他们都是有经验的老人，小素娘的葬仪也都是早就准备好了的，所以这会儿忙起来一点都不慌乱，庄子上的人朝夕相处，早就成了一家，所以大伙儿有条不紊分工着。小素娘不过只是一个下等奴婢，是不能停灵在主家的，庄上几个娘子给她净了身子，换过寿衣，便送进了楠木棺材，等天亮便拉着去到了不远处的一个义庄上停灵。

折腾了大半夜，好不容易安静下来，明萱刚想松一口气。

丹红便从怀中取出那个蓝宝石的吊坠递了过去，将小素娘临死之前的种种都说了一遍，她皱着眉头说道："这耳坠，我总觉得在哪里见过差不多的，很有些眼熟。"

第 47 章　嫌疑·活头·惜命

羊脂白玉镶嵌蓝宝石的耳坠，明萱不曾见过，可她也觉得丹红手里头拿着那东西有些眼熟，想了半刻她惊诧说道："去岁祖母过寿时，我好似看到大嫂子戴过一个差不多样式的头钗，也是上品羊脂玉的底，也一般点缀了这样大颗的蓝色宝石。"

她话音刚落，丹红急忙点头说道："是是，我正要说从前看到过世子夫人戴过呢。"

永宁侯世子顾元昊的夫人蔡氏是东郡太守蔡子希的女儿，她父亲身上没有爵位，东郡太守的品秩也并不怎么高，祖父只是个荫封的散爵，曾祖父也不过是个三等伯，论门第确然有些不大登对，可她母亲却是先帝御封的淮安县主，也算是周朝皇室的血脉。

蔡氏素有贤名，性子又十分稳重能干，因此永宁侯老夫人朱氏才定下了她做顾家的宗妇，嫁进来已有九年，生了两子一女，长男世勤今年七岁，次女和嘉五岁，最小的儿子世谨才三岁，如今腹中尚还怀了一胎。

四年前三夫人陆氏是心力交瘁伤心过度而误了性命的，当时蔡氏正怀着顾世谨，又怎么会和这件事牵扯上联系？她是顾家的宗妇，现在的世子夫人，未来的永宁侯夫人，从嫁进来起便注定要做当家主母的，明萱想不明白她有任何一点要害陆夫人的理由。

她思来想去，更加不解，想了想问道："你在顾家多年，可曾听说过世子夫人娘家的事？”

丹红摇了摇头：“只知道世子夫人的母亲是淮安县主，虽然是皇室的旁支，可也称得上是皇亲国戚，若是淮安县主更得宠一些，或者东郡太守在任上有所建树，世子夫人也能封个翁主当当的。”

她绞尽脑汁：“其他的，便只听说蔡家和禄国公罗家是世交，这才能搭上这门亲的，再没有其他什么了。”

明萱眉头轻皱，将这个形单影只的耳坠摊开放在掌心，望了好一会儿才道：“你先替我收起来，这件事暂时不要声张，咱们先想法子将这耳坠的主人查清楚了再说，四年咱们都等了，再多等上一些时候又有什么关系。”

她没有想到时隔那么多年，从前三房陆氏的案子，牵扯出来的第一个有关联的人，竟然是永宁侯府顾家的世子夫人蔡氏。她和这位大嫂的交情并不深厚，但短短几次接触，印象却还不错。

蔡氏端庄宽厚，为人宽和，处事却十分谨慎精明，比起大伯母罗氏来更有几分大家主母的风范，她事事处处都做得周到。这样的人，倘若没有什么非要不可的理由，手上是不会轻易沾血的。

明萱百思不得其解，此时又觉得身子万分疲倦无力，便只好将这问题丢了开去，她扶着脑袋轻柔地按摩着太阳穴，一边轻轻摇了摇头：“咱们原该昨日就回镇国公府的，迟了一日，不知道又要闹出多少是非来，看来是拖不得了，可小素娘刚走……罢了，你稍会儿多取些银子留给小素，让她姐弟将她娘的丧事办得体面一些。”

丹红急忙说好，语气里带着几分惋惜和惆怅：“方才小素娘一咽气，我便先给了罗叔十两银子让他帮着操办，等下咱们走时，我再多留一封银子到账上，只说是您给小素姐弟两个留着防身的钱，您看如何？”

明萱点头：“也罢，这些事你看着办吧。”

她抬头看了看天色，东方的天际亮出一抹鱼肚白：“得有卯时了吧，我得进去看看你们大爷去。”

丹红忽然想到黄衣姑娘方才所说的话，张了张口想要回禀，可迟疑了一会儿，见明萱的身影渐渐走得远了，她便只好将想要说的话咽了回去。

明萱回到内屋的时候，裴静宸已经起身，他靠在床梁上，双手正扶着床沿竭力想要将身子撑起，似是在尝试重新开始走路。

见到明萱进来，他睁着眼睛问道：“我听到外头又哭又闹的，是出了什么事？”

明萱低声叹了口气：“小素的娘刚才没了。”

有人死了，总归不是一个令人觉得欢喜的话题，她没有继续说下去。

裴静宸自然也不会追问，他望了明萱一眼，俊逸而美好的脸庞上忽然绽放出明媚笑

容："我刚才试了下，虽然腿脚还没有力气，但是借着力，这双腿却可以走动了呢！来，我走给你看。"

他摸索着靠近明萱，将双手放在她肩膀上，紧紧搂住她脖颈，然后将头埋在她肩窝，低着头沉声说道："你向后退两步，步子不要太大，我试试看能不能跟着你的脚步一起走。"

明萱神情认真而紧张，双手不由自主紧紧箍住他身躯，然后轻轻地移动着步伐，心情忐忑而满怀着希望地往后试探，她紧张地看着他先出右脚，然后停顿，然后接着出了左脚，终于无比艰难，却又无比沉稳地迈出了第一步。

倘若这会儿不是因为裴静宸的身子仍然有一些力量倚靠在她身上，她一定会喜极而泣，好好地哭一个痛快的，这数个月来，虽然她从来都没有因为裴静宸的腿说过一个不字，可心里背负的压力却十分沉重。

她不会嫌弃自己有一个残缺的丈夫，可是很害怕失去了双腿的丈夫会因此而自暴自弃，哪怕他表现得如此乐观，可她心底总是隐隐地害怕，这乐观不过只是表象，他为了不让自己担心，而将所有的委屈和苦闷，痛苦和不甘，通通都隐忍在了心里。

这一刻，所有在过去的数月时间里她背负着的担忧和思虑，似乎一下子都放下了，她很想哭，但是意识到她的丈夫仍然在努力时，她强自按捺住眼角鼻尖喉间胸口的那股强烈酸涩热意，无比坚强而坚定地扶住裴静宸的腰身，用更适合他的节奏，慢慢地向后倒退着。

短短的十小步，却好像一生那样恒久悠长。

裴静宸已经将明萱抵在白墙之上，他抬起头来，兴奋的眸子含着浓烈的情意："阿萱，这不是错觉，我真的可以走动了，终于，我又能走动了。假若我每日练习，再过几日，我就能又跟从前一样了，对不对？"

他抱着明萱的脖子，像个快乐的孩子般："阿萱，我好欢喜，我好欢喜！"

明萱长长地松了口气，柔白的手却攀上了他的后背轻轻拍着："嗯，我也好欢喜。"

她顿了顿，语气忽然又严厉起来，她将他的脑袋从她脖颈处推开，认真地望向他，以严肃的口吻说道："可是师太说要你休息几日之后，再开始慢慢地练习，你是昨儿早上才将余毒全部清除的，这才隔了一日，欲速则不达，万一出了什么问题，该怎么办？"

裴静宸怔怔地盯着发飙起来的明萱望了许久，忽然咯咯地笑出声来，他的唇印在她的额头眼角，"阿萱，我是太高兴了，以后我都听你的，你说让我躺着我就躺着，你说要我练习我就练习。"

他的目光如水，越发温柔起来，看得明萱整个人都像要融化了一般。

暧昧气氛下，明萱的脸一下红了，她避开那灼人的目光，低声说道："我让丹红和长庚去套马车了，这里的东西还留着，若是过完了年，在那府里住得不舒心，咱们再搬过来住也成。”

她顿了顿：“不过，咱们是要回镇国公府去过年了，我哥哥带来的那位黄衣姑娘却该怎么安排才好？若是留她一个人在这，我有些害怕。不论是她惹出了事端，还是谁惹到了她，都不是一句两句话可以说得清楚的，我也不想让我哥哥担心……”

适逢年节，盛京城中的公侯府邸总是最繁忙的，顾元景如今是皇上身边的红人，眼看着皇上对他荣宠不断，是极有可能替代韩修成为炙手可热的权臣的，不仅是朝中事务繁忙，这些君君臣臣之间的宴请也必然不断，再有便是永宁侯府里的事，他哪里能抽出时间来顾及黄衣姑娘。

裴静宸目光微沉，半晌抬起头来：“若是黄衣姑娘肯，倒是可以请她去镇国公府一趟。”

明萱微愣，随即明白过来，她抿着嘴笑道：“黄衣姑娘若是愿意同我们一道回镇国公府，这年节可一定会过得热闹之极。”

南疆湿热，最容易滋生毒虫毒草，苗人又多以茂林为居，自出生起就要跟各式各样的毒物打交道的，黄衣姑娘这样的毒祖宗去了镇国公府，那些只会在暗处下毒的人恐怕是要藏不住了吧？天生与毒物为伴的人对这些东西分外敏感，也许这回……在黄衣的帮助下，能够找到些其他的线索也不一定。

黄衣性子虽然傲娇，为人却也爽利，经过这两天来的沉思，她约莫也有些清楚了自己的现状，顾元景短期之内恐怕是抽不出空来看她的，一个人在这寂寞清冷的庄上过年与她偷偷来盛京的初衷实在太过背离，与其如此，倒还不如跟着明萱入城，也总能比待在这里多一分见顾元景的机会。

所以她十分爽快地同意了下来，还主动答应明萱会尽量低调克制。

南郊与镇国公府隔着好几十里，又要通过两道城门，等明萱一行人回到裴家时已近晌午，东西还未曾来得及从车上搬下，便有平莎堂的嬷嬷过来传话：“今儿府里设了家宴，安显侯和咱们姑奶奶带着几位表少爷表小姐都过来了，这会儿都在长寿堂的花厅聚着，就缺大爷和大奶奶了。”

那婆子语气中颇有些不耐烦，又隐隐带着些幸灾乐祸的得意，只是一双眼却不停地在一身大族小姐装扮的黄衣身上打转，似乎是在揣测黄衣的身份。

明萱挑了挑眉，眼底一片厌恶：“知道了，我和大爷会马上过去的。”

她冲着严嬷嬷使了个眼色，严嬷嬷便立刻引了那婆子出去了。

明萱拉着黄衣的手臂进了屋，带着几分抱歉口吻对她说道：“这里虽然是一等国公府，不过人口众多，都没有什么空余的院落，只能委屈你跟我们一块住静宜院。”

她顿了顿，指了指西南角月牙门后的影壁：“西南角上那座石壁后头有一间单独的屋子，离后院正堂隔得远，从前充作库房放些箱笼物什，后来我让人收拾了一下，勉强还能用的，你还是未出阁的女子，住那里也不容易惹人闲话。再有，西南边上另开有一扇角门，若是你要进出也不需要经过主院，虽然仍旧是在静宜院中，可其实也算得是分开的。”

周朝最重女子名声，虽然黄衣是苗家女，并不以中原的规矩作规矩，但明萱却不得不为了黄衣的声誉考量，那是对她哥哥有救命之恩的人，总不能因为她的私心带着回了趟镇国公府就坏了人家名声，这样对谁都不是好事。

黄衣虽然是天真烂漫的性子，但这些日子以来所碰的钉子让她多少也对中原对女子的严苛有所了解，这会儿看明萱虽然啰唆了点，但事事处处都替她着想，并不似她想象中的中原贵族女子那般端着身份架子高不可攀，便觉得亲近起来。

她咧开嘴笑着说道：“你让我住哪，我就住哪，我们苗家女子才不会像你们中原女人一样娇气呢，哪里都住得的。”

想了想，她又凑过身子小声试探道：“你特地跟我说西南角上开了个门，是不是说若是我实在闷得慌，也能够在这府里逛逛？”

明萱不愿意瞒着她，便简略将裴静宸中毒的经过说了一遍：“其实我请黄衣姑娘过来住，也有我自己的私心，我想请你这几日在园子里随便逛逛，看看有没有什么发现，我丈夫的祖父也好似中了人暗算，若是可以，还想请你帮着诊治一番。”

她接着说道：“当然，你远来是客，若是不肯，我也绝对不会勉强的。”

黄衣笑声爽朗，脸上一副跃跃欲试的表情：“谁说我不肯的？这么好玩的事我怎么会不肯？正愁着在这里无趣呢。”

说着，她脸上的表情又骤然低落下来：“景哥哥不来找我，我也不好意思找他给他带去麻烦，若是什么好玩的事情都没有，我该要无聊死了。”

性子简单的人，说话行事总是情绪特别分明，让人一眼就能看得见她心中想法，黄衣的天真也令明萱对她那些“乖乖宝贝”的戒心略降低了一些，她心中想着这样恩怨分明的女子，只要真诚以待，她定也不会相负。

既然将话已经说开，明萱也便不与黄衣客气，她笑着邀请黄衣与她夫妇二人一道去花厅用午膳。

这倒令黄衣有些惊讶，她疑惑地问道：“我看景哥哥的意思，好像我是不能显露于人前的身份，你带我过来我很感激，你刚才的提议我也很乐意觉得很有趣，但是我不想给你带来不必要的麻烦。这午宴，我觉得还是不去的好……”

但明萱却笑着说道：“我和夫君在这府里的处境有些复杂，最近一段时间恐怕会很麻烦，所以也不怕会有更多的麻烦，便算不带着你去花厅，也一定会有人要为难我们的，与其如此，倒还不如趁此机会将你介绍给大家，不然你以后要怎么在裴家的园子中到处逛呢？”

她眼神微动，嘴角漾出笑容来：“再说，带你去，也许还能帮到我呢！”

午初刚过一刻，花厅里按着席分次坐了四桌，菜都已经上齐，正是觥筹交错时，因此裴静宸夫妇进去的时候，里面吃喝正酣的人们并没有怎么注意，喧哗一片中，世子夫人杨氏尖刻的嗓音响起，众人停下手中杯盏，这才注意到了来人。

杨氏站起身来，从座位上迎了出来：“宸哥儿，宸哥儿媳妇，我昨儿便派了桂嬷嬷去你们南郊的庄子上传话说，今儿姑老爷姑太太一家要过来，让你们早些回来，今儿这盼星星盼月亮都没有将人盼到，我便让人先开了席，来，快入座吧。”

这话阴阳怪气，字字句句都透着嘲讽和挑拨。

安显侯夫人的脸色顿时便有些不好，只是裴相都没有发话，她便也只能忍住了不去怪责，只是淡淡地说了句：“一家团圆，能回来便好，快入席吧，天气冷，免得菜凉了不好吃。”

说的都是场面话，但只要熟悉安显侯夫人的人，便都明白她有些不快。

明萱与裴静宸对视一眼，发现彼此眼中都有无奈的神色，杨氏这样尽心尽力地要对他们使绊子，因为早有准备，所以根本就不能撼动他们分毫。

她一边端着无可挑剔的微笑，一边望见从前家宴时常坐的位子现下已经被一个眼生的少妇占了，猜想那位应该是安显侯府某位得宠的少奶奶，也许还是世子夫人，再看到那桌人已经坐满了，倒是小姐们那桌尚还留了两个位子，她倒也没有恼，只是笑眯眯地拉着黄衣走了过去。

桂嬷嬷拦住她：“大奶奶，这位是？”

杨氏这才发现明萱还带了一个长相美艳的女子进来，她像是发现了什么新大陆一般，十分感兴趣地说道：“这位难不成便是宸哥儿外头带回来的那位？”

这话说得暧昧，屋子里一下子便有好几道目光投射到黄衣身上。

明萱皱了皱眉：“倒是我的不是，没有及时跟世子夫人回禀，这位黄小姐是家母好友的女儿，因她懂些医术，恰好近日正在盛京，所以我便请了她来府里治病。”

她话尚未说完，便被安显侯夫人打断：“胡闹！”

杨氏不怀好意地说道：“这盛京城多少名医，难道都不如个小丫头医术高明吗？再说，男女授受不亲，看这位黄小姐的打扮，尚还是个云英未嫁的少女吧，这治腿疾难免要有肌肤之亲的。宸哥儿媳妇，宸哥儿毁了人家小姐的名节，若是不给个说法，难道就不怕别人说我们镇国公府裴家没有担当吗？”

她见裴静宸和明萱面色古怪，便更肯定自己的猜测，刚想要得意地继续说下去，忽然听到那位黄小姐咯咯笑了起来：“果然心若是龌龊了，看什么东西都是龌龊的，相由心生，这话诚不我欺。”

黄衣才不管杨氏面上的恼怒，她径直走到裴相面前认认真真地看了两眼，然后朗声

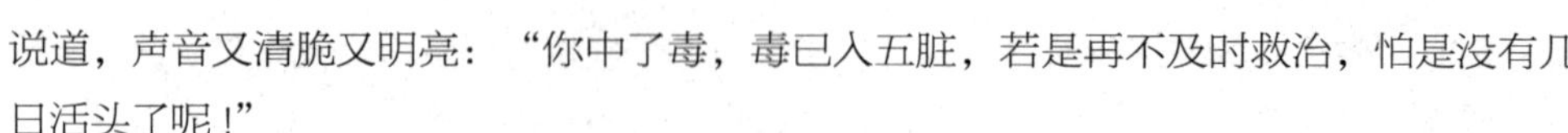

说道，声音又清脆又明亮：“你中了毒，毒已入五脏，若是再不及时救治，怕是没有几日活头了呢！”

黄衣的声音清脆，犹如黄鹂出谷动听极了，但这娇糯的声音却有如雷霆万钧，重重打在了花厅内众人的心上，一时间方才还吵吵嚷嚷的屋子噤若寒蝉，安静得连根针掉在地上的声音都能够听得清楚分明。

若说安显侯夫人方才只是有些不快，这时却已经是震怒了，她厉声呵斥：“宸哥儿媳妇，你带来的人究竟在胡说些什么？这是什么地方岂容你们放肆？”

她是裴相的继室梁氏所出，先头原有个庶出的姐姐，但对方命不久长，都没有活过及笄便就没了，裴相男嗣旺盛，女儿却独有这一个，因此她也算是捧在手掌心上长大的，娘家的兄弟都对她颇为忍让，安显侯又是脾气和顺的，她这个当家主母说一不二，前些年她也做了婆婆，这脾气性子便越发大了。

明萱轻轻福了福身，脸上表情也十分惊诧，她上前拉着黄衣的手臂，认真而焦切地问道：“祖父中了毒，你说的可是真的？”

黄衣轻蔑地朝着安显侯夫人撇了撇嘴：“中没中毒，请个大夫来一瞧便知，原本想看在你的分上替这位老人家治一治的，可这屋子的人一个两个的都那么讨厌，萱姐儿，我不想在这里久留。”

她四下张望，目光在花厅中到处摆放的盆景之上流连许久，忽地扑哧一声笑了起来，她拉住明萱的手，既有些可怜又有些嘲讽地说道：“萱姐儿，这里不好，你也不要在这里多站，咱们走！”

杨氏向桂嬷嬷眼神示意，桂嬷嬷立刻挡在了明萱和黄衣身前。

桂嬷嬷狗仗人势，态度便有些嚣张：“今日国公府家宴，好不容易有机会一家团聚，大爷和大奶奶一定不会败了兴致的，还请两位先入座。至于闲杂人等……”

她斜眼瞥了黄衣一眼：“既然是大奶奶的客人，奴婢定然会吩咐下去让丫头们招呼周到的。”

整个盛京城，没有一门姓黄的勋贵。

这位黄小姐举止粗鲁，没有一分规矩，想来也不会是什么名门贵女，说是从临南来的，可临南也没有听说过哪位显赫的大人姓黄的，想必是寒门小吏家的女儿，俗话说宰相的门房七品官，她桂嬷嬷可是永宁侯世子夫人最贴心的掌事嬷嬷，皇后娘娘小时候还曾喝过她的奶，莫说名不见经传的寒门女，便是伯府侯府的小姐，哪个见了她不是要给三分脸面的。

既然世子夫人给了示意，她也就不必要给大奶奶留什么面子，直接上前扯住黄衣的衣裳，像是要打架一般押了人就走。

裴静宸嘴角浮起森冷笑意，他抬起头来对着杨氏问道：“黄小姐是我和顾氏请了来替祖父治病的，夫人不顾及我夫妇的脸面要将客人赶了走一点也不奇怪，可难道连祖父的性命都不放在心上了吗？”

他声音冰冷，不带一丝温度：“我只问一句，若是祖父有个闪失，世子夫人您担不担得起这个罪责，您若是能一力揽下，那我和顾氏便撒开手去，什么都不再管了，这家宴没法吃，我夫妇陪着黄小姐到外头下馆子去也行。”

杨氏冷哼一声，挑了挑眉头说道：“这大好的日子，我以为就那些不知道从哪里蹦出来的人不懂事，原来咱们家大爷也是这样。相爷好端端地坐在这，你看他像是中了毒的模样吗？没事大过年的，大爷何苦要诅咒自己的祖父，那可是要遭天打雷劈的！”

她脸上闪过一丝狠戾：“长寿堂的花厅庙小，容不下大爷和大奶奶两尊大佛，我这个当家夫人的脸面挂不住事小，委屈了两位我可承受不起，既然如此，这家宴两位不吃也罢，反正少了您两位也不值当什么事。桂嬷嬷，将人放了，送客！”

正在这时，裴相手中的瓷碗重重放下，他抬起头来，在裴静宸和明萱的身上扫过，目光如老鹰，最后定格在了黄衣身上。

他沉声说道：“我吃完了，宸哥儿跟你媳妇进来，黄小姐是吗？也请你过来一趟。”

裴相在长随的簇拥下离开花厅，黄衣对着杨氏吐了吐舌头，便也跟在裴静宸和明萱身后扬长而去。

他们一走，这花厅却像是炸了锅一般，吵嚷起来。

二夫人庞氏皱着眉头对杨氏说道：“不论那黄小姐到底是什么人，她总是宸哥儿和他媳妇带过来的，都是一家人，便是有再大的矛盾，也不该当着外人的面这样行事，岂不是让人看咱们家的笑话？大嫂子刚才做得太过了一些。”

安显侯夫人显然不同意这说辞，她厉声说道：“二嫂这样说，是要咱们当儿女的容忍一个来历不明的小丫头对着父亲大人诅咒他活不成吗？你可别忘记了，宸哥儿媳妇姓顾，顾家和咱们家是有心结的，谁知道那姓黄的丫头是不是宸哥儿媳妇故意找了来的？”

她语气激烈，神情间很有些颐指气使：“若是父亲当真有了三长两短，二嫂你可担待得起？”

庞氏刚想反驳，却被二老爷拦住了。

二老爷裴孝庆皮笑肉不笑地说道：“大妹妹别动气，你二嫂子向来实诚，行事说话没有大妹妹想得周全，这都是我的不是。不过父亲既然叫了那位黄小姐进去，想来这其中尚还有些咱们都不知道的隐情，否则依着父亲的性情，可没有那么好糊弄的，大妹妹你说可是？”

他顿了顿，接着说道：“咱们做儿女的，对父亲的身子最该关心，宁可信其有不可信其无，哪怕是旁人妖言惑众，那也得请个有经验的大夫来瞧上一瞧，这才安心，不是

吗？来人，火速去孙太医府上请他过来，就说是我有请。”

安显侯夫人脸色一阵青一阵白，却被呛得一句话都说不出来。

三房卞氏连忙说道：“我看二哥说得有道理，父亲的身子重要，倘若真的如那个小丫头所言，这便是了不得的大事了，咱们原该都跟着过去看看的，只是父亲的脾气恐怕不愿意咱们多事，这样，不若请大哥过去问问情况？”

她转脸对着仍在咀嚼食物的裴孝安，讨好地说道：“大哥，您是长子，父亲平素最器重的便是您，不然您就代表家里的兄弟过去看看父亲到底如何了，可好？”

镇国公世子裴孝安轻轻放下手中的碗，施施然地起了身，他没有回答卞氏一个字，就好像从来都没有听到卞氏对他说话一般，举起袖口擦拭了唇角，便甩了甩衣袖大步向外头走了出去。

杨氏虽然得意卞氏碰了个壁，可世子这样的态度却令她觉得脸面上挂不住，她急忙叫住他：“你这是去哪里？”

裴孝安眼皮微动，扯了扯嘴角，笑着说道：“花影怀了身子，月蝶吵着也要，我给父亲多添些孙子去，多子多福，他老人家心情愉快，比吃什么补药都强。”

话音刚落，他便疾步离开，背影都没有在杨氏面前多留。

杨氏气得不轻，却也只能抖脚而已。

过不多时，二老爷打发出去的小厮就返回来了：“相爷知道二老爷您要替他请孙太医瞧病，派了身边的石师父将我给拦了回来，相爷说他昨日才与孙太医见过的，让几位老爷莫要劳师动众。若是大家都吃完了，便就散了吧，相爷请侯爷和姑太太并几位表少爷表小姐都早些回府，天气冷，莫要着凉。”

二老爷见众人都散了，也拉着妻子儿女回了雪松院。

庞氏将门关得紧紧的，压低着声音问道：“老爷，您看父亲是不是真如那丫头所说，是中了毒？原来我还不觉得什么，可这么一听，我却想起一件事来。”

她凑到二老爷耳边说道：“前天我去魏姨娘那，看到了父亲一件素日常穿的袍子，这倒没有什么，父亲时常都要去魏姨娘那的，可你知道我瞧见了什么？那袍子领上沾了血，而且还是黑色的！”

与此同时，裴相所居的荣安堂内，他沉着声音问道：“黄小姐，你既然看穿我这毒已经进了五脏六腑不过几日活头，那么也一定有法子能够先将这毒压制住吧？我年岁大了，本不该如此惜命，但这毒来势汹汹，我尚还有未曾交代完的事，此时，还不能死。”

这声音苍老低沉，带着浓浓的低落，很有些壮士暮年的凄凉。

裴相生于富贵膏粱，长在荣华锦绣之间，一生顺遂。四十不到就已经位极人臣，成为这周朝万里河山一人之下万万人之上的权臣，年轻时戎马疆场平定过番乱，也曾翻手为云覆手为雨不动声色地扶持最没有胜算的皇子上位，这本该是何等恣意自得的一个人。

可面对死亡时，却仍旧显得那样仓皇无措。

黄衣不多言语，用红绳替他诊脉，眉头渐渐拧成了死结，良久才噘着嘴说道："你中的毒来势凶猛，已经侵入五脏六腑，若是你年轻力壮，倒可以试试让我的血蛭引出毒血，可你年纪都那么大了，再剜去心头血，便是勉强去了毒，也要丢掉老命。"

她摇了摇头，目光坦率而直接："我技艺微末，救不了你。"

明萱不由自主转脸望向裴静宸，糊了厚重布帘的窗棂沉重，透进来微弱的光亮照在他秀绝的脸上，他双目微垂，长而卷翘的睫毛似一挂珠帘紧紧遮盖，不让他眼底的情绪透露，令人猜不到他心中所想。

然而，他处心积虑地请了黄衣到镇国公府，心中便是顾念了这份略显微薄的亲情，如今知晓了裴相果真命不久矣，且药石罔医，就算未必伤心，但失落难过总是有几分的。

她将手轻轻放在他肩膀上，目光却望向了黄衣："难道一点办法都没有吗？"

黄衣摇头："已经到了这样的地步，救不救都没有意义了。"

她似是想到了什么，忽然又转头望向裴相："你说尚还有事没有交代清楚？不知道一个月的时间够不够？我倒是有个法子可以替你将毒暂时压制，不过，强弩之末，也顶多就能再拖个一月罢了。"

裴相目光一动，沉声说道："好，一月的时间，足够了。"

他长长呼了口气："从即刻起，黄小姐便是我裴固的贵客，不论你有什么需要都尽管说，裴家当竭尽所能，若有人胆敢冒犯你，我必严惩不贷。"

生老病死，黄衣看得多了，她也不觉得这有什么好悲伤的，所以脸上的笑容明媚而灿烂："好啊。"

她从怀中取出木匣，挑出一个赤红色的小虫子，放到身旁几上的空杯盏中，用小刀轻轻划开自己的手指，滴血入盅，直到鲜红欲滴的红色整个地包裹住小虫，这才将手指举起放入嘴中吮吸着说道："倒入不烫不凉的烈酒三钱，和着喝进去，当作药引。"

裴相微微一怔，随即便让随从依言照做举起杯子毫无戒备地一口喝了下去，这东西味道显然不是很好，令他的眉头不由自主地皱了起来。

黄衣笑呵呵地鼓起掌来：“你信我，这很好。”

裴相苦笑一声：“用人不疑，疑人不用，我既然请黄小姐替我治毒，便已经将身家性命交给你了，又有什么好不信你的？再说，你们苗家做事，向来稀奇古怪，和常人不太一样，说来，我也曾领教过的。”

黄衣眯眼笑着说道：“你还挺有眼光，你放心，你刚才喝下去的红色小虫名叫幼红蝎，它虽然是天下至毒，可和你身上的比起来，却远没有那样霸道，它会慢慢顺着你的血脉进入心肺，与你原先的毒相克纠缠，直到你五脏衰竭为止。而接下来，咱们要做的，就是想法子增加小红的元气，好让它有力气和恶毒纠缠得久一点。”

她将药方说了，令随从记下，然后说道：“每日早晚各煎服一次，每次一小盅，一顿都不能间断，但也不能多喝，过犹不及，若是让红蝎的毒盖过了原本的，那也要出大事的。”

裴相语气真诚地谢了她：“成全之德，没齿难忘，若是黄小姐有什么想要达成的心愿，又是裴某人能力所及，还请不要客气，我一定会想法子竭力成全的。”

黄衣想了想说道：“暂时还没有什么特别想要的，不过你放心，我一定会在你活着的时候想到的，你身子虚弱，不宜多费神，等喝过药就歇下吧。这几日我劝你最好乖乖待在家里，外头天冷，你可绝不能再感染风寒恶化病情了。”

她皱着眉头说道：“还有，你去叫人把刚才那个花厅里的盆景都除了吧。”

明萱惊道：“怎么，那些盆景有问题？”

黄衣沉着脸点了点头：“那些盆栽乍看倒是没有问题，可是萱姐儿你有没有发现几乎每一盆盆景的底端都长着一些褐绿色的青苔？那些不是普通的青苔，它散发一股草香味，很淡，若是不注意是不会发觉的，那味道对身子强壮的人并没有明显的害处，可若本来就身体不好，那味道便能让人变本加厉。”

她嘴角微撇：“现在是冬日，你们家又富贵，生的炭火将屋子里热得暖烘烘的，可殊不知，这样便催发这味道散入每一个人的口鼻。”

像是非常不解，黄衣嘀咕着：“这定是一个十分懂得毒性的人所为，而且那个人就在你们家中。”

裴相没有接黄衣的话。

他的目光微沉，深邃得犹如寒夜中的星星，而心中却如同坠入冰窖。

上月发觉自己的身体不对劲时，他原还以为不过只是一时感染风寒。年过六十，本来就已经到了花甲之龄，哪怕曾经亦是纵横沙场的一名勇士，可廉颇老矣，不能不服从天命，他心中难免也有些感慨万千，却自始至终都没有将身体的不适与中毒联系在一起。

可寻常风寒，不过数日便能够退去的，但他这身子骨却是一日比一日更加虚弱，若不是身旁尚还有孙太医这样的国手用针灸之法吊着，这会儿他定早已经倒下。

可术业有专攻，孙太医虽然是国手，对这些邪门歪道的毒却并非十分擅长，他解不了这样阴狠的毒，甚至连这东西的来历都说不大清楚，不是没有想过要去白云庵玉真师太那相求，可玉真师太和裴相之间的误会实在太深太深了，那到底是皇室的长辈，若是她不愿意做的事，哪怕权柄显赫如同裴相，也不能对她有所要求。

裴相倒并不怕死，在疆场上抛过头颅洒过热血的人，又已经活到了快要七十岁，对生死其实早就已经看得很开了，可他仍然有放不下的事。

镇国公府家大业大，裴家五子除了老大个个都十分精明厉害，但一个家族的兴盛虽然要仰赖后代子孙的才能，可有时候坏却也坏在这点上。裴家从前在朝事上插手太深，他如今想到要抽身离开以保全长久的荣华，可到底有些晚了，他的几个儿子处于朝政的中枢，个个都身居高位，手中掌握着数不尽的权力。

他胸有鸿鹄，早就已经勾勒好了一套急流勇退化整为零的法子，好让裴家安然退出政治的旋涡中心，可这是一件大工程，并不是三五日间就能做好的事，如今他也不过才刚开了个头，尚还有许多事没有安排妥当，若是此时他骤然死了，皇上和政敌们不再有所忌讳，他几个儿子心不齐，裴家则必然会有一场祸劫。

他不怕死，但是他不能现在死。

外忧未除，尚还有家贼难防，那人以这样凌厉的毒对他痛下杀手，可见已经到了绝对再也容不下他的地步了，骨肉之情在那人眼中是什么？他不敢多想。而他更不敢想象的是，等到他死后，那人无所顾忌，到时候的裴家又会是怎样一幅景象。他不敢想，那是他无法承受的事。

裴相想及此，脸上的表情越发沉重哀痛，他无力地挥了挥手：“我有些倦乏了，便不留你们多待，宸哥儿媳妇，替我好生招待黄小姐。”

偌大的荣安堂在寒冷的冬季显得格外冷清，火炉中燃烧的炭火带来的热气也无法驱走心中的严冰，裴相抚着胸口来回踱步，终于脸上露出坚毅果决，他大踏步走到书案前，抽出狼毫蘸墨落笔，雪白的宣纸上刻下无情的一个杀字。

握着笔的手因为颤抖，而令黑色的墨汁凌乱地洒在纸上，让这个冷酷的杀字显得万般诡异，他长长地叹了口气，将纸卷成一团然后装入竹罐，封上了火漆，他扬了扬手，对着身旁忠心耿耿的长随说道：“将这个交给石增。”

望着长随离去的背影，裴相颓然跌落在太师椅上，他容色黯淡无光，像是一瞬间就老了十岁一般，浑身上下写着凄凉的挽歌。

这世间最大的残忍，莫过于骨肉相残，从前正是因为他的不忍，才会有这么多悲剧的发生，如今他须臾将死，所有的恩怨都该随着他灰飞烟灭，这一切罪孽，他一力承担，

哪怕坠入十八层地狱经受烈火烹油之苦，也不会再留着那人让家族门楣蒙憾了！

那日之后，裴相称病不出，却格外交代了世子夫人要将黄衣待若上宾。此举等同于默认了自己中毒，一时间人心惶惶。

裴相闭门不出，只是偶尔会分别叫上儿子过去说话，出来之后，几房的老爷也都只知道自己的这一部分内容，彼此之间却是绝口不提的，这架势活脱脱地是在交代遗言，搞得那样神秘，却又那样让人心惊胆战。

这年节也因此过得忐忑不安，味同嚼蜡般各种不是滋味。

但他们的忐忑与静宜院却是毫不相干的。

到那日大清早，两驾马车便停在静宜院门口，内室中，明萱替裴静宸披上厚厚的狐狸毛斗篷，将他捂得严严实实，一边又说道："今日大伯父开家宴，家里的姐妹们都要回去，我定是要陪在祖母身边的，到时你可要切记让长庚一步不离地跟着，你的腿才刚好，外头天冷，昨夜又下了场雪，他们若是要踏雪赏梅，你只管在屋子里待着哪里也别去才好。"

她扶着他在轮椅上坐下，特意又拿了条毛毯披在他腿上，笑着说："人多嘴杂，难免会有人说些不好听的话，你不要放在心上，也不要因为要替我撑面子而逞强，你知道我不在意那些的。"

裴静宸点了点头，目光温柔："嗯。"

到了正厅，长庚已经候在那里多时了，他见明萱推着裴静宸出来，便忙接了过去，笑着说道："节礼都已经准备好了，严嬷嬷有些风寒怕过人，便说不去了，素弯几个看守院子，大奶奶这边有丹红跟着，我随身照顾着爷便行，大奶奶看还有什么别的要吩咐的，若是没有，我便推着爷先上轿去？"

明萱想了想问道："黄衣姑娘呢？"

厚重的暖帘掀开，一个清脆的声音响起："萱姐儿，我在这里！"

黄衣穿着一身半新不旧的橘红缎面衣裳，梳着简单的发髻，笑嘻嘻地进了来，她转了转身子对着明萱说道："这衣裳是我问丹红要的，看我穿着也还合适吧？你虽然答应了我今天要带我去顾家，可是我思来想去，若是穿我自个儿的衣裳，到时候你该怎么解释我的身份？倒还不如我跟丹红一起跟着你，我就当你一日的小丫鬟好了。"

她的脸上带着些兴奋，又有几分殷切的期盼："今儿一定能见到景哥哥的对吗？"

明萱心下微涩，只觉得黄衣对顾元景的爱情那样纯粹绵深，眼看着是个可以预料到的悲剧，黄衣心中也定然是有所知觉的，可却仍然那样全身心地投入这份很是无望的感情，一点都不愿意妥协退让，这样的感情哪怕不会有完美的结局，可总是会令人无比感动。

不由自主地，她点了点头说道："嗯，会见到的。"

昨晚下了整夜雪，静宜院中看着还好，没有想到街上的雪却分外的深，马车一路行得有些艰难，但好在仍然赶在巳时之前到了永宁侯府，因为裴静宸腿脚不便，马车便直驱朱老夫人的安泰院，等行过了礼，略坐一会儿，前头永宁侯的小厮便过来请七姑爷过去坐。

等裴静宸一走，朱老夫人便含着泪将明萱搂在怀中，也不顾尚还有其他人在场，抱着她就嘤嘤地啜泣起来："孩子，委屈你了。"

裴静宸原本就不是朱老夫人心中最认可的孙女婿人选，当时又是在那样前有狼后有虎的状况下不得不做的选择，好在孙女婿人品不错，看起来亦是个有本事能够护住妻儿周全的，萱姐儿嫁过去后虽然危机四伏，可总也算夫妻和顺，她便稍稍安了心。

可谁料到这才过了多久，裴静宸便坏了腿。

坏了腿意味着什么，朱老夫人心中最是清楚不过。生活上的不便就不去多说了，寻常的男人好端端地失去了行走的能力，连脾气都要变得暴躁的，这些都还不算，眼看着这腿好不了，连妥妥的爵位都要丢掉了，到时候这日子便越发难过起来。

这门亲事，是她选的，如今萱姐儿过得不好，她总觉得是她的错。

明萱忙用帕子将朱老夫人眼泪擦干："孙女儿一点不委屈，是真的不委屈，祖母您这样可才是大大地折杀了孙女儿呢，快，这大好的日子，难得姐姐妹妹们都在，您不开心，大伙儿心里也都不好受呢。"

管嬷嬷见状，忙上前来扶着朱老夫人，笑着将话题岔开："我刚才出去听二夫人院子里的人说，咱们家的郡王世子妃已经到了柳巷了，再过片刻就能到了，老夫人，您快擦把脸，世子妃难得回来一趟，看着您高兴，她才更高兴呢。"

话音刚落，便有小丫头拿了温热的水过来，管嬷嬷忙拧了毛巾伺候着老夫人用了，这才安静地退到了身后。

不多一会儿，二夫人和四夫人领着十妹明芍结伴来了，嫁去了建安伯府的九妹明芜和四姐明菡也先后到了，又隔了一刻，清平郡王世子妃六姐明荷扶着微微隆起的小腹在几个嬷嬷的簇拥下也到了。大家彼此见过礼，便手拉着手互相问候说笑起来，偌大的安泰院里已经好久没有过这样的热闹了，朱老夫人总算将先前的心事放了下来，将目光对准了明荷。

她有些不赞同地说道："荷姐儿有了身孕怎么没有来信说，这天冷路滑的，那么老远的路，特地过来，若是劳神了怎么行？"

明荷忙笑着说："倒不是特意要瞒着祖母您的，实在是郡王府的讲究，说是怕吓着了孩子，所以怀了身子不到三个月，是不好对外说出去的，前些日子才刚满了三月之期，可孙女儿想着反正也要来亲自拜见祖母的，写信还嫌麻烦，所以这才没有说，您老人家便权当是个惊喜吧。"

她顿了顿："皇上赐宴宗亲，清平郡王府自然也要出席，我上头没了婆母，如今郡

王府又是我当着家，总是要过来的，所以也不算是特地回娘家。世子做事谨慎，也是怕我劳神累着，提前了好几天出发，昨儿就到了盛京城的王府歇息了一晚上，路上没有太赶着，倒也不累。”

话音刚落，门帘轻动，世子夫人蔡氏进了来，她举止端庄地互相见了礼，这才对着朱老夫人说道：“天气冷，孙媳妇想着不如就将宴席摆在安泰院，就不劳大家出门还要经受冷风，祖母，您瞧可成？”

她盈盈而立，仪态万方，发髻上的蓝宝石簪子摇曳生辉。

朱老夫人脸上露出满意的神色来，她向来喜欢蔡氏得体端庄，行事谨慎又没有侯夫人罗氏装得厉害，乃是孙媳妇中最得意的，听了这话便笑着说道：“还是昊哥儿媳妇想得周到，今儿是家宴，左右就只有咱们娘儿几个，怎么舒坦怎么来。”

她想了想，又吩咐道：“再去将上回腌的梅子酒烫一烫取来，今儿高兴，除了荷姐儿，大家都多饮几杯。”

蔡氏带着笑容福了一身，便下去安排。

明萱的目光一直驻留在蔡氏发间那明晃晃的蓝宝石簪子上，直到不见，这才转过脸来笑着对朱老夫人说道：“大嫂子那簪子好漂亮，市面上这么大块的宝石得值不少钱吧？上回我想给我家爷绣一条腰封，因是宝蓝色的底子，便想要用蓝宝石来配，我让人去珍宝斋问了价，成色略好一些的都要上千两银子呢。”

身旁的二夫人简氏笑着说道：“萱姐儿，傻丫头，你要是要买这些珠玉宝石就该到西直巷子的聚宝阁，那儿只做原料，不卖手艺。珍宝斋是个什么地方？便是寻常的料子打上了他家的名号，那售价都得往上翻个四五番，何况蓝宝石向来价高，成色好个头大的就更难得了。”

她努了努嘴：“不过你大嫂子刚才簪的那支，值钱的可不在那块蓝宝石，那玉托子是极品的羊脂玉，那年我听说聚宝阁得了这么一块，原是想要下定买了它打一对镯子戴着的，谁知道被定国公夫人抢了先，就这么一小块，要价两万两银子。”

简氏的心情看起来不差，先前放的印子钱虽然都让户部衙门给缴收了去，但自从韩修出征之后，皇上却又亲自发话重新放了二老爷的差事，还擢拔他当了个管事，富春侯的小中风虽然没有好转，但却也偶有清醒的时候，前一阵子又趁着没有旁人在偷偷塞了些地契银票给她，略弥补了她的损失。

明萱不解地问道：“定国公夫人买得的羊脂玉怎么倒成了大嫂子簪子的玉托子？”

朱老夫人笑着接过话来：“当年那块玉，我记得定国公夫人得了之后便打了一对簪子，一对耳坠，和一个镯子。你大嫂子和定国公府的世子夫人认了姐妹，定国公夫人膝下唯有世子是嫡出，所以便将那对簪子拿了出来做信物，你大嫂子和定国公世子夫人各有一支。”

她望了眼明萱："你想要蓝宝石怎么不早说，你祖父先前在外头得了一些，我年纪大了，这么鲜亮的东西也没法用，正好今儿你们姐妹都在，过会我让管嬷嬷将匣子拿出来，你们各自都挑两个去玩玩。"

明萱只是要借着这个话头将蔡氏那簪子的来历套出来，倒没有想到祖母会当了真，但这会儿看祖母高兴，也知道她老人家并不在乎手头那些玩意儿，便也没有推辞，只是有些不好意思地说道："那倒要叫祖母破费了。"

她心中却在想，蔡氏头上的簪子的底料和蓝色宝石，都与小素娘给丹红的那个耳坠一样，想来那耳坠的主人便该是定国公夫人了，难道害死自己母亲的人就是定国公夫人了吗？可定国公夫人三年前死了，她该如何去查找真相，得到另外一枚耳坠的下落呢？

倒是有心想要多问一些定国公夫人的事，可这会儿人多嘴杂，并不是问事的时候，明萱便只得按捺住心下的疑惑，静静地坐在一旁。

过不多久，蔡氏指挥着仆妇将几案都摆了起来，一道道美味佳肴络绎不绝轮番而上，青梅酒烫过了之后发出甜蜜的清香，屋子里说说笑笑热闹极了。

明萱假意多喝了几杯酒，午宴一过便扶着头靠在朱老夫人身上撒娇："祖母，我怎么瞧您一下子成了两个？"

朱老夫人笑着刮了刮她的脸，有些疼惜地说道："傻孩子，让你少喝点非不听，我看你是有些醉了，来，让丹红带着你去西暖阁躺一会儿去。"

明萱的面上酡红一片像是桃花盛开般别有韵味，她的双眼带着水润的迷离，看起来格外惹人怜爱，她摇了摇头说道："好久都没有回来了，我想回漱玉阁睡，我哥哥说他令仆妇们每日洒扫，屋子里干干净净的，还和我在时一样，祖母，我还是去漱玉阁歇吧，等会好一些了，我再来叨扰您！"

永宁侯府顾家人口并不繁多，出嫁女儿在室时的院子多也还留着，尚未分家，漱玉阁仍属三房名下，顾元景疼爱妹妹，令看院子的婆子每日洒扫，所有摆设都与从前一般，今儿知道妹子要来，一早就命人在屋子里上了银炭，这些朱老夫人都是知道的。

她笑着点了点头："好好好，你去漱玉阁歇，也免得辜负了你哥哥一片心意。"

明萱扶着脑袋与众人道了辞，便上了软轿，不多一会儿便到了漱玉阁，如今这院子里的人皆唯顾元景的命令是从，许是早得了吩咐，七小姐的软轿一进了门，院子便落了锁，两个粗壮的仆妇守着门，如同铜墙铁壁。

黄衣哆哆嗦嗦从丹红身后钻出来，不断搓着手说道："临南从来没有下过雪，从前我只以为雪景美妙，可却从未想到下雪原来是这样的冷。"

她如今装扮的是明萱的丫头，自然不能与小姐一般同乘软轿，只能跟着丹红在深厚的雪地里头，若不是丹红时刻扶着她，说不定就得摔了好多次，这会儿儿，虽在室内，

温暖的炭火驱散了身上的寒意，可她的小脸通红，双手更是有些发僵，令人看了很有些心疼。

明萱脸上酡红仍在，但是眼中却已经清明一片，她抓过黄衣的手轻轻搓着：“盛京的冬天很冷，我尚且都不习惯，何况你呢，等会我让丹红去屋子里找一件斗篷给你披着，再取个手炉给你，不然若是冻坏了你，我可是要心疼的。”

她顿了顿：“咱们两个去书房待，我已令人去请哥哥，他等会就要过来的。”

黄衣脸上显出既期待又忐忑的神情，她纠结着说道：“景哥哥让我不要找他，他有事自然会来寻我……”

明萱抓着她的手便紧了一些：“其实有些话我一直想要对你说，却又不知道该从何说起，黄衣，我想你心里应该很清楚，你和我哥哥之间若要修成正果，很有些难度。你是临南苗女，我哥哥是盛京贵族，据我所知，周朝建都至今，除了皇室和亲，尚还没有过这样异族通婚的情形。”

她目光中透着深浓的怜悯：“你随着我在镇国公府住了两日，也都看见了吧？一府之内，血脉至亲，尚且是那样尔虞我诈，钩心斗角，甚至要闹到骨肉相残的地步，贵族世家的儿媳妇不好当。暂且不提你的家族未必愿意让你嫁给我哥哥，便只提这一点，就不是心性单纯直率的你，可以承受的。”

黄衣低头不语，橘红色的身影却不知不觉显得寂寥。

明萱叹了口气：“我想，我哥哥一直都不回应你的感情，多半也是因为这样。他一直都是一个有担当负责任的男人，从来不做没有把握的事情，假若他回应了你，可是最后却不能够给你幸福，或者勉强在一起之后，又让你受到委屈，那其实是对你的一种伤害。他不想要伤害你！”

“我知道。”黄衣打断了明萱的话。

她倔强地昂起头来：“萱姐儿，你说这些都是为了我好，我知道，我也知道想要和景哥哥在一起需要付出很多，你所说的困难我都明白，在家的时候阿爹和哥哥就是因为这些才不同意我和景哥哥在一起的。可是我喜欢他啊，就算知道了眼前有那么多的苦难，我还是喜欢他。”

黄衣嘴角绽放出笑容来，她的目光坚定，闪耀着无与伦比的光华：“我和景哥哥之间隔着好大的一道鸿堑，若是贸然跳下去，我和他都不会有什么好结果，所以我只要他站在原地等我，我想办法来到他身边。我喜欢他，就算一脚踏空粉身碎骨，那又怎样？为了我爱的人，就算死了也心甘情愿的。”

她的声音清脆，不知道为什么，却能听见飞蛾扑火般的决心。

门帘轻动，外面响起一道沙哑的嗓音：“傻瓜。”

第 49 章　脉络 · 鸣玉 · 往事

顾元景掀开厚厚的暖帘进来，长庚推着裴静宸跟在他身后。

明萱见到哥哥目光柔得像水一样，便知道自己猜对了，哥哥对黄衣并非无情，只是碍于俗世规矩，碍于身上背负的责任道义，所以才只能控制和压抑自己的情感。她一时有些忐忑，不知道自己刚才说那番话是不是多事了，便有些尴尬地唤了一声："哥哥。"

有些事彼此瞒着不说，不是因为不知道，而是因为不想说，因为不说，或许还能在心中存一个虚假的幻想，留一个微弱的希望，可是一旦说开，撕破这层稀薄的纸，那么有些事便不能再拖着了。

要么往前冲，一起生一起死，要么往后退，保持安全的距离遗憾终生。

顾元景冲明萱温和地笑，他的语气里有几分宠溺，又有几分无奈："萱姐儿，你说得很对，我的确就是这样的想法，但我一直以为黄衣她只是小孩子心性，她从来没有见到过我这样的男人，一时新鲜所以才……我以为过些日子她厌烦了盛京的生活，就会愿意回到临南，回到苗寨，过她应该过的生活。"

他望向黄衣，目光纠结而复杂，有些不赞同，有些心疼，但眼底深处却亦有感动和甜蜜，他柔声唤道："黄衣……"

听到心中牵挂的女子真情流露的内心剖白，她情愿粉身碎骨也要与自己在一起的决心那样令人震撼，她说哪怕为了要和他在一起死了都心甘情愿，这种巨大的冲击力，是任何一个男子所不能承受的。心底有无数想要说的话都哽在喉间，想要说出来时，才发现此刻竟然会突然词穷，一时之间除了低声呼唤她的名字，竟不知道该如何是好。

明萱与裴静宸对望一眼，便悄然地出了屋子。

院子一片素白，唯独墙角的红梅凌寒独自开放，明萱推着裴静宸在廊下微立，满面愁容地说道："黄衣是个好姑娘，我看得出来哥哥也喜欢她，他们真心相爱，原本可以是一对羡煞旁人的恩爱璧人，可是皇上现在这样重用哥哥，是绝对不肯让他娶苗女为妻的，到时他们两个该怎么办才好……"

裴静宸却轻轻笑了起来："阿萱，你多虑了。舅兄为人沉稳隐忍，是个有担当有谋略之人，他又足够坚定，想要做的事情必会成功。假若他愿意敞开怀抱放下顾虑接受黄衣，那么我相信他就有足够的能力可以保护自己所爱的女人。更何况……"

他语气微转，眼中绽放微芒："更何况黄衣虽然是苗女，却又不是普通的苗女，她可是苗寨酋长最疼爱的小女儿，是苗族的公主。临南那边一团乱麻，有些事皇上兴许还要求助于苗家呢，舅兄和黄衣的事，虽然艰难，但却未必不能成。你且不要先就担忧起

来，咱们可以一起想办法的。”

永宁侯府顾家分家在即，顾元景是三房唯一的男嗣，将来自然是要分府另居的。一旦分开来过，他的亲事便只有朱老夫人可以管得。这亲事，只要与国家社稷无碍，又得了朱老夫人点头，旁人家也顶多就是说些闲话罢了，谁还能真的插手到别人的家事。

明萱低声轻道：“临南，又是临南……”

她没有将话说下去，心中却如同明镜一般清晰，从去岁临南王想要嫁女，到哥哥去临南执行皇上密令，临南王像是一只看不见的手，不时地出现在许多大事件之中，甚至连她在江南的良田水地中，都能看到他的影子。

裴静宸低声说道：“临南王最近几年越来越不安分，皇上之前因为内忧太甚，便一直想办法安抚着他，可他越来越不像话，听说如今的临南俨然自成一国，百姓只知道有临南王而不知道有皇上。杨右丞倒了，祖父又不断放权，如今皇上能够自主朝政，哪里还能够容得下临南王？”

他哧笑了一声：“君王卧榻之侧，岂容他人鼾睡，临南王越发跋扈，竟然让权势迷了眼，连这一点都看不清楚了。”

明萱心中一动，低声问道：“我听说临南王和定国公府交好？宫里头的俞惠妃娘娘与临南王的郡主来往密切，不知道可是真有其事的？”

裴静宸眉头微皱，沉声问道：“临南王府和定国公府是姻亲，两家来往的确不少，只是惠妃娘娘十分懂得皇上的心思，自从上一回舅兄去了临南之后，定国公府便和临南王不似从前那样紧密来往了。不过，你问这个做什么？”

明萱从怀中掏出那一只蓝色宝石的耳坠，低声将来历说了一遍：“大嫂子有一个同样质料的簪子，我听祖母说，原来这是定国公夫人的东西。四年前家中发生巨变之后，我母亲卧病在床，原本好端端的，突然就死了，当时我还没有从浑浑噩噩中醒过来，哥哥也被贬配去了西北，所以家里就这样草草地给我母亲落了葬。”

她微微一顿：“可是我回头想起来总觉得这事情很是蹊跷，我母亲身子一直都不好，可是性子却十分坚强，那时候我父亲出了事被关押在刑部衙门，生死未定，她虽然缠绵病榻，却仍在竭尽所能地想法子要救我父亲出来。这样的时候，她怎么会因为悲伤过度而送了自己的命？”

倘若悲伤过度而死，那也该是最初出事的那天，可既然那天都能熬过去，隔了好几日之后，又怎么会好端端地就没了。

裴静宸静默不语，过了良久，他才说道：“倘若岳父事先就知道会被抓入刑部衙门，岳母和他感情那么好，怎么会一丝半点都没有风闻？既然心中有数，你当时又已经脱离危险，元妃娘娘那时还好端端地活着，细细想来，岳母被太医诊断为伤心过度而故去的，实在有些不合情理。”

他顿了顿问道："那块羊脂玉既然如此珍贵难得，只要稍微留心一下城内的几家珠宝玉铺，便就能知道那坠子的下落，倘若果真是定国公夫人所有，那么只要查清楚岳母故去那日定国公府的人有没有来过永宁侯府，那便多少有些眉目了。"

明萱皱着眉头说道："可是我想不通，无冤无仇，定国公夫人害我母亲做什么？这样做能对他们有什么好处？"

除了激情犯罪，任何一项犯罪都会有动机和目的，定国公夫人身为一品的国公夫人，怎么可能无缘无故地就犯下毒手？陆氏又不是定国公府中的人，是名门顾家的儿媳，武定侯的妹妹，又是元妃的母亲，那并不是可以随意伤害的人。倘若不是有着巨大的利益，定国公夫人是决然不可能如此行为的。

倘若只是因为内宫争宠，那也不至于如此。

俞惠妃并不是定国公夫人亲生，当时已经有裴皇后，便是害了元妃，俞惠妃也不能做到一家独大。再说，元妃当时偏居冷宫，要害她有的是法子，根本没必要从陆氏下手。

可陆氏的死，又的确是顾家三房这一系列悲剧的开始。陆氏死后第二日，顾长平自缢身亡，父母身死，元妃百般哀痛之下绝食七日而殇。自此顾家三房才彻底败落，只留下一个被贬配西北战场的庶子和伤了脑袋孤苦伶仃的弱女。

明萱总觉得这其中都是有所关联的，可是一时却又想不到关键所在。

裴静宸反身握住她的手，柔声劝慰道："只要有线索，便能够沿着这根藤蔓枝枝节节地查下去，现在觉得想不通不要紧，咱们慢慢查，总有一天可以理清楚事实，找到害死你父母的凶手，以告慰他们在天之灵。"

对于明萱此刻的心情，他感同身受，语气便越发柔了下来："你放心，这件事情我会让长庚留意，真相来临的那一天，不会太远了。"

未时过后又下起雪来，雪越来越大，因为担心各家回府的路上不好走，所以原本还要准备的晚宴便就取消了，朱老夫人恋恋不舍地拉着几个孙女的手说道："你们几个若是得空，也时常回来瞧瞧祖母，祖母老了，也不知道还有几年活头，见一面少一面的，最大的愿望就是多看看你们这些孩子。"

这番话听着就令人心酸，姐妹几个都眼泪盈眶。

明萱搂住朱老夫人说道："祖母一定会长命百岁的，到时候我们都带着儿女来您这儿闹腾您。好了，外面天冷，您不用送我们，等过几日我们得了空，一定回来看您。"

马车驶出永宁侯府，在大门口处忽然被人拦住，有一个清脆的声音对着车夫说道："车里是镇国公府的大奶奶吗？我是平章政事韩夫人的丫头，我家夫人有一封帖子要交给你们大奶奶，烦请转达。"

不容拒绝，那丫头将紫红色的信笺往车夫手里一塞，便飞快地反身回到了对门韩府，那车夫刚待要说什么，只听见韩府的大门砰的一声重重合上。

明萱与裴静宸对望一眼，彼此都既觉得诧异又有几分无奈，她低声轻叹，对着帘外车夫说道：“拿进来吧。”

她接过信笺打开，里面只有一方烫金色的名帖，正面画着吉祥如意牡丹报春，背面却是一行秀丽别致的簪花小篆，落款是惠安。寥寥几行字，原是韩修的夫人想要邀请明萱明日过府一叙，行文措辞严密，字字句句都看得见端方得体，可是又令人无法拒绝，看得出来是很花费了一番推敲的。

韩修的夫人是当今皇上的嫡亲表妹，承恩侯卢氏女，被御赐了惠安郡主的名号，不得不说，韩修能够深获皇上信任，以这样年少就位登极顶，与娶了这位颇受皇上恩顾的郡主不无关系。可惜韩夫人自胎里带来的毛病，身子一直都不甚好，倘若不是身份尊贵以珍稀的药材吊着，怕是早就没了。

明萱眉头一下子深皱起来：“韩夫人要见我，这该是去还是不去？”

裴静宸脸色微凝，沉默了一会儿说道：“韩修的夫人要见你，恐怕不会有什么好事。听说她身子极差，又十分得皇上的宠爱，如今卢家权深势大，俨然有顶裴家而替之姿，若是明日韩夫人有什么不适，我只怕……阿萱，别去，咱们想法推辞了吧。”

卢家是皇上登基之后才从老家上京的，这位惠安郡主因为身子柔弱从来都没有出席过盛京城中勋贵门阀的宴席，莫说他从未见过，恐怕整个盛京城见过她的人也屈指可数，他并不清楚那是个怎么样的女人。

可是，韩修自去年始对明萱就一副志在必得的模样，清凉寺中所为或许还算做得隐秘，可公器私用对颜清烨的威胁报复知道的人却并不在少数，更有他在繁华的街道上故意撞坏裴家的马车，拘羁明萱去东郊小院，凡此种种，虽然没有人在明面上说三道四，可消息灵通人士却难免会在暗地里揣测调笑。

裴静宸坦认，哪怕他身为一名男子，向来器量并不算小，和明萱之间又彼此信任，夫妇和谐，但是每当面对韩修或者想到这个强悍的对手时，心中都难免有些不大舒服。那么易地而处，韩修的夫人又怎么会喜欢明萱呢！

后宅女人的嫉妒，他身在镇国公府这样一个钩心斗角的地方，见过的实在太多了，他的三婶卞氏就曾经打杀过一个怀了身孕的婢女。而韩夫人卢氏，成婚四年，和韩修虽然是天下皆知的恩爱夫妻，可是她身体孱弱，能承受的恩爱有限，膝下也一直都没有孩子，如今又知道她的夫君深爱着的是别的女人，若说她心中没有妒意恶意，他是不信的。

韩修如今并不在盛京，卢氏又是女子，她此番相邀明萱，裴静宸这个做丈夫的没有理由跟着一起去，从一品的平章政事府也不是任何人想闯便能闯进去的。倘若卢氏要对明萱不利，是完全可以得逞的，反正她是个将死之人，便是当真弄死了明萱，又能对她怎么样。

想到这里，他脸上的表情越发凝重，语气坚定地对着明萱说道：“阿萱，不能去！”

明萱却摇了摇头说道："韩夫人这请柬的落款是郡主的封号，她以惠安郡主的身份相邀，明日我若是不去，便是目无皇亲，说出去，是我傲慢无礼，不懂规矩。再倘若她因此有个头疼脑热的，我难辞其咎。"

她愁眉微展："我若当真赴约，这套她反而不好用了。一来是她邀的我，我并非自己主动去拜见的她，二来她身子本就不好，我乖乖地顺应她的召见，她若再不舒坦，那就不是我的过错了。"

裴静宸静默不语，眉头眼角仍全是不赞同。

明萱轻轻抚开他紧皱的眉头，柔声说道："我和韩修之间半分情意也无，这件事你知道，你也信我，可韩夫人恐怕不知道，不知道就容易产生误会。我这个人最不喜欢什么藕断丝连，拖泥带水，我喜欢干干脆脆的，就算我和韩修曾经是未婚夫妻，可婚约已毁，那就没有干系了。他屡次害我，也曾帮过我大忙，但一码归一码，这些事和感情无关。所以明日我去见她，也能借机将话说开。"

她一字一句说道："我感激韩大人的道义，将来定是要报答的，但除此之外，我希望和他们韩府桥归桥路归路。"

一夜无语。

第二日清晨起身，明萱寻了身半新不旧的海棠红锦缎夹棉大褂，系了条檀色百罗裙，颜色还算喜庆，但是花纹却甚是素淡清雅，只在裙摆处绣了一指宽的一圈云彩，因为顾及韩夫人身子不好，脸上便没有上妆，只在唇上淡淡抿了层樱桃红色的胭脂。

披上了出门的斗篷，她安慰地冲着裴静宸笑了笑："你放心，韩府和永宁侯府就在对门，我到时会令小丫头去侯府上报个信，我哥哥今日沐休在家，若是我在韩府停留太久，他会令人来寻的，你且安心，我不会有事。"

裴静宸点了点头："让长庚赶车，让丹红紧跟着你一步都不许离开，对了，请黄衣也一起去，有她在，卢氏奈何不了你。"

明萱听了扑哧一笑："阿宸，你太紧张了呢。若是带上了黄衣那才叫不妙，我有多少张嘴都说不清楚。好了，其实我觉得韩夫人不是咱们想象中那样的人，倘若她当真嫉恨我，先前我未曾成婚时就该对我动手，那时韩修对我那样步步紧逼，偏偏我又没有定亲，那时除掉我，才是永绝后患。如今我都成了裴家的大少奶奶，对她没有半分威胁，她是真傻了才会对我不利。"

她微微一顿："虽然不知道她到底是为什么想要见我，但我相信不会有事的。"

裴静宸无法，只好送了她出去，但软轿刚在静宜院门口消失，他便脸色沉重地唤了长海过来："找几个身手好些的兄弟，一路跟随着大少奶奶，不准跟丢，但是也不准让她发现，更不要惊动韩府的人。"

等到长海领命去了，他才略宽下心来，只是这滋味却甚不好受，原来情之一字，这

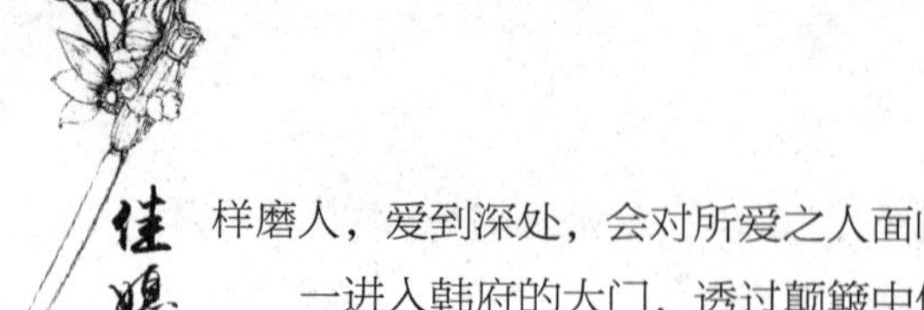

样磨人，爱到深处，会对所爱之人面临的困境如此紧张不安。

一进入韩府的大门，透过颠簸中偶尔掀开的车帘，明萱就觉得有几分眼熟，汉白玉石的影壁高高竖立，上面雕刻了苍松和白鹤，有地下水引流而上，源源不断地从石壁的顶端垂挂水滴而下，像是小型的瀑布，又如同水做的珠帘，和镇国公府的正门如出一辙。

她心下便觉得有些奇怪，虽然盛京城内的街道府邸大多都是方方正正的，每所公侯府邸的布局也多是类同，大抵不过就是如此，但为了彰显自家的品味和特点，每家每户都爱在玄关处设置些噱头，有小桥流水，有迎客青松，有石刻喷泉，亦有花团锦簇。她这些年来虽然鲜少出门，但也算是去过几家公侯府邸的，各有千秋，无一而同。

到了二门处换过软轿，接引的嬷嬷说："我家夫人身子不好，这天气寒冷，便就不挪去待客的暖阁了，还请裴家大少奶奶见谅，咱们这会儿去的是夫人住的鸣玉阁。"

明萱便道："有劳了。"

约莫过了一刻钟，软轿停了下来，接引嬷嬷引了明萱下来说道："裴大奶奶请。"然后便自在前引路，明萱则就带着丹红跟在身后，这里已经是韩府内宅，长庚是进不来的，只能在二门处等着。

盛京城的院落没有江南水乡那样的小桥流水九曲十八弯，向来都十分直白，这鸣玉阁亦是如此，穿过带了花园的回廊便是正堂，正房一共有四间，左右两侧分别有厢房，飞檐雕栏，看起来颇有意趣，可明萱和丹红越是往里头，脸上的神色却越是难看。

这鸣玉阁，俨然就是永宁侯府漱玉阁的翻版，不只屋宇建筑一模一样，在院中差不多的所在也一样栽了一棵红梅树，现在细细想来，先人曾有诗云"山溜何泠泠，飞泉漱鸣玉"，这韩修……

明萱心中不由得蓄起一股怒意来，这韩修实在太过可恶，倘若他当真对从前的明萱如此深情，又为何非要做出那等令人触柱自戮的事来？哪怕皇上当时需要一个借口将顾家女拉下皇后的宝座，但是方法又岂止一二，非要行这等不义之事？追根究底，还是因为娶卢氏女能够更快地接近权力中心，更容易让皇上信任，如此而已罢了。

他娶卢氏女从头到尾都只是利用，可是既然已经从权势和爱情之间做了抉择，却为何又要出尔反尔？盖一个与被弃了的前未婚妻闺中所居一样的院子给明媒正娶的妻子住，这到底算什么？卢氏何其无辜，成为他成功路上的踏板，还要住在他过去的爱情里让他缅怀？他确然负了从前的明萱，可他又何尝没有负了卢氏！

她心中正自愤然，忽听得屋子里一阵压抑的低咳，一个温柔软弱的声音轻轻问道："年嬷嬷，裴家大奶奶可是到了？"

掀开厚重的暖帘，明萱便闻到一股很浓的苦药味道，她刚从积雪未化的室外进来，便觉分外刺鼻，她眼眸微敛，不动声色地打量着这屋子里的一切，还好，不论摆设装饰皆不是照搬的漱玉阁，甚至都不是她或者从前的明萱偏爱的风格，这令她心中没来由地一松。

那个叫年嬷嬷的便是接引她进来的婆子，闻言冲明萱笑着说道：“裴大奶奶请稍待。”话音刚落，便急忙进到里间回话：“夫人，裴大奶奶到了。”

屋子里一阵窸窣，有丫头焦急地劝阻：“夫人您别起身，就这样靠着便好，您是病人，这样待客裴大奶奶不会见怪的，年嬷嬷，快出去请裴大奶奶进来说话，咱们夫人重病在身，不能出来见客，还望她多担待。”

两间屋子之间只以雕刻了花草鱼鸟的紫檀木屏风相隔，木制的月牙门处则垂挂了珠帘玉璧，其实并没有做什么阻拦，里头的对话清清楚楚地传到了外头，一句“重病在身”令明萱心中突地一跳，也不知道到底将要面临的是怎样的场景。

年嬷嬷请了明萱进去。

明萱定睛一看，只见一个面色蜡黄的少妇毫无生气地靠在床头，发髻松散，脸上也没有涂抹胭脂水粉以遮盖这沉重的病容，大红色百子千孙的缎面锦被上，露出一双纤瘦到骨节分明的手，苍白的手指紧紧抓着大红被面的一角，看起来格外诡异，又格外脆弱。

她有些不忍心继续看下去，急忙行了一礼：“裴顾氏见过郡主，郡主万福。”

惠安郡主以封号相邀，她便要以面对郡主的礼仪相对。

卢氏虚弱地笑了起来，她摆了摆手说道：“我闺名月如，比你大一岁，你若是不弃，便叫我一声月如姐姐，这处又无旁人在的，不必再尊称什么郡主，也不必对我行此大礼，你累得慌，我看着也不舒服。我以封号相邀，不过是怕你不来，所以不得不用的一个手段，你想必也是知道的。”

她目光无神，笑容更见苦涩：“倘若我不以惠安落款，你怕是不会来的，对吗？”

这声音低弱，可言辞却极尽直白。

但明萱却不好同样直白地回答这个问题，只好报以诚挚微笑，含糊地揭了过去。

卢氏挥退身侧的丫头婆子，身边只留下了年嬷嬷一个，她静静地望了明萱许久，半晌才低声说道：“你不用害怕，我请你来，不是想要对你做什么，只是对你有些好奇。我想看看你到底长什么模样，是个什么样的性情，究竟有什么能耐，可以让那个人这些年来一直都将你装在心里，不论我怎么做，他都忘不了你。”

她嘴角微翘，笑容清冷得像是月中嫦娥，虽然美好，可是仿如下一秒就将不见，看起来十分缥缈：“四年了，我一直都想要找机会见见你，可是从前……我不敢。不过，如今他既不在，我又已经油尽灯枯，便再没有什么好顾忌的了，若是不在临死之前见你一面，我怕是做鬼也不能瞑目呢。”

丹红听了，便不自禁地将身子略挪了挪，将自己挡在了明萱之前。

明萱面如沉水，没有一丝情绪泄露，让人看不清心中所想，她不着痕迹地将丹红挡开，忽而笑着对卢氏说道：“不知道韩夫人可有兴趣听我说一个故事？”

她将话说完，像是笃定卢氏会听般地，对着年嬷嬷笑着说道：“我这侍女有些口渴了，不知道年嬷嬷能不能赐她一杯热水？”

口渴和热水都只是借口，这是想要支开年嬷嬷和丹红的意思。

卢氏眼中带了几分迷茫和不解，却仍旧依她所言：“年嬷嬷，你亲自陪这位姑娘去外头坐会，准备些热茶糕点，替我招待好裴大奶奶的贴身人。”

等人都走了，她才笑着说道：“你倒不怕和我单独在一起时，我若是出了什么事，都会赖到你身上去。”

明萱眼眸微垂，然后抬头笑着说道：“韩夫人若是当真想害我，有的是时间和机会，不会选在今日今时，我虽然驽钝，只是这点看人之明尚还是有的。更何况，你我之间并无深仇大恨，最多也不过就是有点小误会罢了，只要韩夫人能够安静地听完我说的这个故事，想必连最后的那点误会都能消弭。”

她靠近卢氏，坐在床沿之上，低声说道：“从前有个大家小姐，成亲那日家里出了变故，不只被未婚夫当众悔婚，她的父亲更被未婚夫带走关入了刑部衙门，她性子刚烈，觉得遭受了欺骗与背叛，更加有侮辱，便想不开一头撞了墙，好在她命大，额头上那么大的伤口，却没有死成。”

卢氏微怔，哪怕她从不出门，可是该知道的事情却没有一件能够瞒过她的，明萱口

中所说的，正是四年前韩修悔婚那日的情景，她也曾听说过无数次，只是从前虽然心里觉得不忍，可当事人是她深爱的丈夫，所以每次听来都有些排斥，如今听到明萱亲诉，不知道怎么的，竟然有一种别样的感觉。

她没有插话，静静地听着。

明萱也以平实的口吻继续说着：“那几日对那位小姐来说简直是人生的浩劫，父母相继死了，而且死得不明不白，嫡姐因此绝食而亡，唯一的兄长也被发配得远远的，从此她便于云端上的明珠跌落在泥世中滚了一圈，成了孤零零的一株蔓草，仰赖他人鼻息才得以在夹缝中生存。”

她目光微动，接着说道，“韩夫人知道的，这世道女人的荣华源自于男人，年少时仰赖父兄，出嫁后系于夫君，年老时依靠儿孙，那位小姐无父兄仰赖，犹如风中浮萍，于婚事上格外艰难，好在老天怜惜，让她遇到了懂她爱她珍惜她的好夫君，虽然世道艰难，但她唯愿与自己的夫君白手相携，恩爱一生。”

卢氏目光微涩，低声开口问道：“若是那位小姐知晓，当初她的未婚夫做如此狠心绝情之事都是迫不得已，不知道她心中会作何感想？”

明萱笑着摇了摇头：“韩夫人，若是有心，这世上哪里会有什么迫不得已的事？做了便是做了，不需要寻什么借口。便当真是无奈之举，那也是未婚夫的选择，既然已经选了也得了便宜，那就不要再妄称什么迫不得已，没有人拿着刀剑在他脖子上逼他，便

是有，他也可以选择宁死不屈。”

她声音微冷，一字一句说道：“世上没有后悔药卖的。”

卢氏瘦弱的手不自禁地抬了一下，她忍不住又问道：“那她还恨他吗？”

明萱扑哧一声笑了起来：“没有爱，哪里会有恨？”

她掀开厚厚的头帘，露出额头狭长的疤痕，经过了四年，那些纹路已经变得很浅，可是离得这么近，却依然可以清晰地看到那里有些皱起来的皮肤，她轻轻放下来，低声说道：“那位小姐虽然承蒙天幸活了下来，可头部受的撞击实在太大，把从前的事尽都忘记了呢，莫说那个未婚夫了，便是她家里的那些伯父伯母，兄弟姐妹，都是花了好长时间才慢慢记起来的。”

她幽幽地叹息：“只有经历过痛，才会想要去恨。那位小姐不记得过去的事了，所以旁人若是提起那个名字，对她来说也不过只是个陌生人。”

卢氏似是怔住了，她没有想到明萱对韩修竟是全然忘记了的。

过了良久，她终于低声开口：“裴大奶奶想不想听我也讲一个故事？”

明萱点了点头：“洗耳恭听。”

卢氏的目光透过长长的纱帐望向不知名的远方，她的声音清冷缥缈，却带着一丝眷恋和回味：“从前有个姑娘自出娘胎开始就身子很差，因为家里都是男孩，唯独她一个女儿，她又是将死的身子，所以父母兄长都十分疼爱她，哪怕当时家里的景况并不是顶好，但只要她想要什么，家里的人都会想办法给她，唯独有一桩事，他们答应不了她。”

她转头望了一眼明萱，接着说道：“那年少年将军衣锦还京，盛京百姓夹道欢迎，迎接他的队伍一直从城门口排到了帝宫前，恰好他游街时要经过家里的西墙，姑娘便好奇爬在西墙附近的小楼上看了他一眼，从此不知道怎么了，心里眼里就只有那个少年将军一人了。可当时她的父兄不过是寻常小吏，手中既无权势，又无银钱，她一个寒门小吏之女，哪里配得上当朝的将军？后来她听说他定了亲，他的未婚妻不只出身高贵，又是风华绝代的绝世佳人，她听说之后，整个人便就消沉了下来，本来就不怎么好的身子，越来越差，原先还能偶尔走动走动，那回之后便一病不起，缠绵病榻。”

明萱心下惊诧，望着她，听她继续说下去。

卢氏顿了顿，仿佛完全沉浸在了故事中：“有一天，家里忽然来了一道圣旨，她的父亲被封为侯爵，她也被破例封了郡主，原来她素来默默无名的皇子表哥成了大周朝的皇帝，她很高兴，心想这一回，总算有了能够与那位少年权臣并肩而立的资格了，当时她身子很差，唯一的愿望便是能在死前成为他的妻子，哪怕一夜也好。”

她眼神迷离，嘴角却微微翘了起来：“当然，她成功了。”

卢氏将目光从空空的帐幔上收回，带着几分怜悯歉疚，但是隐隐地却能从她略提高了的声音中听出一丝追悔和得意，她低声叹了口气："皇上恩威并施，当了侯爷的父亲极力拉拢许诺，那少年权臣终于答应娶她为妻。大概是看在她时日无多的分上，他对妻子也算尽心尽力，对她温柔呵护，也舍得以千金为她换药续命。"

她微顿，接着说道："外人看来，少年权臣对那位姑娘可谓情深义重，她这样的身子不能生养，可他也不曾带过别的女人回来，整座韩府，独她一人，不置妾室。这样的痴情，放眼整个周朝，何曾有过这样一心一意的男子。"

这倒是真的。

韩修府上没有妾室，也不曾听说他留恋花街柳巷。

卢氏却闭上眼，轻轻摇了摇头："能得到心上人的温柔，换了谁都会高兴，可时日久了，那姑娘心里便知道，那些恩爱演得再真，却都是假的。他演给皇上看，演给侯爷看，演给她看，演给府里上下看，亦演给天下人看，为的不过是皇上的信任，侯爷的许诺罢了。"

她蓦然睁开双目，紧紧地盯着明萱，脸上的神情无比悲凉："他的心里从来就没有装进过她，他的心里亦从来就没有放下过从前的未婚妻。为了能够遥遥地望见未婚妻的居所，他特地在府里建了一座望星阁，只是为了期盼偶然能够望见她的身影，他只要回府便连吃住都在小楼之上；连他们的新房都是按照他未婚妻的居所来建的，一砖一瓦，一草一木，甚至连所出的方位朝向都一般无二。倘若那位姑娘是个傻的，不知道这些该多好？就能够永远沉浸在梦里。可她偏偏不傻，偏偏什么都知道，知道得越多，就越痛苦。"

明萱只觉得心底一突，有一根弦紧紧地弹在了她心上，令她胸前涌起一些陌生而激烈的情绪，她知道卢氏这些话或许撩拨到了她心里某根隐秘的神经，那里仍然保留着过去的明萱所拥有的感情，曾经那么爱过，曾经也那么痛过，此刻当真相揭晓，她很难不被触动。

可她已经不再是过去的那个她了，尽管心弦撩动，有些被刺痛，但她深深呼了口气，便竭力将那些该属于过去的情绪波动按捺下去，她顿了顿，问道："强扭的瓜不甜，那位姑娘后来可曾后悔过？"

卢氏苦笑着摇了摇头："和他在一起，是那位姑娘的夙愿，不管他到底是真心还是假意，她终归成了他明媒正娶的妻子，不论他心里藏了个什么样的人，可是能站在他身边与他并肩而立的女子，只有她。对于一个命不久长的女子来说，这已经是她最大的幸福了，哪怕这份幸福与她的想象有一些距离，可那总是她自己的选择，所以她不后悔，也不能后悔。”

她抬起头，认真地望着明萱：“你说若是他的未婚妻知道了这些，会不会对他的印象有所改观？倘若她原本恨他，听了这些，会不会也能原谅了他？”

明萱摇头：“若我是他的未婚妻，这些理由并不能影响我对他的判断。所谓因果，我只知道结果是什么，至于何因有果，那并不重要。”

卢氏紧逼：“那若是我告诉你，他娶那位姑娘只是当作一份交易，等过几年那位姑娘死了，他便会想法子将从前的未婚妻重新娶回府来，为了不让将来的未婚妻为难，他甚至都……从来没有碰过他的妻子……连一丝子嗣的希望都不给她……”

她眼神痛楚之极，却又倔强地想要一个答案：“这样痴心深情的男子，裴家大少奶奶若是那位未婚妻，难道当真不愿意再给他一个机会吗？”

明萱扑哧一声笑了起来：“韩夫人，您真真是个心地善良的女子，可我却不是这样想的呢。”

她目光骤冷，沉声说道：“那人最终答应娶了郡主，说是被威逼，不若讲是被利诱，他既因为利益而放弃了与未婚妻的感情，这便是对未婚妻始乱终弃，是为负心薄幸之人。他娶了妻子却还想着别的女人，为了自己的私心做些虚情假意的戏骗取皇上和侯爷的信任，这便是不忠不孝，自己收获了好名声却让妻子背负不能生养善妒的恶名，是为不义。这样负心薄幸又不忠不孝不义的男人，倘若我是那个未婚妻，也绝不可能再与他有任何瓜葛。”

你舍弃了什么，便会得到什么。

你为了得到而舍弃，却在得到了之后怀念舍弃，又想要两者皆得，这世间哪里有那么美的事？哪怕你是文武双全征讨四方无一败绩的少年将军，亦不可能鱼与熊掌两者兼得，更何况，人心是最难预料的，谁也不能那样贪心。

倘若真正的明萱还在，听到了韩修当时弃她的理由，她恐怕会更加失望吧？

卢氏怔忪良久，脸色露出疲倦而迷茫的神色，她摇了摇头，低声说道：“今日我请你来，不只是因为我想见见你，想要看看你到底是个怎样的人，其实也是为了他……自己的身体，自己最清楚不过，我大限将至，也不过就是这几日的事儿，原想着我若是死了，便能够成全他这几年来的心愿了，没有想到，你竟是这样的想法……”

“韩夫人说笑了。”明萱打断她，“裴顾氏是成了亲有夫君的女人，韩夫人这样打算，不只侮辱了我和永宁侯府，又将我的夫君和镇国公府的颜面置于何地？您身体沉重，又思念韩将军，所以有些胡言乱语了。倘若您还想继续说下去，那么请恕我无理，要先告退了，我的夫君在府里候着我，我怕他着急。而韩夫人您，今日说了这许多话，想必也累了，还请歇下吧。”

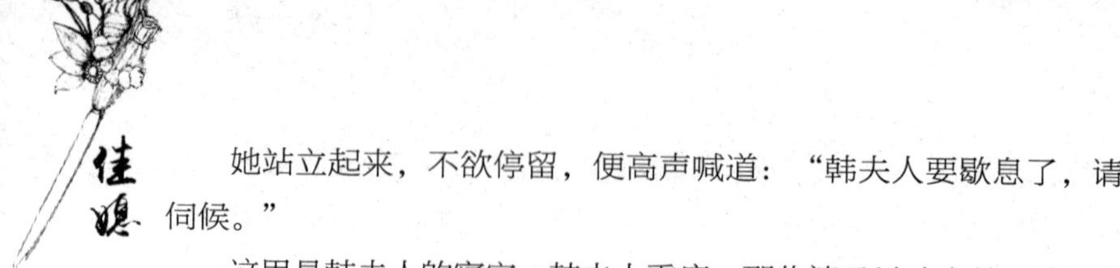

她站立起来，不欲停留，便高声喊道："韩夫人要歇息了，请外面的姐姐们进来伺候。"

这里是韩夫人的寝室，韩夫人重病，那些婆子丫头定然不会离得太远。果然，话音刚落，便听到一阵推门掀帘的声音，年嬷嬷动作迅速地带着几个丫头进了来。

卢氏脸上现出几分惊讶，转而化为淡淡微笑，她点了点头，轻轻摆了摆手说道："既然如此，年嬷嬷，你便送裴家大奶奶出去吧。"

她望着明萱毫不犹豫果决断然离开的背影，不知道是该高兴还是难过，良久，她长长地叹了口气："我又做错了。"

恩怨早已经远去，无辜的受害者都已经放下，自己这个夺人夫君的将死之人，又有什么放不下的呢？

这样想着，卢氏心里那块压得她喘不过气来的大石竟一下子消弭无形，她松了口气，忽然咯咯地笑了起来，越笑越大声，笑到最后竟然连眼泪都出来了。

年嬷嬷送客回来，见她这样笑着，吓了一大跳，急着问道："夫人，您这是怎么了？到底是怎么了？夫人，您可千万别吓奴婢啊，若是您有什么三长两短，我该怎样和大人交代，又该如何跟侯爷交代啊？"

卢氏总算停了下来，却对着年嬷嬷说道："替我将柜子里的嫁衣取出来。"

正月初八日，天寒地冻，外头积雪未化，密闭的屋子里哪怕生了几盆炭火，都还稍嫌阴凉，卢氏却勉强撑着身子起来，吵嚷着要穿嫁衣。

年嬷嬷知道，这恐怕是回光返照之象，便只好应下了她，一边急忙派人通知承恩侯府，一面去请太医过来，一边令人替她将成亲时所穿的那套正红色的鸾凤和鸣喜袍娶了出来一件一件套上，然后又请卢氏坐在铜镜之前，将那张蜡黄的脸用浓艳的新娘妆容给遮盖起来，描了黛眉，涂了豆蔻色的胭脂和艳红的唇蜜。

卢氏对着影影绰绰的铜镜轻轻摇了摇头，像是很有些不满意地说道："我只比裴家大奶奶长了一岁，可我看起来却像是她的长辈……"

年嬷嬷忙含着眼泪道："胡说，咱们夫人清妍婉丽，连皇上都说您与端庆皇后生得一模一样，端庆皇后母仪天下，是何等尊贵的人物？又岂是裴家大奶奶这样的凡夫俗子可比的？"

端庆皇后是当今皇上的生母，亦是卢氏的亲姑母，卢氏与这位姑母生得相像，也正是因为如此，才会被破格封了郡主。只是端庆皇后活着时只是个宫女，是死后才因为生的儿子成了皇帝，而被追封为皇后，说她母仪天下，说她尊贵，其实只不过是年嬷嬷的一种恭维，可卢氏此刻听来，却十分受用。

她浅浅笑了起来："替我戴上金冠吧。"

年嬷嬷依言戴了，挤出点笑容说："夫人您真好看。"

卢氏转过身笑着问道："大人见了会喜欢我这样吗？"

年嬷嬷觉得喉咙口有一股酸味，哽得她有些说不出话来，只好使劲地点头："大人一定会喜欢的，一定会的……"

她话未说完，只见卢氏身子一软往妆台上伏了下去。

韩夫人卢氏，西去了。

韩夫人的死讯传到镇国公府的时候，已经是第二日了。

明萱披着厚厚一件灰色的斗篷立在廊下，望着满院子的银妆素裹，轻轻地呼了口气，在空寂而旷阔的隆冬，她口中的热气刚溢出，便化成了一道道白烟，袅袅飘向空中，然后消失无踪。

韩夫人是在她昨日离开之后不久没了的，这让她有些困扰。

哪怕她心里很清楚，韩夫人的身体能够拖那么多年已经是奇迹，太医也铁口直断不过这几日间就是韩夫人油尽灯枯撒手人寰的时候，一个人的生老病死，都是自然规律，一个本来就已经走到人生终点的病人死了，与她没有半分干系。

可心里，总有些阴郁烦闷，这种感觉别扭得很。

这时，裴静宸温暖宽厚的手轻轻抚在明萱的脸上，他柔声在她耳边说道："各人有各人的缘法，有些事是强求不来的，你怎么知道韩夫人的死对她而言不是一种解脱呢？死者既已得超脱，生者又何须庸人自扰，为她觉得难过？"

他轻轻蹭着她："昨晚下了一夜大雪，好不容易铲掉的雪又积起来了，外面天冷，别立在这里受冻了，若是着了凉，我要心疼。"

明萱转过身子，皱了皱眉："我知道这几日你认真练习走路，已经可以勉强走几步了，可是你不能这样不爱惜自己的身体，连个拐杖也不拿，就这样走到廊下，你也说天冷地滑，若是跌了摔了自己，难道我就不会心疼？"

静宜院铁桶一般严密，没有人会将裴静宸双腿已好的消息传出去，所以他倒也常推开轮椅扶着特制的拐杖练习行走，可这一回他双手空空的，显然是没有将明萱素来的叮咛放在心上。

她觉得他有些逞强，太逞强了，心里不知道怎么的，便有些生气，但更多的是担忧，她终于看清生命是何等样脆弱，便将所爱之人看得越发重要，她舍不得他受伤："以后再不许这样，要是你不听我的话，因此磕了痛了，我会生气！"

裴静宸静静地望着她，目光灼灼，专注而神情："正月十五元宵节，宫里例行是要举办宗亲宴的，不知道为什么，今年的筵席名单里也有你和我。"

他从怀中取出烫了金的请柬，抬头处赫然写着"襄楚王之孙静宸及夫人顾氏"，落款是宗亲府的徽刻，加盖了当今皇上的私章，以表明这是一次皇室家族宴会，看起来十分醒目。

明萱很是惊讶："难道皇上要履行先帝的许诺，令你继承你外祖父的王位？"

襄楚王之孙，静宸，这说法实在太过诡异，让人听了不得不做出这样的联想，可是皇上此举却十分耐人寻味，倘若他真心要给这个恩典，在他继位之初大封天下之时，便可以赐了王位给裴静宸，不必等到这时。

她猛然想到了什么，脸色微变问道："元宵宴，临南王可会来？"

裴静宸目光中流露出惊讶和赞许，他点头说道："按规矩，临南王理应要来。不过，我想他不会来的，多半会称病推拒，然后令世子前来。"

他顿了顿："我思来想去，皇上最近对临南关切太深，又在这样当口上对我示好，想来是有所图谋的。周朝皇室血脉稀薄，但唯独临南王一脉却子嗣甚丰，他坐拥南疆广阔的疆域，那处虽然荒瘠，但临靠海岸，有无数珍宝，资源广袤，税赋又独收入王府，又有十分强大的府军，想来皇上的忌惮已经到了极点。"

明萱惊道："难道皇上想要撤藩？"

临南王和皇上同属太祖的子孙，可已经隔了那么几代，若论血缘，其实已经很远，可那是世袭罔替的藩王，不论封地和封号都是太祖所定，先前几代皇上屡有撤藩的想法，可碍于临南王的财力和军力，又不敢背负忤逆祖宗的名义，终究不能下手。

可当今皇上和他的父亲祖父不同，他的生母只是个地位卑微的宫女，在先帝众多皇子之中，他最卑微不显，却能够让裴相一力扶持他位登极顶，一定是有着过人之能的，而从他的行事来看，他是个有野心，有抱负，又能够狠得下心来的人。

从他坚决主张要和西夏国一战来看，他对开拓疆土亦有着执着，这样一个雄心勃勃，急于做出丰功伟绩来证明自己的人，又怎么会看着临南王霸占南疆那么大一块领地和税赋而不咬牙切齿？又怎么会容忍临南王继续拥有府兵私军不顾，这对他而言，可是一种潜在的威胁！

撤藩，势在必行，可皇上既然选在这种时候行这样的打算，那便必然是上次顾元景的临安之行，查到了什么临南王不法的证据。

她眉头深皱："这样的话，我哥哥会不会有危险？"

裴静宸目光阴晴不定："韩修不在，皇上定然会对舅兄委以重任，我恐怕皇上还会利用舅兄和黄衣的关系，来让临南苗寨的酋长站队反了临南王。"

他叹了一声："苗寨蛊族，可不是那么好惹的人啊！"

明萱目光微垂，低声说道："那倒还是后话，咱们可以从长计议，我现在更担心的是你我，今日初九，离元宵节可才不过六日……皇上想要让你继承外祖父的王位，安的可不是什么好心，恐怕他是想要利用你，来控制镇北军。北军离盛京最近，倘若临南王来犯，皇城受到威胁，是最快能够前来勤王的军队。"

她望了他一眼，幽幽说道："哪怕外祖父驾鹤西游了二十年，可那些旧部都是对他忠心耿耿之人，倘若我没有猜错的话，北军如今掌握在你手中，或者，你也是能够最大程度影响到镇北将军行止之人。"

裴静宸目光里的笑意，代表了肯定。

明萱呼了口气："我想，那才是皇上邀请我们夫妇去赴宗亲筵席的目的。"

她的夫君若是成了王爷，那她便是王妃了，可她脸上却半分欢喜都无，反而越发凝重地说道："可是，皇上能够看透这一点，也必然会忌讳这一点，没有哪个为君的，不会在意兵权的归属。倘若你是镇北将军，那他还挑剔不出什么毛病来，可你并不是，你身上甚至都没有什么爵位官职，皇上并不是什么小气之人，可他的器量却也绝不会很大，我恐怕临南王之后，他下一个要对付的，便就是你了！"

临南王被逼得紧了，若是谋反，那还算说得过去，毕竟他是太祖的子孙，姓的是周朝国姓，可是裴静宸若是被盯上了，甚至连造反都没有办法，便他被封了王，那也只是周家的外孙，他冠了裴姓那么多年，哪怕被赐姓周，也不是名正言顺的周氏子孙。

那便只有乖乖受罚罪的份。

裴静宸叹了口气："与虎谋皮，并不是长久之道。可是君王之命，我又无法拒绝的，这筵席，咱们两个便是不想去，也必须要去的，也唯有谨言慎行，不授人于柄罢了。"

他轻轻抚了抚明萱的额发，嘴角微微翘起笑容来："所谓车到山前必有路，船到桥头自然直，我告诉你这些可不是让你愁眉苦脸的，莫要忧虑过甚，我没有临南王的野心，手里握着北军的兵权，也不过只是为了查清外祖父和我母亲的真正死因，为他们报仇雪恨罢了。只要大仇得报，那兵权便是还给皇上又有什么关系？"

天下之大，何处不可容身！

他原本就对王爵之位并不大在意的，比起权势，他更想要与心爱的人携手江湖，纵览山河，生几个孩子，过简单却又不留遗憾的一生，这样而已。

明萱点头，依偎在裴静宸怀中，目光透过皑皑的白雪，望向远方。

她咬了咬唇，心里却在想，狡兔死走狗烹，飞鸟尽良弓藏，倘若到时皇上真的要对她夫妻不利，她是决然不会束手就擒的，纵然她不是天生的政治高手，可以她超越千年的眼界和见识，她就不信没有绝处逢生扭转时局的机会。

到了元宵节那日，皇上特意派了宫车来接裴静宸和明萱夫妇，惹得镇国公府内众人一阵艳羡揣测。

圣意如此浓重，饶是驽钝如世子夫人杨氏，也终于明白裴静宸恐是要被授予王爵了，她唯一的嫡子裴静宥能够不费吹灰之力继承镇国公的爵位，这本来是一桩幸事，她也为此暗自松了口气，可不知道为什么，在短暂的欣喜之后，另有一股不甘和憋屈之意排山倒海而来，令她胸中烦闷至极。

马车里，明萱反复回味世子夫人那张五色纷杂的面容，忍不住扑哧一笑："皇上派了宫车来接，是为了不让你有反悔的机会，但没有想到，竟然还有这样的效用，杨氏这一回可气得不轻。"

裴静宸眼中闪过一丝不屑，他沉声说道："杨氏虽然蠢了些，可心却黑得很，这些年来没有少借着她兄弟杨铎的手做肮脏事。当年趁我年幼，昧下了我母亲的嫁妆，最近又将主意打到了我外祖父的头上。"

他睫毛轻颤，嘴角漾出几抹冷笑："我外祖父生前驰骋疆场，用兵如神，敌人闻风丧胆，被百姓誉为不败战神，他一生平过西夏，胜过南梁，威震东府，后来虽然是在北地阵亡，可却也是条铁骨铮铮的汉子。他治军极严，所以才会有那么多不败神话，倘若如同那些草莽一般，每破一城就敛取百姓财物，那便不是襄楚王了。襄楚王府人口稀少，外祖父的俸禄和封赏又多，论起来确实算是家底丰厚，但坊间传闻的那笔富可敌国的宝藏，却是没有的事儿，想不到不只杨氏信了，杨铎这个奸猾狡诈之徒竟也跟着一起折腾起来。"

铁桶一般的襄楚王府，尽管已经隔了二十来年，但也不是杨铎那等人可以肆意觊觎的，如今杨家势败，对那笔财富的执念就更深，几乎是派尽了身边得力之人想要得到这笔宝藏，可惜要让他们失望了呢。

裴静宸顿了顿，忽然问道："你还记得杨家的那位三小姐吗？"

明萱一怔："长房的杨三小姐，与探花郎定了亲的那位吗？"

杨乐虹荷塘落水被颜清烨所救，成就了一段英雄救美的佳话，这件事曾轰动一时，而她当时就身处同一座船舫，算是亲身经历过的事，又怎么会忘掉？何况，颜小郎当时那个眼神太过震撼，她心里很清楚他是为了谁而做出这样出格之事的，可是她不敢多想，也不能多想。

她的语声里不知不觉便带上了几分苦涩的关切："杨三小姐怎么了？"

裴静宸目光微动，将明萱搂入怀中："你这些日子帮着照顾我，外头的消息倒都不灵通了。杨三小姐很好，她也算是错有错着，遇对了良人，颜家虽然并非勋贵，但家风却甚好，并没有因为杨家落魄而退了这门亲事，反倒为了杨三小姐的名誉，决意将婚期提前，正月十八，便是颜探花和杨三小姐的大婚之期。"

他低声说道："杨三小姐我是见过的，为人品性颇有风骨，倒不像是杨家的女儿，颜探花得妻如此，也不算是辱没了他。"

明萱笑了起来，颇有如释重负之感："我也祝他们幸福。"

错过的，已然逝去，美好如颜清烨，总会遇到他生命中的杨乐虹，这便是真正的缘分。

安和门前，宫车停下换了宫轿，恰好遇见了清平郡王世子和世子妃。

明荷见了明萱有些惊讶，但她在郡王世子妃的位子上待得久了，多少也有些政治敏感，大抵也猜到了点什么。

永宁侯府的姐妹们原本就不多，这几年又没了两个，本来她上次回娘家时看到满堂姐妹不过寥寥五人，便觉得有些唏嘘，甚至连从前最看不起的明芜，也多了几分亲切，更何况，明萱是她在这些姐妹之中最看重的一个，如今在安和门前巧遇，她心里欢喜，便拉着明萱多说了几句话，这般热络，倒与她平时清冷的为人有些不符。

清平郡王世子见状便望了明萱一眼。

明萱见引路的宫人有些不耐烦，心念转动，忙向清平郡王世子行了礼："六姐夫，烦请您替我多看顾我家爷一些，他腿脚有疾，行动不大方便。"

她心里想着的是，如今情势那样复杂，裴静宸这轮椅还是继续坐着心里比较踏实，可是她又害怕皇帝会派人试探他腿疾的真实，孤掌难鸣，他和那些宗亲其实并不熟络的，若是有个人能帮着一些，凡事总也要好过一些。

清平郡王世子点了点头："七妹放心，妹夫这里有我，不会有事的。"

他望了一眼腹部微微隆起的明荷，笑着说道："你六姐怀着身子，天冷雪大，也烦请七妹妹照顾着她一些。"

彼此交代完了，便就上了软轿，明萱与明荷同乘，一路上说些有趣的小事倒也并不寂寞，很快就到了坤宁宫皇后殿。

东平王府的太妃和王妃携着有封号的两个郡主都已经到了，英郡王妃则紧紧跟在婆母和长嫂身后，几个宗亲的老太妃们也端坐上位，内宫有封号品阶的妃嫔也陆陆续续来了，临南王府的世子妃和郡主也请了上座，算起来，明荷和明萱姐妹倒是来得最迟的。

等她们入座，女官便通报："皇后娘娘驾到！"

裴皇后从珠帘后面徐徐出来，一身明晃晃的皇后朝服显得特别耀眼闪亮，她气色看起来不错，只是眉梢眼角仍带着几分疲倦，轻轻摆了摆手："今日是家宴，众位不是长辈便就是一家姐妹，不必行此大礼，赶紧平身，都坐下吧。"

她自从上回淑妃一尸两命之后就被皇上禁了足，凤印被夺之后，就是贵妃和惠妃共同掌理内宫。可是年节之上，命妇进宫朝拜，总不能去拜贵妃和惠妃，这样便是乱了宫纪，坏了体统，于是皇上便只能将她的禁足令给解了。

前几日又不知道怎么回事，皇上竟亲手将凤印重新还了给她，还一连数日宿在坤宁宫，这便算是恢复了往日的尊荣。但经历过这样的起落，裴皇后的气势早就已经大不如前，面上神情一直都淡淡的，不喜也不悲。

她请了太妃上座后，便笑着跟几位宗室长老的太妃们闲聊了一会儿，然后又和每个到场的王妃郡王妃世子妃们各自寒暄了两句，最后她的目光移到明萱脸上。

明萱看到裴皇后向她招了招手，心里不由咯噔一下，比起这满屋子的太妃王妃郡王

妃世子妃而言，她身上没有任何诰封，所以座次也排在最末，原是想着能够低着头尽量不惹人注目地用过了宴便成，没有想到皇后竟然直接招了她前去。

不管再不情不愿，她也只能站起身来，硬着头皮走到皇后座前行了大礼。

皇后笑意盈盈地望着她："听说大嫂今日能来，我高兴了好一会儿，前些日子我在宫里头闭门礼佛，替皇上和百姓祈福，都没有时间召见娘家人，不知道府里最近可好？祖父可好？父亲母亲众位叔叔婶婶可好？"

她紧紧握住明萱的手，一瞬不眨地望着她。

明萱心中一动，低声回道："回皇后娘娘的话，府里一切都好，只是祖父前些日子得了风寒，天冷日寒，一直都不见好，最近都在家里歇着养病呢。"

第 51 章　封王・不变・绝杀

明萱敏感地觉察到，她这话一说出口，裴皇后握着她的手便立时松了一些，她一时想不透裴皇后此举深意，也不甚明白裴皇后是想要对她传达什么信息，便不敢多说一个字，敛了神色安静地伺立一旁。

只是怕什么来什么，尽管她都安静得像一棵树了，可还是抵挡不了各种各样好奇而炙热的目光，在场的这些太妃王妃们哪个是省油的灯？看到明萱出现在这样的场合，不过三两下心中便有了计较，心思浅一些的只猜到裴静宸或许是要封王，心思深的想到的可就更多了。如今见她被裴皇后单独拎了出来说话，都望着她各有所思。

裴皇后脸上露出笑容来，轻轻拍了拍明萱的手掌："大嫂以后可要常来陪陪我。"

明萱刚待答话，忽听得耳边一个温柔好听的声音说道："皇后娘娘真是的，裴大奶奶除了是您的长嫂，那也是贵妃娘娘的堂妹，以后裴大奶奶要是入宫来玩，可也不能光陪着您。"

她声音越发柔了："裴大奶奶，我一直倾慕敬畏先去的元妃娘娘，你是元妃娘娘的嫡妹，若是改日入宫，觐见完了皇后娘娘和贵妃娘娘，可也一定要来桂仁宫寻我，我可有好多话想要对你说呢。"

说这话的是俞惠妃。

她当场打断裴皇后的话，将顾贵妃扯了进来，还提到了在后宫颇避讳提起的元妃娘娘，这姿态傲然，足以让人感受到俞惠妃虽然位阶排在皇后和贵妃之下，但在皇上心中，生下了皇长子的她，才是内宫之主的气势。

明萱偷偷地望了俞惠妃一眼，只见她相貌并不出色，身材略显羸弱，看起来十分纤瘦，气质也略显清淡，长得要比皇后和贵妃都老相许多，只是眉角眼梢含着几分楚楚动人的味道，仿佛随时都能够泫然落泪的模样，与皇后的端庄，贵妃的矜持，大不相同。

她心想，许正是这份柔弱与不同，才让惠妃以这样的年纪容貌，却屹立于内宫不倒，甚至还拔得头筹率先生下了皇长子，可是一向低调的惠妃，此时在宗亲命妇的面前如此咄咄逼人，总让人觉得有些违和。

内宫争斗，心思如诡，不知不觉便是一场无刃硝烟，这是她们普通人不懂的。

裴皇后似是在隐忍，但脸上的不自然却很难完全遮住，她嘴角微微扯动，似笑非笑地说道："惠妃对元妃的思念，众位姐妹们都一向看在眼里，你既如此有情有义，我会跟皇上禀明，等过几月元妃的忌日时，便请惠妃移驾皇陵行宫，好好为元妃娘娘祈福的，以告慰元妃娘娘的在天之灵。"

她最后那句话，几乎是咬着牙齿一字一句地说出来的。

惠妃刚待要说些什么，忽然听得殿中珠帘攒动，皇极殿的小太监前来传旨："交泰殿布好了席，皇上请皇后娘娘带着贵客们一道入席。"

裴皇后脸上笑容更甚，起身甩了甩厚重的衣袖便领着众人先行出了正殿。

明萱与明荷对视一眼，便都自动地跟在了东平老太妃的身后，跟着一道出去。

坤宁宫在内宫的正中，离交泰殿其实并不算远，一路之上都有朱红色的回廊，回廊的两侧各自栽种了一些红梅，映着皑皑白雪显得特别清丽脱俗，煞是好看，因此皇后便提议步行过去，免得乘了软轿反倒错过了这些景致，画面确实好看，东平老太妃头一个应和着说好，其他的太妃王妃也兴致勃勃，还都相约了稍会便以这白雪红梅为题，来个赛诗会。

俞惠妃的心情却有些不佳。

她刚生完没有太久，身段尚未恢复，但为了窈窕好看一些，今日在厚重的惠妃朝服之下，她并没有穿御寒的衣物，原本她是坐软轿而来，到了坤宁宫又一直都坐在温暖的屋子里，倒还不觉得什么，这会儿在冰天雪地的回廊上走着，便只觉得身子一阵阵地打着寒战。

偏她又不能吵嚷着再坐软轿去，随行的队伍中除了东平老太妃外，尚还有几位年长的太妃，都是宗族里颇有威信的人物，因为辈分极高，皇上为了彰显孝义，向来都对她们十分敬重的，如今她们个个都抱着游览的心情满面欢笑地边行路边赏梅，她总不能撇下她们先行去坐软轿吧？

俞惠妃是从最底层爬起来的，最知道恃宠而骄必须要把握的尺度。

再者听说等宴席过后，在场诸位都必须要交上以梅雪为题的诗词，她的脸都要黑了，她不过只是定国公的一个庶女，用心计手段爬到了如今地位，以体贴温柔见宠于皇上，

哪里懂什么诗词歌赋？偏偏身边这些丫头又没有能顶得上用处的，便想着皇后定是故意要以此来让她出丑的，眼神便更见阴霾。

这一路不过小半刻钟，俞惠妃却走得分外艰难。

入席之后不多久，皇上便就宣布了要将襄楚王的王爵赐封给裴静宸的旨意，他字字句句言真意切：“先帝在时便曾有过的遗训，孤一直都想要尽早落实，好让先帝和襄楚王能够含笑九泉，只是这几年孤初登大宝，周朝百废待兴，又屡遭兵祸，这件事便就耽搁了下来，前些日子，孤与宗亲们商议之后，觉得襄楚王一脉不能就此断送，便决意要将这王爵赐还给他的孙子。”

他顿了顿：“襄楚王只有永嘉郡主独女，郡主又只生了宸弟一个，这王位理当便由宸弟来承袭，宗亲们都已经同意，孤也拟定了圣旨赐宸弟国姓，封安平王，承袭襄楚王一脉，等钦天监择定吉时良辰，便请宸弟搬回王府吧。”

皇命不可违，裴静宸到了此时，也只有谢恩的份。

夫贵妻荣，明萱也跟着裴静宸大礼谢恩。

皇上瞥向明萱，目光复杂地望了一眼，随即摆了摆手说道：“今日家宴，不必行此大礼，安平王与安平王妃入座吧。”

他举起手中杯盏高声说道：“我周氏皇族子嗣不丰，满朝宗亲也不过在座几位，孤只盼周氏血脉同心同德，令我周氏江山延绵万载，永世不息，不负祖宗盛愿。渊哥，临南王叔缠绵病榻不能前来，你便多饮一杯，算是替你父亲共襄盛举了。”

临南王世子周渊立了起来，他长得十分高大，皮肤黝黑，穿着亲王世子的朝服颇显得威武，与满殿的清俊美男子截然不同，倒是颇有几分大将气概，他闻言便自将几上两杯烈酒倒满，举杯高呼：“臣渊祝愿皇上洪福齐天，皇上万岁万岁万万岁！”话音说罢，便将酒水一饮而尽，十分豪爽。

殿内气氛一下子便被炒热了，觥筹交错不休。

宴席中半，王爷和世子们尚在饮酒作乐，皇后先领着众位女客入了偏殿，便有女官捧着笔墨纸砚进来，皇后笑着说道：“皇上和王爷们难得相聚，今日高兴，恐怕没有一两个时辰喝不尽兴，咱们便在这里作诗为乐，亦是一桩美事。方才老太妃说宫里头的红梅衬着白雪好看，咱们便就以梅雪为题，不限诗词歌赋。”

她接着说：“既是作诗，若是没有个彩头，也就不有趣了，不若这样，等作完诗我这里先让女官誊录一遍，誊录的诗稿上不具名，一齐送到正殿上让皇上评出个三甲，前三甲都各有赏赐，众位以为如何？”

众人齐声说好，个个都摩拳擦掌，想要在帝后面前一鸣惊人，有些手快的已经开始奋笔疾书了。

明萱却有些心神不宁。

在殿上谢恩时注意到了皇上看她的目光，那目光太过复杂，令她一时间猜不透他心意，是觉得歉疚，还是看到了亡妻嫡妹觉得不自在？但不管是什么，她都不愿意再让皇帝的目光注意到自己身上了。

所以作诗这种风头，她是决然不能出的，是该想些中庸的句子蒙混过关才对，坚决不肯拔得头筹，也坚决不能太差而引人注意。

明萱望着抱瓶中的红梅想了想，正待落笔，忽然听到“哎哟”一声，俞惠妃捂着肚子从凳子上滑落，倒在了地上。

偏殿内众人皆被吓个不轻，唯独裴皇后却气定神闲地拦住了要去往正殿通知皇上的宫女：“皇上难得与宗亲们一聚，惠妃晕倒虽然事大，但皇上又不是大夫，来了也没奈何的，有本宫照看着，想来惠妃是无碍的。”

她令身后女官将俞惠妃扶了起来，只见惠妃脸色有些潮红，双眼虽然是闭着的，可是眼皮却在不停跳动，她心下有数，便不紧不慢说道：“来人，去请了太医过来瞧瞧，惠妃养育皇长子，责任重大，若是有个什么闪失，皇长子可怎么办才好？”

宫女应声去了。

东平老太妃等人都是成了精的狐狸，惠妃方才还好端端的，刚说到要吟诗作词，这便昏倒了，到底是怎么一回事恐怕没有人心里不清楚的，虽然脸上个个都做出关切表情，但内心里却无一不在鄙夷惠妃的小家子气。

太医很快来了，诊过脉后脸上阴晴不定，很是为难。

裴皇后沉声说道：“怎么？惠妃是得了什么疑难疾病吗？竟至于昏倒这样严重。你速速想法子令她醒来，也好问清楚到底是怎么一回事。”

太医连忙跪下：“惠妃娘娘脉搏有力，呼吸均匀，臣才疏学浅，竟然诊断不出娘娘身上有何不妥，不过惠妃娘娘定然不会无缘无故地晕倒，还请皇后娘娘再给臣一次机会，臣想法子以针灸之法刺激惠妃娘娘的几个大穴试试看，倘若娘娘还不醒来，那微臣甘愿受罚。”

其实，能在宫里头当差的太医，什么事情没有经历过？他只要一搭脉，便就知道了惠妃其实是装的，不过皇后问得这样认真，他又与定国公俞家有些小恩怨，便决定赌上一把，附和着皇后一道给惠妃点小苦头吃。

金针刺穴，虽然有效，但却是有些可怕的，惠妃心里叫苦不迭，可是在决定装晕倒的时候，就已经注定了她不能这时候醒过来，否则倒真的成了笑话一场。因此她屏住呼吸，强力按捺住心中的害怕，强忍着自己的人中等几个大穴被刺入针灸，而那太医似乎就是在与她作对一般，折腾了好久，还专挑最痛的地方下手，她只觉得一阵钻心疼痛直入心扉，让她差点叫出声来。

终于，她悠悠醒转，一脸茫然地扶着脑袋问道：“皇后娘娘，我这是怎么了？方才

酒宴之上贪嘴多喝了两杯，方才一时头有些晕，没有吓着各位吧？”

太医方才已经揭穿她装病的伎俩，此时此刻，怕也只有以酒醉为幌，方能够不伤面子地下得了台去。

裴皇后哧笑一声，语气却越发温柔：“惠妃既有些醉了，就赶紧回桂仁宫歇着去，以后莫要再贪杯好酒，你自个儿无状便罢了，反正今儿都是自家人，也不怕会有人说出去，只是害得几位老太妃担忧，又吓着了几位侄女，真是有些不该呢。”

俞惠妃一时语窒，竟也想不到有什么话能够反驳，只好吞了这口气，病歪歪地与众人告了辞，回了桂仁宫。

经此一闹，这梅雪诗便也作不成了，太妃们觉得无妨，也称了明萱的心意。

裴皇后令人煮了热茶拿了点心，与众位女客们随意地聊了会闲话，等到正殿那边酒终宴散，便就各自辞别各回各家。

回镇国公府的路上，马车摇曳，明萱低声将今日所见所闻俱告诉了裴静宸，她余惊仍在地拍了拍胸口，摇头说道：“从前只是听说内宫争斗十分残酷，今日亲历，才知道究竟有多么可怕。寻常人家，妻妾之间尚还有礼法，宠妾灭妻是要受国法的，因此倒还有些体统，可这皇家……帝王宠爱是根本，生了皇子才有底气，惠妃两者俱得，也难怪那样嚣张了。”

她压低声音说道：“但我先前倒是高看了惠妃，原以为她既不具美貌，又没有足够高贵的身份，却能够在后宫杀出一条血路来，这样的女人定然是深不可测的，谁料到她先是在众人面前故意落皇后娘娘的面子，后来又演了那样一出装病的把戏，倒让人看得目瞪口呆，不知道说什么才好呢。”

不过话又说回来了，这回是裴皇后及时阻断了惠妃的宫女去请皇上，又请了个愿意配合的太医过来，否则惠妃此计虽然直白愚蠢，但在男人身上却极好用的，皇上好不容易才还给裴皇后的凤印，说不定因了此事又要有所变故了。

裴静宸却摇了摇头说道：“阿萱，你小看惠妃了。”

他目光一深，冷笑着说道：“惠妃定是猜到了皇上要对临南王府动手，可是不论是定国公府还是她本人，之前都与临南王府牵涉太深，甚至连她能够有今日地位，临南王府想必也脱不开干系的。如今皇后无子，贵妃膝下只有长公主，低等位阶的妃嫔不足畏惧，她生了皇上仅有的长子，地位尊崇，可期未来，是决然不肯因为临南王而令皇上对她有所猜疑的。”

明萱回过神来，惊诧问道：“所以她今日所为都是故意的？”

裴静宸点了点头：“先前淑妃宠冠后宫时，也曾有过仗着帝宠任性妄为的时候，皇上对此并没有异议，可见他是容忍并享受宠爱的女人撒些小脾气的，惠妃了解这一点，并且用得炉火纯青。”

他顿了顿，接着说道："我猜，皇上之所以还了凤印给皇后，是与祖父之间达成了什么协议，内心对皇后仍旧是不喜的，多年习惯，没有那么容易改变，而元妃对于皇上，始终是心头一点朱砂痣，不想记得太清，却怎么也忘不掉，惠妃多年来便是借着元妃这点飞黄腾达，她太清楚不过，今日在众位太妃面前抢白了皇后，皇上是绝对不会因此怪罪她的。"

明萱目光一动，低声说道："惠妃和临南王府牵绊太深，倘若她现在仍旧是从前那样冷静低调的模样，恐怕皇上会起疑心，疑心她和临南王之间达成了什么协议，她如今手中有皇长子，临南王若是令皇长子取皇帝而代之，然后挟天子以令诸侯，亦便可行。所以惠妃为了打消皇上的疑虑，以后便都会这样无脑跋扈下去，可是这样？"

装病亦是如此。

就算皇上知道了惠妃装病，恐怕不会有半点不喜，反而会觉得安心才是。在男人眼中，恃宠而骄才是女人的本性，倘若太过宠辱不惊，冷静沉着，那才叫胸有鸿堑另有图谋呢。而这样蠢钝的性子，就算让几家王府看了去，又不值当什么，总没有人敢将这件事说出去的，顶多也不过就是心里腹诽一下罢了，将来她的儿子登基，她就是太后，那些太妃王妃不照样要对她顶礼膜拜。

明萱越想越觉得这宫里头女人的心思可怕，她忽然想到，倘若元妃未曾自寻短见，依她那样单纯倔强又刚烈的性子，恐怕日子过得也绝对不会高兴的。君王宠爱，最是虚渺，从前宠冠后宫的淑妃死了才不过两月，就如同风中柳絮一般飘散了，在皇上心里留不下一丝痕迹。倘若元妃未死，那点愧疚爱意磨灭，到如今，恐怕也只剩下互相埋怨了吧？对于至真至性的女子而言，那比死还令人难过。

她一时悲恸，也不知道是该难过还是该庆幸。

马车里短暂沉默之后，明萱抬起头来，攀住裴静宸的脖颈，认真地说道："皇上封了你做安平王，按制你能有一名正妃两名侧妃四位夫人，这些都是有封号位阶有录在册的，从前你曾经答应过我，此生只我一人，但是此一时彼一时，我想要再问一遍，你的话可还算数？"

她小脸微仰，目光里分明带着些忐忑，却又隐隐闪耀着威胁的锋芒。

裴静宸望着她不说话，忽然将头埋在她脖颈中低低地笑出声来，他像是心情很好，笑声中带着一丝恣意和安慰，良久，他捧着明萱的脸庞认真说道："通常男人纳妾，不过三个理由，美色，子嗣，与面子。我对美色并不在意，说句自傲的话，恐怕整个周朝容貌比我自己出众的女人并不多；至于子嗣，阿萱，若你愿意为我多生几个，我求之不得，可倘若我的孩子并不是同一个母亲所出，那就大可不必了，这世间多的是生而不养的父亲，子嗣再多，又有什么意义？我不愿意做那样的人；至于面子，那等虚物是什么，倘若我在意过，就不会是现在这样的模样了。"

裴静宸俯下身去，目光柔得能够滴出水来："阿萱，我的心不够大，装一个你就已经足够，再也容不下其他人了。"

他顿了顿，凑在明萱耳边一字一句说道："愿得一心人，白首不相离，这就是我的愿望，此生不变。"

不过几日，皇上封裴静宸为安平王，又赐了他国姓一事便已经传遍了整个盛京。

自太祖开疆辟土起，还从未有过外姓人承袭宗室王爵的事，一时之间酒楼茶肆议论纷纷，然而这等皇家逸事虽然新奇，到底与百姓的生活离得太远，起初尚还有人争辩这事体有违祖制，到后来便无人再多作议论，倒仿佛裴静宸封王是件理所当然之事了一般。

裴相闻得这个消息，有过短暂的沉默与黯然，长子嫡孙姓了他姓，哪怕是成了王爵，对裴家而言虽喜犹哀，而他历经数朝风雨，自然能够看得清这背后的深意是什么，心里便更不是滋味了，但在酸涩忧虑过后，他却又淡然了。

他对着石增苦笑着说道："宸哥儿从来都没有觉得自己是裴家的人，这一回名正言顺地跟随母姓，他心里怕也是欢喜的，也罢，是我对不住他们母子，如今这些也就当成是我必须要承受的吧！"

石增是裴相身边暗卫的统领，亦是数十年相伴的死忠。

眼看主上的生命如同流水般消逝，很快就要到达尽头，没有人比他更着急，他想了想说道："您吩咐的事属下一直都在进行，可是世子爷像是发现了咱们的意图，每回都能够恰到好处地将咱们的人甩脱，一月之期很快就要到了，属下无能，不知道能不能将世子爷给……"

他面有羞色，似是很难启齿的模样："属下惭愧，竟不知道世子身边是从何时起聚集了这些有能力的高手，他们的扰乱能力十分突出，我们的人好几次都让他们给带到了危险境地。"

这些年来的追查，令石增对世子裴孝安不敢小瞧，饶是如此，他也被那些强大的敌手震撼到了，他有些羞愧，更多的却是恐慌，因为世子的实力竟然那样强，强到他都无法估量，眼看着裴相时日无多，倘若在那之前，世子的事情处理不好，后果不堪设想。

裴相似是早有所料，他轻轻地摇了摇头："大郎天资聪颖，得过众位大儒的指点和夸赞，若不是为韩氏所误，他怎么会是如今这副模样？"

他目光一深，像是沉浸在往事之中，眼神里带着沉痛和怀疑："石增，这些事你都陪我一同经历过的，你说，是不是我当初太过偏执了，才害得大郎到今日这地步？也许，我不只害了大郎，还害了郡主，害了宸哥儿！"

石增脸色骤然一动，他忙朗声说道："相爷，世子执迷不悟，您给过他多少次机会？连他做出那等……那等杀妻灭子之事，您为了骨肉天伦，也都替他抹去了，就算大爷如此怀疑，就算玉真师太那样地斥责，您都还要替他隐瞒，以一名父亲而言，属下以为，相爷已足够。”

他顿了顿，脸上带了几分愤愤：“说到底，韩氏狡诈，才引得世子如此，与相爷何干？”

裴相叹了口气：“韩家在西宁亦是有名望的人家，这韩氏虽然父母早逝，可却是由族长夫人一手养大的，才学品貌都属上乘，原本大郎对我提及这门亲事时，我也并不曾反对，我们裴家已经显赫至此，需要的当家长媳并不一定非要勋臣之女。可是，谁料到梁氏横插一杠……”

他脸上越显得孤寂惆怅：“都是冤孽……”

继夫人梁氏嫁过来时，元夫人已经替裴相生了三子，哪怕她后来接连生了二子一女，可这镇国公世子的爵位却是再与她所出的儿子无缘了，梁氏深谋远虑，想到以后若是世子的夫人与自己不同心，等裴相一去，她这个太夫人必然当得憋屈，便极力想要促成自己娘家的侄女与世子裴孝安凑一对。

梁氏瞒着裴相快马加鞭去了西宁，以裴相的名义拒绝了这门亲事，她令嬷嬷好生羞辱了韩氏女一番，说了许多重话，约莫还有威胁逼迫之意，韩氏女颇有气节，又惹不起镇国公府的权势，不忍让族人担心，便只能答应与世子断绝来往。

没有多久，韩氏女嫁给了西宁本地一位乡绅之子。

裴孝安伤心欲绝之下，这才中断了在西宁的学业，重返盛京的。

裴相虽然对梁氏所为很有些不满，但是事已如此，多说无益，他自身从不将情爱放在心上，对两任妻子都是责任维系，便以为世子也是如此，只要过些时日，便能将那韩氏抛诸脑后，是以他才会那样积极地请媒要替世子求永嘉郡主为妻。

定亲之初，世子倒也是愿意的。

永嘉郡主身份金尊玉贵，但性子却出了名的温柔和气，她生得又美，再加上当时襄楚王的鼎盛威名，盛京城中要求娶她的贵介公子无数，世子拔得头筹，一时惹人称羡，倒也能够满足一下被打击得七零八落的自信心，因此这亲事合得十分顺利，几乎没有费太大力气。

但忽有一日，世子收到西宁来的书信，快马加鞭地出去，半月后却将韩氏一并带回了镇国公府。

其间到底发生了何事，世子死咬着不说，只是声泪俱下地求裴相能够留下韩氏，他将来定再不惹事，很是说了一些发愤图强的话。后来，裴相派人前去西宁，查到的消息却是韩氏所嫁的乡绅之子暴病身亡，韩氏女伤心过度，亦已亡故。可韩氏好端端地跪在他面前，裴相又怎么可能猜不到缘由。

但当时与永嘉郡主的亲事已经议得差不多了，只待钦天监算出了良辰吉日，便算是

定下了，世子以此要挟，韩氏又只说甘愿为妾，裴相到底还是心软答应了下来，谁知道这一心软，韩氏便怀上了世子的骨肉……

裴相从回忆里抽出神来，沉着脸问道："西宁的事有新进展了吗？"

石增脸上万般犹豫，想了良久这才咬了咬牙回答："当年韩氏果然回过西宁，她生下了一名男婴，养到五六岁上，她得了急病过世，之后那男孩便有人送去了卫国将军韩秉城的府上，属下揣度，那男孩很有可能就是现在的平章政事韩修。"

他顿了顿："若是所料不差，那么韩修也该是相爷的……孙子……"

裴相目光深沉，脸上却不见惊讶，似乎早就料到了如此："这些年过去了，韩氏长什么样子，我早就记不清，可大郎却是日思夜想的，五年前，大郎第一次见到韩修，脸上那见着了鬼一样的似狂非狂的表情，我到现在还记忆犹新，当时我心里就隐约猜到了会是如此。"

他摇了摇头："但韩修藏得太深，后来我诸事繁杂，就没有将这件事继续追根究底，自你上回提起，我才又想起来的。若韩修果真是大郎和韩氏所生，那果真便是冤孽一场了。"

石增忙道："世子想必也早就知道了，属下每回沿着线索查去西宁，都会遇到重重阻挠，现在想来，那应该是世子做下的。世子不想相爷您知道韩修的事！"

裴相的目光闪烁，良久才低声说道："如今大郎心里唯一在乎的，便是韩修了，你便利用他这个弱点，想法子将他擒住。他心中忿怨太深，连我都敢下毒手了，倘若不制止他，不知道他还能做出什么样的事来，这一次，我不能再冒险了。"

他脸上苦涩颓败，目光却是格外的清冷深邃："将我移到东祠山上的那座别庄，我要引他来，杀我。"

静宜院。

明萱扶着额头问道："大伯母想要见我？"

严嬷嬷点了点头："侯夫人自从上回移出了侯府去了别庄，一直都在庄子上养病，年前有一阵子还有过病危不治的传闻，连过年家宴都不曾回府，想来侯夫人的病情不容乐观，这会儿想要见大奶奶，许是有什么临终遗言想要交代。"

她脸上亦有些不解："可论理说，侯夫人与大奶奶算不得亲近，这种时候派了人来请您过去，总觉得有些古怪。不过来送信的是瑞嬷嬷，那是侯夫人身边第一得力的人，想来这事不会有假。"

丹红听了，却哧笑一声："侯夫人哪有什么大病？那日侯府家宴我听管嬷嬷说，侯夫人那是心上的毛病，跟侯爷闹了别扭，彼此又都太过骄傲，谁也不肯先拉下脸来认输，所以一个称病不归家，还将病情说得老严重的，另一个却也不去派人接，就这样闹僵了罢了。亏你们说得那样玄乎，哪里有那样严重？”

她顿了顿：“叫我说呀，侯夫人最是势利，从前大奶奶在这府里四面楚歌，怎么就没有见她派人来问一声的，这一听说咱们大奶奶要做王妃了，就干巴巴地请了瑞嬷嬷来说要见您？莫不会是有事想要求着您的吧？”

明萱眼眸低垂，沉吟片刻说道：“不管大伯母要见我究竟是为了什么，恰好我也有事情想要问问她呢。小素娘匣子里藏着的那单枚蓝宝石耳坠，如今咱们闹清楚和大嫂子头上的簪子是一个出处，与其这样追着多少年前的玉料铺子查不到线索，倒不如直接问一问大伯母，听说我母亲咽气之前，最后一个见的人，可是大伯母……”

第 52 章　探望・利用・缘由

侯夫人的陪嫁庄子也在南郊。

出了南门往前两里地开始，便是盛京权贵置下的庄园田地。明萱的庄子是在东面，那处土地肥沃，最适宜耕地种田，每年庄子上的产出十分可观。而侯夫人的庄子却是在西面的月环山下，背靠着山脉，傍着清泉，其实是一座避暑休养小憩的别庄。

前年末，明蔷对陇西李家的表哥做下了不规矩的事，侯夫人为了保全她，谎称她得了过人的毛病，连夜派了管事将人送到了南郊半年，便是在这座别庄上。后来，又是因为明蔷与皇上私下暗订鸳盟，还有了骨肉，永宁侯觉得侯夫人管教不力，败坏了顾家的名声，新仇旧恨之下，派人将侯夫人以养病的名义挪到了这处来。

侯夫人这一待，便是大半年。

明萱刚下马车，便觉得一阵森寒，她下意识地将身体缩在斗篷里，说了一句：“这儿真冷。”

正月里，正是严寒最甚的时候，南郊空旷，原本就要比内城更冷一些的，何况这座别庄背靠山脉，山风阴凉，在这寒冷的冬季毫不留情地肆虐，令这避暑的胜地在冬日里竟如同冰窖一般难挨。

来迎接的是瑞嬷嬷。

她穿着一身简陋的青布碎花棉袄，头上只用竹簪绾住发髻，素颜清淡，并没有涂脂抹粉，面容憔悴，眼角有些浮肿，倒像是刚哭过一场。听到明萱的话，她脸上露出凄婉和一丝不甘，缩了缩鼻子说道：“让七小姐受罪了，快到里面去，就不冷了。”

明萱和丹红彼此对望一眼，心里都觉得有些奇怪。

瑞嬷嬷是侯夫人身边最得力的心腹，替侯夫人担着一半的家事，这些年油水也没有少捞，身上穿的用的都是上等货色，三四品小吏的正房夫人都未必能有她的威仪。她是侯夫人的喉舌，亦是左膀右臂，说的话有时候比主子奶奶还要掷地有声，一向都是盛气凌人的多，何尝有过这样谦恭卑弱的时候。

明萱心下便是一紧，趁着瑞嬷嬷不察，便向四处张望去。

偌大一个别庄，一路行来，已经快要进到正房，竟然连一个看门守院的婆子丫头也没有看到，侯夫人好歹是正二品的诰命，从前出个门身后跟着的婆子媳妇都能坐两大车的，这会儿虽然是打着养病的名义在山庄静养，可毕竟是侯府主母，不该如此冷清。

联想到瑞嬷嬷的反常，她隐隐觉得侯夫人似该是出了什么事。

一路跟着瑞嬷嬷进到正屋，从插花屏风绕到了内室，明萱看到侯夫人靠在床头，冲着她勉强一笑："萱姐儿，你来了。"

明萱望见侯夫人的脸色泛白，看起来十分虚弱，心里不由一惊。

这种行将入土的腐朽气色，不久之前她在韩夫人脸上见到过，几个时辰之后，韩夫人就走完了生命的最后一程。可朱老夫人身边的管嬷嬷分明说，侯夫人并无大病，不过只是心上不舒坦和侯爷怄气罢了。

她掩下心中的情绪，在床前的小凳上坐下，柔声说道："大伯母，我来了。"

瑞嬷嬷亲自倒了热茶进来，递了过去，有些不好意思地说道："不是什么好茶，请七小姐将就着喝了暖暖胃。"

明萱抿了一口，眉头轻轻地皱了，又苦又涩，的确不是什么好茶。

她心里想着，这杯次等的热茶应该也不是瑞嬷嬷故意拿出来招待她的，从她进内屋到现在，只有瑞嬷嬷忙进忙出，连个打杂的小丫头都不曾看到过，按说侯夫人病成这样，屋子里伺候的人都该候着才对，倘若不是侯夫人特意差遣开了她们，那便就是真的没有人手。

可这不该啊！

侯夫人生了两子两女，除了长女先建宁伯夫人没了，其余的都在盛京侯府。

世子元昊和世子夫人蔡氏都是懂规矩会办事的人，五哥元显向来对侯夫人极孝顺的，便是侯爷断了侯夫人在别庄的供给，这两个亲生的儿子也绝对不可能不理不问的，再不然，侯夫人可还有一个当贵妃娘娘的女儿在宫里头呢。

明萱长长的睫毛微微闪动，半晌笑着抬头问道："不知道大伯母叫我来，是有什么吩咐？"

侯夫人似是被方才明萱的皱眉刺痛了伤心处，眼神黯然地说道："这座庄子原本就不大来的，所以屋子里简陋，也没有置什么摆设，你来了，连杯像样的茶水都招待不周，倒是委屈你了。"

顿了顿，她又说道："萱姐儿，我请你过来，其实是有事想要求你的。"

倒也没有兜许多圈子，开门见山。

明萱忙道："大伯母有什么事吩咐就是了，但凡侄女儿能够办到的，一定尽力而为，都是一家人，说什么求不求的。"

她内心里并不太想要管侯夫人的事，因此这话虽然说得亲热，但却大有余地。

侯夫人似是察觉到明萱的疏离，她低声叹了口气说道："原本这些话也不该我这个做伯母的来跟小辈说，只是如今，我也是没有办法了。"

她目光微垂，脸上闪过几分至深的哀痛："上回蔷姐儿被封了淑妃，你大伯父责怪我教女不力，让他被同僚私底下笑话，若不是为了侯府脸面，我恐怕他连休了我的心都有，他铁口直断，一句让我养病，就将我撵到了这里来，那样狠心绝情，三十年夫妻情义，他半分情面都不给我留。"

瑞嬷嬷忙将手中帕子递了过去，一边愤愤说道："侯爷真是狠心，侯夫人身子原本只是小恙，可这边简陋，吃用都不得力，延医请药都不容易，夫人生生地将小病拖成了大病。可我数次回禀，侯爷却总斥责夫人不安生，到后来连常请的那位太医也不准来了，这便算了，侯爷他竟然……"

她越说越气愤："侯爷竟然还克扣了夫人的月例。为了不让世子和五爷看了夫人心疼，特地替他们两个请了差事，远远地遣去了南边办差。先前世子夫人倒是常来，但也不敢将府库里的东西搬过来，只能偷偷留下点银子，可夫人这病需要上品的人参吊着，那点银两又怎么够呢？"

这说的是永宁侯的不是，明萱只是小辈，而且还是嫁出去了的侄女，自然不好随意评点什么，只能垂着头听着，可她越听越觉得不对劲。

永宁侯和侯夫人感情不好，这是阖府皆知的事情，先有明芜的生母，后又有个周姨娘，侯夫人能够在不得丈夫心的情况下，陆续生下了四个子女，已经是奇迹了，这也说明永宁侯是个看重嫡庶遵守家族规矩的男人。倘若只是因为淑妃与皇上私定终身丢了永宁侯的面子，他也不至于让侯夫人这样下不来台，侯夫人若是出了事，他永宁侯的脸上一样挂不住。

最令人不解的是，若真有这样的事，瑞嬷嬷完全可以去回禀朱老夫人，去想法子进宫见贵妃娘娘讨个说法，去寻侯夫人的娘家禄国公府罗家的人，而为什么要来找她。

瑞嬷嬷像是看不出明萱脸上的为难，接着说道："先前淑妃娘娘得意时，三番两日宣夫人进宫，倒还有与贵妃娘娘相见的机会，可后来淑妃娘娘没了，侯爷便对夫人下了禁足令，不只将夫人身边的墨根迭罗都打发了出去，只剩下我和斗珠两个，还不准世子夫人亲自过来，一应供给，都由下人送来。"

她抹了把眼泪："庄子上没有留车，昨儿我交代了斗珠照顾夫人，然后走了几十里

路摸到了镇国公府的门房，好不容易才想法子见到了严嬷嬷，今儿七小姐能来，说句实心话，老奴我真是感激涕零。”

明萱脸色微变，吸了口凉气问道：“这些事祖母可知道吗？”

侯夫人苦笑着摇了摇头：“母亲大约以为我仍在与侯爷赌气。”

她目光盈盈，眼中颓败低落：“萱姐儿，你知道吗？你大伯父说，淑妃娘娘和她腹中已经成形了的男胎，是我害死的呢！可怜我都病成了这副模样，还要担当这害人的罪名，那可是深宫大内，皇上宠爱的淑妃娘娘的宫殿，我何德何能，有这个本事能害死人？”

淑妃因难产而死，但是她生下来的男孩是个死胎，据说全身发黑，显然是中毒之兆，可皇上因为俞惠妃生了长子，便没有追究下去，这胎毒日久，不是一日之功，想来是有人长期在淑妃身边下毒而致，根据谁得利谁就有嫌疑的准则推算，嫌疑最大的该是俞惠妃，其次则是贵妃。

而侯夫人入宫，需要经过几重检查，便是真有了害死淑妃的心，恐怕也未必有这个机会，永宁侯将这个罪名安在了侯夫人头上，不仅毫无道理，还丧失了理智。这件事若是透露了出去惹人怀疑，谋害宫妃皇嗣，侯夫人固然难逃一死，可顾家却也是要因此遭殃的。

明萱皱着眉头问道：“大伯母，不知道您最近一次见到大伯父是在何时，他可有什么看起来不大对劲的地方？”

明萱的大伯父永宁侯顾长启是个能力不强，但却颇有些野心的男人，他自继承爵位以来，一直都致力于要将永宁侯府发扬光大，可惜本身才能有限，心机也不深，在许多事情的处理上，都不是很高明。

但再怎么庸碌的男人，身在侯爵这个位置上，总该知道轻重。谋害皇妃皇嗣是个什么罪名？这也是可以胡乱瞎说的话吗？

侯夫人微微有些错愕，良久摇了摇头：“淑妃没了之后，你大伯父气急败坏地来过一次，他虽然没有直言，但是话里话外就是这个意思，他说黄蜂尾后针，最毒妇人心，他从来都没有想到会娶个像我这样恶毒的女人为妻。”

她苦笑起来：“在他眼里，白姨娘是我害死的，夕娘是我害死的，周姨娘是我害死的，连你母亲陆氏也是我害死的，淑妃一尸两命，自然也与我有关。”

明萱的身子微微一颤：“大伯母，您说什么？莫非我的母亲的死，您知道些什么？”

瑞嬷嬷忙挡在侯夫人身前，像是解释一般说道：“七小姐，这些都是侯爷一厢情愿的说法，可不是事实。像那位白姨娘，是因为与小厮私通，被侯爷发现了后亲自下令将人活活打死的，论起来，您说跟侯夫人有什么关系？九小姐的生母夕娘一直被侯爷养在外头的，是得了重病才死的，侯夫人都不知道她住什么地方，哪里能够害了她？淑妃娘娘的事，就更不必说了，您是去过宫里头的，那是个什么地方，您再清楚不过了，侯夫人便是有天大的胆子想给淑妃娘娘下毒手，那也没有那机会啊。”

她顿了顿，看着明萱的脸色低声说道：“至于三夫人，侯夫人万万没有害自己家里人的心。”

明萱一记热辣辣的目光投射到瑞嬷嬷的脸上，看得瑞嬷嬷不由自主打了个寒战。

侯夫人抬起头来：“瑞嬷嬷，你到外头候着去，我有话要对七小姐说。”

冷清的内室不多久只剩下两人，侯夫人望着明萱，语气低落，透着股森凉：“萱姐儿，你是个能干又聪慧的孩子，想来也从旁人处知晓了，我和你母亲之间相处得其实并不融洽。你的外祖母姓田，原就与你祖母是表姐妹，因着这层关系，她嫁过来后事事占先，压在我头上，侯爷对她远要比我这个妻子来得尊重，我很有些嫉恨她，平素便很少与她来往。”

她顿了顿，接着说道：“但尽管如此，我心里却从来没有存过要害她的心思。”

明萱的心咯噔一下，仿若置身冰窖：“大伯母，你告诉我，我母亲过世那日，到底发生了什么？是不是真的是你……”

侯夫人摇了摇头，眼神茫然：“我不知道。”

她双唇发抖，颤着声音说道：“是定国公夫人告诉我的，你父亲在刑部大牢自缢身亡，我原本想要瞒住你母亲不说的，可是你母亲连番追问，我一时没有忍住，口快说了出来……你母亲身子本就不好，你当时还在昏迷不醒之中，她所受的打击实在太大了，而那时我告诉她你父亲死了，她虽然看起来并没有什么异样，还说她不信，可第二日她就没了！”

下一瞬，侯夫人脸色骤然颓败，一片铁灰，她紧紧攥住明萱的双手，目光却空洞得令人心寒：“可是我没有想到，这消息竟是假的，你父亲根本就没有死，他后来的确是自缢身亡了，可那也是两天之后的事情了。我跑去定国公府责问定国公夫人，可是她说，她也是听说的，谁让我一时口快不经证实就说了出去……”

夫人的声音越发低弱了：“这几日夜晚，我却总梦到你母亲，她拿着绣样在安泰院的暖阁里绣花，还抬头问我要不要也跟她一块绣。我心里想着，这怕是一种昭示吧。”

她抬起头：“萱姐儿，其实我一直都疑心定国公夫人的用意，也曾私底下责问过几回，可没过多久她也死了，这件事就这样成了悬案。我也有心想要说出来，可是这件事不论是皇上还是侯爷，都藏着掖着，恰好我也有自己的私心，便就没有告诉你。可我命不久长，有些事该说清楚的就该说清楚，总不能带着这些愧疚和疑问去地下。你若是要怨恨我，这也是我咎由自取，我……愿意都受着。”

明萱怔怔地坐着，如一棵松。

她心里很清楚，侯夫人不过只是幕后黑手的一只替罪羊，哪怕她曾经给予陆氏严冬的一场恶劣的大雪，带来最致命的一击，但，侯夫人不过是被利用了罢了。

有人想要陆氏死，所以才借由侯夫人的口说出虚假的消息。

想了想，她从怀里拿出蓝宝石耳坠，声音僵硬地问道："这样说来，这枚吊坠，是当初定国公夫人遗留下来的了？"

侯夫人的眼睛瞪得比铜铃还要大，她惊声疾呼："这东西怎么在你手上？"

她强自撑着身子起身，将蓝宝石耳坠接了过来，满脸不解地说道："这的确是定国公夫人的东西，当日她得到这稀世罕见的羊脂美玉，去珍宝阁打造了簪子和耳坠各一副，其中一支簪子还给了你大嫂。这耳坠我见她戴过几次，后来却又不见了，我问过她，她说丢了一只，不成对了，便扔在了八宝匣。"

她缓缓地抬起头来，眼中迷惑："萱姐儿，你是从哪里得来这物件的？"

明萱静静望着她，半晌低声说道："大伯母还记得我母亲生前有一个梳头娘子吗？这耳坠是她临终前交给我的，她说这耳坠的主人与我母亲的死有关。既然这耳坠是定国公夫人之物……"

她微微一顿："大伯母，您好好想一想，我母亲过世之前，这位定国公夫人是不是曾经到过永宁侯府，甚至看望过我的母亲？"

侯夫人皱着眉头想了片刻："我们侯府和定国公府都是跟着太祖爷打江山定下的功臣，数世之间彼此都有往来，咱们顾家和他们俞家上两辈也有过姻亲，再加上你大嫂认了定国公夫人做干娘，平素走动得不少。四年前，今上登基之后，你三姐姐还曾与定国公府的五爷议过亲，算起来恰好便是那段时日，咱们两家来往得勤。"

她沉吟着继续说道："你母亲病倒，她也曾来看望过的，说起来我误以为你父亲已经没了的消息，还是她特地来咱们府上看我时提起的。"

正说着，猛然间侯夫人忽地急切地大喊了一声："瑞嬷嬷，快进来！"

瑞嬷嬷急匆匆地赶了进内屋，还以为出了什么大事，忙忙地问道："夫人，您怎么了？你要什么？"

侯夫人紧紧抓着她手臂问道："瑞嬷嬷，你帮我想想，四年前三夫人离世那日，定国公夫人可曾来过永宁侯府？我脑子里现在一团乱麻，一时想不起来，快，你替我想想，定国公夫人可有来过？"

这么多年来，她一直都以为是自己间接地害死了陆氏，陆氏的死对在刑部衙门里关押着的顾长平定然产生了巨大的冲击，这才有了自缢身亡的事，而宫里头的元妃娘娘亦定是因为父母相继过世，这才下了狠心绝食而终，她纵然以冷清冷心掩盖着心中的秘密，可午夜梦回，多少次都被恐惧和愧疚吓醒。

而现在，眼前这枚蓝宝石耳坠却令她回忆起了那些被忽略的事实。

瑞嬷嬷的手臂被侯夫人紧紧攥住，摇晃得身子都有些踉跄，她一手轻轻拍着侯夫人的后背，安抚着说道："夫人您先镇静，来，靠着枕头能够舒服一些，当年的事让奴婢好好想想，想好了再回答您。”

她低头沉吟了片刻，迟疑着说道：“当时定国公府和咱们府上正在议亲，定国公夫人和您私交又十分要好，得知三房出了事，定国公夫人几乎每日都来。虽然惠妃当时还未册封，但身在内宫，又是皇上的近身人，多少能够揣摩到一些圣意，定国公夫人得到了惠妃那边的消息，便会立刻来告诉您。”

瑞嬷嬷顿了顿，十分肯定地说道：“三夫人过世那日，定国公夫人也来过。”

她对着侯夫人问道：“夫人您忘记了，那日传来三夫人有些不好的消息，您立即派人去请太医，因为斗珠耽误了一会儿时间，您还亲自训斥了她。后来她说，是定国公夫人身边的窈儿求着她找东西。窈儿既在咱们院子里，那么定国公夫人那时也定是在的。”

侯夫人似是想起了什么，急忙点头说道：“正是。”

她对着明萱苦笑着说道：“我说错了话，本来心里就着急，后来又见阖府上下都没有传出来你父亲自缢的消息，你大伯父和大哥从衙门里回来也没有提起，心里便觉得可能里头有误会。然后又听说你母亲不好了，太医过来宣布她无力转圜，已经西去，我心里慌得不行，倒没有注意到定国公夫人在。”

其实，哪怕两家交情再好，可定国公夫人来访，门上定然是有通报的，侯夫人不可能不知道，再说，定国公夫人身边的贴身大丫头窈儿既是在侯夫人的院子里寻东西，那便说明定国公夫人当时也在宜安堂，只不过人在紧张的时刻，往往只会注意到令她在意的东西，而忽略一些她自认为无关紧要的细节。

明萱长长的睫毛垂落，低声说道：“看起来大伯母无须再为我母亲的死自责了。”

她徐徐抬起头来，清冷的目光落到侯夫人单薄而病弱的身上：“定国公夫人的坠子多半便是在我母亲过世那日掉落的，我母亲的梳头娘子是三房的人，一直都在我母亲院子里当差，想来也没有理由会跑到宜安堂来捡着定国公夫人的坠子，这些年还一直都藏在匣子里，直到临死才敢拿出来指认。所以，恐怕是定国公夫人对我母亲说了什么，我母亲一时急怒攻心，才……”

按照韩修密信中所说，皇上要立裴氏女为后，不论裴家顾家事先都心知肚明，顾家一直都很清楚，皇上会找一个理由来将原配发妻顾明蓉拉下皇后座，而另立新后。顾长平也好，陆氏也罢，甚至连永宁侯也都十分清楚，所谓与先二皇子的和诗有谋逆之嫌，不过是个莫须有的借口，因为没有真凭实据，所以在皇后之位尘埃落定之后，很快就能够洗清事实。

然后，皇上实现与裴相的协定，而顾家，得到额外的补偿。

而韩修为了一己私心，选在了与明萱成亲的那日，在云集的宾客之前，强行毁婚，又将顾长平带走，事先明萱又并不知晓这里头尚还有这许多的内情，她性子刚烈又骄傲，为人恣意纵情，容不下这等侮辱，才会触柱自戮。

于是，便成了整个精心安排事件下的变数，也正因为如此，让有心人有机可乘，找到狭小缝隙中的那点机会，引导着事情开始往不可收拾的方向发展，最终成就了这出凄婉哀伤的悲剧。

所以，尽管现实比陆氏想象中的要激烈许多，但是她心里一直都相信顾长平会安然无恙地回家，这个无比真实又无比惨烈的景况，不过只是一个精密设计好的步骤，只要等到皇上立了裴家的皇后，自己的丈夫便能够无罪释放，自己的女儿虽然丢了皇后的宝座，却能够坐享一世的平安。

她心中如此坚信，又怎会轻易相信侯夫人说的话。

明萱心中痛恸，说出来的话语气便有些僵硬："倘若大伯母当时能够将定国公夫人的嫌疑说出来，不论是告诉大伯父，还是祖母，甚至是我哥哥都好，也许……也许我父亲就能逃过一劫，我姐姐也不会……"

胸口有一股浓烈的血腥气涌上喉间，眼角逐渐被泪水湿润。

她昂了昂头，目光落在侯夫人的头顶之上，冷冷地说道："我父亲，并不是自缢身亡，他是被人害死的。现在知道了我母亲的事后，我忽然觉得，也许我姐姐的死，也另有可疑呢。而这一切，原本是可以避免的，便算不能避免，知道了定国公夫人的嫌疑，我父亲和姐姐，也总是能够心中有底好提防一下，不是吗？大伯母。"

侯夫人的脸上很是震惊，她似乎对这些事一无所知。

在长久的静默之后，她才沉沉地点头说道："是我错了。"

明萱静默许久，抬头问道："大伯母原先是想要让我做什么？"

侯夫人脸上很有些诧异，却仍旧说道："贵妃娘娘在宫里头很好，昊哥儿为人处世我都放心，蔡氏亦是个能干的媳妇，有她帮衬，永宁侯府将来必要比我掌理时好太多。我时日无多，唯牵挂显哥儿和琳玥的亲事，先前因为平昌伯太夫人延迟了一回，若是我去了，恐又要被耽搁，显哥儿和琳玥的年岁都不小了……"

她目光微热，低声恳求道："我让瑞嬷嬷去求侯爷过来一趟，我想将身后事安排一下，可侯爷不肯来，我又不想求助于娘家人，若是我和侯爷不和的事闹开来，将来几个孩子在中间难转圜，孤木难以成林，亲戚之间都是需要互相帮衬的，我不想顾罗两家失和。侯府那边，我又不想要这件事闹得尽人皆知，白白让人看了笑话。"

侯夫人目光殷切："我思来想去，便也唯有萱姐儿你，能替我给侯爷递这封信了。"

她从枕头底下抽出一张折得方方正正的杏黄色信纸："三十年夫妻，临到终了，也不必撕破脸闹得这样难看，让孩子们面上不好过，小五还没有成亲，我也怕他受了我的影响。萱姐儿，望你看在我虽然有错，却总归是受了人利用陷害的分上，帮大伯母一回，替我将这封信带给你大伯父。这时候，恐怕也只有你送去的书信，他肯认认真真地看一看了。"

明萱目光微垂，将信接了过来。

人之将死，其言也善，虽然她觉得侯夫人可恶，但却也没有必要跟一个将死之人过不去，更何况，琳玥是她的好友，与五哥元显两情相悦，将来总是要在永宁侯府顾家生活的，事情闹开了去，对琳玥也并非好事，祖母知道了也难免心伤。

回镇国公府的路上，明萱问丹红："你还记得定国公夫人是什么时候没了的？"

丹红曾经在朱老夫人的安泰院当差，因为机灵能干被拨到了当时昏迷混沌的明萱身边当差，刚去漱玉阁便和雪素一道连升两等成为一等丫头。

漱玉阁当时虽然受人轻视，可丹红却和府里其他几个院子的丫头婆子都保持良好的关系，消息灵通得很，盛京城中公侯府邸的下人暗地的传言她都知晓，这些尽人皆知的重大消息，她比明萱要清楚得多。

丹红想了想回答："好像是三夫人过世不久，相隔不过两月，说是忽然得了急病，不过坊间也有传言，是因为惠妃娘娘的生母得了势，生生地将定国公夫人气死的。"

坊间传言并不可信，可是定国公夫人原先没病没灾，是忽然死的，这却是确凿无疑的事实。

明萱心中一沉："这样看来，定国公夫人也不过只是个棋子罢了。"

有人想要让皇上和裴顾两家的联盟出现问题，所以才借着定国公夫人的手害死了陆氏，接而又设计害死了顾长平，然后连元妃也很快地香消玉殒，这一连串的惨剧，偏偏又显得那样自然，造成了陆氏与顾长平双双殉情的假象，又让元妃的绝食而终显得可信度更高。

这个人，用心如此歹毒，却到底所为何故？

第 53 章　别庄 · 无罪 · 裴相

永宁侯望着桌案上静静躺着的信笺低头不语，良久才抬起头来盯视着明萱，他眉头紧皱，语气中带着深浓的不耐，又隐隐有几分紧张和防备："罗氏让人去找你了？她跟你说了什么？"

他称呼侯夫人为"罗氏"，而非家常的"你大伯母"，冷漠和疏离可见一斑。

明萱嘴角漾起一个浅淡的微笑，声音平静如水，半点没有波澜："回大伯父的话，侄女儿今日正要去南郊庄子上，想到家宴没有见着大伯母，此番恰好经过，便去给大伯母请个安。说的都是些闲话，我看大伯母身子很有些不好，便没有久留，拜见过了便告

辞的。”

她的目光穿过这座严肃谨慎的书房，然后落在永宁侯的身上：“临走时，大伯母托我给您带了个手信，她虽说不急，可我想着若是要紧的事，可不能耽搁了，所以才径直回了趟侯府，恰好您今日沐休，侄女儿便来求见。”

在看到永宁侯见到侯夫人这封并没有署名的信笺时候的反应之后，她心里深深地感到，大伯父对大伯母这样往死里整的节奏，绝不可能仅仅是因为夫妻不和那样简单。

所以，她选择不说实话，而是继续试探他。

果然，永宁侯神色一松，似是松了口气，他笑着说道：“你大伯母能有什么要紧的事？再说，就算有事，叫身边的丫头婆子回一趟家便好，怎么能差遣萱姐儿你？这冰天雪地的，倒让你多跑了这趟路。”

他顿了顿，语气关切地问道：“裴姑爷近来可好？他的腿伤可有起色？”

那样急切地转换话题，很显然并不想继续谈及侯夫人。

明萱目光微垂，轻声说道：“劳大伯父记挂，静宸近来气色不错，不过腿伤却还是老样子。”

永宁侯的目光瞬时柔和了下来，他低声叹了口气：“周朝地广物博，人才济济，总有可以治得好裴姑爷腿伤的能人异士，幸得他还年轻，皇上隆恩，又破例封了王爵，慢慢寻，总会有治好的那天。”

他扬了扬手：“我看天色也不早了，外头天冷路滑，大伯父便不留你了，你去安泰院给祖母请了安，便早些回镇国公府吧，别让裴姑爷着急。”

明萱轻轻福了一身，便退了出去。

已经到了永宁侯府，自然要去安泰院拜见朱老夫人，祖孙两个说了好一会儿子话，见西天渐渐沉了下来，这才眷恋不舍地话了别。

回到静宜院时，已经过了酉时三刻。

明萱掀开厚重的暖帘进到屋内，带来一阵凛冽的寒意，她看到桌上已经摆上了热腾腾的饭菜，裴静宸撑着特制的拐杖上前迎她，心中一整日缠绕着的郁结不知不觉便天清云淡散了开去，她低声问道：“你怎么不先吃？”

裴静宸望着她：“你不在，我吃不下，所以等你回来一起吃。”

他的语气无比平静淡然，但透着浓浓的深情蜜意，还带着几分撒娇的趣味。

丹红最是识时务，她脸上带着笑容说道：“大爷和大奶奶慢慢用，严嬷嬷给我留了饭，我去她屋子里陪她一起用。您两位有什么吩咐喊一声便行，我留了几个小丫头在外厢伺候着。”

她掩着嘴笑着退下，将门轻轻合上。

用过了晚膳，洗漱过后，明萱躺在裴静宸怀中将今日所见所闻都说了一遍：“原先只是怀疑我母亲的死另有隐情，但是今日见过侯夫人，我才晓得竟然这样复杂。定国公夫人虽然不过只是一颗棋子，但她也定然不会无缘无故地出这个头，想来我父母长姐的死，定国公府都难辞其咎。”

不论如何，俞惠妃之所以能有今日的地位，与元妃的死不无关系。皇上因为对元妃愧疚，所以时常会在曾与元妃交好的俞惠妃身上寻找昔日亡妻的影子，因为有着元妃这个裴皇后没有的共同话题，俞惠妃才能长盛不衰。元妃死了，毫无疑问惠妃是得利的。

明萱眉头轻拧，低声说道：“提到定国公府，我总是要不由自主想到临南王。可是临南王偏居一隅，已经是周朝势力最大的藩王了，若是当年之事，真与他有关系，那么他旨在要破坏皇上与裴家和顾家的联盟，从而有更大的图谋。”

她脸色骤然一变：“难道临南王想要谋反？”

除此之外，她再也想不到别的人或者别的理由，会做出这样的事。

裴静宸将怀中的妻子搂得更紧：“只要我们查下去，真相总会有水落石出的一天，阿萱，我向你保证，不管那个害了岳父岳母和元妃娘娘的人是谁，我都会将这个人找出来，让他付出应该付的代价。”

灯烛吹熄，一夜无语。

第二日清晨，皇上封裴静宸为安平王的旨意正式下了，先前的襄楚王府近些年来一直都有旧奴竭力维修，所以只要稍作修缮，便可以搬过去。

明萱本来想着永嘉郡主的死因存疑，倘若搬离了镇国公府，恐怕那些真相便再难查实，便有些想要拖延时间搬离。

可裴静宸却说：“我让人顺着上回得到的线索查了下去，发现良多，只等着去往西宁的人回来，便有所定论了，住不住裴府，已然没有太大的意义。这静宜院虽然有着我们两个最好的回忆，但却也有童年时许多不堪，我对这里并没有归属，与其在这里憋闷得慌，什么都不能做，倒不如早早搬离，也方便行事。”

他的双腿经过月余训练，已然基本恢复了正常，虽然不能激烈跑动，但是平素行走却已经如常，可是为了戒备裴家的人，他却仍然还要在轮椅之上坐着，哪怕是在静宜院内，也不敢轻举妄动，生怕被人看出了马脚，露了行迹。

而襄楚王府中，却都是他外祖父当年的旧仆，这些年来暗中时有联络，那些人最是忠心不过，将一座失去了主人二十年的府邸管理得如同铜墙铁壁一般严密，那是他的地盘，他可以自由地做更多的事。

但临到要搬离那日，明萱却忽然对黄衣犯了难。

黄衣是她的客人，理应跟着她去安平王府，可偏偏黄衣又在着手治疗裴相的病，若是跟着她走了，那裴相身上的毒该怎么办？但她也不能独独将黄衣一个人留在镇国公府，这不仅于理不合，还容易授人话柄。

正当她左右为难之时，荣安堂的管事却亲自来禀："相爷这些日子在黄衣姑娘的治疗下身子已经好了许多，但窝在府里太久，相爷觉得有些烦闷，今儿一早便去了别庄休养散心。大爷和大奶奶请放心，相爷身侧有孙太医跟随，他老人家也不想要继续麻烦黄衣姑娘诊治，所以这回并没有请黄衣同行。"

他从怀中掏出一个紫檀木匣子说道："这是相爷对黄衣姑娘的一点谢礼，还请大奶奶交给黄衣姑娘。"

明萱虽然觉得奇怪，但却还是依言收了。

她亲自将那个匣子去送给黄衣，问及裴相的病情："上回在荣安堂时，你说得那样严重，我还以为祖父当真只有一月性命，可眼看一月之期将近，相爷却还能够出游散心，想来他的身子应当没有那样沉重才对。"

黄衣皱起眉来："裴相的身体已经是强弩之末，也就是这一两天的事了，我对毒物颇有信心，不会看错的。可他竟没有待在府里安排身后事，却去了别庄，想必是有什么必须要做的事吧。"

珠帘攒动，裴静宸掀开进屋，沉声问道："祖父去了别庄？"

正月将末，宿夜寒冽，裴相推开木制的窗棂，冷空气卷入，凉入骨髓。

他听到身后有细碎脚步，并不曾回头，只是垂下头长长地叹了口气，然后问道："大郎他果真来了？"

石增略一迟疑，沉声回答："属下在镇西军的邸报中动了点手脚，令世子以为韩将军受伤，且是相爷所为。世子震怒，连夜集结死士，如今那批人马已然入了山。"

他微微一顿："相爷，世子的实力不容小觑，属下决意留在您的身边随时保护，绝不能留您一人在此以身犯险。世子，世子他疯了，心中既无父子，又无骨肉，他不会顾念您是生养他的亲父，而对您手下留情或者心慈手软的。"

他的声音里带着微不可露的怜悯，抑或又有些浅淡的愤怒，只是在这清冷寂夜中，这份纠结被稀释，在旷阔的屋子里，只余下长长的尾音，拖曳着他的犹疑和关切。

裴相一手背在身后，另一手抚上长须，他望着黑漆漆的窗外，隐约看到有怪石嶙峋，格外映衬着他此刻心境，良久，他转过身，忽然笑了起来："你的忠心日月可昭，我甚感激，但我这里却不需要你保护。你照我先前所吩咐的，带着兄弟们埋伏起来，我以碎壶为令，你们将世子的人一举擒住便可。"

他上前几步，走到石增面前，轻轻拍了拍他肩膀，分明如同羽毛拂过，却偏偏有似千钧之重："我的身体，如同一支燃烧到尽头的蜡烛，灯芯已见底，随时都会熄灭。世子便算是杀了我，也不过只是提前将灯芯斩断，并不能改变什么。你却正值壮年，没有必要陪我在此地，葬送大好年华。再说，我尚还有更重要的事需要你替我完成，所以石增，等到半山的警铃一响，你便离开此地，按计划行事。”

东祠山盘踞在盛京之东首，形成一道天然堑壁，因山势险峻，多有怪石，传言中曾闹过不少鬼事，所以盛京权贵并没有像在西山那样纷纷设置产业，唯独裴相胆大不信邪，便以极低的价格买下了山顶的这块地，置了一座别庄。有山势为防，倒也没有大动干戈请什么护卫，只在半山腰处设置了一种玄铃，只要有人闯入，便会发出声音，向庄子里的主人示警。

石增神色不忍，张口欲言。

裴相打断他：“石增，莫要迟疑。难道你忘记了我从前说过的话？我和大郎去后，二郎必要和静宵争爵。静宵自不去说，头脑简单又专横跋扈，绝不堪当我裴氏家主之任，二郎虽然聪明有远见又懂得隐忍退让，可他野心不小，裴家若是在他手上，一时恐怕很难急流勇退，徒让皇上生疑，并非家族之福。”

他叹了口气：“宸哥儿是我最中意的孙儿，原本将裴家交给他，我便能死而瞑目。可他从来都没有将镇国公这个爵位放在心上，裴家带给他的只有痛苦和不堪，如今他已经是安平王，被皇上赐了国姓，我也不能再作强求。我思来想去，除去宸哥儿，也唯独老二家的静镕还算踏实稳重。”

石增心头一震，抬头问道：“相爷这是要将爵位传给二老爷了？”

若是有遗嘱请立，二老爷裴孝庆便可以避开争议名正言顺地越过长房的侄儿承袭国公的爵位。可裴相分明又说，二老爷功利心重，裴家交托到他手上非福乃祸。

裴相目光微凛，沉声说道：“你是我身边最得用之人，有你帮衬，二老爷想必能够明白我的苦心，倘若他不能，便让他当着这有名无实的镇国公也无妨的。”

没有手中的权力，镇国公也不过只是一个虚爵。

他话音刚落，便听到银铃攒动，一阵急响，始终不停。

石增跪倒地上，重重地给裴相磕了头，哽咽着诀别：“相爷，保重！”

说完，他便隐入黑暗之中，转瞬便消失不见。

裴相从墙上取下挂着的古琴，轻轻地拨动三两琴弦，在旷夜里发出金石碎破的呜咽，一如他此刻的心情，无奈到深处，又决绝到极点。

门扉开了，灌入彻骨的冷风，裴孝安满面怒色，一双眼已恨得通红，他甚至都不曾行礼，手中长剑便已出鞘，直抵对方咽喉：“裴固，韩氏到底碍着你什么事了，二十几年前你非要置她于死地，二十几年后你又要害死她的孩子。你给阿修下了毒，让他阵前受伤，性命不保，简直可恶至极，说，你到底下的是什么毒，将解药交出来！”

他每日都会截取西疆送来的邸报，但前几日却收到了韩修中毒受伤性命垂危的消息，追查下去，竟然被他发现是裴相捣鬼。这世间，他唯一在乎的人，便是韩氏受了那些罪苦才替他留下的这点血脉，听到韩修将死，这比凌迟他还要痛苦万分。在气怒担忧

之下，他便不顾一切地率着手下众人连夜赶至东祠山上，凭栏仗剑，誓要让裴相将解药交出不可。

裴相挑了挑眉："韩氏？就是那个不守规矩的妾室？二十年前，她不是就死了吗？阿修是谁？大郎你魔怔了？"

这话说得平静如水，手指依旧漫不经心地拨动琴弦，流泻出不甚协调的琴音，仿佛在嘲笑着裴孝安的癫狂。

裴孝安手中的剑又近了一寸："不许你这样说她！我和韩氏情真意切，本该是一对佳偶鸳侣，倘若不是你强将我们分开，逼迫她嫁了人，还要对我说那些绝情狠心的话，她必是我正妻，又怎会为了我而委曲求全甘愿当一名妾室？但即便如此，在我心中，她却是我永远的妻，她所出的孩子，才是我的嫡长子！"

他双目圆瞪，眼中泄露仇恨："没有错，韩修便是韩氏与我的孩子，当年你为了给永嘉郡主那点可笑的脸面，竟然要逼迫我杀妻灭子，我不肯，你便亲自动手。若非韩氏聪慧，设计了一出金蝉脱壳，我的妻儿便都要命丧你手。阿修命大，好不容易躲过一劫，他那么有出息，年纪轻轻便是国之栋梁，如今他在前线为国而战，而你，竟然这样丧心病狂，对自己的孙儿下这等毒手！"

倘若不是因为还要求解药，这柄长剑一定立时刺入。

裴相皱了皱眉："你说我将你们强行分开，还逼迫她嫁人？"

这件事从头到尾他都不曾参与过，如今落到这样一个埋怨，他有些不曾料到，既然左右都是一个死字，临到此时，他便有心想要将这些事实都问个清楚明白。

裴孝安冷哼一声："你想要我娶贵胄之女，而韩氏虽然出身名门，却只是一介孤女，韩家清流望族，也满足不了你联姻的野心，所以你才会让梁氏派人来西宁，对韩氏行尽侮辱之能事，还随意指了个乡野村夫，以家族安危撮成婚事，令她不得反悔，也以此来断绝我的念想。"

他目光阴狠："你不必抵赖，这些话都是梁氏死前亲口承认，你便是狡辩，也难逃其咎。"

裴相心头一颤，饶是他身经百战经历过无数风雨，闻言也忍不住深吸一口气，他沉声问道："难不成梁氏也是你……"

梁氏是病死的，急病骤来，很快就撒手人寰，她死的时候裴孝安并不在。虽是继母，但礼不可废，身为镇国公府的世子，裴孝安是必须要在场应对来吊唁的宾客的，否则便是大不孝。当时裴相的人寻遍了盛京城的花街柳巷，终于在万花楼寻到了世子，并将他拖回了府邸守丧。

可这会儿，裴孝安竟说，他在梁氏死前曾逼问过从前那些事。

裴孝安冷笑起来："我和韩氏不能成为结发夫妻，梁氏虽然是你的帮凶打手，我却又怎么会放过她呢？她中的便是你身上这种毒，可惜她没有什么临南苗寨来的朋友替她解毒，女流之辈，身子又弱，只用了你一半的分量她就活不成了。”

他咬牙切齿：“梁氏该死！”

裴相一时沉默不语，他也不知道该要说什么。

梁氏临死之前，将这件事嫁祸于他，其实并不难理解。一来许是还想要求一线生机，二来也是希望世子不要因为她的所为而迁怒到她所生的四郎五郎身上，二十年前，四郎和五郎都还是个孩子。

因此，他也并不想要特意辩解什么，总之一切都是命，躲不开，他也不想躲了。

只是……

他沉默良久，忽然问道：“梁氏该死，那么郡主呢？她出身高贵，却为人谦和，成婚之后对你也算是诚心诚意，一片真情。你因为韩氏的死性情诡异，时常对她发脾气，可她从来都没有因此冷落你，反而宽慰你体贴你照顾你。郡主待你至诚，你没有半分感激便也罢了，却为何要在她生产之时，动手脚害死她？”

裴孝安的脸上有着片刻的慌乱错愕，但是转瞬即逝，他阴沉着脸说道：“我心里只认韩氏一人为妻，郡主再好，也及不上韩氏一根手指，韩氏和我的孩子虽然不是郡主逼死的，可若非你要给郡主体面，他们又怎么会无辜枉死？所以郡主不是我害死的，而是你害死的！”

裴相被气得没了脾气，他苦笑着说道：“好，郡主是我害死的。那么宸哥儿呢？宸哥儿这些年来为毒药所害，至今仍然双腿不利于行，你莫要告诉我，他也是为我所害。虎毒尚且不食子，大郎，韩修是你的儿子，难道宸哥儿便不是你的血脉？这世间倒是有不孝子孙，但心心念念要害死自己骨肉的父亲，我还是头一次见到。”

他冷声问道：“我且问你，宸哥儿何罪之有，要受你这些年来的毒害？”

裴孝安冷笑：“虎毒不食子？裴固，你说得这样道貌岸然，不觉得亏心吗？你难道忘了当年，我跪在你面前，将头都磕破，只求你不要将韩氏处死。我分明告诉过你，你若是杀了韩氏和她腹中我的孩子，便等同于杀了我，可你还是罔顾我的决心那样做了，将我一刀一刀地凌迟，沉入万劫不复的无底深渊。当时，你怎么没有想到虎毒不食子这句话？”

他冷傲地昂起头来，哧笑着说道：“没有错，梦寐确实是我从西夏国皇室得到的秘药，那东西罕有难得，千两金才只得一点，若不是你在那小子身边安排了那么多人，我无缝可寻，杨氏那蠢货又数度不能得手，我又何须如此？原本这药可是要用在你身上的。”

裴相听闻此言，只觉得一股冷冽的绝望从心底涌上来，冻得他浑身打战，他深深吸了口凉气，悲哀地摇了摇头：“大郎，你疯了，你一定是疯了，才会做出这样丧心病狂之事来。为了一个心机深沉的女人，你害死了你的妻子和继母，对自己的父亲和儿子下

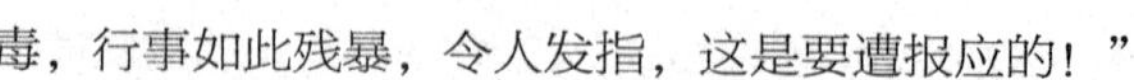

毒，行事如此残暴，令人发指，这是要遭报应的！”

他眼神中隐有寒芒闪过：“我最后再问一个问题，二十年前襄楚王前线杀敌，却被军中细作的假消息所误，深陷敌军围困，万箭穿心而死，这件事，是不是你做的？”

裴孝安朗声长笑：“我倒是想，可惜没有这个能耐。”

他微顿，脸上肃然：“裴固，莫要再顾左右而言他，我知晓你说那么多，不过只是想拖延时间等待救兵，我劝你不要白费功夫了，你的那些所谓暗卫，连我的行踪都搞不清楚，又怎么会是我的对手？这会儿儿，你埋伏在山腰处的那些人，恐怕一个个都已经人头落地。而现在……”

山风呼啸，敞开的门窗不断被风吹动开合，微弱的烛火跳跃，屋子里一片肃杀。

裴孝安将长剑刺入裴相的脖颈分毫，鲜红的血沿着剑身而下，染在风烛残年的老人的衣襟，他赤目狰狞，脸上的表情恰似炼狱阎罗：“我给你最后一个机会，将阿修所中毒物的解药给我，我尚还能收回利刃，让你全尸而终。如若不然，你也别怪我半分父子之情都不顾念，这一切，都是你逼我的！”

他看到裴相浅色衣襟渐渐被鲜血染红，有猩红色的液体迸溅至他的脸上，他非但没有觉得惊惶，反而额头青筋暴起，神情格外兴奋，看起来十分癫狂。

裴相轻轻笑了起来，他一字一句说道：“大郎，我看你的确是疯了。我从来都没有给韩修下过什么毒，他若是当真在战场上受了什么伤，那也与我无关，你连这点事实都没有搞清楚，就迫不及待地跑到我这里来，我只能说，你疯了。不过这样也好，倘若你有半分悔意，说不定我还不能下定决心带你一起走，如今，却也算是为我了却了一桩心事。”

他不紧不慢地从桌案上拿起杯盏，用力向地上砸开，瓷片跌落碎开，伴随着清脆而明晰的响动，一股白烟应声而起，片刻便已经将他二人围绕住，烟雾里，他看不清裴孝安的脸，却能够从对方声音里的歇斯底里辨别到他的痛苦，他冷沉地开口，声音平静无波，甚至还带了几分柔和，却似冰刀割破寂冷夜空。

“傻大郎，你从来都没有想过，因为是我裴固的长子，是镇国公府未来的主人，是裴家以后的家主，你才能得到西宁老家长老的支持，才能在西宁招募到那么多忠心于你的死士，才能得到那么大一股暗中的势力。可是，倘若你不再是了呢？那些人还会不会为了你，拼尽全力牺牲性命？”

缭绕的白烟渐渐退散，裴孝安全身无力地倒在冰冷的青石地上，他嘴角流出赤黑色的血迹，一手撑着身子，另一手却捂在胸口，脸上的表情既愤怒又痛苦，却又带着一分庆幸：“你说阿修没有中毒？他没有危险？这当真是太好了。不，不对，老匹夫，这是你设计的圈套，你故意用阿修的安危来诱我入局，目的便是要用这些毒粉来杀我！”

他怒目圆瞪，却骤然狂笑起来：“这毒烟虽然呛人，但你我两人同在此间，我若有危险，你也逃不开，可见这毒并不是厉害的东西，一时半刻要不了我的性命。我不怕，你也不必危言耸听，我不会信你一个字。听，外面的兵刃声乒乒乓乓一刻都没有停，我的死士还在战斗，而你的人一定会输。我等着，笑到最后的人一定是我！”

话音刚落，被风吹得“吱嘎吱嘎”的门猛然被推开，一身紫色华服的男子跨进屋中，徐徐走到裴孝安的面前，他冷冷地看了蜷缩在地的那个丑陋至极的灵魂一眼，便径直上前将裴相扶起靠在他身上：“祖父，你可还好？”

裴相满面惊喜地望着裴静宸的腿：“宸哥儿，你的腿好了？”

裴静宸看到裴相印堂已呈紫黑，便知道他命数已到，早已经回天乏力，不由觉得鼻头有些酸涩，一股难以排解的憋闷堵在胸口无法抒发，令得他眼角有些湿润：“回祖父的话，我的腿早已经好了。”

他冷冽而仇恨的目光瞥向裴孝安，一字一句地说道：“平章政事韩修韩大人从西夏国取来了能解梦寐之毒的解药，早在年前玉真师太便就给我解了余毒。”

裴相轻声笑了起来：“好了就好，好了就好。我就知道我的宸哥儿不是那等无用之人，一定有法子能够处于危境却不败。你是个有能力的孩子，又娶了一房好妻子，将来不论遇到什么样的境况，祖父相信你都可以逢凶化吉，转危为安。这样，我到了地下看到了你母亲和外祖父，也能够有个交代了。”

他瞥了眼裴孝安，低声问道：“宸哥儿，方才的那些对话，想必你也都听到了吧？地上那个人，他虽然是你的父亲，可却也是杀害你母亲并数度毒害你的凶手，如今他就在你眼前，你还有什么话要问他的吗？”

裴静宸摇了摇头：“没有。”

他一直休养在家，但是这并不意味着他失去了外面的消息，最近一段时日以来，西宁不断送出令人震惊的消息，桩桩件件直指向他的父亲裴孝安。他原本是无论如何也不肯相信的，这世间的确有不孝顺的儿孙，但却没有不顾人伦残害子嗣的父亲。

可事实俱在，有些事容不得他逃避。正当他处于困顿迷茫的时候，他猛然从黄衣那得知了裴相的消息，结合从西夏来的邸报，从一个点连接成一条线，再从一条线勾勒出整个图形，那些过往的疑点一瞬间在脑海中形成了一个严密的网，一环一环相扣，还有什么可想不通的。

一个身中剧毒的老人在生命的最后时刻来到了这座东祠山，俨然一副英勇就义的姿态，裴静宸知道裴相这一招引蛇出洞，是想要牺牲自己，成就整个裴家的安宁。

循迹而来，那么多匪夷所思的消息出自裴孝安的亲口陈诉，令他心中狂奔咆哮着各种情绪，虽然早有所料，可是真正地听着下毒手的人毫无悔意地将那些事和盘托出，这种感觉实在太过震撼。一个人愤怒到了极致，也许并不会破口大骂，而他现在便是如此，哪怕身体和双手都在不停发颤，许多愤怒的话都堵在喉间，多少次，他也曾想要问个为什么，可是当真在眼前时，他又不知道该说些什么，或者，忽然觉得没有什么好问的了。

裴相点了点头，望着在地板上蜷缩成一团渐渐没了生息的裴孝安，心里无限凄凉。他方才所砸破的杯盏中含着一种诡异的剧毒，只在破壁的那一瞬间产生巨大的毒雾，雾散毒消，于外人无恙，可吸入了毒烟的人却再难存活。他是因为本身中了剧毒，所以才可以有片刻的清醒，但是裴孝安却是必死无疑了。

无论如何，这都是曾经疼爱过的儿子，他有些于心不忍，冲着门口大声喊道：“石增，进来，将世子……给世子换过衣裳，然后再回府去，将来与我一同发丧。”

石增从外头进来，见此情况大吃一惊，但他先前是做好了心理准备的，震惊了一下之后，便立刻让手下将躺倒在地上的裴孝安抬起来送到了隔壁的客房。

他上前一步，含着泪对裴相说道：“相爷，属下立刻背你走，那位黄衣姑娘是用毒治毒的高手，她一定有法子可以救你！”

裴相轻轻摇头：“我自己的身体自己很清楚，回天乏力，便顺应天命罢了，又何必非要增添别人的麻烦？再说，人生七十古来稀，我活到这个岁数已经知足了。”

他忽然严肃起来，转脸对着裴静宸说道：“宸哥儿，带着你的人赶紧走。你今日一直都在安平王府不曾外出，你的腿也最好再过一阵子才好，你没有来过这里，这里的事你也半分都不知情。倘若你还认我这个祖父，那么便赶紧离开！”

第 54 章　封爵・出殡・狭路

东祠山的现场处理得很干净，没有一丝人祸余痕，暗卫撤离之后，整座别庄清冷死寂，令人无法想象在不久之前，这里曾经发生过那样一出惨烈的人伦悲剧。

镇国公府先对外公布裴孝安的死讯，说的是世子饮醉花楼，酒满色溢，竟然在花魁娘子的红绡帐里断了气。裴相本就风寒入骨，年迈不继，听闻此等噩耗，身心俱伤，在交代了临终遗言之后，便也撒手人寰。裴家一日之内，连丧两位掌权人，举世嗟叹，原来滔天权势在生老病死之前，显得那样苍白渺小。

此时，镇国公府的正堂内停着两具灵柩。

世子夫人杨氏一身缟素，面容哀戚，眼角还淌着泪痕，一副伤心欲绝的模样，但她实在不算是个毫无瑕疵的戏子，哪怕看起来再伤痛，眉梢眼角的轻松和快意却很难遮掩住，稍一留心，便能发现，这场葬礼令她心情很好。

没有错，头顶上少了裴相这座压着她的大山，杨氏这个世子夫人俨然已经是这座镇国公府邸里唯一的掌权人，从前她行事处处受到钳制，往后却可以恣意妄为，裴相的死于她，并不是一件悲伤的事，只意味着她一手遮天的时代来临。而世子？这个丈夫本来就可有可无，他从没有带给她一丝温情，所谓夫妻，对他们而言就是一个虚设的空架子，他死了，除了死相令她觉得有一些尴尬外，她其实很乐意拍手称快。

杨氏理所当然地以为，这个葬礼过后，她唯一的嫡子裴静宵会继承镇国公的爵位，而她虽然跳过了镇国公夫人的步骤，但摇身一跃成为这座府邸至高无上的太夫人，也未尝不是一件美事。这二十年她孜孜不倦所努力的事，很快就要实现，远比她想象中来得轻易，她当然心内狂喜，眼角便难免流泻笑意。

可是，灵堂之上，人人都哀戚哭泣，哪怕只是隐隐的笑容都格外刺目。

跪在杨氏身侧的二夫人庞氏皱了皱眉，压低声音对着杨氏提醒道："大嫂，父亲和大哥灵前，还是要慎重一些的好，咱们这样的人家，多少双眼睛在等着看笑话呢，若是被人瞧了去，传出去了可不好。"

庞氏虽然为人功利心重，但这点投机却大不过人伦孝道，她真切哀悼时，却看到杨氏这般轻慢死者，心中很有些不快。

明萱闻言抬起头来，向杨氏望了过去，见她果然眼角垂泪，面上却并无悲伤，眼中满是轻松的笑意，哪怕此刻被庞夫人说破，也丝毫没有收敛，反而只多了几分嚣张跋扈。她眉头微拧，却没有停止手中的动作，继续往火盆中烧纸。

她和裴静宸虽然已经搬离裴府，在安平王府安了家，也被赐了国姓。理论上来说，明萱如今已经不算是裴家的媳妇，她是王妃之尊，原不必要与闵氏燕氏等同以孙媳礼跪在此处的。

但法理不外乎人情，裴静宸毕竟是裴氏子孙，哪怕改了姓氏，他身上一样流着裴家的血，这点无从改变。更何况，没有人比她更清楚裴相和世子的死代表着怎么样的内情，世子暂不去说，可裴相这些年来苦心保护裴静宸的事实得到了石增的证实，裴相决意在临死之前将世子带走，其中深意，明萱和裴静宸都懂的。

所以，为了这份沉重的亲情，裴静宸和她都愿意跪坐在这里送这位可怜而又可悲的老者最后一程。

杨氏瞥见灵堂之内一时没有宾客，在场的除了几房的妯娌和小辈外，便只有各房贴身伺候的仆妇在，便挑了挑眉问道："二弟妹何出此言？这是在污我对父亲和夫君的亡灵不敬吗？我与你一样素衣白缟，一样席地而跪，一样流泪伤心，不知道哪里有不妥当之处？二弟妹又是哪只眼睛看得到我在灵前不慎重了？"

她说得理直气壮，丝毫不觉得方才脸上止也止不住的笑容是对亡者的不敬。

庞氏一时气极："大嫂，您怎么这样说话，我也是好意提醒。这会儿儿虽然只有自家人在，未必一定要号啕大哭才显悲痛，可是前来吊唁的宾客随时会到的，您这样笑得那么开怀，让旁人瞧见了要怎么想？"

她哼了一声："您是这府里的世子夫人，皇后娘娘的母亲，无人敢非议您的是非，可是咱们府里还有未嫁的女儿，没有说亲的侄子，凡事便当谨言慎行。再说了，闹坏了府里的名声，于您自个儿又有什么好处？我不过是好意提醒，大嫂听不得，那弟媳妇也不强求，只盼您能够莫要带累孩子们便罢。"

这话说得毫不留情，令杨氏心中不快。

若是按照她原本的性子，是忍不得这话定要重重回击的。可如今是在灵堂之上，她一时发作不得，又经过杨家的低落，她多少也比从前收敛一些，便强忍住这气冷笑着说道："若说不要带累孩子们，弟妹这又是在孩子们面前作的什么榜样？说什么谨慎言行，我看弟妹比我更需要学习这四个字的含义。灵堂之上，父亲与夫君的灵前，我不愿与你多作口舌之争，这件事便就此打住吧。"

灵堂之上，一时静默无声。

但杨氏心中却很是狐疑，她心里想着这庞氏原来是她的跟班，自己指东庞氏便不敢往西的。可最近一段时日以来，庞氏不知道是有何人撑腰，处处与她过不去，不再按照她吩咐行事倒也罢了，如今竟然敢在别人面前公然与她顶嘴，还挑她的不是！

到底是谁给了庞氏这样的胆子！

蓦地，她猛然想到，若是按照常理，镇国公裴固一死，这爵位自然是世子裴孝安的，

如今世子又没了，裴静宸身为原配所出的嫡子已然赐了周姓，成了周氏王爵，那么这镇国公的爵位稳稳当当地便落在了自己儿子裴静宵的身上。裴静宵已经成年，也不存在年幼不堪当为国公一说，这件事是毫无疑问的。

二房便是有夺爵的心，也拗不过道理去。

可是，世子却是死在镇国公之前的，这便让板上钉钉的事有了一丝变数。

杨氏正在犹疑，猛然听到外面脚步细碎乱成一团，有小厮跑步进来气喘吁吁回禀道："回世子夫人的话，东平王前来吊唁，同来的还有皇上身边的夏公公，夏公公带来了皇上的旨意，请府里的众位主子到院里来接旨。"

彼时，裴家几位老爷正在偏院中陪客，听闻消息急忙来到院中，镇国公府一共五房，子孙众多，不多时便围了满满当当的一院子，静候着从宫里来的消息。

东平王和夏公公进了正院，先吊唁了裴相和世子，焚香鞠躬过后，夏公公宣了皇上的圣旨："镇国公裴固乃朕股肱之臣，于国有功，于社稷有劳，于百姓有利，朕悲痛伤怀，追忆痛思，特赐谥号忠武，按郡王葬仪入殓。"

众人山呼万岁，跪拜谢恩。

夏公公忙请了众人起来，然后目光越过众人，落在了二老爷裴孝庆身上，他从宫人的托盘上又取了一卷明黄色的圣旨，小心翼翼地拉开，然后朗声说道："相爷临终之前，向皇上呈了一本，请立次子裴孝庆承爵，皇上体恤老臣，已然下了旨意，裴二老爷，上

前听封接旨吧。”

此言一出，裴孝庆和庞氏并二房上下自然是喜不自禁，但对于长房杨氏和裴静宵而言却如同晴天霹雳，震碎了他们所有的设想，倘若不是东平王和夏公公带来的仪仗太过威严，恐怕当场就要闹将开来。

杨氏眼睁睁看着裴孝庆接旨谢恩，看着夏公公笑眯眯地唤他国公爷，一颗心沉入谷底，但圣旨已下，已经无力转圜，完全断绝了裴静宵承爵的路，这件事已成定局。可是她怎能甘心？

已经入囊的爵位飞了，这意味着她近二十年的努力付诸东流，化成了灰烬，一丝回报都得不到。在杨家已经没落之后，她的儿子成为镇国公府的主人，才能够改变她失去了的地位，才有机会重新振兴杨家，可现在，这些想了千百次的设想都已经不再可能，她愤怒，她不甘，都无济于事。

在皇家仪仗面前，她甚至都不能怒吼声张，还生怕让人瞧见自己的愤懑，只有用力将指甲刺入掌心，令这剧痛来提醒自己不得失仪，要镇定，不能在此给人把柄，这样就真的永世不得翻身了。越痛，越清醒，也越镇定，可是等到东平王和夏公公离去时，她才恍然发现，养尊处优惯了的细嫩掌心已经血肉模糊。

凭什么！

当时当刻，她只有这一个想法，凭什么！

但在最初的震惊愤怒不甘过后，杨氏却逐渐平静了下来，面对妯娌之间各种异样的目光，她甚至都没有如同往常一样回敬，倒忽然像是换了一个人般安静下来，规规矩矩地跪坐在裴孝安的灵柩之前，她低着头，一动不动，一时让人看不清她脸上的表情，自然也无法推断她此时此刻的心情。

明萱见状，心中却起了几分警觉，她低声对着身后的丹红说道：“就说我头晕不适，请王爷过来一趟。”

时人最重死后哀荣，裴相得以被皇上赐封谥号“忠武”，裴家上下便已然觉得足以告慰他在天之灵，也算死得其所了。

而二房承爵，虽然出乎意料之外，可却也是情理之中。

裴孝庆机敏，知道皇上过早下达的这道圣旨会让众人的目光都集中在自己的身上，他心底虽然偶也有些得偿所愿的窃喜，可是这面上却不敢表露半分，反而比之方才越加谨言慎行，行事俱按规矩来，一丝一毫都不敢马虎，生怕被人落下口实。

先前府里一片散沙，如今有了主心骨，庞氏也飞快地投入到镇国公夫人的角色中去，倒也一力将这葬礼事宜挑了起来，夫妻同心，倒将这丧仪办得比方才更加规矩了。

偏厅里一时无人，裴静宸拉了明萱坐下，满面担忧地问道：“怎么会突然头疼？”

明萱握着他的手，轻轻摇头："许是一夜未曾睡好，有些发胀罢了，算不上疼，我唤你过来是想要问你一句，二爷方才是与你待在一处的，他听了圣意可有什么表示？"

二爷指的是杨氏所出的嫡子裴静宵。

接圣旨时，有官职的和年长的要在前，无职的后辈要在后，女眷则也依次排列跪在最后面，裴静宸虽然已经被封王爵，可今日在此，却仍旧是以裴相孙辈的身份，是以他与同辈的兄弟裴静宵在一块听的旨意。

裴静宸目光微凝，隐约闪露着锋芒："他自然是怒不可遏，朝里还有几位大人在，就嚷嚷说二叔篡改了祖父的遗书，要谋他的国公位呢。莫说这事子虚乌有，便是当真如此，圣旨都下了，还能改回去不成？他这样四处吵嚷，不只让人看了裴家的笑话，还有忤逆君上之嫌，便是有理也要成无理的了。"

他淡淡地说道："是个蠢的。"

明萱听了有些讶然，眉头却皱得更紧："爵位易人，这是多么大一件事，二爷这表现虽然不智，却也是人之常情。可杨氏那样跋扈的人，竟然不吵不闹，这让我有些担忧，我怕杨氏只是表面平静，私下里却不会善罢甘休，你且和二叔说一声，让他留意一下吧。"

她叹了口气："若是在葬仪上闹出什么事来，丢了裴家的脸面事小，却不能让祖父死后亡灵不得安宁。"

裴相和世子的真实死因，是被隐瞒下来的，阖府上下除了如今的镇国公裴孝庆和三爷裴静镕外，恐怕都不得而知。

杨氏这二十年来一心一意便想要让自己的儿子承袭爵位，谁料到事到临头，却让旁人摘了果实，她心理如何能够平衡？当初给年幼的裴静宸食物中加入巴豆，给他的药材里偷工减料，在去往清凉山的道路上垫上锐利的石子，这些阴险毒辣的手段她都做得出来，如今她不知道内里，正是理直气壮的时候，又怎会就这样眼睁睁地放手不管！

裴静宸沉默良久，轻轻抚着明萱的额发说道："我会提醒二叔的，不过你也不用过于担心，此事已成定局，杨氏无论怎么闹都不会改变什么，我会送祖父安然落葬，之后裴家的事，便再与你我无关了。"

他语气低落，颇有些意兴阑珊的悲伤，却隐隐又带了几丝解脱之意。

明萱将他的脸庞拢在怀中，轻轻蹭了蹭他的头顶，柔声说道："嗯。"

世间最颠覆的事，往往是真相。

你以为对你最好的人，结果是心心念念要害死你的人，而你以为的不共戴天的仇敌，却可能是个无辜者，你以为这件事已经盖棺定论，可这背后却还有重重杀机，你以为这件事无比复杂，可实际上却十分简单。

比如明萱，这四年来一直都以为裴相是害得她家破人亡的幕后真凶，可是随着线索不断被揭开，抽丝剥茧寻到那些企图被掩盖的往事，她却发现裴相在她身世惨剧中竟然是无辜的，而真正的幕后凶手，却躲在黑暗之后，她不曾发觉，也不知道该如何揭开那邪恶的幕帷。

再比如裴静宸，世事轮回，当最后真相来临，他才猛然发现，一直以来戒备怀疑的祖父其实是他的保护神，而他在内心里隐藏着慕孺之情的父亲，才是真正的毒蛇，那个男人给了他生命，却又不断地想要收回他的生命。这世间，还有什么事能够比让一个儿子接受他父亲害死了他母亲这个事实更痛苦的。

真相，以这样残酷而凌厉的态势来临，每一次面对裴孝安的灵柩对于裴静宸而言都是一种精神上的凌迟，若不是为了要送祖父最后一程，他恐怕连面对的勇气都没有，而现在，他只想着这痛苦能早些结束。

明萱心里也是清楚的，事到如今，杨氏不论再做什么都改变不了裴静宵无法承袭爵位的事实，可一向最爱折腾跋扈惯了的人忽然安静下来，总让人有些不安，不过裴静宸说得对，只要送了裴相出殡，再往后若是裴家出了什么事，便都与他们夫妇无关了。

既然已经彼此通过了气，那么接下来她只要行好孙媳妇的本分，安静守灵便罢。

一连几日，杨氏都显得十分安静，连带着裴静宵也不再胡号乱嚷。

可庞氏却逐渐焦躁起来，她偷偷拉着明萱到无人处说道："相爷虽然在临终前留了话，说不要这些死后哀荣，让凡事从简，可皇上赐了谥号，便要按制来办，我接手府里内务几日来，却发现公中竟然没有余存几个钱，去问那些账房上的管事，一问三不知，昨儿听说还跑了两个账房的先生。"

她神色焦虑，颇有些着急："这几日前来吊唁的人多，多少双眼睛瞧着，我不好问大嫂要往年的账目，便是要了，现在这景况又哪里来的空闲去查账？只是府里那么多身上有官职的爷们，光是俸禄恩赐都不少的，公中怎么会连办个像样的葬礼的钱都没有？"

这些年来，一直都是杨氏管着家，账房也都是杨氏的人。

如今庞氏刚管家，账房上的先生就跑了两个，公中的银子连个葬礼都撑不起来，这其中必定是有人捐款贪墨，而杨氏，显然有最大的嫌疑。可如今葬礼还未结束，并不是清算的时候，否则杨氏若是倒打一耙，那么这脸面可丢得大了。

庞氏愁眉苦脸："每日都有急用处，账上没有银子，能赊的地方我都让人赊了去，实在不能赊的，我和儿媳妇也当了点首饰拿出了些私房，可这个洞太大，二房不富裕，补不上。四房五房手中也无余粮，孩子们都还小，我探了探口风，四弟妹和五弟妹都借故推托了，三房倒是有钱，可三弟妹为人精利，她不肯借钱给我补这窟窿。"

她求助似的望向明萱，"侄儿媳妇，二婶原不该跟你说这个的，可也是实在没有法子了，只能东凑一些西挪一些，刚才跟小姑那借了两千两银子，可这恐怕还不够的。能不能先从你这儿借一些，等这葬礼完了，我和你二叔筹到了钱，一定立时还给你。"

明萱见庞氏脸上带着些尴尬，便知道倘若不是实在没有办法了，庞氏应是不会求到

她这里来的。便笑着说道："都是一家人，二婶若是有急用，便该一早说，不必这样客气。您稍等着，我让丹红取了银票给您送过来。"

安显侯夫人给了两千两银子，三夫人卞氏及其他人分文未出。

虽然分家在即，将来各房过各房的日子，存有私心也算是人之常情。再加上，其他几房又知道这公中的银子多半是大房杨氏给贪墨了的，这窟窿填进去听不到个声响，以后也不知道能不能给他们还回来，二房既然承袭了爵位，就该担起裴相风光大葬的责任，他们有这个想法也算可以说得通。可到底躺在灵柩中的也是他们的父亲，此事听来，只觉得虽情有可原，在亲情上却是如斯淡漠，令人有些唏嘘。

明萱手中有钱，又感念裴静宸对裴相的那份心情，也没有多说什么，直接让丹红取了一万两银票交给庞氏，这笔钱能够让庞氏安然应付下去，她和裴静宸也都不在乎庞氏将来能不能归还，这是他们对裴相的一点心意。

有了这笔钱，庞氏处事便没了拘束，井然有序地安排着，很快到了出殡那日。

周朝礼制森严，原本国公是要停灵满七七四十九日之后才发丧的，但镇国公裴固临终前嘱托子孙葬礼从简，只要过了头七便发丧，又在呈给皇上的请书中浓墨重笔提了一句，死者为大，既是裴相的意愿，儿孙们若是不遵便是不孝，因此到了头七那日过了午时，两具灵柩便从裴家抬出，一路往西去了西郊。

裴家祖籍虽然在西宁，后来又迁去了怀平，但太祖立国之时，镇国公府这一脉却已经将衣钵皆迁到了盛京，第一代镇国公因为于社稷有功，便是葬在了西山皇陵的脚下，画地为陵，几代相传下来，那片地方便就成了如今镇国公府裴家的陵园，裴相出殡，棺柩便要长眠于此。

送葬的队伍刚出了西城门，只见尘灰扬起，马蹄声响，远方来了一队铁骑。

韩修踏尘而来，伴着满身的肃杀和孤寂。

西夏国新主登基，空有野心，却并没有准确地估算过彼此实力的悬殊。这一场开始轰轰烈烈的战事，在韩修以冷面修罗之势出现在战场上时，便已然决定了胜败，只不过这世上没有甘愿束手就擒的敌人，哪怕败势颓现，西夏军士的狼人血性也令他们殊死血战，顽强负隅。

但韩修自小在西疆战场长大，七八岁上就上阵杀敌，曾经在万军之中取过西夏元帅的首级，将西夏皇子生擒，他甚至不必亲临战场，只要扯出韩字虎威旗，对西夏军而言就是一个威慑。

兵贵神速，速战速决。

韩修不想要打持久战损耗兵力，所以前些日子才作了一个局，假装中了西夏敌军的埋伏，性命垂危，诱西夏主将错误判断，然后一举歼灭，又漂亮地打了一回胜仗。大局已定，剩下的不过是扫尾，他便奔马疾驰，带着一队随身亲卫快马加鞭赶回盛京城祭奠发妻卢氏。

他虽然并不爱卢氏，但对她其实也有几分愧疚的，虽然她的死亡是意料之中的事，他早就知道会有这么一天，甚至曾经还暗地期待过，但卢氏的死讯传到营地时，他却还是觉得心情有些沉重。战事紧急，他不能亲自替她发丧，但一旦尘埃落定，他却还是想要尽一个丈夫最后的职责去她坟前一祭。

可铁骑刚入西宁，韩修便听到镇国公裴固和裴世子父子同殇的消息。

韩修一直是清楚自己身世的，但身怀母仇，他从未想过要认祖归宗，却一直都志在报复。

他自小在西疆沙场长大，他的义父韩秉城其实是他母亲韩氏的族兄。

韩秉城年轻时在战场上遭人砍杀，幸得保命，却伤了子孙根，不能生养。他受到韩氏血书所托收养了韩修，视为己出，用尽所有的心力让韩修学文习武，韩修从一棵幼小的苗苗，终于长成参天大树，成为本朝最年少英武的少年将军。

原本，一切可以很顺利的。

但那年卫国将军韩秉城丢失了一场重要的战役，令周朝损失良多，皇帝虽然不曾怪罪，但到底也不再重用他了。卫国将军一生戎马生涯，从未遭遇过这样的惨败，从此一蹶不振，日夜以杜康解忧，但忧愁却似抽刀断水，终于在一个寒夜的黄昏，醉酒的老将军从马匹上掉落，死在了疆场。

一代名将，就此成了过往云烟，轰轰烈烈地来，却悄无声息地走。

从此，韩修便下定决心要过与义父不一样的生活。

他要建功立业。

他要不择手段地获取权势。

他要在最短的时间内成为可以和裴相抗衡之人。

而他，都做到了。

一阵马蹄的烟尘中，镇国公府送殡的队伍停下，这条官道并不怎么宽阔，铁骑队伍和送殡的队伍都不窄，并不能同时通过。

总管认出来是平章政事韩修，先是吃了一惊，后来想到这几日曾有过传言说西疆军打了胜仗，韩大人不久之后就会班师还朝，这才了悟，他急忙上前几步，朗声说道："韩大人，忠武镇国公的灵柩送往西山陵园，烦请您暂时等一下，让国公爷先行。"

随着裴相的去世，镇国公府裴家的气势可预见地会低落，而眼前这位韩大人满身煞气地从西疆而来，载着常胜将军的荣誉，以这卓绝的功勋与皇上对他的宠信，韩大人必将再有高升，这朝中第一人非他莫属，总管是得罪不起他的。

韩修翻身下马，他身上尚还穿着盔甲，落地的瞬间一片乒乓响动，他目光阴沉，闪动着诡异的光芒，身上的肃杀之气浓郁，令人不敢轻易靠近。他沉沉走到灵柩之前，深

深对着棺木行了个礼，一句话都没有说，便又重新上了马，在官道的一旁静候不语，他身材笔挺地坐在马上，纹丝不动，如一具满腹心事的雕塑。

他目送着镇国公府出殡的车队经过，良久，才对着苏延一说道："先回府，换一身干净的衣裳，再去祭奠夫人。"

苏延一跟随韩修多年，是知道韩修的身世的。他犹疑地回头望了一眼已经远去的裴家送殡的车队，压低声音说道："一日之间，镇国公和世子都没了，这件事绝不简单。主上，要不要我去查一查？"

韩修沉默着摇了摇头，良久才说道："不必了。"

此刻，他的心情复杂。

平心而论，他和裴孝安之间虽有血脉相连，但他们之间却从未以父子之名相见过。因为怀抱着对父亲当年不能保护好母亲的仇恨，他甚至一度都视裴孝安为仇敌，在朝堂偶然遇到，他从不肯对他有好脸色，更别提称他一声父亲了。

但无论如何，那棺木中躺着的人，也是他的父亲啊，他不可能半分都不动容的，在靠近灵柩鞠躬的那一瞬间，脑海中涌现无数念头，有那么一瞬间，他甚至有想要将棺木揭开看一眼的冲动。

可是，他不能。

韩修从来没有想过要冠上裴姓，他所作的一切都是为了报复，哪怕这报复来得太轻易，来得太迅速，来得他都还没有一点准备，可是事实就是这样，害死了他母亲的人全部都已经死了。裴相也好，裴孝安也罢，如今都已经奔赴九泉，在地下给他母亲谢罪。他的夙愿达成，纠缠着他前半生的那股怨气，似乎随着那个人的死，而烟消云散了，他虽然有些不甘，可却也无可奈何。

心情复杂，各种头绪烦乱，他需要时间思考。

马车里，裴静宸目光微动，低声说道："看起来，韩修知道自己的身世。"

那日东祠山别庄，当他得知韩修与自己是同父异母的兄弟之后，错愕了许久，他不敢相信这事实，可石增桩桩件件都说得分明，却又容不得他不信。

这个时代，有权有势的男人大多三妻四妾。

裴静宸大约并不介意他的父亲裴孝安有很多女人，生许多孩子。可是若是父亲为了别的女人而害死了自己的母亲，又为了别的孩子而无数次想要害死他，这样的情况下，若说他完全不介意那个孩子的存在，一定是骗人的。但他是个有理智能够容忍克制的男人，如今又已经彻底摆脱了裴家，如若裴孝安视之为珠宝的那个孩子，并没有主观上存了害人的心思，那么他或许也能够做到淡然视之。

总之，所有的仇恨都该随着裴孝安的死终结，冤冤相报，裴静宸也并不想要永远都生活在仇恨和报复之中。

可是那个人，是韩修。

那个觊觎他妻子的男人，是他同父异母的长兄，这事实令他有些一时难以接受。

明萱不知道该怎样回答，只能紧紧握住裴静宸的手掌，然后将头靠在了他胸口，忽然一阵颠簸，马车的帘子掀开，一阵凉风灌了进来，她不知怎么的竟然觉得喉咙口一阵恶心。

第55章 有喜·圣意·觐见

人死如灯灭，不论生前功过，裴相和世子总算入土为安。

葬礼结束之后，新任的镇国公裴孝庆便从西宁族中请来了有威望的长老主持分家。朝中绝大部分的阀门世家都是如此，承袭爵位的嫡脉留在公府主宅，未曾袭爵的兄弟搬出府去另过，这并无什么疑义的，房产铺子田地的分割倒也清楚，各房该得什么不该得什么，都有旧例可循，只是公账上的结余与库房字画古董的分配上，却出现了问题。

杨氏知道大局已定，也不再挣扎，倒也一早就将公中的账册交上，库房的钥匙也乖顺地交给了庞氏。

镇国公府这些年来在外盘置的产业颇多，每年腊月就有四处的庄头进盛京来交年成，年底各项进益都上缴，这才刚过了正月，按理说，公账上的银两是最充足的时候，裴家虽然人口众多，但在朝上为官的子弟也不少，尤其是几位老爷，个个都身居要职，俸禄赏赐都多，再加上历年来的结余，偌大一个公府，账面上没有十万八万两银子，是说不过去的。

然而，公账上空无一文，原先管着府内银两出纳的账房先生早已经毫无下落。

而府库里，登录册子上记录的古董字画和值钱的珠宝珍玩虽然众多，可庞氏带着婆子们整理了半天，二三流的次品倒是堆了一屋，真正值钱的东西却一样也无。偏偏除了皇上赏下的那些内务府有册可寻的物件，旁的东西记载得都笼统，便是有人刻意以次充好，没有证据，也莫能奈何。譬如“鎏金凤钗一对”“碧水葫芦玉佩一件”，从名称上根本就看不出来品质如何，金价虽然等同，但不同的做工价值却天壤地别，玉佩更是如此，寻常玉料与极品美玉之间的区别，犹如鸿毛之于泰山。

庞氏不服，便去平莎堂质问杨氏。

可是杨氏仗着新寡，一副伤心欲绝的模样，整日里卧榻在床，庞氏刚一开口，就又哭又闹还吵嚷着要上吊。西宁族中的长老仍在，庞氏怕这些事闹了出去于丈夫不利，倒好像是他们夫妇得了便宜还卖乖，欺负了杨氏，便也无能为力，只好由着了她去。

裴孝庆与庞氏不同，他并不怎么在乎公账上这些蝇头小利，对府库中很明显地被动过了手脚的古董字画珠宝首饰也兴致缺缺，在他看来，一等国公的爵位，是多少银子也换不来的。只要有爵位在，他又前程似锦，这些失去的小利迟早都会重新回来的。因此，他便嘱咐庞氏就此算了，莫要将杨氏逼得急了，在长老们面前闹得不堪，让他在族中失了威信。

再说，当今的正宫皇后总是杨氏所出，哪怕裴皇后不怎么得圣上宠爱，可她终究是母仪天下的周朝国母，只要有这层身份，他对杨氏总也是要恭敬一些的。

许是裴相临终之前对各房都有所遗言，饶是账上库房出了这等纰漏，但分家一事却还是进行得格外顺利，三房四房和五房并没有对库房里分与他们的物件挑挑拣拣，倒是爽快地在分家文书上签了字画了押，然后选定了良辰吉日陆陆续续地搬了出去。

庞氏心里虽然有所憋屈，但经过裴孝庆几多开解，也觉得倘若不是这次世子出了变故，这爵位哪里轮得到二房来承袭？她又怎么可能当得上这个一品的国公夫人？这样想着，她倒是将对杨氏的这些愤懑都放下一些，揣测着杨氏马上就要搬离了，到时候偌大一个镇国公府，就他们二房，日子少了摩擦，又不必像从前一样小心谨慎，该过得何其惬意，便也没有再在账册上纠缠着杨氏不放。

但杨氏迟迟不搬，甚至连一点要搬离开平莎堂的意愿都没有。

平莎堂可是后院的主屋，庞氏如今乃是皇上亲封的一品国公夫人，这镇国公府明明白白就是他们二房的，可是杨氏不走，她便住不上这主屋，心里自然是很不舒服的。偏偏她又不能大张旗鼓地去赶，否则便是刻薄长嫂了，他们夫妇侥幸上位，如今正是最在意旁人评价的时候，当真是一点也不敢行差踏错的。

她无法，只好去二奶奶闵氏那试探了一回，可是闵氏一脸为难，委婉地表达了一切以婆母与丈夫为重的意思，又十分纠结地暗示了婆母身子不好，恐怕短期内无法搬离。

庞氏听了不免有些泄气，闵氏虽然说得婉转，可她却几乎能够肯定杨氏这是赖着不走的节奏了。杨氏不仅将公中的钱能够搜刮的搜刮了个遍，还铁了心要让大房留在镇国公府，让二房养活他们全家，而且绝对不会搬出平莎堂。原本她就对账上的银子和库房的缺失够心疼的了，这样一来，就更不甘心了。

可西宁来的长老们都陆续回去了，也没有个人能够住持公道。

庞氏思来想去，便去了一趟安平王府，想要请明萱帮忙说和一下。

明萱听闻来意有些惊讶，她沉吟着说道："二婶是长辈，您说的话，咱们做小辈的原是该都听从。可是王爷被赐了国姓，分家的时候，也没有从裴家带走一瓢一盆，说句诛心的话，咱们王爷身上虽然还流着裴家的血脉，可却早就不是裴家的人了，自然也管不得裴家的事。"

她轻轻抚着手炉上的精致花纹，很是为难地说道："再说，我和杨氏的关系如何，二婶您又不是不知道，我便是当真过去了，杨氏又怎么会听我的话？反而，她若是拿着话来挤对我，总是长辈，我也不好反驳。”

这些庞氏心里也是知道的，她不过是实在无人可寻，所以抱着这样的想法来安平王府碰碰运气的。听到明萱这样说，她倒也不恼，又将那些鸡零狗碎的事抱怨了半天，等到天色将夜，这才恋恋不舍地告了辞。

明萱请了丹红亲自送庞氏出去，自己却是扶着额头歪在美人榻上按摩着太阳穴。

裴相出殡那日，她吐了个七荤八素，裴静宸便隐隐觉察到了什么，只是当时人多事杂，便只好按捺住了。

后来等一回了安平王府，裴静宸便立时请了太医给明萱诊脉，结果还真是有了一个多月的身子，算算日子，便该是他的余毒解了之后，有一回拥着明萱情难自禁行了云雨那次怀上的，到今日，已经快有三月了。

裴静宸从小就没有亲情温暖，恐怕这世上再也没有别的人比他更期盼得到一个完整的家庭，如今他不只有了彼此深爱的妻子，妻子的腹中更有了血脉传承的后代，他要当爹了，这消息令他兴奋难耐，若不是尚还要装一段时日的残疾人士，恐怕他立时就要跳起来。

明萱亦是欢喜的，这孩子虽然是无意中得，可她对他的到来却也满怀期待。

只是随之而来的早孕反应，却让她叫苦不迭，闻到异味要吐，多吃了要吐，吃得少了也要吐，吐得多了精神自然就差，精力不济，便容易倦怠无力。今日镇国公夫人庞氏过来，她原本也是想要略应付一下便算了的，可是庞氏满腹牢骚，一直都没有给她中断话匣子的机会，她想着庞氏也不容易，便勉力撑着听庞氏抱怨。好不容易送了庞氏走，只觉得身上的力气都要被抽光了一般。

严嬷嬷将温热的汤羹摆在桌几上，一边不赞同地说道：“王爷早就说过了，他既然搬离了镇国公府，那裴家那些乱七八糟的烦心事就与他无关了，您有了身孕，这几日精神不好，原该好好歇着的，何必强打着精神应付了镇国公夫人这许久？您新孕不舒服，便该对镇国公夫人直说，她也是当过母亲的人，自然会谅解的，犯不着这样硬撑。您瞧瞧您这脸色，等会王爷回来看到了，一定得心疼的。”

她将汤羹盛好，却先不急着送到明萱面前，反倒从桌底下取出一个铜盆来递过去。

明萱接过，呕吐了一回，又用清水漱过了口，这才捂着胸口说道：“王爷总是流着裴家的血，哪里是说分得开就分得开的？到时候若是出了什么事，嬷嬷以为外头的人就不会扯到我们王府身上？我听二婶说了那么多，一来是瞧她实在憋屈得慌，倘若不让她说出来，怪可怜的。二来也是想要知道到底发生了什么事，管不管是一回事，知道不知道是另外一回事，俗话说知己知彼，听听又没有什么损失。”

她话刚说完，又撑着头可怜兮兮地说道：“方才只觉得喉咙口有万马奔腾，不吐

不快，可刚吐完，我又觉得肚子饿了。”

严嬷嬷笑着将汤羹送到明萱手里：“这是让素弯她们熬的蜜饯姜丝羹，生津开胃的，听说还止孕吐，来，您试试看用一些，若是吃得好，我再让她们做。”

明萱也不客气，接过来便喝了，等腹中觉得好受了一些，她忽抬头问道：“皇上请王爷入宫议事，这都好几个时辰了吧，派个人去宫门口候着，天冷路滑，多打一个灯。”

话音刚落，裴静宸挑开门帘进屋，伴随着满身的清冷寒气。

明萱见他虽然面上带着笑容，但眉头偶尔轻皱，显得有些心事沉重的模样，便知道今日皇上急催他这“行动不便”的安平王入宫，定是丢给了他什么棘手的麻烦。人多口杂，她也不立时问起，只如往常一样请严嬷嬷等将晚膳布下。

严嬷嬷伺候了朱老夫人大半辈子，也算得见多识广，察言观色，晓得裴静宸和明萱定然有话要说，便知趣地退了出去，只派了小丫头在廊下立着听候差遣。

裴静宸动作熟稔地替明萱舀了一碗汤，一边关切问道：“今儿吐得还厉害吗？”

明萱接过，轻轻喝了一口暖了暖胃，然后笑着将庞氏来过一事悉数告知：“原先我就料定杨氏定然不肯善罢甘休，谁知道她不只贪墨了公中的银子，还赖在镇国公府不走，占着正房不肯让，二婶气个半死，却也无计可施，杨氏总是皇后娘娘的生母，谁还能当真撵她不成？”

她有些庆幸：“幸亏咱们一早就搬离了那府里，这些烦心事就可以作壁上观，一身清净。”

杨氏仗着新寡称病不搬，这件事可微妙得很。

若是二房撵她，便是对先兄不恭，对长嫂不敬，闹了出去，也不知道有多少清高的卫道士要站出来抨击镇国公裴孝庆不仁不义不忠不孝，二房天上掉馅饼得了这爵位，是万不敢行差踏错一步惹了言官非议的。

可倘若过了世子热孝，杨氏仍旧不肯搬，那言论可就调转了风向。她名声本来就不怎么好，从前仗着镇国公世子夫人和裴皇后生母的名号横行霸道，又是杨右丞捧在手心的爱女，盛京城里的名门贵妇敬着她的身份不肯得罪她，是以才对她奉迎阿谀，不敢明里远着她。可如今杨家已倒，镇国公府袭爵的又不是她的儿子，裴皇后纵有国母之尊，在世俗规矩面前，到底也要讲求一个“公”字。

那些贵妇们从前没有少在杨氏身上受气，这会儿儿趁着“公理正道”，不在暗地里嚼破了嘴皮子哪里肯罢休。

不论杨氏多么强硬，最后也总是要搬出去的，除非她连所有的面子里子都抛弃。

裴静宸眼神中闪过厌恶：“杨氏贼心不死，这是想要二房不舒坦呢，但她果然愚钝浅陋，到现在都不明白，如今大家尚还对她留有余地，不过只是因为她是皇后娘娘的母亲。可她若继续这样折腾下去，连累的不只是大房的子女，更是皇后娘娘在宫里的地位。

若是哪天皇后对杨氏死了心，断尾求生，不再去管她，那她便比死狗还不如了……”

裴皇后无子，不得皇上宠爱，虽勉强执掌凤印，其实在内宫却并没有太多的权力。而惠妃生了长子，难免得陇望蜀，想要觊觎中宫之主的位置，裴皇后毫无错处她尚且还要在皇上面前挑拨几句，杨氏如今做出这样的事来，岂不是给了别人打击裴皇后的机会！

皇后若是想要保住地位，势必是要插手平息此事的，若杨氏不肯，皇后必会弃卒保车。

裴静宸想着便又说道：“你怀着身子不舒服，若不想要应酬镇国公夫人，便不要应酬了，下回她若是过来，你只说不舒服便罢。”

明萱笑着应下：“你放心，我自个儿的身子自己晓得。”

用完了晚膳，洗漱过后，裴静宸半靠在床头，对着铜镜前散发的明萱说道：“临南王病危，请世子和世子妃回临南，皇上不肯放，今儿宣了几位他亲近的臣子进宫，是想要商讨对策，韩修在，舅兄也在。皇上的意思，他扣着临南王世子在京，便可以牵制临南王，等撤藩的旨意下来，有世子夫妇做人质，临南王不敢破罐子破摔。”

他目光微垂：“何况，临南王世子素来有骁勇的名声，皇上也怕放虎归山。”

明萱微讶：“倘若临南王铁了心要反，却又送了世子来京，这便说明他们早就有了计较，皇上强扣世子，说不定还会成为临南王的借口……”

再说，这个世界上有裴世子这样杀妻灭子的父亲，倘若在临南王心中大业远胜过亲情，那么牺牲世子，恐怕他也是愿意的。只是这句话她没有说出，怕触动了裴静宸的心事。

裴静宸吐了口气：“外战刚歇，内战便要起，连绵战祸，非百姓之福。不过舅兄查明临南王早有反意，在周朝境内各地豢养私兵，设立兵工厂，他野心不小，这局恐怕布了几十年，就等着有朝一日……这战是非打不可的，只希望朝廷内斗，莫要殃及无辜。”

他转过脸颇有些抱歉地说道：“你自嫁给我后，就没有过一天安生的日子，原先在那府里不必说，整日里要与杨氏斗智斗勇，现下好不容易搬了出来，却因为我身上这劳什子的王爵，又要卷入这些是非中去。人在旋涡，身不由己，往后一段时日怕也要连累你都不平静了。”

皇上赐封他安平王，为的无非就是当年襄楚王在军中的影响力，是以哪怕他现在对外还宣称腿疾未好，可是皇上却依然不论大事小事都叫了他同去商议，不管他愿意还是不愿意，他都蹚上了这摊浑水，成了与皇上一条船上的人，怎么也甩不脱这些事了。

明萱浅笑盈盈，目光里透着温柔：“怀了身子难道我就变成豆腐做的了？不管皇上封你做安平王是安的什么心思，可如今你已经是了，我身为这府里的主母，倘若一点风浪也经不得，那又算是什么？何况为母则强，你只管放心，我一定会好好照顾自己，决不会让我们的孩子受到半分伤害的。”

话虽然是如此说的，可她的夫君眷恋疼惜她，这份浓情蜜意令她心中流淌着丝丝甜

蜜。

裴静宸忽然面色一凝："对了，今日皇上当着众人的面，向我问起了黄衣姑娘的事。"

明萱十分惊诧："皇上怎么会知道黄衣？还当众问起，这是什么意思？"

黄衣是随着明萱夫妇一起搬到安平王府来的，自她来后，一直都在王府内，不是陪着明萱闲话，便是在她屋子里鼓捣她那些"小乖乖"，从未踏出过王府门禁半步。便是顾元景想着她了，也都是过来见她，从来都没有在外头让人瞧见过的，为的便是不让有心人得知她的身份，好在临南的事上做文章。

苗寨虽然身在临南，有着不可小觑的威势，可他们向来都与世隔绝，并不愿意理会俗世肮脏。顾元景和裴静宸原本就料到了若是她身份公开，便会引来皇上的算计，是以互相之间都有约定，便是要公开黄衣的身份，也得等过了这个撤藩的风口浪尖，否则很容易为苗寨带来风波，也为黄衣引来危险。

黄衣原本是跳脱任性的性子，哪里肯过被人拘束的日子？可是为了顾元景她却可以忍人所不能。她收敛所有的怪脾气，除去苗女的服饰换上周朝女儿的装扮，对明萱极尽呵护体贴，闲暇无事时还拉着严嬷嬷学习周朝贵族的礼仪规矩，甚至还跟着丹红素弯这些丫头们学习如何伺候人，她是下定了决心要与顾元景在一起，并且不断在为之努力着的。

这份深情和坚韧，莫说顾元景了，便是明萱和严嬷嬷等看了都心疼叹服。

明萱原本并不看好顾元景和黄衣这份感情，在礼制森严的周朝，顾元景不仅是贵族之后，还是皇上看重的臣子，他的婚姻很大程度上自己并不能做主的，而黄衣不仅是外族女子，还擅长使用毒物，人人风闻苗女的名声就退避三舍，如何能够担当周朝贵族的妻子这个角色。

而以黄衣的刚烈，显然也是绝对不愿意屈当妾室的。

顾元景也舍不得她如此。

可是在黄衣这些努力和坚持之后，明萱不禁为她的执着动容，心中想着倘若黄衣愿意，顾元景也得到了苗寨酋长的认可，那么不论想什么法子，她都愿意尽力帮忙成全这对鸳鸯。也因为这份对黄衣的怜惜和喜爱，她便更加谨慎小心，不让旁人看出端倪，在皇上面前露了口风，生怕皇上生出利用黄衣的心思来。

没有想到，皇上终究还是知道了。

裴静宸摇了摇头："黄衣的真正身份，只有你我和舅兄还有严嬷嬷和丹红知晓，对旁人我们也只说她是你母亲生前好友的女儿，前来盛京投奔咱们来的。但那日镇国公府花厅家宴，她凭空出现，直指祖父中了毒性命垂危，恐怕会让在场的人看出点端倪来。"

他顿了顿："皇上从前那么在意祖父，谁知道他有没有在裴府里安插桩子。黄衣是跟着舅兄一起到南郊别庄的，沿着这点线索查下去，再则倘若苗寨酋长正在四处寻找爱女，皇上知晓了黄衣的身份，倒也是可能的。只是他公然问起，一时令我猜不透他用意……”

翌日，明萱接到坤宁宫送来的帖子，裴皇后宣她三日后初六日进宫觐见，盖着凤印的烫金请帖闪闪发光，代表着周朝国母的威仪，不容半分置疑，莫说她这胎还未显怀，便是即将临盆，这趟亦是不容推托的。

可令她迟疑惊诧的是，皇后竟然也请了黄衣。

传懿旨的宫人将样式相同的帖子恭恭敬敬地呈给明萱：“皇后娘娘听说安平王府上来了位贵客，便想要见一见这位临南来的黄衣姑娘，请王妃三日后入宫觐见时，务必要与黄衣姑娘一道。”

明萱只得收下请柬，请严嬷嬷取了厚厚一个红封塞到宫人手里，这才送了坤宁宫的人出去。

幸亏昨夜与裴静宸谈及过皇上的诡异之处，心里大约明白皇上终于想到要借苗寨之力来制约临南王，此时倒也没有过分惊惶。但即便如此，笼络或者挟持黄衣以令苗寨，这件事都不该皇后出马，裴皇后的旨意来得那样快，而传旨的宫人口风又这样严，她心里便有些七上八下，生怕皇上为了要拉拢苗寨，生出让黄衣入宫为妃的心思。

思来想去，这件事到底涉及黄衣，明萱便让丹红去请了黄衣过来。

黄衣倒没有明萱想的那样多，她听完来龙去脉毫不在意地笑道：“皇后想要见我，那我就去让她见呗，我们苗寨虽然远离尘俗，自成一系，可说到底仍然是周朝的子民，莫说是我，这会儿便是我阿爹和阿哥在这里，也不能不遵宫里头的意思。再说，皇上和皇后到底打的是什么主意，总是要见到了才好明白的。”

她表情轻松，轻轻拍了拍明萱的肩膀：“萱姐儿，你凡事都好，就只有一点，事事都想得太多。不过是一道皇后宣我入宫觐见的旨意，你便想到了皇上许会立我为妃，真真是……”

黄衣扬起头，露出明媚的笑脸：“我们苗族擅用毒物，帝王卧榻之旁，怎么会容许弹弹小指头就能毒死他的女人在？因为我们族人都擅用毒，身边又时刻伴着这些可爱的小乖乖，旁的人难免会误会，以为我们都是心如蛇蝎之人，可我阿爹说了，这也正是周朝皇室和临南王不肯轻易对我们发难的缘由。”

她想了想，忽然满脸期盼又带着几分娇羞说道：“若是皇上是想要给我和景哥哥赐婚该有多好！”

明萱叹口气：“这几日咱们合计一下，到时候进了宫该怎么说怎么做，不论裴皇后见咱们到底是为了什么，桥到船头必有路，到时候走着瞧吧。”

初六日一早，明萱着了沉重的王妃品秩朝服，领着黄衣进了宫。

黄衣没有穿苗族的衣饰，一身素雅大方的锦缎常服，是时下盛京贵族少女流行的款式。一来是因为皇后的宣召中只提到“贵客”，却并没有直接挑明黄衣的苗女身份，她便也不必穿太显眼的衣裳惹人瞩目；二来则是她的一点私心，既然决定了非顾元景不嫁，那么她便要学着如何做一个地道的盛京女人，从穿衣打扮开始学，这是她的决心。

安平王府的马车在安和门内停下，明萱拉着黄衣从车里出来，黄衣先进了宫轿，明萱矮身正也要进去，忽然听到身后一阵马蹄声鸣，她下意识地回转过去，看到安和门前一抹墨黑色的身影姿仪矫健地翻身下马，将身上的兵器尽数除去扔给守卫，然后钻进了一乘软轿，往皇极殿的方向而去。

她微微怔忪，随即摇了摇头，掀开轿帘进到内里。

黄衣不明所以，小声问道：“萱姐儿怎么了，在外头磨蹭了那么久才上轿？”

明萱苦笑着回答：“看到了一个熟人。”

命运有时是一个精心设计的圆，你以为凭借自己的努力渐渐摆脱了它的影响，可总会在不久之后重新撞进它的圈套，然后你恍然大悟，原来尝试了多少方法，试图想要拉偏那些预设的轨迹，都会有些无能为力。有些事，还真是注定好了的，怎样都无法逃脱。

初时，明萱对韩修又惧又怕，因为鄙夷他对她以前所做的那些事，她天然对他恶感，一个劲地想要避免与他产生交集，后来在经过无数次的纠缠不清的缠斗之后，他终于如她所愿，可命运却又让他成了她丈夫同父异母的兄长。于是，在看到他肃杀冷寂的背影时，她难免心情复杂了。

宫轿在坤宁宫前不远处停了下来，宫人扶着明萱和黄衣下了轿，恭敬地解释说：“皇后娘娘这些日子夜夜噩梦，喝了许多药也没有缓解，便请了钦天监一位监候看了看，也不知道到底是犯了什么，说是七七四十九日内，坤宁宫的大门不能开启。便要委屈安平王妃和这位小姐走一走侧门了。”

明萱眉头飞快地一皱，脸上却丝毫没有表露出什么来，她浅淡说道：“既是皇后娘娘的忌讳，咱们走侧门便是了。”

她上回来时走的是坤宁宫的正门，马车直接停在门口，入了门穿过院落便是正殿。这回要走侧门，却是要绕过很长一段的回廊，才能到西面的侧门，这侧门倒是平时就一直开着的，各宫的娘娘们前来给皇后娘娘请安时，有些贪图方便就都直接走的西侧门，倒也无人将这放在心上。可她来者是客，论理却是不该走这道门的。

略往前走了几步便是一座假山，明萱隐隐听到假山背后传来争吵声和隐隐的哭泣声。

引路的宫人脸色一变，颇有些尴尬地冲着明萱笑了笑：“宫女们胆大包天，竟敢在坤宁宫门口吵了起来，倒让王妃看了笑话，您请稍待，奴婢叫人去将她们赶了走，以免扰了王妃大驾。”

她轻轻躬身，便步履匆忙地往前去了。

不一会儿，几个侍卫便从假山后面架出三四个宫女来，个个衣衫不整发髻凌乱，脸上或多或少都有些抓伤，其中一个瘦弱的仍自小声哭泣，另一个略高大一些的却牢牢护在她跟前，想尽办法不令侍卫伤害到她。另两个却如同蔫了的斗气公鸡，垂头不语，气焰很是低落。

侍卫动作有些粗鲁，似乎是弄疼了那瘦弱的宫女，略高大一些那个便怒声喝道："我和月荷都是永和宫的人，虽然我们主子不在了，可皇上每月十五都要去永和宫坐一会儿的，若你们弄伤了她，我便是拼了一死也要让你们不好过的。"

接引宫人不由分说，左右开弓扇了那高大宫女两个耳刮子："在坤宁宫前斗殴已经是重罪了，竟然还敢在安平王妃面前胡说八道，你们是永和宫的人又如何？宫里头最重规矩，便是元妃娘娘在世，她也决不会容许你们在坤宁宫前大吵大嚷扰了皇后娘娘金安。"

明萱目光微垂，心中觉得有些不大舒服。

永和宫元妃，是她的嫡亲长姐，坤宁宫的接引宫人不可能不知道。不论那高大的宫女和那叫月荷的到底卷入了什么事端，宫人在自己的面前扇永和宫的宫女，还口口声声提到元妃，便令人觉得奇怪得很。

倒像是故意要引起自己的注意一样。

那高大宫女显然一愣，她转头对着明萱颤声问道："您是安平王妃？是永宁侯府顾家的七小姐？"

明萱轻轻颔首："不错，我是安平王妃，亦是永宁侯府顾家的七小姐。"

那高大宫女和月荷闻言扑通一声跪了下来，"七小姐，奴婢们是从前元妃娘娘身边的贴身宫女，您是咱们娘娘的亲姐妹，可一定要为娘娘做主啊，娘娘她……"

话音未落，侍卫便上前将她们两个重新制住，许是弄得生疼，她们哧痛不已，没有法子再连续地说话。

接引宫人忙对着明萱说道："王妃请往里面请，皇后娘娘等了多时了！"

明萱心下狐疑，但此时却不能不走，只得若有所思地望了那两个宫女一眼，这才转头过去跟着接引宫女的步子继续前行。

宫人引了明萱和黄衣进到正殿，裴皇后穿着皇后常服歪躺在金凤榻上双目微闭，似是在闭目养神，听到声响，她睁开眼，蜡黄的脸上带着浅淡而虚弱的笑容："是大嫂来了，快，给安平王妃赐坐！"

裴皇后到底有否夜夜噩梦不得而知，只是她的脸色不是很好，这倒是真的。

明萱微微挡在黄衣身前，引着她对着裴皇后一起行了礼，便也不客气地坐在了小凳之上，黄衣则乖顺地立在她身后。

她脸上露出恭敬却有几分疏离的笑容："不知道皇后娘娘今日宣臣妇，是有什么吩咐吗？"

恭敬是因为裴皇后乃是一国之母，疏离则是预设立场。

裴皇后徐徐从榻上坐起身，并不回答明萱的问话，却将目光投射到了黄衣身上，她将黄衣上上下下打量了一番，然后笑着道：“这位便是在安平王府做客的黄衣姑娘吧！”

第 56 章　换衫·幻觉·圣驾

皇后驾前，礼仪姿态皆有规矩。

哪怕裴皇后并不受宠爱，皇上可以轻忽她，后宫惠妃和贵妃可以怠慢她，但座下的明萱和黄衣却不能，她一日戴着中宫的桂冠，一日便是周朝的国母，代表着皇家的威仪。倘若她有心要为难谁，那么任何不当言辞都可以成为忤逆国母的证据。

因此听到皇后问话，明萱便有些紧张地望向黄衣，心里替她捏了把汗。

不料黄衣却十分泰然自若，她略上前几步行了个正经的宫礼：“回皇后娘娘的话，民女正是黄衣。”

这宫礼是跟着严嬷嬷学的。

自从过年时永宁侯府家宴上与顾元景互相挑明了衷情，她便一直都朝着成为顾元景的妻子而努力，不仅将贵族世家的待客礼仪皆学了一遍，还考虑到以顾元景的身份将来说不定会有机会参加宫廷宴席，为了不闹出笑话来，她缠着严嬷嬷学习了正经的宫礼。

功夫不负有心人，黄衣在坤宁宫裴皇后面前的第一次亮相十分出色，她行礼的姿态优美，每个动作都很到位，态度恭敬却又不卑不亢，游刃有余，让人挑不出一丝错处来。

裴皇后似也有些惊讶，只是她将惊讶放在眼中，并不表露出来，她笑着说道：“黄衣姑娘行何大礼，你是我大嫂的贵客，便也是我的贵客，都是亲近的家人，何必如此。来，赐坐！”

她将目光转向明萱：“自从祖父和父亲离世之后，我每夜里都睡得不踏实，前些日子身子一直都不大好，最近两天才有了起色，便想着要见一见家人。母亲她……”

提到杨氏，裴皇后脸上显露出无奈和纠结：“父亲骤然离世，母亲悲伤过度，听说病体缠绵，我这个做女儿的本该守在她身侧伺疾的，怎奈我身在宫里，除了记挂着她，竟一件事都做不了。二弟静宵又不成器，整日胡闹，从前有祖父和父亲在，尚还可以给他善后，如今却是不能了。”

她深深叹了口气：“前些日子听说大嫂怀了身子，我心里高兴，这么冷的天原不该让大嫂跑这一趟的，可是我心里实在想念家人，便总想要见一见。大嫂，你且莫怪我胡闹。”

明明是针对黄衣的，可这番话却说得好像是想见娘家的人。

明萱挑了挑眉，这种将裴静宸和她绑在了大房战车之上的感觉，令她有些不太舒服。

她想了想，认真地说道：“皇后想要见臣妇，臣妇莫敢不从，您是母仪天下的中宫之主，臣妇虽蒙皇上恩顾成了安平王妃，但规矩礼仪却是必要遵守的，又岂敢怪您？只是，有一句话，臣妇不知道当讲不当讲。”

裴皇后连忙说道：“大嫂与我是家人，有什么话不好说的？”

明萱便福了一身说道：“安平王与皇后娘娘身上流着一半相同的血脉，这件事天下共知，安平王是皇后娘娘的嫡长兄，原本您宽待娘家人，唤臣妇一句大嫂，臣妇虽觉惶恐，却还是受了。可如今皇上已经赐了安平王国姓，安平王承袭襄楚王的衣钵，从的是永嘉郡主的血脉，序起辈分来，皇上是安平王的表舅，安平王则是皇上的表侄儿。”

她顿了顿：“皇后娘娘依旧沿着从前的习惯唤臣妇为大嫂，岂不是乱了辈分？臣妇惶恐。若是被有心人听了去，岂不是要以为皇后娘娘您不认同皇上赐安平王国姓一事，这……这便有些不好了。”

裴皇后一时被气得不轻，可是却没有法子对明萱说一个“不”字。

是的，明萱说得没有错，裴皇后若是继续以大嫂相称，便是不遵皇上的旨意，有忤逆皇上之嫌，她如今在宫中处境不堪，本就不得皇上宠爱，惠妃又虎视眈眈地寻着她出错漏好借机上位，她其实是一丝错处也不能犯的，只要行差踏错一步，便有粉身碎骨的危险。

裴皇后略显尴尬地咳了一声：“得亏安平王妃提醒，倒是本宫妄言了。”

既然已无亲近的可能，她便也不再扮演平易近人，不称大嫂，也不再自言“我”。

这句“本宫”，十足显示了皇后的威严，但明萱听在耳里却觉得舒服多了。她知道裴静宸如今姓了周，可是这并不能代表他从此与裴家无关，这辈子他都和裴皇后撇不清关系的，可是这层关系彼此之间心知肚明便好，实在没有必要故作亲近，因为原本就不是亲近的关系。

裴皇后蜡黄的脸色一时有些难看，只是她仍旧保持着皇后气度，并没有立时发作。

偌大的坤宁宫正殿一时寂静无声，这时裴皇后身边的女官领着小宫女上茶水，裴皇后便借机笑着说道：“这是前阵子临南王世子进贡的须眉茶，在南疆虽不少见，可是盛京城中却唯独宫里头有得喝，安平王妃和黄衣姑娘尝尝看味道如何？”

须眉茶是南疆特产，只在气候炎热的地方生长，每年临南王都会派人进贡入宫。

明萱端着这茶有些为难，她如今怀着身子，在饮食上特别注意，莫说这从来都没有喝过的茶水，便是常见的那些她也是滴口不沾的，只是在这坤宁宫内裴皇后发了话，她若是推拒或者不喝，都不是一件好事。

正当她左右为难之时，黄衣仰头将须眉茶一饮而尽，还笑着从明萱手里将茶盏拿过，她笑眯眯地说道："临南的老人们都说，须眉茶最适合女子喝，滋阴润颜，是一道美容养生茶。不过，对体虚或者怀了身子的女人，却并不然。萱姐儿你怀了身孕，这须眉茶却是喝不得的，不过这是皇后赏的，浪费了这么好的茶也很可惜，不若舍给我喝。"

她冲着裴皇后问道："请皇后娘娘赏了民女这杯茶吧！"

裴皇后倒是第一次听说孕妇不能饮用须眉茶，也吓了一跳，她取出这茶来，其实只是为了要引出接下来的话，没有想到竟然闹出了这样的乌龙。

她是没有想过要害明萱腹中的孩子的，那孩子对她而言也完全没有冲突和利益妨碍，反而，如今安平王深受皇上的看重，倘若安平王妃在坤宁宫里因为喝了她赐下的一杯茶出了什么事，安平王自然是不肯善罢甘休，皇上亦会毫不犹豫地将她重新打入冷宫，惠妃又岂会放过这个大好的机会！

裴皇后知晓其中的利害，急忙说道："本宫却并不知道这茶不利于孕妇，幸亏黄衣姑娘有见识，得以提醒，快，快将安平王妃的茶水撤下去。"

宫女连忙收走茶盏和茶壶，许是动作太过急切，竟然弄湿了明萱一小半个袖子。

裴皇后勃然大怒，令女官将宫女押下去重责三十大板。三十大板，虽然并不会立时将人打死，可是对一个瘦弱的小宫女来说，却也差不多了，甚至更显得可怕。因为倘若得不到诊治和照顾，伤口会逐渐溃烂，熬过去的便算是捡回了一条命，但是绝大多数人都只有慢慢地死去一条路，这是个痛苦的过程，还不如直接被打死来得痛快。

宫女闻言脸色灰败，不断哭着哀求。

明萱皱了皱眉，低声说道："皇后娘娘息怒，那小宫女并不是故意的，再说臣妾也只是弄脏了衣裳，并没有大碍，请您看在臣妇的薄面上饶过她这一回吧。"

她如今怀了身子，便有些看不得这样的场面，她虽然很谨遵这时代的法则，知道尊卑是一道无可跨越的鸿沟，绝大部分时候，她也都顺应这些，接受这些。可是只不过因为弄湿了她一片袖子便要让小宫女受那样大的责罚，却也是她无法淡然接受的事。

裴皇后叹了口气："安平王妃心善，既如此，本宫便饶了她。"

她转头对着女官说道："这天冷，王妃衣裳湿了难受，你带王妃去偏殿换衫。"

明萱曾在建安伯府经历过一次换衫风波，倘若那回不是九妹明芜对建安伯有所图，使出了一招李代桃僵，将了侯夫人和先建安伯夫人一军，自己恐怕早就落入了侯夫人的算计，这会儿也应当是建安伯梁琨的继室夫人了，倒不是建安伯不好，她只是十分厌恶这种栽赃陷害的伎俩。

因此一事，这会儿她听到"偏殿换衫"这四个字，心中便生出十二万分的警觉来，但随即，她又有些暗笑自己惊弓之鸟，有些过分地草木皆兵了。

裴皇后没有理由要在偏殿设计什么阴谋，她如今地位岌岌可危，支持着她的后台都轰然倒塌，而裴静宸则是她所能倚靠的唯一的人了，虽然裴静宸和明萱对她都显得十分疏离而冷淡，但不论如何，他们之间有着密不可分的血缘关系，这却是谁都不能够否定的。假若裴皇后如今身陷汪洋，那裴静宸和明萱则是她唯一的浮木，这根救命稻草，她不可能会轻易放弃。

更何况，这是坤宁宫。

坤宁宫的偏殿，除了皇帝之外，不会有别的男人能够踏足。而当今皇上是个精明人，明萱的哥哥顾元景是他信任的左膀右臂，而裴静宸则是他最近极力拉拢之人，在这样的情况之下，莫说他对明萱毫无念想，便是有，也绝无可能会在此时做出不堪举止。更何况，明萱是怀了身子的已婚妇人，若是皇上与她闹出了什么不雅的传闻，绝不是一件美事，而是彻彻底底的皇室丑闻。

一个极具野心，为了帝业可以牺牲发妻的男人，正在往振兴周朝的路途上一往无前，他立誓要当一个明君，是绝对不可能在出师未捷之前，让自己闹出不可挽回的名誉损伤的。

所以，不会发生什么换衫被撞见之类的狗血桥段。

这样一想，明萱便将那提起的心略放下了一些，脑海中又忽然想到了方才在坤宁宫前那诡异的一幕来，电光石火间，她心念千回百转，心中已经有了些许揣测，她谢过了裴皇后，低声嘱咐了黄衣两句，便跟着女官去了偏殿。

女官取了一件与明萱身上差不多颜色的锦缎外袄放在几上，说了句“安平王妃请便”就退至了门外。

明萱一早掖过了袖口，知道只是湿了外面那件棉袍，这大冬天的，里三层外三层穿了不少，便是除去了袍服里面也还有好多件衣裳的，也不怕会出什么纰漏，倒也安心地将衣裳换过，然后对着铜镜慢慢地整理着发髻，动作自然而缓慢，从容不迫。

她在等。

果然不多时，只听到殿门“吱呀”一声开了，进来个高大的宫女，正是方才在坤宁宫门前力护着月荷的那位。她噗通一声跪倒在地，压低声音说道：“奴婢星移，是永和宫元妃娘娘身边贴身伺候过的宫人，见过安平王妃。奴婢冒昧前来求见王妃，实在是因为有许多话要告诉您！”

明萱眼波微动，望着星移久久不语，半晌才问道：“你说你是我姐姐身边的贴身侍女，有什么凭证吗？”

这是坤宁宫，哪怕皇后再不受宠，但这里的防卫却仍然是严密的，十步一个侍卫，五步一个宫婢女。倘若不是有人故意放开，永和宫的宫人没有可能混进坤宁宫内，还摸进了偏殿，不受任何阻拦地进得殿来，与自己这样单独面对面地对话。

这件事太过诡异了，令她不得不打起精神来应对。

星移忙将怀中的一个镯子递了过去，低声说道：“这是元妃娘娘陪嫁之物，她在临终前赏给了我。娘娘说这镯子原是一对的，一个在她这里，一个则给了她的嫡妹顾七小姐。倘若我以后有机会能够见到顾七小姐，将这个镯子拿出来，顾七小姐就会相信我的话。”

她眼角有大颗泪滴落下：“倘若王妃不肯信我，那也该信月荷，她从前的名字是叫月珂，是元妃娘娘从永宁侯府顾家带出来的陪嫁丫头，梨香院的云芬是她的亲表姐。月荷是顾家的家生子，王妃从前一定见过她的！”

梨香院里跟着顾明蓉陪嫁去九皇子府的侍女中，确实有一个叫月珂的，听严嬷嬷说因为九皇子生母的名讳里有一个珂字，所以月珂改了名，原来是改成了月荷。

明萱接过那个镯子，想到自己刚来时梳妆匣里的确有一个和这镯子差不多的，只是因为款式不符合自己的喜好，她便一直将它搁置箱底，从来都没有戴过，此时方知，这镯子原来竟是一对的。这两件事知道的人都不多，两相佐证，这叫星移的宫女，想来该是永和宫的人无疑了。

她低声叹了口气：“你说有话要对我说，是什么？”

星移见明萱总算信了她，眼角越发湿润起来，她抽泣了两声说道：“元妃娘娘死得冤枉，这些年来奴婢们无时无刻不想要往外头递消息，好让娘娘的家人知晓事情的真相，可总是不得其法，这宫里头如同铜墙铁壁，奴婢们无财无势，一点消息都透不出去。好容易今儿遇到了您，无论如何都要将这事告诉您！”

她抹了抹眼泪，眼神里含着怒意：“奴婢知道外头都说娘娘是绝食而亡，可实际上并非如此，娘娘是被人害死的！永宁侯府三房遭遇了变故，娘娘每日里都愁眉不展，带累得身子很有些不好，她茶饭不思，饭菜用得少，这些都是真的。

“可是，即便如此，娘娘也绝不会做自残自戮的事的，因为那时，太医已经诊断出了娘娘身怀有孕，为母则强，娘娘那样坚强的人，期盼了腹中的孩儿好些年才终于盼到了，她怎么会自绝？”

元妃是一尸两命……

这消息太过震撼，令明萱无波的面容瞬间掀起惊涛骇浪，她一时失去了冷静和自持，沙哑着嗓音问道：“元妃娘娘怀了身孕？这事，皇上可知道？说，将当日事情一五一十都与我说清楚，半句都不要遗漏。”

星移有了这份鼓舞，便也没有方才那样慌张，她想了想说道：“娘娘本来该是中宫之主，可后来却让位给了裴皇后，只被封了个嫔位，甚至还不如惠妃位阶高，她虽然为人温和，但心底难免也是失落的。又兼永宁侯府顾家三房出了事，三老爷被押，三夫人病弱，王妃您又……娘娘整日里愁眉不展，一开始确实有些万念俱灰，但是皇上来永和宫来得勤，许是承诺了会让三老爷平安无事，所以娘娘倒是一日比一日开朗了。”

她不疾不徐地回忆着："可是有一天，惠妃急匆匆地来报讯，说三夫人没了，同一天三老爷悬梁自尽，三房唯一的庶子被贬配到了西北，娘娘着急恐惧，便立时想要求见皇上，但皇极殿守卫森严，传话的太监说皇上不想见娘娘，娘娘不信，便要直闯，后来却被侍卫押回了永和宫。再之后，永和宫便被团团围住，不准人出去，也不准人再进来。"

明萱目光微闪，惠妃……

她沉着声音说道："继续说。"

星移点了点头："永和宫一连被围了七日，头几天，娘娘的确想以绝食来逼皇上前来见她一面，父母就这样莫名其妙地没了，她总想要皇上亲口对她说一句，不是他做的。但方饿了两顿，娘娘就昏倒了，我们几个束手无策，只好用财帛买通了看守的护卫，请他给惠妃娘娘带个话，让惠妃娘娘想法子带个太医来给娘娘诊脉。"

寻常护卫是指使不动太医院的太医们的，当时顾明蓉与惠妃关系最好，都是九皇子府里一同熬出来的，此时永和宫的人根本见不到皇上，所以才会想到求到惠妃头上去的。

她顿了顿，继续说道："太医诊出了娘娘有孕的消息，娘娘便听了嬷嬷们的劝，开始进食。她虽然有些恨皇上的无情，可是对腹中的孩子却是充满了期盼和温柔的，再说她想着皇上膝下没有子嗣，倘若她能生下孩子，皇上必然是欢喜的，到时候看在孩子的分上，他也一定要给顾家讨回一个公道。"

明萱声音微颤地问道："既如此，姐姐她又怎么会……"

这四年来，坊间一直都传闻元妃顾明蓉死于绝食，可倘若她并没有绝食，又到底是怎么死的呢？皇上在她死后表现得如此追悔莫及，听闻他每月十五月圆之夜都会撇下正宫皇后去永和宫留宿一夜，以追思亡魂，既然如此，又为何不去追查害死元妃的真凶。

太医既然已经确诊了元妃有孕，看重子嗣的皇帝为何仍然将永和宫围住，甚至连面都不肯露一次？

星移脸上现出哀愁的神色："娘娘先前哀思过度，虽然怀了身孕，这胎却并不稳，时不时有些见红。那太医也说这胎是要时刻小心的，否则随时都可能小产，娘娘便每日喝药，十分小心，后来倒是真的不见红了，可是她的身子却一日比一日虚弱，最后都无法进饭食，又拖了两日，便……也不知道是哪个先起的头，传说娘娘是因为忧思过虑，绝食而亡，以讹传讹，整个天下都以为是如此了。"

她愤愤而道："娘娘过世之后，皇上每月都要来永和宫思缅一回，有一次月荷鼓起勇气将这些事都告诉了皇上，皇上却说，他从来都没有下令圈禁永和宫，更没有听说过元妃有孕的消息，还将那给娘娘诊过脉的太医宣了来问话，可那太医却颠倒黑白，只字不提娘娘有孕，只说娘娘恐是因为绝食而产生了幻觉。真可笑，那太医说娘娘有孕只是幻觉！"

元妃未必是绝食而亡，这怀疑早在明萱知晓了顾长平和陆氏死因蹊跷之后，便生了

根长出了参天枝蔓，她一直都想要找个机会想法子揭开当年那件事的真面目，还元妃一个公道，也还自己一个心安。

但是深宫大内，并不是她可以轻易触及的所在，宫墙密不透风，只放出掌权者愿意让旁人知道的消息，甚至连后来皇上命人送出来的元妃遗物，也都是经过层层把关为人所授意的。她之前的处境自顾不暇，根本没有余力去查探什么真相，而如今，好不容易蓄积了一点能量，却也远远不足以将手伸入禁宫之内。

可现在，只不过进了一次宫，这些求而不得的消息便这样轻易被她知晓了。

明萱望着星移，不断观察着她脸上的表情，不敢错过分毫。

她心里已经猜到了，这是裴皇后故意要透给她的消息。永和宫旧人的这些血泪控诉中，字字句句将矛头指向了俞惠妃，是惠妃将顾长平夫妇的死讯告知给元妃的，给元妃诊出喜脉开药后来却又说元妃有喜只是幻觉的，亦是惠妃介绍来的太医。裴皇后与俞惠妃如今势同水火，她不得不怀疑，星移这些话中的真实性。

星移似乎是察觉到了明萱的心意，便不似方才那样谦卑，抬起头来与明萱直直地对视："奴婢敢以性命起誓，奴婢所说的话没有一个字是胡说八道，这些事情都是奴婢和月荷亲历，不敢有半个字谎言。"

她咬了咬牙说道："惠妃娘娘请来的那位太医姓苏，奴婢不知道他供奉着什么职位，但是看他身上穿的官服，应该是正五品。那位苏太医生了张圆盘脸，眼睛特别大，眉毛下隐了颗黑痣。倘若王妃愿意，可以去着人查一查，四年前大内太医院可否有这样一位太医在。"

明萱心中一动，去岁时给顾贵妃错诊了龙脉的那位太医倒是也姓苏，恰巧也生了张圆盘脸，据说眼睛特别大，至于眉毛下有没有隐了颗黑痣，倒是一查便就能知晓的。据说，那位苏太医亦是当年"救回"自己一命的圣手，永宁侯府因此一直对他都颇为尊崇。

后来闹出了顾贵妃这一摊子乌龙事后，顾家想要去拿他，才发现苏府早就人去楼空，这位苏太医也早在贵妃生产之前就已经请辞，正大光明地离开了盛京城，直到目前都没有下落。

明萱想了想，不再接话，却问道："永和宫偏居一隅，离坤宁宫距离不近，你和月荷却怎么在坤宁宫的门前？中宫肃穆，你们既在宫里多年，应该知晓这些规矩，又怎么会与其他宫女发生冲突？"

她如今知道了这件事出自裴皇后的授意，这叫星移的宫女所言也该是真的，但她素来谨小慎微，总是要将说辞几番相合，才敢真正地对一个陌生人托付信任，毕竟，事关顾明蓉的死因，涉及的都是后宫的娘娘们，这件事非同小可，她不得不谨慎从之。

星移垂下头来："原本永和宫的人都不敢随意在宫里头乱逛，若是被总管发现了，都是一顿重责。但最近皇上来永和宫的次数比往常要多，不看僧面看佛面，宫里头的人多是迎高踩低的，又惯会见风使舵，便对永和宫的人客气了许多。

“又恰逢裴皇后和俞惠妃斗法厉害，没有空理永和宫，奴婢们的活动空间便比从前多了许多，各宫的宫女们聚在一块闲聊，也不再像从前那样赶奴婢们了。常来常往，倒是得知了不少外头的事，上月时，奴婢便就听说了七小姐的夫婿被皇上封了安平王，前两日又听说裴皇后要在今日宣安平王妃进宫，于是奴婢和月荷便到了坤宁宫外守着，想要寻机会与您相认的。”

她微顿，脸上略显几分气愤憋屈：“但在侧门外，奴婢和月荷却遇到了惠妃娘娘宫里头的人，她们说话刻薄，句句侮辱奴婢等，奴婢和月荷都是一路忍过来的，原本为了要见七小姐，咱们也打算要继续忍气吞声。可是惠妃娘娘身边得宠的侍女桃杏却对月荷动起了手来，月荷她……她身份与奴婢不同，是万不能被寻常的宫婢欺负了去的，奴婢一时冲动就与她们扭打了起来……”

星移脸上讪讪的，眼神里却有真诚的感激：“若非王妃替奴婢们求情，恐怕这回要凶多吉少。永和宫里头从前元妃娘娘身边信得过的人，除了奴婢和月荷，这几年不是无缘无故地死了，就是被苦难磨灭了血性，都像个木头人一样过活，早就没有了要替娘娘伸冤的志气。”

她低声叹了口气：“奴婢没有家人，舍了一条命罢了，月荷虽然身子瘦弱，可是为了娘娘和……她也必要站出来将事实真相说出来的。”

明萱目光微动：“月荷怎么没有来？”

星移张了张嘴，欲言又止：“月荷她……”

她四处张望了一下，凑前一步将声音压得更低：“回王妃的话，奴婢其实也看出来了这次与您的相遇并非偶然，想必是裴皇后想要借着奴婢的口与王妃的手，来对惠妃动手，否则奴婢不可能如此轻易就混入了坤宁宫，也进不来这坤宁宫的偏殿。只是奴婢已经没有别的法子了，明知道这是个局，也要心甘情愿地跳进来。”

她将手伸进怀中使劲地揉搓了一下，似是取出了一个什物，然后轻轻碰了碰明萱的手，电光石火之间，便将一个揉皱了的纸团塞到了明萱怀中，她张了张嘴，几乎没有发出声音来，但是明萱却看懂了她的唇语。

星移是在说：“今日奴婢前来，除了要为元妃娘娘伸冤，还有一事相求，月荷的事亦是万分紧要，都写在了这纸团上，祈盼王妃能够看在元妃娘娘的面上，帮她一把，帮助之恩，犹如再造父母，将来粉身碎骨，一定相报！”

明萱虽然不知道这纸团上写了什么，但是看到星移这样郑而重之，她便也不敢怠慢。

这时，外头传来女官的声音：“不知道安平王妃可有换好衣衫？”

明萱将纸团藏在了贴身的衣袖中，高声对着门外答道：“就好，我马上出来。”

她转头压低声音对着星移说道：“既然是裴皇后设的局要让你跳进来，这便说明惠

妃未倒之前，她还用得着你们，你和月荷都是安全的。她们既然有本事让你悄无声息地进来，自然也会悄无声息地送你出去，所以你且安心地回永和宫吧。至于我这边，该如何做，容我想想，等我有了决议，自然会想法子来通知你们。”

她眼神忽然显出一丝凌厉：“我不会让我姐姐莫名其妙地枉死！”

明萱出了偏殿，便由女官引着回到坤宁宫正殿，此时正殿内却笑语盈然，她定睛一看，发现俞惠妃与顾贵妃领着几个妃嫔也到了坤宁宫，正与裴皇后一起叙话，黄衣则端坐一旁，既没有在气势上显得惶恐害怕，也没有一丝一毫害怕畏缩的模样，只在有人问起她话时，才不卑不亢地回答一句。

与在南郊别庄初见时的率性恣意相比，黄衣简直脱胎换骨，像是变了一个人。

但明萱没有时间感慨，因为俞惠妃已然点到了她的名。

俞惠妃，将眼睛瞄向了明萱的肚子，满脸笑意地说道：“听说安平王妃怀了三个月的身子？真是恭喜了！我原就和元妃娘娘说过，顾七小姐是个有造化的，可不是如今成了王妃娘娘了吗？你姐姐若是泉下有知，知道你如今得了如意郎君，又有了孩子，即将要做母亲了，她知道了一定也会跟我一般高兴的。”

她转过头去对着裴皇后娇嗔着说道：“姐姐，您没有怀过身子，不知道这苦楚，安平王妃恰好怀胎三月，此时正是最难过的时候。莫说这大冷天的，让一个孕妇来宫里头奔波不适宜，便是天色怡人，光这孕吐一项就够遭罪的了。”

话里话外，是在指责裴皇后不懂体恤。

但裴皇后却是底气十足，她笑着说道：“瞧咱们惠妃娘娘说的，本宫虽然没有怀过身子，但没有吃过猪肉还没有看见过猪跑吗？贵妃怀着龙嗣的时候倒还好，惠妃你怀大皇儿的时候，可没有少受这些折腾，每日孕吐则不说了，三天两头头晕无力气虚腿软都是常态。我当时见在眼里，也疼在心里呢。”

她笑着转头对明萱说道：“说起来，安平王妃虽然年纪小，但却比咱们惠妃娘娘要坚强，身子骨也健朗，我瞧着脸色也好，看来安平王爷对你很好，将养得不错。不过，即便如此，还是本宫孟浪了，若是你感到身子不舒坦，或者乏得慌，可要立时对本宫说来，莫要逞强。”

明萱忙道了声好：“多谢皇后娘娘和惠妃娘娘的体恤。”

金凤座上，裴皇后笑得仍然面无波澜，俞惠妃的眼中却闪过一丝阴霾。而顾贵妃只顾端着茶盏浅酌，风轻云淡，似乎完全不在意裴皇后和俞惠妃之间的唇枪舌剑，按理说，她与明萱是嫡亲的堂姐妹，这层关系不论是比裴皇后还是俞惠妃都要更加亲密的，可是她却没有丝毫要与明萱搭话的情绪，仿佛完全就是一个置身事外的局外人。

这时，坤宁宫守门的太监急匆匆地跑了进来宣道：“启禀皇后娘娘，皇上驾到！”

第57章　有异·鞭打·拒绝

周朝皇帝穿着四团龙袍头顶戴着翼善冠威仪赫赫地出现在坤宁宫的正殿，他单名一个瑢字，约莫三十岁模样，修长挺拔的身姿，瘦削的脸庞面如脂雪，一双好看的丹凤眼带着桃花含笑，看起来十分俊逸儒雅。

皇上驾到，整个殿中上至皇后下至宫女都纷纷跪落一地，明萱和黄衣自然也不能幸免。她两个互相使了一个眼色，便都不令人察觉地将身子挪到了最后面，学着旁人的模样行礼，竭尽低调，将头埋得很低，生怕引人瞩目，但是也不愿意让人挑出错处来。

可皇上还是第一眼就认出了她们来，他先是宣了平身，让众人重新落座，自己则是与裴皇后一起在金凤座上坐定，这才转头笑容满面地问道："这两位便是安平王妃和黄衣姑娘吧？"

明萱眉头几不可察地一皱，她心里略有些不快，黄衣却是未出阁的姑娘，皇上如此公然点了她的名，此举其实甚是唐突。

在她略显迟疑的时候，察觉到身后黄衣轻轻扯了扯她的衣裳，便按捺住心思，面带恭敬而疏离的笑容上前一步福了一身："臣妇安平王府顾氏见过皇上，愿皇上万福金安。"

黄衣则是跟在明萱身后，依样画葫芦般跟着念了一遍。

皇上好奇的目光在黄衣身上不停打转，带着几分探究和审视，他状似轻松地与黄衣寒暄了几句，虽然没有明言指出黄衣的身份，只是说了一些南疆的风土人情，但是却成功地将话题引到了临南。

这话题，顾贵妃看起来依旧一副不在意的模样，而俞惠妃脸上却略显尴尬，甚至有几分避之不及。倒是裴皇后，热情而轻快地将话题接上，时不时与皇上唱个双簧，倒像是一对恩爱的夫妻，完全打破了坊间对帝后之间"如履薄冰"的传言。

黄衣虽然觉得帝后对她的热情有些诡异，可她素来是爽利的人，虽然将周朝的规矩学得顶好，可那些太深的弯弯绕绕却仍旧有些不大明白，她们苗族对男女大防处置磊落，做事讲究一个爽快，并不像周朝那样有诸多避讳和讲究，因此她其实并不觉得此刻这样和皇上谈一些南疆风俗有什么不妥当的。

皇上听得很认真，脸上一副十分神往的表情，只是偶尔目光瞥到明萱，却是一阵没来由地躲闪。

明萱心下诧异，她其实根本就不记得从前的明萱和这位皇上关系如何，但想来应该是十分熟识的。她的胞姐明蓉十六岁就嫁给皇上，直到他成为周朝皇帝，统共做了八年的九皇子妃，那八年里，明萱身为明蓉唯一的胞妹，定然是拜访过九皇子府的。

九皇子那时候势力微卑，而永宁侯府顾家却是簪缨世家，权柄赫赫，顾家三老爷曾是先帝时的状元郎，虽然只是朝中闲散文官，可他的学问人品却颇受到先帝的赏识，对于这样的岳家，不论九皇子是真情或者假意，都不会刻意疏远。更何况，传言之中，九皇子与九皇子妃的感情和谐，夫妻恩爱情深。便是基于此，从前的明萱和九皇子也该是常见的。

是因为羞愧吗？

还是因为不敢面对？

或者是因为别的什么？

当年从永和宫中送回永宁侯府的元妃遗物，满满一箱皆是手札书信。有时是一幅素手丹青，旁边提着情意缠绵的诗；有时是一段心情感悟，直抒胸臆，清晰可见元妃那时的心境；有时则是无尽的哀怨和苦闷，三言两语尽在不言之中。

明萱细细地看过，每一字每一句，那箱遗物里没有一件是值钱的珠宝，装载的全部是元妃这些年来的心路历程，与她和皇上之间缠绵的爱意，当然也有怨，也有愁，也有相思之苦。在一本珍稀古籍的夹页中，偶然翻阅时，曾经掉落过一纸信笺，那是当年还是九皇子的今上所书，纤瘦的字体有些飘忽，但落笔在纸页上的那几个字却无比沉重，“死生契阔，与子成说。执子之手，与子偕老”。

四年前的顾明蓉还尚未老去，芬芳的颜色依旧鲜艳如西天云彩，闪耀着动人心魄的光华，可是皇上却已为了江山大业执意要将她牺牲。说什么十五夜永和宫内的追忆思缅，又说什么全然不知那时元妃的处境，呵，那些借口在她看来却都是不折不扣的笑话。

身为大周君王，整个周朝辽阔的疆域都是他的，难道连后宫的守卫都没有办法掌握？永和宫被圈禁了七天，元妃和宫人不得进出，殿前有重兵把守，皇上说什么他并不知情的鬼话，她是决然不信的！不过只是当时朝堂风起云涌，他甫一登位，没有先帝的传位遗诏在手，多少有些名不正言不顺，一时之间难以服众朝臣，而二皇子的余孽仍在四处挑衅叫嚣，他忙着要坐稳自己的江山，便没有多余的精力来管后宫的事罢了。

对于一个极具野心的君王而言，保住自己那张龙椅，要远远比发妻的安危来得重要。

所谓死生契阔的承诺，也不过就是一个承诺罢了。

明萱垂下的眼眸中不禁闪过几分嘲讽和苦涩。

从坤宁宫离开到安和门换下了宫轿，等坐上安平王府自个儿的马车后，黄衣便一改方才的沉默，她歪着脑袋说道：“皇上和皇后一直都在问我关于南疆的事，可是他们又没有一句话挑明我的身份，也没有提到苗寨，这样玄乎，我有些想不通，他们这举止到底是想要做什么？”

明萱的情绪自从皇上来后便一直有些低落，直到黄衣提起这话，才稍微有些回转，她皱着眉头说道：“我也不太清楚，等回府去见了王爷再问问他的意见，也该差个人去将哥哥请来商量一下。我总觉得，皇上对你有些太过热情了，反常即妖，我是怕……”

她是怕皇上不知道哪根筋搭错了要亲自纳黄衣为妃，不过这半句话，她吞了回去，并没有说出来。

黄衣又如何不懂？她笑着摇了摇头说道：“萱姐儿你又来了，前儿我跟你说的话，你可是都忘记了。我现下虽然穿着你们中原人的衣饰，可浑身上下都是毒，若我不愿意，靠近我五步之内的人都不会有好下场，你们皇上又不傻。”

明萱却没有这样乐观，她细细思量今日裴皇后宣自己和黄衣进宫觐见的用意，便可以确定两点。

首先，裴皇后一定是在皇上的授意之下才行此事的，否则以她如今在宫里头的处境，是万不敢自作主张，插手临南的事的。其次，皇上想要见一见黄衣，定然不会只是想要将她赐婚给臣子那样简单，倘若只是一道赐婚的旨意，皇上只要确定黄衣的身份便成，根本就不需要知道黄衣长什么样子，是个怎样的性情。

而坤宁宫前的那次偶遇，以及偏殿中星移直闯吐露当年真相，明萱很确信不过是裴皇后利用此次机会设下的一个局，目的是想要借安平王府的手，将当年参与元妃案中最深的俞惠妃给击倒，如今在后宫之中，顾贵妃十分安静，只有俞惠妃对皇后的地位有着最直接而危险的威胁，生有大皇子而家族越发显赫的俞惠妃，随时都有可能取代母家败落没有倚仗的裴皇后，成为中宫之主。

明萱正在想着，忽然觉得马车的车身一个猛烈的震动，她赶紧抓住黄衣的手，生怕再有一次剧烈的撞击会将两个人抛出车外去，但好在她多虑了，只是虚惊一场，马车除了戛然停止，倒没有继续发生激烈碰撞。

她余惊未定地掀开车帘，却遇上一双深沉冷冽的眼眸。

来人一身张扬的紫红色锦缎袍服，年纪很轻，看起来不过十六七岁，他面容清俊姣丽，姿态仪容与周朝皇帝略有几分相似，只是眼神阴霾遍布，透着狠厉冰芒，像是一匹饥肠辘辘的野狼，而在他面前的，正是期待已久发誓要生吞狼咽的生鲜猎物，与他略显阴柔的长相有些不符。

明萱不认得他。

她将目光瞥开去，看到旁边歪七扭八地停了一辆华丽的马车，显然方才那次撞击是紫红色华服的男子故意所为，目的便是要逼停自己所乘坐的这辆刻着安平王府爵徽的马车。可是，她很确定不认得这人，他又为何要在宫门前行这等莽撞之事？

驾车的仍旧是长戎，他急忙转身问明萱：“王妃，可还好？有没有伤到？”

他是裴静宸拨给明萱的，负责的正是她一路之上的安全，如今她正怀着孩子，方才那样力度的撞击对寻常人来说或许还能承受，但是对于新孕的女子而言，却有些重了。让人逼停车驾，已经是他失职，倘若因此令王妃受了伤或者腹中胎儿有所不利，那他将

无面目再见裴静宸。

明萱轻轻抚了抚腹部，并没有感觉到有什么不妥，便对长戎报以安慰一笑：“我无碍。”

她转过脸去，瞥见那男子嘴角带着阴狠的嘲讽立在车前，也不开口道歉，却也不准备离开的模样，便将眉头皱起。她心里暗自揣测，那马车的质料是极其罕见的绛香黄檀木所制，这男子又能在宫门之前如此横行霸道，过了这许久却也不见守卫前来制止，可见他身份极高。

她徐徐抬起头来，直直地与那人对视，声音里带着清冷：“卢五爷年少桀骜，在宫门前横冲直撞，失仪撞到安平王府的马车，看在承恩侯的分上，我不欲与你计较，但请让开，莫要挡着我回王府的路。须知，这天下姓周，不姓卢。”

整个盛京城中，穷奢极欲恣意张扬的纨绔子弟不少，但能用得起绛香黄檀，并且敢在宫门之前如此胆大妄为者，便唯独承恩侯府上的五爷卢浚一人，更何况他还生了那样一张与皇上相似的脸庞，这就更不难猜了。

卢浚不阴不阳地笑了起来，面容里带着几分鄙夷和嘲讽：“我看你生了那样美丽的一张脸，但谁知道内心却是那样歹毒，真是蛇蝎妇人。”

他哧笑了一声，目光里骤然凶狠起来：“你这个害死我姐姐的妖妇，竟然还胆敢教训我！”

明萱的目光骤然冰封，她扶着马车缓缓地下来，徐徐立到卢浚身前，抬起头望住他，一字一句地说道：“卢五爷自诩磊落男子，自然该知道说话做事当有凭有据。听说令姐韩夫人自胎里头就得了不足之症，曾经有名望的医正曾断言她活不过十五，后来尽心延医，得以续命，但终究不是长命之相，自她嫁给平章政事韩修，曾数度传出过病危之信，自去岁年底而来，便已经病入膏肓，药石无医。”

她微微一顿，语气越发冷了：“我的确见过令姐，但却是她相邀，我离开时她还好端端的，想必这些事，令姐身边的人都已经告知过承恩侯府了，卢五爷若是知晓详情，自然知道我所言非虚。那倒要请教卢五爷，您到底是从哪里看出来令姐是我所害？我又是在何时何地何处以何种方法去害的令姐？律法定罪，尚且要讲究证据确凿，卢五爷倒好，无凭无据就能血口喷人，给我定下了谋害之罪，果真威风。”

现在卢浚口口声声指责惠安郡主是她所害死的，这罪名不小，若是她不竭力驳斥，这一顶妖妇的帽子扣下来，将来她还如何自处？这世道舆论的重要性，她曾亲身经历过的，这些莫须有的罪责，她决然不肯承担，否则将来后患无穷。

明萱见卢浚张口欲驳，便冷笑一声继续说道：“至于卢五爷说我迷惑了令姐夫，那就更加可笑了。我和令姐夫的确曾经有过婚约，但整个周朝百姓亦都知晓，当年是令姐夫在大庭广众之下撕毁了婚书，过不多久便就另攀高枝迎娶了令姐。请问卢五爷，我倒是有何德何能可以迷惑一个弃我如敝屣之人？你要诬陷我迷惑令姐夫，这便是要指控我不贞不洁，那便请卢五爷说出来，我顾氏何时何地何处以何等方式迷惑了令姐夫，倘若不能……”

她冷笑起来，目光里透着森冷寒意：“女子名节大过天，卢五爷明知如此，却着意用这些污言秽语来污蔑我，这是想要逼死我吗？卢五爷空口白舌，含血喷人，顾氏不服，除非你赔礼道歉，否则我定然不会善罢甘休！”

卢浚一时被堵住话头，不知道该如何接话，好半天才气呼呼地说道：“好个牙尖嘴利的妖妇！”

其实他心里很清楚，自己的姐姐并不是眼前这个女人害死的。可丧亲之痛难免需要发泄，他不能怪韩修，便只能迁怒到安平王妃身上。他根本就不需要真相，只是想要发泄而已。

明萱冷笑着说道：“若是卢五爷有凭有据，自然可以随意控诉，甚至您还可以将我一个状纸告去衙门，我若当真是害死令姐的凶手，自有周朝律法将我绳之以法。可若是您无凭无据地就血口喷人，那还请多多思量，我如今可是安平王妃！”

她挑了挑眉：“罢了，以卢五爷的胸襟度量，想必是不可能会在这里给我赔礼道歉，我不急，改日必将亲自登门到贵府上，请承恩侯大人给我一个公道。现在，请卢五爷让开！”

马车里的黄衣总算听出了个来龙去脉，她怒声对卢浚说道：“我们要回府了，好狗不挡道，让开！”

卢浚面子上下不来，又见围观的人逐渐多了起来，恼羞成怒，便从腰间抽出一根软鞭，劈头盖脸地朝明萱甩了过去，他脸上白皙的皮肤骤然变得通红，额头隐约有青筋暴起，可见他用力之猛。

这道软鞭来势汹汹，速度极快，明萱躲闪不及，只能全力护住肚子，却将身子背了过去，她闭上眼已经准备要挨上这结结实实的一鞭。

鞭子落声清脆，却并没有打在她身上。

明萱心有余悸地转过身去，看到的是一个坚实宽阔的背影。

裴静宸犹如一尊参天巨佛立在她身前，右手做出护着她的姿势，而左手则一把握住了卢浚飞甩出来的软鞭，他的掌心因为太用力而隐隐显出朱红色的勒痕，甚至有淅沥的血珠沿着手腕内侧缓缓淌下来。他硬生生地截住了这一鞭，没有让明萱受到一丁点的伤害。

明萱在他身后，看不清他此刻脸上的表情，但他的声音沉稳肃穆，带着刀锋般的凌厉：“卢五爷，本王的妻子是御赐的正一品亲王妃，记入了周朝皇室的宗谱玉牒，在外亦代表着天家威严，便是你父亲承恩侯见了她，也要行礼问安。你一个无品无衔亦无职

的外男，却敢在宫门之前众目睽睽之下，对本王的妻子挥鞭耍狠，倘若我妻子因此受惊，腹中的孩儿有个三长两短，我定要你卢浚性命来偿。”

他朗声对着随侍的护卫说道：“此人忤逆犯上，不敬宗室，拿我的金牌速速将他押去刑部大牢，承恩侯若有异议，让他亲自来见我。”

这批护卫都是从北疆军营里调配上来的勇士，个个都训练有素，对裴静宸极其忠诚，他话音刚落，便果断迅猛地将卢浚制服，根本不给承恩侯府卢五爷面子，就径直用布巾堵上他的口，押走去往刑部衙门的方向，承恩侯府的下人哪里肯从，但几次三番上来争夺，却都不是那些孔武有力的护卫对手，只好跑去向看守宫门的禁卫军求助。

但那些禁卫军都是成了精的，承恩侯府不好得罪，难道安平王府就是他们惹得起的？都只作不知，躲得远远的，宫门岿然不动，根本就不给那些无足轻重的下人一丝机会。

明萱皱着眉头将裴静宸的手拉过，心疼地从怀中取出丝帕，小心翼翼地替他包扎了伤口，这才说道：“你这是何苦。”

以裴静宸和随身护卫的身手，要想伤了卢浚的手令他手中的软鞭飞脱，其实十分容易，可裴静宸却并没有这样做，他硬生生地接下了这一鞭，卢浚没有伤到分毫，可是他的手掌却血肉模糊。

明萱自然知道这是以退为进之计，为的是防止承恩侯府仗着皇帝宠信反咬一口，如今满街的人都瞧见了，他安平王被卢五爷伤了手，便是见了皇上也有话可言，以这一点伤，来换取以后的话语权和立场，其实是值得的，这也是他方才可以毫不留情，丝毫不给卢五爷留颜面，直接令人押走他去刑部衙门的底气。

可她还是心疼。

裴静宸静默不语，将明萱拢在怀中，对着马车上的黄衣说道：“我带着萱姐儿去我那边坐。”

黄衣眼瞧见方才那一幕，对裴静宸的男人气概颇为叹服，知道这段风波之后，他们夫妻两个必是有话要说的，便忙笑嘻嘻地说道：“去吧，去吧，我自己坐还宽敞呢！”

马车里，裴静宸面色如同水波，波澜不动，他沉默不语，表情微凝，看起来似乎有些生气。

明萱一手抚着腹部，一手揽住他脖颈，笑着说道：“我知道方才有些危险，但幸好你及时出现，我和孩儿都没有事。好了，吃一堑长一智，下回若是再遇到这样的疯狗，我不理他，只避开他可好？”

裴静宸紧紧将明萱搂入怀中，良久终于叹了口气：“你知道便好，以后再不许这样了。”

天知道他方才见到卢浚从腰间抽出软鞭时那种心情，似是有千百万只蚂蚁噬咬着他的心，他害怕，他惶恐，他生怕自己的脚步再慢了一分，拦不住那鞭子，会让明萱和孩子受到伤害。软鞭的绳锋割破他掌心，带来丝丝的痛楚，可那时他心底才真正地松了一口气，他知道他的妻子和孩子安全了。可那种担惊受怕，他决然不肯再来一遍，因为下一次，他不知道还能不能有把握保护她。

明萱心中一暖，知道裴静宸方才的沉默和冷淡，不过只是因为太担心她罢了。他那样在乎她，也在乎他们的孩子，当危险来临，愿意以身相挡，万不肯让他们受到一丝一毫的伤害，这份浓情蜜意，此刻萦绕在她心口，让她无比抱歉，却又无比满足。

她轻轻依偎在他宽阔的胸膛，感受着心跳强而有力的节奏，瞬间觉得无比安定，她没有说话，脸上幸福的笑容却一直都没有落下。

明萱和裴静宸前脚刚踏入安平王府，承恩侯卢世勋便带着世子卢洵上了门，明萱因为身体虚乏，也不乐意应付这对父子，便没有坐到正堂，可她却又对承恩侯父子的表现有些好奇，便令人搬了张美人榻放在一墙之隔的耳房内，隔着门缝静观其变。

承恩侯姿态做得足，甫一进门便对着裴静宸深深地鞠了一躬，脸上带着惭愧而痛心的表情，声情并茂地说道，“逆子在宫门前对安平王妃出口不逊，又行鲁莽跋扈之举，弄伤了安平王爷的手，实在都是老夫教子不力，安平王您做得对，那逆子平素太不像话，确实是该让他去刑部衙门吃点苦，受几天罪，才好晓得天高地厚！”

当街行凶伤人，忤逆犯上，不敬宗亲，这些罪名可都是坐实了的，按照周朝律法，若当真要判决起来，又何止是坐几日牢，吃几点苦，受几天罪！

世子卢洵也附和着说道：“我父亲年迈，五弟是我从小看着长大的，俗话说长兄如父，五弟有今日之错，也都是我的过失。他年少鲁莽不懂事，冒犯了王妃，我替五弟赔罪，还请王爷受了卢洵这个礼，也好让父亲和我心里能够稍微安定一些。我与父亲的意思都是一样的，让他在刑部衙门吃一点苦，那也是为了他好，只是我母亲近日身子不好，若是晚膳时看不到五弟，恐怕要焦虑不安，若是加重了病情，却是我这个做儿子的不孝了。卢洵无能，只有深鞠一躬，但愿王爷看在慈母春晖之心，饶了我五弟这一回撤了他的诉状，等他回府，父亲和我一定会严加管教，不让他再出门逞勇斗狠。”

说罢，他果真又行了个大礼。

明萱暗道卢家的人果然一个个都不好相与，当初惠安郡主如此，卢浚如此，承恩侯和世子卢洵亦如此。

他父子这番话声情并茂，既是求情又有威逼，表面显得诚意十足，可一字一句却都是在逼着裴静宸撤销诉状放过卢浚，三言两语之中，便将一个行凶伤人变成了逞勇斗狠，当真厉害。更厉害的是，他父子二人不过是姿态言语上的屈尊，却能够将对卢家不利的舆论顷刻扭转，这大约便是卢家的高明。

没有错，裴静宸虽然身上有亲王的爵位，可卢世勋却是皇上的亲舅，以皇上这边的辈分来论，承恩侯足比裴静宸高了两辈，他肯屈尊来到小辈门厅赔礼道歉，还行了这样

大的礼，裴静宸的口风再不肯松，便有些不上路了。今日在宫门前发生的事纵然是卢浚的错，可人也被押去了刑部衙门，而卢世勋和卢洵的诚意如此之足，倘若裴静宸足够懂事会做，便该主动开口，令人将卢浚从刑部衙门求回来才对。

可裴静宸自小缺失亲情，如今好不容易拥有了彼此相爱的妻子，又即将迎来自己的骨肉，他对家人的在乎是前所未有的，这种时候，便是有人胆敢说明萱一个字的不是，他都会心生不快，更何况卢浚不仅将那些难听的话都泼在了明萱头上，还做出了要伤害她的事实，这让他如何能够淡然处之？哪怕卢浚是深受帝王宠爱的皇亲国戚，他也要好好给卢浚一个教训，让他从此以后遇到安平王府的马车就退避三舍，夹着尾巴做人。

正是因为有了这样的决心，所以他才会不顾卢家的情面决意将卢浚押入刑部大牢的。

反正如今皇上要用他，自然会对他百般宽容忍让，这种小事上绝对不会为难他的，而一旦临南一事解决了，不论他有没有得罪过卢家，皇上也总是要和他清算的，多了卢浚的事，或者少了卢浚的事，对未来的事态根本就没有实质性的影响，趁着他如今还是御赐的安平王，这等威仪不用白不用。

所以，卢家失算了。

在没有彻底弄清楚来龙去脉和对方的底线时就贸然出击，这也是卢家的短视。

裴静宸望着他父子两个惺惺作态，却冷笑了起来："承恩侯和世子如此大礼，本王生受不起呢。令郎当街逼停我妻子的马车，又以污言秽语相加，企图败坏我妻子的名声，一言不合，便拔出腰间软鞭行凶，若非本王及时赶到，此时我妻儿的性命堪忧。"

他伸出手去，将血肉模糊的手掌摊开："本王粗皮厚肉尚且如此，我妻子身娇体贵，又怀着孩子，倘若那一鞭是她所受，那后果不堪设想。即便如此，我妻子也受了不小的惊吓，太医方才来替她诊过脉，说胎儿不稳，需要好好调养，本王余惊未定，正想着该如何求神拜佛好让我妻儿平安无事呢，承恩侯和世子便来王府行此大礼，以退为进，想要折杀本王。承恩侯是父亲，本王亦是父亲。承恩侯的孩子金贵，本王的妻儿难道就如同草芥？"

裴静宸语气强硬，冷然说道："所以，两位请回吧！"

第 58 章　请婚・商议・示下

等承恩侯走了，明萱从耳房里出来。

她叹了口气说道："卢浚虽然可恶，但卢家却不是好惹的，这回承恩侯父子在这里碰了好大一个钉子，我怕他们是不会善罢甘休的。到底承恩侯是皇上的母舅，皇上有慕孺之情，对卢家分外照顾，我怕你做得这样决绝，会惹皇上不快……"

天子雷霆震怒，不是寻常人可以承受得起的。

皇上既然可以赐封安平王的爵位，那么也自然可以收回去。他若是铁了心要给裴静宸小鞋穿，那么可想而见，以后裴静宸的日子难免要受到许多折磨。倒不是真的怕了他，而是，普天之下莫非王土，便是有足够的魄力弃了襄楚王的衣钵和这座王府，去过闲云野鹤一般的生活，但只要还身在周朝，便是皇上的子民，到哪里都躲不开去的。

与皇帝交好，总要比与皇帝交恶好。

裴静宸目光微深，笑着说道："我对卢浚如此不近人情，虽然是存了必须要惩戒他的心思，但说到底却也还是为了咱们。阿萱，不瞒你说，自从我成了这烫手的安平王后，朝堂上下不少人都将主意打到了我身上来，户部尚书有意要将膝下的孙女与我为侧妃，京兆尹大人也想要把自家的侄女塞进咱们王府，这些都被我拒了。"

他冷哼一声："但前日皇上也来试探我，倘若我略有几分松口，他便立时能将承恩侯世子的庶女赐给我当侧妃，我今日对承恩侯父子不讲情面，正是为了要断绝皇上那荒谬的念头。我曾承诺过你，一生一世一双人，便不会在你我之间设置障碍，同意让别的女人横插一杠。经过今日，世人都知道我安平王爱妻如命，为了妻子连卢家都敢得罪，想必今后再没有人会想要往我这里塞女人。"

按制，周朝的亲王除了一位正妃之外，尚还能娶两名侧妃，四位夫人，皆是有品级的诰命。

朝堂之中，东平王已经年过四十，世子都要娶亲了，侧妃位早就已经排满。而临南王则偏居南疆，年过五十孙子都满地跑了不说，便是瞧着如今皇上扣留临南王世子的动向，便就知晓临南王一脉很快就要大祸临头。除了裴静宸这位新封的安平王之外，英郡王和清平郡王以及年老的宗亲们都只是郡王爵位。

裴静宸身居亲王之位，年轻英俊，除了双腿有疾之外，堪当是盛京城中一等一的美男子，他如今只得一位正妃，侧妃和夫人之位虚空，自然吸引了朝野上下不少人的目光。

明萱微讶，原来竟还有这样一回事。

她的胸口涌上一层暖意，只觉得倘若是为了要抵御那些烂桃花，那么得罪了卢家，哪怕得罪了皇上，也都不太重要了，反正安平王府势必要和皇上之间有一场惊心动魄的博弈，那些烦心的事，等躲过了这时，到了该烦心的时候再说也不迟。

裴静宸见明萱甜甜地笑着却不说话，便也笑了起来。

他问道："今日皇后宣你和黄衣入宫，都说了什么？怎么我听说皇上后来也去了坤宁宫呢？"

明萱便将在坤宁宫内的所见所闻皆说了一遍，她忧心忡忡地说道："我看皇上不像是要给哥哥和黄衣赐婚的意思，他这样唐突地相看黄衣，怕不是想要纳她为妃吧？"

她将黄衣所言尽都告诉了他："黄衣性子刚烈，诚如她所言满身都是毒物，若是皇上想要强来，我怕她会做出惊天动地的事来。你明日若是得了空，不若请我哥哥上门一趟，问问他到底有何想法，是不是该趁着皇上尚还未曾下旨这机会，先下手为强，直接去跟皇上请婚？"

裴静宸沉吟片刻说道："事不宜迟，迟则生变，我现在就派人去请舅兄。"

等他出去吩咐了长庚回来，明萱猛然想起了星移塞给她的那张揉成团的纸卷，忙取出来，小心翼翼地展开摊平在书案之上，蜡黄色的纸上字迹歪歪扭扭，显然是仓促之间写成的，字体上刻着深深的褶皱印痕，看起来十分诡异可笑，然而当明萱和裴静宸读完这片纸后，脸上的表情却都变了色。

那纸卷上简明扼要地写着："四年前元妃仙逝，皇上驾幸永和宫，于酒后临幸宫女月荷，月荷遂怀有孕，然皇上临幸皆有内侍监朱笔记录，皇上酒醒离开，并未将此事告知内侍监。月荷足月生下一男胎，今已有三岁余，辗转藏于永和宫地宫之中，得可靠之人相顾，从不敢示于人前。"

这纸片上写的事太过匪夷所思，倘若不是深信星移不会拿皇嗣之事来开玩笑，她甚至会直接拿它当天方夜谭，弃之不理。然而，混淆皇室血脉是诛九族的大罪，时人尊君至上，是绝对不敢拿此事胡言乱语的，这样却反而令这件事增添了几分可靠性。

明萱深深吸了口气："怪不得星移这样护着月荷，原来……"

倘若当真有这个孩子，那便该是皇上的长子。在皇后无子的情形之下，哪怕那孩子的母亲不过只是个侍女，但皇长子的地位却仍然十分尊崇，月荷既是皇长子的生母，封妃也不过是迟早的事。因此星移潜意识之中已经将月荷当成了主母，所以才会对她极尽呵护，不忍让她受到一丝责难。

她沉吟着说道："星移今日非要来见我，一来是想要将我姐姐临死前的真相告知，二来怕是也想要借我之力将这长于地宫的皇长子救出，令他的身份大白于天下，得到应有的地位。可是，她似乎高看我了呢，我哪里有这样的通天手腕能够做到这点？倘若她们只是要求这孩子平安，那倒还或可一搏，将那孩子从永和宫地宫带出来。可要恢复身份，却……"

内侍监没有记录的侍寝，为了皇家子嗣的血脉纯净，宫里是不会承认的。

裴静宸目光微动，低声说道："下回你若是再有机会进宫，便去问问月荷的意思。"

若是只求孩子平安，以他如今出入周朝皇宫的频繁程度，里应外合，将个三岁的孩子带出来，并不是一点机会都没有的。

是夜，顾元景踏着星月而来。

黄衣见到他，自然万分高兴，围着他叽叽喳喳地说个不停，又恢复了当初在南郊别庄时明萱第一次见她的那种天真烂漫和活泼恣意。

明萱见了心中便有些感慨，这许多天以来，黄衣虽然每日都笑呵呵的，但是她一直都逼迫着自己学规矩学礼仪，学着周朝贵妇之间相处来往应对，何尝有过现在这样开朗明媚的笑容？心里边越发坚定了要让有情人终成眷属的这种信念。

她将今日的事体都说了一遍，又把自己和裴静宸的想法和盘托出，然后郑重地对顾元景说道："哥哥，我和阿宸都觉得，此时你该主动出击才对，若是让皇上抢了先机先拟下了旨意，你再想要求黄衣便就是欺君犯上，这罪名太大，咱们承受不起的。"

原本顾元景和黄衣之间隔着一道天堑，但是因为临南王一事，却有了搭桥的机会，这机会转瞬即逝，而且倘若他没有抓住，会变得十分麻烦和棘手，那么所谓该出手时就出手，他便该舍去那些无谓的执着，厚着脸皮坚决地要"替皇上分忧"才是。

顾元景思虑再三，沉沉地点了头："为了确保此事万无一失，咱们还是坐下来仔细合计合计。"

这一夜，安平王府书房的灯烛一直燃烧到了天明。

三日之后，承恩侯卢世勋直接走了刑部尚书的路子，经过一番周折，卢浚还是被放了出来。

尽管刑部衙门不敢怠慢这位卢五爷，但牢狱之中便是再善待，也不过就是将牢房整理得干净一些，容许承恩侯府私下送进来上等的棉被寝具以及膳食罢了。对于不羁惯了的卢浚而言，这几日的牢狱之灾，让他倒足了胃口不说，还受尽了前所未有的苦难。回府之后，卢五爷便被诊断出感染了风寒，大病了一场。

皇上虽然并未就此事发表意见，甚至连提都不曾提过一句，对裴静宸依旧如同先前一般的笼络态度但流水一般的补药却从大内宫中流向了承恩侯府，卢家五爷不过是一个小小的风寒，却出动了太医院几乎大半的太医，这已经证明了皇上对这位表弟的疼爱和荣宠，亦足够代表着皇上对卢家的态度。

朝堂之上，有人叹服裴静宸的气节，欣赏他不畏强权誓死捍卫妻儿的勇气。但更多的，却是笑他英雄气短儿女情长，为人既不懂得审时度势，处世又不会变通圆滑之道，白白地得罪了圣眷正浓的卢家，也让皇上心里不舒坦，错失了一个能够依附而上的绝佳机会。

但这些闲言碎语，裴静宸却丝毫没有放在心上。

哪怕当日在宫门之前，他已然能够直立，但却依然坐着轮椅上朝，对旁人的试探和挤对淡然一笑，从不解释什么。若是皇上不宣，他便也乐得窝在府中与明萱画眉作乐，不理会世俗言语，也不轻易与他人往来，一时间，倒是过起了我行我素的生活。

这一日，裴静宸正与明萱一道在书房之中画着童子采莲图，忽然听到门外黄衣娇声

笑语如同铜铃一般清脆，她笑着推门而入，一把便扎入了明萱怀中，紧紧地拥抱着她：“萱姐儿，成了！”

明萱微微一愣，随即明白过来，黄衣是在说，顾元景向皇上请婚的事成了。

有情人终成眷属，未来的嫂子又是黄衣这样不仅深爱哥哥还对自己胃口的好女人，她心里也很兴奋激动，那么大的人了，也不顾裴静宸还在场，便与黄衣一道抱着笑着叫着流着泪。黄衣的眼泪蹭到她脸上，凉凉的，也涩涩的，有些不太舒服，可此刻她一点都不想抽出手来擦拭脸上的泪痕，只想要深深地抱着黄衣。

顾元景和黄衣能够在一起，真是太不容易了！

裴静宸看着不顾仪态的两个女人，有着半晌的无语，甚至有些尴尬，正当他在犹豫是该继续杵在这里看着她两个又哭又笑好，还是该安静地走开留给她们一个空间，这时候，顾元景掀开门帘进来了。

顾元景望着这景象也有些愣住，不过自己最在乎的妹子和未来的妻子可以如此相亲相爱，他心里也是欣慰欢喜的，他不再往前，生怕脚步声会打扰她们，只是斜着身子倚靠在黑檀木制的月牙门上，深情和喜悦地望着她们，像在欣赏一幅绝佳美好的风景。

良久，两个拥抱得紧紧的女人终于舍得分开，她两个望着泪流满面的对方，不由都扑哧一声笑了起来。

黄衣倒还罢了，她在南疆生活率性，从来都是想哭就哭想笑就笑的，顾元景和裴静宸对她来说，都是亲人，她并不在意在他们面前袒露性情。

可明萱却很有些别扭了，她从前性情狂放，但已经过了四年谨慎持重的生活，她早就学会了要含蓄和内敛，已经算不上是一个情感外露的女子，喜怒哀乐很少见于人前，冷静自持才是她素来的模样。

何况在周朝，世俗规矩对女子的仪态要求极其严格，她出身侯门，身为世家千金，如今又成了亲王妃，便更该时刻注意自己的举止和仪态，所以她平素举止仪容皆是大家闺秀的典范，是个再雍容华贵不过的名门贵妇。

所以，对方才的放肆，她觉得脸上有些挂不住。在瞥见裴静宸和顾元景带着戏谑的笑容之后，更是满面通红，咬了咬牙说道：“我怀着孩子，不好大喜大悲，你们两个怎么不拦着我点？”

这是在给自己找台阶下。

裴静宸忍不住笑出声来，他上前将明萱搂入怀中，轻轻将手放在她已然有些微微隆起的腹部之上，感受了一会儿才又说道：“咱们的孩儿说，他母亲这是喜极而泣，不碍事的。”

明萱红着脸瞪了他一眼，见黄衣镇定得像是个没事人一样，不由又在心里暗笑自己有些忒矫情了。不论是裴静宸还是顾元景，都是她这世生命中最亲近的男人，便是当着在他们面前又哭又笑，失了平时的端庄礼仪，那又算是什么？倘若连在自己家人面前都要端着，那活着岂不是要累死了？

她这样想着，心里便也泰然起来，笑着请了大家入座，然后问道："哥哥，你倒是说说，皇上到底是怎么答应了下来的。"

顾元景眼神一深："皇上问我肯不肯去南疆苗寨大婚，我说愿意，他就答应了。"

他说得简单，可是裴静宸和明萱却都是能闻弦音知雅意的人，便立时明白了他话中的意思。

临南王世子自正月十五进京代父参加元宵宗亲宴席，到今日已经足有两月，数次以南疆临南王病危为由请求还家，但皇上顾左右而言他，一直都拖着不肯放人。临南王世子先前十分焦急迫切，但这几日来，却又忽地平静了下来，反倒不再向皇上请辞，世子和世子妃每日安心养在驿站吟诗作乐，与之前不顾一切地想要离开盛京的景况相比，截然不同。

这反而令皇上心中没有了底，他害怕临南王世子的转变是因为与南疆来的探子联络上了。

临南王若是要反，必将先攻占与之接壤的平州，但此时平州没有讯息传来，想来临南王尚还未曾行动。所以皇上想要先下手为强，在临南王将反未反之际，以迅雷不及掩耳之势，将撤藩的旨意先一步到达临南。 207

皇上已经不想再等待了。

反正，如今周朝的藩王，只有临南王和清平郡王两位。清平郡王的封地容州与盛京近在咫尺，封地小而贫瘠，又在皇上的眼皮子底下，说是个藩王，其实并没有太大的权力，倒还不如在盛京当个闲散郡王来得舒服，好些年前，清平郡王便就呈上过想要回京来的请愿，倘若此时皇上宣布撤藩，清平郡王想必是举双手赞成的。

一旦清平郡王赞成了，临南王想要投反对票，便是图谋不轨，皇上便可以号令勤王。

而平藩，是极有可能直面战争的，皇上需要有能力且可靠的人前去。

顾元景曾在西北待过接近四年，戎马疆场，从侦察到作战，都有着非常丰富的经验，又熟读兵书，用兵有奇谋，是个可堪得用的将才。他去年曾奉旨去过南疆，暗中搜集临南王心怀不轨的罪证，深入敌营，知己知彼，对南疆险恶的地形环境都有一定的了解，又曾经与临南王府的人短兵相接，对敌方的实力有所估量。

若是要派钦差去南疆宣布撤藩的旨意，那么无疑，顾元景是最合适的人选。

所以，皇上请裴皇后令明萱和黄衣进宫，故意作出相看的姿态，其实是在逼着顾元景主动请婚吧？

黄衣是跟着顾元景来到盛京城的，入城之后便一直住在明萱陪嫁的南郊庄子上，后来又入了镇国公府，明萱夫妇搬离，她便也跟着一道来到了安平王府，联系到前因后果，

其实很容易便可以推测出来黄衣和顾元景之间的关系，说不定顾元景在上一次汇报工作的时候，也将与苗族交往的事宜都汇报过的。

皇上不可能不知道这一层关系。

但他主动替顾元景和黄衣赐婚是一回事，让顾元景自己请婚，却又是另外一回事。

皇上希望顾元景带着赐婚的旨意去南疆苗寨与黄衣大婚，便是想要将战场控制在南疆范围之内，一旦顾元景成了苗族酋长的女婿，那便意味着苗寨在世人眼中便与皇上绑在了一起，对临南王不仅是一个极其强悍的威胁，更具有莫可知的威慑力。

对于苗寨而言，哪怕已经特立独行了几百年，几乎要淡出尘世，但只要他们的根基一日扎在南疆，便一日仍是周朝的子民，皇帝赐婚的旨意，他们就算再不甘愿，也不能不从的。再加上，黄衣喜欢顾元景，所以这婚事毫无疑问必定会成。

皇上端的好打算，但顾元景却也不得不从。

相比在座三人心中的弯弯绕绕，黄衣的想法简单多了，她毫不在意地笑道："我阿爹和阿哥其实都挺喜欢景哥哥的，只是你们盛京的贵族和我们南疆苗族之间，不仅思想观念差距太大，而且身份地位也不匹配，他们怕我和景哥哥的事成不了，到时候徒惹伤心，所以才激烈反对的。如今既然有了皇帝的圣旨，那他们想来也不会有话说，族人也会祝福我们的。"

她挑了挑眉："至于你们皇帝的打算，那也不过是他一厢情愿的想法罢了，我阿爹和阿哥以保护族人的性命安危为己任，是绝无可能参与周朝权贵之间的争权夺利中去的，这些事情他们不会管，顶多也就在景哥哥有危险的时候帮他一把罢了。"

只要能和顾元景正大光明地在一起，其他的，其实黄衣真的没有想太多，也不必想太多。

顾元景最喜欢黄衣的率真，见她心中丝毫没有被利用了的委屈，心里也松了口气，他笑意盈盈地说道："临南王兵力再强，但出师无名，必定成不了大器，你放心，等我们到了苗寨，我定会与你阿爹和阿哥说清楚的，即便是必须要战，我顾元景也不需要让岳家卷入其中。"

他转头又对着明萱说道："前些日子，族中的长辈已经将侯府的家当分了分，我虽然暂时还没有搬离，可其实已经算是分了家。我的婚事，大伯父和大伯母管不了，将来要回盛京再办一次婚礼，恐怕需要妹妹来帮我操持。还有，祖母那边，我怕她一时有些接受不了，若是得空，求妹妹帮我去跟祖母多说几句好话！"

三月初时，顾氏宗族里的长辈们应永宁侯之邀来府里主持分家仪式，将账面上府库里的东西都差不多分清楚了，顾元景因为及时地被记在了陆氏的名下，所以顾家三房也分到了可观的一笔。这些日子以来，顾家各房都忙着整理东西，新宅那边也在修缮打扫中，都说好了四月之前陆陆续续地都会搬出去住。

明萱点了点头：“既然皇上那样着急，恐怕哥哥和黄衣不久之后便要启程的，我怕你们没有时间整理宅子。这样好了，你们的新家我来帮着看着布置，等你们回来时，便有现成的屋子可以住。若是哪里不合你们的心意，等你们回来了再慢慢改回来便是。哥哥你看如何？”

顾元景的新宅置在平安巷，离安平王府只隔了两条街，从角门出去，不过就是小半刻钟的路程，是顾元景为了与妹子住得近些特地选的宅子。宅子不算太大，但是也并不算小，三房如今只剩下了他一口，便是娶妻生子，那宅子也足够装得下的。只是他平素朝事繁忙，一直都来不及折腾，到如今也不过是勉强可以住人，若说要办婚礼，迎新人，却是略显草率的。

顾元景求之不得。

他从前屋子里倒也有过几个伺候的丫鬟，但后来他直闯皇家围猎场得罪了皇上，被贬配去了西北疆场后，那些丫鬟便都被永宁侯夫人调作了他用，等他凯旋，住的院子里除了个洒扫的婆子外，连个服侍的下人也没有。好在他在西北时，凡事都亲力亲为惯了，身边又带了几位得力的副将，因此倒也还好。

后来，侯夫人再想要调遣丫鬟来贴身伺候他时，他却都拒了，说是不习惯。

因此，他屋子里连个丫头也无，生活上的事体，多是自己亲为。他的表叔钱三倒是个精明的，可人家如今替他管着许多田产，常年要在各地行走，分身乏术。身边的长随也都是从西北军队里带出来的心腹，包括留在平安巷新宅的管事，也是个解甲归田又无家可归的老兵，虽然做事牢靠，为人忠勇，可都是些粗人，对修缮整理宅院摆设这些细巧事，恐怕都为难得很。

倘若明萱愿意帮忙，那自然是再好不过，他也想将来回京，便有舒坦的屋子住。

只是看到明萱微隆的小腹时，顾元景却又犹豫了起来，他小心翼翼地说道：“我听说怀孕的妇人累不得的，萱姐儿，折腾新宅院是件麻烦的事，你若是得空，帮我去买几个得用的丫头婆子和小厮，倒是使得。旁的事，我交给下人做，也是一样的。”

明萱扑哧一声笑了起来：“瞧哥哥说的，好像这些要用力气的活都是我亲力亲为一般，我不过只是没事的时候过去你那边，让人搬张椅子坐了，一边喝着茶，一边指挥着下人干活便是了，哪里会累到我？又不是怀孕了的妇人，就只能在屋子里躺着，什么事都不要做了的。若是当家的主母有了身孕，那日子还要不要过了。”

她拉住黄衣的手说道：“你去我屋子里头，咱们合计合计，你们将来的新宅想要怎么布置？”

裴静宸笑意盈盈地望着明萱与黄衣结伴而去的背影，心中颇有些感慨，自己的妻子真是聪慧已极，又极其地善解人意，晓得他与舅兄还有旁的话要商议，便及时将空间留给他们。

他目光一深，转头从袖中取出一张揉皱了的信纸递给了顾元景："舅兄，先看看这个。"

星移的这封求助书信，他通过隐秘的手段私底下调查了一番，虽然尚还没有机会亲眼见到这个生长在地宫中的孩子，但是诸多迹象表明，这信上的事应都是真的。三年前，永和宫的确出生过一个婴孩，鉴于皇上在永和宫出入得频繁，这个孩子是皇嗣的可能性极高，并且，皇上醉酒之后临幸永和宫的宫女，这件事肯定不只是一两个人知情，若当真要证实这孩子的身份，也并非毫无可能。

顾元景将信看完，目光越发亮了，他脸上神色莫名，忽然低声问道："萱姐儿是什么意思？"

裴静宸目光微动，轻声吐出四个字："大有可为。"

顾元景安静无波的眼神骤然升起了万丈光华，半晌，他沉沉点头："此事当可从长计议。"

明萱所料不差，顾元景得了皇上的圣旨后，被嘱令即日便和黄衣启程前往南疆。

明面上，顾元景带去的不过只是求亲的仪仗，但暗地里，上千精锐骑兵已经在前一夜里悄然赶往平州，加上西疆东境所能调集的兵力，已然有十数万之多，蛰伏在南疆接壤的各处边界，只等待战火烽烟起，利剑就要出鞘。

自从顾元景离开盛京之后，皇上一改前些日子对裴静宸的冷落，几乎每日都宣他进宫。

而明萱，除了每日都要去一趟平安巷顾元景的新宅，有时也去永宁侯府看望朱老夫人。

此时已至四月，春光大好，天色早就已经转暖。永宁侯府中各方都已经搬离，如今偌大一个园子，便只剩下大房诸人，因为院落空了，世子夫人蔡氏请过了侯爷的意思，便着人将空置的园子修缮一遍，准备重新分配。五爷顾元晋很快就要娶妻，六爷元易也快要到说亲的年纪了，大房的几个孩子也大了，侯爷最近又添了几个新人，正好趁着这机会重新排一下院子，好让大家都住得舒坦一些。

这便也意味着，从前明蓉的梨香院，甚至明萱的漱玉阁都要重新住上别人。

当初出阁的时候，并不是所有的物品都带过去了夫家，所以漱玉阁里尚还有不少明萱的旧物，梨香院里，则几乎全部都是当初顾明蓉的遗物。这些东西未必值什么钱，但却都是主人曾经的回忆，倘若她不取走留着的话，多半也是被蔡氏处置了。

明萱有些不舍，便先与世子夫人蔡氏留了话，想要将这些物品都搬走，反正如今的安平王府库房大，就只住了她夫妻两个，有的是空房子装这些东西。

这些东西留着无益，既不能换钱还占地方，若当真烧毁了，却又显得侯府不近人情，世子夫人正觉得难办呢，明萱来问她要回去，她乐得轻松，自然愿意卖这个人情。所以明萱选了一日，便从王府带了两三辆马车，和许多仆妇过来帮忙。

春衫薄峭，明萱四个月的身孕便有些明显了，朱老夫人心里欢喜，又向来疼爱她，也不舍得让她累着，便吩咐了管嬷嬷和严嬷嬷丹红一道前去收拾东西，留了她在安泰院里歪着两个人闲话家常。

说着说着，这话题自然转到了顾元景身上去，朱老夫人深以为憾地叹了口气："我原先看中了辅国公府你三舅舅家的如姐儿，想要亲上做亲，说给小四当媳妇的。如姐儿性情好，模样也好看，你三舅舅虽然不在高位，但是官声好，如姐儿又有两个胞兄，都是有出息的，将来可以和小四互相帮衬。我私底下还和你舅祖母说了一回呢，谁知道……"

她皱了皱眉头说道："我听说他们苗家的女儿，最好那些毒虫蛇蚁，若是一有不和，她便能轻易要了人性命的，这将来，小四若是一不如了她意，可难保会有性命之忧啊！"

道听途说，难免会有所偏颇，可朱老夫人的顾虑，却也是一片爱孙之心。

明萱连忙劝慰她："祖母是没有见过黄衣，不知道她的为人，又听了那些没有根据的谣传，才误会了。黄衣在我那边住了快有四个月，我与她朝夕相处，只觉得她为人率真可爱，哪里有传言中的那样可怕？至于那些毒虫蛇蚁，那也是因为南疆毒湿，莫说苗人了，便是寻常的临南百姓，也不似咱们那样畏惧虫蛇的。"

她笑着将黄衣跟着严嬷嬷苦学规矩礼仪，被裴皇后宣入宫中却不惧不慌，与自己相处时候的体贴入微，都与朱老夫人讲了一遍，然后笑着说道："孙女儿倒是以为，黄衣这个嫂子百样都好，很得我心呢。祖母常说，孙女儿眼光好，不若您就信我这一回吧？等下回哥哥和黄衣过来给您请安时，您瞧过了她人品再作定论如何？"

朱老夫人叹了口气："你说好，那孩子便该是个好的，萱姐儿的眼光，祖母是信任的。"

她忽地又苦笑着摇了摇头："其实，话又说回来，这门亲事是皇上赐的婚，板上钉钉的事情，便是祖母不喜欢那什么黄衣，也得认下不是？再说，照萱姐儿说的，你哥哥是极喜欢那姑娘的，如今已经分了家，你哥哥也另立了府邸，左右将来不住一块的，我又哪里来那么多怨言？只要你哥哥喜欢，他们两口子日子过得欢喜，那便也就罢了。"

话虽如此，可到底还是不甚如意的。

明萱又笑着宽慰了她几句，又转而问道："不知道最近大伯母的身子如何了？"

朱老夫人面色一沉："她似是真的病了，前些日子我还听昊哥儿媳妇说，你大伯给请了宫里头好几个太医前去别庄给她诊治，说是很有些难办。原是想要将她挪回家来的，但听太医说，她那病最好不要挪地方，便只有罢了。罗氏是我的长媳，我倒是有心想要去看一看她，只是我这身子骨也不好，她那别庄又在山上，山路陡峭，我这把老骨头怕

是折腾不起，你大伯也一直拦着我，我便也算了。”

她顿了顿，对着明萱说道：“我知道你孝顺，但你如今怀着身子，却莫要想着去看望你大伯母，她在重病中，免得过了病气，不好。”

明萱叹了口气：“有那么多太医在呢，大伯母定然会平安无事的，祖母也莫要多为此烦忧。”

朱老夫人摇了摇头：“生死有命，富贵在天，都到了这样地步，救不救得回来也不是我烦忧不烦忧就能说了算的。我只是可怜若是罗氏真的……那我们琳玥和元显的亲事，怕又要有变了。”

自从明萱嫁后，她一直都盼望着亲外孙女李琳玥能嫁过来永宁侯府与她做伴，可是原本计划好了的亲事，却因为平昌侯老夫人的突然离世而被打乱了计划，将亲事延迟到了今年九月。但朱老夫人从世子夫人那边得来的消息，怕是罗氏很有些不好，如今才刚入了四月，也不知道能不能拖到九月。

明萱正要开口说些什么，忽然丹红掀开珠帘进了屋子来，行了礼，对着明萱说道：“有几件东西，严嬷嬷吃不准王妃还要不要，便差我来请您的示下！”

明萱听了，便笑着对朱老夫人说道：“既是这样，不若孙女儿过去漱玉阁一趟，正好也再看一眼后院那株红梅，漱玉阁里其他没有什么，我最舍不得的就是那树红梅，冬天的时候，满地白皑皑的一层雪，映着红艳艳的梅花，别提多好看了。”

朱老夫人心里也很清楚，等这些院子修缮一新之后，便会有其他的人住进去，到时候莫说那株红梅新的主人喜不喜欢，便是漱玉阁的门匾也定是要给拿下的。

她略有些伤感，于是也不再拦着明萱，勉强笑着说道：“去吧，去吧。”

明萱到了漱玉阁，见那些婆子都不在，院子里空落落的，便有些惊诧。

丹红便忙说道：“漱玉阁里除了您的书房还有些书籍还在收拾，其他的都已经整理好了，严嬷嬷便让管嬷嬷带着婆子们过去了梨香院。嬷嬷让我请您过来，是在书房的暗格里发现了上了锁的小匣子，想让您看看那是个什么东西。”

她语气中仍然有些惊讶和不可思议：“说来也真是奇怪，我和雪素姐姐在漱玉阁待了三年，这院子里上上下下，有哪一处是我们两个没有见过的，可书房里竟然还藏着我不知道的暗格，真真是一件怪事。那地方真令人想不到，若不是我不小心碰倒了几本书，书册又砸得巧，落到了那块青石板上，咱们许是要错过这匣子了。”

青石板下的暗格里藏着的小匣子？

丹红一边引路，一边又笑着说道：“这定是小姐从前藏的东西，您伤过脑，想是后来不记得了吧？要不然您现在想想，那里头到底藏了什么？咱们只得了小匣子，却还没有找着开锁的钥匙，您能想得起来放在哪里了吗？”

她看起来颇有些兴奋地猜测着里面的东西：“会不会是什么值钱的首饰？或者是一大叠银票？”

明萱看到丹红急切的模样，无奈地摇了摇头，“倘若真是首饰或者银票，我便分你一半给你当嫁妆如何？”

书房内，明萱将目光投射到桌案之上。这是一个紫檀木制造的小匣子，上面刻了牡丹花纹和吉祥云彩，看起来十分精巧别致，并不特别大，恰好是她手的长度，上面的锁头和普通的不同，看起来似乎是个精巧的密码锁。

不知道为什么，一看到这个匣子，她心底便涌现出许多奇异的感受来，脑海中有什么东西悄然划过。

她沉了口气，探出手指按在了锁键上，按着心中那股强烈的念头，有力又有节奏地按了下去，“啪嗒”一声，匣子应声开了，一封尚未开启的麻黄色信笺，一支玉兰花含苞待放的簪子，和两缕缠在一起的青丝，这几样东西诡异而又格外和谐地映入了她眼帘。

丹红见状，脸色一变，皱着眉头担忧地望了自家小姐一眼，然后乖顺地退了出去。

明萱将信笺从匣子里取了出来轻轻撕开封口，米黄色的纸片上面写着蝇头小楷，密密麻麻，还未全数读完，她的脸色瞬然一片惨白，口中不断低声念着那个名字：“韩修……”

这封信应是四年前明萱成婚前夜韩修偷偷送进来的，这上面清晰地写着他所面临的危机，与当日在平章政事韩府惠安郡主病榻之前的那个故事不谋而合。韩修在经过十分痛苦地思考之后，选择了接受承恩侯的提议，娶惠安郡主，理由是他十分笃定惠安郡主病入膏肓命不久矣，他希望明萱可以等他。洋洋洒洒数千字，不只隐晦地将皇帝的计划和盘托出，还无比自信地将他从拒婚开始的每一步都详尽地计划好了，并且书写成了文字，传到了明萱的手上。

明萱的双手微微轻颤，过去的事虽然都已经不记得了，可在她看到这封信的瞬间，心头却又忽然涌起千万般的感受。

她想，假若四年前她及时看到了这封信，或许她的命运就将截然不同。

然而，从现在的情形看，当时的她只是将这封信与他们的定情信物放在了一起，信封上朱红色的火漆犹在，她没有打开，所以并不知道韩修的计划，也并不清楚皇上裴相和顾长平之间的交易。贞烈如她，向来骄傲有气性的她，定然是不能接受即将要成亲的

夫婿带着羽林军带走了自己的父亲，又当众撕毁婚约的侮辱的，这是奇耻大辱，所以她才会选择触柱自戮。

侥幸留得一条性命，但却失去了关于过去大半的记忆，也不知道是该心酸，还是值得庆幸……

心头有各种各样错综复杂的情绪，用千万种不同的姿态在往她脑海中窜，她怔怔地想，虽然仍旧想不起来和韩修曾经有过多么美好的过往，可光是心底这份深深的触动，就能让她笑的，他们之间也曾有过纯粹真挚的感情，也曾快乐过的。

然而，一切都已如同浮云般逝去、消散，无影无踪，甚至换了一番新的景象，她已有了截然不同的人生。那些被压制在心底深处某个角落里的记忆，假若释放出来只会平添痛苦，那不如……就永远不要再记起的好。

明萱叹了口气，随即飞快地将这些东西重新摆好放在匣子中，又以原来的方式重新锁上，然后装在了自己的怀中，等确信无疑了，这才立起身来，走到了门外，对着严嬷嬷说道：“嬷嬷，麻烦您帮我去梨香院看看，还有多少东西没有装箱，若是还没有好，您便留下来，等着东西都收拾好了，再一并带回王府来。”

丹红犹疑地问道：“王妃，是哪里不舒服吗？”

明萱的脸色有些不大好，她扶着额头点了点头：“忽然觉得头有些昏沉沉的，漱玉阁这里没有法子休息，去安泰院的话，我怕老夫人忧心。所以，这里的事，请嬷嬷替我看着办，我跟丹红先回去了。”

她顿了顿：“老夫人那，求嬷嬷替我应付一下吧！”

严嬷嬷心中猜测，许是那匣子里的东西有什么问题，便也不再多问，忙点了点头说道：“这里的事交给老奴便好，王妃身子不适，丹红你多照顾着点。”

她顿了顿，又迟疑地问道：“那青石板？”

明萱沉吟半晌，低声说道：“你想法子将那暗格填了，将那石板砌实了吧，这件事不要再对他人提起，嬷嬷也就当不知道吧。”

她不再多言，便让丹红扶着上了软轿，直接去到二门处换了马车，便径直往安平王府赶。

等到了内屋，明萱便让丹红退了下去，她取出匣子发了会呆，也不知道是该将那信笺留着，还是索性一把火烧了个干净，又想着她与裴静宸彼此之间无话不谈的，这件事需要不需要告诉他。

思来想去，终于还是将匣子寻了个可靠的地方放好，以待心情平静了一些，再作打算。

到了夜里，裴静宸脸色凝重地进了屋，他挥退屋子里伺候的小丫头，然后压低声音说道：“我埋在宫里头的探子今日终于与星移接上了头，星移说，地宫里长大的那位这几天不知道怎么了，身子有些不适，高热不退，他们又不认识什么相熟的太医可以诊治，问咱们能不能想法子，尽快将孩子带出来。”

明萱听了忙道：“小孩子高热不退很危险的，倘若得不到及时诊治，怕有性命之忧。”

这是个见不得光的孩子，倘若在毫无准备的情况之下，让后宫中的人知道了他的存在，那么俞惠妃是决不会容忍这个孩子活着的，他必死无疑。所以，不能向宫里头的太医求助。可是，若是放任着，高热不退，对一个才三岁的小孩子来说，是十分致命的危险，极有可能造成脑部的损伤。

裴静宸沉声说道：“孩子虽然还小，但却毕竟是一个大活人，时间又紧迫，想要从永和宫悄无声息地将孩子带出来，想必不是件容易的事。我也想过，将此事透露给裴皇后，她膝下无子，如今与俞惠妃的战斗之中，完全处于劣势，倘若此时得知永和宫尚还有一位大皇子，她定会要保住这孩子的。”

月荷出身卑贱，若是皇后想要这个孩子记在她名下，那么是完全可能的。

只是……

裴静宸摇了摇头：“但跟着裴皇后，却也顶多只能保他一时安危，并不是长久之计。哪怕这孩子将来必然会沦为筹码，我也希望他所处的地位是安全的，而不是众矢之的。何况，我心里其实并不想要裴皇后得势，她若地位稳固，杨氏和裴静宥怕是要死灰复燃，那绝非我所愿。”

明萱皱着眉头沉吟片刻，忽然似是想到了什么，抬起头来问道：“以咱们一人之力，或许不能将那孩子救出，可若是有人相助呢？建安伯梁琨深受皇上信任，他是朝中唯一可以驱车入宫不受检查长驱直入周朝皇宫的臣子，倘若他愿意，将个三岁的小儿藏在马车里，那是完全不会被人发现的事。”

梁琨曾任过禁军统领，内宫之中故旧遍地，行事要远比裴静宸方便许多。

她越想越觉得此事可行：“你让内线通知星移，将那孩子放入一口预留了通风口的箱子里，然后再在永和宫的其他地方放一把火，将守卫都吸引走，梁琨的人自然便有机会将箱子取走。那孩子也不能藏在咱们府上，目标太大，容易暴露，不若我带着他去求玉真师太收留这个孩子，都是周室血脉，师太怜悯，或许能保住他。”

这想法自然不差，但要说服梁琨却并不容易。

裴静宸也觉得这法子可行，但他顾虑重重：“梁琨与今上感情深厚，咱们想法子将那孩子救了出来，虽然也是为了皇上的子嗣计，可又难免有自己的私心。梁琨虽然名声不堪，但实际上却是个懂情理明是非的精细人，咱们的心思，怕是瞒不过他去。要说服他帮助我们行事，看起来十分困难。”

他微顿：“假若我前去求他，想来他更愿意将孩子亲自抱往太医院，然后说服皇上认下这个皇长子。”

梁琨的话，皇上向来都十分听得进的，这件事说不定还真能成。

然后，便又绕回了原点。裴皇后决不会错过将这孩子记在名下的机会，俞惠妃也定然绝对不会容许这孩子活在这世上，他虽然躲过了一时的病痛危险，还能够恢复名誉，但是即将迎来的，却是数百倍的危机。这并不是一件好事。

但，孩子性命垂危，总不能因为以后的事，现在就不去救助。

正当裴静宸准备去向建安伯求助之时，明萱忽然问道："倘若咱们求动了玉真师太去和建安伯说，这件事能不能成？"

玉真师太是周朝皇室中辈分极高的大长公主，虽然已入佛道，但是说话仍然十分有分量，宗室之中的长老都十分崇敬她，这也是先帝既尊重又忌惮她的缘由。建安伯身上也流着周朝皇室的血脉，倘若玉真师太肯出面去说这件事，问建安伯要了这孩儿，从此养在身边，建安伯想必会应下的，他也不得不应下。

只是，师太远离凡尘久矣，不知道还愿不愿意蹚尘世的这摊浑水……

此时天色已经有些暗了，去往清凉山的路途崎岖，很是颠簸不平，所以明萱留在府里，裴静宸只身前去白云庵，求玉真师太能够出世，保下那个地宫之中出生长大的孩子。

至于玉真师太愿不愿意打破世外的平静安和，那就要看她心中到底有没有红尘了。

若有，这倒是一桩稳赚不赔的买卖。

师太年未过六十，身子康健，素来保养得宜，是长寿之相。将那孩子养在身边，若是将来他的身份地位不被承认，那也不过是举手之劳，救人一命胜造七级浮屠，她仍旧是周朝宗室备受崇敬的大长公主，身在化外，心系家族。但若是那孩子将来前途无量，这抚育之功……

知道裴静宸这一去，怕是不会很快回来，明萱便也稍稍将这事放在一边。

严嬷嬷进来回话："漱玉阁和梨香院里的东西，除了那些带不走的家具物什留着，其他的一纸一画都装进了箱子里，咱们带过去的马车不够，世子夫人便又派了一辆马车，东西都着人摆在了西边的库房，整整垒了小半间屋子，王妃若是什么时候得空，便去点算一下。"

她笑着说道："二夫人原都搬出去了，不知道从哪里听到了咱们取回漱玉阁里物件的消息，竟然巴巴地让婆子们去将先前郡王世子妃和十小姐院子里的东西也搬了空。咱们只取书籍信笺诗画，二夫人那边的婆子却是胆大，将好些书房里的摆设都一并顺了走，将世子夫人气了个不轻。"

各房屋子里的家具摆设，若是后来自个儿新添的，自然算是各房的私产，但绝大部分却都是库房里有记录的物件，属于公中，分家时不曾划到其他各房名下，那便就是长房的东西。虽然未必值多少钱，可是二夫人那边的婆子却顺手牵羊拿了走，连个招呼都不打，世子夫人心里自然被堵得难受。

丹红听了，也跟着笑了起来："二夫人向来是侯府里的财主，给的赏钱都要比侯夫人丰厚的，怎么一分家，就变得这样锱铢必较了？就那么点小便宜也要沾，倒不像是二夫人的为人了。"

倘若没有主子授意，那些婆子必不会这样胆大的。

明萱却知道，二伯母简氏上回被收缴了的印子钱，几乎掏空了她的家底，她还有女儿未嫁，又新添了孙儿，搬出去开府另过之后，什么都要花钱，许是日子过得有些拮据，又多少有些不忿当初给侯府填了那么些窟窿，觉得分家的时候自己吃了亏，所以才无所不用其极地想要讨回一点是一点吧。

从前可以花几万两银子买一张绣画，如今却连几十两银子的便宜也占，这大抵便叫作人生起伏吧。

严嬷嬷顿了顿，压低声音说道："漱玉阁后院库房里压着从前韩大人的那些聘，您和王爷成婚的时候，没有带出来，趁着这回我与世子夫人说了，便也将那些箱子取了回来，足足还有十七八箱，另放在了西边第二间的库房。我瞧过了，那些虽然都是好东西，可留在王府，却怕碍了咱们王爷的眼。"

她问道："王妃您看看，是要怎么处置才好？"

明萱从前拮据的时候，曾一度靠着韩修补偿的那些聘礼换银子度日，也曾经拿过屏风绣品和古籍与二伯母换了大票子的银钱，自然知道那些都是好东西。

可是严嬷嬷说得对，这些东西有些敏感，不该留在安平王府。本来倒还好的，但自从裴静宸知晓了与韩修原是兄弟之后，他虽然不说，但明萱却能感觉得出来，他对韩修的心结更加重了。他们夫妻两个生活得和顺，感情恩爱，没有必要为了这些小事而心存芥蒂。

所以，她想了想说道："那些衣裳缎子嬷嬷和丹红雪素你们几个各自挑几匹自个儿喜欢的留着，其余的便拿去城东的锦衣坊，跟老板换略差一等的回来。天气转暖，也该给府里的丫头婆子们裁新衣了，若还有多的，便压在库房里，等明年再拿出来做衣裳也是一样的。"

严嬷嬷点了点头："这倒也可行。不过，布匹容易处置，那些家具摆设抱瓶首饰之类的，却有些难办。到底有个几年了，都不是如今时兴的款式，珠宝铺面里也不收这些，只能拿去当铺换钱。可是咱们既不缺银子花，又拉不下这个脸，若是打赏下人，也万万没有那样大手笔的。"

她接着说道："再说，有些东西还打了记号，若是让韩府的人瞧见了，那就尴尬了。"

明萱沉吟再三："明日嬷嬷若是得空，替我跑一趟南郊，看看何贵的身子好些了没有，顺便替我问问他，可有什么做生意的好手推举，为人要可靠。他若说有，你便

让他改日得了闲，便令那人过来一趟，我有事要吩咐。”

她无奈地苦笑起来：“那些东西既是我的了，说什么也不可能再还回去，可留着却也不太像话。东西不好卖，盛京城里当这些又面子上难看，那倒不若将有记号的地方打磨了，运到江南去死当了便罢，换得的银子也不必拿回来给我，直接在江南置办些田地，咱们倒也好多了一处收租子的地方。”

收到的租子，明萱也不要，她在清凉寺给顾长平和陆氏，元妃还有真正的明萱各都请了长明灯，用来祭祀和祈愿，希望这个在权力角逐中被彻底牺牲掉的家庭，若有来生的话，能够各自投个好人家。

倘若还有多的，那便在清凉寺下开斋赈济，总归要将这钱花在能够让她心安的地方才是。

明萱笑着让严嬷嬷和丹红都退了下去休息，只在门外廊下要了个三等的小丫头听候吩咐。自己则将藏好了的木匣子重新打开，取出那封信笺来，她揉成了一团，扔进熏了宁神香的鼎炉中，透过雕花镂空的缝隙，眼看着那团纸越来越小，最后化为灰烬。

那两株相互缠绕在一起的发束，很快也陪伴着那封信，经历着同样的命运。

明萱将含苞待放的玉兰花簪子拿在手上看了半晌，几次想要将簪子同扔进鼎炉，但终于没有忍心这样做。

她幽幽叹了口气，将簪子收回到匣子里。心里想着，每个人都有自己的回忆，从前的明萱虽然没了，可是属于她的回忆，自己却没有权力一并抹杀，不论韩修最终对她如何，她和他之间总是有过一段快乐的时日，倘若自己什么都不给她留下，总觉得还是太残忍了一些。

这匣子和簪子，便和那些书画古籍一起放着吧，那是属于从前的明萱的。

下了这个决定之后，明萱便觉得心中一块大石悄然落下，轻松了许多，她只觉得许多从前觉得无比纠结的事，此时豁然开朗。下一回再遇到韩修，哪怕与他对面而视，她也能平静待之了。因为，她彻底放下了。

裴静宸一直到第二日的清晨才回到王府。

明萱被他的动静吵醒，看到他满身尘土的味道，脸上却带着笑容，便知道，这事情成了。

果然，裴静宸笑意盈盈地说道：“师太原有些迟疑的，但后来听说那孩子性命垂危，便也勉强同意了。我陪着师太亲自去的建安伯府，一起见了梁琨，建安伯倒没有想象之中那样难以说服，他答应得很爽快。入夜之后，他以临南有讯为借口，径直入了宫，一切依计划行事，十分顺利，子夜时分，那孩子就被带了出来。我又陪着师太一块回的白云庵，亲眼看着师太诊治那孩子，师太说已然无碍了，我才往回赶的。”

他望着明萱眼神微深：“我临走之前，那孩子醒了，他容貌酷似皇上，尤其是那双眼，简直一模一样！”

第 60 章　女医·关联·为质

过了几日，雪素难产生下一个八斤重的大胖小子，何贵入府报喜，顺便请明萱给孩子赐名。

明萱想了想：“雪素生这孩子惊险，逢凶化吉，才有了他，不如便叫化吉吧。”

何贵的脸色却一下子有些为难，他尊重明萱才将赐名权交给她的，这的确不假。可哪个当父亲的在儿子的名字上没有一点私心？他想着他和雪素都没有读过很多书，那些典故是说不出来的，便指望着素有文才的明萱能够给他儿子赐一个文雅又有内涵的名字，比如文骥，文驰之类的，也好有个寄托。

谁料到是化吉，何化吉，这名字怎么听怎么诡异。

裴静宸见状，忍不住笑了起来，他拍了拍何贵的肩膀说道：“王妃的意思是，这孩子吃足了苦头才降临，将来必定一切顺遂，这莫不也是一种吉运，小名便叫小吉。至于大名……”

他想了想说道：“圣人有云，见贤思齐，见不贤而内自省，这孩子便叫思齐吧。”

何思齐生在安平王府门下，只要安平王不倒，以他父母亲在主家心中的地位，将来自不会委屈了他去。只要那孩子有一份自省好进的上进之心，将来的前途必然是光明的。

何贵细细咀嚼着内中含义，脸上显出肃穆的神色来，他郑重地给裴静宸和明萱行了个大礼，这才匆匆告了辞，回去南郊照顾老婆孩子。

裴静宸经过这件事意识到了生孩子的危险，这年月女人生产就如同一只脚踏入了鬼门关，必须得提前做好万无一失的准备才行。于是，他派人悉心挑选了可靠的稳婆，为了稳妥，还特地将太医院退下来的老院判孙太医给请到了家中坐镇，孙太医擅长女科，曾给宫里头好几位太妃娘娘接过生，寻常的难产难不倒他。

他又着人将正房的西厢收拾了出来以备到时用作产房，又将西首的静晖院和正院打通，并且重新布置了一番，将来便给孩子住。至于裁衣做鞋，自然有丹红她们给忙活着，相看奶娘挑选心细手轻的丫头便由严嬷嬷一手包揽了。

明萱无事可做，便只好缠着裴静宸商量孩子的名字。

裴静宸如今是安平王了，被赐的是周朝的国姓，那么明萱腹中这个孩子便要按着宗

室的排行来序名，算下来这孩子中间字行云，最末字从水旁。在千思万虑之后，夫妇两个终于决定，若生个男孩便叫云湛，若是女孩便叫云湘。

一晃便到了夏天，天气越发炎热了起来。

黄衣从临南寄来的信笺也从初时的十日一封，急剧锐减下来，最后收到的那封信已经是五月末的事了，内容很短，寥寥几个字，很有当初顾元景的风格——平安，勿念。

明萱知道，南疆开战了。

南疆地处极南，临着一望无垠的海域，曾经有捕鱼的船队试图划破风浪去到更远的海面上，看看海水之外是什么地方，但那支船队一直在海上航行了一个月，远眺到的依旧是无边无际的大海，他们心生惧意，船上的淡水补给又不够，所以无奈之下便只好折返。

这大约是周朝历史上的第一次远航，百姓想要探索无边海域之外的世界，可惜因为现有技术条件的不足，导致了这个愿望的夭折，并且从此以后再也没有人肯去继续沿着先辈的足迹探索。

临南位处南疆的中心，因为临南王在此地建府，所以逐渐便形成了商贸，经过多年的变迁繁衍和发展，临南城已经成为可以与江南陇西西宁平州相提并论的繁华都城。只不过此地民风开放，与内陆地区讲究的规矩大有不同罢了。

与南疆紧密相邻的是平州城，在顾元景和黄衣去南疆之前，皇帝便将东南和西南两支精锐骑兵埋伏在这里，重兵把守，发誓要将临南王一系圈在南疆，往南疆海域赶，到时他们避无可避又无路可逃，便插翅也难逃了。

说到底，皇上调集重兵，是准备将临南王一系一网打尽的，他作好了必胜的准备。

可现实总是骨感的，镇守北岭的武定侯反了，大军南挥，剑鞘已出，直指盛京皇帝的咽喉。若不是北军副将庞坚带着十万精锐夜截反军，及时将武定侯的军队打得溃散，恐怕盛京早已不保。

武定侯陆同是明萱母家的大舅父，与三夫人陆氏是同父异母的兄妹。

当年武定侯的生母过世之后，老武定侯娶了陆氏的生母田氏为继室，田氏是永宁侯老夫人朱氏的姨表姐妹，出身显赫，过门不久就生下了一儿一女。颇受老武定侯的器重和喜爱。陆同和二弟陆似便疑心老武定侯偏心继母所生的幼弟，从此父子之间生了嫌隙。后来，田氏的儿子无缘无故夭折，她心里便认定是陆同陆似所为，苦于没有证据，又为了家族的和谐，只好忍气吞声。

只是，府门外看着还是一家人，一关上大门，陆氏兄弟与田氏母女便彻底撕破了脸。

后来，老侯爷死了，田氏便赶在百日之内，将女儿嫁去了永宁侯府顾家，一来是因为陆氏有岁数了怕耽误了她，二来也是因为怕素来敌对的这对兄弟在陆氏的婚事上作梗。

陆氏嫁了没有一年，田氏便得了急病去了。

知道武定侯府这些陈年旧事的，无不对田氏的死心存怀疑，甚至还有人想到了田氏那无缘长大的儿子，也是同样的病起突然，连救一救的机会都不曾得到。

但陆氏却很清楚她母亲恐怕是自杀的。

田氏算计得周到，几乎算得上是殚精竭虑，她是等到去信确认了陆氏有孕之后，才将自己折腾没了的，等到这消息从遥远的北岭传到盛京，陆氏的孩子都已经落了地，她便不怕陆氏会因这个消息太过难过而伤害到孩子。而她是算准了，在武定侯兄弟的手里，她这个太夫人名存实亡，晚景恐怕会过得特别凄凉，如此倒不如用自己的生命恶心那对兄弟一回，让他们一辈子都背负着弑母杀弟的嫌疑，也算是一种惩罚。

更何况，这个年代女子的娘家背景如此重要，是她在夫家地位的倚仗，田氏也是为了陆氏在顾家的地位所作的最后努力。为了不坐实那些私底下的揣测和谣传，她赌武定侯定要对嫁去了永宁侯府的陆氏有所宽待，不得不要保持与陆氏明面上的良好关系。

她不需要他们兄妹之间真的能够毫无芥蒂，她只需要给陆氏造声势。

武定侯府果然为之所钳，每到年底都有丰盛的年礼从北岭源源不断送入盛京永宁侯府，婚丧嫁娶之类的人情来往，虽以边关吃紧不得擅离的理由未到，但重礼却从不曾落下。

因此，哪怕精明如朱老夫人，也一直都以为陆氏深得武定侯府的看重，所以当初明萱险些被侯夫人逼婚建安伯时，她才会将希望寄托在武定侯府陆家。

然而，陆氏过世之后，武定侯府和永宁侯府的来往就像是一把断了弦的琴，那些优美流畅的乐声突然之间戛然而止。

近二十年的曲意迎合，已经足够让武定侯摆脱弑母传闻，而顾家三房的陨落，则给了他一个绝好的借口，倘若旁人问起，他只要讳莫如深，一脸无奈地说一句“心有记挂，但无能为力”，便可将所有的责任都推卸到皇帝和裴相身上。

连永宁侯都不敢为顾家三房鸣冤，亦有苛责了这位七小姐的传闻，他一个远在北岭钻研战事的母舅没有做到嘘寒问暖，又算得了什么。

四年了，武定侯府和明萱之间没有往来。

可即便是再冷淡疏离的关系，武定侯这回犯的可是谋逆之罪，那是当诛九族的！

明萱心里忐忑，她是武定侯的外甥女，早已经嫁人，皇帝又需要仰赖她的夫君，想来她应是不会被波及的，便是皇上要秋后算账，那也是以后的事了，走一步算一步，车到山前必有路的。可若是皇帝因为武定侯反了，而疑心到她的哥哥顾元景，大敌当前，正是抵御强敌的时候，倘若皇帝一道密旨，反倒将顾元景给除了，那后果不堪设想。

果然，武定侯大军压境盛京外城，便有宫里头得势的太监轻衣简行，悄悄在一队禁卫军的保护之下去往南疆。

明萱又惊又惧，生怕那太监怀中揣着的是要处死顾元景的密旨。

以皇上多疑的性子，这事他是做得出来的。须知，倘若他一向信任的顾元景果真与武定侯同伙，那么南疆危矣！顾元景和临南王里应外合，便可长驱直入平州，自平州而

上，直指盛京，与武定侯一道攻破皇城。若是裴静宸亦为之说动，撤出了北军，那么皇帝他便像是砧板上的鱼肉，任由刀俎宰割了。

裴静宸的表情也甚是肃穆，他今时每日都在朝中，想来是听到了什么风声，所以立刻遣了一队死士前往南疆，希望能够在皇帝的密旨到达之前，给顾元景提醒的机会，将在外君命有所不受，只要截住了那太监和圣旨，至少可以保证当下无虞，至于打退了临南王之后皇帝秋后算账……

形势千变万化，那时如何，便只有天知道了。

周宫内，皇帝面容憔悴，心中急得不行。

庞固的北军虽然将武定侯的反军打得散了阵形，可武定侯筹谋了多年，又岂是那么容易就能够全军覆没的？武定侯一计金蝉脱壳，将精锐的骑兵甩脱了北军，绕到了西山营。西山营是皇帝最心腹的军队，先前已有大批趁夜悄往南疆，成为顾元景手下的主力，因此如今所剩的兵力不多。

反军轻而易举地将西山大营的余兵打得溃不成军，然后换上了西山大营军的铠甲，以接获圣旨勤王救驾的名义，正大光明地入了盛京城。然而入城之后，那些人却并没有与京畿禁卫来一场殊死搏斗，如一缕青烟般消失了，无影无踪。

对于皇帝来说，明争并不算可怕的，暗斗才更惊心。

混入盛京的那股精锐骑兵再所向披靡，也敌不过京畿卫和羽林军，禁卫军的好手如林，也可以充作精兵，甚至各家王府和公侯之家都有一定量的府兵死士，合力对付几队反兵，尚还是绰绰有余的。可如今，那些反兵却并不正面出击，而是散落在盛京之中，淹入茫茫人海，倘若有据点掩护，五城兵马司和京都指挥所的人想要找出那些人来，便如大海捞针，这实在是太难了。

皇帝坐在五爪金龙御座之上，沉声对着内监问道：“韩修怎么没有来？”

他如今所能倚仗并且信任的，只有东平王，建安伯梁琨，承恩侯卢氏父子，以及平章政事韩修，因此接获武定侯反军入城的消息，他便立刻令人传召他这心腹的这几人前往皇极殿议政。

东平王，建安伯梁琨和承恩侯卢氏父子皆到了，唯独韩修的座椅空落落的。

前去平章政事府传旨的内监连忙匍匐在地回答：“回皇上的话，平章政事府上前日有人得了痢疾，虽然发现得及时，但昨日却有几个外院的小厮也被染上了。痢疾易传染，韩大人怕这病气过了人，便不敢入宫觐见。”

他呈上韩修的手书：“这是韩大人的折子。”

皇帝眉头拧得很紧，他示意身旁的太监不必去接，却沉声说道：“此处都不是外人，你念出来吧。”

韩修的折子上并没有写许多冠冕堂皇的话，只是将他不能前来的缘故悉数说了一遍，又将自己对于眼下局势的看法和盘道出，也无非便是令五城兵马司和城防卫所以及京都指挥所的人对内城严密盘查，再请京畿卫羽林军肃清皇城的安危，大内禁卫也加强守卫，如此罢了。

皇帝心里吃不准韩修到底是真病还是假病，但正如折子里所言，如今敌暗我明，他所能做的事不多，也就是尽全力布置一个铁桶一般的防卫而已，便是韩修真的来了，想来也不会有什么建设性的意见。

他这样想着，便就将韩修的事放了下来，转头问建安伯梁琨以及承恩侯卢氏父子："眼下情势危急，想来诸位爱卿都已经知晓了，朕请你们来，是想商量一下对策，除了韩修折上所言竭力防卫之外，尚还有别的法子没有？武定侯在皇城之外抵死痴缠，也不知道北军有几分把握可以擒拿住陆同兄弟，那股细作潜入了皇城，也不知道躲在哪里，想做些什么，真真叫朕心里难安啊！"

倘若南疆顾元景果真与临南王一丘之貉，那么调转枪头，里应外合，那盛京危矣，江山危矣！

东平王面沉如水，十分平静。

对他而言，不论周瑢当皇帝或者是临南王登基，都并没有太大的区别，他依旧是东平王，这结果不会改变，所以他很淡定。

见皇上将目光投射到他身上，东平王便说道："臣以为韩大人所言不虚，为今之计，也只有竭尽所能防守，绝不能令武定侯的人有任何混进宫廷的机会，五城兵马司和城防所自然要盘查，但大内禁卫却也必须加强。"

他想了想又说道："以期安全，皇上这里也该加派羽林高手保护才是！"

承恩侯接口说道："依老臣看来，所谓擒贼先擒王，入城的那些蟊贼再有能耐也不过上百人，入宫禁难于上青天，不足为虑。但是武定侯陆同兄弟，倘若能够擒住这两个逆贼，那么这拨反军群鸦无首，自然折腾不起来。只可惜，如今抵御武定侯的却是北军的统领庞固，听说那庞固是从前襄楚王的老部下，他只听安平王一人之命呢。"

他嘿嘿冷笑一声："北军亦是皇上的军士，本该直接听命于吾皇，如今倒好，他们只认安平王一个不相干的毛头小子号令，倒不将吾皇放在眼中。这样的军队，老臣以为很不可靠，倘若安平王也有了反意，那么皇上岂不是送羊入虎口了吗？皇上可莫要忘记了，武定侯陆同那老贼，可是安平王妃的亲舅父！他们甥舅一家，谁知道暗地里有什么勾当呢！"

承恩侯一语中的，刺痛了皇帝心中最忐忑不定的那根弦。

没错，甥舅一家，他正是对此十分忌讳，这才会在听到武定侯谋反的消息时，第一时间令身边信得过的内监带了密旨前去南疆，他的密旨里倒没有对顾元景就地处决的旨意，只是令他西山大营前去的统领接管对抗临南王的大军，而将顾元景秘密地遣送回朝，

再等他发落该如何处置。

不论如何，谋逆之罪，是要诛九族的，顾元景是武定侯的外甥，难辞其咎。便是顾元景当真是清白的，先前为皇上立下了汗马功劳，又是元妃的兄弟，念着这种种，皇上赦免了顾元景无罪，可因着这样一层干系在，皇上将来恐怕万不敢再重用他了。

皇上对顾元景尚且如此避忌，对裴静宸就更加难以释怀了。

承恩侯说得没有错，对于北军皇上一直都有难以解开的心结，北军数十万兵马，从来都是受朝廷兵饷供奉，可是镇北将军徐麒竟然奉裴静宸为主，这令他既震惊愤怒又很是不安，帝王卧榻之侧，岂容他人酣睡？身为一个君主，是决不会容许兵权掌握在一个毫不相干的人手中的。以至于现在，他要利用北军对付临南王，竟还要讨好安平王！

这本来就是皇上心底一个不能言说的痛处，如今承恩侯又将他的疑虑和盘说出，他面容虽然没有妄动，可心底却是大声应和的。是啊，倘若裴静宸亦被武定侯策反，那么他如今全力支持北军，岂不是搬石头砸自己的脚，开门放虎眼睁睁地看着凶恶的狼群扑进，而一手将自己变成待宰羔羊。

他沉声问道："那以舅父所见，朕如今该当如何？"

承恩侯目光中闪过一丝狠戾，他冷哼了一声回答："庞固既然只听安平王的话，那么皇上不如成全他们，下旨令安平王亲上战场，相信有了安平王的指挥，北军定当百战百胜，区区一个陆同老贼，又何须挂齿？安平王为国远征，是为功臣，为了不令安平王爷身在战场心忧王府，那便请皇后娘娘下懿旨将安平王妃请到内宫来养胎吧。"

以安平王妃为人质，还怕安平王不在前方好好拼命？听说安平王对王妃情深义重，安平王妃腹中怀着胎儿，妻儿与舅父孰轻孰重，想必安平王心里自有分寸。这样，一来可令皇帝对安平王暂时放下心来，二来嘛……

承恩侯心底一声冷笑，战场之上，刀枪无眼，不怕安平王受伤，只怕他不受伤。

东平王眉间隐隐闪过戾色，但他隐而不发，依旧没有说什么。

可对于这明摆着的威胁，建安伯梁琨却沉着声音说道："皇上三思，安平王才华出众，可堪重用，实乃栋梁之才，他既愿意出面说服北军出击，便自然不会顾及陆家和王妃的关系。实不相瞒，其实武定侯陆同与先头的永宁侯三夫人并非同母所出，陆家与顾家的关系很是淡薄，安平王没有必要也必定不会做出令天地同憾之事。"

他微顿，接着说道："皇上若是以王妃为质，恐要寒了安平王的心，这并非善待良才之道！"

皇上并不认同梁琨的话："建安伯此言差矣，暂不提安平王与皇后本就是兄妹，只说安平王妃，她是元妃的嫡妹，便也算是朕的嫡妹，朕自小看着她长大，只不过这几年才生分了的，便是寻常人家，妹夫出征了，接自家的妹子回家住几日，也算不得什么。更何况安平王为国征战，朕怕王妃无人照顾，这是好意，怎么能说是要以王妃为质？"

承恩侯附和着点头：“王妃身孕六甲，说不定什么时候就要临产，别的不说，宫里头的太医总要比外头的强些。皇上一番恩顾之心，建安伯可莫要随意加口污蔑，以王妃为质这些话，还请以后莫要再提，否则……”

皇上不待承恩侯说出那句狠话，忙打断话头，笑着说道：“哎，舅父，打住！表兄本意亦是为了朕好，只不过他会错了朕的心意罢了，本是无碍的，这件事便这样决定了，以后也不必再提。”

建安伯眼中隐隐有些失望，但圣意已定，他再说什么也是枉然，便只能闷闷地闭上了嘴。

出了皇极殿，承恩侯特意放慢脚步，对着建安伯说了一句：“建安伯心善慈和，这本是好事，可防人之心不可无，莫要因为安平王妃容貌绝色，曾经是建安伯的心头之好，而错失了臣子的分寸。若是安平王两口子果然对皇上存了不敬之心，建安伯今日为了女色而妇人之仁，便是置皇上于不利，陷君不义，那也可是死罪。”

说罢，承恩侯父子便扬长而去。

梁琨望着那对父子嚣张得意的背影目光阴霾，笼在袖中的拳头狠狠攥紧，承恩侯这厮太过可恶，不仅将他的一片用心全部曲解，将他描绘成一个为了美色伤君的混蛋，还将他和明萱说得那样不堪，倘若此处不是内宫，承恩侯这样满嘴喷粪，他定必回以重拳。

东平王不知何时来到建安伯身后，他拍了拍梁琨的肩膀，深深摇了摇头：“自从裴相倒垮，裴系除尽，卢家的人遍布朝野，如今的承恩侯俨然又是一个裴相，可与裴相的老成笃定相比，承恩侯却又不知道差了多少。如今朝中上下皆是承恩侯的人，他底气十足，又得皇上万分宠信，自然行事张扬得很。他说这些话虽然难听，但你也莫要放在心上，你身上流着周氏皇族的血脉，不必与这种得势的小人计较。”

他挑了挑眉，语气里有着深浓的嘲讽：“莫说你这个伯爵，比他的侯爵低了两等，便是我这个亲王，也不在承恩侯眼中呢！”

自从裴家急流勇退之后，朝中重要的位置上安排的大多都是承恩侯卢世勋的子孙和门生故旧，卢氏党系人人身居要职，承恩侯也不再如从前般低调，行事张扬，并不将勋臣们放在眼里。

建安伯一时不知道要说些什么，他只觉得皇上自从裴相过世之后，便像是换了一个人。从前他不遗余力地支持皇上，不仅是因为皇上是他自小一起长大的兄弟，更因为他认可皇上的想法和能力，觉得倘若是皇上登基，必将能够胜任明君之职，拓宽疆土，稳定士气，令周朝百姓国泰民安。可是经过裴相一事之后，他猛然发现如今的皇上与从前的九皇子已经有了许多不同，不知不觉中，许多事都变了。

他目光微沉，长长叹了口气，然后恭恭敬敬地与东平王道了辞，便往宫门外走去。马车行至东街，快要离建安伯府不远处，他忽然探出脑袋让车夫调转车头：“去安平王

府。”

建安伯亲自到访，不论是裴静宸还是明萱，都觉得有些惊诧。

无事不登三宝殿，倘若没有急事难题，建安伯是绝不可能亲自登门的。

听罢今日皇极殿内的争辩，裴静宸倒并不觉得奇怪，他先是道了谢：“多谢大姐夫前来报讯。”

他叫建安伯大姐夫，是因为建安伯的原配正妻是永宁侯府的大小姐，明萱排行为七，他和建安伯都是永宁侯府的女婿，同为连襟，算起来也是十分亲近的亲戚。原先还因为建安伯曾有过要娶明萱的意思，而有些尴尬，但经过几次相处，彼此之间都亲近了一些。

譬如今日建安伯抢先来报讯，在圣旨下达之前，便让他和明萱心里有了准备，这便是大恩大德一件，否则若是等圣旨下来再作准备，失了先机，便就只有招架之功，而毫无还手之力了。

想到皇上的打算，裴静宸双眼微眯，冷笑着说道：“实不相瞒，听说武定侯反了，我与阿萱都有些担忧，但本以为北军竭力抗击，皇上便不该再猜疑我夫妇，谁知道……我亲自应战武定侯倒并不算什么，可要阿萱入宫为质……皇上也欺人太甚了！”

明萱腹部已然隆得老高，眼看着天气越发热了，整日在家里头懒着都还嫌不舒服，何况是要去宫规森严又到处都是暗箭的宫里？还是以“为质”的身份去，他怎么舍得？又怎会愿意让明萱受这样的苦罪。

建安伯沉声说道：“皇上的圣旨想必很快就要下来了，令你为北军监军捉拿武定侯陆同的旨意必不可能改，而七妹妹身子不便，宫里头也是万万去不得的，为今之计，或者只有去玉真师太处可以让七妹妹躲一个清静。”

第 61 章　所虑·变通·计策

明萱却摇了摇头：“皇上执意要以我为质钳制我的丈夫，他不会放任我躲去师太的庵堂。我若非去不可，只会给师太和那个孩子带来危险和灾祸，所以，我不能去。”

她心里清楚，皇上确实暂时陷入了危机，可是占着天时地利人和，临南王不可能夺位成功。倘若她此时前去投奔师太，也许的确可以躲过皇上的圈禁威胁，可等将来皇上肃清了谋逆叛贼之后，秋后算账时，只要安一个“勾结叛党”的罪名，玉真师太便可从神坛跌落尘埃，师太平静生活了大半辈子，对裴静宸有着不世的功劳，她不能陷师太不义。

而那个苦心救下的孩子，也会因此暴露行踪，置身于险境。

那么，之前他们所费的所有用心，都将化诸流水。

建安伯面上现出犹豫之色，过了半晌，语气微沉地说道：“禁卫之中仍有我门生故旧，我会令人留意七妹的安危。”

待建安伯走后，裴静宸紧紧抱着明萱不松开，他面沉如水，眼中透着从来未曾有过的阴霾：“阿萱，我不去统领北军与武定侯对抗了，你也不要进宫，临南王要夺宫，就让他夺好了，这些与我们两个又有什么关系。”

他将脸整个埋在了明萱脖颈，几乎是呢喃着说道：“阿萱，我们现在就收拾行囊，趁乱离开盛京。你若喜欢江南水乡温婉，咱们便去江南，你要是喜欢大漠孤烟直，咱们便去大漠，你若是想要看看周朝的东滨，那咱们就出海。总之，咱们离开这里，不要理会尘世凡俗，隐姓埋名，过自由自在的日子。可好？”

明萱轻轻在裴静宸的额头印上一吻，柔声说道：“逃不开的。就算我们逃开了，也带不走这安平王府所有的人，带不走孙太医，带不走我的祖母，带不走那些与我们有关的人。”

抗旨不遵，是死罪，恰好给了皇上一个发作的理由，就算他们两个远离了这一切，可总是要有人承受皇上的雷霆震怒，而那代价惨重，极有可能是百步伏尸，血流千里。不，不该的，不该让无辜的人受他们的连累。

她目光微眯，声音里带着坚定：“阿宸，既然逃不开，那我们该想的是如何面对。”

裴静宸徐徐将头探出，一双深邃墨黑的双眼望着明萱，怔怔不语。

明萱的嘴角翘起好看的弧度：“我有法子让皇上必须敬着我供着我，却不敢动我毫毛。而你，则要万分留心自己的身边，莫要让皇上或者承恩侯有机可乘，在交战的时候让你身置险境，这便是面对。”

裴静宸长长地叹了口气：“我只是不愿意让你置身险境，我好怕你和孩子受伤。”

明萱轻轻抚摸着裴静宸的脸，笑着说道：“我知道，我都知道的。所以现在，为了我们两个都安全无虞，为了我们孩子的将来，坐下来，咱们两个合计一下应对之法吧。”

她拉着他的手进了书房，铺开纸，取出笔墨，说道：“建安伯说，是承恩侯提出让你前去战场的，他恐怕是因为卢浚的事心存报复。前线战火无情，武定侯又是殊死搏斗，想来战况会特别激烈，而你行动不便，危险便又比旁人多了几分，只要承恩侯偷偷派个人使坏，到时候便是不死，也要受更重的伤，承恩侯阴险，是想要让你有去无回。”

裴静宸在纸上画出密报所得前线的形势：“承恩侯的打算恐怕要落空了。”

他指着墨点说道：“庞固来信，北军仍然占据主要的优势，武定侯步步而退，恐怕没有多少抵抗的力气，再加上武定侯军中一部分精锐突击入了城，北军击垮武定侯不过只是时间长短的问题，不会拖太久。所以，除非承恩侯暗箭伤我，否则，我去往前线根本不会有什么太大的危险，因为武定侯已经毫无反击之力，他的重点也应该不在前线，

而是直指皇城。”

这也是他最担心的问题。

裴静宸抬起头来，目光柔得滴得出水来：“那些混入了盛京城的反军，不会毫无目的，他们一定是想要进入周宫。擒贼先擒王，皇上想得到的，临南王自然也想得到，武定侯派出那些精锐，恐怕是要取皇帝性命。”

他皱起了眉头：“我早想到这种可能，所以才更不愿意你入宫，周宫若是破了，内宫必将不宁，混乱之中什么都可能发生，你怀着身孕，那就更加危险了。”

明萱心下忽然生出一种想法，她沉眸说道：“皇上驾崩，周宫和盛京城都必将大乱，而临南王的世子就在盛京，趁乱举事，直接便可入宫称帝。我想，内宫之中，你可以安插人手，临南王未必不能。临南王筹谋多年，早有反心，听哥哥说他在四州都设有兵工厂，那么想来他麾下绝不仅仅只笼络了一个武定侯，盛京之中，也许还有他的同党……”

她面色蓦地越发凝重起来：“不论是先扶持俞惠妃的儿子为帝，挟天子以令诸侯，还是临南王世子自己登基称帝，只要皇上一死，便没有什么不可能的。”

周室血脉稀薄，宗室的长老们都是些没有实权的老人，他们的子孙都是旁系，直系的周室后裔，便只有东平王，英郡王和清平郡王，他们手中没有强大的兵力，只要临南王世子许以重利，恐怕是不会揭竿而起勤王保驾的。再说，皇上都死了，也没有正统的皇帝好让他们勤王。

这样看来，南疆的兵力，恐怕只是虚晃一招，临南王的目的却是以武定侯为饵，兵不血刃地直捣黄龙。

裴静宸怔了半晌，忽然开口说道：“阿萱，我竟没有想到这一点。倘若是这样，恐怕临南王根本就不在南疆，而是一早就进了盛京城，也许……也许便是混在了临南王世子觐见的队列之中！”

倘若果真如此，那么还有谁敢说临南王谋逆是一场必败之战？

明萱沉下眼眸，眸光潋滟，像是深不见底的大海。

她低声说道：“临南王存有反心久矣，倘若再多给他一些准备的时间，那么他当更有把握可以一举擒王。是哥哥前去南疆刺探军情，打破了他的计划，让皇上撤藩的心意更加坚决，撤藩的行动也更雷厉风行，正是基于此，他才会在这个并不怎么好的节骨眼上，不得不行谋逆之事。所以，倘若临南王登基，他是不会放过哥哥的。”

自古谋逆每多败亡，真正可以得胜的寥寥无几，全仰赖天时地利人和。

月有阴晴圆缺，人有悲欢离合，一个王朝自然也会有盛衰兴弱。当最初百废俱兴的勤恳过去之后，便会迎来全盛的时代，海内升平，百姓富裕，物质和精神得到前所未有的昌隆，但月满则亏，盛极而必衰，世间万物都不可能永远处于鼎盛的高峰，总有由盛而衰的时候。

这便叫作气数。

气数尽时，君王昏佞，暴政令民生艰难，则难免怨愤沸腾。而国力式微，必将导致边疆牧国虎视眈眈，狼烟四起，战祸令百姓生灵涂炭，国家满目疮痍。

倘若此时，有人揭竿而起，被世道所迫无力生存的人恐怕都要高举义旗，为了期盼一个明主而追随左右了。那时，改朝换代是大势所趋，没有人会去在乎什么“名正言顺”，周朝的太祖便是以在乱世之中力挽狂澜而成明主的，没有人称他为乱臣贼子，只将他看成拯救百姓于暴政水火之中的英雄。

若要一举成事，这才是最好的时机。

而今上登基之后，励精图治，称得上是勤勉君王。在他治下，四疆战火平息，拓宽了周朝的疆域，在百姓之中颇有明君的声望。盛世太平，百姓安居乐业，谁都不肯经历战祸的，此时临南王出兵谋逆，不论天时地利人和，都不站在他一侧，且不说能否顺利攻入内宫，一举将皇帝擒杀。便是事成之后，如何堵住悠悠众口，亦不是件容易的事。

临南王必反，但一定不是现在，只是如今他箭在弦上不得不发罢了。

裴静宸点了点头：“临南王若是登基，北军必也要遭到大清涤。临南王视我，与舅兄一般，都是眼中钉肉中刺，不将之拔除心中不快。”

东平王，英郡王，清平郡王，甚至宗室那些长老们，或都可安然无恙，但安平王府因为拥有北军，北军又曾与武定侯殊死搏斗，阻延了武定侯攻入盛京的脚步，且极有可
能将武定侯一支消灭，所以绝无可能逃过这一劫，哪怕是为了要安夺宫而死的军士之心，临南王也必定会将安平王府铲平。

明萱紧紧握住裴静宸的手：“所以，若是临南王登基，咱们的处境比皇上在时还更危险，对吗？”

裴静宸沉声说道：“皇上若是豺狼，那临南王便是虎豹。”

虎豹凶猛，直接便要将他们撕碎的，可豺狼也不逞多让，只不过能多留一点喘息的机会罢了，结果都是一样的。

明萱眨了眨眼：“既然如此，豺狼与虎豹相拼，咱们为什么不能作壁上观？”

门外响起了动静，脚步急促，裴静宸知道传旨的太监已经到了。

他没有时间思虑更多，便由着心点了点头，他紧紧拥住明萱，像是怎样都抱不够似的，那样紧地将她揉入怀中：“不论是不是要作壁上观，与武定侯一战，我是必须要去的。阿萱，你立刻让丹红和严嬷嬷收拾好行李，从后门的小巷子悄悄出去，去白云庵，找师太。既然咱们已经下了决定，那么也就不怕将来皇上会秋后算账。”

明萱在他胸前蹭了蹭，从箱子里取出一件玄色镶银丝的软甲，递给了裴静宸：“这件银丝玄甲，哥哥说是用上等的玄铁制成细丝编织而成，能够抵御寻常的刀箭，十分难得，哥哥从西北回来时，特意送给我防身用的，我去了师太那里很安全，用不到这东西。

倒是你，前线刀剑无眼，我怕他们有眼不识泰山，会不小心伤到你，所以，这软甲你要穿上。”

她抬起头来，目光对上他的，神情却忽然严肃起来：“阿宸，你要记住，你我和宝宝，我们是一家人，这个家缺了谁都不会完整，为了我们，你要安全地回来，一根毫毛都不许受伤！”

明萱生气或者严厉的时候，自有一股让人又敬又爱的风情。

裴静宸一时看得痴了，心中如同战鼓擂起般跳个不停，这样的娇妻在怀，他怎么舍得令自己受伤让她难过？他喜欢看她的笑容，哪怕宁愿她生起气来冲着他吹鼻子瞪眼睛，也喜欢偶尔看她认真或者严厉的模样，可唯独不能容忍的，却是她哭泣，他舍不得。

他在明萱的额头落下重重一吻：“你说过的话，我一句都不会忘。”

明萱伏在他胸口，感受着他满怀柔情强而有力的心跳声：“等下你我去前堂接旨，我会演一出惊惶跌倒然后昏迷的戏，你含泪将我抱进内室，立即请府里的医正诊疗，然后宣布我大出血需要卧床保胎，不得移动。明日之前，盛京城中想必有许多人都会知道这件事，这样也好正大光明地拒绝了皇后娘娘宣我入宫的懿旨。”

令外命妇入宫觐见，这是皇后才能发的懿旨，若是圣旨之中提及，有违体统，更容易惹人非议，所以，今日皇上的圣旨之中，必然只会提及让裴静宸去统领北军的事，宣明萱入宫的旨意，定然明天才会下达。这个时间差，便是一个机会。倘若明萱跌倒昏迷需要保胎，并且将此事闹得尽人皆知，那么为了避嫌，不让天下人猜破皇帝的用心，这所谓的入宫小住便也就不攻自破了。

皇上，是一个十分在乎名声的人，哪怕他实际上行的就是阴险狡诈之事，也要用一个冠冕堂皇的理由来粉饰，绝对不会让人诟病他的用意，可逼迫一个需要平躺养胎的孕妇入宫，这等同于在要她的命，这样明显的利用威胁，他是不肯做的。

但倘若放过明萱，皇上便不能以她来威胁钳制裴静宸了，他怎会甘心。

所以，只要这件事一出，皇上一定会调集护卫将明萱直接软禁在安平王府。

她接着说道：“明日宫里头的人一定会来看望我，只要确认了我在府内，他们便会暗地里封锁王府，不让人进出。这样也好，没有旁人会来看望我，我便能想法子金蝉脱壳离开安平王府，去白云庵投奔师太。接下来，临南王会让皇上焦头烂额，他是顾不上我的，所以我也不必惧怕会被揭穿。便是揭穿了也没有什么，皇上定然不敢大张旗鼓地圈禁我，那么我觉得身体不适，去清凉山寻玉真师太诊疗，我们自个儿的王府，又没有羽林军拦着，难道还不许咱们进出了吗？若是皇上将来……那便不说了，若是他将来秋后算账，是羽林军看守不利，跟我们是没有干系的。”

对明萱来说，去宫里决然不会有什么好事，所以她必须要想办法拒绝，而公然地去白云庵，她又害怕万一皇上胜了将来会对师太不利。可是很显然，裴静宸不在，她一个人住在四面被包围的安平王府里也并不安全，只有去白云庵投奔师太才能最大程度上保证自己和孩子。所以，便唯有这变通的一计了。

裴静宸忧虑的目光默然晶亮，眼底有光华涌动，他嘴角微扯，这是长久以来最大的一个笑容：“好。”

他何其有幸，有这样一个妻子，后方无忧，在前线他也就能更加专注几分了。

此战，已经注定了胜局，剩下的，便要看临南王有什么能耐了！

然而，说易行难，计划永远赶不上变化。

明萱在内监颁布圣旨时昏倒，王府的医正诊脉后宣布安平王妃怀胎不稳，需要平躺静养保胎，不只给忍痛前赴战场的裴静宸塑造了一个大义的形象，赢得惶恐不安的盛京百姓一片赞扬和钦慕，还如愿使裴皇后拟好的懿旨成为一道废纸。

皇帝果然不甘，在安平王府的四围都布上了严密的防哨，明萱在他眼中俨然已经是只插翅难飞的笼中鸟。但这还不够，他用裴皇后的名义另拟了一道旨意，大力表达了对安平王妃的关切之情，送来了宫中的太医和嬷嬷宫女，名为替为勤王征战的安平王照顾王妃安胎，其实却是紧锣密鼓的监视。

明萱心里都很清楚，盛京的城防早就已经溃破，不知道什么时候临南王便会从隐匿的人群中站起来，振臂一呼，那些他安插在四街八巷里的兵士便会群涌而起，以迅雷不及掩耳之势攻破皇城。一旦临南王除掉了皇帝，那么这座安平王府，势必将比现在的处境更加危险，她必须要尽快离开才行。

但宫里的那些人似乎铆足了劲要将安平王府堵住，明萱根本找不到可乘之机。

这一日夜里，她假借腹痛不舒服让丹红进屋照顾，悄声问：“我让你去查的事怎么样了？”

丹红道：“今儿我让素弯去了一趟后院的柴房，走了一遍地道，一直通到了后头郑翰林府上的后花园的假山，她见四处没有人，便偷偷逛了一会儿，发现郑府后园有一处小门。素弯说，那门锁都生了好厚一层铁锈，想来荒废已久。”

她顿了顿：“素弯从门缝里看了看，认出来那扇门正对着柳巷，斜对着的便是舅老爷新置的那座宅子的西侧门。”

安平王府的隔壁住了翰林院的郑翰林，但从前那里却是襄楚王的副将卫将军的府邸。王府和卫将军府之间开了侧门，两相连通，后墙紧靠平行，几乎是相连并起的。裴静宸离开之前曾说过，王府和将军府之间有一处密道，只不过他并不知道确切的位置。

这临别前的一句额外叮咛，没有想到此时竟成了明萱的救命绳索。

所幸宫里头来监视的宫女嬷嬷虽然严厉，但人数却并不多，她们只能盯得住自己一个，却管不了府中所有丫头婆子的行踪，而那些羽林军，只要安平王府没有人进出，他

们只会隐藏在暗处，是不会轻易现出身形的。

所以，明萱便请严嬷嬷与王府从前的管事老曹联络上，让老曹根据从前的印象寻找那条密道。

功夫不负有心人，在经过好几日的摸索之后，严嬷嬷和老曹终于找到了后院那座不起眼的柴房。密道久未使用，也不知道会通向郑翰林府的何处，所以素弯才会自告奋勇，先去探路，也幸亏这条密道去往的是郑翰林府的后园，而且看样子那地方鲜少有人经过，正巧又有一座经久不用的侧门通向柳巷，更巧合的是，顾元景新置的宅子便有一扇侧门开在柳巷。

明萱目光微亮："这样说来，只要咱们想法子去到后院柴房，便有机会离开王府？"

丹红的神情也有几分兴奋："我跟王府的旧人打听了一下，隔壁的郑翰林府人口简单。郑翰林夫妇生有三女一子，三个女儿都已经相继出嫁，家里只有一个八岁的幼子，郑翰林没有纳妾，府里便只有三个主子，家里下人也不多，所以后园封了一部分不用，恰巧了，密道的出口便是被封住的那部分，平常根本就不会有人经过。"

只要不被人撞破，那事情就变得很简单了。

她接着说道："只要弄开那挂生了锈的锁，咱们便能够安然地出去，到时候经由舅爷的新府，驾了那马车悄然地离开，等到宫里的这群嬷嬷宫女发现时，咱们早就走得远远的了。"

明萱想了想，低声问道："平常宫里头那些嬷嬷们可会到咱们府里四处闲逛？"

丹红摇了摇头："宫里一共派来了八个宫女，四个嬷嬷，她们分成两班，只在王府正院走动，从来不去到别的院子去。"

她有些不解地问道："王妃问这个做什么？"

明萱目光一深，轻声回答："临南王极有可能会集结力量一举攻破皇城，他志在不见血刃地登上皇位，应该不会对盛京城的权贵下手，否则光是那么多府兵护院暗卫就够他受的了，所以不论是永宁侯府还是镇国公府，只要紧闭府门，想来都不会有什么危险。可是……"

她话锋一转："安平王府，却不一样。"

丹红身子一震，她对政治没有太大的认知，可是这些浅显的道理却是明白的。

安平王的北军，将临南王的先锋武定侯打得溃散，倘若不是如此，临南王攻入盛京城想必是轻而易举的，所以，若是临南王掌握了京畿，那么安平王是他势必要铲除掉的人物，安平王府则必然是他的眼中钉肉中刺。

便是在内宅，遇到新的主子上位，也总是要做些杀鸡儆猴敲山震虎的事来，好得一个威慑力，那么想当然耳，临南王也一定会拿北军和安平王府来作伐，以警告盛京城中的权贵公门，顺他者昌逆他者亡。

这样说来，她们倒是能够脱身，可是留在王府的人该怎么办？

丹红的脸上现出惊惧害怕和担忧：“一辆马车最多能坐四人，白云庵玉真师太那里又有规矩不留外人，恐怕最多也就是我和严嬷嬷能陪着王妃出去，那么剩下来的人，素弯他们都要置身危险了，这……”

她急得都快要哭了起来：“我听永宁侯府的老人们说，当年的秦国公府三百多口人，可是全部都给……”

秦国公的嫡女嫁给了呼声最高的二皇子为正妃，还生了嫡子，原本是最有希望成为后族的鼎盛门楣，但因为九皇子的胜出，二皇子的嫡系都被全数斩杀，秦国公府上下三百多口人，不是砍了头就是被发配贬刺，国公府的嫡系家破人亡不算，连下人们也都没有个好结局。

一朝天子一朝臣，自古以来就是这样残酷的。

明萱沉吟片刻，抓着丹红的手紧了一些，她沉沉说道：“我不会让安平王府的人出事，这样的话，那咱们就只好唱一出空城计了！”

第 62 章　解围·回帆·昼儿

一

所谓空城计，其实也很简单。

既然已经探查到了出府的密道，并且确定了隔壁郑翰林府的出口是已经被封掉的院子，不会有人经过，那么剩下那道小门的事便就简单了。用工具将生了锈的锁条剪开，换上另一条形状相似的，月黑风高，监视安平王府的羽林军交班之时，王府的下人再通过这个密道分批转移出去，明萱手上分散四郊的别庄多的是，足够容纳这区区的百十来个人。

而那些宫女和嬷嬷只紧盯着明萱所在的正院，别的院子里的人数悄然在减少，她们是不会发现的。

先出去的那批人手，可以打探外面的形势，有那个密道在，便能够和明萱互通有无。临南王的兵马攻入皇宫，不可能悄然无声，那时便是明萱离开的最好时机，不过十数个宫女罢了，若她真的要走，谁又能够留得住她？趁乱之中离开王府，前去清凉山投奔玉真师太，然后在白云庵静待裴静宸归来“勤王”。

素弯领着老曹最先出去，每日里都会传递消息进来，虽然她得到消息的渠道不过只是坊间的传闻，并不一定是准确无误的情报，但无风不起浪，茶廊酒肆也总有几个消息

灵通的人士，明萱还是能够从这些捕风捉影的小道消息中敏感地找到一些蛛丝马迹，从而推断临南王谋逆的进展。

首先，皇上下令加强了软禁临南王世子和世子妃的驿站的守卫，在层层看守之下，驿站岿然不动，丝毫没有动静。乍听之下，似乎是皇上掌控了驿站的局面，可细细思量却甚是蹊跷的。

发生了这样大的事，以常理推断，临南王世子总该有个回应才对，他应该与驿站的守卫抵死交战，冲出重围，然后与潜入盛京的那批精锐会合。临南王世子生得魁伟，据说甚是武勇，他从南疆进京觐见，是带了属臣的，虽然人手不多，可却必然都是精兵，倘若真的全力与那些守卫一拼，其实是有胜算的，可他却并没有。

坊间都言皇上布控严密，临南王世子是因为畏惧才没有动静的。

但明萱却觉得，不动是因为此时尚还不是动的时机，甚至极有可能，整个驿站都已经被临南王世子掌握，那么在没有部署好行动之前，他根本就无须打草惊蛇。

然后便是有人传言，五城兵马司在东郊的一处民居里找到了溜进城来的一伙临南王余党，京畿和城防的人合力将那些人歼灭，据那日受骗放了那队叛军进城的守城门将点数，人数基本上吻合，五城兵马司由此便放松了内城巡逻，百姓也都认为所谓武定侯的精锐如此不堪一击，临南王气数已尽。

但，武定侯身经百战，于兵法上自成一道，是不会做无用之功的。

他将那些精锐的骑兵抽出，难道只是为了让他们明目张胆地混进盛京内城，好令皇上和百姓紧张一回吗？如此轻而易举地被全数剿灭，倒更像是一种为了掩人耳目做秀。倘若那些骑兵不是有重要的用途，武定侯是绝对不可能轻易让他们离开，而令自己陷入更大更艰难的危机中去的，他宁肯令自己覆灭，也要留出的精锐，绝不可能那样容易就被铲除。

明萱虽然一时不太能明白此举深意，可是反常即妖，不符合常理的事情接二连三地出现，这代表着临南王在加紧动作，盛京城表面的平静之下，蕴藏着的杀机越来越深重，也越来越紧迫。

时间如梭，一晃数日又过，盛京的炎夏在这紧张的气氛中悄然降临。

过了几日，素弯带来了消息，临南王世子所在的驿站终于闹了起来，皇上另派了三队羽林军前去增援，所幸这场闹剧很快就被平息，三队羽林军将闹事的人捆起押走送往刑部大牢，临南王世子和世子妃则依旧被困，有人甚至看到面容憔悴的临南王世子哀求羽林军的队长大事化小，将他的亲随放了，显然那要求不会被接受。

进去了三队羽林军，出来的时候一个人没有少，还多了几十个闹事的南疆人。

而刑部大牢靠近周宫，与皇宫西侧的朝华门不过一街之隔。

明萱便知道，明日之前，临南王必定要攻打皇宫。

她不再装病，直接令人将那些宫女和嬷嬷们以绳索捆住，带着安平王府所余不多的仆众正大光明地从密道中离开了安平王府，按照计划，几辆毫不起眼的马车停在了郑翰林府的那扇小门之外，她带着丹红和严嬷嬷跳上马车，回头又望了那座静谧庄严的安平王府一眼，便飞驰而去，一路往清凉山的方向过去。

原本一切都进行得十分顺利，眼看着城门近在咫尺，但不知道为什么，在他们的马车即将通过之时，盛京城的上空却忽然响起了一阵低沉响亮的号角，守门的士兵便不再给进出城的马车和行人放行，而是沉缓地将城门慢慢合上。

明萱心中揣测，定是宫里出了事，才会以号角提醒守城兵士关闭城门，不让闲杂人等进出。

丹红急得不行，她低声说道："王妃，趁着城门还未关，咱们硬闯吧，否则等这两道铁门合上，咱们再想出城可就难了！"

这号角大约是紧急状况下的一种警示，城门一闭，再次开启不知道会是什么时候，明萱的确等不起，这样的境地，已经容不得她思考更多，便只能点了点头："递出永宁侯府的号牌，就说有急事要出城，令那些军士再通融片刻，我们立即出城。记住，多给一些赏银！"

严嬷嬷便道："丹红毕竟是个小丫头，还是我去吧。"

明萱点了点头，透过车帘的缝隙看到严嬷嬷赔着笑脸向军士求情，还递了两锭不小的银元宝过去求军爷通融。

若是在平时，这样厚重的礼物，足够令这些饷禄微薄的小军士动心，可是今日那两个小军士却对银元宝丝毫没有动容，毫不客气地将严嬷嬷的贿赂拂倒在地，还恶声恶气地说道："我们正在执行紧急军务，不管是哪个府里的人都不准进出，想要出去，就先请了我们指挥使大人的手令来，否则一律不许放行！"

那军士态度严厉，而两座厚重的城门正在缓缓地合上。

严嬷嬷不甘，又好声好气地相求，但是对方十分强硬，一言不合，就对着严嬷嬷吵嚷起来。

明萱心里暗暗有些沮丧，一门之隔，就是城郊的葱郁树木，只要再往西走上三里路便就是清凉山了，可惜，她晚到一步，今日恐怕没有办法离开了。

她眼看着那军士越来越不耐烦，甚至开始有对严嬷嬷推搡的动作，便皱了皱眉头，低声对着丹红说道："请嬷嬷回来吧，这些军士执行的是军务，咱们没有指挥使的手书，只凭着永宁侯府的号牌，恐怕是无人肯理会的，多说无益，若是嬷嬷因此受了伤，反倒不好了。"

丹红急忙下车请了严嬷嬷上来。

这时，外面响起一阵惊马嘶鸣，有马车停在了身侧，一个低沉的男子声音说道："平

章政事大人有要事要出城，将城门放开，让韩大人的马车通行！”

这一回，军士们倒没有那样强硬了，忙忙地道着好，关门的军士停止了手上的动作，放开了城门，留出了足够宽阔的一条缝隙：“韩大人请！”

明萱认出了那个声音，是韩修身边的贴身护卫苏延一，她心中一跳，掀开侧面的车帘，果然看到了韩府的徽记。

她咬了咬唇，终于下定决心，对着近在咫尺的马车朗声说道：“是韩大人吗？”

对面的车帘动了，露出一张冷峻淡漠的脸，果然是平章政事韩修。

韩修深深地望了明萱一眼，将帘子放了下来。

过不多久，明萱便听到苏延一又对那守城门的军士说道：“旁边那辆马车里坐着的夫人，也是有急事要出城，与人方便自己方便，韩大人问，能不能看在他薄面之上也将人一并放了？”

军士忙不迭说好，还特意跑过来告知赶车的长戎可以通行。

明萱听着马车的卢飞速地穿越城门，确认安全无虞，这才松了口气。

也不知道行了多久，看帘外景色应是快要到清凉山脚下的时候，马车忽然停了下来，她听到车外长戎低沉的喝声。

一道冰冷而熟悉的声音响起：“你别动，我不会伤你。我也没有恶意，只是想请你家主人借一步说话而已。”

明萱一愣，掀开车帘看到韩修一身玄色锦袍，看起来格外肃杀，面容却带着几分难以言喻的憔悴和失落，心中不由便是一阵难以言喻的苦涩，她看到严嬷嬷和丹红都对她眼神示意，希望她不要答应韩修这等无礼的要求，但是她想到方才城门口时，若非韩修相助，她此时哪里能够出得了城。他不过只是想借一步说话而已，那她便就听听他还有什么话要说。

她冲着严嬷嬷和丹红轻轻一笑：“无碍的。”便扶着高高隆起的腹部下了马车。

城郊树林，清凉山下，旷野清凉，除了两辆马车之外，便只有明萱和韩修两个人。

她笑着抬起头来，轻声说道：“谢谢你刚才替我解围。你说有话想要对我说，是什么？”

韩修望着明萱已经隆得很高的腹部眼神微黯，眸光里涌动着五味杂陈，有不甘，有痛悔，有纠结，甚至还有一些绝望。他此刻的心情，谁都不会懂的，状似平静的表象之下，其实在他心中早有惊涛骇浪在肆虐横行，如同毒蟒吞噬着他支离破碎的心。

午夜梦回，他时常叩问自己，一直都以为上天给自己复仇的机会是一种垂怜，可当真是吗?

他是大周朝最富传奇的人物，八岁上阵杀敌，十五岁统领一方，二十岁任从二品的左都御史，二十三岁就成了权倾天下的平章政事，二十四岁，成为周朝最年轻的宰相。

他用极短暂的时间，爬上了权力的顶峰，只有一个目的，那就是要为自己的母亲报仇雪恨，他要将镇国公裴固从相爷的位置上扯下来亲口问一句，当年为什么要对自己母子赶尽杀绝！

可是，韩修九死一生从西夏国的战场上归来，刚出了西昌，便就收到了裴相和裴世子父子相继离世的消息，当时他正在驿站，等待着差役给他的坐骑补给。

当他花费了十六年的时间终于攀登到了权力之巅，以为有能力和实力，要给害死自己母亲的人惩罚，他正等着看他的祖父痛悔求饶的时候，他一直以来想要打倒的那个人却死了。裴相却死了，这意味着他坚定不移的信念，也轰然倒塌。

有那么一刻，韩修眼前只剩一片苍茫的白色。

他是个胸怀谋略，运筹帷幄的智者，这令他所向披靡，从前他也曾为此暗喜得意过的，可现在看来，聪明反被聪明误，他成了一个不折不扣的笑话。为了要扳倒裴相，他必须要掌握比裴相更大至少也要能够匹敌的权势，所以他选择了暂时辜负明萱以惠安郡主做跳板的捷径，可蝴蝶效应令他的完美的计划出现了变故，因此他失去了一生所爱。

然而，他以巨大的牺牲换来的权势，却并没有让他的初衷如愿以偿。

裴相没有等到韩修亲手复仇，就死了。

午后的阳光正酣，均匀地洒在了明萱的身上，照映得她白皙的肌肤闪闪发出亮光。她扶着腰，一手轻柔地抚着隆起的腹部，嘴角噙着淡淡笑意，她抬头望向他，目光清澈而真诚，再没有从前的躲闪和避之不及。

她在他耳边轻问，像是低吟浅唱的曼妙音符，一字一句落在他心上：“你说有话要对我说，是什么？”

这样的疏离，又这样客气，像是立在她面前的是个随手帮了她一把的过路人，她带着感激和诚恳，但因为陌生和不在意，却并没有任何其他的情绪，好似他们之间那些枝枝蔓蔓都纠缠在一起烙印在骨血中的往事，都不曾发生过一般。

韩修怔了怔，无边的苦涩在喉间蔓开，漾成蚀骨烧心的毒，噬咬着他身上每一寸肌肤。

倘若不能再爱，他宁愿她恨他，最好恨他入骨，这样她便能时不时想到他，或者她像一年前那样看到他时会觉得害怕，会想逃开，会抗拒他，至少那说明心中还放不下他。总好过她这样虽然笑着，灿若春花，可她的眼里心里，却再也没有他了，不论是惧恨嗔怨，一丝一毫都不再存在了……

明萱见韩修目光哀怨地望着她，只是这样静静立着却不说话，眉头轻轻皱了起来，她抬手掖了掖额头上细密的汗珠，提高声音问道：“韩大人，不知道您有什么话要对我说的？这天有些闷热，倘若说完了，也好各自赶路。”

韩修终于将目光收回，他幽幽问道：“这孩子的产期大约是在什么日子？”

明萱微愣，心里觉得有些奇怪，韩修和惠安郡主并没有生育孩子，也不曾听说他在外头有私生子，可他却像是有过经验一般，竟然还能说得出“产期”这样的话，这不是一般年轻的男人所能说出来的，因为他们根本就没有那个概念。

但她还是老老实实回答：“快了。”

韩修心里咯噔一下，他低声问道：“这孩子可有取名？太医可说了是男孩还是女孩？”

明萱笑了笑回答：“我和夫君都没有刻意想知道这孩子是男是女，总归都是自己的骨肉，不论男孩或者女孩，我们都期盼的。若是男孩，便叫云湛，若是女孩，便唤她云湘。”

她话音刚落，只见韩修脸色骤然大变，他身子微微摇晃，都有些站立不稳了。

他喃喃说道：“湛儿，湘儿……”

恍惚间，他想到了四年前，那个笑颜俏丽的女子羞涩地依偎在他怀中，浅笑低语说：“韩大哥，以后我们若是有了孩子，是男孩呢，就叫云湛，是女孩就叫云湘，你说可好？韩云湛，韩云湘，你听，多美好的名字啊！”

韩修这生，虽然也曾有过位极人臣的春风得意，有过纵横沙场掌权天下的凛然傲绝，但也有过舔着刀剑口过生活的痛苦憋屈，有过白骨堆中勉强生存下来的惊险危机，可是所有的这些艰难困苦加起来，都没有比此刻更加痛苦绝望的。

也不知过了多久，他缓缓抬起头来，苦涩地说道：“真是好名字。”

明萱不晓得韩修的情绪为何一下子会如此低落，但她想，或许也跟他们之间从前的感情有关，她心里虽然闷闷的有些不大舒服，可过去的事她已经决意放下，也真的彻底放开，所以便先大方地笑了起来。

她低声问道：“临南王会当上皇帝吗？”

韩修怔怔望了明萱一眼，摇了摇头说道：“临南王早有反心，先帝对他暗中也有防备，在安州埋有奇兵，先帝过世突然只除了他身边亲信外，只有二皇子知道这个秘密，五王夺嫡时，二皇子本来占尽先机，若不是裴相鼎力支持，皇上不可能登基称帝。而二皇子，根本来不及将安州的兵马调出，就丧了命。”

先帝年轻时曾经吃过临南王贡品的暗亏，所以虽然看起来外表健硕，但内里却受到了很大的损伤，一直以来都以药物维持，那珍贵的药丸里有一味长生草，亦是长在了西夏国的深山老林之中，只是西夏与周朝一直纷争不断，所以太医便以相似药性的草药来代替长生草，也能有所效用。

后来韩修及早结束了与西夏国的多年征战，令西夏奉上了“永赋岁贡”的降书，西夏成了周朝的属国，这长生草便不难再取得了，太医以长生草入药，本该令药丸的效用达到最佳的，但谁料到皇上的身子内里虚空严重，又用惯了药性微弱的药丸，这长生草药性烈，倒成了虎狼之药，迅速地掏空了身子，所以才提前毙命的。

随着先帝的死，五龙夺嫡和临南王谋逆，都不约而同地加快了脚步，是以，本来会是十年之后才有的局面现在便已经上演。

明萱讶然，安州是离盛京最近的一座城池，距此不过八十里路，韩修的马车正是往安州方向而去的。

韩修见她神色，便猜到她心中所想，点了点头说道："不错，我手中有能够调动安州兵马的虎符。"

他将眼神挪开，不再看明萱的腹部，深深叹了口气又道："你晓得安平王府乃是非之地，能够及时离开，很好。接下来几日，盛京城内必将大乱，你去了白云庵就不要再出来，清凉山是佛家重地，周朝百姓多是佛祖信徒，不论是南疆还是北岭，军士之间大多都信奉神明，是不敢轻易踏足的。十日之后，倘若局势已定，我……你夫君安平王定会亲自前来接你。"

明萱赶至白云庵时，天色蓦然沉了下来，淅淅沥沥下起雨来。

圆慧听到动静出来查看，见是明萱，便忙将遮雨的大伞递了过去迎她进来，脸上却是挂着叹服的表情，连连说道："师太原说了你这几日要来，我还不信，你这大着肚子的，这里山路颠簸，待在王府里养胎多好。谁料到你却当真来了，果然还是师太料事如神。" 239

明萱正要随着圆慧往里头走，又回了回头，见严嬷嬷和丹红杵在门口不动，驾着马车的长戎更是一脸讷然地望着她，便轻轻一笑："嬷嬷和丹红都跟我进来吧，这非常时期，不得已带了你们两个进来，师太宽和，定不会见怪。不过庵堂自有庵堂的规矩，你们两位要跟我一道穿缁衣，食素斋。"

她转头又对着长戎说道："你将马车停到西侧门，我记得靠近西侧门处有一间矮房空置着，等会我去求了师太让你歇那处，既靠着庵堂能够保护咱们，却又不从院子里进。"

玉真师太规矩严苛，除了裴静宸之外，莫说陌生的男子，这白云庵便是寻常的婆子丫头都不让进的。

圆慧听了忙道："师太吩咐过，若是尚有男客，便去西侧门处的矮房里住，已经让小沙弥尼收拾过了。"

明萱眸光微动，心中想着师太虽然远在化外，但红尘之内的这些事却皆瞒不过她去，自己和裴静宸能够想得到的，师太早就已经勘破，甚至要比他们想得更深，看得更远，这是身在皇室必有的政治敏感，抑或，也是师太心有鸿堑……

其实，当得知师太最终还是愿意庇护那个地宫里出生的孩子，她便就知道，师太这大半生吃斋念佛不过是逼不得已之下的自保。

师太的辈分太高，声望太厚，倘若不逼得自己离开周朝皇室的权力中心，这些坐在金銮殿上的皇帝，恐怕一个都不会安心。而这个地宫出生的孩子，却给了她别样的希望，她在他生命岌岌可危的时候伸出援手，救治他，庇护他，抚育他，他也必然会信任她，依靠她，倚仗她。而他现在还不过三岁，等到十几年后他也有了对她顾忌的想法，那时，她也许已经驾鹤西去。

那，还有什么可忌讳的？

在盛世皇宫之中被捧在手掌心上出生的女子，曾经拥有过帝王父君最深切的宠爱，尝到过权力顶峰的滋味，若非为了自保，又岂会愿意在大好的青春妙龄青灯古佛缁衣素餐？哪怕身在红尘之外数十年，可到底还是不甘心的。

玉真师太的心情，其实明萱能够理解，而她也认为，在目前状况之下，那个孩子能够得到师太的庇护，其实也是一种莫大的幸运。

那孩子的生母月荷，只是元妃身边的一个陪嫁丫头，出身太低，见识有限，倘若他将来有机会认祖归宗，她决然不能有保护他教导他的能力，她甚至都留不住他。月荷出自永宁侯府，恐怕她的老子娘或者兄弟叔伯还在永宁侯府上当差，所以这孩子想来多数会记在顾贵妃的名下，将来便是顾贵妃的儿子，到时候挟天子以令诸侯的便是永宁侯顾长启了。

可若是养在师太身边，经由师太教养，那么便不一样了。师太是周朝皇室的大长公主，有威信，得到宗族的尊敬，她对政治又有独特而敏感的见解，由着她保驾护航，这孩子在宫中便有一席之地，足堪与俞惠妃所出的皇子抗衡，若是要一争，胜算很大。

假若那孩子登基称帝，虽然稚龄，但宗室之中，却必然对他维护至极。师太年事已高，她不会霸权太久，等到他羽翼丰满，能够大展宏图时，师太便已行将暮年。她终身未嫁，亦没有子嗣，自然不会存了不该有的私心，将来他亲政时，便能够得到一个完整而平静的大周。

而显而易见的是，于周朝宗室和朝臣而言，他们想来更愿意支持月荷的儿子，而非俞惠妃所出的大皇子。俞惠妃的身后是整个定国公府，若是大皇子登基，那将来势必要重用俞家的，人人心中都怀着权势，谁都不想替他人做嫁衣裳，唯独没有外戚的皇子登基，他们才会有更多的机会得到他们想要得到的权势。

当然，这一切构想的前提是，临南王出奇制胜，以迅雷不及掩耳之势攻占了周宫，而后，裴静宸的北军和韩修从安州搬来的救兵可以及时地赶回勤王，将谋逆的反贼临南王一举歼灭，这看起来虽然有些过于理想，但按照目前的形势来看，达成的概率会有七八成。从临南王宣告谋逆之后，东平王英郡王清平郡王和诸公侯伯爵的沉默以及韩修前所未有落于人后的表现中可见一斑。

上蹿下跳的，唯独承恩侯府和定国公府罢了。

都是存了自己的私心，那么明萱承认，她也有自己的私心。

周瑢是皇帝，天地君亲师，俯仰天地，帝王摆在人伦之首，便是她心中对他有再多的不满，头顶上压着礼制律法，她也不能有任何对皇帝不敬的举动，除了服从，仍旧是服从。

明萱承认自己不是满腔热血一腔豪情的“烈女”，做不到不管不顾地对皇帝下杀招，且不管她做得到做不到，便是完全有能力杀死皇帝为死去的父母长姐报仇，她也不会那样去做，因为弑君并不是一件小事，所需要付出的代价是“九族”。她如今有家庭有丈夫，孩子也即将出生，她不会为了过去的仇恨危害到现在的幸福，也不会令铁心跟随着她的那些忠仆受无妄之灾。

所以，倘若能以这样的方式报仇，未尝不是最好的结果。

明萱跟着圆慧进到师太的禅院，未及进门，就听到一阵童儿的哭声，随即便是师太软语安慰，隔着潺潺的雨声，她听不清楚师太在说些什么，但过不多久，又听到童儿破涕为笑的声音，及到进屋，便看到师太满面慈爱地搂着一个清瘦的男孩悄声说话，泪痕尚还挂在孩子眼角，但他脸上却绽放着灿烂笑颜。

她心里便觉得有些心酸。

师太的年纪和自己的祖母差不多大，但祖母儿孙绕膝，师太却是冷清清的一个人，她青灯古佛斩情绝爱，可是心底却一定也曾渴望过家庭的温暖吧？看她此刻柔和的神色里带着隐隐的幸福和满足，想来她是真疼这个孩子的。

而那个在地宫里长大的孩子，自出生起便就身处黑暗之中，他才三岁，月荷瞒着众人养下他，要逃人耳目已经是一件艰难至极的事了，恐怕也没有时间陪伴他玩耍，如今师太愿意这样待他，真心对他好，他便自然愿意靠近她，也信任她。

师太抬起头，笑着冲明萱招了招手，又低头对着那孩子道：“昼儿，那是你嫂嫂。”

论辈分，这个叫昼儿的孩子，与裴静宸是一般大的，所以师太让他管明萱叫嫂嫂。

那孩子怯生生地望着明萱，过了良久忽然坚决地摇了摇头，小声地说：“不是嫂嫂，是母亲，是画像上的母亲。”

明萱微愣，她不知道昼儿在说什么，他的母亲不是月荷吗？她和月荷长得半分相似也无，他怎么会觉得她像他的母亲？画像上的母亲又是怎么回事，三岁孩子的童言童语，她一时有些搞不太明白，所以便愣在那里不知道该说什么。

师太却叹了口气说道：“昼儿的母亲，是你的姐姐元妃，月荷是个懂事的……”

她并没有多说，但明萱却听明白了那话中的意思。

月荷是元妃的陪嫁丫头，她所出的孩子便自当记在元妃的名下。她很懂事，也很聪明，知道自己出身卑微，毫无依仗，便自孩子出生起，就指着永和宫里元妃生前的画像让昼儿唤母亲，而自己则甘心以一个奴婢的身份在他身边照顾他。

时间久了，昼儿便只认那画像上的人作母亲，明萱和明蓉是嫡亲的姐妹，容貌有七八分相似的，他便以为明萱便是那画像上的人。

明萱心里一酸，想到了元妃肚子里那个孩子，倘若元妃没有死，那孩子要比昼儿还要大一些吧！

分明是想要兑现和裴相的承诺，却不想让天下人指责他始乱终弃鄙弃发妻，便想到这欲盖弥彰的法子，好成就他英明帝王的名声，后果却全由顾家三房来背，虽说是有人故意弄鬼，可说到底皇帝难辞其咎。倘若他是个有担当的男人，元妃和她肚子里的孩子，也就不会死了……

想到这里，之前脑海中不断闪现的念头，越发坚定了。

师太柔声对着昼儿说道：“画像上的是母亲，这位是嫂嫂，她们长得像，可不是同一个人，昼儿最聪明了，一定不会弄错的，对吗？”

昼儿仔仔细细地望了明萱许久，终于肯点头说：“这是嫂嫂，不是母亲。母亲的眼角有一颗痣，嫂嫂没有，昼儿看清楚了，以后不会再弄错了。”

他顿了顿，忽然上前拉住明萱的衣襟，仰着头悄声问道：“嫂嫂，昼儿……昼儿可以摸一摸你的脸吗？昼儿从来都没有见过母亲，嫂嫂跟母亲长得真像，昼儿想知道母亲的脸摸起来是什么样的……”

第 63 章　自保·勤王·情歌

明萱俯下身来，笑着拉起昼儿的手放到自己的脸上，她没有说话，也不知道该说些什么，只是这样含着笑意温柔地望着他。许是常年不见阳光的缘故，他的脸色有些不自然的白，玉雪可爱的脸庞之上，生了一对极其动人的眼眸，墨瞳闪闪发亮，透着别样的光华。

只要见过这孩子一眼，便就不会怀疑他的身世，因为他与皇上实在太过相像，简直就是一个模子里刻出来的。

昼儿小心翼翼地抚了抚明萱的脸颊，带着些兴奋，又有些羞怯地开口：“好软，和晌午时吃过的糯米丸子一样软。”

玉真师太扑哧一声笑了起来，冲着昼儿招了招手：“昼儿，来祖姑婆婆这里。”

昼儿倒是听话，一步三回头地回到了玉真师太的身边，一双墨黑的双眼乌溜溜地望着明萱，颇有些流连忘返之意。

玉真师太搂住怀中的小人，笑着说道：“时辰不早了，我们昼儿该睡觉了呢。你嫂嫂她要在这里住上一段时日的，明日等昼儿起来，她再陪你玩。她肚子里还怀着小宝宝呢，想来也很累了，她也该休息了呢。”

昼儿虽然很好奇地望着明萱的肚子，但却十分乖顺地躺了下来，没过多久，便在师太的轻拍中闭上了眼，不多一会儿，屋内便响起了他均匀的呼吸声。

师太便拉着明萱的手轻声将门扉合上，一边走出到廊外一边说道：“咱们先去药室说话，我让圆慧准备了晚膳，等弄好了她自然会送过来的。”

到了药室，明萱也不隐瞒师太什么，将她近日处境与一路而来所见和盘托之，只将与韩修相遇之事隐去，却借由旁人的口将他西去借兵一事说出，然后低声叹了口气：“我来时盛京内城响起了鸣号，想来是遇到了紧急的战情，若是阿宸推测得不错，恐怕此时周宫之内，该是兵戎相见了。也不知道这场战事会持续多久，也不知道最后谁胜谁负。”

她顿了顿，又皱着眉说道：“阿宸离家十数日了，我却一封书信也不曾接到，也不知道他那边情况如何了。”

师太笑着从抽屉里取出一沓信来，递了过去：“宸哥儿以为你早到了我这处，所以便都将给你的书信往我这里送了，我这里准备好了你要来，但迟迟不见你踪影，便令比丘尼出去探了一回，才知道你一时被困住了。不过，我一直都对你很有信心，料到你这几日总是会抽身过来的，果然，你没有令我失望。”

她笑着说道：“你放心，宸哥儿很好，武定侯抽走了精锐部队，便气数已尽，勉力支撑，也不过只是苟延残喘。宸哥儿其实前几日便已经将武定侯生擒，控制了北岭军，不过他秘而不宣，仍旧在北郊与北岭军抗敌，约莫得再休整几日，才能入京，你且安心在这里住着，等一切尘埃落定之后，他自会来接你回去。”

临南王的府兵远在南疆，路途遥远，那么多的军马粮草想要在皇上眼皮底下偷偷运送到盛京，是决然不可能的事，联系到顾元景的探查报告之中所言，便该知道临南王是在各府各州都私募了兵士，可这般暗中行事，便局限了军队的规模，这些私兵的人数不会太多，散兵是很难能成气候的。

所以，几乎可以肯定，临南王的倚仗不过只是武定侯的北岭大军，以及当初临南王世子带进京城的那支护卫，他的目的一直都是奇袭，而非硬拼，若他当真能够兵不血刃地改朝换代，那么等到其他人反应过来时，一切都已经尘埃落定了。都是周室子孙，只要许以利好，宗室和这些闲散王爷们恐怕是不会有人甘冒大不韪去反抗的。

这主意很好，原本也有很大的机会可乘。

只是，临南王没有想到的是，皇上会提前提出撤藩，并且还笼络了可以号令北军的裴静宸，令北军的精锐一早就埋伏在盛京城外的北郊，将武定侯一支打得溃败。倘若没有北军，那么临南王几乎算是长驱直入了，更何况，先帝虽然在安州留下了一支精锐，用以防备临南王谋逆，可二皇子一死，这件事就成了个秘密，皇上是不知道的，所以这场兵变篡位几乎成了一场必胜之战，毫无悬念。

明萱听到“秘而不宣”这四个字，心中一动，想着裴静宸果然与她是一路人，北军一早就打了胜仗，生擒了武定侯，这场战事便算是到了终结，可他仍旧驻军北郊，不过是拖延之策。他在等，等着盛京城内的消息，一旦临南王称帝，他便可带着北军调转枪头回京勤王。

这样看来，皇帝是必死无疑的了，那么昼儿……

明萱想了想，便也不与师太猜来猜去，直言问道：“如今朝上由承恩侯府和定国公府的人把持朝政，皇上若是出了什么变故，想来他们定会拥护俞惠妃所出的大皇子登基，那么昼儿他……”

若是皇上死了，是俞惠妃的儿子登位，那么安平王府的处境仍旧与先前一般，一丝一毫都没有得到改变的，所以唯有昼儿登位，才能改变这一现状。而昼儿虽是皇上的长子，可内侍监没有记录，他的身份很难得到确认，纵是生了一张与皇上一模一样的容颜，也总会给俞惠妃和定国公府以诟病的把柄。

所以，该怎样将昼儿合情合理合法地推至金銮殿前，这才是重点。

玉真师太听了却毫不在意地笑了起来：“定国公府俞家与临南王府是姻亲，一向过从甚密，临南王谋反，定国公府哪里能脱得开干系？惠妃的儿子有这样一个母家，群臣岂可纵容他登基称帝？这朝政定国公和承恩侯可以把持，可是立新皇却是要经过宗室的点头，哪里有那么容易。”

蓦地，她的目光忽然柔和了下来，嘴角的笑意变得慈和：“我们昼儿生得那样像皇上，只要见过他的人，都不会怀疑他的身世。何况，是谁说内侍监没有皇上临幸永和宫婢女月荷的记录了？倘若有谁有疑义，便请内侍监的人将记录取出来让他们去查便是了，昼儿的身份确凿无疑，从前没有大告天下，不过是为了保护他罢了。”

明萱心下微微有些惊讶，皇上醉后临幸了月荷，并没有录入内侍监的册子，这是星移说的，大抵也符合皇上向来的心态。

他既然自诩深情，当然不可能让人知晓他在元妃过世之后不久就临幸了她的陪嫁侍女，否则若是传了出去，他所谓的深情不就成了一桩笑话吗？莫说这是酒醉之后的事情，他也有可能并不知晓的，便是知晓，又怎么可能特意让内侍记下来，好成为将来令人诟病的证据。

可师太却说，内侍监的册子上记下了这一笔。

她那样言之凿凿，那便不会是假的。

明萱眼眸突然一亮，她压低声音问道：“是建安伯？”

师太点了点头：“琨哥儿也是为了以防万一，若……咱们昼儿总要比俞惠妃生的那个强。”

建安伯梁琨与当今皇上自小一块长大，感情自然是深厚的，可他并不是个愚忠的人，尽管内心里不愿意看到皇上出事，可倘若皇上出了事，他也不得不要筹谋未来。不论是为了周朝的利益还是他建安伯个人着想，没有母家的昼儿，要远比俞惠妃所出的那个孩子，更适合这个帝位，所以他才会动用多年在禁宫之内的掌控权，将四年前内侍监的册子给改了一笔。

明萱松了口气，梁琨此举甚是明智，也算是为了自保。

夜已经深了，外头便陆陆续续传来内城的消息。

先是御书房传出了休朝的圣旨，将一众想要一探究竟的大臣皆拦在了安和门外。有心人注意到宫防的守备不知何时已然悄然无息地换过了一批，重铠之下，明刀实枪在烈日的阳光下闪闪发亮，现出冰冷而狰狞的光芒，令人不寒而栗，那些胆小怕事的便也都生出退怯之心，而素有名望的那些老臣子，也不愿意在不明情况之下便贸然出击，多是作观望状的。

因此，真正忧惧担心的也只有定国公和承恩侯两家。

但不论是俞家还是卢家，在朝堂或许有呼风唤雨的本事，可手里却并没有兵权，府里的私兵向来过惯了安逸富足的日子，在那些死人堆里爬出来的骁勇战士面前，简直不堪一击，连一丝还手之力也没有。定国公和承恩侯合力，并没有撬开安和门那座沉重的铜门，却反而将自家的护卫私兵给折损了八九分。

然后，宫防的守备线一直往外挪，直到布满了整个周宫的外围，莫说朝臣想要觐见，便是连苍蝇都不给放进一只。一连数日，再没有任何人进入过周宫，当然也没有任何人出来过，犹如一个被堵得严严实实的密封木桶，没有任何缝隙留下，只偶尔能遥遥听见几声兵戎相见的声音，铁器交碰擦划发出的刺耳鸣音。

周宫内的战况酣然，但兵祸却也仅止于此。

如明萱所料，临南王想来并没有大股军队支援，因此才会长驱直入周宫，然后闭门瓮中捉鳖，以期一举将皇帝斩杀，然后登基称帝，因此这场祸事只将战场定在了周宫之内，倒并没有给内城百姓带来任何灾难。

然而生活总要继续的，在惶恐不安了两日之后，内城的百姓见并无危机，便揣着一颗忐忑不安的心，开店的继续开店，摆摊的继续摆摊，公侯府第虽然紧闭府门，但门内的日子却依然如同往常一般过着，若是忽略周宫之内偶然传出的乒乓作响以及五城兵马司和京畿卫营时不时抬出来的伤员，盛京城在最初的惊惧之后，似乎逐渐恢复了表面的平静。

盛京城的百姓都如此，清凉山白云庵的日子则更清静闲适。

大约是初次享受到关怀，昼儿有些黏人。师太在时，他整日跟在师太身边，师太去佛堂清修或者去药庐钻研时，昼儿便就黏在了明萱身边。

他今年才三岁多，因为经历与人不同便常显得有些老成，但再早熟也不过只是个孩子，渴望得到关爱和注目，渴望接触新鲜的人和事，对母亲更是有一种从心底生出的慕孺之情。如今，他已经知道他的“母亲”已经去世了，所以对与“母亲”生得如此相像的嫂嫂则更添加了一份依恋之情，常像个无家可归的小狗般，可怜巴巴地跟在她身后打转。

明萱自从怀孕之后，身体里的母性光辉便都迸发，面对孩子时，她总是不自觉的心软。此时，她倒是当真并没有将昼儿当成大周朝未来的君主看待，而是真将他看成是元妃的孩子，每日里沉下心来，对他讲一些听来的简单而蕴含哲理的佛经小故事，或者陪着他铺纸挥墨随意地涂涂画画，日子倒也过得极快。

一晃十来日过去，忽地有一天外头传来了长戎递进来的消息，说是皇帝驾崩，临终前写下了禅位御旨，要将这周朝的金銮帝座交给临南王，临南王大开城门，恢复了周宫的通行，令文武大臣入宫觐见，择日登基称帝。

再有几日，便又听说裴静宸率领北军挥师内城勤王，与临南王的叛军打得难分难舍，在紧要关头，宰相韩修又领着一队奇兵突然而至，与北军一起将叛军尽数歼灭，临南王和世子皆已经伏法，承恩侯和定国公欲拥立俞惠妃之子登基称帝。

这消息传来，玉真师太嘴角泛起一丝冷笑，她亲手替昼儿穿上杏黄色的皇子袍服，将紫金发冠系在他的头上，然后俯下身子笑着对昼儿说道：“这些日子祖姑婆婆说的话，昼儿都记住了没有？”

昼儿面色肃穆，心里似乎知道发生了什么，又即将发生什么，他凝重地点了点头：“昼儿记住了。”

师太弯起了唇角：“那我们回家吧！”

她穿上延熙帝赐下的九瓣金莲法衣，将杏黄色的发巾摘下，露出乌黑的长发，她将墨发盘起梳成一个小髻，戴着紫金莲冠，有长长的流苏垂下，在她耳边摇曳生姿。踏着青石板路，她拉着昼儿的手徐徐走出白云庵堂，上了马车之后，又掀开车帘笑着对圆慧说道：“这白云庵以后便就是你的了，若你想留，便是这里的主人，若你想跟着宸哥儿夫妇一起过些清静日子，那这庵堂便交给静心，该当如何，全由你来做主。”

圆慧虽然驽钝，但师太已经将话说得那样明了，她哪里还会不明白？便忙躬身回答：“是。”

师太又笑着将明萱招到身前，柔声对她说道：“萱姐儿，你且稍待片刻，宸哥儿已经在赶过来的路上了，等你回了盛京，咱们再见。”

昼儿从马车里钻出一个小脑袋来，一双水汪汪的眼睛眨巴眨巴望着明萱：“嫂嫂，等昼儿回了家，你可一定要来看我！”

明萱笑着捏了捏昼儿的脸颊，轻轻点了点头：“一定。”

她目送着这辆毫不起眼的马车远去，心里久久不能平息，她知道，不论是师太还是昼儿，这一去，都会得到巨大的改变，他们，与此时之前她所相处的那两个人，再也不会相同了。

师太果然说得没有错，在明萱回屋子整理衣物的时候，裴静宸便风风火火地到了。

他身上铠甲未脱，便已经大踏步上前将她整个人拢入怀中，这动作已然十分困难，偏他还要将腹部的空隙留下来，好不至于压迫到明萱的肚子。

所以此刻，此情此景，在严嬷嬷和丹红看来，是十分别扭好笑的。但严嬷嬷和丹红的笑意只挂在脸上，却并不敢笑出声来，生怕打扰了这美好而浓情的一刻，她两个抿着嘴对视一眼，便放下手中的衣裳，悄无声息地退了出去，然后将门扉合上，将这一室的温情关在了屋子里面。

也不知道过了多久，裴静宸才舍得将明萱放开，他双手抚着她的脸颊细细凝视，许久忽然憋出一句：“你瘦了。”

明萱忍不住扑哧一声笑了起来，她踮起脚尖捏了捏裴静宸的脸：“你不仅瘦了，还黑了。”

说罢，两个人都笑出声来。

庵堂里都是素斋，圆慧虽然变着法儿地给她换花样，到底巧妇难为无米之炊，饮食上吃得清淡，再加上心中有事，难免就会日夜忧思，这十几日来，天天都如此的，倘若反而胖了起来，那才叫奇怪。至于裴静宸，这天如此炎热，与北岭军交战的地方多是山岩之壁，难免备受烈日摧残之苦，行军打仗，吃得不好睡得不好，不瘦不黑那是不可能的。

裴静宸重重在明萱的唇上一吻，搂着她肩膀说道：“盛京城现今乌烟瘴气，等到事情尘埃落定，怕没有几日的工夫不成，与其这时候回京，不若咱们两个在这里多住几日，放松一下心情，权当是出来游山玩水了，你看如何？”

凭空冒出来一个三岁的皇子要与惠妃的儿子争夺帝位，不论是定国公府还是俞惠妃定然是不服的，哪怕是朝臣，也总当要质疑一番，等确定了身世之后，也还有得好争一番，纵然师太已经有了完全的准备，但没有个几日分辩，恐怕也是不成的。昼儿是记在元妃名下的孩子，裴静宸又是此次勤王的大功臣，倘若他夫妇二人此时回京，是必要受此烦扰的。

若是以往也就罢了，可如今明萱肚子隆得那样高了，他才不想要她被这些事烦着了。

裴静宸贪恋地在明萱颈间吸了一口气，眼神一下柔得能滴出水来：“我习惯了拥你入眠，这些日子孤家寡人，身边没有你，便觉得空落落的，怎么都睡不好，今儿好不容易软玉在怀，不管怎么说，都得在这里好好歇一觉再走的。再说，这个山谷里奇景颇多，

我一直都想着要带你来这里看看的，好不容易有这样一个机会，若是错过岂非可惜？”

他忽然想到了什么，脸上露出暧昧不清的笑意，凑在明萱耳边低声说道：“还记得后山那个温泉吗？你如今怀着身子，自然泡不得澡，但故地重游，却也别有一番风情呢！”

明萱脸色微红，忍不住轻声啐了他一口：“说什么胡话呢，庵堂是清修之地。”

他们是夫妻，拥抱这原本是人之常情，可此处并非安平王府，却是清修佛道的庵堂，哪怕只是相拥而卧，也是一种亵渎。

裴静宸目光盈盈：“你以为我从前来寻祖姑婆婆时，都是住在庵堂的？除了上回疗毒迫不得已，我一向可都是谨守礼仪的。在后山，我自有居所，你放心，那地方不论隔着白云庵还是清凉寺，都有些距离的，过往神明才不会因此觉得你我不敬。”

他随手抓起明萱收拾好了的包裹，笑着拉起她的手：“咱们走！”

白云庵后有一条小径，直通往清凉寺后崖的山壁。

裴静宸的临时居所便在那山壁之内，一半与密洞相连，一半却正对着朝阳与白云庵堂遥遥相望。因屋前栽了棵参天的大树，恰好将屋子遮蔽住，所以，不论是从清凉山后山的悬崖往下遥望，还是从白云庵的后门看过去，都不容易被发现。

山路狭窄，马车不能通行，若是要去到那小屋，便只能走过去。

但明萱此时身怀六甲，腹部已然隆得老高，裴静宸不舍得令她辛苦，便将身上的外袍除去，只留一件轻薄的内衫，还将裤管卷起，一副利落的模样，然后将她打横抱起，向前行去。他怀中担负着妻子和未出生孩子的重量，说实话有些沉，但他心里却涌起沉甸甸的甜蜜和幸福，嘴角的弧度也在不知不觉间翘得更弯。

来到小屋前，裴静宸从树上摸到把钥匙，然后拉着明萱的手推门而入，只见小小的屋子里摆设十分简单，不过一张木床，一个矮柜和一张方桌罢了，本以为多时无人来此，必定是布满灰尘和蜘蛛网丝的，但没有想到屋子里十分干净，连被褥看起来都像是新换上的一般，有一股阳光的味道。

他见她脸上隐约透着讶异，便笑着说道：“祖姑婆婆真真是玲珑心思，她知道我要来接你，便猜到你我不肯在这风口浪尖回了盛京，所以才一早便命人将我的小屋打扫干净了。既然连她都如此认为，那这几日，咱们便在这里过些世外桃源的神仙日子吧。”

明萱闻言心里却是一动，玉真师太如此敏锐，当是称得上聪明睿智了。

师太那般通达，所以才会受到延熙帝的忌惮吧？所以当初，师太青灯古佛，甘愿离开气势磅礴的皇宫，蜗居在白云庵堂之内生活，未尝不是一种无奈。从师太仍旧还蓄着青丝，箱笼里收着当年延熙帝所赐的九瓣金莲法衣来看，师太身在化外，心中却有红尘，她一日都不曾离开过。

其实，这世间有一心问佛的高僧，自然也有借由菩萨来避祸的凡俗。

不只师太遁入空门并非出自本意，难道圆慧和静心她们亦如此吗？圆慧当初若不投奔师太的庇护，那想来早就与当年永嘉郡主身边的那群婆子丫头一般，或被远远发卖，或遭了杨氏的毒手，哪里还有命能活到今日？再说静心，听说她是个生来便不知父母的孤儿，得蒙师太收留，便在白云庵落发，她在自己无法做选择的时候，就已经投入了佛祖怀抱，如今青灯古佛的日子，又焉知是她真心向往。

明萱轻轻摇了摇头，叹了口气，忽然开口说道："等我们回京的时候，你且去问一问圆慧师太，她可否愿意跟着咱们回安平王府颐养天年，她是母亲身边唯一剩下的贴身人了，咱们必要善待于她。"

裴静宸将圆慧当成姨母的，倘若圆慧肯去王府，他自是欢喜，也算能了却了一些未能对永嘉郡主尽孝的遗憾。他闻言望着明萱的目光便越发柔和，带着些许感慨和感激，低声轻语："嗯，我会的。"

他转头笑着说道："你先在这里坐一会儿，我去泉眼那里洗洗，这满身风尘都还没有冲过，脏兮兮的，黏腻腻的，很是不舒服。"

说罢，他动作熟练地从矮柜里取了一身干净的青布衣衫，便出了门。

明萱站在门前，这里视野良好，她能够很清楚地看见裴静宸一跃而起，跳入了他们初次相见的那口温泉，嘴角忍不住翘了起来。

第 64 章　生死·真凶·永巷

在山壁小屋的日子，想来是明萱自来到周朝之后，过得最惬意轻松的，因此到了离开之时，她心里便觉万分不舍。然而，经过十数日的僵持争夺，朝中乾坤终定，昱儿在宗室和朝臣的拥护之下，成为周朝新帝，不日便将举行登基大典，她和裴静宸作为皇室宗亲，是必须要出席的。

便不是为此，她心里也很清楚，这世外桃源躲清静的日子，不会太久，很快她和裴静宸就会重新投入俗世洪流。安平王歼败北岭军勤王保驾，护住了周朝皇室血脉的正统延续，是不世的功勋，必将要受恩封进禄，令世人敬仰传颂的，这便意味着，想要急流勇退，归隐田间，变成了一种不可能实现的奢侈愿望，至少暂时如此。

身上的王爵，是保护伞，但同时也是枷锁，权势和地位也一样如此。

白云庵。

明萱拉着圆慧的手诚挚地说道："祖姑婆婆先前说过的，姨母的去留都由自己决定，若是姨母愿意跟我们回王府，不只我和阿宸高兴，想来祖姑婆婆也是欢喜的。我腹中的孩儿再过不久就要降世了，您若是和我们在一起住，那一家人热热闹闹地过，多好啊！"

圆慧眼中有晶莹的泪花滴落，她扭过头去擦了擦眼角，嘴角却是翘着的，笑容里满是欣慰和感动。

她满脸慈爱地望着明萱高高隆起的腹部，却摇了摇头："你们两个孝顺，我一直都知道的，说句心里话，我很欢喜，也觉得骄傲。但是，我不能跟着你们一起去王府，我在这里将近二十年，早就已经习惯了青灯古佛的日子，让我现在离开，我哪里还能习惯外头的日子。"

明萱捏着圆慧的手紧了一些："姨母想过安静的日子，伴着青灯古佛，不必非在这里，王府也可以的。王府地方大，人口又不多，有的是空院子，我让人在后院寻个安静的院子，替姨母辟一间佛堂，平素也不让人随意打扰您，这样咱们虽然住在一块，但姨母又有自己的空间，岂不是一举两得？"

她笑着说道："姨母也是在王府长大的，府里还有不少当年的故人，若是闲暇无聊，姨母也能请昔日的故友一道闲话家常，庵堂虽好，却及不上这样的热闹呢。"

圆慧不禁有些意动，但她仍旧犹豫不决，张了张嘴，却又不知道要说些什么。

裴静宸便笑着说道："今日我们去得急，王府的院子也还没有收拾好，姨母也不忙着做决定，等过几日都准备好了，我再让人来接您回去。"

他顿了顿，忽地叹了口气："说来也巧，这回我在北军见到一位姓梁的游击将军，他英勇忠义，好几次武定侯派人偷袭，他都护在我身前，因此还被敌人砍了手臂。我与他非亲非故，他宁肯舍了一条手臂也要保护我，我心里便有些觉得奇怪，怕和他是有什么渊源的，后来我一问，这位梁将军竟然是我们王府曹伯的亲外甥，他年幼时曾在王府住过，后来外祖父见他骁勇才带了他去了北军。"

这件事明萱第一次听说，难免有些惊痛后怕："梁将军为了保护你被砍了手臂？这样大恩，我们必要报的！"

裴静宸沉沉点了点头："是啊，对一个军人而言，四肢不利可是致命之伤，梁将军便只能解甲归田了，我打听他没有家人，唯与曹伯相依为命，就请他回了安平王府，他既是为了我受的伤，将来我定必要奉养他一生的。"

圆慧脸上的表情一下子僵硬起来，她嘴唇微颤，目光里五味杂陈，有心疼，有羞怯，也有迷茫，直到送别裴静宸和明萱后，她依然这般杵在原地良久。

明萱上了马车，低声问道："那位梁将军真的被砍断了手臂？"

裴静宸摇了摇头："他确实是因为要保护我，所以被敌人的大刀砍在了手臂之上，伤得也不轻，军医说以后恐怕都不能再提重物了，但也没有砍断那样严重，现今在王府将养着，百日之后想必就能好了的。”

他微微笑了起来：“想必你也看出来了，那位梁将军与姨母曾经有些纠葛的，梁将军从前以为姨母已经没了，所以醉心疆场，也没有起过成亲的念头，一直光棍到现在。前些日子听说姨母还在，便主动来求我，想要圆了当日之梦。可我想着总要看看姨母的意思。倘若她一心向佛，心中已经没有了男女情爱，那么姨母坚持要留在白云庵，咱们便就随着她罢了，倘若她心里还有梁将军，那么郎有情妾有意，佛祖慈悲，也定不愿意看到有情人分离，所以这回咱们是一定要请她回王府去才好的。”

而结论是什么，从圆慧的表情上，便已经一清二楚了。

裴静宸笑着说道：“我看这事定能成的。”

明萱点了点头，想到了什么，又问道：“我看昨夜长庚来过，他说了什么？”

裴静宸脸微凝，沉声说道：“长庚来禀，昼儿的生母月荷前日从永和宫的玉栏上掉了下去摔死了，她临终时，俞惠妃在场，有许多人证。随后，顾贵妃揭发，俞惠妃所生的皇子在叛军攻入后宫时，便被临南王摔死，现在广临宫里头的那位，并不是真正的大皇子，而是定国公俞克勤派人偷偷送进来的冒牌货。”

七八个月大的婴儿，除了贴身照顾他的人外，的确不容易分辨，倘若事实果真如此，那么昼儿便是皇位唯一的合法继承人，俞惠妃不仅失去了招架之力，还将面临着最深重的审判。

但明萱却从这段简短的对话中嗅到了一丝不寻常的味道。

俞惠妃去永和宫责问昼儿的生母月荷，然后在大庭广众之下，月荷坠栏死了……广临宫里的大皇子是冒牌货，真正的大皇子已经被临南王摔死，这件事是一向沉静无波的顾贵妃所揭发的。

裴静宸见她面色凝重，便将她搂入怀中，低声说道：“月荷应是自己跳下去的，而顾贵妃则是为了自保。”

他将下巴埋在她的脖颈，柔声说道：“但真相究竟是什么，在眼下根本就已经不重要了，只要这结果顺应了绝大多数人的意愿，皆大欢喜，便就成了。你也莫要多思虑了，以后咱们还是关起门来过自己的小日子，这些都与我们无关。”

不管是谁给月荷出的主意，但月荷的确这样做了，她的纵身一跳，不仅打开了僵持不下的局面，还令俞惠妃在众目睽睽之下背负了罪名，有这一层干系在，昼儿的上位则更添了几分把握。而顾贵妃的揭发，才是将俞惠妃和定国公府钉在了耻辱墙的长箭，不论广临宫那孩子的出生真相，这个答案是绝大多数朝臣和宗室想要得到的，所以这便是真的，也一定会是真的。

明萱心中一怔，随即又淡淡地吐了口气，她将身子歪在裴静宸怀中，静默不语，只听到马车偶尔颠簸时发出的声音。

乾坤初定，新帝登基，幼帝稚龄，宗室便请承福大长公主坐镇后宫，行教养抚育之责。

先皇后裴氏，自先帝驾崩之后，哀思沉痛，自请落发，为周朝社稷祈福，去了皇陵行宫处的家庙修行，帝赐封先皇后为太福法师，无所出的低位阶宫妃皆与之同行；先贵妃顾氏，因揭举有功，赐封贵太妃，迁宫永和宫隔壁的景和宫，而她所出的大公主，也被赐封福雅长公主，与她一起居于景和宫；而先元妃，则被追封为端元皇太后，幼帝视其为母，灵位奉于慈宁宫，帝每日请安上香悼念。

论功行赏，韩修因为勤王有功，不仅坐稳了宰相的位子，还封了一等忠勤侯的爵位；建安伯梁琨救驾有功，加封一等建安侯，任了礼部尚书；安平王裴静宸剿逆有功，又有勤王之劳，功勋卓绝，但王爵已经封无可封，便又领了个太傅的虚衔；东平王和英郡王抗敌有功，都赐了恩赏；至于朝中那些一早就支持幼帝的，多少也都有些恩封。

倒是永宁侯府顾家，虽然元妃追封了端元皇太后，又出了个贵太妃，但因永宁侯先前支持的是俞惠妃所出的皇子，虽这回并无严厉罚惩，但到底没有加官晋爵，也无别的恩宠，显得并不亲近，反而很有几分疏离。

不过，这样一来，倒是安了朝臣的心。

新帝年幼，原本众臣害怕外戚专权，但幼帝并不亲近顾家，只依靠承福大长公主，将朝中的权力分散下放，朝政由忠勤侯韩修和建安侯梁琨主理，但有才干有能力的朝臣也都分得了一杯羹，并不似先前重要的职位皆由裴家或者卢家把持那样，而是实现了共理朝政，互相制约的格局，反而令朝臣更加方便做事。

一时间，盛京城迅速地恢复了原来的平静与繁荣，倒好似临南王真刀真枪地杀入周宫谋逆反叛这件事，像是一件微不足道的小事一般，短暂引起惊惶，很快就消散无踪，所有人都忘记了那段时间所遭受的不安和惊恐，只看到眼前愈发美好的前景，各自投入到新的生活中去。

等幼帝登基大典过后，已经八月初了，离明萱的产期只有一月余。

外头炎热酷暑，但安平王府的花厅内却是一片春意盎然。

明萱满脸欢喜地望着雪素怀中虎头虎脑的婴孩，忍不住轻轻地捏了他一把，她笑着说道：“小吉长得真好看，这般俊秀，将来定是个小美男，你可不愁找不到儿媳妇了。”

雪素难产生下的小吉，虽然万分惊险，所幸母子平安，但何贵仍旧十分紧张，所以一直在南郊庄子上待了四个月，等雪素坐完了月子，身子确认恢复无疑，这才想到要带着妻儿回到安平王府来当差，如今何贵已经是王府新任的内务总管了。而小吉这个出生时困难无比的孩子，在四个月的静心调养下茁壮成长，长得又白又嫩，眉眼清秀，生了一双会说话的盈盈大眼，红唇柔嫩，看起来就十分讨人喜欢。

雪素笑着说道：“王妃这话可不能让何贵听到，他小时候因为生得太俊美了，所以家里人时常拿他当女儿打扮，幼年时还有人叫他贵姐儿呢，他深受困扰，所以一心期望自己的儿子能够生得威武雄壮，谁料到这孩子出生时阵势那样大，生得却还是那样秀气，他心里有些不满意呢，最恨别人说小吉长得好看。”

她掩着嘴笑得更欢：“他也不想想，若是当真想要五大三粗的儿子，便该娶西街上猪肉荣家的闺女，保准不负所望。”

雪素和何贵都生得好，小吉不论像父亲还是母亲，总与威武雄壮四个字搭不上边。

明萱陪着雪素笑了一阵，便见长庚步履匆忙地进了来，说是王爷请她去书房议事。

她心下狐疑，边走边问道：“王爷有没有说是什么事这样着急？”

长庚脸上也有些惊讶不解：“具体什么事情，我也不甚清楚，不过方才建安侯来了，瞧脸色很是不好，他与王爷在书房里议了一刻钟，王爷才让我来请王妃去的，想来是遇到了什么棘手的问题，王爷想听听王妃的意思吧。”

等明萱到了书房，果然见裴静宸与建安侯梁琨满面凝重地在商议着什么。

裴静宸见她进来，忙上前扶住她，小心翼翼地让她坐在了靠窗的美人榻上，然后说道：“大姐夫此回来，是有两件事，因为其中有一桩与你有关，所以我才让长庚唤你过来，你也一道听听，看看接下来咱们该如何应对。”

他语气微沉：“这头一件事，是有人指认被击毙的临南王世子是个替身，大理寺开棺验尸，证实了这一点，真正的临南王世子恐怕这时候早就已经逃出生天了，也不知道他现今是在哪里蛰伏隐匿，临南王是死在了我和韩修手上，所以大姐夫过来提醒我近日出行要留个心眼，以防万一。这倒是其次。”

建安侯梁琨接着说道：“另有一件事好叫七妹妹知晓，因为临南王世子的遗骸有假一事，我和刑部的官员一道提审了谋逆案中的几个相关人员，原本是想追问临南王世子的一些线索，谁料到却顺藤摸瓜，查到了一些旧事。”

他顿了顿，面色沉重地说道：“当年顾家三房那桩公案里，定国公府插了一脚，临南王却是主谋。”

为了要摸清临南王究竟有多大的能耐，所以当时擒获的叛军之中，除了临南王父子是当场击毙的，其余众人，尤其是与临南王父子关系密切的相关知情人，都被留了下来，原本是打算从他们口中撬开那些暂时还不清楚的事情，比如临南王的计划，他到底有多少兵马，那些兵工厂具体设在何处，等等。

但审讯时，有人口风不严，便又扯出了当年的那些旧事，说起来，也算是无心插柳了。

梁琨沉声说道：“若当真如临南王身边的随扈所言，那么当日你母亲的死，应是定国公夫人故意为之，而你父亲，也是在刑部大牢之内，被临南王埋伏在盛京的密探所害，目的不过是为了打乱当初皇帝与裴家顾家三足鼎立的铁腕关系。而事实也如他所愿，裴相受到先皇质疑，顾家又对裴相和皇上心存猜忌，君臣不和，以至于朝局微妙，令人有机可乘。”

他叹了一声：“定国公愚钝，受了临南王的蛊惑，以为临南王只是因为姻亲关系，所以才竭力扶持俞家和惠妃，当年顾家三房的惨剧，俞惠妃却是其中最大的得利者，俞家被胜利冲昏了头脑，皆以为是临南王府之功，谁料到鹬蚌相争渔翁得利，临南王不过只是利用定国公府罢了。”

倘若裴相和先皇是一条心，那么朝堂的许多震荡便都不复存在，后来也正是因为裴相去世，裴家的势力抽出，各个关键的职位被卢家和俞家的人占领，那些人没有经验，才会令五城兵马司和京畿卫群龙无首，发生了巨大变故时，根本就不懂如何应对，以至于让北岭的精锐骑兵堂而皇之入了盛京内城，后来又直闯入了周宫。

从这个角度而言，临南王很久之前就在下一盘棋，而顾家三房不过只是他借机寻到的一个棋子，一步出了差错，环环相扣，步步皆有关联，倘若不是后来先皇将撤藩的时机提前，那么说不定临南王当真是有机会的。

对于明萱来说，她其实一早就猜测过这件事可能会与临南王有关，但当真相就这样血淋淋地摆在她面前时，她却还是为之震颤了。

一直以来都认为，顾家三房的惨剧是先皇和裴相以及韩修一手造成，但最后，先皇自然并非无辜，可裴相和韩修却各有苦衷，而真正的凶手，却操控着傀儡躲在暗处偷笑，这感受令她有些不太舒服。

她半晌低声问道：“俞惠妃知道这件事吗？”

梁琨一愣：“应……应是知道的吧。”

他看到明萱眼中燃烧起的火苗，他有些害怕明萱会一时冲动去做些什么，毕竟那没有必要的，俞惠妃狸猫换太子，混淆皇室血统，还害死了幼帝的生母，这已经是不能翻身的铁罪了。就算给了她帝妃的尊严，饶她一死，但她此生都会被关在永巷之中，不见天日。明萱没有必要因为她而脏了手的。

明萱轻轻摇了摇头：“我不是想要对她做什么，只是想……找她好好地聊一聊……我的姐姐！”

与皇宫的富丽堂皇截然不同，永巷狭窄潮湿，散发着腐朽的气息，这里关押着的多是犯了罪责的宫妃。

狭小的屋子，没有任何精细摆设，连铺盖被褥都是残破不堪的。饭食每日由看守的宫婢送来，多是残羹冷炙，若是哪日宫婢心情不好，忘了一餐，那么就得饿上一天。若是身子骨弱生了病，那也只能自己扛，扛得住便继续活下去，扛不住死了就一卷草席扔去了乱葬岗。

任凭你曾经是如何宠冠后宫，如何八面威风，一旦进了这里，便只能听天由命，要么病痛而死，要么苟延残喘地活。

被送到这里来的宫妃没有伺候的人，有任何消息也递达不到外面去，便是有，谁又会在乎。

家族？犯了罪的宫妃已经没有了任何光耀家族的价值，反而是一种负累，再显达的家族都会将之当成弃子，顶多也就派人打点一下送些银钱过来改善一下生活，但隔了几重送进来的银两，早就一层层被剥削干净了，能用上干爽的被褥吃上顿带荤的饭食已经很不错了，还能指望什么。

帝王？后宫佳丽三千，多的是颜色姣丽的女子，皇帝总是多情的，但他往往都决不会长情，任凭从前再宠爱的女子，三五月不见，还能记得起什么。

而俞惠妃，连这两点都够不上了。

她的家族一夕倾覆，她的皇帝早已经死了，这世间没有一个在乎她的人，而可悲的是，她却还记挂着她的孩子，所以连死都不能干脆地做到。

幸亏是夏日，这屋子又狭小沉闷，所以她可以不必盖那床满是脏污又潮湿破旧的被褥，可那些馊了的饭菜，她却是咬着牙都吞了下去，因为她还要留着命想方设法去打听她孩子的下落，甚至还打算去报复顾贵妃这个满嘴胡言乱语的女人。活着，尚有一线希望，而死了，却什么都没有了。

俞惠妃正发着愣，一条冰冷凌厉的鞭子便已经抽了上来，力道其实并不算很大，但是她单薄的衣衫立时便就裂开，伤口火辣辣地疼，她怒目而对：“大胆的狗奴才，本宫是从一品的惠妃，你胆敢如此对我，就不怕礼法纲纪吗？”

那执鞭的宫婢哧着牙冷冷笑道：“惠妃娘娘想来是忘记了，您进来前就已经被革去了惠妃的名号，如今您就是个犯了罪孽的庶人，奴婢虽只是个从七品的守宫奴，但既然管辖着永巷，便有权力教训不听话的惠妃娘娘您！”

她指着身旁一个老妇说道：“莫说从一品的惠妃，便是正一品的贵妃，那又如何？都是从前的事了！能在这里的，莫要再提往日，如今都是一样的，都是犯了事的庶人，就该记住自己的身份。快点做事！”

那被指的老妇满脸木然地说道：“我的确是延熙帝时的贵妃，后来被奸妃构陷，沦落到这里，你现在所过的日子，我已经过了几十年。论曾经的品阶，你我都不算什么，在这里的哪一个从前没有过风光的时候？你若早来几日，还能看到德昌帝的元皇后，说起来，她可还算是你正经的嫡婆母呢。”

俞惠妃惊诧地问道：“是当年那位害得吴贵妃小产的元皇后？”

吴贵妃宠冠后宫，一直到死，都是德昌帝的心尖肉，元皇后因为嫉妒，不仅弄花了吴贵妃的脸，还害得她小产，丢了一个成形了的男婴。

那老妇冷笑了一声：“后宫争斗，只有结果，哪管什么真相过程？我不认得那位害

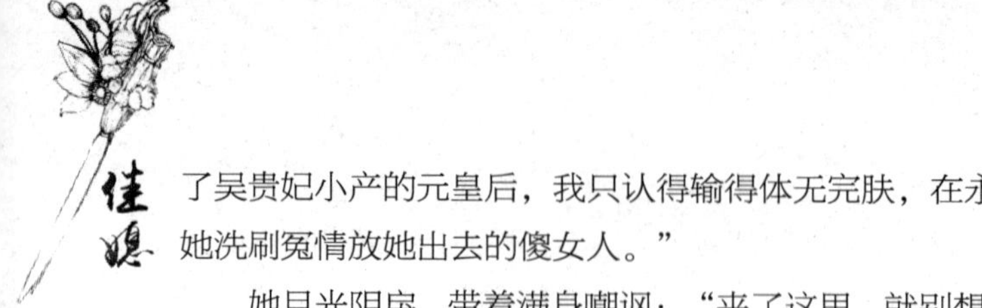

了吴贵妃小产的元皇后，我只认得输得体无完肤，在永巷之中还天真得以为德昌帝会为她洗刷冤情放她出去的傻女人。”

她目光阴戾，带着满身嘲讽：“来了这里，就别想着出去，要想活，就乖乖地听话，否则，就只有死路一条。”

俞惠妃心中震诧，颓然地坐了下来，却忽地听到宫婢口气不怎么好地喊她：“俞氏，宗亲府的大人要提你出去问话，除非你再也不会回来了，否则该说什么，不该说什么，你自己得拿捏好分寸。”

宗亲府？

俞惠妃心底燃起一丝希望，莫不是她孩儿的身份被查明，那些宗老们知道了顾贵妃是在胡说八道？皇家血脉不容混淆，那个地宫里出生的孩子，谁知道是谁的种，不清不白的身份，怎么能当大周的皇帝？只有自己的孩儿，才是正统的皇室血脉，那些老不死的一定是想明白了！

然而，永巷的管事宫婢并没有将她带离太远，在门口宫婢们的休息所就停了下来，示意俞惠妃进去，口气生硬地又将方才的威胁重新说了一遍：“惠妃娘娘，奴婢劝告您，除非您确定了能够安然无恙地出去，从此不再回到这里，否则，不该说的话，希望您一句都别说。假若您逞一时口舌之快，后果奴婢是不敢保证的。”

俞惠妃冷哼一声：“若是我能出去，还需要逞口舌之快？”

她挣脱开钳制，大力地将门推开，见到屋子里端坐着的人后，脸色一下子铁灰，那颗燃烧着希望和梦想的心，一下子沉入谷底，管事宫婢的休息所虽然矮小，但比起永巷那一排屋子来已经算得上宽阔了，但她却觉得这里比任何地方都要呼吸不畅，她甚至有一种必死无疑的绝望。

顾贵妃抬起头，笑着对俞惠妃问道：“惠妃在这里住得可好？若是哪个奴才敢吃了熊心豹子胆对你不敬，你大可告诉我，姐妹一场，我一定会为你伸张的。对了，惠妃想不想看看荔儿？”

荔儿是俞惠妃所出皇子的小名。

顾贵妃招了招身后伺立的宫女，宫女便将怀中的婴孩递了过去。

她笑着对已经面无血色的俞惠妃说：“惠妃怎么不过来瞧瞧？咱们荔儿生得可真好，我看着欢喜得不得了，这几日他一直都养在我宫里，你说，我要不要求了皇上，以后都将他养在我那里？”

俞惠妃脸色剧变，她想要将顾贵妃怀里的孩子夺过来，但顾贵妃身边多的是身强力壮的嬷嬷，她不能近前，又生怕强抢会伤到孩子，便只能咬牙切齿地说道：“你这个贱妇，空口白舌胡说我荔儿的身世，心狠恶毒，这世上谁也越不过你顾贵妃去，造口孽是要得报应的，亏心事做太多，小心会报应在你孩子身上，别忘了，你也有个女儿！”

顾贵妃咯咯笑道：“荔儿的身世铁证如山，我不过只是提出一个疑问，寻证的可是满朝文武各室宗亲，你现在来责怪我说我造了口孽，那当真是错怪了好人呢，若不是我看这孩子可怜,收留他这些时日,你以为一个企图混淆皇室血脉的野种,还能活到今日？”

她眼波缥缈，话锋一转：“不过荔儿能不能继续平安无事地活下去，却全要看你惠妃了。”

俞惠妃心下知道，方才的那点希望已经成了幻影，她怕是真的此生都走不出去了，而她的孩子，正如顾贵妃所说，已经坐实了的罪名，不论是朝臣还是宗亲，都不会允许这个孩子活下去的，顾贵妃又岂会那么好心继续留着他？那也不过只是故作姿态之举罢了，或者，她的荔儿早就已经死了，而顾贵妃怀中抱着的那个，只不过是一个替身，想要诈她开口的替身！

想着，她狂躁的心竟然渐渐平静下来：“我知道你恨不得我和荔儿死，哪里会那么好心？我的荔儿分明是大周皇室的血脉，却被你一句话诬陷成野种，定国公府已经败落，我又被关在这生不如死的地方，荔儿的冤屈想来不可能被平反了。他不是周朝血脉，是混淆了皇室血统，你们容不得他活；他是周朝血脉，便有机会顶替你们那新立的幼帝，到时候算总账时，你们一个都逃不掉，你们更容不得他活。

“所以，别拿那些谎话来糊弄我，我不会信的。无事不登三宝殿，若是没有事，想来你是不会踏入永巷半步的，也不嫌晦气。说吧，有什么要问的，或者我可怜你，会告诉你一二呢！问完就走，我再也不想看到你！”

第 65 章　秘闻·生苦·绑架

话已至此，顾贵妃便不再虚与委蛇，直言问道：“当初元妃过世之后，是你向先皇进言，要再立一位顾氏女为妃的，而顾家除我之外，适龄的六妹七妹都已经定下亲事，八妹九妹都还年幼，你提议要皇上再进顾氏女，其实便是指明了要让我进宫。”

她眼波凌厉：“可你分明知道当时我正在与你二哥俞衍议婚，也只差最后的一步暂未请期，却非要生出这是非来，是为什么？”

俞惠妃咯咯笑了起来：“元妃死了，皇上心里愧疚，我便想个法子让他移情，他自以为对顾家有了补偿，便不再时时刻刻想着元妃，我这也算是为君分忧，皇上感念我贤惠善良，晓得我对他才是真心好的，便也会对我特别看重，事实证明，我这样做是对的，皇上这几年对我的宠爱，可远胜过裴皇后和你。”

她哧笑一声接着说道："至于俞衍，他与我又不亲，娶了谁没能娶得成谁，与我有什么关系？倒是皇上有时会对这件事耿耿于怀，倘若你对他略有些冷淡，他便会怀疑你是不是对俞衍还念念不忘。他既然疑你，便不会真心待你，每当在你那有所猜疑，便会到我这里来寻找安全感，这对我而言，不又是好处一桩吗？"

顾贵妃气得牙痒，俞惠妃这轻描淡写的几句话，却几乎葬送了她的一生。

她恨不得撕碎眼前那个哪怕跌落尘泥，仍旧扬扬得意的女人，但她素来注重仪态，便也只冷哼一声，又接着问道："那么给我诊出男脉的那个太医，也是你的人了？你要糊弄我便也罢了，又为何要将我得了男嗣这件事宣扬得满世皆知，到最后让我下不来台？"

俞惠妃脸上便有些嘚瑟："站得高，摔得才痛，所谓捧杀，便是如此。这后宫之内，裴皇后是生不出孩子的，你率先得孕，我若是不趁势阻止，将来还会有我的好日子过吗？你也得庆幸，你当时怀的是女儿，否则，你哪里还能安然无恙将孩子生下来？你的妹子淑妃，便就没有那么好运了！"

她冷笑起来："淑妃愚蠢，在宫里头做人就得隐忍低调，哪里有像她那样张扬的？宫里那么多女人，就只有皇上一个男人，哪个不想得一夜恩宠，哪个又不想母凭子贵？偏她一个人独霸皇宠，还率先怀了儿子，莫说是我，难道贵妃没有嫉妒过？"

顾贵妃眼中闪过难以置信的震惊，她知道俞惠妃手脚不干净，和淑妃的死脱不了干系，但是没有想到惠妃不只如此阴毒，还这般坦然自若地将这事说出，眉尖眼角没有一丝一毫的愧意，反倒当成了一种赫赫战功似的，在以如此炫耀的口吻说话，她双唇微颤，问道："裴皇后比你年轻好几岁，你都能怀孕生子，她怎么就生不得？"

俞惠妃的眼中便带了几分鄙夷："皇上心里膈应着裴皇后，一年之中仅有几夜是宿在坤宁殿的，你我时常受雨露恩宠，怀个孩子都那样艰难，何况是裴皇后？再说，她喜欢喝南疆送来的贡茶，那茶虽然滋阴养颜，但性却寒凉，常喝对子嗣不利的，她不懂，还以为那是什么好东西呢！"

她脸上忽然起了诡异笑容，压低声音说道："不过，这也是皇上的意思。我跟皇上说，元妃娘娘是因为裴皇后死的，若是裴皇后有了身孕，元妃娘娘定然死不瞑目，皇上心里愧疚记挂着元妃，哪里肯让裴皇后怀孕？他和皇后行房时计算着时日，又格外小心，裴皇后能得胎，那才叫奇怪了！"

顾贵妃张了张口，不知道该说些什么，随即她沉重地摇了摇头："你机关算尽，最后落得这步田地，看来确实是咎由自取，我原本还心有不安，现下却一点都没有了。"

她站起身来想要离开。

俞惠妃却急了："我以为你还会开口问元妃的事呢，你若想听，我便告诉你呀。"

顾贵妃摇了摇头："我想知道的，都已经知道了，至于元妃的事，你该跟我七妹说。"

她冲着屏风内喊了一声："七妹，我先走一步，你有什么话便与俞惠妃说吧，她若是知道她的荔儿还不曾死，想来定是会知无不言言无不尽的。"

俞惠妃猜得没有错，她怀里抱着的的确不是真正的荔儿，而只是一个布娃娃，她原本是想拿来去诈俞惠妃的，但没有想到，俞惠妃却有这等自知之明，能够勘破她的伎俩。

但有一点，惠妃却说错了，荔儿尚还不曾死，宗室原本打算就地处死这个孩子，但到底有违天和，周朝皇室血脉本来就稀薄，宗室长老怕因此更添罪孽，伤了子嗣运，是以没有人敢下这个手，最后商议下来，是将那孩子散入民间，令他自生自灭，那时这孩子的生死全由上天注定，便不再与他们有干系了。

俞惠妃闻言惊喜若狂又有些不可置信地抓住顾贵妃的手臂不断问："荔儿没有死？果真没有死？你没有骗我？"

明萱从屏风后出来，见到的正是这样一幅场景，她心里边不由自主涌起一阵厌恶，对一个母亲来说，孩子总是重要的，可俞惠妃的孩子重要，元妃的孩子难道不重要？便是淑妃，淑妃的儿子刚生出来就死了，浑身紫青，那可是足月的男胎，一条活生生的生命啊！只是因为碍了俞惠妃的路，便要让这条还未来得及睁眼看看这个世界的小生命，再也没有呼吸的机会。何其残忍！

她想着，身上便散发着肃杀的冷意，她沉声说道："惠妃拉着贵太妃有何用处？贵太妃的手上不过只是个布偶，但你孩子的下落，我却是知道的。你问贵太妃，倒不如来问我，不过你知道的，来问我之前，你得将我姐姐的事都告诉我，一五一十，一字一句都不许瞒着。"

俞惠妃沉静下来，抬头望向明萱："我若是说实话，你就能保证我的荔儿不死吗？"

明萱眼眸微垂："我能保证他不会被人害死。"

不会有人故意杀他，但是天灾人祸，有些事是避免不了的。

俞惠妃或许也知道如此，在长久的沉默之后，便开口说道："没错，元妃是我害死的。"

她陷入回忆之中："我与元妃差不多同时间入的九皇子府，我比她生得美，身段比她好，为人处世也更婉转圆滑，对夫君更加呵护照顾，论身份，我是国公的庶女，她却是侯爷的侄女，虽然是嫡出，那又如何？到底已经是旁枝了。可是她却是九皇子正妃，深得夫君的宠爱，人人都夸她贤惠有才。我表面对她恭敬，心里却是不服的！"

俞惠妃接着说道："后来，裴相和九皇子达成协定，事成之后，要让裴家的女儿做皇后，元妃虽然不大高兴，但到底是同意了，大约是我乖顺听话的缘故，他们谈话从来不避忌着我，因此在皇上登基之前，我倒将那计划听了个八九不离十。我想着，这件事未必不是一个机会，若是我能够一举铲除元妃，又让裴皇后和皇上心生嫌隙，将来后宫之中我便是那独一人了，只要我一举得男，中宫之主的位子，迟早是我的！"

她望了一眼明萱，脸上浮现出诡异的微笑："我没有想到，元妃竟然那样信任我，不论我说什么，她都信了。"

俞惠妃的脸上没有半分愧疚不安，有的只是得意张扬，她许是知道这辈子不可能再有翻身的机会，倒将所有的顾忌都抛开去，一心一意要将这桩她人生中的"丰功伟绩"说出来，好再得意最后一回。

她歪着嘴角说道："我说顾三老爷和夫人都死了，是皇上派的人秘密处决的，元妃信了；我说皇上拥着新皇后夜夜笙歌乐不思蜀，只见新人笑不闻旧人哭，她也信了；我说皇上派人围了永和宫，是想等着顾家的事处置完了，再发落她，她还是信了；我将堕胎药当成安胎药给她用，她喝了腹痛难忍，我说是因她思虑过度，这胎才怀得不稳，她竟然连怀疑都没有，全信了。"

明萱听着，只觉得浑身发冷，被最信任的人背叛是什么滋味，她虽然没有经历过，却可以想象得到。

被不在乎的人伤害，可以毫不在意地还击，若不愿意理会，连哧笑都不必给，因为不在乎，所以不在意，你不在意的人和事怎么能伤害到你？可是元妃却身受两重痛苦，她所爱的男人因为权势牺牲了她和她的家人，她一直以来信赖的女人，又以同样的原因欺骗算计她。倘若最后她临死之前想透了这一点，那该是何等地痛苦与绝望！

俞惠妃看到明萱表情痛苦，脸上的笑容越发浓郁了，她满不在乎地说道："皇上知道顾家三老爷和三夫人过世的消息，其实也很难过，摆明了这件事不简单，但他却只相信自己的判断，不愿意继续追查下去。说白了，一个掖庭宫女所出的孩子，就算生下来是皇子，却又能从哪里学到皇子的风范？哪怕后来君临天下，他心底也一直都改不了怯懦和自卑。"

她微微一顿，笑容里不知为何竟有了几分苦涩："心里自卑的人，一旦尝到了权势的滋味，就再也放不开了，没有底气的人，只有权势才能让他变得强大啊。所以皇上心里就算知道，怀疑，害怕，他也绝不可能会多做些什么的，因为他害怕任何微小的改变，会让他失去手中已经拥有的那些。原配发妻，道义天理，与他牢牢坐稳的那张五爪金龙宝座相比，算得了什么。"

越说到最后，她脸上的表情越发诡谲，在影影绰绰的亮光里，更显得狰狞。

明萱咬着牙问道："你是说，先皇一直都知道永和宫里发生了什么事？他一直都知道你对元妃做了什么？"

俞惠妃哧哧笑了起来："皇上是这座皇城的主人，连四海天下都是他的，若是他当真想要知道永和宫里发生了什么，又怎么会不知道呢？因为他不想知道，也害怕知道，所以就不知道罢了。至于我？我一向随元妃鞍前马后马首是瞻，元妃说什么我便做什么，我只有无条件地对元妃好，又怎会害她？在皇上眼里，我可一直都是最善解人意的呢。"

她昂了昂头，一副志得意满的模样："安平王妃难道不知道，这整个周宫所有的人都视元妃为禁忌，裴皇后绝口不提，顾贵妃假作不知，便是后来处处效仿元妃的淑妃也不敢公然提起元妃的名字，却唯独我俞惠妃能在皇上面前提她，皇上不只不生气，还觉得我念旧长情，因此也更信任宠爱我呢。"

明萱静默不语，良久才又说道："你错了，你做了什么，想必先皇一直都知道，正如你所说，先皇是后宫之主，能有什么事瞒得过他？他之所以越来越宠你，不过是因为和你一样，他也是害死我姐姐元妃的凶手，他若唾弃你，岂不是在唾弃他自己？他若要将你绳之以法，那必也要先行审判他自己。"

她徐徐立起身来，不再看俞惠妃一眼，低沉的嗓音清冷，像是冰冷的刀锋："你害死了我姐姐和她腹中未及出世的孩儿，我若容你继续活在这世上，怎么能对得起她的在天之灵？但我和你不同，我不会让自己的手沾满血腥，哪怕你是罪有应得，因为手上沾染了血迹，很难再洗干净了，我不想让你的血脏了我的手。"

俞惠妃本来以为她将什么都说了，明萱自然不肯放过她，她也已经作好了死去的准备，毕竟对于一个无力再作挣扎的人而言，也许死亡才是最好的解脱。但明萱说她不会杀她，倒是令她有几分错愕。

明萱眼眸低沉，嘴角泛起清冷的嘲讽："对于一个无路可走的人而言，前途一片死寂灰暗，没有希望，没有期盼，仿若置身牢笼，想逃逃不开，想冲冲不破，苟延残喘地活着，除了尚还留有一丝气息，只能称作行尸走肉。没有白天，白天将在无限的劳作中度过，也没有黑夜，每一个寂静的黑夜里，都会有曾经被你害过的人轮番入你梦中，他们展现死时的惨状，跟你诉说死后的哀怨，他们在你的梦里吞噬你的生命，撕裂你的身体，你活着，但仿若置身阿鼻地狱。那样活着，其实比死亡更加痛苦。惠妃，那样的生活，你喜欢吗？"

她轻轻一笑："就算不喜欢，你也躲不开了，因为，那就是你往后的人生。"

俞惠妃怔怔杵在那里，忽然耳边听到宫婢粗暴的嗓音："还不回去干活？想偷懒吗？"

她刚从明萱极具蛊惑的话语中回过神来，猛不丁背上遭了狠辣的一鞭，伤口火辣辣地疼，疼得她很快就忘记了方才的对话，她以为那不过只是安平王妃无力向自己报复后所作的诅咒，小孩子般的诅咒，她连天命都可违抗的，又怎么会害怕这些？便是当真会下地狱，那也是死后的事，这世间有谁是死后复生的人？阿鼻地狱到底有没有拔舌油锅之刑，天知道！

然而自那夜开始，俞惠妃果真夜夜噩梦，她清醒时眼前有白影飘飞，凄苦的愁怨烈鬼的哀鸣就在她耳边响起，她迷糊入眼时，有凄声的窃语，那些死在她手中的人果真一个个地来她梦中与她叙谈。她第一个贴身丫头冬菇，她的庶妹烟离，九皇子府时那位姓

李的侧夫人，永和宫元妃，她的嫡母，淑妃，和两个浑身是血的婴孩……

当不容于世，痛快地死去，的确是最轻的惩罚，苟延残喘地活在人间炼狱，受心魔折磨，远比死要艰难得多。

明萱扶着沉重的身体踏出永巷，跌落在一个温暖的怀抱之中。

裴静宸什么都没有问，什么也没有说，只是半抱着她上了宫车，马蹄嘶鸣，逐渐离那些浮乱尘烟远去。

南疆传来捷报，顾元景将临南府的叛军全部剿灭，不日他便将押送临南王府的嫡系二十口人上京听候处置。

明萱估算着时日，顾元景和黄衣回京的日子在九月初，恰好便是她临盆的产期。不论如何，顾家三房的冤屈和仇恨，都已经过去，那些缠绕着他们兄妹二人的家仇，从此以后便该翻页，忘记那些痛苦，才能迎来新的生活，从此以后她和顾元景都该只为了自己而活。而她腹中这个小生命，能在这种全新的氛围中降临人世，也未尝不是一种幸福。

在等待顾元景和黄衣的日子里，她将因为战祸而耽搁了的平安巷新宅重新打理了起来。

其间也陆陆续续听到不少消息，譬如在永巷的俞惠妃饱受噩梦折磨终于精神错乱，

太医勉力救治，但虚妄已入膏肓，她有时清醒，有时迷障，早已不知身在何处。

而宗亲府终于决定要将俞惠妃的荔儿送至清凉山的永雀洞，倘若那孩子历经七夜仍旧能活，便是与佛祖有缘，清凉寺的住持了因方丈会收他为徒，从此青灯古佛一生与红尘决裂，那孩子显是福薄了些，并未撑过第四夜，便永远埋骨在了清凉山。满朝文武或多或少都松了口气，宗室更是无事一身轻，这是天意，是佛祖旨谕，人怎么能拗得过天意呢？这便是这个孩子的命。

爱恨嗔痴苦，世间多少贪念，最后害了他人，也葬送了自己。俞惠妃机关算尽，不过只得噩梦一场，倘若她一开始便就知道会有这样的结局，不知她还会不会继续执迷不悟？但世间哪里有那么多如果，能像韩修那样得到重来一次的机会给自己的人生重新洗牌，那不过是老天万中无一的差错，世人多的是在后悔中无望死去，却始终莫能奈何。

而周朝权力场中，随着朝堂局势的重新洗牌，一些曾经叱咤风云的老牌世家相继坍塌，裴家风光不再，杨家陨落无声，定国公府灰飞烟灭。辅国公禄国公安国公三家，许是吸取了镇国公府和定国公府的教训，都不再似从前般张扬，致力于教导和培养优秀的子孙上头，各家侯府伯府亦低调了许多，遁走中庸之道，不再如从前般肆意在朝中为子孙经营官爵。

阴差阳错之下，先皇渴望已久的百花齐放格局竟在幼帝的新朝得以实现，有才华的寒门子弟在官场也有了一展身手的机会。祸乱之后的百废俱兴，令周朝进入了前所未有

的安定祥和。

然而，失脱的临南王世子，却始终是一个隐患，谁也不知道他在哪里，在做什么，想做什么……

时光荏苒，八月已入尾声，安平王府一片忙碌，人人都在准备着少主的降生。

明萱的产期是在九月初，但是按照惯例，这个日期不过只是大致估算而得，并不能确切代表着孩子一定会在这天降生，有的会提前数日，也有会延迟的。但不论如何，有了之前雪素的难产事例在前，整个安平王府已经进入了备战阶段，不论是裴静宸，还是丹红严嬷嬷，从孙太医处“学有小成”归来照顾明萱的小素，也都分外紧张。

甚至连仍处于犹豫纠结状态的圆慧，也因为牵挂这个孩子，而同意回到安平王府。

这样大的阵仗，倒让原本已经对生产这件事有了心理准备的明萱重新又紧张了起来，她拉着孙太医追问她此时身体的情况：“是不是我这胎哪里出了什么问题，否则王爷他们为何要如此担忧惧怕。孙太医，若当真有什么，您当对我直言，我不是那等经受不起风浪的女子，您提前告诉了我，我也好早作准备，便是实在性命堪忧，也总有个时间交代遗言，您说对吧？”

她问得这样诚挚严肃，倒让孙太医越发哭笑不得。

孙太医忍不住摇了摇头说道：“王妃的身子保养得很好，肚子里的孩子也十分健康，生产时不会有事的，老朽的这点判断您还不相信吗？王爷是因为关心则乱，有些太过谨小慎微了，这才显得特别紧张，但王妃您对自己身子的情形是清楚的，倘若真的有什么问题，难道还瞒得过您自己？”

小素也忙附和着说：“小主子的胎位很正，估摸着个头也不算顶大，生产时该是十分顺利的，您放心。”

她口里说着“您放心”，但是表情神态却都是一副“我不甚放心”的模样，让明萱也有些无奈起来，但孙太医的话，明萱却是听得进去的，她一颗被吊得老高的心，总算安然无恙地放了下来。

义正词严地与裴静宸说了一通，裴静宸那初为人父的紧张心态好歹也算有了个缓解，但安平王府却从那日起闭门谢客，小素便像个小尾巴似的，从此跟在明萱身后，连夜里也只睡在一门之隔的外厢。

但一直到了九月初一，明萱的肚子仍然没有动静，永宁侯府却送来了朱老夫人病危的消息。

管嬷嬷亲自来报的信：“临南王攻陷皇宫那会起，老夫人便有些不好，不过那时候情势紧张，家里人人自危，她便不让我们去烦侯爷，后来幼帝登基，奉命尊咱们家二小姐为皇太后，三小姐也封了贵太妃，总算是不幸之中的大幸，她老人家心中了却了一段

心事，精神却又好了起来，我们便都以为她好了，谁料到……”

她擦了擦眼角的泪滴：“自前些日子起，老夫人又不好了，起初只是迷迷糊糊精神不好，后来青天白日里便就说胡话，我只听着她说老侯爷来接她了，吓得赶紧唤醒她。有一回眼睑都青了，口中还吐了白沫，使劲掐了人中才缓过来的，太医来过后只摇头，说是年事高了，也算大限将至，开什么药都救不回来了，只能用上等的人参吊着，等人参也留不住了，也就算了。”

明萱眼中不由自主便湿了，朱老夫人是她失忆醒来之后，很长一段时间里得到的最大且唯一的温暖，倘若不是祖母的呵护，她小小的肩膀，恐怕很难可以支撑下来的。

旁的不说，在她的婚事上头，倘若不是祖母的努力，她大概除了嫁给建安侯梁琨外，再没有别的选择。倒不是说梁琨不好，后来事实证明，建安侯梁琨与世人交口相传的传言不符，他并不是暴虐残忍的男子，反倒是个谦谦君子，但到底不是自己心甘情愿的婚事，也与自己的价值取向不符。她能够嫁给裴静宸，祖母功不可没。

所以此刻，当听到朱老夫人病危的消息，她还是难以抑制地难过伤心了。

明萱哽咽着问道：“祖母既病了这许久，那为何先前不来报？”

管嬷嬷道：“老夫人也不是整日浑浑噩噩的，她每日里也有清醒的时候，您这又快要临盆的时候，她觉着自个儿还能挨上一阵，也不想在这种时候烦扰到孙女儿们。是以，她不准大伙儿将她身子不好的消息传出去，侯爷后来也说是这个道理，便就瞒了下来。”

她抽泣了几声：“但这两天实在是瞒不住了，太医说，老夫人也就这会儿儿的事了。”

明萱身子微震，对严嬷嬷说道：“嬷嬷去让人给我套马车。”

严嬷嬷有些犹疑：“您这随时都要生产的人了，依着嬷嬷的意思，还是安心在家待产吧，我和丹红替您去这一遭，老夫人她最心疼的就是您，您现在这种情形，她老人家必能够体谅的，若是您当真挺着个大肚子过去了，她心里恐怕更不好受。”

明萱摇了摇头：“莫说我现在肚子还没有什么感觉，便是当真有了，祖母的最后一面，我也是一定要见的，否则这辈子，我都于心不安。嬷嬷，别说了，去套马车，若是到得早了，说不定还能听到祖母跟我说说话，以后可再也没有了啊！”

严嬷嬷眼角泛酸，但脚步却仍在犹豫。

这时，裴静宸从外头走了进来，他温柔地拥住明萱的身子，柔声对着她说道：“长庚派人套好了马车，祖母的最后一面，我陪你去见。孙太医不方便与我们同行，但小素和稳婆却可以一路跟着，到时便算是有什么突发的状况，咱们也能够应付得来。”

他凑下头俯身在明萱肚子上低声说道：“宝宝，你可要乖一些！”

像是回应他的说话，明萱腹中的孩子有了反应，小小的拳头打在了腹壁之上，很清晰地跳动了一下。

安泰院里，世子夫人见明萱夫妇进来，略寒暄了几句，便让出了位置，她低声说道：

“祖母方才唤了七妹妹许久，恰好你来了，许是她老人家还有什么话想要对你说，快过去吧。”

内屋里，朱老夫人缓缓睁开眼睛，看到了明萱之后，便探出手来想要摸明萱的脸庞，明萱便将脸凑了过去，嗫嚅着唤了声：“祖母！”

许是回光返照的缘故，朱老夫人此时神志十分清楚，她语气微弱但却十分清晰地说道：“萱姐儿，你这孩子！我不让管嬷嬷知会你，是因为这几日正是你的产期，女人生孩子多苦多凶险，我生过四个自然知道，那是一只脚踏入了鬼门关，倘若有一个差池，便连命都要交代了的。管嬷嬷不懂事，连严嬷嬷也不懂事了吗？”

她勉强撑着身子起来，想要去找严嬷嬷。

明萱忙将她的身子放下，柔声说道：“祖母记错了，我的产期还有几日呢，现下好端端的，什么感觉都没有，哪里就能什么事都做不得了？祖母病了，我这个做孙女的，本该来伺候着的，因怀着孩子躲懒了，难道连来看看您都做不到了吗？那您这些年来，可都是白疼我了！”

她勉强笑了起来：“您瞧瞧我，脸色红润得很，所以您不要想太多。”

朱老夫人细细望了望她，便也心满意足起来，她点了点头说道：“看到你过得好，我便算是了结了一段心事，便是去了地下见到了你父亲母亲和蓉姐儿，也能对得住他们了。萱姐儿你不知道，这几日，我老觉得你祖父在看着我呢，从前我梦到他时他总是一脸不高兴，最近这几回再看到他时，他却总是一张笑脸。”

她也笑了起来：“想来是因为前些年家里的不顺，都已经过去了，你们这些孩子们，个个都过得不错的缘故，你祖父觉得我没有辜负他的寄托，这才亲自来迎我下去的吧。”

明萱听了这话，不知道为什么，鼻腔涌出一股剧烈的酸涩，冲得她直想落泪。

朱老夫人却忽然又凝了凝神，拉住明萱的手，郑重地说道：“萱姐儿，你若是过得不好，那件事祖母便就一句不提，但如今过得好，祖母便有一桩事要拜托你，那是祖母最后的心愿了，你一定要答应我。”

明萱不明所以，但却仍然啜泣着点了点头：“祖母您说，只要是孙女儿能做到的，一定无所不从。”

朱老夫人松了口气，眼神立时柔和了下来：“祖母一直都知道萱姐儿是个好孩子……我就知道你会答应我的。”

她顿了顿，目光飘向了远方：“想来你现在都知道了，你的父母和蓉姐儿的死，并不都是意外，其实祖母很久之前就都猜疑过了，你大伯父和大伯母，也都有所怀疑。只是人活在这个世上，每个人都有每个人的难处，身在家族之中，有时候为了阖家的利益，有些细枝末节，难免便不能太过计较。你大伯父并不是不疼爱你的父亲，倘若他没有手足之情，便不会将祖宗的丹书铁券奉上来保你父亲的平安，但事已至此，他就算怀疑猜

忌你父亲也回不来了，他身为一家之主，便只能以大局从长计议。所以，萱姐儿，你莫要怪你大伯父没有在你父母的事上出力，他也有他的难处！”

明萱微微一愣，祖母的意思是说，大伯父其实也一直都是知情者？

前尘往事，早已经风吹烟散。

明萱深深地呼出一口气，心里一片苦涩。

她想，即便知道了大伯父是当年的知情者，又能如何？就好像当初知晓大伯母与陆氏的死有关时，情感让她愤懑控诉，但理智却告诉她，大伯母只是被躲在幕后的真凶利用了而已，虽然可恶，却也不能将陆氏的死错咎于他人，最后，她也不过就是远远避开，不再见大伯母罢了。

祖母说得没有错，每个人的立场不同，看待事物的观点自然也不一样，大伯父或许也对兄弟的无辜被害痛心疾首，但事实已经如此，据理力争并不能改变什么，反而会触动皇帝的逆鳞，令整个顾氏陪葬。身为兄长，他或许有知情不举的罪责，但身为家主，他只不过是在为家族竭力止损然后谋求利益的最大化罢了。

虽然可恶，但到底也不能过分苛责。

只不过，明萱很确信，在祖母过世之后，这个冷漠而不够温情的永宁侯府将成为她漫长人生里的一段短暂回忆，她以后不会再将这里当成是避风港或者背后坚实的倚靠。

娘家？她的娘家是顾元景的平安巷，不是这里。

她这样想着，波澜涌动的眼眸逐渐平静下来，半晌嘴角弯出一道清浅微笑：“祖母放心，我不会怪大伯父的。”

朱老夫人的眼角流下一行清泪，她嗫嚅地道了声好，便似了无牵挂般阖眼睡了过去。

明萱心里一紧，忙宣了太医进来，所幸朱老夫人只是气力不济昏厥了过去，并没有驾鹤西游，她这才松了口气。

过不多久，世子夫人便来劝明萱回去：“七妹对祖母一片孝心，想着要来送祖母最后一程，这本是为人子孙应尽的本分，但你身子沉重，又是将产之身，却是该避一避病气的。却不说祖母心里不安，阖府上下的人跟着惶恐，便说你肚子里的孩子，也总该让他在安适的家里生下来，可对？”

如今明萱是正一品的安平王妃，她腹中的孩子不论男女出生便会有封号，事关皇室体统，不是可以等闲视之的。

莫说朱老夫人如今正在弥留之际，讲究些的人家怕过了病气，晦着了腹中的孩子，说出去总也不大好听，即便是朱老夫人还能撑上几日，府里可再没有漱玉阁空出来可以让明萱歇着了的。再说，世人若非万不得已，哪里肯让孩子生在了别人家里？便是明萱愿意，永宁侯里没有个准备，到时候手忙脚乱的，又要忙朱老夫人又要忙她，到底该怎么个章程？倘若顺顺利利倒好，若是出了个三长两短，那可算是怎么回事。

永宁侯府如今没有从前风光，再也经不起任何的风浪了。

是以，世子夫人蔡氏虽然没有明说，其实便是送客的意思。

明萱哪里能不懂。她也理解世子夫人的顾虑，便叹了口气，立起身来："大嫂说得对，我身子不方便，在这里帮不了祖母什么，却反而只能添乱。既然我已经赶得来与祖母说过了话，也答应了她的心愿，想来也不算遗憾了。我这便收拾收拾，回去等候消息。"

她转身对着丹红说道："去前堂知会王爷一声，便说我要回去了，在二门处等他。"

裴静宸见过了朱老夫人之后，便被世子元昊请到了前堂说话。

严嬷嬷抹了把眼泪向明萱说道："既这样，王妃便与丹红小素她们回王府去，我留在这里陪着老夫人。说起来，我自小就是在老夫人跟前的人，跟着她老人家大半辈子了，临到老了她才将我给了王妃，如今她眼见着就要仙去了，我若不陪着她送她最后一程，心里有些不安。再者说，我是王妃的贴身嬷嬷，您身子不方便，便该有我在这里守着的，也算是替您尽个孝。"

她又望了早已经没有任何知觉的朱老夫人一眼，语气坚决地说："王妃，便就这样定了吧！"

安平王府为了明萱的生产早已经作了充足的准备，万一明萱突然发作，有那么多人在，缺她一个也不要紧。 267

可是老夫人这里能一直守着的却只有管嬷嬷等几个老人，正如她所说的，她这一辈子都在老夫人跟前，临到老了，老夫人还为了她的前程，将她送到了七小姐身边去，虽说也有过凶险的时候，但七小姐不仅信任她倚重她，如今在安平王府更是事事都由她做主，这份体面可都是老夫人替她筹谋而来，因此，她总想着在老夫人面前也能够尽最后一份心力。

严嬷嬷有情有义，明萱哪里会说不好。

她重重捏了捏严嬷嬷的手说："那祖母这里，便都拜托给嬷嬷了。"

世子夫人亲自陪了明萱上了软轿，一直坐到二门处，将她送上了马车，这时有个丫头步履匆忙地过来请她，说是前堂不知道发生了何事，要她赶紧过去处置，世子夫人无法，便只好与明萱道了恼，急匆匆地离开了。

又过了一会儿，有个眼生的丫头到了近前问道："请问车里坐着的是七姑奶奶吗？奴婢叫作焦琴，在五爷那当差，我们爷说他那儿有一些物件要给您，是陇西的表小姐派人送来的礼物，他现下正在清平堂和侯爷世子爷以及七姑爷说话，抽不开身，想请七姑奶奶派几个婆子过去拿一拿。"

那丫头顿了顿，又补充了一句："有好几个箱子，分量都不轻，我们院子里人手不够，我和几个小丫头拿不了。"

陇西的表小姐，说的便是李琳玥。

明萱想着，许是琳玥知道她怀了身子，所以给元昱寄东西的时候，顺便也给她捎了些小玩物，便笑着点头说好，因为身边跟着的多是身强力壮的稳婆，又想着自己肚子没有任何感觉，想来一时半会是不会生的，便指了那几个婆子说道："烦请几位跟这位焦琴姑娘过去一趟。"

那几个稳婆如今都是安平王府的人了，不过只是去搬几个箱子，又挂念着这差事定然是有好处的，哪里会说不好。又见这里是永宁侯府上的二门，来往出入的都是顾家的丫头小厮，当不会有人惊到了王妃才是，便都爽快地下了马车，跟着那叫焦琴的丫头离开了。

这些婆子一走，偌大的二门处，除了管车的小厮，便只剩下明萱和小素，还有赶车的长戎了。

明萱久等裴静宸不来，时候久了，便觉得有些困，她扶着小素的肩头低声说道："让我靠一下，我眯一会儿，若是王爷来了，也不用叫醒我，等到了王府再说。"

小素跟着孙太医有针对性地学过产科，知道临产的妇人因为怀胎月份比较大，常会觉得困倦，如今又正是秋老虎厉害的时候，天气尚未凉下来，正值午后，便越发容易疲乏，便忙道："王妃睡吧。"

明萱便安心地闭了眼，不久便入了梦中。

她之前也常常做梦，但从来都没有这一回梦得那样惊险，像是遭遇了一回神仙打架，一会儿抛入空中仿若置身仙境，一会儿又坠入地底浑身发凉，身后不断有凶猛的老虎咧着血盆大口想要将她拆骨入腹，好不容易逃过危机，却又发现身前凭空置下湍流，想跨跨不过，想绕绕不开，想退后面的猛兽步步紧逼早就已经避无可避。

正在万分惊险之时，明萱猛然从噩梦中惊醒。

她满身虚汗，正要扶着小素将瘫软下来的身子撑起时，愕然惊觉马车竟是在一路飞驰的，而小素却被捆绑住了双手，口中塞入了布团，眼里含泪满面着急地望着她，冲着她哼哼唧唧。

明萱大惊失色，立刻想到自己和小素这该是遭人绑架了！

她方才迷迷糊糊入睡之前，是在永宁侯府的二门等裴静宸的，倘若有人以强力夺车，那么她哪怕是睡得再沉，也不能分毫未觉，这便足以说明，这马车是安安稳稳顺利地驶出了永宁侯顾家的。

可这便就对不上了，裴静宸未来，那些去元昱院子里取物件的婆子也不曾回来，没有自己的命令，长戎是不可能轻易将车赶出去的，可若不是长戎，那便该是旁人在二门上将长戎撂倒之后，再行的事。但且不说长戎的身手可靠，倒是有何人能够混进永宁侯府，又在众目睽睽之下，能将长戎换下，把车赶走，而不引起侯府门子的注意？

倘若真有，那人简直太神通广大了。

明萱的目光忽地一顿，想到了那个自称焦琴的丫头来……

她忧心忡忡，偶然垂头赫然发觉自己此时的处境也比小素好不了多少，她的双手被缚，透过偶然被风掀开的车帘，也只能看到极小的一角风景。但这一点点视野所见到的内容，已经足够令她惊心，那是一座密林，几次掀开的车帘，外面皆是茂密的丛林，可见这座林子并不小，也许还很深，而这马车此刻没有停在永宁侯府的二门，也没有奔驰在盛京内城的街道，而是身处不知名的密林之中！

明萱不知道她到底睡了多久，所以无法推测她们离开永宁侯府二门的距离有多远，只是外面的天色依旧敞亮，依着这点来判断，想来也不过就是一个时辰的事。

她心里想着，盛京城四郊皆有茂密的森林，形状也都颇为相似，她出门的次数少，并不能以这零星的所见判断如今是在往哪个方向而行，可想来尚还未出盛京地界的，因为南至通州，西至安州，东至兖州，北至容州，一旦过了地界，便都不是如今这个地貌了。

那么，缘由呢？如此精心布局的一场设计，需要每一个环节都十分精确，只要某一处出了差错，这场绑架便不能成行，费了那么大的力气来绑架自己这个将产的孕妇，若不是有深仇大恨，实在说不过去。可她顾明萱不过只是深闺妇人，能和谁结下深仇大怨？

便是裴静宸，也没有那样丧心病狂的仇敌。杨氏和裴静宵仍赖在镇国公府不走，韩修亦不会做这样无聊之举，定国公府被发配的男丁恐怕也没有这样大的本事，能够到永宁侯府去抢人的。

这是要去哪？劫持自己和小素的，又是谁？

第 66 章　谈判·忧惧·人质

也不知道过了多久，马车终于停了下来。

明萱看到车帘被掀开，一个满身带着杀气的蒙面黑衣男子执着锋利的匕首将小素拽下了马车，她见那人手上动作不轻，生怕会伤及自己腹中的孩子，便忙强作镇定开口说道："你将我手上的绳子解开，我自己下去！"

她顿了顿，似是看出了黑衣男子的犹豫和诧异，又急急补充了一句："我身子沉重，不会跑的，就算我跑，也跑不了多远。上天有好生之德，我肚里的孩子即将临盆，说不得我和他还是你主子手上的筹码，弄伤了我的孩子，对你们没有任何好处。所以放开我，我自己会下去的。"

事到此时，她心里隐约猜到了绑架自己的人，应该便是在逃的临南王世子，虽然不知道他处心积虑绑自己这后宅妇人作甚，但路远迢迢，他既要费这个心力绑了自己来，自然有他的用意。

那男子略带几分惊诧地看了明萱一眼，回头对着车外用方言问了几句，似是得到了肯定的回复，倒果真将缚住她双手的绳子松开，让她自己下了马车。

明萱略有几分艰难地扶着肚子下了车，看到身处在一座再寻常不过的农家小院落，一并三间矮房，也设了东西两厢，院子里空落落的，除了堆积的柴火，并没有别的什么。单看四周的景色，她分辨不出所在的位置，也辨别不清她和小素到底身处哪个方向，不过有一点她却可以肯定，对方并不十分惧怕她记住这个地方，因为一路之上，他们并没有用布条蒙上她和小素的双眼。

要么是足够自信不会有人找到这里来，要么就是已经不在意这些了。

正行走间，一个身材异常高大的男子矮着身子从屋子里出来，他肤色黝黑，显得十分孔武强壮，望着明萱的眼神犀利而充满着复杂的仇恨，良久，似是竭力隐忍之后，方才沉声开口："安平王妃别来无恙。"

正是临南王世子周渊。

明萱心内的猜测得到了证实，便有各种念头电光石火间闪过，她暗自思忖着，临南王谋逆一事早就已经尘埃落定，除了周渊以替身逃脱在外，其他的叛党没有一条漏网之鱼，本来就师出无名，又几乎被全部歼灭，街上的妇孺都知晓这件事绝不可能再有转圜，倘若她是周渊，便去找一个深山老林远远地躲起来，再不会去想什么报仇雪恨。

可周渊却没有这样做，他费尽心力绑架了她，显然也并不打算默默地撕票，而是想用她来换取什么。

换取什么呢？

明萱瞥见周渊眼神里压抑的情绪里，竟带着一股焦躁和担忧，心中一动，想到顾元景信中所言近日会押解南疆临南王府的人回京，估算着日子，想来也已经在半途，说不定已经到了通州地界，是了，能让周渊这样焦躁和担忧的，恐怕除了家人外，再无其他。

当初裴静宸赐封安平王，她也曾读过周朝皇室的宗谱，记得临南王生有四子，世子周渊是原配嫡出，娶的世子妃是临南府的世家大族甑家的女儿，成婚数载，只生了一个女儿，年方五岁，先帝时为了笼络临南王，还曾破格降旨赐了她一个凤阳郡主的封号，除此之外，倒不曾听说临南王世子尚还有别的子嗣。

那么，周渊劫持自己的目的，难道是为了凤阳？

明萱的心略松了口气，倘若果真如此，那么自己暂时是不会有危险的了，她想着，便轻声回答："世子别来无恙。"

她扶着沉重的腰肢，抬起手臂用袖口擦了擦汗珠，微笑着说道："世子费这样大周折请我来此，想来是有事相商，俗话说来者是为客，我身子沉重站不得久，外头日头又毒，世子不请我进去坐一会儿吗？还有我的侍女，也烦请世子令人将她放开，我在这里，她不会跑的。”

周渊微微一怔，似是没有料到明萱会那样镇静，但那怔忪也不过只是转瞬，他的脸色很快便恢复了阴沉，他一言不发，作了个请的姿势，让了明萱进去，又示意那黑衣蒙面的男子给小素松绑。

农屋低矮，有些压抑，但能避开了炎日的暑气，又靠着墙坐着歇了，也算要比方才好过许多。明萱扶着身子，转头看到小素初始时有些惧怕，后来倒也镇定了下来，心中宽慰，便又觉得生的机会多了几分，她几不可察地捏了捏小素的手心，冲着她安抚一笑，示意少安毋躁。

她心里很清楚，作为周渊手上的人质，她虽然暂时没有危险，但这份安全是没有保障的，如果是在平素，只有她和小素两个人，那么想个法子保全自己，兴许还没有那么难。但如今她临产在即，腹中的孩子随时都可能降生，弱小的新生命脆弱，她要保护孩子安然无恙，或许要多动一些脑筋。

然而，不论她要怎么做，前提是必须足够冷静，徐徐图之恐怕更适合眼下的处境。

有时候，敌我商谈，拼的就是一个耐性，谁更能沉得住气，谁就掌握了主动权。

果然，周渊武将出身，纵胸有鸿堑，到底投鼠忌器，耐心便差了一些。他见明萱气定神闲地靠着休息，既不哀求痛哭，也不求饶诘问，心里一时便有些忐忑，因忌讳着明萱处之泰然的背后另有玄机，他的心情便也急躁了起来，虽勉力掩盖，但到底语气里能得窥一二：“安平王妃不怕我？”

他目光一沉：“我父王死在了安平王的手上，麾下勇士也被安平王一举歼灭，你我之间拥有此等深仇大恨，难道王妃当真以为我请你过来，只是叙话闲聊？你便不怕我借你出气，为我父王报仇吗？”

明萱转过脸去，微微笑了起来：“我虽然没有去过南疆，但世子的威名却时常有所耳闻，世子仁勇威猛，是大将之才，即便是当真要为临南王复仇，也会正大光明地杀进安和门，又岂会为难我区区后宅妇人？我相信世子不会对我一个手无缚鸡之力的孕妇出气的。”

她话锋一转：“再说，临南王谋反，这谋逆之罪，可不是什么义举，上愧对天地祖宗，下有扰百姓安宁，我夫君不过只是替天行道，保驾勤王罢了，不过朝政之上的立场不同，哪里说得上是仇恨？若当真论起来，从南疆杀进盛京城的可是临南王和世子，人都打进家里来了，难道还不许反抗吗？这又是哪门子的道理。既无深仇大恨，想来世子也不是非要置我于死地不可的。”

明萱脸上笑意更浓：“再说，我和我腹中的孩子若是有个三长两短，我夫君定是不

肯依的，他那个人素来笃信以牙还牙，世子的结发妻子可还被关押在盛京城的刑部大牢呢。我哥哥的脾气也不甚好，虽说押解临南王的家眷还京，可南疆到盛京天长路远，途中难免有些个闪失，大人尚可，年纪小的孩子却未必承受得住……”

她并不是那等可以随意拿人家眷来威胁的人，但此时她在周渊手中，少不得也要借此来敲打一下他：“所以，我十分相信，世子不会让我和腹中的孩子受一丁半点的伤害，否则，世子费那么大的周折请我到此的用心，便就付诸东流了。世子，你说我想的对也不对？”

周渊脸色沉郁，半天吐出一句：“好一个牙尖嘴利的女人，很好，你很好。”

明萱这便又笃定了自己的猜测没有错，世子妃关押在刑部大牢，里外三层看守，防的就是周渊夺人，哪怕周渊有从永宁侯府掳走自己的本事，但重戎把守的刑部大牢，却不是他轻易可以闯入的，是以他才会改道，将自己掳来也不过为了和顾元景正面交锋的时候，有个交换凤阳的筹码。

她不禁轻抚腹部，暗自说道：“宝宝，你可要坚强一些，再熬个两日，你爹爹和舅舅便该能够找到我们了，在这之前，可千万不要发作，不然这荒郊野外的，又是如此处境，我们两个可都……”

裴静宸此时应该已经发现了她的失踪，她信任他的能力，笃定他可以找到她。而从南疆而来的顾元景这会儿，也该已到了通州地界，极有可能会途经此地，以路程推算，顶多也就是两日光景。所以，她只要平安无事地熬过这两日，那么她和宝宝的生命安全都便大有转机。

既已经决定要实行“拖”字诀，那么当前首要任务便是不与周渊发生任何言语冲突，她要极尽所能地淡化周渊身上的戾气，避免一切可能会造成她和宝宝伤害的对答，安静地等待着曙光的到来。

想及此，明萱抬起头来，目光真诚地开口：“说起来，如今已过了晌午，我和侍女久未进食，腹中有些饥饿呢，能不能请世子替我们寻些食物来？”

话已经说到那步田地，周渊心里也很清楚，倘若明萱在他手上受了伤，不仅他无望赎回自己的女儿，连在盛京刑部大牢里的世子妃都无法保住，本来一心一意以为占据了主动，谁料到遇到的对手竟然提前一步窥破他的心机，让他反过来处处受制于人。

他心里感到憋屈，但事到如今，却也无可奈何，为了能够顺利地换回凤阳，他只能被牵着鼻子走。

周渊令人去简单弄了些农家小菜送过来，随意吃了两口，便扔下筷子，见明萱一丝惧意都无，将那些粗糙的农家饭吃得喷香，心中便更加烦闷了。他不是没有见过怀孕的女人，世子妃在怀凤阳的时候反应大，几乎是吐到生产的，因此胃口一直都不大好，整日躺在屋子里，连房门都甚少出的。

可眼前这位安平王妃，分明挺着这样大肚子，可从盛京内城至此通州府的山郊，一路马车疾驰了大半日光景，她却丝毫不见疲态，仍旧有余力与自己斗智，连吃饭都吃得那么香，这绝非寻常内宅妇人的行止……忍了许久，他终于沉不住气开口：“你说产期将近，是在哪几天？”

明萱吞着饭菜含含糊糊说道：“太医说是月初，便该就是这两天。”

身为一名临产在即的孕妇，孕晚期的症状在她身上体现得淋漓尽致，她不仅嗜睡，还特别容易饿，在安平王府时，裴静宸伺候得好，一日是要进五餐的。可今晨知晓朱老夫人病危，她只匆忙用了两口面点便就出了门，后来到了永宁侯府见了祖母那副形状，哪里有吃得下东西的心思。马车上倒是放了几块点心，但她一路过来可都是处于昏睡中的，没有机会吃它。

所以在最初的紧张过去之后，一阵排山倒海的饥饿感扑面而来，在人饥肠辘辘的时候，便是粗茶淡饭也是好吃的，更何况这些农家饭菜，她许久未吃，颇觉新鲜，因此胃口大开，吃得不少也就不奇怪了。

周渊面上一惊：“这几日？”

他知道安平王妃有孕在身，但却哪里知道她何时生产？费尽心力掳她来此，不过是为了要威胁顾元景将凤阳换回来，他其实并没有打算要伤害一个女流之辈的。可不曾想到，她却是待产之身，倘若在顾元景途经此地前她就要生了，荒郊野岭，既无稳婆，又无医正，若是有个三长两短，那这番周折岂非白费！还要搭上凤阳的安危！

明萱瞥了他一眼，满脸无辜地说道：“世子难道不知道？我去永宁侯府见祖母，可是带了四个稳婆，六个有经验的婆子，并两名医正的。世子既然派了个小丫头将那些人调开，我还以为你是知晓的呢！”

她放下手中碗筷，认真地望着周渊说道：“女人生孩子，便如同一脚踏入了鬼门关，哪怕做好了万全的准备，也总能听到有一尸两命的悲剧。世子，您费尽周章请我过来，想来是不会令我和孩子死在这荒郊野岭的，那么，还要烦请世子想法子去请个稳婆过来，令人现在就将温水烧上，准备好干净的褥子，啊，以防万一，再去准备一些烈酒和剪刀。”

周渊脸色越发晦暗莫测，他垂着头目光不定，也不知道在想些什么。

明萱心下便有些不稳，想了想柔声说道：“俗话说为母则强，不瞒世子，哪怕明知现下处境如此微妙，但我却一刻都没有将后果往坏了去想，我怕死，怕我的孩子来不及出世，怕受伤，怕我的孩子因此会有不足。我还不曾与我的孩子见面，便有这样的感受，想来父母的心思相类，世子对凤阳郡主的心也是一样。”

她眼波微动：“所以，我刚才所说的话不是请求，是世子必须要做到的事。因为你我都很清楚，倘若我有个三长两短，世子所求必当失败，且后果要远比世子什么都不做

要糟糕得多。而你若是能保我和我孩儿的平安，旁的我一个后宅妇人做不得主，可让犯了罪责的叛臣女眷日子稍微好过一些，这点却是可以做到的，郡主你若能带走自然最好，可世子妃那总还需要有个照拂的人。世子，你说对吗？”

自己被人在堂堂永宁侯府的二门连人带车掳了走，虽说未必没有永宁侯府管理松散的缘由，但周渊的能量却依旧不可小觑，光冲着这一点，大长公主和幼帝以及朝臣都不会放过周渊。周渊手下残兵败将，显然要逃脱追捕已经十分艰难，哪里还有余力去对抗朝廷？想要东山再起，那简直是痴人说梦！

便是凤阳如他所愿跟了他走，那也不过只能亡命天涯，但世子妃却是一生都要在牢狱之中度过了。

罪臣的家眷最后的结局悲惨，按照家主所犯的罪责，有的如世子妃一般受无尽的牢狱之苦，有的则发配为官奴，另有那等年轻漂亮的小姐，也常被罚入教坊从此过着以色事人迎来送往的官妓生活。贞洁烈女，在此时并不适合，绝大多数的人最后会选择服从，因为牵一发而动全身，她们尚还有别的家人需要顾及，所以连死都不能够自己决定，这样的凄惨下场，其实远不如事主当场被斩首来得痛快。

明萱无力改变这规则，但以她如今的身份，却可以令世子妃在牢狱之中的生活过得好一些，免去她在狱中为人欺辱，可以吃到温热的饭食睡着柔软的被褥。便是将来周渊被擒，凤阳郡主回了盛京，她也能护她不至于沦落到勾栏院里。

这已经不是之前含蓄的暗示，而是明明白白的摊牌。

周渊面上闪过各种复杂的神色，咬牙切齿地说道：“世子妃性子贞烈，不会随你们摆布的，至于凤阳，这孩子像我，宁肯玉碎不为瓦全，绝不肯过苟延残喘的生活！”

明萱扑哧一笑：“既然如此，世子还绑我来做什么？反正世子妃贞烈，凤阳也宁死不屈。”

她目光微冷，凉凉地说道：“是人都惜命，尤其是心有牵挂之人，莫说刑部大牢看管世子妃的女监受了特旨，不会让世子妃找到任何一个自尽的机会，便是有，她心里记挂着世子和凤阳，恐怕也不会轻易了断自己的性命。凤阳虽小，到底已经懂事，世子焉知你的心意便是她的心意？其实这些世子心里都明白，否则你又何必掳我？既然如此，世子又何必嘴硬呢？我愿意与你合作，到时替你将凤阳郡主换来，你我皆大欢喜，一拍即合，但这般配合，皆是为了我腹中的孩儿，倘若你连我这点要求都不能做到，那我便可视世子其实是存了心思绝不让我和孩子活着，既然早晚都是一个死字，那么您这场戏啊，恕我绝不奉陪！要杀要剐，悉听尊便了。”

她看出了世子的心虚，知道现在不是退让的时候，她越强硬，所提的要求便越能够得到满足，而投鼠忌器，周渊不会主动来伤害她，她才能最大程度保证自己和孩子的安全。

良久，周渊终于沉沉叹了口气：“安平王妃都需要什么，我让人去准备。”

小素飞快地报出一长串需要的物件，周渊虽然脸色不好，却也都令手下照着办了。

等到入夜，明萱和小素住了西厢，屋外至少有三五个黑衣人把守，小院门口也埋伏了几个守卫，看起来都是临南王府的暗卫之流，不仅行动果速，不大说话，身手也不普通，将她们两个看守得相当严密，简直是一只苍蝇也飞不出去。

但好在男女有别，屋子外面严密布防，屋子里头却只有明萱和小素两人，总算有了个可以说话的机会。

月光照射进来，明萱能够模模糊糊地看到小素紧皱着眉头，她柔声安慰道："别怕，最晚后日清晨，咱们便能够得救的，你要相信不管是舅爷先来还是王爷先到，他们都决不会让我们受伤。"

小素摇了摇头："我不是怕死，说实话我一个婢女，若是能为了王妃死了，倒还算是我的福分。反正我老子娘都没了，只有一个兄弟，在南郊庄子上被照顾得很好，我也不怕他以后日子不好过。我怕的是王妃您肚里的小主子！师父说，您的产期是在九月初二，但大部分的产妇都会提先这个日子十天八天生产，越是日子往后靠，腹中的孩子个头也就越大，到时候很容易难产……"

她目光里不知道何时闪出盈盈泪花："若是在王府，那还好办，师父也说了到您临盆那日，他会过来坐镇指导，我小素想尽法子，也都不会让您和小主子有什么闪失的。可是，这里荒郊野外的，连烧个热水都要费那么多事……我怕……"

明萱先是一愣，随即想到，以往也有听人说起过了产期的孩子多半都是个头太大，京中曾听说有官眷就是这样生了个八斤重的大胖儿子，可真是九死一生！

她深深地忧虑了……

因为怀了心事，这一夜到底便睡不大沉，明萱辗转反侧了一夜，终究只能将希望寄托于等待。

正当她昏昏沉沉有些困意的时候，忽然一阵喧哗将她惊醒，薄薄的门扉外头，一个低沉的声音略有些急切地叫她们起来，她心里一怔，随即便是一喜，周渊素来沉稳，能让他这样乱了阵脚的事，倘若不是顾元景押着临南王府的人正要经过此地，便是裴静宸找了来。但不论是哪一件，都是她能平安脱困的机会。

她忙应声说好，便在小素的搀扶下弓着身子出了厢房。

天际尚未大亮，朝霭微沉，四野一片浅淡的天青色，这座寻常的农家小院里，不知道何时立了一院身着黑衣脸上蒙着黑布巾的人，明萱见他们手上都带着兵器，便更觉得自己的猜测是对的，她心里燃起生的希望，但同时却也更加谨慎，不愿意让情绪流露在面上分毫。

周渊见只过了一夜，昨日还那样镇定淡然没事人一样的安平王妃脸上便布满了颓色，她黑眼圈深重，显然昨夜睡得并不好，可见她也并不是表现得那样无畏无惧，不过

只是比寻常的妇人略大胆一些罢了。

他这样想着，便又觉得换取凤阳的机会大了一些，沉着脸低声对着明萱喝道："再有一刻钟，顾元景便会押着临南王府的人途经这里，其他人的死活我并不在意，我只要凤阳平安无事地回到我身边。如你昨日所言，我的夙愿达成，你和你腹中的孩子自然也不会有事，但若是顾元景不将你这个妹妹放在心上，那么……"

他眼中闪过决绝的狠辣，语气里像是带着刀锋："不过一个死字罢了，我和凤阳临死前能够有安平王妃陪葬，倒也不算太亏。"

明萱目光微讶，心想看来临南王世子是真的准备要拿自己的性命来救凤阳了。

说句实话，周渊对凤阳一片拳拳爱女之心，她是敬佩和感动的。其实，他已经从旋涡之中逃脱，若肯隐姓埋名地生活，周朝之大，总有能够容身之处的，只要他不再联络旧部妄图东山再起，真心甘愿当一个平凡的普通人，朝廷纵有挖地三尺亦要将他搜寻出来的心，也未必就真能找得到他。

但他这回不惜代价擒了自己来，大动干戈地要换回自己的女儿，不论是裴静宸还是顾元景，甚至连永宁侯都决不会放过他了。他在永宁侯府安插了棋子暴露，这便是线索，顺藤摸瓜，抽丝剥茧，总能让人得到更多的信息，而得到的消息越多，他纵然想要隐姓埋名，也便成了一件不可能的事了。

倘若是冷心绝情的父亲，必不会为此背上巨大的风险。

但，她心里的情绪也不过仅此如此，对周渊她仍然饱持愤懑。没有人能够对威胁自己和腹中孩子生命的人，可以做到真正地毫无芥蒂，她可怜周渊和凤阳的父女感情，不过只是身为人母的感同身受，这不代表她愿意原谅他！

她垂了垂眼眸，低声回了句："我也愿世子父女团聚。"

这话说得模棱两可，但周渊到底心思没有那么细密，并没有细细咀嚼她话里的意思，他沉声说道："你知趣就好。"

正这时，忽有人来报："押送王府家眷的车队来了，距此不过三四里路。凤阳郡主就在中间第五辆车里，郡主安好，除了瘦了些，并没有受到伤害。世子，咱们的人已经围堵在了下马坡口，接下来该如何，全凭您的吩咐！"

周渊回头瞥视了眼明萱，低声问道："顾元景带了多少人马？"

那人急忙回道："除却押送囚车的人，精兵五百约莫是有的。但那些人身上都多少挂了点彩，一路从南疆而来，身心也都疲乏得紧，咱们的人虽然少了一些，却未必不能一搏！"

他顿了顿："敌明我暗，咱们手里又有安平王妃这张牌，想来定能将郡主安然无恙地接回来！"

周渊心里苦笑了一阵，他金蝉脱壳逃出盛京，手上的人马不过七八十人，与五百精兵相比而言，犹如萤火之于星月。顾元景的兵士一路奔波辛苦疲乏，自己手下这七八十人难道就龙精虎猛了吗？遭遇败势，死里逃生，即将面对的是无止境的逃亡，士气其实远不如顾元景的人。

但，即便如此，他也是要硬着头皮一战的。他的凤阳，绝不能入京受那些苦楚和罪孽，哪怕一辈子都跟着他在逃亡的路上，也绝不能让她成为别人手下的玩物！

他眼神一冷，便命人将明萱和小素的嘴堵上，又将她二人的双手缚住，因生怕弄伤了明萱催得她突然临产，也不敢绑得太紧，只是松松地耷拉着，他沉声吩咐道："势成水火，必有一拼，将安平王妃押上，在没有换回凤阳之前，小心相待，不要让她受伤。顾元景，我倒是要会一会儿他！"

不由分说，明萱和小素便被两个黑衣人押着上了板车，不一会儿停在了一个坡口，四下并无人声，但是明萱心里很清楚，恐怕四处都有周渊的人埋伏着，她被人推搡着来至一个柴堆旁，徐徐靠着坐在了地上，听那人语气生硬地警告："世子只说在换回郡主之前不得伤你，但若是你自己不配合，磕到了碰到了哪里，却是不关我们的事的。"

这便是赤裸裸的威胁了。

明萱哭笑不得，心中想着她如今身子被缚住，都动弹不得，口中又有东西塞住，也不能发声，哪里还能不配合。

过不多久，一阵马蹄声响，不远处响起了不小的动静，有熙攘的人声。可惜她隔得并不太近，因此听不清他们说了些什么，只片刻之后，便听得耳边忽然响起刺耳的兵刃相交的声音，先是经历了一场持续时间不短的恶战，乒乒乓乓，听得人心里发慌，她正寻思着周渊为何不立即将她推出来做筹码，却反而要先与顾元景战上一场，这当真有些奇怪。

这时，却忽然她整个身子被猛地提了起来，只觉得肚子猛烈地一抽，然后便是一阵深痛战栗，倒像是阵痛的样子，心里不免发了慌，她万分惊怕地想着，肚子里的孩子不会这样没有眼力见，在这样的当口要出来凑热闹吧？

周渊冷笑着扯下明萱口中的布巾说道："顾元景，你瞧瞧她是谁？"

明萱只觉得背上一痛，知晓是黑衣人逼迫着要她开口，她腹中疼痛好似要将身子的骨架都拆散，正是难受的时刻，想着反正总是要为难顾元景这一回了，也不再控制自己的情绪，万分委屈地唤了声："哥哥，我好像……我好像要生了！"

她声音里带着委屈，甚至还有一丝绝望。

腹部的痛像是要将她的骨头都拆开来一样，每一次来袭都让她牙关发紧，她甚至感觉到下身有一些湿漉漉的，也不知道是羊水破了还是见了红。她的肚子那么大，腹中这个孩子又比预产期迟了几日，恐怕个头不小，这荒山野岭的，当真是连个热水也没有，又是这样紧急的两军对峙时刻，倘若这孩子非要此时落地，恐怕真的是凶多吉少了！

顾元景身穿重铠，满身风尘，见到大腹便便的明萱如同小鸡一般被周渊身后的护卫拎起，不由大怒："周渊，你若敢伤害我妹子一根毫毛，我定叫你死无葬身之地。快放开她！"

他在母亲临死之前发过誓的，这辈子都要护得妹妹的周全，但他完全没有想到，周渊竟然拿着身怀六甲即将临盆的明萱当人质，来威胁他放人。他眼尖看见明萱橘红色的罗裙上隐隐有着水渍，又瞧她面色逐渐转白，心中不由升腾出一股害怕来，他急忙说道："快放开她！"

顾元景着急了，周渊倒是比方才还要镇定，他瞥了一眼明萱，心里虽然有些怔然，但面上却波澜不惊，倒是冷哼一声，乘人之危威胁道："我要凤阳，你要安平王妃，这买卖公平得很。安平王妃生产在即，倘若顾将军不立时将凤阳放了来，王妃有个三长两短，可却赖不到我头上去，便是安平王来了，恐怕也要怪顾将军犹豫不决之罪呢。"

凤阳郡主不过只是个年幼的女孩，放走了她，也不会影响大局，与明萱的性命相比，孰轻孰重，顾元景心中明镜一般，他不忍看见明萱痛苦，便不愿意和周渊作口舌之争，他急忙令手下将凤阳郡主领到跟前来："凤阳郡主你带走！"

周渊满怀感慰地接过凤阳的手，却仍旧不肯放开明萱，他虎视着顾元景说道："你如何保证不会前脚放了我们，后脚却派人跟过来围剿？你也知道，你我兵力悬殊，你若是死力蛮缠，我不是你的敌手。"

顾元景刚待发话，忽然听得身后一个女子的声音响起："我代安平王妃留下，我跟你走，做你的人质。"

一身周朝妇人装扮腹部微隆的女子从后头的马车里下来，徐徐走到周渊近前，她怯生生地说道："我怀了将军的孩子，有我做你的人质，将军必不会贸然前来追击你，等你到了安全的地方，再将我放下即可。"

周渊知道顾元景娶了苗寨酋长的小女儿，但眼前这女子一身周朝妇人打扮，温柔若水，礼仪端方，举手投足间全然一副周朝世家千金的风范，与他所知晓的苗女完全两番行径，便不由揣测这女子该是顾元景的侍妾。

他想着虽不过只是个侍妾，但怀了孩子身份自然不同一些，所谓虎毒不食子，想来顾元景投鼠忌器，也不会太过紧逼，便点头说道："这样也好。"

那女子转过身来，冲着顾元景眨了眨眼，不顾他脸上的担心和紧张，便转身而去。

明萱望着周渊的人马远去，忍着痛问道："哥哥，黄衣呢？她怎么没有回来？刚才那个女子，到底是怎么回事……你是不是做了什么对不起黄衣的事情？"

顾元景叹了口气，一边赶紧将明萱抱了起来放入马车之中，一边低声说道："刚才跟着周渊去了的，便是你嫂嫂黄衣。"

第 67 章　入梦·今生·相忘

明萱心中一惊，蓦然想到方才隔得老远并不曾看清黄衣容貌，可那隆起的腹部身形却是看到的，她不由焦虑起来："周渊原本倒算是个磊落的丈夫，可是穷途末路，狗急跳墙，说不定会对黄衣做些什么，黄衣虽然能耐，可到底是个孕妇！哥哥，得想个法子跟上去保护好她！"

她话刚说完，腹部一阵猛烈抽搐，疼得浑身冒汗，将手搭在了小素身上："我们昨夜安身的农屋，离这里有些距离，山路颠簸，我怕是没有法子赶过去了，看来，只能在这马车里生产了。小素，我和孩儿的性命，都交给你了！"

小素见明萱脸色惨白，额头上不断滚落大滴汗珠，连呼吸都逐渐弱了，知道再耽搁不起，便紧紧握住明萱的手说道："王妃放心，您和小主子的性命，安心交给我，我必不会辜负您所托！"

她立起身来，冲着顾元景一福身："王妃生产在即，还请大将军派人将这马车四周围起来，再借婢子几个人，去一趟前面二里地处的一座农屋取一个包裹来。还有，将军可在这附近见到过有水源？王妃生产，需要大量的热水，她腹中这胎个头大了些，恐怕落地不易，请将军尽快将婢子说的这些东西帮忙寻来！"

顾元景面色凝重地安排了下去，心里却是急躁得不行。

他对女子生产有一种天然的恐惧。他的生母死于产时血崩，他的嫡母在生了明萱之后也经历过一次血崩，倘若不是救得及时，恐怕也早就不在人世了，但即便如此，陆氏的身子却是彻底地坏了，整日卧床不起没个精神头，一有个风吹草动便是一场大病，他自小耳濡目染着嫡母的病容，此时看到明萱惨白可怖的脸色，心中发慌。

他很害怕，在这偏僻荒芜的山岭，他世间仅存的唯一在乎的妹子，会因为生产而步他生母的后尘。

正当顾元景坐立不安之时，副将前来回禀："前方来了两队人马，一队朝着临南王世子的方向去了，看令旗似乎是韩相的人马，另一队领头的则是安平王，属下已经让人前去接应。"

小素听了脸上便生出期盼来："王爷知道王妃待产，这回过来想来是会带着师父一道来的，师父医道高明，有他坐镇，王妃一定不会有事的！"

顾元景空落落的心立时便觉得有了些底气，急忙握住明萱的手在她耳边低声说道："萱姐儿，妹夫正赶过来了，你放心吧，有他和哥哥在，你和孩子都不会有事的！"

正说着，便听到一阵急躁的马蹄声，裴静宸焦切地呼唤："阿萱！"

明萱的脸上扬起虚弱的微笑，她阵痛的间隔时间一次比一次短，痛的程度也一次比一次强，此时浑身无力，头脑浑浑噩噩的，几近虚脱，因在这荒郊野外生产顾虑重重，所以一直都强打着精神，不让自己昏睡过去。

但听到裴静宸的声音后，心中一块大石却仿佛落了下来，生出一股令人安心的魔力，昏昏沉沉中，眼前露出一张英俊到不似凡人的脸，只是这张向来风轻云淡的脸上，此时却是遍布了焦虑惧怕的阴霾，他眉头皱着，她忍不住便将手伸出去将他眉心的褶皱烫平，玉手纤纤顺着他憔悴的脸庞一路滑下，在生了胡楂的下巴处微顿，然后双手一软，整个人便就睡了过去。

不知过了多久，明萱醒了，却发现恍恍惚惚间自己似乎到了别处，放眼看去到处都笼着一层淡淡的雾气，看不真切，依稀是清凉寺的后山，不远处一双男女正在说话。

少女娇憨地呵斥："你就是左都御史韩修？亏我爹爹赞赏你年少磊落，还与你结为忘年之交，你却躲在暗处窥人，当真厚颜无耻得紧！"

分明是冰锋一样冷冽的少年，浑身上下都散发着深沉冰冷的气息，可这一瞬间，他眸光里却洒着如水般的温柔："我在这里休憩，一时不觉，没有看到顾七小姐过来，不曾避让，倒是我的不是。但我韩修自恃磊落，可不屑做暗处窥人的勾当，我觉得顾七小姐生得好看，便如现在这般与你相对而视。"

他临风而立，笑得越发柔和："窈窕淑女，君子好逑，本是人之天性，又何必躲藏？"

他眼神含情脉脉，像是带着几世的温柔缱绻，言语之中的爱慕那样明显。

少女面色羞红，咬了咬唇喝道："登徒子！你欺负人！"

她向后退去，却不巧踩上了一颗浮石，身子一倾，便要向下栽去，正当这时，身前的男子姿态迅猛而前，一个纵身便将她揽在怀中，他拥得那样紧，口中却还带着紧张担忧的惊呼："小心！"

脉脉对视间，山河俱有情。

画面飞转，这回却是在一座精巧别致的园林，亭台水榭上，少女依偎在高大魁伟的男子身旁，脸上洋溢着幸福和期待："娘亲说，下月便是咱们两个的婚期，大婚之前，让我们暂时不要见面了，否则要被旁人说三道四的。"

她抬头见男子神情有些忧郁，以为他是不舍得，便忙安慰道："一月之期，很快就过去了，再说，若是你着实想我了，每日申时便去观星台上，我会在院子里站上一刻钟，咱们遥遥相望，也算是见过面了。你说可好？"

男子沉沉点头，半晌忽又将少女紧紧抱入怀中，他似是十分艰难地开口问道："阿萱，若有一天，我做了什么……不好的事，你会相信我原谅我的，对吗？"

少女惊诧地抬眸，定定望了他良久，忽然扑哧一声笑了起来："你是在外头置了外室？还是得了什么私生子？"

男子目光晶莹，闪着莫测的华光，语气却十分坚定：“没有的事。我心里眼里只有你一个人，哪里会做这样的事……”

少女眸光闪动，脸上笑容明媚已极：“我性子虽然恣意开朗，但却又十分执拗，信奉的是宁为玉碎不为瓦全，你既然答应过我今生只会有我一个，那便要做到的，否则……我可不是那种委曲求全的人。在我心里，最在意的是你对我的忠诚，只要你不欺骗我，不背叛我，不伤害我的家人，旁的小事我才不在意呢。”

男子拥得更紧了：“不管将来会发生什么事，你只要记住，我心里只有你一个，不论发生什么事，我所爱的女人一直都唯有你，你一定要记住！”

漱玉阁中，容色明艳的少女正试着明日大婚的礼服，侍女递上一封点了朱漆的信笺，掩着嘴笑呵呵地说道：“回小姐，这是咱们姑爷派人送过来的，姑爷特地交代了，一定要送到小姐的手中。明日就是小姐和姑爷大婚，有多少话过了明日就能随意说了，姑爷连这一日都等不及了呢。”

少女脸色微红，神情却并不见欢喜，她低声斥责：“胡说什么呢！”

她拿起信笺欲要打开，不知怎么的，脸上却一阵没来由地发慌，她皱了皱眉，终究是将信笺扔在了一边，不敢去看里面写了些什么，她将信笺递给侍女：“替我收起来吧。”

侍女并未察觉，倒仍旧笑嘻嘻地问道：“是要收到八宝匣中吗？”

少女面色微沉，似是心事重重，她眼神凝重地摇了摇头：“八宝匣里装的都是我素日常用的首饰，明日亦要带过去韩府的，他在盛京城虽然没有什么亲戚，但前来捧场的王公夫人高门贵女却是不少，倘若不小心被人翻到了可不好。就将信笺放在我素日藏东西的地方吧，反正韩府离侯府近，等回门时我再一并来取便成。”

侍女掩着嘴欢欢喜喜地拿着信笺去了书房，少女面上的神色却有些变幻不定，她怔怔地对着虚无的空气低声呢喃：“韩修，但愿……但愿你不要辜负了我……”

明萱迷迷糊糊之间所见这些情景，虽然不大真切，却好像是真的发生过的一般，如此清晰真实，她不由恍然大悟，原来这便是韩修这封示警信并未被拆开的缘由啊。

惠安郡主苦恋韩修，以权势来诱惑他，他当时显然已经下了决定，难免会进出几趟承恩侯府，他自以为做得缜密，但难保惠安郡主这边不会故意让人放出消息去，明萱在盛京城的贵女中颇有人缘，与她交好的贵女不胜枚举，保不齐便有那也与惠安郡主私交不错的，将这消息透露给了她。大婚在即，她本该欢喜期待的，可倘若知晓了自己未来的夫君尚与旁的女子牵扯不清，自然难免患得患失。

她不想看那封信笺，许是敏感地察觉到里面写了什么自己无法承受的东西，所以宁愿自欺欺人地当鸵鸟，也不愿意面对现实。她之前对韩修说过“宁为玉碎不为瓦全”，也说过“绝不受委屈”，可是情之一字，最是难解，说得容易，可哪里却是容易做到的事？她嗅到了危机，却不愿意面对，所以才选择了埋藏那封点了朱漆的信笺吧！

明萱犹自心伤，却见此时已经转至正厅之上，韩修带着羽林军上前缉拿顾长平，一身大红喜服的少女泪痕满面从里屋冲了出来，她走得急，头上的珠冠扶摇攒动，将搭在上头的喜帕晃落在地，苍白的新娘妆容将她神情掩藏，但却有无限的悲伤和绝望从眼底泄出，令人看了心痛不忍。

少女步步紧逼，行至韩修跟前，豆大的眼泪决堤般滚落："为什么？"

韩修眉间一闪而过惊讶错愕，他愣了愣说道："这是皇上的旨意，我也只是奉命行事……"

这并不是她想要得到的答案，她仍然不肯退后，依旧问道："为什么？"

满堂宾客喧哗不停，身后有无数双手想要将她拉回内屋，可她倔强地在各种情绪的目光中屹立，她只是想问一个"为什么"！

韩修终于沉了脸："韩某与顾七小姐性情不投，既已经撕毁婚约，你我便已经是陌路人，还请顾七小姐自重！"

少女面色凄然，苍白得没有一丝生气，她低声问道："性情不投？陌路人？"

她眸中带着绝望和死气，令韩修心中一痛，可是大庭广众之下，那么多双眼睛看着，他不敢将情绪泄露半分，只能勉强别过头去，生硬地回答："是，请顾七小姐自重！"

少女忽然咯咯笑了起来，她将头上的金冠取下，泄出满头黑墨青丝，回头凄楚地望了韩修一眼，便决绝地往廊柱上撞了过去，鲜红的血绽放在惨白的额头，如同一朵噬人的花。

明萱只觉得心脏好似被生生剐去了一瓣，痛得连呼吸都不能够继续，她本能地想要阻止这悲剧，用尽所有的力气大声喊道："不要啊！不要！"

耳边却传来一道熟悉而温暖的声音，他焦虑急促地不断呼唤着："阿萱，阿萱！"

明萱猛地一惊，徐徐睁开眼，看到了一张胡子拉碴憔悴的脸庞，纵然那样颓靡，但眼前的男人却仍旧眉目如画俊逸得不似凡人，他眼中缟红，布满了密密麻麻的血丝，眼角隐隐蓄着点点的星光，浑然一副失魂落魄的模样。

不知怎么的，她伤痛不已的心便像是忽然注入了能量，一下子便安静了下来，徜徉着一股温暖的气流，让她渐渐从低迷而沉痛的情绪中抽离出来，她嘴角漾起一个浅淡微笑，虚弱地开口："阿宸，我在！"

裴静宸双手一颤，眼角便有珍珠滚落，他此时早已顾不得这些，忙将手紧紧地搂住明萱，他将脸贴在她的脸庞，温柔地，小心翼翼地凑在她耳边低语："阿萱，你终于醒了，太好了，都是我不好，没有一刻不停地守着你，害你吃了那么多苦，差一点就……差一点就……幸亏你醒了，否则，否则你让我该怎么办？"

明萱还是头一次见到裴静宸情绪如此失控，连说话都语无伦次起来，但他这样紧张她担心她，她虽然觉得有些心疼，但内里其实却也是欢喜的，她嘴角一翘："我不过是昏睡过去一会儿，哪里有你说的那样严重？”

裴静宸嘴唇微微一颤，低声说道：“你昏睡了足足七日，这哪里是一会儿？你若再不醒过来，孙太医说恐怕……”

明萱惊愕莫名：“七日？”

她本能地将手抚在腹部，却发现小腹一片平坦，她浑身一震，急得都快要哭了出来：“孩子……我的孩子……阿宸，我们的孩子呢？我想起来了，昏睡之前，我破了羊水，是快要生了，既已过了七日之久，那我的孩子呢？我的孩子在哪里？”

裴静宸忙将她按在床上，眼神里带着难以言喻的温柔：“你别急，孩子很好，是个八斤重的男孩，这会儿刚吃过了奶，正在隔壁耳房睡着呢，你想看他，我让小素抱过来给你看，不过你看了可不许难受，湛儿生得像我，连舅兄也说这孩子浑身上下除了那对眼睛依稀有你的神采，可再没有旁的地方像你了。”

听到孩儿安好的消息，明萱紧皱的心舒展开了一些，她抚着胸口撑起身子，紧紧抓住裴静宸的手臂说道：“孩子在哪，我想看看他！”

她心里知道裴静宸是故意要说些轻松的话，好让她心口那根紧绷的弦慢慢放下来，可她当真并不在意湛儿长得更像裴静宸还是自己，此刻她唯一的念头，不过是想要确定她的孩儿平安健康，从醒来那刻起她内心介怀的是，自己在生产的要紧关头昏了过去，并且一睡七天，那么这孩子……

须臾，丹红和小素撩开门进来了，一左一右地扑到了明萱床前。小素倒还罢了，自从她去了孙太医处学习医术，便自觉将来要走的道路与寻常的后宅女子不同，为人更沉稳了几分，略问了明萱几句，便开始一本正经地搭脉问诊起来。丹红却是不同，她那样泼辣好强的性子，可这会儿见了明萱，却哭得跟朵小白花似的。

明萱心里记挂着孩子，可丹红却也是她身边第一得意的侍女，瞧她哭成这样，一时又好气又好笑：“这是怎么了？我好端端的，你哭什么？来，擦擦眼泪。”

她气力尚未恢复，语声仍旧有些嘶哑，这句话说得有些虚弱低沉，不知道又是哪里触动了丹红的心事，非但没有止住哭声，丹红反而哭得更厉害了。

小素无奈，只好略带了几分严厉说道：“湛哥儿刚睡着，小姐醒了，严嬷嬷定会立时抱了他过来，你这样鬼哭狼号的，若是惊醒了湛哥儿，那怎么办？再说，小姐大病初愈，最听不得哭声了，你素日那样一个明白人，这点道理都不懂？快给我打住！”

她话音未落，果然严嬷嬷就抱着个婴孩进来了，丹红忙拿袖口擦了眼泪，面含愧色，却手脚麻利地扶着明萱靠在床头，又拿了两个枕头在身后垫着，好让明萱更舒服一些。

明萱心里知道，这回她数日不醒，恐怕是将丹红吓着了，越是张扬的人儿，遇到这样的场面其实抗压性越差，所以丹红哭成这样，她虽然并没有想到，但真的见到了倒也不觉得有什么惊诧，反而心里一暖，越发觉得这丫头可爱。再者说，听丹红和小素两个

言谈中提到了湛哥儿，她心中急着想看到孩儿，也根本不觉得丹红的抽泣声扰乱了她。

这会儿见到严嬷嬷将怀中婴孩送到她跟前，便晓得襁褓中这个皱巴巴粉嫩嫩的小人儿，便就是湛哥儿了。她虽有些气力不济，却还是将双手伸了出来，恳求地望着严嬷嬷："让我抱抱！"

裴静宸笑着从严嬷嬷手中接过孩子，送到明萱手上，自己却又以宽厚的大掌覆住她的，稳稳当当地把住孩子说道："你瞧，这便是咱们的湛哥儿，多英俊的小伙子啊，精气神真好！"

明萱贪恋地望着怀中的小人儿，觉得怎么也看不够似的，一双眼睛一刻不停地盯住了这孩子，怔怔地隔了老半晌，她忽然说道："你胡说，我瞧着湛儿更像我，你瞧瞧他的眼睛眉毛鼻子，哪哪都像我！"

裴静宸微微一怔，蓦地哈哈大笑起来，他将妻儿搂入怀中，语气中带着无限的感慨："好，好，湛儿都像你，都像你！"

明萱气力虚弱，严嬷嬷便不敢让她一直抱着孩子，早早地将孩子接了过去，送回了屋子。

明萱也不恼，她确认了孩子安危，便不急于一时，为今之计，先将大伤元气的身子养好才是重中之重，等身子好了，想要抱孩子自然有的是时间。她很努力地睡眠，进食，十分配合小素和太医的治疗，所想的便是在尽可能快的时间内能够将这差点便油尽灯枯的身子重新养起来，给它注入新的生命力和元气。

这一晃，便又是数日。

这几日间，她吃吃睡睡，醒来的时候除了逗弄一会儿小湛儿，便是听小素和丹红说她昏迷之后所发生的事。

原来，当时她痛得昏了过去，却将小素吓得个半死，产妇正在生产，这本该是最耗费力气的时候，需要十分努力才能将腹中胎儿产下的，可明萱却昏迷过去，当时羊水已经破了，可明萱却怎么都唤不醒，再这样拖下去，小素怕明萱有个万一，连孩子也一起遭遇不测。惊慌害怕之下，便决定剑走偏锋。

剖腹产子，这在当时是不可想象之事，往前数百年，也唯独孙太医一个人做过这样凶险又离经叛道之事，好在裴静宸当时正恰赶到，随行的又有医术高超的孙太医，小素与孙太医合力，在明萱昏迷不醒的时候，将腹中八斤大的男婴用非常手段取了出来，也幸亏当机立断，否则若是再延误上一些时间，湛儿恐怕便没有机会来到这人世间了。

只不过孩子虽然保下来了，但明萱却终究因为失血过多而昏睡不醒，甚至连孙太医都一度犯了难，只能期盼上天垂怜，可怜刚出世的孩儿需要母亲，显一个奇迹了。

由于明萱产子时情况紧急，后来又一直处于昏迷状态，是以并未赶回盛京，从她生产开始便一直都蜗居在临南王世子绑了她来的那所简陋村屋中，倒是严嬷嬷丹红等人带着先前一早就选定了的乳娘和丫头们并厨房灶上的婆子一道，将这座并不宽敞的小院挤得密密实实，冷清的乡野村间，因为多了这些人，也一下子热闹了起来。

这些日子，明萱的脸色一日比一日红润，精神也好了许多，只不过先前失了好些血气，如今又正在月子里，是以严嬷嬷和小素她们都不准她下床，她无法，便只好每日卧在榻上将养。白日里，严嬷嬷抱着湛儿过来与她闲话，丹红也将那在坊间的听闻细细告诉她，裴静宸也整日陪着她，倒也并不觉得怎么无趣。

闲谈中，她终于知晓，那日她腹痛难忍昏迷过去时，恰值裴静宸从盛京赶来，而与他一路而来的，另还有如今的韩相。当时裴静宸收到顾元景派来报讯的消息，心中记挂着她和孩子的安危，便直冲车队而来，而韩相却带了另一路人马直往前方包抄住临南王世子一行，又有黄衣相助，很顺利便将临南王世子和凤阳郡主一道捉拿。

原本朝廷就对捉拿临南王世子志在必得，可周渊没有选择避让锋芒，隐匿民间，反而行这绑架之事用以威胁顾元景交换凤阳郡主，这在朝廷看来，算得上是一种巨大的挑衅，满朝文武都不会答应。更何况，周渊差点害得明萱一尸两命，裴静宸和顾元景都决不会饶他的。若是周渊一行得以逃脱那便罢了，若是不能……等待他们的将是雷霆震怒。

也许正是临南王世子深知这一点的缘故，所以，这场追捕和逃脱之战，才格外惊心动魄。

可韩修是什么人？他是真正在战场上长大的，踏着死人尸骨一步步走向他的荣华富贵，不论什么人，只要被他锁定盯上，他便能以一发不可抵挡的威势出击，没有任何猎物可以逃脱，周渊自然也不例外。

所以，在这场惊世罕见的战斗之后，周渊身边所剩下的余部消亡殆尽，一个都没有活口，周渊穷途末路，退无可退，他害怕他死后凤阳会遭受更不堪的境遇，选择了和自己的女儿一起死去，在断头崖前，他仰天长啸之后，便抱着早就被吓呆了的幼女一起跳了下去。万丈悬崖，白骨森森，最后韩修的人在崖底找到了这对父女的尸体。

可叹周渊机关算尽，最后功亏一篑，反误了卿卿性命。

明萱得知这消息后，有着片刻的恍惚。

她倒并不是同情和可怜周渊，光冲着他绑架自己，差点害死自己和湛儿这一点，周渊就死不足惜。她只是由凤阳想到了自己，稚子何辜，本来大人的野心就罪不及孩童的，可身在旋涡，谁又能真正避免呢？她不免更觉得政治的可怕，只要行差踏错一步，就有可能堕入万丈深渊，虽然她和裴静宸是绝不可能有谋逆的野心，可谁又敢保证一辈子都能顺应君心。

至于韩修……

明萱心念微动，想到昏迷不醒时几度梦中恍然，心底约莫猜到那些断断续续的片段，许便是自己失忆前的那段往事。

她深信，自己的揣测是对的，那便是顾明萱和韩修交缠不休的情缘。

可眼下，明萱除了为这段曲折悲戚的姻缘嗟叹一声，又能如何？她早就不是从前的她了，这份感情也便如明日黄花，再不复从前色彩。在韩修受到惠安郡主提议的诱惑，答应以这样惨烈的方式悔婚那一刻，一切就都已经注定，谁都不能回头，也回不了头了。

今日得到的果，必有昨日种下的因，韩修……那便让他们相忘于江湖吧！

第 68 章　结局

三年后，江南。

南方鱼米之乡的春夏之交，总是格外温美绮丽，波光粼粼的湖水，细柳垂杨，景色宜人。所谓暖风熏得游人醉，这五月间，恰正是文人士子最爱出门踏青的时刻，文采激扬的书生更是因这姹色春景留下了多少动人的诗章。浙州城内的栈店客似云来，城郊的别院小庄来客也络绎不绝。

才不过酉时，江南谢家的别庄此时却已经灯火通明，谢家三公子世睿这回科考取中了进士，点了临南府安平县的正七品知县，择日便要上任，便趁着发小亲朋饯行的机会，在别庄内夜夜笙歌。

谢世睿在院门前亲迎几位素日交好的朋友，正要请了他们入内，却看到四五辆端华的马车从门前驶过，径直停在了斜对面那座题了静园两字的别庄前。

静园的主人他倒是见过几次的，是一对年轻的夫妇，虽然看气度风华都绝非常人，但他们只称自己是来自西宁，姓周，旁的便什么也打听不出来。周，虽然是国姓，但周朝之内却也并不只有帝王家是这个姓氏的专属，周姓散布四海，西宁也有一支没落的世家冠了周姓的。是以，他便一直以为这对小夫妻，恐是西宁周家的子弟，因不容于家族，所以搬来浙州避居。

但方才那一队马车经过，谢世睿打眼看到了车上爵徽，认出那是盛京平南伯府的徽号。平南伯顾元景原是永宁侯府三房的公子，因平藩乱有功，被御封了一等平南伯爵，又因他是幼帝的舅父，深得幼帝信任，这两年在朝堂叱咤风云，与韩相和建宁侯三足鼎立，撑起了新朝朝政，是炙手可热的权臣。

他心中震惊，又疑惑平南伯府和对面静园的关系，便索性立在门前不走，有心想要看一看马车里下来的是谁，出来迎接他们的又是谁。

只见车帘微动，跳下个仪表堂堂的男子来，他看起来十分年轻，也不过二十出头的模样，虽然只穿了一身墨绿色的直裰常服，但样貌俊挺非凡，气度威严肃穆，身上自有一股威慑，赫然便是平南伯顾元景本人。

顾元景令身旁小厮去叩响紧闭的门环，自己却从车里接过个两岁不到粉妆玉琢的幼儿，在面对怀中孩儿时，他脸上一贯的严肃竟顿时一扫而光，俨然一个再慈祥不过的父亲。他在玉雪可爱的孩儿额头轻啄一口，又转头对着车内唤道："夫人，下来吧。"

一个穿着杏色裙衫的美貌少妇便袅袅婷婷从车里下来，她举止端方，举手投足和步履间处处彰显着世家妇的风范，可走到顾元景跟前时，脸上却洋溢着灵动的撒娇，她噘着嘴说道："萱姐儿真真是……连个应门的小厮也不肯多请，咱们都来了这么一会儿，这门还没有开。"

她忍不住便高声唤道："有朋自远方来，把门开开吧！"

话音刚落，便见门吱呀一声开了，一个大腹便便的女子透出个脑袋来，她手里牵着个三岁的男孩，满脸笑意地扑到了美貌少妇的怀中："嫂嫂！哥哥！"

她对着顾元景怀中的小男孩满目惊喜地叫了起来："呀，信哥儿也来看姑姑了！快进来，快进来。"

顾元景语气略显严肃地问道："妹夫怎么不在？家里的人呢？丹红和长庚去哪了？你大着肚子，这些人就敢让你一个人在家里带孩子，连有人来都要自己开门？妹夫到底是怎么想的！若是他不能好好地照顾你，这回你和湛哥儿就跟我一块回盛京，你住在伯爵府里，我和你嫂子照顾你。"

大腹便便的女子咯咯笑了起来，一边将这行人迎进了屋，一边说道："瞧哥哥说的，阿宸对我好得很，我们好不容易从盛京逃了出来，谁稀罕跟你回去啊？再说，平常也不独我一个人在家的，今儿是因为我想吃后山的果子，阿宸便带着长庚去后山上亲自采去，他们临走时落下了水壶，我让丹红送了去，这才落了单。"

谢世睿再想听下去，只见静园的门扉合上，只传来隐约的声音，却再也听不清了。

但光是这点事实，却足以令他震惊非常了。他在盛京赶过一次科考，对盛京城的名门勋贵自然有所耳闻，他方才听得清清楚楚，这静园的女主人唤平南伯顾元景叫作哥哥，而平南伯只有一个嫡妹，乃是大名鼎鼎的安平王妃。他在盛京时听说安平王妃得了重症出京休养，可方才那位怀了身孕的夫人面色红润身体健康，哪里有一丝半点得了重症的模样。

只是，听他们的对话，却又果然印证了他的揣测，那静园之中住着的，的确是安平王和王妃。

谢世睿一时便有些呆呆的，他愣在原地不动，一时又想到自己的附近竟然住着一位亲王，有一种与有荣焉之感，一时又庆幸之前一直对周氏夫妻以礼相待，并未因为他们身份不显而怠慢过他们，一时又觉得能与安平王和平南伯搭得上关系，将来对自己的仕

途有所帮助，一时又为难该如何与静园有着更深的交情。

与他同来的友人便不耐烦了："谢兄这是怎么了？"

他回过神来，忙道："啊，无碍无碍，几位兄台，酒水皆已经准备好了，赶紧进去饮宴吧！"

静园内，明萱安排了顾元景和黄衣的房间，不多时裴静宸和长庚丹红便也回了来，准备一桌家常酒菜。此时长庚和丹红已经在明萱夫妇的主持下成了婚，因要远离盛京，在江南水乡过隐世的生活，所以裴静宸和明萱都将他两个的卖身契还了他们，从此之后并不作主仆处之，而是当作要好的兄弟姐妹来往。

是以，晚膳时，明萱也让长庚和丹红夫妇与他们同坐，湛儿和信儿则由平南伯府带来的乳娘和嬷嬷们带着，他们六人围坐一圈，把酒言欢，畅诉别情，彼此都将身边发生的趣闻挑那些特别的说，这席次间不仅喝得畅快，也聊得十分尽兴。

酒入七分，黄衣问明萱："撇下王妃的尊荣生活，和妹夫来到乡间野岭过这些清苦的日子，你难道一点都不后悔吗？"

明萱笑着反问："撇下在南疆苗寨自由自在的生活，和我哥哥来到规矩最严苛烦琐的盛京，当一个端着不能放下的伯爵夫人，嫂嫂难道一点都不后悔吗？"

黄衣认真地想了想，又坚定地摇了摇头："不习惯肯定是有的，但我会努力做好自己该做的，偶尔也会想念从前的生活，可现在这样的日子，我也很努力地过好它。说怀念那些自由自在的生活，那是必有的，但我从不后悔。因为我爱的人在盛京，他需要我做这样一个端着不能放下的伯爵夫人，只要他需要，我便义无反顾，这是我一直以来为人的道理。"

她脸上晃开明媚笑意："对，我一点都不后悔！"

明萱也笑了起来："那我和你的心便该是一样的，只不过相比较起来，你比我更加不容易。这里的日子虽然清净平淡了一些，可若说清苦那却绝不是的，再说浙州也是繁华地界，算不得什么乡间野岭，我在这里不受规矩约束，想怎么活就怎么活，过得可舒服了！其实，这就是我一直以来想要过的日子啊。"

她瞥了眼裴静宸，嘴角露出甜蜜的笑容来："我，阿宸和湛哥儿在哪，我们的家就在哪里，我也一点都不后悔！"

没有错，明萱在生完湛哥儿之后，便就一直想着要逃离政治，远离盛京城的熙熙攘攘，隐居避世，过些自由自在的轻松生活，那也是裴静宸一直以来的心愿，所以这两口子一拍即合，便以明萱产后病体虚弱为由，果断地拜辞玉真师太和幼帝，以寻医休养的名义离开了盛京。

幼帝依恋明萱，一开始自然是不肯的，但后来裴静宸亲自进宫与玉真师太促膝长谈了一次之后，没隔几天，师太便劝说着幼帝同意了。幼帝一日比一日依恋明萱，他是当真将明萱当成了母亲的替身，这种感情虽然能为将来的安稳富贵打下坚实的基础和保障，但同时刀刃的另一边却也对着自己。

幼帝太过依赖明萱，不仅会威胁玉真师太的地位，还会让朝堂已经安稳下来的格局产生变化。

而此时明萱和裴静宸抽身离开，不论对谁，都是最好的。有幼帝的这点念想和玉真师太的维护在，哪怕空有一个亲王的虚衔，手中没有半分权势，在周朝国土之上，也不会有任何人胆敢欺侮他们了。更何况，裴家的那些暗卫仍在，裴静宸多年经营的势力仍在，他和明萱能够真正做到远离朝政，却不为朝政所左右。

一直以来梦寐以求的幸福生活，自此终于实现了，重活一世，命运对明萱来说，本来就已经是一个奇迹了，她对上苍这恩赐感激万分，手中又紧握着幸福，她怎么会后悔？她决不会后悔！

裴静宸目光温柔似水，眼眸中蓄满了点点柔情蜜意，他将妻子搂入怀中，低声在她耳边说道："青枝蔓蔓，白首相依，你和孩子们在哪，哪里便是我的家，阿萱，我的心与你的心，是一样的。"

顾元景和黄衣见状，便也动情地双手交缠，盈盈情意，脉脉不语，全在眼神的交会之间。

这个夜晚，浙州郊外的静园内，注定旖旎。

番外　蓦然回首，那人却在灯火阑珊处

周朝南城的望君亭，正对着去江南的官道，韩修习惯每日午后到此地坐坐，有时点一杯龙井，有时什么也不喝，只是干坐着，听听外面大堂中喧哗吵闹的人声，那也是好的。

这个习惯已经持续了很久，从十六年前景文帝登基起，便就这样了。

初时，是为了怀念他曾经爱过也辜负过的安平王妃顾氏，等后来，那份眷恋早已经随着时光消散，可这每日都要来坐一坐的习惯却再也改不了了。冬去，夏来，只要无有紧要之事，总会在望君亭顶楼的天之号包厢内找到那抹孤寂的身影。

锦衣华服，却又优雅从容，以盛气凌人的姿态，淡然笑睨天下苍生。

韩修快要四十了，一直没有续弦。

大周朝的百姓虽然都赞叹韩相对亡妻惠安郡主的深情，十六年孑然一身，这份痴情令人唏嘘，然而，更多的人却认为他纵情过度，膝下没有一儿半女，若是一生无子，将

来有何面目面对父母祖宗。

是以，周朝的官媒三不五时上门要给韩相做媒，但却总是无功而返。

苏延一劝他：“大人娶位夫人回家吧，家里有个知冷知热的人在，您就不必总到这儿来。春秋两季倒还好，炎夏太热，寒冬太冷，您不惧这些，总要替底下当差的兄弟们思量思量吧？”

在他看来，韩相不回家的唯一原因，只不过是家中太过冷清，而这里，格外热闹罢了。

韩修冷冷望他一眼：“你倒是比我还急。”

尽管性子早就被岁月磨平，平素待人接物都已经接近圆滑平和，但苏延一知道，他的主子是个怎样杀伐决断之人，被这样肃杀的眼神一盯着，想要劝说的话，就再也说不出口。

罢了罢了，主上愿意这样折磨自己，那就让他继续这样下去吧。这种事，总是要自己想通了才好，旁人干着急是没有用的。

那日，韩修照例又来望君亭，还未坐定，包厢内忽然闯进来一个浑身火红的少女。

少女生得白皙粉嫩，像初生的花蕊，娇艳美丽，她乌黑的眼眸如同星辰闪烁，慌乱又真诚地问道：“大叔，有坏人要追杀我，能不能在你这里躲一躲？”

并不等得到允许，她便敏捷地钻进了桌几下方，靠着低垂的桌幔隐藏行迹。

韩修皱着眉摸了摸胡须，大叔？随即苦笑起来，也是，他这个年纪若是按着正常的人生轨迹娶妻生子，大约都能抱上孙子了。被叫一句大叔，实在并不算吃亏。

不多时，便有人敲响包厢的门，前来打听有无年轻的姑娘路过。

韩修瞥眼过去，见那群人虽然衣着朴素，像是刻意装扮过的，但龙行虎步，目光矍铄，一副训练有素的样子，站立的姿势可以看出是行伍出身。听口音带着吴侬软语的音调，该是来自江南。江南驻军没有紧急的任务是不准随意走动的，尤其这里是盛京城，无圣谕不得入，但江南都督府的自卫军却没有这些管束。

若是他所料不差，这些人应该都是江南都督府的人马。

他意味深长地看了晃动的桌布一眼，微微叹口气，对着门外的人举了举自己的金牌：“我是韩修。”

来人大惊失色，立刻惊慌失措地行了礼，然后匆忙告退了。

等到没有了动静，桌下的少女悄悄掀开桌布的一角，露出一个脑袋来：“韩修？大叔，你说你叫韩修？”

韩修望着她不说话。

她慢慢从桌下爬出，眼明手快地从他手中抢过金牌，仔细辨认了好久，终于笑了起来：“哈，原来你就是韩修，所谓踏破铁鞋无觅处，得来全不费功夫，原以为要费一番周折才能找到你的，没想到这么快就见到你了。”

这少女一点都不认生，胆子也大得很，竟然毫不避讳地转身一跳，坐在了桌几之上。

她一边将金牌递还回去，一边昂着头看着对面的人："可见这就是缘分了。喂，大叔，既然咱们两个这样有缘，我又恰好没有地方住，你收留我可好？"

韩修先是皱了皱眉，这女子言语之间好像认得他的样子，她说是来找他的？可他印象中却完全没有这号人物。也是，这姑娘的年纪足以当他的女儿，他可是很久都没有接触过年轻的女子了。

随即他哑然失笑起来："你知道我是谁，为什么还敢说这样的话？"

他虽然年纪有些大了，但总还是个屋内空虚的男子，这姑娘看起来年纪也有十四五岁模样，主动要求他收留她，就不怕他是个坏人吗？何况他还是周朝的宰相，手握重权的权臣，难道他身上就没有一点赫赫官威，让她觉得害怕的吗？

少女咯咯笑了起来："我为什么不敢说这样的话？你是韩修，我大老远从江南过来，就是为了找你的。既然找到你了，当然要跟你回府去，要不然我还能去哪？"

她轻巧地从桌上跳下，拍了拍手，一副理所当然的样子："我累了，走吧！"

韩修眼眸一深，忽然抓住少女的手臂："你到底是什么人？"

少女吃痛，嘤嘤叫了一声："疼！"

等到手臂上的力量稍微放松，她连忙抽身出来，苦着脸说道："我是什么人？我能是什么人？不就是女人呗！一个手无缚鸡之力的女人！"

她不知道想到什么，忽然微微垂下头来，耳根处露出可疑的红晕："其实，我这次是从家里逃出来的。爹爹不知道哪根筋搭错了，非要让我嫁给一个小胖子，他比我小，长得还像颗圆球，我不喜欢！所以，我就偷偷跑出来了啊。本来，就是想到处逛逛，等到过了风头，爹不再逼我了，我就再回去。半道上总是听到有人在谈论你的事迹，我觉得很威风，所以就决定到盛京来找你啦！"

韩修冷哼一声："这是你编的词吗？倒还挺有模有样的。只是，如果如你所说，那么刚才那些追杀你的人，又是怎么回事？"

他声音低沉，带着不容置疑的威赫："不要以为我不知道，刚才那些是江南都督府的人，你是杀人越货的女匪，还是抢占民脂的山贼？否则怎能劳动都督府的自卫军'追杀'你？"

少女微微一愣，随即笑了起来，她冲着韩修眨了眨眼，又有些无辜地噘起嘴来："我的面相很凶恶吗？看起来会像杀人越货的女匪，或者抢占民脂的山贼？噗，大叔，你的眼神还真好呢。"

她有些为难地叹道："怎么办，我说真话你反而不信，却总疑心我这个疑心我那个的，怪不得大家都说年纪大的人疑心病重。"

韩修僵硬地扯了扯嘴角，年纪大的人……他现在已经沦落到年纪大的人这个范畴了

吗？

他咳了一声："若是你说的属实，我自然不会疑你。"

少女眼中立刻燃起希望来，她殷殷望向韩修："大叔，如果我告诉你实情，你会带我回府庇护我，帮我躲开刚才那些人吗？"

一直等到他点头，她才郑重地说道，"我叫花浮苏，江南都督花经纶是我的父亲。他非让我嫁给我不喜欢的人，所以我就逃婚啦！原本确实只是想躲几天，等他气消了再回去，但他到处派人来抓我，必须要我回去履行婚约，我一伤心绝望就……"

韩修挑了挑眉，示意她继续说下去。

花浮苏噘了噘嘴，从怀中掏出一个匣子来，递给了韩修，"我一伤心绝望，就把我爹的官印给偷啦！我听说大周朝除了皇帝，就数大叔你的官最大，我其实也不知道我爹的官大不大，反正没有你大，所以我就决定来投奔大叔你。"

她嘻嘻笑了起来："我爹丢了官印，又找不到我，一定得急死。哼，谁让他非逼我嫁给一个肉球！"

韩修无语抚额，有了这枚官印，这丫头的身份该是无疑的了，可是该怎样对待她，倒成了难题。

收留她吧，花经纶就太可怜了。

不管她吧，万一她被江南都督府的自卫军抓住了押回去，还是得嫁给她不想嫁的"肉球"，正当大好年华的少女，被强迫嫁给不喜欢的人，这辈子也算是毁掉了。

他想了想无奈地说道："我虽然可以收留你几天，但以后怎么办还得你自己想办法。"

花浮苏高兴得跳起来："大叔，那你就是答应收留我了？太好了！太好了！"

眼看时辰不早，韩修便打道回府。

花浮苏小心翼翼跟在他身后，嘴巴里嘀嘀咕咕道："大叔说得对，我的确躲得了一时，躲不了一世，要想彻底解决我爹，还是得想个好办法才对。咦，有了！听说大叔尚无家室，要是我嫁给了大叔，大叔的官职比我爹大，岂不是一辈子都不用怕我爹了？哎呀，我真是太机智了！哈哈哈哈哈！"

韩修身子微顿，转身问："你在说什么？"

花浮苏立刻摇头："没，没有说什么。大叔您听错了，可能是风，是风吹过的声音！"

韩修看到这姑娘无比无辜的脸庞以及狡黠的眼神，心中不由产生一个极不好的预感来，总觉得自己好像掉进了什么圈套一般……

姻缘是张网，总在不经意间被粘住，从此沉醉一生。

韩修，亦是如此，在四十岁来临之前，他终于也要开始过自己的人生了！